Rainer Maria Rilke, geboren am 4. Dezember 1875 in Prag, ist am 29. Dezember 1926 in Valmont [illegible] gestorben.

Als die drei [illegible] Dichtungen [illegible] und Übertragungen von Rainer Maria Rilke [illegible] der Ausgabe [illegible] Sämtlichen Werke [illegible] im Insel Verlag erschienen, [illegible] Rilke selbst mit seinem Verleger Anton Kippenberg [illegible] werden [illegible] Hermann Hesse [illegible] die Gesamtausgabe [illegible] überraschend einheitliches Bild, die Treue des Dichters zum eigenen Wesen ist [illegible] größer, die Kraft dieses Wesens weit [illegible] Wandlungsfähigkeit oder [illegible] Wandelbarkeit [illegible]

Der [illegible] Rilkes [illegible] wurde erst mit dem [illegible] entstandenen Ausgabe der [illegible] Werke zugänglich gemacht [illegible] mit der großen Werkausgabe.

»Dieser große Lyriker hat [illegible] gezeigt, daß er das deutsche Gedicht zum ersten Mal [illegible] hat. Er gehört zu den [illegible] der deutschen Dichtung.«

Robert Musil

Rainer Maria Rilke, geboren am 4. Dezember 1875 in Prag, ist am 29. Dezember 1926 in Valmont (Schweiz) gestorben.
Als die erste Zusammenfassung der Dichtungen, der Prosaschriften und Übertragungen von Rainer Maria Rilke im Herbst 1927 in der Ausgabe seiner »Gesammelten Werke« in 6 Bänden im Insel Verlag erschien – sie war noch von Rilke selbst mit seinem Verleger Anton Kippenberg vorbereitet worden –, schrieb Hermann Hesse: »Jetzt zeigt die Gesamtausgabe ein überraschend einheitliches Bild, die Treue des Dichters zum eigenen Wesen ist weit größer, die Kraft dieses Wesens weit stärker als das, was wir einst Wandlungsfähigkeit oder auch Wandelbarkeit nannten . . .«
Der »ganze Rilke« aber wurde erst mit der in den Jahren 1955 bis 1966 entstandenen Ausgabe der »Sämtlichen Werke« zugänglich gemacht, die nun erstmals als sechsbändige insel taschenbuch Kassette vorgelegt wird. Die Ausgabe ist text- und seitenidentisch mit der großen Werkausgabe.
»Dieser große Lyriker hat nichts getan, als daß er das deutsche Gedicht zum ersten Mal vollkommen gemacht hat. Er gehört zu den Jahrhundertzusammenhängen der deutschen Dichtung.«

Robert Musil

insel taschenbuch 1104

Rilke

Frühe Erzählungen und Dramen

RAINER MARIA RILKE

SÄMTLICHE WERKE

HERAUSGEGEBEN VOM RILKE-ARCHIV

IN VERBINDUNG MIT RUTH SIEBER-RILKE

BESORGT DURCH ERNST ZINN

VIERTER BAND

RAINER MARIA RILKE

FRÜHE ERZÄHLUNGEN UND DRAMEN

INSEL VERLAG

Umschlagabbildung: Rainer Maria Rilke
Posthumes Bildnis von Helmuth Westhoff. Privatbesitz

insel taschenbuch 1104
Erste Auflage 1987

Vertrieb durch den Suhrkamp Taschenbuch Verlag
Umschlag nach Entwürfen von Willy Fleckhaus
Druck: Ebner Ulm · Printed in Germany

1 2 3 4 5 6 – 92 91 90 89 88 87

ERSTE ABTEILUNG

AM LEBEN HIN
ZWEI PRAGER GESCHICHTEN
DIE LETZTEN
GESCHICHTEN VOM LIEBEN GOTT

AM LEBEN HIN

NOVELLEN UND SKIZZEN

(1898)

INHALT:

DAS FAMILIENFEST

NACH der Messe stieg der Pfarrer von Maria-Schnee die vier Altarstufen herab, drehte sich um und kauerte sich hinter dem Lettner nieder. Er suchte in den vielen Falten seines Ornates nach einem Sacktuch, schneuzte ehrerbietig ein tiefes Orgel-C und begann: »Lasset uns beten für Herrn Anton von Wick, kaiserlichen Rat, welcher entschlafen ist im Herrn. Herr sei gnädig deinem treuen Knecht Antonius . . .«

In der ersten Betbank erhob sich Herr Stanislaus von Wick, der Bruder des seit acht Jahren verstorbenen »treuen Knechtes Antonius«, und schneuzte seine Rührung aus. Als die Seelenmesse überstanden war, ging Herr Stanislaus, als Familienoberhaupt, voran, und hinter ihm lösten sich ein paar schwarzgekleidete Frauen aus den finsteren Bänken los. Auf der Straße reichte er seiner Schwester, der alten Majorin Richter, den Arm, und die anderen folgten zu zweien. Niemand sprach. Alle hatten lichtscheue Augen, die verweint aussahen, und gähnten vor Hunger und langer Weile. Die Familie sollte bei der Tochter des seligen Herrn Anton, Frau Irene, verwitweten Horn, geb. von Wick, zu Tische sein, und die Frau Majorin schlug ein ihrer Behäbigkeit stetig widersprechendes Schrittmaß ein, dessen Ungeduld mit dem pedantischen Trauermarsch ihres steifen Bruders schlecht zusammenpaßte. Herr Stanislaus merkte das sinnlich-irdische Streben ihrer Füße und sagte wie ermahnend: »Der arme Anton.«

Die Majorin nickte nur. Herr von Wick schob nun

einigemal die schmalen Schultern in die Höhe und machte dabei ein besorgt lauschendes Gesicht. Er steigerte diese Bewegung und wiederholte sie betont vor der Haustüre, angesichts der ganzen Familie so lange, bis Frau Irene nervös fragte: »Was ist dir, Onkel?« Herr von Wick sammelte zuerst eine ausreichende Menge von Ergebung in seinem bangen Gesicht und stöhnte dann, indem er die ängstliche Bewegung hastig weiterübte: »Bin ganz steif – hab mich wohl verkühlt in der Kirche.« Frau Irene nickte nur, und ihre Schwester Friederike lispelte im Tone ergreifendster Entsagung: »Ich auch.« Dann trat die Französin mit dem Sohne der verwitweten Horn, einem siebenjährigen, blassen Jungen, zu den übrigen, und die bleiche Friederike strich ihm leise über die Stirn. Sie dachte: »Er ist so blaß, gewiß hat er sich auch verkühlt.« Beim Treppenaufwärtssteigen im dunkeln Stiegenhause vertraute sie der Schwester: »Oswald hustet.«
Erst als die Familie um den gedeckten Tisch saß, vergaß ein jeder seine eben aus der Seelenmesse mitgebrachte Krankheit. Herr Stanislaus von Wick hatte seinen Platz neben seiner Schwester und neben Friederike. Der Würdige schien die übermäßige Schultergymnastik von früher durch eine götzenbildartige Starrheit gutmachen zu wollen. Er sah über sein Gegenüber, das ältliche Fräulein Auguste, die unermüdliche Tante des Hauses, von welcher niemand ahnte, in welchem Grade sie eigentlich verwandt war, fort in die dunkelste Ecke des Speisezimmers, in welchem zwei hohe kattunbezogene Lehnstühle ratlos bei einem viel zu kleinen

Tischchen standen. In diesem Augenblicke sah Herr von Wick so ungeheuer beschäftigt aus, wie in seiner Kanzlei, wenn ihn jemand beim Zeitungslesen störte. Das Messer hatte sich nach Art eines Federstiels durch seine harten Finger gedrängt und wartete, bis er unter das Aktenstück seiner momentanen Gedanken das feine, wie aus Zittergras geflochtene ›Stanislaus von Wick‹ setzen würde. Die ganze Umgebung war sich dieses bedeutenden Augenblicks bewußt und verharrte fast atemlos. Nur unten löffelte der kleine Oswald mit verspäteter Eile seine Brühe, und Auguste, die an jedem Familienfest für drei vorangehende und drei folgende Tage sattaß, beschäftigte sich mit der Lösung der Aufgabe, ebensoviel zu reden, wie zu essen. Sie stellte ihre Worte als Schirm vor ihrem übervollen Teller auf, und ihre Phantasie verdaute mit ihrem Magen um die Wette. Diese komplizierte Tätigkeit indessen erhitzte sie nicht wenig, und dann und wann mußte sie mit beidem inne halten.

Während einer solchen Pause rief Herr von Wick seine Augen von den hohen Lehnstühlen ab, gewährte ihnen kurze Rast auf Tante Augustens schattiger Stirne und schickte sie dann mit großer Bedeutung der Hausfrau; die verwitwete Horn, welche sich mehr als geborene von Wick fühlte, empfing die Sendboten ihres Oheims mit Feierlichkeit und unter tiefem Schweigen der Umsitzenden. Sie faßte ihr Obstmesserchen, hob es mühsam bis an den Rand des mit gekröntem ›W‹ bezeichneten Weinglases und schlug einmal an. Diese kleine Ursache hatte eine Fülle mächtiger Wirkungen: Alle

Waffen unterbrachen ihre mehr oder weniger freudige Hast, und die Servietten tauchten wie weiße Parlamentärsflaggen aus unterschiedlichen Schooßen und wehten Stillstand und Frieden. Die kaninchenäugige Französin riß den Löffel aus der Hand des Kleinen. »*Que veux-tu?*« pfauchte das Kind, und die Mademoiselle hauchte in höchstem Erschrecken: »*Fais attention!*« In diesen Geräuschen waren die ersten Worte des Herrn Stanislaus spurlos untergegangen. Er reckte sich nun noch höher und drückte an seiner Halsbinde, um das, was ihm in der Kehle eingeschlafen war, aufzurütteln. Seine farblosen Augen suchten die beiden Lehnstühle: »Dort«, sagte er und wartete, bis alle Blicke diesem Befehle gefolgt waren, »hat mein armer Bruder Anton, Gott sei ihm gnädig, vor acht Jahren seine Seele ausgehaucht. Seine allerletzten Worte galten dem Wohle unserer Familie. Vertragt euch und helfet einander, hat er mir am Tage vor seinem Tode gesagt. Und gemeinsam und einträchtiglich, wie er es gewünscht hat, begehen wir heute den achten Sterbetag. Gäbe Gott uns die Kraft, in Stille und Gesundheit noch lange sein Andenken zu feiern; wir dürfen sicher sein, der Geist unseres Bruders, beziehungsweise eures Vaters,« er wandte sich bei diesem Wort an die Hausfrau und an Friederike, »Großvaters,« seine gerührten Augen ruhten auf Oswald, der leise und heimlich Brotkrumen mit feuchten Fingern aufpickte, »schwebt segnend über uns.« Ermattet von Anstrengung und Ergriffenheit setzte sich Herr Stanislaus, wobei er trotzdem nicht vergaß, die langen schwarzen Schöße sorgfältig aufzuschlagen. Er hatte am Todestage seines Bruders ungefähr dasselbe gesprochen, und seither veränderte er immer nur fortlaufend die Nummer des Sterbetages. Aber die Worte hatten dadurch, daß sie jährlich nur einmal gebraucht wurden, eine gewisse Frische bewahrt, und Herr von Wick schien auch ein jedes in seinem Mund abzustäuben und zurechtzubiegen, ehe er sie aussprach. Nachdem die Gläser alle einander begegnet waren und sich mit entsprechender Zurückhaltung begrüßt hatten, sagte die blasse Friederike mit heftigem Hüsteln: »Ist Papa in diesem oder in jenem Sessel gestorben?« Aus halbgeschlossenen Lidern schaute sie in die Ecke. Die Hausfrau fand diese Frage unpassend und zuckte die Achseln, Herr von Wick stak noch zu tief in seiner Rührung, die Majorin kaute mit vollen Backen, so daß die Antwort auf Tante Auguste fiel. Sie zögerte auch nicht lange, strich mit der Hand über die grauen Scheitel, wie um einen Teil ihrer Erinnerungen zu wecken, und sagte dann mit heroischer Entschiedenheit: »In dem.« Durch solche genaue und pietätvolle Kenntnisse suchte sie stets ihre sonst etwas rätselhafte Familienzugehörigkeit zu beweisen. Nun gab es ein großes Hin und Wider. Alle standen auf und umstellten betrachtend die beiden Stühle. Endlich trat auch Herr von Wick hinzu, drängte sich hinter die Lehnen und begann deren Rückseiten abzutasten. Dann gab er den gespannt Wartenden Bescheid: »Es ist der, welchem eine Schraube fehlt. Diesem hier fehlt die Schraube, sintemal ist mein Bruder Anton in diesem Lehnstuhl gestorben.« Alle blieben noch eine Weile, als warteten sie, ob nicht der Sessel auch ein Wort mitsprechen würde.

Als der in seiner teilnahmlosen Ruhe schwieg, begaben sich alle an ihre Plätze zurück.

»Dort im gelben Kanapee ist die Großmama gestorben«, konstatierte die hüstelnde Friederike. Und nun zeigte man sich gegenseitig alle Möbel, in denen ein von Wick oder eine von Wick in ihrer leiblichen Gestalt sitzen geblieben waren, während ihre Seelen die jenseitigen von Wicks suchen gegangen. Es gab deren nicht wenige; und es war eine große Schande, bei ›von Wicks‹ Stuhl zu sein, wenn nicht irgendwer auf einem gestorben war. Das empfand der kattunbezogene Lehnsessel neben Herrn Antons Sterbepfühl ganz mächtig.

Die Pause war etwas lang geworden. Die Hausfrau ließ einen ihrer Finger auf den elektrischen Knopf fallen. – Während die anderen immer noch letzte Möbel und letzte Worte wiederaufzählten und Friederike mit mattem Lächeln, wie bei jeder Gelegenheit auch diesmal, anführte, daß Großmama von Wick zuletzt etwas Französisches gerufen hatte, trat der ›alte Johann‹, der schon undenkliche Zeiten unter diesem Namen in das Inventar gehörte, ein und balancierte mit einem Rehfilet über das glatte Parkett. – Der ›alte Johann‹ war längst seines Dienstes ledig, bezog von verschiedenen Generationen der von Wicks verschiedene Pensionen und bediente nur ganz ausnahmsweise an besonders wichtigen Sterbetagen. Er zog dann seine alte verschossene Livree mit den Silberknöpfen, welche das Wappen und die Umschrift ›*constantia et fidelitas*‹ trugen, an, stülpte riesige weiße Zwirnhandschuhe über die gichtkrummen Hände und nahm sich in diesem Aufzug aus, wie ein verkleidetes Skelett. Wie ein welkes Blatt trieb er an das Ende des Tisches heran und blieb bei Irene, der verwitweten Horn, kleben. Seine halbblinden Augen mußten sich erst an die Dämmerung des Speisezimmers gewöhnen, und er hielt die Schüssel bloß dem Gefühl nach in der Richtung, in der er eine Person vermutete. Frau Irene wälzte ein kleines Stück Filet mit großer Anstrengung auf ihren Teller und nahm die dazugehörigen Reiskörner wie einen Segen aus den zitternden Händen des Greises, aus denen schon ihr seliger Vater und ihr seliger Großvater ihr Filet empfangen hatten. Dann verbeugte sich Frau Irene verehrungsvoll gegen die Zwirnhandschuhe, und der alte Johann sah aus seiner Vogelperspektive bereits auf die violette Haube der Majorin Richter, die mit tiefem Verständnis die Schüssel durchmusterte. Der greise Diener begann sich dafür zu interessieren, wem diese Haube da unten gehören mag. Eine Weile überlegte er, dann war er ganz erfüllt von der Überzeugung, daß die lila Haube Frau Karoline von Wick, des hochseligen Großvaters Peter ehrsame Ehefrau, sein müsse, und er neigte sich mit wohlwollender Herablassung zu der Hundertjährigen, der er vor mehr als dreißig Jahren den letzten Rehbraten gereicht hatte. Vor dem alten Diener waren tausend Jahre wie ein Tag, und er war sehr erfreut, in dem Herrn Stanislaus von Wick Herrn Peter selbst zu erkennen und in so hohen Tagen recht rüstig zu finden. Bei jedem neuen Schritt erkannte er irgend ein Familienmitglied aus des Großvaters Tagen, und es verlor nun alles Erstaunliche, daß er den kleinen Oswald als Jugendbild des Onkel Stanislaus begrüßte. Die Schwankungen seiner Bratenschüssel bekamen etwas Zärtliches, Schmeichelndes, als er dieselbe um den spitzen Ellbogen des blassen Kindes lenkte. Mit besorgter Aufmerksamkeit folgten die meisten Blicke den Bewegungen des Alten, denn er war eine seltene Sehenswürdigkeit und gleichsam der Inbegriff der irdischen Überreste sämtlicher hochseliger von Wicks.

Auf schwanken Füßen hatte Johann die Tafel seiner teuren Toten umwandelt; nur vor der Französin hatte er ein wenig gezögert, da er augenblicks keine Besetzung für diese rotäugige Person finden konnte. Allein er tröstete sich mit dem häufigen Versagen seines Gedächtnisses und begnügte sich damit, der Mademoiselle die Bratenschüssel fortzuziehen, ehe sie sich hinreichend versorgt hatte. Die Französin sah sich etwas erstaunt um, vermied aber jedes Aufsehen und sagte zu Oswald:

»Bubi, *tu as trop.*« Dabei nahm sie ganz gelassen ein Stück Braten von dem Teller des Kleinen, der dem guten Bissen scheu und schwermütig nachschielte.

Tante Auguste erzählte währendher lauter geringfügigen Stadtklatsch, und nur ganz selten tat jemand, wie ein Almosen, ein Wörtchen dazu. Die Hausfrau fand es taktlos, an einem solchen Tage so profanes Zeug zu reden, und äußerte einiges darüber an die Majorin; diese nickte zustimmend und kam dadurch dem Rehbraten immer herzlicher entgegen. Friederike hörte gar nicht mehr auf die Universaltante, sondern ließ sich von der Französin zum elftenmale erzählen, daß sie die Absicht gehabt hatte, in ein Kloster zu gehen. Friederike fand das jedesmal ungeheuer interessant und hoffte beim zwölftenmale die Spuren des Romanes zu ergründen, welcher die bleichsüchtige Pariserin zu diesem verzweifelten Entschlusse hätte treiben können. Diesmal wurden sie indessen mitten in der Legende durch die gesteigerte Stimme des Onkel Stanislaus unterbrochen. Herr von Wick hatte sich bemüßigt gefühlt, den alten, getreuen Diener beim Rockschooß festzuhalten und ihm mit gütiger Herablassung zuzuflüstern: »Nun, wir werden nicht alt, mein guter Johann.« Johann konnte nicht antworten. Zuerst weil er zu gerührt war über die Gnade des Großvaters Herrn Peter von Wick, dann weil er bei seiner Harthörigkeit kein Wort der langen Anrede verstanden hatte. Herr Stanislaus wiederholte etwas hastig seine Frage. Sie blieb abermals unverstanden. Herr von Wick, der alles gern glatt erledigt hatte, fand, daß diese rein äußerliche und formelle Angelegenheit zu lange dauerte, und verlor alles Wohlwollen in der Stimme, als er den Alten nun anschrie:

»Na, Johann – wie gehts?«

Alle waren jetzt aufmerksam geworden.

Friederike schwieg und die Französin und Tante Auguste und der kleine Oswald, der vor Spannung sogar eine Gabelvoll unterwegs vergessen hatte.

Und Johann hatte verstanden. Mit der verehrungsvollen Vertraulichkeit alter Diener neigte er sich über den weißen glatten Kopf des Herrn Stanislaus und sagte:

»Zu – viel – Gnade, gnädiger Herr Peter.«

Er hatte im Jahre Einst den Großvater, zum Unterschied von dessen anderen, im Hause sich befindlichen Brüdern, stets so genannt. Seine Worte kamen in kleinen Pausen, als hätte er nach jedem mühsam suchen müssen, und der kranken Friederike war, als wäre eine lange unaufgezogene, alte Spieluhr irgendwo losgegangen. Vor »Peter« zögerte der alte Johann einen Augenblick; um so seltsamer und auffälliger klang der Name in die allgemeine Aufmerksamkeit. Herr Stanislaus zuckte zusammen, wurde sehr blaß, und das gütige Lächeln erlosch auf seinen Zügen. Er fühlte die Blicke aller auf sich lasten und kam sich greisenhaft und hilflos vor; denn in diesen Blicken sah er vervielfacht, was er selbst dunkel empfand: Schrecken und Angst. Er schaute der Reihe nach alle an und fürchtete von irgendeiner Lippe zu lesen: »Herr Peter.« Aber sie schwiegen alle. Da wandte er scheu seine Augen nach rückwärts, und mit aller Kraft sagte er sich: Der Alte ist übergeschnappt. Allein es stand niemand mehr hinter ihm.

Herr von Wick fuhr sich mit der Hand ein paarmal über die schmale Stirne. »Ist dir etwas, Stanislaus?« sagte die Majorin, die sich ein wenig Unbefangenheit bewahrt hatte.

»Nein, Karoline«, gab Herr Stanislaus tonlos zurück. Dann legte er seine Serviette mit krampfhafter Entschlossenheit neben den Teller, erhob sich, indem er beide Arme an den Tischrand stemmte, und ging mit unsicheren Schritten auf die dunkle Ecke zu, in welcher die beiden Lehnstühle neben dem kleinen Tisch-

chen standen. Ermattet ließ er sich in jenen Sessel fallen, in welchem noch kein von Wick gestorben war. Das war ein Akt der Gerechtigkeit. Alle saßen wie gebannt und blickten auf Herrn Stanislaus. Nur Frau Irene, verwitwete Horn, wagte: »Onkel?«
Herr von Wick aber winkte leise ab. Er wollte nicht gestört sein. Er wußte, daß dies sein letzter Lehnstuhl sein werde, heut oder morgen; aber über sein letztes Wort war er noch im Zweifel.

DAS GEHEIMNIS

Es ist wohl bald dreißig Jahre her, seit jeder echte Karbacher, der einmal Rosine gesagt hat, auch Klothilde sagen muß – und umgekehrt. Das kommt so: Klothilde und Rosine wohnten in Karbach seit den sogenannten undenklichen Zeiten beisammen, und jeder gute heimische Bürger, der an den Fenstern der beiden alten Damen vorüberging, hätte viel weniger erstaunen müssen, wenn die alte Kirche, des Städtchens Wahrzeichen, plötzlich einen ihrer Türme verloren hätte, als wenn einmal neben dem weißen, flüchtig gescheitelten Kopf Rosinchens nicht die strengen, straffen, seltsam schwarzen Scheitel Klothildens hinter den roten Geranienstöcken aufgetaucht wären. Man war es gewohnt, die beiden als Eines zu betrachten, was für die gesprächigen Damen hinter den Kaffeetassen kein geringes Opfer war, da durch dieses *Sesostris*-tum Klothildchens und Rosinchens eigentlich eine

Person weniger zu bekritteln war. Aber einmal war es wirklich schwer, die Pläne unter dem weißen Scheitel gesondert zu betrachten von den Gedanken, die der schwarze Scheitel beschützte, und man fand einen unausgesprochenen Trost darin, daß aus diesem Wechselverhältnis vielleicht mehr am Kaffeetisch ›Verwendbares‹ entstünde, als wenn jede von den alten Jungfern so ganz allein wie eine vergessene Kerze in sich zusammengebrannt wäre.

Die Leute im Hause wußten, daß es hinter den roten Geranien auch Gewitter gäbe und daß bei diesen Anlässen Fräulein Rosine den Blitz und Fräulein Klothilde den Donner mache, wie das so zu jedem echten gesunden Gewitter gehörte. Sie wußten überdies, daß die Zahl dieser Gewitter viel größer war, als der galligste Wetterfrosch sonst zu prophezeien wagte, und schüttelten nun seit fast dreißig Jahren die Köpfe, so, daß mancher weiß weiterschüttelte, der noch ganz blond angefangen hatte. Sie wunderten sich darüber, was eigentlich die beiden Damen, die weder verwandt, noch besonders an einander gebunden waren, bewogen hatte, aus der Residenz, wo sie gewiß nicht zusammenwohnten, gemeinschaftlich nach Karbach zu ziehen und in dem fast dreißigjährigen Krieg den Beweis zu erbringen, daß sie sich mit Recht – Freundinnen nennen durften.

Das Rätsel war schwer zu lösen. Denn hinter die Geranien durften nur ganz wenige lugen, und was die wenigen dahinter sahen, war das Bild einer arkadischen Eintracht. Außerhalb des Hauses sah man das

Zweigespann bloß auf dem Markt und in der Kirche. Und während die schwarze Klothilde sich trefflich auf fette Hühner verstand, hatte Rosinchen viel Mitgefühl für fette Messen und tauschte bei jedem »*Dominus vobiscum*« einen Blick frommen Verstehens mit dem von heiliger Hast triefenden Pfarrer. Und wie bei Rosinchen das Fingergefühl für die Rosenkranzkugeln zur fast überfeinerten Vollendung gediehen war, so konnte Klothilde die Reife der Erbsen am bloßen durch die Fingerrollenlassen erkennen.

So muß der oberflächliche Leser zu der Meinung kommen, er sei doch viel klüger als alle Karbacher zusammen; denn das Rätsel, an dem die guten und unbescholtenen Bürger nun schon so lange ihre Zangen anlegen, glaubt er just mühelos mit dem kleinen Finger geknackt zu haben. Nämlich: Es herrscht eine so wohltätige Ergänzung zwischen den geistigen und materiellen, den religiös-theoretischen und nützlich-praktischen Talenten der beiden Damen, daß ihr Zusammenleben nicht nur nicht erstaunlich, sondern sogar naturnotwendig war und jeder Entfernung zum Trotz hätte geschehen müssen, so daß Rosinchen aus Grönland mit Klothildchen aus irgend einem tropischen *ultima Thule* zusammenkommen mußte; ob dies dann auf jeden Fall Karbach zum Schauplatz haben mußte, kann selbst der gar kluge Leser nicht entscheiden.

Wenn aber einer von den Wenigen den Leser hinter den roten Geranien einführen könnte, würde zwar auch er den Eindruck hellster Eintracht aus dem alten Urväterhausrat mitnehmen, aber sich gestehen, daß da

doch noch ein Rest sei, etwas Unaufgelöstes, das trotz des fleißigen Staubtuchs Klothildens wie ein Schleier über den Mahagonischränken und dem Nußbaumtisch dämmert. Und dieser Schleier eben ist es, an dem ganz Karbach zieht wie an einem Sprungtuch, wartend, welches Gerücht aus der brennenden Neugierde in das Linnen springen mag.
Es springen viele.
Aber der Schleier ist unzerreißbar.
Und das ist es. Was? Eben das, warum die Karbacher nicht mehr Rosine ohne Klothilde sagen können und umgekehrt.
Ein Geheimnis.
Und wo nistet dieses schwarze Insekt, dieser ewig pochende Wurm, unter den schwarzen oder unter den weißen Haaren? Bei Rosinchen wär es nicht lang geblieben. Wenn sie irgendwem mit der feierlichsten Miene »Schweigen übers Grab« versprach (und sie tat das oft, denn es hatte etwas Romantisches und erinnerte sie an die Bücher mit den bunten Umschlägen, die sie als Mädchen heimlich gelesen hatte) – wenn sie also dieses betonte, romantische Schweigen versprach, so konnte man sicher sein, daß sie die Tatsache bloß um eine halbe Stunde früher erzählte, als sie es ohne die große Festlichkeit getan hätte. –
Klothilde und Rosine waren als Kinder befreundet gewesen. In den jungen Mädchenjahren hatte sie das Pensionsleben von einander getrennt, andere Zufälle hatten diese Trennung so lange ausgedehnt, bis sie sich endlich in jenen ersten Stadien des altjungfer-

lichen Pessimismus in der Residenz wiederfanden. Sie fanden sich wie zwei, die auf einer einsamen Heidestation beide den Anschluß versäumt haben und denen nun die Pflicht obliegt, sich gegenseitig durch die Langeweile des Wartens durchzurudern. Es kommt auch vor, daß zwei solche Menschen warten und warten und endlich, weil kein Zug mehr kommen will, von dem vergessenen Bahnhof den Weg ins nächste Dorf finden und dort wohnen bleiben.

Und in einem ganz besonderen Fall nennt man das Dorf Karbach.

Sie freuten sich ursprünglich sehr des Wiedersehens, aber der Gedanke eines Beisammenbleibens war ihnen ferner als der Mars. Rosinchen wußte vor lauter ›Geheimnissen‹ gar nicht, was sie zuerst erzählen sollte, und war nicht wenig stolz, daß in ihren Erlebnissen ein ›Er‹ vorkommen durfte, dunkel und mystisch, immer namenlos, wie der Fliegende Holländer, nicht gerade als Hauptperson, aber doch als wichtiges Versatzstück; und daß sie ihn da und dort anbrachte, zeugte für ihren dekorativen Sinn. – Freilich machte sie's so, wie die Spießbürgerfamilie, die einen einzigen silbernen Aufsatz besitzt, den sie einem eventuellen Gast aus einer Stube in die andere nachträgt, um so die Vorstellung eines märchenhaften Reichtums zu erwecken. Der Aufsatz ist immer überall. Und einmal ist Zucker drin, einmal Blumen, einmal Früchte, und im äußersten Fall paßt er auch für Visitenkarten.

Klothilde hörte mit vielem Verständnis und mit einem seltenen Reichtum an Geduld die Geheimnisse Rosinchens an und versäumte endlich auch nicht, das große Martyrtum zu bewundern, das jene so heldenhaft ertrug, und zu würdigen, daß trotz der Treulosigkeit des anderen Geschlechts nicht nur Verachtung gegen dessen Übeltaten in ihrer Brust wohnte. Rosinchen konnte nämlich immer noch, wenn sie von den ›Männern‹ sprach, einen Rest von mädchenhafter Scheu in ihre Stimme legen, und sie setzte dann wohl auch die Backfischaugen auf, die ihr indessen wie eine zu schwach gewordene Brille standen und ihr ziemlich wehe zu tun schienen. Die große Gloriole des unverdienten Leidens machte alle diese Uneinigkeiten vergessen; denn Rosine war in tiefster Seele überzeugt, daß ihr ganzes Unglück im Namen liege. Es giebt Menschen, denen die Eltern in der Wiege einen Namen geben, der schon wie aus dem Konversationslexikon klingt, diese Menschen müssen berühmt werden auf jeden Fall. Wenn sie als Kinder den Hals brechen, werden sie's eben deswegen. Und ihre unseligen, verblendeten Eltern hatten ihr an dem Unglückstage einen Namen gegeben, mit dem sie alte Jungfer hatte werden müssen, und hätte sie die Schönheit einer indischen Königin mit der Grazie der Otéro vereinen dürfen. – Als Hauptperson dieser gräßlichen Schicksalstragödie fühlte sie sich natürlich ebenso wichtig wie bedauernswert. Trotzdem blieb ihr Zeit, die Teilnahme zu beobachten, welche Klothilde für sie hegte. Und wenn zuerst einzig die Freude an deren Herzlichkeit sie bezwang, kam schon in jenen ersten Tagen des Wiedersehens der schlaue, schleichende Verdacht hinzu, daß

so tiefes Mitempfinden nur bezeugen könne, wer selbst Ähnliches erlebt und erlitten hatte.
So ein Verdacht ist wie die fliegende Gicht. Einmal zuckts da, einmal dort. Man glaubts endlich überwunden, und schon beginnts wieder an einer anderen Stelle. – Rosinchen konnte nicht zur Ruhe kommen. Sie hatte keine Verdauung mehr und vergaß manchen Abend die Locken einzudrehen. – Sie erwog alle Möglichkeiten, und das Ende war immer: daß Klothilde gewiß weit hinter ihr stünde in allem. Aber es wäre immerhin möglich gewesen, daß sie ein Geheimnis erlebte, bei dem *einen* großen Vorzug, den sie unleugbar besaß: sie hieß nicht Rosine.
Und als Tage um Tage ins Land gingen und Klothilde immer mehr davon sprach, nach Karbach zu ziehen, überfiel Rosine eine unbeschreibliche Angst, daß das große Geheimnis ihr nun ewig verschlossen bleiben würde. Denn daß ein solches bestünde, wußte sie nun. Sie wußte, daß Klothilde in ihrem Schrank eine wohlversperrte Kassette bewahre, die sie die ›Wertheimer‹ nannte. Sie lachte bitter. Die ›Wertheimer‹. So heuchlerisch, damit man glaubt, da seien Wertpapiere drin. Freilich – Briefe werdens sein oder gar ein Bild – sein Bild.
Der Gedanke ließ sie nicht mehr los. Sie wurde immer vertrauensseliger; denn sie sagte sich: Vertrauen macht Vertrauen, und einmal in der Dämmerstunde würde Klothilde gewiß die ›Wertheimer‹ holen. Aber die Zeit der Übersiedlung Klothildens rückte näher, und Rosinchen hatte schon ihre ganze Phantasie in

lauter Vertrauen ausgegeben und war arm und hilflos wie ein Kind.

Da kam ihr in einer ganz schlaflosen Nacht der Entschluß: Wir müssen beisammenbleiben. Und sie baute daran weiter: Wenn man so Tag um Tag neben einander lebt, mit einander lebt, mittags denselben Wein trinkt, dasselbe Salz ißt, denselben Hunger hat und sich in der Nacht gegenseitig im Schnarchen stört, muß doch aus zwei Menschen – wenn auch nicht Eines, so doch ein symmetrisches Ganzes werden, dessen Hälften sich ohne Rest decken können.

Rosinchen verkannte schon damals nicht die Schwierigkeiten eines solchen Nebeneinanderseins. Sie kannte die Strenge und Genauigkeit Klothildens, ihren zielbewußten Eifer, und verhehlte sich nicht, daß sie und ihre Neigungen manchen Kampf dagegen werden wagen müssen. Sie wußte in solchen klaren Augenblicken, daß sie sich oft auf müßigen Träumen ertappte, daß immer noch der Fliegende Holländer der König dieser Träume war, und daß sie den ganzen Tag im Hause sich die Füße wund und müde lief, ohne eigentlich was zu leisten, als ein paar Stühle von ihrem Platz zu rücken und ein paar Kleinigkeiten von der Kommode zu werfen. Aber sie tröstete sich damit, daß es ja, wenn sie erstmal beisammen wären, bis zur Enthüllung nicht mehr weitab sein könne, und daß sie nach längstens einem Jahr Abschied nehmen und beim Abschied noch einen Blick des Sieges in die weitgeöffnete ›Wertheimer‹ und einen Blick des Bedauerns auf die arme Klothilde werfen würde, die auch kein

Geheimnis bewahren konnte. In Gedanken warf sie schon lange diese beiden Blicke. Und sie gewann eine Übung darin, welche der erträumten Szene ihre einstmalige dekorative Wirkung sicherte.

Etwas zaghaft und mit dem bösen Gewissen in den gezwungen lächelnden Augen trug sie Klothilde den Plan vor. Die war weder erstaunt noch zögerte sie. Sie sagte einfach: »Ja, wenn du willst.« Sie hatte sie kaum angesehen dabei. Rosine aber schien es, als ob die Freundin hohngelächelt habe. Und ihr Plan wurde nur um so sicherer, denn sie wollte nun auch für dieses Hohnlächeln ihre Rache.

Der Tag der Übersiedlung war da; Klothilde lief seit Morgengrauen aus einer Stube in die andere, erteilte den Leuten in ehernem Ton ihre Befehle, griff, wo es sein mußte, mit an, und Rosinchen glaubte mitzutun. Sie gebärdete sich wie ein Kind, dem der Strom das Schiff treibt, und das dennoch glaubt, mit eigenen Rudern vorwärts zu kommen. Wiederholt stieß sie in ihrer ziellosen Hast im Flur oder auf der Treppe an Klothilde. Endlich packte sie diese und sagte halb unwillig: »Du bist den Leuten nur im Wege. Ich muß mit angreifen und will das nicht aus dem Auge lassen. Halt mirs einstweilen.«

Schon war sie vorbei. Rosinchen stand wie im Traum und fühlte an ihrer Rechten etwas seltsam Schweres, das sie in die Erde zu ziehen drohte. Es war die ›Wertheimer‹. Sie zitterte am ganzen Körper vor Schrecken und Erregung. Sie flüchtete mit dem Kleinod in eine dunkle Ecke des Flurs. Dort fand sie einen ausgemusterten Stuhl, auf den sie sich sachte setzte und von dem aus sie die schwarze Kassette zu ihren Füßen betrachtete. Manchmal schien ihr, als klaffte der Deckel leise. Sie bückte sich hastig und konnte sich von der Widerspenstigkeit des Schlosses überzeugen.

Wie ein Inder vor seinem Fetisch hockte sie vor dem schwarzen Geheimnis: mit über den Knieen gefalteten Händen und großen lauernden Augen. Sie vertraute den Winken des Schicksals und hatte ein tiefes, romantisches Verständnis für seine geheimen Absichten. Seit sie die ›Wertheimer‹ in der Hand gehalten hatte, wußte sie: Es war ihre Mission, die Tiefen dieses Eisenbergwerks zu erforschen. Und sie fand diese Mission ebenso wichtig, wie die Lichtung des Nilquellengebiets oder die Versuche über das animale Leben der Sporenpflanzen. Ein heiliger Eifer, eine heldenhafte Entschlossenheit überkam sie, nicht eher zu rasten, bis dieses Schloß, nicht mit Gewalt, mit List und Klugheit in ihrem Besitze sei. Sie fühlte sich ordentlich bedeutend werden und wachsen mit ihrer Aufgabe. So, mit großer Hoffnung und großer Entschiedenheit kam sie in Karbach an und ließ das schwarze Geheimnis nicht früher los, als bis es seinen dauernden Platz in der neuen Wohnung gefunden hatte.

* *
*

Rosinchen gehörte zu denjenigen Menschen, die sehr liebenswürdig sein können, wenn sie irgendwas erreichen wollen. Dazu kam, daß diese Situation ganz neu war in ihrem Leben. Sie hatte ein Geheimnis, und dieses Geheimnis war ein Geheimnis. Das war ja an sich schon ein ganzer Roman oder wenigstens wie das vorletzte Kapitel davon. Sie fühlte sich auf ihrem Posten wie ein Ambassadeur, der unter Wilden irgendwas auskundschaften soll, daran das Wohl ganzer Staaten, Weltkrieg oder Weltfrieden hing. Und je nachdem sie das besonders schlau und gründlich erforschte, fielen die Lose. – So schien in den ersten Jahren das Zusammenleben mit Rosine hell, als hätte die Sonne selber ein Zimmer in dem Hause gemietet. Unter ihren Scheiteln wohnte auch nicht mehr die Wahnvorstellung jener schwarzen eisernen Kiste; Rosinchen wußte bloß dunkel von einem großen Zweck der sie hier festhielt, und daß sie immer lächeln mußte, um ihn zu erreichen. Das war ja schließlich nicht gar so schwer. Dabei bekam sie eine große Achtung vor sich selbst, die je nach ihrer Stimmung, ihrer Verdauung und dem Wetter in Staunen oder Bewunderung über das eigene Benehmen Ausdruck fand. – Sie brachte es über sich, in Erfüllung ihrer hohen Mission Jahre neben Klothilde zu leben, ohne sich auch nur mit einem Blick zu verraten, ohne jemals neugierig zu scheinen und ohne zusammenzuzucken, wenn bei einer Gelegenheit die ›Wertheimer‹ aus dem Alltagsversteck auftauchte. Die ersten Male schielte sie wohl ein wenig über die vorgehaltene Zeitung; dann aber schämte sie sich dessen und machte sich in solchen Augenblicken meistens in einer sehr fernen Ecke oder in einer andern Stube zu tun. Mein Stunde kommt auch noch mal, vertraute sie.

Aber in einer schlechten Nacht, als draußen die Katzen schrieen wie Kinder, die einer würgt, und als die Regentropfen monoton klopften, wie die Totenwürmer im alten Eichenschrank, kamen ihr die ersten leisen Zweifel an dem Erfolge ihrer bisherigen Taktik. Sie stand am Morgen blaß und müde auf, und die Brust schmerzte sie, als wäre die ganze Nacht die ›Wertheimer‹ darauf gelegen. Sie begann beim Frühstück zaghaft zu klagen. Klothilde, der das fremd war an ihr, war aufrichtig besorgt und erleichterte durch ihre Teilnahme der Freundin sehr, in das neue Kampfsystem, auf dessen Fahne eine gewisse schwärmende Schwermut stand, hineinzuwachsen. – In wenigen Wochen war die ganze alte Rosine abgelegt, und eine neue elegische Rosine war an ihre Stelle getreten, die durch die Stuben ging, als ob sie jemanden zu wecken fürchtete, und den Wein so verdünnt trank, daß die Monatsrechnung viel weniger ausmachte als vorher. Rosinchen hatte für ihre eigene Person nur gewonnen. Die Hausgenossin fürchtete, daß sie sie zu sehr mit Arbeit überhäuft hätte, und suchte ihr nun möglichst viel abzunehmen. Dadurch fand Rosinchen wieder manche stille, pflichtfreie Stunde, und jede solche Stunde hatte eine leise Tür, zu welcher ›Er‹, der Fliegende Holländer, allein den Schlüssel besaß. Er kam jetzt viel öfter, der Traum von ihm. Sie dachte dann stets, wie innig er bei der gleichen Erinnerung weilen mochte. Dann saß er wohl, als gelehrter, vielleicht sogar als berühmter Mann (man konnte damals noch nicht wissen, was er eigentlich zuletzt werden

würde), in seiner dunklen Stube, deren Wände wie aus lauter großen Büchern gebaut waren, und suchte nach dem Stückchen rosa Band, dem einzigen Andenken, das er von ihr bewahrt hatte. Und sie sah, wie er es küßte, und fing im Traum die große, kostbare Mannesträne auf, die wie eine Perle durch die Wellen des breiten Bartes rollte. Er weint, er weint um sie. Und sie wurde immer ganz gerührt über ihn und sich und Klothilde, die von dem ganzen Schicksal wußte; nur den Namen hatte sie ihr verschwiegen. – Da gab es also im äußersten Fall noch etwas zu vertrauen. Wenn sie einmal in einer grauen Zwielichtstunde mit diesem heiligen Geständnis herausrückte, dann konnte Klothilde nichts mehr verbergen und mußte auch ihrerseits alle Herzen und eisernen Kisten mit einem einzigen Schlüssel aufsperren.
Aber sie kam rasch von der Idee ab; denn ihr fiel ein, daß Klothilde ›ihn‹ ja gekannt hatte, freilich ganz flüchtig und ohne etwas zu ahnen. Und sie fühlte, daß sie dadurch den oft so prächtig gezeichneten Geliebten in dem Empfinden der Freundin entzaubern und zum nüchternen Erinnerungsbild erniedern würde. Dieses Erinnerungsbild könnte Klothilden auch gar nicht angenehm sein, da ›Er‹ sie seinerzeit offenbar vernachlässigt und Rosine, man denke trotz des Namens, augenfällig vorgezogen hatte. Rosine lächelte immer noch bei diesem Bewußtsein. Übrigens hatte die Sache mit dem ›Namen‹ noch ein anderes Bedenken. Er hieß nämlich gar nicht so, wie man eigentlich heißen soll. Er hieß: Jakob Gans. Das war ein Unglück; denn er-

stens ist Jakob ein Name für Raben und nicht für Menschen im vorletzten Romankapitel, und dann war Gans nicht schön und falsch obendrein, da es doch eigentlich ›Gänserich‹ hätte klingen müssen. Denn daß ihn Rosine immer Rolf oder Robert rief, änderte an diesem Schicksal ebensowenig, wie daß Rosinchen sich in ihren Träumen ›Thea‹ nannte, oder doch sich von dem Traumrobert so rufen ließ.

Sie litten schließlich beide an demselben Mißgeschick und gehörten deshalb nur umso sicherer zusammen.

Daß Jakob Gans später anderer Meinung wurde, hat ihm Gott gewiß verziehen; denn Jakob Gans war, um berühmt zu werden, immer noch geeigneter (man konnte es dann vielleicht lateinisch schreiben), als der schreckliche Name Rosine paßt, um geheiratet zu werden.

So war Rosinchen in dieser Zeit lauter Versöhnung und Nachgiebigkeit, versuchte mit steifen Fingern ein paar langvergessene Lieder von Schumann auf dem verstimmten Klavier, las den Heine aus ihrem Konfirmandenexemplar und ging vor dem Schlafen mit losem Haar im Zimmer auf und nieder.

Aber die Jahre blieben weder vor ihren Schumannliedern, noch vor ihren offenen Zöpfen stehen. Als sie zum fünfundvierzigstenmal Rosine gefeiert hatte, hörte sie unwillkürlich mit allem auf: mit dem Schumannspielen, mit dem Heinelesen und mit dem Haarelosflechten. Sie fühlte sich altern im Dienste der Mission. Sie bemerkte, daß sie auch im dunklen Zimmer ihre Scheitel im Spiegel sehen konnte, weil etwas wie gefangenes Mondlicht drinnen war. Und das wurde mit jedem Tag heller und deutlicher. Ihre Melancholie war durch die viele Übung ganz unbewußt geworden. Rosine ging, ohne es gewahr zu werden, immer tiefer und tiefer in ihre Dunkelheit wie in einen großen Wald. Endlich, als sie ganz im Wald war, brach ein Gewitter los. Solche Gewitter haben viel Gefahr: Auf einmal war nichts als Haß in ihr. Haß gegen das unbarmherzige Schicksal, welches ihr diese mühsame, hoffnungslose Aufgabe wie ein Stahljoch aufgebürdet hatte, Haß gegen ihr eigenes Untätigsein, Haß gegen die Stuben, in denen sie wie lebenslang gefangen wartete und im Opferdienste für eine geheime Sache leise hinstarb, und Haß vor allem gegen Klothilde, deren scheinbares Zusehen ihr brutal und gemein erschien.

Hätte sie nur jemanden dritten einweihen dürfen. Aber sie erkannte rasch, daß dies nicht möglich sei, schon deshalb, weil sie sich nicht imstande fühlte, einen Fremden von der Größe und Wichtigkeit ihrer Lebenspflicht zu überzeugen. Es wäre ihr ein Trost gewesen, wenn der wilde Kampf ihrer Seele nicht so ganz unbeobachtet hätte vertoben müssen, wenn ihr einzig dastehender Heroismus einen verständigen Biographen, wenn ihre rührende Aufopferung einen begeisterten Dichter gefunden hätte. Aber das war nicht zu erhoffen, und sie weinte viel, bei Tag aus Zorn und bei Nacht aus Rührung über ihre beispiellose Selbstlosigkeit.

Vor Wut und Weinen wurde sie endlich sehr krank.

Der Doktor kam, sich jeden Tag eine Viertelstunde an

ihrem Bett auszuruhen, putzte mit hochgezogenen Brauen seine runden Brillen und fragte einmal, wohl nicht ganz absichtslos, ob der Pfarrer im Haus verkehre. Man könne ja einmal zu dritt eine Partie Whist veranstalten. Zu Rosinens nicht geringem Erstaunen nickte Klothilde zu diesem Vorschlag, und der Pfarrer kam, sprach von der ewigen Seligkeit und wann die nächste Messe mit Gesang sein wird, und daß abends Saufest beim ›Roten Ochsen‹ sei, welches er keinesfalls versäumen dürfe.

In der nächsten Nacht hatte Rosine drei Träume. Einen von der ewigen Seligkeit und dem Herrn Pfarrer. Das war ein schöner Traum. Einen von der ewigen Seligkeit und vom Herrn Pfarrer und von der Orgel, das war auch ein schöner Traum. Und einen von der Orgel, die doch eigentlich der Herr Pfarrer selbst war, und von der ewigen Seligkeit, in der es herging, wie beim Saufest. Das war ein unchristlicher, aber doch der schönste von den drei Träumen.

Und als der dritte fertig war, packte Rosine alles, das Saufest und die Seligkeit nicht ausgenommen, in die ›Wertheimer‹ und trug die erträumte ›Wertheimer‹ im ganzen Hause umher. Dabei lag sie keuchend im Bett. Das war der vierte Traum oder das Fieber.

Am anderen Tage war Rosine fieberfrei, aber sterbenstraurig. Sie wußte, daß der Pfarrer nicht wegen des Saufestes und nicht wegen der Kirchenmusik, sondern bloß von wegen der Seligkeit heraufgekommen sei. Und das war sehr arg; nun wußte sie, daß sie sterben werde und sterben ohne Vollbringung. Wie Moses.

Eine namenlose Verzweiflung brach über sie herein. Den ganzen Tag hatte sie nur *einen* Gedanken: Aufspringen und alles, was in der Stube stand, lag oder hing, gegen den Deckel der ›Wertheimer‹ stemmen. Dabei lag sie mit bleiernen Gliedern in den Kissen und hätte nicht aufzustehen vermocht, selbst wenn die Gardinen zu brennen begonnen hätten. Sie wartete in einem fort, daß irgendwas geschehen sollte. Aber der Abend kam ganz mechanisch und mit ihm Klothilde, die die Lampe mit dem dunkelgrünen Schirm auf den Tisch setzte. – Dann trat sie in zärtlichen Schritten näher.

»Ist dir besser?« hörte Rosine fragen.

Die Kranke antwortete nicht. Wer konnte sie zwingen, zu antworten?

Klothilde hielt sie wohl für eingeschlafen und begann leise, ein paar Schritte zurück zu tun.

Aber da fuhr Rosine in den Kissen auf. Die ärmliche Gestalt in dem gestreiften Barchentnachtleibchen wuchs empor.

»So«, sagte sie heiser. »Fragst du nach meinem Befinden? – Das ist rührend. Laß mir nur noch ein bißchen Zeit. Ich mach ja schon, was ich kann. Aber so schnell kann ich nicht sterben.«

»Rosine!« sagte Klothilde erschrocken und besänftigend. Sie wollte die Hand auf die Stirne der Kranken legen. Aber die Kranke packte sie und warf sie zurück wie ein giftiges Tier.

»Rühr mich nicht an, du Herzlose. Du hast mich ins Grab gebracht. Du, du . . . . .« Der Atem ging ihr aus.

Sie hustete heftig und trocken und zitterte dabei. Als sie sich wieder erholt hatte, war sie wie ein Kind. Sie faltete die Hände und bettelte mit leiser, verschwimmender Stimme: »Klothilde, einzige, gute Klothilde, zeig mir die ›Wertheimer‹, zeig mir nur ein einzigmal die ›Wertheimer‹.«

Klothilde schrieb alles dem Fieber zu. Sie schob die grüne Lampe näher an das Bett, holte die schwarze Kiste, die einem sachten Druck irgendwo gehorchte und aufschnellte. Gierig langte Rosine mit ihren abgemagerten Fingern tief hinein, und ihre Hände schöpften den Inhalt, wie ein Verdürstender die Quelle schöpft. Nichts übersah sie: alte Lose waren da, die vielleicht erst im Jenseits fällig wurden, und halbzerfallene Briefe mit unmöglichen Schriften und knatternde Blumen und seltsam duftende Heiligenbilder und blasse Photographien. Auf einer derselben stand an der Rückseite: »Der schönen Klothilde in treuer Liebe ihr Verehrer Jakob Gans.« Rosine hatte das schon viermal gelesen, ohne zu wissen, daß sie las, und sie las es noch dreimal, ehe sie ahnte, was sie eigentlich gelesen hatte.

Wie kraftlos sanken ihre Hände, alles entfiel ihnen, und Klothilde raffte rasch allen Tand zusammen und hob das schwere Kästchen von ihren Knieen. In diesem Augenblick hatte Rosine das Gefühl, daß man ihr das Leben aus ihren Gliedern nehme. Ein Leichtsein war in ihr, und ein schwebendes Taumeln berauschte sie. Sie atmete tief. Aber eine Weile, nachdem Klothilde aus dem Zimmer gegangen war, sah sie auf, blickte bang und hastig um sich und gab sich dann einem Weinen hin, das erst leise war, aber allmählich wie ein entfesselter Wildstrom ihren schwachen Körper hinriß und zerrte und rüttelte. Und sie trieb dahin ins Uferlose. Sie fühlte dunkel: Sie hatte dreißig Jahre an der schwarzen Kiste gebohrt, um endlich drin die Trümmer ihres Traums zu finden.

Sie weinte wie ein Kind, und Klothilde stand ratlos an ihrem Bett. Später kam der Arzt. Er ließ den Herrn Pfarrer sofort bitten, und zwar nicht zur Whistpartie. Und der Herr Pfarrer kam und sprach diesmal nur von der Seligkeit. Denn es war an der Zeit. –

Rosinchen hatte das Geheimnis gelöst. Es war nun nicht mehr nötig, daß sie mit Klothilde zusammen hinter den roten Geranien wohnte. Sie konnte jetzt allein sein. Ganz am Rande des Städtchens sollte sie wohnen. Ihr Umzug war seltsam genug: Sie fuhr mit vier weißen Pferden, alle guten Karbacher, die seit dreißig Jahren Rosinchen sagen mußten, wenn sie Klothilde sagten, gingen mit, und die Schulknaben sangen ein heiliges Lied. –

DER STERBETAG

TANTE Babette tat noch einen tiefen Atemzug. Die Morgensonne lugte wie ein übermütiges Enkelkind durch die schimmerweißen Tüllvorhänge, nahm den längsten Strahl und fuhr damit wie mit goldener Feder erst über die weiße Nachthaube, dann über die feuchte Stirne der alten Frau und zitterte und zuckte dann ohne Rast um

Augen, Mund und Nase, bis die Tante obigen tiefen Atemzug tat und mit scheuen roten Augen ins Fenster staunte. Ah! sie reckte sich zu einem wohligen Gähnen. Bei aller Trägheit war etwas Entschiedenes und Abschließendes in diesem Gähnlaut; er war, wie der Gedankenstrich, den einer unter eine fertige gelungene Arbeit setzt. Ah. –

Sie schloß nochmals die Augen und lag mit einer Miene da, als hätte sie just einen Löffel süßen Kaffees verschluckt oder eine Bosheit ausgesprochen, die fein saß. – Das Zimmer war ganz licht und ganz still. Immer mehr Strahlen warf die übermütige Sonne herein, und sie staken wie wurfzitternde Speere in den blanken Dielen und den glänzenden Empiretischchen, und irgend ein unsichtbarer Kobold warf hunderte zurück aus dem großen Wandspiegel, just der Sonne ins Gesicht.

Wie ferne Schlachtmusik summte an den Scheiben eine Fliegenkapelle zu dem hellen Hin und Wider des heiteren Speerstreites, und das sachte Surren sickerte in den leisen, halben Schlummer der guten Tante, und die kühlen Wellen des Frühlingsschimmers spülten immer mehr Fältchen fort von den lächelnden Zügen. Und sie sah ordentlich jung aus, wie sie dann ziemlich energisch in den Kissen aufsaß und im Zimmer herumblickte. Alle Dinge hatten etwas Glänzendes, Neues, und sie freute sich daran. Zarter Hyazinthenduft wellte von den Blüten auf dem Fensterbrett und mengte sich mit dem leisen Lavendel, das aus ihren Kissen stieg. Die alte Jungfer schaute flüchtig auf den Öldruck der Maria, dessen Schatten so furchtbar grün glänzten in dem Voll-Licht. Ihre mageren, harten Hände machten ein hastiges Kreuz, und gleich darauf schalt sie den schläfrigen Kanari, der über dem Fenster hing und trotz des frohen Morgens noch nicht singen mochte. Auf dem Rückweg vom Fenster blieb ihr Blick auf dem Kanapee hangen. Dort lagen fein pedantisch neben einander: ein geschlossener Hut mit breitem schwarzem Trauerschleier, der wie ein nächtiger Wildbach schwer von der Lehne floß, ein Paar schwarze Handschuhe, jeder einzeln, wie in unversöhnlicher Feindschaft, ein noch schwärzeres Urvätergebetbuch, und nur zwei sehr weiße Taschentücher glänzten wie das Schimmelgespann eines jungfräulichen Begräbnisses in dem vielen, tieftrauernden Schwarz. Die Tante starrte mit fremden Augen hin, und alle Falten kehrten wie dunkle Raupen in ihr altes Gesicht zurück. Eine Weile rechnete sie: Montag 12., Dienstag 13., Mittwoch 14., Donnerstag 15., Freitag 16. Und dann konstatierte ihr müdes, entsagendes Kopfnicken: heute ist der 16. April, Freitag, der siebente Sterbetag ihres, Gott hab ihn selig, Bruders, des Herrn Oberfinanzrates Johann August Erdmanner. Er war drei Jahre älter als sie und starb mit Hinterlassung einer trostlosen Witwe und zweier noch unmündiger Kinder in dem besten und kräftigsten Mannesalter von fünfzig Jahren, versehen mit den heiligen Sterbsakramenten, nachmittags um vier Uhr, gerade als alle hinausgegangen waren, einen Tropfen Kaffee zu trinken. Und die ganze helle Morgenstube verging der alten Dame. Der gute Johannes fiel ihr ein, wie mager und verschrumpft er war, und die junge Witwe, die kaum fünf Jahre an seiner Seite gelebt hatte, und der Doktor mit dem knallroten Gesicht. Und die Hermine, die Witwe, meint immer noch, daß der nicht getrunken hat – mna! – Und die Nonne, was die gut Karten legen konnte – übers Kreuz; der sagten die Karten aber auch alles. Und schön wars am nächsten Tage. Diese Spalten in der Zeitung, und die Besuche, die vielen ernsten und verweinten Gesichter, und der schäbige Kranz, den der Hausherr geschickt hat, und die vielen guten Kränze: er hat eine sehr schöne Leiche gehabt, der Herr Oberfinanzrat Johann August Erdmanner. Und würdig wurde in jedem Jahre der Sterbetag des Seligen gefeiert. Um zehn Uhr fand sich die ganze Familie in voller Trauer in der Kirche von Mariä-Himmelfahrt zusammen, und alle hatten schwarze Handschuhe, bleiche Wangen und rote Augen. Und alle sprachen den ganzen Tag leise und heiser, wie wenn sie beständiges Schlucken hätten, und nickten sich in einem fort mit feierlichen Gesichtern zu. Wenn sie in die dumpfige Kirche eintraten, dankten sie den alten Weibern, die die widerspenstigen Türflügel bekämpften, mit vor Rührung schwimmender Stimme und tauchten die schlechten, schwarzen Handschuhe so ausdauernd in den Weihkübel, daß jedes folgende Bekreuzigen schwarze Male in ihren scheuen, entsagenden Zügen zurückließ. Und die weißen Taschentücher bekamen in den gefalteten Fingern etwas Lauerndes, als wünschten sie zu den triefenden Augen hinüberzuwachsen. Ihr Wunsch fand reichlich Gewähr. Sogar der Priester mit dem frischen Gesicht zwang ein paar Jammerfalten in die Nähe seiner satten Lippen und sah drein, als holte er die Reste eines sauren Trunkes mit widerwilliger Zunge aus den Mundwinkeln. – Und wenn er über die Stufen des dunklen Altars tappte und unten wie ein übel geratener Pudding zusammenbrach und, begleitet von dem Lautieren des rothaarigen Ministranten, aus tiefer Brust anhub:

»Lasset uns beten...«,

so war von der ganzen Gesellschaft nichts mehr zu sehen als ein ganz unkenntlicher Knäuel von schwarzem Crêpe und Tuch. Die erschütternde Rührung war wie ein Eisenbahnzug über die Hinterbliebenen gefahren, und sie lagen und hockten zwischen den glänzenden Bänken, wie Verstümmelte zwischen den Schienen.

So war es sechsmal gewesen, und die alte Tante in den Lavendelkissen wußte, daß es zum siebentenmal heute ebenso, ganz ebenso sein würde.

Sie warf einen so verzweifelten Blick auf das Perlmutterblatt der steifen Empireuhr, als stünde diese eben im Begriffe, ihre eigene letzte Stunde zu schlagen. – Sie wollte aufstehen; aber nach einem jähen Ruck glitten die Hände ohnmächtig von dem weißen Dunenbett wie von einem zentnerschweren Eisberg. Sie empfand die heftigen Stiche in Kreuz und Nacken, die ein paar Wochen lang sich nicht gemeldet hatten, ein Frösteln rieselte über ihren Rücken, und der Kopf war schwer und schwül.

Sie stöhnte auf und war sehr blaß. So, gerade so war ihre Mutter gestorben; früh an einem hellen Tag nach

schlimmer Nacht... und der alten Frau kam auf einmal zu Sinn, daß sie eigentlich die letzte Nacht auch kaum ein Auge geschlossen hatte. Gewiß nicht, jetzt wußte sie's. Eisiger Schweiß perlte aus ihren Poren. Und sie erinnerte sich, wie die Nonne, die so gut Karten legen konnte, ihrem armen seligen Bruder in seiner letzten Stunde auch immer wieder die Stirne trocknen mußte. Kam das wirklich schon? Sie faltete die Hände krampfstarr über der weißen Decke.
Der Kanari setzte immer wieder von neuem einen Lauf an. Die Hyazinthen waren, als ob sie müde wären, und der helle blasse Tag streckte und reckte sich breit und nüchtern auf den Dielen.
Tante Babette dämmerte vor sich hin. Dann fiel ihr ein: Wie war doch ihr Vater gestorben? Sie runzelte die Stirne; so sehr strengte sie sich an, um sich dessen zu entsinnen. Sie atmete auf: Richtig. Sie haben ihn gebracht. Auf der Gasse war er bewußtlos zusammengebrochen. Und sie wußte: Es ist doch noch eine Gnade – so im Bett... und – rührte sich nicht. –

GREISE

Herr Peter Nikolas hatte mit seinen fünfundsiebzig Jahren eine ganze Menge vergessen: die traurigen und guten Erinnerungen, die Wochen, die Monate und die Jahre. Nur von den Tagen hatte er noch eine leise Ahnung. Und wenn er mit seinen schwachen und immer schwächeren Augen auch jeden Sonnenuntergang wie verblaßten Purpur und jeden Morgen wie *vieux rose* schimmern sehen mußte, den Wechsel empfand er doch. Im allgemeinen störte er ihn, und der Alte hielt diese Anstrengung für überflüssig und töricht. Der Wert von Frühling und Sommer war ihm auch entschwunden. Schließlich fror er immer, wenige Augenblicke ausgenommen. Dann war es ihm aber vollständig gleichgültig, ob er deren Glut dem Kaminfeuer oder der Sonne dankte. Nur daß letztere bedeutend billiger kam, wußte er. Deshalb humpelte er an jedem Tag, da er die Sonne fand, in den Stadtpark und setzte sich auf die lange Bank unter der Linde zwischen den alten Pepi und den alten Christoph aus dem Armenhaus.

Seine täglichen Banknachbaren waren wohl noch älter wie er. Sobald Herr Peter Nikolas sich niedergelassen hatte, krächzte er und nickte dann. Und rechts und links von ihm nickte es mechanisch wie aus Ansteckung. – Dann stemmte Herr Peter Nikolas den Stock in den Sand und legte die Hände auf dessen krumme Krücke.

In einer Weile legte er noch sein rundes, glattes Kinn hinzu und blinzte zum Pepi nach links. Er beobachtete, so gut er konnte, den roten Kopf, der, wie welk, von dem feisten Nacken hing und abzufärben schien; denn der breite weiße Schnauzbart war an seinen Wurzeln ganz schmutziggelb. Der Pepi saß vornübergeneigt, hatte die Ellenbogen auf die Kniee gestemmt und spuckte von Zeit zu Zeit durch die gefalteten Hände hindurch auf den Sand, wo sich schon ein kleiner Sumpf staute. Er hatte zeitlebens sehr viel getrunken und schien dazu

verurteilt, wenigstens die Zinsen der verbrauchten Flüssigkeit ratenweise an die Erde abzuzahlen.
Als Herr Peter nichts Neues an Pepi bemerkte, schob er sein Kinn auf dem Handrücken mit halber Wendung nach rechts. Christoph hatte gerade geschnupft und knipste mit sorgsamen gotischen Fingern die letzten Anzeichen dieser Beschäftigung von dem fadenscheinigen Rock. Er sah unglaublich gebrechlich aus, und zur Zeit, da Herr Peter noch gewohnt war, sich ab und zu mal zu wundern, hatte er oft gedacht, wie es der dürre Christoph überhaupt zustande gebracht hat, so auszuhalten ohne sich irgendwas abzubrechen ein ganzes Leben lang. Am liebsten stellte er sich den Christoph vor, als dürres Bäumchen, mit dem Halse und den Fußgelenken an eine tüchtige gesunde Stützstange gebunden. Christoph fand sich nun nett genug, rülpste ein wenig, welches entweder ein Zeichen von Zufriedensein oder von schlechter Verdauung war. Dabei zermahlte er ohne Unterlaß etwas zwischen den zahnlosen Kiefern, und seine schmalen Lippen schienen sich aneinander scharf gerieben zu haben. Es war, als mochte sein träger Magen auch die Minuten nicht mehr verdauen, und Christoph mußte nun jede einzelne kauen, so gut das eben ging.
Herr Peter Nikolas drehte sein Kinn zurück nach gradaus und schaute mit den triefenden Augen ins Grün. Dann störten ihn die Kinder in den Sommerkleidern, die wie lichte Reflexe in einem fort vor den grünen Büschen auf und nieder sprangen. Er senkte ein wenig die Lider. Er schlief nicht. Er hörte das leise

Mahlen des mageren Christoph, dem die Bartstoppeln knisterten, und das laute Spucken des Pepi, der dann und wann in seiner schleimigen Sprache fluchte, wenn ein Hund oder ein Kind ihm zu nahe kam. Er vernahm ein Kiesrechen auf fernen Wegen und die Schritte Vorübergehender und die zwölf vollen Schläge der nahen Uhr. Er zählte sie nie mehr, aber er wußte, daß Mittag war, wenn es so oft schlug, daß mans nicht mehr zählen konnte. Zugleich mit dem letzten Schlag schmeichelte ein Stimmchen an seinem Ohr: »Großvater – Mittag.«

Und Herr Peter Nikolas stemmte sich an seinem Krückstock in die Höh und legte dann eine Hand leise auf den Blondkopf des zehnjährigen Mädchens. Die Kleine holte sich die Hand jedesmal aus den Haaren wie ein welkes Blatt und küßte sie. Dann nickte der Großvater einmal nach links, einmal nach rechts. Und rechts und links von ihm nickte es mechanisch nach. Und der Pepi und Christoph aus dem Armenhaus schauten jedesmal zu, wie Herr Peter Nikolas mit dem kleinen blonden Mädchen hinter den nächsten Büschen verschwand.

Bisweilen kam es dann vor, daß auf dem Platze des Herrn Peter Nikolas ein paar arme, hilflose Blumen liegen geblieben waren, die das Kind vergessen hatte. Dann streckte der dünne Christoph seine gotischen Finger zaghaft langend nach ihnen aus, und später trug er sie auf dem Heimwege wie etwas ganz Seltenes und Wertvolles in der Hand. – Der rote Pepi spuckte dann verächtlich, und der andere schämte sich vor ihm.

Im Armenhaus aber ging der Pepi voran und stellte

wie ganz zufällig ein Glas mit Wasser auf das Fenster ihrer Stube. Dann saß er still in der dunkelsten Ecke und wartete, bis der Christoph die paar armseligen Blumen in das Glas auf dem Fenster gesteckt hatte.

DIE FLUCHT

DIE Kirche war ganz leer.
Durch das bunte Glasfenster über dem Hauptaltar brach der Abendstrahl, breit und schlicht, wie alte Meister ihn auf der Verkündigung Mariens darstellen, in das Hauptschiff und frischte die verblaßten Farben des Stufenteppichs auf. Dann durchschnitt der Lettner mit seinen barocken Holzsäulen den Raum, und jenseits desselben wurde es immer dunkler, und die kleinen ewigen Lampen blinzelten immer verständnisvoller vor den nachgedunkelten Heiligen.
Hinter dem letzten, plumpen Sandsteinpfeiler war es ganz Nacht. Dort saßen sie, und über den beiden hing ein altes Stationsbild. Das blasse Mädchen drückte ihre lichtbraune Jacke in die dunkelste Ecke der schweren, schwarzen Eichenbank. Die Rose auf ihrem Hut kitzelte dem Holzengel in der geschnitzten Lehne das Kinn, so daß er lächelte. Fritz, der Gymnasiast, hielt die beiden winzigen Hände des Mädchens, welche in zerschlissenen Handschuhen staken, in den seinen, so wie man ein kleines Vögelchen hält, sanft und doch sicher.
Er war glücklich und träumte: sie werden die Kirche zusperren und uns nicht bemerken, und wir werden

ganz allein sein. Gewiß gehen Geister hier in der Nacht. Sie schmiegten sich fest aneinander, und Anna flüsterte ängstlich: »Ists nicht schon spät?« Da fiel ihnen beiden ein Trauriges ein; ihr – der Platz am Fenster, an dem sie tagaus tagein nähte; man sah eine häßliche, schwarze Feuermauer von dort und niemals Sonne. Ihm – sein Tisch, voll mit Lateinheften, auf dem aufgeschlagen lag Πλάτων, συμπόσιον. Die beiden Menschen schauten vor sich hin, und ihre Blicke gingen derselben Fliege nach, welche durch die Rillen und Runen der Betbank pilgerte.

Sie sahen sich in die Augen.

Anna seufzte.

Fritz legte leise und hütend den Arm um sie und sagte:

»Wer doch so fort könnte.«

Anna blickte ihn an und sah die Sehnsucht, die in seinen Augen leuchtete. Sie senkte die Lider, wurde rot und hörte:

»Überhaupt sie sind mir verhaßt, gründlich verhaßt. Weißt du: wie sie mich ansehen, wenn ich von dir komme. Sie sind lauter Mißtrauen und Schadenfreude. Ich bin kein Kind mehr. Heut oder morgen, wenn ich was verdienen kann, gehen wir zusammen, weit fort. Allen zum Trotz.«

»Hast du mich lieb?« Das blasse Kind lauschte.

»Unbeschreiblich lieb.« Und Fritz küßte ihr die Frage von den Lippen.

»Wird das bald sein, daß du mich mit dir nimmst?« zögerte die Kleine. Der Gymnasiast schwieg. Er hob unwillkürlich den Blick, ging der Kante des plumpen

Sandsteinpfeilers nach und las über dem alten Stationsbild: »Vater vergieb ihnen...«

Da forschte er ärgerlich: »Ahnen sie was bei dir zu Haus?«

Er drängte die Anna: »Sag.«

Sie nickte ganz leis.

»So,« wütete er, »ich sags ja, also doch. Diese Klatschbasen. Wenn ich nur...« Er grub den Kopf in die Hände.

Anna lehnte sich an seine Schulter. Sie sagte einfach: »Sei nicht traurig.«

So verharrten sie.

Plötzlich sah der junge Mensch auf und sagte: »Komm fort mit mir!«

Anna zwang ein Lächeln in ihre schönen Augen, welche voll Tränen waren. Sie schüttelte den Kopf und sah sehr hilflos aus. Und der Student hielt wieder wie früher ihre winzigen Hände, die in schlechten Handschuhen staken. Er sah in das lange Hauptschiff hinein. Die Sonne war erloschen, und die bunten Glasfenster waren häßliche, mattfarbene Kleckse. Es war still.

Dann begann hoch in der Halle ein Piepsen. Beide schauten auf. Sie bemerkten eine verirrte kleine Schwalbe, welche mit müden, ratlosen Flügeln das Freie suchte.

* * *

Auf dem Heimweg dachte der Gymnasiast an ein verabsäumtes lateinisches Pensum. Er beschloß, noch zu arbeiten, trotz des Widerwillens, den er hatte, und trotz

aller Müdigkeit. Aber fast unwillkürlich machte er einen großen Umweg, verirrte sich sogar ein wenig in der sonst gut bekannten Stadt, und es war Nacht, als er in seine enge Stube trat. Auf den Lateinheften lag ein kleines Briefchen. Er las bei der unsicher flackernden Kerze:
»Sie wissen alles. Ich schreibe Dir unter Tränen. Der Vater hat mich geschlagen. Es ist schrecklich. Jetzt lassen sie mich nie mehr allein ausgehen. Du hast recht. Komm fort. Nach Amerika oder wohin Du willst. Ich bin morgen früh um sechs Uhr auf der Bahn. Da geht ein Zug. Vater fährt immer auf die Jagd damit. Wohin – weiß ich nicht. Ich schließe. Es kommt jemand.
Also erwarte mich. Bestimmt. Morgen um sechs. Bis in den Tod
Deine
Anna.

Es war niemand. Wohin, glaubst Du, gehen wir? Hast Du Geld? Ich habe acht Gulden. Diesen Brief schick ich Dir durch unser Dienstmädchen an das euere. Mir ist jetzt gar nicht mehr bang.
Ich glaube, Deine Tante Marie hat geklatscht.
Sie hat uns also Sonntag doch gesehen.«
Der Gymnasiast ging in großen und energischen Schritten auf und nieder. Er fühlte sich wie befreit. Sein Herz pochte heftig. Er empfand auf einmal: Mann sein. Sie vertraut sich mir an. Ich darf sie beschützen. Er war sehr glücklich und wußte: Sie wird mir ganz gehören. Das Blut stieg ihm in den Kopf. Er mußte sich setzen, und dann kam ihm in den Sinn: Wohin?
Diese Frage wollte nicht schweigen. Fritz übertönte sie dadurch, daß er aufsprang und Vorbereitungen machte.

Er legte ein wenig Wäsche und ein paar Kleider zurecht und preßte die ersparten Guldenscheine in das schwarze Ledertäschchen. Er war voll Eifer, schob ganz unnütz alle Laden auf, nahm Gegenstände und trug sie wieder an ihren alten Platz, warf die Hefte vom Tische in irgend eine Ecke und zeigte seinen vier Wänden mit prahlerischer Deutlichkeit: Hier ist Auswanderung, Schluß.

Mitternacht war vorbei, als er am Bettrand niedersaß. Er dachte nicht ans Schlafen. Angekleidet legte er sich hin, nur weil ihn, wahrscheinlich vom vielen Bücken, der Rücken schmerzte. Er dachte noch einigemal: Wohin? und sagte laut: »Wenn man sich wirklich lieb hat...«

Die Uhr tickte. Tief unten fuhr ein Wagen vorbei, und die Scheiben zitterten davon. Die Uhr, die noch von den Zwölfschlägen müde war, atmete auf und sagte mühsam »Eins«. Mehr konnte sie nicht.

Und Fritz hörte es noch wie aus weiter Ferne und dachte: Wenn man sich... wirklich.....

Aber im allerersten Morgengrauen saß er fröstelnd in den Kissen und wußte bestimmt: Ich mag Anna nicht mehr. Sein Kopf war so schwer: Ich mag Anna nicht mehr. War das ihr Ernst? Um ein paar Schläge auf und davon laufen. Wohin denn? Er sann nach, als hätte sie's ihm anvertraut: Wohin wollte sie denn? Irgendwohin, irgendwohin. Er empörte sich: Und ich? Ich sollte natürlich alles im Stiche lassen, meine Eltern und – alles. Oh und die Zukunft, das Hernach. Wie dumm das war von Anna, wie häßlich. Ich möchte sie schlagen, wenn sie das imstande wäre.

Wenn sie *das* imstande wäre.

Als ihm die frühe Maisonne, so recht hell und heiter, in die Stube kam, hoffte er: Sie kann es nicht ernst gemeint haben. Er beruhigte sich ein wenig und hatte viel Lust, im Bett zu bleiben. Allein er sagte sich: Auf den Bahnhof will ich gehen, und sehen, daß sie nicht kommt. Und er malte sich die Freude aus, wenn Anna nicht kommt.

Fröstelnd in der frühen Frische und mit großer Müdigkeit in den Knieen ging er auf den Bahnhof. Die Vorhalle war leer.

Halb ängstlich, halb hoffnungsvoll hielt er Umschau. Keine gelbe Jacke. Fritz atmete auf. Er durchlief alle Gänge und Säle. Reisende gingen verschlafen und teilnahmslos auf und nieder, Gepäcksdiener lümmelten an hohen Säulen, und Leute aus der untersten Klasse saßen verdrossen, an Bündel und Körbe gelehnt, auf staubigen Fensterbänken. Keine gelbe Jacke. Der Portier rief irgendwo in einem Wartesaal Ortsnamen. Er läutete mit einer schrillen Glocke. Dann schnarrte er dieselben Ortsnamen ganz nah und dann noch einmal auf dem Bahnsteig. Und immer läutete davor die häßliche Glocke. Fritz wandte sich und schlenderte, die Hände in die Taschen bohrend, in die Vorhalle des Bahnhofes zurück. Er war sehr zufrieden und dachte mit Siegermiene: Keine gelbe Jacke. Ich wußte es ja.

Wie im Übermut trat er hinter eine Säule. Er wollte den Fahrplan studieren, um zu erfahren, wohin denn dieser verhängnisvolle Sechsuhrzug eigentlich führe. Er las mechanisch die Stationen und machte ein Gesicht wie

einer, der eine drollige Treppe besieht, auf der er fast gestürzt wäre. Da klappten schnelle Schritte auf den Fliesen. Als Fritz aufschaute, erhaschte sein Blick eben noch an der Perrontüre die kleine Gestalt in der gelben Jacke und dem Hute, auf welchem eine Rose schwankte.
Fritz starrte ihr nach.
Dann überkam ihn eine Furcht vor diesem schwachen, blassen Mädchen, welches mit dem Leben spielen wollte. Und als bangte er, sie könnte kommen, ihn finden und ihn zwingen, in die fremde Welt zu fahren, raffte er sich auf und lief, so schnell er konnte, ohne sich umzusehen, der Stadt zu.

KISMÉT

(Skizze aus dem Zigeunerleben)

DER starke Král saß breit und schwer am Rain des furchigen Feldweges. Tjana hockte neben ihm. Sie hatte ihr Kindergesicht in die braunen Hände gepreßt und verharrte so mit großen Augen, lauschend und lauernd. Sie schauten in den Herbstabend. Vor ihnen in der blassen, kranken Wiese stand der grüne Wanderwagen, und bunte Windeln wehten sachte über seiner Tür. Aus dem engen Eisenschlot wirbelte ein leichter, blauer Rauch, der zitternd in der satten Luft zerfloß. Dahinter in den Hängen, die in langen flachen Wellen näher zu fluten schienen, watete der matte Zuggaul und riß hastig das spärliche Spätgras. Manchesmal blieb er stehen, hob den Kopf und schaute mit den guten ge-

duldigen Augen in denselben Abend, drin kleine Dorffenster aufflammten und grüßten.
»Du,« sagte Král mit wildem Entschluß, »er ist deinetwegen da.«
Tjana schwieg.
»Was sucht der Prokopp sonst hier?« fügte der Král mürrisch hinzu.
Tjana zuckte die Achseln, riß mit raschem Griff ein langes, silbernes Gras ab und hielt es spielend zwischen den blitzend weißen Zähnen. Dann blieb sie still, als zählte sie die Lichter im Dorf.
Dann begann drüben das Ave.
Die kleine gelle Glocke eilte sich übermüde zu Ende. Sie brach unvermittelt ab. Wie eine Klage blieb in der Luft. Die junge Zigeunerin warf die schlanken Arme zurück und lehnte sich an den Hang. Sie schloß die Augen. Sie hörte das zage Zirpen der Grillen und die matte Stimme der Schwester, die ein Schlummerlied sang in dem grünen Wagen.
Beide lauschten eine Weile. Dann begann das Kind im Wagen zu weinen, leise, in langen, hoffnungslosen Tönen. Tjana wandte den Kopf zu dem Zigeuner und sagte spöttisch: »Gehst nicht, deinem Weib helfen, Král! 's Kind schreit.«
Der Král packte ihre Hand.
»Der Prokopp ist deinetwegen da«, wütete er als einzige Antwort.
Trotzig nickte das Mädchen: »Ich weiß.«
Da faßte der starke Král auch ihre andere Hand und preßte sie an den Hang. Wie gekreuzigt war Tjana. Sie

biß sich die Lippen wund, um nicht zu schreien. Drohend hatte er sich über sie geneigt. Tjana sah nichts mehr vom Abend. Sie sah nur ihn mit seinen breiten schweren Schultern. Er war so groß über ihr, daß er den Wagen und das Dorf und den blassen Himmel verdeckte. Sie schloß eine Sekunde die Augen und fühlte: »Král heißt König zu deutsch. Und er ist einer.«
Allein im nächsten Augenblick empfand sie den heißen Schmerz an den Handgelenken wie eine Schmach. Sie fuhr auf, riß sich mit jähem Ruck los und stand vor Král mit wilden, sprühenden Augen.
»Was willst du?« stöhnte er.
Tjana lächelte leise: »Tanzen.«
Und sie hob die schlanken, kindlich zarten Arme und ließ sie leise und langsam auf und nieder wehen, als sollten die braunen Hände Flügel werden. Sie lehnte den Kopf zurück, weit, daß die schwarzen Haare schwer hinabglitten, und schenkte ihr fremdes Lächeln dem ersten Stern. Ihre leichtgelenken bloßen Füße suchten tastend einen Rhythmus, und ein Wiegen und Schmiegen war in ihrem jungen Leib, bewußtes Genießen und willenloses Hingeben zugleich, wie es den langstieligen feinen Blumen zu eigen ist, wenn der Abend sie küßt.
Mit zitternden Knieen stand der Král vor ihr. Er sah die blasse Bronze ihrer freien Schultern. Dunkel empfand er: Tjana tanzte die Liebe. –
Ein jeder Hauch, der über die Wiesen kam, schmiegte sich ihrer Bewegung in leichter, schmeichelnder Liebkosung an, und alle Blumen träumten in ihrem ersten Traum davon, sich so zu wiegen und so zu grüßen. Tjana

schwebte näher und näher an den Král heran und neigte sich so fremd und seltsam, daß seine Arme gelähmt blieben vor lauter Schauen. Wie ein Sklave stand er und hörte auf das Jagen seines Herzens. Tjana wehte an ihn heran, und die Glut ihrer nahen Bewegung schlug wie eine Welle über ihn. Dann glitt sie weit, weit zurück, lächelte stolz und sieghaft und fühlte: »Er ist doch kein König.«

Der Zigeuner erwachte langsam und verfolgte sie wie ein Traumbild, tastend und heimlich. Plötzlich hielt er inne. Es fügte sich etwas ein in Tjanas schwebendes Wiegen. Ein leises, flutendes Lied, das längst in der Bewegung zu schlummern schien und das jetzt aus ihren Takten immer reicher und voller aufblühte. Die Tanzende zögerte. Alle ihre Bewegungen wurden langsamer, leiser, gleichsam lauschender. Sie blickte Král an, und die beiden empfanden das Lied wie etwas Schweres, Lähmendes. Sie wandten unwillkürlich die Augen nach derselben Richtung und erkannten: Den Weg daher kam Prokopp. Als Silhouette hob sich sein knabenhafter Körper von der silbergrauen Dämmerung ab. Er ging wie unbewußt mit träumenden Schritten und blies das leise Lied auf einer schlichten Bauernflöte. Sie sahen, wie er näher und näher kam. Da sprang der Král vor und riß dem Jungen die Holzflöte von den Lippen. Der Prokopp umklammerte, rasch gefaßt, mit seinen mannhaften Händen die Arme des Angreifers, hielt ihn fest und ertrug mit fragendem Auge den heißen feindlichen Blick des Král. So standen die Männer einander gegenüber. Alles ringsum war ganz still, und der grüne Wagen

schaute durch die trüb erleuchteten kleinen Fensterchen wie mit zwei traurigen, wartenden Augen ins Land.
Ohne ein Wort gaben die Zigeuner sich plötzlich frei. Beide schauten nach Tjana hin. Der Král mit glühendem Trotz, der junge Mann neben ihm mit leisem fragendem Gestehen im dunklen Auge. Unter den Blikken dieser beiden sank Tjana in sich zusammen. Einmal war ihr, sie müsse zu Prokopp gehen, ihn küssen und fragen: »Woher hast du das Lied?« Aber sie fand nicht die Kraft. Sie hockte am Wegrain, hilflos wie ein frierendes Kind, und schwieg. Ihr Mund schwieg. Es schwiegen ihre Augen.
Eine Weile warteten die Männer; dann warf der Král dem andern einen feindselig auffordernden Blick zu und ging voran. Der Prokopp verharrte noch. Tjana sah das Abschiednehmen seiner traurigen Augen. Sie zitterte. Und dann wurde die schlanke, gelenke Gestalt immer schattenhafter, ungewisser und verlor sich auf dem Wege, welchen der Král gegangen war. Tjana hörte die Schritte in den Wiesen verhallen. Sie hielt den Atem an und lauschte in die Nacht:
Es kam ein Wehen über die flachen Felder, warm und friedsam, wie der Atem eines schlafenden Kindes. Alles war klar und still; und aus der weiten Stille lösten sich die leisen Laute der jungen Nacht: Blätterrauschen in greisen Linden, ein Bach irgendwo und das schwere, reife Fallen eines Apfels ins hohe Herbstgras.

WEISSES GLÜCK

DER Assekuranzbeamte Theodor Fink fuhr von Wien an die Riviera. Unterwegs entdeckte er in seinem Handbuch, daß er mitten in der Nacht in Verona ankomme und dort zwei Stunden auf Anschluß warten müsse. Das war ein übriges, welches keineswegs beitrug, seine Stimmung zu verbessern. Er zündete sich eine Zigarette an, fand den Rauch unerträglich und schleuderte sie in weitem Bogen aus dem Fenster; seine Blicke folgten dem glimmenden Punkt in die blasse, nichtssagende Märzlandschaft, in deren tiefsten Talstellen Schneereste wie schmutzige Kissen lagen. Das langweilte ihn ebenso wie der gelbe Roman, der neben ihm auf dem Sitz lag, und mürrisch nahm er zum zehntenmale den Brief vor, welchen sein kranker Bruder ihm aus Nizza geschrieben hatte. Je öfter er die hastigen unsteten Zeilen las, desto deutlicher schien ihm, daß es der Ruf eines Sterbenden sei, dem er folgte. Und ihm wurde immer unbehaglicher. Er hatte für den um sieben Jahre jüngeren, spätgeborenen Bruder niemals viel übrig gehabt, denn das Kränkliche, Zerbrechliche an ihm war ihm abstoßend, und das Überfeine seiner Empfindung hatte für ihn etwas Unheimliches und Fremdes. Er fürchtete diese bevorstehenden Tage mit den vielen Aufregungen und Mühseligkeiten und empfand nebenbei aufrichtiges Mitleid, welches er allerdings dadurch zu lindern suchte, daß er immer wieder dachte: »Es wäre ja ein Glück für ihn. Wenn man krank ist.« Darüber schlief er ein.
Durchgerüttelt, mit schmerzenden Gliedern und sehr

verschlafen, stieg er als einziger in ›*Verona vecchia*‹ aus und folgte dem schweigsamen Portier in den Wartesaal zweiter Klasse. An den hohen Glastüren ließ ihn der Führer stehen. Theodor Fink stieß den Türflügel mit dem Ellbogen auf und wartete an der Schwelle, bis seine Augen sich in dem Dunkel des Raumes zurechtfanden. Allmählich erkannte er die Bogentüren, welche ihm gegenüber auf den Bahnsteig hinausführten, und etwas, was wie ein vielhöckeriges Ungetüm auf vier stämmigen Beinen in der Mitte des Saales stand; es war ein Tisch, mit vielen Gepäckstücken bedeckt. Endlich gewahrte Fink auch die Bänke, welche die Wände rings begleiteten, und er schob sich bis zu der nächsten nach vorwärts, um dort seinen unterbrochenen Schlaf fortzusetzen. Er tastete die Bank hin, und gerade, als er sich neigte, ging draußen jemand mit einer Laterne vorbei, und ein Schimmer zuckte herein und beleuchtete flüchtig das bärtige Gesicht eines schlafenden Mannes. Fink wurde nüchtern und stieß einen Fluch aus. Seine Stimme klang in der Halle lauter, als er es erwartet hatte, und wie eine Antwort kam es aus allen Ecken: ein Stöhnen, ein streckendes Rühren, ein Knarren der Bank, ein tonloses irres Traumwort. Der Ankömmling blieb einen Augenblick wie gebannt. Er dachte: also hier schlafen schon überall Leute. Dann ging er die Wände entlang. In der Nähe der dunkelsten Ecke fühlte er einen freien Platz, und dort ließ er sich wie erschöpft nieder. Er blieb sitzen und wagte nicht den Versuch, die Füße auszustrecken; er war überzeugt, daß zu seiner Rechten und zu seiner Linken Menschen lagen, und scheute sich, sie zu berühren. Er verharrte reglos, und der Schweiß stand ihm auf der Stirn. Seine Lider waren schwer und sanken langsam, aber er riß sie immer nach kurzem wie in jähem Schrecken wieder auf und mußte sich zurechtfinden in dem ungastlichen Raum, über dessen Dielen dann und wann Lichter, wie Möwen, huschten. Fink atmete tief auf, als die Türe, durch welche er eingetreten war, knarrte. Vom matten, rötlichen Dämmer des Ganges hoben sich zwei oder drei Gestalten als Schatten ab. Neue Reisende kamen in den Saal. Die Türe fiel hinter ihnen zu, und Fink mühte sich, die Gestalten zu verfolgen. Aber stumm und lautlos lösten sie sich in dem schweren Dunkel, und nur das Knarren einer Bank ließ vermuten, daß sie sich irgendwo niedergelassen haben mußten. Es blieb wieder still. Allein Fink fand, in seiner übermüdeten Spannung, tausend Geräusche und ging ihnen nach und fühlte in jedem Laut etwas Fremdes und Feindliches. Ihm war, als drängten sich alle die Menschen immer näher an ihn heran, und die Dunkelheit um ihn wurde körperhaft, so daß er endlich hastig ein Zündholz anstrich und erleichtert aufatmete, als er die große, schwarze Leere vor sich erkannte. Gleichwohl entzündete er immer noch eines, um sich ganz zu beruhigen. Als eben wieder ein neues knisternd auflohte, klang eine Stimme aus der Ecke: »Das blendet so, – verzeihen Sie.« Fink lauschte dem leisen Wohlklang. Dann leuchtete er ganz unwillkürlich mit dem tiefgebrannten Spänchen der Stimme nach und glaubte flüchtig ein dichtverschleiertes Frauengesicht zu sehen. Dann verlöschte das Licht, und er saß wieder im Dunkel und wartete auf die Stimme. Und sie kam: »Es ist furchtbar, mit vielen Fremden eine Nacht im selben Raum zu sein. Nicht wahr? Die Menschen sind so seltsam in der Nacht, und ihre Geheimnisse wachsen über sie hinaus. – Es ist furchtbar. – Aber Licht blendet so.« Fink fühlte, daß die liebe leise Stimme das ausgesprochen hatte, was ihn ängstigte. Aber der letzte Satz, der wie eine Entschuldigung klang, nahm ihm plötzlich alles Unheimliche, und er wußte, daß eine junge, vielleicht sogar eine schöne Frau neben ihm saß, und war mit einemmal angeregt von der Möglichkeit, die Wartestunden durch ein kleines Abenteuer zu verkürzen.

Er drehte unwillkürlich seinen Schnurrbart und neigte sich zuvorkommend gegen die dunkle Ecke: »Gnädige reisen auch – hinunter – nach Nizza?«

»Nein, ich kehre zurück in meine Heimat.«

»Schon im März? Es ist noch sehr kalt in Deutschland. Da sind Sie wohl nicht krankheitshalber unten gewesen?«

»Oh, ich bin krank.« Das sagte sie traurig, aber versöhnt. Fink schwieg erstaunt und verlegen. Seine Augen suchten durch das Dunkel, aber er konnte nichts erkennen. Die Luft war dunstig und dick. Aus irgend einem Traum stieg ein Stöhnen, und draußen klang die Klingel wie ein Heimchen.

Um etwas zu erwidern, sagte Fink: »Ich bin nicht krank. Aber mein Bruder. Es geht ihm schlecht in Nizza; deshalb fahre ich hin.«

Aus dem Dunkel kams: »Oh – bringen Sie ihn mit zurück. Auch wenn es ihm schlecht geht. Dort in dem frü-

hen Frühling ist alles traurig. Das Leben und das Sterben...«
Theodor Fink machte eine Bewegung, und die Kranke sagte noch ganz tonlos: »Müde und kranke Menschen müssen zu Hause bleiben.« Der Beamte dachte: Sie muß doch noch jung sein, und dabei fühlte er sich dumm und ungeschickt und roh, als er entgegnete: »Das Klima müssen Sie bedenken, Fräulein...«
Sie schien das nicht gehört zu haben und fuhr fort: »Ich fahre auch nach Hause. Ich war traurig bei den Blumen und allein...«
»Sie sind gewiß noch sehr jung, Fräulein«, unterbrach sie Fink und ärgerte sich darüber.
»Ja,« sagte sie einfach, »ich bin jung.« Er ahnte, daß sie lächelte. »Aber deshalb bin ich doch gern allein. Auch zu Hause bin ich viel allein!«
Theodor Fink bereitete die Frage vor: »Wo ist Ihre Heimat?« Allein er konnte sie nicht aussprechen, denn sie erzählte weiter, und ihre Stimme wurde immer weicher und träumerischer dabei und klang wie aus der Ferne.
Sie träumte: »Ein weißes Zimmer hab ich. Denken Sie. Seine Wände sind so hell, daß immer ein wenig Sonne daran bleibt. Auch wenn draußen graue Tage sind. Und es sind viel graue Tage draußen. Aber in meinem Zimmer ists immer licht. Weißer Tüll verhängt die Fenster, und dahinter sind lauter weiße Blumen. Kleine Blumen, die bei mir nie ganz aufblühen. Sie duften auch nicht stark, aber es riecht doch alles nach ihnen: mein Taschentuch, meine Kissen, meine Lieblingsbücher. Jeden Morgen kommt die Schwester Agathe und lächelt.

Sie lächelt immer, wenn sie zu mir kommt, und sitzt an meinem Bett in ihrer weißen Nonnenhaube. Ihre Hände fühlen sich an wie Rosenblätter. Sie weiß nichts von der Welt und ich auch nicht: so verstehen wir uns. Nur wenn einmal so selten warm die Sonne scheint, sitzen wir am Fenster und schauen hinaus. Alles ist dann weit von uns, was laut und groß ist: das Meer und der Wald und das Dorf und die Menschen. Am Sonntag, wenn sie läuten, ists wie eine Erinnerung. Gute Menschen aus den früheren Jahren pochen bei mir an. Sie kommen zu mir wie in eine Kirche – Blumen in der Hand, auf den Zehen und im Feiertagskleid...«

Es war ganz still. Auch die Klingel draußen schwieg. Theodor Fink starrte in das Dunkel. Er wartete auf die Stimme. Er fühlte: Sie wird so weitersprechen mit derselben süßen, silbernen Stimme und wird mir vieles sagen. Es ist wie eine Beichte, und ich kann sie nicht verstehen. Vielleicht hört sie einer von den vielen Fremden auf diesen Bänken und versteht sie. Ich kann sie nicht verstehen. Ich fürchte mich vor ihr. Dabei stand Theodor Fink leise auf, ohne daß die Bank knarrte, und tastete zu der Gangtüre. Er verschloß sie ganz vorsichtig hinter sich. Dann eilte er, wie gejagt, durch die matterhellten Gänge, an den verschlafenen Bahnwärtern vorbei, dem Ausgang zu. Endlich fand er das hohe Tor. Er wußte nicht, daß er die dunkle, fremde Lindenallee gegen die Stadt hinunterlief, er fühlte nur immer noch: »Ich kann sie nicht verstehen.« – Erst als ein erster, früher Postwagen an ihm vorbei gegen den Bahnhof rollte, blieb er stehen und nahm den Hut vom Kopfe.

Der Morgenwind regte sich leise über ihm in den alten Lindenästen und wehte lauter kleine, kühle Blüten an seine Stirne. –

DAS CHRISTKIND
(1893)

»Gestorben« stand in gleichgültigen, brutalen, feuchtleuchtenden Lettern in dem dicken, grünen Krankenhausbuch. In derselben Zeile war zu lesen: II. Stock, Zimmer 12, Nummer 78. Horvát, Elisabeth, Försterstochter, 9 Jahre alt.

* *
*

Der frühe Februarabend sah wie mit rotgeweinten Büßeraugen, müd und mürrisch, in das Zimmer 12. Die grau-weißen Wände der Krankenstube schienen in dem gleichfarbenen Dämmer zu zerfließen, und das schwarze Holzkreuz schwebte frei in der Luft. Die Eisenbetten waren in verschwommenen Umrissen sichtbar. Die dämmerige Atmosphäre lag wie ein Bann auf den Kindern, deren je zwei ein Lager teilten. Irgendwo in dunkler Ecke weinte eines trostlos und leise, ein anderes erzählte mit weicher, vorsichtiger Stimme, als ob es am Bett der kranken Mutter säße, und ein kleines Mädchen, dem Fenster zunächst, hockte aufrecht in den Kissen, die Arme um die aufgestemmten Kniee geschlungen. Sein Profil und die rundliche Schulter hoben sich scharf als Silhouette ab von dem blaßgrauen Fenster. Und die karbolsatte Luft war so dicht, daß es schien, als prallten die schüchternen Laute des plaudernden Mädchens an ihr ab, und nur das versteckte Weinen aus der dunkeln Ecke bohrte sich mit spitzen Tönen in das Dämmer. So ist es im Wald an den Nebelnachmittagen des Frühherbstes: Die Stimmen aus Bach und Kraut versickern in dem Dunstmeer, und nur das Wimmern windgequälter Wipfel zittert durch den einsamen Tann.

Jetzt trat die wartende Schwester zärtlichen Schrittes in die Stube ein. Sie entzündete die Gasflamme, die, hinter grünem Zeug versteckt, an der Mittelwand des Zimmers angebracht war. – Das mondscheinfarbene Licht flutete weich wie eine an flachem Sande landende Welle durch den Raum und beleuchtete fast gleichmäßig die fünf Eisenbetten. Die Schwester aber schob den Vorhang ein wenig beiseite: ungehemmt, mit rücksichtsloser Gewalt brach das grelle, rote Licht hervor. Eines von den mattschwarzen Wandtäfelchen war jetzt voll beschienen; es trug die Nummer 78. Das Bett darunter war zerwühlt und leer. Die Schwester trat hinzu, entfernte die Linnen und glättete die Matratzen.

Die Kinder waren alle verstummt. Sie folgten jeder Bewegung der Schwester mit geblendeten, lichtscheuen Blicken. Sogar die Kleine in der Ecke weinte nicht mehr. Sie saß aufrecht, den Kopf in beide Fäustchen gepreßt, und unter der schneeweißen Stirnbinde glühten ihre Augen, groß, wie eine einzige dunkle Frage.

Die Wärterin warf ihr die Puppe, die sie im verlassenen Lager gefunden, in den Schooß. Das Kind zuckte nur

leicht zusammen und rührte das Spielzeug nicht an. Als starrte es in eine grelle vernichtende Flamme, sprühte in seinen Fieberaugen ein unsteter, flackernder Widerschein auf. Und in unbestimmtem Bangen verkroch sich das Kind, das das Bett mit ihm teilte, unter die Decke.
Da wandte sich die Kleine beim Fenster, und ihre Stimme war wie ein Sonntagslied:
»Ist die Betty jetzt ein Engel?«
Die Schwester nickte und lächelte und breitete mit ihren weißen Händen die hellblaue Hülldecke über das leere Bett.

* *
*

DER Tod ist ein Nummerwechsel. – Die kleine Elisabeth lag jetzt drunten in der Kammer, deren weiße Außenwände sie oft vom Fenster aus gesehen hatte. Sie war kleiner geworden und brauchte mit ihren abgefrorenen Füßchen wenig Raum in dem schlichten Holzbett, an dem schon die neue Nummer angeheftet war. Die Nummer der Grube da draußen. Die war schon bereit; aber sie gähnte nicht schwarz wie der Rachen eines Untiers. Die hereinbrechende Nacht begann ein schimmerweißes Schneelinnen hineinzuweben, so daß der Platz nett und verlockend aussah wie das Bettchen reicher Kinder. Und die kleine Betty in der stillen Kammer lag so ruhig und getrost da, als wüßte sie das. Die wachsweißen Händchen hielten, wie spielend, ein kleines Holzkreuz, das Haar sonnte wie ein Heiligenschein aus der Spitzenwolke des Sterbekissens, und um die dünnen, blassen Lippen blühte ein wehmütiges Lächeln;

so schlingt sich ein Kranz Immortellen um ein vergilbtes Gebetbuchblatt.
Lächelte sie, weil sie schon die liebe Mutter gesehen hatte, die sie nun seit vier Jahren beim lieben Gott erwartete? War die kleine Seele schon auf jungen, schimmerweißen Falterflügeln durch die grauen Nebel, an lauter lächelnden Sternen vorbei, in die ewige Heimat geflogen? Flatterte sie schon über die weite Milchstraße, wo so viele fleißige Engel sitzen, die immer neue Sterne blasen, wie die Kinder auf Erden Seifenkugeln? War sie leicht gar schon nahe beim lieben Gott, der einen großen, silbernen Bart haben mußte und eine große, leuchtende Krone?
Dorthin dürfen doch reine Seelen?
Und Narben gehen ja nicht durch bis auf die Seele, – nicht wahr?
Sie kriechen nur über das kleine tote Körperchen wie rote, giftige Raupen. – Und wenn der liebe Gott befiehlt, daß die kleine Elisabeth mit diesem Körperchen angetan vor ihm erscheinen sollte, so werden die Wunden daran sicher schon heil sein, und man wird selbst im Himmel, wo es doch sehr hell ist, nicht einmal einen roten Strich mehr sehen.
Und das ist gut; denn der liebe Gott und die gute Mutter – sie sollen nicht wissen, daß die Stiefmutter die kleine Betty blutig geschlagen hat. Und, daß sie's nie erfahren, das betete wohl die Kleine mit den blassen, gefalteten Händchen und den stillen, toten Lippen in der dunklen Leichenkammer.

* *
*

Seliger Weihnachtstag, da die Kleinen mit vor Ungeduld trippelnden Beinchen und leuchtenden Augen an der verschlossenen Türe lauschen, hinter der sich helle, duftende Wunder vorbereiten, mit wichtiger Miene der Mutter zusehen, die den Festtagsfisch schmort für das Abendessen, und, alte Lieder auf den frischen Lippen, zum Großmütterchen, das im hohen Ohrenstuhl am plaudernden Feuer träumt, hüpfen und ihm die sanften, faltigen Hände küssen. Und dann kommt wohl auch der Vater heim und bringt, Schneeperlen im Barte, ein tüchtig Stück Winter mit und erzählt vom Christkind, das ihm auf verwehten Wegen begegnet ist, und daß es Haare wie eitel Gold hat und die Hände voll bunter, prächtiger Dinge. – Und draußen heult der Sturm, und ein Schlitten klingt irgendwo, und alles ist so geheimnisvoll und so groß und so feierlich, daß man es nie mehr vergessen kann – ein ganzes Leben nicht.

Und die kleine Elisabeth hatte es auch nicht vergessen, daß es einmal so war, als Mutter noch lebte und die fremde Frau mit dem roten Gesichte noch nicht mit am Tische aß. Und sie hockte fröstelnd am Herde, in dem ein wildes, ungastliches Feuer loderte.

Ihre Sehnsucht nach der Mutter war auf einmal gar groß. Und als die dicke Frau sie mit Schlägen aus der Küche trieb, da verkroch sie sich wie ein mißhandelter Hund in den letzten Winkel unter dem Dache und weinte dort leise in sich hinein. Und es war, als löste sich alles Schwere, Dunkle in ihr in diesen lautlosen Tränen. Sie wußte endlich nur, daß es heute wieder

Weihnachten war, und daß alle guten Kinder fröhlich sein müssen, weil das Christkind durch die Welt geht.
Der Vater fand sie dort, strich ihr mit zitternden Fingern durchs Haar und schenkte ihr ein paar Kreuzer – einen ganzen Reichtum für das Kind. Und Betty hüpfte empor und schlang mit lachenden, klaren Augen beide Arme fest um Vaters Hals.
Das war wie ein Abschied.
Zwei Stunden später trippelte die Kleine, Vaters Kreuzer in der rechten Faust, durch die Gassen des Städtchens. Der Weihnachtstag war weiß und windstill, und der körnige Schnee verbrämte, wie weißes Pelzwerk, die dünnen Schuhe des Kindes. Es lief waldwärts. Bei den letzten Häusern traf es eine kleine Gespielin. Die verstellte ihr den Weg und sagte in überlegenem Tone: »Glaubst du, das Christkind kommt auch zu dir?«
Betty schlug die großen, blauen Augen auf und antwortete mit inniger Überzeugung: »Das Christkind kommt zu allen braven Kindern.«
Und die Mittagsglocken klangen groß und ernst in den frostroten Weihnachtstag, als sagten sie ein ›Amen‹ dazu.

* *
*

Beim letzten Krämer kaufte Elisabeth um ihre Kreuzer ein paar Kerzchen, eine bunte, lange Flitterkette, Zündhölzchen und ein riesiges Herz aus Lebkuchen. Mit diesen Schätzen beladen lief sie weiter in den Wald, wo ihr schon keine Menschen mehr begegneten, als die, die wegabseits dürres Reisig suchten; und die sahen vergrämt und erfroren aus und achteten nicht des Kindes.

Es giebt eine Stelle im Walde, wo der Abend, der sein Gold, ängstlich wie ein Geizhals, hinter den nächsten Berg trägt, zögernd verweilt, als könnte er sich kaum trennen von der schönen Erde. Dort stehen langstielige weiße Blüten, und die wiegen dann ihre Pracht im veratmenden Winde, wie Kinder, die dem scheidenden Vater ihre Tücher nachschwenken. So – sommers. Allein auch mitten im Winter, da der frühmüde Abend die roten Sohlen durch den schimmernden Schnee schleift, rastet er dort und küßt mit letzter Glut die alte, auf verwitterter Steinsäule wohnende Wegmadonna, die ihm in einsamer Wehmut nachlächelt.

Das war der kleinen Elisabeth liebster Platz. Dorthin war sie oft geflüchtet, brennende Schläge auf dem Rücken, und hatte der vergessenen Himmelskönigin ihr Leid erzählt wie einer Mutter. Und ihr war oft gewesen, als trüge das Steinbild die Züge des toten Mütterchens. Und nun hatte sie die Stelle noch viel lieber. Solang es Blumen gab, verging kein Tag, ohne daß das Kind den rostigen Nagel am Sockel mit frischem Schmuck verdeckte; und, traun, wenn jeder Altar im Lande nur *einen* solchen Beter fände, Gott müßte der Welt näher kommen!

Auch an diesem Weihnachtsabend ging die Kleine den gewohnten Weg und schleppte den Tand, den sie eingekauft hatte, mit sich. Ein stiller Plan machte ihre Augen glänzen und ihre Füßchen eilen. Sie warf der Steinmadonna einen neckisch-ehrfurchtsvollen Blick zu, der besagen sollte: Gelt, ich bin brav? Heut hast du mich nicht erwartet.

Dann ging sie ohne Zagen ans Werk.

Jenseits des Pfades, an dem die Betsäule stand, begann ein junges Tannengehölz. Das kleine Mädchen wählte einen der vordersten Bäume, dessen Spitze es mit ausgestrecktem Arm eben noch erreichen konnte, und spannte die bunte Papierkette um die waagrechten Zweige, auf denen schon fester Schnee wie glitzernder Demantschmuck prangte. Dann tropfte es die Kerzchen an den Ast-Enden fest, und zugleich mit dem ersten Stern der Heilsnacht gingen die Lichter an dem einsamen Weihnachtsbaum auf.

Das war nun wirklich eine große Pracht. Um die rotschwelenden Kerzchen herum schmolz der Schnee, und das glitzerte und blitzte, daß es eine Freude war. Klein-Elisabeth sagte zuerst ein frommes Sprüchlein vor der Muttergottes her und rief, auf das strahlende Bäumchen weisend: »Freuts dich?« Dann biß sie gar herzhaft in das Lebkuchenherz und stand mit vollen Backen so nah vor dem leuchtenden Tannenbaum, daß der Widerschein des Glanzes in ihren reinen Augen funkelte.

Der ganze, weite Wald schien das Christfest mitzufeiern. Die hohen, schwarzen Tannen standen weit im Umkreis wie ehrfurchtsvolle Beter und staunten das just noch so unbedeutende Bäumchen an, wie Menschen ein Wunderkind betrachten. Die fernen Sterne sogar schienen sich über der Stelle zusammenzudrängen, um ja nichts von dem Schauspiel zu verlieren und dem lieben Gott und den Engeln und der guten Mutter der kleinen Elisabeth erzählen zu können, was für ein braves Kind sie wäre.

Auf den dämmerigen Waldwegen aber kamen große

schwarze Vögel in neugierigen Sprüngen näher. Die könnten auch Hunger haben, dachte das Kind; Betty verspürte keine Furcht, und so teilte sie das mächtige Kuchenherz mit den gierigen Gästen. Ihr ward so froh und so selig, daß sie hätte singen mögen, wenn sie nur ein recht schönes, würdiges Lied gewußt hätte.

Die Kerzen waren schon ziemlich tief gebrannt; da setzte sich die Kleine zu Füßen des Heiligenbildes hin mit glücklichen Augen und frostblauen Händchen. Aber vom Frieren fühlte sie nichts. Es war so wunderstill um sie, und wenn sie die Augen schloß, so sah sie sich auf dem Schooß der teuren Mutter sitzen in warmer, traulicher Stube. Die Uhr tickte in gemessenem, behäbigem Takte, und der Wind schraubte sich in den prasselnden Kamin. Die Mutter strich ihr leise und zärtlich über den Scheitel und küßte sie mit roten, weichen Lippen mitten auf die Stirn. Und sie war schön, die Mutter, schön, wie die Fee im Märchen von Andersen, und trug eine seltsame Krone im reichen, flutenden Haar.

Und sie anschauen – war gut...

* *
*

So kam es, daß die kleine, arme Elisabeth ein schöneres Christfest hatte, als die reichen, satten Kinder in den schimmernden Stuben.

Sie war sehr glücklich. Und dieses Glück leuchtete auf dem kleinen Gesichte, wie sie so zu Füßen der Madonnensäule schlief. Die Händchen waren fest und treu gefaltet, und vom Steinbild floß ein schwarzer Schatten über das lächelnde Kind, als hätte die gnädige Himmelsfrau einen schützenden Schleier darüber gebreitet. Das Bäumchen strahlte noch einmal hell auf in mählich verlöschender Pracht, und es hub ein Schneien an, langsam und feierlich, als schwebten alle Sterne zur Erde nieder.

* *
*

ZWEI Waisenkinder gingen an diesem Weihnachtsabend spät aus der Stadt dorfwärts durch den Wald. Und sie erzählten dem Pfarrer im Dorfe atemlos, mit glänzenden Augen:
»Wir haben das Christkind gesehen – mitten im Wald. Es lag neben einem herrlich leuchtenden Bäumchen und ruhte aus. Und es war schön, das Christkind, – so schön...«

DIE STIMME

DOKTOR Henke war in der Stadt ein Muster von Pflichteifer; aber die sechs Urlaubswochen verträumte er, auf dem Rücken liegend, an dem weißen Strand des Ostseebades Misdroy in heroischer Faulheit. Er hatte die Hände als Kissen unter den kurzgeschorenen Kopf geschoben und schaute in die hohen Buchenwipfel. Dabei war er sehr ärgerlich über seinen Freund Erwin, der vor ihm stand und den heranrollenden Wellen kleine Steinchen in den Rachen warf; denn er mußte ihm folgende ernste Rede halten:

»Du bist ja ein Esel. Erholen sollst du dich hier. Nicht solche Tollheiten ausspinnen. Ich kann gar nicht klug daraus werden. ›Eine Stimme.‹ Hat man so was schon gehört? Du bist so einer, den man unter die Haube bringen muß um jeden Preis. Werde übrigens für dich auf Brautschau gehen. Was ich in diesen paar Tagen alles zu hören bekommen habe. Zwei Diebe verteidigen und einen Raubmörder, und die Hinterlassenschaft einer Erbtante, die ohne letzten Willen gestorben ist, regeln, strengt lange nicht so an, wie dir alle deine Dummheiten ausreden. – Überarbeitet bist du.«
Erwin lächelte in die Wellen hinaus: »Da magst du ja recht haben. Ich bin sehr müde. Und gerade deshalb sehne ich mich darnach. In einem weichen tiefen Stuhl lehnen und von einer süßen Stimme sich erzählen lassen, wie das Leben ist. Durch diese liebe Stimme sich mit dem Leben versöhnen, und alles wieder liebgewinnen an ihm: seine kleinen Ereignisse und seine großen Wunder.«
Doktor Henke hob ungeduldig den Kopf und suchte die Augen des Freundes. Er hatte keinen Sinn für Poesie, aber von ungefähr fiel ihm ein, daß diese Augen mit ihrer wechselnden Tiefe und ihrem heimlichen, unerwarteten Aufleuchten etwas vom Wesen des Meeres hatten. Er lächelte ironisch und grollte: »Sag mir nur um alles in der Welt, wie bist du denn wieder auf diesen Gedanken gekommen?«
Mit lässiger Bewegung strich Erwin sein aschblondes Haar zurück: »Oh, das ist einfach. Wenn du hinter den Strandkörben im hohen, lautlosen Sande gehst, kannst

du die Menschen nicht sehen, die in den Körben sind, aber du hörst ein Rufen oder ein Plaudern oder ein Lachen, und du weißt: So und so ist dieser Mensch. Du fühlst: er liebt das Leben, oder: er hat eine große Sehnsucht, oder: ein Leid, um das seine Stimme weint, selbst in jedem Lachen.«
Der Doktor sprang auf: »Und dann neigt sich mein guter Erwin ein wenig vor und macht ein dummes Gesicht, wenn er sieht, daß die Menschen ganz anders sind wie ihre Stimmen.«
Erwin schüttelte den Kopf: »Ich suche ja keine Menschen. Ich suche die Stimme.«
Er trat an den Doktor heran und zog ihn näher an den Strand. Es war die Stunde, da das Meer seine größten Seltsamkeiten offenbart, in reicher Verschwendung Farbe mit Farbe tauscht, und die Sonne stand schon nahe am Untergang. Ein einziges ockergelbes Segel schimmerte in der hellen Fläche, und fern, in einem mittagsblauen Streifen, zog der große, weiße Dampfer nach Rügen, und flatternde, silberweiße Wellen folgten ihm wie ein Zug Störche.
»Der Rügendampfer; also schon sechs«, brummte der Doktor mechanisch. Erwin nickte. »Siehst du, wir sehen ihn täglich vorüberschwimmen. Wir sind ihn gewohnt. Er erfreut uns nicht mehr. Aber ich denke an eine süße Stimme, die sagt: ›Der Rügendampfer‹, oder: ›Der weiße Dampfer‹, oder: ›Das silberne Schiff‹. Und ich würde der Stimme lauschen, wie einer leisen, heiligen Glocke, und dann würde ich den Rügendampfer suchen am Horizont und ihn sehen, so wie die Stimme

es will; und ich würde sicher fühlen: Er ist wie ein weißer Schwan.«
Doktor Henke schüttelte mit energischer Mißbilligung den Kopf und murmelte etwas vor sich hin. Dann schritten die beiden schweigend durch die mannshohen Farrenwedel, und der Buchenwald rauschte über ihnen.
In den nächsten Tagen fühlte sich der Doktor recht unbehaglich. Wenn er, wie er sonst so gern getan, auf dem Rücken im Walde lag, mußte er fortwährend an Erwin denken, und er fühlte, daß dieser Gedanke seine Muße sehr beeinträchtigte. Er suchte ihn loszuwerden, indem er den ganzen Nachmittag unter den Leuten auf der Terrasse des Kurhauses verblieb und sich jeden Augenblick einredete, er tue dies, um Zeitungen zu lesen. Er hatte sich auch wirklich bis zu dem Maße in einen Leitartikel vertieft, daß er Erwin erst bemerkte, als er hart vor ihm stand. Der Doktor erschrak heftig über des Freundes verstörtes und erregtes Aussehen und wollte eine Frage an ihn richten. Aber Erwin kam ihm zuvor. Er sagte mit einem hastigen Blick: »Komm.« Der Doktor widersprach nicht, und die beiden gingen stillschweigend die Allee entlang, dem Strande zu. Als sie über die weiße Düne schritten, betrachtete Henke den andern vorsichtig. Erwin watete hastig in dem tiefen Sande, seine Augen waren groß und durstig und seine Lippen sachte geöffnet wie die eines Lauschenden. Dann sah der Doktor die Menschen, die in tiefem, sorglosem Behagen in dem durchsonnten Sande schliefen oder plauderten, und der Kontrast zwischen ihrer müßigen Ruhe und der atemlosen Hast seines Begleiters

hatte etwas Unheimliches. Endlich stand Erwin still und zwang auch den Doktor dazu, indem er ihn fest am Handgelenk packte.
Sie standen hinter einem Korbe. Jetzt vernahm Henke die Stimme einer alten Dame, welche ihm nicht unbekannt war, und dann eine leise, helle, seltsame Mädchenstimme.
Er trat vor und zog auch Erwin mit, der am ganzen Leibe zitterte.
Die alte Dame war die Generalin Wemer, die Tischnachbarin des Doktors. Sie streckte ihm herzlich die Hand entgegen, und Henke gewahrte an ihrer Seite ein fremdes junges Mädchen. Es hatte den Kopf leicht gesenkt, und die späte Sonne streute ihre Reflexe in das reiche dunkle Haar. Die Generalin reichte auch Erwin die Hand. Dann wandte sie den feinen Kopf und sagte zärtlich: »Hedwig.«
Das Mädchen erhob sich, ohne die Augen aufzuschlagen.
Die Dame stellte vor: »Meine Nichte.«
Erwin verneigte sich wie vor einer Königin. Da flüsterte ihm die Generalin ins Ohr: »Sie ist blind.«
Erwin zuckte zusammen, und der Doktor sprach vom Tennisspielen und von einem Ausflug nach Stubbenkammer. Und später sagte die Generalin: »Ich darf nicht baden; aber meiner Nichte bekommt es sehr gut.«
Die Blinde nickte: »Ich glaube, es ist sehr gesund.«
Ihre Stimme war wie ein Lied.
Aber Erwin dachte: Ihre Stimme ist traurig.
Der Doktor sprach ohne Unterlaß. Einmal lachten sie

laut, die Generalin und er. Hedwig lachte nicht mit. Und Erwin sagte ganz leise zum Doktor: »Wenn sie einmal sehen könnte, wie schön sie ist.«

Der Doktor zuckte die Achseln. Die Generalin hatte es nicht gehört, sie wies mit der Hand auf das Meer hinaus. Ferne in einem tiefgrünen Streifen zog der große, weiße Dampfer nach Rügen.

Der Doktor sah nach seiner Uhr und sagte: »Der Rügendampfer, also schon sechs.«

Die Generalin schwärmte mit ihrer müden, alten Stimme: »Wie schön die Beleuchtung ist.« Der Doktor gähnte.

Erwin schaute dem Dampfer nach und wartete. Aber das Mädchen schwieg; denn es sah ihn nicht, nur die Generalin sagte: »Es wird kühl.« Die Damen verabschiedeten sich. Erwin verbeugte sich sehr tief. Als die Damen gegangen waren, blieben die beiden schweigend. Der Doktor rieb sich die Hände: »Es wird wirklich kühl.«

Erwin schaute noch immer hinaus auf das Meer, und die weite Fläche war silbergrau. Er sagte mit trauriger Stimme mehr zu sich selbst, als zum Doktor: »Sie sieht andere Schiffe auf einem anderen Meer. Sie sieht in eine andere Welt. Darum ist ihre Stimme so.«

ALLE IN EINER

WENN die Anne-Marie zu Werner ins Zimmer trat, legte der blasse junge Mann die Holzfigur, die er eben schnitzte, beiseite, stäubte die Spänchen von seinen

Knieen, und schaute sie groß und voll an. Sein dunkles Auge schenkte ihr dann etwas von jener rührenden Dankbarkeit, mit der verwaiste Kinder und einsame Kranke der kleinsten Güte begegnen. Anne-Marie bemerkte wohl nichts davon; sie war es so gewohnt. Sie lächelte ihm zu, besah mit gespannter, kindischer Neugier die unterbrochene Arbeit.

»Die heilige Jungfrau?« fragte sie und ließ ein paar krause Spänchen durch die zieren Finger knistern.

Und oft nickte Werner: »Die heilige Jungfrau.«

Es geschah ja wohl ab und zu, daß der heilige Johannes oder der heilige Laurenz für einen Kreuzweg oder eine Tornische bestellt wurden, manchmal auch der heilige Nikolas mit der Umschrift: »Als ein sonderbarer Patron in Wassergefahren bewahre uns«, oder gar St. Egyd, über welchem jedesmal stehen mußte: »Vor Krätzewurmfraß beschirm uns gnädig.« Aber das waren Bestellungen, und solche kamen dem kranken Werner selten zu. Er schnitzte meist nach eigenem Sinn, und da wurden es lauter Madonnen. Große, die mit stolzer Mütterlichkeit den runden gesunden Knaben des Heils in den reichumfalteten Armen trugen, und kleine hilflose, die, über die Mutterschaft erstaunt, im Begriffe schienen, die winzigen, segnenden Erlöser vor Müdigkeit irgendwo niederzusetzen; dann gab es solche, die hohe, breite Kronen hatten und die Hände ausstreckten in nicht enden könnendem Begaben, und noch andere, welche in verschämter Scheu die steifen Arme über der Brust kreuzten, und diesen waren die Lider gar schwer geworden von dem vielen, langen Augenniederschlagen. Endlich fanden sich jene, die angestrichen sein wollten; die bekamen rote Backen, sehr rote Lippen und sahen gleich viel gesünder aus und viel herrlicher. Aber alle hatten eines in ihren Zügen: die große Dankbarkeit gegen Werner, ohne den sie niemals geworden wären. Und gewiß hätten sich alle gerne zusammengetan und dem jungen Mann in vereinter Kraft geholfen, die seit seinem sechzehnten Jahre gelähmten Beine wieder zu brauchen, wenn nur einmal irgendwer hätte vor ihnen knieen mögen. Aber die meisten waren nicht bestellt, standen in müßigem Erwarten nebeneinander in der Bodenkammer und kamen so gar nicht dazu, daran zu glauben, daß sie, selbst bei innigem Zusammenschluß, ein Wunder vollbringen könnten. Die Leute im Städtchen wunderten sich, daß Werner nicht ermatte, eine Maria um die andre zu schneiden, und die Ältesten schüttelten entrüstet und erstaunt die weißen Köpfe. Sie meinten, das sei ein Frevel; denn wie die heilige Maria eigentlich ausgesehen hätte, könnte keiner genau wissen, am wenigsten Werner, der um seiner Lahmheit willen nie in die Kirche konnte. Anne-Marie war vielleicht die einzige, die sich nicht wunderte. Das kam ihr ganz natürlich vor, wenn sie sich des frommen, zarten Knaben erinnerte, der einst, allen anderen Kindern fremd, mit ihr durch die traurigen Auen vor der Stadt gegangen war. Das war vor seiner Krankheit; allein in seinem Schritt war schon damals etwas Ängstliches, Flüchtendes gewesen, etwas, wovor Anne-Marie sich fürchtete, dessen Hilflosigkeit sie aber zugleich anzog und rührte. Wenn sie nicht sprachen und keine Blumen fanden, sangen seine Lippen oft von ungefähr ein leises, sehnsuchtsschweres Lied, und keiner wußte, woher es ihm kam. Und wenn die Sonne hinter den Weidenzweigen recht rot unterging, brach er in ein Weinen aus, als wäre jetzt ein lieber, wirklicher Mensch gestorben. Das war damals, als sie beide Kinder waren. Und der Anne-Marie schien es kein gar weiter Weg zu sein von dem In-den-Abend-Weinen zum Madonnenmachen, besonders durch das Kranksein hindurch. Deshalb war sie nicht verwundert über sein Tun, und fand es auch sehr natürlich, daß sie, ebenso wie sie mit dem Werner, der wandern konnte, durch die Auen gegangen war, nun bisweilen bei dem Werner, der das Gehen hatte vergessen müssen, in der Stube saß und seine hölzernen Heiligen ganz so teilnahmsreich betrachtete, wie seine Tränen von damals. Sie sah in dem kranken jungen Mann immer noch den seltsamen Spielgefährten, der ihr Mitleid brauchte, wie ihr Lächeln; und sie träumte manchmal von seinen tiefen, leidenden Augen und von seinen Händen, diesen mädchenhaften, weißen Krankenhänden, die in der Dämmerstunde immer etwas Feierliches, Segnendes bekamen. –

Diese Träume fielen ihr ein, wenn sie vor dem Kranken saß; sie lehnte dann den Kopf mit dem schweren, falben Haar ein wenig zurück, faltete die Hände im Schooß und sah in sein Gesicht, wie in eine weite Landschaft.

»Anne-Marie, was hast du?«

Sie erwachte und sagte einfach: »Ich denke.«

»Was denkst du, Anne-Marie?«

»Ich denke – ob es viele Menschen giebt, die immer krank sind wie du?«

»Ich fürchte, es giebt zu viele, Anne-Marie.«

»Oh! – Und für die müßte die ganze Welt nicht sein, nicht die Wälder und nicht die großen Städte, mit den vielen fremden und festlichen Dingen? Sie sehen das alles ja nie.«

»Sie träumen davon, Anne-Marie.«

Anne-Marie schwieg. Sie schämte sich. –

Einmal in einer solchen Dämmerstunde sagte Anne-Marie: »Weißt du, oft denk ich mir, ob du auch betest zu den heiligen Jungfrauen, die du dir aus Holz schneidest?«

Der Kranke lächelte fein: »Ich mache sie. Das ist mein Gebet.«

Anne-Marie sann einen Augenblick nach und sagte dann wie zu sich selbst: »Wie du dir die Maria vorstellst. Warum gerade so? Hast du einmal ein schönes Bild gesehen?«

»Ich weiß nicht. Ein Bild oder einen Traum. Aber ich habe sie immer vor mir. Wie die Sehnsucht ist sie.«

Da fragte das Mädchen: »Welche ist ihr am ähnlichsten?«

Werner antwortete mit geschlossenen Augen: »Alle zusammen sind sie. Wenn du das Liebliche und Gnädige und das Mächtige und Innige von den Vielen an Eine schenkst, dann ist diese Eine ihr ähnlich. Immer muß ich neue schnitzen; denn es ist so viel Gütiges und Trautes in ihr. – Alle diese zusammen und jene, die mir noch gelingen, sind – sie. Ich liebe sie so.« Er breitete feierlich die Arme aus wie vor einer Vision.

Dann verneigte sich Werner, griff nach der Figur, an welcher er eben schaffte, hielt sie hoch in den Abend und flüsterte: »Vielleicht mach ichs noch einmal: Alle in der Einen.« Er atmete tief auf. »Die bekommst du dann, Anne-Marie.«
Anne-Marie hatte Schelmerei in den Augen, sie lachte: »Zu meiner Hochzeit.«
»Warum zur Hochzeit?« Werners Stimme war fremd und rauh, wie nach einem Schrecken.
Anne-Marie sagte ernst: »Weil das ein Fest ist.« Und ihr war auf einmal sehr bange.

* *
*

DIE Zeit war da, in welcher Anne-Marie eine Madonna brauchte. Werner schleppte sich auf seinen Krücken jeden Morgen in die Bodenkammer, um das geeignete Holz für die neue Arbeit zu wählen. Keines paßte, und er blieb dann immer, erschöpft vom Aufstieg und vom Suchen, in einem Winkel der kühlen Kammer sitzen und musterte langsam die zu vielen Marien, die so traurig waren, weil sie nie ein Kind beten gesehen hatten und weil vor keiner ein Licht brannte am Sonnabend. Er dachte dabei gar nicht an die müßigen, verstaubten Heiligen, sondern überlegte, daß Anne-Marie nun heiraten werde, und daß er ihr die eine Madonna schenken müsse zu ihrer Hochzeit.
Er hatte Anne-Marie lange nicht gesehen. Es war, als fürchte sie sich vor ihm seit jenem Abend. Sie schickte nun dann und wann die kleine Klara, ihr zehnjähriges

Schwesterchen. Der Kranke gewann das Kind sehr lieb und nannte es Maus, weil es behend und naschhaft und niedlich war. Maus dagegen empfand eine gewisse sorgende Überlegenheit und gestand Werner einmal vertraulich, daß er ihr Kind und ganz dumm und ungeschickt sei. Die Kleine kam jeden Tag und brachte ihm eine Blume, einen Apfel oder einfach ihren frischen, kühlen Kindermund, der ihm das Liebste war. –

Nach langer Wahl hatte Werner ein gefüges Holz gefunden und eine von den Madonnen, welche ihm als Vorbild nützlich schien, vor sich hingestellt. Das war eine von den großen, prächtigen, und Maus freute sich mit glänzenden Augen und offenem Mund an ihrer bunten Herrlichkeit.

Plötzlich sagte das Kind: »Weißt du, das ist eigentlich gar nicht die heilige Maria.« Werner, dem die Arbeit nicht von statten wollte, blickte fragend auf. Maus schwieg verlegen und preßte die kleine Grübchenhand fest vor den Mund.

»Warum?« fragte Werner.

»Weil...ich kanns nicht sagen«, unterbrach sich die Kleine. Dabei sah sie ganz tückisch aus.

»Also, du Gernklug,« schmeichelte der Kranke müde, »wer ist es denn?«

Maus schmiegte sich an ihn.

»Die heilige Agathe?« forschte der junge Mann und liebkoste ihr das Haar.

»Oh nein.«

»Die heilige Anna?«

Unwillig schüttelte Maus den Kopf.

Werner nannte alle heiligen Frauen, die ihm gerade einfielen. Das Kind verneinte immer entschiedener und sagte endlich schmollend und voll Ungeduld: »Du Dummer, überhaupt keine Heilige. Ein Mensch.«
Werner lächelte.
»Rat einmal.«
»Oh, du kannst nicht raten«, fügte Maus gleich kläglich und ein wenig verächtlich hinzu, als sie in des Freundes ratloses Gesicht schaute.
Sie setzte sich zurecht und sagte: »Die Anne-Marie.«
Der Kranke wurde sehr blaß. Seine weißen Hände zitterten leise. Er sank im Stuhl zurück und schien das Bild Anne-Mariens, wie es in ihm wuchs, neben der großen, prächtigen Madonna zu sehen und hastigen Blicks zu vergleichen. Das Kind sah zuerst sehr enttäuscht und erstaunt aus, als Werner ernst und still verharrte, und erschrak heftig, als er jetzt aufsprang, nach den Krücken langte und mit einer fremden Stimme befahl: »Komm.«
Da hatte die Kleine sehr große Furcht. Sie wollte immer wieder fragen: »Was hast du?« Aber das ängstliche Herz pochte ihr in der Kehle und ließ dem Worte keinen Raum. So kroch sie mit schwachen Knieen hinter den dröhnenden Krücken des Kranken her in die Bodenkammer. Dort zerrte Werner sie, ehe ihre Augen durch das Dunkel fanden, am Arm und sagte hart: »Nicht wahr, das ist auch Anne-Marie?«
Maus konnte nichts erkennen. Sein Griff schmerzte sie; sie nahm alle Kraft zusammen und sagte, dem Weinen nahe: »Ja.«

»Und das?« hörte sie den Kranken. Jetzt glaubte sie mit weiten Augen etwas zu erkennen, was der Holzmadonna unten ganz ähnlich war: »Auch.«
Sie fühlte sich fortgezerrt. Wie beschwörend klang Werners atemloses Fragen: »Und die hier?«
»Ja, auch«, gab Maus eilig zu. Allmählich erkannte sie im Dunkel lauter schöne, große Anne-Marien. Da verging ihr ein wenig die Angst. Sie sagte in Bewunderung: »Ah«, und dann, wie um nicht am Schauen gestört zu sein durch lauter Fragen: »Alle, Alle.«
Da ließ Werner ihren Arm frei. Er wankte in die Ecke und fiel erschöpft in den Stuhl. Seine beiden Krücken polterten zu Boden. Maus schielte scheu und ungern zu ihm hin. Er sah sehr traurig aus. Die Kleine kehrte den Blick rasch wieder zu den vielen Puppen und ging, einen Finger im Mund, auf leisen Zehen von einer hölzernen Anne-Marie zu der andern.

* * *

WERNER hielt seine Tür verschlossen. Nur seiner alten Aufwärterin öffnete er, wenn sie ihm das Essen brachte. Aber am Abend konnte sie das Mahl, fast unberührt, wieder fortnehmen. Bei der späten Kerze schnitzte der Kranke unermüdlich. Seine Hände fieberten, und vor Anstrengung waren die Finger fühllos. Tief in der Nacht brannte sein Licht zischend und zuckend in sich nieder und verlosch. Die Dunkelheit fiel schwer auf seine müden Augen, aber die krampfige Hand ließ nicht von dem Messer. Sie tat noch ein paar blinde, rasche

Schnitte in das Holz. Gewaltsam wie Hiebe saßen sie. Dem Manne geschah, so müsse die heilige Jungfrau, die seine Sehnsucht war, ihm in dichter Dunkelheit das Werkzeug leiten und seiner gehorsamen Hand die Macht schenken, jene Züge zu bilden, die er sich nicht vorstellen konnte, die aber der Inbegriff alles Hohen und Heiligen sein mußten.

Er ließ die Arbeit nicht los und wachte mit wehen Augen dem ersten Tag entgegen. In das zögernde Licht hob er das Holzbild. Und was ihm entgegensah, war immer wieder diese: Anne-Marie, die in den nächsten Tagen Hochzeit halten sollte. Im nächsten Augenblick, da er dies erkannte, schlug er die Figur gegen das Fensterbrett, so hart, daß ihr Kopf losschnellte und in weitem Bogen in die zwielichtvolle Stube flog. Werner ließ den Holzklotz fallen und grub seine Finger ins Haar, so daß er seine Nägel wie kalte, eiserne Schrauben eindringen fühlte.

Drüben hob sich die frühe Sommersonne. Das Grau schmolz von den Dächern, und in dem nahen Garten jubelte der Morgen mit hundert Vogelrufen. Übernächtig starrte Werner in die Purpurpracht. – Er konnte nicht knieen mit seinen toten Füßen; aber seine verzweifelte Seele lag auf den Knieen in fieberndem Flehen, als er hoch die Hände zusammenschloß und betete:

»Heilige Jungfrau, du *bist* doch, und du bist gewiß nicht so wie die Anne-Marie. Du kannst nicht sein wie eine, die Hochzeit hält in diesen Tagen. *Dich* will ich verherrlichen. Seit Gott mir die Gnade genommen hat, meine Füße zu brauchen, mache ich dein Bild. Hörst du – dich! Mit meinen armen, hilflosen Händen mach ich dir meine hölzernen Gebete. Hast du nie Freude daran? Heilige Jungfrau, es sind schlechte Bilder von dir, und deine Güte hat nicht Raum in ihnen. Aber gieb mir, daß ich nur eines mache, das dir ähnlich ist; wenn auch nur so ähnlich wie der kleine Kohlenfunken der Sonne. Ich bin dir dankbar. Nur laß es Licht sein von deinem Lichte, Liebe von deiner Liebe. Nur laß es nicht sein wie jene, denn du kannst nicht sein wie die Anne-Marie, die Hochzeit hält in diesen Tagen.«

Seine Stimme war farblos, und seine Hände glitten in satter Erschöpfung in seinen Schooß. Mit geschlossenen Augen lauschte er dem Gebete nach. Er ruhte, wie Kinder ruhen nach einer langen, wilden Fiebernacht.

Aber nach wenigen Minuten fuhr er jählings empor, probte ein neues Holz in den Händen und begann hastig, mit unnatürlicher, überreizter Gewandtheit zu arbeiten. In banger, lauernder Spannung wachte sein Auge über dem, was sich unter schnellen Schnitten formte und entfaltete. Er fühlte jetzt eine heilige, sieghafte Kraft in sich, und die Weihe seines Gebetes verlieh ihm eine süße, heimliche Hoffnung. Bei jedem Griff empfand er: diesmal war es anders, als alle fünfzig oder hundert, oder tausendmal vorher. Etwas ganz Neues, keusch in seinem Niedagewesensein, – nicht Alle in Einer, die Eine, die gar nicht wußte von den Allen, – mußte gelingen. Ein großer, innerer Jubel stärkte ihn, und ihm geschah, daß die Freude in seinen Fingern immer heftiger zitterte, als die krampfhafte Ermüdung. Nach ein paar Stunden, die ihm wie Minuten vergangen waren, rastete er, stellte die Arbeit auf das Fensterbrett und betrachtete mit sinnendem Lächeln die zarten Züge, die, wie sacht verschleiert, aus dem duftenden Holze hervortraten. Es war ein lindes, leidendes Gesicht; wie das einer Abschiednehmenden, das man nicht mehr klar erkennen kann, vielleicht weil sie schon zu weit fort ist, oder weil einem die Augen voll Tränen stehen. Ganz von ungefähr dachte Werner an seine arme kranke Mutter, die er kaum gekannt hatte, weil sie so früh die Hände in der Grube hatte falten müssen. Und während er ganz mechanisch an dem Holz weiterschnitzte, ging seine Seele, von leiser Rührung geführt, bis zurück zu den kleinen, blassen Blüten der fast vergessenen Mutterliebe. –

Wie ein Türengehen war es gewesen, was den Gelähmten aus seinen Träumen schreckte. Er fuhr auf und durchforschte mit verstörten, fernhergerufenen Blikken die Stube, in deren tiefsten Ecken schon die Dämmerung Netze spann. Er war allein. Aber als er seine Arbeit wieder aufnahm, wußte er: Es saß jemand neben ihm, der mitschnitzte. Wie schützend neigte er sich über die Figur. Aber der neben ihm langte doch herzu und riß mit zuckenden Griffen an den überfeinen, leidenden Linien und machte, daß sie etwas Festes, Irdisches bekamen: etwas von Anne-Marie. Werner fror vor Entsetzen. Er fühlte, daß es jetzt den letzten Kampf galt. Sein Werkzeug blinkte in rasender, verfolgter Eile auf und nieder und fuhr wie ein Blitz in die gebahnten Rillen, aus denen die Späne spritzten. Er wollte dem anderen zuvorkommen. Der aber tat in unerbittlicher, brutaler

Ruhe Schnitt um Schnitt und zerstörte höhnisch jeden Zug des Atemlosen. Zuletzt schien es dem Kranken, als stünde seine haltlose Hast, ganz besiegt, im Dienste des Feindes. Da ergriff ihn der Zorn der Hilflosigkeit. Seine bebende Rechte fiel das Holz in immer wilderen und zielloseren Hieben an. Seine Augen folgten ihr nicht mehr. Er starrte hinaus, dem Abend ins rote Gesicht, und brüllte: »Du oder ich.« Dabei schaffte seine Rechte, gleichsam losgelöst von ihm, immer fort, und das scharfe Messer formte nicht mehr das harte Holz. Er schnitzte an seinen eigenen, blutenden Händen.

EINIG
(1897)

FRAU Sophie goß ihrem Sohne Tee ein. Ihre schlanke, vornehme Hand zitterte leise. Der Kranke saß ihr gegenüber in dem Gobelinsessel und schwieg. Nur seine weißen Hände auf den dunklen Armlehnen lebten ihr eigenes, fieberndes Leben. Frau Sophie stellte die Silberkanne, die das ganze Licht des dämmerigen Zimmers zu sammeln schien, auf den Tisch und strich sich über die weißen Scheitel. Dann setzte sie sich in den tiefen Lehnstuhl, und ihr Seidenkleid knisterte dabei. Sie sah mit einem zärtlichen Lächeln hinüber zu ihrem Sohn. Und sie bemerkte jetzt nicht die bleichen Wangen des herzkranken jungen Mannes und nicht das leise Beben seiner Nasenflügel, das wie das Schwingenschlagen eines Falters war vor dem Sterben; sie fühlte nur, daß er nun nach vielen Jahren wieder zu Hause war und daß sie die Hände voll unverbrauchter Liebe auf seine Stirn legen und mit ängstlichen Augen die Wünsche lösen durfte aus seinen Blicken. Daß er um seiner schweren Krankheit willen zu ihr zurückgekehrt war, hatte sie ganz vergessen. Sie dankte Gott dafür, ihn beschützen zu dürfen, und war froh, ihn seitab zu wissen vom großen, wilden Wege der Stürme und Ströme und irgendwo ihn zu hüten, wo er ganz willenlos, ganz Besitz ihrer Liebe war. Dieses Bewußtsein lag wie ein stilles, verklärtes Leuchten auf ihrem Gesicht. Gerhards große und verdunkelte Augen schienen ins Uferlose gerichtet, aber sie belauerten doch die verträumte Seligkeit in ihren Zügen. Und seine kranke, bange Seele sann diesem Lächeln nach und erriet seine Tiefen. Der junge Mann dachte: So ist die Mutter. Sie dankt Gott, daß ich zurückgekommen bin, und ich bin doch zurückgekommen, um zu sterben. Sie dankt Gott, daß mich keine Gefahr mehr findet, und das Leben ist eine einzige Gefahr. Sie dankt Gott für mich und mein Leben, und ich bin eine frühwelke, wurmfaule Frucht. So ist die Mutter. Die Teetassen sangen ein silbernes Lied, und Frau Sophie sagte mitten aus ihren Träumen: »Es ist noch alles so – wie damals bei uns – nicht wahr? Kein Stuhl verrückt. Auch die Bilder hängen noch so, wie du es bestimmt hast. Über deinem Bett ›Der Geiger‹ von Hans Thoma. Du hast ihn ja so geliebt als Knabe. Liebst du ihn noch?« Der Kranke nickte kaum.

»Was spielt er wohl? Glaubst du. Ich glaube, er spielt dein Heimatlied.«

Der junge Mann atmete hastig: »Meine Kindheit spielt er, Trauer spielt er und Entsagung.«
Er hatte heiser gesprochen. Wieder sangen die Tassen.
Erschrocken fragte Frau Sophie: »Hast du deine Kindheit nicht lieb, Gerhard?« Der Kranke sah sie sehr ernst an: »Lieb? Oh ja. Ich liebe sie, wie man eine Lüge liebt, durch die man glücklich wird, oder einen Traum, in dem man König war, oder eine Güte, die einen zum Sklaven macht. Ich liebe diese Stuben, in denen sie gewohnt hat, und deine Stimme, die ihre Sehnsucht war. Ich liebe alle Wege, welche du mich geführt hast, diese leisen, lautlosen Wege ums Leben herum zu deinem Gott.«
Frau Sophie machte eine Bewegung, so daß der Löffel scharf auf die Untertasse fiel.
Dann sagte sie kalt: »Ich habe dich in Frömmigkeit erzogen.«
Gerhard lächelte ein wenig: »Was ist Frömmigkeit? Freude an dunkeln Kirchen und lichten Christbäumen, Dankbarkeit für den stillen, von keinem Sturme gestörten Alltag, Liebe, die den Weg verloren hat und sucht und tastet im Uferlosen. Und eine Sehnsucht, welche die Hände faltet, statt die Flügel auszuspannen.«
Der Kranke lehnte den Kopf weit zurück in das dunkle Kissen, so daß man das Kinn sah mit den spärlichen blassen Barthaaren und den mageren Hals mit den straffen Sehnen. Frau Sophie nestelte mit ihren feinen Fingern hastig an ihrem schwarzen Spitzenkragen, und in ihrer Stimme war lauter Zärtlichkeit:
»Machst du mir Vorwürfe, Gerhard?«

Der junge Mann regte sich nicht, nur seine Hände wiegten sich leise. »Nein, Mutter.«
»Du sprichst so...« fragte die alte Dame ängstlich.
Gerhard senkte langsam den Kopf, und sie schauten sich in die Augen.
»Danken müßt ich dir eigentlich dafür. Du hast mich tief in lauter Wunder geführt, immer weiter und immer weiter. So weit hast du mich in deinen Glauben geführt, daß ich die ganzen zehn Jahre, da ich von dir fern war, gebraucht habe, um herauszufinden.«
Frau Sophie lehnte sich vor in ihrem Sitze, wie um kein Wort zu verlieren.
Der Kranke sprach fort in unsäglich mildem Ton. Ein jedes Wort schien für sich um Verzeihung zu bitten: »Mutter, du mußt es wissen, diese zehn Jahre waren ein trostloser Rückweg für mich. Ich bin so müde dabei geworden. Aber ich müßte dir dennoch danken dafür, – wenn ich nicht so krank wäre. Ich stehe jetzt ganz am Anfang und muß sterben. Ich bin, als ob ich nie gelebt hätte, denn ich habe nie ins Leben gefunden. Fünfzehn Jahre irregeführt sein und zehn Jahre sich zurückkämpfen zum Anfange: Das bin ich.«
»Gerhard!« flehte Frau Sophie, und ihre Hände zitterten und falteten sich vor lauter Hilflosigkeit, »du versündigst dich.«
Der Sohn aber sagte aus tiefen Gedanken: »Am Anfang sein und sterben müssen, das ist doch traurig.« Seine Augen waren so voll Wehmut, daß die Dame die Hände vor das Gesicht preßte und heftig aufschluchzte.
Gerhard schwieg, und seine Blicke ruhten von unge-

fähr auf dem Bilde seines Vaters, das nahe am Fenster hing und dessen Züge im Dämmerlicht noch kenntlich waren. Er konnte sich seines Vaters kaum entsinnen, denn er war noch ein ganz kleiner Knabe, damals als der Vater, um einer fremden Frau willen, die Heimat verließ. Der Kranke dachte nach und sagte dann: »Ich glaube – jetzt bin ich dir noch viel weiter und fremder als er.«

Frau Sophie drückte das dünne Batisttuch an die Augen, und ein ganz leiser Duft von feinem Lavendel wehte durch das Zimmer. Sie fragte mit trockener Stimme: »Wer?«

»Der Vater!« antwortete Gerhard brutal.

Die alte Frau blickte ihn erschrocken mit zuckenden Augen an, und ihre Lippen bebten krampfhaft und suchten zu widersprechen. Allein sie fand kein Wort. Sie fühlte plötzlich, daß sie etwas verteidigen mußte, was von ihrem Kinde bedroht war, etwas, was tief in ihr lebte, sie stärkte und segnete und was ältere Rechte besaß als ihr Kind. In diesem Augenblicke wäre sie am liebsten geflohen. Scheu blickte sie auf. Sie sah jetzt die matten, geschlossenen Augen des Kranken und seinen Mund, der müde war von den vielen Worten. Seine arme, rührende Hilflosigkeit fesselte sie. Unwillkürlich stellte sie die beiden im Geiste nebeneinander: den Gott in ihr, den Gerhard bedroht hatte, und ihren schwachen, unglücklichen Sohn. So blieb sie.

Die nächsten Wochen waren ein leiser, heimlicher Kampf, den Frau Sophie dadurch zu mildern suchte, daß sie ihren Gott immer tiefer in sich versenkte und vermied, daß er jemals ihrem Sohne begegne. Dadurch erhielt ihr ganzes Wesen eine ängstliche Hast, eine gewisse scheue Heimlichkeit, welche jeder ihrer Bewegungen die Sicherheit raubte. Sie versperrte ihre Türe, wenn sie ihr Nachtgebet sagte, und wenn das Aveläuten begann, so ging sie in irgend ein dunkles Zimmer und machte dort zitternd das gewohnte Kreuz. Vor dem Mittagmahl beschränkte sie das von Kindheit an geübte Flehen auf einen ganz flüchtigen Gedanken an Gott, und sie bangte jedesmal, Gerhard könnte ihn in ihren Augen finden. Die stete Furcht legte sich wie etwas Fremdes über sie, und den lauernden Blicken des Kranken war die seltsame Veränderung keineswegs entgangen. Fast unbewußt forschte er nach den Gründen desselben und ermattete in Vermutungen. Dabei wurde er reizbar und bitter, und er sprach oft von dem ›Rückweg‹, aber nicht mehr im Tone einer sanften, wehmütigen Entsagung wie jenes erste Mal. Dann fürchtete Frau Sophie für ihren Gott in gleichem Maße wie für den Kranken. Denn sie liebte beide und wußte, daß der Entscheidungskampf einen von ihnen töten müsse. In diesen bangen Wochen war aus dem machtreichen und großen Gott, der sie seit ihren Kindheitstagen geleitet und beschirmt hatte, ein ganz kleiner, furchtsamer Gott geworden, der ihr Eigentum war und den sie beschützen mußte und hüten, wie ein aus seinem Nest gestürztes Vögelchen. Sie erschrak, als sie dies bemerkte. Sie fühlte mit einemmale, wie ihr Gott in diesem tiefen Verborgensein immer ärmer und ratloser und kleiner wurde, und bebte vor dem Tag, da er ganz zusammen-

sinken würde, ohne Widerstand und lautlos, wie eine Lampe verlischt, wenn es am Öl fehlt. Sie empfand zugleich, daß sie ohne diesen Gott sein werde wie ein totes Blatt und daß sie ihn, ehe es zu spät sei, herausholen müsse aus seinem Begrabensein in das helle Licht.
Darum sagte sie einmal, als Gerhard ihr wieder gegenüber saß in der Dämmerung:
»Ich glaube an Gott. Er wird dich gesund machen.«
Ihre Stimme klang zaghaft, und sie wiederholte mutiger: »Ich glaube an Gott.«
Da erhob sich der Kranke mühsam und ging auf sie zu. Er kam wie einer, der etwas nehmen will, und Frau Sophie zitterte unter seinem Blick. Sie zitterte vor seinen kranken Händen und sah, wie er seine kalten, harten Finger ihrem Gott an die Kehle legte, um ihn zu würgen. Und sie flehte vor ihrem Sohn für ihn:
»Mitleid.«
Gerhard blieb vor ihr stehen.
Sie stöhnte in fortwährender Abwehr wie gegen einen Fluch: »Ich glaube an Gott.«
Er stand vor ihr und hielt ihre zitternden Hände.
Er nickte: »Ja«, und sagte dann, als ob er jemandem nachspräche: »... aber dein Gott kann mir nicht die Krankheit nehmen. Ich habe sie nicht von ihm; die hat mir mein Vater gegeben.«
Entsetzt sah ihn die Mutter an.
Er ertrug ihr Auge. Da wurde es immer ohnmächtiger und müder. Er ließ ihre feinen Hände fallen, schob einen Stuhl näher und setzte sich. So trafen sich ihre Blicke, und sie dachten: Wir sind so fern von einander.

Sie waren einander sehr ähnlich, aber es war schon spät, und sie konnten ihre Züge nicht erkennen. So saßen sie, und der Kranke fühlte: Also ich werde ganz allein sein die kurze Weile. Unsere Lippen können sich nichts mehr schenken, denn lächeln wird sie nicht mehr, ihre Küsse gehören ihrem Gott, und ihre Worte sind aus einer fremden Sprache. Ich werde also ganz allein sein. Sie aber hat ihren Gott.

Sie schwiegen.

Dann sagte sie, und es war, als schickte sie ihre Worte über einen breiten, rauschenden Fluß von Ufer zu Ufer:

»Seine Briefe waren so furchtbar. Er hungert. Ich hab deinem Vater Geld geschickt – verzeih.«

Er jubelte auf: »Ich habs auch getan.«

Erfüllt von demselben, dankbaren Leuchten fanden sich ihre Augen.

Alle Fernen schmolzen.

Und ihre Hände schlossen sich innig zusammen wie die zweier Menschen, die einander helfen wollen. –

ZWEI PRAGER GESCHICHTEN

(1899)

KÖNIG BOHUSCH

DIE GESCHWISTER

Vorwort

Dieses Buch ist lauter Vergangenheit. Heimat und Kindheit – beide längst fern – sind sein Hintergrund. – Ich würde es heute nicht so, *und darum wohl überhaupt nicht geschrieben haben. Aber damals als ich es schrieb, war es mir notwendig. Es hat mir Halbvergessenes lieb gemacht und mich damit beschenkt; denn wir besitzen von der Vergangenheit nur das, was wir lieben. Und wir wollen alles Erlebte besitzen.*

Schmargendorf, im Februar 1899.

Rainer Maria Rilke.

KÖNIG BOHUSCH

Als der große Mime Norinski um drei Uhr nachmittags in das National-Café, welches vor dem Prager tschechischen Theater liegt, eintrat, erschrak er ein wenig, lächelte aber gleich darauf sein verächtlichstes Lächeln: in dem Spiegel, schräg gegenüber der Tür, hatte sich irgend eine entfernte Ecke des Saales gefangen, und er hatte drinnen eine schiefe Marmorsäule und unter dieser Säule einen kleinen, buckligen Mann erkannt, dessen seltsame Augen dem Eintretenden wie lauernd aus einem unförmigen Kopfe entgegenstarrten. Das Fremde dieses Blickes, in dessen Tiefen irgend ein unerhörtes Geschehen sich dunkel zu spiegeln schien, hatte ihn einen Augenblick in Schrecken versetzt. Nicht etwan, weil er besonders furchtsamer Natur gewesen wäre, sondern infolge des profunden und versonnenen Wesens, welches so großen Künstlern meistens eignet und durch dessen Wall sich jedes Ereignis gleichsam durchbohren muß. Dem Original gegenüber empfand Norinski nichts Ähnliches. Er übersah den Verwachsenen sogar eine ganze Weile, während er mit unnötiger Wichtigkeit den andern am Stammtisch die Hand reichte. Die Händedrücke nahmen eine ziemliche Zeit in Anspruch, denn jeder hatte gleichsam drei Akte. Erster Akt: Zögernd folgt die Hand des Schauspielers dem Flehen der entgegengestreckten Hände. Zweiter Akt: Seine Hand spricht nachdrücklich zu der, welche sie umfaßt: Merkst du auch die Bedeutung dieses Moments? Dritter Akt und Katastrophe, wobei Norinski jede Hand verächtlich losließ, fortwarf: Oh du Erbärmlicher, das kannst du ja gar nicht merken ... Diese Erbärmlichen waren diesmal: Karás, der lange blasse Kritiker des ›Tschas‹, ausgezeichnet durch einen überaus langen Hals und – wie ein boshafter jüdischer Kollege mal behauptet hatte – einen überaus höflichen ›Adamsapfel‹, welcher jeden Tropfen durch die Einsamkeit der Kehle bis an den Kragenrand, wo er sich nicht mehr verirren konnte, begleitete und von dort diensteifrig auf seinen Posten zurückschnellte, Schileder, der schöne Maler, der so traurige Dinge malte, der Novellist Pátek, der Lyriker Machal, der Student Rezek, der etwas abseits saß, aus einem großen Stammglas heißen Tschaj mit viel Kognak trank und schwieg. Endlich schien Norinski auch den Buckligen zu bemerken. Er lachte: »König Bohusch!« und streckte mit ironischem »Majestät« die Hand über den Marmortisch. Der Kleine fuhr auf und schickte ihm, um die Mimenhand nicht warten zu lassen, überhastig seine gelben unreifen Finger entgegen, so daß sich die beiden Hände wie Vögel in der Luft haschten. Dem Bohusch kam das ziemlich drollig vor, und er ließ ein zitterndes, zerbrochenes Lachen hören, das er ängstlich unterbrach, als er bemerkte, wie die Blatternarben auf Norinskis Stirne sich unter ärgerlichen Falten versteckten. Der Mime murmelte etwas, gab die Jagd auf und sagte in schlechter Laune zu Karás:

»Ihr schreibt auch einen Kohl, mein Lieber. Aber das sag ich dir, ich spiele meinen Hamlet das nächstemal just so, wie gestern. Ich spiele eben *meinen*. Verstehst du, Liebster?«

Karás schluckte irgendwas hinunter und sagte etwas von der Auffassung, die andere bekundet hätten, Bedeutende; er möchte nur Kainz nennen oder – der Student Rezek trank heftig sein Glas aus, und Norinski sagte erregt:
»Liebster, was geht mich ein deutscher Hamlet an. Du wirst doch nicht etwan behaupten wollen, wir dürften nicht auch unsere Meinung haben? Ist der Shakespeare ein Deutscher? Nun, was gehn uns also die Deutschen dabei an? Ich nehme meine Auffassung sozusagen direkt aus dem Englischen.«
»Das einzig richtige«, sanktionierte Pátek und strich den spitzen Modebart mit gepflegten Fingern.
»Dein Kostüm übrigens, ich meine vom malerischen Standpunkt –« besänftigte der schöne Maler, und rasch wandte sich ihm Norinski zu. »Ja«, gähnte er so ganz obenhin, und dann mit herablassender Gönnerstimme: »Was macht denn Ihr Schauspiel, Machal?«
Der Lyriker schaute eine Weile schweigend in sein Absinthglas und erwiderte leise und kummervoll: »Es ist Frühling.«
Alle erwarteten noch etwas, aber der Dichter schien schon wieder unterwegs nach dem blassen Garten seiner Träume. Er sah sein Absinthglas wachsen und wachsen, bis er selbst sich mittendrin fühlte in dem opalnen Licht, ganz leicht, ganz gelöst in dieser seltsamen Atmosphäre. Nur Schileder hatte das gewaltige Wort ernst hingenommen. Es lag über ihm, so dicht, daß er auch nicht mit den Wimpern hätte zucken mögen. In seinem Tiefsten dachte er: Gott, das trifft jeder. Hat er

denn etwas Besonderes gesagt? Das kann ich auch: es ist ... Er kam nicht zu Ende damit. Alle lachten, und Schileder atmete auf, als er an den Mienen der anderen sah, daß der Ausspruch doch nicht so gewichtig gewesen sein mochte. Karás wandte sich an den Lyriker: »Das heißt, es blüht dein Stück. Hm?«

Da sagte Machal seiner Muse mit einer Verbeugung: »Entschuldigen Sie –«, und kam ungern zurück aus der opalnen Welt; aber das Mißverständnis war auch zu arg: »Nein,« betonte er, »das heißt, ich bin zu traurig jetzt. Das heißt, es ist jetzt die Zeit, wo die Natur alles Werden mißversteht, das heißt, daß ich müde bin – müde dieses wunden Keimens.«

»Aber verzeih,« der Novellist tippte ihn mit dem modegelben Handschuh auf die Schulter, »das mag ja sein, aber das ist doch nicht Frühling.«

Und der Maler dachte: nein, das ist nicht Frühling.

»Im wunderschönen Monat Mai«, deklamierte der Mime.

»Einst,« hauchte der Dichter und machte eine Bewegung mit der Hand, mit welcher er dieses Einst noch weiter zurückdrängte, »einst war das vielleicht so, wie es in alten Gedichten steht – der Frühling: ›Licht und Liebe und Leben‹. Wer das noch glaubt, belügt sich.« Er seufzte tief.

Wie schade, dachte der Maler, also kein Frühling mehr.

Machal aber erhob sein Gesicht, das durch große Sommerflecken entstellt war, hoch in das klare Nachmittagslicht und konnte durch das Fenster gerade die Rampe des Nationaltheaters sehen, längs welcher ein Schutzmann auf und nieder ging. Das wollte er nun gerade niemandem zeigen, allein er sagte gleichwohl: »Schaut nur hinaus. Dieser Kampf mit den blöden brachen Schollen, den jeder der feinen schwachen Keime kämpfen muß, um zu seinem Sommer zu kommen. Hier«, und er schraubte sich noch ein wenig höher – »steht die hilflose Blüte und will blühen; das ist das einzige, was sie kann, sie kann nur blühen, und sie will wirklich niemanden stören damit, und doch sind alle gegen sie: die schwarzen Krumen, die sie nur nach langem Bitten durchlassen, die Tage, die wahllos Wärme und Regen und Wind auf sie herabstreuen, und die Nächte, die sich langsam an sie heranschleichen, um sie zu würgen mit ihren eisigen Fingern. Dieser feige traurige Kampf, das ist der Frühling.« Machal fröstelte; seine Augen starben. ›König Bohusch‹ sah ihn ganz starr an. Das war etwas sehr Ungerechtes, was der Dichter sagte, schien ihm, und er hatte vieles dagegen im Sinn. Es drängte ihn aufzustehen und hochragend und heiter den Frühling zu verteidigen, der dennoch voll Sieg und Sonne war. Ihm stiegen so viele schöne Gedanken in den Kopf, daß ihm die Wangen ganz warm wurden und er eine Sekunde das Atmen vergaß. Aber ach, was hätte es genützt, aufzustehen; sie hätten es kaum bemerkt, denn Bohusch sah, auf der hohen Samtbank sitzend, fast größer aus, als wenn er stand. Auch seine Stimme hätte kaum bis zu Norinski hinüber fliegen können; bei solchen Entfernungen wurde sie schon ungewiß und flatterte wie ein angeschossener Vogel. Das wußte Bohusch. Und so schwieg er, preßte die Lippen, die wie aus Holz geschnitzt waren, eng aneinander und begann, wie oft als Kind, still für sich mit den vielen goldenen Gedanken zu spielen, ganze Berge und Burgen zu bauen, aus deren schlanken Säulenfenstern seine Träume ihn grüßten. Und er war so reich, daß er jedesmal neue Paläste errichten konnte, von denen keiner einem alten ähnlich sah, und das will etwas bedeuten, da der Kleine über dreißig Jahre diese Beschäftigung trieb, seit seinem fünften Lebensjahre etwan – und sich doch nicht wiederholen mußte. Die anderen sprachen jetzt, während Machal sich gewiß wieder im Absinthglas sitzen fühlte, von lauten Dingen und Alltäglichkeiten in wirrem Durcheinander, und über allem schwebte die Baßstimme des Schauspielers mit ausgebreiteten Flügeln. Bohusch aber dichtete in seiner Ecke an seiner Apologie des Frühlings. Er kannte ihn ja eigentlich nur so, wie er im finstern und feuchten Hirschgraben oder auf dem Kirchhof Malvasinka aussah; einmal als Kind hatte er ihn in der wilden Schárka gesehen, und heute hörte er noch in seiner Brust ein feines, altes Echo jenes Sonnentages. Wie selig mußte der erst draußen zu schauen sein, wo er seine Heimat hat, weit von der Stadt und ihrer Unrast, und es ärgerte und kränkte ihn, daß die Menschen um ihn, die doch weit herumgekommen sind, zugaben, daß man den Frühling verleugne. Das mußte er ihnen doch sagen. Aber ein zager Versuch seiner Lippen ging in dem allgemeinen Hin und Wider schnell und spurlos unter, und der arme Bohusch hätte auch nichts mehr zu sagen gewußt. Als fürchteten sie, verraten zu werden, flüchteten seine

Gedanken in ängstlichem Ungestüm aus der schönen Versammlung, und statt ihrer füllte eine einzige Vorstellung sein Gehirn, und die sprach er willenlos und unbemerkt aus: Ja, mein Vater. Es bedurfte eines Augenblicks, ehe der Bucklige sich klarmachte, warum er gerade an ihn dachte. Er sah ihn: in seinem riesigen dunkelblauen Tressenpelz, dessen Kragen mit dem mächtigen Vollbart zu verschmelzen schien, ging er mit breiten, selbstbewußten Schritten in dem lichtgetünchten hohen Flur des alten Fürstenpalastes in der Spornergasse her und hin. Der goldene Knopf seines Stabes rührte fast an die goldenen Fransen, die von der Krempe des dreispitzigen Hutes hingen, unter welchem seine Augen ernst und wachsam waren. Dann stand der kleine kränkliche Bohusch oft hinter der Türe der Portierswohnung und schaute scheu durch eine Spalte dem gewaltigen Schreiten des Vaters nach, dessen Gestalt höher war als die aller anderen Menschen, um so vieles ragender auch als die des alten Fürsten, vor dem der Vater den Tressenhut ganz tief abnahm, ohne sich indessen sonderlich zu verneigen. An einen Kuß oder ein Lächeln dieses Mannes konnte sich Bohusch, soweit er zurücksann, nicht erinnern, wohl aber gehörte seine Gestalt und seine Stimme zu den deutlichsten Eindrücken seiner armen Kindheit. Und darum fiel ihm der Vater auch immer dann ein, wenn er den längst Toten um diese beiden Eigenschaften beneidete und sich sagte: Beides ist doch eigentlich jetzt so gut wie unbenutzt; er braucht weder Stimme noch Gestalt mehr, warum hat er das alles dann mitgenommen? Und wenn der Bucklige das dachte, kam es immer so: auf einmal fühlte er etwas, das ihn mitnahm, fortriß. Seine Gedanken waren nicht mehr in ihm, sie liefen vor ihm her, und er mußte sie verfolgen, um sie wieder zu fangen. Man konnte sie doch nicht so ohne weiters laufen lassen. Atemlos holte er sie immer an derselben Stelle ein. Das war eine helle Herbstnacht mit hastigen Wolken. Das flüchtige Licht war gerade geduldig genug, um Bohusch eine Marmortafel erkennen zu lassen, auf welcher, halb von wildem Gezweig verdeckt, stand: Vitězlav Bohusch, fürstlicher Portier. Und so oft der Kleine das las, begann er immer mit gierigen Nägeln in Gras und Schollen zu graben, bis er immer matter und der Atem der feuchten Erde immer schwerer und dunstiger wurde und seine blutigen Nägel endlich kreischten auf dem glatten Holz eines großen gelben Sarges. Und dann sah er sich auf dem Kasten in der schwarzen Grube knieen und eine Sekunde oder zwei ratlos sein. Bis immer dieselbe Lösung ihm kam: Man muß dieses Brett mit dem Kopf durchdrükken können, wie eine Fensterscheibe. Hatten sie ihn nicht immer gehöhnt um seines schweren Schädels willen? Also zu etwas muß er doch gut sein, nicht? Krach! Das Brett weicht – natürlich – wie eine Fensterscheibe, und der Bohusch holt sich mit heißer Hand aus dem dumpfen Dunkel die Brust des Vaters und schnallt sich dieselbe wie einen Harnisch um die schüchternen Schultern, und er langt wieder hinein und sucht und sucht mit krampfigen Fingern und schickt auch die andere Hand zu Hilfe und kann es gar nicht begreifen, daß er mit beiden wunden Händen die Stimme des Vaters nicht finden kann.

* * *

An den Abenden des frühen Frühlings ist die Luft von feuchter Kühle, die sich leise über alle Farben legt und sie lichter und einander ähnlicher macht. Die hellen Häuser am Quai haben fast alle den blassen Ton des Himmels angenommen, und nur ihre Fenster zucken dann und wann in heißem Leuchten und verlöschen versöhnt in dem Dämmer, sobald erst die Sonne sie nicht mehr aufstört. Dann steht nur noch der Turm von St. Veit in seinem ewigen greisen Grau aufrecht da. »Er ist wirklich ein Wahrzeichen«, sagte Bohusch zu dem schweigsamen Studenten. »Er überdauert jedes Dämmern und ist immer ganz gleich. Ich meine in der Farbe. Nicht?«
Rezek hatte nichts gehört. Er sah hinüber nach dem Kleinseitner Brückenturm, wo man eben die Lichter anzündete.
Bohusch fuhr fort: »Ich kenne mein Mütterchen Prag bis ins Herz – bis ins Herz,« wiederholte er, als wenn jemand seine Behauptung bezweifelt hätte, »denn das ist doch wohl sein Herz, die Kleinseite mit dem Hradschin. Im Herzen ist immer das Heimlichste, und, sehen Sie, es ist soviel Heimliches in diesen alten Häusern. Ich muß es Ihnen sagen, Rezek, denn Sie sind vom Lande und wissen es vielleicht noch nicht. Aber es giebt da alte Kapellen, Jesus, und was da für seltsame Dinge sind. Bilder und Ampeln, und ganze Kästen, Rezek, ich

lüg nicht, ganze Kästen voller Gold. Und aus diesen alten Kapellen führen Gänge weit, weit unter der ganzen Stadt durch, vielleicht bis nach Wien.«

Rezek sah den Verwachsenen von der Seite an.

»Bei meiner Seele«, beschwor der und legte die Hand auf die schiefe, gedrungene Brust. »Ich hätts ja auch nicht geglaubt. Nie, mein Leben nicht. Aber ich habs einmal gesehen, nicht in einer Kapelle, aber –«

»Wo?« forschte der Student plötzlich mit so entschiedenem Interesse, daß der Kleine zusammenschrak.

»Sehen Sie,« sagte er, »Sie möchtens nicht glauben. Aber in unserem Keller da ist ganz am Ende eine Vertiefung, so etwa zwei Stufen abwärts, und dann ein Loch in der Mauer, gerade so groß, daß einer durchkrauchen kann – so – natürlich auf allen vieren.« Bohusch lachte sein zerbrochenes Lachen.

»Na und –« drängte Rezek, fügte aber ruhiger hinzu, während er zwischen seinen lebendigen Fingern eine Zigarette formte, »was dann?«

»Ich wär niemals hineingekrochen. Bewahre. Aber mir fiel mal die Kerze, mit der ich hinuntergestiegen war, brennend zwischen alte Holzscheite. Mein Schrecken! Na, Sie können sich vorstellen, Rezek, eine brennende Kerze in altem, trockenem Holz. Ich finde sie endlich wieder; sie war verlöscht natürlich, aber in lauter Angst grabe ich weiter. Es hätte doch ein Funke irgendwo darunter sein können. Da gleite ich auf einmal mit dem Holz tiefer und sitze vor dem Loch. Schau hinein. Nicht möglich. Noch ein Keller, denk ich. Ich leuchte. Aber es ist nur ein Gang, und der führt weiß Gott wie weit, weiß Gott.«

Sie schritten jetzt ganz langsam den Quai abwärts, der steinernen Brücke zu. Rezek tat einen langen Zug aus seiner kleinen, ganz durchfeuchteten Zigarette und sagte, ohne zu Bohusch herabzusehen: »Das ist selbstverständlich längst vermauert, das Loch?«
»Vermauert?« kicherte Bohusch, »vermauert«, und konnte sich kaum fassen vor Heiterkeit. »Wer so was vermauern soll?«
»Nun, Sie habens doch jedenfalls angezeigt?« Der Student sah ärgerlich aus. Seine dunklen Augen lauerten in dem blassen Gesicht, als wollten sie sich auf die Antwort des Kleinen stürzen.
Der war eben erst wieder vernünftig: »Sie wissen ja, meine Mutter, – der hab ichs erzählt. Und sie hat gesagt: ›Ein Loch? Was geht uns das an, Bohusch. Leg das Holz wieder davor, wie es war.‹ Und da hab ich also das Holz davor gelegt, so wie es war. Sie hat ja recht, was geht uns das Loch an.« Der Student nickte zerstreut und sagte dann rasch: »Es ist doch noch kalt im April.« Er schob die eckigen Schultern höher und nahm den schäbigen gelben Sommerüberzieher, den er den ganzen Winter getragen hatte, vorn fest zusammen; »wollen wir da hinüber ins Café? Ein Tschaj wird wohltun. Kommen Sie.« Er schob seine Hand unter den Arm des Buckligen und wollte ihn mitziehen. Bohusch sträubte sich: »Aber, was glauben Sie, Rezek; wir waren lang genug im Café.« »Ja so, mit *denen.*« Der Student legte den Ton der Verachtung auf das letzte Wort. »Ich will mit *Ihnen* plaudern, Bohusch; nicht mit diesen großen Herren, mit diesen Künstlern.« »Was re-

den Sie denn,« staunte Bohusch, »das Volk muß stolz sein auf sie.« Rezek blieb stehen und war ganz blaß: »Wenn diese Menschen lieber stolz sein wollten auf das Volk. Aber glauben Sie mir, sie wissen nichts von einander – das Volk nicht von ihnen und sie nicht vom Volk. Ich bitte Sie, was sind sie denn, sind das Tschechen, ja? Schauen Sie nur irgend einen an. Der Karás schreibt in deutsche Zeitungen über unsere Kunst. Und unsere Kunst, was ist das? Lieder vielleicht, wie sie das ganz junge, gesunde, kaum erwachte Volk singen könnte? Erzählungen von seiner Kraft und von seinem Mut und von seiner Freiheit? Bilder von seiner Heimat? Ja? Keine Spur. Davon wissen ja diese Herren gar nichts. Sie sind ja nicht von heute, wie das Volk, das noch ganz kindisch ist, voller Wünsche und ohne eine einzige Erfüllung. Sie sind ja über Nacht fertig geworden. Überreif. Das ist ja soviel bequemer, als der lange, eigene Weg durch Bedrückung hindurch, wie das Volk ihn gehen muß, das arme! Fast mühelos ist das. Man importiert alles aus Paris: die Kleider und die Gesinnung, die Gedanken und die Inspiration. Man war gestern Kind und ist heute ein junger Greis, ein Übersättigter. Man weiß auf einmal alles. Und man macht danach seine Kunst. Man malt Greuelszenen und Orgien. Man sucht im Weib die Dirne und verherrlicht sie in Romanen; dann verurteilt man in frivolen Liedern diese Dirne und feiert die Mannesliebe in schweren Strophen, und endlich ist man am Ziel: man verherrlicht nicht mehr und verurteilt auch nicht mehr. Man ist dessen müde. Man ist ja so über alles hinaus. Man ist Mystiker. Man ist überhaupt gar nicht mehr hier, in Böhmen, zu Haus; i wo, man hat seine Heimat irgendwo – was weiß ich – an dem Urquell des Lebens. Das ist doch lustig. Nicht? Während das Volk sich rührt und zum erstenmal fühlt, wie jung und gesund es ist und die neue zage Kraft des Anfangs in seinen Adern quillt, schänden die Künstler seine Sprache dadurch, daß sie ihren Frühling für die kranke Kunst eines Endes mißbrauchen.« Der Student hatte sich heiß und heiser gesprochen. Sie standen immer noch an derselben Stelle. Vorübergehende begannen aufmerksam zu werden, und auch ein Schutzmann sandte von Zeit zu Zeit einen mißtrauischen Blick herüber. Bohusch schaute schweigend zu dem Studenten auf, und er schien ihm jetzt ebenso hoch und stolz in die Nacht zu ragen, wie drüben der alte Turm des Doms. –

Jetzt sagte Rezek mit veränderter Stimme, geärgert durch die Neugier der Menschen: »So kommen Sie doch ins Café.«

Und Bohusch, ganz unter dem Bann dieses Befehles, ging mit. Er konnte sich gar nicht vorstellen, daß er hätte nein sagen können. Als sie aber an der Tür des kleinen Cafés stillestanden, sagte er zaghaft: »Ich kann doch wirklich nicht, Herr Rezek, verzeihen Sie, aber nun kann ich doch wirklich nicht. Meine Mutter, Sie wissen ja. Sie erwartet mich am Abend. Und sie hätte Angst, wenn ich nicht komme. Sie ist so. Entschuldigen Sie ...«

Der Student unterbrach ihn kurz: »Dann begleit ich Sie.« Er schien jetzt gar nicht mehr zu frieren. Und sie gingen nach der Kleinseite. Schweigend. Als sie an dem Schutzmann vorüberkamen, fühlte der Verwachsene, wie Rezek einen dunklen, mißtrauischen Blick von dort auffing. Er schaute auf; aber der Student hatte den Kopf schon abgewendet und spuckte gleichgültig nach der anderen Seite, wobei er bemüht schien, den Eckstein zu treffen. Bohusch dachte nach; er fühlte eine Verwandtschaft zwischen den schönen Gedanken, die ihm heute nachmittag im ›National‹ gekommen waren, und dem, was Rezek gesagt hatte und was er nun noch sagen würde. Es war zum erstenmal, daß ihn diese Empfindung überfiel, obwohl er oft mit dem Studenten zusammentraf; er hatte ihn stets für dumm gehalten. Warum? Vielleicht weil er sonst so viel schwieg? Deswegen hielt man ja wahrscheinlich ihn, Bohusch, für beschränkt. Andererseits aber, wie schön war das an sich magere und häßliche Gesicht des Studenten während seiner begeisterten Worte geworden. Alles, was eckig und hölzern aussah in seinem Gesicht und in seinen Gesten, erhielt eine Betonung ins Erhabene: es wurde streng, herrisch, rücksichtslos. Dieser ganze, hoch aufgeschossene junge Mensch, der zu schnell gewachsen, zu schlecht genährt und zu erbärmlich gekleidet war, hatte für Bohusch ganz unversehens etwas Elementares, Ewiges bekommen, und wie er so neben ihm hinging, wurde er die Empfindung nicht los, daß er sich diesen Tag besonders merken müsse: Samstag, den 17. April. Die Vorstellung wuchs in ihm ganz bestimmt und deutlich, aber gleichsam im Hintergrund seiner Seele, während vorn sein eigenes Ich stand, sich verneigte und zu Bohusch sprach: Das muß ich mir entschieden verbeten haben, ganz entschieden! Du hast gar nicht das Recht, mein Lieber, alle Schätze, welche ich dir, dem Bohusch, gebe, zu verschweigen. Heraus damit. Sprich. Die Leute sollen wissen, daß ich reich bin. Ich weiß, was du sagen willst. Du bist häßlich. Aber rede nur erst. Reden macht schön. Da hast du es gerade sehen können. Versprich mirs. – Und der arme Bohusch gab seinem Ich das Ehrenwort: Gewiß, von jetzt an werde ich reden. Und Bohusch wollte gerade beginnen, als der Student neben ihm stehen blieb und über die Moldau hinwies, auf deren hohen dunklen Wogen verlorene Lichter trieben: »Schauen Sie dort den Vyschehrad, die alte Stammburg der Libuscha, und da den Hradschin, und hinter uns die Teynkirche, lauter Heiligtümer. Wenn die Herren zur Vergangenheit flüchten, wie sie immer wieder behaupten, warum nicht zu *dieser* Vergangenheit. Warum erzählen sie uns vom Orient und von den Kreuzzügen und vom schwarzen Mittelalter? Das ist eine künstlerische Frage, sagen sie. Nein, sage ich: Das ist eine Herzensfrage. Das ist nicht Zufall, daß ihnen jene entfernten Dinge ›liegen‹ und das Nahe, Vertraute ihnen nichts zu sagen hat. Sie sind einfach Fremde. Und das Volk pflegt ängstlich seine alte, unbeholfene Tradition, die trotz aller Sorgfalt blasser und blasser wird von Enkel zu Enkel, so daß es kaum mehr weiß von den lebendigen Reichtümern seiner Heimat. Freilich! Es wäre doch auch zu erniedrigend für diese großen Herren, das Volk vor seine heiligen Erbstücke zu begleiten und ihm in neuen, klaren Worten zu sagen von ihrem alten Wert und ihrer geweihten Würde.«

Bohusch sah starren Auges die Steine des Gangsteiges an und sagte, wie sich zwingend, leise, immer wieder von Hüsteln unterbrochen:

»Sie haben recht, Rezek, Sie haben ganz gewiß recht. Ich kann das alles ja nicht so gut verstehen; denn es ist gewiß nicht so ganz einfach, was Sie da sagen. Aber recht haben Sie. Ich hab mir das ja manchmal gedacht. Warum malt man das und nicht das. Warum schreibt man so und nicht so... aber doch, wenn Sie mir gestatten wollen zu bemerken, daß die Dichter nichts vom Hradschin und vom Teyn erzählen, das macht nichts, das macht nichts. Ich meine, – sehen Sie, ich kenne mein Mütterchen Prag bis ins Herz, ja, und mir hat nie ein Dichter davon was gesagt. Man muß nur groß werden mitten unter diesen Kirchen und Palästen. Die brauchen, weiß Gott, keinen, der für sie spricht, die sprechen selbst, mein' ich. Wenn man nur hören mag. Oh, was die für Geschichten wissen. Lieber, ich will Ihnen einmal einige erzählen, ja? Oder noch besser: Sie sollen meine Mutter davon reden hören.«

Rezek machte eine Bewegung der Ungeduld. Bohusch bemerkte es sogleich und stockte einen Augenblick, dann: »Verzeihen Sie. Ich hab eigentlich nur noch sagen wollen...ja, also das mit dem Hradschin ist nicht schade, aber das andere. Das, was nicht Vergangenheit ist. Die Gassen da und diese Menschen und dann besonders die Felder hinter der Stadt und die Menschen dort. Das haben Sie doch sicher auch schon gesehen:

Ein Feld, wissen Sie, so ein Feld ohne Ende, traurig und grau. Und der Abend dahinter. Und nichts, nur ein paar Bäume und ein paar Menschen; und die Bäume gebückt und die Menschen auch. Oder so ein Steinbruch, wie sie da draußen hinter Smichov sind. Von dem grauen, kahlen Berg rollen die kleinen Kiesel herunter in die Schuttmulde. Wie das klingt. Ja, das ist auch ein Lied; und unten sitzen Männer und behauen den ganzen Tag die grauen Steine und machen kleine, brave, glatte Würfelchen aus ihnen und sehen die Sonne trüb durch die Horngläser, die sie vor den Augen haben. Und die jüngeren von ihnen vergessen manchesmal und heben leise zu singen an, kein ausgelassenes Lied, bewahre, irgend eins, das zum Takt paßt, ›*Kde domov muj*‹ oder so was. Und dann horchen alle. Es dauert aber nicht lang. Dem Jungen fällt bald ein, daß der Kieselstaub zu scharf ist, schlecht für die Lunge, na, und da ist er halt wieder still... Aber – Sie müssen verzeihen –« der Kleine sah hilflos umher, faßte sich aber wieder, als er sah, daß das Auge des Studenten ernst und aufmerksam auf ihm ruhte. Er empfand dies als Sieg, und mit mehr Sicherheit als bisher fuhr er in seiner Rede fort: »Ich hab nur noch sagen wollen: Warum malen sie das nicht, warum? Warum dichten sie nicht so was. Das ist doch tschechisch – es ist ja so traurig.«

Rezek nickte nur und sagte: »Glauben Sie, daß das Volk sehr traurig ist?«

Bohusch sann nach: »Freilich,« meinte er dann zögernd, »eigentlich kenn ich ja so wenig; ich komm ja nie weit hinaus. Aber ich glaub es doch.«

»Warum?«

»Warum, fragen Sie? Gott, weiß ichs? Die Eltern sind traurig, und die Kinder sind es auch und bleiben es. Sie sehen, kaum daß sie laufen können, den traurigen Nepomuk vor der Tür, der den Gekreuzigten im Arm hält, und die alte Weide am Dorfteich und die Sonnenblumen im kleinen Garten, die so früh müde werden in der stillen Sonne. Macht das froh? Und dann lernen sie so zeitig den Haß. Die Deutschen sind überall, und man muß die Deutschen hassen. Ich bitte Sie, wozu das? Der Haß macht so traurig. Sollen die Deutschen tun, was sie wollen. Sie verstehen unser Land doch nicht, und deshalb können sie uns es niemals fortnehmen. An den Grenzen, da giebt es ja wohl große Wälder und Gebirge, wo die Deutschen ganz fest sitzen, nicht wahr? Aber die umrahmen doch eigentlich nur das Land. Was dazwischen liegt, die vielen Felder und Wiesen und Flüsse, das ist unsere Heimat, das gehört uns, wie wir dazu gehören mit allem in uns.«

»Als Sklaven« – warf Rezek verächtlich ein.

»Sagen Sie das nicht. Bitte. Nicht als Sklaven. Als Kinder. Vielleicht als nicht ganz anerkannte, nicht ganz erbberechtigte Kinder – augenblicklich. Aber doch als echte, natürliche Kinder. Sie müssens doch fühlen. Sie sagen selbst: das Volk ist ganz jung und gesund, dann wird es ja wohl auch stark sein und sich nicht ergeben. Möglich, daß einer oder der andere Ketten trägt – heute. Das geht vorüber. Ich weiß, da hat einer ›Sklavenlieder‹ geschrieben, einer von den Älteren. Der hat nicht recht. Kein Redlicher in unserem Volk macht Lärm mit den Ket-

ten. Sicher nicht. Er hebt sie sogar beim Gehen vorsichtig in die Höhe, damit die liebe Erde nichts merkt von seinem Elend... So sind die Aufrichtigen von uns.«
Jetzt waren sie gerade am Anfang der Brückengasse angelangt, drängten sich durch die dichteren Mengen der Fußgänger und bogen eilig in die erste, enge Seitengasse ein. Beim Schein der nächsten Laterne betrachtete der Student seinen Begleiter mit unverhehltem Erstaunen; er schüttelte den Kopf, schien irgend etwas auf den Lippen zu zerdrücken und sagte: »Sie sind ein Redner, Bohusch.«
»Oh«, machte der Kleine und sah ganz beschenkt aus.
»Nein, im Ernst. Nur müssen Sie sich sagen lassen. Das mit den Deutschen... Wenn Sie vernünftig sind, vielleicht braucht Sie das Volk noch einmal.«
»Waaas?« machte Bohusch und wollte lachen aus Schrecken und Verlegenheit. Aber Rezek hatte die Lippen fest zusammengepreßt, sah sehr ernst aus und schwieg. Da wurde dem Buckligen sehr bange. Er drängte sich näher an den Studenten heran und flüsterte:
»Das denk ich mir ja nur alles so. Wirklich. Ich weiß ja nicht. Vielleicht ist es ja auch anders. Ich kanns ja auch nicht so sagen. Sie müssen nicht schlecht denken von mir, Herr Rezek.« Und auf einmal wurde er ganz verzagt. »Sehen Sie, ich bin ja so ein armer Kerl. Wenn Sie wüßten, wie arm ich bin; am Vormittag, da schreib ich ab in der Redaktion, und am Abend, da bin ich bei der Mutter, sie ist so alt und sieht fast nichts mehr. So ist es jeden Tag. Und am Sonntag, wenn ich meine Frantischka sehe, wissen Sie, wo wir dann bleiben?

Auf der Malvasinka. Dort, wo die grünen Kreuze stehen, eins wie das andere. Lauter Kinder liegen dort, und auf den schmalen Blechtafeln steht immer nur irgend ein Vorname, ›der kleine Karel‹ oder ›die kleine Marie‹, und ein Gebet dabei. So ist das dort. Und dort bleiben wir am Sonntag. ›Hier sind wir allein, *milatschku*‹, sagt meine Frantischka. ›Ja, sag ich, Frantischka, hier sind wir allein.‹ Und dabei weiß ich, daß wir bei lauter Toten sind. Macht das was? Es ist ja immer noch was dazwischen, manchmal Frühling, manchmal Schnee. – Ach, ich bin ja so ein armer Kerl.«

»Nun, nun«, beschwichtigte Rezek, und sie standen schon vor dem Hause, in welchem der Bohusch unter dem Dach zwei Stuben mit seiner alten Mutter teilte. Der Student schien es eilig zu haben. »Sie sind mir also nicht bös, Herr Rezek«, bat der Bucklige. »Dazu ist doch kein Grund,« meinte jener hastig, »und gute Nacht. Ich seh Sie ja wohl, morgen im Café!«

»Ja, morgen, vielleicht – obzwar es ist Sonntag, da muß ich mit meiner Frantischka – ja – gute Nacht.«

Rezek, der schon ein paar Schritte gemacht hatte, kehrte plötzlich zurück. Er legte die unruhige Hand auf die Schulter des Kleinen und fügte ohne besondere Betonung sehr hastig an:

»Wirklich, Sie haben mich neugierig gemacht, Bohusch, das haben Sie. Möchten Sie mich nicht mal in den Keller führen?« ...

»Keller?«

»Ach, Sie wissen doch, zu jenem Loch.«

»O ja, wenn Sie wollen, gewiß.«

»Gut, also bald, wann?...«
»Wann Sie wollen.«
»Morgen früh?«
»Morgen früh.«
Und sie bestimmten die Stunde. –

* * *

Es hatte niemand bemerkt, daß Bohusch am Sonntag früh einen Gast in den Keller des alten finsteren Hauses in der Hieronymus-Gasse geleitete. Die beiden waren ja auch so behutsam hinabgestiegen, als gelte es, einen Schlafenden nicht zu wecken, hatten unten das Holz fortgeräumt, und dann war der Fremde, der sehr schweigsam war, mit der Laterne in den geheimen Gang gekrochen. Der Bucklige stand und starrte ihm nach. Noch eine Weile blieb das Loch hell, dann erloschen dort an den Kanten die Lichtstreifen, und dann flatterten ein paar Reflexe in dem schwarzen Rahmen her und hin, schlugen sich an den Mauern die Flügel wund und fielen tot in das grenzenlose Dunkel. Bohusch lauschte. Schritte hallten fern und immer ferner. Da wurde ihm mit einemmale angst. Er dachte: Wozu tut er das? Endlich hörte er keine Schritte mehr, und jetzt begann er zu rufen. Seine Worte hatten einen seltsamen Klang; sie trugen das Schlagen seines Herzens mit, welches er in der Kehle spürte und welches immer wilder und ungestümer wurde: »Geben Sie acht, Rezek! – Rezek, gehn Sie nicht weiter. Was machen Sie denn? Aber, aber! Sie dürfen nicht weiter gehn. Hier, hier. Hören Sie? Jesus Maria, wo sind Sie denn? Keine Dummheiten; man kann nicht wissen...« Plötzlich fiel das volle Licht der Laterne auf ihn; das kam so überraschend, daß der Kleine noch eine Weile alle Zeichen des Schreckens und der Furcht behielt und in seiner atemlosen Verwirrung drollig genug aussah. Rezek war mit einem Sprung neben ihm, schien ihn aber gar nicht zu bemerken. Eine gewisse Befriedigung leuchtete in seinen dunklen Augen auf, erlosch schnell, und es kam jene strenge Verschlossenheit über sein Gesicht, welche jede Linie versteinerte. »Nun?« brachte Bohusch endlich heraus, und nahm dem anderen die Laterne aus der Hand, um das Licht recht nahe und recht sicher zu haben. Der Student kam ihm auf einmal recht einfältig, fast ein wenig komisch vor, und als er gar bemerkte, daß er in seiner Furcht die ganze Zeit nach der entgegengesetzten Seite, wo gar kein Loch war, gerufen hatte, schmolz seine Beklemmung, sie floß gleichsam von seiner Gestalt herunter in einem unbändigen, blechernen Gelächter. Er war jetzt in der Stimmung, alles heiter zu finden, und ihm erschien es ein köstlicher Spaß, daß der hagere Student das Holz wieder vor die geheime Türe schichtete und sich dabei so wichtig und weihevoll benahm. Im Hinaufsteigen bat er Rezek, er möchte jetzt doch zu ihm hinauf kommen. Seine Mutter sei gewiß auch noch zu Hause, und er würde es nicht bereuen, schöne Geschichten zu vernehmen und vielleicht auch ein Gläschen Gilka (ja, solche Köstlichkeiten besäße er, der arme Bohusch) zu trinken. Der Student entschuldigte sich kurz. Er hätte dringende Verpflichtungen und würde ein anderes Mal kommen. Übrigens sei das recht interessant gewesen da unten – und er danke auch vielmals. Bohusch war sehr enttäuscht; er hätte jetzt so gerne erzählen mögen. Aber Rezek ließ sich nicht erbitten. Er grüßte flüchtig, ging und vernahm noch, wie der Bucklige, der übereifrig die Treppen hinaufwatete, im ersten Stock irgendwem einen sehr lauten »Gutenmorgen« zurief. Der Student schritt hastig die Brückengasse aufwärts. Er fiel auf, wie eben ein arg Beschäftigter unter Müßigen auffällt, und seine schwarze, schlanke Gestalt schien sich an diesen lichten und langsamen Sonntäglern, die der Niklas-Kirche zuströmten, fortzuhelfen.

Unter der feierlichen Menge tauchte nicht viel später die arme Gestalt des ›König Bohusch‹ auf. In dieser Gegend kannten ihn die meisten, wußten den Spottnamen, den er, weiß Gott weshalb, seit seiner Schulzeit trug, und übermütige Jungen riefen ihm wohl auch kichernd ein »König Bohusch« in den Rücken, der unter dem schwarzen Sonntagsrock noch viel runder und häßlicher war. Der Verwachsene ließ sich dadurch nicht stören, trieb eine Weile mit der Menge, kehrte aber dann um und ging, immer lächelnd, der Altstadt zu. Er wollte jemandem begegnen; er fühlte sich aufgelegt, irgendwem zu erklären, daß das Leben, mochte es seine Kanten haben, im allgemeinen doch etwas ganz Treffliches ist, daß die Tschechen ein patriotisches und prächtiges Volk seien und Prag eine Stadt – (»bitte, sehen Sie nur mal dieses Rudolfinum an« – hätte er jetzt gesagt) – eine Stadt, die ihresgleichen nicht nebenan hatte. Die Möglichkeit, jemanden zu finden, war am größten in der Ferdinandstraße und ›am Graben‹, auf deren breiten Gangsteigen das ganze moderne Prag den Sonntagmittag verbringt, und er lenkte dorthin ein, in der Hoffnung, den oder jenen zu sehen – mochte es selbst Machal oder Pátek sein. Kaum dachte er so, erkannte er Pátek. Der mondäne Novellist schritt knapp vor ihm her. Er trug einen ganz neuen lichtgrauen Anzug, durch welchen er gewissermaßen den etwas zaghaften Frühling protegierte, und die scharfe Bügelfalte blieb bei seinem Schreiten ungebrochen und reichte tadellos bis zu den leuchtenden Lackschuhen hinab, die er mit Grazie zur Geltung zu bringen wußte. Als Bohusch, der ihn überholte, ihn anredete, legte er die Hand mit dem Handschuh (*Café au lait*, 6¾) nachlässig an die Krempe des niedrigen Zylinders und machte nicht viel Miene, sich in ein Gespräch einzulassen. Aber Bohusch war so froh, wen gefunden zu haben, daß er seine Schüchternheit vergaß, keine Aufforderung abwartete und einfach mitging. Pátek warf auch dann und wann irgend ein Wort herunter, das heißt er ließ es fallen, und achtete wenig dessen, ob der Kleine diese kostbaren Fragmente auffing, oder nicht. Dieser dagegen sprach unaufhörlich und ruhte sich dann und wann in seinem lauten Lachen aus. Alles bot ihm Stoff. Seine Witze, die nicht immer ganz glücklich waren, erregten rechts und links Aufmerksamkeit oder Unwillen, und der vornehme junge Mann, der nach allen Seiten hin Grüße erteilte, fühlte sich recht unangenehm in Gesellschaft dieses ›verunglückten Proletars‹, wie er Bohusch zu nennen pflegte. An der nächsten Ecke tat er so, als bemerkte er einen guten Bekannten auf der anderen Seite der Straße; er blinzelte eine Weile hinüber, murmelte etwas Unverständliches und hüpfte, ehe Bohusch begriff, worum es sich handle, davon. Der Buckelige ging weiter, stand nach zehn Schritten aufs neue still, suchte die Gestalt des Flüchtlings in dem Strome drüben, und erkannte, daß Pátek allein ging. Da verlosch das Lachen auf seinem breiten Gesicht; er warf jemandem, der ihn im Vorbeigehen gar nicht heftig gestreift hatte, ein Schimpfwort zu, wandte sich um und bohrte sich mit rücksichtslosen Schultern in eine Seitengasse durch, wo keine Sonne und kein Mensch war. Tränen hatte er in den Augen. – Eine Weile dachte er daran, Schileder in seinem Atelier aufzusuchen. Dort war er immer geduldet. Wenn der Maler auch gerade beschäftigt war, er durfte sich mit irgend einer Mappe in eine weiche Ecke des großen Raumes verkriechen und konnte stundenlang Bilder betrachten und seine Blicke die hohen Wandsimse entlang schicken, auf welchen die unvereinbarsten Dinge, die abenteuerlichsten Geräte standen und sich vertrugen hinter den dichten Schleiern eines jahrealten Staubes. Er hatte oft Stunde um Stunde unbeachtet dort gesessen, und wenn er irgendwo ein Stück Samt oder eine bunte, faltenleuchtende Seide entdecken konnte, hatte er das Laken nicht mehr aus dem Auge gelassen, und der Maler hatte es ihm gerne geschenkt. Dann war er immer hastig seine vier Treppen hinaufgestürmt, wild vor Ungeduld, mit dem Stück Zeug angetan, vor den Spiegel zu treten. Ja, der arme Bohusch empfand seinen schwarzen Rock, der ja übrigens auch zu alt war, als ein recht schlechtes, unwertes Sonntagskleid, und träumte schon als Kind davon, in außergewöhnlichen und prächtigen Kleidern unter die Menschen gehen zu können. Er hatte ja auch, nur damit er das rote Chorhemde bekäme, in der Schulzeit bei dem Hochamt ministriert und, nur um der glänzenden Uniform willen, wäre er später am liebsten Soldat geworden. Das war alles lang vorbei, und er konnte nun nicht mehr hoffen, jemals etwas anderes, selbst bei der größten Festlichkeit, anzuziehen, als diesen schwarzen, schäbigen Rock, es sei denn, daß die Frantischka sich doch noch entschlösse, ihn zu heiraten; zu dieser Feier würde er sich ohne Zögern einen neuen machen lassen, und der müßte dann einen breiten Samtkragen haben. Auf diesen Tag wartete auch noch des Vaters gestickte Weste, welche Bohusch sich dann zurecht schneidern lassen wollte, – erst bis es an der Zeit war. Nur nicht umsonst das Geld ausgeben. Und ob es jemals an der Zeit sein würde? . . . Den letzten Sonntag hatte Bohusch vergeblich auf die Geliebte gewartet. Wie, wenn sie heute wieder ausbliebe?

Auf den ärmeren Friedhöfen, wo keine mächtigen Marmordenkmäler von Gärtnerhand mit berechnender Kunst verziert werden, ist es so: der Frühling, in seiner Unschuld, tritt ein, und das Klirren der rostigen Gittertür ist der letzte Lärm, den er vernimmt. Er ahnt nicht, wo er ist. Aber es gefällt ihm wohl in diesen stillen Mauern, hinter denen weit das Leben wogt, und bei diesen kleinen Engelchen aus glänzendem Thon, die die

Hände gefaltet haben und zu ihm beten. Zu wem denn sonst? Auch giebt es für die jungen, ängstlichen Winden keine bessere Stütze als so ein Kreuz, darauf sie, wenn sie mal so hoch sind, wie zum Lohn nach rechts oder links sich ausstrecken dürfen, soweit es ihnen gefällt. Und weil es ihm doch so gut geht, wird der Frühling an einem solchen Orte früher groß als anderswo. Die kleine dunkle Gestalt des Bohusch wenigstens ging geradezu verloren in dem Getümmel von Primeln und Anemonen, und über ihm lauerte der Wind in einem Baum, der Blüten hatte, ehe ihm Blätter kamen, und schickte ihm dann und wann eine Blüte in den Schooß und schaukelte so schalkhaft mit den zieren Zweigen, als wollte er den Einsamen in der nächsten Sekunde doch über und über verschütten. Der Bucklige aber war nicht gelaunt, ihn zu verstehen. Er stäubte die Blüten mürrisch von seinen schwarzen Ärmeln und schaute an dem sonnigen Sonntag vorbei in einen anderen – ganz anderen Tag. Das war auch auf einem Kirchhof. Vor drei Jahren ungefähr. Ein paar schwarzgekleidete Leute standen um das offene Grab. Die Männer in einer gewissen kavaliermäßigen Vornehmheit mit großen Bärten oder ganz glatt rasierten Gesichtern, jene Falten um die Lippen, welche nach allgemeiner Übereinkunft Zeichen der Trauer und Ergriffenheit sind, die Frauen, viel unbedeutender, mit Taschentüchern in den Händen, und, im Mittelpunkt dieser ernsten Gruppe, eine kleine, hilflose, weißhaarige Frau. Sie war ganz überwältigt von ihrem Schmerz, er hatte sie ganz in Besitz genommen. Jedes Zucken ihrer armen Gestalt, jedes Flehen ihrer erstickten Stimme gehörte ihm. Deshalb hatte sie auf alles um sich her vergessen, auch auf ihren Sohn, den armen Bohusch. Der war arg erstaunt. So hatte er die Mutter nie gesehen. Ihm selbst war gar nicht außergewöhnlich zu Mute. Er dachte einfach darüber nach, wie denn der Vater in dem Sarge habe Raum finden können. Die Truhe hatte nicht übermäßig groß ausgesehen, und wahrscheinlich mußte er *so* liegen. Dabei stellte er sich den Vater vor, wie er die Kniee ein wenig emporgezogen hatte, und überlegte, daß, wenn dem Toten irgendwann der allerdings ganz unerhörte Einfall käme, die Beine zu strecken, die gelbe Kiste ganz gewiß nachgeben würde, unten oder oben. Von solchem Sinnen erfüllt, wartete er ruhig ab, bis die Gesellschaft den Rückweg antreten würde. Als aber auch jetzt seine unaufhörlich schluchzende alte Mutter ihn gar nicht kennen wollte vor Schmerz, wurde ihm sehr bang. Er konnte ja nicht begreifen, daß die arme kleine Frau alle vierzig Jahre ihrer Ehe, die ersten zwei vielleicht ausgenommen, aus Furcht vor ihrem Mann, der keine Szene ertrug, niemals zu weinen gewagt hatte und nun unbewußt, im erlösenden Genuß einer gewissen Befreiung, alles Versäumte, ein Jahr nach dem andern herunterweinte. Und vierzig Jahre weinen sich nicht so im Handumdrehen. Ratlos sah Bohusch von einem zum andern. Sie gingen alle an ihm vorbei, die Freunde und Genossen des Verstorbenen, und die Taktvollsten unter ihnen drückten ihm schweigend die Hand, wobei der dazugehörigen Frau jedesmal die Augen übergingen, und der fürstliche Kammerdiener sagte in ausländischkorrektem Hochdeutsch: »Er war noch gar nicht alt, Ihr Vater.« Damit wollte er betonen, daß der verstorbene Portier um zwei Jahre älter war, als er selbst, der englische Kammerdiener Seiner Durchlaucht. Bohusch wurde unter jedem Händedruck immer ängstlicher, es kam ihm jetzt erst in den Sinn, daß sich da ja doch etwas Außergewöhnliches begeben haben müsse, und bange von der steifen Feierlichkeit dieser Menschen, blieb er mehrere Schritte hinter dem Zuge zurück. Da fühlte er plötzlich, wie zwei Arme sich zu ihm senkten, und als er aufsah, hatte ihn ein junges blondes Frauenzimmer gerade auf die Stirne geküßt. Sie hatte kühle Lippen, das fühlte er, und was ihm noch lieber war: sie weinte nicht. Sie hatte nur sehr, sehr traurige Augen. Aber als der Bucklige ihren Blick fand, mußte er an einen dunklen Wald denken. An nichts Schreckliches, nur an einen dunklen Wald, und drin läßt sichs ja wohl wohnen. So waren ihm die traurigen Augen gleich lieb, die traurigen Augen seiner Frantischka. – Übrigens: es kannte niemand das Frauenzimmer damals, keiner in der ganzen Trauergesellschaft wußte ihren Namen; sie war eben mitgekommen. Am Tor des Kirchhofs standen zwei alte Bettelweiber, Rosenkränze zwischen den welken Fingern. Sie waren beim siebzehnten ›Gegrüßet seist du . . .‹; als Bohusch mit seiner neuen Freundin, Hand in Hand, vorüberkam, unterbrachen sie ihr Gebet, und die eine sagte grinsend: »Die da mit dem Buckligen, das war die Liebste von dem Seligen.« Und ihr zischendes Kichern wurde nach und nach das achtzehnte ›Gegrüßet seist du‹. Bohusch aber hatte das nicht gehört. – Er sah das blonde Mädchen wieder, und als sie ihm einmal mit der Hand über die Stirne strich und sagte: »Du bist ein so guter, guter Kerl«, da küßte er ihr diese Hand, und das Herz schlug ihm hastig dabei. Er hatte gefühlt, wie es ihm eiskalt über den Rükken lief und wie ihm im Kopfe alles polternd zusammenfiel, hatte seine Hände ineinandergepreßt, daß er hätte schreien mögen vor Schmerz, und hatte, statt zu schreien, geflüstert: »Du bist meine Liebste, nicht wahr?« Und da hatte sie gelacht, laut gelacht und genickt, und ihre Augen waren voll der lieben Traurigkeit. Das war aber doch schon lang, und der Bohusch, der jetzt unter dem Blütenbaum auf der Malvasinka saß, hätte die Frantischka so gerne wieder darum gefragt. Statt dessen sah er starr dem Abend in das rote Gesicht und wußte: nun kommt sie nicht mehr. Es war auch nicht die kleinste Hoffnung in ihm, aber gleichwohl blieb er zwischen den Hügeln und Kreuzen sitzen, gebannt durch den dunklen Wunsch, hier wohnen zu dürfen ganz mit dem gleichen Recht, wie die vielen Nachbarn. Was müßte er denn dazu tun? Gott, seine Augen müßten diese Türme dort, diese Dächer, diesen leise zerfließenden Hang einfach loslassen, Abschied nehmen müßten sie von dem Himmel, von dem ersten Abendstern, und etwas, was tief in ihm ist, müßte noch einmal Atem holen und ›Frantischka‹ sagen und dann nicht mehr. Das wäre alles, und ist das so schwer? – Es mußte doch schwer sein, denn Bohusch erhob sich und ging den rinnigen Fahrweg abwärts durch die breite Hauptstraße hin. Ein grauer, flimmernder Nebel sikkerte dort nieder und hielt die Gasflammen gleichsam in der Luft gefangen, so daß sie nichts von ihrem Licht herunterstreuen konnten auf die dichten Scharen müder Ausflügler, die gespenstisch sich erst zwei Schritte vor dem Einsamen aus der Unermeßlichkeit formten, und hart hinter ihm in das Nichts zurücksanken. Und wenn der Bohusch seinem innersten Instinkt nach immerzu gegangen wäre, ohne aufzusehen, er wäre gewiß in die Moldau gekommen, die vom Eisgang her noch heftig war, so, wie ein matter Gaul den Weg in den stillen Stall findet – ohne aufzusehen. Aber Bohusch *sah auf*. Die Nebel um ihn begannen zu ihm zu reden in mächtigen, wachsenden Klängen, und alle Türme, von denen er früher hatte Abschied nehmen wollen, erhoben ihre feierlichen Ave-Stimmen. Es war, als würde oben über den Dächern, hinter den undurchdringlichen feuchten Falten, irgend ein großes Fest begangen, und die Seele des Verwachsenen war plötzlich oben, und ehe er es hindern konnte, ging sie auf in dem mystischen Jubel der Lüfte. Und da stand der arme Bohusch und sah ihr nach. – Er mußte daran denken, daß über acht Tage Ostersonntag war, und das erfüllte ihn mit so viel Freude, daß er lächelnd bei seiner alten Mutter eintrat und den ganzen Abend so drollige Dinge zu berichten wußte, daß der alten Frau vor lauter Lachen schwach und schwindlich wurde. Was tat es, daß Bohusch später träumte, Frantischka und er sollten heiraten. Er sah das alles genau bis zu den allerkleinsten Einzelheiten, bis zu den Granatohrringen, welche wie Blutstropfen an den Ohrläppchen seiner Braut hingen. Und alles ging ordentlich

Die Trauung war in der großen Kuppelkirche von St. Niklas, und auch den Pfarrer erkannte Bohusch gleich wieder. Bis dahin war es vernünftig und so wie am lichten Tage. Aber mit einemmale wurde es ganz seltsam. Ein junges, oh, ein so junges Mädchen umfaßte die Braut, die vor dem Altare neben ihm kniete, und schrie: »Ich laß dir ihn nicht, ich lieb ihn so!« Das schrie sie ganz laut, ganz wild – obwohl es, ich bitte, in der großen und ernsten Kirche von St. Niklas war. Es war nur natürlich, daß der Bräutigam – (er trug übrigens richtig einen neuen Rock mit dunkelrotem Samtkragen) – sich dieses ganz junge Mädchen, welches ihn so liebte, genauer ansehen wollte. Er erkannte die Carla, das war Frantischkas jüngere Schwester, welche er nur flüchtig kannte, und war sehr erzürnt über diese Störung. Als er aber doch besser zusah, gewahrte er, daß dies blonde Kind ein Nonnenkleid trug und – erschrak vor Freude so jäh, daß er auffuhr und erwachte. Es dauerte eine Weile, ehe er, im Bette sitzend, sich zurecht fand. Dann rechnete er, wie weit es war bis zum grünen Donnerstag; und als sich nur drei Tage dazwischen fanden, lächelte Bohusch und schlief mit diesem Lächeln, traumlos, in den Morgen hinein.

* *
*

Der Platz vor der königlichen Burg in Prag sieht trotz der ärmlichen Allee, welche ihn überquert, sehr vornehm aus. Das macht: er ist ganz von Palästen umrahmt. Am mächtigsten wirkt die breite Stirne der alten Königsburg mit dem großen, weißen Vorplatz, hinter dessen barocken Gittern der unermüdliche Wachposten auf und ab pendelt. Das Stammhaus des Fürsten von Schwarzenberg und ein anderes, etwas langweiliges Gebäude schauen wie in steter Verbeugung begriffen herüber, und zur Rechten des Schlosses wacht in etwas protziger Pose der neugestrichene Palast des Erzbischofs über die kleinen Wohnhäuser der Prälaten und Domherrn, die sich nahe an ihren mächtigen Patron heranschmeicheln. An einer Ecke nur, zu seiten der Burg, wo die Schloßstiege und die steile Spornergasse münden, ist eine Lücke geblieben, und tief drinnen liegt in herrlichen Panoramen, zwischen den Laurenziberg und das Belvedere gedrängt – Prag – dieses reiche, riesige Epos der Baukunst. Voll Licht und Leben spannt es sich aus vor den Augen des Hradschin, und zu seinen alten fügen sich immer würdig neue, glänzende Strophen. Am anderen Ende der Häuserreihe, die einerseits durch diesen lichten Lugaus begrenzt erscheint, liegt ein armes, einstöckiges altes Gebäude, das tagaus tagein dasteht mit den Händen vor den Augen und nichts schauen will von der nahen Pracht. Die Kinder der ganzen Umgebung gehen mit scheuem Schauern an seinem ernsten Schweigen vorbei, und lassen sie sich mal von diesem Hause erzählen, so schlafen sie wohl die ganze Nacht nicht, oder sie haben heiße Träume, in denen blasse Nonnen seltsame Dinge tun. Freilich, das mußte der jungen Phantasie aber auch Flügel geben, zu hören, daß die Barnabiterinnen, welche für immer in diesen grausamen Mauern ihr stummes Sterben leben, auch untereinander nie ein Wort tauschen, und sich nicht einmal so viel Sonne schenken dürfen, als Eine in dem Auge der Anderen finden kann; daß sie ihre, von bangen Gebeten zerrissene Nacht in den Brettersärgen überstehen mußten, in denen man sie endlich – wohl nicht in zu langer Zeit – in das Stück Erde legte, das im Innersten der dunklen Wände sein sollte und zu dem gewiß niemals der Frühling fand. Der Bruderorden dieser Barnabas-Büßer ist längst ausgestorben. Die halbzerfallenen Schädel der beiden letzten Genossen liegen auf einem Steinaltar in den vergessenen Gruftkatakomben von Santa Maria della Victoria und genießen die gebetlose Ruhe des Vermoderns. Aber die Schwestern sind viel zäher im Leiden. Als vor etwa fünfzehn Jahren zum letztenmal die rostige Rast der Türangeln gestört wurde, da wollten weißhaarige Leute aus der Nähe, Betschwestern mit nicht ganz zuverlässigem Gedächtnis – wollten wissen, daß zu den sieben noch lebenden Schwestern eine achte hinzugekommen sei – aber das waren doch nur ziemlich haltlose Vermutungen. Wohl aber hatten auch jüngere und scharfsichtigere Menschen in den Wagen geschaut, welcher das neue Opfer brachte, und diese beschworen, daß dies ein ganz junges Mädchen von unbeschreiblicher Schönheit und Vornehmheit gewesen sei, und sagten, es sei sündhaft, diese Fülle seltener Anmut in dem schrecklichsten aller Klöster verwelken zu lassen. Und sie sagten noch manches; das Manche aber war Geschwätz, das sich auf die Gründe bezog, welche diesen frühen Lebensabschied hervorgerufen haben mochten; da baute man große romantische Geschichten auf, die verschiedensten Dolche blitzten in den unterschiedlichsten bengalischen Feuern, und die dämonischesten Prinzen aller Ammenmärchen sogen Lebensmöglichkeit aus diesen Vermutungen. Man wußte natürlich gewiß, daß irgend ein lautes und fürchterliches Ereignis hinter diesem Entsagen stünde, und vergaß wie immer, daß es vielleicht ein ganz leises Erleiden, eine jener tiefen, lautlosen Enttäuschungen gewesen sein konnte, welche den zartesten Seelen die dunkelgewußte Gewißheit geben, daß Gipfel und Abgründe des Erlebens vorüber sind, und daß nun die weite, weite Ebene mit den kleinen Gräben und lächerlichen Hügeln beginnen würde, durch die zu wandern so müde macht. Das schöne müde Kind kam aus dem hohen finstern Fürstenhaus in der Spornergasse, in dem auch Bohusch seine scheuen Knabenspiele spielte, und der Tag, an welchem der geschlossene Wagen die Prinzessin Aglaja ihrer neuen einsamen Heimat zuführte, war auch für ihn, den damals Halbreifen, ein Abschnitt. Eigentlich konnte er sich gar nicht vorstellen, wie die Prinzessin zu jener Zeit aussah; er trug in seinem Innern ihr Bild aus den Tagen, da ihr goldenes Lachen wie eine verirrte Schwalbe durch die ernsten Hallen flatterte und sich endlich, der steifen und entsetzten Engländerin zum Trotz, in den freien Weiten des rauschenden Parkes verlor. Dort begegneten die beiden Kinder einander ziemlich oft und schwatzten und scherzten und haschten einander, wie es eben Kinder tun, die einen Zwang losgeworden sind: Aglaja ihre Gouvernante und Bohusch seine stille, treue Traurigkeit. Es folgten dann Jahre, in welchen der Portierssohn die inzwischen Dame gewordene Gespielin nicht sah, und so kam es, daß er in seinem Erinnern den Tag ihres Entsagens hart an jene Stunden jubelnden Kindseins schob und den Effekt empfand, als würde einmal der glänzendste Tag in die allertiefste Nacht, der reichste Sommer in den trostlosesten Wintertag verändert – ohne Übergang. Er stand vor einem Geschehen, dessen Rücksichtslosigkeit ihn schreckte und dessen Bedeutung geeignet war, ihm für immer die Meinung zu nehmen, daß Reiche und Bevorzugte gleichsam die Verbündeten des Schicksals sind, das nur dem armen Teufel feindlich und gehässig begegnet. Ein ganzes Bündel Vorurteile fiel ihm damals mit einemmale aus den Händen, etwas von einer Weltanschauung, von einer Religion wurde ihm geschenkt, Keime, welche in ihm hätten reifen können und vielleicht auch aus ihm heraus, wenn er mutiger gewesen wäre. Aber was Taten hätten werden können, die aus einem starken Körper frei und festlich herauswachsen, wurden bunte, seltsame Träume in dem armen Buckligen, scheue Schwärmereien, welche eine immer kleinere Welt betrafen und endlich nur eine schmale Gloriole waren um das Bild der Prinzessin. Seine hilflose Dankbarkeit schmückte dieses Bild so lange, bis aus dem lachenden, lieben Kinde eine bleiche, heimliche Geliebte und aus der Geliebten eine verehrte Heilige wurde, welche der Jungfrau Maria sehr ähnlich sah und ganz darin aufging, die seltenen Wünsche des Bohusch anzuhören und alle mächtigen Eigenschaften, welche seine unermüdliche Phantasie ihr zuschrieb, geduldig anzunehmen. Und wie viel hatte der Bohusch dadurch vor allen übrigen Gläubigen voraus, daß seine Heilige, wenngleich aller Welt unerreichbar, dennoch lebte und von ihm wußte als von einem Mitwisser ihrer Kindheit, welche sie als einziges Juwel in die ewigen Mauern doch mitgenommen haben mußte. Dieses Verhältnis erfuhr nicht die geringste Störung, als der Bucklige die Frantischka seine Geliebte nannte, denn damals war das Gottwerden Aglajas schon so weit vorgeschritten, daß ihre verklärte Gestalt hoch über allen kleinen Trieben und schwülen Träumen stand. Ihr widmete sich Bohusch nur einmal im Jahre, und zwar am grünen Donnerstage, an welchem die Kirche des Klosters der Barnabiterinnen jedem Besuche offen steht. Diese kleine, dunkle und ziemlich schmucklose Kirche ist hinter dem Hauptaltar durch eine Wand ganz abgeschlossen, jenseits welcher die Ordensschwestern an dem öffentlichen Meßamte teilnehmen. An dem Tage vor dem christlichen Leidensfreitag – und nur an diesem Tage – sickern die Stimmen der Nonnen ganz leise durch die Altarmauer und senken sich wie ein fernes Wehklagen auf die wenigen Beter. Dann geht ein Lauschen, ein banges Atemeinhalten, ein Erschauern durch die kleine Gemeinde, der Priester am Altar unterbricht seine Gebete, die Ministrantenbuben schauen ängstlich in die schwarzen Ecken des Raumes, und die dunklen Bilder an den Wänden erwachen. Da zerreißt die scharfe Ministrantenglocke den Bann. Die Bilder an den Wänden sind wieder tot, der Priester neigt sich über den Kelch, und die Frommen rücken in den Bänken, schneuzen heftig und flüstern:

»Es war so schwach, sind es denn noch acht?«, und dann zuckt man die Achseln und seufzt und schneuzt sich.
So war es auch an diesem grünen Donnerstag. Der Bohusch kniete ganz vorn und harrte, bis seine Heilige rufen würde. Er hatte den Ton ihrer Stimme nicht vergessen und glaubte immer ganz bestimmt, ihren Gesang in dem fernen Chorlied zu erkennen. Er fing ihn auf und löste ihn aus dem Ganzen los, wie einen Seidenfaden aus verblaßten Geweben. Er nahm ihn gleichsam vorweg und ließ nur den Rest zu den anderen Lauschern gelangen. Aber heute wußte er beim ersten Ton: sie fehlte. Und wie seine Furcht es leugnen mochte, er wußte: sie fehlte. Und er lehnte sich weit vor, und seine Angst spähte und erwürgte jedes kleinste Geräusch – aber immer sicherer war ihm: sie fehlte, und endlich in grenzenloser Bangigkeit streckte er die Hände aus, weit, weit – und lauschte mit allen Fingerspitzen … sie fehlte. Und da schrie es auf in ihm, zugleich mit der Ministrantenglocke, nur einmal schrie es auf, und dann brach er zusammen in der harten Bank wie einer, den sein Gott verläßt.

* *
*

DER Maler Schileder war der erste, welcher eine große Veränderung an Bohusch bemerkte. Er dachte flüchtig über deren mögliche Ursachen nach, blieb aber ganz im Unklaren. Auch seine Frau Mathilde wußte keinen Rat. So vergaßen sie das Erstaunliche, bis eines Vormittags, kurz nach dem Ostersonntag, Pátek im Atelier eintrat und sagte: »Unverschämtheit.« Schileder legte Pinsel und Palette aus der Hand, betrachtete den Erregten, der, ohne den Hut abzunehmen, auf und nieder lief: »Guten Morgen, was ist dir denn?« Der Novellist aber sagte nur noch einigemal »Unverschämtheit«, blieb dann stehen und wollte mit großer Behutsamkeit den tadellosen Zylinder auf einen Stoß staubiger Mappen niedersetzen. Vorerst tippte er mit dem behandschuhten Zeigefinger an und zog ihn ein, als hätte er einen glühenden Ofen berührt. Er balancierte mit rührender Hilflosigkeit den Hut zwischen beiden Handflächen her und hin und sah den Maler mit einem Blicke des Vorwurfs an: »Bei dir ist ja alles voll Staub,« zögerte er, »man kann ja gar nichts ablegen.« Endlich sah er sich geborgen, setzte sich und erzählte nun in ziemlicher Unordnung, er käme aus dem ›National‹, dort sei man beisammen gewesen, und allerlei hätte man besprochen. »Hast du keine Zigarette?« unterbrach er sich und fuhr erst, nachdem Schileder ihn befriedigt hatte, fort. Man hätte also allerlei besprochen. Und der – nun der »verunglückte Proletar« hätte sich in so auffälliger und vordringlicher Art an den Erörterungen beteiligt, daß er, Pátek, sich endlich doch verpflichtet fühlte, diesem vorlauten Menschen ein für allemal eine Lehre zu geben. »Hast du keinen Kognak?« fragte er in diesem spannenden Augenblick. Er stürzte den Kognak hinunter und sagte mit einer Grimasse, während er sich mit den Armen emporstemmte und ans Fenster trat: »Und weißt du, was der Mensch wagt? Er widerspricht. Hast du das schon gehört, er widerspricht. Nicht allein das, er beleidigt mich. Er hat die Stirne, mich zu beleidigen.« »Was hat er denn gesagt?« forschte der Maler. »Das weiß ich nicht.« Schileder sah ihn erstaunt an, so daß er schnell, nicht ohne Verlegenheit, hinzufügte: »Ja, glaubst du, ich hab Zeit, mir solchen Unsinn zu merken; daß ich mich seiner schämte, oder so was. Tatsache ist – stell dir vor: er beleidigt mich. Wie sollte man sich dieses Menschen nicht schämen!« Der vornehme Novellist schien noch einen Augenblick heftig entrüstet, fand aber schon Interesse an Schileders Arbeit, betrachtete das und dies und hob vorsichtig zwischen Daumen und Zeigefinger verschiedene Blendrahmen, die zur Wand gekehrt dastanden, in die Höhe. Schileder duldete das gutmütig und war auch nicht erstaunt, als der junge Mann sich bald in der allerheitersten Laune verabschiedete. Pátek tat es immer so. In einer kurzen, mehr oder minder effektvollen Szene setzte er sich mit einem ärgerlichen Ungefähr auseinander, wurde damit ganz und gar fertig, »überwand es«, wie er sich auszudrücken pflegte. Das hinderte den großen Überwinder nicht, die Bohusch-Geschichte an demselben Vormittag noch fünfmal, und zwar in immer vorteilhafterer Beleuchtung, zu erzählen, so, daß die fünfte Version, welche in dem Boudoir einer modernen Operettensängerin blieb, die graziöse Darstellung einer dualistischen Weltphilosophie enthielt, deren gutes Prinzip sich sieghaft in der mondänen Gestalt des Erzählers verkörperte. – Und was schließlich, zum Teil durch eigene Erfahrung, zum Teil durch die Verbreitungen Páteks, alle wußten, hatte einen wahren Kern:

Bohusch war ein anderer geworden. Seine Geliebte und seine Heilige hatten ihn verlassen. Da wurde er gewahr, daß er diesen beiden Gestalten so viel aus sich gegeben hatte, daß nun nur ein ganz kleiner Rest sein eigen blieb. Er kämpfte noch ein paar Stunden, ob er dieses letzte Gut unangetastet in die Moldau werfen sollte, oder ob sein Kapital doch noch groß genug war, um es in der großen Bank des Lebens nützlich anzulegen. Während dieser Erwägung fiel ihm plötzlich ein Wort ein, welches den Ausschlag gab. Rezek hatte an jenem denkwürdigen Abend zu ihm gesagt: »Vielleicht braucht Sie das Volk noch einmal.« Rezek hatte freilich auch gesagt: »Wenn Sie vernünftig sind.« Und daß er jetzt vernünftiger war als je zuvor, dafür wollte Bohusch einen Eid ablegen. Auch mutiger war er. Er dachte vieles und sprach was er dachte, wo es nur anging, in etwas altmodischen, langgedrechselten Sätzen aus und war bei solchen Gelegenheiten sein eigener aufmerksamster Zuhörer. Nur ganz selten, wie aus Vergeßlichkeit, wurde er scheu und schweigsam; er fürchtete sich selbst vor diesen Augenblicken, in welchen der alte Bohusch mit seinen leisen goldenen Gedanken wie ein Gespenst vor ihm stand und ihn bat, in die stille Traurigkeit der früheren Tage zurückzukehren. Aber der Bohusch blieb standhaft. Er war den ganzen Tag im Café und auf der Straße, sang, pfiff und lachte, daß die Leute sich nach ihm umsahen, stand vor den Schaufenstern, ohne etwas anderes zu betrachten, als das unruhige Spiegelbild seiner eigenen Häßlichkeit, und war wie einer, der etwas erwartete, was nicht alle Tage ge-

schieht. Fast instinktiv suchte er vor allem Rezek zu begegnen. Ihm war, er müßte von *seinem* Munde das vernehmen, was *das* Ereignis für ihn werden sollte. Allein nirgends konnte er des Studenten habhaft werden. Aus seiner Wohnung war dieser fortgezogen, ohne irgend eine Adresse anzugeben, und im ›National‹ wollte ihn keiner gesehen haben. »Er ist ein eigentümlicher Mensch«, meinte Norinski einmal. Schileder nickte, aber der neue Bohusch höhnte: »Er ist dumm«, und lachte sein altes, armseliges Lachen, in das keiner einstimmte.
Am Abend dieses Tages geschah das Seltsame. Bohusch, welcher auch seine alte Mutter mehr und mehr vernachlässigte, kam später als sonst nach Hause. Er ging, ein brennendes Zündholz in die Höhe haltend, ein paar Stufen aufwärts. Sein Blick durchforschte das dicke Dunkel des engen, winkeligen Flurs. Da war ihm, als ob die Kellertüre nicht ganz verschlossen wäre; er tastete hinzu, versuchte, öffnete sie behutsam und glitt mit seltener Entschlossenheit die bekannten Kellerstufen abwärts. Seine Gestalt löste sich ganz auf in der feuchten Finsternis, aus der ferne, fremde Laute ihm entgegenschlugen. Erst als er, immer lautlos längs der kalten Wand hintastend, das Holz zur Seite geschoben fand und bemerkte, daß aus dem geheimen Gang ein scheuer Lichtschimmer ihm entgegenkam, empfand er Furcht. Aber ein anderes, mächtigeres Gefühl zwang ihn näher heran. Erst lauschte er den Stimmen nebenan, und als er nichts verstehen konnte, schob er sich mit einer unwillkürlichen Bewegung, deren Geschicklichkeit ihn überraschte, in die Öffnung nur so weit, daß er

den Rahmen füllte, ohne in den Raum jenseits hineinzuragen. Was er zunächst erkannte, war nicht weit vor ihm auf dem Boden eine große Laterne, welche ein sattes Licht ausgoß, das auf den Fliesen schwamm wie eine dünne, verschüttete Flüssigkeit. Rings an den Grenzen dieser Lichtlache junge Männerfüße und mitten im Kreis die Füße eines jungen Mädchens. An diese klammerte sich sein Blick an, kroch langsam an einem Kleide von unbestimmter Farbe aufwärts und fand in der Dämmerung zwei lichte lebendige Mädchenhände, die in heftigen Gesten den Worten zu Hilfe kamen, die Bohusch immer noch nicht verstehen konnte. Aber die Hände verstand er. Er begriff plötzlich, daß diese wilden Hände an irgend etwas rüttelten, daß sie irgend ein Unrecht stürzen wollten mit ihrem jungen, heiligen Ungestüm. Und er begann diese Hände zu lieben. Sachte hob er den Kopf und suchte das Gesicht zu diesen geliebten Händen. Sein Auge kämpfte einen hastigen, hartnäckigen Kampf mit den neidischen Schatten, welche die kaum entdeckten Züge immer wieder verwischten, bis es endlich siegte. Er erkannte die Carla. Und nun verharrte er, und sein staunender und bewundernder Blick ließ, dem Dunkel zum Trotz, nicht mehr von dem schönen, begeisterten Antlitz des jungen Mädchens; er saugte die Worte von ihren Lippen, so lange, bis sie für ihn einen eigenen Klang bekamen, und das war der aus dem Traume: »Ich lieb ihn so ... ich lieb ihn so ...« Das alles geschah in einem Augenblick. Und die nächsten Minuten brachten das: das junge Mädchen sprach immer leiser und leiser, wie jemand, der immer weiter zurückweicht; die Worte, die noch eben so bunt und stolz von ihren Lippen strömten, schlichen nackt und ziellos in das Dunkel, schämten sich, und ihre Augen blieben leer an irgend etwas unten haften und löschten langsam aus. Eine Bewegung entstand. Die Blicke der Hörer folgten dem ihren, und eine Sekunde lang hielt das große, starre Auge des Bohusch alle gefangen. Nur eine Sekunde, dann kam ein Entsetzen über sie, sie empörten sich wie rebellische Sklaven, die Menge flüchtete mit verstörtem Flüstern und wilden Flüchen in die Tiefe des Ganges, und das Licht sprang dem Bohusch ins Gesicht wie eine gelbe Katze. Da erwachte er und bebte. »Rezek!« schrie er.

Der neigte sich über ihn.

»Bohusch, Hund! Spionierst du?« kreischte er.

Bohusch verdrehte die Augen. Er fürchtete sich vor dem Studenten.

»Spionierst du?« brüllte der.

»Rezek!« brüllte der Krüppel noch lauter aus der Tiefe seiner Angst heraus. Ihm fiel nichts anderes ein, als dieser Name. Dabei schmerzte ihn seine Lage in dem engen Loch, und er fühlte, wie ihm das Weinen der Verzweiflung kam. Da half ihm der Student in die Höhe, und sofort bereute er seinen Kleinmut, dachte an seine Pläne und sagte mit arg mißglückter Überlegenheit: »Ich weiß alles.« (Er meinte damit die beiden zornigen Mädchenhände.) »Du hast also gehorcht?« drohte der Student aufs neue. Da wagte Bohusch nicht ohne Bangigkeit: »Rezek, aber Rezek, seien Sie doch nicht so – bitte, seien Sie doch nicht so. Bin ich denn nicht auch einer, was? Ich versteh das doch, nicht? Ich bin ja doch auch mit euch – von Herzen mit euch.« Der Student betrachtete ihn mit rücksichtsloser Spannung, und der Bucklige wurde ganz hilflos unter diesem durchdringenden, erratenden Blick. Er sagte noch einigemal dasselbe, ehe ihm die Rettung einfiel: »Ohne mich hätten Sie das ja überhaupt nicht gefunden.« Er meinte den Keller. »Ich hab ja gewußt, daß Sie's brauchen können – und wozu«, betonte er mit verlogener Schlauheit. Und der Student ließ sich täuschen. Er sagte mit kurzem Entschluß: »Hand!« und »Schweigen«. Mit einem gewissen Selbstbewußtsein legte der Verwachsene seine kurzen Finger in die Hand des Fanatikers; ohne Zustimmung, ohne Betonung war sein Händedruck. Er wußte sich Sieger und hub an, Bedingungen zu stellen. Weit holte er aus, er würde hier unten, unter ihnen, auch reden für Volk und Freiheit. Oh, er hätte gar bedeutende Pläne. Nur müsse Rezek ihm zusichern, daß er hier reden dürfe. »Ja«, sagte der Student und betonte nochmals: »Schweigen!« – Bohusch nickte gleichgültig drüber weg und forderte: »Also gewiß – ich werde hier reden?« Der andere gab ihm die Vertröstung und schob ihn zur Tür. Er fürchtete diesen Krüppel wohl nicht sehr und erhoffte noch weniger etwas von ihm; er war ihm einfach lästig. Von der Treppe rief er ihn nochmals zurück. Er sagte zum drittenmal »Schweigen« und hielt dem Grinsenden etwas hin. Erst wollte Bohusch greifen danach, – dann erkannte er: die harte, grausame Hand des Studenten und, aus der drohenden Faust ragend, ein dünnes, langes, spitzes Messer, an dessen Klinge das Licht der Laterne hinfloß wie welkes Blut. Und so sehr Bohusch sich anstrengte, – er konnte nicht mehr sein Lächeln finden. Er erzwang eine verzweifelte Grimasse und stieg frierend die Treppen aufwärts zu seiner Wohnung. Und der Morgen war nah. –

Seither schlief der Bohusch keine Nacht mehr. Er wartete Tag und Nacht, bis Rezek ihn rufen würde, und sann, was er dann alles zu sagen hätte. Viel, viel! Das Feinste mischte sich in seinen Phantasien mit dem Gröbsten, und wenn es ihm *jetzt* schien, er müsse davon reden, wie man armen Waisen ins Leben helfen könnte, war er in der nächsten Sekunde überzeugt, daß er denen da unten raten, daß er ihnen befehlen würde, Kirchen und Paläste zu stürmen. Ja, vor allem die Kirchen! Aber immer, was auch seine Rede war, sah er sich als Mittelpunkt dieser Gruppe, als der Herr, dem die schöne Carla und viele starke junge Männer ehrfurchtsvoll und blind gehorchten. Er fühlte sich als der längst Mißkannte, der nun endlich zu Wort und Würde kam, und ging durch die Uferlosigkeit seiner Zeit, in welcher Nacht und Tag in ein gleichmäßiges graues Hindämmern zusammengeschmolzen waren, erfüllt von dem Wunsch, alle zu dieser Betrachtung seiner Persönlichkeit hinzulenken. Seine treulose Heilige hatte sich, feige, durch ewige Mauern vor seiner Liebe geschützt und vor seiner Rache; aber der Frantischka, die seinen Ruhm wohl auch bald von dem Munde Carlas vernehmen würde, wollte er die Möglichkeit geben, seine Vergebung zu erlangen. Er überlegte, ob er sie aufsuchen sollte, und schrieb endlich stückweis im Verlaufe von zwei Nächten und drei Tagen einen Brief an die unwürdige Geliebte. Seine schmeichelnde und geleckte Kanzleischrift war in diesen Blättern gleichsam wild geworden. Die meisten Buchstaben sahen aus wie übermütige Karikaturen des Schreibers, welche zum Überfluß noch durch Kleider und Kappen seltsamster Art ihr Narrentum bezeugen und sich gegenseitig, jedes hinter dem Rücken des nächsten, verhöhnen und auslachen. Im ersten Teile dieses weitläufigen Schreibens versicherte er sie, ganz im Geiste der mittelalterlichen Souveräne, seiner guten und gnädigen Gesinnung, im zweiten erzählte er in seltsam endlosen und vielverschnörkelten Satzbildern von der Bedeutung seiner geheimen Mission, und im dritten verhieß er: »Da hingegen das große Geheimnis und die unbeschreibliche Wichtigkeit meiner Aufgaben mir zu meinem tiefsten Bedauern ganz unmöglich und unerreichbar macht, Dich an der Versammlung, welche die Freiheit meines Volkes und meinen eigenen Ruhm begründen helfen soll, teilnehmen zu lassen, lade ich Dich ein, am – (da war ein nahes Datum genannt) um sechs oder sieben Uhr abends bei mir zu sein. Vor Dir und der Mutter will ich dann reden, soviel ich reden darf, ohne Verräter zu sein, nicht an Personen, denn die fürchte ich nicht, aber an der herrlichen, hohen und gerechten Sache ...« und unterzeichnet war diese langwierige Einladung – das kam so von ungefähr aus der überangestrengten Feder: »König Bohusch. Gegeben zu Prag.« – Als der Bucklige das noch einmal durchlas, mußte er lächeln, und er war fast im Begriff, die Bogen wieder zu vernichten. Dann dachte er: nein, wenigstens ein guter Spaß ist es, das ist es gewiß, versiegelte das Schreiben und trug es selbst auf die Post. Als er es in den Kasten fallen hörte, atmete er tief auf. –

* *
*

Die Frantischka hatte nichts geantwortet; aber eigentlich hatte Bohusch das auch gar nicht erwartet. Er war überzeugt davon, daß sie kommen würde und, fast gedemütigt, den neuen Bohusch finden sollte, dessen Freundschaft ihr nun gewiß wie ein großes und unverdientes Geschenk erschien. Langsam und zögernd wollte er ihr vergeben, und dann würden sie am Sonntag wohl nicht mehr auf die Malvasinka gehen, sondern irgendwohin, wo sie sich zeigen können, unter viele Menschen in den Baumgarten oder in den Stern. – Das alles dachte Bohusch nur ganz flüchtig in den wenigen Pausen, in welchen ihn das Große nicht beschäftigte, das nunmehr seine Pflicht, sein Leben geworden war. Es war eine aufreibende Pflicht, diese vielen, wichtigen Dinge, die er so nach und nach in den armen Jahren gedacht hatte, nun alle auf einmal zu denken, alle auf einmal zu überschauen und dann der Reihe nach auszusprechen. Es war ein solches Gedränge von Meinungen, Erinnerungen und Plänen in ihm, daß immer ein ganzer Schwarm von seinen Lippen wollte, wild und rücksichtslos wie Leute aus einem brennenden Theater. Dann machte der Bohusch ein strenges Gesicht und befahl überlegen: »Ruhig, eins nach dem anderen. Es kommt ein jeder daran.« Und gerade bei solchen Gelegenheiten geschahs, daß die ganze Menge plötzlich verschwand, einfach zerfloß, und der Bohusch ganz öde im Kopfe und außer stande war, etwas zu denken oder gar zu sagen. Erst wenn er ein paar Gläser heißen Tschaj getrunken hatte, war das bunte Gesindel wieder da, und der Bucklige freute sich und lachte, bis ihm die Augen voll Tränen standen. Die Unrast seines Wesens war dabei immer größer geworden. Er las viel Zeitungen und alte Bücher, schrieb ganze Hefte voll mit seinen lächerlichen Lettern und schlief mitten zwischen diesen Beschäftigungen, gleichviel ob tags oder nachts, in einem Café oder in einer Kirche, selten zu Hause, ein paar Augenblicke scheuen Schlafes, aus welchem er bald wie erschreckt emporfuhr.

So kam der Morgen jenes Tages heran, an dem Bohusch der Mutter und der Frantischka, welche beide an seinem eigentlichen Triumph nicht teilnehmen durften, die abendliche Rede versprochen hatte. Die Nacht war ihm in verschiedenen Gasthäusern und Spelunken vergangen, und jetzt schlich er matt, übernächtig an den Häusern hin und starrte blöde und teilnahmslos in den dichten rosigen Frühnebel des Frühlingstags. Wenige Menschen begegneten ihm. Beim ›Pulverturm‹ kamen ihm zwei Dienstmädchen entgegen, mit großen Einkaufskörben, lachend und plaudernd, und ihre Augen waren so frisch und erwacht, ihre Kleider und Schürzen noch steif vor lauter Neusein. Ein wenig weiter überholten ihn zwei Infanteriesoldaten. Sie schritten stramm aus, ihr Schritt klappte in heiteren Takten auf dem Pflaster, und die Knöpfe ihrer Waffenröcke stahlen der Sonne frühe Strahlen und warfen sie dem Bohusch keck in die schläfrigen Augen. Dann pfiff irgend ein übermütiger Bäckerbursche dem Buckligen ins Gesicht und lachte laut hinter ihm her, und ein Schutzmann sang sich irgend etwas, während die Federn seines Hutes ein wenig wehten. Roll-Läden rauschten auf, und die Spiegelscheiben gaben sich ganz der Sonne und brannten in weißen Flammen. Durch dieses frische, fröhliche Aufleben kroch der Verwachsene, bleich, verkommen, mit ganz verdrücktem Hemde und schmutzigen Kleidern, und er war wie eine giftige, gräßliche Kröte, die man mitten in süß duftenden Beeten entdeckt. Er merkte auch nichts von allem Glanz, als daß er ihn störte, ja er wußte vielleicht kaum, daß es Frühling und Morgen war. Je reifer indessen dieser Morgen wurde, desto mehr fiel eine gewisse Unruhe auf, die alle Menschen zeigten. Leute, die sich täglich zu dieser Stunde grüßten, ohne miteinander zu sprechen, blieben stehen, machten besorgte oder erstaunte Gesichter, zuckten die Achseln und drückten sich endlich mit einer bestimmten konventionellen Dankbarkeit die Hände, um zehn Schritte weiter wieder angehalten zu werden. Man hatte offenbar das Bedürfnis, sich etwas mitzuteilen, was alle anging und interessierte. An der Ecke der Ferdinandstraße las ein Dienstmann in einem Kreise von Männern und Dienstmädchen eine Stelle des ›*Tschesky curir*‹, und ein Stück weiter trat ein älterer Herr aus einem Kaffeehause und sagte zu seinem Begleiter in deutscher Sprache: »Ganz gefährliche Leute sind das. Man sollte ...« Was man sollte, war nicht mehr zu verstehen. Der Herr ging ziemlich selbstbewußt auf sehr glänzenden Schuhen weiter, und der Jüngere neben ihm nickte bei jedem Wort, bestätigte es ergebenst; er schien ganz der gleichen Meinung zu sein. Als Bohusch in die Nähe des ›National‹ kam, erkannte er hinter einem Fenster Norinski, der den anderen, die man nicht sehen konnte, etwas in seiner heldenhaften Art zu erklären schien. Eine Weile zögerte der Bucklige. Dann trat er nicht ein, sondern ging den Quai hinunter nach seiner Wohnung. Er war müde.

Norinski war indessen zu Ende gekommen. Er trank mit einer verschwenderischen Pose seinen Kaffee aus – es hätte ein Giftbecher sein dürfen – und sagte groß: »Niemand von euch wird sagen, daß ich kein guter Tscheche bin. Und ich werde keine Gelegenheit unbenützt lassen, auch die elenden Deutschen vom Gegenteil zu überzeugen. Soll mir nur einmal einer kommen. Ich will dem Herrn den Kopf schon zurechtsetzen. Aber diese Geschichten dürft ihr nicht so aufbauschen. Das ist nichts. Das sind Kindereien, ihr könnt mir das glauben.« Damit erhob er sich, blieb sein Frühstück schuldig, verschenkte die großmütigen, dreiaktigen Händedrücke und begab sich hocherhobenen Hauptes hinüber in seine Garderobe. Die Zurückgebliebenen rückten intim zusammen, und Karás begann die verschiedenen ganz kurzen Zeitungsnotizen vorzulesen, welche sich auf den Vorfall bezogen. Alle sagten ungefähr das gleiche: die Polizei war durch die Anzeige eines Frauenzimmers einem Bunde junger Leute, Studenten und Handwerksgesellen, auf die Spur gekommen, welche in den Kellerräumlichkeiten eines Hauses der Hieronymusgasse geheime Zusammenkünfte abhielten, bei denen hochverräterische Reden die Tagesordnung bildeten. Interessant sei es, zu betonen, daß auch Mädchen an diesen Versammlungen teilgenommen haben sollen. Und deutsche Blätter freuten sich noch über die Zerstörung dieser schändlichen Verbrecherbrut und bedauerten nur, daß durch das trotzige Schweigen der in Gewahrsam gebrachten Genossen das geistige Oberhaupt dieser Verschwörung bis jetzt noch nicht in den Händen der öffentlichen Sicherheit sei, was aber, dank der trefflichen Übung und Scharfsichtigkeit der Schutzmannschaft, gewiß nicht allzulang ausbleiben würde. Und endlich, fügten die deutschesten Zeitungen noch hinzu, erhofften sie, daß man an diesen jungen Verbrechern und Hochverrätern endlich das lang erwartete Exempel statuieren und mit rücksichtsloser Schärfe vorgehen würde. Das alles las man im ›National‹. Schileder war ehrlich entrüstet: er sprach etwas von dem Mut der jungen Leute und davon, daß sie nicht nur Worte machten, schöne Worte, sondern auch handeln wollten. Er konnte es nicht gut ausdrücken und schwieg verschüchtert, als er keine allzu lebhafte Beistimmung fand. Einen Augenblick nickten sie ja alle, die Freunde, und legten irgend ein kleines Wörtchen, wie ein verschämtes Almosen, in die Hand der Gerechtigkeit. Aber schließlich, sie sahen sich alle um – man war so verlokkend allein, und da konnte man ja so ein paar Geständnisse tun. Pátek verurteilte kurzweg diese Höhlenromantik, welche doch nicht mal mehr in den Romanen

Berechtigung hätte, und der Lyriker Machál, der nur eine ganz unbestimmte Ahnung von dem Vorgefallenen hatte, gähnte und warf zwischen je zwei Gähnversuchen ein, daß die ganze Sache ihm brutal erscheine, furchtbar brutal. Karás, der mit jedem Tage sich kosmopolitischer fühlte, hielt eine längere Rede, während welcher sein ›Adamsapfel‹ wie ein zweifelgequälter Laubfrosch auf und nieder stieg. Sein Ende war, daß man nach außen hin, von wegen der Lage der Dinge, die Ansicht, daß diese jungen Leute nicht allein Märtyrer ihrer Idee, sondern die gefallenen Helden einer nationalen Sache seien, mit allen Mitteln aufrecht erhalten müßte, daß er selbst aber – hier – nicht umhin könne, derartige Unreifheiten, er sagte geradezu – Unreifheiten – halbwüchsiger Burschen zu verdammen. Man sei doch zu gebildet dazu, man wüßte doch schließlich, daß man seine Rechte durch große nationale Betätigungen im Leben und auf dem politischen Theater (ein Wort, welches Karás auch in seinen Feuilletons beständig gebrauchte) eher bewahren könne, als durch solche Ungehörigkeiten. Er hatte wohl noch ein paar geläufige Phrasen im Vorrat, aber er hörte plötzlich auf. Er wußte selbst nicht, warum. Die anderen schauten auf, und da stand Rezek vor ihnen. Der Student, in dessen blassem Gesicht die dunklen Augen brannten, übersah die Hände, die man ihm entgegenstreckte. Er hatte vielleicht die letzten Worte des Kritikers vernommen, aber er erwiderte nichts, setzte sich ruhig an seinen gewöhnlichen Platz und trank seinen Tschaj. Seine harten Hände zitterten leise. Man wagte nicht zu sprechen. Endlich

hub Pátek an, von einem neuen Buch zu reden, und die Künstler verloren sich ganz in diesen Erörterungen. Es handelte sich um Novellen im Stile Maupassant, welche ein junger Kollege erscheinen lassen wollte. Da waren noch einige Schwierigkeiten in der Geldfrage und in anderen Verlagssachen, und man beriet, ob man dem Autor zu Hilfe kommen sollte. Der mächtige Karás war nicht sehr geneigt dazu. Da rief Pátek entrüstet: »Aber ich bitte Sie, das ist eine nationale Sache!«
Rezek erhob sich mit einem eisigen Lächeln: »Seid ihr Tschechen?« fragte er.
Alle schwiegen und sahen sich verlegen an. Schileder war aufgestanden.
»Seid ihr Tschechen?« wiederholte der Student.
Karás beschwichtigte: »Was fällt Ihnen ein, Rezek? Provozieren Sie nicht.«
»Aber reif seid ihr? Was?« fuhr der fort. »Reif und fertig.«
»Er ist betrunken«, flüsterte Machal verächtlich.
Rezek ballte die Fäuste. Aber er hielt sich zurück: »Ich weiß ja, daß ihr gewohnt seid, gerechten Zorn für gemeine Trunkenheit zu halten. Ich weiß. Aber sagen will ich euch nur, das Volk ist *nicht* reif, und wenn ihr euch so fertig fühlt, so seid ihr seine Feinde, seid Verräter.«
»Ich bin Offizier«, sagte Pátek mit banger Stimme und trat vor.
Rezek hielt ihm die Faust vors Gesicht und ging, ohne ein Wort, an ihm vorüber aus dem Saal. –
Bohusch konnte die Frantischka nicht vor sechs oder sie-

ben Uhr, wie er es in seinem Briefe bestimmt hatte, erwarten; gleichwohl fragte er seit drei Uhr, warum die Geliebte immer noch nicht käme, war gegen vier im Begriffe, sie abzuholen, und unterließ es ungern und zögernd aus Stolz oder sonst aus einem Grunde. Unruhig lief er, die Hände auf dem Rücken, in den kleinen Stuben umher, in welchen dichtgedrängter Urväterhausrat, wie man ihn allzu reichlich aus der Portierswohnung mitgenommen hatte, dieses Her und Hin ziemlich erschwerte, und blieb nur dann und wann bei dem Fenster stehen, an welchem eine kleine alte Frau saß und nähte.

»Mutter,« stieß er endlich gequält heraus, »du mußt sie holen gehen!«

Die Alte nickte, hob die große runde Brille von den Augen und nickte. Sie dachte keinen Augenblick nach: natürlich, sie mußte die Frantischka holen gehen. Und sie vertauschte die Haube mit dem Hut und zog ein gelbes, gutes Shawl um die schiefen Schultern. »Du kannst ja sagen, du gingst gerade vorüber, du ... ach Gott – na, du gingst eben gerade vorüber. Nicht? Warum könntest du nicht zufällig dort vorübergehen? Es gehen sicher viele Menschen dort vorüber.« Bohusch lachte abgebrochen. »Na, so sag doch,« fuhr er in ungeduldigem Zorne auf, »ist das möglich?« Frau Bohusch nickte ganz verschüchtert: »Weißt du, ich will erst in die Kirche gehen, nebenan. Ich kann dann sagen, ich war in der Kirche ... « Sie zögerte noch. Der Bohusch dachte längst an andere Dinge. Er sah die alte Frau kaum mehr und erstaunte fast, als er bei seinem

Auf- und Niederwandern vor ihr stand. Das gelbe Tuch war unerträglich grell in der Nachmittagssonne. Sie schauten sich eine Weile schweigend an, diese beiden kleinen, verkümmerten Menschen. Dann trippelte die Alte zur Tür und nickte und nickte. Plötzlich war der Bohusch bei ihr. »Maminko«, sagte er, und seine Stimme war wie die eines kranken Kindes. Und die alte, verängstigte Frau verstand. Sie wuchs, sie wurde reich, sie wurde Mutter. Durch dieses eine leise Wort wurde sie so. Alle Bangigkeit in ihr war Güte mit einemmal, und, die noch eben so unbeschützt und hilflos aussah, war mächtig, wie sie nun sachte die Arme ausbreitete, und dem Bohusch war es wie eine Heimkehr. Er schmiegte den großen schweren, wirren Kopf an ihre Brust, er schloß die heißen Augen, er ging unter in dieser unendlichen, tiefen Liebe. Er schwieg. Und da begann etwas in ihm zu weinen. Er hörte ganz genau, wie es anhub. Es mußte ganz tief in ihm sein, so leise war es. Es tat auch nicht weh. Und da öffnete er neugierig die Augen; er mußte sehen, wo das weinte. Und sieh: es weinte gar nicht in ihm; die Mutter war das. Da konnte der Bohusch die Lider nicht mehr schließen: Tränen warteten dahinter; viele Tränen. – Es war auf einmal so festlich in der Stube. Die Dinge um die beiden armen Menschen herum bekamen ein Glänzen, wie sie es nie besessen hatten, auch in ihren fürstlichen Tagen nicht. Jedes Kännchen, jedes Gläschen in der steifen Etagère hatte mit einemmal sein Licht und prahlte damit und wollte Sterne spielen. Da kann man sich denken, daß es sehr hell wurde in der Stube.

Dann schlug die Uhr, vorsichtig, als bedauerte sie, es tun zu müssen. Aber sie schlug doch fünfmal, und die Mutter ging.

»Wohin denn?« bangte der Bucklige.

»Ich muß die Frantischka holen.« Da fiel dem Bohusch alles wieder ein. Er zögerte und sagte dann fast traurig: »Ja so, du mußt die Frantischka holen.«

Das war der Abschied.

Als der Bohusch allein war, begann er wieder das nervöse und rastlose Schreiten. Da und dort, wie im Vorübergehen, stellte er etwas zurecht, fegte den Staub von der Tischplatte und verlor sich unversehens darin, seine Schriften und Bücher zu ordnen. Dabei war ihm ganz warm geworden. Und als er sein heißes Gesicht irgendwo in einem Spiegel fand, erstaunte er. Er trug, um die Schultern geschmiegt, das grelle gelbe Seidentuch der Mutter. Das war doch drollig. Er wollte lachen, vergaß aber darauf, und mit unwillkürlichen Bewegungen des Behagens vergrub er seinen Rücken noch mehr in die sanften Falten. Er fühlte sich müde und ließ sich in der guten Stube, schwer und breit, in die geblumten Kissen des steifen Kanapees fallen, welches mit dem ovalen Tisch gerade die Mitte des Raumes erfüllte. Er sann und sann. Das arme festliche Kanapee klagte unter ihm. Da sprang er auf, strich mit einer gewissen Zärtlichkeit die gehäkelten Schutzdeckchen glatt und blieb in einem der Stühle, welche zu seiten standen. Sein Gesicht, welches manchmal knabenhaft sein konnte, alterte jetzt von Minute zu Minute unter dem Einflusse seines angestrengten Nachdenkens, es wurde geradezu zerfressen von den Falten, welche darüber hinkrochen und sich einbohrten wie Raupen in eine kranke Frucht. Wußte er denn auch alles, was er sagen würde? Eine unbestimmte Angst hing über ihm. Er fühlte sich so verlassen, schwindlig, wie einer, den man auf einem hohen Turm vergessen hat. Er tastete nach einem Halt. Und in der nächsten Weile bildete er sich ein, er störe auch die Ordnung, die festliche Ordnung des Zimmers, dadurch, daß er auf *diesem* Platze wartete. Er erschrak über seine Vermessenheit. Er schlich immer weiter zurück und kauerte endlich auf einem hochbeinigen Stühlchen in der Ecke der Stube, nahe bei der Türe. Da kam Ruhe über ihn. Er dachte: So, nun ist es vorüber; ich habe ja alles schon gesagt, und er wußte doch, daß er nur geweint hatte, und das ist etwas anderes wie eine Rede, so ein Weinen. Dennoch beharrte er trotzig: Ich habe alles gesagt, die Mutter weiß alles – »und du auch« – ergänzte er laut und suchte die Augen der gelben Katze, welche ihm langsam und listig aus der anderen Ecke entgegenkam. Keine Kralle kreischte auf der braunen, glänzenden Diele. Lautlos kam das Tier näher, es wurde groß, es wurde größer, und als es so war, daß der Bohusch darüber hinfort gar nicht mehr in die stille, feierliche Stube schauen konnte, da schlief er. Und er hatte wohl Träume. Denn er sagte mit einer Stimme, die ferneher klang: »Das ist es, Rezek, bitte – das ist das Geheimnis: der Maler muß das Volk malen und ihm sagen: du bist schön.« Da fiel ihm der Kopf vornüber, und er zwang ihn nur mühsam wieder empor. »Der Dichter muß das Volk dichten und ihm sagen: du bist schön.« Er seufzte im Traume: »Schön sein ist es.« Dann begann ein Lächeln in seinen Mundwinkeln, ein gutes, frommes Lächeln, das wuchs über das Gesicht des Schlafenden und machte es wieder jung. Er hauchte noch: »Ich werde es nie verraten«, und dann wurde sein Traum so tief, daß kein Wort daraus mehr bis auf seine Lippen kam.

Die Türe ging. Der Bucklige schlug aber die Augen erst auf, als Rezek ihn rauh am Halse packte und nahe kreischte: »Hast du geschwiegen?« Der Bohusch fühlte dieses Wort auf seiner Wange ganz heiß. Seine Hände wehrten krampfhaft ab, aber in seinen Augen war noch immer kein Verstehen. Sie lächelten noch. Sie lächelten den schrecklichen Rächer an, bis sie starben. Und dann glitt das gelbe Tuch über den armen Körper und deckte den Bohusch und sein Geheimnis zu. –

DIE GESCHWISTER

Mittags waren in dem alten Haus gegenüber der Malteserkirche – drei Treppen hoch – die neuen Mieter eingezogen, und bis zum Abend wußte man nur, daß sie ungewöhnlich große Möbel mitgebracht hatten, die in den engen Windungen der Wendeltreppe fast stecken geblieben wären. Und die alte, triefäugige Hökin, die nahe, unter den dunklen Steinlauben, saß, konnte sich kaum beruhigen in Erinnerung der riesigen Eichenschränke und beschwor die Nachbarn, ihr zu glauben, daß es »hochherrschaftliche« Schränke gewesen seien. Diese Versicherung bewirkte, daß eine ungewöhnliche Unruhe die vielen kleinen Parteien des bewußten Hauses in Atem hielt: jeden Augenblick kam aus irgend einer der weißlackierten Türen, auf deren jeder um ein Blech- oder Glasschild herum sich ein paar schmutzige Visitenkarten drängten, ein unordentliches Frauenzimmer heraus, lauschte die Treppe aufwärts, und fuhr beschämt zusammen, wenn es da schon auf andere Horcher stieß, welche ebenfalls in Schrecken sich zurückziehen wollten, bis die gleichgesinnten Seelen einander erkannten und ihre hungernde Neugier durch dunkle Vermutungen nur noch mehr anreizten.

Plötzlich aber wurde die weibliche Bewohnerschaft aus dem engen Treppenhaus, welches wie eine Wirbelsäule durch das Gemäuer aufwuchs, nach den Hof-Fenstern hingezogen. Tief unten in dem röhrenförmigen Hofe, wie am Grunde eines Brunnens, begann ein Leierkasten schluchzend die Melodie aus dem ›Bettelstudent‹, und zugleich waren auch schon – man wußte nicht woher – ein paar Kinder dabei, welche um den alten Saufbold einen wilden und seltsamen Tanz aufführten. Die Töne aber kamen nach gequältem Ächzen wie ein Rülpsen aus den trockenen Orgelkehlen, schienen emporzuschnellen und wie unsichtbare Lassoleinen an den verschiedenen Hälsen zu ziehen, welche in ganz unglaublicher Länge aus allen Lucken und Küchenfenstern herauswuchsen und als ein bizarrer architektonischer Schmuck die Kahlheit der Wände unterbrachen. Die Frauenzimmer, welche sich da von hüben und drüben begrüßten, sahen einander in der Dämmerung zum Verwechseln ähnlich; ihre Gesichter schienen alle, wie ein vorsichtiges Mimicri, die unbeschreibliche Mißfarbe der Mauer angenommen zu haben, und auch in Bewegung und Stimme war eine so überraschende Einheitlichkeit zu bemerken, daß sie mehr als zugehörige Organe dieses Hauses, denn als freibewegliche Einzelwesen erscheinen mochten. Man könnte nun leicht glauben, daß die Aufmerksamkeit der vielen Köpfe dem erbärmlichen Leierkasten gehörte, – denn manche nickten sogar den Takt mit; in Wahrheit aber wuchsen alle Augen ganz sachte zu dem Küchenfenster des dritten Stockes, und manch leichtgläubiges Ohr glaubte dessen Riegel klirren zu hören. Allein die Drehorgel hatte sich mit einem Galopp, zu dem ein kleiner schwarzer Rattler die Begleitung heulte, erschöpft, der Spielmann brüllte seinen Dank und schlürfte mit schweren Schritten davon. Der helle Schwarm der Kinder zog wie eine Kette hinter ihm her, und mit einemmale fühlten alle die Stille und das Dunkel des dumpfen Hofes. Aber gerade in diesem eigentümlich lauschenden Augenblick ging das ersehnte Fenster fast unhörbar auf, und die alte Magd Rosalka neigte sich weit vor. Fast alle Köpfe tauchten unter, nur eine kecke, ungeduldige Stimme schrie: »Na, seid ihr schon fertig eingezogen?« Die Magd Rosalka nickte nur, und gerade, als der Leierkasten in einem nächsten Hause leise etwas sehr Wehmütiges begann, setzte sich die Alte wie ein großer, trauriger Vogel ins schwarze Fenster und ließ nachlässig, als wären es Kartoffelschalen, Stück für Stück die Lebensgeschichte ihrer Herrschaft in den horchenden Hof hinunterfallen. Und wenngleich jetzt niemand an den Fenstern zu sehen war, so ging doch keines von ihren breiten Worten den Mauern verloren, aus denen nur dann und wann eine ermunternde Frage aufstieg. Eine Stunde nachher, als sie bei den Maltesern Ave läuteten, kannte auch die alte Hökin unter den Steinlauben das ganze Schicksal der Försterswitwe Josephine Wanka und ihrer beiden Kinder und gab es ihren letzten, täglichen Kunden, dem Gerichtskanzlisten Jerabek und dem Lakaien Dvorak nebst den »hochherrschaftlichen« Schränken mit.

Aber vielleicht hätte es gar nicht der Generalbeichte der Alten gebraucht, um dem Durste der Frauenzimmer genugzutun. Denn die drei Menschen, die aus dem kleinen Krummau in die Hauptstadt übergesiedelt waren, trugen ihre Erinnerungen und Erlebnisse gleichsam über den Kleidern, so daß man nur anzustreifen brauchte, um ein Stück davonzutragen. Zum Teil lag dies wohl an dem Gebrauche der kleinen Stadt, drin sich jeder mit seiner Freude schmückt und sein Leid auch möglichst sichtbar mitträgt; wer so unklug ist, da nicht mitzutun, dem wird beides aus dem heimlichen Versteck von den unbarmherzigen Händen der Nachbarn herausgezerrt, und er mag sehen, ob er in dem von Haß und Hohn entstellten Gerücht seine leise Freude oder seinen stillen Kummer wiedererkennt. Bei der Familie Wanka mochte aber diese Freimütigkeit zunächst darin ihren Grund haben, daß das jüngste und folgenreichste Ereignis ihres Lebens immer noch – obwohl ein Jahr seither vergangen war – über ihnen lag. Besonders bei den Frauenzimmern merkte man noch die Spuren des Schicksals, gleichsam die Abdrücke seiner brutalen Griffe in ihren Gesichtern, und man hörte die Angst, welche immer irgendwo im Hintergrunde ihrer Stimme wartete, um sich plötzlich ohne Grund über alle Worte auszubreiten. Nur der etwa zwanzigjährige Sohn, Zdenko, hatte etwas Ernstes und Verschlossenes in seinem strengen Gesicht, das ihn schnell aller Sympathien beraubte; der Umstand allein, daß er – so hörte man schon in den ersten Tagen – Student der Medizin sei, verursachte, daß man ihm an Stelle der Zuneigung eine gewisse trotzige Achtung schenkte, die er jedoch nicht zu bemerken oder abzulehnen schien. Aber wenn die Frauen in ihrem Wesen sich auch fortwährend verrieten, behielten sie gleichviel etwas Kühles den dienstwilligen Hausgenossen gegenüber, und seit jenem ersten Tag waren Wochen vergangen, ohne daß eine von den Nachbarinnen die Stuben der FrauFörsterswitwe betreten hätte. Dieses war, dank seiner schweren Erreichbarkeit, nach und nach zu einem von allen im Wetteifer angestrebten Ziele geworden, und man scheute keine List und kam bis in die späten Abendstunden, von Wankas einen Zuckermörser oder einen Korkzieher, den man merkwürdig oft verlegte, oder endlich den Bodenschlüssel entleihen, Dinge, welche man meistens davontrug, nebst dem Ärger, nicht über die Schwelle des Wohnzimmers gesehen zu haben. Diese hoffnungslose Hartnäckigkeit stand in keinem Verhältnis zu den ursprünglichen Geständnissen der alten Magd, und es war begreiflich, daß man von ihrem Entgegenkommen alles Weitere erwartete; doch auch sie schien schweigsamer und mißtrauisch zu werden und begann, wenn man sie bedrängte, immer wieder die eine Geschichte zu erzählen, welche längst alle kannten: von dem Märzmorgen, an dem die Holzknechte den Revierförster Joachim Wanka, von Wilddieben erschossen, aus dem Walde heimgebracht hatten. Und daß sein Gesicht voll erstarrten Zornes war und dunkel, gleichsam ganz im Schatten der buschigen Brauen, dalag, und wie seine Fäuste sich nicht mehr lösten, auch in den vielen Tränen nicht, so daß der Förster wohl seine liebe Not haben würde – einmal – am Jüngsten Tage zu tun, als sei er die ganze Zeit mit fromm gefalteten Händen dagelegen. Dann bekreuzte sich die Alte mit gewohnheitsmäßigem Ungefähr und versicherte zum Überfluß, sie habe aus Träumen und Zeichen längstbevor das ganze Unheil gewußt und auch daraus, daß der Herr Julius Cäsar im Krummauer Schloß

wieder umgegangen sei und es dem Kastellan geschah, daß in einem Armstuhl der Kaiser Rudolf ihm gegenübersaß und, den Kopf in die Hand gesenkt, über das nächtliche Moldautal fort in die Sterne sah.
Wer solches nicht glauben mochte, den pflegte die alte Rosalka kurzweg zu verachten; denn sie hielt das für einen Mangel von Bildung und Erfahrung und für eine von den vielen üblen Folgen jener Kultur, die »in der Großstadt« immer mächtigere Fortschritte macht. Sie konnte dann auch nicht umhin, am Abend, wenn Frau Wanka mit ihrem Sohn gar ernste und bedachtsame Gespräche zu führen schien, die Tochter Luisa, welche so ganz überflüssig mit großen, verlorenen Augen dabeisaß, heimlich in die Küche hinauszuwinken und sie vor dem sündigen Munde der Ketzer zu warnen, welche vor nichts mehr Scheu hätten – vor keinem Kirchhof und vor keiner Mitternacht, ja, nicht einmal vor beiden zusammen. Und da war über ein Kurzes jene Stimmung heraufbeschworen, in der die Alte sich zu Hause fühlte: die Dinge rundum, vom steifen Küchenschrank bis zu dem plumpen Waschtrog, welche eben noch so nüchtern dagestanden hatten, begannen mit einemmale lauschend zu werden, und es war, als rückten sie, um kein Wort Rosalkas zu verlieren, näher und näher an die beiden Frauen heran, Geräusche erwachten wie von Schritten, und ohne Grund lachte eine von den alten Blechpfannen: »plink!« Dann hielt die Magd ein, und mit klopfendem Herzen verfolgten beide den silbernen Ton, und ihnen geschah, daß eine unsichtbare Uhr irgend eine bedeutsame Stunde geschlagen hätte.

Und manchmal ging die alte Küchenlampe, wie im Einverständnis mit Rosalka, gerade während dieses Hinhorchens aus, und die satte Dämmerung wurde schwer und schwül von tausend taumelnden Möglichkeiten. Luisa, welche immer ganz stumm in einer Ecke saß, wurde kleiner und kleiner diesen Mächten gegenüber; sie schien sich aufzulösen und nichts zurückzulassen als zwei ängstliche große Augen, welche den Spukgestalten mit einem gewissen gläubigen Vertrauen nachgingen. Es war dann wie in dem großen Maskensaal des Krummauer Schlosses, dessen Wände bis hoch zur gewölbten hallenden Decke hinauf mit lebensgroßen Gestalten bemalt sind. Ein französischer Maler soll vor vielen hundert Jahren diese Karnevalsgruppen so geschickt, in so reichem und überraschendem Wechsel komponiert haben, daß man – selbst am lichten Tage – hinter jeder Figur immer noch neue, phantastisch verkleidete Gäste auftauchen sieht. In Krummau aber weiß man ganz bestimmt, daß solches nicht an dem Verdienste des Malers, sondern an dem seltsamen Umstand liegt, daß die Ritter und Damen zu einer gewissen Stunde zu erwachen beginnen, um das Schauspiel jener einen fernen Nacht zu wiederholen. Aus den Wänden steigend, erfüllen sie den Saal mit ihrem schimmernden Gewimmel. Bis die riesigen Grenadiere an der Saaltüre die Hellebarden hart an den Boden stoßen: da ordnen sich die Reihen. Ein Donner rollt über sie hin. Mit seinem wilden, schwarzen Sechsgespann ist Prinz Julius Cäsar, des zweiten Rudolf heimlicher Sohn, an der ragenden Rampe vorgefahren, und kaum einen Atemzug später steht er, schwarz und schlank, mitten unter den Gästen, die sich tief, tief verneigen, wie eine Zypresse im wehenden Ährenfeld. Dann mischt die Musik die Menge, eine fremde Musik, welche bei dem Aneinanderstreifen der kostbaren Kleider zu entstehen scheint und, wachsend, sich breit und brausend aus den Massen erhebt, wie die Melodie eines Meeres. Und da und dort teilt der Prinz mit einem Wink die glänzenden Wellen, verschwindet in ihnen, steigt an der anderen Ecke stolz aus ihnen empor, läßt sein leuchtendes Lächeln wie einen Sonnenblitz über sie hingleiten und schleudert ein helles, übermütiges Wort, gleich einem köstlichen Ring, nach dem alles hascht, mitten ins Gewoge hinein. Und unter dem wilderen und wühlenden Hin und Wider wächst die heimliche Lust. An eines silbernen Ritters Seite erkennt der Prinz ein blasses, blaues Fräulein und fühlt zugleich: die Liebe zu ihr, den Haß für ihren Begleiter. Und beides in ihm ist rot und rasch. Und er hat den silbernen Ritter wohl zum König gemacht; denn dem fließt über den blanken Panzer ein Purpur nieder, immer breiter und blutender, bis er stumm zusammenbricht unter der Last des fürstlichen Mantels: »Es geht manchem König so«, lacht ihm der Prinz in die sterbenden Augen. Da erstarren die festlichen Gestalten vor Grauen und blassen langsam und bang in die verlöschenden Wände zurück, und wie ein fahles Felsland steigt der verlassene Saal aus den letzten leuchtenden Wellen. Nur Julius Cäsar bleibt zurück, und das gierige Glühn seiner heißen Augen versengt dem blassen Fräulein die Sinne. Aber wie er sie greifen will, entreißt sie sich seinen zwingenden Blicken und flüchtet in den schwarzen, hallenden Saal; ihr leichtes, blaues Seidenkleid bleibt, zerfetzt, wie ein Stück Mondlicht in den wilden Fingern des Prinzen, und er windet es sich um den Hals und würgt sich damit. Dann tastet er ihr nach in die Nacht hinein und jubelt plötzlich auf. Er hört, sie hat die kleine Tapetentür entdeckt, und er weiß: nun ist sie sein; denn von da giebt es nur einen Weg: die schmale Turmtreppe, die in das kleine duftende Rundgemach mündet – hoch im Moldauturme. Und mit übermütiger Hast ist er hinter ihr, immer hinter ihr, und er vernimmt nicht ihren verscheuchten Schritt, aber wie einen Glanz sieht er sie bei jeder Wendung der Treppe vor sich her. Da faßt er sie wieder, und jetzt hält er das zarte, angstwarme Hemdchen in der Hand, nur das Hemdchen, und seinen Lippen und Wangen ist es kühl. Es schwindelt ihn, und wie er seine Beute küßt, lehnt er zögernd an der Wand. Dann mit drei, vier Tigersprüngen taucht er hinauf in die Tür des Turmgemachs und – erstarrt: hoch vor der Nacht ragt, nackt, der reine weiße Leib, wie vom Fensterrande aufgeblüht. Und reglos sind sie beide. Aber dann, eh er's noch denkt, heben sich zwei helle, kinderzarte Arme in die Sterne hinein, als wollten sie Flügel werden, es verlischt etwas vor ihm, und vor dem hohen Fensterbogen ist nichts mehr als hohle heulende Nacht und ein Schrei ...

– –

»Und du bist wirklich achtzehn?« sagte Zdenko und neigte sich über sein erschrockenes, weinendes Schwesterchen, welches, ganz klein und scheu, in dem Winkel der Küche kaum zu finden war. »So kommen dir deine alten Gespenster auch her, nach Prag, nach? Oder hat Rosalka sie in ihren Töpfen und Pfannen mitgebracht?« Die alte Magd wandte sich grollend ab. »Ja,« zögerte Luisa, »ja,« und atmete stockend auf, »zuerst, wie wir herkamen, hab ich gedacht, ich bin sie los. Wie ich die hellen Häuser gesehen habe und die breiten Gassen, da war mir ganz frei und fröhlich; hier aber auf der Kleinseite ist es fast noch schlimmer als bei uns. Nicht?« Und langsam schaute sich das Mädchen um. Zdenko aber zog sie hinter sich her in die helle Wohnstube. »Natürlich, wie ichs gesagt habe,« rief er seiner Mutter entgegen, – »während wir hier reden, ist sie schon wieder bei der alten Hexe draußen und ganz aufgeregt von dem ewigen Unsinn.« Frau Josephine schüttelte leise den Kopf mit den breiten, grauen Scheiteln und sagte: »Wann wirst du denn mal vernünftig werden, Kind?« Sie nähte ruhig fort an weißen Leinenstücken, und in dem Korb neben ihr wartete noch viel Arbeit. Doch nach einer Weile legte die Witwe die zerstochenen Finger in den Schooß und sah der Tochter ins Gesicht. Luisa hatte, von der hellen Lampe geblendet, die Augen geschlossen, und in ihrem zarten blassen Gesichtchen war eine so deutliche Angst zurückgeblieben, daß die Mutter erschrak. Es fiel ihr mit einemmale auf, wie schwach und schmächtig das Mädchen war, und ob sie überhaupt Kraft genug haben würde, im Leben einmal ganz ohne Halt und Hilfe aufrecht zu bleiben. Die gütigen, blaßblauen Augen der Mutter trübten sich in

Tränen, es konnte aber auch von der Anstrengung sein; denn das Weißnähen ist eine mühselige Arbeit, und die Lider der Frau Wanka waren stets ein wenig gerötet davon. Luisa, die den Blick gefühlt haben mußte, ging nach einer Weile daran, der Mutter zu helfen. So waren beide Frauen über das Linnen gebeugt, und die Hängelampe beleuchtete grell den grauen und den blonden Scheitel. Jetzt sagte Zdenko: »Ich weiß nicht, ich bilde mir immer ein, die Luisa ist so klein geblieben vor lauter Ehrfurcht. Wirklich. Es kann so sein. Wenn einer immer, von ganz klein auf, lauter so große Dinge sieht wie sie, – denkt euch nur das Schloß auf dem steilen Felsen, diese hohen Höfe, die großen Kanonen auf den Schanzen, und endlich in den Sälen – Stühle und Bilder und Vasen – alles wie für Riesen gemacht – dann wächst er diesen Dingen entweder nach ...« (Frau Wanka sah ihrem Sohn lächelnd ins Gesicht und nähte dann eifrig weiter) »oder – er verliert überhaupt allen Mut, ihnen nachzuwachsen. Denn er muß sich denken: so groß werd ich ja doch nie. Und vor lauter Schauen und Staunen vergehen die Tage, und man vergißt auf sich selbst und darauf, daß diese Dinge doch eigentlich nur ein Beispiel sind. Glaubst du nicht, Luisa?«
»Vielleicht«, nickte die Schwester und unterbrach nicht ihre Arbeit.
»Ich habs ja auch mal empfunden, daß einen das drükken kann – als Bub.« Zdenko sah über die Frauen fort ins Unbestimmte. »Aber dann kommt einmal der Ruck, da man sich vor alledem auf die Fußspitzen stellt, statt davor hinzuknieen, und hat man das erst einmal weg,

dann ists nicht mehr lange bis zum Drüberhinsehen. Und glaubt mir, das macht alles aus. Nur immer alles überschauen. Der zu höchst steht, ist immer der Herr. Ich hab es immer schon ganz deutlich geahnt, was unsere Zeit so verworren macht und so unsicher; aber jetzt, seit ich hier in der Stadt bin und viele Menschen sehe – weiß ichs: daß keiner drüber steht. Ihr sagt mir, das ist falsch: über der Stadt ist der Bürgermeister und über ihm der Statthalter, und der muß wieder zum König ein gut Stück hinaufsehen und der König zum Kaiser und dieser zum Papst. Der Papst aber reicht trotz seiner dreimalhohen Krone immer noch nicht bis zum lieben Gott hinauf, meint ihr. Ich denke, das kommt davon, daß man das Ding meistens vom verkehrten Ende ansieht. Mir scheint, ganz tief unten ist der liebe Gott und ein wenig über ihm der Papst und so fort. Oben aber ist das Volk. Das Volk aber ist ja nicht eines, das sind viele; sie stoßen und schieben einander, und es verstellt einer dem anderen die Sonne. Da mein' ich halt immer, – irgend einen müßten sie von Zeit zu Zeit in die Höhe heben, nicht zu hoch (er könnte leicht hinunterfallen bis dorthin, wo der König ist oder der Kaiser), aber doch so, daß er ihre starken und treuen Schultern unter sich fühlt und mit ruhigem Bedacht eine Weile lang hinschauen kann über ihre Köpfe. Wenn er dann wieder unter ihnen steht, wird er wie aus der Heimat zurückgekehrt sein und seinen Brüdern sagen können, wo die Sonne aufgeht und wie lang es noch währen mag bis dahin – und so manches mehr. So aber ...« Zdenko verdeckte seine Augen mit der Hand.

Dann erhob er sich heftig: »Mna, laßt jetzt die Plakkerei und geht schlafen; es ist spät. Die Lampe wird auch gleich verlöschen.« Seine Stimme war rauh. Er bemerkte erst jetzt, daß Luisa nicht mehr über das Weißzeug geneigt dasaß; ihre Augen brannten ihm entgegen, groß und leuchtend wie nie. Und seltsam, er sah sich in diesen Augen und richtete sich stolz und stark auf wie vor einem Spiegel.
Seine Mutter aber nähte immerzu mit rüstigem, rastlosem Mühen, und Zdenko hatte ganz plötzlich das Bedürfnis, zu ihr hinzutreten und ihr die Hände zu küssen.

* *
*

Es war nicht Mißtrauen, welches die Magd Rosalka still und schweigsam gemacht hatte den Hausgenossen gegenüber. Alten Leuten ergeht es oft so, wenn sie, aus der gewohnten Kleinhäuslichkeit ihrer Provinzstadt vertrieben, sich in einem neuen Orte zurechtfinden sollen; sie können sich den größeren Maßstäben nicht anpassen und sind wie aus einer engen Stube in einen hallenden Saal versetzt, drin ihre heimlichsten Worte wie von unsichtbaren Chören laut nachgesprochen werden, während ihre vielen heftigen Gesten sich in der Weite dieses teilnahmslosen Raumes zu verlieren scheinen. Im Anfang gefällt ihnen das der Neuheit wegen, aber bald fühlen sie es wie eine Anstrengung, die, ohne genügenden Lohn, entmutigend wirkt, und lassen von einem Morgen an die Hände im Schooß und die Worte auf der Zunge liegen. Es kommt nämlich noch dazu, daß die Leute auf dem Lande um ein Tüchtiges bescheidener sind. Da genügt es, einmal ein recht ansehnliches Unglück gehabt zu haben, um für alle Zeit, bis zum letzten gottseligen Tage, das achtungsvolle Bedauern der Bekannten wie eine lebenslängliche Rente zu beziehen. Aber »in der Großstadt« sollte man ja – grollte die Alte – um halbwegs obenauf zu bleiben, mindestens wöchentlich einmal einen Vater verlieren und alle drei Wochen von der Treppe oder aus dem Fenster fallen. Sie gedachte mit betrübten Augen ihrer »Stellung« in Krummau und konnte es ihrer Herrschaft nicht verzeihen, daß sie, um dem Zdenko die Universität zu ermöglichen, nach Prag übergesiedelt wäre. Sie vergönnte es der Frau Förster, daß sie nun selbst ein paarmal der Woche in »Häuser« gehen mußte, um durch Weißnäharbeit zu ihrer kleinen Pension und dem fürstlich Schwarzenbergschen Gnadengehalt das hinzuzuverdienen, was der neue Haushalt und die Heranbildung des Sohnes verlangte. Sie wußte auch, daß Frau Wanka dem Zdenko jedes Opfer bringen würde und den dunkeln Wunsch hatte, in ihm einen »studierten Doktor« zu sehen, welches für Rosalka als das ungebührliche Streben einer zügellosen Hoffart, um derenwillen man sich dreimal bekreuzen mußte, erschien.

Anders faßte man dieses Trachten der Witwe in dem Hause der Frau Oberst a. D. Meering von Meerhelm auf, wo die Försterin jede Woche einmal, und zwar am Montag, dem Wäschetag, die Putzwäsche ausbesserte. Frau Charlotte Meering lobte nämlich den Eifer der

Mutter und tadelte dabei nur, daß Zdenko Wanka die böhmische statt der deutschen Universität bezogen hätte. Dieser einleuchtende Mißgriff war Schuld, daß man ihn nie zu sich bitten konnte. Vergebens versicherte die Witwe, daß das ganz im Sinne ihres armen seligen Mannes geschehen sei, der ein guter Tscheche gewesen wäre; die Oberstin lächelte nur vornehm und konnte, wie sie sich ihrem Gemahl gegenüber ausdrückte, »die Beschränktheit dieser Leute nicht verstehen«. Dafür durfte Luisa die Mutter manchmal abholen kommen und, wenn sie versprach, nur deutsch zu sprechen, zehn Minuten mit den Meeringschen Kindern, einem fünfzehnjährigen Rangen und der etwan drei Jahre jüngeren Lizzie, »spielen«. Der Erfolg war freilich immer ein entgegengesetzter, d. h. die beiden Geschwister stürzten sich auf das scheue und ängstliche Mädchen und begannen es, wie irgend ein Ding, zu schieben und zu stoßen, bis Frau von Meering meist gerade in dem Augenblick in die Tür der Kinderstube trat, da Luisa, an einen Schrank gebunden, ein weißes Opfer darstellte, während ihre Sprößlinge sie mit wildem Siegesgeheule, nach Indianersitte, umsprangen. Da war es nun nicht erstaunlich, daß Luisa sich diesen Besuchen keineswegs entgegenfreute und dankbar war, wenn die Mutter ihr verstattete, sie im Flur oder in der Straße zu erwarten. Manchmal kam dann gerade der Herr Obrist an ihr vorbei nach Hause und blieb, da er die Schrecken des Wäschetags vermeiden wollte, noch einen Augenblick vor dem Mädchen stehen. Der kleine, etwas dickliche Herr, der einen großen Ehrbegriff inwendig und einen großen Orden auf der Außenseite seiner Brust trug, blies mit einiger Behaglichkeit seinen Schnurrbart auf und leitete das kurze Gespräch immer also ein:

»Warten auf den Herrn Bräutigam, gnädiges Fräulein?«

Darauf wurde Luisa jedesmal so rot, als die schlechte Beleuchtung der Gasse es notwendig machte. Der alte Herr freute sich daran und erkannte von einem Mal zum nächsten immer deutlicher die Köstlichkeit seines Witzes, den er beim Abendessen, natürlich nachdem die Kinder zu Bette waren, gerne seiner Lotti wiederholte. Sonst wußte er ohnehin nicht viel zu erzählen. Denn es lag etwas Versonnenes in seinem Wesen, welches man auch durch dieses Beispiel beleuchten kann. So hat er mehr als fünf Jahre darüber nachgedacht, was der Wink, den man ihm zeitweilig von »oben« gab, bedeuten mochte. Verstanden hat er ihn freilich erst viel später, als das rastlose Winken höherenorts schon eine Art von Sturm hervorgerufen hatte, welcher endlich den Herrn Obristen von dem gefährlichen Gipfel eines Regimentskommandos sachte in das beschauliche Tal des Ruhestandes herunterwehte, in dem er sich nun – nach wie vor sinnend – erging. Er war ein Mann, der die Tiefen des Lebens nach den schauerlichen Abgründen alter Kalendergeschichten bemaß und sich oft verwunderte, wie hoch er, allen Fährlichkeiten zum Trotz, auf der irdischen Rangleiter emporgekommen war. Seine gerechte Gesinnung teilte aber nicht nur ihm selbst rückhaltlose Anerkennung zu, er wußte jeden nach Wert und Würden zu behandeln. Seit er erfahren hatte, daß der verstorbene Wanka fürstlicher Förster gewesen war und daß auch Frau Josephine dann und wann im Schlosse Frauenberg die Kammerfrau vertreten mußte, sah er die Witwe gerne in seinem Hause und fühlte einen Hauch indirekter Fürstenhuld von dieser Familie ausgehen.

Wenn Frau Wanka an diesen Montagabenden endlich mit müden Augen aus dem Tor des Meeringschen Hauses trat, küßte sie die Tochter, und die beiden Frauen gingen, meist ohne ein Wort zu tauschen, durch die lebhaften Gassen der Neustadt der steinernen Brücke zu. Erst wenn sie aus der lauten Brückengasse in die schmalen, kaumbeleuchteten Zweiggäßchen eingelenkt waren, löste sich ihre Stimme, und sie begannen leise und langsam von Zdenko zu reden, wie zwei Spieluhren, die zaghafte Lieder träumen mitten in der Nacht. Über ihren Gesprächen war eine treue, rührende Zärtlichkeit, die um so inniger klang, als sie niemals in die Worte herunterstieg, aber die Frauen ganz erfüllte, ihre Bewegungen verschönte und ihr Lächeln leuchtender machte. Seit jenem Abend, da Luisas Augen sich so seltsam entzündet hatten an den heißen Worten des Bruders, war er für sie ein Anderer geworden, ein Mächtiger; und wenngleich die Liebe, die Frau Wanka ihrem Sohne bewahrte, tieferen Quellen entsprang, so verstanden Mutter und Tochter einander doch in dieser lauschenden und leisen Sprache und sagten einander darin mit vielen Worten etwa dieses: er ist ein Anderer geworden.

Sie hatten recht damit. Eine freudige Erregung war über den jungen Menschen gekommen. Die Freundschaft mit dem Wald und die rüstige Ruhe seines Vaterhauses hatten ihn beschenkt, immer und immer wieder, und was man dafür von ihm wollte, war so lächerlich gering gewesen. Wenn er die Jahre vor des Vaters Tode überdachte, war er jetzt geneigt, zu glauben, er hätte eigentlich nur einen einzigen Tag gekannt, der, zufrieden und satt, hinter jeder Nacht immer wieder hervorkam – bis zu dem ersten schweren Schmerz: dem gewaltsamen Tode des teuren Vaters. Hinter dem lag etwas Lebloses und Leeres, das wie ein Ausruhen war oder wie ein Vergessen. Aber mitten drin – so empfand er das – war dann eine Türe, ein Tor irgendwo aufgegangen, und nun stürmten sie herein, lauter junge und bunte Tage, die ihm in ungeduldigem Heischen die Hände hinhielten. Was war er ihnen dankbar für ihr Begehren! Wie ein Heimgekehrter stand er da, der Gaben austeilt nach allen Seiten, und die Dinge sind weither, und jeder der Beschenkten weiß sie zu verwenden. Wanka hatte das Gefühl, daß die ganze Welt aus seiner Tasche lebte, und es sollte ihr nicht schlecht gehen dabei. Er war immer in einem Kreise junger Leute zu finden, denen er ernste und lose Einfälle in buntem Durcheinander hinwarf, und sie fanden alle genug darin, um ihre Tage damit zu füllen und ihre Nächte. Er bemerkte nicht das Ziellose in diesen jungen Köpfen; denn er hatte selbst kein Ziel, weil er tausend hatte und heute dieses, morgen jenes zu greifen vermeinte. Diese Art zu leben brachte ihn mit einer großen Menge Menschen in Berührung, und allen gab er sich mit derselben Treue hin, und wenn er sich einmal wieder recht an einem eigenen neuen Gedanken begeistert hatte, so glaubte er es den Menschen danken zu müssen, welche ihn mißtrauisch umstanden. Nach und nach wurde er stiller, hörte nun auch die Gegenreden aufmerksam an und fand, daß er eigentlich nicht imstande war, ihnen zu antworten. Langsam begann er einzusehen, daß alle seine Begeisterungen Bruchstücke eines großen Monologes waren, und dieses Erkennen ernüchterte und vereinsamte ihn sehr.

Nächtelang saß er jetzt schweigend an dem Stammtisch des Nationalcafés, an welchem Männer verkehrten, die älter und ernster waren als er und von denen er glaubte, daß sie an der Spitze des Volkes ständen. Es waren Dichter und Maler, Schauspieler und Studenten. Sie hatten alle etwas in ihrem Gehaben, was ihn früher stark abgestoßen hatte, allein er suchte sich daran zu gewöhnen. Nach dem Theater fanden sie sich müde und mürrisch zusammen, und wenn sie sich begrüßten, lächelten sie einander mitleidig zu. In ihren Kleidern war entweder etwas übertrieben Vornehmes oder eine grobe Vernachlässigung zu bemerken, und man konnte auf den ersten Blick schwer erkennen, was sie vereinte. Erst einige Gläser Tschaj oder Budweiser Bieres machten begreiflich, daß die Ähnlichkeit in den großen Worten liege, welche immer zahlreicher und ungestümer von ihren Lippen kamen, je später es wurde. Ein Unterschied blieb allerdings noch darin bestehen, daß die in den modernen Kleidern ihre Worte gleichsam nur vor sich auf den Tisch legten mit der Warnung: nicht anrühren, während die anderen sie einfach in die Luft warfen, gleichviel wen sie treffen mochten. Da hörte nun Wanka die Angelegenheiten der »Nation« verhandeln, er erfuhr zum erstenmal von ihrer Bedrängnis und Not, von ihrer stillen und innigen Sehnsucht. Eine Beschämung überfiel ihn plötzlich wie einen Lachenden, der erfährt, daß ein Toter im Hause sei, und er dachte darüber nach, wie es denn geschehen konnte, daß er von all diesem Drückenden gar nichts gemerkt hatte alle Jahre lang. Er dürstete, recht viel davon zu erfahren, aber wenn er sich den Männern wieder zuwandte, entdeckte er, daß sie ganz in demselben Tone längst von anderen Dingen sprachen, von der Kunst und ähnlichem. Und er sah mit einemmale, daß ihre Begeisterung nichts als Heftigkeit war, und daß sie nichts Gemeinsames besaßen als ihre Einbildung. Da zog er sich von ihnen zurück. Er blieb wieder die Abende zu Hause, widmete sich mit mehr Fleiß seinen Studien an der Universität und bildete sich eine Zeitlang ein, es sei alles wie vordem. Bis ihm an solch einem Abend, wie damals, als er Luisa bei ihren Gespenstern in der Küche fand, ganz von ungefähr sein innerstes Nachsinnen zu Worten wurde. Seither wußte er auch, daß er den Leuten auf der Gasse anders in die Augen sah, bemüht, in ihren Mienen die Spuren jenes Leidens zu finden, von dem sein Volk heimgesucht sein sollte. Da und dort glaubte er jetzt wirklich eine gedrückte, geknechtete Gestalt zu bemerken, allein, wenn er näher zusah, erkannte er enttäuscht, daß es nur die Last der Armut war oder des Elends, welche auf den fremden Schultern lag, nicht das Joch der Knechtschaft. Und doch ließ es ihm nicht Ruhe. Er fühlte immer noch Kräfte in sich und fragte bei jedem Tage an, ob sein Volk ihrer bedürfe. Er wurde immer ratloser und unzufriedener, hielt es weder im Lehrsaal noch in der Wohnstube aus, wo Luisa saß und ihn mit großen, fragenden Augen erwartete. So machte er weite Spaziergänge.

Einmal im Frühling war er den Podskal entlang gegangen, tief in Sinnen, und als er aufblickte, ragte auf teilweise abgegrabenem Terrain ein graues, einförmiges Gebäude vor ihm auf, dessen Fenster ihm leer, wie ausgebrannt, entgegenstarrten. Wanka hielt es für eine einstige Kaserne, welche nun der Demolierung preisgegeben war, und trat, da der Platz nicht weiter abgeschlossen schien, durch eines der gähnenden Tore ein. Die Höfe waren mit Türrahmen und Türen, Brettern und allerlei altem Gerümpel angefüllt, und diese Dinge sahen ganz unglaublich traurig aus in dem glanzlosen, langsam verlöschenden Licht des späten Nachmittags. Der Student wandte sich ab und, von irgend einem Gefühl bestimmt, stieg er die ausgetretenen Holztreppen hinauf und ging weite weiße Gänge entlang und durch viele geweißte Räume hin, deren Decken niedrig, deren Dielen zum Teil aufgerissen waren. Und dann schritt er noch eine Treppe hinan und stand wieder in einem Gang, dessen Schlußwand schon halb eingerissen war, so daß der Wind breit hereinkonnte, aus dem grauen Tag. Er riß Strohhalme von den Sparren der Decke los und trieb sie, wie Pfeile, dem Fremden

entgegen. Wanka trat gleich in eine der nächsten Türen ein und fand sich in einer engen, kaum drei Schritte breiten und nicht viel längeren Zelle, die ganz gleichmäßig erfüllt war mit dem spärlichen Licht, das durch eine vergitterte Öffnung, nahe der Decke, hereinfloß. Die weißgrauen Wände waren mit vielen Ritzen wie mit einem seltsamen, wirren Muster bedeckt, und erst nach einem Augenblick erkannte der Student, daß dieses Muster sich in Worte und in Bilder löste; Gebetsworte und Flüche, Namen und Orte las er, und alles hineingeritzt in wilde, grinsende Fratzen, merkwürdig verschmolzen mit den Linien ihrer Nasen und Augen, mehr wie beredte Falten und Runzeln, als wie Schriftzüge. Und ein Gesicht wuchs hinter dem anderen hervor, bleich und bebend, wie ein Haufe Volkes drängte ihm die immer mehr erwachende Wand entgegen, allen voran ein drohender, zorniger Mann mit hohlen Augen. Und quer über seine Stirne stand: »Jesus Maria.«
Da hörte Wanka, wie jemand seinen Namen sagte, und in unbeschreiblichem Grauen wandte er sich, als ob er flüchten wollte, und stieß heftig auf Rezek, den blassen Studenten, der mit eigentümlichem und eingeweihtem Lächeln sagte: »Das waren auch Künstler, diese hier. Nicht?«
Wanka erkannte den Studenten und sah ihn verständnislos an.
»Nun ich meine, jeder in seiner Art«, lächelte der noch. Dann fügte er ernst hinzu: »Glauben Sie mir, daß mir diese Bilder hier näher gehen, als das was unsre Maler malen und unsre Dichter zusammenreimen.

Wissen Sie, was das hier ist? Volkslieder. Nicht vor tausend Jahren entstanden und nicht unverständlich nach zehntausend Jahren. Gedichte in einer ewigen Sprache. Man sollte diese Wände ebenso sorgsam ausnehmen, wie die Hieroglyphenmauern in den Pyramiden. Man sollte sie in die Kirchen hängen; denn sie sind heilig. Sehn Sie hier,« und er legte den schmalen harten Finger auf eine Zeichnung, welche mit ungelenken Strichen ein kleines Haus darstellte; »das hat die Sehnsucht gemacht, und der Glaube hat ein Gebet drunter geschrieben und die Verzweiflung einen Fluch, und der Hohn hat mit wunden, blutenden Nägeln um alles das herum eine Fratze gezeichnet, in der das liebe kleine Haus aussieht wie ein gieriges, weitgeöffnetes Maul. – Haben Sie jemals ein furchtbareres Gemälde gesehen?«

»Kommen Sie«, sagte Wanka, von plötzlicher Furcht erfaßt.

Rezek folgte. »Ich komme oft her«, sagte er. »Es geht so langsam mit dem Niederreißen. Ich lese in diesen Wänden wie im Buche der Offenbarung. Auf viele Fragen habe ich da Antwort gefunden.«

Sie schwiegen. »Freilich,« fügte Rezek an, als sie aus dem Tor traten, »die Antwort ist schließlich wieder eine Frage. Aber nur eine, immer dieselbe, und das ist nicht so schrecklich wie die vielen.« –

»Was ist das eigentlich für ein Haus?« fragte Wanka jetzt und wandte sich zurück zu dem verlassenen Bau, der schwarz und groß mit seinen leeren Fenstern vor dem Abend stand.

Rezek blickte auf: »Das alte St. Wenzels Strafhaus.«

Er blieb stehen, um sich eine Zigarette anzuzünden. Dann gingen sie schweigend der Stadt zu.
Die beiden jungen Menschen, welche früher oft aneinander vorbeigegangen waren, fanden sich jetzt beinahe jeden Tag. Es war aber mehr eine Macht über seinem Willen als eigene Absicht, welche Wanka zu dem düsteren Kollegen hinzog; und was ihn dann festhielt, war der Umstand, daß Rezek alle Fragen, welche ihn in der letzten Zeit gequält hatten, erriet und die unausgesprochenen wie unwillkürlich beantwortete. Zdenko sah freilich nicht, wie weit diese Antworten über seine Fragen hinausragten, und so konnte es geschehen, daß seine Kraft und die naive Klugheit seiner reinen Jugend bald blind im Dienste des energischen Agitators standen, dem sie sehr gelegen und günstig sein mußten. Die verschärfte Strenge des Polizeidienstes, die Geschichte des »König Bohusch« und andere halbpolitische Ereignisse hatten die jungen Leute vorsichtig und ängstlich gemacht, und Rezek mußte sich zu manchem seiner Zwecke des bezahlten Pöbels bedienen, der ihm dann bei nächster Gelegenheit als Angeber gegenübertrat. So aber war der Traum des dunklen Mannes: unverdorbene junge Leute guten Standes finden, welche, überzeugt von dem Recht ihres Beginnens, mit der ganzen blinden Bärenkraft ihrer Gesinnung einer nationalen Befreiung entgegenstreben und in jugendlicher Unverzagtheit einem Ziele nachgehen, das er selbst nicht immer glauben wollte.
Auf ihren gemeinsamen Wegen, an welchen Luisa lauschenden Anteil nahm, hatten sie eine kleine, niebe-

suchte Gaststube entdeckt hoch auf dem Hradschin. Von ihrem Rund-Erker aus sahen sie oft, wie die schweren, dunstigen Frühlingsabende die Stadt zerstörten, wie ihr Feuer an den Kuppeln und Türmen zehrte und da und dort wie Wahnsinn aus zwei sinnenden Fensteraugen schlug. Und die ganze Last dieser ahnungsvollen Dämmerungen war auf den drei jungen Menschen; da wandte sich der energische Rezek, der eine große Furcht vor diesen leisen weiten Stunden hatte, wohl an das versonnene Mädchen und sagte mit harter Stimme: »Loisinka, spiel sie uns etwas.« Und aus der Wandnische, wo Luisa saß, rauschten wie Flügelschläge die langen Töne eines Harmoniums, und die schlichten Volkslieder machten die Menschen noch leiser und einsamer. Es wurde immer dunkler um sie her, und sie mochten sich vorkommen wie Abschiednehmende, die einander zuwinken und sich doch nicht mehr erkennen... Bis das Lied mitten im Klange brach und das zitternde Verstummen des Harmoniums verschmolz mit Luisas zaghaft ausbrechendem Weinen. Dann befahl Rezek: »Spiel sie doch was Heiteres...«

Aber Luisa kannte nur ein paar Volkslieder, und der Bruder sagte: »Unser Volk hat keine lustigen Töne. Seine liebsten Lieder sind wie vor dem Weinen.«

Da begann Rezek mit heftigen Schritten in der kleinen Stube auf und ab zu gehen, und endlich blieb er im Erker stehen und sagte:

»Wie ein Kind ist unser Volk. Manchmal seh ich es ein: unser Haß gegen die Deutschen ist eigentlich gar nichts Politisches, sondern etwas – wie soll ich sagen? – etwas

Menschliches. Nicht, daß wir uns mit den Deutschen in die Heimat teilen müssen, ist unser Groll, aber daß wir unter einem so erwachsenen Volk groß werden, macht uns traurig. Es ist die Geschichte von dem Kinde, welches unter Alten heranwächst. Es lernt das Lächeln, noch ehe es das Lachen gekonnt hat.«

Als aber die Kellnerin die Lampe angezündet hatte, setzte sich Rezek in den großen, alten Lehnstuhl und begann, die gelben nervösen Hände vor die Augen gepreßt, wie zu sich selbst zu reden: »Was hilft alles. Damals, als man dem Volk gesagt hat: du bist jung, haben sich die Gebildeten geschämt dafür. Und sie sind schnell alt geworden, statt älter zu werden. Statt sich jedes Tages zu freuen, haben sie ein Gestern haben müssen und ein Vorgestern. Königinhofer Handschrift, freilich! Damit nicht zufrieden, haben sie ihre Kultur in der Fremde gesucht und gleich dort, wo sie am fertigsten ist – bei den Franzosen. Und so kams: zwischen den gebildeten Tschechen und dem Volk sind Jahrhunderte. Sie verstehen sich nicht mehr. Wir haben nur Greise und Kinder, was die Kultur betrifft. Wir haben unsern Anfang und unser Ende zu gleicher Zeit. Wir können nicht dauern. *Das* ist unsere Tragödie, nicht die Deutschen.«

Luisa sah den Schrecken, welcher sich in den Zügen des Bruders ausprägte während dieses Geständnisses. Er schien sich mühsam zurückzuhalten, alle seine Sehnen waren wie zum Sprunge gespannt.

Rezek bemerkte es nicht mehr, er war wie aus einem bösen Traume erwacht, und der strenge Akzent seiner Stimme schien alles Frühere zu widerrufen. Er entwarf

an diesem Abend die kühnsten Pläne und spürte mit dem ihm eigenen Scharfsinn so rücksichtslos allen Mitteln und Möglichkeiten nach, schien sich so klar über die Ziele seiner unermüdlichen Agitation, daß Zdenko wieder ganz in seinem Einfluß unterging.
Dennoch bezeichnete dieser Abend für Wanka den Beginn eines harten inneren Kampfes. Er hatte sich stolz und stark gefühlt in seiner Mission, solange er glaubte, für ein junges und gesundes Volk zu streben, und nun hatte er erfahren, daß dieses Volk an innerem Zwiespalt krankte und an sich selber verzweifelte. Und er verlor alle Freude und allen Mut. Es geschah ihm wie dem tollkühnen Lieutenant, der vor seinen Scharen hineinstürzt in die feindliche Übermacht. Da vernimmt er, daß die Niederlage der Seinen schon besiegelt ist; und was im Augenblick noch eine freudige Heldentat war, ist ihm ein nutzloses, verzweifeltes Opfer. Der arme junge Mensch fühlt mit einemmale so viel Neues, Unverbrauchtes, Einsames in sich, das nicht zu Ende gehen will und sich sehnt, in einem andern stillen Frühling aufzublühen. – Die hohen und hellen Worte der nationalen Begeisterung waren ihm erloschen, und mehr als einmal stürzte Wanka aus den heißen heimlichen Versammlungen in die nächtlichen Gassen hinaus, durch welche er, planlos, einem ungewissen Morgen entgegenirrte. Aber so stark stand Rezeks Persönlichkeit über ihm, daß er mitten in seinen Grübeleien immer wieder von ihm einen Ausweg erhoffte und nicht wagte, dem finsteren Gesellen seine wachsenden Zweifel einzugestehen. Er schwieg gegen alle davon. Er be-

merkte die besorgte Frage in den Augen seiner schlichten Mutter, und er glaubte sie zu übertönen durch seine heftige, hastige Zärtlichkeit. Er neigte sich inniger seinem blassen Schwesterchen zu und suchte sich gleichsam wiederzuerkennen in diesen flüchtigen Augenblikken einer reinen Liebe.

Jetzt begann Luisa ahnungsvoll die Zerrissenheit in Zdenkos Seele zu begreifen. Sie wußte ja nichts von der beginnenden Untreue an seinem Werke, und daß er seine übernommene Pflicht als Zwang empfand. Aber sie sah, daß er an irgendwelchen Ketten zerrte, und das schien ihr die eherne Macht des Rezek zu sein, aus welcher er entfloh, um, schwach und verzagt, immer wieder zurückzukehren. Lange schon stand die Gestalt des bleichen Mannes auch über ihr. Sie fand sein Bild in allen ihren Gedanken und war nicht mehr erstaunt dabei. Ihr schien, er gehörte hinein wie der Gekreuzigte in die Klosterzelle. Und sie konnte ihm nicht wehren, daß er auch in ihre Träume wuchs und endlich eines wurde mit dem dunklen Prinzen des alten Maskentraumes und nun für sie nicht mehr Rezek, sondern Julius Cäsar hieß. Und da geschah dem Mädchen etwas Seltsames. Irgendwelche Szenen aus fernen Jahren und halbvergessene Träume und Gestalten und fremde purpurne Worte, die sie von ihrem Bruder vernommen hatte, und anderes, welches sie gar nicht zu erklären vermochte, umdrängte sie wie eine neue phantastische Zeit, in der alle Gesetze anders werden und alle Pflichten. Sie konnte zwischen Tun und Träumen nicht mehr unterscheiden und schaute alle Geschehnisse des Alltags in den Farben jenes Krummauer Blutfestes, ihrer tiefsten und erschütterndsten Erinnerung. Sie lebte jetzt mitten unter den stillen, feierlichen Gestalten und fühlte immer deutlicher, daß auch sie eine Rolle haben müsse in diesem heimlichen Reigen. Und tagelang saß sie, eine vergessene Arbeit im Schooß, am Fenster, sah mit verlorenen Augen in die hohen kahlen Mauern der Malteserkirche und sann: Welche nur, welche?

* *
*

Die trägen, lässigen Sommertage gingen langsam dem Feste von Mariens Himmelfahrt entgegen. Eine schwere Traurigkeit lag über Wankas. Das Heimweh, welches die vier Menschen schon fast vergessen hatten, kam wieder in einer anderen, unerwarteten Gestalt über sie. Sie sehnten sich nicht mehr nach der Vergangenheit, sondern sie träumten in den heißen Stuben hinter dichtverhangenen Fenstern von dem leichten, luftigen Dorfsommer, dem die kühlen Wälder so nachbarlich sind. Von den hellen Feldwegen, über welche die jungen Obstbäumchen ihre rührend dünnen Schatten legen, so daß man drüber hin wie auf einer Leiter geht, von Strich zu Strich. Von den schweren, reifen Feldern, die so breit und prächtig zu wogen beginnen gegen den Abend zu, und von den Hainen, in deren dunkelnder Stille die schweigsamen Teiche liegen, von denen niemand weiß, wie tief sie sind. Und dabei dachte jeder von den vier Menschen an irgend eine bestimmte unbedeutende Stunde, deren kleines Glück man einst, ohne es zu werten, eben so mitgenommen hatte. Und um so schmerzlicher war dieses Sehnen, als es nicht ein Unwiederbringliches betraf, als jeder fühlte, wie der heitere Heimatsommer ihn erwartete und traurig wurde, wenn keiner kam. Um ihm wenigstens näher zu sein, machte man kleine Ausflüge die Moldau entlang, und die Försterswitwe glaubte am leichtesten den kleinen Wäldern hinter Kuchelbad ihre gutmütige ländliche Lüge und wurde von jener unmerklichen Fröhlichkeit erfüllt, welche alten, arbeitsamen Leuten eigen ist. Sie war still und in sich gekehrt und lächelte kaum, aber die Falten um die Lippen waren vergangen, und das gab ihrem Gesicht etwas Junges und Sonniges, wie sie es vielleicht als Braut nicht besessen hatte. Sie bemerkte dann auch kaum, wie selten Zdenko den Blick in die lichte Landschaft erhob von dem Wurzelpfad, und wie schnell die Sommerblumen welkten in den heißen Händen Luisas. Die alte Rosalka blieb ganz zu Haus und trotzte; sie sagte vom Sommer: nein, wenn er nicht zu mir kommt, nachlaufen werd ich ihm nicht; setzte sich mit einem alten Gebetbuch ans Küchenfenster und schlief über der Frömmigkeit ein.

Die staubigen Augusttage schienen nur auf einem nicht zu lasten: auf Rezek. Er blieb von unermüdlicher Kraft, ja in jüngster Zeit war sogar eine übermütige Lustigkeit in seinem Wesen, welche Wanka nicht verstehen konnte. Er wußte nicht, daß Rezek stets so zügellos wurde, wenn die Gefahr nahe über ihm und seinem geheimen Streben aufstieg, und nahm diese Veränderung eher als Zeichen guter Erfolge hin.

Seine letzten Bedenken entschwanden, als Rezek bei einem Spaziergange, den sie wieder nach alter Gewohnheit zu dritt unternahmen, vorschlug, in der ›Vikárka‹ (einem kleinen, uralten Gasthofe, dem St. Veits-Dom gegenüber) einzukehren. Sie saßen bei einem dunkeln Tische in der hintersten Stube und stießen mit echtem Melniker an. Der Student kargte nicht mit dem Wein, und so laut wurde seine Lustigkeit, daß die paar übrigen Gäste, es waren bischöfliche Lakaien, daran teilnehmen mußten. Rezek erzählte die Sage von der Brotgräfin, die im alten Czerninschen Palast umgehen sollte, knüpfte seinen tückischen Spott an die spannendsten Stellen und veränderte so die Wirkung seiner Worte in einer seltsamen und überraschenden Weise. Da und dort wurden andere Geschichten wach (sie lauern in allen Ecken dieser dämmernden Stuben), und es fügte sich, daß Zdenko die Krummauer Sagen, auch jene von Julius Cäsar zum besten gab.

»Eigentlich wäre das deine Sache«, hatte er vorher zu Luisa gesagt.

Sie aber schüttelte nur stumm den Kopf, hob dann das Weinglas und hielt es lange an die Lippen. Mit fast verschlossenem Munde begann sie zu saugen, und ihre Augen schauten dabei groß in den Trank hinein, dessen purpurner Widerschein über ihrem schmalen Gesichtchen lag.

Mit einemmale sagte Rezek: »Wie Sie das sagen. Merkwürdig. Ist nicht eine Ähnlichkeit zwischen unserer Zeit und den Tagen vor dem dreißigjährigen Kriege?«

Unter seinen Worten bebte etwas. Zdenko und andere

lachten. Luisa aber hob das Becherglas langsam von ihrem kühlen roten Munde und sah mit erschreckten Augen zu dem Studenten auf.
Als man später auf dem Heimweg war, blieb Rezek nahe bei der alten Schloßstiege vor einem Tor, über dessen Bogen ein schwarzes Ehewappen prangte, stehen und fragte: »Waren Sie schon mal drin?«
Die Geschwister verneinten.
»So kennen Sie nicht einmal die Daliborka? Schämen Sie sich.«
Und schon trat Rezek durch den engen Türrahmen des Tores ein, und Luisa, die nun bei ihm stand, erblickte einen reinlichen Hof, drin, von den lichten Mauern bewacht, die breiten, warmen Schatten des Nachmittags lagerten. Eine kleine, alte Frau trat grüßend aus der Haustüre, jagte einen Schwarm Hühner vor sich her und winkte dann den Fremden, zu folgen. Zdenko ging voran, dann kam Rezek und zuletzt Luisa, denn der Pfad war so schmal, daß einer hinter dem anderen gehen mußte. Luisa zögerte ein wenig und schaute mit glänzenden Augen umher: da war ein lächerlich kleiner Gemüsegarten, dessen Kohlköpfe und Spargelstangen ein sechsjähriges Kind wohl hätte zählen können; mitten drin aber ragte ein stämmiger Apfelbaum, welcher seine kleinen roten Früchte der fern verschimmernden Stadt zu zeigen schien. Ein paar dichtverwucherte Stufen lenkten in einen feuchten und dämmernden Teil des Hanges hinab, und dort standen viele Sträucher von wilden Rosen, deren Zweige Luisa nicht vorbei lassen wollten. Da blieb Rezek stehen, und das

Mädchen vernahm die Stimme des Zdenko: »Also das ist der berühmte Hungerturm. Der Ritter Dalibor hat da drinnen aus lauter Sehnsucht die Geige spielen gelernt. Das war doch hier?«
»Ja,« erwiderte Rezek, »aber ich glaube immer, er hat das Geigen schon früher getroffen. Die Sehnsucht singt selten.«
Und da standen sie schon vor der schwerbeschlagenen Pforte des grauen Turmes. Luisa sah empor und bemerkte, daß die breiten Mauern nur teilweise von einem neugezimmerten Dach überspannt wurden. Auf dem freien Rande der Zinne ragte neben einer zerrauften Silberdistel eine schlanke, junge Akazie und hob ihre blassen Blättertrauben mit zärtlicher Anmut in den lichten Himmel hinein. Das war das letzte Bild vom Tage. Es wurde immer feuchter und schwärzer, und die dumpfige Luft legte sich wie ein Schleier vor des Mädchens Augen. »Findet sie uns nach?« hörte sie den Studenten mal fragen. Er hielt ihr die Hand hin. Seine Stimme kam rauh und fremd aus den ungewissen Tiefen des Gewölbes, und Luisa war nicht imstande zu antworten. Sie tastete mit angehaltenem Atem, leise erschauernd, an den eisigen Wänden hin und fand sich erst wieder, als ihr der rötliche Schein eines Lichtes, wie wärmend, aus der nächsten Halle entgegenkam. Da fand sie die beiden Männer und die Frau inmitten des Raumes über irgend etwas gebeugt, und eine schwelende Kerze schwankte an einem Strick gerade über ihren gesenkten Köpfen. Dann glitt das Licht mit einem kreischenden Geräusch tiefer und tiefer an den drei Ge-

sichtern vorbei, welche eine Sekunde lang grell beschienen waren; es sank bis vor ihre Füße und verschwand langsam in einer schwarzen runden Öffnung des Bodens, über der nur noch ein letzter, löschender Glanz hin und her zuckte. Da neigte auch Luisa sich vor und erkannte, wie die Kerze, klein, tief unten ankam in einem zweiten grauen Gemach, unter welchem noch ein drittes, schwarz, zu beginnen schien.
»Oh«, sagte Luisa.
Zdenko faßte ihre feuchte, zitternde Hand: »Achtgeben, Luisa.«
Und dann erzählte die Alte etwas mit einer armen, monotonen Stimme, die sich vor den feuchten Wänden zu fürchten schien und in scheuen Kreisen eng um die vier Köpfe herumschwirrte. »Die Neuen,« sagte sie gerade, leise und heimlich, als wäre das eine liebe, eigene Erinnerung, die sie zum erstenmal jemandem anvertraute, »die Neuen, die hier herunterkamen, erhielten ein Stück Brot und einen Krug Wasser. Ja, und mit dem Brot und dem Wasser mußten sie sich erhalten, und da an dem Loch mußten sie sitzen und zuschauen, wie der, der schon eine Woche unten saß oder zwei, no je nachdem (es haben manche Menschen gar so viel zähe Kraft), sich langsam zu Ende hungerte. Na und dann, wenns in Gotts Namen zu Ende war, wurden sie hinuntergelassen ...«
»An diesem Seil?« neckte Zdenko.
Die Frau ließ sich nicht stören: »Hinuntergelassen wurden sie und mußten erst den Toten, nämlich den, welchen sie haben zu Ende hungern sehen, hineinsto-

ßen in das Loch am Boden dort – sehen Sie.« (Alle neigten sich vor.)
»Manchmal werden sie den Vorgänger wohl halb aufgefressen haben«, lachte Rezek grausam.
»Kann schon sein«, murrte die Alte und fuhr dann in ihrer langgewohnten Erklärung fort.
Luisa lehnte sich an den Bruder: »Es ist tief?« forschte sie.
»Sehr tief.«
»Und kann keiner wieder heraus?«
»Nein«, erklärte jetzt Rezek. »Das Ding ist wie eine Flasche; oben schmal und immer weiter gewölbt nach seinem Grunde zu. Ein Zurückklettern giebts da wohl kaum. Übrigens wär das das beste Heilmittel für Übersatte auch heute noch.«
Luisa hörte ihn lachen. Die Beschließerin zog die Kerze halb herauf und trat dann mehr in den Raum zurück. Die Männer folgten ihr. Jetzt eröffnete der flüchtige, scheue Schein eines Zündholzes da und dort ungeahnte Nischen und Gänge, welche im nächsten Augenblick lautlos wieder einzustürzen schienen. Ein unbestimmtes Sich-rühren begann. Das Licht über dem Krater wurde ängstlich, und das breite Dunkel ringsum schien zu erwachen, sich zu dehnen und in wachsenden Gestalten an Luisa vorüberzufluten. Immer deutlicher erkannte sie Paar und Paar. Und sie reihten sich zu einem taumelnden Tanz, und aus Reigen und Neigen kam endlich der Eine ihren staunenden Augen entgegen: Julius Cäsar.
Er war stumm und schwarz. Ihr schlug das Herz in die Kehle hinauf und, erschreckt, senkte sie den Blick und er fiel, fiel in eine endlose Tiefe. Sie wußte: So stand

sie am Rande des Turms. So war sie selber das blaue Fräulein. An ihrem Frieren fühlte sie, daß sie ohne Kleider war, ganz ohne Kleider. Mit bebenden Fingern tastete sie an ihrem Leib hin, und sie empfand seine bloße Glätte. Dann blickte sie auf: oben war Nacht, sternelos. Und dann stand er bei ihr, fast vor ihr, nah am Abgrund. Das blaue Fräulein rächte sich: diesmal er. Und sie hob unwillkürlich die Hände und stieß sie gerade nach ihm hin – bis sie an seine Schultern drängten, – dann aber, im Augenblicke der jähen Berührung, packte sie ihn krampfhaft, riß ihn zurück, zu sich her, fühlte ihn, und in einer neuen, tiefen, zitternden Seligkeit vergingen ihr die Sinne.

* * *

Und am Ende sollte gar, so scheint es, die grämliche Rosalka, welche Zdenkos Streben und den ehrgeizigen Wunsch seiner Mutter hoffärtig und sündig fand, recht behalten haben. Denn es mußte doch etwas wie Hoffart sein, was den jungen Menschen bewog, innerhalb drei Wochen dreimal Wohnung zu wechseln; nämlich: aus seinem kleinen Kämmerchen, das in die Mauern der Malteser sah, in die Untersuchungshaft, von da in das Hospital und endlich gar auf den VII. Friedhof des Wolschan, wo die Mutter ihm ein Stück Landes, drei Schritte in der Länge und zwei breit kaufte. Mehr wollte er nicht. Und das alles war so rasch gegangen, daß die Frau mit dem alternden Verstand sich gar nicht finden konnte in diese unerwartete, plötzliche Standeserhebung, nur den Kopf schütteln konnte und immerwährend unterwegs war nach dem seltsamen, winzigen Landgut, als wollte sie nicht begreifen, daß es dem neuen Besitzer draußen gefiele. Sie vergaß Arbeit und Essen und kehrte jeden dritten Tag zu dem Spitalarzt zurück, der endlich ermüdete, der verstörten Mutter immer wieder den traurigen Fall von Lungenentzündung mit letalem Ausgang zu erklären und anzufügen, daß dies bei solchem infamen Herbstwetter nicht zu verwundern sei. Wenn Frau Wanka dann, von dem ungeduldigen Arzt und den wartenden Besuchern fast aus der Türe gedrängt, in den perlgrautrüb triefenden Tag hinaustrat, dann nahm sie sich jedesmal vor, sich das Wetter recht genau zu betrachten, um zum Verständnis des »traurigen Falles« zu gelangen. Aber draußen hastete sie scheu an den Häusern und den Menschen vorbei und kam atemlos in ihre Wohnung, wo sie Luisa fand, immer auf demselben Platz, mit heißen, trockenen Augen und fiebernden Händen. Sie blieben dann einander gegenüber sitzen, ohne die Lampe anzuzünden, ohne sich irgend etwas zu sagen, ganz fern von einander, bis es so dunkel war, daß sie eine die andere vergaßen. Von Zeit zu Zeit erhob sich eine der Frauen und ging auf den Zehen, als sollte die andere nichts bemerken, hinaus, in Zdenkos langverlassenes, verstaubtes Stübchen. Behutsam trat sie ein. Und erst wenn sie den leeren Schreibtisch fand und das vernachlässigte, verdeckte Bett, erlosch das irre Lächeln einer wilden, immer wieder gläubigen Hoffnung auf den zuckenden Lippen. Die Zurückgebliebene aber lauschte dann: Sie hörte die Türe gehen. Und dann begann in der verlassenen Kammer ein Weinen – bang und hoffnungslos. Bis die alte Rosalka eines Sonnabends das kleine Hinterzimmer aufwusch und dann den Schlüssel an sich nahm. Das Weinen aber hörte nicht auf; es füllte bei Tag die beiden Stuben aus und schien in jeder Nacht suchend durch das ganze Haus zu gehen, so daß die Kinder nicht einschlafen wollten. Und auch Erwachsene brannten Licht bis in den Morgen hinein; denn jeder in dem alten Haus wollte die Ecken seines Zimmers überschauen und war im stillen froh, wenn der nächste graue Regentag an die Scheiben schlug. Denen, die sich darüber beschwerten, schwor die Magd Rosalka bei Seele und Ehrlichkeit, man könne nichts dagegen tun, als Weihwasser aufstellen und Vaterunser beten; denn so sei es jedesmal, wenn einer stürbe mit vielen weltlichen Wünschen im Herzen und ohne die richtige Ruhe und Ergebenheit. Und man betete beim Rübenschälen und beim Geschirrwaschen, die Nachbaren beteten, und die Hökin unter den Steinlauben betete auch. Und Weihwasser spritzte man hinter den beiden Frauen her, welche mit jenen langsamen taktmäßigen Schritten durch den Flur und die Gänge kamen, wie sie sie gelernt hatten hinter dem Leichenwagen. Frau Wanka ging oft aus, eilte ein paar Gassen entlang, um planlos wieder heimzukehren. Luisa aber rührte sich nicht von ihrem Platz. Sie hatte keine Phantasien mehr, und in ihren Träumen waren alle Farben so blaß geworden wie die Tage draußen. Manchmal zählte sie die Tropfen an den Fenstern und horchte: es rauschte an ihr vorbei wie ein großer Strom, in dem viele zerbrochene, unverständliche Worte trieben, immer mehr und mehr – und sie dachte: wie nach einer Überschwemmung. Dann zuckte sie plötzlich zusammen, als hätte sie jemand gerufen, und – begann wieder die vielen rinnenden Tropfen zu zählen.

So kam Allerseelen. Da sehen sogar die breiten Straßen der Neustadt nachdenklich aus. In den vornehmen Blumenläden liegen reiche, prahlerische Kränze bereit, und die fremden Blüten in ihnen können nicht lächeln. Die Vergnügungsspalten der Reklamesäulen sind leer überklebt, nur das Landestheater verkündete die Aufführung der alten Kirchhofkomödie »Der Müller und sein Kind«, und in den Schaufenstern der Kunsthandlungen sind vor die bunten, englischen Drucke drei, vier, fünf dunkle Photographieen geschoben, die Illustrationen zu dem leisen Wehmutliede Hermann von Gilm's: »Stell auf den Tisch die duftenden Reseden...« Früh werden auf dem feuchtglänzenden ›Graben‹ die Laternen angezündet, und immer noch fahren Fiacres und Droschken vorbei mit großen Palmenkränzen auf Kutschbock und Wagendach, und an mancher Trambahn ist über die farbige Rücklaterne ein Tannengewinde oder gar ein Kranz von Blech gehängt, der nicht zum erstenmal am Tage der Verstorbenen diese Reise überstehen muß. Über dem unfreundlichen Zizkov sind schon die unglaublich langhalsigen Bogenlampen wie viele, traurige Monde aufgegangen, und drunter hin, vor den Toren des immer weiter wachsenden Totenparkes, ist ein unfestliches Gedränge von Menschen, von verweinten Menschen, die, ein paar halbwelke Blumen in der Hand, in dunkler Sehnsucht sich ihrem Ziele entgegendrängen, von erzürnten Menschen, welche die Hast des Schmerzes nicht begreifen, von teilnahmslosen, von feiernden, von lachenden und beobachtenden Menschen und von vielen anderen. Die Pfade sind durch die vorlauten lauernden Verkaufsbuden verengt, und die Kinder des langen Zuges hängen sich wie Widerhaken an die aushängenden Lampen und Lebkuchen und Spielsachen, so daß immer neue Stockungen geschehen. Mit der Menge aber und über ihr wälzt sich dieser dicke schwere Dunst von traurigen, müde duftenden Blüten, welken Blättern, durchregnetem Erdreich und feuchten Kleidern, in welchem die Worte gleichsam hängen blieben, zu dem weiten leuchtenden Garten. Dort verteilen sich die Massen zwar in die einzelnen Alleen, aber eigentlich sind die wenigsten bestrebt, schnell zu dem Grabe zu kommen, welches sie beschenken wollen. Sie wollen erst auch die anderen Seligen im Festkleid gesehen haben und finden es zu unterhaltsam, an den Steingrüften der Vornehmen hinzuschlendern, die fremden langen Namen zu lesen und sich an den Blumen zu freuen, welche den kostbaren Marmor ganz verdecken. Dann hineinzulugen in die dämmerigen Grabkapellen mit den hellen glänzenden Altären, vor welchen ein verwittertes altes Mütterchen schon den zweiten Tag bemüht ist, den ihr ganz unbekannten Verewigten die gutbezahlten Vaterunser und Gegrüßetseistdu der hinterbliebenen Familienmitglieder begreiflich zu machen. Und aus diesem Schau-

en von Licht und Glanz schleicht sich eine unbewußte, lebendige Fröhlichkeit in die Gesichter der Menge, welche seltsam absticht von den paar wunden dunklen Menschen, die sich scheu und schwarz am Wegrand hindrücken. In blinder Ungeduld schieben sie da und dort einen Schaufrohen zur Seite, und der denkt hinter ihnen her: Totenvögel, was wollen denn die hier?
Auf dem VII. Friedhof ist es etwas freier und einsamer. Es ist mehr Raum hier; denn nur ein Teil des umzäunten Landes ist mit Gräbern und Grüften erfüllt, weiterhin ist ahnungsloser, gesunder, gutgewässerter Boden, dem man noch die früheren Ernten ansieht und der aus seiner müßig gewordenen Kraft ratlos einen üppigen, wilden, sinnlosen Garten gezeugt hat. Das war eine gute Nachbarschaft für den armen Zdenko Wanka, der immer noch die Reihe der Gräber an der linken Mauer hin abschloß, als wagte niemand zu sterben seither in der großen, abgrundvollen Stadt. Die beiden vereinsamten Frauen, Mutter und Tochter, leisteten ihm nun schon den zweiten Tag Gesellschaft, und die alte Rosalka kam ab und zu und erzählte dem tauben Schmerz der beiden von der Pracht und dem Glanze anderer Grüfte. Daß der Hügel des Zdenko nicht so recht festlich werden wollte, trotz der vielen Levkoien, Astern und Vergißmeinnicht, kam daher, daß durch allen Schmuck irgendwo immer wieder das nasse, neue Erdreich durchdrang, in welchem der Grassamen noch nicht Zeit gehabt hatte, aufzugehen. Etwas scheu schien das frische Grab sich zurückzuziehen – wie einer, der zum erstenmal in einer Gesellschaft ist, deren Art und

Anstand er noch nicht kennt. Auch die beiden Gäste fanden nicht recht die Sprache des Verkehrs mit dem Verlorenen, und so mag des toten Zdenko erster Feiertag recht trübe gewesen sein. Frau Josephine weinte nicht mehr. Sie saß auf einem der Holzbänkchen, wie sie sich am Fußende der Grabstätten finden, und hatte gewiß vergessen, daß der fremde, feuchte Herbstabend immer dichter über ihr hereinsank. Die Tochter, die in dem Kleidchen von schwarzem Kaschmir noch kleiner und blasser aussah wie sonst, beobachtete, ohne daß sie davon wußte, die Szene, die an einem Grabe gegenüber geschah. Ein hagerer, verhärmter Mann hatte eben eine kleine, blaue Lampe und einen Maiglöckchenstrauß auf die Stätte niedergelegt, und es war eine zaghafte, rührende Zärtlichkeit in seiner Bewegung gewesen, etwas von jener unbeholfenen Anmut junger, verliebter Menschen. Aber wie er nun wieder aufrecht stand und sein weinendes, dreijähriges Kind an den schwarzen verschnittenen Sonntagsrock preßte, da brach diese Geste hart ab, und eine zitternde, hoffnungslose Wehmut begann ihn zu beugen. Er kämpfte mit ihr und suchte immer wieder die Augen des Kindes, vielleicht um zu wissen, wie die Augen der Mutter waren, oder um sich daraus ein wenig Glanz und Hoffnung zu holen. Das Kind aber weinte . . .

Da schob sich eine Gruppe von schwarzgekleideten, jungen Männern in dem Nationalrock, der Tschamara, zwischen Luisa und jene beiden Mutterlosen. Es waren größtenteils Studenten, Freunde und Genossen des Wanka, welche an diesem Tage mit politischen Ovationen und Liedern an die Gräber ihrer Großen und Genossen kamen, um sie über das Gesetz der Gleichheit, welches in diesen stillen Mauern herrschte, zu erheben. Der Widerstand, der ihrem Beginnen jedes Jahr aufs neue von den vorsichtigen Behörden entgegengesetzt wurde, war Schuld daran, daß diese Kundgebungen einen über alle Herzlichkeit lauten prahlerischen Charakter bekamen und das jugendliche Ungestüm sich nicht mit dem leisen Niederlegen seiner blühenden Liebe begnügen wollte. So ordneten sich auch jetzt die Reihen, um an Wankas Grab eines der scharfen Kampflieder anzustimmen, welches den mit allem Versöhnten an die Tage des Sturmes erinnern sollte. Es mußte dem getreuen Genossen – und Wanka war in Treuen gestorben – doch auch lieb sein, von dem Ausharren der Brüder zu vernehmen, er mußte gleichsam einen Augenblick wieder mitten unter sie treten, wenn seine eigenen Worte und Wünsche über seinem Hügel erwachten. Allein als schon das Zeichen des Anfangs gegeben werden sollte, traten die jungen Leute mit einem dumpfen Gemurmel auseinander. Sie schämten sich plötzlich, ihr rohes Streitlied in den tiefen, geweihten Schmerz dieser schwarzen Frauen hineinzuschreien, und die Besten unter ihnen ahnten die Ewigkeit. Sie senkten den großen Kranz, in dessen Immergrün Karten mit ihren Namen staken, ganz an das Ende des Grabes nieder, als empfänden sie unbestimmt, daß der, welcher bis an diesen Platz Hand in Hand mit ihnen gewandert war, doch nicht mehr voll zu ihnen gehörte, wenigstens in seiner eigensten Sehnsucht nicht.

Und aus ihnen blieb Rezek zurück. Ernst und hoch, die Arme auf der Brust verschränkt, stand er da und hatte nur das blasse harte Gesicht, wie sinnend, gesenkt. Vielleicht war er der einzige, welcher dachte, daß Zdenko an der zerstörten Freude gestorben sei, wenngleich er selbst es am wenigsten verstehen konnte. Er war eine strenge Savonarola-Natur, welche da und dort im Land Scheiterhaufen entzündete; und es kamen junge, gläubige Menschen, welche ihren ganzen Reichtum in die Flammen legten: die Freude und das Lachen und die Sehnsucht. Denn der Fanatiker wollte ein verarmtes und entsagendes Heer hinter sich, weil er wußte, daß es keine wildere Waffe giebt, als die Verzweiflung. Und sein Gesetz fand Anhänger auch in diesem weichen, slavischen Volke, welches mit den Schätzen seines Gemütes sich selbst verliert und verleugnet.
Auch Luisa hatte zaghaft alles vor ihm niedergelegt, was sie aus ihrer traumdunklen Kindheit besaß; er hatte es nicht bemerkt, denn sie schien ihm kein Mitstreiter zu sein, dessen Gewinnung wertvoll wäre. Und dann hatte Luisa noch etwas hinzugelegt, etwas Unklares, Schmerzlich-seliges, wofür sie keinen Namen wußte: das aber hatte Rezek nicht erkannt, weil es ihre erste, bebende Liebe war. – Wie er jetzt näher zu dem Mädchen trat, fühlte er vielleicht zum erstenmal, daß er sich nicht über ein Kind neigte, und unwillkürlich grüßte sein Auge das Weib. Aber Luisa verstand ihn nicht, er war ihr weit und vergangen wie alles. Kaum eine Erinnerung war er ihr. Und da nahm sein Auge zugleich Abschied von ihr, und er verneigte sich einmal

tief, wie Luisa es nie bei ihm gesehen hatte, und ging. Es war schon fast Nacht, und Luisa konnte ihn mit ihren wunden Augen nicht begleiten über die nächsten Kreuze hinaus.

In der Nacht nach diesem Allerseelentage war kein Weinen in dem Hause, gegenüber der Malteserkirche. Noch ehe es ganz licht war, stand Frau Josephine auf, zog sich sorgfältiger als sonst an und teilte der Tochter mit, daß sie heute, da sie so viele Montage versäumt hätte, zu Oberstens ginge. Luisa sah mit schwachem Erstaunen auf. Die Stimme der Mutter erschien ihr ganz unbekannt, als sie nun noch anfügte, sie hätte durchaus nicht die Absicht, dieses gute und vornehme Haus zu verlieren. Auch würde sie es gern sehen, wenn Luisa sie abholen wollte, um sich bei Meerings in Erinnerung zu bringen. Dann ging Frau Wanka. Und das ganze Haus sah wie ein einziges steinernes Staunen hinter ihren Schritten her, welche fast ganz dieselbe energische Rüstigkeit wieder zeigten, welche sie vor dem Unglück besaß. Dieses rasche, ruckweise Sich-aufrichten nach Wochen des haltlosesten Hingegebenseins hatte in der Tat etwas Überraschendes und Unheimliches. Frau Josephine mußte in den beiden Tagen am Grabe des Sohnes irgend ein Ersparnis an Kraft und Energie, dessen Vorhandensein sie während mancher Jahre vergessen hatte, in sich entdeckt haben, und daß sie es nun wohl anzuwenden wußte, beweist der Umstand, daß Frau von Meering den Schmerz der Mutter als nicht tief und herzlich genug bezeichnen konnte. Sie erwartete eine gebrochene Frau zu sehen und fand sie fast steif vor Aufgerichtetsein, sie war so gerne bereit gewesen, gerührt und gefühlvoll zu werden vor dem beredten Schmerze, und sah nun etwas, was man im besten Fall stumme Trauer nennen durfte, und welchem gegenüber sie eine starke, unbehagliche Verlegenheit empfand. Dazu kam noch die Neugierde, aus dieser treuesten Quelle zu entnehmen, wie viel an dem, »was man sich so erzählt«, Wahrheit sei. Der Oberst hatte vom Stammtisch im ›Hecht‹, wo man gerne kannegießerte, ganz eigentümliche Gerüchte heimgebracht, Geschichten, in denen alle politischen Schlagworte der letzten Zeit vorkamen, und zwar in solchem Sinne, daß es dem Herrn von Meering und seiner Gemahlin mit einemmale bedenklich erschien, Mitglieder einer so anrüchigen tschechischen Familie in ihrem Hause zu sehen, und ein ernstlicher Familienrat abgehalten wurde, in welchem Für und Wider, gerechtermaßen abgewogen, keine eigentliche Entscheidung ergab. Der Tod des jungen, auf Abwege geratenen Menschen stimmte den alten Militär etwas nachsichtiger, und den Ausschlag gab endlich die kluge Überlegung, daß ja zunächst nur die an und für sich anständige Mutter, Witwe eines fürstlichen Försters, im Hause Meering von Meerhelm Zutritt hätte und daß obbesagte tüchtige Wittib nur mit der Putzwäsche in nähere Berührung träte, welche ihrerseits wieder, dadurch daß sie aus Rumburg stammte, gegen Tschechisierung, und durch die fünfzackige Adelskrone derer von Meerhelm (seit zehn Jahren) auch vor allen demokratischen Einflüssen gesichert war. So kam es, daß Frau Josephine eine ganz freundliche Aufnahme gefunden hatte und daß man es für selbstverständlich hielt, daß die alten Wäschemontage fortab wieder eingehalten würden. Frau von Meering gab die stille Zuversicht nicht auf, bei einem der künftigen Male Näheres zu erfahren; daß dies nicht schon beim ersten Wiedersehen sich gefügt hatte, empfand sie als Kränkung und konnte denn auch nicht umhin, der Witwe im allerunschuldigsten Tone ihre tiefe Teilnahme an dem Unglück, »welches durch seine besonderen Umstände noch so viel schmerzlicher sei«, – zu versichern. Diese Zwischenbemerkung, welche sie als Eingeweihte und Wissende erscheinen ließ, imponierte ihr sehr, und sie hielt dieselbe für einen feinen Angriff gegen die »undankbare Verschlossenheit dieser Leute«.

Frau Wanka aber hatte gar nichts, weder von der Enttäuschung der Oberstin, noch von dem Hieb bemerkt, in welchem diese sich rächte; sie mußte in diesen Tagen so manches mit sich überlegen, und die Folgen ihrer Versonnenheit traten jetzt Schlag um Schlag in rascher Reihe ins Leben. Da war zunächst in einer böhmischen und in einer deutschen Tageszeitung je ein kleines Inserat erschienen, welches einem anständigen, jungen Mann ein stilles, gutmöbliertes Zimmer in ruhiger Gegend versprach, und wer den Spuren dieser Verheißung nachgegangen wäre, hätte sich unversehens auf der Kleinseite gefunden, hätte die Hökin unter den Steinlauben nach »Nummer 87 neu« gefragt und die breite, ausführliche Antwort erhalten, daß dies drei Treppen hoch bei Wankas sei und daß Wankas jetzt an Herren abmieten wollten, wahrscheinlich weil sie gar so unglaublich viel Unglück gehabt hätten. Es kommt nun darauf an, ob der junge, anständige Mann mehr jung oder mehr anständig ist, um hier im lauschigen Plauderdunkel der Steinlauben mehr oder wenig von dem Schicksal der Förstersfamilie zu vernehmen. Es ist ungewiß, inwieweit Ernst Land unterrichtet war, als er an einem Novembertag auf der bekannten Wendeltreppe von »87 neu« zweimal in Gefahr kam, Hals und Beine zu brechen, und nachdem unterschiedliche Türen vor seiner deutschen Frage entrüstet ins Schloß gefallen waren, endlich vor der alten Rosalka stand, welche ihn mit großem Mißtrauen betrachtete. Er gefiel ihr nicht, das wußte sie im Augenblick. Er war ihr »zu deutsch«. Das empfand sie dann und wann einem Menschen gegenüber, obwohl sie nicht wußte, was diesen Eindruck hervorrief, kaum, ob es ein Zuviel oder ein Mangel war. Sie starrte in die Gläser seines angelaufenen Kneifers, konnte die Augen dahinter nicht finden und ließ sich die deutsche Frage zweimal wiederholen, obwohl sie dieselbe verstanden hatte. Es versöhnte sie erst ein wenig, als der junge Herr in einem sehr seltsamen Böhmisch unter großen Anstrengungen die Geschichte eines Zimmers erzählte, welches irgendwo zu vermieten sein sollte. Seit fünf Tagen wiederholte Land diese Behauptung vor allen Türen und war ganz satt und matt von den Speisedünsten und Verwünschungen, welche er dafür mitbekommen hatte. Da Frau Wanka, mit welcher er sich deutsch verständigen konnte, keine unverhältnismäßigen Ansprüche machte,

und das Hinterzimmer ihm ruhig und erträglich schien, beschloß er zu bleiben. »Lärm mache ich keinen,« sagte er mit seiner etwas ängstlichen Stimme am Ende ihrer Unterredung, »und gestört werden Sie durch mich nicht sein. Unter Tags bin ich ja viel im Geschäft, und abends, – Gott, da liest man ein wenig und ...« »Bitte, bitte«, erwiderte Frau Wanka auch etwas verlegen. Und in der Türe wandte sie sich etwas zurück: »Verzeihen Sie, Herr, vielleicht darf ich fragen, was Sie sind?« Pause. – »Apotheker«, sagte der junge Mensch traurig und sah dabei in die Mauern der Malteserkirche hinein. –
Sie störten einander wirklich nicht, Wankas und der junge Provisor. Sie sahen einander kaum. Luisa vermied es, ihm zu begegnen; es schmerzte sie zu sehr, einen fremden Menschen in das Zimmer des Zdenko eintreten zu sehen, und sie konnte nicht fassen, wie die Mutter das hatte über sich bringen können. Sie verstand die Mutter überhaupt nicht mehr, seit sie ihr eines Abends eine lange Rede gehalten hatte, drin viel von dem ewigen Nichtstun, mehr noch von Pflicht und Arbeit handelte. Und als sich Luisa zage bereit gefunden hatte, in die Häuser zu gehen oder für ein Geschäft zu arbeiten, geschah etwas sehr Erstaunliches. »Du mußt höher hinauf, das ist nichts für dich,« so etwan war die Erwiderung der Witwe, »ich hätte gleich von vornherein daran denken sollen. Wozu hast du denn in Krummau Klavierstunden genommen; da kamst du doch ziemlich weit. Und im Französischen. Wenn du es nach unserem Umzug nach Prag nicht vernachlässigt hättest, könntest du heute schon Stunden geben.«

Luisa lauschte: »Stunden geben?«
»Freilich. Erst neulich sagte mir die Frau Oberstin, sie wüßte eine schöne Stelle für dich, wenn du nur ein bißchen mit Kindern umzugehen verständest und die Anfangsgründe im Französischen . . .« Das Weitere vernahm Luisa gar nicht, es war ihr zu neu und fremd, was die Mutter erzählte. Aber abends oft, wenn die Mutter mit Rosalka in der Küche abrechnete, und Luisa, schon halb entkleidet, am Rande ihres Bettes saß und sich so recht müde und klein fühlte, faltete sie die Hände und sprach ihr erstes Kindergebet und glaubte seinen lieben, verblaßten Worten, daß sie wirklich noch ein Kind, ein kleines, blondes Kind sei, und sie sehnte etwas über sich wie einen treuen, traulichen Schutz und träumte dann von Engeln mit breiten, goldenen Flügeln.
Aber trotz alledem war es wirklich nach dem Willen der Mutter geschehen. Luisa nahm Unterricht in Musik und im Französischen, täglich mehrere Stunden, und ihre Lehrerinnen versicherten, daß sie gute Fortschritte mache. Sie selbst wußte nichts davon. Sie begriff allmählich, daß sie einmal andere prächtige und märchenhafte Dinge besessen hätte – es war lange her – und daß der Ersatz, den man ihr nun gab, arm und kalt und ohne alle Schönheit war. Und sie lebte einen Winter in stumpfer, williger Ergebenheit hin, ohne daß irgend etwas sich veränderte, als daß sie blasser, kleiner und leiser wurde. Ihr Schritt war kaum mehr zu vernehmen, und wie oft erschrak eines von den Nachbarskindern, wenn sie, ohne daß die Treppe geknarrt hatte, mitten im Gange stand, und es lief meist schreiend da-

von, wenn das Mädchen die bleichen Hände ihm mit zaghafter Zärtlichkeit entgegenhielt. – So schienen es äußerlich ganz ruhige Zeiten zu sein, in welchen jeder seine Pflicht tat ohne Erregung oder Störung, und doch bestand ein stiller und unerbittlicher Kampf zwischen der tüchtigen, tätigen Witwe, die mit jedem Tag rüstiger wurde, und dem duldenden Mädchen, welches vor Erstaunen noch nicht wußte, wie ihm geschah, und gegen die rücksichtslose Entschlossenheit der Mutter keine andere Waffe fand, als dieses unmerkliche, stumme Verwelken, das seinem Gesichtchen eine so rührende, wehmütige Schönheit verlieh.

Vielleicht sah Ernst Land diese Schönheit, aber er erkannte sie nicht. Er fürchtete sich vor den Frauen, und doch dachte er manchen Abend an sie, an irgend ein unbestimmtes Bild von Anmut und Güte, welches bald die hütenden Hände über ihm hielt, bald bang und zaghaft von seinem Schutz und seiner Hilfe lebte. Er war in engen Verhältnissen mitten in der Stadt herangewachsen, ohne Geschwister, ohne Freunde, förmlich großgehetzt von seinem alten, verbitterten Vater, der nicht erwarten konnte, bis der Sohn zu verdienen begann. Er riß ihn endlich aus den Studien, gerade als der Jüngling Gefallen gefunden hatte an der Wissenschaft, und hielt seine Pflicht für erfüllt von dem Augenblicke an, da Ernst in einer Apotheke untergebracht und versorgt war. Nun konnte er machen, was er wollte. »Nun steht dir die Welt offen«, pflegte der alte Land mit dem letzten Pathos, dessen er fähig war, zu erklären. Der junge Mann aber schien keine Sehnsucht zu haben nach dieser »offenen Welt«. Seine Gedanken pilgerten nicht hinaus in das Neue und Unbestimmte; wenn er sie nicht beobachtete, kehrten sie auf tausend heimlichen Pfaden zu der einzigen, erloschenen Schönheit seiner Kindheit zurück und knieten hin vor einer kleinen, traurigen Frau, von der er nichts wußte, als daß sie weiche, slavische Lieder sang und zur Zeit, da er begann in die Schule zu gehen, im dunklen Hinterzimmer auf dem Bette lag und, ohne jemandem davon zu sagen, ganz langsam und lautlos, vielleicht ein Jahr lang, starb. Damals fürchtete er sich fast vor ihr, aber als sie so früh fortgegangen war, vermißte er sie überall und gewöhnte sich, alles Gute, was ihm geschah, immer wieder ihrer zarten Liebe zuzuschreiben, von welcher er glaubte, daß sie über seinen Tagen wach geblieben sei. Es geht frühverwaisten Kindern so: Alle Freuden, die ihre Gespielen sorglos und selig untereinander teilen, wollen sie nicht antasten und winden sie in stiller Treue immer wieder um das eine dunkle Bild ihrer Sehnsucht, das in diesem Rahmen rührender Opfer mählich klarer, glücklicher, teilnehmender scheint. Und weil sie arm bleiben, bleiben sie einsam, und weil sie ihre Freuden nicht verraten, gewinnen sie keine Genossen dafür. Überhaupt: wem die Mutter nicht den Weg in die Welt gezeigt hat, der sucht und sucht und kann keine Türe finden.

Erst seit der Provisor bei Wankas wohnte, konnte es geschehen, daß er manchmal das Gefühl hatte, zu Hause zu sein. Er war gerne in seinem Stübchen und brachte die freien Sonntage damit zu, vor dem großen Schreibtische, in den schweren Rauchwolken seiner Pfeife verloren, in alten Büchern zu lesen, über deren vergilbten Blättern er Heut und Morgen vergaß. Was Wunder, daß er ein leises Pochen an seiner Türe überhörte und erst erschreckt auffuhr, als Luisa eintrat und hinter dem dichten Tabaksqualm zag und unschlüssig stehen blieb. Sie war wie ein Traum in ihrem verblaßten, schmucklosen, blauen Kleid, mit den großen, schweigsamen Augen, und weil sie Blumen in der Hand trug, drei kleine, weiße Rosen, die sich scheu an sie anzuschmiegen schienen.

»Oh bitte, entschuldigen Sie,« sagte sie jetzt deutsch mit ein wenig slavischem Tonfall, »ich habe gedacht, Sie sind schon fort zum Essen ... Ich will nur ...«, und jetzt ging sie an ihm vorbei und steckte die drei weißen Rosen hinter ein kleines Brustbild Zdenkos, welches an der Fensterwand hing. Land hatte es oft betrachtet. Er sah jetzt, wie ihre Hände zitterten vor schmerzlicher Zärtlichkeit und, ganz in Anspruch genommen von diesem Schauen, war er nicht imstande, etwas zu sagen oder zu tun oder zu denken. Er hörte noch das Mädchen: »Sein erster Geburtstag, den er nicht mehr bei uns ist«, – und dann war alles wie vordem, er stand allein in dem sonntagstillen Stübchen, und hätte nun wohl weiterlesen können. Allein das gelang ihm nicht. Er mußte immer wieder nach der Türe hinsehen, als ob er irgendwen erwartete, und endlich begann der Rauch ihn zu ärgern und er öffnete das Fenster, so daß die Luft des klaren Februartages frisch und licht hereinfloß. Da war ihm einen Augenblick sehr festlich zu

Mute und er dachte: »ich habe hohe Gäste bekommen: drei weiße Rosen«, und lächelte wie im Traum.

* *
*

Im September kommen viele aus den Waldsommern und von der See in die Stadt zurück. Sie sind des Gehens in den Gassen nicht mehr gewohnt und halten plötzlich, ehe sie sich dessen versehen, ihren Hut in der Hand wie im Walde, oder sie singen ganz laut vor sich hin. Das macht: die Erinnerungen schlafen noch nicht in ihnen. Und wenn sie einander begegnen, sind sie redselig und mitteilsam. Sie fühlen, wie aus dem Erzählen etwas, wie der Glanz der letzten lauschenden Tage, aufsteigt und sich tröstend über die schwülen Straßen und Plätze breitet. Und vielleicht sagen sich die beiden beim Abschiednehmen: »Sie sehen sehr gut aus« – und »wie Sie sich verändert haben.« Und sie lächeln sich einen Augenblick verlegen und dankbar an.

So war auch Luisa zurückgekehrt. Seit dem frühen Frühling war sie fortgewesen: Es giebt da ein heißes, heimliches Land. Glühende Blumen sehen sich in schwarze Teiche, über denen Vögel und Wolken rauschen. Weiße Wege drängen sich zwischen die Stämme hoher und dunkler Bäume, und finden in diesen Wäldern ein lautloses, wogendes Leben. Gestalten kommen in unbegreiflichen Gewanden, und es können Menschen sein mit traurigen Mienen oder mit kühlen, lächelnden Lippen. Erst geschieht dir, du hättest von ihnen sagen hören und du mußt sinnen, wann und was.

Aber sie küssen dich, und da erkennst du Freunde in ihnen, welche du geliebt und vergessen hast. Und du willst sie reuig wieder küssen. Vor deinem Gruße aber entfremden ihre Züge, und sie weichen zurück in den weiten, wogenden Wald, oder sie fallen dich an mit grausamen, blutenden Worten und wollen, du sollst ihnen dein Herz schenken dafür. Und es ist ein Land der Jugend: Kinder und Jünglinge, Jungfrauen und junge Mütter mit ihrem wehen Glück tanzen und tasten die leuchtenden Gelände hin, und ihre Wangen sind heiß von einer fremden Freude. Aber sie sehen einander nicht; denn in ihren Augen hat nichts Raum neben dem Staunen. Wenn sie die anderen Pilger klagen oder lachen hören, lauschen sie hin und glauben, daß das die Vögel sind oder die Wipfel oder die Winde. Sie haben alle *ein* Ziel: den Flammenberg, mitten im Lande. Und von dort findet manch einer nicht mehr heim.

Luisa aber kam aus dem Lande, welches Fieber heißt, langsam und lächelnd durch die Gärten der Genesung zurück. Zögernd erkannte sie sich selbst und die Mutter, welche ihr weinend die Hände küßte, und die Stube, die wie geschmückt war mit dem goldenen, vollen Septemberlicht. Es war eine festliche Wiederkehr.

Und was waren das für Tage seit dem ersten Ausgehen. Dieses fortwährende Wiedersehen und Begrüßen mit allen Dingen und mit allen Leuten. Und die Menschen lächelten, und die Dinge glänzten so. Sie ging wie an lauter schimmernden Spiegeln hin, welche ihr verraten wollten, wie breit und groß sie geworden sei. Sie wußte das auch. Sie fühlte sich stark und ausgeruht.

Ohne davon zu erzählen, begann sie ihre Stunden zu besuchen. Sie hatte nichts vergessen, und noch vor Weihnachten konnte sie selbst einem kleinen Mädchen Klavierunterricht geben. Die Kleine hatte einen großen Respekt vor ihrer Lehrerin, und doch waren ihre Rollen in Wirklichkeit umgekehrt. Die Liebe dieses kleinen Wesens und seine Anhänglichkeit riefen täglich in Luisa eine Menge neuer freudiger Empfindungen wach, und in ihr war ein Hinhorchen, welchem des Kindes Fragen wie schöne, segnende Antworten klangen. Und ihr geschah mit einemmale so Vieles in diesen heitern und ereignislosen Tagen, daß sie nicht Zeit fand, über das Gestern hinauszublicken; was dahinter war, schien eine einzige, große Vergangenheit und Versöhnung zu sein, aus welcher kein Schatten mehr in dieses neue, reiche Leben hineinragte.

Am Weihnachtstage trat Luisa bei dem Provisor ein.

»Ich wollte Sie nur bitten, Herr Land, kommen Sie doch heute abend zu uns, wenn Sie sonst nichts vorhaben.«

Ernst Land lächelte dankbar. Dann folgte er dem Blicke des Mädchens und wurde verlegen. Über Zdenkos kleinem Brustbild waren drei frische, weiße Rosen.

Luisa streckte ihm beide Hände hin: »Das haben Sie getan?«

»Immer . . .«, und Land ärgerte sich über sein Rotwerden und versprach schnell, zu kommen.

In der Tür blieb das Mädchen nochmals stehen: »Sie sind immer so traurig, Herr Land.«

Land schwieg.

»Woran denken Sie?« und der Blick, mit welchem sie das fragte, ergriff ihn so, daß er mit einem Weinen in der Stimme gestand:
»An meine Mutter.«
Am Weihnachtsabend war über diese Menschen eine seltsame feierliche Stimmung gekommen. Und sie wollte auch nachher nicht mehr aus den Stuben. Sie blieb, wie der leise Tannenduft, über allen Dingen, selbst als Frau Josephine, von einer jähen Schwäche befallen, die langen Tage im Bette zubrachte. Luisa nahm ihr leise alle die kleinen häuslichen Mühen aus den Händen, eine nach der anderen, so daß sie endlich nichts kannte, als diesen lautlosen, dämmernden Feiertag hinter halbgesenkten Gardinen mit dem Ofensingen und dem silbernen Uhrenschlagen. Und am Abend gab es sanfte und schweigsame Gespräche zwischen den beiden Frauen, und es kam kein Gestern darin vor; nur im Klange der Stimmen bebte es noch: in der der Mutter als eine leise, zaghafte Bitte und in den Worten des Mädchens als ein lichtes, tröstendes Verzeihen. Und dieses war auch noch in dem tiefen Weinen wach, mit welchem Luisa sich eines Morgens über die Mutter beugte, die ohne Kampf und Schmerz in einem versöhnten Frieden von ihr gegangen war.
Schon eine Woche später nahm Luisa ihre Stunden wieder auf. Ihre Tage waren alle randvoll von der Menge freudiger Pflichten, und wenn auch die Nächte leer und bange über sie hereinbrachen, sie fühlte, daß ihr auch aus dem Dunkel des Leides keine feindlichen Gefahren mehr entgegenkamen. In jener Stille ihrer Ge-

nesung hatte sie sich zum erstenmal selbst gefunden und hatte sich so reich und weit erkannt, daß ihr Heiligstes durch diesen Verlust nicht einsamer geworden war. Der Gram lag nur wie eine feine Begrenzung auf ihrem Lächeln und auf ihrem Bewegen und konnte nicht mehr das Erwachen ihres Wesens hemmen.

Im Februar dieses Jahres war noch viel Winter gewesen; allein im März gab es einen Feiertag – es war das Josephifest –, der alle Welt toll machte. Nicht nur daß der Schnee nur da und dort noch an Hügeln und Bahndämmen, vergessen und verachtet, lag, – ein Grünen war über die befreiten Wiesen gekommen, und über Nacht wiegten sich in dem lauen, lichterjagenden Wind gelbe Kätzchen an den langen, kahlen Ruten.

Da war Luisa ausgegangen, um in der Kirche von Loretto bei dem großen Mittagshochamt zu beten. Aber sie war dann – kaum konnte sie sagen wie, an dem lokkenden Glockenspiel der Kapuziner vorübergewandert und hatte erst aufgesehen, als sie hinter dem Baumgarten in einer der weiten einsamen Alleen stand und die Arme ausbreitete. Sie empfand, wie sehr sie alles um sich liebte, wie sehr das alles zu ihr gehörte, und daß dieses leise, freudige Werden mit seinem heimlichen Glück und seiner süßen Sehnsucht ihr Schicksal sei, nicht aber das, was Menschen in dunklem Drange wollten und irrten.

Auf dem Heimwege kamen ihr die lichten Schwärme fröhlicher Menschen entgegen, und da blieb sie lächelnd stehen und schaute über die helle, lebende Landschaft: Man konnte nicht glauben, daß alle diese lachenden

Scharen wieder Raum finden würden in den engen Häusern drüben. Das macht: jeder von ihnen ist über sich selbst hinausgewachsen in den schimmernden Tag, den er kaum auf den Schultern spürt. Und der leuchtende Himmel wirft seinen goldenen Glanz so reich und rasch über die Menschen und Dinge, daß sie vergessen, ihre alltäglichen Schatten zu haben, und selber Licht sind in dem flimmernden Land. –

Bei diesem Bild mußte Luisa, sie wußte nicht warum, an Zdenko denken, und ob es ihm einmal geschehen sei in seinem dunklen Leben, daß Menschen so, licht und glücklich, ihm entgegenkamen.

Dann wandte sie sich heimwärts. Die Schatten der Menschen lagen grau in den kalten, verlassenen Gassen aufgeschichtet wie vergessene Alltagskleider, und ein dumpfer Wintergeruch schien von ihnen auszugehen. Luisa fröstelte, und auf den ersten tückischen Vorschlag der schiefen Bürgersteige, zu laufen, ging sie lustig ein und trabte nun recht kindisch bergab an den uralten Palästen vorbei, deren mürrische Tor-Riesen zürnend auf sie niedersahen. Vor denen aber hatte sie keine Furcht mehr.

In der Tür stand Rosalka und erzählte mit vielen Gesten den Nachbarinnen, welche sie umdrängten, eine wichtige Neuigkeit, an welcher die Frauen eifrig nickend Anteil nahmen. Sobald eine von ihnen Luisa erblickt hatte, begannen sie alle in ungeduldigem Ungestüm zu winken und zu rufen. Einige Kinder schrieen mit, und Luisa begriff von allem endlich nur das Wort: Besuch. Das genügte für ihr größtes Erstaunen. Während

sie die finstere Stiege hinauf jagte, gab es in ihren Gedanken nur ein einziges, riesiges »Wer?«. Mit dieser Neugierde in den Augen sprang sie in die Stube, wo Frau von Meering mit unverhehlter Gekränktheit, steif und stramm, auf dem Sofa wartete. Aber das größere Erstaunen war doch auf der Seite der Oberstin, welche eben erst ihr Beileid für den letzten Unglücksfall mitgebracht hatte und außer stande war, diesem strahlenden, atemlosen Kind eines von ihren schönen, gnädigen Trauerworten zu zeigen. Sie fühlte eine mächtige, gerechte Entrüstung dieser lachenden Gesundheit gegenüber und kam sich ebenso überflüssig vor wie bei jenem früheren Fall. »Diese Leute,« dachte sie, »das muß in der Familie liegen.«
Inzwischen hatte Luisa sich zu einigen Entschuldigungen erholt und fragte die Dame artig nach dem Grunde ihres Besuches. Frau von Meering drückte hastig ihr Taschentuch vor das Gesicht und schluchzte aus einer Falte heraus: »Ihre arme, arme Mutter.«
Als auf diese ergreifende Bemerkung keine Antwort kam, sah die Oberstin auf und betonte mit strengen Augen: »Sie war eine sehr achtbare, brave Frau.«
Luisa saß mit gesenktem Blicke da und betrachtete – so schien es – die Spitze ihres zierlichen Fußes. Die Dame wartete noch eine Weile, und da Luisa immer noch nicht zu weinen begann, erkannte sie, daß diesem verstockten Mädchen gegenüber doch alle Milde und Anteilnahme erfolglos sein würde. Und indem sie gleichsam in ihrer Miene schon anfing, sich zu erheben, fügte sie in bitterem Tone hinzu:

»Ich wollte Ihnen nur das Eine sagen, mein Kind. Sie haben doch wohl schon die Veränderungen überlegt, welche seit dem Tote Ihrer braven Mutter nötig geworden sind?«

»Ich weiß nicht« – zögerte Luisa verlegen.

»Es versteht sich doch von selbst, daß Sie diesem jungen Mann augenblicklich kündigen müssen, der, wie ich mit Erstaunen vernehme, immer noch bei Ihnen wohnt.«

»Aber –« machte Luisa mit großen, erstaunten Augen. Dann zuckte ein Lächeln über ihr Gesicht, welches fast schelmisch war.

Frau von Meering stand schon an der Tür.

»Ich habe es für meine Pflicht gehalten, Sie darauf aufmerksam zu machen. Sie können ja tun, wie es Ihnen beliebt.«

»Ja, gnädige Frau,« erwiderte Luisa in plötzlichem Übermut und stellte sich auf die Fußspitzen, um die Oberstin, welche immer größer zu werden schien, zu erreichen. Dann fragte sie lächelnd: »Wollen Sie nicht noch einen Augenblick ausruhen, gnädige Frau?«

Die Dame aber entfloh aus diesem gräßlichen Hause. Sie war schon in der Küche, wo sich ihr die alte Magd Rosalka ungestüm entgegenwarf, um ihr dann ganz behutsam den Ärmel der Seidenmantille in der Nähe des Ellbogens zu küssen. Die Beleidigte entriß sich mit einem knappen »Adieu« der sklavischen Verehrung und fand in dem Gaffen der Hausgenossen auf Stiegen und Gängen und in ihrer tuschelnden Bewunderung nur ein kleines Entgelt für diese »erlittene Mißhandlung«.

Luisa blieb eine Weile nachdenklich stehen. Rosalka war nach vorn ans Fenster gelaufen, um noch etwas von der vornehmen Dame zu sehen, welche, wie sie betonte, »bei uns« zu Besuch war.

Als sie wieder zurückkam, hatte sie sehr neugierige Augen.

Luisa bemerkte es nicht. Sie sagte während des Auf- und Niederschreitens: »Ich glaube, wir bleiben in dieser Wohnung. Und darüber hab ich ganz vergessen, mit Ihnen zu sprechen, Rosalka. Sie sind also jetzt bei mir im Dienst und unter den alten Bedingungen. Sie wollen doch?«

Die Alte verschwor ihre zeitliche und ewige Glückseligkeit dafür, und dabei passierte es, daß sie unter Tränen mit einemmal, statt wie von Kindheit her: Loisinka, »Fräulein« zu ihrer Herrin gesagt hatte.

Dann pochte Luisa an Lands Türe.

Er kam ihr lächelnd entgegen. »Sie Maulwurf,« rief sie ihn scherzend an, »immer in der Stube. Heute müssen Sie mal hinaus aus der Stadt. Frühling! Ich war draußen weit, weit«, und sie machte eine Bewegung, als wollte sie ihm zeigen, wo der Frühling liegt. Ihre Augen glänzten so verheißend. Dann fuhr sie fort in wichtigem, geschäftlichem Ton: »Ich will Sie nicht stören, Herr Land. Nur das wollte ich Ihnen mitteilen. Ich behalte die Wohnung; es bleibt also alles beim alten, das heißt wenn Sie mit dem Zimmer sonst zufrieden sind?«

Er suchte ihre Augen und sah dann rasch zu Boden: »Oh,« sagte er weich, »ich bin sehr gerne hier, ich glaube ...« Er begann die Handflächen aneinander zu reiben ...

Luisa hatte die Klinke in der Hand behalten: »Das ist schön«, half sie ihm und wurde auch etwas ratlos.

Er sah aus, als hätte er etwas auf dem Herzen.

Die beiden jungen Menschen schwiegen.

Dann begann das Mädchen: »Ich möchte so gern etwas besser deutsch lernen, vielleicht können Sie ein wenig böhmisch brauchen dafür.«

»Ja,« atmete Land auf, »ich liebe Ihre Sprache.«

»Also,« bat Luisa heiter, »dann kommen Sie doch, wenn Sie Zeit haben, eine Weile nach vorn. Es giebt ein paar Bücher da, auch deutsche.«

Und in der Türe fügte sie an: »Kommen Sie so oft Sie wollen«, und leiser: »Sie müssen mir viel von Ihrer Mutter erzählen.«

DIE LETZTEN

IM GESPRÄCH
DER LIEBENDE
DIE LETZTEN

Dem Prinzen und der Prinzessin
von Schönaich-Carolath
zu Haseldorf

⟨Geschrieben um die Jahreswende 1898/1899
Erschienen Ende 1901⟩

IM GESPRÄCH

MAN kann gut denken, daß Bilder im Saale sind: tiefe, träumerische in ruhigen Rahmen. Ein Giorgione vielleicht oder so ein purpurdunkles Porträt von einem nach Tizian, etwa dem Paris Bordone. Dann weiß man, daß Blumen da sind. Große erstaunte Blumen, die den ganzen Tag in tiefen, kühlen Bronzeschalen liegen und Düfte singen: müßige Blumen.

Und müßige Menschen. Zwei, drei oder fünf. Immer wieder streckt sich das Licht aus dem Riesenkamin und beginnt sie zu zählen. Aber es irrt sich immer wieder.

Ganz vorn an der Feuerstelle lehnt die Prinzessin in Weiß; neben dem großen Samowar, der allen Glanz fangen möchte. Sie ist wie eine wilde Farbenskizze, so hingestrichen im Sturm eines Einfalls oder einer Laune. Mit Schatten und Licht gemalt aus irgend einer genialen Ungeduld heraus. Nur die Lippen sind feiner ausgeführt. Als ob alles andere nur um dieses Mundes willen da wäre. Als ob man ein Buch gemacht hätte, um auf eine von hundert Seiten die stille Elegie dieses Lächelns zu schreiben.

Der Herr aus Wien neben ihr neigt sich ein wenig vor in dem breiten Gobelinstuhl: »Durchlaucht« – sagt er und irgend etwas hinterdrein, was ihm selber wertlos scheint. Aber die weichen Worte, die nichts bedeuten, gehen über alle hin, wie eine Wärme, und Jemand sagt dankbar: »Deutsch sprechen ist fast wie Schweigen.«

Und dann hat man wieder eine Weile Zeit zu denken,

daß Bilder da sind, und welche. Bis Graf Saint-Quentin, der am Kamin steht, fragt: »Haben Sie die Madonna gesehen, Helena Pawlowna?«
Die Prinzessin senkt die Stirne.
»Sie werden sie nicht kaufen?«
»Es ist ein gutes Bild« – sagt der Herr aus Wien und vertieft sich in seine feinen, frauenhaften Hände.
Und ein deutscher Maler, der irgendwo im Dunkel sitzt, fügt hastig an:
»Ja, man könnte es um sich haben. Ich meine in der Wohnstube oder so.« Und nachdem seine Worte ganz verklungen sind, neigt sich Helena Pawlowna vor: »Nein« – sagt sie, und dann traurig: »Man müßte ihm einen Altar bauen.«
Ihre Worte tasten tief in den Saal hinein, wie Suchende. Pause. Da macht die Prinzessin eine kleine bange Bewegung und will ihnen finden helfen.
»Kasimir, soll ich die Madonna kaufen?«
Weither kommt eine volle slavische Stimme, um sich zu wundern.
»Sie fragen *mich*?«
Pause.
Und Helena Pawlowna bittet um Verzeihung: »Sind Sie nicht Künstler?«
Antwort: »Manchmal, Helena Pawlowna, manchmal –«
Wenn die silberne Uhr jetzt nicht geschlagen hätte, würde der deutsche Maler geantwortet haben: »Aber« – doch die silberne Uhr rief auf einmal eine ganze Menge, und da gab er es auf. Besonders, da Graf Saint-

Quentin sagte: »Übrigens, sind Sie den ersten Winter in Venedig, Helena Pawlowna?«
»Ja. Aber ich kann mir nicht denken, daß es jemals anders war.«
»Es ist seltsam. Diese alten Paläste sind so rührend in ihrem Anvertrauen. Sie haben viele Erinnerungen. Und da ist einem manchmal, als ob man alle mit ihnen teilte. Nicht?« So sagt der Herr aus Wien und schließt die Augen dabei.
Er sieht also nicht, daß Helena Pawlowna lächelt, während sie ergänzt: »Sie haben Recht. *Eines* besonders: daß man nicht *hier* Kind war, kann man gar nicht begreifen. Denken Sie: oft auf der Gasse oder in Gärten geschah mir, ich müßte jemandem winken und ihm erzählen: Hier hab ich immer gespielt als Kind. Oder: hier in diese Kirche bin ich beten gegangen, zu diesem Bild – lauter, lauter Lügen.«
Da kommt die Stimme Kasimirs traurig näher:
»Und doch haben Sie nie jemanden gerufen, Helena?«
»Oh, wer hätte mir denn geglaubt, Kasimir.«
Pause.
Und leise überlegt Graf Saint-Quentin: »*Darf* man nicht lügen in solchen Fällen?«
»Aus Sehnsucht einfach –« bestärkt der Herr aus Wien.
»Aus Schönheit –« fühlt Graf Saint-Quentin.
»Es schadet ja keinem«, meint der deutsche Maler und steht plötzlich auf.
Da beginnt Kasimir: »Es ist ja ohnehin falsch, was man so hinter sich hat. Glauben Sie, Graf, Sie sind in der

Vendée Knabe gewesen und wild und ungestüm? Meinen Sie, Herr, das war Wien, was um Ihr erstes Erwachen herum war? Und Sie, Herr, daß dieses flache Land, von dem Sie oft erzählen, wirklich Hintergrund aller Märchen war, wissen Sie das? Dieses Schloß, bitte, und diese Stadt und Ihre Heide da, waren das nicht vielmehr die Grenzen jenes Landes, in welchem Sie tief und innig lebten? Bitte, hörte Ihr Besitz nicht dort auf, wo das Andere begann? Ging Ihre Sonne nicht unter, immer wenn Sie das wirkliche Licht empfanden? Starben die stillen Gestalten in Ihnen nicht an jedem Wort, das Ihr Vater zum Beispiel zu Ihnen sagte? Und Dinge. Wurden die Dinge nicht wertlos im Augenblick, da Sie erkannten, daß sie nicht Ihnen allein gehörten, sondern so herumstehen, daß ein jeder sie anfassen und benutzen kann nach Laune? Überlegen Sie das, bitte. Ob man nicht alles echte Gold, welches man hat, langsam in Scheine umwechselt. Wie? Und endlich hat man lauter Anweisungen statt der Werte. Und wenn heute oder morgen der große Krach kommt, dann ist man Bettler – ist das nicht so?«

Pause.

Und dann Helena Pawlowna: »Mir ist, als ob Sie nicht alles Gold umgewechselt hätten, Kasimir.«

»Vielleicht, Helena Pawlowna, es kann sein, daß ich das getan habe. Aber dieses Gold gilt nicht im Leben, müssen Sie wissen. Es ist außer Kurs. Man muß Scheine haben und recht viele« –

Das macht den deutschen Maler ungeduldig: »Ja, ja –« sagt er, »da hört man's ja wieder. Ihr seid Pessimisten,

ihr Slaven, unheilbare Pessimisten. Wir haben das überwunden: wir lieben das Leben, und unsere Kunst kommt mitten heraus.«
Er macht ein paar Schritte zum Fenster hin und fügt von dort etwas leiser hinzu: »Ich glaube doch, die Herren müssen mir recht geben. Sie, Herr Graf; denn die Franzosen haben uns ja gerade manches gelehrt, was das Leben betrifft. Wie? Na und ihr in Wien ...«
»Ja, ja,« antwortet der Herr mit den feinen Händen langsam, »es ist wahr, wir in Wien, wir tun gerne so, als ob wir alles hätten – Leben – und Kunst und –«
Und Graf Saint-Quentin nippt von seinem Tee und ist so mit der feinen Tasse beschäftigt, daß er nicht zum Antworten kommt. Wie er sie hinstellt, singt sie eine Weile vor sich hin.
Aber der deutsche Maler ärgert sich. Er fühlt sich so im Stiche gelassen und hat die Idee, seine Sache retten zu müssen um jeden Preis. Er beginnt also:
»Darum habt ihr ja auch eigentlich keine Kunst, ihr Polen und so weiter. Na, was Literatur betrifft und so Zeug, kann sein. Man soll aus Weltschmerz ja schöne Gedichte machen können und dann sentimentale Musik, hm, Chopin, Tschaikowski, freilich. Aber davon versteh ich nichts. Was Malerei anlangt, ich meine, moderne –«
»Oh, sehen Sie den Wereschtschagin –«
Der Maler wehrt ab.
»Oder Porträt: da haben wir jetzt in Wien den Pochwalski« – der Wiener wird ganz eifrig in dem Bestreben, die schroffe Behauptung des anderen zu dämpfen.

Er möchte immer noch eine Liebenswürdigkeit darüber breiten, und seine Hände zittern davon.

Aber da sagt Kasimir schon:

»Der Herr hat ganz recht. Wir haben keine Kunst.«

»Vergessen Sie Ihren ›Pan Tadeuz‹ nicht«, mahnt Graf Saint-Quentin.

»Gerade an ihn denke ich. Und an die großen Russen. Und an Tetmajer und diese feinen jungen Poeten, die das Kranksein so schön machen. Sie sehen, ich denke an Viele. Und dabei kommt heraus, daß wir *Künste* haben, keine Kunst. Viele Sehnsüchte und keine Erfüllung. Vielleicht ist das bei den Deutschen anders, ich weiß nicht. Aber dann müssen die Deutschen sehr glücklich sein –«

Die Prinzessin hat sich vom Kamin abgewendet. Ihre Augen rufen in das Dunkel hinein.

Und der deutsche Maler fühlt: jetzt geht wieder so ein Gespräch los, das zu nichts führt. Es ist eine gräßliche Art, dieses Geistreichsein. Und dabei sind alle die Dinge so klar, so lange man nicht in ihnen herumrührt.

Und er schweigt, um die Sache nicht weiter auszudehnen.

Wenn nur der Herr aus Wien nicht gefragt hätte: »Wie meinen Sie das?« Dann wäre es ja wohl zu Ende gewesen.

Aber natürlich fragt er: »Wie meinen Sie das?«

Nicht gleich antwortet Kasimir, und die Prinzessin Helena Pawlowna hat Zeit, ihre Hände zu falten.

Dann kommen wieder lauter weiche Worte aus dem Dunkel. Dann und wann vernimmt man einen Schritt, als ob der Pole irgend ein besonders ängstliches Wort

ein Stück begleiten wollte in den Saal hinein. So ungefähr:
»Wir haben ja früher davon gesprochen, bitte. Kunst ist Kindheit nämlich. Kunst heißt, nicht wissen, daß die Welt schon *ist*, und eine machen. Nicht zerstören, was man vorfindet, sondern einfach nichts Fertiges finden. Lauter Möglichkeiten. Lauter Wünsche. Und plötzlich Erfüllung sein, Sommer sein, Sonne haben. Ohne daß man darüber spricht, unwillkürlich. Niemals vollenden. Niemals den siebenten Tag haben. Niemals sehen, daß alles gut ist. Unzufriedenheit ist Jugend. Gott war zu alt am Anfang, glaub ich. Sonst hätt er nicht aufgehört am Abend des sechsten Tages. Und nicht am tausendsten Tag. Heute noch nicht. Das ist aller Grund, den ich gegen ihn habe. Daß er sich ausgeben konnte. Daß er fand, daß sein Buch zu Ende sei mit dem Menschen, und nun die Feder fortgelegt hat und wartet, wie viel Auflagen es haben wird. Daß er kein Künstler war, das ist so traurig. Daß er *doch* kein Künstler war. Darüber möchte man weinen und den Mut verlieren zu Allem –«
Da fällt die silberne Uhr ein, hell, zögernd, mit einem kleinen Zittern in der Stimme.
Man läßt sie ausreden, und hinter ihr beginnt der Pole, ganz unwillkürlich leiser und heimlicher.
»Ein Lied, denken Sie, ein Bild, welches Sie erkennen, ein Gedicht, das Sie lieb haben, das alles hat seinen Wert und seine Bedeutung. Ich meine für den, der es zum ersten Mal macht, und für den, der es zum zweiten Mal macht: für den Künstler und für den

wahrhaft Schauenden. Denn es ist so: der Bildhauer zum Beispiel macht seine Statue für sich, allein für sich; aber (und das ist das Mehr seiner Arbeit) er schafft außerdem Raum für sie in der Welt neben den anderen Dingen; und nur, wer imstande ist, das Bild innerhalb dieses Raumes aus eigener Kraft zu wiederholen, der hat es in Wahrheit und im Geiste –«

Die Kaminglut beginnt dunkler zu werden. Hinter den goldenen Gittern geschieht ein Stürzen und Zerstieben der breiten Pinienscheite. Es ist eine Verwirrung, als brächen phantastische Paläste zusammen.

Und mit dem Dunkel kommt der Pole näher und bringt seine immer leiseren Worte mit. Wie Kinder, die Wünsche aufsagen sollen, sind sie: beschämt und schön.

»Diese Dinge also, Lied und Gedicht und Bild, sind anders als die anderen Dinge. Sehen Sie das gütig ein, bitte. Sie *sind* nicht. Sie *werden* jedesmal wieder. Darum geben sie die Freude, die unendliche. Diese Macht. Dieses Bewußtsein von unerschöpflichen Schätzen, das sonst von nirgends kommt. Darum heben sie hinauf. Ja, das tun sie. Sie heben uns – hoch – bis zu Gott.«

Der Graf von Saint-Quentin macht eine Bewegung, als ob er Platz schaffen wollte für ein Wort.

Auch der Herr aus Wien ist nah am Reden. Er liest angestrengt in seinen Händen.

Aber Kasimir hat das alles nicht bemerkt. Auch nicht, daß der deutsche Maler sich damit beschäftigt, seine Finger auf einen kleinen Elefanten aus Ebenholz zu setzen und reiten zu lehren. Elender Zeitvertreib. Wie auf dem Land bei Regenwetter, so ungefähr.

Währenddem hat Kasimir längst begonnen; man sieht jetzt, wie seine dunklen Augen erwachen:
»Helena Pawlowna, – und jetzt sagen Sie selbst, bitte, ist das nicht hoffnungslos? Immer nur bis zu Gott. Nie durch ihn durch. Nie über ihn hinaus. Als ob er ein Felsen wäre. Und er ist doch ein Garten, wenn man so sagen darf, oder ein Meer oder ein Wald – ein sehr großer –«
Und da horchen alle in den Wald hinein. Die Prinzessin neigt sich weit, weit vor, dem Polen entgegen. Als ob sie allein alle seine Worte wollte, alle seine Worte – auch diese folgenden:
»Was muß man also tun, Helena, damit es nicht so traurig ist, das? Nicht so sinnlos traurig. Jetzt sagen Sie mir's, Helena. Sie sagen – ich höre, – etwa Das sagen Sie, Helena, nur besser, strahlender, als ich es kann: man muß, sagen Sie, dort muß man anfangen, wo Gott abließ, wo er müde wurde, dort muß man einsetzen. Wo ist das, Helena, bitte? Im Leben ist das, beim Menschen. Nicht bei den Vielen, bei dem *einen* Menschen, der einem entgegenkommt von Ewigkeit. Der einem alles das bringt, das Andere, was man noch braucht, um nie eine Not zu haben, um beginnen zu können sorglos, verschwenderisch; – denn das darf nicht sein, Helena, wie ein flüchtiger Besuch von Mensch zu Mensch. Und die Welt treibt unbekümmert daran vorbei. Das muß ein Fest sein, ein Jubel, ein grenzenloser. Sie haben ein Bild dafür gefunden, Helena, so: zwei Feldherren, die zu einander kommen auf den Höhen. In einem leuchtenden Land. In Jerusalem vielleicht,

in Ägypten oder am Ganges. Jeder mit einem Heer hinter sich – und jedes Heer die halbe Welt –«
Da hat Helena Pawlowna sich erhoben. Hoch. Stille. Zwei Menschen stehen einander gegenüber. Zwei Könige. Es ist eine Weile wie in Jerusalem oder wie am Ganges. Und auch die Flammen hinter den goldenen Gittern erheben sich und streuen Glanz weit aus.
Der Graf von Saint-Quentin hat seinen Platz am Kamin verlassen und ist im Begriff, sich leise zurückzuziehen. Der Herr aus Wien ist langsam aufgestanden, und auch der deutsche Maler hat auf einmal begriffen: man muß aufstehen in diesem Augenblick. Er ist maßlos erstaunt. Man sprach doch über Kunst eben noch – merkwürdig. Und da setzt er sich auch schon wieder mit einer gewissen Erleichterung. Man muß reden, denkt er, um Gotteswillen rasch, man muß reden. Das Erste-Beste. Er strengt sich ungeheuer an. Ihm fällt nichts ein, als der arme kleine Ebenholz-Elefant, den er in der letzten Viertelstunde abgerichtet hat; aber es ist doch unmöglich, plötzlich von diesem Elefanten zu sprechen: Herr Gott –
Da hört er den Grafen von Saint-Quentin, französisch: »Sie müssen verzeihen, Helena Pawlowna, wenn ich schuldig bin an diesem Aufbruch –« und die feine Pendüle unterstützt ihren Landsmann. Sie schlägt irgendeine endlose Stunde, den ganzen Abschied entlang, so daß keiner etwas sagen muß.
Auch Kasimir nicht. Man kann sein Gesicht nicht sehen und nicht wissen, ob er bleich ist. Aber seine Augen müssen müde sein. Das hat man so im Gefühl. Und seine

Hand zittert und ist schwer. Er verneigt sich tief vor der Prinzessin, tief. Dann geht er, wie einer, der nicht wiederkommen wird an einen lieben Ort. Zögert bei jedem Schritt. Sieht allen Dingen ins Gesicht mit so ernsten Augen. Aufmerksam. Damit er doch weiß, wie alles war.
Helena Pawlowna bleibt vor dem verloschenen Kamin. Sie horcht: nur die kleine, silberne Uhr, und die tickt atemlos, atemlos, als liefe sie hinter einer Sekunde her, die viel, viel schneller ist. Und da langt die Prinzessin zum Kamin hin nach einer kleinen, alten, goldenen Glocke, in deren Griff winzige Bilder getrieben sind.
Helena Pawlowna wird Licht befehlen, viel Licht.

DER LIEBENDE

HERMANN Holzer geht in seiner langen, schmalen Stube auf und ab und spricht seit einer halben Stunde. Ernst Bang liegt ebensolange auf dem alten Studentensofa und betrachtet ihn. Manchmal hebt er ein wenig den Kopf, wie um über die Worte des anderen hinzusehen; denn diese interessieren ihn nicht sonderlich. Der breite, blonde junge Mensch, der immer auf demselben Fleck auf und nieder läuft, mit Schritten, als ob er eine Anhöhe bestiege, scheint ihm viel wichtiger offenbar. Er möchte ihm am liebsten zurufen: Bleib einmal stehen, bitte; damit ich dein Kinn genauer sehe und deinen Mund ...

Natürlich ruft er es nicht, aber trotzdem bleibt Hermann Holzer stehen, versammelt sich vor dem engen Fenster und deckt mit seinem schwarzen Rücken den Himmel zu und die Schornsteine und den ganzen Sonntagnachmittag. Die Stube dunkelt hinter ihm. Und er sagt: »Hol der Teufel das ganze Examen. Ich bin schon wahrhaft nervös, glaub ich. Ich fange an, euch Konkurrenz zu machen, lieber Bang. Nehmt euch in acht, wenn *ich* mal nervös werde, dann tu ich's gründlich, – wie alles. Dann seid ihr Zwerge gegen mich.« Und er dreht sich so schnell um, daß er ein ganzes Stück Licht mit seinem Lachen hereinreißt in die rauchige Dachstube.

Bang setzt sich wie erschrocken auf. Er ist sehr schlank und modisch gekleidet. Jetzt besieht er langsam seine linke Hand und dann seine rechte. Mit einem gewissen Eifer, als ob das ein Wiedersehen nach Jahren wäre.

Holzer geht schon wieder auf und ab. »Heute muß auch noch die Antwort kommen, ob ich Aussicht habe, den Privatunterricht bei Holms zu übernehmen. Davon hängt viel ab. Ohne diesen Zuschuß kann ich nicht daran denken, zu heiraten.«
Bang macht eine geräuschvolle Bewegung. Holzer wendet sich ihm erwartungsvoll zu. Aber er erhält nur ein zerstreutes: »Ja, freilich . . .« und fährt fort mit den Schritten und mit den Worten: »Ich denke mir, dann erst wirds Ruhe geben. Dann wird man erst anfangen können, was Vernünftiges zu arbeiten. Bis man so versorgt ist, sich um nichts zu kümmern hat.« Pause . . . und: »Helene versteht das . . .« Pause. »Natürlich werden wir irgendwo draußen wohnen . . .«
Er ist gerade wieder vor dem Fenster.
Bangs feine Lippen wehren sich gegen ein Wort. Dann schlägt es nach innen und treibt den jungen Menschen in die Höhe. Er steht eine Weile ratlos, ehe er ein paar Schritte gegen den Freund zu macht. Als er neben ihn tritt, sagt Holzer gerade: »Hör mal!«
Ein trauriges slavisches Volkslied weht wie Rauch den Lichthof herauf. Es ist, als ob das Lied sich auf die Fußspitzen stellte, um über Dächer und Türme zu schauen . . . irgendwohin.
Bang hebt unwillkürlich den Kopf und schließt die Augen.
»Weißt du, was das ist?« lacht Holzer.
Pause. Dann träumt Bang vor sich hin: »Heimweh...«
Holzer rüttelt ihn. »Der kleine Frosch vom Land da unten wäscht Geschirr ab. Da singt sie immer dazu, immer

dasselbe mit dieser dummen verwaschenen Stimme. Jeden Nachmittag um halb vier. Sieh mal – (er hält ihm die Uhr hin), pünktlich, was? So ist jede Tageszeit hier bezeichnet. Ich könnte meine Uhr ruhig versetzen: Leiermann, Drahtbinder, Gemüsemann, Lumpenweib: so heißen meine Stunden. Und dabei arbeite einer! Zudem giebt es auch noch ein Vis-à-vis. Sieh mal... nett, nicht?«

Hermann Holzer verschwendet ein paar Kußhände; und aus seinem befriedigten Lächeln kann man schließen, daß sie nicht in den Hof hinunterfallen. Dann kehrt er sich plötzlich ins Zimmer: »Darum heirate man ... ehestens!«

Bang macht eine Bewegung der Abwehr.

Hermann Holzer bemerkt es, sieht ihn einen Augenblick an und langt sich eine Zigarette vom Tisch her.

»Willst du nicht, Bang?«

»Danke.«

Und Holzer zündet in aller Behaglichkeit eine Zigarette an. Dann sagt er, während er das benutzte Zündholz heftig hin und her bewegt, als ob er irgend etwas durchstreichen wollte, was in der Luft geschrieben steht: »Hm? –«

Bang schaut zum Fenster hinaus. Mit den kleinen, unteren Vorderzähnen quält er sein blondes Schnurrbärtchen.

Pause.

Hermann Holzer geht schon wieder auf und ab und raucht mit unglaublicher Heftigkeit. Plötzlich bleibt er stehen, und seine Stimme bohrt sich durch den Qualm:

»Farbe, Farbe, lieber Bang. Rot oder grün? Was ist los?«
Ernst Bang kommt näher, und seine Hand sieht lächerlich zart aus auf der ruhigen, runden Schulter des anderen. Er betrachtet seine Schuhe, seinen linken besonders, und spricht dabei: »Ich bin überzeugt, du wirst mich nicht mißverstehen, Hermann...«
Holzer wird unruhig: »Muß es denn so feierlich sein? Heraus damit! Herr Gott, umgebracht hab ich keinen,... also...«
Bang hebt seine Augen, und sie sind ordentlich schwer von Trauer.
»Oder doch?« lacht Holzer.
Da tritt Ernst Bang zurück zum Fenster, und es wird wieder Raum für das armselige Heimwehlied. Mitten hinein in die kleine ängstliche Melodie streut Bang die langsamen Worte: »Nimm mir's nicht übel, Hermann, aber... du.... zerbrichst... sie....« Pause.
Hermann Holzer nimmt die Zigarette aus dem Mund und legt sie leise auf den Rand des Tisches. Der feine Rauch steigt steil auf inmitten der Stube. Unwillkürlich folgen beide mit den Blicken dieser ruhigen, feierlichen Bewegung. Da nimmt Holzer einen Stuhl in die Hände und versucht, ihn zu heben. Auf einmal läßt er ihn fallen und schreit in das Gepolter hinein:
»Du bist wohl verrückt?«
»Laß uns ruhig darüber reden, bitte...«
Bangs Stimme zittert ein wenig.
Aber Holzer ist noch nicht so weit: »Ich... zerbreche... sie...«, wiederholt er mit Betonung, als müßte

er diese Worte auswendig lernen. Immer von neuem beginnt er: »Ich zer...«

»Hermann...«, bittet der andere.

»Ich zer...« Und Holzer lacht auf einmal zügellos. Man muß es im ganzen Hause hören. Endlich geht ihm das Gelächter aus, und er sagt mühsam, mit dem letzten Atem: »Willst du mir vielleicht – erklären..?«

Darauf hat Bang gewartet. Er beginnt leise, wie nach guter Vorbereitung. Man kann seine Augen nicht sehen. »Du erinnerst dich doch, wie du Helene kennen gelernt hast? Es war bei mir an einem jener lustigen Abende. Das heißt, für euch war er lustig; für mich und für Helene war es ein Abschied, wenn du willst – ein Abschieds*fest*. Aber...na also: etwas Wehmütiges jedenfalls. Du hast das nicht bemerkt? – Ich weiß. Zum Schluß haben wir beide es wohl selber nicht mehr gewußt. Wie das so geht. Das Leben ist rasch...«

Holzer macht eine Bewegung der Ungeduld.

»Nur einen Augenblick, Hermann. Es ist notwendig, von jenem Abend zu reden. An jenem Abend...« Bang kommt ein paar Schritte näher und sucht die unruhigen Blicke Holzers zu halten.

»Du hast mich nie gefragt, wie ich eigentlich zu Helene...«

Holzer weicht ihm aus, gereizt: »Aber das geht mich ja garnichts an...«

Bang lächelt: »Mag sein. Ich möchte trotzdem weitererzählen...«

Holzer wirft sich auf das Sofa, daß alle Federn krachen. Der kreischende Mißton liegt eine Weile in der Luft.

Ernst Bang vertieft sich wieder in die Betrachtung seines linken Schuhes und erzählt:
»An jenem Abend also hab ich euch alle zu mir gebeten, um so eine Art Verlobung zu feiern...«
Die Federn des Sofas werden unruhig.
»Es war mir nämlich klar geworden, daß es doch etwas anderes ist als einfach Kameradschaft, was mich an Helene band. Ich ging also mit mir zu Rate und beschloß, sie zu heiraten. Ich übersah nicht die Schwierigkeiten, welche meine Familie mir bereiten würde; ich vergaß nicht, daß ich meine Karriere durch diesen Schritt beschränkte. Ich rechnete mit diesen Dingen, also waren sie kein Hindernis. Aber im letzten Augenblick, eine halbe Stunde ehe du damals bei mir eintratest...«
Ein Ruck in den Polstern des Sofas.
Bang sieht hin, aber Holzer liegt ganz ruhig, und Bang vollendet also: – »da zeigte sich ein Hindernis, das ich nicht erwartet hatte.«
Pause. »...Na, und als ihr kamt, da wußte ich es schon – und Helene...«
Auf einmal sitzt Hermann aufrecht und wendet seine lauernden Augen gegen den Sprechenden: »Sie hat dich abgewiesen?«
»Hm«, macht Ernst Bang ungewiß, als ob er etwas anfügen wollte, und denkt: Man sollte das Fenster öffnen vielleicht, nur eine Weile...
Inzwischen bricht die Dämmerung über die beiden herein. Jetzt erst zündet sich Bang eine Zigarette an und geht auf und nieder. Ganz anders als Hermann. Langsam, in einem gewissen Erwarten, sich wiegend. Er

fühlt sich besonders erleichtert offenbar, denn später sagt er leichthin: »September! Wie bald es schon dunkel wird.«

Wirklich, es ist ganz dunkel. Man kann nur mit Mühe erkennen, daß Holzer am Rande des Sofas sitzt, den Kopf in die Hände gesenkt. Er ändert diese Stellung nicht, und darum klingen seine Worte so dumpf in der Frage: »Das ist mir nicht klar, Bang, was mich das alles angeht, was ich dabei soll?«

Ernst Bang bleibt stehen. Da wird die Stille auf einmal schwer, schwer.

Holzer reißt die Hände vom Gesicht und schreit: »Ich zerbreche sie? Warum?«

»Ruhig, ruhig...«, beschwichtigt Bang.

Aber Holzer springt auf. Er tut plötzlich wie einer, der im Traum gelähmt war. Er streckt seine Arme, er probt seine Gelenke und will seine Stimme hören: »Warum?«

»Sieh sie dir mal an, Hermann«, bittet Bang, selbst ein wenig mitgerissen. »Wie blaß sie ist. Sie wird dir krank werden, du wirst sehen. Du quälst sie.«

Da legt ihm Holzer die Hand auf die Schulter. Und sie wird immer schwerer während dieser Worte: »Du weißt nicht, was du sprichst, Bang. Ich tue für Helene alles was ich kann, weißt du. Alles Mögliche. Nur Phrasen mach ich keine. Das will sie auch nicht. Also, was quäl ich sie?«

Bang weiß nichts zu erwidern.

Und langsam spricht Holzer weiter: »Wir sind Kameraden – einfach. So gehört sich's. Wenn ich sie in der letz-

ten Zeit manchmal vernachlässigt habe, so war die Arbeit daran schuld. Sobald sie ihr Kind haben wird, *ihre* Arbeit, wird sie mich auch vernachlässigen. Das ist so.«
Pause.
Ernst Bang hat seine Zigarette ausgehen lassen. Er knöpft unruhig an seinem schwarzen Gesellschaftsrock; seine Hände sind sehr weiß. Dann hört man wieder die Stimme Holzers. Sie wird immer ruhiger und bekommt immer mehr heitere Überlegenheit.
»Ich finde übrigens gar nicht, daß sie schlecht aussieht. Alle Mädel sehen so aus um die Zeit. Das wird schon besser werden. Du kannst dich darauf verlassen.« Pause.
»Aber das ist so eure Art: Sensation um jeden Preis. Nichts Ruhiges. Lauter Trapezgefühle; und man wartet immer, ob sie nicht im nächsten Augenblick den Hals brechen. Ich kenne das. Aber man fällt euch immer wieder hinein auf eure Empfindelei.«
»Die Dinge sind vielleicht doch nicht so einfach.« Bang sagt das fast pfeifend.
»Gewiß, weil ihr sie nicht einfach *wollt.*«
»Oh wollen –,« macht Bang, »überhaupt: *wollen* . . .« und er schaut über alles weg ins Grenzenlose.
»No ja, da wären wir ja glücklich wieder.« Holzer ist fast fröhlich jetzt. Er zündet die Lampe an und verneigt sich dann vor dem Freunde:
»Euer Hochwohlgeboren erlauben: Mein Name ist Holzer. Das ist wörtlich zu nehmen. Mein Vater selig war nämlich der ›alte Holzer‹. Sie können von ihm hören im Dorf drunten. Die meisten werden sich an den breiten Bauer erinnern, den Holzerbauer. Und ich hab

auch noch was aus seinem Blut, hoff ich. Sowas Grades, Eichenes ...«

Ernst Bang fühlt sich durch das grelle gelbe Licht der Lampe gestört: »Ich denke, ich gehe jetzt.«

Holzer lacht: »Wie du willst. Aber damit die Lektion in Gottes Namen doch einen Schluß hat, sag mir doch schnell, was ich, nach deiner Meinung, in diesem Fall zu tun habe? ...«

Bang macht eine Bewegung, so, an allem vorbei.

»Sprich, die ganze Kultur steht hinter dir, bedenke!« Und er nimmt dem Zögernden den Hut wieder aus der Hand und begütigt, in anderem Ton:

»Wirklich, Ernst, Freund zum Freund. Du hast mir deine Ansicht gesagt und, so sonderbar sie sein mag, ich bin dir dankbar dafür. Ohne Zweifel hast du auch einen Rat mitgebracht. Ein Medikament gegen das gefährliche Übel, wie? Ihr seid ja alle Ärzte, ihr modernen Menschen.«

Bang versucht zu lächeln.

»Ich bin gespannt. Was soll ich tun, Ernst? Was soll ich sagen?«

Und da wird Bang wieder sehr ernst. Er kommt ein paar Schritte zurück und antwortet sehr hastig: »Sagen? Hm. Ich glaube, es ist deine Sache, einfach *zuzuhören* ...«

Auch Hermann lacht nicht mehr: »Ich versteh dich nicht ...«

»Nun, – Helene ist von denen, die sich aussprechen müssen um jeden Preis ...« Pause. »Es könnte ja sein, daß Helene dir etwas zu erzählen hat ... von ... früher ...«

Pause.
»So«, sagt Holzer dann kurz und begleitet den andern an die Tür.
Da tritt Helene ein, gerade den beiden entgegen.
»Oh« macht sie, als sie Ernst Bang erkennt, und Holzer lacht: »Eine Überraschung, was? Alte Freunde?!«
»Ja –«, versucht Helene und geht an Bang vorbei.
Da hat Hermann einen Einfall, ganz unvermittelt offenbar. »Du hast doch wohl noch Zeit?« Eigentlich klingt das für eine Frage recht entschieden. Unwillkürlich bleibt Bang stehen. Er sieht, wie Hermann das Mädchen bei der Hand nimmt und in den hellen Kreis der Lampe zieht, und es kommt ihm unerhört brutal vor. Dann hört er ihn sagen: »Blaß? – Bist du blaß, Helen'?« Pause.
»Möglich, daß das die Lampe macht; es ist ein ungünstiges Licht. Aber du fühlst dich doch wohl?« Pause.
»Dieser Herr da sagt nämlich ...«
Helene macht eine Bewegung, als ob sie flüchten wollte.
Ernst Bang fühlt sich auf einmal vollkommen unbeteiligt, Zuschauer. Er möchte bequem sitzen, um nichts von dem zu verlieren, was kommt. Also:
»Dieser Herr sagt: Ich zerbreche dich?« Pause.
Ernst Bang denkt: Zu schleppend ist diese Szene. Flotter, bitte!
Pause. Dann, sehr laut: »Ist das wahr?«
Heftiges Weinen.
Ernst Bang macht zwei Schritte; er hat die Empfindung: Schluß! Man kann gehen. Es kommt nichts mehr.

Aber das ist ein Irrtum; es kommt noch etwas: Hermann Holzers Riesenlachen. Und hinterdrein: »Kinder seid ihr, richtige Kinder. Ihr beide. Du Helen' und der da. Gott sei Dank, daß wir jetzt beisammen sind, sonst tätet ihr jeder was Sentimentales. Ich sehs euch an. – Wir wollen auch beisammen *bleiben* heute und irgend etwas feiern; es wird sich schon was finden lassen.«

Pause. Helene neigt sich mit halbgetrockneten Augen zu Hermann und flüstert ihm etwas zu. Er versteht nicht gleich. Dann lacht er: »Wir beide allein? Gott bewahre! Kinderei! Im Gegenteil, was ich jetzt zu sagen habe, muß Ernst mithören. Leg nur deinen Hut fort, mein Lieber.«

Und als Bang keine Anstalten macht, fügt Holzer an: »Wenn ich dich darum *bitte*.« Und da auch *das* nichts hilft, braucht er ein letztes Mittel: »Helen' will es auch, – nicht wahr?«

Und da wird eine Stille um ein kleines farbloses »Ja« herum.

Langsam kommt Ernst Bang näher. Er sieht unglaublich müde aus, und Holzer denkt, zur Beruhigung: es ist ein ungünstiges Licht ... so eine Lampe ...

Dann zieht er das Mädchen auf seinen Schooß und scherzt: »Nun, kleine Frau, hast du mich lieb? Und zerbrech ich dich nicht?« Da klammert sich das kleine blonde Mädchen an seinen Hals an, mit einem Ungestüm, das ihn staunen macht. Eine Weile fühlt er sie weinen. Aber das können keine tiefen Tränen gewesen sein; denn als er das zarte Gesichtchen in die Höhe

zwingt, atmet ihn eine strahlende Seligkeit an, deren er sich gar nicht zu entsinnen weiß.
Bang steht auf einmal am Fenster und zählt die schwarzen Schornsteine. Er will sich draußen beschäftigen um jeden Preis; dennoch hört er Wort für Wort:
»Jetzt ist es ja bald überstanden, Kind. Wenn heute Nachricht von Holms kommt, so können wir heiraten, gleich nach dem Examen.« Pause.
»Du willst doch?«
Ein glückseliges Lachen.
»So feiern wir heute die Zukunft.«
Pause.
»Du bist doch dabei, Bang?« Und er wartet die Antwort gar nicht ab. »Noch eines feiern wir, richtig: deine Kultur, Bang. Wir sind drei moderne Menschen, drei Menschen ohne Vorurteile, nicht? – Wir dekretieren hiermit: es giebt keine Vergangenheit. Die Vergangenheit leugnen wir einfach.«
Ernst Bang ist rasch näher gekommen, wie um zu retten; er hört noch:
»Wer von der Vergangenheit spricht, lügt. Abgemacht.«
Helene ist sehr blaß.
Hermann hat es nicht bemerkt. Eben hat jemand draußen geklingelt, und er beeilt sich zu öffnen; es könnte von Holms sein. Helene erreicht ihn noch an der Tür. Ihre Lippen brennen. Es ist ein letzter Versuch.
Aber Holzer hält sich die Ohren zu und lacht laut.
Da läßt sie ihn los, läßt ihn los – und kommt langsam zur Lampe zurück, ganz ruhig.

Bang steht an der anderen Seite des Tisches, und die Lampe singt zwischen ihnen merkwürdig laut.
Einmal schaut ihn Helene an mit traurigen, hilflosen Augen. Und Ernst Bang hebt ein wenig die Achseln, unmerklich.
Das ist alles.

DIE LETZTEN

Der Tag wird immer verlegen in der kleinen Mietswohnung, in welcher so schwere, unverständliche Möbel stehen. Aber die Dämmerung begreift alles. Sie weiß, daß das Vergangenheit ist, was da in Stühlen und Schränken und Bildern sich erhält, und daß die engen Stuben, drei Treppen hoch, schuldlos sind an dieser fremden Vergangenheit, wie Menschen, deren Gesicht von irgend einem Vorfahr den Namen eines Gefühls geerbt hat, das sie mit ihren eigenen schwächeren Herzen gar nicht zu tragen vermöchten.
Die beiden Fenster führen den roten Abend herein, der über die Dächer kommt und leise zu den wartenden Dingen tritt, welche ihn schweigend empfangen. Am freudigsten nimmt ihn die schmale, mit Säulen geschmückte Kommode auf, die wie ein kleiner Altar ist: mit all dem Silber und Glas auf ihr lächelt sie ihm zu.
Marie Holzer steht gerade vor dieser Kommode. Sie hält von den kleinen Miniaturen, welche da neben den massiven Armleuchtern aufgestellt sind, eine nach der andern in den Abend und betrachtet jede aufmerksam. Dabei ist ihr junges, helles Gesicht ernst und nachdenklich. Für eine Weile wendet sie es einer Dame in Schwarz zu, die, nah bei ihr, auf dem Fensterplatze sitzt und vor sich hinsieht, ohne daß ihre großen Augen etwas halten. Und so kann Marie Holzer sie ruhig anschauen, als wäre auch das ein Bild: dieses Gesicht, dem man kein Alter zu geben wagt, obwohl es nicht jung ist, diesen

feinen Mund, der, von wehen Erinnerungen bewegt, ein unsichtbares Leiden überwindet, und dieses Haar, von dem man zu wissen glaubt, daß es schwer ist. Und vor allem die Vornehmheit dieser zarten, stillen Gestalt, die geduldige Ruhe dieser schwarzen Schultern, auf denen das schlichte Nutzkleid wie eine Würde liegt.

Jetzt erhebt die schlanke Uhr, die fast verheimlicht zwischen den Fenstern steht, ihre zitternde Stimme und sagt feierlich sechs Schläge, von denen sie jeden anders betont; Marie Holzer läßt sie ganz ausreden und wartet auch noch das Geräusch ab, mit welchem die geteilte Stille sich hinter dem letzten Schlage wieder schließt. Dann sagt sie: »Merkwürdig.« Und nimmt wieder ein Bild von der Kommode und wiederholt: »Merkwürdig.« Da erschrickt die Frau am Fenster: »Sie haben etwas gesagt, Marie?« Das Mädchen stellt zuerst die Miniatur wieder an die alte Stelle, ehe es antwortet. »Gesagt? – Eigentlich nicht. Es ist nur so seltsam.« Die Dame sieht flüchtig über den Abendhimmel hin und fragt leise: »Was denn, Kind?«

»Daß man hier bei Ihnen immer so anders wird. So eigentümlich fromm. Man ist immer wie zum allererstenmal hier. Man kann das Staunen nicht verlernen.« Pause. Sie biegt die Arme in jungmädchenhafter Art hoch zurück und bettet den Kopf hinein, wie man es wohl während eines leisen Traumes tun mag, den man tief, mit allen Sinnen genießt. Ihre Augen sind auch geschlossen, als sie fortfährt: »Und das giebt es hier, mitten in der Stadt, hoch in diesem lauten, alltäglichen

Zinshaus, in dem nüchterne, unwichtige Menschen wohnen. Über ihnen ist dieses Seltsame. Sie tragen es gleichsam auf ihren Köpfen und ahnen nichts davon.« Sie läßt die Arme fallen. »Nein, sehen Sie, Frau Malcorn, daß es so etwas giebt! . . .«
»Aber was denn eigentlich, Kind?«
»Alles das: diese Bilder und diese Dinge und Sie, Frau Malcorn, und Harald – ja, auch Harald.«
Frau Malcorn schüttelt leise den Kopf. »Sind denn einsame Menschen so anders als –«
»Einsame Menschen? – Ja. Vielleicht. Aber das ist es nicht allein.« Marie Holzer geht zu dem anderen Fenster hin. Und dann: »Sie sind nicht einsam eigentlich. Sie leben unter vielen, bloß nicht unter uns, nicht unter uns Heutigen. – Sie haben so viel Bilder hier. Sie haben mir ja schon oft gesagt, wer alle diese Menschen waren. Diese traurigen Frauen alle und diese feierlichen Herren. Und ich weiß auch, daß sie längst gestorben sind. Manche vor zweihundert Jahren, manche noch früher. In Frieden gestorben, – aber – wissen Sie auch wirklich, daß das alles nur Bilder sind?«
Wie beunruhigt durch die leise Furcht, die diese Frage des Mädchens vor sich herjagt, steht Frau Malcorn auf und kommt zu Marie. Und während sie eine Hand auf Mariens Schulter legt, streichelt diese leise die andere Hand. »Sie sind so zart, so blaß. – Als ob viele Menschen von Ihrem Leben mitlebten.« Pause. »Alle diese . . . .«
Man erkennt schon kaum mehr die furchtsame Bewegung, mit welcher Marie in das Zimmer weist. So dun-

kel ist es geworden. Und in das Schweigen wirft sich von draußen der Sturm.
Aber da beginnt Marie Holzer laut und in anderem Ton:
»Sie müssen sich schonen, Frau Malcorn. O, verzeihen Sie, wenn ich so spreche. Ich fühle mich manchmal älter – wie Ihre ältere Schwester.«
»Und sind doch so jung?« lächelt Frau Malcorn und küßt sie auf die Stirn.
»Ja, ich bin jung. Und ich bin dessen froh. Ich fühle so viel Kraft in mir. Ich möchte so vieles tun.« Und da ist eine Ungeduld in ihren Händen, als ob sie sie gleich an alles Werden legen wollte, das zu langsam geht.
Dabei erinnert sich Frau Malcorn: »Das hat Harald auch immer gesagt: Ich habe so viel Kraft in mir.«
»Das *hat* er! Das hat uns zusammengeführt! Zusammengetrieben! Dieses Gefühl von Kraft.« Und Marie erzählt atemlos: »Gleich damals, als ich ihn zum erstenmal sprechen gehört habe, in der Versammlung. Viele hatten vor ihm gesprochen. Ich weiß noch: es handelte sich um die Organisation eines Hilfsvereins zur Unterstützung der Arbeitsunfähigen, ihrer Frauen und Kinder. Die anderen hatten so trocken und von oben her die Sache erörtert. Man sah ihnen an, sie waren satt und kannten die Sorgen vom Hörensagen. Man war müde geworden dabei. – Da kam er! Wie ein Sturm war das. Wie ein Erwachen bei Feuerschein! Nicht mehr von der Versorgung dieser paar armen Menschen war die Rede. Als sollte Raum werden für ein neues Geschlecht, mitten unter uns, rücksichtslos.«

Marie Holzer holt tief Atem und macht eine Bewegung, als stellte sie etwas in das Dunkel, als Ziel für ihre hellen, seligen Augen. »O Frau Malcorn, ich sehe ihn immer so vor mir. Er war groß geworden, – groß. Und seine Stimme hing über den Unschlüssigen wie ein Schwert. ›Kleingläubige,‹ – rief er – ›Kleingläubige!‹ – Und da kam sein Glauben über mich. Dieser Glaube eines Kindes oder eines Märtyrers. Er hatte seine Hände erhoben, und es war, als hielte er etwas in den Saal hinein, was uns blendete. Unsere Schatten waren auf einmal schwer, fielen uns ab, und wir standen da: Licht von seinem Licht, Herz von seinem Herzen....«
Unter den allzugroßen Worten sucht Marie nach etwas Sagbarem, und merkt nicht, wie Frau Malcorn ihr horchendes Gesicht in den Händen verbirgt. Endlich erzählt sie weiter.
».... Und dann, als alle gingen, drängte ich mich durch. So, mit den Ellbogen, mit den Fäusten, wie's kam. Ich hätte den gewürgt, der mich gehalten hätte. Zu ihm. Er sah gar nicht müde aus. Nur ruhiger, dunkler. Ich konnte nichts sagen, nicht eine Silbe. Ich hatte Weinen im Hals. Mich schwindelte. Ich griff nach ihm, ins Unbestimmte. Er nahm meine Hand und wärmte sie in seinen beiden. Und hielt sie. Und fragte: ›Du willst mir helfen?‹ Da hab ich mit einemmal weinen können; nie früher hab ich's gekonnt, – auch nicht, als meine Mutter starb. Aber damals. – Und es war so gut!«
Hier unterbricht sie ein heftiges Schluchzen. Sie wird fast mütterlich, als sie zu der Weinenden tritt, leise den Arm um ihre zuckenden Schultern legt und bittet:

»Aber! – Das ist doch eine Freude, Frau Malcorn, nicht?«
Sie fühlt, daß die andere eine bejahende Bewegung macht. »Also, sehen Sie...«
»Aber auch eine Angst.« Und Frau Malcorn beschwichtigt ihre Tränen.
»Wie?«
»Er war nie so früher. Er war früher viel bei mir... Früher war er gern zu Hause...«
»Ja sehen Sie –« sagt Marie rasch mit ihrer breiteren Stimme – »da müssen Sie schon freigebig sein. Er hat Reichtum für viele. Alle brauchen etwas von ihm. Er ist die Seele von allem. Begreifen Sie das?«
»Ja«, sagt Frau Malcorn, wie gestrafte Kinder ja sagen.
»Er ist reicher als wir alle. Er nimmt Ihnen nichts fort, auch wenn er hundert andere beschenkt. Fühlen Sie das?«
Dasselbe Ja.
»Er ist ein König...«
»Aber er meidet mich.« Und trotz Mariens abwehrender Geste beharrt sie, die zarte Frau. »Ja, ja, ja, er meidet mich, Marie. Mich und die Stube hier und überhaupt...«
»Aber, liebe...«
Frau Malcorn drückt das Gesicht an die starke, bewegte Brust des Mädchens und klagt, wie vor sich selbst beschämt: »O, warum haßt er mich?«
»Um Gotteswillen, Frau Malcorn, Sie versündigen sich ja! Wissen Sie, wie Harald von Ihnen spricht? –

»Wie von einem Traum. Wie von einem Märchen, von dem schönsten Märchen, das man als Kind gehört hat und das man wiederfindet in jedem Schönen, immer und immer.« Ganz weich ist Mariens Stimme jetzt, ganz sanft.

»Wirklich?« Zaghaft hebt Frau Malcorn die verweinten Augen.

»Wie von einem Kleinod, das man am sichersten Platz verwahrt hält, – wie von einem Feiertag.«

»O, mehr, mehr!«

»Ich hab Sie doch schon so lieb gehabt, Frau Malcorn, lang ehe mich Harald zu Ihnen führte. Lang bevor ich Sie kannte. Woher sollte mir das gekommen sein?«

Ungeduldig und glücklich, bittet die zarte Frau: »Was hat er Ihnen von mir erzählt?«

»O, alles. Von seiner Kindheit. Wie die Tage waren. Und was Sie ihm am Abend vorlasen. Und welches Kleid Sie in die Kirche trugen ...«

»Das schwarze mit dem Spitzeneinsatz, – ja?«

»Eben das. Oft unterwegs begann er davon zu sprechen. So, unvermittelt. Und seine Stimme war ganz anders dann, wärmer ...«

»Nicht wahr? Seine Stimme kann seltsam werden? ...«

»Ja. So, als ob sie weit her käme ...« Pause.

»Sehen Sie, Marie, einmal war Harald so wie diese Stimme ... Eh das ihn erfaßte, das Fremde, Neue, Unruhige, das ich nicht begreife ...«

»Eh er ein Mann wurde, Frau Malcorn; eh er einen Beruf auf sich nahm, eine Pflicht, – eh er ins Leben sprang, Frau Malcorn.«

»Ja,« nickt Frau Malcorn traurig – »ins Leben...«
»O, fürchten Sie nicht für ihn! Er ist einer, der es über sich hat, das Leben. Es ist keine Gefahr für ihn. Er hat es umgenommen wie einen Mantel, wie einen Purpurmantel...«
»Das Leben?« fragt die andere befremdet.
»Das moderne Leben, ja. Dieses ungestüme, stündliche Werden. Diese Hast eines Frühlingssturmes: alle Himmel über Einem Tag. O, Sie glauben gar nicht, wie lieb man es hat, wenn man erst mitten drin steht. Wie man sich eins fühlt mit ihm...«
»Wissen Sie das durch sich selbst, Marie?«
»Ja, Frau Malcorn. Ich gehöre ihm ja ganz. Das Schicksal hat mich so mittenhinein geworfen. Zeitig schon, als meine Mutter starb. Das Schicksal und – die Sehnsucht...«
»Sehnsucht, wonach?«
»Nach Macht.«
»Macht?«
»Ja, über sich und – über das Leid.«
Pause. »Sie haben Ihre Mutter lieb gehabt?«
»O ja. Aber wir waren sehr arm. Wir haben nie Zeit gehabt, es uns zu sagen. – Ich glaube, sie hat es nie gewußt.«
Pause. Und Marie Holzer fühlt eine Bangigkeit kommen. Und sagt rasch, wie jemand, der sich versprochen hat, nie traurig zu sein: »Aber wollen wir nicht die Lampe anzünden?«
»Ja, bitte, Marie. Übrigens sollte doch Harald schon zurück sein!«

»O, Sie wissen ja, wie das geht.«
»Aber es ist halb sieben?«
Marie hat hinten auf der Kommode die Lampe angezündet und bringt sie zum Sofatisch, wo man abends zu sitzen pflegt.
»Er wird jemanden getroffen haben«, beruhigt sie, und ihr Gesicht, das sich über die Lampe neigt, beweist, daß sie nicht besorgt ist. »Oder er holt sich noch irgend etwas aus der Bibliothek.« Sie ist froh, noch eine Erklärung seines Ausbleibens gefunden zu haben.
Aber Frau Malcorn versteht es anders: »Diese Bücher –« klagt sie – »diese vielen großen Bücher!«
Marie lacht. »Ja, das ist seine alte Leidenschaft.«
»Und er liest so lange. Jede Nacht bis eins oder zwei.«
»Er lebt zwei Leben. Eines nach vorn und eines tief zurück in die Vergangenheit. Das macht ihn so, – so breit...«
Frau Malcorn, die noch immer nicht in den Kreis der Lampe kommt, steht irgendwo im Dunkel, unter den Dingen. Sie scheint die letzte Erklärung nicht gehört zu haben. »Ich schleiche oft bis zur Tür und schaue durch die Spalte: immer noch Licht. Ich wage nicht zu rufen. Aber ich horche immer...«
»Ja, ja, er liest gern laut«, sagt Marie oberflächlich, zieht die Fenster-Vorhänge zu und vollendet damit den Abend. Und der Kreis der Lampe wird ruhig und rund.
Aber da flüstert Frau Malcorn, als ob das ein Geheimnis wäre: »Er hustet.«
»Na –« macht die Holzer, »– das Wetter ist auch danach.«

»Nein, nicht so. Schon lange und so, so fürchterlich tief...«

Da ist auch Marie erschrocken, ohne Fassung. Nur einen Augenblick freilich. Dann schüttelt sie's ab. »Sie sind aber auch, Frau Malcorn! Immer gleich alles von der schwärzesten Seite sehen.« Sie sieht ein, daß man schnell etwas Scherzhaftes sagen muß, um jeden Preis. »Wenn *Sie* nur mal reden müßten, so vor fünf-, sechshundert Menschen im heißen, dunstigen Saal und zwei, drei Stunden lang...«

Frau Malcorn wagt sich ins Licht. »Meinen Sie wirklich, Marie?«

»Aber natürlich, Frau Malcorn. Denken Sie nur. Aber damit Sie ganz beruhigt sein können, will ich ihn überreden, mal zum Arzt zu gehen.«

»Wie gut –«

»Ja, zu Ihrer Beruhigung. Es wird kein leichtes Stück sein bei ihm. Weiß Gott! Er gönnt sich so ungern für sich selber Zeit. Aber ich glaube, ich kann schon etwas wagen bei ihm.«

»Er tut alles, was Sie wollen, Marie...«

»O – wir sind gute Kameraden. Da gleicht sich das aus. Im übrigen, er ist ja so weit über mir in allem.« Pause. »Ich bin oft ganz bange deshalb.«

»Bange?«

»Er fühlt alles so! Oft wenn wir unter Menschen sind: Ein Wort, ein Blick, eine Bewegung irgendwo. Ich merke es kaum, aber ich sehe an ihm sofort: es ist etwas geschehen. Dieses Wort, dieser Blick, diese Gebärde, war ein Ereignis, etwas Entscheidendes...«

»Wie meinen Sie das, Marie?«
»Nun, das ist ja selbstverständlich. Er ist reif. Er hat jahrhundertelange Entwicklungen hinter sich. Unter ihm sind Feldherren, Bischöfe, – Könige vielleicht sogar. Immer einer auf den Schultern des andern. Und ganz zuhöchst: Er, Harald. Und alle leisesten Schwankungen dieser breiten Basis sind in ihm sichtbar...«
Dann spricht Marie Holzer von sich, ganz anders im Ton, fast grob: »*Mein* Großvater war Bauer...« Und nun vergißt sie alle Ehrfurcht und fährt fort, trotzdem die Uhr siebenmal schlägt. Hastig, als ob sie erst froh sein könnte, sobald alles gesagt ist.
»Ich bin so von gestern. Ich bin der Erde näher, dem Lehm, mein' ich, dem Rohstoff. Ich bin jünger, jünger in der Kultur. Ich habe Gesundheit und Kraft. Aber meine Gesundheit prahlt. Meine Kraft ist protzig und voll Eigennutz; sie will hinauf, sie muß erst noch hinauf. Ja, ja, das ist es. Harald kann anderen helfen. Er kann es wirklich: andere heben. Er ist oben. Er war immer oben. Seine Hilfe ist reif, mühelos, schön...«
Aber Frau Malcorn steht rasch auf und geht hastig an Marie vorbei und an allen Worten. Schon seit einer Weile weiß sie, daß Harald kommt. Und nun hört auch Marie seine nahen Schritte.
»Guten Abend, Mama. Es ist wohl spät? Guten Abend, Marie. Ihr habt wohl schon gewartet? Ja, es gab da wieder eine Menge unvorhergesehener Dinge ...«
Alles das sagt Harald rasch, und seine Stimme schwankt im Laufen. Er hebt sich aus der dunklen Umarmung

der Mutter und reicht Marie eine Ledermappe zu. »Nimm, Marie. Wir müssen das dann durchsehen, heute noch. Es handelt sich um die Eingaben – nun, du wirst ja sehen....«

Plötzlich bemerkt Harald, daß er steht und es sich gefallen läßt, daß seine Mutter den nassen Mantel von seinen Schultern nimmt. Er macht eine erschreckte Bewegung, als ob er ihre feinen Hände schützen wollte.

»Es regnet?« fragt Frau Malcorn besorgt.

»Nebel ist, greulicher, dicker Nebel. Man sieht nicht drei Schritte vor sich. Das legt sich so in die Kleider und auf die Lunge. Wenn nur erst die Herbsttage wieder vorüber wären.«

Marie Holzer hat inzwischen den Inhalt der Mappe flüchtig durchgesehen. Sie wendet ihre ruhigen, klugen Augen zu Harald.

»Hast du heute gesprochen?«

»Ja, im Studentenverein.«

»Nun – und?..«

»Was?«

»Wie wars?«

Harald sieht auf seine fröstelnden Hände. »Na, wie immer, du weißt ja. Bist du schon lange hier?«

Frau Malcorn beeilt sich teilzunehmen. »Ich war so froh, sie hier zu haben. Mir war schon bange nach dir, Harald.«

»Ja, Mama, du weißt ja: ich bin nicht Herr meiner Zeit.« Haralds Stimme und seine Bewegungen haben noch die Maße des Saales, und es fällt ihm schwer, sie

an die kleine Stube zu gewöhnen. Deshalb wendet er sich an Marie. »Aber, wollen wir das nicht gleich durchsehen?..«
Die Holzer bemerkt die Enttäuschung von Haralds Mutter und versucht ihn zurückzuhalten. »Nein, Harald, jetzt will ich dich erst mal wiedersehen, weißt du. Wenn du deine Augen erst wieder in diese schrecklichen Papiere steckst, sind sie mir ja doch für heute verloren. Und ich hab doch auch ein Recht auf sie – nicht?«
»Ja, ja, Marie,« und Harald ist es, als ob man etwas ausgedacht hätte, um ihn zu quälen. »Ihr habt alle ein Recht auf mich, ich weiß. Alle, – alle, alle ...«
Frau Malcorn ist sehr erschrocken. »Komm, setz dich da an den Ofen, du mußt ganz durchgekältet sein.«
»Ja, ja, an den Ofen, immer sich an den Ofen setzen, hinter den Ofen womöglich...« Aber plötzlich tritt Harald auf die Mutter zu, ganz beschämt. »Mama, verzeih mir ... Du siehst, es steckt wieder mal so ein boshafter Ärger in mir, der noch nicht herauskam. Marie weiß, das hat nichts zu bedeuten, nicht wahr? Das kommt schon so mit. Und hier soll er mir, weiß Gott, nicht heraus, hier nicht!« Er führt Frau Malcorn sanft zu ihrem Lieblingsplatz bei der Lampe, und seine Stimme findet eine ungeahnte Zärtlichkeit. »Du hast ganz rote Augen, Mama. Wahrhaftig, deine Augen sind ganz rot! Hast du mir auch nicht zu viel gearbeitet? Was? – Dieses schreckliche Rot in deinem Stickmuster ... Ja, muß es denn gerade dieses Rot sein, dieses blutige? – Was wird es denn überhaupt?«

Frau Malcorn kann so viel Glück gar nicht glauben. »Ein Tischläufer –«, sagt sie leise, mit vor Rührung zitternder Stimme.
»Soso« macht Harald, schon wieder weit, von ganz Fremdem erfüllt, und wendet sich an Marie. »Es ist nämlich wichtig, daß wir die Sache heute noch erledigen. Es kommt jetzt so viel. Als ob es auch in den Herzen nicht Tag würde jetzt, – wie draußen. So viel Elend überall. Physisches Elend, Not, Armut, Krankheit; – geistiges Elend, Dünkel, Vorurteil und Eigennutz. Und zu allem: Das Beharren darin, die Trägheit. Die fürchterliche, dumpfe, unheilbare Trägheit! Dieses große Joch des Gestern, in dem sie alle gehen. Sie haben ihre Leiden und ihre Freuden. Unbedeutende, gehässige Schmerzen und ein banges, falsches, ängstliches Glück. Aber sie bleiben dabei. Versuchs, sie heraus zu heben: sie wehren sich. Und reißt du sie einfach los von ihrer armseligen Gewohnheit, – so sind sie wie Ausgestoßene und wollen zurück in die Pesthütte ihrer Vergangenheit. Alles umsonst.« Und nach einer ratlosen Pause: »Und dabei hat man doch diesen ehrlichen Willen, diese ehrfürchtige Kraft, die nicht herrschen will, die bereit ist zu dienen und die kleinste, geringste Arbeit nicht scheut, wenn sie nur auf dem Wege nach vorwärts liegt. – Du weißt doch, Marie, wie gut, wie gerne ich überzeugt bin vom Ziel, nicht wahr? Du weißt doch, aus welcher Tiefe mir das alles kommt? Du hasts ja selbst einmal empfunden, nicht?«
»Lieber, ich empfind es jeden Tag wieder!«
»Und du glaubst an mich?«

»Wie an die Sonne.«
Da hält Harald ihr dankbar die Hand hin und fragt:
»Heißt das: Blüten oder Früchte glauben?«
»Beides. Eines nach dem andern, Harald.«
»Eines nach dem andern?... Das braucht Zeit, Marie, viel Zeit ...«
»Wir sind jung.«
».. und Geduld ...«
»Die hast du.«
»Weißt du das so bestimmt?«
»Weil du die Liebe hast, Harald.«
Beide schweigen. Bis Harald, wie erleichtert, aufatmet: »Dank dir.« Und gleich darauf versucht er wieder froh zu sein. »So...du,...Mama, – sag, darf ich mir mal den Läufer ansehen, deine Arbeit?«
Frau Malcorn will es lächelnd verwehren. Aber nun wird der Läufer geholt und unter der Lampe langsam aufgerollt. »O – o –« macht Harald, noch ehe er die Stickerei ganz geöffnet hat, »schau, Marie, da reden wir so viel und reden, aber wenn wir zeigen sollten, was wir gemacht haben – hm? da würden wir wohl in Verlegenheit kommen! Und da, Mütterchen, macht so etwas ganz in der Stille, ohne ein Wort, – etwas so Prächtiges. Und das wird nur ein Läufer. Nur ein Läufer. Wie man sich doch irren kann! Das hätt ich nun für ... für irgend etwas viel Festlicheres gehalten.«
Marie ist neugierig: »Zum Beispiel?«
»O – für ... für ein Kleid ...«
»Kleid!« lacht der Holzer ausgelassen. »Trägt man bei dir solche Kleider?« Harald schaut auf. »Bei mir? Bei

mir? Wie merkwürdig das klingt: bei mir. Ich glaube es ist zum erstenmal, daß ich diese Worte nebeneinander ausspreche. Wie eine Erfindung ist das. Und doch so einfach. Eben wie alle Erfindungen .... Bei Gott, – bei den Menschen, bei – dir, – bei .... und nun, ganz analog konstruiert: bei mir, ... bei mir. – Ja, aber, was wollte ich doch?... Wovon sprachen wir?« Und er erinnert sich seiner Zärtlichkeit. »Ja – und wozu stickst du denn diesen Läufer, Mama? Wollen wir ein Fest geben?« Traurig sieht Frau Malcorn ihn an. Aber Marie Holzer weiß Rat. »Gott, man feiert eben mal irgend was. Man kann alles feiern. Den ersten Frühlingstag und den ersten Schnee. Na, und wenn sonst nichts zu finden ist, feiert man eben den Läufer selbst, wenn er fertig ist, nicht?«

Aber die andern scheinen ihren lustigen Vorschlag gar nicht gehört zu haben, so ernst und still sind sie beisammen. Und Harald fragt nur, aus Gedanken heraus: »Das dauert wohl lang, so eine Decke zu vollenden?–«

»Wenn man fleißig ist ...«, seufzt Frau Malcorn. Aber Harald geht in seinen Gedanken weiter. »Ich« – lächelt er – »würde gewiß nie ganz fertig werden damit. Ich würde sitzen und sticken, und lauter recht dunkeltiefe Farben haben, in denen man so verloren geht. Und immer weiter wandern durch den Kanevas. Immer ins Dunklere hinein, wie in einen Wald – und nie das Ziel finden ... Ich würde mich fürchten, zu Ende zu kommen!«

Jetzt ist Harald weit fort von den beiden Menschen, die

ihm erstaunt und besorgt zuhören; sie verstehen ihn nicht mehr. Er aber geht immer mehr weg von ihnen. Über die geschlossenen Augen hebt er seine Arme.
»...Und doch: ich habe solche Sehnsucht nach Festen, nach einer einzigen ungemeinen Stunde! Nach Rot und Rosen, nach Duft und Gold, nach Glanz, nach unerhörtem Glanz! Man müßte erblinden davon, nichts mehr sehen hernach, – nie mehr. Aber wissen: es war. Und das Gefühl haben von einer namenlosen Verschwendung.
Es kommt manchmal über mich, die Menschen fortzuschicken: ›Geht alle nach Haus, legt eure besten Kleider an, nehmt alles, was ihr in den Truhen habt, von den Großeltern her, die lau duftenden Tücher, und die schweren, verschlungenen Broschen, die wie goldene Knoten sind. Und die Blumen, die ihr in den Töpfen vor den Fenstern zieht, gebraucht sie einmal! Gebt sie euren Kindern in die Hände, damit sie lächeln lernen. Und dann – kommt wieder! Kommt alle wieder!‹«
Aber Haralds Hände fallen mutlos aus seiner schönen träumerischen Willkommengebärde, und er fährt mit müder, enttäuschter Stimme fort: »– und wenn sie wirklich wieder kämen, alle, in ihrer geschmacklosen Sonntagsmaskerade, mit den zu kurzen Hosen und den steifen, von Falten gebrochenen Shawlen, die nach Kampfer riechen, – dann .... dann würden wir einander nichts zu sagen haben, und uns benehmen wie fremde Kinder, die plötzlich miteinander spielen sollen...«
Pause.

Und da er nichts hinzufügt, schwärmt Marie Holzer, die im Schweigen keine Übung hat: »Du sprichst erst wie ein König und dann – wie ein Dichter...« »Und bin – keines von beiden..« Harald ist aufgewacht. »Es gab ja wohl Könige in unserem Geschlecht, nicht wahr, Mama? – Die Sage geht. In langverlorener Zeit. Vor tausend Jahren vielleicht...«
Marie schließt die Augen, wie auf einem hohen geländerlosen Turm: »Tausend Jahre...«
»Ja; wenn du unseren Namen sagst, leise, – klingt noch der alte Name darin, dumpf, dunkel, wie die Glocken einer versunkenen Kirche...« Und Harald spricht weiter, wie mitten in einer Geschichte: »... Dann schlug eine große Welle über den Königsthron und riß den Letzten mit ins tiefe Vergessensein. Dort bleiben seine Enkel wohnen, Tal-Kinder. Aber viel später, im Mittelalter, kommt doch wieder einer von ihnen zu Macht und Land. Nicht wahr, Mama? In einem andern Reich zwar, mit verdunkeltem Namen und nur als kleiner, abhängiger König. Nach ihm bleiben sie eine Weile obenauf, und erscheinen nochmals in der Geschichte, zur Zeit des Dreißigjährigen Krieges. Aber schnell ermatten sie in kleinen Händeln und feindseligen Streitereien und lassen, ohnmächtig, den alten Namen los. Und er fällt, fällt lang bis auf die alten Heidenkönige zurück... Und ich – ich kam gerade in eine Namenlosigkeit hinein.« Niemand sagt etwas. Nur die Uhr spricht darüber, in ihrer milden altmodischen Art. Beim achten Schlag erinnert sich Harald an etwas.
»Wie ein Dichter.... Wer hat das gesagt? Du, Marie? –

Aber du bist nicht die erste! Lang vor dir hats eine Stimme ausgesprochen, tief in mir: Dichter! – Ich kann nichts dafür. Weißt du, es war dort, wo man nicht hinreicht. In jenem Dunkel, wo ein anderer Macht hat, war es –... Künstler sein, jung sein! Als ob das dasselbe wäre – nicht?« Und plötzlich durchbricht es seinen Willen: »Möchtet ihr, daß ich ein Künstler wäre?« Pause. »Sag, Mama?«

»Bliebst du dann bei mir, zu Hause?«

»Wer weiß. Ich kann nicht davon reden. Vielleicht. Vielleicht hat man dann alles in sich. Vielleicht giebt es dann nichts, was man nicht in sich hat. Vielleicht... Möchtest du's, Marie?«

»Daß du ein Künstler wärst? Ich glaube, du bists, Harald.«

»Du irrst dich, Kind. Gewiß! Du siehst das alles zu licht. Du hast so viel Licht in dir für alles. Ich bin es nicht. – Ich hätte es sein können vielleicht. Ich hätte es – *bleiben* können, obwohl ich es noch nie war. – Es ist zu spät.« Und ganz erregt tritt er auf Marie zu:

»Du sagtest früher, ich habe die Liebe, Marie. Ja, – *hab* ich sie denn? Hab ich sie nicht vergeudet, ausgestreut mit vollen Händen? Ist das nicht mein Leben gewesen, sie zu verschwenden, seit zwei, seit drei Jahren, bis zu diesem Augenblick? Kann ich über sie verfügen, da Hunderte sich daran halten? Und *wenn* ich sie zurück begehre von ihnen, – was soll ich tun mit dieser Liebe, die die Spuren von hundert krampfhaften Händen trägt, die abgenutzt, alt, welk geworden ist? Und das nicht hinter ihrem Sommer etwa. O nein! Ich

habe sie gar nicht reif werden lassen; ich habe den Hungernden diese grünen Früchte zugeworfen: Da! da! da!... und sie konnten doch nicht satt und nicht gesund werden davon!
Warum kamst du mir damals die Hand reichen, Marie? Damals war es noch Zeit. Damals hätt ich noch retten können und – sparen.
Ich will dich nicht anklagen – nein! Nur ›Künstler‹ darfst du mich nicht nennen. Das ist wie ein Hohn, wenn *du* das tust...« Und da beginnt er leise zu husten, so daß Frau Malcorns Augen starr und bange werden; aber Marie Holzer achtet jetzt nicht darauf. Sie fühlt die Verpflichtung zu antworten.
»Du bist erregt, Harald. Du hast kein Recht, so zu reden. Du bist durch Siege gegangen! Du darfst nicht wankelmütig werden! Du hast gewußt, was du willst. Muß ich dich daran erinnern?« Sie läßt sich von Haralds abwehrender Bewegung nichts befehlen. »Ich danke dir alles, auch meine Zuversicht. *Du* hast sie mir gegeben. Sie ist mein Besitz. Und wenn du sie wieder willst, – nicht ohne Kampf!«
Harald fühlt den Husten kommen, und so sagt er nur rasch und hart:
»Du machst so große Worte, Marie.«
»Es sind deine eigenen, die ich dir wiedergebe – alle, auch dieses: Kleingläubiger! Kannst du deinen Sommer nicht abwarten? Nicht halbreife Früchte, – Samen hast du ausgestreut an hundert Stellen, und also mußt du warten auf hundert Ernten.«
Die Holzer erwartet eine Antwort, eine, die alles wie-

der gut macht. Aber Harald nickt nur, es scheint ihm so gleichgültig jetzt. Und dann fürchtet er den Husten, der kommt. Und seine Mutter sieht ihn immerfort an.
Da nimmt Marie noch einmal alle Kraft zusammen, und ihre Worte sind warm und unbefangen. »Hab Mut, Harald! Du bist ungerecht. Denk! Einmal hast du gesagt, wörtlich: ›Ich möchte wohl Künstler sein, aber noch ist es nicht Zeit für die Kunst‹...«
»Hab ich das ....? Verzeih also.« Es klingt fast spöttisch.
Aber Marie Holzer giebt nicht nach: »Ist nicht ein helfendes Leben ein zehnfaches? Haben wir nicht eine sehr stolze Pflicht? Macht uns das nicht reich? Wissen wir nicht unsern Weg, Harald? – Sind wir nicht Sieger? Harald, glaubst du an uns?«
Er muß doch die Hand sehen, die Marie Holzer ihm hinstreckt. Aber trotzdem geht er vorbei, geht auf die Mutter zu, die ihn bange erwartet, und sagt langsam im Gehen: »Ich – bin – müde ...«
Und die Holzer sieht, wie er sich in den Lehnstuhl fallen läßt und wie die zarte Frau, die sich zu ihm niederbeugt, ihn ganz verdeckt. Und sie sagt nichts weiter; man hätte es auch nicht gehört, denn Harald hustet sehr laut. –

* *
*

WIE traurig muß es für die sein, die im Winter gesund waren, – wenn der Frühling kommt. Wie können sie ihn verstehen, wenn sie nicht zugleich Genesende sind?

– denkt Harald, und er sieht immerfort den Himmeln zu, die, abwechselnd wolkig und klar, an den Fenstern vorüberjagen, hoch über dem Nachmittag des Vorfrühlings. Er schaut nicht mit den strahlenden Augen allein, er schaut mit seinem ganzen Gesichte, in welchem nichts Verheimlichtes ist. Nur unter dem Bart, der wild die Lippen überwuchert, steht ein kleines Lächeln und blüht, wartend, daß ein Wort es mit zu den Menschen nimmt. Aber Harald schweigt.

Sogar als Frau Malcorn eintritt, leise, wie man zu Kranken kommt, und frägt: »Schon allein? Marie ist schon fort?« nickt er nur, sagt aber dann unbestimmt: »Sieh mal.« Mit dem geübten Verständnis der Pflegerin wendet sich Frau Malcorn den Fenstern zu, bemerkt aber nichts. Und so erklärt Harald: »Die Wolken ... Es ist ein wundersames Bild. Und ich habe es so lange nicht gesehen. Als Knabe manchmal und dann lange nicht mehr ...« Und dann nach einer Weile beantwortet er auch die Frage der Mutter. »Marie müßte eigentlich nicht mehr kommen. Ich habe sie fortgeschickt. Ich wollte schlafen, hab ich ihr gesagt. Aber ich war bloß müde, – müde sie zu sehen. Müde – immer wieder diese alten Dinge zu hören. Ich meine, von denen da unten. Da war ich nun ein halbes Jahr nicht bei ihnen. Ein halbes Jahr! Und während dieser ganzen Zeit ist nichts geschehen, scheint es. Wenigstens was Marie erzählt ...«

»Siehst du, sie können nichts anfangen ohne dich ...«

»Du Gute. Sie können auch *mit* mir nichts anfangen. Und vor allem: *ich* kann nichts mit ihnen anfangen, wirklich.« Und er wendet sich wieder den Fenstern zu, als wäre jetzt nichts so wichtig wie dieser helle, bewegte Himmel. »Das hab ich früher alles nicht gesehen. Und es ist doch so viel! Ich weiß nicht, Mama, macht das das Kranksein, daß man so aufmerksam wird auf alles und so dankbar, – fast weise... So unwillkürlich weise, wie man als Kind ist? Man kann garnicht aus der Rolle fallen.« Pause, dann leise: »Glaubst du, daß es zu spät ist?«

Frau Malcorn richtet die Kissen, die über die Lehne des Sessels gelegt sind.

»Zu spät, Harald, wozu?«

»Zu beginnen. Noch einmal gleich hinter der Kindheit zu beginnen. Als ob diese drei Jahre da unten nichts gewesen wären. Oder, als ob sie eine lange Krankheit gewesen wären, aus welcher ich jetzt langsam zurückkomme...«

Er fühlt einen Kuß auf seiner Stirne und fragt: »Nicht zu spät?«

Frau Malcorn schüttelt den Kopf; dann kniet sie neben Harald nieder, und er legt ihr seine feinen, ausgeruhten Hände leicht aufs Haar und spricht: »Schwer wird es mir nicht fallen, glaub ich. Ich bin viel näher bei allem, was in der Kinderzeit liegt, als bei dem nachher. Alles weiß ich. Wenn du mich doch prüfen wolltest. Bis ganz zurück. Bis damals, da du ein Kleid trugst, ganz aus Spitzen, wie aus lauter solchen Wolken gemacht, – aus Frühlingswolken. Und – als du oft weintest... O ich weiß noch. Und als du kleine, leise Lieder spieltest in der Dämmerung, – kannst du sie noch?« Frau Mal-

corn senkt die Stirne tief, so daß Haralds Hände weitergleiten in ihrem Haar, von Stellen, die unter ihnen warm geworden sind, zu anderen, kühlen. Und wieder hört sie Haralds Stimme über sich. »... Freilich, das ist lang. Und doch, ich fühle genau, wie es war. Als ob ein Glänzen glitte durch die Dunkelstunde, ein Aufleuchten, ein letztes Lächeln der Dinge vor dem Einschlafen: so war dein Lied. Und einmal, als ich ganz leise zu dir trat (du hörtest mich garnicht kommen), da nanntest du mich ... du nanntest mich damals ... Jerôme ... Seltsam: Jerôme .... trotzdem ich Harald bin ... und ... der Vater ... hieß auch Harald .... aber du sagtest damals Jerôme zu mir trotzdem ... Und das paßte so gut zu dem, was du spieltest .... das war wie das Lied selbst ... Siehst du wohl, was ich alles noch weiß?« Pause. Und dann steht Frau Malcorn auf und zwingt sich zu sagen: »Willst du mir etwas zuliebe tun, Harald?«
»Alles.«
»Laß uns nicht nach Skal gehen, – laß uns hier bleiben!«
Harald staunt über den flehentlichen Ton dieser Worte. »Aber das sollte doch ohnehin nur auf deinen Wunsch geschehen?«
»Ja – siehst du – es ist ein großer alter Park beim Schloß und überhaupt ... deshalb hab ich an den Onkel geschrieben, ob er uns nicht einladen möchte. Ich hoffte: dort würdest du dich rascher erholen, – aber – « Rasch fällt Harald ein: »Ich hätte dich wahrscheinlich um das gleiche gebeten, Mama. Heut oder morgen. Im Anfang schien es mir ja eine große Freude und Freiheit ... Aber

mir sind unsere Stuben hier doch lieber. Jetzt, weißt du, während der Krankheit, sind sie mir so lieb geworden. Und ich kenne sie eigentlich noch wenig. Ich war ja so selten zu Haus – früher, – damals . . . Natürlich: bleiben wir.«

Hilflos und gequält fängt Frau Malcorn wieder an: »Und du fragst garnicht, weshalb ich diesen Plan . . ?«

»Du wirst deine Gründe haben, Mütterchen . . . Und ich glaube beinahe, ich errate sie; ich kenne dich ja! Es widerstrebt dir, vom Onkel eine Gnade anzunehmen, – du Stolze . . .«

Aber gerade damit zwingt er Frau Malcorn zum Reden. Und blindlings, ganz außer sich vor Scham, wirft sie sich in die Worte: »Nein, Harald . . . ich kann nicht lügen . . . vor dir . . . ich muß es dir sagen . . . es ist nicht . . . nicht . . . aus Stolz, . . . aus . . . Furcht . . .«

»Furcht?«

»Ja. Vor der weißen Frau . . .«

Harald versteht noch garnicht: »Furcht? Vor Frau Walpurga? – Aber meine mutige kleine Mama und – Furcht?«

Frau Malcorn versucht zu lächeln. Doch am liebsten möchte sie dem Blicke ihres Sohnes entgehen. Sein Auge schaut so groß, und sie bleibt immer in seinem Kreis, seinem sanften Glanze erreichbar, wie sie auch unter den Dingen herumirrt. Endlich kauert sie sich vor den Ofen, als ob es dringend notwendig wäre, das Feuer zu erhalten. Und so, von dieser Zuflucht aus, knieend, das gesenkte Gesicht im heißen Schein der angefachten Glut, beginnt sie ein flüsterndes Gespräch.

»Erinnerst du dich der Sage von Frau Walpurga?«

»Ungefähr. Sie ist in verschiedenen Schlössern gesehen worden?«

»Ja, am häufigsten in Skal.«

»So? Immer drei Tage bevor jemand stirbt, nicht wahr?«

»Ja. Es heißt so.«

»Und nach der Chronik ist es ja auch fünf- oder sechsmal in Erfüllung gegangen. Wenn man aber bedenkt, daß Frau Walpurga um die Mitte des 16. Jahrhunderts blühte und sich seither nur fünf- oder sechsmal bemüht hat zu erscheinen, muß man annehmen, daß die meisten Malcorns ohne ihren Vorantritt gestorben sind – es sei denn, sie lebten noch?...«

»Und sonst weißt du nichts von ihr?«

»Einmal hab ich das alles gewußt, als Knabe, – als Kind ... aber dann müßte ich's ja gerade jetzt, da ich die Kindheit wie gestern empfinde, wieder wissen ... Wart mal: Sie war die Gemahlin des ... des ... Grafen (oder waren sie damals noch Freiherren? ...), nein, ich glaube ... wir wollen später doch nachschlagen, ob es richtig ist ... und, im Falle ich recht habe, bitt ich mir eine Belohnung aus – ja?« Harald sucht in seinem Gedächtnis, und so fällt es ihm nicht auf, daß Frau Malcorn nicht scherzhaft erwidert auf die letzte Frage. Er richtet sich ein wenig im Stuhle auf und zitiert richtig und sicher die betreffende Stelle: »›Sigismund Ferdinand, erster österreichischer Graf von Malcorn, Herr auf Tschakathurn und Hallpach usw. Söhne: Ferdinand III., Apel, genannt der Lahme, Christoph. Christoph, nachmals

Herr auf Sarnkirchen und Skal, vermählt mit Walpurga, Freiin von Indichar . . .‹ da haben wir's! Siehst du, du wirst sehen, es stimmt. Willst du weiter hören? Ich glaube, jetzt weiß ich Enkel und Enkelsöhne bis ins 18. Jahrhundert herein...«

»Nein, nein«, wehrt Frau Malcorn heiser.

»Na, ich denke auch, das genügt. Ich begreife überhaupt nicht, warum wir uns so gründlich mit Frau Walpurga beschäftigen. Wenn sie schon mal keine Ruhe hat...«

»Weißt du, weshalb?«

»Weshalb sie keine Ruhe hat? Offenbar wie alle ›weißen Frauen‹ der Welt: treulos, sündig, vom erzürnten Gemahl erstochen...«

»Treulos, sündig...«, wiederholt Frau Malcorn mit so unsicherer Stimme, daß Harald sich erstaunt umblickt. Sie ist jetzt wieder ganz nahe, hinter seinem Stuhl, so nahe, daß die Flügel ihrer Worte ihn streifen, als sie fragt: »Erinnerst du dich an deinen Vater, Harald?«

»Kaum. Er hatte einen dichten weißen Bart. Er war alt.«

Frau Malcorn möchte ihre Hand in Haralds Haar legen, aber sie hebt sie nur bis auf seine Schulter; denn ihre feine Hand ist schwer. Und in diesem Augenblick sagt Harald: »Seltsam wilde Hände hatte er...«

»Harald!« Es ist wie ein Schrei, aber Harald kann ihr Gesicht nicht sehen.

»Könntest du dir denken, Harald...?« hört er hinter sich, und weiter, in bangen, merkwürdig leeren Pausen – – »daß . . . dein . . . Vater . . . mich . .« Da wendet Harald doch den Kopf. Frau Malcorn schaut über ihn

fort in die beginnende Dämmerung und schreit fast: »...daß er getan hätte wie Graf Christoph?...«
Erst begreift Harald nicht. Dann langt er rasch nach ihrer Hand, die eiskalt ist, und zieht sie sanft zu sich. Und da kniet sie auf einmal neben ihm und drückt ihr Weinen in seinen Schooß und hört über sich Haralds Stimme gehen, leise, ernst, beinahe feierlich: »Er war ein Greis. Ich hab ihn nicht geliebt.« Und da küßt sie seine erschrockenen, sich sanft wehrenden Hände. Harald aber ist schon bemüht, sie emporzuheben, und lächelt: »Siehst du, dazu bin ich noch zu schwach. Das geht noch nicht. Heben kann ich dich noch nicht.«
Dann, als sie leicht aufgestanden ist, lehnt er sich weit zurück, wie zu glücklichem Schlaf. Sein Gesicht ist unbewegt. Nur unter dem Kinn, auf dem gespannten, abgemagerten Halse fließt eine kleine Ader in springenden Wellen dem stillen Herzen zu.
Nach einer Weile holt er tief Atem, und Frau Malcorn fragt: »Ist dir gut?« Harald öffnet die Augen nicht: »Ja. Heute wird es am Ende gar nicht kommen – das Abendfieber...«
»Aber ruh nur jetzt...«
»Nicht – fortgehen –«
»Nein, ich bin immer da.«
Und in dem Schweigen, das dann folgt, vollzieht sich die Dämmerung. Die Dinge treten lautlos aus dem Glanz zurück, wie aus einer Kirche, deren Tore geschlossen werden. Sie kauern sich längs der Wände, wärmen sich eines am andern, und es geht ein Schläfern von ihnen aus, welches die Uhr am Pfeiler mühsam überwin-

det. Im letzten Augenblick, da die Stunde schon unerkannt vorüber will, ruft sie sie an, hastig und hell.
Das macht Harald wach.
»...Bist du da?«
»Ja, Liebling. Brauchst du etwas?«
»Ich will nicht schlafen.«
»Doch, Harald, schlaf! Das giebt Kraft.«
»Mir ist zu gut zum Schlafen. Mir ist so gut. Wenn ich schlafe, vergesse ich es. Und ich möchte gern wissen, daß mir gut ist. – Wir wollen reden.« Jetzt erst rührt sich Harald. Die Augen bleiben im Schlaf, aber die Linke streckt er so nach der Seite hin und bittet: »Hand!« Und dann, als sein Wunsch erfüllt ist: »Das ist deine Hand ... Wenn ich erblinden müßte, ich würde dich doch erkennen an dieser Hand ... Ich muß also keine Angst haben, nicht einmal vor dem Blindwerden ... nicht einmal – – – wenn ... doch ... dann muß ich sie ja loslassen...«
Frau Malcorn erschrickt, auch deshalb, weil sie sein ›dann‹ gleich versteht. Unwillkürlich zieht sie ihre Hand zurück.
»O« – macht Harald, als ob er etwas Gläsernes fallen gelassen hätte, und auf seinem Gesichte ist eine ängstliche Spannung, es aufklirren zu hören an dem harten Boden.
Aber schnell beschwichtigt Frau Malcorn seine Angst. »Ich bin ja da, Harald.« »Ja.« Und er läßt die Augen schlafen und spricht leise, wie um sie nicht aufzuwekken. »Es ist doch gut, daß ich krank geworden bin. Denk nur! Wenn ich nicht krank geworden wäre, das

wäre so fort gegangen, da unten, immer und immer, bis . . . Aber jetzt . . . jetzt darf ich mein Leben wieder aufbauen ganz von Anfang . . . Kindheit? Hm. Mit der war ich zufrieden. War da jemand, der mir sie so schön gemacht hat, so märchenhaft schön! Du wirst . . . erraten . . . wer . . . Nicht gerade froh war sie, was man so froh nennt: voll von Gespielen und Festen. Ich war immer allein, oder doch allein mit dir. – Aber sie war so . . . tief. Ich kann ihren Anfang nicht erschauen. Es könnten Jahrtausende gewesen sein – Jahrtau . . . Und doch, dann ist es wieder wie ein einziger Tag, der noch immer nicht zu Ende ist und von dem ich träume, daß er nicht enden soll. Kannst du dir das denken?«
Er erwartet keine andere Antwort, als die Stille. Und nachdem er dieser eine Pause lang zugehört hat, fährt er fort: »Es muß schwer sein, sich das zu denken. Ich hätte es selbst kaum gekonnt vorher; aber jetzt scheint es mir ganz natürlich. Die Kindheit ist ein Land, ganz unabhängig von allem. Das einzige Land, in dem es Könige giebt. Warum in die Verbannung gehen? Warum nicht älter und reifer werden in diesem Lande? . . . Wozu sich gewöhnen an das, was *andere* glauben? Hat das etwa mehr Wahrheit, als was man glaubt im ersten starken Kindervertrauen? Ich kann mich noch erinnern . . . da hatte jedes Ding einen besonderen Sinn, und es gab unzählbar viele Dinge. Und keines war mehr im Werte als ein anderes. Gerechtigkeit war über ihnen. Jedes durfte einmal das Einzige scheinen, durfte Schicksal sein: ein Vogel, der in der Nacht geflogen kam, und nun, schwarz und ernst, auf meinem Lieblingsbaum

saß; ein Sommerregen, der den Garten verwandelte, so daß alles Grün Dunkelheit und Glanz bekam; ein Buch, in dessen Blättern eine Blume lag, Gott weiß von wem, – ein Kieselstein von fremder deutsamer Gestalt, – das alles war so, als ob man viel mehr davon wüßte, als die Großen. Es schien, als könnte man glücklich werden und groß durch jedes Ding, aber auch, als könnte man an jedem Dinge sterben...«

Dann rasch mit anderer Stimme die Frage: »Es ist nicht zu spät, hast du nicht so gesagt?«

»Es ist *nie* zu spät, Harald.«

»Nie? Es kann doch einmal sein, wenn ich zum Beispiel ... Sagt denn der Doktor auch wirklich die Wahrheit?«

»Du hörst es ja. Er spricht doch immer ganz laut und froh...«

Jetzt braucht Harald die Augen zur Zeugenschaft. Er sieht die Mutter fest an. »Und ... er sagt dir nicht vor der Tür etwas anderes?«

Frau Malcorn war auf diese Frage vorbereitet. Ruhig hält sie Haralds Blick aus, mit einem leisen, verschwiegenen Vorwurf im Gesicht.

»Verzeih, Mama. Aber es könnte ja sein. Ich habe das oft gesehen früher in Häusern, wo Kranke waren. Ich hatte ja bisweilen Gelegenheit ... Aber was wollen wir denn nur Marien sagen?«

Ganz unvermittelt sagt er das. »Was meinst du?« staunt Frau Malcorn.

»Nun, damit sie nicht mehr wiederkommt.«

»Meinst du das im Ernst?«

»Ja. Sie wird keinen Raum haben in der Zukunft, die

ich mir denke. Das Leben ist eng, und ich muß so vieles darin unterbringen. – Marie gehört in das andere, in das Eintagsleben, das ich vergessen habe. Ich will nicht daran erinnert sein. Sie aber mahnt mich an das Vergangene, selbst wenn sie nicht davon spricht, durch ihr bloßes Dasein. Sie muß fort!« Das klingt entschlossen und rücksichtslos, und Frau Malcorn kann es gar nicht gleich fassen. Eine Menge Fragen steigen in ihr auf, für die sie keinen Ausdruck findet, und Harald ist auch schon wieder mit seinen Worten voraus und froh, wie erleichtert durch diese Erledigung.

»Ich werde malen . . . oder vielleicht ein Buch schreiben: Kindheit und Kunst. Mir ist so manches eingefallen in diesen letzten Wochen; ich werde es dir diktieren. Du mußt nicht Angst haben, daß ich dich überanstrenge. Jeden Tag nur ein paar Zeilen, aber vollendet, schön . . . Einmal ersinn ich vielleicht ein Lied, – dann mußt du es spielen. Und wenn es mir mal einfällt, ein Haus zu bauen, dann mußt du darin wohnen natürlich . . . das heißt: wir, – denn wir werden nie voneinander gehen . . . Nicht wahr? . . . Sag! . . .«

Frau Malcorn lächelt zerstreut: »Du wirst heiraten . . .«

»Heiraten?«

»Nun doch – einmal . . .«

»Glaubst du, daß ich Marien geheiratet hätte?«

Frau Malcorn nickt zustimmend.

»Ich habe nie daran gedacht.«

Ganz verwirrt lenkt Frau Malcorn ab: »Und was wolltest du malen? Das hast du nicht gesagt.«

»Malen? Wolken.«

»Du Träumer!«
»Frühlingswolken! Ein Wolkenkleid! Dein Kleid!... Dich!«
»Ich habe keine Wolkenkleider mehr.«
»Dann mußt du dir eines machen lassen...«
Ganz wehmütig lächelt die zarte Frau. »Nur ein altmodisches weißes Atlaskleid hab ich noch, vom letzten Ball her.«
»Ja, – weiß –« plant Harald. »Ich müßte dich in Weiß malen und – mit Blumen. Mit irgend welchen heißen, roten Blumen. Mit Blumen, die es nirgends giebt. Mit solchen, roten... (wo hab ich sie doch gesehen?...) In deinem Läufer. Mit solchen Blumen. Hast du die selbst erfunden?...«
»Durch Zufall –« flüstert sie und wird ganz rot.
»Seltsam, – o!... Blumen erfindest du!« Und Harald sieht sie forschend an, als ob ihr Gesicht in seiner scheuen, schamhaften Befangenheit ihn an etwas erinnern müßte. Dann unterbricht er sich kurz. »Es ist vielleicht kindisch, daß ich so spreche. Ich habe doch eigentlich nie versucht, zu malen. Aber soll ich es deshalb nie versuchen? Vielleicht bin ich wieder... ein Beginn... Mir ist, als hätten wir mal davon gesprochen, daß die Malcorns immer wieder Könige werden... Und die kein Volk haben, – das sind vielleicht die wahren Könige...«
»Auch in der Kunst kannst du dich über ein Volk setzen...«
»Vielleicht. Vielleicht kann der Künstler sich aus allen Völkern sein Volk bilden, kann es sich erziehen... Aber ich will es nicht. Ich werde es nie wollen. Ich will nicht

erziehen. Ich will nicht den Erfolg, keinen Erfolg auf keiner Seite. Ich will einfach: Schönheit...«
»Ja –« sagt Frau Malcorn, wie zu sich selbst.
»Du fühlst das?« Und beinahe überrascht sieht Harald sie an.
»Ja...« wiederholt sie leiser und wagt kaum die Augen zu heben.
Und nach einer kleinen Stille hört sie ihn sagen: »Wie schön du bist!« Und schauernd fühlt sie sich von ihm angeschaut.
Und wieder: »Wie schön du jetzt bist.«
Mit ganz leisen, verhaltenen Bewegungen steht sie auf und wartet, bis er ruft: »Du warst nie so schön!«
Aber diesmal erkennt sie seine Stimme nicht. Und unsicher geht sie von ihm fort und stellt sich ins Dunkel, wie unter den Schutz der Uhr, deren Atem ganz nahe geht. –
»Wie du gehst! Junge Mädchen gehen so.«
Und sie steht zwischen den beiden Fenstern und horcht.
Und er fragt sie: »Wie heißt du eigentlich?«
Sie rührt sich nicht, denkt aber: das Fieber, und fühlt eine große Erleichterung, aber zugleich ist ihr traurig, als ob ihr etwas wieder genommen würde, etwas kaum Geschenktes.
Und er sagt: »Ja, ich habe dich nie beim Namen genannt. Ich hab ihn vergessen.«
Eine Weile hört sie ihr Herz und wieder ihn. »Ich weiß jetzt: Edith heißt du –« Und wenn es doch das Fieber ist, denkt sie und horcht.

»Aber wie haben dich die genannt, die . . . die . . . die du lieb gehabt hast?«
Sie weiß kaum, daß sie antwortet und mit einer anderen, jungen Stimme: »Edel.«
Und er nimmt den Namen und liebkost ihn: »Edel – ja, so mußt du heißen. Edel: das ist weiß, ganz weiß . . . Aber du hast ja immer noch das alte Kleid, das Kleid von gestern und vorgestern, das schwarze Kleid, das kranke Kleid . . . Du bist ja nicht weiß. Du hast deinen Namen verraten. Du darfst ihn nicht mehr verleugnen jetzt; geh, hol dir dein weißes Kleid!« Sie klammert sich an den schwarzen Kasten der Uhr.
»Geh!«
»Morgen!...«
Er hört nicht. »Worauf sollen wir warten? Schönheit will über uns kommen.«
Und seine Worte drängen sie zur Tür, aber sie zögert noch.
»Eil dich! Mach dich schön und komm bald. Indessen wird hier alles festlich sein. Alle Kerzen, alle Lampen werden brennen, wenn du wiederkommst, weiße Edel!«
Und da macht er eine Bewegung, als ob er sich erheben wollte. Und sie will hin zu ihm, will es verhindern, will mütterlich sein. Aber er steht schon da, stark, groß, die Arme wie Flügel, und lacht ihr zu.
Und jetzt gehorcht sie und geht.
Und selig sieht er ihr nach. Und lächelt.
Aber das Lächeln hat nicht Halt auf seinen schmalen Lippen. Wie die Uhr sich regt, fällt es ihm ab, und erschrocken deckt er sein leeres Gesicht mit den Händen

zu. Und fühlt sie kalt. Und er ist allein, und das Dunkel ist groß und drückt ihn in den Stuhl zurück, in dem er stumm versinkt.
So bleibt er, vielleicht lange.
Denn als er zu sich kommt, ist Nacht.
Seine Augen sind der schwarzen, schweren Dinge entwöhnt und gehen bang in der Stille umher. Plötzlich werden sie groß. Eine Tür bewegt sich, und es kommt heraus, als ob Mondlicht ginge. Und vor dem Fenster sieht man: es ist eine Frau, ganz weiß...
Da wehrt sich Harald mit den hageren Armen und schreit, häßlich vor Angst, heiser: »Noch ... nicht! Walpurga!«
Jemand hat Licht gemacht.
Harald sitzt entstellt in den Kissen, den Kopf noch vorgestreckt, mit herabhängenden Händen. Und vor ihm steht Frau Malcorn, welk, in Atlas, mit Handschuhen. Und sie sehen sich mit fremdem Entsetzen in die toten Augen.

GESCHICHTEN VOM LIEBEN GOTT

ALS EINLEITUNG:

Das Märchen von den Händen Gottes

INHALT:

*

Erste Ausgabe: Weihnachten 1900

Zweite Ausgabe: Sommer 1904

MEINE FREUNDIN, *einmal habe ich dieses Buch in Ihre Hände gelegt, und Sie haben es lieb gehabt wie niemand vorher. So habe ich mich daran gewöhnt, zu denken, daß es Ihnen gehört. Dulden Sie deshalb, daß ich nicht allein in Ihr eigenes Buch, sondern in alle Bücher dieser neuen Ausgabe Ihren Namen schreibe; daß ich schreibe:*

DIE GESCHICHTEN VOM LIEBEN GOTT
GEHÖREN ELLEN KEY.

Rainer Maria Rilke.
Rom, im April 1904.

DAS MÄRCHEN VON DEN HÄNDEN GOTTES

NEULICH, am Morgen, begegnete mir die Frau Nachbarin. Wir begrüßten uns.
»Was für ein Herbst!« sagte sie nach einer Pause und blickte nach dem Himmel auf. Ich tat desgleichen. Der Morgen war allerdings sehr klar und köstlich für Oktober. Plötzlich fiel mir etwas ein: »Was für ein Herbst!« rief ich und schwenkte ein wenig mit den Händen. Und die Frau Nachbarin nickte beifällig. Ich sah ihr so einen Augenblick zu. Ihr gutes gesundes Gesicht ging so lieb auf und nieder. Es war recht hell, nur um die Lippen und an den Schläfen waren kleine schattige Falten. Woher sie das haben mag? Und da fragte ich ganz unversehens: »Und Ihre kleinen Mädchen?« Die Falten in ihrem Gesicht verschwanden eine Sekunde, zogen sich aber gleich, noch dunkler, zusammen. »Gesund sind sie, gottseidank, aber –« die Frau Nachbarin setzte sich in Bewegung, und ich schritt jetzt an ihrer Linken, wie es sich gehört. »Wissen Sie, sie sind jetzt beide in dem Alter, die Kinder, wo sie den ganzen Tag *fragen*. Was, den ganzen Tag, bis in die gerechte Nacht hinein.« »Ja,« murmelte ich, – »es giebt eine Zeit...« Sie aber ließ sich nicht stören: »Und nicht etwa: Wohin geht diese Pferdebahn? Wie viel Sterne giebt es? Und ist zehntausend mehr als viel? Noch ganz andere Sachen! Zum Beispiel: Spricht der liebe Gott auch chinesisch? und: Wie sieht der liebe Gott aus? Immer alles vom lieben Gott! Darüber weiß man doch

nicht Bescheid–.« »Nein, allerdings,« stimmte ich bei, »man hat da gewisse Vermutungen...« »Oder von den Händen vom lieben Gott, was soll man da –.«
Ich schaute der Nachbarin in die Augen: »Erlauben Sie,« sagte ich recht höflich, »Sie sagten zuletzt die Hände vom lieben Gott – nichtwahr?« Die Nachbarin nickte. Ich glaube, sie war ein wenig erstaunt. »Ja« – beeilte ich mich anzufügen, – »von den Händen ist mir allerdings einiges bekannt. Zufällig –« bemerkte ich rasch, als ich ihre Augen rund werden sah, – »ganz zufällig – ich habe – – – nun« schloß ich mit ziemlicher Entschiedenheit, »ich will Ihnen erzählen, was ich weiß. Wenn Sie einen Augenblick Zeit haben, ich begleite Sie bis zu Ihrem Hause, das wird gerade reichen.«
»Gerne,« sagte sie, als ich sie endlich zu Worte kommen ließ, immer noch erstaunt, »aber wollen Sie nicht vielleicht den Kindern selbst?...«
»Ich den Kindern selbst erzählen? Nein, liebe Frau, das geht nicht, das geht auf keinen Fall. Sehen Sie, ich werde gleich verlegen, wenn ich mit den Kindern sprechen muß. Das ist an sich nicht schlimm. Aber die Kinder könnten meine Verwirrung dahin deuten, daß ich mich lügen fühle... Und da mir sehr viel an der Wahrhaftigkeit meiner Geschichte liegt – Sie können es den Kindern ja wiedererzählen; Sie treffen es ja gewiß auch viel besser. Sie werden es verknüpfen und ausschmücken, ich werde nur die einfachen Tatsachen in der kürzesten Form berichten. Ja?« »Gut, gut«, machte die Nachbarin zerstreut.

Ich dachte nach: »Im Anfang...« aber ich unterbrach mich sofort. »Ich kann bei Ihnen, Frau Nachbarin, ja manches als bekannt voraussetzen, was ich den Kindern erst erzählen müßte. Zum Beispiel die Schöpfung...« Es entstand eine ziemliche Pause. Dann: »Ja – – und am siebenten Tage...«, die Stimme der guten Frau war hoch und spitzig. »Halt!« machte ich, »wir wollen doch auch der früheren Tage gedenken; denn gerade um diese handelt es sich. Also der liebe Gott begann, wie bekannt, seine Arbeit, indem er die Erde machte, diese vom Wasser unterschied und Licht befahl. Dann formte er in bewundernswerter Geschwindigkeit die Dinge, ich meine die großen wirklichen Dinge, als da sind: Felsen, Gebirge, einen Baum und nach diesem Muster viele Bäume.« Ich hörte hier schon eine Weile lang Schritte hinter uns, die uns nicht überholten und auch nicht zurückblieben. Das störte mich, und ich verwickelte mich in der Schöpfungsgeschichte, als ich folgendermaßen fortfuhr: »Man kann sich diese schnelle und erfolgreiche Tätigkeit nur begreiflich machen, wenn man annimmt, daß eben nach langem, tiefem Nachdenken alles in seinem Kopfe ganz fertig war, ehe er...« Da endlich waren die Schritte neben uns, und eine nicht gerade angenehme Stimme klebte an uns: »O, Sie sprechen wohl von Herrn Schmidt, verzeihen Sie...« Ich sah ärgerlich nach der Hinzugekommenen, die Frau Nachbarin aber geriet in große Verlegenheit: »Hm,« hustete sie, »nein – das heißt – ja, – wir sprachen gerade, gewissermaßen –«. »Was für ein Herbst«, sagte auf einmal die andere Frau, als ob nichts geschehen wäre, und ihr rotes, kleines Gesicht glänzte. »Ja« – hörte ich meine Nachbarin antworten: »Sie haben recht, Frau Hüpfer, ein selten schöner Herbst!« Dann trennten sich die Frauen. Frau Hüpfer kicherte noch: »Und grüßen Sie mir die Kinderchen.« Meine gute Nachbarin achtete nicht mehr darauf; sie war doch neugierig, meine Geschichte zu erfahren. Ich aber behauptete mit unbegreiflicher Härte: »Ja *jetzt* weiß ich nicht mehr, wo wir stehen geblieben sind.« »Sie sagten eben etwas von seinem Kopfe, das heißt –«, die Frau Nachbarin wurde ganz rot.

Sie tat mir aufrichtig leid, und so erzählte ich schnell: »Ja sehen Sie also, so lange nur die *Dinge* gemacht waren, hatte der liebe Gott nicht notwendig, beständig auf die Erde herunterzuschauen. Es konnte sich ja nichts dort begeben. Der Wind ging allerdings schon über die Berge, welche den Wolken, die er schon seit lange kannte, so ähnlich waren, aber den Wipfeln der Bäume wich er noch mit einem gewissen Mißtrauen aus. Und das war dem lieben Gott sehr recht. Die Dinge hat er sozusagen im Schlafe gemacht, allein schon bei den Tieren fing die Arbeit an, ihm interessant zu werden; er neigte sich darüber und zog nur selten die breiten Brauen hoch, um einen Blick auf die Erde zu werfen. Er vergaß sie vollends, als er den Menschen formte. Ich weiß nicht bei welchem komplizierten Teil des Körpers er gerade angelangt war, als es um ihn rauschte von Flügeln. Ein Engel eilte vorüber und sang: ›Der Du alles siehst...‹

Der liebe Gott erschrak. Er hatte den Engel in Sünde gebracht, denn eben hatte dieser eine Lüge gesungen.

Rasch schaute Gottvater hinunter. Und freilich, da hatte sich schon irgend etwas ereignet, was kaum gutzumachen war. Ein kleiner Vogel irrte, als ob er Angst hätte, über die Erde hin und her, und der liebe Gott war nicht imstande, ihm heimzuhelfen, denn er hatte nicht gesehen, aus *welchem* Walde das arme Tier gekommen war. Er wurde ganz ärgerlich und sagte: ›Die Vögel haben sitzen zu bleiben, wo ich sie hingesetzt habe.‹ Aber er erinnerte sich, daß er ihnen auf Fürbitte der Engel Flügel verliehen hatte, damit es auch auf Erden so etwas wie Engel gebe, und dieser Umstand machte ihn nur noch verdrießlicher. Nun ist gegen solche Zustände des Gemütes nichts so heilsam wie Arbeit. Und mit dem Bau des Menschen beschäftigt, wurde Gott auch rasch wieder froh. Er hatte die Augen der Engel wie Spiegel vor sich, maß darin seine eigenen Züge und bildete langsam und vorsichtig an einer Kugel auf seinem Schooße das erste Gesicht. Die Stirne war ihm gelungen. Viel schwerer wurde es ihm, die beiden Nasenlöcher symmetrisch zu machen. Er bückte sich immer mehr darüber, bis es wieder wehte über ihm; er schaute auf. Derselbe Engel umkreiste ihn; man hörte diesmal keine Hymne, denn in seiner Lüge war dem Knaben die Stimme erloschen, aber an seinem Mund erkannte Gott, daß er immer noch sang: ›Der Du alles siehst.‹ Zugleich trat der heilige Nikolaus, der bei Gott in besonderer Achtung steht, an ihn heran und sagte durch seinen großen Bart hindurch: ›Deine Löwen sitzen ruhig, sie sind recht hochmütige Geschöpfe, das muß ich sagen! Aber ein kleiner Hund läuft ganz am Rande der Erde herum, ein Terrier, siehst Du, er wird gleich hinunterfallen.‹ Und wirklich merkte der liebe Gott etwas Heiteres, Weißes, wie ein kleines Licht hin und her tanzen in der Gegend von Skandinavien, wo es schon so furchtbar rund ist. Und er wurde recht bös und warf dem heiligen Nikolaus vor, wenn ihm seine Löwen nicht recht seien, so solle er versuchen, auch welche zu machen. Worauf der heilige Nikolaus aus dem Himmel ging und die Türe zuschlug, daß ein Stern herunterfiel, gerade dem Terrier auf den Kopf. Jetzt war das Unglück vollständig, und der liebe Gott mußte sich eingestehen, daß er ganz allein an allem schuld sei, und beschloß, nicht mehr den Blick von der Erde zu rühren. Und so geschah's. Er überließ seinen Händen, welche ja auch weise sind, die Arbeit, und obwohl er recht neugierig war zu erfahren, wie der Mensch wohl aussehen mochte, starrte er unablässig auf die Erde hinab, auf welcher sich jetzt, wie zum Trotz, nicht ein Blättchen regen wollte. Um doch wenigstens eine kleine Freude zu haben nach aller Plage, hatte er seinen Händen befohlen, ihm den Menschen erst zu zeigen, ehe sie ihn dem Leben ausliefern würden. Wiederholt fragte er, wie Kinder, wenn sie Verstecken spielen: ›Schon?‹ Aber er hörte als Antwort das Kneten seiner Hände und wartete. Es erschien ihm sehr lange. Da auf einmal sah er etwas durch den Raum fallen, dunkel und in der Richtung, als ob es aus seiner Nähe käme. Von einer bösen Ahnung erfüllt, rief er seine Hände. Sie erschienen ganz von Lehm befleckt, heiß und zitternd. ›Wo ist der

Mensch?‹ schrie er sie an. Da fuhr die Rechte auf die Linke los: ›Du hast ihn losgelassen!‹ ›Bitte,‹ sagte die Linke gereizt, ›du wolltest ja alles allein machen, *mich* ließest du ja überhaupt gar nicht mitreden.‹ ›Du hättest ihn eben halten müssen!‹ Und die Rechte holte aus. Dann aber besann sie sich, und beide Hände sagten einander überholend: ›Er war so ungeduldig, der Mensch. Er wollte immer schon leben. Wir können beide nichts dafür, gewiß, wir sind beide unschuldig.‹
Der liebe Gott aber war ernstlich böse. Er drängte beide Hände fort; denn sie verstellten ihm die Aussicht über die Erde: ›Ich kenne euch nicht mehr, macht was ihr wollt.‹ Das versuchten die Hände auch seither, aber sie können nur *beginnen*, was sie auch tun. Ohne Gott giebt es keine Vollendung. Und da sind sie es endlich müde geworden. Jetzt knien sie den ganzen Tag und tun Buße, so erzählt man wenigstens. Uns aber erscheint es, als ob Gott ruhte, weil er auf seine Hände böse ist. Es ist immer noch siebenter Tag.«
Ich schwieg einen Augenblick. Das benützte die Frau Nachbarin sehr vernünftig: »Und Sie glauben, daß nie wieder eine Versöhnung zu stande kommt?« »O doch,« sagte ich, »ich hoffe es wenigstens.«
»Und wann sollte das sein?«
»Nun, bis Gott wissen wird, wie der Mensch, den die Hände gegen seinen Willen losgelassen haben, aussieht.«
Die Frau Nachbarin dachte nach, dann lachte sie: »Aber dazu hätte er doch bloß heruntersehen müssen...«
»Verzeihen Sie,« sagte ich artig, »Ihre Bemerkung

zeugt von Scharfsinn, aber meine Geschichte ist noch nicht zu Ende. Also, als die Hände beiseite getreten waren und Gott die Erde wieder überschaute, da war eben wieder eine Minute, oder sagen wir ein Jahrtausend, was ja bekanntlich dasselbe ist, vergangen. Statt *eines* Menschen gab es schon eine Million. Aber sie waren alle schon in Kleidern. Und da die Mode damals gerade sehr häßlich war und auch die Gesichter arg entstellte, so bekam Gott einen ganz falschen und (ich will es nicht verhehlen) sehr schlechten Begriff von den Menschen.« »Hm«, machte die Nachbarin und wollte etwas bemerken. Ich beachtete es nicht, sondern schloß mit starker Betonung: »Und darum ist es dringend notwendig, daß Gott erfährt, wie der Mensch wirklich ist. Freuen wir uns, daß es solche giebt, die es ihm sagen...« Die Frau Nachbarin freute sich noch nicht: »Und wer sollte das sein, bitte?« »Einfach die Kinder und dann und wann auch diejenigen Leute, welche malen, Gedichte schreiben, bauen...« »Was denn bauen, Kirchen?« »Ja, und auch sonst, überhaupt...«

Die Frau Nachbarin schüttelte langsam den Kopf. Manches erschien ihr doch recht verwunderlich. Wir waren schon über ihr Haus hinausgegangen und kehrten jetzt langsam um. Plötzlich wurde sie sehr lustig und lachte: »Aber, was für ein Unsinn, Gott ist doch auch allwissend. Er hätte ja genau wissen müssen, woher zum Beispiel der kleine Vogel gekommen ist.« Sie sah mich triumphierend an. Ich war ein bißchen verwirrt, ich muß gestehen. Aber als ich mich gefaßt hatte, gelang es mir ein überaus ernstes Gesicht zu machen: »Liebe Frau,« belehrte ich sie, »das ist eigentlich eine Geschichte für sich. Damit Sie aber nicht glauben, das sei nur eine Ausrede von mir (sie verwahrte sich nun natürlich heftig dagegen), will ich Ihnen in Kürze sagen: Gott hat *alle* Eigenschaften, natürlich. Aber ehe er in die Lage kam, sie auf die Welt – gleichsam – anzuwenden, erschienen sie ihm alle wie eine einzige große Kraft. Ich weiß nicht, ob ich mich deutlich ausdrücke. Aber angesichts der Dinge spezialisierten sich seine Fähigkeiten und wurden bis zu einem gewissen Grade: Pflichten. Er hatte Mühe, sich alle zu merken. Es giebt eben Konflikte. (Nebenbei: das alles sage ich nur Ihnen, und Sie müssen es den Kindern keineswegs wiedererzählen.)« »Wo denken Sie hin«, beteuerte meine Zuhörerin.

»Sehen Sie, wäre ein Engel vorübergeflogen, singend: ›Der Du alles *weißt*‹, so wäre alles gut geworden...«

»Und diese Geschichte wäre überflüssig?«

»Gewiß«, bestätigte ich. Und ich wollte mich verabschieden. »Aber wissen Sie das alles auch ganz bestimmt?« »Ich weiß es ganz bestimmt«, erwiderte ich fast feierlich. »Da werde ich den Kindern heute zu erzählen haben!« »Ich würde es gerne anhören dürfen. Leben Sie wohl.« »Leben Sie wohl«, antwortete sie. Dann kehrte sie nochmals zurück: »Aber weshalb ist gerade dieser Engel...« »Frau Nachbarin,« sagte ich, indem ich sie unterbrach, »ich merke jetzt, daß Ihre beiden lieben Mädchen gar nicht deshalb soviel fragen, weil sie Kinder sind –« »Sondern?« fragte meine Nachbarin neugierig. »Nun, die Ärzte sagen, es giebt gewisse Vererbungen...« Meine Frau Nachbarin drohte mir mit dem Finger. Aber wir schieden dennoch als gute Freunde.

Als ich meiner lieben Nachbarin später (übrigens nach ziemlich langer Pause) wieder einmal begegnete, war sie nicht allein, und ich konnte nicht erfahren, ob sie ihren Mädchen meine Geschichte berichtet hätte und mit welchem Erfolg. Über diesen Zweifel klärte mich ein Brief auf, welchen ich kurz darauf empfing. Da ich von dem Absender desselben nicht die Erlaubnis erhalten habe, ihn zu veröffentlichen, so muß ich mich darauf beschränken, zu erzählen, wie er endete, woraus man ohne weiteres erkennen wird, von wem er stammte. Er schloß mit den Worten: »Ich und noch fünf andere Kinder, nämlich, weil ich mit dabei bin.«
Ich antwortete, gleich nach Empfang, folgendes: »Liebe Kinder, daß euch das Märchen von den Händen vom lieben Gott gefallen hat, glaube ich gern; mir gefällt es auch. Aber ich kann trotzdem nicht zu euch kommen. Seid nicht böse deshalb. Wer weiß, ob ich euch gefiele. Ich habe keine schöne Nase, und wenn sie, was bisweilen vorkommt, auch noch ein rotes Pickelchen an der Spitze hat, so würdet ihr die ganze Zeit dieses Pünktchen anschauen und anstaunen und gar nicht hören, was ich ein Stückchen tiefer unten sage. Auch würdet ihr wahrscheinlich von diesem Pickelchen träumen. Das alles wäre mir gar nicht recht. Ich schlage darum einen anderen Ausweg vor. Wir haben (auch außer

der Mutter) eine große Anzahl gemeinsamer Freunde und Bekannte, die *nicht* Kinder sind. Ihr werdet schon erfahren, welche. Diesen werde ich von Zeit zu Zeit eine Geschichte erzählen, und ihr werdet sie von diesen Vermittlern immer noch schöner empfangen, als ich sie zu gestalten vermöchte. Denn es sind gar große Dichter unter diesen unseren Freunden. Ich werde euch nicht verraten, wovon meine Geschichten handeln werden. Aber, weil euch nichts so sehr beschäftigt und am Herzen liegt, wie der liebe Gott, so werde ich an jeder passenden Gelegenheit einfügen, was ich von ihm weiß. Sollte etwas davon nicht richtig sein, so schreibt mir wieder einen schönen Brief, oder laßt es mir durch die Mutter sagen. Denn es ist möglich, daß ich mich an mancher Stelle irre, weil es schon so lange ist, seit ich die schönsten Geschichten erfahren habe, und weil ich seither mir viele habe merken müssen, die nicht so schön sind. Das kommt im Leben so mit. Trotzdem ist das Leben etwas ganz Prächtiges: auch *davon* wird des öfteren in meinen Geschichten die Rede sein. Damit grüßt euch – Ich, aber auch nur deshalb Einer, weil ich mit dabei bin.«

DER FREMDE MANN

Ein fremder Mann hat mir einen Brief geschrieben. Nicht von Europa schrieb mir der fremde Mann, nicht von Moses, weder von den großen, noch von den kleinen Propheten, nicht vom Kaiser von Rußland oder dem

Zaren Iwan, dem Grausen, seinem fürchterlichen Vorfahren. Nicht vom Bürgermeister oder vom Nachbar Flickschuster, nicht von der nahen Stadt, nicht von den fernen Städten; und auch der Wald mit den vielen Rehen, darin ich jeden Morgen mich verliere, kommt in seinem Briefe nicht vor. Er erzählt mir auch nichts von seinem Mütterchen oder von seinen Schwestern, die gewiß längst verheiratet sind. Vielleicht ist auch sein Mütterchen tot; wie könnte es sonst sein, daß ich sie in einem vierseitigen Briefe nirgends erwähnt finde! Er erweist mir ein viel, viel größeres Vertrauen, er macht mich zu seinem Bruder, er spricht mir von seiner Not.

Am Abend kommt der fremde Mann zu mir. Ich zünde keine Lampe an, helfe ihm den Mantel ablegen und bitte ihn, mit mir Tee zu trinken, weil das gerade die Stunde ist, in welcher ich täglich meinen Tee trinke. Und bei so nahen Besuchen muß man sich keinen Zwang auferlegen. Als wir uns schon an den Tisch setzen wollen, bemerke ich, daß mein Gast unruhig ist; sein Gesicht ist voll Angst und seine Hände zittern. »Richtig,« sage ich, »hier ist ein Brief für Sie.« Und dann bin ich dabei den Tee einzugießen. »Nehmen Sie Zucker und vielleicht Zitrone? Ich habe in Rußland gelernt den Tee mit Zitrone zu trinken. Wollen Sie versuchen?« Dann zünde ich eine Lampe an und stelle sie in eine entfernte Ecke, etwas hoch, so daß eigentlich Dämmerung bleibt im Zimmer, nur eine etwas wärmere als früher, eine rötliche. Und da scheint auch das Gesicht meines Gastes sicherer, wärmer und um vieles bekannter zu sein. Ich begrüße ihn noch einmal mit den Worten: »Wissen Sie, ich habe Sie lange erwartet.« Und ehe der Fremde Zeit hat zu staunen, erkläre ich ihm. »Ich weiß eine Geschichte, welche ich niemandem erzählen mag als Ihnen; fragen Sie mich nicht warum, sagen Sie mir nur, ob Sie bequem sitzen, ob der Tee genug süß ist und ob Sie die Geschichte hören wollen.« Mein Gast mußte lächeln. Dann antwortete er einfach: »Ja.« »Auf alles drei: Ja?« »Auf alles drei.«

Wir lehnten uns beide zugleich in unseren Stühlen zurück, so daß unsere Gesichter schattig wurden. Ich stellte mein Teeglas nieder, freute mich daran, wie goldig der Tee glänzte, vergaß diese Freude langsam wieder und fragte plötzlich: »Erinnern Sie sich noch an den lieben Gott?«

Der Fremde dachte nach. Seine Augen vertieften sich ins Dunkel, und mit den kleinen Lichtpunkten in den Pupillen glichen sie zwei langen Laubengängen in einem Parke, über welchem leuchtend und breit Sommer und Sonne liegt. Auch diese beginnen so, mit runder Dämmerung, dehnen sich in immer engerer Finsternis bis zu einem fernen, schimmernden Punkt: dem jenseitigen Ausgang in einen vielleicht noch viel helleren Tag. Während ich das erkannte, sagte er zögernd und als ob er sich nur ungern seiner Stimme bediente: »Ja, ich erinnere mich noch an Gott.« »Gut,« dankte ich ihm, »denn gerade von ihm handelt meine Geschichte. Doch zuerst sagen Sie mir noch: Sprechen Sie bisweilen mit Kindern?« »Es kommt wohl vor, so im

Vorübergehen, wenigstens –« »Vielleicht ist es Ihnen bekannt, daß Gott infolge eines häßlichen Ungehorsams seiner Hände nicht weiß, wie der fertige Mensch eigentlich aussieht?« »Das habe ich einmal irgendwo gehört, ich weiß indessen nicht von wem« – entgegnete mein Gast, und ich sah unbestimmte Erinnerungen über seine Stirn jagen. »Gleichviel,« störte ich ihn, »hören Sie weiter. Lange Zeit ertrug Gott diese Ungewißheit. Denn seine Geduld ist wie seine Stärke groß. Einmal aber, als dichte Wolken zwischen ihm und der Erde standen viele Tage lang, so daß er kaum mehr wußte, ob er alles: Welt und Menschen und Zeit nicht nur geträumt hatte, rief er seine rechte Hand, die so lange von seinem Angesicht verbannt und verborgen gewesen war in kleinen unwichtigen Werken. Sie eilte bereitwillig herbei; denn sie glaubte, Gott wolle ihr endlich verzeihen. Als Gott sie so vor sich sah in ihrer Schönheit, Jugend und Kraft, war er schon geneigt, ihr zu vergeben. Aber rechtzeitig besann er sich und gebot, ohne hinzusehen: ›Du gehst hinunter auf die Erde. Du nimmst die Gestalt an, die du bei den Menschen siehst, und stellst dich, nackt, auf einen Berg, so daß ich dich genau betrachten kann. Sobald du unten ankommst, geh zu einer jungen Frau und sag ihr, aber ganz leise: Ich möchte leben. Es wird zuerst ein kleines Dunkel um dich sein und dann ein großes Dunkel, welches Kindheit heißt, und dann wirst du ein Mann sein und auf den Berg steigen, wie ich es dir befohlen habe. Das alles dauert ja nur einen Augenblick. Leb wohl.‹ Die Rechte nahm von der Linken Abschied, gab ihr viele freundliche Namen, ja es wurde sogar behauptet, sie habe sich plötzlich vor ihr verneigt und gesagt: ›Du, heiliger Geist.‹ Aber schon trat der heilige Paulus herzu, hieb dem lieben Gott die rechte Hand ab, und ein Erzengel fing sie auf und trug sie unter seinem weiten Gewand davon. Gott aber hielt sich mit der Linken die Wunde zu, damit sein Blut nicht über die Sterne ströme und von da in traurigen Tropfen herunterfiele auf die Erde. Eine kurze Zeit später bemerkte Gott, der aufmerksam alle Vorgänge unten betrachtete, daß die Menschen in den eisernen Kleidern sich um einen Berg mehr zu schaffen machten, als um alle anderen Berge. Und er erwartete, dort seine Hand hinaufsteigen zu sehen. Aber es kam nur ein Mensch in einem, wie es schien, roten Mantel, welcher etwas schwarzes Schwankendes aufwärts schleppte. In demselben Augenblicke begann Gottes linke Hand, die vor seinem offenen Blute lag, unruhig zu werden, und mit einem Mal verließ sie, ehe Gott es verhindern konnte, ihren Platz und irrte wie wahnsinnig zwischen den Sternen umher und schrie: ›Oh, die arme rechte Hand, und ich kann ihr nicht helfen.‹ Dabei zerrte sie an Gottes linkem Arm, an dessen äußerstem Ende sie hing, und bemühte sich loszukommen. Die ganze Erde aber war rot vom Blute Gottes, und man konnte nicht erkennen, was darunter geschah. Damals wäre Gott fast gestorben. Mit letzter Anstrengung rief er seine Rechte zurück; sie kam blaß und bebend und legte sich an ihren Platz, wie ein krankes Tier. Aber auch die Linke, die doch schon manches wußte, da sie die rechte Hand

Gottes damals unten auf der Erde erkannt hatte, als diese in einem roten Mantel den Berg erstieg, konnte von ihr nicht erfahren, was sich weiter auf diesem Berge begeben hat. Es muß etwas sehr Schreckliches gewesen sein. Denn Gottes Rechte hat sich noch nicht davon erholt, und sie leidet unter ihrer Erinnerung nicht weniger, als unter dem alten Zorne Gottes, der ja seinen Händen immer noch nicht verziehen hat.«

Meine Stimme ruhte ein wenig aus. Der Fremde hatte sein Gesicht mit den Händen verhüllt. Lange blieb alles so. Dann sagte der fremde Mann mit einer Stimme, die ich längst kannte: »Und warum haben Sie *mir* diese Geschichte erzählt?«

»Wer hätte mich sonst verstanden? Sie kommen zu mir ohne Rang, ohne Amt, ohne irgend eine zeitliche Würde, fast ohne Namen. Es war dunkel, als Sie eintraten, allein ich bemerkte in Ihren Zügen eine Ähnlichkeit – « Der fremde Mann blickte fragend auf. »Ja,« erwiderte ich seinem stillen Blick, »ich denke oft, vielleicht ist Gottes Hand wieder unterwegs . . .«

Die Kinder haben diese Geschichte erfahren, und offenbar wurde sie ihnen so erzählt, daß sie alles verstehen konnten; denn sie haben diese Geschichte lieb.

WARUM DER LIEBE GOTT WILL, DASS ES ARME LEUTE GIEBT

Die vorangehende Geschichte hat sich so verbreitet, daß der Herr Lehrer mit sehr gekränktem Gesicht auf

der Gasse herumgeht. Ich kann das begreifen. Es ist immer schlimm für einen Lehrer, wenn die Kinder plötzlich etwas wissen, was er ihnen nicht erzählt hat. Der Lehrer muß sozusagen das einzige Loch in der Planke sein, durch welches man in den Obstgarten sieht; sind noch andere Löcher da, so drängen sich die Kinder jeden Tag vor einem anderen und werden bald des Ausblicks überhaupt müde. Ich hätte diesen Vergleich nicht hier aufgezeichnet, denn nicht jeder Lehrer ist vielleicht damit einverstanden, ein Loch zu sein; aber der Lehrer, von dem ich rede, mein Nachbar, hat den Vergleich zuerst von mir vernommen und ihn sogar als äußerst treffend bezeichnet. Und sollte auch jemand anderer Meinung sein, die Autorität meines Nachbars ist mir maßgebend.
Er stand vor mir, rückte beständig an seiner Brille und sagte: »Ich weiß nicht, wer den Kindern diese Geschichte erzählt hat, aber es ist jedenfalls unrecht, ihre Phantasie mit solchen ungewöhnlichen Vorstellungen zu überladen und anzuspannen. Es handelt sich um eine Art Märchen –« »Ich habe es zufällig erzählen hören«, unterbrach ich ihn. (Dabei log ich nicht, denn seit jenem Abend ist es mir wirklich schon von meiner Frau Nachbarin wiederberichtet worden.) »So«, machte der Lehrer; er fand das leicht erklärlich. »Nun, was sagen Sie dazu?« Ich zögerte, auch fuhr er sehr schnell fort: »Zunächst finde ich es unrecht, religiöse, besonders biblische Stoffe frei und eigenmächtig zu gebrauchen. Es ist das alles im Katechismus jedenfalls so ausgedrückt, daß es besser nicht gesagt werden kann...« Ich wollte

etwas bemerken, erinnerte mich aber im letzten Augenblick, daß der Herr Lehrer »zunächst« gebraucht hatte, daß also jetzt nach der Grammatik und um der Gesundheit des Satzes willen ein »dann« und vielleicht sogar ein »und endlich« folgen mußte, ehe ich mir erlauben durfte, etwas anzufügen. So geschah es auch. Ich will, da der Herr Lehrer diesen selben Satz, dessen tadelloser Bau jedem Kenner Freude bereiten wird, auch anderen übermittelt hat, die ihn ebensowenig wie ich vergessen dürften, hier nur noch das aufzeichnen, was hinter dem schönen, vorbereitenden Worte: »Und endlich« wie das Finale einer Ouverture kam. »Und endlich... (die sehr phantastische Auffassung hingehen lassend) erscheint mir der Stoff gar nicht einmal genügend durchdrungen und nach allen Seiten hin berücksichtigt zu sein. Wenn ich Zeit hätte, Geschichten zu schreiben –« »Sie vermissen etwas in der bewußten Erzählung?« konnte ich mich nicht enthalten ihn zu unterbrechen. »Ja, ich vermisse manches. Vom literarisch-kritischen Standpunkt gewissermaßen. Wenn ich zu Ihnen als Kollege sprechen darf –« Ich verstand nicht, was er meinte, und sagte bescheiden: »Sie sind zu gütig, aber ich habe nie eine Lehrertätigkeit...« Plötzlich fiel mir etwas ein, ich brach ab, und er fuhr etwas kühl fort: »Um nur eins zu nennen: es ist nicht anzunehmen, daß Gott (wenn man schon auf den Sinn der Geschichte soweit eingehen will), daß Gott, also – sage ich – daß Gott keinen weiteren Versuch gemacht haben sollte, einen Menschen zu sehen, wie er ist, ich meine –« Jetzt glaubte ich den Herrn Lehrer wieder versöhnen zu müssen. Ich verneigte mich ein wenig und begann: »Es ist allgemein bekannt, daß Sie sich eingehend (und, wenn man so sagen darf, nicht ohne Gegenliebe zu finden) der sozialen Frage genähert haben.« Der Herr Lehrer lächelte. »Nun, dann darf ich annehmen, daß, was ich Ihnen im folgenden mitzuteilen gedenke, Ihrem Interesse nicht ganz ferne steht, zumal ich ja auch an Ihre letzte, sehr scharfsinnige Bemerkung anknüpfen kann.« Er sah mich erstaunt an: »Sollte Gott etwa...« »In der Tat,« bestätigte ich, »Gott ist eben dabei, einen neuen Versuch zu machen.« »Wirklich?,« fuhr mich der Lehrer an, »ist das an maßgebender Stelle bekannt geworden?« »Darüber kann ich Ihnen nichts Genaues sagen –« bedauerte ich – »ich bin nicht in Beziehung mit jenen Kreisen, aber wenn Sie dennoch meine kleine Geschichte hören wollen?« »Sie würden mir einen großen Gefallen erweisen.« Der Lehrer nahm seine Brille ab und putzte sorgfältig die Gläser, während seine nackten Augen sich schämten.

Ich begann: »Einmal sah der liebe Gott in eine große Stadt. Als ihm von dem vielen Durcheinander die Augen ermüdeten (dazu trugen die Netze mit den elektrischen Drähten nicht wenig bei), beschloß er, seine Blicke auf ein einziges hohes Mietshaus für eine Weile zu beschränken, weil dieses weit weniger anstrengend war. Gleichzeitig erinnerte er sich seines alten Wunsches, einmal einen lebenden Menschen zu sehen, und zu diesem Zwecke tauchten seine Blicke ansteigend in die Fenster der einzelnen Stockwerke. Die Leute im ersten

Stockwerke (es war ein reicher Kaufmann mit Familie) waren fast nur Kleider. Nicht nur, daß alle Teile ihres Körpers mit kostbaren Stoffen bedeckt waren, die äußeren Umrisse dieser Kleidung zeigten an vielen Stellen eine solche Form, daß man sah, es konnte kein Körper mehr darunter sein. Im zweiten Stock war es nicht viel besser. Die Leute, welche drei Treppen wohnten, hatten zwar schon bedeutend weniger an, waren aber so schmutzig, daß der liebe Gott nur graue Furchen erkannte und in seiner Güte schon bereit war, zu befehlen, sie möchten fruchtbar werden. Endlich unter dem Dach, in einem schrägen Kämmerchen, fand der liebe Gott einen Mann in einem schlechten Rock, der sich damit beschäftigte, Lehm zu kneten. ›Oho, woher hast du das?‹ rief er ihn an. Der Mann nahm seine Pfeife gar nicht aus dem Munde und brummte: ›Der Teufel weiß woher. Ich wollte, ich wär Schuster geworden. Da sitzt man und plagt sich...‹ Und was der liebe Gott auch fragen mochte, der Mann war schlechter Laune und gab keine Antwort mehr. – Bis er eines Tages einen großen Brief vom Bürgermeister dieser Stadt bekam. Da erzählte er dem lieben Gott, ungefragt, alles. Er hatte so lange keinen Auftrag bekommen. Jetzt, plötzlich, sollte er eine Statue für den Stadtpark machen, und sie sollte heißen: die Wahrheit. Der Künstler arbeitete Tag und Nacht in einem entfernten Atelier, und dem lieben Gott kamen verschiedene alte Erinnerungen, wie er das so sah. Wenn er seinen Händen nicht immer noch böse gewesen wäre, er hätte wohl auch wieder irgendwas begonnen. – Als aber der Tag kam, da die Bildsäule, welche die Wahrheit hieß, hinausgetragen werden sollte, auf ihren Platz in den Garten, wo auch Gott sie hätte sehen können in ihrer Vollendung, da entstand ein großer Skandal, denn eine Kommission von Stadtvätern, Lehrern und anderen einflußreichen Persönlichkeiten hatte verlangt, die Figur müsse erst teilweise bekleidet werden, ehe das Publikum sie zu Gesicht bekäme. Der liebe Gott verstand nicht weshalb, so laut fluchte der Künstler. Stadtväter, Lehrer und die anderen haben ihn in diese Sünde gebracht, und der liebe Gott wird gewiß an denen – Aber Sie husten ja fürchterlich!« »Es geht schon vorüber –« sagte mein Lehrer mit vollkommen klarer Stimme. »Nun, ich habe nur noch ein weniges zu berichten. Der liebe Gott ließ das Mietshaus und den Stadtpark los und wollte seinen Blick schon ganz zurückziehen, wie man eine Angelrute aus dem Wasser zieht, mit einem Schwung, um zu sehen, ob nicht etwas angebissen hat. In diesem Falle hing wirklich etwas daran. Ein ganz kleines Häuschen mit mehreren Menschen drinnen, die alle sehr wenig anhatten, denn sie waren sehr arm. ›Das also ist es –,‹ dachte der liebe Gott, ›arm müssen die Menschen sein. Diese hier sind, glaub ich, schon recht arm, aber ich will sie so arm machen, daß sie nicht einmal ein Hemd zum Anziehen haben.‹ So nahm sich der liebe Gott vor.«

Hier machte ich beim Sprechen einen Punkt, um anzudeuten, daß ich am Ende sei. Der Herr Lehrer war damit nicht zufrieden; er fand diese Geschichte ebensowenig abgeschlossen und gerundet, wie die vorhergehende. »Ja« – entschuldigte ich mich – »da müßte eben ein Dichter kommen, der zu dieser Geschichte irgend einen phantastischen Schluß erfindet, denn tatsächlich hat sie noch kein Ende.« »Wieso?« machte der Herr Lehrer und schaute mich gespannt an. »Aber, lieber Herr Lehrer,« erinnerte ich, »wie vergeßlich Sie sind! Sie sind doch selbst im Vorstand des hiesigen Armenvereins...« »Ja, seit etwa zehn Jahren bin ich das und –?« »Das ist es eben; Sie und Ihr Verein verhindern den lieben Gott die längste Zeit, sein Ziel zu erreichen. Sie kleiden die Leute –« »Aber ich bitte Sie,« sagte der Lehrer bescheiden, »das ist einfach Nächstenliebe. Das ist doch Gott im höchsten Grade wohlgefällig.« »Ach, davon ist man maßgebenden Orts wohl überzeugt?« fragte ich arglos. »Natürlich ist man das. Ich habe gerade in meiner Eigenschaft als Vorstandsmitglied des Armenvereins manches Lobende zu hören bekommen. Vertraulich gesagt, man will auch bei der nächsten Beförderung meine Tätigkeit in dieser Weise – – – Sie verstehen?« Der Herr Lehrer errötete schamhaft. »Ich wünsche Ihnen das Beste«, entgegnete ich. Wir reichten uns die Hände, und der Herr Lehrer ging mit so stolzen, gemessenen Schritten fort, daß ich überzeugt bin: er ist zu spät in die Schule gekommen.

Wie ich später vernahm, ist ein Teil dieser Geschichte (soweit sie für Kinder paßt) den Kindern doch bekannt geworden. Sollte der Herr Lehrer sie zu Ende gedichtet haben?

WIE DER VERRAT NACH RUSSLAND KAM

Ich habe noch einen Freund hier in der Nachbarschaft. Das ist ein blonder, lahmer Mann, der seinen Stuhl, winters wie sommers, hart am Fenster hat. Er kann sehr jung aussehen, ja in seinem lauschenden Gesicht ist manchmal etwas Knabenhaftes. Aber es giebt auch Tage, da er altert, die Minuten gehen wie Jahre über ihn, und plötzlich ist er ein Greis, dessen matte Augen das Leben fast schon losgelassen haben. Wir kennen uns lang. Erst haben wir uns immer angesehen, später lächelten wir unwillkürlich, ein Jahr lang grüßten wir einander, und seit Gott weiß wann erzählen wir uns das Eine und das Andere, wahllos, wie es eben passiert. »Guten Tag,« rief er, als ich vorüberkam und sein Fenster war noch offen in den reichen und stillen Herbst hinaus. »Ich habe Sie lange nicht gesehen.«
»Guten Tag, Ewald –.« Ich trat an sein Fenster, wie ich immer zu tun pflegte, im Vorübergehen. »Ich war verreist.« »Wo waren Sie?« fragte er mit ungeduldigen Augen. »In Rußland.« »Oh so weit –« er lehnte sich zurück, und dann: »Was ist das für ein Land, Rußland? Ein sehr großes, nicht wahr?« »Ja,« sagte ich, »groß ist es und außerdem – « »Habe ich dumm gefragt?« lächelte Ewald und wurde rot. »Nein, Ewald, im Gegenteil. Da Sie fragen: was ist das für ein Land? wird mir verschiedenes klar. Zum Beispiel woran Rußland grenzt.« »Im Osten?« warf mein Freund ein. Ich dachte nach: »Nein.« »Im Norden?« forschte der Lahme. »Sehen Sie,« fiel mir ein, »das Ablesen von

der Landkarte hat die Leute verdorben. Dort ist alles plan und eben, und wenn sie die vier Weltgegenden bezeichnet haben, scheint ihnen alles getan. Ein Land ist doch aber kein Atlas. Es hat Berge und Abgründe. Es muß doch auch oben und unten an etwas stoßen.« »Hm – « überlegte mein Freund, »Sie haben recht. Woran könnte Rußland an diesen beiden Seiten grenzen?« Plötzlich sah der Kranke wie ein Knabe aus. »Sie wissen es,« rief ich. »Vielleicht an Gott?« »Ja,« bestätigte ich, »an Gott.« »So« – nickte mein Freund ganz verständnisvoll. Erst dann kamen ihm einzelne Zweifel: »Ist denn Gott ein Land?« »Ich glaube nicht,« erwiderte ich, »aber in den primitiven Sprachen haben viele Dinge denselben Namen. Es ist da wohl ein Reich, das heißt Gott, und der es beherrscht, heißt auch Gott. Einfache Völker können ihr Land und ihren Kaiser oft nicht unterscheiden; beide sind groß und gütig, furchtbar und groß.«

»Ich verstehe«, sagte langsam der Mann am Fenster. »Und merkt man in Rußland diese Nachbarschaft?« »Man merkt sie bei allen Gelegenheiten. Der Einfluß Gottes ist sehr mächtig. Wie viel man auch aus Europa bringen mag, die Dinge aus dem Westen sind Steine, sobald sie über die Grenze sind. Mitunter kostbare Steine, aber eben nur für die Reichen, die sogenannten ›Gebildeten‹, während von drüben aus dem anderen Reich das Brot kommt, wovon das Volk lebt.« »Das hat das Volk wohl in Überfluß?« Ich zögerte: »Nein, das ist nicht der Fall, die Einfuhr aus Gott ist durch gewisse Umstände erschwert – « Ich suchte ihn von diesem Gedanken abzubringen. »Aber man hat vieles aus den Gebräuchen jener breiten Nachbarschaft angenommen. Das ganze Zeremoniell beispielsweise. Man spricht zu dem Zaren ähnlich wie zu Gott.« »So, man sagt also nicht: Majestät?« »Nein, man nennt beide Väterchen.« »Und man kniet vor beiden?« »Man wirft sich vor beiden nieder, fühlt mit der Stirn den Boden und weint und sagt: ›Ich bin sündig, verzeih mir, Väterchen.‹ Die Deutschen, welche das sehen, behaupten: eine ganz unwürdige Sklaverei. Ich denke anders darüber. Was soll das Knien bedeuten? Es hat den Sinn zu erklären: Ich habe Ehrfurcht. Dazu genügt es auch, das Haupt zu entblößen, meint der Deutsche. Nun ja, der Gruß, die Verbeugung, gewissermaßen sind auch sie Ausdrücke dafür, Abkürzungen, die entstanden sind in den Ländern, wo nicht soviel Raum war, daß jeder sich hätte niederlegen können auf der Erde. Aber Abkürzungen gebraucht man bald mechanisch und ohne sich ihres Sinnes mehr bewußt zu werden. Deshalb ist es gut, wo noch Raum und Zeit dafür ist, die Gebärde auszuschreiben, das ganze schöne und wichtige Wort: Ehrfurcht.«

»Ja, wenn ich könnte, würde ich auch niederknien –«, träumte der Lahme. »Aber es kommt« – fuhr ich nach einer Pause fort – »in Rußland auch vieles andere von Gott. Man hat das Gefühl, jedes Neue wird von ihm eingeführt, jedes Kleid, jede Speise, jede Tugend und sogar jede Sünde muß erst von ihm bewilligt werden, ehe sie in Gebrauch kommt.« Der Kranke sah mich fast erschrocken an. »Es ist nur ein Märchen, auf wel-

ches ich mich berufe,« eilte ich ihn zu beruhigen, »eine sogenannte Bylina, ein Gewesenes zu deutsch. Ich will Ihnen kurz den Inhalt erzählen. Der Titel ist: ›Wie der Verrat nach Rußland kam‹.« Ich lehnte mich ans Fenster, und der Gelähmte schloß die Augen, wie er gerne tat, wenn irgendwo eine Geschichte begann.
»Der schreckliche Zar Iwan wollte den benachbarten Fürsten Tribut auferlegen und drohte ihnen mit einem großen Krieg, falls sie nicht Gold nach Moskau, in die weiße Stadt, schicken würden. Die Fürsten sagten, nachdem sie Rat gepflogen hatten, wie ein Mann: ›Wir geben dir drei Rätselfragen auf. Komm an dem Tage, den wir dir bestimmen, in den Orient, zu dem weißen Stein, wo wir versammelt sein werden, und sage uns die drei Lösungen. Sobald sie richtig sind, geben wir dir die zwölf Tonnen Goldes, die du von uns verlangst. Zuerst dachte der Zar Iwan Wassiljewitsch nach, aber es störten ihn die vielen Glocken seiner weißen Stadt Moskau. Da rief er seine Gelehrten und Räte vor sich, und jeden, der die Fragen nicht beantworten konnte, ließ er auf den großen, roten Platz führen, wo gerade die Kirche für Wassilij, den Nackten, gebaut wurde, und einfach köpfen. Bei einer solchen Beschäftigung verging ihm die Zeit so rasch, daß er sich plötzlich auf der Reise fand nach dem Orient, zu dem weißen Stein, bei welchem die Fürsten warteten. Er wußte auf keine der drei Fragen etwas zu erwidern, aber der Ritt war lang, und es war immer noch die Möglichkeit, einem Weisen zu begegnen; denn damals waren viele Weise unterwegs auf der Flucht, da alle Könige die Gewohnheit

hatten, ihnen den Kopf abschneiden zu lassen, wenn sie ihnen nicht weise genug schienen. Ein solcher kam ihm nun allerdings nicht zu Gesicht, aber an einem Morgen sah er einen alten, bärtigen Bauer, welcher an einer Kirche baute. Er war schon dabei angelangt, den Dachstuhl zu zimmern und die kleinen Latten darüberzulegen. Da war es nun recht verwunderlich, daß der alte Bauer immer wieder von der Kirche herunterstieg, um von den schmalen Latten, welche unten aufgeschichtet waren, jede einzeln zu holen, statt viele auf einmal in seinem langen Kaftan mitzunehmen. Er mußte so beständig auf- und niederklettern, und es war garnicht abzusehen, daß er auf diese Weise überhaupt jemals alle vielhundert Latten an ihren Ort bringen würde. Der Zar wurde deshalb ungeduldig: ›Dummkopf,‹ schrie er (so nennt man in Rußland meistens die Bauern), ›du solltest dich tüchtig beladen mit deinem Holz und dann auf die Kirche kriechen, das wäre bei weitem einfacher.‹ Der Bauer, der gerade unten war, blieb stehen, hielt die Hand über die Augen und antwortete: ›Das mußt du schon mir überlassen, Zar Iwan Wassiljewitsch, jeder versteht sein Handwerk am besten; indessen, weil du schon hier vorüberreitest, will ich dir die Lösung der drei Rätsel sagen, welche du am weißen Stein im Orient, gar nicht weit von hier, wirst wissen müssen.‹ Und er schärfte ihm die drei Antworten der Reihe nach ein. Der Zar konnte vor Erstaunen kaum dazu kommen, zu danken. ›Was soll ich dir geben zum Lohne?‹ fragte er endlich. ›Nichts‹, machte der Bauer, holte eine Latte und wollte

auf die Leiter steigen. ›Halt,‹ befahl der Zar, ›das geht nicht an, du mußt dir etwas wünschen.‹ ›Nun, Väterchen, wenn du befiehlst, gieb mir eine von den zwölf Tonnen Goldes, welche du von den Fürsten im Orient erhalten wirst.‹ ›Gut –,‹ nickte der Zar. ›Ich gebe dir eine Tonne Goldes.‹ Dann ritt er eilends davon, um die Lösungen nicht wieder zu vergessen.
Später, als der Zar mit den zwölf Tonnen zurückgekommen war aus dem Orient, schloß er sich in Moskau in seinen Palast, mitten im fünftorigen Kreml ein und schüttete eine Tonne nach der anderen auf die glänzenden Dielen des Saales aus, so daß ein wahrer Berg aus Gold entstand, der einen großen schwarzen Schatten über den Boden warf. In Vergeßlichkeit hatte der Zar auch die zwölfte Tonne ausgeleert. Er wollte sie wieder füllen, aber es tat ihm leid, soviel Gold von dem herrlichen Haufen wieder fortnehmen zu müssen. In der Nacht ging er in den Hof hinunter, schöpfte feinen Sand in die Tonne, bis sie zu drei Vierteilen voll war, kehrte leise in seinen Palast zurück, legte Gold über den Sand und schickte die Tonne mit dem nächsten Morgen durch einen Boten in die Gegend des weiten Rußland, wo der alte Bauer seine Kirche baute. Als dieser den Boten kommen sah, stieg er von dem Dach, welches noch lange nicht fertig war, und rief: ›Du mußt nicht näher kommen, mein Freund, reise zurück samt deiner Tonne, welche drei Vierteile Sand und ein knappes Viertel Gold enthält; ich brauche sie nicht. Sage deinem Herrn, bisher hat es keinen Verrat in Rußland gegeben. Er aber ist selbst daran schuld, wenn

er bemerken sollte, daß er sich auf keinen Menschen verlassen kann; denn er hat nunmehr gezeigt, wie man verrät, und von Jahrhundert zu Jahrhundert wird sein Beispiel in ganz Rußland viele Nachahmer finden. Ich brauche nicht das Gold, ich kann ohne Gold leben. Ich erwartete nicht Gold von ihm, sondern Wahrheit und Rechtlichkeit. Er aber hat mich getäuscht. Sage das deinem Herrn, dem schrecklichen Zaren Iwan Wassiljewitsch, der in seiner weißen Stadt Moskau sitzt mit seinem bösen Gewissen und in einem goldenen Kleid.‹

Nach einer Weile Reitens wandte sich der Bote nochmals um: der Bauer und seine Kirche waren verschwunden. Und auch die aufgeschichteten Latten lagen nicht mehr da, es war alles leeres, flaches Land. Da jagte der Mann entsetzt zurück nach Moskau, stand atemlos vor dem Zaren und erzählte ihm ziemlich unverständlich, was sich begeben hatte, und daß der vermeintliche Bauer niemand anderes gewesen sei, als Gott selbst.«

»Ob er wohl recht gehabt hat damit?« meinte mein Freund leise, nachdem meine Geschichte verklungen war.

»Vielleicht –,« entgegnete ich, »aber, wissen Sie, das Volk ist – abergläubisch – indessen, ich muß jetzt gehen, Ewald.« »Schade,« sagte der Lahme aufrichtig. »Wollen Sie mir nicht bald wieder eine Geschichte erzählen?« »Gerne –, aber unter einer Bedingung.« Ich trat noch einmal ans Fenster heran. »Nämlich?« staunte Ewald. »Sie müssen alles gelegentlich den Kindern in der Nachbarschaft weitererzählen«, bat ich. »Oh, die

Kinder kommen jetzt so selten zu mir.« Ich vertröstete ihn: »Sie werden schon kommen. Offenbar haben Sie in der letzten Zeit nicht Lust gehabt, ihnen etwas zu erzählen, und vielleicht auch keinen Stoff, oder zu viel Stoffe. Aber wenn einer eine wirkliche Geschichte weiß, glauben Sie, das kann verborgen bleiben? Bewahre, das spricht sich herum, besonders unter den Kindern!«
»Auf Wiedersehen.« Damit ging ich.
Und die Kinder haben die Geschichte noch an demselben Tage gehört.

WIE DER ALTE TIMOFEI SINGEND STARB

WAS für eine Freude ist es doch, einem lahmen Menschen zu erzählen. Die gesunden Leute sind so ungewiß; sie sehen die Dinge bald von der, bald von jener Seite an, und wenn man mit ihnen eine Stunde lang *so* gegangen ist, daß sie zur Rechten waren, kann es geschehen, daß sie plötzlich von links antworten, nur, weil es ihnen einfällt, daß das höflicher sei und von feinerer Bildung zeuge. Beim Lahmen hat man das nicht zu befürchten. Seine Unbeweglichkeit macht ihn den Dingen ähnlich, mit denen er auch wirklich viele herzliche Beziehungen pflegt, macht ihn, sozusagen, zu einem den anderen sehr überlegenen Ding, zu einem Ding, das nicht nur lauscht mit seiner Schweigsamkeit, sondern auch mit seinen seltenen leisen Worten und mit seinen sanften, ehrfürchtigen Gefühlen.
Ich mag am liebsten meinem Freund Ewald erzählen.

Und ich war sehr froh, als er mir von seinem täglichen Fenster aus zurief: »Ich muß Sie etwas fragen.« Rasch trat ich zu ihm und begrüßte ihn. »Woher stammt die Geschichte, die Sie mir neulich erzählt haben?« bat er endlich. »Aus einem Buch?« »Ja« – entgegnete ich traurig, »die Gelehrten haben sie darin begraben, seit sie tot ist; das ist garnicht lange her. Noch vor hundert Jahren lebte sie, gewiß sehr sorglos, auf vielen Lippen. Aber die Worte, welche die Menschen jetzt gebrauchen, diese schweren, nicht sangbaren Worte, waren ihr feind und nahmen ihr einen Mund nach dem anderen weg, so daß sie zuletzt, nur sehr eingezogen und ärmlich, auf ein paar trockenen Lippen, wie auf einem schlechten Witwengut, lebte. Dort verstarb sie auch, ohne Nachkommen zu hinterlassen, und wurde, wie schon erwähnt, mit allen Ehren in einem Buche bestattet, wo schon andere aus ihrem Geschlechte lagen.« »Und sie war sehr alt, als sie starb?« fragte mein Freund, in meinen Ton eingehend. »400 bis 500 Jahre,« berichtete ich der Wahrheit gemäß, »verschiedene von ihren Verwandten haben noch ein ungleich höheres Alter erreicht.« »Wie, ohne jemals in einem Buche zu ruhen?« staunte Ewald. Ich erklärte: »Soviel ich weiß, waren sie die ganze Zeit von Lippe zu Lippe unterwegs.« »Und haben nie geschlafen?« »Doch, von dem Munde des Sängers steigend, blieben sie wohl dann und wann in einem Herzen, darin es warm und dunkel war.« »Waren denn die Menschen so still, daß Lieder schlafen konnten in ihren Herzen?« Ewald schien mir recht ungläubig. »Es muß wohl so gewesen sein. Man behauptet, sie sprachen weniger, tanzten langsam anwachsende Tänze, die etwas Wiegendes hatten, und vor allem: sie lachten nicht laut, wie man es heute trotz der allgemeinen hohen Kultur nicht selten vernehmen kann.«

Ewald schickte sich an, noch etwas zu fragen, aber er unterdrückte es und lächelte: »Ich frage und frage, – aber Sie haben vielleicht eine Geschichte vor?« Er sah mich erwartungsvoll an.

»Eine Geschichte? Ich weiß nicht. Ich wollte nur sagen: Diese Gesänge waren das Erbgut in gewissen Familien. Man hatte es übernommen und man gab es weiter, nicht ganz unbenützt, mit den Spuren eines täglichen Gebrauchs, aber doch unbeschädigt, wie etwa eine alte Bibel von Vätern zu Enkeln geht. Der Enterbte unterschied sich von den in ihre Rechte eingesetzten Geschwistern dadurch, daß er nicht singen konnte, oder er wußte wenigstens nur einen kleinen Teil der Lieder seines Vaters und Großvaters und verlor mit den übrigen Gesängen das große Stück Erleben, das alle diese Bylinen und Skaski dem Volke bedeuten. So hatte zum Beispiel Jegor Timofejewitsch gegen den Willen seines Vaters, des alten Timofei, ein junges, schönes Weib geheiratet und war mit ihr nach Kiew gegangen, in die heilige Stadt, bei welcher sich die Gräber der größten Märtyrer der heiligen, rechtgläubigen Kirche versammelt haben. Der Vater Timofei, der als der kundigste Sänger auf zehn Tagereisen im Umkreis galt, verfluchte seinen Sohn, und erzählte seinen Nachbarn, daß er oft überzeugt sei, niemals einen solchen gehabt zu haben. Dennoch verstummte er in Gram und Traurigkeit. Und er wies alle die jungen Leute zurück, die sich in seine Hütte drängten, um die Erben der vielen Gesänge zu werden, welche in dem Alten eingeschlossen waren, wie in einer verstaubten Geige. ›Vater, du unser Väterchen, gieb uns nur eines oder das andere Lied. Siehst du, wir wollen es in die Dörfer tragen, und du sollst es hören aus allen Höfen, sobald der Abend kommt und das Vieh in den Ställen ruhig geworden ist.‹ Der Alte, der beständig auf dem Ofen saß, schüttelte den ganzen Tag den Kopf. Er hörte nicht mehr gut, und da er nicht wußte, ob nicht einer von den Burschen, die jetzt fortwährend sein Haus umhorchten, eben wieder gefragt hatte, machte er mit seinem weißen Kopf zitternd: Nein, nein, nein, bis er einschlief und auch dann noch eine Weile – im Schlaf. Er hätte den Burschen gerne ihren Willen getan; es war ihm selber leid, daß sein stummer, verstorbener Staub über diesen Liedern liegen sollte, vielleicht schon ganz bald. Aber hätte er versucht, einen von ihnen etwas zu lehren, gewiß hätte er sich dabei seines Jegoruschka erinnern müssen und dann – wer weiß – was dann geschehen wäre. Denn nur, weil er überhaupt schwieg, hatte ihn niemand weinen sehen. Hinter jedem Wort stand es ihm, das Schluchzen, und er mußte immer sehr schnell und vorsichtig den Mund schließen, sonst wäre es einmal doch mitgekommen.

Der alte Timofei hatte seinen einzigen Sohn Jegor von ganz früh an einzelne Lieder gelehrt, und als fünfzehnjähriger Knabe wußte dieser schon mehr und richtiger zu singen als alle erwachsenen Burschen im Dorfe und in der Nachbarschaft. Gleichwohl pflegte der Alte meistens am Feiertag, wenn er etwas trunken war, dem Burschen zu sagen: ›Jegoruschka, mein Täubchen, ich habe dich schon viele Lieder singen gelehrt, viele Bylinen und auch die Legenden von Heiligen, fast für jeden Tag eine. Aber ich bin, wie du weißt, der Kundigste im ganzen Gouvernement, und mein Vater kannte sozusagen alle Lieder von ganz Rußland und auch noch tatarische Geschichten dazu. Du bist noch sehr jung, und deshalb habe ich dir die schönsten Bylinen, darin die Worte wie Ikone sind und gar nicht zu vergleichen mit den gewöhnlichen Worten, noch nicht erzählt und du hast noch nicht gelernt, jene Weisen zu singen, die noch keiner, er mochte ein Kosak sein oder ein Bauer, hat anhören können ohne zu weinen.‹ Dieses wiederholte Timofei seinem Sohne an jedem Sonntag und an allen vielen Feiertagen des russischen Jahres, also ziemlich oft. Bis dieser nach einem heftigen Auftritt mit dem Alten, zugleich mit der schönen Ustjënka, der Tochter eines armen Bauern, verschwunden war.

Im dritten Jahre nach diesem Vorfall erkrankte Timofei, zur selben Zeit, als einer jener vielen Pilgerzüge, die aus allen Teilen des weiten Reiches beständig nach Kiew ziehen, aufbrechen wollte. Da trat Ossip, der Nachbar, bei dem Kranken ein: ›Ich gehe mit den Pilgern, Timofei Iwanitsch, erlaube mir, dich noch einmal zu umarmen.‹ Ossip war nicht befreundet mit dem Alten, aber nun, da er diese weite Reise begann, fand er es für notwendig, von ihm, wie von einem Vater, Abschied zu nehmen. ›Ich habe dich manchmal gekränkt,‹ schluchzte er, ›verzeih mir, mein Herzchen, es ist im Trunke geschehen und da kann man nichts dafür, wie du weißt. Nun, ich will für dich beten und eine Kerze anstecken für dich; leb wohl, Timofei Iwanitsch, mein Väterchen, vielleicht wirst du wieder gesund, wenn Gott es will, dann singst du uns wieder etwas. Ja, ja, das ist lange her, seit du gesungen hast. Was waren das für Lieder. Das von Djuk Stepanowitsch zum Beispiel, glaubst du, ich habe das vergessen? Wie dumm du bist! Ich weiß es noch ganz genau. Freilich, so wie du, – *du* hast es eben gekonnt, das muß man sagen. Gott hat dir *das* gegeben, einem anderen giebt er etwas *anderes*. Mir zum Beispiel –‹

Der Alte, der auf dem Ofen lag, drehte sich ächzend um und machte eine Bewegung, als ob er etwas sagen wollte. Es war als hörte man ganz leise den Namen Jegors. Vielleicht wollte er ihm eine Nachricht schicken. Aber als der Nachbar, von der Türe her, fragte: ›Sagst du etwas, Timofei Iwanitsch?‹ lag er schon wieder ganz ruhig da und schüttelte nur leise seinen weißen Kopf. Trotzdem, weiß Gott wie es geschah, kaum ein Jahr nachdem Ossip fortgegangen war, kehrte Jegor ganz unvermutet zurück. Der Alte erkannte ihn nicht gleich, denn es war dunkel in der Hütte, und die greisen Augen nahmen nur ungern eine neue fremde Gestalt auf. Aber als Timofei die Stimme des Fremden gehört hatte, erschrak er und sprang vom Ofen herab, auf seine alten, schwankenden Beine. Jegor fing ihn auf, und sie hielten sich in den Armen. Timofei weinte. Der junge Mensch fragte in einem fort: ›Bist du schon lange krank, Vater?‹ Als sich der Alte ein wenig beruhigt hatte, kroch er auf seinen Ofen zurück und erkundigte sich in einem anderen strengen Ton: ›Und dein Weib?‹ Pause. Jegor spuckte aus: ›Ich hab sie fortgejagt, weißt du, mit dem Kind.‹ Er schwieg eine Weile. ›Da kommt einmal der Ossip zu mir; Ossip Nikiphorowitsch? sag ich. Ja, antwortet er, ich bins. Dein Vater ist krank, Jegor. Er kann nicht mehr singen. Es ist jetzt ganz still im Dorfe, als ob es keine Seele mehr hätte, unser Dorf. Nichts klopft, nichts rührt sich, es weint niemand mehr, und auch zum Lachen ist kein rechter Grund. Ich denke nach. Was ist da zu machen? Ich rufe also mein Weib. Ustjënka – sag ich – ich muß nach Hause, es singt sonst keiner mehr dort, die Reihe ist an mir. Der Vater ist krank. Gut, sagt Ustjënka. Aber ich kann dich nicht mitnehmen, – so erklär ich ihr – der Vater, weißt du, will dich nicht. Und auch zurückkommen werd ich wahrscheinlich nicht zu dir, wenn ich erst einmal wieder dort bin und singe. Ustjënka versteht mich: Nun, Gott mit dir! Es sind jetzt viele Pilger hier, da giebt es viel Almosen. Gott wird schon helfen, Jegor. Und so geh ich also fort. Und nun, Vater, sag mir alle deine Lieder.‹

Es verbreitete sich das Gerücht, daß Jegor zurückgekehrt sei und daß der alte Timofei wieder singe. Aber in diesem Herbst ging der Wind so heftig durch das Dorf, daß niemand von den Vorübergehenden mit Sicherheit ermitteln konnte, ob in Timofei's Hause wirklich gesungen werde oder nicht. Und die Tür wurde keinem Pochenden geöffnet. Die beiden wollten allein sein. Jegor saß am Rande des Ofens, auf welchem der Vater lag, und kam mit dem Ohr bisweilen dem Munde des Alten entgegen; denn dieser sang in der Tat. Seine alte Stimme trug, etwas gebückt und zitternd, alle die schönsten Lieder zu Jegor hin, und dieser wiegte manchmal den Kopf oder bewegte die herabhängenden Beine, ganz, als ob er schon selber sänge. Das ging so viele Tage lang fort. Timofei fand immer noch ein schöneres Lied in seiner Erinnerung; oft, nachts, weckte er den Sohn, und indem er mit den welken, zuckenden Händen ungewisse Bewegungen machte, sang er ein kleines Lied und noch eines und noch eines – bis der träge Morgen sich zu rühren begann. Bald nach dem schönsten starb er. Er hatte sich in den letzten Tagen oft arg beklagt, daß er noch eine Unmenge Lieder in sich trüge und nicht mehr Zeit habe, sie seinem Sohne mitzuteilen. Er lag da mit gefurchter Stirne, in angestrengtem, ängstlichen Nachdenken, und seine Lippen zitterten vor Erwartung. Von Zeit zu Zeit setzte er sich auf, wiegte eine Weile den Kopf, bewegte den Mund, und endlich kam irgend ein leises Lied hinzu; aber jetzt sang er meistens immer dieselben Strophen von Djuk Stepanowitsch, die er besonders liebte, und sein Sohn mußte erstaunt sein und tun, als vernähme er sie zum erstenmal, um ihn nicht zu erzürnen.

Als der alte Timofei Iwanitsch gestorben war, blieb das Haus, welches Jegor jetzt allein bewohnte, noch eine

Zeit lang verschlossen. Dann, im ersten Frühjahr, trat Jegor Timofejewitsch, der jetzt einen ziemlich langen Bart hatte, aus seiner Tür, begann im Dorfe hin und her zu gehen und zu singen. Später kam er auch in die benachbarten Dörfer, und die Bauern erzählten sich schon, daß Jegor ein mindestens ebenso kundiger Sänger geworden sei, wie sein Vater Timofei; denn er wußte eine große Anzahl ernster und heldenhafter Gesänge und alle jene Weisen, die keiner, er mochte ein Kosak sein oder ein Bauer, anhören konnte, ohne zu weinen. Dabei soll er noch so einen sanften und traurigen Ton gehabt haben, wie man ihn noch von keinem Sänger vernommen hat. Und dieser Ton fand sich immer, ganz unerwartet, im Kehrreim vor, wodurch er besonders rührend wirkte. So habe ich wenigstens erzählen hören.«

»Diesen Ton hat er also nicht von seinem Vater gelernt?« sagte mein Freund Ewald nach einer Weile. »Nein,« erwiderte ich, »man weiß nicht, woher der ihm kam.« Als ich vom Fenster schon fortgetreten war, machte der Lahme noch eine Bewegung und rief mir nach: »Er hat vielleicht an sein Weib und sein Kind gedacht. Übrigens, hat er sie nie kommen lassen, da ja sein Vater nun tot war?« »Nein, ich glaube nicht. Wenigstens ist er später allein gestorben.«

DAS LIED VON DER GERECHTIGKEIT

Als ich das nächste Mal an Ewalds Fenster vorüberkam, winkte er mir und lächelte: »Haben Sie den Kindern etwas Bestimmtes versprochen?« »Wieso?« staunte ich. »Nun, als ich ihnen die Geschichte von Jegor erzählt hatte, beklagten sie sich, daß Gott in derselben nicht vorkäme.« Ich erschrak: »Was, eine Geschichte ohne Gott, aber wie ist denn das möglich?« Dann besann ich mich: »In der Tat, es ist wahr, von Gott sagt die Geschichte, wie ich sie mir jetzt überdenke, nichts. Ich begreife nicht, wie das geschehen konnte; hätte jemand von mir eine solche verlangt, ich glaube ich hätte mein ganzes Leben nachgedacht, ohne Erfolg...«

Mein Freund lächelte über diesen Eifer: »Sie müssen sich deshalb nicht erregen,« unterbrach er mich mit einer gewissen Güte, »ich denke mir, man kann ja nie wissen, ob Gott in einer Geschichte ist, ehe man sie auch ganz beendet hat. Denn wenn auch nur noch zwei Worte fehlen sollten, ja selbst, wenn nur noch die Pause hinter dem letzten Worte der Erzählung aussteht: Er kann immer noch kommen.« Ich nickte, und der Lahme sagte in anderem Ton: »Wissen Sie nicht noch etwas von diesen russischen Sängern?«

Ich zögerte: »Ja, wollen wir nicht lieber von Gott reden, Ewald?« Er schüttelte den Kopf: »Ich wünsche mir so, mehr von diesen eigentümlichen Männern zu vernehmen. Ich weiß nicht wie es kommt, ich denke mir immer, wenn so einer hier bei mir einträte –«

und er wandte den Kopf ins Zimmer, nach der Türe zu. Aber seine Augen kehrten schnell, und nicht ohne Verlegenheit, zu mir zurück – »Doch, das ist ja wohl nicht möglich«, verbesserte er eilig. »Warum sollte das nicht möglich sein, Ewald? Ihnen kann manches begegnen, was den Menschen, die ihre Beine brauchen können, verwehrt bleibt, weil sie an so vielem vorübergehen und vor so manchem davonlaufen. Gott hat Sie, Ewald, dazu bestimmt, ein ruhiger Punkt zu sein mitten in aller Hast. Fühlen Sie nicht, wie alles sich um Sie bewegt? Die anderen jagen den Tagen nach, und wenn sie mal einen erreicht haben, sind sie so atemlos, daß sie gar nicht mit ihm sprechen können. Sie aber, mein Freund, sitzen einfach an Ihrem Fenster und warten; und den Wartenden geschieht immer etwas. Sie haben ein ganz besonderes Los. Denken Sie, sogar die iberische Madonna in Moskau muß aus ihrem Kapellchen heraus und fährt in einem schwarzen Wagen mit vier Pferden zu denen, die irgend etwas feiern, sei es die Taufe oder den Tod. Zu Ihnen aber muß *alles* kommen –«

»Ja,« sagte Ewald mit einem fremden Lächeln, »ich kann sogar dem Tod nicht entgegengehen. Viele Menschen finden ihn unterwegs. Er scheut sich, ihre Häuser zu betreten, und ruft sie hinaus in die Fremde, in den Krieg, auf einen steilen Turm, auf eine schwankende Brücke, in eine Wildnis oder in den Wahnsinn. Die meisten holen ihn wenigstens draußen irgendwo ab und tragen ihn dann auf ihren Schultern nach Hause, ohne es zu merken. Denn der Tod ist träge; wenn die Menschen ihn nicht fortwährend stören würden, wer weiß, er schliefe vielleicht ein.« Der Kranke dachte eine Weile nach und fuhr dann mit einem gewissen Stolz fort: »Aber zu mir wird er kommen müssen, wenn er mich will. Hier in meine kleine helle Stube, in der die Blumen sich so lange halten, über diesen alten Teppich, an diesem Schrank vorbei, zwischen Tisch und Bettende durch (es ist gar nicht leicht vorüber zu kommen) bis her an meinen breiten, lieben, alten Stuhl, der dann wahrscheinlich mit mir sterben wird, weil er, sozusagen, mit mir gelebt hat. Und er wird dies alles tun müssen in der üblichen Art, ohne Lärm, ohne etwas umzuwerfen, ohne etwas Ungewöhnliches zu beginnen, wie ein Besuch. Dieser Umstand bringt mir meine Stube merkwürdig nah. Es wird sich alles hier abspielen auf dieser engen Szene, und darum wird auch dieser letzte Vorgang sich nicht sehr von allen anderen Ereignissen unterscheiden, welche sich hier begeben haben und noch bevorstehen. Es hat mir immer schon, als Kind, seltsam geschienen, daß die Menschen vom Tode anders sprechen, als von allen anderen Begebenheiten, und das nur deshalb, weil jeder von dem, was ihm nachher geschieht, nichts mehr verrät. Wodurch aber unterscheidet sich denn ein Toter von einem Menschen, welcher ernst wird, auf die Zeit verzichtet und sich einschließt, um über etwas ruhig nachzudenken, dessen Lösung ihn lange schon quält? Unter den Leuten kann man sich doch nicht einmal des Vaterunsers erinnern, wie denn erst irgend eines anderen dunkleren Zusammenhanges, der vielleicht nicht in Worten, sondern in Ereignissen besteht.

Man muß abseits gehen in irgend eine unzugängliche Stille, und vielleicht sind die Toten solche, die sich zurückgezogen haben, um über das Leben nachzudenken.«

Es entstand eine kleine Schweigsamkeit, die ich mit folgenden Worten begrenzte: »Ich muß dabei an ein junges Mädchen denken. Man kann sagen, daß sie in den ersten siebzehn Jahren ihres heiteren Lebens nur *geschaut* hat. Ihre Augen waren so groß und so selbständig, daß sie alles, was sie empfingen, selbst verbrauchten, und das Leben in dem ganzen Körper des jungen Geschöpfes ging, unabhängig davon, von schlichten, inneren Geräuschen genährt, vor sich. Am Ende dieser Zeit aber störte irgend ein zu heftiges Ereignis dieses doppelte, kaum sich berührende Leben, die Augen brachen gleichsam nach innen durch, und die ganze Schwere des Äußeren fiel durch sie in das dunkle Herz hinein, und jeder Tag stürzte mit solcher Wucht in die tiefen, steilen Blicke, daß er in der engen Brust zersprang wie ein Glas. Da wurde das junge Mädchen blaß, begann zu kränkeln, einsam zu werden, nachzudenken, und endlich suchte es selbst jene Stille auf, darin die Gedanken wahrscheinlich nicht mehr gestört werden.«

»Wie ist sie gestorben?« fragte mein Freund leise, mit etwas heiserer Stimme. »Sie ist ertrunken. In einem tiefen, stillen Teich, und an der Oberfläche desselben entstanden viele Ringe, die langsam weit wurden und unter den weißen Wasserrosen hin wuchsen, so daß alle diese badenden Blüten sich bewegten.«

»Ist das auch eine Geschichte?« sagte Ewald, um die Stille hinter meinen Worten nicht mächtig werden zu lassen. »Nein,« entgegnete ich, »das ist ein Gefühl.« »Aber könnte man es nicht auch den Kindern übermitteln – dieses Gefühl?« Ich überlegte. »Vielleicht–.« »Und wodurch?« »Durch eine andere Geschichte.« Und ich erzählte:

»Es war zur Zeit, als man im südlichen Rußland um die Freiheit kämpfte.«

»Verzeihen Sie,« sagte Ewald, »wie ist das zu verstehen – wollte sich das Volk etwa vom Zaren losmachen? Das würde nicht zu dem passen, was ich mir von Rußland denke, und auch mit Ihren früheren Erzählungen in Widerspruch stehen. In diesem Falle würde ich vorziehen, Ihre Geschichte nicht zu hören. Denn ich liebe das Bild, welches ich mir von den Dingen dort gemacht habe, und will es unbeschädigt behalten.«

Ich mußte lächeln und beruhigte ihn: »Die polnischen Pans (ich hätte das vorausschicken müssen) waren Herren im südlichen Rußland und in jenen stillen, einsamen Steppen, welche man mit dem Namen Ukraine bezeichnet. Sie waren harte Herren. Ihre Bedrükkung und die Habgier der Juden, welche sogar den Kirchenschlüssel in Händen hatten, den sie nur gegen Bezahlung den Rechtgläubigen auslieferten, hatte das jugendliche Volk um Kiew herum und den ganzen Dnjepr aufwärts müde und nachdenklich gemacht. Die Stadt selbst, Kiew, das Heilige, der Ort, wo Rußland zuerst mit vierhundert Kirchenkuppeln von sich erzählte, versank immer mehr in sich selbst und verzehrte sich in Bränden wie in plötzlichen, irren Gedanken, hinter denen die Nacht nur immer uferloser wird. Das Volk in der Steppe wußte nicht recht, was geschah. Aber, von seltsamer Unruhe erfaßt, traten die Greise nachts aus den Hütten und betrachteten schweigend den hohen, ewig windlosen Himmel, und am Tage konnte man Gestalten auf dem Rücken der Kurgane auftauchen sehen, die sich wartend vor der flachen Ferne erhoben. Diese Kurgane sind Grabstätten vergangener Geschlechter, die die ganze Heide wie ein erstarrter, schlafender Wellenschlag durchziehen. Und in diesem Land, in welchem die Gräber die Berge sind, sind die Menschen die Abgründe. Tief, dunkel, schweigsam ist die Bevölkerung, und ihre Worte sind nur schwache, schwankende Brücken über ihrem wirklichen Sein. – Manchmal heben sich dunkle Vögel von den Kurganen. Manchmal stürzen wilde Lieder in die dämmernden Menschen hinein und verschwinden in ihnen tief, während die Vögel im Himmel verloren gehen. Nach allen Richtungen hin scheint alles grenzenlos. Die Häuser selbst können nicht beschützen vor dieser Unermeßlichkeit; ihre kleinen Fenster sind voll davon. Nur in den dunkelnden Ecken der Stuben stehen die alten Ikone, wie Meilensteine Gottes, und der Glanz von einem kleinen Licht geht durch ihre Rahmen, wie ein verirrtes Kind durch die Sternennacht. Diese Ikone sind der einzige Halt, das einzige zuverlässige Zeichen am Wege, und kein Haus kann ohne sie bestehen. Immer wieder werden welche notwendig;

wenn eines zerbricht vor Alter und Wurm, wenn jemand heiratet und sich eine Hütte zimmert, oder wenn einer, wie zum Beispiel der alte Abraham, stirbt, mit dem Wunsch, den heiligen Nikolaus, den Wundertäter, in den gefalteten Händen mitzunehmen, wahrscheinlich, um die Heiligen im Himmel mit diesem Bilde zu vergleichen und den besonders Verehrten vor allen anderen zu erkennen.
So kommt es, daß Peter Akimowitsch, eigentlich Schuster von Beruf, auch Ikone malt. Wenn er von der einen Arbeit müde ist, geht er, nachdem er sich dreimal bekreuzt hat, zu der anderen über, und über seinem Nähen und Hämmern, wie über seinem Malen, waltet die gleiche Frömmigkeit. Jetzt ist er schon ein alter Mann, aber doch ziemlich rüstig. Den Rücken, den er über die Stiefel biegt, richtet er vor den Bildern wieder gerade, und so hat er sich eine gute Haltung bewahrt und ein gewisses Gleichgewicht in den Schultern und im Kreuz. Den größten Teil seines Lebens hat er ganz allein verbracht, sich garnicht hineinmischend in die Unruhe, die dadurch entstand, daß sein Weib Akulina ihm Kinder gebar und daß diese verstarben oder sich verheirateten. Erst in seinem siebzigsten Jahre hatte Peter sich mit denen in Verbindung gesetzt, die in seinem Hause verblieben waren und die er nun erst als wirklich vorhanden betrachtete. Das waren: Akulina, sein Weib, eine stille, demütige Person, die sich fast ganz in den Kindern fortgegeben hatte, eine alternde, häßliche Tochter und Aljoscha, ein Sohn, welcher, unverhältnismäßig spät geboren, erst siebzehn Jahre zählte.

Diesen wollte Peter für die Malerei heranbilden; denn er sah ein, daß er bald nicht allen Bestellungen würde entsprechen können. Aber er gab den Unterricht bald auf. Aljoscha hatte die allerheiligste Jungfrau gemalt, aber das strenge und richtige Vorbild so wenig erreicht, daß sein Machwerk aussah, wie ein Bild der Mariana, der Tochter des Kosaken Golokopytenko, also wie etwas durchaus Sündiges, und der alte Peter beeilte sich, nachdem er sich oft bekreuzt hatte, das beleidigte Brett mit einem heiligen Dmitrij zu übermalen, welchen er aus einem unbekannten Grunde über alle anderen Heiligen stellte.

Aljoscha versuchte auch nie mehr ein Bild zu beginnen. Wenn ihm der Vater nicht befahl, einen Nimbus zu vergolden, war er meistens draußen in der Steppe, kein Mensch wußte wo. Niemand hielt ihn zu Hause. Die Mutter wunderte sich über ihn und hatte eine Scheu, mit ihm zu reden, als ob er ein Fremder wäre oder ein Beamter. Die Schwester hatte ihn geschlagen, solang er ein Kind war, und jetzt, seit Aljoscha erwachsen war, begann sie ihn zu verachten dafür, daß *er* sie nicht schlug. Aber auch im Dorfe war niemand, der sich um den Burschen kümmerte. Mariana, die Kosakentochter, hatte ihn ausgelacht, als er ihr erklärte, er wolle sie heiraten, und die anderen Mädchen hatte Aljoscha nicht danach gefragt, ob sie ihn als Bräutigam annehmen möchten. In die Ssetsch, zu den Zaporogern, hatte ihn keiner mitnehmen wollen, weil er allen zu schwächlich schien und vielleicht auch noch etwas zu jung. Einmal war er schon davongelaufen bis zum nächsten Kloster, aber die Mönche nahmen ihn nicht auf – und so blieb nur die Heide für ihn, die weite, wogende Heide. Ein Jäger hatte ihm einmal ein altes Gewehr geschenkt, das weiß Gott womit geladen war. Das schleppte Aljoscha immer mit, schoß es aber niemals ab, erstens, weil er den Schuß sparen wollte, und dann, weil er nicht wußte wofür.

An einem lauen, stillen Abend, zu Anfang des Sommers, saßen alle beisammen an dem groben Tisch, auf welchem eine Schüssel mit Grütze stand. Peter aß, und die anderen schauten ihm zu und warteten auf das, was er übrig lassen würde. Plötzlich ließ der Alte den Löffel in der Luft stehen und streckte den breiten welken Kopf in den Lichtstreifen, der von der Tür kam und quer über den Tisch in die Dämmerung lief. Alle horchten. Es war außen an den Wänden der Hütte ein Geräusch, wie wenn ein Nachtvogel mit seinen Flügeln sachte die Balken streifte; aber die Sonne war kaum untergegangen, und die nächtlichen Vögel kamen ja überhaupt selten bis ins Dorf. Und da war es wieder als tappe irgend ein anderes großes Tier ums Haus und als wäre, von allen Wänden zugleich, sein suchender Schritt vernehmbar. Aljoscha erhob sich leise von seiner Bank, in demselben Augenblick verdunkelte sich die Tür von etwas Hohem, Schwarzem; es verdrängte den ganzen Abend, brachte Nacht in die Hütte und bewegte sich in seiner Größe nur unsicher vorwärts. ›Der Ostap!‹ sagte die Häßliche mit ihrer bösen Stimme. Und jetzt erkannten ihn alle. Es war einer von den blinden Kobzars, ein Greis, der mit einer zwölfsaitigen

Bandura durch die Dörfer ging und von dem großen Ruhm der Kosaken, von ihrer Tapferkeit und Treue, von ihren Hetmans Kirdjaga, Kukubenko, Bulba und anderen Helden sang, so daß alle es gerne hörten. Ostap verneigte sich dreimal tief in der Richtung, in der er das Heiligenbild vermutete (und es war die Znamenskaja, zu der er sich so, unbewußt, wandte), setzte sich dann an den Ofen und fragte mit leiser Stimme: ›Bei wem bin ich eigentlich?‹ ›Bei uns, Väterchen, bei Peter Akimowitsch, dem Schuster‹, erwiderte Peter freundlich. Er war ein Freund des Gesanges und freute sich dieses unerwarteten Besuches. ›Ah, bei Peter Akimowitsch, dem, der die Bilder malt‹, sagte der Blinde, um auch eine Freundlichkeit zu erweisen. Dann wurde es still. In den langen sechs Saiten der Bandura begann ein Klang, wuchs und kam kurz und gleichsam erschöpft von den sechs kurzen Saiten zurück, und diese Wirkung wiederholte sich in immer rascheren Takten, so daß man endlich die Augen schließen mußte, in Angst, den Ton von der in rasendem Lauf erstiegenen Melodie irgendwo hinabstürzen zu sehen; da brach das Lied ab und gab der schönen, schweren Stimme des Kobzars Raum, welche bald das ganze Haus erfüllte und auch aus den benachbarten Hütten die Leute rief, die sich vor der Türe und unter den Fenstern versammelten. Aber nicht von Helden ging diesmal das Lied. Schon ganz sicher schien Bulbas und Ostranitzas und Naliwaikos Ruhm. Für alle Zeiten fest schien die Treue der Kosaken. Nicht von ihren Taten ging heute das Lied. Tiefer zu schlafen schien in allen, welche es vernahmen, der Tanz; denn keiner rührte die Beine oder hob die Hände empor. Wie Ostaps Kopf, so waren auch die anderen Köpfe gesenkt und wurden schwer von dem traurigen Lied:

›*Es ist keine Gerechtigkeit mehr in der Welt. Die Gerechtigkeit, wer kann sie finden? Es ist keine Gerechtigkeit mehr in der Welt: denn alle Gerechtigkeit ist den Gesetzen der Ungerechtigkeit unterstellt.*
›*Heut ist die Gerechtigkeit elend in Fesseln. Und das Unrecht lacht über sie, wir sahns, und sitzt mit den Pans in den goldenen Sesseln und sitzt in dem goldenen Saal mit den Pans.*
›*Die Gerechtigkeit liegt an der Schwelle und fleht; bei den Pans ist das Unrecht, das Schlechte, zu Gast, und sie laden es lachend in ihren Palast und sie schenken dem Unrecht den Becher voll Met.*
›*Oh, Gerechtigkeit, Mütterchen, Mütterchen mein, mit dem Fittich, der jenem des Adlers gleicht, es kommt vielleicht noch ein Mann, der gerecht, der gerecht will sein, dann helfe ihm Gott, Er vermag es allein und macht dem Gerechten die Tage leicht.*‹

Und die Köpfe hoben sich nur mühsam, und auf allen Stirnen stand Schweigsamkeit; das erkannten auch die, welche reden wollten. Und nach einer kleinen, ernsten Stille begann wieder das Spiel auf der Bandura, diesmal schon besser verstanden von der immer wachsenden Menge. Dreimal sang Ostap sein Lied von der Gerechtigkeit. Und es war jedesmal ein anderes. War es zum erstenmal Klage, so erschien es bei der Wiederholung Vorwurf, und endlich, da der Kobzar es zum drittenmal mit hocherhobener Stirne wie eine Kette kurzer Befehle rief, da brach ein wilder Zorn aus den zitternden Worten und erfaßte alle und riß sie hin in eine breite und zugleich bange Begeisterung.

›Wo sammeln sich die Männer?‹ fragte ein junger Bauer, als der Sänger sich erhob. Der Alte, der von allen Bewegungen der Kosaken unterrichtet war, nannte einen nahen Ort. Schnell zerstreuten sich die Männer, man hörte kurze Rufe, Waffen rührten sich, und vor den Türen weinten die Weiber. Eine Stunde später zog ein Trupp Bauern, bewaffnet, aus dem Dorfe gegen Tschernigof zu.

Peter hatte dem Kobzar ein Glas Most angeboten, in der Hoffnung mehr von ihm zu erfahren. Der Alte saß, trank, gab aber nur kurze Antworten auf die vielen Fragen des Schusters. Dann dankte er und ging. Aljoscha führte den Blinden über die Schwelle. Als sie draußen waren in der Nacht und allein, bat Aljoscha: ›Und dürfen alle mitgehen in den Krieg?‹ ›Alle‹, sagte der Alte und verschwand rascher ausschreitend, als ob er sehend würde in der Nacht.

Als alle schliefen, erhob sich Aljoscha vom Ofen, wo er in den Kleidern gelegen hatte, nahm sein Gewehr und ging hinaus. Draußen fühlte er sich mit einem Male umarmt und sanft aufs Haar geküßt. Gleich darauf erkannte er im Mondlicht Akulina, die eilig und trippelnd auf das Haus zulief. ›Mutter?!‹ staunte er, und es wurde ihm ganz eigentümlich zu Mut. Er zögerte eine Weile. Eine Tür ging irgendwo, und ein

Hund heulte in der Nähe. Da warf Aljoscha sein Gewehr über die Schulter und schritt stark aus, denn er gedachte die Männer noch vor Morgen einzuholen. Im Hause aber taten alle, als ob sie Aljoschas Fehlen nicht bemerkten. Nur, als sie sich wieder zu Tische setzten, und Peter den leeren Platz gewahrte, stand er noch einmal auf, ging in die Ecke und zündete eine Kerze an vor der Znamenskaja. Eine ganz dünne Kerze. Die Häßliche zuckte mit den Achseln.

Indessen ging Ostap, der blinde Greis, schon durch das nächste Dorf und begann traurig und mit sanfter klagender Stimme den Gesang von der Gerechtigkeit.«

Der Lahme wartete noch eine Weile. Dann sah er mich erstaunt an: »Nun, weshalb schließen Sie nicht? Es ist doch wie in der Geschichte vom Verrat. Dieser Alte war Gott.«

»Oh, und ich habe es nicht gewußt«, sagte ich erschauernd.

EINE SZENE AUS DEM GHETTO VON VENEDIG

Herr Baum, Hausbesitzer, Bezirksobmann, Ehrenoberster der freiwilligen Feuerwehr und noch verschiedenes andere, aber, um es kurz zu sagen: Herr Baum muß eines meiner Gespräche mit Ewald belauscht haben. Es ist kein Wunder; ihm gehört das Haus, darin mein Freund zu ebener Erde wohnt. Herr Baum und ich, wir kennen uns längst vom Sehen. Neulich aber bleibt der Bezirksobmann stehen, hebt ein wenig

den Hut, so daß ein kleiner Vogel hätte ausfliegen können, im Falle einer drunter gefangen gewesen wäre. Er lächelt höflich und eröffnet unsere Bekanntschaft: »Sie reisen manchmal?« »Oh ja –,« erwiderte ich, etwas zerstreut, »das kann wohl sein.« Nun fuhr er vertraulich fort: »Ich glaube, wir sind die beiden Einzigen hier, die in Italien waren.« »So –,« ich bemühte mich etwas aufmerksamer zu sein –, »ja, dann ist es allerdings dringend notwendig, daß wir mit einander reden.«
Herr Baum lachte. »Ja, Italien – das ist doch noch etwas. Ich erzähle immer meinen Kindern –. Zum Beispiel nehmen Sie Venedig!« Ich blieb stehen: »Sie erinnern sich noch Venedigs?« »Aber, ich bitte Sie,« stöhnte er, denn er war etwas zu dick, um sich mühelos zu entrüsten, – »wie sollte ich nicht – wer das einmal gesehen hat –. Diese Piazzetta – nicht wahr?« »Ja,« entgegnete ich, »ich erinnere mich besonders gern der Fahrt durch den Kanal, dieses leisen lautlosen Hingleitens am Rande von Vergangenheiten.« »Der Palazzo Franchetti«, fiel ihm ein. »Die Cà Doro«, – gab ich zurück. »Der Fischmarkt –« »Der Palazzo Vendramin –« »Wo Richard Wagner« – fügte er rasch, als ein gebildeter Deutscher, hinzu. Ich nickte: »Den Ponte, wissen Sie?« Er lächelte mit Orientierung: »Selbstverständlich, und das Museum, die Akademie, nicht zu vergessen, wo ein Tizian..«
So hat sich Herr Baum einer Art Prüfung unterzogen, die etwas anstrengend war. Ich nahm mir vor, ihn durch eine Geschichte zu entschädigen. Und begann ohne weiteres:

»Wenn man unter dem Ponte di Rialto hindurchfährt, an dem Fondaco de' Turchi und an dem Fischmarkt vorbei, und dem Gondoliere sagt: ›rechts!‹, so sieht er etwas erstaunt aus und fragt wohl gar: ›Dove?‹. Aber man besteht darauf nach rechts zu fahren, und steigt in einem der kleinen schmutzigen Kanäle aus, handelt mit ihm, schimpft und geht durch gedrängte Gassen und schwarze verqualmte Torgänge auf einen leeren freien Platz hinaus. Alles das einfach aus dem Grunde, weil dort meine Geschichte handelt.«
Herr Baum berührte mich sanft am Arm: »Verzeihen Sie, welche Geschichte?« Seine kleinen Augen gingen etwas beängstigt hin und her.
Ich beruhigte ihn: »Irgend eine, verehrter Herr, keine irgendwie nennenswerte. Ich kann Ihnen auch nicht sagen, wann sie geschah. Vielleicht unter dem Dogen Alvise Mocenigo IV., aber es kann auch etwas früher oder später gewesen sein. Die Bilder von Carpaccio, wenn Sie solche gesehen haben sollten, sind wie auf purpurnem Samt gemalt, überall bricht etwas Warmes, gleichsam Waldiges durch, und um die gedämpften Lichter darin drängen sich horchende Schatten. Giorgione hat auf mattem, alterndem Gold, Tizian auf schwarzem Atlas gemalt, aber in der Zeit, von der ich rede, liebte man lichte Bilder, auf einen Grund von weißer Seide gesetzt, und der Name, mit dem man spielte, den schöne Lippen in die Sonne warfen und den reizende Ohren auffingen, wenn er zitternd niederfiel, dieser Name ist Gian Battista Tiepolo.
Aber das alles kommt in meiner Geschichte nicht vor.

Es geht nur das wirkliche Venedig an, die Stadt der Paläste, der Abenteuer, der Masken und der blassen Lagunennächte, die, wie keine anderen Nächte sonst, den Ton von heimlichen Romanzen tragen. – In dem Stück Venedig, von dem ich erzähle, sind nur arme tägliche Geräusche, die Tage gehen gleichförmig darüber hin, als ob es nur ein einziger wäre, und die Gesänge, die man dort vernimmt, sind wachsende Klagen, die nicht aufsteigen und wie ein wallender Qualm über den Gassen lagern. Sobald es dämmert, treibt sich viel scheues Gesindel dort herum, unzählige Kinder haben ihre Heimat auf den Plätzen und in den engen kalten Haustüren und spielen mit den Scherben und Abfällen von buntem Glasfluß, demselben, aus dem die Meister die ernsten Mosaiken von San Marco fügten. Ein Adeliger kommt selten in das Ghetto. Höchstens zur Zeit, wenn die Judenmädchen zum Brunnen kommen, kann man manchmal eine Gestalt, schwarz, im Mantel und mit Maske bemerken. Gewisse Leute wissen aus Erfahrung, daß diese Gestalt einen Dolch in den Falten verborgen trägt. Jemand will einmal im Mondlicht das Gesicht des Jünglings gesehen haben, und es wird seither behauptet, dieser schwarze schlanke Gast sei Marcantonio Priuli, Sohn des Proveditore Nicolò Priuli und der schönen Catharina Minelli. Man weiß, er wartet unter dem Torweg des Hauses von Isaak Rosso, geht dann, wenn es einsam wird, quer über den Platz und tritt bei dem alten Melchisedech ein, dem reichen Goldschmied, der viele Söhne und sieben Töchter und von den Söhnen und Töchtern viele Enkel hat. Die jüngste Enkelin, Esther, erwartet ihn, an den greisen Großvater geschmiegt, in einem niederen, dunklen Gemach, in welchem vieles glänzt und glüht, und Seide und Samt hängt sanft über den Gefäßen, wie um ihre vollen, goldenen Flammen zu stillen. Hier sitzt Marcantonio auf einem silbergestickten Kissen, dem greisen Juden zu Füßen, und erzählt von Venedig, wie von einem Märchen, das es nirgendwo jemals ganz so gegeben hat. Er erzählt von den Schauspielen, von den Schlachten des venetianischen Heeres, von fremden Gästen, von Bildern und Bildsäulen, von der ›Sensa‹ am Himmelfahrtstage, von dem Karneval und von der Schönheit seiner Mutter Catharina Minelli. Alles das ist für ihn von ähnlichem Sinn, verschiedene Ausdrücke für Macht und Liebe und Leben. Den beiden Zuhörern ist alles fremd; denn die Juden sind streng ausgeschlossen von jedem Verkehr, und auch der reiche Melchisedech betritt niemals das Gebiet des Großen Rates, obwohl er, als Goldschmied, und weil er allgemeine Achtung genoß, es hätte wagen dürfen. In seinem langen Leben hat der Alte seinen Glaubensgenossen, die ihn alle wie einen Vater fühlten, manche Vergünstigung vom Rate verschafft, aber er hatte auch immer wieder den Rückschlag erlebt. So oft ein Unheil über den Staat hereinbrach, rächte man sich an den Juden; die Venezianer selbst waren von viel zu verwandtem Geiste, als daß sie, wie andere Völker, die Juden für den Handel gebraucht hätten, sie quälten sie mit Abgaben, beraubten sie ihrer Güter, und beschränkten immer mehr das Gebiet des Ghetto, so daß die Familien, die sich mitten in aller Not fruchtbar vermehrten, gezwungen waren, ihre Häuser aufwärts, eines auf das Dach des anderen zu bauen. Und ihre Stadt, die nicht am Meere lag, wuchs so langsam in den Himmel hinaus, wie in ein anderes Meer, und um den Platz mit dem Brunnen erhoben sich auf allen Seiten die steilen Gebäude, wie die Wände irgend eines Riesenturms.

Der reiche Melchisedech, in der Wunderlichkeit des hohen Alters, hatte seinen Mitbürgern, Söhnen und Enkeln einen befremdlichen Vorschlag gemacht. Er wollte immer das jeweilig höchste dieser winzigen Häuser, die sich in zahllosen Stockwerken über einander schoben, bewohnen. Man erfüllte ihm diesen seltsamen Wunsch gerne, denn man traute ohnehin nicht mehr der Tragkraft der unteren Mauern und setzte oben so leichte Steine auf, daß der Wind die Wände gar nicht zu bemerken schien. So siedelte der Greis zwei bis dreimal im Jahre um und Esther, die ihn nicht verlassen wollte, immer mit ihm. Schließlich waren sie so hoch, daß, wenn sie aus der Enge ihres Gemachs auf das flache Dach traten, in der Höhe ihrer Stirnen schon ein anderes Land begann, von dessen Gebräuchen der Alte in dunklen Worten, halb psalmend, sprach. Es war jetzt sehr weit zu ihnen hinauf; durch viele fremde Leben hindurch, über steile und glitschige Stufen, an scheltenden Weibern vorüber und über die Überfälle hungernder Kinder hinaus ging der Weg, und seine vielen Hindernisse beschränkten jeden Verkehr. Auch Marcantonio kam nicht mehr zu Besuch, und Esther vermißte ihn kaum. Sie hatte ihn in den Stunden, da sie mit ihm allein gewesen war, so groß und lange angeschaut, daß ihr schien, er wäre damals tief in ihre dunklen Augen gestürzt und gestorben, und jetzt begänne, in ihr selbst, sein neues, ewiges Leben, an das er als Christ doch geglaubt hatte. Mit diesem neuen Gefühl in ihrem jungen Leib, stand sie tagelang auf dem Dache und suchte das Meer. Aber, so hoch die Behausung auch war, man erkannte zuerst nur den Giebel des Palazzo Foscari, irgend einen Turm, die Kuppel einer Kirche, eine fernere Kuppel, wie frierend im Licht, und dann ein Gitter von Masten, Balken, Stangen vor dem Rand des feuchten, zitternden Himmels.

Gegen Ende dieses Sommers zog der Alte, obwohl ihm das Steigen schon schwer fiel, allen Widerreden zum Trotz, dennoch um; denn man hatte eine neue Hütte, hoch über allen, gebaut. Als er nach so langer Zeit wieder über den Platz ging, von Esther gestützt, da drängten sich viele um ihn und neigten sich über seine tastenden Hände und baten ihn um seinen Rat in vielen Dingen; denn er war ihnen wie ein Toter, der aus seinem Grabe steigt, weil irgend eine Zeit sich erfüllt hat. Und so schien es auch. Die Männer erzählten ihm, daß in Venedig ein Aufstand sei, der Adel sei in Gefahr, und über ein kurzes würden die Grenzen des Ghetto fallen und alle würden sich der gleichen Freiheit erfreuen. Der Alte antwortete nichts und nickte nur, als sei ihm dieses alles längst bekannt und noch vieles mehr. Er trat in das Haus des Isaak Rosso, auf dessen Gipfel seine neue Wohnung lag, und stieg, einen halben Tag lang, hinauf. Oben bekam Esther ein blondes, zartes Kind. Nachdem sie sich erholt hatte, trug sie es auf den Armen hinaus auf das Dach und legte zum erstenmal den ganzen goldenen Himmel in seine offenen Augen. Es war ein Herbstmorgen von unbeschreiblicher Klarheit. Die Dinge dunkelten, fast ohne Glanz, nur einzelne fliegende Lichter ließen sich, wie auf große Blumen, auf sie nieder, ruhten eine Weile und schwebten dann über die goldlinigen Konturen hinaus in den Himmel. Und dort, wo sie verschwanden, erblickte man von dieser höchsten Stelle, was noch keiner vom Ghetto aus je gesehen hatte, – ein stilles, silbernes Licht: das Meer. Und erst jetzt, da Esthers Augen sich an die Herrlichkeit gewöhnt hatten, bemerkte sie am Rande des Daches, ganz vorn, Melchisedech. Er erhob sich mit ausgebreiteten Armen und zwang seine matten Augen in den Tag zu schauen, der sich langsam entfaltete. Seine Arme blieben hoch, seine Stirne trug einen strahlenden Gedanken; es war, als ob er opferte. Dann ließ er sich immer wieder vornüberfallen und preßte den alten Kopf an die schlechten kantigen Steine. Das Volk aber stand unten auf dem Platze versammelt und blickte herauf. Einzelne Gebärden und Worte erhoben sich aus der Menge, aber sie reichten nicht bis zu dem einsam betenden Greise. Und das Volk sah den Ältesten und den Jüngsten wie in den Wolken. Der Alte aber fuhr fort, sich stolz zu erheben und aufs neue in Demut zusammenzubrechen, eine ganze Zeit. Und die Menge unten wuchs und ließ

ihn nicht aus den Augen: Hat er das Meer gesehen oder Gott, den Ewigen, in seiner Glorie?«
Herr Baum bemühte sich, recht schnell etwas zu bemerken. Es gelang ihm nicht gleich. »Das Meer wahrscheinlich,« – sagte er dann trocken, »es *ist* ja auch ein Eindruck« – wodurch er sich besonders aufgeklärt und verständig erwies.
Ich verabschiedete mich eilig, aber ich konnte mich doch nicht enthalten, ihm nachzurufen: »Vergessen Sie nicht, die Begebenheit Ihren Kindern zu erzählen.«
Er besann sich: »Den Kindern? Wissen Sie, da ist dieser junge Adlige, dieser Antonio, oder wie er heißt, ein ganz und gar nicht schöner Charakter und dann: das Kind, dieses Kind! Das dürfte doch – für Kinder –«
»Oh,« beruhigte ich ihn, »Sie haben vergessen, verehrter Herr, daß die Kinder von Gott kommen! Wie sollten die Kinder zweifeln, daß Esther eines bekam, da sie doch so nahe am Himmel wohnt!«
Auch *diese* Geschichte haben die Kinder vernommen, und wenn man sie fragt, wie *sie* darüber denken, was der alte Jude Melchisedech wohl erblickt haben mag in seiner Verzückung, so sagen sie ohne nachzusinnen: »Oh, das Meer auch.«

VON EINEM, DER DIE STEINE BELAUSCHT

Ich bin schon wieder bei meinem lahmen Freunde. Er lächelt in seiner eigentümlichen Art: »Und von Italien

haben Sie mir noch nie erzählt.« »Das soll heißen, ich möge es sobald als möglich nachholen?«
Ewald nickt und schließt schon die Augen, um zuzuhören. Ich fange also an: »Was wir Frühling fühlen, sieht Gott als ein flüchtiges, kleines Lächeln über die Erde gehen. Sie scheint sich an etwas zu erinnern, im Sommer erzählt sie allen davon, bis sie weiser wird in der großen, herbstlichen Schweigsamkeit, mit welcher sie sich Einsamen vertraut. Alle Frühlinge, welche Sie und ich erlebt haben, zusammengenommen, reichen noch nicht aus, eine Sekunde Gottes zu füllen. Der Frühling, den Gott bemerken soll, darf nicht in Bäumen und auf Wiesen bleiben, er muß irgendwie in den Menschen mächtig werden, denn dann geht er, sozusagen, nicht in der Zeit, vielmehr in der Ewigkeit vor sich und in Gegenwart Gottes.
Als dieses einmal geschah, mußten Gottes Blicke in ihren dunkeln Schwingen über Italien hängen. Das Land unten war hell, die Zeit glänzte wie Gold, aber quer darüber, wie ein dunkler Weg, lag der Schatten eines breiten Mannes, schwer und schwarz, und weit davor der Schatten seiner schaffenden Hände, unruhig, zuckend, bald über Pisa, bald über Neapel, bald zerfließend auf der ungewissen Bewegung des Meeres. Gott konnte seine Augen nicht abwenden von diesen Händen, die ihm zuerst gefaltet schienen, wie betende, – aber das Gebet, welches ihnen entquoll, drängte sie weit auseinander. Es wurde eine Stille in den Himmeln. Alle Heiligen folgten den Blicken Gottes und betrachteten, wie er, den Schatten, der halb Italien verhüllte,

und die Hymnen der Engel blieben auf ihren Gesichtern stehen, und die Sterne zitterten, denn sie fürchteten, irgend etwas verschuldet zu haben, und warteten demütig auf Gottes zorniges Wort. Aber nichts dergleichen geschah. Die Himmel hatten sich in ihrer ganzen Breite über Italien aufgetan, so daß Raffael in Rom auf den Knien lag, und der selige Fra Angelico von Fiesole stand in einer Wolke und freute sich über ihn. Viele Gebete waren zu dieser Stunde von der Erde unterwegs. Gott aber erkannte nur eines: die Kraft Michelangelos stieg wie Duft von Weinbergen zu ihm empor. Und er duldete, daß sie seine Gedanken erfüllte. Er neigte sich tiefer, fand den schaffenden Mann, sah über seine Schultern fort auf die am Steine horchenden Hände und erschrak: sollten in den Steinen auch Seelen sein? Warum belauschte dieser Mann die Steine? Und nun erwachten ihm die Hände und wühlten den Stein auf wie ein Grab, darin eine schwache, sterbende Stimme flackert: ›Michelangelo,‹ rief Gott in Bangigkeit: ›wer ist im Stein?‹ Michelangelo horchte auf; seine Hände zitterten. Dann antwortete er dumpf: ›Du, mein Gott, wer denn sonst. Aber ich kann nicht zu dir.‹ Und da fühlte Gott, daß er auch im *Steine* sei, und es wurde ihm ängstlich und enge. Der ganze Himmel war nur ein Stein, und er war mitten drin eingeschlossen und hoffte auf die Hände Michelangelos, die ihn befreien würden, und er hörte sie kommen, aber noch weit. Der Meister aber war wieder über dem Werke. Er dachte beständig: Du bist nur ein kleiner Block, und ein anderer könnte in dir kaum *einen* Menschen finden. Ich aber fühle hier eine Schulter: es ist die des Josef von Arimathäa, hier neigt sich Maria, ich spüre ihre zitternden Hände, welche Jesum unseren Herrn halten, der eben am Kreuze verstarb. Wenn in diesem kleinen Marmor diese drei Raum haben, wie sollte ich nicht einmal ein schlafendes Geschlecht aus einem Felsen heben? Und mit breiten Hieben machte er die drei Gestalten der Pietà frei, aber er löste nicht ganz die steinernen Schleier von ihren Gesichtern, als fürchtete er, ihre tiefe Traurigkeit könnte sich lähmend über seine Hände legen. So flüchtete er zu einem anderen Steine. Aber jedesmal verzagte er, einer Stirne ihre volle Klarheit, einer Schulter ihre reinste Rundung zu geben, und wenn er ein Weib bildete, so legte er nicht das letzte Lächeln um ihren Mund, damit ihre Schönheit nicht ganz verraten sei.

Zu dieser Zeit entwarf er das Grabdenkmal für Julius della Rovere. Einen Berg wollte er bauen über den eisernen Papst und ein Geschlecht dazu, welches diesen Berg bevölkerte. Von vielen dunkeln Plänen erfüllt, ging er hinaus nach seinen Marmorbrüchen. Über einem armen Dorf erhob sich steil der Hang. Umrahmt von Oliven und welkem Gestein erschienen die frisch gebrochenen Flächen wie ein großes blasses Gesicht unter alterndem Haar. Lange stand Michelangelo vor seiner verhüllten Stirne. Plötzlich bemerkte er darunter zwei riesige Augen aus Stein, welche ihn betrachteten. Und Michelangelo fühlte seine Gestalt wachsen unter dem Einfluß dieses Blickes. Jetzt ragte auch er über dem Land, und es war ihm, als ob er von Ewigkeit her diesem Berg brüderlich gegenüberstände. Das Tal wich unter ihm zurück wie unter einem Steigenden, die Hütten drängten sich wie Herden aneinander, und näher und verwandter zeigte sich das Felsengesicht unter seinen weißen steinernen Schleiern. Es hatte einen wartenden Ausdruck, reglos und doch am Rande der Bewegung. Michelangelo dachte nach: ›Man kann dich nicht zerschlagen, du bist ja nur Eines‹, und dann hob er seine Stimme: ›Dich will ich vollenden, du bist mein Werk.‹ Und er wandte sich nach Florenz zurück. Er sah einen Stern und den Turm vom Dom. Und um seine Füße war Abend.

Mit einemmal, an der Porta Romana, zögerte er. Die beiden Häuserreihen streckten sich wie Arme nach ihm aus, und schon hatten sie ihn ergriffen und zogen ihn hinein in die Stadt. Und immer enger und dämmernder wurden die Gassen, und als er sein Haus betrat, da wußte er sich in dunkeln Händen, denen er nicht entgehen konnte. Er flüchtete in den Saal und von da in die niedere, kaum zwei Schritte lange Kammer, darin er zu schreiben pflegte. Ihre Wände legten sich an ihn, und es war, als kämpften sie mit seinen Übermaßen und zwängten ihn zurück in die alte, enge Gestalt. Und er duldete es. Er drückte sich in die Knie und ließ sich formen von ihnen. Er fühlte eine nie gekannte Demut in sich und hatte selbst den Wunsch, irgendwie klein zu sein. Und eine Stimme kam: ›Michelangelo, wer ist in dir?‹ Und der Mann in der schmalen Kammer legte die Stirn schwer in die Hände und sagte leise: ›Du mein Gott, wer denn sonst.‹

Und da wurde es weit um Gott, und er hob sein Gesicht, welches über Italien war, frei empor und schaute um sich: In Mänteln und Mitren standen die Heiligen da, und die Engel gingen mit ihren Gesängen wie mit Krügen voll glänzenden Quells unter den dürstenden Sternen umher, und es war der Himmel kein Ende.«
Mein lahmer Freund hob seine Blicke und duldete, daß die Abendwolken sie mitzogen über den Himmel hin: »Ist Gott denn *dort*?« fragte er. Ich schwieg. Dann neigte ich mich zu ihm: »Ewald, sind wir denn *hier*?« Und wir hielten uns herzlich die Hände.

WIE DER FINGERHUT DAZU KAM, DER LIEBE GOTT ZU SEIN

Als ich vom Fenster forttrat, waren die Abendwolken immer noch da. Sie schienen zu warten. Soll ich ihnen auch eine Geschichte erzählen? Ich schlug es ihnen vor. Aber sie hörten mich gar nicht. Um mich verständlich zu machen und die Entfernung zwischen uns zu beschränken, rief ich: »Ich bin auch eine Abendwolke.« Sie blieben stehen, offenbar betrachteten sie mich. Dann streckten sie mir ihre feinen, durchscheinenden rötlichen Flügel entgegen. Das ist die Art, wie Abendwolken sich begrüßen. Sie hatten mich erkannt.
»Wir sind über der Erde,« – erklärten sie – »genauer über Europa, und du?« Ich zögerte: »Es ist da ein Land–« »Wie sieht es aus?« erkundigten sie sich.

»Nun,« entgegnete ich – »Dämmerung mit Dingen –« »Das ist Europa auch«, lachte eine junge Wolke. »Möglich,« sagte ich, »aber ich habe immer gehört: die Dinge in Europa sind tot.« »Ja, allerdings«, bemerkte eine andere verächtlich. »Was wäre das für ein Unsinn: lebende Dinge?« »Nun,« beharrte ich, »meine leben. Das ist also der Unterschied. Sie können verschiedenes werden, und ein Ding, welches als Bleistift oder als Ofen zur Welt kommt, muß deshalb noch nicht an seinem Fortkommen verzweifeln. Ein Bleistift kann mal ein Stock, wenn es gut geht, ein Mastbaum, ein Ofen aber mindestens ein Stadttor werden.«
»Du scheinst mir eine recht einfältige Abendwolke zu sein«, sagte die junge Wolke, welche sich schon früher so wenig zurückhaltend ausgedrückt hatte. Ein alter Wolkerich fürchtete, sie könnte mich beleidigt haben. »Es giebt ganz verschiedene Länder,« begütigte er, »ich war einmal über ein kleines deutsches Fürstentum geraten, und ich glaube bis heute nicht, daß das zu Europa gehörte.« Ich dankte ihm und sagte: »Wir werden uns schwer einigen können, sehe ich. Erlauben Sie, ich werde Ihnen einfach das erzählen, was ich in der letzten Zeit unter mir erblickte, das wird wohl das beste sein.« »Bitte«, gestattete der weise Wolkerich im Auftrage aller.
Ich begann: »Menschen sind in einer Stube. Ich bin ziemlich hoch, müßt ihr wissen, und so kommt es: sie sehen für mich wie Kinder aus; deshalb will ich auch einfach sagen: Kinder. Also: Kinder sind in einer Stube. Zwei, fünf, sechs, sieben Kinder. Es würde zu lange

dauern, sie um ihre Namen zu fragen. Übrigens scheinen die Kinder eifrig etwas zu besprechen; bei dieser Gelegenheit wird sich ja der eine oder der andere Name verraten. Sie stehen wohl schon eine ganze Weile so beisammen, denn der älteste (ich vernehme, daß er Hans gerufen wird) bemerkt gleichsam abschließend: ›Nein, so kann es entschieden nicht bleiben. Ich habe gehört, früher haben die Eltern den Kindern am Abend immer, oder wenigstens an braven Abenden – Geschichten erzählt bis zum Einschlafen. Kommt so etwas heute vor?‹ Eine kleine Pause, dann antwortet Hans selbst: ›Es kommt nicht vor, nirgends. Ich für meinen Teil, auch weil ich schon groß bin gewissermaßen, schenke ihnen ja gern diese paar elenden Drachen, mit denen sie sich quälen würden, aber immerhin, es gehört sich, daß sie uns sagen, es giebt Nixen, Zwerge, Prinzen und Ungeheuer.‹ ›Ich habe eine Tante,‹ bemerkte eine Kleine, ›die erzählt mir manchmal –‹ ›Ach was,‹ schneidet Hans kurz ab, ›Tanten gelten nicht, *die* lügen.‹ Die ganze Gesellschaft war sehr eingeschüchtert angesichts dieser kühnen, aber unwiderlegten Behauptung. Hans fährt fort: ›Auch handelt es sich hier vor allem um die Eltern, weil diese gewissermaßen die Verpflichtung haben, uns in dieser Weise zu unterrichten; bei den anderen ist es mehr Güte. Verlangen kann man es nicht von ihnen. Aber gebt nur mal acht: was tun unsere Eltern? Sie gehen mit bösen gekränkten Gesichtern umher, nichts ist ihnen recht, sie schreien und schelten, aber dabei sind sie doch so gleichgültig, und wenn die Welt unterginge, sie würden es kaum bemerken. Sie haben etwas, was sie ‚Ideale' nennen. Vielleicht ist das auch so eine Art kleine Kinder, die nicht allein bleiben dürfen und sehr viel Mühe machen; aber dann hätten sie eben *uns* nicht haben dürfen. Nun, ich denke so, Kinder: daß die Eltern uns vernachlässigen, ist traurig, gewiß. Aber wir würden das dennoch ertragen, wenn es nicht ein Beweis wäre dafür, daß die Großen überhaupt dumm werden, zurückgehen, wenn man so sagen darf. Wir können ihren Verfall nicht aufhalten; denn wir können den ganzen Tag keinen Einfluß auf sie ausüben, und kommen wir spät aus der Schule nach Haus, wird kein Mensch verlangen, daß wir uns hinsetzen und versuchen, sie für etwas Vernünftiges zu interessieren. Es tut einem auch recht weh, wenn man so unter der Lampe sitzt und sitzt, und die Mutter begreift nicht einmal den pythagoräischen Lehrsatz. Nun, es ist einmal nicht anders. So werden die Großen immer dümmer werden... es schadet nichts: was kann uns dabei verloren gehen? die Bildung? Sie ziehen den Hut vor einander, und wenn eine Glatze dabei zum Vorschein kommt, so lachen sie. Überhaupt: sie lachen beständig. Wenn wir nicht dann und wann so vernünftig wären, zu weinen, es gäbe durchaus kein Gleichgewicht auch in diesen Angelegenheiten. Dabei sind sie von einem Hochmut: sie behaupten sogar, der Kaiser sei ein Erwachsener. Ich habe in den Zeitungen gelesen, der König von Spanien sei ein Kind, so ist es mit allen Königen und Kaisern, – laßt euch nur nichts einreden! Aber neben

allem Überflüssigen haben die Großen doch etwas, was uns durchaus nicht gleichgültig sein kann: den lieben Gott. Ich habe ihn zwar noch bei keinem von ihnen gesehen, – aber gerade das ist verdächtig. Es ist mir eingefallen, sie könnten ihn in ihrer Zerstreutheit, Geschäftigkeit und Hast irgendwo verloren haben. Nun ist er aber etwas durchaus Notwendiges. Verschiedenes kann ohne ihn nicht geschehen, die Sonne kann nicht aufgehen, keine Kinder können kommen, aber auch das Brot wird aufhören. Wenn es auch beim Bäcker herauskommt, der liebe Gott sitzt und dreht die großen Mühlen. Es lassen sich leicht viele Gründe finden, weshalb der liebe Gott etwas Unentbehrliches ist. Aber soviel steht fest, die Großen kümmern sich nicht um ihn, also müssen wir Kinder es tun. Hört, was ich mir ausgedacht habe. Wir sind genau sieben Kinder. Jedes muß den lieben Gott einen Tag tragen, dann ist er die ganze Woche bei uns, und man weiß immer, wo er sich gerade befindet.‹
Hier entstand eine große Verlegenheit. Wie sollte das geschehen? Konnte man denn den lieben Gott in die Hand nehmen oder in die Tasche stecken? Dazu erzählte ein Kleiner: ›Ich war allein im Zimmer. Eine kleine Lampe brannte nahe bei mir, und ich saß im Bett und sagte mein Abendgebet – sehr laut. Es rührte sich etwas in meinen gefalteten Händen. Es war weich und warm und wie ein kleines Vögelchen. Ich konnte die Hände nicht auftun, denn das Gebet war noch nicht aus. Aber ich war sehr neugierig und betete furchtbar schnell. Dann beim Amen machte ich so (der

Kleine streckte die Hände aus und spreizte die Finger), aber es war nichts da.‹
Das konnten sich alle vorstellen. Auch Hans wußte keinen Rat. Alle schauten ihn an. Und auf einmal sagte er: ›Das ist ja dumm. Ein jedes Ding kann der liebe Gott sein. Man muß es ihm nur sagen.‹ Er wandte sich an den ihm zunächststehenden, rothaarigen Knaben. ›Ein Tier kann das nicht. Es läuft davon. Aber ein Ding, siehst du, es steht, du kommst in die Stube, bei Tag, bei Nacht: es ist immer da, es kann wohl der liebe Gott sein.‹ Allmählich überzeugten sich die anderen davon. ›Aber wir brauchen einen kleinen Gegenstand, den man überall mittragen kann, sonst hat es ja keinen Sinn. Leert einmal alle eure Taschen aus.‹ Da zeigten sich nun sehr seltsame Dinge: Papierschnitzel, Federmesser, Radiergummi, Federn, Bindfaden, kleine Steine, Schrauben, Pfeifen, Holzspänchen und vieles andere, was sich aus der Ferne gar nicht erkennen läßt, oder wofür der Name mir fehlt. Und alle diese Dinge lagen in den seichten Händen der Kinder, wie erschrocken über die plötzliche Möglichkeit, der liebe Gott zu werden, und welches von ihnen ein bißchen glänzen konnte, glänzte, um dem Hans zu gefallen. Lange schwankte die Wahl. Endlich fand sich bei der kleinen Resi ein Fingerhut, den sie ihrer Mutter einmal weggenommen hatte. Er war licht, wie aus Silber, und um seiner Schönheit willen wurde er der liebe Gott. Hans selbst steckte ihn ein, denn er begann die Reihe, und alle Kinder gingen den ganzen Tag hinter ihm her und waren stolz auf ihn. Nur schwer einigte

man sich, wer ihn morgen haben sollte, und Hans stellte in seiner Umsicht dann das Programm gleich für die ganze Woche fest, damit kein Streit ausbräche.
Diese Einrichtung erwies sich im ganzen als überaus zweckmäßig. Wer den lieben Gott gerade hatte, konnte man auf den ersten Blick erkennen. Denn der Betreffende ging etwas steifer und feierlicher und machte ein Gesicht wie am Sonntag. Die ersten drei Tage sprachen die Kinder von nichts anderem. Jeden Augenblick verlangte eines den lieben Gott zu sehen, und wenn sich der Fingerhut unter dem Einfluß seiner großen Würde auch garnicht verändert hatte, das Fingerhutliche an ihm erschien jetzt nur als ein bescheidenes Kleid um seine wirkliche Gestalt. Alles ging nach der Ordnung vor sich. Am Mittwoch hatte ihn Paul, am Donnerstag die kleine Anna. Der Samstag kam. Die Kinder spielten Fangen und tollten atemlos durcheinander, als Hans plötzlich rief: ›Wer hat denn den lieben Gott?‹ Alle standen. Jedes sah das andere an. Keines erinnerte sich, ihn seit zwei Tagen gesehen zu haben. Hans zählte ab, wer an der Reihe sei; es kam heraus: die kleine Marie. Und nun verlangte man ohne weiteres von der kleinen Marie den lieben Gott. Was war da zu tun? Die Kleine kratzte in ihren Taschen herum. Jetzt fiel ihr erst ein, daß sie ihn am Morgen erhalten hatte; aber jetzt war er fort, wahrscheinlich hatte sie ihn hier beim Spielen verloren.
Und als alle Kinder nach Hause gingen, blieb die Kleine auf der Wiese zurück und suchte. Das Gras war ziemlich hoch. Zweimal kamen Leute vorüber und

fragten, ob sie etwas verloren hätte. Jedesmal antwortete das Kind: ›Einen Fingerhut‹ – und suchte. Die Leute taten eine Weile mit, wurden aber bald des Bückens müde, und einer riet im Fortgehen: ›Geh lieber nach Haus, man kann ja einen neuen kaufen.‹ Dennoch suchte Mariechen weiter. Die Wiese wurde immer fremder in der Dämmerung, und das Gras begann naß zu werden. Da kam wieder ein Mann. Er beugte sich über das Kind: ›Was suchst du?‹ Jetzt antwortete Mariechen, nicht weit vom Weinen, aber tapfer und trotzig: ›Den lieben Gott.‹ Der Fremde lächelte, nahm sie einfach bei der Hand, und sie ließ sich führen, als ob jetzt alles gut wäre. Unterwegs sagte der fremde Mann: ›Und sieh mal, was ich heute für einen schönen Fingerhut gefunden habe.‹ – «

Die Abendwolken waren schon längst ungeduldig. Jetzt wandte sich der weise Wolkerich, welcher indessen dick geworden war, zu mir: »Verzeihen Sie, dürfte ich nicht den Namen des Landes – über welchem Sie – « Aber die anderen Wolken liefen lachend in den Himmel hinein und zogen den Alten mit.

EIN MÄRCHEN VOM TOD UND EINE FREMDE NACHSCHRIFT DAZU

Ich schaute noch immer hinauf in den langsam verlöschenden Abendhimmel, als jemand sagte: »Sie scheinen sich ja für das Land da oben sehr zu interessieren?«

Mein Blick fiel schnell, wie heruntergeschossen, und ich erkannte: Ich war an die niedere Mauer unseres kleinen Kirchhofs geraten, und vor mir, jenseits derselben, stand der Mann mit dem Spaten und lächelte ernst. »*Ich* interessiere mich wieder für *dieses* Land hier«, ergänzte er und wies nach der schwarzen, feuchten Erde, welche an manchen Stellen hervorsah aus den vielen welken Blättern, die sich rauschend rührten, während ich nicht wußte, daß ein Wind begonnen hatte. Plötzlich sagte ich, von heftigem Abscheu erfaßt: »Warum tun Sie das da?« Der Totengräber lächelte immer noch: »Es ernährt einen auch – und dann, ich bitte Sie, tun nicht die meisten Menschen das gleiche? Sie begraben Gott *dort*, wie ich die Menschen hier.« Er zeigte nach dem Himmel und erklärte mir: »Ja, das ist auch ein großes Grab, im Sommer stehen wilde Vergißmeinnicht drauf –« Ich unterbrach ihn: »Es gab eine Zeit, wo die Menschen Gott im Himmel begruben, das ist wahr –« »Ist das anders geworden?« fragte er seltsam traurig. Ich fuhr fort: »Einmal warf jeder eine Hand Himmel über ihn, ich weiß. Aber da war er eigentlich schon nicht mehr dort, oder doch –« ich zögerte.

»Wissen Sie,« begann ich dann von neuem, »in alten Zeiten beteten die Menschen so.« Ich breitete die Arme aus und fühlte unwillkürlich meine Brust groß werden dabei. »Damals warf sich Gott in alle diese Abgründe voll Demut und Dunkelheit, und nur ungern kehrte er in seine Himmel zurück, die er, unvermerkt, immer näher über die Erde zog. Aber ein neuer Glaube begann. Da dieser den Menschen nicht verständlich machen konnte, worin sein neuer Gott sich von jenem alten unterscheide (sobald er ihn nämlich zu preisen begann, erkannten die Menschen sofort den einen alten Gott auch hier), so veränderte der Verkünder des neuen Gebotes die Art zu beten. Er lehrte das Händefalten und entschied: Seht, unser Gott will *so* gebeten sein, also ist er ein anderer als der, den ihr bisher in euren Armen glaubtet zu empfangen. Die Menschen sahen das ein, und die Gebärde der offenen Arme wurde eine verächtliche und schreckliche, und später heftete man sie ans Kreuz, um sie allen als ein Symbol der Not und des Todes zu zeigen.

Als Gott aber das nächste Mal wieder auf die Erde niederblickte, erschrak er. Neben den vielen gefalteten Händen hatte man viele gotische Kirchen gebaut, und so streckten sich ihm die Hände und die Dächer, gleich steil und scharf, wie feindliche Waffen entgegen. Bei Gott ist eine *andere* Tapferkeit. Er kehrte in seine Himmel zurück, und als er merkte, daß die Türme und die neuen Gebete hinter ihm her wuchsen, da ging er auf der anderen Seite aus seinen Himmeln hinaus und entzog sich so der Verfolgung. Er war selbst überrascht, jenseits von seiner strahlenden Heimat ein beginnendes Dunkel zu finden, das ihn schweigend empfing, und er ging mit einem seltsamen Gefühl immer weiter in dieser Dämmerung, welche ihn an die Herzen der Menschen erinnerte. Da fiel es ihm zuerst ein, daß die Köpfe der Menschen licht, ihre Herzen aber voll eines ähnlichen Dunkels sind, und eine Sehnsucht überkam ihn, in den Herzen der Menschen zu wohnen und nicht mehr durch das klare, kalte Wachsein ihrer Gedanken zu gehen. Nun, Gott hat seinen Weg fortgesetzt. Immer dichter wird um ihn die Dunkelheit, und die Nacht, durch die er sich drängt, hat etwas von der duftenden Wärme fruchtbarer Schollen. Und nicht lange mehr, so strecken sich ihm die Wurzeln entgegen mit der alten schönen Gebärde des breiten Gebetes. Es giebt nichts Weiseres als den Kreis. Der Gott, der uns in den Himmeln entfloh, aus der Erde wird er uns wiederkommen. Und, wer weiß, vielleicht graben gerade Sie einmal das Tor...« Der Mann mit dem Spaten sagte: »Aber das ist ein Märchen.« »In unserer Stimme«, erwiderte ich leise, »wird Alles Märchen, denn es kann sich ja in ihr nie begeben haben.« Der Mann schaute eine Weile vor sich hin. Dann zog er mit heftigen Bewegungen den Rock an und fragte: »Wir können ja wohl zusammengehen?« Ich nickte: »Ich gehe nach Hause. Es wird wohl derselbe Weg sein. Aber wohnen Sie nicht hier?« Er trat aus der kleinen Gittertür, legte sie sanft in ihre klagenden Angeln zurück und entgegnete: »Nein.«

Nach ein paar Schritten wurde er vertraulicher: »Sie haben ganz recht gehabt vorhin. Es ist seltsam, daß sich jemand findet, der das tun mag, das da draußen. Ich habe früher nie daran gedacht. Aber jetzt, seit ich älter werde, kommen mir manchmal Gedanken, eigentümliche Gedanken, wie der mit dem Himmel, und noch andere. Der Tod. Was weiß man davon? Scheinbar alles und vielleicht nichts. Oft stehen die Kinder (ich weiß nicht, wem sie gehören) um mich, wenn ich arbeite. Und mir fällt gerade so etwas ein. Dann grabe ich wie ein Tier, um alle meine Kraft aus dem Kopfe fortzuziehen und sie in den Armen zu verbrauchen. Das Grab wird viel tiefer als die Vorschrift verlangt, und ein Berg Erde wächst daneben auf. Die Kinder aber laufen davon, da sie meine wilden Bewegungen sehen. Sie glauben, daß ich irgendwie zornig bin.« Er dachte nach. »Und es ist ja auch eine Art Zorn. Man wird abgestumpft, man glaubt es überwunden zu haben, und plötzlich... Es hilft nichts, der Tod ist etwas Unbegreifliches, Schreckliches.«

Wir gingen eine lange Straße unter schon ganz blätterlosen Obstbäumen, und der Wald begann, uns zur Linken, wie eine Nacht, die jeden Augenblick auch über uns hereinbrechen kann. »Ich will Ihnen eine kleine Geschichte berichten,« versuchte ich, »sie reicht gerade bis an den Ort.« Der Mann nickte und zündete sich seine kurze, alte Pfeife an. Ich erzählte:

»Es waren zwei Menschen, ein Mann und ein Weib, und sie hatten einander lieb. Liebhaben, das heißt, nichts annehmen, von nirgends, alles vergessen und von *einem* Menschen alles empfangen wollen, das was man schon besaß und alles andere. So wünschten es die beiden Menschen gegenseitig. Aber in der Zeit, im Tage, unter den Vielen, wo alles kommt und geht, oft ehe man eine wirkliche Beziehung dazu gewinnt, läßt sich ein solches Liebhaben gar nicht durchführen, die Ereignisse kommen von allen Seiten, und der Zufall öffnet ihnen jede Tür.

Deshalb beschlossen die beiden Menschen aus der Zeit in die Einsamkeit zu gehen, weit fort vom Uhrenschlagen und von den Geräuschen der Stadt. Und dort erbauten sie sich in einem Garten ein Haus. Und das Haus hatte zwei Tore, eines an seiner rechten, eines an seiner linken Seite. Und das rechte Tor war des Mannes Tor, und alles Seine sollte durch dasselbe in das Haus einziehen. Das linke aber war das Tor des Weibes, und was ihres Sinnes war, sollte durch seinen Bogen eintreten. So geschah es. Wer zuerst erwachte am Morgen, stieg hinab und tat sein Tor auf. Und da kam dann bis spät in die Nacht gar manches herein, wenn auch das Haus nicht am Rande des Weges lag. Zu denen, die zu empfangen verstehen, kommt die Landschaft ins Haus und das Licht und ein Wind mit einem Duft auf den Schultern und viel anderes mehr. Aber auch Vergangenheiten, Gestalten, Schicksale traten durch die beiden Tore ein, und allen wurde die gleiche, schlichte Gastlichkeit zuteil, so daß sie meinten, seit immer in dem Heidehaus gewohnt zu haben. So ging es eine lange Zeit fort, und die beiden Menschen waren sehr glücklich dabei. Das linke Tor war etwas häufiger geöffnet, aber durch das rechte traten buntere Gäste ein. Vor diesem wartete auch eines Morgens – der Tod. Der Mann schlug seine Tür eilends zu, als er ihn bemerkte, und hielt sie den ganzen Tag über fest verschlossen. Nach einiger Zeit tauchte der Tod vor dem linken Eingang auf. Zitternd warf das Weib das Tor zu und schob den breiten Riegel vor. Sie sprachen nicht miteinander über dieses Ereignis, aber sie öffneten seltener die beiden Tore und suchten mit dem auszukommen, was im Hause war. Da lebten sie nun freilich viel ärmlicher als vorher. Ihre Vorräte wurden knapp, und es stellten sich Sorgen ein. Sie begannen beide schlecht zu schlafen, und in einer solchen wachen, langen Nacht vernahmen sie plötzlich zugleich ein seltsames, schlürfendes und pochendes Geräusch. Es war hinter der Wand des Hauses, gleich weit entfernt von den beiden Toren, und klang, als ob jemand begänne Steine auszubrechen, um ein neues Tor mitten in die Mauer zu bauen. Die beiden Menschen taten in ihrem Schrecken dennoch, als ob sie nichts Besonderes vernähmen. Sie begannen zu sprechen, lachten unnatürlich laut, und als sie müde wurden, war das Wühlen in der Wand verstummt. Seither bleiben die beiden Tore ganz geschlossen. Die Menschen leben wie Gefangene. Beide sind kränklich geworden und haben seltsame Einbildungen. Das Geräusch wiederholt sich von Zeit zu Zeit. Dann lachen sie mit ihren Lippen, während ihre Herzen fast sterben vor Angst. Und sie wissen beide, daß das Graben immer lauter und deutlicher wird, und müssen immer lauter sprechen und lachen mit ihren immer matteren Stimmen.«

Ich schwieg. »Ja, ja, –« sagte der Mann neben mir, »so ist es, das ist eine wahre Geschichte.«

»Diese habe ich in einem alten Buche gelesen,« fügte ich hinzu, »und da ereignete sich etwas sehr Merkwürdiges dabei. Hinter der Zeile, darin erzählt wird, wie der Tod auch vor dem Tore des Weibes erschien, war mit alter, verwelkter Tinte ein kleines Sternchen gezeichnet. Es sah aus den Worten wie aus Wolken hervor, und ich dachte einen Augenblick, wenn die Zeilen sich verzögen, so könnte offenbar werden, daß hinter ihnen lauter Sterne stehen, wie es ja wohl manchmal geschieht, wenn der Frühlingshimmel sich spät am Abend klärt. Dann vergaß ich des unbedeutenden Umstandes ganz, bis ich hinten im Einband des Buches dasselbe Sternchen, wie gespiegelt in einem See, in dem glatten Glanzpapier wiederfand, und nah unter demselben begannen zarte Zeilen, die wie Wellen in der blassen spiegelnden Fläche verliefen. Die Schrift war an vielen Stellen undeutlich geworden, aber es gelang mir doch, sie fast ganz zu entziffern. Da stand etwa:

›Ich habe diese Geschichte so oft gelesen, und zwar in allen möglichen Tagen, daß ich manchmal glaube, ich habe sie selbst, aus der Erinnerung, aufgezeichnet. Aber bei mir geht es im weiteren Verlaufe so zu, wie ich es hier niederschreibe. Das Weib hatte den Tod nie gesehen; arglos ließ es ihn eintreten. Der Tod aber sagte etwas hastig und wie einer, welcher kein gutes Gewissen hat: ‚Gieb das deinem Mann.' Und er fügte, als das Weib ihn fragend anblickte, eilig hinzu: ‚Es ist Samen, sehr guter Samen.' Dann entfernte er sich ohne zurückzusehen. Das Weib öffnete das Säckchen, welches er ihr in die Hand gelegt hatte; es fand sich wirklich eine Art Samen darin, harte, häßliche Körner. Da dachte das Weib: der Same ist etwas Unfertiges, Zukünftiges. Man kann nicht wissen, was aus ihm wird. Ich will diese unschönen Körner nicht meinem Manne geben, sie sehen gar nicht aus wie ein Geschenk. Ich will sie lieber in das Beet unseres Gartens drücken und warten, was sich aus ihnen erhebt. Dann will ich ihn davorführen und ihm erzählen, wie ich zu dieser Pflanze kam. Also tat das Weib auch. Dann lebten sie dasselbe Leben weiter. Der Mann, der immer daran denken mußte, daß der Tod vor seinem Tore gestanden hatte, war anfangs etwas ängstlich, aber da er das Weib so gastlich und sorglos sah wie immer, tat auch er bald wieder die breiten Flügel seines Tores auf, so daß viel Leben und Licht in das Haus hereinkam. Im nächsten Frühjahr stand mitten im Beete zwischen den schlanken Feuerlilien ein kleiner Strauch. Er hatte schmale, schwärzliche Blätter, etwas spitz, ähnlich denen des Lorbeers, und es lag ein sonderbarer Glanz auf ihrer Dunkelheit. Der Mann nahm sich täglich vor, zu fragen, woher diese Pflanze stamme. Aber er unterließ es täglich. In einem verwandten Gefühl verschwieg auch das Weib von einem Tag zum andern die Aufklärung. Aber die unterdrückte Frage auf der einen, die niegewagte Antwort auf der anderen Seite, führte die beiden Menschen oft bei diesem Strauch zusammen, der sich in seiner grünen Dunkelheit so seltsam von dem Garten unterschied. Als das nächste Frühjahr kam, da beschäftigten sie sich, wie mit den anderen Gewächsen, auch mit dem Strauch, und sie wurden traurig, als er, umringt von lauter steigenden Blüten, unverändert und stumm, wie im ersten Jahr, gegen alle Sonne taub, sich erhob. Damals beschlossen sie, ohne es einander zu verraten, gerade *diesem* im dritten Frühjahr ihre ganze Kraft zu widmen, und als dieses Frühjahr erschien, erfüllten sie leise und Hand in Hand, was sich jeder versprochen hatte. Der Garten umher verwilderte, und die Feuerlilien schienen blasser als sonst zu sein. Aber einmal, als sie nach einer schweren, bedeckten Nacht in den Morgengarten, den stillen, schimmernden traten, da wußten sie: Aus den schwarzen, scharfen Blättern des fremden Strauches war unversehrt eine blasse, blaue Blüte gestiegen, welcher die Knospenschalen schon an allen Seiten enge wurden. Und sie standen davor vereint und schweigend, und jetzt wußten sie sich erst recht nichts zu sagen. Denn sie dachten: Nun blüht der Tod, und neigten sich zugleich, um den Duft der jungen Blüte zu kosten. – Seit diesem Morgen aber ist alles anders geworden in der Welt.‹ So stand es in dem Einband des alten Buches«, schloß ich.

»Und wer das geschrieben hat?« drängte der Mann.

»Eine Frau, nach der Schrift«, antwortete ich. »Aber was hätte es geholfen, nachzuforschen. Die Buchstaben waren sehr verblaßt und etwas altmodisch. Wahrscheinlich war sie schon längst tot.«

Der Mann war ganz in Gedanken. Endlich bekannte er: »Nur eine Geschichte, und doch rührt es einen so an.« »Nun, das ist, wenn man selten Geschichten hört«, begütigte ich. »Meinen Sie?« Er reichte mir seine Hand, und ich hielt sie fest. »Aber ich möchte sie gerne weitersagen. Das darf man doch?« Ich nickte. Plötzlich fiel ihm ein: »Aber ich habe niemanden. Wem sollte ich sie auch erzählen?« »Nun, das ist ein-

fach; den Kindern, die Ihnen manchmal zusehen kommen. Wem sonst?«
Die Kinder haben auch richtig die letzten drei Geschichten gehört. Allerdings, die von den Abendwolken wiederholte, nur teilweise, wenn ich gut unterrichtet bin. Die Kinder sind ja klein und darum von den Abendwolken viel weiter als wir. Doch das ist bei *dieser* Geschichte ganz gut. Trotz der langen, wohlgesetzten Rede des Hans, würden sie erkennen, daß die Sache unter Kindern spielt, und meine Erzählung kritisch, als Sachverständige, betrachten. Aber es ist besser, daß sie nicht erfahren, mit welcher Anstrengung und wie ungeschickt wir die Dinge erleben, die ihnen so ganz mühelos und einfach geschehen.

EIN VEREIN, AUS EINEM DRINGENDEN BEDÜRFNIS HERAUS

Ich erfahre erst, daß unser Ort auch eine Art Künstlerverein besitzt. Er ist kürzlich aus einem, wie man sich leicht vorstellen kann, sehr dringenden Bedürfnis entstanden, und es geht das Gerücht, daß er »blüht«. Wenn Vereine gar nicht wissen, was sie anfangen sollen, dann blühen sie; sie haben gehört, daß man dies tun muß, um ein richtiger Verein zu sein.
Ich muß nicht sagen, daß Herr Baum Ehrenmitglied, Gründer, Fahnenvater und alles übrige in einer Person ist und Mühe hat, die verschiedenen Würden auseinanderzuhalten. Er sandte mir einen jungen Mann,

der mich einladen sollte, an den »Abenden« teilzunehmen. Ich dankte ihm, wie es sich von selbst versteht, sehr höflich und fügte hinzu, daß meine ganze Tätigkeit seit etwa fünf Jahren im Gegenteil bestehe. »Es vergeht, stellen Sie sich vor,« erklärte ich ihm mit dem entsprechenden Ernst, »seit dieser Zeit keine Minute, in welcher ich nicht aus irgend einem Verbande austrete, und doch giebt es noch immer Gesellschaften, welche mich sozusagen enthalten.« Der junge Mann schaute erst erschreckt, dann mit dem Ausdruck respektvollen Bedauerns auf meine Füße. Er mußte ihnen das »Austreten« ansehen, denn er nickte verständig mit dem Kopfe. Das gefiel mir gut, und da ich gerade fortgehen mußte, schlug ich ihm vor, mich ein Stückchen zu begleiten. So gingen wir durch den Ort und darüber hinaus, dem Bahnhof zu, denn ich hatte in der Umgebung zu tun. Wir sprachen über mancherlei Dinge; ich erfuhr, daß der junge Mann Musiker sei. Er hatte es mir bescheiden mitgeteilt, ansehen konnte man es ihm nicht. Außer seinen zahlreichen Haaren zeichnete ihn eine große, gleichsam springende Bereitwilligkeit aus. Auf diesem nicht allzulangen Weg hob er mir zwei Handschuhe auf, hielt mir den Schirm, als ich etwas in meinen Taschen suchte, machte mich errötend darauf aufmerksam, daß mir etwas im Barte hinge, daß mir Ruß auf der Nase säße, und dabei wurden ihm die mageren Finger lang, als sehnten sie sich danach, sich meinem Gesichte auf diese Weise hilfreich zu nähern. In seinem Eifer blieb der junge Mensch sogar bisweilen zurück und holte mit sichtlichem Vergnügen die welken Blätter, die im Herabflattern hängen geblieben waren, aus den Ästen der Sträucher. Ich sah ein, daß ich durch diese beständigen Verzögerungen den Zug versäumen würde (der Bahnhof war noch ziemlich weit), und entschloß mich, meinem Begleiter eine Geschichte zu erzählen, um ihn ein wenig an meiner Seite zu halten.

Ich begann ohne weiteres: »Mir ist der Verlauf einer derartigen Gründung bekannt, welche auf wirklicher Notwendigkeit beruhte. Sie werden sehen. Es ist nicht sehr lange her, da fanden sich drei Maler durch Zufall in einer alten Stadt zusammen. Die drei Maler sprachen natürlich *nicht* von Kunst. Es schien wenigstens so. Sie verbrachten den Abend in der Hinterstube eines alten Gasthauses damit, sich Reiseabenteuer und Erlebnisse verschiedener Art mitzuteilen, ihre Geschichten wurden immer kürzer und wörtlicher, und endlich blieben noch ein paar Witze übrig, mit denen sie beständig hin und her warfen. Um jedem Mißverständnis vorzubeugen, muß ich übrigens gleich sagen, daß es wirkliche Künstler waren, gewissermaßen von der Natur beabsichtigte, keine zufälligen. Dieser öde Abend in der Hinterstube kann nichts daran ändern; man wird ja auch gleich erfahren, wie er weiter verlief. Es traten andere Leute, profane, in dieses Gasthaus ein, die Maler fühlten sich gestört und brachen auf. Mit dem Augenblick, da sie aus dem Tor traten, waren sie andere Leute. Sie gingen in der Mitte der Gasse, einer vom anderen etwas getrennt. Auf ihren Gesichtern waren noch die Spuren des Lachens, diese merkwürdige Unordnung der Züge, aber die Augen waren bei allen schon ernst und betrachtend. Plötzlich stieß der in der Mitte den Rechten an. Der verstand ihn sofort. Da war vor ihnen eine Gasse, schmal, von feiner, warmer Dämmerung erfüllt. Sie stieg etwas an, so daß sie perspektivisch sehr zur Geltung kam, und hatte etwas ungemein Geheimnisvolles und doch wieder Vertrautes. Die drei Maler ließen das einen Augenblick auf sich wirken. Sie sprachen nichts, denn sie wußten: *sagen* kann man das nicht. Sie waren ja deshalb Maler geworden, weil es manches giebt, was man nicht sagen kann. Plötzlich erhob sich der Mond irgendwo, zeichnete den einen Giebel silbern nach, und es stieg ein Lied aus einem Hofe auf. ›Grobe Effekthascherei –‹, brummte der Mittlere, und sie gingen weiter. Sie schritten jetzt etwas näher nebeneinander hin, obwohl sie immer noch die ganze Breite der Gasse brauchten. So gerieten sie unversehens auf einen Platz. Jetzt war es der rechts, welcher die anderen aufmerksam machte. In dieser breiteren, freieren Szene hatte der Mond nichts Störendes, im Gegenteil, es war geradezu notwendig, daß er vorhanden war. Er ließ den Platz größer erscheinen, gab den Häusern ein überraschendes, lauschendes Leben, und die beleuchtete Fläche des Pflasters wurde mitten rücksichtslos von einem Brunnen und seinem schweren Schlagschatten unterbrochen, eine Kühnheit, welche den Malern ausnehmend imponierte. Sie stellten sich nahe zusammen und saugten sozusagen an den Brüsten dieser Stimmung. Aber sie wurden unangenehm unterbrochen. Eilige, leichte Schritte näherten sich, aus dem Dunkel des Brunnens löste sich eine männliche Gestalt, empfing jene Schritte, und was sonst zu ihnen gehörte, mit der üblichen Zärtlichkeit, und der schöne Platz war auf einmal eine erbärmliche Illustration geworden, von welcher sich die drei Maler wie *ein* Maler abwandten. ›Da ist schon wieder dieses verdammte novellistische Element‹, schrie der rechts, indem er das Liebespaar am Brunnen mit diesem korrekt technischen Ausdruck begriff. Vereint in ihrem Groll, wanderten die Maler noch lange planlos in der Stadt herum, immerfort Motive entdeckend, aber auch jedesmal aufs neue empört durch die Art, mit welcher irgend ein banaler Umstand die Stille und Einfachheit jedes Bildes zu nichte machte. Gegen Mitternacht saßen sie im Gasthof, in der Wohnstube des Linken, des Jüngsten, beisammen und dachten nicht ans Schlafengehen. Die nächtliche Wanderung hatte eine Menge Pläne und Entwürfe in ihnen wachgerufen und, da sie zugleich bewiesen hatte, daß sie *eines* Geistes seien im Grunde, tauschten sie jetzt, im höchsten Maße interessiert, ihre gegenseitigen Ansichten aus. Man kann nicht behaupten, daß sie tadellose Sätze hervorbrachten, sie schlugen mit ein paar Worten herum, die kein profaner Mensch begriffen hätte, aber untereinander verständigten sie sich dadurch so gut, daß sämtliche Zimmernachbarn bis gegen vier Uhr morgens nicht einschlafen konnten. Das lange Beisammensitzen hatte aber einen wirklichen, sichtbaren Erfolg. Etwas wie ein Verein wurde gebildet; das heißt, er war eigentlich schon da, im Augenblick, als die Absichten und Ziele der drei Künstler sich so verwandt erwiesen, daß man sie nur schwer von einander trennen konnte. Der erste gemeinsame Beschluß des ›Vereins‹ erfüllte sich sofort. Man zog drei Stunden weit ins Land und mietete gemeinsam einen Bauernhof. In der Stadt zu bleiben, hätte zunächst keinen Sinn gehabt. Erst wollte man sich draußen den ›Stil‹ erwerben, die gewisse persönliche Sicherheit, den Blick, die Hand und wie alle die Dinge heißen, ohne welche ein Maler zwar leben, aber nicht malen kann. – Zu allen diesen Tugenden sollte das Zusammenhalten helfen, der ›Verein‹ eben, – besonders aber das Ehrenmitglied dieses Vereins: die Natur. Unter ›Natur‹ stellen sich die Maler alles vor, was der liebe Gott selbst gemacht hat oder doch gemacht haben könnte, unter Umständen. Ein Zaun, ein Haus, ein Brunnen – alle diese Dinge sind ja meistens menschlichen Ursprungs. Aber wenn sie eine Zeit lang in der Landschaft stehen, so daß sie gewisse Eigenschaften von den Bäumen und Büschen und von ihrer anderen Umgebung angenommen haben, so gehen sie gleichsam in den Besitz Gottes über und damit auch in das Eigentum des Malers. Denn Gott und der Künstler haben dasselbe Vermögen und dieselbe Armut, je nachdem. – Nun an der Natur, welche um den gemeinsamen Bauernhof sich erstreckte, glaubte Gott gewiß keinen besonderen Reichtum zu besitzen. Es dauerte indessen nicht lang, so belehrten ihn die Maler eines Besseren. Die Gegend war flach, das ließ sich nicht leugnen. Aber durch die *Tiefe* ihrer Schatten und die

Höhe ihrer Lichter waren Abgründe und Gipfel vorhanden, zwischen denen eine Unzahl von Mitteltönen jenen Regionen weiter Wiesen und fruchtbarer Felder entsprach, die den materiellen Wert einer gebirgigen Gegend ausmachen. Es waren nur wenig Bäume vorhanden und fast alle von derselben Art, botanisch betrachtet. Durch die Gefühle indessen, welche sie ausdrückten, durch die Sehnsucht irgend eines Astes oder die sanfte Ehrfurcht des Stammes erschienen sie als eine große Anzahl individueller Wesen, und manche Weide war eine Persönlichkeit, die den Malern durch die Vielseitigkeit und Tiefe ihres Charakters Überraschung um Überraschung bereitete. Die Begeisterung war so groß, man fühlte sich so sehr eins in dieser Arbeit, daß es nichts bedeuten will, daß jeder der drei Maler nach Verlauf eines halben Jahres ein eigenes Haus bezog; das hatte gewiß rein räumliche Gründe. Aber etwas anderes wird man hier doch erwähnen müssen. Die Maler wollten irgendwie das einjährige Bestehen ihres Vereines, aus dem in so kurzer Zeit soviel Gutes gekommen war, feiern, und jeder entschloß sich zu diesem Zweck heimlich die Häuser der anderen zu malen. An dem bestimmten Tage kamen sie, jeder mit seinen Bildern, zusammen. Es traf sich, daß sie gerade von ihren jeweiligen Wohnungen, deren Lage, Zweckmäßigkeit usw. sich unterhielten. Sie ereiferten sich ziemlich stark, und es geschah, daß während des Gesprächs jeder seiner mitgebrachten Ölskizzen vergaß und spät nachts mit dem uneröffneten Paket zu Hause ankam. Wie das geschehen konnte, ist schwer begreiflich. Aber sie zeigten sich auch in der nächsten Zeit ihre Bilder nicht, und wenn der eine den andern besuchte (was infolge vieler Arbeit immer seltener geschah), fand er auf der Staffelei des Freundes Skizzen aus jener ersten Zeit, da sie noch gemeinsam denselben Bauernhof bewohnten. Aber einmal entdeckte der Rechte (er *wohnte* jetzt auch zur Rechten, kann also weiter so heißen) bei dem, welchen ich den Jüngsten genannt habe, eines jener genannten, nicht verratenen Jubiläumsbilder. Er betrachtete es eine Weile nachdenklich, trat damit ans Licht und lachte plötzlich: ›Schau, das hab ich gar nicht gewußt, nicht ohne Glück hast du da mein Haus aufgefaßt. Eine wahrhaft geistreiche Karikatur. Mit diesen Übertreibungen in Form und Farbe, mit dieser kühnen Ausgestaltung meines allerdings etwas betonten Giebels, wirklich es liegt etwas darin.‹ Der Jüngste machte keines seiner vorteilhaftesten Gesichter, im Gegenteil; er ging zum Mittleren in seiner Bestürzung, um sich von ihm, dem Besonnensten, beruhigen zu lassen, denn er war nach Vorfällen solcher Art gleich kleinmütig und geneigt, an seiner Begabung zu zweifeln. Er traf den Mittleren nicht zu Haus und stöberte ein wenig im Atelier umher, wobei ihm gleich ein Bild in die Augen fiel, das ihn merkwürdig abstieß. Es war ein Haus, aber ein richtiger Narr mußte darin wohnen. Diese Fassade! Das konnte nur irgendeiner gebaut haben, der von Architektur keine Idee hatte und der seine armseligen, malerischen Ideen anwandte auf ein Gebäude. Plötzlich stellte der Jüngste das Bild fort, als ob es ihm die

Finger verbrannt hätte. An dem linken Rande desselben hatte er das Datum jenes ersten Jubiläums gelesen und daneben: ›Das Haus unseres Jüngsten.‹ Er wartete natürlich den Hausherrn nicht ab, sondern kehrte etwas verstimmt nach Hause zurück. Der Jüngste und der rechts waren seither vorsichtig geworden. Sie suchten sich entfernte Motive und dachten selbstverständlich nicht daran, für das Fest des zweijährigen Bestehens ihres so förderlichen Vereins etwas vorzubereiten. Um so eifriger arbeitete der ahnungslose Mittlere daran, ein Motiv, das der Wohnung des Rechten zunächst lag, zu malen. Etwas Unbestimmtes hielt ihn davon ab, dessen Haus selbst zum Vorwand seiner Arbeit zu wählen. – Als er dem Rechtswohnenden das fertige Bild überbrachte, verhielt sich dieser merkwürdig zurückhaltend, schaute es nur flüchtig an und bemerkte etwas Beiläufiges. Dann, nach einer Weile, sagte er: ›Ich habe übrigens gar nicht gewußt, daß du soweit verreist warst in der letzten Zeit?‹ ›Wieso, weit? Verreist?‹ Der Mittlere begriff nicht ein Wort. ›Nun – diese tüchtige Arbeit da,‹ erwiderte der andere, ›offenbar doch irgend ein holländisches Motiv –‹ Der besonnene Mittlere lachte laut auf. ›Köstlich, dieses holländische Motiv befindet sich vor deiner Türe.‹ Und er wollte sich gar nicht beruhigen. Aber der Vereinsgenosse lachte nicht, gar nicht. Er quälte sich ein Lächeln ab und meinte: ›Ein guter Witz.‹ ›Aber ganz und gar nicht, mach mal die Tür auf, ich will dir gleich zeigen –‹ und der Mittlere ging selbst auf die Türe zu. ›Halt,‹ befahl der Hausherr, ›und ich erkläre dir somit, daß ich diese Gegend nie gesehen habe und auch *nie sehen werde*, weil sie für mein Auge überhaupt nicht existenzfähig ist.‹ ›Aber‹, machte der mittlere Maler erstaunt. ›Du bleibst dabei?‹ fuhr der Rechte gereizt fort, ›gut, ich reise heute noch ab. Du zwingst mich fortzugehen, denn ich wünsche nicht in dieser Gegend zu leben. Verstanden?‹ – Damit war die Freundschaft zu Ende, aber nicht der Verein; denn er ist bis heute nicht statutengemäß aufgelöst worden. Niemand hat daran gedacht, und man kann von ihm mit vollstem Rechte sagen, daß er sich über die ganze Erde verbreitet hat.«

»Man sieht,« unterbrach mich der bereitwillige junge Mann, der schon beständig die Lippen spitzte, »wieder einer jener kolossalen Erfolge des Vereinslebens; gewiß sind viele hervorragende Meister aus dieser innigen Verbindung hervorgegangen –«. »Erlauben Sie,« bat ich, und er stäubte mir unversehens den Ärmel ab, »das war eigentlich erst die Einleitung zu meiner Geschichte, obwohl sie komplizierter ist, als die Geschichte selbst. Also, ich sagte, daß der Verein sich über die ganze Erde verbreitet hatte, und dieses ist Tatsache. Seine drei Mitglieder flohen in wahrem Entsetzen von einander. Nirgends war ihnen Ruhe gewährt. Immer fürchtete jeder, der andere könnte noch ein Stück seines Landes erkennen und durch seine ruchlose Darstellung entweihen, und als sie schon an drei entgegengesetzten Punkten der irdischen Peripherie angelangt waren, kam jedem der trostlose Einfall, daß sein Himmel, der Himmel, den er mühsam durch seine wachsende Eigenart erworben hatte, den anderen noch erreichbar sei. In diesem erschütternden Augenblick begannen sie, alle drei zugleich, mit ihren Staffeleien nach rückwärts zu gehen, und noch fünf Schritte und sie wären vom Rande der Erde in die Unendlichkeit gefallen und müßten jetzt in rasender Geschwindigkeit die doppelte Bewegung um diese und um die Sonne vollführen. Aber Gottes Teilnahme und Aufmerksamkeit verhütete dieses grausame Schicksal. Gott erkannte die Gefahr und trat im letzten Moment (was hätte er auch sonst tun sollen?) heraus, in die Mitte des Himmels. Die drei Maler erschraken. Sie stellten die Staffelei fest und setzten die Palette auf. Diese Gelegenheit durften sie sich nicht entgehen lassen. Der liebe Gott erscheint nicht alle Tage und auch nicht jedem. Und jeder der Maler meinte natürlich, Gott stünde *nur* vor *ihm*. Im übrigen vertieften sie sich immer mehr in die interessante Arbeit. Und jedesmal, wenn Gott wieder zurück in den Himmel will, bittet der heilige Lukas ihn, noch eine Weile draußen zu bleiben, bis die drei Maler mit ihren Bildern fertig sind.«

»Und die Herren haben diese Bilder ohne Zweifel schon ausgestellt, vielleicht gar verkauft?« fragte der Musiker in den sanftesten Tönen. »Wo denken Sie hin«, wehrte ich ab. »Sie malen immer noch an Gott und werden ihn wohl bis an ihr eigenes Ende malen. Sollten sie aber (was ich für ausgeschlossen halte) noch einmal im Leben zusammenkommen und sich die Bilder, die sie von Gott inzwischen gemalt haben, zei-

gen, wer weiß: vielleicht würden diese Bilder sich kaum von einander unterscheiden.«
Da war auch schon der Bahnhof. Ich hatte noch fünf Minuten Zeit. Ich dankte dem jungen Mann für seine Begleitung und wünschte ihm alles Glück für den jungen Verein, den er so ausgezeichnet vertrat. Er tippte mit dem rechten Zeigefinger den Staub auf, der die Fensterbretter des kleinen Wartesaals zu bedrücken schien, und war sehr in Gedanken. Ich muß gestehen, ich schmeichelte mir schon, meine kleine Geschichte hätte ihn so nachdenklich gestimmt. Als er mir zum Abschied einen roten Faden aus dem Handschuh zog, riet ich ihm aus Dankbarkeit: »Sie können zurück ja über die Felder gehen, dieser Weg ist bedeutend näher als die Straße.«
»Verzeihen Sie,« verneigte sich der bereitwillige junge Mann, »ich werde doch wieder die Straße nehmen. Ich suche mich eben zu besinnen, wo das war. Während Sie die Güte hatten, mir einiges wirklich Bedeutende zu erzählen, glaubte ich eine Vogelscheuche im Acker zu bemerken, in einem alten Rock, und der eine, – mir scheint der linke Ärmel, war hängen geblieben an einem Pfahl, so daß er durchaus nicht wehte. Ich fühle nun gewissermaßen die Verpflichtung, meinen kleinen Tribut an den gemeinsamen Interessen der Menschheit, die mir auch als eine Art Verein erscheint, in welchem jeder etwas zu leisten hat, dadurch zu entrichten, daß ich diesen linken Ärmel seinem eigentlichen Sinne, nämlich: zu wehen, zurückgebe...« Der junge Mann entfernte sich mit dem liebenswürdigsten Lächeln. Ich aber hätte beinah meinen Zug versäumt.

Bruchstücke dieser Geschichte wurden von dem jungen Manne an einem »Abende« des Vereines gesungen. Weiß Gott, wer ihm die Musik dazu erfunden hat. Herr Baum, der Fahnenvater, hat sie den Kindern mitgebracht, und die Kinder haben sich einige Melodien daraus gemerkt.

DER BETTLER UND DAS STOLZE FRÄULEIN

Es traf sich, daß wir – der Herr Lehrer und ich – Zeugen wurden folgender kleinen Begebenheit. Bei uns, am Waldrand, steht bisweilen ein alter Bettler. Auch heute war er wieder da, ärmer, elender als je, durch ein mitleidiges Mimikry fast ununterscheidbar von den Latten des morschen Bretterzauns, an denen er lehnte. Aber da begab es sich, daß ein ganz kleines Mädchen auf ihn zugelaufen kam, um ihm eine kleine Münze zu schenken. Das war weiter nicht verwunderlich, überraschend war nur, wie sie das tat. Sie machte einen schönen braven Knicks, reichte dem Alten rasch, als ob es niemand merken sollte, ihre Gabe, knickste wieder, und war schon davon. Diese beiden Knickse aber waren mindestens eines Kaisers wert. Das ärgerte den Herrn Lehrer ganz besonders. Er wollte rasch auf den Bettler zugehen, wahrscheinlich, um ihn von seiner Zaunlatte zu verjagen; denn wie man weiß, war er im Vorstand des Armenvereins und gegen den Straßenbettel eingenommen. Ich hielt ihn zurück. »Die Leute werden von uns unterstützt, ja man kann wohl sagen, versorgt«, eiferte er. »Wenn sie auf der Straße auch noch betteln, so ist das einfach – Übermut.« »Verehrter Herr Lehrer –«, suchte ich ihn zu beruhigen, aber er zog mich immer noch nach dem Waldrand hin. »Verehrter Herr Lehrer –,« bat ich, »ich muß Ihnen eine Geschichte erzählen.« »So dringend?« fragte er giftig. Ich nahm es ernst: »Ja eben jetzt. Ehe Sie vergessen, was wir da gerade zufällig beobachtet haben.« Der Lehrer mißtraute mir seit meiner letzten Geschichte. Ich las das von seinem Gesichte und begütigte: »Nicht vom lieben Gott, wirklich nicht. Der liebe Gott kommt in meiner Geschichte nicht vor. Es ist etwas Historisches.« Damit hatte ich gewonnen. Man muß nur das Wort »Historie« sagen, und schon gehen jedem Lehrer die Ohren auf; denn die Historie ist etwas durchaus Achtbares, Unverfängliches und oft pädagogisch Verwendbares. Ich sah, daß der Herr Lehrer wieder seine Brille putzte, ein Zeichen, daß seine Sehkraft sich in die Ohren geschlagen hatte, und diesen günstigen Moment wußte ich geschickt zu benutzen. Ich begann:

»Es war in Florenz. Lorenzo de' Medici, jung, noch nicht Herrscher, hatte gerade sein Gedicht ›Trionfo di Bacco ed Arianna‹ ersonnen, und schon wurden alle Gärten davon laut. Damals gab es lebende Lieder. Aus dem Dunkel des Dichters stiegen sie in die Stimmen und trieben auf ihnen, wie auf silbernen Kähnen, furchtlos, ins Unbekannte. Der Dichter begann ein Lied, und alle, die es sangen, vollendeten es. Im ›Trion-

so wird, wie in den meisten Liedern jener Zeit, das Leben gefeiert, diese Geige mit den lichten, singenden Saiten und ihrem dunklen Hintergrund: dem Rauschen des Blutes. Die ungleichlangen Strophen steigen in eine taumelnde Lustigkeit hinauf, aber dort, wo diese atemlos wird, setzt jedesmal ein kurzer, einfacher Kehrreim an, der sich von der schwindelnden Höhe niederneigt und, vor dem Abgrund bang, die Augen zu schließen scheint. Er lautet:

Wie schön ist die Jugend, die uns erfreut,
Doch wer will sie halten? Sie flieht und bereut,
Und wenn einer fröhlich sein will, der sei's heut,
Und für morgen ist keine Gewißheit.

Ist es wunderlich, daß über die Menschen, welche dieses Gedicht sangen, eine Hast hereinbrach, ein Bestreben alle Festlichkeit auf dieses Heute zu türmen, auf den einzigen Fels, auf dem zu bauen sich verlohnt? Und so kann man sich das Gedränge der Gestalten auf den Bildern der Florentiner Maler erklären, die sich bemühten, alle ihre Fürsten und Frauen und Freunde in *einem* Gemälde zu vereinen, denn man malte langsam, und wer konnte wissen, ob zur Zeit des nächsten Bildes alle noch so jung und bunt und einig sein würden. Am deutlichsten sprach dieser Geist der Ungeduld sich begreiflichermaßen bei den Jünglingen aus. Die glänzendsten von ihnen saßen nach einem Gastmahle auf der Terrasse des Palazzo Strozzi beisammen und plauderten von den Spielen, die demnächst vor der Kirche Santa Croce stattfinden sollten. Etwas abseits in einer Loggia stand Palla degli Albizzi mit seinem

Freunde Tomaso, dem Maler. Sie schienen etwas in wachsender Erregung zu verhandeln, bis Tomaso plötzlich rief: ›Das tust du nicht, ich wette, das tust du nicht!‹ Nun wurden die anderen aufmerksam. ›Was habt ihr?‹ erkundigte sich Gaetano Strozzi und kam mit einigen Freunden näher. Tomaso erklärte: ›Palla will auf dem Feste vor Beatrice Altichieri, dieser Hochmütigen, niederknien und sie bitten, sie möchte ihm gestatten, den staubigen Saum ihres Kleides zu küssen.‹ Alle lachten, und Lionardo, aus dem Hause Ricardi, bemerkte: ›Palla wird sich das überlegen; er weiß wohl, daß die schönsten Frauen ein Lächeln für ihn haben, das man sonst niemals bei ihnen sieht.‹ Und ein anderer fügte hinzu: ›Und Beatrice ist noch so jung. Ihre Lippen sind noch zu kinderhaft hart, um zu lächeln. Darum scheint sie so stolz.‹ ›Nein –,‹ erwiderte Palla degli Albizzi mit übermäßiger Heftigkeit, ›sie *ist* stolz, daran ist nicht ihre Jugend schuld. Sie ist stolz wie ein Stein in den Händen Michelangelos, stolz wie eine Blume an einem Madonnenbild, stolz wie ein Sonnenstrahl der über Diamanten geht –‹ Gaetano Strozzi unterbrach ihn etwas streng: ›Und du, Palla, bist nicht auch du stolz? Was du da sagst, das kommt mir vor, als wolltest du dich unter die Bettler stellen, die um die Vesper im Hofe der S^{ma} Annunziata warten, bis Beatrice Altichieri ihnen mit abgewendetem Gesicht einen Soldo schenkt.‹ ›Ich will auch *dieses* tun!‹ rief Palla mit glänzenden Augen, drängte sich durch die Freunde nach der Treppe durch und verschwand. Tomaso wollte ihm nach. ›Laß,‹ hielt Strozzi ihn ab, ›er muß jetzt allein sein, da wird er am ehesten vernünftig werden.‹ Dann zerstreuten sich die jungen Leute in die Gärten.

Im Vorhofe der Santissima Annunziata warteten auch an diesem Abend etwa zwanzig Bettler und Bettlerinnen auf die Vesper. Beatrice, welche sie alle dem Namen nach kannte, und bisweilen auch in ihre armen Häuser an der Porta San Niccolò zu den Kindern und zu den Kranken kam, pflegte jeden von ihnen im Vorübergehen mit einem kleinen Silberstück zu beschenken. Heute schien sie sich etwas zu verspäten; die Glocken hatten schon gerufen, und nur Fäden ihres Klanges hingen noch an den Türmen über der Dämmerung. Es entstand eine Unruhe unter den Armen, auch weil ein neuer unbekannter Bettler sich in das Dunkel des Kirchentors geschlichen hatte, und eben wollten sie sich seiner erwehren in ihrem Neid, als ein junges Mädchen in schwarzem, fast nonnenhaftem Kleide im Vorhofe erschien und, durch ihre Güte gehemmt, von einem zum anderen ging, während eine der begleitenden Frauen den Beutel offen hielt, aus welchem sie ihre kleinen Gaben holte. Die Bettler stürzten in die Knie, schluchzten und suchten ihre welken Finger eine Sekunde lang an die Schleppe des schlichten Kleides ihrer Wohltäterin zu legen, oder sie küßten auch den letzten Saum mit ihren nassen, stammelnden Lippen. Die Reihe war zu Ende; es hatte auch keiner von den Beatrice wohlbekannten Armen gefehlt. Aber da gewahrte sie unter dem Schatten des Tores noch eine fremde Gestalt in Lumpen und erschrak. Sie geriet in Verwirrung. Alle ihre Armen hatte sie schon als Kind gekannt, und sie zu beschenken, war ihr etwas Selbstverständliches geworden, eine Handlung wie etwa die, daß man die Finger in die Marmorschalen voll heiligen Wassers hält, die an den Türen jeder Kirche stehen. Aber es war ihr nie eingefallen, daß es auch *fremde* Bettler geben könnte; wie sollte man das Recht haben, auch diese zu beschenken, da man sich das Vertrauen ihrer Armut nicht verdient hatte durch irgend ein Wissen darum? Wäre es nicht eine unerhörte Überhebung gewesen, einem Unbekannten ein Almosen zu reichen? Und im Widerstreit dieser dunkeln Gefühle ging das Mädchen, als ob es ihn nicht bemerkt hätte, an dem neuen Bettler vorbei und trat rasch in die kühle, hohe Kirche ein. Aber als drinnen die Andacht begann, konnte sie sich keines Gebetes erinnern. Eine Angst überkam sie, daß der arme Mann nach der Vesper nicht mehr am Tore zu finden sein würde und daß sie nichts getan hatte, seine Not zu lindern, während die Nacht so nahe war, darin alle Armut hilfloser und trauriger ist als am Tag. Sie machte derjenigen von ihren Frauen, die den Beutel trug, ein Zeichen und zog sich mit ihr nach dem Eingang zurück. Dort war es indessen leer geworden; aber der Fremde stand immer noch, an eine Säule gelehnt, da und schien dem Gesang zu lauschen, der seltsam fern, wie aus Himmeln, aus der Kirche kam. Sein Gesicht war fast ganz verhüllt, wie es manchmal bei Aussätzigen der Fall ist, die ihre häßlichen Wunden erst entblößen, wenn man nahe vor ihnen steht und sie

sicher sind, daß Mitleid und Ekel in gleichem Maße zu ihren Gunsten reden. Beatrice zögerte. Sie hatte den kleinen Beutel selbst in Händen und fühlte nur wenige geringe Münzen darin. Aber mit einem raschen Entschluß trat sie auf den Bettler zu und sagte mit unsicherer, etwas singender Stimme und ohne die flüchtenden Blicke von den eigenen Händen zu heben: ›Nicht um Euch zu kränken, Herr ... mir ist, erkenn ich Euch recht, ich bin in Eurer Schuld. Euer Vater, ich glaube, hat in unserem Haus das reiche Geländer gemacht, aus getriebenem Eisen, wißt Ihr, welches die Treppe uns ziert. Später einmal – fand sich in der Kammer, – darin er manchmal bei uns zu arbeiten pflegte, – ein Beutel – – ich denke – er hat ihn verloren – gewiß –.‹ Aber die hilflose Lüge ihrer Lippen drückte das Mädchen vor dem Fremden in die Kniee. Sie zwang den Beutel aus Brokat in seine vom Mantel verhüllten Hände und stammelte: ›Verzeiht –.‹
Sie fühlte noch, daß der Bettler zitterte. Dann flüchtete Beatrice mit der erschrockenen Begleiterin zurück in die Kirche. Aus dem eine Weile geöffneten Tor brach ein kurzer Jubel von Stimmen. – Die Geschichte ist zu Ende. Messer Palla degli Albizzi blieb in seinen Lumpen. Er verschenkte seine ganze Habe und ging barfuß und arm ins Land. Später soll er in der Nähe von Subiaco gewohnt haben.«
»Zeiten, Zeiten«, sagte der Herr Lehrer. »Was hilft das alles; er war auf dem Wege ein Wüstling zu werden und wurde durch diese Begebenheit ein Landstreicher, ein Sonderling. Heute weiß gewiß kein

Mensch mehr von ihm.« »Doch,« – erwiderte ich bescheiden, – »sein Name wird bisweilen bei den großen Litaneien in den katholischen Kirchen unter den Fürbittern genannt; denn er ist ein Heiliger geworden.« Die Kinder haben auch diese Geschichte vernommen, und sie behaupten, zum Ärger des Herrn Lehrer, auch in *ihr* käme der liebe Gott vor. Ich bin auch ein wenig erstaunt darüber; denn ich habe dem Herrn Lehrer doch versprochen, ihm eine Geschichte ohne den lieben Gott zu erzählen. Aber, freilich: die Kinder müssen es wissen!

EINE GESCHICHTE, DEM DUNKEL ERZÄHLT

Ich wollte den Mantel umnehmen und zu meinem Freunde Ewald gehen. Aber ich hatte mich über einem Buche versäumt, einem *alten* Buche übrigens, und es war Abend geworden, wie es in Rußland Frühling wird. Noch vor einem Augenblick war die Stube bis in die fernsten Ecken klar, und nun taten alle Dinge, als ob sie nie etwas anderes gekannt hätten als Dämmerung; überall gingen große dunkle Blumen auf, und wie auf Libellenflügeln glitt Glanz um ihre samtenen Kelche.

Der Lahme war gewiß nicht mehr am Fenster. Ich blieb also zu Haus. Was hatte ich ihm doch erzählen wollen? Ich wußte es nicht mehr. Aber eine Weile später fühlte ich, daß jemand diese verlorene Geschichte von mir verlangte, irgend ein einsamer Mensch vielleicht, der fern am Fenster seiner finstern Stube stand, oder vielleicht dieses Dunkel selbst, das mich und ihn und die Dinge umgab. So geschah es, daß ich dem Dunkel erzählte. Und es neigte sich immer näher zu mir, so daß ich immer leiser sprechen konnte, ganz, wie es zu meiner Geschichte paßt. Sie handelt übrigens in der Gegenwart und beginnt:

»Nach langer Abwesenheit kehrte Doktor Georg Laßmann in seine enge Heimat zurück. Er hatte nie viel dort besessen, und jetzt lebten ihm nurmehr zwei Schwestern in der Vaterstadt, beide verheiratet, wie es schien, gut verheiratet; diese nach zwölf Jahren wiederzusehen, war der Grund seines Besuchs. So glaubte er selbst. Aber nachts, während er im überfüllten Zuge nicht schlafen konnte, wurde ihm klar, daß er eigentlich um seiner Kindheit willen kam und hoffte, in den alten Gassen irgend etwas wieder zu finden: ein Tor, einen Turm, einen Brunnen, irgend einen Anlaß zu einer Freude oder zu einer Traurigkeit, an welcher er sich wieder erkennen konnte. Man verliert sich ja so im Leben. Und da fiel ihm verschiedenes ein: Die kleine Wohnung in der Heinrichsgasse mit den glänzenden Türklinken und den dunkelgestrichenen Dielen, die geschonten Möbel und seine Eltern, diese beiden abgenützten Menschen, fast ehrfürchtig neben ihnen; die schnellen gehetzten Wochentage und die Sonntage, die wie ausgeräumte Säle waren, die seltenen Besuche, die man lachend und in Verlegenheit empfing, das verstimmte Klavier, der alte Kanarienvogel, der ererbte Lehnstuhl, auf dem man nicht sitzen durfte, ein Namenstag, ein Onkel, der aus Hamburg kommt, ein Puppentheater, ein Leierkasten, eine Kindergesellschaft und jemand ruft: ›Klara‹. Der Doktor wäre fast eingeschlafen. Man steht in einer Station, Lichter laufen vorüber, und der Hammer geht horchend durch die klingenden Räder. Und das ist wie: Klara, Klara. Klara, überlegt der Doktor, jetzt ganz wach, wer war das doch? Und gleich darauf fühlt er ein Gesicht, ein Kindergesicht mit blondem, glattem Haar. Nicht daß er es schildern könnte, aber er hat die Empfindung von etwas Stillem, Hilflosem, Ergebenem, von ein paar schmalen Kinderschultern, durch ein verwaschenes Kleidchen noch mehr zusammengepreßt, und er dichtet dazu ein Gesicht – aber da weiß er auch schon, er muß es nicht dichten. Es ist da – oder vielmehr es *war* da – damals. So erinnert sich Doktor Laßmann an seine einzige Gespielin Klara, nicht ohne Mühe. Bis zur Zeit, da er in eine Erziehungsanstalt kam, etwa zehn Jahre alt, hat er alles mit ihr geteilt, was ihm begegnete, das Wenige (oder das Viele?). Klara hatte keine Geschwister, und er hatte so gut wie keine; denn seine älteren Schwestern kümmerten sich nicht um ihn. Aber seither hat er niemanden je nach ihr gefragt. Wie war das doch möglich? Er lehnte sich zurück. Sie war ein frommes Kind, erinnerte er sich noch, und dann fragte er sich: Was mag aus ihr geworden sein? Eine Zeitlang ängstigte ihn der Gedanke, sie könnte gestorben sein. Eine unermeßliche Bangigkeit überfiel ihn in dem engen gedrängten Coupé; alles schien diese Annahme zu bestätigen: sie war ein kränkliches Kind, sie hatte es zu Hause nicht besonders gut, sie weinte oft, unzweifelhaft: sie ist tot. Der Doktor ertrug es nicht länger; er störte einzelne Schlafende und schob sich zwischen ihnen durch in den Gang des Waggons. Dort öffnete er ein Fenster und schaute hinaus in das Schwarz mit den tanzenden Funken. Das beruhigte ihn. Und als er später in das Coupé zurückkehrte, schlief er trotz der unbequemen Lage bald ein.

Das Wiedersehen mit den beiden verheirateten Schwestern verlief nicht ohne Verlegenheiten. Die drei Menschen hatten vergessen, wie weit sie einander, trotz ihrer engen Verwandtschaft, doch immer geblieben waren, und versuchten eine Weile, sich wie Geschwister zu benehmen. Indessen kamen sie bald stillschweigend überein, zu dem höflichen Mittelton ihre Zuflucht zu nehmen, den der gesellschaftliche Verkehr für alle Fälle geschaffen hat.

Es war bei der jüngeren Schwester, deren Mann in besonders günstigen Verhältnissen war, Fabrikant mit dem Titel Kaiserlicher Rat, und es war nach dem vierten Gange des Diners, als der Doktor fragte: ›Sag mal, Sophie, was ist denn aus Klara geworden?‹ ›Welcher Klara?‹ ›Ich kann mich ihres Familiennamens nicht erinnern. Der Kleinen, weißt du, der Nachbarstochter, mit der ich als Kind gespielt habe?‹ ›Ach, Klara Söllner meinst du?‹ ›Söllner, richtig, Söllner. Jetzt fällt mir erst ein: Der alte Söllner, das war ja dieser gräßliche Alte – – aber was ist mit Klara?‹ Die

Schwester zögerte: ›Sie hat geheiratet – Übrigens lebt sie jetzt ganz zurückgezogen.‹ ›Ja‹, machte der Herr Rat, und sein Messer glitt kreischend über den Teller, ›ganz zurückgezogen.‹ ›Du kennst sie auch?‹ wandte sich der Doktor an seinen Schwager. ›Ja-a-a – so flüchtig; sie ist ja hier ziemlich bekannt.‹ Die beiden Gatten wechselten einen Blick des Einverständnisses. Der Doktor merkte, daß es ihnen aus irgend einem Grunde unangenehm war, über diese Angelegenheit zu reden, und fragte nicht weiter.

Umsomehr Lust zu diesem Thema bewies der Herr Rat, als die Hausfrau die Herren beim schwarzen Kaffee zurückgelassen hatte. ›Diese Klara‹, fragte er mit listigem Lächeln und betrachtete die Asche, die von seiner Zigarre in den silbernen Becher fiel. ›Sie soll doch ein stilles und überdies häßliches Kind gewesen sein?‹ Der Doktor schwieg. Der Herr Rat rückte vertraulich näher: ›Das war eine Geschichte! – Hast du nie davon gehört?‹ ›Aber ich habe ja mit niemandem gesprochen.‹ ›Was, gesprochen,‹ lächelte der Rat fein, ›man hat es ja in den Zeitungen lesen können.‹ ›Was?‹ fragte der Doktor nervös.

›Also, sie ist ihm durchgegangen‹ – hinter einer Wolke Rauches her schickte der Fabrikant diesen überraschenden Satz und wartete in unendlichem Behagen die Wirkung desselben ab. Aber diese schien ihm nicht zu gefallen. Er nahm eine geschäftliche Miene an, setzte sich gerade und begann in anderem berichtenden Ton, gleichsam gekränkt. ›Hm. Man hatte sie verheiratet an den Baurat Lehr. Du wirst ihn nicht mehr gekannt haben. Kein alter Mann, in meinem Alter. Reich, durchaus anständig, weißt du, durchaus anständig. Sie hatte keinen Groschen und war obendrein nicht schön, ohne Erziehung usw. Aber der Baurat wünschte ja auch keine große Dame, eine bescheidene Hausfrau. Aber die Klara – sie wurde überall in der Gesellschaft aufgenommen, man brachte ihr allgemein Wohlwollen entgegen, – wirklich – man benahm sich – also sie hätte sich eine Position schaffen können mit Leichtigkeit, weißt du – aber die Klara, eines Tages – kaum zwei Jahre nach der Hochzeit: fort ist sie. Kannst du dir denken: fort. Wohin? Nach Italien. Eine kleine Vergnügungsreise, natürlich nicht allein. Wir haben sie schon im ganzen letzten Jahr nicht eingeladen gehabt, – als ob wir geahnt hätten! Der Baurat, mein guter Freund, ein Ehrenmann, ein Mann –‹

›Und Klara?‹ unterbrach ihn der Doktor und erhob sich. ›Ach so – ja, na die Strafe des Himmels hat sie erreicht. Also der Betreffende – man sagt ein Künstler, weißt du – ein leichter Vogel, natürlich nur so – Also wie sie aus Italien zurück waren, in München: adieu und ward nicht mehr gesehen. Jetzt sitzt sie mit ihrem Kind!‹

Doktor Laßmann ging erregt auf und nieder: ›In München?‹ ›Ja, in München‹, antwortete der Rat und erhob sich gleichfalls. ›Es soll ihr übrigens recht elend gehen –‹ ›Was heißt elend? –‹ ›Nun,‹ der Rat betrachtete seine Zigarre, ›pekuniär und dann überhaupt – Gott – so eine Existenz – – –‹ Plötzlich legte er seine gepflegte Hand dem Schwager auf die Schulter, seine Stimme gluckste vor Vergnügen: ›weißt du, übrigens erzählte man sich, sie lebe von –‹ Der Doktor drehte sich kurz um und ging aus der Tür. Der Herr Rat, dem die Hand von der Schulter des Schwagers gefallen war, brauchte zehn Minuten, um sich von seinem Staunen zu erholen. Dann ging er zu seiner Frau hinein und sagte ärgerlich: ›Ich hab es immer gesagt, dein Bruder ist ein Sonderling.‹ Und diese, die eben eingenickt war, gähnte träge: ›Ach Gott ja.‹

Vierzehn Tage später reiste der Doktor ab. Er wußte mit einemmal, daß er seine Kindheit anderswo suchen müsse. In München fand er im Adreßbuch: Klara Söllner, Schwabing, Straße und Nummer. Er meldete sich an und fuhr hinaus. Eine schlanke Frau begrüßte ihn in einer Stube voll Licht und Güte.

›Georg, und Sie erinnern sich meiner?‹

Der Doktor staunte. Endlich sagte er: ›Also das sind *Sie*, Klara.‹ Sie hielt ihr stilles Gesicht mit der reinen Stirn ganz ruhig, als wollte sie ihm Zeit geben, sie zu erkennen. Das dauerte lange. Schließlich schien der Doktor etwas gefunden zu haben, was ihm bewies, daß seine alte Spielgefährtin wirklich vor ihm stünde. Er suchte noch einmal ihre Hand und drückte sie; dann ließ er sie langsam los und schaute in der Stube umher. Diese schien nichts Überflüssiges zu enthalten. Am Fenster ein Schreibtisch mit Schriften und Büchern, an welchem Klara eben mußte gesessen haben. Der Stuhl war noch zurückgeschoben. ›Sie haben geschrieben?‹ ... und der Doktor fühlte, wie dumm diese

Frage war. Aber Klara antwortete unbefangen: ›Ja, ich übersetze.‹ ›Für den Druck?‹ ›Ja‹, sagte Klara einfach, ›für einen Verlag.‹ Georg bemerkte an den Wänden einige italienische Photographien. Darunter das ›Konzert‹ des Giorgione. ›Sie lieben das?‹ Er trat nahe an das Bild heran. ›Und Sie?‹ ›Ich habe das Original nie gesehen; es ist in Florenz, nicht wahr?‹ ›Im Pitti. Sie müssen hinreisen.‹ ›Zu diesem Zweck?‹ ›Zu diesem Zweck.‹ Eine freie und einfache Heiterkeit war über ihr. Der Doktor sah nachdenklich aus.

›Was haben Sie, Georg. Wollen Sie sich nicht setzen?‹ ›Ich bin traurig‹, zögerte er. ›Ich habe gedacht – aber Sie sind ja gar nicht elend –‹ fuhr es plötzlich heraus. Klara lächelte: ›Sie haben meine Geschichte gehört?‹ ›Ja, das heißt –‹ ›Oh,‹ unterbrach ihn Klara schnell, als sie merkte, daß seine Stirn sich verdunkelte, ›es ist nicht die Schuld der Menschen, daß sie *anders* davon reden. Die Dinge, die wir erleben, lassen sich oft nicht ausdrücken, und wer sie dennoch erzählt, muß notwendig Fehler begehen –‹ Pause. Und der Doktor: ›Was hat Sie so gütig gemacht?‹ ›Alles‹, sagte sie leise und warm. ›Aber warum sagen Sie: gütig?‹ ›Weil – weil Sie eigentlich hätten hart werden müssen. Sie waren ein so schwaches, hilfloses Kind; solche Kinder werden später entweder hart oder –‹ ›Oder sie sterben – wollen Sie sagen. Nun, ich bin auch gestorben. Oh, ich bin viele Jahre gestorben. Seit ich Sie zum letztenmal gesehen habe, zu Haus, bis –‹ Sie langte etwas vom Tische her: ›Sehen Sie, das ist sein Bild. Es ist etwas geschmeichelt. Sein Gesicht ist nicht so klar, aber – lieber, einfacher. Ich werde Ihnen dann gleich unser Kind zeigen, es schläft jetzt nebenan. Es ist ein Bub. Heißt Angelo, wie er. Er ist jetzt fort, auf Reisen, weit.‹

›Und Sie sind ganz allein?‹ fragte der Doktor zerstreut, immer noch über dem Bilde.

›Ja, ich und das Kind. Ist das nicht genug? Ich will Ihnen erzählen, wie das kommt. Angelo ist Maler. Sein Name ist wenig bekannt, Sie werden ihn nie gehört haben. Bis in die letzte Zeit hat er gerungen mit der Welt, mit seinen Plänen, mit sich und mit mir. Ja, auch mit mir; denn ich bat ihn seit einem Jahr: du mußt reisen. Ich fühlte, wie sehr ihm das not tat. Einmal sagte er scherzend: ‚Mich oder ein Kind?' ‚Ein Kind', sagte ich, und dann reiste er.‹

›Und wann wird er zurückkehren?‹

›Bis das Kind seinen Namen sagen kann, so ist es abgemacht.‹ Der Doktor wollte etwas bemerken. Aber Klara lachte: ›Und da es ein schwerer Name ist, wird es noch eine Weile dauern. Angelino wird im Sommer erst zwei Jahre.‹

›Seltsam‹, sagte der Doktor. ›Was, Georg?‹ ›Wie gut Sie das Leben verstehen. Wie groß Sie geworden sind, wie jung. Wo haben Sie Ihre Kindheit hingetan? – wir waren doch beide so – so hilflose Kinder. Das läßt sich doch nicht ändern oder ungeschehen machen.‹ ›Sie meinen also, wir hätten an unserer Kindheit *leiden* müssen, von rechtswegen?‹ ›Ja, gerade das meine ich. An diesem schweren Dunkel hinter uns, zu dem wir so schwache, so ungewisse Beziehungen behalten.

Da ist eine Zeit: wir haben unsere Erstlinge hineingelegt, allen Anfang, alles Vertrauen, die Keime zu alledem, was vielleicht einmal werden sollte. Und plötzlich wissen wir: Alles das ist versunken in einem Meer, und wir wissen nicht einmal genau wann. Wir haben es gar nicht bemerkt. Als ob jemand sein ganzes Geld zusammensuchte, sich dafür eine Feder kaufte und sie auf den Hut steckte, hui: der nächste Wind wird sie mitnehmen. Natürlich kommt er zu Hause ohne Feder an, und ihm bleibt nichts übrig, als nachzudenken, wann sie wohl könnte davongeflogen sein.‹

›Sie denken daran, Georg?‹

›Schon nicht mehr. Ich habe es aufgegeben. Ich beginne irgendwo hinter meinem zehnten Jahr, dort, wo ich aufgehört habe zu beten. Das andere gehört nicht mir.‹

›Und wie kommt es dann, daß Sie sich an *mich* erinnert haben?‹

›Darum komme ich ja zu Ihnen. Sie sind der einzige Zeuge jener Zeit. Ich glaubte, ich könnte in Ihnen wiederfinden, – was ich in mir *nicht* finden kann. Irgend eine Bewegung, ein Wort, einen Namen, an dem etwas hängt – eine Aufklärung –‹ Der Doktor senkte den Kopf in seine kalten, unruhigen Hände.

Frau Klara dachte nach: ›Ich erinnere mich an so weniges aus meiner Kindheit, als wären tausend Leben dazwischen. Aber jetzt, wie Sie mich so daran mahnen, fällt mir etwas ein. Ein Abend. Sie kamen zu uns, unerwartet; Ihre Eltern waren ausgegangen, ins Theater oder so. Bei uns war alles hell. Mein Vater erwartete einen Gast, einen Verwandten, einen entfernten reichen Verwandten, wenn ich mich recht entsinne. Er sollte kommen aus, aus – ich weiß nicht woher, jedenfalls von weit. Bei uns wartete man schon seit zwei Stunden auf ihn. Die Türen waren offen, die Lampen brannten, die Mutter ging von Zeit zu Zeit und glättete eine Schutzdecke auf dem Sofa, der Vater stand am Fenster. Niemand wagte sich zu setzen, um keinen Stuhl zu verrücken. Da Sie gerade kamen, warteten Sie mit uns. Wir Kinder horchten an der Tür. Und je später es wurde, einen desto wunderbarern Gast erwarteten wir. Ja wir zitterten sogar, er könnte kommen, ehe er jenen letzten Grad von Herrlichkeit erreicht haben würde, dem er mit jeder Minute seines Ausbleibens näher kam. Wir fürchteten nicht, er könnte überhaupt nicht erscheinen; wir wußten bestimmt: er kommt, aber wir wollten ihm Zeit lassen, groß und mächtig zu werden.‹

Plötzlich hob der Doktor den Kopf und sagte traurig: ›Das also wissen wir beide, daß er *nicht* kam – Ich habe es auch nicht vergessen gehabt.‹ ›Nein,‹ – bestätigte Klara, ›er kam nicht –‹ Und nach einer Pause: ›Aber es war doch schön!‹ ›Was?‹ ›Nun so – das Warten, die vielen Lampen, – die Stille – das Feiertägliche.‹

Etwas rührte sich im Nebenzimmer. Frau Klara entschuldigte sich für einen Augenblick; und als sie hell und heiter zurückkam, sagte sie: ›Wir können dann hineingehen. Er ist jetzt wach und lächelt. – Aber was wollten Sie eben sagen?‹

›Ich habe mir eben überlegt, was Ihnen könnte geholfen haben zu – zu sich selbst, zu diesem ruhigen Sichbesitzen. Das Leben hat es Ihnen doch nicht leicht gemacht. Offenbar half Ihnen etwas, was mir fehlt?‹ ›Was sollte das sein, Georg?‹ Klara setzte sich neben ihn.
›Es ist seltsam; als ich mich zum erstenmal wieder Ihrer erinnerte, vor drei Wochen nachts, auf der Reise, da fiel mir ein: sie war ein frommes Kind. Und jetzt, seit ich Sie gesehen habe, trotzdem Sie so ganz anders sind, als ich erwartete – trotzdem, ich möchte fast sagen, nur noch desto sicherer, empfinde ich: was Sie geführt hat, mitten durch alle Gefahren, war Ihre – Ihre Frömmigkeit.‹
›Was nennen Sie Frömmigkeit?‹
›Nun, Ihr Verhältnis zu Gott, Ihre Liebe zu ihm, Ihr Glauben.‹ –
Frau Klara schloß die Augen: ›Liebe zu Gott? Lassen Sie mich nachdenken.‹ Der Doktor betrachtete sie gespannt. Sie schien ihre Gedanken langsam auszusprechen, so wie sie ihr kamen: ›Als Kind – Hab ich da Gott geliebt? Ich glaube nicht. Ja ich habe nicht einmal – es hätte mir wie eine wahnsinnige Überhebung – das ist nicht das richtige Wort – wie die größte Sünde geschienen, zu denken: Er ist. Als ob ich ihn damit gezwungen hätte *in mir*, in diesem schwachen Kind mit den lächerlich langen Armen, zu sein, in unserer armen Wohnung, in der alles unecht und lügnerisch war, von den Bronzewandtellern aus Papiermaché bis zum Wein in den Flaschen, die so teure Etiketten trugen. Und später –‹ Frau Klara machte eine abwehrende

Bewegung mit den Händen, und ihre Augen schlossen sich fester, als fürchteten sie, durch die Lider etwas Furchtbares zu sehen – ›ich hätte ihn ja hinausdrängen müssen aus mir, wenn er in mir gewohnt hätte damals. Aber ich wußte nichts von ihm. Ich hatte ihn ganz vergessen. Ich hatte *alles* vergessen. – Erst in Florenz: Als ich zum erstenmal in meinem Leben sah, hörte, fühlte, erkannte und zugleich danken lernte für alles das, da dachte ich wieder an ihn. Überall waren Spuren von ihm. In allen Bildern fand ich Reste von seinem Lächeln, die Glocken lebten noch von seiner Stimme, und an den Statuen erkannte ich Abdrücke seiner Hände.‹

›Und da fanden Sie ihn?‹

Klara schaute den Doktor mit großen, glücklichen Augen an: ›Ich fühlte, daß er *war*, irgendwann einmal *war*... warum hätte ich *mehr* empfinden sollen? Das war ja schon Überfluß.‹

Der Doktor stand auf und ging ans Fenster. Man sah ein Stück Feld und die kleine, alte Schwabinger Kirche, darüber Himmel, nicht mehr ganz ohne Abend. Plötzlich fragte Doktor Laßmann, ohne sich umzuwenden: ›Und jetzt?‹ Als keine Antwort kam, kehrte er leise zurück.

›Jetzt –,‹ zögerte Klara, als er gerade vor ihr stand, und hob die Augen voll zu ihm auf: ›jetzt denke ich manchmal: Er wird sein.‹

Der Doktor nahm ihre Hand und behielt sie einen Augenblick. Er schaute so ins Unbestimmte.

›Woran denken Sie, Georg?‹

›Ich denke, daß das wieder wie an jenem Abend ist:

Sie warten wieder auf den Wunderbaren, auf Gott, und wissen, daß er kommen wird – Und ich komme zufällig dazu –.‹

Frau Klara erhob sich leicht und heiter. Sie sah sehr jung aus. ›Nun, diesmal wollen wirs aber auch abwarten.‹ Sie sagte das so froh und einfach, daß der Doktor lächeln mußte. So führte sie ihn in das andere Zimmer, zu ihrem Kind. –«

In dieser Geschichte ist nichts, was Kinder nicht wissen dürfen. Indessen, die Kinder haben sie *nicht* erfahren. Ich habe sie nur dem Dunkel erzählt, sonst niemandem. Und die Kinder haben Angst vor dem Dunkel, laufen ihm davon, und müssen sie einmal drinnen bleiben, so pressen sie die Augen zusammen und halten sich die Ohren zu. Aber auch für sie wird einmal die Zeit kommen, da sie das Dunkel lieb haben. Sie werden von ihm meine Geschichte empfangen und dann werden sie sie auch besser verstehen.

* *
*

ZWEITE ABTEILUNG

VERSTREUTE UND NACHGELASSENE ERZÄHLUNGEN UND SKIZZEN AUS DEN JAHREN 1893 BIS 1902

IN ZEITLICHER FOLGE

FEDER UND SCHWERT

Ein Dialog

In der Ecke eines Zimmers stand ein Schwert. Die helle, stählerne Fläche seiner Klinge erglänzte, vom Strahle der Sonne berührt, in rötlichem Scheine. Stolz hielt das Schwert Umschau im Zimmer; es sah, daß alles sich an seinem Glasten weidete. Alles? – Nicht doch! Dort auf dem Tische lag, müßig an ein Tintenfaß gelehnt, eine Feder, der es nicht im mindesten einfiel sich vor der glitzernden Majestät jener Waffe zu beugen. – Das ergrimmte das Schwert und es begann also zu sprechen:

»Wer bist du wohl, nichtswürdig Ding, daß du nicht gleich den andern vor meinem Glanze dich beugst und ihn bewunderst? Sieh nur um dich! Alle Geräte stehen ehrfurchtsvoll in tiefes Dunkel gehüllt. Mich allein, mich hat die helle beglückende Sonne zu ihrem Liebling erkoren; sie belebt mich mit ihrem wonnigen Flammenkusse, und ich lohne ihrs, indem ich ihr Licht tausendfach wiederstrahle. Mächtigen Fürsten nur ziemt es, in leuchtendem Gewande daherzuschreiten. Die Sonne kennt meine Macht, darum legt sie mir den königlichen Purpur ihrer Strahlen um die Schultern.«

Lächelnd erwiderte drauf die besonnene Feder:

»Sieh doch, wie eitel und stolz du bist und wie du dich brüstest mit dem erborgten Glanze! Sind wir doch beide – besinne dich – ganz nahe Verwandte. Beide hat uns die sorgende Erde geboren, beide sind wir im Urzustand vielleicht im selben Gebirge neben einander gestanden – Jahrtausende lang; bis der Menschen geschäftiger Fleiß die Ader des nützlichen Erzes, deren Bestandteile wir waren, entdeckte. Beide nahm man uns weg; beide sollten wir, ungefüge Kinder der rauhen Natur noch, ober der Hitze der dampfenden Esse, unter des Hammers mächtigen Schlägen zu nützlichen Gliedern des irdischen Treibens umgeschaffen werden. Und so auch geschah es. Du wurdest ein Schwert – bekamst eine große und feste Spitze; ich, eine Feder, wurde mit einer dünnen, zierlichen bedacht. Sollen wir wirklich schaffen und wirken, müssen wir uns erst die glänzende Spitze benetzen. Du – mit dem Blute, ich – nur mit – Tinte!«

»Diese Rede, in gelehrtem Stile gehalten,« fiel nun das Schwert ein, »macht mich lachen fürwahr. Ist es doch grade, als wollte die Maus, das kleine nichtige Tierchen, ihre nahe Verwandtschaft mit dem Elefanten beweisen. Die spräche dann so wie du! Denn auch sie hat gleich dem Elefanten vier Beine und hat sich sogar eines Rüssels zu rühmen. So könnte man glauben, sie seien zum wenigsten Vettern! Du hast, liebe Feder, sehr schlau und berechnend jetzt *das* nur genannt, worin ich dir *gleiche*. Ich aber will dir erzählen, was uns unterscheidet. Ich, das glänzende, stolze Schwert, werde um die Hüfte geschnallt von einem kühnen edlen Ritter; dich aber, dich steckt ein altes Schreiberlein hinter sein langes Eselsohr. Mich erfaßt mein Herr mit kräftiger Hand und trägt mich in die Reihen der Feinde; *ich* führe ihn hindurch. Dich, beste Feder führt dein Magister mit zitternder Hand über vergilb tes Pergament. Ich wüte furchtbar unter den Feinden, springe mutig, tollkühn bald her, bald hin; du kratzest in ewiger Monotonie über dein Pergament hin und wagst dich nicht ein Stückchen aus jenen Bahnen, die dir die führende Hand vorsichtig weist. Und endlich, endlich – geht meine Kraft zu Ende, werde ich alt und schwach, dann ehrt man mich, wie es Helden geziemt, stellt mich im Ahnensaale zur Schau und bewundert mich. Was aber geschieht mit dir? Ist dein Herr mit dir unzufrieden, wirst du alt und beginnst du mit dicken Strichen über das Papier hinzukreuchen, packt er dich, entreißt dich dem Stiele, der dir Stütze war, und wirft dich weg, wenn er nicht Gnade übt und dich mit ein paar deiner Schwestern um wenige Kreuzer einem Trödler verkauft.«

»Du magst ja in mancher Beziehung«, versetzte die Feder sehr ernst, »so unrecht nicht haben. Daß man mich oft gering schätzt, ist ja wahr, ebenso wie, daß man mich, nachdem ich unbrauchbar geworden bin, sehr übel behandelt. Doch deswegen ist die Macht, die mir zu Gebote steht, solange ich arbeiten kann, keine geringe. Es kommt ja nur auf eine Wette an!«

»Du wolltest *mir* eine Wette anbieten?« lachte das übermütige Schwert.

»Wofern du wagst, dieselbe anzunehmen.«

»Und *ob* ich sie annehme«, versetzte das Schwert, das sich noch immer nicht vom Lachen erholen konnte. »Was gilt die Wette?«

Die Feder aber setzte sich zurecht, nahm eine strenge Amtsmiene an und begann:

»Wir wollen wetten, daß ich imstande bin, dich zu hindern, deiner Arbeit, dem Kampfe, nachzugehen, wenn ich will!«

»Ho, ho, das klingt ja kühn.«

»Bist du's zufrieden?«

»Ich gehe darauf ein.«

»Nun wohl,« sagte die Feder, »laß uns sehen.«

Es waren wenige Minuten seit dem Abschlusse dieser Wette vergangen, als ein junger Mann in reichem Waffenkleide eintrat, das Schwert faßte und sich dasselbe anlegte. Hierauf betrachtete er wohlgefällig die blanke Klinge. Von draußen erschallte heller Trompetenruf, Trommelwirbel – es ging zur Schlacht. Eben wollte der junge Mann das Zimmer verlassen, als ein anderer, der eine hohe Stelle bekleiden mußte, wie man aus seinem reichen Schmucke ersah, eintrat. Der junge verneigte sich tief vor ihm. Der Würdenträger war indessen an den Tisch getreten, hatte die Feder erfaßt und eilends etwas hingeschrieben. *»Der Friedensvertrag ist schon unterzeichnet«*, sagte er lächelnd. Der Jüngere stellte sein Schwert wieder in die Ecke, und beide verließen das Zimmer.

Auf dem Tische aber lag die Feder. Der Sonnenstrahl spielte mit ihr, und ihr feuchtes Erz glitzerte hell.

»Ziehst du nicht zum Kampfe, mein liebes Schwert?« fragte sie lächelnd.

Das Schwert aber stand still in der finsteren Ecke. Ich glaube, es prahlte nie wieder.

PIERRE DUMONT

Die Lokomotive schmetterte einen schier endlosen Pfiff in die blaue Luft des schwülen, lichtflimmernden Augustmittags. – Pierre saß mit seiner Mutter in einem Abteil zweiter Klasse. Die Mutter eine kleine, bewegliche Frau in schlichtem, schwarzem Tuchkleide, mit einem blassen, guten Gesicht und erloschenen trüben Augen, – Offizierswitwe. Ihr Sohn ein kaum elfjähriger Knirps in der Uniform der Militär-Erziehungsanstalten.

»Da sind wir«, sagte Pierre laut und freudig und hob sein schlichtes graues Kofferchen aus dem Garnnetz. In großen, steifen, ärarischen Lettern stand darauf zu lesen: *Pierre Dumont. I. Jahrgang № 20.* Die Mutter sah schweigend vor sich hin. Jetzt kamen ihr die großen, eigensinnigen Buchstaben vor Augen, als der Kleine das Gepäcksstück auf den Sitz gegenüber stellte. Sie hatte sie schon hundertmal wohl auf der mehrstündigen Reise gelesen. Und sie seufzte. – Sie war nicht gerade empfindsam und hatte an der Seite des verstorbenen Kapitäns das Wesen des Soldatenlebens kennen gelernt und sich daran gewöhnt. Aber das tat ihrem Mutterstolze doch weh, daß ihr Pierre, dessen kleine Person eine gar bedeutende Persönlichkeit in ihrem Herzen darstellte, so zur Nummer herabgedrückt worden war. – *№ 20.* Wie das klang!

Pierre stand indessen am Fenster und schaute in die Gegend hinaus. Sie waren hart vor der Station. Der Zug fuhr langsamer und polterte über die Wechsel.

Draußen glitten grüne Grasdämme, weite Flächen und winzige Häuschen vorüber, an deren Türen riesige Sonnenblumen mit ihren gelben Heiligenscheinen als Wächter standen. Die Türen aber waren so klein, daß Pierre dachte, er müßte sich wohl gar auch bücken, um eintreten zu können. – Da verloren sich schon die Häuschen. – Schwarze, rauchige Magazine kamen mit vielfach geteilten, blinden Scheiben, die Bahn wurde immer breiter, ein Geleise wuchs neben dem andern hervor, und endlich fuhren sie mit lautem Brausen und Zischen in die Bahnhofhalle des kleinen Städtchens ein. –

»Wir wollen heute noch recht, recht lustig sein, Mama«, flüsterte der Kleine und umfaßte die erschrockene Frau mit stürmischem Ungestüm. – Dann hob er den Koffer heraus und war seinem Mütterchen beim Aussteigen behilflich. Mit stolzer Miene reichte er ihr dann den Arm, den Frau Dumont, obwohl sie nicht groß war, nur insoweit annehmen konnte, daß sie ihrem Kavalier die linke Hand unter die Achsel schob. – Ein Diener hatte sich des Koffers bemächtigt. – So wanderten sie denn durch den glutheißen Mittag die staubige Straße dem Gasthofe zu. –

»Was wollen wir speisen, Mutter?«

»Was du willst, Liebling!«

Und jetzt erörterte Pierre alle seine Lieblingsspeisen, mit denen man ihn zuhause während der zweimonatlichen Ferien gefüttert hatte. Ob das und jenes hier auch zu haben wäre. Und man sprach von der Suppe bis zum Apfelkuchen mit der Crêmehaube alles mit lukullischer Genauigkeit durch. – Der kleine Soldat war voll des Scherzes; diese Lieblingsgerichte schienen die Wirbelsäule seines Lebens zu bilden, an deren Grundstock sich erst alle anderen Ereignisse anfügten. Denn immer wieder begann er: Weißt du, als wir das und das zum letztenmale aßen, da war dies und jenes geschehen. Freilich kam ihm dabei auch in den Sinn, daß er ja heute für vier Monate zum letzten Mal solcher Genüsse sich erfreuen würde, – und dann ward er ein wenig still und seufzte ganz leise. – Aber der sonnige, fröhliche Sommertag verfehlte seine Wirkung auf das Kindergemüt nicht, und er schwatzte bald wieder in übermütiger Weise fort und durchdachte die schönen Tage des schwindenden Urlaubs. Jetzt war es zwei Uhr mittags. Um sieben Uhr mußte er in der Kaserne sein – also noch fünf Stunden. – Fünfmal also mußte der große Zeiger noch rund ums Zifferblatt laufen – – das ist ja noch sehr, sehr lange. –

Das Essen war vorüber. Pierre hatte tüchtig zugesprochen. Nur als die Mutter ihm den roten Wein einschenkte, mit nassen Augen ein wenig das Glas hob und ihn bedeutungsvoll anschaute, da blieb ihm der Bissen in der Kehle stecken. – Sein Blick wanderte durchs Zimmer. Auf dem Zifferblatt blieb er haften: es war drei Uhr. Viermal muß der Zeiger... dachte er. Das gab ihm Mut. Er hob seinen Kelch und stieß etwas heftig an. »Auf recht frohes Wiedersehen, Mütterchen!« Seine Stimme klang hart und verändert. Und rasch küßte er, als fürchtete er wieder weich zu werden, die kleine Frau auf die bleiche Stirne.

Nach dem Essen gingen sie selbander am Flußufer auf und nieder. Wenig Leute begegneten ihnen. Sie konnten ganz ungestört miteinander sprechen. Aber das Gespräch stockte oft. Pierre trug den Kopf hoch, hielt beide Hände in den Hosentaschen und schaute mit großen, blauen Augen geistesabwesend hinüber über den glastenden Fluß auf die violetten Hänge des jenseitigen Ufers. Frau Dumont aber bemerkte, wie in der Allee, welche sie durchschritten, die Blätter schon gelb und matt wurden. Hie und da lagen sogar schon welche auf dem Wege; als eines unter ihrem Fuße knirschte, erschrak sie.

»Es wird Herbst«, sagte sie leise.

»Ja«, murmelte Pierre zwischen den Zähnen.

»Aber wir haben einen schönen Sommer gehabt –« fuhr Frau Dumont fast verlegen fort.

Ihr Sohn antwortete nicht.

»Mutter,« er wandte ihr das Gesicht nicht zu, während er so sprach, »Mutter, der lieben Julie sagst du meine Grüße – nichtwahr.« – Er verstummte und ward rot.

Die Mutter lächelte: »Du kannst dich darauf verlassen, mein Pierre.« Julie war ein Cousinchen, für das der kleine Kavalier schwärmte. Er hatte ihr oft Fensterpromenaden gemacht, hatte mit ihr Ball gespielt, ihr Blumen geschenkt und trug – das wußte nicht einmal Frau Dumont – Cousinchens Bild in der linken Brusttasche des Waffenrockes.

»Julie kommt ja gewiß auch außer Haus«, meinte die Mutter, froh, den Kleinen auf dieses Thema gebracht zu haben. »Sie kommt zu den Englischen Fräuleins oder Sacrecœur.....« Die Witwe kannte ihren Pierre. Der Umstand, daß die Angebetete ein ähnliches Los ertragen sollte, tröstete ihn, und er machte sich im Stillen Vorwürfe über seine Kleinmütigkeit. Mit kindischer Phantasie übersprang er die bevorstehenden Schulmonate:

»Aber wenn ich zu Weihnachten nach Hause komme, wird Julie doch auch da sein!?«

»Gewiß.–«

»Und du wirst sie einladen, bestes Mamachen, am Weihnachtsabend, ja?«

»Sie hat mir schon im vorhinein zugesagt und mir versprechen müssen, daß sie sich recht lange bei ihrer Mutter ausbittet.«

»Herrlich!« jubelte der Knabe, und seine Augen glänzten.

»Dir werd ich einen schönen Christbaum vorrichten, und wenn du sehr brav bist.....«.

»Am Ende.... die neue Uniform!«

»Wer weiß, wer weiß –« lächelte die kleine Frau.

»Herzensmütterchen!« rief der junge Held und scheute sich nicht, mitten auf dem Promenadenweg Frau Dumont stürmisch zu küssen, – »du bist so gut!....«

»Sei nur fein brav, Pierre!« sagte die Mutter ernst.

»Und wie! Lernen will ich....«

»Mathematik, weißt du, das geht dir schwer!«

»Es wird Alles ganz trefflich werden, du wirst sehen.«

»Und daß du dich nicht verkühlst, jetzt kommt die kältere Jahreszeit, – zieh dich nur immer warm an. –

Nachts steck dir die Decke wohl ein, damit du dich nicht abdeckst!«

»Ohne Sorge, ohne Sorge!« Und Pierre begann wieder von den Begebnissen des Urlaubs zu reden. Da gabs so viel des Drolligen und Spaßhaften, daß beide, Mutter und Sohn, herzhaft lachten.... Plötzlich fuhr er zusammen. Vom Kirchturm wogten volle Glockentöne.

»Sie läuten sechs«, sagte er und versuchte zu lächeln.

»Komm zum Zuckerbäcker.«

»Ja, dort gibt es die guten Crêmerollen. Zum letzten Mal aß ich sie, als wir den Ausflug machten mit Julie...«

Pierre saß auf dem dünnbeinigen Rohrstühlchen im Gewölbe des Bäckers und kaute mit runden Backen. – Er hatte eigentlich schon genug, und nach manchem Bissen mußte er tief Atem holen; – aber es war ja zum letzten Mal – und er aß fort.

»Es freut mich, daß es dir schmeckt, Kind«, sagte Frau Dumont, die an einer Tasse Kaffee nippte.

Pierre aber aß fort. –

Einmal schlugs vom Turm. »Halb sieben«, murmelte der Urlauber und seufzte. Der Magen war ihm furchtbar schwer. – Nun, sie würden ja jetzt noch gehen...

Und sie gingen. – Der Augustabend war lau, und ein wohltuendes Lüftchen strich in den Bäumen der Allee.

»Ist dir nicht kühl, Mutter?« fragte der Kleine gedankenlos.

»Mach dir keine Sorgen, Liebling.«

»Was wird denn Belly machen?« Belly war ein kleiner Rattler.

»Ich hab ihn der Magd anbefohlen, sie gibt ihm sein gewöhnliches Fressen und führt ihn spazieren...«

»Sag dem Belly, ich laß ihn grüßen, – er soll schön brav sein...« Er versuchte zu scherzen, aber er brach jäh ab. –

»Hast du Alles beisammen, Pierre?« Fern tauchte schon die eintönige graue Front der Kaserne auf. »Dein Certificat?«

»Alles, Mutter!«

»Mußt du dich noch melden heute?«

»Ja, gleich.«

»Und morgen hast du wieder Schule?«

»Ja!«

»Und du schreibst mir?«

»Du auch, Mamachen – bitte! – Gleich wie du ankommst.«

»Natürlich, liebes Kind.«

»Ich glaube, der Brief dauert doch immer zwei Tage.«

Die Mutter konnte nicht reden; es schnürte ihr die Kehle.

Jetzt waren sie dicht am Portal!

»Dank dir, Mama, für den schönen Tag.« Dem armen Kleinen war elend zu Mute; offenbar hatte er zu viel gegessen. Er hatte heftige Magenschmerzen, und die Füße zitterten ihm. –

»Du bist blaß –« sagte Frau Dumont.

»Nicht doch.« Das war eine arge Lüge, er wußte es.

Wie es ihm zu Kopf stieg! Er konnte sich kaum auf den Beinen halten.

»Mir ist wirklich......« Da schlug es sieben!

Sie lagen sich beide in den Armen und weinten.

»Mein Kind!« schluchzte die arme Frau.

»Mama, ich bin ja in hundertzwanzig Tagen...«

»Sei brav, bleib gesund.....« und mit zitternder Hand machte sie dem Kleinen das Kreuzeszeichen....

Pierre aber riß sich los: »– Ich muß laufen, Mutter, sonst bekomm ich Strafe«, stammelte er, ».... und schreib mir, Mutter, und Julie, weißt du, und Belly –« Noch ein Kuß, und fort war er.

»Mit Gott!« – Er vernahm es nicht mehr. –

Am Tore schaute er sich noch einmal um. Er sah die kleine schwarze Gestalt dort zwischen den verdämmernden Bäumen – und schluckte hastig die Tränen hinunter....

Aber es war ihm doch sehr schlecht.

Er taumelte in den breiten Flur hinein.... er war so müde....

»Dumont!« rief eine brutale Stimme.

Der Unteroffizier von der Torwache stand vor ihm.

»Dumont! Zum Teufel, wissen Sie nicht, daß Sie sich zu melden haben?...«

DIE NÄHERIN

.......Es war im April des Jahres 188.... Ich war gezwungen meine Wohnung zu wechseln. Mein Hausherr hatte sein Haus verkauft und der neue Besitzer war entschlossen, das Stockwerk, in welchem mein bescheidenes Zimmer sich befand, ungeteilt zu vermieten. Ich suchte lange nach einem anderen erfolglos. Endlich nahm ich des Suchens müde fast ungeschaut ein Kämmerchen im dritten Stocke eines Gebäudes, dessen Längsseite keinen unbedeutenden Teil der engen Seitengasse einnahm.

Mein Zimmer erschien mir gleich in den ersten Tagen recht heimlich. Durch die beiden kleinen Fenster, deren vielfach geteilte Scheiben das Alter des Hauses erraten ließen, schaute ich weit über graue und rote Dächer, über rußige Schornsteine hinweg die blauen Berge und konnte die aufgehende Sonne betrachten, die als glühende Kugel auf dem verschwommenen Hügelrande lehnte. Meine eigenen Möbel, die ich hatte herbeischaffen lassen, machten den beengten Raum wohnlicher, als ich anfangs hoffte, und die Bedienung, die die Hausbesorgerin übernommen hatte, ließ nichts zu wünschen übrig. Die Treppe war nicht allzusteil und konnte unmerklich erstiegen werden, ja, wenn ich in Gedanken hinanschritt, fühlte ich mich gar verleitet, bis auf den Dachboden zu klimmen. Kurzum ich war zufrieden, zumal in dem dunklen Hofe weder Kinder spielten noch – Leierkästen.

Jahre sind ins Land gegangen seither. – Die Zeit, von der ich erzähle, liegt für mich im Dämmern der Vergangenheit, und die grellen Farben der Ereignisse sind verblaßt und verschwommen. Mir ist, als spräche ich von einer Begebenheit, die nicht mir selbst, sondern einem Anderen, vielleicht einem guten Freunde zugestoßen ist. Ich muß daher nicht befürchten, daß mich die Selbstliebe zu einer Lüge verleitet: ich schreibe offen, klar und wahrheitsgemäß.

Ich war nicht viel zuhause damals. Früh um halb acht ging ich ins Amt, speiste mittags in einem billigen Gasthause und verbrachte so oft es anging den Nachmittag im Hause meiner Braut. Ja, ich war verlobt damals. Hedwig – ich will sie so nennen – war jung, liebenswürdig, gebildet und – was in den Augen meiner Genossen am schwersten ins Gewicht fiel – reich. Sie entstammte einer älteren Kaufmannsfamilie, die es durch Sparsamkeit und Fleiß endlich dahin gebracht hatte, ein Haus zu führen, das auch die jungen Kavaliere gerne besuchten, weil bei aller Vornehmheit ein ungezwungener Frohsinn dort herrschte, der die Langeweile nicht aus den Teetassen steigen ließ. Die jüngste Tochter des Hauses, Hedwig, war übrigens jedermanns Liebling, weil sie mit ihrer Bildung eine gewisse liebenswürdige Leichtfertigkeit vereinte, die die gleichgiltigste Unterhaltung interessant und reizvoll machte. Sie besaß mehr Herz und Gemüt, als die beiden älteren Schwestern, war aufrichtig, heiter, und – es ist gewiß, daß ich sie liebte. –

Ich kann offen reden. Sie heiratete später, ein Jahr nachdem das Verlöbnis gelöst war, einen jungen, adligen Offizier, starb aber, nachdem sie ihm das erste Kind, ein blondlockiges Töchterchen, geschenkt hatte. –

In ihrem Elternhause, wo sich täglich eine größere Gesellschaft befand, blieb ich gewöhnlich bis gegen die sechste Abendstunde, machte dann meinen Spaziergang, besuchte das Theater und kehrte um zehn Uhr nachts nachhause zurück, um den nächsten Tag dieselbe Lebensweise fortzuführen.

Früh, wenn ich meine drei Treppen langsam niederstieg, traf ich auf dem Vorraume des ersten Stockes stets den Hausbesorger, der die weißen Steinfließe reinigte. Er grüßte und begann ein Gespräch. Tag für Tag dasselbe. Vom Wetter erst, dann, wie ich zufrieden sei mit meiner Wohnung und dergleichen. Da der Alte nie enden wollte, fragte ich ihn immer nach seinen Kindern, worauf er seufzte und zwischen zusammengepreßten Zähnen hervorstieß: »'s ist ein Kreuz! Die machen Sorge, Herr!« Damit wars zu Ende. – Einmal, an einem Dienstag, erkundigte ich mich, nur um etwas zu sagen, wer denn neben mir wohne. – Die Frage ward beantwortet, just wie sie gestellt war: nur so – oben hin. »Eine Nähterin, ein armes Ding, ein häßliches....« murrte er, ohne vom Boden aufzusehen. Das war Alles.

Ich hatte diese Auskunft längst vergessen, als ich sie – die Näherin, wie ich damals richtig vermutete – im dämmerigen Flur des Hauses traf. An einem Sonntagvormittag war es. Ich hatte länger geschlafen und ging eben aus, während sie, ein kleines Buch in der Hand, wahrscheinlich aus der Kirche zurückekehrte. Eine armselige Gestalt: zwischen den spitzen Schultern, die ein verschossener, grüner, fast bis zur Erde reichender Mantel deckte, wiegte sich der Kopf, in dem zuerst die lange, dünne Nase und die hohlen Wangen auffielen.

Die schmalen, leicht geöffneten Lippen zeigten unsaubere Zähne, das Kinn war eckig und sprang weit vor. Bedeutend in diesem Gesichte schienen nur die Augen. Nicht daß sie schön gewesen wären, aber sie waren groß und sehr schwarz – wennauch glanzlos. So schwarz, daß das tiefdunkle Haar fast grau erschien. – Ich weiß nur, daß der Eindruck, den dies Wesen auf mich machte, keineswegs ein angenehmer war. Ich glaube sie sah mich nicht an. Indessen blieb mir keine Zeit über diese gleichgiltige Begegnung weiter nachzudenken, da ich knapp vor dem Tore einem Freunde in die Hände fiel, in dessen Gesellschaft ich den ganzen Vormittag verbrachte. Dann vergaß ich überhaupt, daß ich eine Nachbarin hatte, zumal es, trotzdem wir hart Tür an Türe waren, nebenan Tag und Nacht ganz stille blieb. – So wäre es wohl fortgegangen, wenn nicht eines Nachts durch Zufall – oder wie soll ich es nennen – das Unerwartete, Niegeahnte geschehen wäre.

Im Hause meiner Braut fand in den letzten Tagen des April eine Gesellschaft statt, die, lange besprochen und vorbereitet, ganz trefflich verlief und bis spät in die Nacht dauerte. Gerade an jenem Abende hatte ich Hedwig entzückend gefunden. Ich plauderte lange mit ihr im kleinen, grünen Salon, und hörte voll Freude, wie sie halb ironisch, aber voll kindlicher, inniger Naivität das Bild unseres zukünftigen Hausstandes entwarf, wie sie all die kleinen Freuden und Leiden mit den grellsten Farben malte, und sich auf unser Glück freute, wie ein Kind auf den Christbaum. Ein angenehmes

Gefühl der Zufriedenheit durchstrahlte wie eine wohltuende Wärme meine Brust, und auch Hedwig gestand damals, mich noch nie so heiter gesehen zu haben. – Dieselbe Stimmung beherrschte übrigens die ganze Gesellschaft: Toast folgte auf Toast. So kam es denn, daß man sich um drei Uhr morgens immer noch recht ungern trennte. – Drunten fuhr Wagen um Wagen vor. Die wenigen Fußgänger zerstreuten sich bald nach allen Seiten. Ich hatte mehr denn eine halbe Stunde zu gehen und so beschleunigte ich ziemlich meine Schritte, umsomehr, als die Aprilnacht kalt und nebeldüster war. Ich war mit meinen Gedanken beschäftigt und es schien mir gar nicht so lange gedauert zu haben, als ich schon vor der Haustür stand. Langsam sperrte ich auf und schloß das Tor vorsichtig hinter mir. Brannte dann ein Zündholz an, welches mir durch die Vorhalle bis zur Treppe leuchten sollte. Es war übrigens das letzte, das ich besaß. Es löschte bald. Die Treppe tappte ich, immer noch der schönen Stunden des vergangenen Abends denkend, hinan. Nun war ich oben. Ich steckte den Schlüssel in die Tür, drehte einmal um, öffnete langsam........

Da stand *sie* vor mir. Sie. – Eine matte, fast herabgebrannte Kerze erhellte dürftig das Zimmer, aus dem mir ein unangenehmer Dunst von Schweiß und Fett entgegenschlug. Sie stand in einem schmutzigen, weitoffenen Hemde und einem dunklen Unterrock am Ende des Bettes, schien gar nicht erstaunt und blickte mich nur unverwandt mit starren Augen an. –

Ich war offenbar in ihr Zimmer geraten. Aber ich war

so befangen, so festgebannt, daß ich nicht ein Wort der Entschuldigung sagte, aber auch nicht ging. Ich weiß, daß mich ekelte; aber ich blieb. Ich sah wie sie an den Tisch trat, den Teller mit den verstreuten Überresten eines zweifelhaften Mahles beiseite schob, vom Sessel die Kleider wegnahm, die sie ausgezogen, – und mich setzen hieß. Mit leiser Stimme, indem sie sagte: »Kommen Sie.«

Auch der Klang dieser Stimme war mir zuwider. Aber wie einer unbekannten Macht folgend, gehorchte ich. Sie sprach. Ich weiß nicht worüber. – Dabei saß sie am Rande ihres Bettes. Ganz im Dunkel. Ich sah nur das bleiche Oval dieses Gesichts und hie und da, wenn die verlöschende Kerze auflohte, die großen Augen. – Dann erhob ich mich. Ich wollte gehen. Die Klinke an der Tür leistete Widerstand. Sie kam mir zuhilfe. Da – in meiner Nähe glitt sie aus, – und ich mußte sie auffangen. Sie schmiegte sich an meine Brust, und ich fühlte ganz nahe ihren glühenden Atem. Er war mir unangenehm. Ich wollte mich los machen. Allein ihre Augen ruhten so starr in den meinen, als webten diese Blicke ein unsichtbares Band um mich. Sie zog mich immer mehr an sich, immer mehr. Sie drückte heiße, lange Küsse auf meine Lippen ...... Da verlöschte die Kerze. –

Am anderen Morgen erwachte ich mit schwerem Kopf, Kreuzschmerzen und bitterer Zunge. Neben mir in den Kissen des Bettes schlief sie. Das blasse eingefallene Gesicht, der magere Hals, dieser flache entblößte Busen flößte mir Schrecken ein. Ich richtete mich langsam auf. Die dumpfige Luft lastete auf mir. Ich blickte mich um: der schmutzige Tisch, der abgenutzte, dünnbeinige Sessel, die eingegangene Blume auf dem Fensterbrett – Alles machte den Eindruck des Elenden, Verkümmerten. Da regte sie sich. Sie legte wie träumend eine Hand auf meine Schulter. Ich betrachtete diese Hand; die langen dickknöcheligen Finger mit den schmutzigen, kurzen, breiten Nägeln, die Haut an den Spitzen braun und zerstochen.....Mich ergriff ein Abscheu vor diesem Wesen. Ich sprang empor, riß die Tür auf, und rannte in mein Zimmer. Dort ward mir leichter. Noch weiß ich, daß ich bei meiner Tür den Riegel vorschob – so weit es ging. –

*

Tag um Tag verging in ganz derselben Weise, wie früher. Einmal, vielleicht eine Woche später, als ich mich schon zu Ruhe begeben hatte, stieß ich zufällig mit dem Ellenbogen gegen die Wand. Ich vernahm, daß dieses unabsichtliche Klopfen sofort beantwortet wurde. Ich blieb still. – Dann schlummerte ich ein. Im Halbschlaf plötzlich schien mir, daß meine Tür geöffnet würde. Im nächsten Augenblick fühlte ich einen Körper, der sich an mich schmiegte. Sie war bei mir. In meinen Armen verbrachte sie die Nacht. Ich wollte sie fortschicken, oft. Aber sie blickte mich mit ihren großen Augen an, und das Wort erstarb auf der Lippe. O es war entsetzlich, die warmen Glieder dieses Wesens neben mir zu fühlen, dieses häßlichen, frühgealterten Mädchens; und doch fand ich nicht die Kraft.....

Manchmal begegnete ich ihr im Treppenhause. Sie ging an mir vorbei, wie zum ersten Male: – wir kannten uns nicht. Sehr oft kam sie zu mir. Leise, ohne ein Wort zu sprechen, trat sie ein und hielt mich gebannt durch ihren Blick. Ich war willenlos.

Endlich beschloß ich der Sache ein Ende zu machen. Mir kam es wie ein Verbrechen vor gegen meine Braut, das Bett mit diesem Weibe zu teilen, das sich mit solcher Aufdringlichkeit an mich schmiegte, und das doch nichteinmal – das Recht der Liebe besaß! –

Ich kam viel zeitiger nachhause und verriegelte sofort meine Türe. Als die neunte Abendstunde heranrückte, kam sie. Da sie die Tür versperrt fand, ging sie wieder weg; sie mochte wähnen ich sei nicht zuhause. Aber ich war unvorsichtig. Ich schob den schweren Schreibtischsessel etwas jäh zurück. Das mußte sie vernommen haben. Im nächsten Augenblicke pochte es. Ich blieb still. Noch einmal. Dann ungeduldig ohne Unterlaß. Jetzt hörte ich sie schluchzen – lange, lange .... Die halbe Nacht mußte sie an meiner Türe verbracht haben. Aber ich war stark geblieben; ich fühlte, daß dieses Ausharren den Zauber gebrochen hatte. –

Den nächsten Tag traf ich sie auf der Treppe. Sie ging sehr langsam. Als ich ganz in ihrer Nähe war, schlug sie die Augen auf. Ich erschrak: In diesen Augen lag ein unheimliches Flimmern und Drohen .... Ich lachte über mich selbst. – Ich war doch ein rechter Tor! Dieses Mädchen! Und ich schaute ihr nach, wie sie so schwerfällig die Füße auf die Steinstufen setzte und hinabhinkte ......

Am Nachmittage brauchte der Chef meiner, so daß der gewohnte Besuch bei Hedwig unterbleiben mußte. Abends, als ich in meine Stube kam, fand ich einen Brief des Vaters meiner Braut vor, der mich in das größte Erstaunen versetzte. Er lautete:

»......... Unter den obwaltenden Verhältnissen werden Sie es begreifen, daß ich mich zu meinem eigenen, größten Bedauern gezwungen sehe, die Verlobung mit meiner Tochter aufzuheben. Ich dachte Hedwig einem Manne anzuvertraun, den keine anderweitigen Verpflichtungen binden. Derartige Erfahrungen seinem Kinde möglichst zu ersparen, ist Vaterpflicht. Sie werden, geehrter Herr von B....., mein Vorgehen verstehen, wie auch ich überzeugt bin, daß Sie mich selbst gewiß noch rechtzeitig von der Lage der Dinge unterrichtet hätten. – Im Übrigen stets der Ihre.....«

Wie mir zumute war, ist schwer zu beschreiben. Ich liebte Hedwig. Ich hatte mich in die Zukunft, die sie selbst so reizend entworfen hatte, schon eingelebt. Ich konnte mir mein Schicksal ohne sie nicht denken. Ich weiß, daß mich zuerst ein heftiger Schmerz übermannte, der mir Tränen in die Augen trieb, ehe ich Zeit fand nachzudenken, welchem Einflusse ich diese sonderbare Zurückweisung zu verdanken hatte. Denn sonderbar war sie auf jeden Fall. – Ich kannte Hedwigs Vater, der die Gewissenhaftigkeit und Gerechtigkeit selbst war, und wußte, daß nur ein bedeutendes Ereignis ihn zu diesem Vorgehen bewogen haben konnte. Denn er achtete mich und war zu besonnen mir Unrecht zu tun. Ich schlief die ganze Nacht nicht. Tausend Gedanken durchkreuzten meinen Kopf. Endlich gen Morgen entschlummerte ich vor Müdigkeit. Beim Erwachen bemerkte ich, daß ich vergessen hatte, die Tür zu verriegeln. Indessen sie war nicht bei mir gewesen. Ich atmete erleichtert auf.

Ich kleidete mich eilig an, entschuldigte für ein paar Stunden mein Fernbleiben vom Amte und eilte zur Wohnung meiner Braut. Ich fand das Tor verschlossen, und als auf mein wiederholtes Läuten niemand erschien, dachte ich sie seien ausgefahren. Der Hausbesorger könnte ja leicht im Hofe beschäftigt sein, wo er die Glocke nicht hörte. – Ich beschloß am Nachmittage zur gewöhnlichen Stunde zu kommen.

So tat ich auch. – Der Hausbesorger öffnete, machte erstaunte Augen und sagte, ich müßte ja doch wissen, daß die Herrschaften abgereist seien. Ich erschrak, tat aber, als sei ich von Allem unterrichtet, und verlangte nur Franz, den alten Diener, zu sprechen. Der erzählte mir denn auch haarklein, daß Alle, Alle abgereist sei'n, nachdem gestern nachmittag eine merkwürdige Szene sich abgespielt hätte.

»Ich stand«, so sprach er, »hier im Vorraum, putzte die Tafelbestecke, als ein Frauenzimmer heruntergekommen und elend eintrat und mich ersuchte, sie zu Fräulein Hedwig zu führen. Natürlich gab ich nicht nach, – man muß die Leute doch erst kennen......«

Ich nickte eifrig. – Mir kam ein Gedanke.... »Na und kurz und gut,« fuhr der schwatzhafte Alte fort, »sie machte auf meine Weigerung hin solange ein Geschrei und Gezeter, bis der gnädige Herr heraustrat. Den bat sie nun und beschwor, sie bringe wichtige Nachrichten. Er nahm sie in sein Cabinet. Eine Stunde blieb sie drin. Eine Stunde, gnädiger Herr! Dann kam sie heraus, küßte dem gnädigen Herrn die Hand......«

»Wie sah sie aus?« unterbrach ich ihn.

»Blaß, mager, häßlich.«

»Groß?«

»Recht groß.«

»Augen?«

»Schwarz, auch die Haare.« Der Alte schwatzte noch weiter. Ich wußte genug. – Alle Worte des entsetzlichen Briefes wurden mir klar: Verpflichtungen!.... Bitterer Groll regte sich in mir. Ich ließ den Diener stehen und stürzte hinab. Ich lief durch die Straßen bis zu meinem Hause. Vor dem Tor standen ein paar Leute beisammen. Männer und Weiber. Sie sprachen heftig und leise. Ich stieß sie rauh beiseite. Dann drei Treppen hinan ohne Atemholen. Ich mußte zu ihr, ihr sagen... Ich wußte nicht was ich sagen würde, aber ich fühlte, daß mir die rechte Zeit die rechten Worte leihen werde....

Auch auf der Treppe begegnete ich Männern. Ich achtete ihrer nicht. Oben. – Ich riß die Tür auf. Heftiger Carbolgeruch drang mir entgegen. Ein hartes Wort erstarb mir auf den Lippen. Da lag sie auf den grauen Linnen des Bettes in bloßem Hemde. Den Kopf weit zurück, die Augen geschlossen. Die Hände hingen schlaff. Ich trat näher. Sie zu berühren wagte ich nicht. – Mit den klaffenden Lippen und den unterlaufenen Augenlidern machte sie ganz den Eindruck einer Ertrunkenen. Mich schauerte. Ich war allein im Zimmer. Die scheidende, kalte Sonne beschien den schmutzigen Tisch – den Bettrand.... Ich beugte mich zu dem Weibe. Ja, sie war tot. Die Farbe des Gesichtes war bläulich. Ein übler Geruch ging von ihr aus. Und ein Ekel erfaßte mich, ein Abscheu...

DIE GOLDENE KISTE

Es war Frühling. – Selig lächelte die Sonne vom durchscheinenden, tiefblauen Himmel, selten aber verirrten sich ihre Strahlen bis zu dem Zwischenstocke jenes Hauses in der schmalen Seitengasse. Wenn einmal ein Lichtschimmer sprühend durch die kleinen Scheiben drang und auf die getünchte Rückwand des bescheidenen Zimmers huschende Kreise warf, so kam er gewiß schon aus zweiter Hand, er ward nämlich zurückgeworfen von irgend einem Fenster des gegenüberliegenden, hohen Hauses. Um so mehr freute sich der Kleine, der an dem Fenster des Zwischenstockes Tag für Tag spielte, über das muntere Treiben der zuckenden, lichten Flecke an der Wand und sprang empor und haschte nach ihnen und lachte dabei so aus voller Seele, daß selbst in das traurige Gesicht seines Mütterchens sich ein Widerschein dieses Lachens stahl.

Ein Jahr kaum war sie Witwe. Mit dem Tode des teuren Gatten brach auch der mäßige Wohlstand zusammen, den er durch seine Arbeit begründet hatte. Sie mußte die geräumige Wohnung mit diesem Zimmer vertauschen, und durch der eigenen Hände Mühen die wenigen früher ersparten Groschen mehren, um sich – und vor allem ihrem Kinde, dem kleinen, fünfjährigen Willy, das Notwendigste nicht versagen zu müssen. Was Wunder, wenn dieses Kind jetzt ihren ganzen Trost ausmachte!

Eben hob sie die matten Augen von der Arbeit und betrachtete mit liebevollem, innigem Blick den Kleinen, wie er, das frische Gesichtchen auf die fleischigen Fäustchen gestützt, am Fenster lehnte. –

Heute war es indessen nicht das Spiel der Sonne, das ihn so sehr beschäftigte, daß er sogar sein Pferdchen, welches auf dem Fensterbrett umgestürzt war, nicht beachtete. – Heute ging da draußen etwas Ungewöhnliches vor. Drüben im Hause war neulich ein Gewölbe leer geworden. Ein Tuchhändler hatte seinen Verkaufsraum in eine andere Straße verlegt, und seither hatte man dort geputzt, gescheuert, und hatte zum großen Vergnügen des Knaben die Bretter, welche die beiden Schaufenster des Nachts und Sonntags verdecken sollten, erst abgeschalt, dann schmutzig gelb und endlich mit tiefschwarzer, schöner Farbe bestrichen. – Hatte schon das das Interesse Willy's wachgerufen, so kannte heute sein Entzücken keine Grenzen mehr, als hinter den glänzenden Scheiben dort drüben goldene und silberne Kästchen und Kästen, – alle mit sechs Kanten, nicht sehr hoch und bald länger, bald kürzer, auftauchten. – Und nun als die Männer gar einen kleinen ganz goldenen Kasten, auf dem zwei schöne, wunderschöne Englein knieten, in das eine Auslagefenster emporgehoben, – da konnte er sich nicht enthalten, in die Händchen zu klatschen.

»Mutter, Mutter – sieh doch, sieh! Was ist das? dieses liebe, kleine Kästchen mit den zwei Englein drauf?«

Und er war nicht wenig erstaunt, als die Mutter, die aufgestanden war, gar nicht lachte, als sie die hübschen glänzenden Kistchen erblickte.

Nein, eine Träne trat sogar unter den geröteten Liderrändern hervor.

»Was ist das?« wiederholte zaghaft und in kleinlautem Tone das Kind.

»Siehst du, Willy,« sagte die Mutter ernst und fuhr mit dem Taschentuch leicht über die Augen, »da hinein in diese Truhen, da legen die Leute die Menschen, die der liebe Gott wieder zu sich nimmt von der Erde – Große und Kleine.«

»Dahinein?« flüsterte der Knabe, während seine Blicke noch immer mit Wohlgefallen auf dem Schaufenster ruhten. –

»Ja,« – fuhr die Mutter fort, – »auch den Papa haben sie in solch eine Truhe...«

»Aber,« unterbrach sie der Kleine, dessen Gedanken noch bei der ersten Erklärung weilten, »warum nimmt denn der liebe Gott *kleine auch* zu sich. *Die* müssen wohl sehr brav sein, wenn sie so bald in diese schöne Kiste kommen und dann im Himmel gleich Englein sein dürfen? Nichtwahr?«

Die Mutter umfaßte ihr Kind innig und herzlich.

Sie kniete nieder und schloß mit einem langen Kusse die frischen Lippen. – Der Kleine fragte nicht mehr. – Er wandte sich rasch wieder dem Fenster zu und blickte auf die großen Auslagescheiben. Ein glückliches vergnügtes Lächeln strahlte auf seinem Gesichtchen. –

Die Mutter aber saß wieder über ihre Arbeit gebeugt.

Plötzlich aber schaute sie auf.

Tränen rollten über ihre bleichen Wangen.

Sie ließ den Stoff sinken, faltete die Hände und sprach leise mit bebender Stimme: »Lieber Gott, erhalte mir ihn!« –

*

Eine dunkle, sternenlose Septembernacht. – In den Zimmern des Zwischenstockes war es still. Nur das Ticken der Wanduhr vernahm man und das Ächzen des Kindes, das dort vom Fieber gerüttelt im kleinen Bettchen sich wälzte. Die Mutter beugte sich über den armen Willy. – Der rötliche Schein der müden Nachtlampe huschte über ihr abgezehrtes Gesicht. »Willy! Mein Kind, mein Herz, – willst du etwas?« Nur unzusammenhängende wirre Laute. »Hast du Schmerzen?« – Keine Antwort.

»Gott, mein Gott, wie kam denn das nur alles!« Rasch und verworren hastet es durch die Erinnerung der gequälten Frau. – Ja, jener Abend. Nach dem Spiel. Kaum eine Woche ist es. – Wie erhitzt er war, – und der Herbstnebel, sagt der Doktor. – Und jetzt, jetzt – er gibt keine Hoffnung mehr. Wenn nicht die gesunde

Natur... sie konnte es nicht begreifen. Hat er nicht gerufen? –

Da, wieder, ganz leise: »Mutter!«

»Was ist denn, mein Kind?«

»Das war....das war schön«, stammelte der Kleine, während er sich mühsam aufsetzte und das fieberrote Gesichtchen an den Arm der Mutter lehnte.

»Der liebe Himmelvater hat mir gesagt, ich soll zu ihm kommen. Nicht wahr, ich darf, Mamachen! Erlaub... bitte«, und er faltete die kleinen, heißen Hände.

Da erfaßte ihn das Fieber von neuem. Er sank zurück. Die arme Mutter breitete sorgfältig die Decke über ihn. – Dann, von ihrem Schmerze übermannt, glitt sie auf die Kniee und, beide Hände krampfhaft an den Rand des Eisenbettchens gekrallt, betete sie leise... wirr, unzusammenhängend.

Die Uhr schlug acht mal. Durch das Fenster drang spärlich das fahle Licht des Herbsttages. Die Dielen erschienen grau, und die Gegenstände warfen schwere, schwarze Schatten. – Die Frau dort erhob sich von den Knieen, setzte sich wieder zur Seite des Bettchens hin und starrte mit tränenlosen, brennenden Augen ins Leere. Der Kleine schlief jetzt etwas ruhiger. Sein Atem aber ging sehr schnell, die Stirne war heiß und die Wangen gerötet. – Die Mutter legte die Hand leise auf die blonden, zerzausten Locken, und saß still. Nur wenn zu laute Stimmen auf der Treppe widerhallten oder eine Tür im Hause jäh zuschlug – zuckte sie zusammen.

»Papa, Papa!« schrie das Kind auf einmal und warf sich auf die andere Seite. Die Witwe erschrak. Willy aber lag wieder ruhig. Auf der Straße fuhr ein Wagen vorüber. Das Rasseln verhallte allmählig. Das Rauschen der Besen klang über den Gangsteig.
»Lieber Gott, – lieber Gott, bitte!« stöhnte der Kleine. »Ich.. ich.. war brav... Du kannst die Mutter fragen!« – Die Mutter faltete zitternd die Hände. Jetzt öffnete Willy langsam die Augen. Erstaunt schaute er umher. »Ich war im Himmel, Mutter,« flüsterte das Kind – » im Himmel... aber nicht wahr... nicht wahr,« sprach das Kind lebhaft, »du wirst mich auch in die schöne, goldene Kiste legen, Mama – weißt du, die dort drüben.« Er lächelte beglückt: »In die, wo die zwei Englein darauf sind.« Die Mutter schluchzte laut auf. – »In die, versprich mir...« In entsetzlicher Angst faßte die Witwe die beiden Händchen ihres Lieblings fest. – »Gott! Gott!« betete sie. Mehr konnte sie nicht sagen. Da empfand sie, wie ein kalter Schauer durch die Hände des Kindes ging, – ein Zucken – sie schrie auf.
Alle Röte war aus den Wangen des Kindes gewichen. Die Lippen bewegten sich noch – dann ward es ganz still.
Sie starrte das kleine Körperchen an. –
Eiseskälte schien davon auszugehen. –
Sie umfaßte die kleinen Glieder und drückte sie an sich. Umsonst!
Nur das Lächeln blieb um die starren Lippen der kleinen Leiche, – dieses glückselige Lächeln! –
.... Und die farblose Herbstsonne glitzerte drüben auf

den Särgen und auch auf dem schönen, kleinen, goldenen. – Die große Spiegelscheibe warf den Strahl zurück in das Zimmer im Zwischenstocke, und der fahle Schein huschte ängstlich über das bleiche Gesichtchen des armen kleinen Willy – und verlor sich allmählich auf der weißen Fläche der Wand .....

EINE TOTE

Psychologische Skizze

San Remo, im März 189..

Mein guter, guter Alfred!

Lang war mein Schweigen. Verzeih! Drei Deiner lieben Briefe muß ich heute in Einem beantworten. Sei bedankt. Sie taten mir so wohl. Die zarte, innige Besorgnis, die in Deinen Zeilen liegt, ist Balsam. Ich bin ja so einsam und so müd. – Es ist sonderbar um mein Leiden. Ich bin abgespannt, meine Glieder sind wie zerschmettert; Stunden aber gibts, da glimmert dieser Funken, den sie Leben nennen, wieder auf. Er wird zur Flamme. Lodernd leckt sie empor und ich fühle Kraft, Gesundheit, Zuversicht!.... Dummheit. – Der Arzt... ich will nicht vom Arzte reden. – Aber manchmal ist es sehr schlimm. Die Atembeschwerden, weißt Du, die.... Da spür ich manchmal wie die Luft drückt. Schrecklich schwer, sag ich Dir. Und dieser Husten. So langsam kriecht er herauf aus der Brust und dann schnellt er empor und packt mich an der Kehle...

Ich sitze auf der Veranda meines Hauses. Die blaue Luft streicht warm, feucht und golddurchwoben vom Meere. Duftige Sträucher schicken ihren Odem den Hang herauf. Ein Anblick voll Glück, Licht und Leben! Und ich schaue mit großen Augen in das volle, flimmernde Blau; und meine Gedanken... Meine Gedanken kehren jetzt immer häufiger zu einer Begebenheit zurück, die ich bisher in meiner Brust verborgen gehalten habe. – Es ist wohl ein Jahr her. – Du weißt, daß ich mich im Frühjahr in einem jener kleineren Bäder Böhmens, deren Besuch im Mai beginnt, aufgehalten habe. Ich war damals gesund, oder glaubte es doch zu sein. – Dort ist mir in W. etwas begegnet, was jene Schwermut in meine Seele gesenkt hat, die Du an meinen Briefen rügst, und die Du gewiß meiner Krankheit zuzuschreiben geneigt bist. Es war... doch Du wirst ja sehen. Ich habe Dir in meinen besseren Stunden alles kurz aufgezeichnet. Ich will kein Geheimnis vor Dir haben. Nicht sterben, ohne... Es kann ja kein Mensch wissen, wann er stirbt! Heut oder morgen und wenn die Sonne noch so hell scheint, und die Luft noch so klar und blau ist... Das kommt... Unsinn!

Grüß mir die Deinen! Schreibe bald. Gott schirme Dich! Dein

Gaudolf

*

Ich war den dritten Tag in W. Wenige Leute nur waren erst da. Man konnte die weiten Nadelwälder durchschreiten, sicher, niemandem zu begegnen, als ein paar ehrerbietigen Bauersleuten. Wälder sind meine Freude. Früh nachdem ich einen kargen Imbiß genommen, stieg ich die wurzelgeäderten Pfade hinan, kreuz und quer, und verlor mich bald in der reichbelebten Wildnis. Ich erfreute mein Auge an den mächtigen Farren, unter denen wie unter einem Malachit-Baldachin züchtige Blumenprinzessinnen thronten, ich betrachtete das winzige Geschlecht, das da den grünen Moosboden bevölkerte und mit tätigem Eifer her und hin hastete, und mein lichtes Auge folgte dem neckischen Eichkätzchen, das im kühnen Sprunge Ast mit Ast verband, und sich, durch den Tritt des Wanderers aufgeschreckt, in dem höchsten Wipfel der ragenden Tanne verbarg. Nachmittags spät kehrte ich erst von meinen Wanderungen zurück, nachdem ich in einer Bauernhütte mit leidlich derbem Mahle mich gestärkt hatte.

Zweimal schon war mir auf diesen einsamen Wanderungen ein Mädchen begegnet. Ein seltsames Mädchen. Sie ging immer allein und sobald sie an mir vorüberkam, hob sie die grauen, übergroßen Augensterne empor und schaute mich mit stillen halbverschleierten Blicken an. Diese Augen kann nie vergessen, wer sie einmal gesehen. Es lag etwas Weltverlorenes, überirdisch Ernstes darinnen. So etwa wie Gabriel Max seine Büßerinnen und Heiligen malt. Die Lippen hielt sie fest geschlossen, das verlieh dem durchscheinend bleichen Gesicht einen Zug von Härte, von... Ich weiß nicht wie es kam; dieses Antlitz schwebte mir vor, wenn ich nachts in dem ungewohnten Gastzimmer erwachte. Bei der Tür, dort wo die Klinke im Scheine meines Nachtlichts schimmerte, hob sichs empor, und ich sah den Ernst dieses Gesichtes und die ganze schlanke Gestalt in dem anliegenden, schlichten Tuchkleid langsam auf mich zukommen. Mich schauderte...

Sie wohnte im selben Hause. Mit ihren Eltern, sagte

der Wirt. Dann tat er ein recht verschmitztes Gesicht und schwieg plötzlich, als ob ihm ein Wort hinter den gelben Zähnen stände, das er nicht frei lassen wollte. Dann aber faßte er Vertrauen. Er neigte sich zu mir. – »Nicht wahr, Sie sagens nicht weiter, Herr ... Das Fräulein ist so ein bißchen, wissens, was man so sagt, nicht ganz bei Vernunft – sie ...« Sein Redestrom hätte jetzt nicht so bald ein Ende genommen, hätte nicht die Ankunft eines neuen Gastes ihn unterbrochen.

Ich sprach kein Wort und ging. Sollte es wahr sein? Die Augen....

Ich mußte dieses Wesen kennen lernen. Zu diesem Zwecke beschloß ich dem gemeinsamen Mittagessen der Gäste anzuwohnen. Ein wohlwollender Zufall begünstigte mich. Ich kam gerade neben den Vater des Mädchens, einen älteren Bureaukraten mit gutmütigen, weichen Zügen zu sitzen. Er selbst begann das Gespräch. Neben ihm saß das Mädchen, dann ihre Mutter. Sie konnten hören was wir sprachen. Über W. im Allgemeinen. Sie stammten aus einem kleinen Städtchen Südsachsens, wo der Vater die Stelle eines Magistratsrates, glaub ich, bekleidete. Der Tochter wegen seien sie hier; die solle die Kaltwasserkur gebrauchen. Die Mutter bestätigte das mit ein paar Worten. Dabei erfuhr ich ihren Namen – Felice. Ich wandte mich an die Tochter: »Wie gefällt es Ihnen hier, gnädiges Fräulein?« Sie schwieg und schaute über mich hin, als durchdränge sie mit diesen tiefen, grauen Augen alles Körperliche. Die Mutter flüsterte ihr etwas zu, was ich nicht verstand. Sie schüttelte den Kopf.

Die Mutter wiederholte scheinbar ihre Aufmunterung. Felice sagte leise, sehr leise, aber mit weicher, edler Stimme, wie ein Kind, dem man einen Satz vorsagt: »Danke, gut.« Der Magistratsrat verwickelte mich angelegentlich in ein Gespräch über Kanalbauten; das Essen war beendet. Ich erhob mich. Im Auge der Mutter glänzten Tränen. Sie winkte ihrem Gemahl zu. Der zog mich, nachdem die wenigen Gäste den Saal verlassen hatten, in eine Fensternische. »Mein Herr,« sagte er und seine Stimme zitterte, »unser armes Kind hat seit Jahren ein Gehirnleiden, verzeihen Sie ihr sonderbares Benehmen. Wir reisen von Bad zu Bad. Sie werden mein Vertrauen nicht mißdeuten. Das arme Kind!« Der Vater kämpfte mit den Tränen. »Ein entsetzlicher, unglaublicher Wahn...« Der Wirt trat ein und kam auf uns zu. Der alte Herr verstummte. Er drückte mir die Hand, daß es mich schmerzte, und verließ mit hallenden, matten Schritten den Saal.

Ich habe mit Felice gesprochen. Das kam so. Auf einem meiner einsamen Morgengänge traf ich sie wieder. Sie ging wie immer ihres Weges, blickte auf und blieb stehen, als sie meiner gewahr wurde. Eine Weile schaute sie mich regungslos an; dann zuckte es wie eine jähe Erinnerung durch ihr Gesicht. – Vernehmlich sprach sie die Worte, die man ihr neulich vorgesprochen: »Danke, gut!« ... Ich erschrak. Also doch! Aber schnell faßte ich mich und sagte: »Sie suchen wie ich, Fräulein Felice, einsam den Wald auf, den herrlichen Wald.« – »Den herrlichen Wald«, wiederholte sie fast tonlos; aber ihre Brust hob sich unter dem grauen Kleide und in ihrem Auge wogte eine Flut von Farbe und Licht. Dann ging sie weiter und ich neben ihr. Wir sprachen nichts. Ich gab mich der Weihe des Waldes und dem geheimnisvollen Zauber des schönen jungen Wesens hin, das da so ernst neben mir einherschritt. Ein Feldblümchen wucherte am Rande. Ich brach es und reichte es dem Mädchen hin. Sie nahm es, beschaute es mit traurigem Blick, zerriß dann, wie einem augenblicklichen Unmut gehorchend, den dünnen grünen Stengel, der leise stöhnte. Dann machte mir Felice eine abwehrende Bewegung und verschwand wegabseits in den dichten hohen Stämmen. Ich wagte nicht ihr zu folgen. Noch erkannte ich das graue Kleid in wechselndem Licht zwischen den dunklen Baumriesen, dann war sie ganz meinen Blicken entzogen.

So trafen wir uns einige Male. Sie schien Vertrauen zu mir zu fassen. Sie stimmte, wenn ich die Landschaft bewunderte, oder das köstliche Aroma der tannenduftenden Luft pries, leise ein. Schon *das* war mir Genugtuung. Auf einem dieser Gänge sagte ich zu ihr: »Fräulein Felice, sehen Sie die Blumen, wie froh die blühen, hören Sie den Gesang der Vögel, die Stimmen der Quellen ... All das ermahnt zum Frohsinn und Sie sind so traurig?« Als ich aufschaute bemerkte ich, wie mich das Mädchen groß und fragend anblickte; dann bedeckte sie das Gesicht mit den Händen und weinte, weinte, daß mir ganz weh zu Mute ward. An diesem Tage sprachen wir kein Wort mehr.

Seither war eine Woche vergangen. Vergebens hatte

ich auf meinen Wanderungen die liebe, gewohnte Begegnung erhofft, auch im Speisesaale fand sich Felice nicht ein. Sie sei ein wenig unpaß, sagte der Rat und die Mutter hatte rote Augen. –

Endlich traf ich sie wieder. Sie kam auf mich zu und sagte: »Sie haben mich heute gefragt... oder nicht heute...« Ich fühlte ihre Verlegenheit, die Vorstellung der Zeit hatte sich ihr verwirrt... »Ich habe gefragt,« ergänzte ich, »Fräulein Felice, warum Sie so traurig sind?« – Nie werde ich vergessen, was jetzt folgte. Das Mädchen trat einen Schritt zurück, sie hob den Kopf, ihre ganze Gestalt schien höher, übergroß, das Auge nahm eine eisige Starrheit an, und durch die blassen Lippen hauchte es, ohne daß sie sich regten: »*Ich bin tot.*« –

Unwillkürlich tat ich ein paar Schritte zurück. Und wie sie jetzt mit unmerklichen Tritten langsam auf mich zukam, da war mir wirklich, als ginge von dieser Gestalt ein Moderduft aus, so kalt, so schrecklich. Aufgeschrieen hätt ich wie ein Kind am liebsten. Ich ermannte mich. Ein Schauer ging mir über den Rücken. – Aber ich folgte ihr. Bis zu ihrer Wohnung geleitete ich sie. Wir sprachen kein Wort. Mir war entsetzlich zu Mute. Ich hatte Fieber, gewiß. – Die Nacht hindurch quälten mich irre Träume. Morgens erwachte ich matt mit schwerem, wüstem Kopfe.

Jetzt sahen wir uns häufiger. Oft saßen wir stundenlang neben einander auf einer Moosbank; ich erzählte ihr Geschichten. Sie hörte sehr aufmerksam, fast ängstlich zu. Ich trachtete sie möglichst durch heitere Ereignisse zu ermutigen. Dann sagte sie mir: »Du, (seit ein paar Tagen bediente sie sich immer dieses vertraulichen Wortes) weißt du das sicher?« Und wenn ich bejahte: »Ja, aber das waren Menschen, wirkliche lebende Menschen, aber ich bin ja tot, lange tot...« Dann mochte ich sagen, was ich wollte, sie blieb still – und ernst.

Einmal als sie meine Erzählung wieder mit diesen entsetzlichen Worten abgebrochen hatte, wagte ich die Frage: »Felice, wann bist du gestorben?« »Wann?« wiederholte sie und ihre Augen nahmen wieder jene Starrheit an, ihr Körper verlängerte sich... Dann aber zuckte sie zusammen, setzte sich an meine Seite und sagte mit kindlichem, rührendem Zutrauen: »Wenn ich es noch weiß, sollst du's wissen: Ich war ein Kind, ein kleines Kind, weißt du. So ein Kind, das mit Puppen spielt, Ball wirft und sich an Blumen freut. Das sind viele, viele tausend Jahre her. Ich hatte keine Geschwister, aber ein paar frohe, muntere Spielgenossen, die Marie, die von Bergers,« sie sagte das leise und zählte in kindischer Weise an den Fingern, »die Elsa, die Lene, Gretchen, Kurt, Hans«, beim letzten Namen zögerte sie und brach dann in heftiges Schluchzen aus. Ich konnte sie mit Mühe beruhigen. Dann lächelte sie wieder. »Mutter«, sagte sie mit den Mienen eines entzückten Kindes, »hat mir immer gar schöne Sachen gegeben, Püppchen, so ganz kleine, weißt du, mit wirklichen Schuhen und goldigen Haaren, aber«, über ihr Gesicht floh ein tiefer Schatten, »damals war ich ja noch lebendig und jetzt, jetzt bin ich tausend Jahre tot, tausend Jahre.« Ihr Wort erstarb tonlos. Mich schauerte.

Felice aber fuhr fort: »Wir spielten immer zusammen. Alle wir Kinder. Wir pflückten Blumen ... Blumen ...« Sie schien nachzusinnen; dann schüttelte sie mit dem Kopfe: »Ich muß dirs sagen. Es war im Herbst. Ein grauer, grauer Tag drückte auf die Welt. Du mußt zu Hause bleiben, sagt die Mutter. Aber die Uhr tickt so einsam; und die Bilderbücher habe ich so oft gesehen, so oft ... und die Mutter geht in die Küche. Ich schlüpfe hinaus in den Garten. – Leicht, daß ich einen von den Gespielen seh' ... Richtig, dort steht Hans zu Seiten des Gesträuches. Mein Schritt klatscht auf dem durchnäßten Boden; – er soll mich nicht hören. Pst! ... also auf den Spitzen ... so, so ... hinters Gebüsch ... ein feiner Regen sticht mich in die Augen. Hans bemerkt mich nicht. Er hält etwas in der Hand. Ich schau deutlich: ein Vogel, ein kleiner, lieber Vogel. Was tut er? Er streichelt ihn wohl, so denk ich. Da hör ich piepsen. Piep ... Piep ... hörst du's?« Sie faßte mich bei der Hand. »Das klingt so bang; und die Luft war so grau und ich bieg' die Äste weg ... und da, da ...« Felice war aufgesprungen, sie stieß die Worte in atemloser Erregung hervor und starrte auf einen Punkt, als stünde dort der Knabe. »Da siehst du, siehst du, er drückt dem kleinen, armen Vogel beide Daumen an die Kehle, der schreit und flattert. Hans aber lacht, siehst du's, wie er lacht. Und er drückt zu ... und ich will schreien und kann, kann nicht ... Der kleine Vogel reißt den Schnabel weit auf, weit – – – dann fällt das Köpfchen herab....da, da zuckt mirs so da, da durch,« sie fuhr nach dem Herzen, »und da – bin – – – ich – – – gestorben.« – Ihr Wort ging tonlos aus. Sie ließ sich neben mir auf die Bank fallen. Ihre Augen waren geschlossen. Kein Atemzug hob ihre Brust... sie lag neben mir, ein entsetzliches Bild des bleichen, bleichen Todes . . .

Wir saßen selbander auf der Moosbank. Es war einer jener herrlichen Frühsommertage, wo die Welt eine große volltönende Hymne scheint, die die Schönheit preist des wahren wonnigen Lebens. Der Wald schien ein Tempel, auf dessen stämmigen Säulen die unendliche Decke in blauender Klarheit ruhte; der Wind bewegte mit zartem Hauche die Zweige und aus dem Tannicht stieg des berückenden Duftes schmeichelnder Weihrauch. Stille. Mir war, als ginge an uns vorbei auf dem moosumrandeten Pfade eine gute, milde, segenstreuende Gottheit, der die Menschen zu opfern vergessen, einsam dahin. Ich glaube es war ein Gebet, das mir in der Seele erwachte, tief, tief, ein Gebet zu diesem unbekannten, übermenschlichen Wesen des Waldes, das bis auf die Lippen sich rang. Ich flehte, es möchte das holde Weib neben mir aus der schrecklichen grauen Umnachtung aufwachen und rings um sich freudig den Odem des lieben, lebendigen Lebens ahnen und fühlen... Hatte ich laut gesprochen? Das Mädchen legte die Hand sanft auf die meine und blickte mich an so traurig, daß mein Herz aus dem Taumel der Freude jäh auffuhr . . . Es würgte mir die Kehle. Ich wollte etwas sagen, ermuntern, trösten. Das Wort erstarb. Wir schwiegen. – Vor uns lag der weite sonnendurchflutete Wald. Lustige Lichter hüpften in übermütiger Hast hin über den Moosgrund und erloschen ferne im Dunkel verdämmernder Stämme. – Ich starrte vor mich auf den Weg. Da hüpfte gegenüber aus dem Dickicht ein kleiner, kecker Vogel geradenwegs auf uns zu. Er sprang hin über den Kiespfad, badete das graue Gefieder in der glühend durchsonnten Sandflut und kam auf uns zu, dicht bis an unsere Füße. Ich bemerkte, daß Felice aufmerksam das niedliche Tierchen verfolgte, wie ihre Züge heller und heller wurden. Ja, wahrhaftig sie lachte... So hatte ich sie noch nie gesehen. Ich erinnerte mich, daß ich ein paar Brosamen in der Tasche trug, die streute ich nun dem zutraulichen Gaste hin, und er pickte sie auf und drehte sein Köpfchen nach rechts und nach links und neigte sich wieder zur Erde. – Das Mädchen neben mir legte behutsam die Hand auf meine Schulter und wandte den Kopf mir zu. Ich sah ihr in die Augen. Aber wie war mir, die Schleier, die trüben, verhüllten nicht mehr die grauen, tiefen Lichtsterne; sie strahlten in so unsagbarem Glück auf, daß es mich wie ein holder, jauchzender Wahnsinn packte: »Felice,« schrie ich, »du lebst«, und drückte das bebende Weib in seliger Sehnsucht an mich. Sie schwieg. Sie hielt mich fest umschlungen, dann riß sie sich los, begrüßte mit klaren Blicken des innigsten Dankes Himmel, Licht, Sonne und Dasein, eilte in meine Arme zurück und weinte, das Köpfchen an meine Schulter gepreßt, erlösende Tränen der Freude. Glücklich wie Kinder schritten wir beide heimwärts und es war des Jubels kein Ende, gar erst, als die bangen Eltern das entzückende Wunder vernahmen.

Felice war genesen. – – –

Erlaß mir von der Zeit zu sprechen, die jetzt folgte; laß mich kurz enden. Es war eine Zeit namenlosen Glükkes. Ich müßte die Sprache der Himmel reden, um dir diese Wonnen zu schildern. Das holde Wesen zu sehen, das in kindischer Freude das flutende Leben begrüßte, die kleinen Freuden der Natur, an denen wir verwöhnt und gefühllos vorübergehen, mit bebendem Busen und flammendem Blicke genoß, und das jetzt im unschuldsreinen Herzen mit mädchenhafter Scheu das heilige Geheimnis niegeahnter Liebe aufkeimen fühlte...

Das schreckliche Gespenst, dem ich zum Opfer falle, und dessen Nahen ich von Kindheit auf fürchtete, trat damals zuerst an mich heran. Ich fühlte Beschwerden, spuckte Blut. Die Ärzte schüttelten den Kopf: Nach Süden, nach Süden. Lange verschwieg ichs Felice, die meine Braut geworden war. – Endlich überfiel mich einmal in ihrer Gegenwart der Husten. Sie scherzte erst. Ich winkte ihr zu gehen. Da ward sie ängstlich. Sie blieb. Als ich mich von meinem Anfall erholt hatte, gestand ich: – Daß ich sie nie heimführen dürfe, daß .... was weiß ich was Alles... Sie lag schluchzend in meinen Armen. Ich weinte auch. Spät trennten wir uns. Entsetzlicher Abend! Als ich sie zur Tür geleitete, war es schon dunkel. Und da, wie sie so vor mir stand, da legte sich wieder der trübe Nebelhauch schrecklicher Starrheit über die fluttiefen großen Augen, ihre

Gestalt wuchs, die Hand in der meinen ward eiskalt, und ein Moderhauch schien von ihr auszugehen... Damals sahen wir uns zum letzten Mal. Den nächsten Tag reiste ich ab. Der Rat war beim Wagen. Felice schickte ein Briefchen. Ich nahm es zu mir, bat ihr meinen letzten Gruß zu bringen und riß mich endlich aus den Armen des alten Mannes. Im Coupé erst wollte ich Felice's Zeilen lesen. Ich war noch zu erregt. – Ich hatte im Zuge Platz genommen. Als das Hin- und Herlaufen der Reisenden vorüber und ich in meinem Abteil allein geblieben war, nahm ich das teuere Kleinod vor. Ich las nur die Worte ... »Leb wohl, ich muß zum zweiten Male sterben!« ... Ein schreckliches Ahnen ergriff mich. – Ich mußte zurück. Ewigkeiten schienen mir die Minuten bis zur nächsten Haltestelle. Endlich! »Wann geht der Zug zurück?« »In zwei Stunden!« – Da tritt der Stationschef auf mich zu: »Sind Sie Herr M....?«... Ich nickte, zu sprechen vermag ich nicht. – Ich sehe, wie er ein Telegramm hervorzieht. Mechanisch öffne ich: »Felice beim Teich abgerutscht, – alles vorüber. Gott stärke uns...«

EIN CHARAKTER

Skizze

So ein rechter Begräbnistag. Feucht, finster, dickatmig. – Der vierspännige Totenwagen rollte schwer über die glatten, runden Pflastersteine, die im Herbstlicht wie kahle Schädel glänzten, und seine Räder furchten tief die grauen, schmutzigen Lachen. Die Knechte der Leichenbestattungsanstalt trollten mürrisch mit den schwelenden Lichtern nebenher. Ihnen folgte die Menge der Leidtragenden. Von den Frauenzimmern zeugte nur eine dichte Reihe schwarzer Schleier, die sich wie berußte Spinngewebe zwischen dem Leichenkarren und den blanken Cylinderhüten der männlichen Trauergäste ausspannten. – Die vorzüglichste Beschäftigung der ganzen, tiefbetrübten Gesellschaft war, Kleider und Hosen vor dem aufspritzenden Kot zu hüten; mit rührender Aufmerksamkeit tappten sie nach denjenigen Steininseln, die am meisten aus der unermeßlichen Flut aufragten; und auf so manchem Gesichte stand der wohlwollende Wunsch zu lesen, der Selige hätte besseres Wetter für seine beschwerliche Reise abwarten mögen. – Zwei Herren nur, die in der dritten Reihe gingen, unterhielten sich ziemlich rege. An den Mienen konnte man ablesen, daß sie menschlich-milde Musterung hielten über des Verstorbenen Taten und Erlebnisse. – Das endliche Ergebnis schien recht befriedigend. Sie nickten sich zu mit jenem ernsten Blick, der bei Leichenbegängnissen und anderen öffentlichen Festlichkeiten das geheime Erkennungszeichen biederer Männer bildet. – Dann strich der eine sich die Falten im Gesichte glatt und raunte mit schwerwiegender Bewegung des rechten, schwarzen Handschuhs: »Ein Charakter.« – Der Nachbar fand diesen Ausdruck so treffend, daß er nur imstande war, denselben mit verstärkter Betonung nachzusprechen: »Ein Charakter.« – Und jetzt noch einmal der Biedermannsblick; dabei trat der eine so heftig in eine Pfütze, daß sein Hintermann ein unwilliges Gebrumm vernehmen ließ. Dann sprach keiner von beiden mehr ein Wort. Es ward still. Nur die Räder des Totenwagens knarrten, und die getretnen Lachen glucksten leise. –

Der »Charakter« war zur Welt gekommen als Sohn eines Mannes von mäßigem Wohlstande. Herr M., der Vater, besaß ein kleines Haus, einen großen Ehrbegriff und ein züchtiges Ehweib. Also ziemlich viel. –

Noch atmete der kleine M. nicht die Carbolluft der Wöchnerinnenstube, als die Frauen, welche der jungen Mutter beistanden, schon unter einander Blicke tauschten und tuschelten: »'s wird ein Bub.« Sie verfolgten jede Bewegung der Frau, um in immer erregterem Tone ihre Vermutung auszusprechen. Und als endlich auf die brennende Frage die lebendige, rotbraune, faltige Antwort kam, – da wars ein Bub! – Der kleine M. wuchs und ward wie jeder andere; es kam die Zeit, da sich seine weichen Vorderfüßchen in ebensolche Hände umwandelten, und da die Finger dieser Hände nicht mehr auf den Dielen kribbelten, sondern mit Vorliebe sich in Mund und Nase aufhielten. – Darauf folgten die Jahre der Christbäume und Schaustellungen. – Der Knabe wurde jede Woche ein- bis zweimal in die eiskalte ›gute Stube‹ gerufen; dort glotzte man ihn an, betastete ihm Haare, Wangen und Kinn, lehrte ihn fein artig Pfoten reichen und gegebenen Falls seinen klangvollen Vornamen mit bescheidener Größe aussprechen. Alle Welt fand ihn allerliebst, dem Vater, der Mutter, dem oder jenem Oheim »aus dem Gesicht geschnitten«, und wenige schieden ohne die erhabene Weissagung, *der* Knabe wird sich gewiß auch in der Schule seinerzeit sehr brav erweisen. Der Kleine hatte diesen Ausdruck hellseherischer Bewunderung oft genug vernommen. Und ohne viel Mühe, ja, ohne eigentlich zum Bewußtsein seines Erfolges zu kommen, überstand er die Volksschule, kletterte mit rühmenswerter, etwas pedantischer Sicherheit die acht Sprossen der Gymnasialleiter aufwärts und ging dann noch ein Jahr in den Hörsälen der Universität ein und aus, worauf er in der Stille der väterlichen Schreibstube verloren ging. – Eines Tages munkelte man, der junge M. werde die Leitung des Geschäftes aus den Händen seines alternden Erzeugers nehmen, und kurz darauf geschahs. Der Vater starb bald, und der neue Herr wußte das Ansehen des Hauses zu wahren durch strenge Pünktlichkeit und ziemlichen Fleiß. – Oft vernahm der unschlüssige Kaufmann aus dem Munde seiner Freunde, daß man sich erzähle, er habe große Unternehmungen vor, und staunender Bewunderung voll über den ihm zugeschriebenen Tatendrang begann er wirklich so manchen von seinen unterschobenen Plänen auszuführen; und so mancher gelang. So ging Jahr um Jahr hin. – Die Verwirklichung der ihm vom Gerede der Menge zugesprochenen Absichten hatte seinen Wohlstand bedeutend vergrößert und nichts war natürlicher, als daß die Munkelmänner sich von der bevorstehenden Verlobung M.'s manches zuraunten. Das Gerücht kam zu seinen Ohren; er wandte von da ab fast unwillkürlich seine Aufmerksamkeit der bezeichneten Braut zu, und in wenigen Wochen rieselte das säuselnde »Ja« der Erwählten in den rauschenden Brummbaß des jungen Gatten. Er hatte auch diesmal nicht die Erwartung der Leute getäuscht; er war ja doch ein Charakter!

Längere Zeit planten die guten Bürger in M.'s Wohn- und Vaterstadt den Bau eines Theaters. Nun weiß jedermann, daß noch kein Bühnenhaus aus gutem Willen, sondern sogar die allereinfachsten wenigstens aus – schlechten Brettern errichtet worden sind. Von dem ersteren Material besaßen die Leute genug, zur Beschaffung des letzteren fehlte das Geld. Die fürsorglichen Stadtväter setzten die gerunzelten Stirnen früh morgens auf, und es wurde übel genug vermerkt, wenn einer das Zeichen ernster Würde abends beim Biertisch aufzubehalten vergaß.

Wie ein Frühlingssturm flog da einst das Gerücht durch die Stadt, M. habe beschlossen, das zum Baue des Musentempels nötige Geld vorzustrecken. Und wie der Lenzwind die Vogelstimmen wachweckt, so rief diese Nachricht allenthalben klangreiches Lob hervor. Eine Abordnung des Stadtrates, das tauige Winterapfelgesicht des Herrn Bürgermeisters an der Spitze, trat wenige Stunden später in die Stube des Gönners. – Das Oberhaupt dankte von beständigem Freudeglucksen unterbrochen für das hochherzige Geschenk. M. stand eine Weile ratlos da. Bald aber erriet er den Sinn dieser Freudebezeugung. Ein leichter Schatten zog über seine Stirne. – Schon wollte er sich dieser Zumutung erwehren; dann aber fiel ihm ein, daß er durch diese scheinbare Wankelmütigkeit sich und sein Haus schädigen könne, und mit sauer-süßem Lächeln nahm er den Kontrakt entgegen, auf welchem eine nicht unbedeutende Summe verzeichnet stand. So wuchs der Ruhm und Ruf M.'s von Jahr zu Jahr. Seit man in ihm nun auch den Kunstfreund erkannt hatte, erzählte man bald von dem, bald von jenem einheimischen Talent, das durch M.'s hochherzige Unterstützung gefördert worden sei.

Nur ein Einzigmal hätte der ›Charakter‹ die Erwartungen der Leute fast betrogen. Man sprach heimlich von einem »freudigen Ereignisse«, das im Hause M. »bevorstehe«. Und neugierige Blicke folgten der jungen Frau, sobald sie sich auf der Straße zeigte. Der edle Kaufherr gab sich denn auch alle redliche Mühe, die Menge recht bald zufriedenzustellen. Allein diesmal ward ihm das Glück untreu. Mit unwilligem Staunen stellten die guten Bürgerinnen fest, daß die M. noch immer anschließende Jacken trage, und daß da nichts »los sein« könne. Dann tuschelten sie leise und doch vernehmlich genug, eine Franzensbader Kur könne nichts schaden. Und siehe da, als Herr M. auch diesmal – wie hätte es anders sein können – die öffentliche Meinung zu der seinigen gemacht hatte, hielt sein Weibchen ganz genau nur die vorgeschriebene Zeit ein, um an die Stelle der anschließenden Jacken einen Radmantel treten zu lassen. Der ›Charakter‹ war gerettet.

Der Ruf des Ehrenmannes M. war bald über die Marken der Stadt gedrungen. Lang sprach man schon von einem Orden. Der bekannte Kaufherr tat jetzt auch die nötigen Schritte, und es ward ihm nicht zu schwer, in einigen Monaten mit vollem Knopfloch und leerem Gerede den ergebenen Gratulanten seinen innigen Dank zu sagen.

Auf einer winterlichen Geschäftsreise zog sich M. eine heftige Verkühlung zu, die ihn aufs Krankenlager warf. Ein Lungendefekt, von dem sein Arzt schon vor zwanzig Jahren gefaselt hatte, machte sich jetzt geltend. Es wurde von Tag zu Tag schlimmer. Seine Frau besuchte ihn mit zurückhaltender Teilnahme. Der Kranke will Ruhe, pflegte sie zu sagen, wenn sie im gemütlichen Wohnzimmer neben den von Trost überfließenden Nachbarinnen saß.

Eines Morgens wurde der Schwerkranke aus schwülen Fieberträumen durch lärmende Stimmen emporgerissen. Er fuhr auf, starrte irren Blicks umher und fragte mit matter Stimme die Barmherzige Schwester, was das solle. Und als diese schwieg und ihm Ruhe gebot, läutete er seinen alten Diener herbei und stellte ihm dieselbe Frage.

Der hielt auch nicht hinterm Berge, kratzte sich den Kopf und polterte:

»Mein Gott, das dumme Pack sagt alleweil, der Herr ist schon tot; denen solls der Teufel ausreden....« und er schlürfte wieder hinaus.

Der Fiebernde schaute ihm groß nach. –

Dann legte er sich auf die linke Seite und schlief ein...

Er war eben ein Charakter.

DER APOSTEL

Gasttafel im ersten Hotel von N. – An die Marmorwände des hohen, hell erleuchteten Saales brandet Raunen der Menschen und Rasseln der Messer. Geschäftig, gleich lautlosen Schatten, huschen die schwarzbefrackten Diener mit den silbernen Platten hierhin und dorthin. Aus den blanken, hochbeinigen Eiskübeln blinzeln die Sektflaschen nach den flachen Weinschalen hin. Alles glänzt und flimmert in den Strahlen der elektrischen Lampen. Die Augen und die Schmucksteine der Damen, die Glatzen der Herren und endlich die Worte, die hin und wider hüpfen wie Feuerfunken. Wenn sie zünden, schlägt einmal nah, einmal fern die grelle Lohe eines kurzen Lachens aus einer Frauenkehle. Dann schlürfen die Damen eifrig die duftende Brühe aus den feinen, durchschimmernden Tassen, während die jüngeren Herren den Kneifer über die Nase spreizen und mit kritischem Blick die bunte Tafelrunde mustern.
Sie saßen alle schon seit Tagen so beisammen. Nur am Ende des Tisches hatte ein neuer, fremder Gast Platz genommen. Die Herren ließen ihr Auge flüchtig über diese Erscheinung weggleiten, denn der bleiche, ernste Mann, der dort unten saß, trug nicht modische Kleidung. Ein hoher, schneeweißer Kragen schmiegte sich bis an sein Kinn hinauf, und die breite, schwarze Binde, die man im ersten Dritteil unseres Jahrhunderts trug, umschloß den Hals. Der schwarze Rock ließ kein Stückchen der Hemdbrust sehen und lag feierlich auf den breiten Schultern. Was aber die Herren noch unange-

nehmer berührte, war das große, graue Auge des Ankömmlings, das hoheitsvoll und mächtig durch die ganze Gesellschaft, durch die Wandung des Raumes zu dringen schien, und das leuchtete, als ob ein fernes, schimmerndes Ziel sich beständig drin spiegelte. Dieses Auge veranlaßte die neugierigen, heimlichen Blicke der Frauen. Man munkelte sich über den Tisch hinüber Vermutungen zu, man stieß sich ganz leise mit den Füßen an, man fragte, forschte, zuckte die Achseln und wurde trotz alledem nicht klüger.

Im Mittelpunkt der Unterhaltung stand die polnische Baronin Vilovsky, eine geistreiche, jüngere Wittib. Auch sie schien schon Interesse für den schweigsamen Fremdling gefaßt zu haben. Ihre schwarzen, großen Augen hingen mit auffallender Ausdauer an seinen durchgeistigten Zügen. Ihre schmale Hand trommelte nervös auf dem weißen Damast des Tischtuches, daß der prächtige Brillant auf dem kleinen Finger Blitz um Blitz schoß. Sie griff in begieriger, kindischer Hast bald dies, bald jenes Thema auf und brach dasselbe in einer Weile jäh und trotzig ab; denn der Fremde wollte sich durchaus nicht beteiligen. – Sie hielt ihn für einen Künstler. In bewundernswert feiner Art wußte sie um alle Künste nach und nach den Faden des Gespräches zu schlingen. Umsonst. Der schwarze Herr schaute groß und ernst ins Weite. – Baronin Vilovsky aber gab sich nicht verloren.

»Sie haben doch von dem großen Brandunglück im Dorfe B. gehört?« wandte sie sich zu einem Herrn an ihrer Seite. Und als man bejahte: »Ich denke, wir bilden ein Komitee, das irgend eine Wohltätigkeitsveranstaltung, verbunden mit Sammlung, ins Leben rufen soll?« Sie sah fragend umher. Lauter Beifall lohnte ihr. Über die Züge des Unbekannten huschte ein höhnisches Lächeln. Die Freiin *fühlte* dieses Lächeln, ohne daß sie es *sah*: Zorn wühlte in ihr.

»Sind Alle einverstanden?« rief sie jetzt im Ton einer Herrscherin, die keinen Widerspruch erwartet. Ein Stimmenchaos: »Ja!« »Einverstanden!« »Natürlich!« Mein Gegenüber, ein Kölner Bankherr, legte schon wie beteuernd seine Hand auf die Brusttasche, in welcher sich die Banknoten stauten.

»Dürfen wir auch auf Sie rechnen, mein Herr?« So die Baronin dem Fremden. Ihre Stimme zitterte. Jener erhob sich ein wenig und sagte laut, ohne den Blick zu wenden, mit brutalem Ton: »Nein!« Die Baronin zuckte zusammen. Dann zwang sie sich zu lächeln. Aller Augen waren auf den Fremden gerichtet. Der wandte sein Auge der Freifrau zu und fuhr fort:

»*Sie* tun ein Werk der Liebe; *ich* geh in die Welt, um die Liebe zu töten. Wo ich sie finde, da morde ich sie. Und ich finde sie oft genug in Hütten und Schlössern, in Kirchen und in der freien Natur. Aber ich folge ihr unerbittlich. Und wie der starke Lenzwind die Rose bricht, *die sich zu früh hervorgewagt*, so vernichte ich sie mit meinem großen, zürnenden Willen: *denn zu früh ward uns das Gesetz der Liebe.*« Seine Stimme verhallte dumpf, wie der Glockenton beim Ave. Die Baronin wollte entgegnen, aber der Mann fuhr fort: »Sie verstehen mich noch nicht. Hören Sie: Die Menschen waren unreif, als der Nazarener zu ihnen kam und ihnen die Liebe brachte. Er, in seinem lächerlich kindischen Edelmut, glaubte ihnen ein Gutes zu tun! – Für ein Geschlecht von Giganten wäre die Liebe ein herrliches Ruhekissen, in dessen wollüstiger Weise sie neue Taten träumen dürften. Den Schwachen aber ist sie Ruin.« – Ein katholischer Priester, der anwesend war, griff mit der linken Hand nach seiner Halsbinde, als wäre sie ihm plötzlich zu enge geworden.

»Ruin!« dröhnte es aus dem Munde des Fremden. »Ich spreche nicht von der Liebe der Geschlechter. Von der Nächstenliebe spreche ich, von Mitleid und Erbarmen, von Gnade und Nachsicht. Es giebt keine schlimmeren Gifte in unserer Seele!« Der Priester gurgelte etwas durch die dicken Lippen.

»Christus, was hast du getan! Mir ist, man hat uns aufgezogen, wie jene Raubtiere, denen man ihren innersten Trieb mit berechnender Klugheit genommen, damit man, wenn sie zahm geworden, ungestraft mit Knuten auf sie einhauen darf. – So hat man uns die Zähne abgefeilt und die Klauen, und man hat uns gepredigt: Liebe! Man hat uns die Eisenrüstung unserer Kraft von den Schultern gezogen und hat uns gepredigt: Liebe! Man hat uns den Demantspeer unseres stolzen Willens aus den Händen gewunden und hat uns gepredigt: Liebe! Und so hat man uns nackend und bloß in den Sturm des Lebens gestellt, wo die Keulenschläge des Schicksals auf- und niedersausen, – und man predigt uns: – Liebe!«

Atemlos lauschte alles dem Sprecher. Die Diener wagten sich nicht vom Platze und standen verlegen, die Silberplatten in Händen, zuseiten des Tisches. – Wie ein heißes Gewitter donnerten die Worte des Begeisterten in das schwüle Schweigen.

»......und wir haben – gehorcht«, hub der seltsame Fremdling wieder an. »Wir haben blind und blöde diesem wahnwitzigen Befehle gehorcht. Wir haben die Dürstenden aufgesucht, die Hungernden, die Kranken, die Aussätzigen, die Schwachen, die Elenden, und – wir sind selbst dabei dürstend, hungernd, krank, elend geworden! Wir haben unser Leben hingebracht, Gefallene aufzurichten, Zweifelnden zu raten, Betrübte zu trösten, – und wir sind selbst dabei verzweifelt! – Wir haben dem, der uns Weib und Kinder gemordet, der uns den eigenen Herd mit der Axt der Zwietracht gespalten, wir haben ihm nicht den schurkischen Schädel zerschmettert, – wir haben ihm – eine Hütte erbaut, in der er friedlich erschauen kann das Ende der Tage!« Furchtbarer Hohn bebte in seiner Stimme. – »Der, den sie als Messias preisen, hat die ganze Welt zum Siechenhaus gemacht. Die Schwachen, Elenden, Hinfälligen nennt er seine Kinder und Lieblinge. Und die Starken, die sind dazu da, diese kraftlose Brut zu beschützen, zu besorgen, zu bedienen!? Und wenn ich es in mir fühle heiß, innig und himmlisch, das stürmende Drängen nach Licht, und wenn ich mit festem Fuß den steilen, steinigen Pfad der Erreichung aufwärts steige, und wenn ich es leuchten sehe, das lodernde, göttliche Ziel, – dann soll ich mich zu dem Krüppel bücken, der am Wege zusammengesunken dahockt, soll ihn loben, aufrichten, mitschleppen und soll meine fiebernde Kraft versickern lassen in dem ohnmächtigen Kadaver, der nach wenigen Schritten doch wieder hintaumelt? – Wie sollen wir denn hinauf, wenn wir unsere Stärke den Elenden leihen, den Bedrängten, den faulen, sinn- und marklosen Schurken?!« – Eine Unruhe erhob sich, ein Murren.

»Schweigen!« donnerte der Schwarze. »Zu feig sind Sie, einzugestehen, daß dem so ist. Sie wollen ewig im Sumpfe fortwaten; Sie glauben, Sie sehen den Himmel, weil Sie *das* schauen, was sich schmutzig in der Gosse spiegelt. – – Verstehen Sie mich doch! Man hat unsere Kraft an die Erde gebunden. Elend muß sie verglimmen auf dem Opferherde der Barmherzigkeit. Einzig dazu soll sie gut sein, den Weihrauch des Mitleids zu entzünden, den Dunst, der unsere eigenen Sinne betäuben soll? Sie, die Kraft, die bis zum Himmel züngeln kann in freier, großer, jauchzender Flamme?!«

Alles schwieg. Mit Lächeln fuhr der herrliche Mann fort.

»Und wenn unsere Altvordern Affen waren, wilde Tiere mit großen Naturtrieben, und wenn ihnen ein Messias erstanden wäre, der ihnen Nächstenliebe gepredigt hätte, sie hätten, seinem Wort gehorchend, nie zu höherer Entwickelung emporklimmen dürfen. *Nie kann die stumpfe, vielsinnige Menge Träger des Fortschritts sein; nur der ›Eine‹, der Große, den der Pöbel haßt im dumpfen Instinkte eigener Kleinheit, kann den rücksichtslosen Weg seines Willens mit göttlicher Kraft und sieghaftem Lächeln wandeln.* – Auch unser Geschlecht ist nicht die Spitze der unendlichen Pyramide des Werdens. Auch wir sind nicht vollendet. Auch wir sind unreif, nicht überreif, wie ihr im Dünkel so gerne wähnet. Darum vorwärts! Sollen wir nicht höher steigen dürfen in Erkenntnis, Willen und Macht? Soll es nicht den Starken gelingen, aus der Zwangatmosphäre des Massenneides emporzuschweben zum Lichte!?

Hört mich, ihr – Alle: Ihr steht im Kampfe! Rechts und links fallen eure Nebenmänner; fallen, getroffen von Schwäche, Krankheit, Laster, Wahnsinn! .... und wie alle die Geschosse heißen, die das schreckliche Schicksal speit. Laßt sie sinken! Laßt sie hinsterben allein und elend. Seid hart, seid furchtbar, seid unerbittlich! Ihr müßt vorwärts, vorwärts!

Was schaut ihr so entsetzt? Seid auch *ihr* Schwächlinge, – Alle? Fürchtet auch *ihr* zurückzubleiben?! Bleibt! Verendet wie Hunde! Der Starke nur hat Recht zu leben. Der Starke geht – – vorwärts .... und die Reihen werden sich lichten; – aber wenige Große, Gewaltige, Göttliche werden sonnigen Auges das neue, gelobte Land erreichen. Vielleicht nach Jahrtausenden erst. – Und sie werden ein Reich bauen mit starken, sehnigen, herrischen Armen auf den Leichen der Kranken, der Schwachen, der Krüppel .....

.... Ein ewiges Reich!« –

Sein Auge brannte. Er war aufgestanden. Die schwarze Gestalt erstreckte sich übergroß in die Höhe. Es war, als ob ein Lichtschein sie umrahme. –

Er sah wie ein Gott aus.

Sein Blick hing weit an der herrlichen Vision seiner Seele; dann kehrte er jäh aus den Fernen zurück, und er sprach:

»Ich gehe in die Welt, die Liebe zu töten. Kraft sei mit euch! – Ich gehe in die Welt und predige den Starken: *Haß! Haß! Aberhaß!*« –

Alle sahen sich sprachlos an. Die Baronin preßte, überwältigt von einem unbeschreiblichen Gefühl, ihr Tuch an die Augen.

Als sie aufsah, war der Platz am Ende der Tafel – leer.

Ein Schauder durchrieselte alle.

Niemand sprach.

Die Diener reichten zaghaft die Speisen.

Mein Gegenüber, der dicke Bankherr, gewann zuerst seine Sprache wieder.

Er brummte zu mir her: »Das war entweder ein Narr, oder ....« Das Folgende verstand ich nicht; denn er kaute mit vollen Backen ein Stück Hummerpastete.

TOTENTÄNZE

Zwielicht-Skizzen aus unseren Tagen

⟨I⟩

UND DOCH IN DEN TOD

Ein Augustmorgen ging goldsohlig an mir vorbei in den Wald.

Ich lag da im krausen, glitzernden Moose und schaute ihm nach. Ich sah, wie er lichtgrüne Reflexe auf den silberweißen Kies schleuderte, als streute er Malachitkrystalle um sich her. Und ich vernahm seinen leisen, leichten Schritt, der die staunenden Blumen erweckte aus dem langen, lieblichen Schlummer.

Ich streckte die Arme weit aus und ⟨er⟩blickte jetzt nur die hohen Lärchenwedel, die sich leise wiegten her, hin – her, hin, als sollten sie den blauen Himmel blank scheuern. Und er war doch so klar!

Jetzt regneten mir silberne Pünktchen in die Augen, dicht, immer dichter, bis eine Fülle von Glanz auf ihnen wuchtete. Da schloß ich die Lider. Licht war in meiner Seele – und ich atmete tief und ruhig das starke, würzige Waldarom ....

Und da knackten die Äste. Ich rührte mich nicht. Aber ich dachte dunkel und verschwommen:

Ein Reh – gewiß. Und ich stellte mir unwillkürlich das braune zartgelenkige Tier vor, wie es neugierig und zaghaft mit großem, schwarzem Auge aus grünem Blätterrahmen zu mir herüber staunt....

Es knackte wieder.

Aber das waren menschliche Schritte.

Ich ward nüchtern. Mit jenem unwillkürlichen Schreck, den man empfindet, wenn ein Fremder uns in Träumen überrascht, richtete ich mich empor.

Ich musterte die Runde.

Nichts.

Da – doch. Hinter dem Buschwerk: Eine Gestalt. Ein Mann. – Sein Gesicht sah ich nicht. Er trägt einen grauen Rock. – Ein Jäger, denk ich. Ich will mich wieder zurücklehnen. Aber – ich habe doch keine Ruhe.

Lautlos, als hätte ich Angst, erhebe ich mich. Und da im Augenblick starrt mich ein Gesicht an, ein verzerrtes verhärmtes Gesicht, mit zwei unstäten, glimmenden Augen... Eine Hand hält er hoch. Und diese Hand – mein Gott – diese Hand preßt eine kleine Schußwaffe an den flachen Schlaf......

Der Mann hat mich bemerkt. Schlaff fällt ihm der Arm herab.

Ein kaltes höhnisches Lächeln umfurcht seine tief gezogenen Mundwinkel.

Wir stehen einander stumm gegenüber. Sein Blick glimmt Zorn.

Ich fasse Mut. Hart trete ich an ihn heran. Und ich sage nur ein Wort mühsam aus trockener, enger Kehle heraus:

»Warum?«

Und da lacht er. Ein Lachen, das den heiligen, blauen Morgen zerfetzt. Mich fröstelt. – Er aber schweigt.

So stehen wir beide regungslos. – Hoch über uns rauschen die Wipfel. –

Und dann packt den Mann vor mir ein Schluchzen, das ihn rüttelt. Und er kniet hin und faltet die aderreichen Hände:

»Ich kann nicht leben« – stammelt er. – »Ich kann nicht...«

Ich lasse seinen Schmerz austoben.

Er wird ruhiger. Das Pistol birgt er in der Tasche. Und er erzählt mir:

Er hat ein Weib daheim. – Er liebt dieses Weib. Und sie ist gut und sorglich.

Aber es kommen Tage, da ihr Aug' (sie hat blaue Augen) grün ist, ihre Wange bleich, und da ihre Lippe begehrlich sich wölbt, als schlürfe sie den süßen Duft eines trauten Geheimnisses.

»Dann nennt sie mich beim Zunamen. Berger, sagt sie, und sie nennt mich sonst nie so. Dann weicht sie mir aus und schlägt die Lider nieder, wenn ich sie anschaue, dann ist sie vergeßlich, fremd, abwesend. –

Sie ist krank, dachte ich. –

Aber das geht immer vorüber.

Und neulich war es wieder so. Ihr Aug' war über mich weg in weite Ferne gerichtet, ihre Hand bebte...

Als sie in ihr Zimmer gegangen war, schlich ich nach.

Und durch eine Ritze sah ich, wie sie drinnen weinend auf den Knieen lag und welke Blumen küßte – küßte mit einer Inbrunst, wie sie mich nie geküßt, auch in der Brautnacht nicht!

Und seither weiß ichs. – Sie hat jemand geliebt, vor mir geliebt. Sie liebt ihn noch!« Am ganzen Leibe bebend schrie er das in den Wald. – »Und in diesen Tagen, da berauscht sie sich an dem heißen Duft ihres verwelkten Glückes. Und so betrügt sie mich. – So wirft sie sich, die mir allein gehören soll, in die Arme eines Schattens...«

Tonlos ging sein Wort aus. – Und inniges Mitleiden beseelte mich. Ich schob meinen Arm unter den seinen: »Kommen Sie.« Und jetzt sprach ich ihm beruhigend zu.

Er möge offen gegen sein Weib sein. Ihr sagen, was ihm

Kränkung bereite; sie werde ihm gewiß mit Offenheit vergelten. Dergleichen mehr. Er wurde wirklich gefaßter.

»Sehen Sie,« sagte ich, »das Mitgefühl mit Ihnen, Herr Berger, und die einsame Stille des Waldes, heißt mich Ihnen ein Stück meines Lebens erzählen. – Jahre sind's her. – Ich liebte ein Mädchen. – Für dieses Mädchen strebte und schaffte ich. Und eines Tages wußte ich: sie hintergeht dich. – Und ich blieb ganz ruhig. Ich ging in die einsame Heide hinaus. In meiner Brusttasche war ein geladener Revolver. Ich fühlte, für mich gab es nichts, als den – Tod. Und ich stand draußen in der öden Weite und blickte um mich. Niemand. – Ich griff also in die linke Tasche – und wie ich die Waffe fasse, ziehe ich ein Stück Papier mit heraus. Unwillkürlich betrachtete ich dasselbe.

Es war eine kleine, schlichte Novelle von duftstarker Poesie, die ich einmal in glücklicher Stunde geschrieben.

Und ich las zwei, drei Zeilen.

Und dann setzte ich mich auf den Rain, legte das Pistol neben mich und las fort.

Wie Öl flossen die schlichten, innigen Worte in den Sturm meiner Seele hinein. Nach einer halben Stunde ging ich klaren Auges stadtwärts. – Ich wußte, es gibt eine Heilung für mein Weh. Eine starke Arzenei: Arbeit. –

Das ist meine ganze Geschichte.«

Der Mann neben mir schaute mich groß an – mit dankbarem Blick. Er sagte nichts. Aber er faßte meine Rechte mit beiden Händen und drückte sie. – Schon

dieser kräftige Druck sagte mir: – er ist dem Leben wiedergewonnen. –
Wir gingen selbander fort weiter in den Wald. – Der schimmernde Augusttag goß goldenen Frieden in unsere gerührten empfänglichen Herzen. Wir schwiegen; aber wir blickten uns von Zeit zu Zeit an, wie gute, alte Freunde; wir verstanden uns. –
Und später plauderten wir. Leichthin über Vergangenes und Zukünftiges, Erinnerungen und Wünsche. – Und seine Worte klangen so ruhig, so friedlich in die Mittagsstille. –
Dann plötzlich fragte er: … »Und haben Sie ganz verschmerzt« …
Ich betonte: »Ganz« …
Er blickte mich forschend an: »Wirklich?«
»Wodurch soll ich Ihnen beweisen?« meinte ich obenhin.
»Wodurch?« – Er sann nach.
Dann lächelte er: »Sind Sie im Stande, den Namen des Mädchens ganz ruhig auszusprechen?«
»Wie denn nicht: Helene Croner.«
Da kracht neben mir ein Schuß. Mit zerschelltem Schädel wälzt sich Berger im Moose. – Er blieb auf der Stelle tot.
Am nächsten Tage durchblätterte ich die Zeitung. Auf dem letzten Blatt im äußersten Eckchen stand die schonend gehaltene Todesanzeige Berger's. Unterzeichnet war dieselbe: Die tieftrauernde Witwe

Helene Berger,
geborene Croner.

⟨II⟩
DAS EREIGNIS
Eine ereignislose Geschichte

MAN saß beim Tee bei Frau von S...... – Auf dem blendend weißen Tischtuche stand der mächtige russische ›Samovar‹ und begleitete mit melodischem Summen die Gespräche. Die Ereignisse des Tages waren nach allen Seiten gewendet und gedreht worden, die Kunstausstellungen und Theater boten keinen allzureichen Stoff im Frühherbst. Es drohte eine jener Pausen einzutreten, welche wie dicke Luft alle bedrückt und ängstigt, und in welche dann die Kaffeelöffel und Tassen laut und gellend hineinklingen.

Aber die Hausfrau empfand die Gefahr. Frau von S......, eine noch junge, rotblonde Witwe, machte den Vorschlag, jeder sollte die interessantesten Begebenheiten seines Lebens erzählen. Beifall.

Ein junger Mann, von des Zufalls und weiland seines Papas Gnaden Baron, – begann. –

Er näselte ein paar Abenteuer, mühsam und von dem Lachen über die Fürtrefflichkeit seines eigenen Witzes immer wieder unterbrochen, hervor; Abenteuer, deren Szenerie immer ›Bretter‹ oder ›Brettchen‹ von der Bedeutung der Welt, deren Hauptpersonen jene Damen mit den kurzen Röcken und dem kurzen Verstand, mit leichten Füßen und noch viel leichterem Herzen waren. – Mehrere Male war die Dame vom Hause gezwungen zu hüsteln, wenn der glattrasierte, blinzelnde Freiherr sich allzu eingehender Detailmalerei befleißte. Dann kniff er wie beschämt seine farblosen Augen zusammen und errötete bis an die spärlichen mattblonden Haupthaare.

Endlich hatte er geendet. – Er meckerte in seiner Weise ein Lachen vor sich hin. Die Herren lachten mehr oder weniger herzlich mit, die Damen hatten die Teetassen an den Lippen, so daß man ihre Mienen nicht gut betrachten konnte.

Hierauf polterte ein Major ein paar Erinnerungen wach, sprach, lachte, fluchte und kommandierte in einem fort, ohne Rast, daß es klang wie Kleingewehrschnellfeuer...

Und dann Der und Jener.

Einer wußte auch von Ägypten zu erzählen. Lebendig schilderte er die Wüstenreise mit ihren Schrecken und Fährlichkeiten.

Dann lehnte er sich zurück, sprach mit leiser, weicher Stimme von den Mondnächten am Nil und der Pracht des Lotos.

Eine träumerische Rührung lag über allen, als er geendet. –

»Und nun kommt die Reihe an Sie, Herr Savant«, wandte sich die Frau vom Hause an einen etwa dreißigjährigen blassen Mann.

Er erhob bei der Aufforderung sein großes, graues Auge.

Um seine Lippen huschte unstät ein Lächeln.

Ein irres, müdes Lächeln.

Wie ein Mondstrahl in einer Herbstnacht durch ein Distelfeld geht.

Aller Augen waren auf ihn gerichtet.
Er betrachtete jetzt seine Fingernägel.
Er seufzte leise.
Und hub dann an, ohne aufzublicken.
»Sie werden mir nicht Glauben schenken, wenn ich Ihnen sage: Ich habe noch nie etwas – erlebt. –
Nie.
Mein Leben rollt hin wie der Regentropfen vom Dache.
Gleichmäßig, blöde, monoton.
Und so war es immer. –
Und es ist schrecklich, daß es immer so war.
Aber......
Doch Sie sehen, gnädige Frau, ich wüßte keine erfreulichen Worte zu sagen, daher gestatten Sie mir zu schweigen.«
Aber da gabs heftigen Widerspruch!
Und die Hauswirtin scherzte in das allgemeine Geraune hinein: »Jetzt müssen Sie fortfahren, Herr Savant; Sie haben uns einmal neugierig gemacht, und wir Frauen können das nie ungestraft hingehen lassen.«
Der junge Mann richtete sein Auge, als blickte er durch Alle hindurch, ins Weite.
»So sei es«; lispelte er trocken.
»Muß weit ausholen; will es aber kurz machen.
In meinem Herzen liegt ein Drang nach Großem, Mächtigem, Ungewöhnlichem! Immer, als Knabe schon, empfand ich diesen Drang. Ich las die Märchen alle in mich hinein. Und aus den Bruchstücken, die mir die schönsten schienen, baute ich das Märchen meiner Kindheit. –
Kein erlebtes, aber ein erträumtes. Denn die Tage mei-

ner Jugend flossen so eintönig dahin, wie ein Bach im Flachland. Keine Erregung, kein Unfall, kein Geschehnis, das in meine Seele tiefer hätte greifen dürfen. – Die Mutter war weich und empfindlich, mürrisch und düster mein Erzeuger. Ich empfand eine gewisse naturgemäße Anhänglichkeit, die ich gern Liebe genannt hätte, für sie. Frühzeitig starben beide. Ich weinte. Aber ohne Schmerz. Nur weil ich einen Druck in den Lidern fühlte. Dieselbe Last, die man zu empfinden vermeint, wenn man in allzu grelles Licht sieht.

Herzlich gern ließ ich das Vaterhaus, seine düsteren Stuben voll steifbeiniger melancholischer Lehnstühle.« –

Der Baron hüstelte. Die anderen aber waren gespannt und blickten etwas unwillig nach dem Störer. Er schwieg also.

»Hinaus,« – fuhr der Erzähler, der nichts bemerkt hatte, fort – »hinaus, dachte ich, gehst du jetzt in die Welt, ins Leben, von dem sie immer erzählt, daß es wild, stürmisch und wechselvoll ist. Du wirst kämpfen dürfen! Und ich zog hinaus. –

Aber ich mußte nicht kämpfen. Das Schicksal wollte es nicht. Ich fand Freunde meines Vaters, die sich freuten, mir Gönner sein zu können. – Sie ließen mich die Mittelschule besuchen, gaben mir Nahrung, Kleidung, Wohnung, und wieder rollte das bleierne Einerlei über mich seine Nebel. Nur daß ich in helleren Zimmern saß, etwas mehr Fleisch genoß als zu Hause und daß ich Suppe mit Gewürzen aß, was der Vater nicht hatte mögen.

Und die Hochschule kam. Manche Zeit war ich fleißig. Aber es trug mir kein besonderes Lob ein. Ich ließ die Arbeit im Stiche. Aber ich fiel nicht durch; nein, ich kam gerade recht in die monotone Beamtenbahn hinein.

Ich mietete das Zimmer, das ich heute noch bewohne. Das echte Mietzimmer für ledige Herren mit Kleiderständer und eisernem, winzigem Waschtisch.«

Ein Schauer rüttelte den jungen Mann. Er schloß eine Weile die Augen, und dann: »Es kam ein Tag, wo ich das erste Ereignis meines Lebens nahe wähnte. Ich glaubte ein Weib zu lieben. Mit einiger Erregung gestand ich ihrs. Sie war auf der Stelle mit sich einig. Wir verlobten uns.

O hätte es nur einen Widerstand, einen Zwischenfall gegeben!

Hätte sie sich geweigert und mich den herrlichen, süßen Kampf kämpfen lassen, als dessen Preis sie Leib und Seele setzen durfte. Aber nein, nein. Und ich malte mir in Gedanken aus, wie dann Alles doch nur glatt im alten, ausgefahrenen Gleise gehen würde. Ich bebte davor. Und als ich eines Nachmittags im Kaffeehause saß (ich sitze nämlich seit zehn Jahren täglich von vier bis sechs im Kaffeehause), – da schrieb ich ihr ab. Mit paar Worten auf einer einfachen Karte, in ungelenken Sätzen, die schmutzig aus der abgenutzten Gasthausfeder herausflossen. – Ich fühlte, daß es ja doch dies nicht sein könne, was man Liebe nennt. Denn ich war ja die ganze Zeit so ruhig gewesen. Nein, gewiß sie war mir ganz gleichgiltig. – Aber mit boshafter, toller Freude stellte ich mir dafür vor, welchen Schrecken meine Zeilen hervorrufen würden. Welchen vielleicht unheilbaren Schmerz ich durch meine Absage in dies Frauenherz schleudern konnte....

Sie würde voll der Vorwürfe zu mir kommen, mich zur Rechenschaft ziehen – und ich, ich würde dann kalt und hochmütig sie von mir weisen – aus Übermut, nur um endlich, endlich etwas zu – erleben.

Mit diesen Gedanken ging ich aus dem Kaffeehaus heimwärts. Auf meinem Tische lag ein Brief. Ihre Handschrift! Ich reiße ihn auf: Ihre Absage! – Ebenso kalt, nüchtern und ruhig wie meine, die unterwegs sein mußte.«

Und Herr Savant stützte den Kopf in die Hände und schwieg.

Ganz schüchtern klapperten die Löffel. Der ›Samovar‹ war verstummt, als müßte auch er lauschen.

Niemand hatte Lust ein Wort zu sagen.

Nur der Major brummte etwas in seinen struppigen Bart.

Der junge Freiherr fuhr mit der beringten, weißen Hand hin und her über seinen Kahlkopf. Er sah jetzt sehr dumm aus.

Nach ein paar Sekunden hob der junge Mann wieder sein Haupt. Er musterte mit großem Auge die Runde und sagte dann träumend:

»Also – nichts; – wieder nichts.

Wieder trollten Tage, Wochen, Monate, Jahre vorbei.

Eines dem anderen zum Verwechseln gleich.

Täglich kam ich abends nachhause zur selben Stunde.

Täglich wußte ich: der Schlüssel wird krachen, wenn ich ihn ins Schloß stecke, sich erst nicht drehen lassen und dann nach einer Sekunde mir leicht und willig die Tür öffnen, – auf dem Schreibtisch werden ein oder zwei bedeutungslose Briefe harren, und die Schlafschuhe werden beim Lehnstuhl liegen, statt unterm Bette, wohin ich der Bedienerin sie zu legen befohlen hatte.

Und täglich kams so. –

Einmal noch eine Unterbrechung. Mir ward ein Verhaftbefehl zugestellt. Ich war mir keines Vergehens bewußt. Aber alles jubelte in mir: ein Ereignis. Ich zog mich sorgfältiger denn sonst an, mich zu Gericht zu begeben in Begleitung des draußen harrenden Schutzmannes. Allein ich war noch nicht angekleidet, da trat ein Beamter bei mir ein, erzählte von einer Verwechslung und bat mich um Vergebung ob der Belästigung....

Und dann wieder Jahre.....

Wie oft hab ich schon ein Verbrechen begehen wollen. Vergebung, gnädige Frau«, unterbrach sich Savant, als er bemerkte, wie erschrocken ihn Frau von S...... anblickte. »Sie haben verlangt, daß ich erzähle, und ich will nichts verschweigen. Ja, ich war oft daran, ein Verbrechen zu begehen; denn ich will, ich muß mit aller Gewalt endlich ein Ereignis hereinzerren in mein graues, grausames Leben!« Sein Auge lohte, wie das eines verwundeten Wildes.

»Den Nächsten erschlagen! So packt es mich oft auf der Straße. Aber dann fehlt mir das Mittel und die

Kraft. Und ich stehe da, wie ein blöder Schulbube, der die Federn vergessen hat und schreiben soll....

Oft auch geh ich aus mit dem Pistol in der Tasche. Aber dann begegnen mir nur Leute, auf die zu schießen mich ekelt. Kleine verschrumpfte Gestalten, die mit dem bißchen armseliger Daseinskraft am Leben haften, wie die Spinne an ihrem Faden. Und wieder markige Arbeiter, die das Recht des Lebens an ihren schwieligen Händen tragen und auf der dumpfen, rußigen Stirn. –

Wenn ich doch wenigstens wahnsinnig würde, das ist mein Gebet, wenn ich nachts schlaflos daliege.

Und bisweilen, da ist mir auch: Jetzt kriecht es herauf. Schwül und schrecklich. Und jetzt kichert es mir im Schädel und lacht mich aus – lacht... und ich lache mit, laut und gellend. Aber dann ist es doch nicht. Ich nehme ein Zeitungsblatt und lese zwei, drei Zeilen, und sehe, daß ich alles noch erfasse Wort für Wort, Satz für Satz. – Nein, auch wahnsinnig darf ich nicht werden! Auch das nicht.«

Savant kämpfte ein Weinen zurück.

Alle saßen stumm da und blickten entsetzt auf den Sprecher. Nur der Major, der krebsrot war, hackte mit dem Sporn des linken Fußes leise gegen die Dielen.

Das klang wie Totenwurmpochen.

Ein Schauer ging durchs Zimmer.

Keine Tasse regte sich.

»Ich bin zu Ende«, raunte der Unglückliche jetzt matt und klanglos.

»Ein anderer könnte glücklich sein in diesem glatten,

farbenarmen Leben. Er könnte gut und viel essen, die gute Verdauung behalten und sehr dick werden.
Mich aber, mich, der ich einen heißen, sehnenden Drang nach einem Ereignisse in mir trage, von Kindheit an, mich tötet es.
Meine Wange glüht vor Sehnsucht, aber der Sturm des Lebens kommt nicht, der sie kühlen soll.«

PHANTASIE

Gedicht in Prosa

AUSWANDERERSCHIFF. Leute über Leute. Vornehme lachend, schlendernd, schmausend. Tief unten in den dunstschwangeren Kajüten, wo nur die trübe Öl-Lampe müde brennt, die Armen. Männer, Weiber, bleich, verdrossen, matt. Zusammengedrängt von ungewisser Angst. Stumpfsinn'ge Gesichter, blöd, verhärmt ..... *Ein* Weib nur .... Blaß und still mit großen tiefdunkeln, tränentrunkenen Augen; mit Augen, die nach heißer Liebe fragen, so gierig fragen. Fahle Lippen, die wie von zurückgehaltnen Zähren zucken, goldbraunes Haar in halbgelösten Locken die Stirne schattend. – Schmiegsam die Gestalt; doch starr und still, still, wie es die Runen fordern, die die Sorge mit hartem Griffel in die Stirne grub. Die Hände zart, durchscheinend, bang gefaltet. – Und wieder ihre Augen: – Als ob sie zum Geheimnis dieses Lebens die ernste Lösung suchten..... Ob sie sie jemals finden?– Dort? – Ich weiß nicht. Nur in schlaflosen Nächten manchmal tauchen mir diese Augen auf..... ja, diese Augen, müde, todesdurstig........

IHR OPFER

Sag! Bist du schon mal an einem Spät-Septembermorgen eine mittelböhmische Landstraße gegangen? – Der niedere, nebelschwangere, beengende Himmel scheint wie ein schmutzig graues Zeltdach auf die verkümmerten, fahlen Roßkastanien gespießt, welche die nußfarbige, von tiefen Räderrinnen gerunzelte Straße umgrenzen. Die rote Sonne hat ihr dunsttrunkenes Gesicht in dichte Schleier gehüllt; ein paar irre Strahlen huschen über die Wolkenwand und randen den Straßenkot mit gelben, dünnen Strichen. Ein mißmutiger Wind wälzt gelbe Blätter hin und wider und zerwirbelt den fadenscheinigen Rauch, der aus fernen Dorfdächern kriecht, – das ist ein Bild von unsäglicher, unbeschreiblicher, hilfloser Wehmut. – Wenn ich dies Bild denke, fühle ich einen großen Schmerz in der Nähe meines Herzens. Es zuckt dort etwas zusammen – und zerrt, zerrt bis mir die Tränen in den Augen brennen...
Dasselbe Gefühl ist in mir wach – wenn ich an das arme Weib denke, dessen Geschichte ich dir erzählen will.
Höre!
Die Dichter preisen die Liebe; und es muß doch etwas sein um ihre Macht. Ein Strahl der Sonne ist sie, der

verklärt – sagen diese, – ein Gift, das berauscht, sagen jene. Und wirklich, ihre Wirkungen sind denen des Lustgases ähnlich, das der Arzt vor einer schweren Operation dem zitternden Kranken einflößt, – der Leidende vergißt den wühlenden Schmerz...

Agnes hatte auch alles Ungemach vergessen, – seit Wochen. Seit sie Hermanns Weib geworden war. – Waren es denn wirklich Wochen? – War es nicht vielmehr ein einziger lustschäumender Augenblick unnennbaren Glückes? Jene Zeit, wo Millionen neuer, süßer, geheimnisvoller Empfindungen im Herzen des Weibes – wie Elfen aus mondgeküßten Blüten – aufsteigen, wo die Jungfrau selbst zitternd staunt vor der Fülle der Gefühle, die in ihrem Innern ruhten, und wo ihr Auge glänzt wie eine heilige, ewige, erlösende Gottesverheißung.

In jener Zeit dämmert keine Frage auf in ihrer Brust, keine Sorge, kein Bangen bewölkt den Spiegel ihrer Seele. Sie lebt eine einzige, große, jauchzende Gegenwart, die keine Vergangenheit kennt, vor keiner Zukunft erbebt.

Und diesen süßen Rausch der ersten wonnigen Wochen schloß das verklärte Weib in ihr keusches Herz – und nahm ihn mit in die kommenden Jahre. –

*

Zwei Jahre. – Alles war anders geworden. Hermann war kalt und streng, teilnahmslos und geistesabwesend. – Seine stürmische Künstlerseele hatte rasch den Schaum der Liebesbegeisterung geschlürft – und das

Weib war ihm nun nichts mehr – als ein Becher mit schalem, abgestandenem Tranke gefüllt.
Sie wußte es; der Rausch war vorüber. Sie sah schrecklich klar. – Sie wußte, daß sein Lächeln Mitleid war, seine seltene Schmeichelei Erbarmen, sein hauchender, tonloser Kuß Gewohnheit. –
Sie wußte es – und sie verzieh.
Sie wußte aber auch, daß er schuldlos war. – Was sie ihm geben konnte – hatte sie gegeben. Er durfte nichts mehr erwarten. – Dieselbe Liebe, dieselbe Zärtlichkeit Tag für Tag, in derselben Weise. Mußte das nicht seine Künstlerseele zwängen und ängsten?
Wie war ihr dieser Gedanke gekommen? –
Erst wollte sie nicht an ihn glauben. – Aber doch – doch je öfter sie ihn dachte, desto natürlicher – selbstverständlicher – ja notwendiger schien er ihr.
Und sie gewöhnte sich daran. –
Das quälte sie nicht mehr.
Aber eine andere Qual wich nicht von ihr.
Hermann war so gut.
Sie wußte, er würde nie im Stande sein, ihr zu sagen: Geh! – Du hältst mich in Fesseln! Ich empfinde dich als Zwang! Geh!
Und doch fühlte sie im tiefsten Innern, zagend wie ein bei Bewußtsein Sterbender den Griff des Todes fühlt, – daß er so zugrunde gehen müsse. Daß diese Bande seine Schaffenskraft hemmen müßten, seine Geistesfrische zerstören. Daß heut oder morgen an Stelle der rege wechselnden Gedanken jene trübe, verbitterte, stumpfe Sinnesträgheit treten müsse, wie sie jungen

Leuten eigen wird, die der frömmelnde Wunsch der Mutter in einem Seminar begrub.
Niemehr verlor sie dieses Gefühl.
Es begleitete sie bei den wenigen Pflichten des Tages – und saß an ihrem Bett in endlosen, wachen Nächten.
Und in einer solchen reifte ihr ein Entschluß.
Zuerst machte er sie zittern.
Sie schloß die Augen.
Der Entschluß aber reifte und reifte.
Es war kein heilsamer, gesunder Vorsatz.
Er wuchs wie ein gräßliches Geschwür, das der Arzt mit Salben und Verbänden zurückgedrängt, und das nun umso furchtbarer nach innen ausbricht. –
Und an einem sonnigen Morgen nahm sie sich ein Herz.
»Hermann?!«
Hermann wandte sich ihr zögernd zu.
»Ich möchte dir etwas anvertrauen ...«
»Anvertrauen? – Bitte ...«
»Komm näher« – und sie legte den Arm leise um seinen Hals und flüsterte hastig mit heißem Erröten:
»Hermann! Ich fühle – ich weiß – daß ich dir bald ein Leben schenken – opfern ... werde ...«
Der Mann hob erstaunt den Kopf.
»Ein Leben – ein Kind!« schrie er in jauchzendem Jubel.
Agnes erschauerte.
Hermann aber zog sie leise und innig an sich.
»So soll mein Wunsch sich erfüllen – unser Wunsch ...« liebkoste er.

Sein armes Weib war außer Stande, ein Wort zu reden.
Als er eine Stunde später im Atelier saß, kam ihm unvermittelt bei: Wie sonderbar sie dies gesagt hatte – ein Leben schenken – opfern – was hatte sie ›opfern‹ hinzugefügt? – Aber er vergaß wieder darauf.

*

Fast schien es, als sollten jene Wochen wiederkehren; jene ersten sonnigen, klaren Wochen.
Hermann war ganz Fürsorge und Liebe.
Sein Kuß ward wärmer – sein Wort inniger.
Das war Balsam für den schrecklichen Entschluß. So glaubte Agnes anfangs. Aber nein. Das alles galt ja doch dem dritten Wesen, das er erhoffte – dem Kinde – und wenn .....
Sein, Hermanns Empfinden war ja doch tot; – dies war nur seiner Liebe – Allerseelentag.
Er war so gut.
Ja, und eben deshalb mußte sie ihn befreien. Von sich selbst befreien.

*

Ein kalter Herbstmorgen. Hermann saß fröstelnd im Atelier. – Er preßte eine Zigarette zwischen den Zähnen, während er malte. Ihr scharfer Rauch stieg ihm in die Augen und machte ihn unaufhörlich blinseln.
Draußen war es noch nicht allzuhell. Ein perlgrauer Sprühregen taumelte durch die Luft.
Die Arbeit wollte nicht von der Hand.
Plötzlich horchte Hermann auf.

Lärm im Vorraum.
Harte, gemeine Stimmen.
Im nächsten Augenblick stürzte der alte Diener herein.
»Jesus Maria!« schrie er und rang die Hände.
Hermann fuhr auf.
Da trugen vier Männer eben schon durch die weite Flügeltür eine schwarze Truhe.
»Von der Rettungsgesellschaft«, brummte einer im Geschäftston.
Ein anderer schlug das schwarze Lederlaken zurück.
Da lag Agnes – fahl und starr.
Die wasserschweren Haare hatten den Kopf seitwärts gezogen.
Die triefende Kleidung umschloß eng ihre Glieder.
Wie Verklärung sonnte es auf ihrer Stirne.
Hermann stand ohne sich zu rühren.
Jäh zuckte es durch seine Züge: ein Leben... schenken... opfern...
Er brach bewußtlos zusammen.

IM VORGÄRTCHEN

Skizze

WAS einem doch bisweilen für Gedanken kommen..... Gestern zum Beispiel. Sitze ich da wieder neben Frau Lucy im Vorgärtchen ihres Landhauses. Die junge blonde Frau mit den großen tiefen Augen schweigt, sieht zum atlasblanken Abendhimmel auf und weht sich Kühlung mit einem Brüsseler Spitzentuch. Und der Duft, der so prickelnd durch meine Nerven rinnt, kommt der von dem fächelnden Tuche her oder dort von dem Fliederstrauch?

»Dieser prächtige Flieder....« sagte ich – nur um etwas zu sagen. Denn das Schweigen ist ein heimlicher Waldsteg, auf dem verstohlene Gedanken hin und wider huschen. Also nur nicht schweigen!

Sie hatte jetzt die Augen geschlossen und den Kopf zurückgelehnt, so, daß das volle Abendlicht auf den feingeäderten Lidern lag. Die Nasenflügel bebten leise wie die Schwingen eines kleinen Falters, der an einer jungen Rose nippt. Ihre Hand lag zufällig auf der Armlehne meines Stuhles hart neben der meinen. Ich glaubte ihr leichtes Zittern in meinen Fingerspitzen zu spüren. – Nicht nur in den Fingerspitzen. Durch den ganzen Körper floß mirs bis zum Hirn und nahm mir alle, alle Gedanken – nur den einen nicht...... Und dieser formte und ballte sich wie eine Gewitterwolke im Gebirge: »Sie ist die Frau eines andern...«

Teufel auch! Das wußte ich doch längst. Und dieser andere war sogar mein Freund. – Aber heute kam mir dieser sonderbare Gedanke immer wieder und ich hatte ein Gefühl dabei wie ein Bettelkind, das zu den Herrlichkeiten im Zuckerbäckersschaufenster sehnsuchtsvoll hinüberstaunt.......

»Worüber denken Sie nach, gnädige Frau?« – riß ich mich aus meinem Sinnen.

Sie lächelte: »Wie Sie ihm ähnlich sehen!«

»Wem?«

Sie wandte den Blick und setzte sich zurecht: »Meinem verstorbenen Bruder!«
»So. Ist er jung verstorben?«
Sie seufzte: »Sehr jung. Er hat sich erschossen. Der Arme! Er war ein prächtiger, braver Mensch. Warten Sie, nächstens zeig ich Ihnen sein Bild.«
»Hatten Sie mehrere Geschwister?« lenkte ich ab.
Sie schien kaum gehört zu haben. Ihr helles Auge lag mit verwirrender Ruhe auf mir. Groß wie ein ganzer Himmel.
»Der Zug um die Augen, dieser Mund...« – wie im Traume sagte sie das.
Ich bemühte mich ihr ruhig ins Gesicht zu sehen. Es war mir sehr schwer. Sie betrachtete mich lange. Dann rückte sie den Stuhl näher, und ihre Stimme hatte einen innigen, vertraulichen Ton, als sie von ihrem Bruder erzählte. Sie sprach leise, und ihr Haupt war mir so nahe, daß ich den Duft ihres blonden Haares spürte. Die lebhafte Erinnerung an Glück und Weh entflammte ihr Auge und belebte ihr Antlitz. Im Feuer der Erregung erschienen mir ihre Züge so bekannt, als wäre ich der teure Tote, dessen sie gedachte.
Diese Augen.... dieser Mund.... dachte ich – das ist *mein* Gesicht, nur veredelt, verfeinert.....
Und als sie endlich, ein Schluchzen in der Kehle, verstummte und das zarte Köpfchen in die Brüsseler Spitzen vergrub, da hätte ich rufen mögen: Ich bins! ich bins! Lebend genoß ich das Glück, von solch einem Weibe beweint zu werden....... und ich weiß nicht,

wie's kam, ich strich ihr mit der Hand ganz leise über den abendroten Scheitel. Sie ließ es geschehen.
Dann hob sie die Augen, die voller Licht waren: »Wenn er doch lebte!« sagte sie nachdenklich. »Wir wären beisammen geblieben und ich hätte nie geheiratet...«
Ich horchte auf.
Und jetzt brach ihre Natur durch: Sie weinte heftig und stürmisch.
Ich sah wie die Sonne starb, und dachte: »Sie ist eines anderen Frau...«
Aber ihr Weinen übertönte diesen Gedanken.
Und ehe noch der Sonnenrand ganz hinter den violetten Hügeln versunken war, lag ihr Köpfchen an meiner Brust, und ihr wirres, goldenes Haar kitzelte mein Kinn. Und dann küßte ich der blonden Frau Lucy die tauhellen Tränen fort, und zugleich mit den ersten, blassen Sternen dort oben blühte ein Lächeln auf ihren roten Lippen....
....Als ich eine Stunde später ihrem Gatten an der Gartentür begegnete, bemerkte ich just da er mir die Hand entgegenstreckte ein Stäubchen an meiner Kravatte. Dieses Stäubchen! Ich verlor es nicht aus dem Auge und bemühte mich, es mit der einen Hand fortzuknipsen, während ich die andere hastig in seine legte. –

SONNTAG

Das war... das war... an der Ostsee. Ich kam von einem frühen Morgengang. Der Wald um mich her

war still, ganz still. Auch mein Schritt verklang auf dem weichen, habitbraunen Waldboden. Nur die Luft war voller Vogelsang. – Schulterhohe Farren prahlten mit perligem Tauschmelz. Die steifen Stämme glühten, und ihre hohen Kronen schwankten lautlos her und hin, als wollten sie den weiten Himmel blankscheuern. – Und der war doch so klar.
Jetzt tauchte das Dorf auf. Viel weißer waren die kleinen Häuser als sonst, und ihre moosbewimperten Augen, die Fenster, blinzten viel heller. – Und der Kirchturm mit dem roten Zwiebeldach, – drollig: der sah aus wie ein stämmiger, kerngesunder Pausback. – Drüben die Straße schimmerkiesig, und die Meilensteine, an ihrem Ranfte im Grünen, wie Kinder im Hemdchen, die knieen und beten! – Nicht?
Beten, ja! Dank beten.
Ich ging durch die Gassen. Hart vor mir war der Morgen hier gegangen. Ich sah seine goldene Sohlenspur. Rechts bald, bald links hinter hellgrünen Latten standen sonnenhaarige Mädchen. Sie sangen und schnitten Rosen, sich damit zu schmücken. – Wir lachten und nickten uns zu. Und aus den Fenstern lugten freundliche, uralte Mütterchen zum Himmel hinauf mit lichtmatten, aber lachenden Augen. Kinder standen im Hemde am Türpfosten. Sie klatschten in die Hände, und ihre beiden pfirsichroten Backen waren voll Sonntagskuchen...
Dann stand ich am Meer. Das Meer war wie violenblauer, schwerer Atlas. Ein winziges, ockergelbes Segel sonnte weit draußen, und am Horizont zog

wie ein silberweißer Schwan der große Rügendampfer...

Ich staunte hinaus in die flimmernde Pracht. Wie ein Kind, das ein schönes Spielzeug erhalten hat, hätte ich Alle rufen mögen, die mir lieb sind: »Kommt und seht, ist das nicht – herrlich?!«

Dabei war meine Brust voll Jubel und Lachen.

Ein brauner, alter Fischer kam just des Wegs. Ich eilte hinzu und drückte seine schwielenharte Hand, daß es mich schmerzte....

Ja, das war an der Ostsee. – Hab damals übrigens fleißig Tagebuch geführt. An diesem Tage schrieb ich in mein Heft:

»Ein Sonntag...!« Kein Wort mehr. –

HEILIGER FRÜHLING

Skizze

»UNSER Herrgott hat sonderbare Kostgänger.« Das war das Lieblingswort des Studenten Vinzenz Viktor Karsky, und er wandte es in passenden und unpassenden Augenblicken stets mit einer gewissen Überlegenheit an, vielleicht weil er sich selbst im Stillen zu dieser Sorte rechnen mochte. Seine Genossen nannten ihn längst einen sonderbaren Kauz; sie schätzten seine Herzlichkeit, die oft an Sentimentalität grenzte, freuten sich an seinem Frohsinn, ließen ihn einsam, wenn er traurig war, und duldeten seine ›Überlegenheit‹ mit gutmütigem Vergeben.

Diese Überlegenheit Vinzenz Viktor Karskys bestand darin, daß er für Alles, was er tat oder unterließ, einen glänzenden Namen fand und, ohne zu prahlen, mit einer gewissen gereiften Sicherheit Tat auf Tat legte, wie einer, der aus tadellosen Steinen eine Mauer baut, die für alle Ewigkeit stehen soll.

Nach einem guten Frühstück sprach er gerne über Literatur, wobei er niemals tadelte oder verwarf, sondern nur die ihm angenehmen Bücher einer mehr oder minder innigen Anerkennung würdigte. Das klang dann wie eine allerhöchste Sanktion. Bücher, die ihm schlecht schienen, pflegte er überhaupt nicht zu Ende zu lesen, sagte aber dann auch kein Wort darüber, selbst wenn andere des Lobes voll waren.

Sonst hielt er sich gegen die Freunde nicht zurück, erzählte alle seine Erlebnisse, auch die intimer Art, mit liebenswürdigem Freimut und ließ es über sich ergehen, daß sie fragten, ob er nicht wieder versucht hätte, ein Proletarierkind ›zu sich emporzuheben‹. Man erzählte sich nämlich, daß Vinzenz Viktor Karsky bisweilen solche Versuche unternehme. Dabei mochten ihm seine tiefen blauen Augen und seine einschmeichelnde Stimme wohl zu gar manchem Erfolge verhelfen. Immerhin schien er die Zahl dieser Erfolge rastlos mehren zu wollen und bekehrte mit dem Eifer eines Religionsstifters eine Unzahl kleiner Mädchen zu seiner Glückseligkeitstheorie. Am Abend begegnete ihm ab und zu einer der Genossen, wenn er, eine blonde oder braune Gefährtin leicht unter dem Arme führend, seines Lehramts waltete. Und die Kleine lachte dann gewöhnlich mit dem ganzen Gesicht, Karsky aber machte eine so wichtige Miene, als wollte er sagen: »Unermüdlich im Dienste der Menschheit.« Kam aber mal einer und erzählte, daß der oder jener »hängen geblieben« wäre und nun in die nette Sippschaft hinein heiraten müsse, wippte der erfolggekrönte Wanderlehrer seine breiten, slawisch-eckigen Schultern und sagte fast verächtlich: »Ja, ja, – der Herrgott hat sonderbare Kostgänger.«–

Das Sonderbarste an Vinzenz Viktor Karsky aber war, daß es Etwas in seinem Leben gab, wovon keiner seiner nächsten Freunde wußte. Er verschwieg es gleichsam vor sich selbst; denn er hatte keinen Namen dafür; und doch dachte er daran, sommers, wenn er einsam auf weißem Weg in einen Sonnenuntergang ging, oder wenn der Winterwind sich in den Kamin seiner stillen Stube bohrte und die Kerntruppen der Schneeflocken gegen das verklebte Fenster Sturm liefen, oder im dämmerigen Kneipstübchen sogar mitten im Freundeskreis. Dann blieb das Glas unberührt vor ihm stehen; er schaute wie geblendet vor sich hin, als blicke er in ein fernes Feuer, und seine weißen Hände falteten sich unwillkürlich, als wäre ihm ein Beten gekommen – ganz von ungefähr, wie einem das Lachen oder das Gähnen kommt.

*

Wenn der Frühling in eine kleine Stadt einzieht, so gibt das ein Fest. Wie die Knospen aus enger Haft, drängen goldköpfige Kinder aus der winterschwülen Stube und wirbeln ins Land hinaus, als trüge sie der flatternde laue Wind, der ihnen Haare und Röckchen zerrt und ihnen die ersten Kirschenblüten in den Schooß wirft. Und wie sie nach langer Krankheit ein altes, langvermißtes Spielzeug bejubeln würden, erkennen sie selig Alles wieder und begrüßen jeden Baum, jeden Busch und lassen sich vom jauchzenden Bache erzählen, was er all die Zeit getrieben. Und was für eine Wonne ist das, durch das erste grüne Gras laufen, das zage und zart die nackten Füßchen kitzelt, dem ersten Weißling nachhüpfen, der in ratlos großen Bogen über den kargen Holunderbüschen sich verliert ins endlose, blasse Blau hinein. – Überall regt sich Leben. Unterm Dach, auf den rotleuchtenden Telegraphendrähten und sogar hoch auf dem Kirchturm, hart neben der brummigen, alten Glocke, ist Schwalben-Stelldichein. Die Kinder schauen mit großen Augen, wie die Wandervögel die alten lieben Nester finden,

und der Vater zieht den Rosenstöcken den Strohmantel und die Mutter den ungeduldigen Kleinen die warmen Flanellhöschen aus.
Auch die Alten kommen mit scheuem Schritt über die Schwelle, reiben sich die faltigen Hände und blinzeln ins flutende Licht hinaus, und nennen sich »Alterchen« und wollens nicht zeigen, daß sie glücklich und gerührt sind. Aber ihre Augen gehen über, und sie danken beide im Herzen: Noch einen Frühling.

*

An solch einem Tag ohne eine Blume in der Hand auszugehen, ist Sünde, dachte der Student Karsky. Und deshalb schwenkte er einen duftenden Zweig in der Rechten, als müßte er dem Frühling Reklame machen. Leichtschrittig und schnell, wie um früher dem dumpfig kühlen Atem der schwarz gähnenden Haustore zu entfliehen, ging er durch die alten, grauen Giebelgassen, winkte dem Wirt der Stammkneipe, der mit feistem Lächeln unter der breiten Einfahrt seines Gasthofs prahlte, und nickte den Kindern zu, die bei dem Schlag der Mittagsglocke aus der engen Schule wirbelten. Erst gings ganz sittsam zwei zu zwei, allein zwanzig Schritte von dem Schultor platzte der Schwarm in unzählige Teilchen auseinander, und der Student mußte an jene Raketen denken, die hoch im Blauen in lauter winzige Leuchtsterne und -kugeln aufgehen. Ein Lächeln auf den Lippen und ein Lied in der Seele, eilte er jenem äußersten Bezirke des Städtchens zu, wo teils behäbige, bäurisch aussehende Gehöfte, teils weiße

Villenneubauten, von kleinen Gärtchen umrahmt, gar freundlich dreinschauten. Dort vor einem der letzten Häuser erfreuten ihn die hohen Laubengänge, über deren leichtgeschwungenem Gezweig schon ein grüner Hauch schimmerte, wie ein Ahnen künftiger Pracht. Am Eingang blühten zwei Kirschbäume, und das sah aus, als wäre eine Triumphpforte für den Frühling erbaut und als schrieben die blaßrosa Blüten ein leuchtendes *Willkommen* darüber.

Plötzlich schrak Karsky zusammen: Mitten in dem Blühen sah er zwei tiefblaue Augen, die mit ruhiger, schlürfender Seligkeit ins Weite träumten. Er gewahrte erst nur die beiden Augen, und ihm war, der Himmel selber schaute ihn durch die Blütenbäume an. – Er kam näher und staunte. Ein blasses, blondes Mädchen kauerte da auf dem mattfarbigen geblumten Lehnstuhl; ihre weißen Hände, die nach etwas Unsichtbarem zu greifen schienen, hoben sich hell und durchscheinend von der dunkelgrünen Decke ab, die Kniee und Füße umschloß. Die Lippen waren zartrot wie kaum erschlossene Blüten, und ein leises Lächeln umsonnte sie. So lächelt ein Kind, das in der Christnacht, das neue Holzpferdchen im Arm, entschlafen ist. So schön und duftig war das bleiche, verklärte Gesicht, daß dem Studenten auf einmal alte Märchen einfielen, an die er lange, lange nicht mehr gedacht hatte. Und er blieb stehen – unwillkürlich, wie er heute bei einer Wegmadonna stehen geblieben wäre, in dem Gefühl jener großen treuinnigen Sonnendankbarkeit, das *die* bisweilen überkommt, die das Beten verlernt haben. –

Da begegnete sein Blick dem des Mädchens. Sie schauten sich in die Augen mit seligem Verständnis. Und halb unbewußt schleuderte der Student den jungen Blütenzweig über den Zaun, daß er mit sachtem Taumeln in den Schooß des blassen Kindes niederschwebte. Die weißen, schmalen Hände griffen mit zärtlicher Hast nach dem duftigen Geschoß, und Karsky genoß den leuchtenden Dank der Märchenaugen mit wonnigem Bangen. Dann schritt er weiter feldein. Erst als er weit im Freien war und der hohe Himmel mit feierlicher Stille über ihm lag, bemerkte er, daß er unablässig sang. Es war ein kleines, altes, seliges Lied.

*

Das hab ich mir auch oft gewünscht, dachte der Student Vinzenz Viktor Karsky, krank gewesen sein einen ganzen Winter lang, und wenn der Frühling kommt, langsam und mählich ins Leben zurückkehren. Vor der Türe sitzen mit staunenden Augen und so recht ausgeruht sein und so kindisch dankbar für Sonne und Dasein. – Und alle sind dann lieb und freundlich, und die Mutter kommt dem Genesenen jeden Augenblick die Stirne küssen, und die Geschwister spielen Ringelreihn und singen bis ins Abendrot. – Und er dachte das, weil ihm immer wieder die blonde kranke Helene einfiel, die da draußen unter dem blütenschweren Kirschbaum saß und seltsame Träume sann. Wie oft sprang er von seinen Arbeiten auf und eilte zu dem blassen, stillen Mädchen. – Zwei Menschen, die das gleiche Glück leben, finden sich schnell. Die Kranke und Viktor berauschten sich beide an der kühlen, duftigen Frühlingsluft, und ihre Seelen klangen denselben Jubel. Er saß neben dem blonden Kinde und erzählte ihm tausend Geschichten mit sanfter, kosender Stimme. Was aus ihm klang, war ihm selbst fremd und neu, und er lauschte mit entzücktem Erstaunen auf seine eigenen Worte, die so rein und voll waren, wie eine Offenbarung. Und es mußte wirklich etwas Großes sein, das er verkündete; denn auch Helenens Mutter, und das war eine Frau mit breiten, weißen Scheiteln, die gar manches gehört haben mochte in Welt und Wandel, lauschte oft wie andächtig, wenn er sprach, und einmal sagte sie mit unmerklichem Lächeln: »Sie müßten eigentlich ein Dichter sein, Herr Karsky.«

*

Die Genossen aber schüttelten nachdenklich die Köpfe. Vinzenz Viktor Karsky kam selten in ihren Abendkreis; kam er einmal, blieb er schweigsam, hörte weder ihre Scherze noch Fragen und lächelte nur so heimlich ins Lampenlicht, als lauschte er auf ein fernes, trautes Singen. Auch über Literatur sprach er nicht mehr, wollte nichts lesen und murrte, wenn man ihn ungestüm aus seinem Sinnen zerrte, ganz unvermittelt: »Bitt euch, der liebe Herrgott hat sonderbare Kostgänger.«

Darüber waren die Studenten aber einig, daß der gute Karsky nunmehr zu den allersonderbarsten gehörte; denn auch von seiner biederen Überlegenheit ließ er nichts mehr merken, und die kleinen Mädchen vermißten seine menschenfreundliche Lehrtätigkeit. Er war Allen ein Rätsel geworden. Traf man ihn mal des Abends in den Gassen, ging er allein, blickte weder rechts noch links und schien bemüht, den seligen, seltsamen Glanz seiner Augen so rasch wie möglich in sein einsames Stübchen zu tragen und dort zu bergen – vor aller Welt.

*

»Was du für einen schönen Namen hast, Helene«, raunte Karsky mit behüteter Stimme, als hätte er dem Mädchen ein Geheimnis anvertraut.
Helene lächelte: »Der Onkel schilt immer und meint, so sollten eigentlich nur Prinzessinnen und Königinnen heißen.«
»Du bist auch eine Königin. Siehst du denn nicht, daß du eine Krone trägst von eitel Gold. Deine Hände sind wie Lilien, und ich glaube, Gott hat sich sogar entschlossen, seinen teuren Himmel zu zerschneiden, um dir Augen zu machen.«
»Du, Schwärmer«, grollte die Kranke mit dankbaren Augen.
»So möcht ich dich malen können!« seufzte der Student auf. Dann schwiegen sie beide. Ihre Hände fanden sich unwillkürlich, und sie hatten die Empfindung, es käme eine Gestalt auf sie zu durch den lauschenden Garten, ein Gott oder eine Fee. Seliges Erwarten füllte ihre Seelen. Ihre dürstenden Blicke trafen sich wie zwei schwärmende Falter – und küßten sich.
Und dann begann Karsky, und seine Stimme war wie fernes Birkenrauschen:

»Das ist alles wie ein Traum. Du hast mich verzaubert. Mit jenem Blütenzweig hab ich mich dir zueigengegeben. Alles ist Anders. So viel Licht ist in mir. Ich weiß gar nicht mehr, was früher war. Ich fühle keinen Schmerz, kein Unbehagen, nicht einmal einen Wunsch in mir. – So hab ich mir immer die Seligkeit gedacht – das jenseits vom Grab...«

»Fürchtest du das Sterben?«

»Das Sterben? Ja. Aber nicht den Tod.«

Helene legte ihm sanft die bleiche Hand auf die Stirne. Er fühlte, sie war sehr kalt: »Komm ins Zimmer«, mahnte er leise.

»Mir ist gar nicht kalt – und der Frühling ist so schön.«

Helene sagte das mit inniger Sehnsucht. Ihr Wort klang nach wie ein Lied.

*

Die Kirschbäume blühten nicht mehr, und Helene saß tiefer im Laubengange, wo der Schatten schwerer und kühler war. Vinzenz Viktor Karsky war Abschied nehmen gekommen. Die Sommerferien brachte er fern an einem See des Salzkammergutes bei seinen alten Eltern zu. Sie sprachen wie immer über das und dies, über Träume und Erinnerungen. Aber der Zukunft gedachte keines. Helenes Gesichtchen war bleicher als sonst, ihre Augen größer und tiefer, und die Hände zuckten leise auf der dunkelgrünen Decke. Und als der Student sich erhob und die beiden Hände behutsam wie etwas Zerbrechliches in die seinen nahm, da sagte Helene leise:

»Küß mich, du!«

Und der junge Mann neigte sich und berührte mit kühlen, gierdelosen Lippen Stirn und Mund der Kranken. Wie einen Segen trank er den heißen Duft dieses keuschen Mundes, und dabei fiel ihm eine Szene aus ferner Kindheit ein: wie Mutter ihn mal emporgehoben hatte zu einem wundertätigen Madonnenbild. Und dann ging er, gestärkt, ohne Schmerz durch den dämmerigen Laubengang. Er wandte sich noch einmal um, winkte dem blassen Kinde zu, das ihm mit müdem Lächeln nachschaute, und warf dann eine junge Rose über den Zaun. Mit seliger Sehnsucht haschte Helene danach. Die rote Blüte aber fiel zu ihren Füßen nieder. Das kranke Mädchen bückte sich mühsam; es nahm die Rose zwischen die gefalteten Hände und küßte sich die Lippen rot an den samtweichen Blättern.

Das hatte Karsky nicht mehr gesehen.

Mit gefalteten Händen ging er durch die Sommerglut.

Als er in sein stilles Stübchen trat, warf er sich in den alten Lehnstuhl und schaute in die Sonne hinaus. Die Fliegen summten hinter den weißen Tüllgardinen, und eine junge Knospe war aufgesprungen auf dem Fensterbrett. Und da kam dem Studenten von ungefähr zu Sinne, daß sie nicht: »auf Wiedersehen« gesagt hatten.

*

Sonngebräunt war Vinzenz Viktor Karsky von den Ferien in die kleine Stadt zurückgekehrt. Mechanisch ging er durch die altgewohnten Giebelgassen und warf keinen Blick auf die Häuserstirnen, die das falbe Herbstlicht fast violett erscheinen ließ. Es war der erste Weg, den er seit seiner Heimkehr machte, und doch schritt er wie einer dahin, der täglich dieselbe Strecke zurücklegt; er trat endlich durch das hohe Gittertor in den stillen Kirchhof und setzte auch dort zwischen den Hügeln und Kapellen zielsicher seinen Weg fort. Vor einem grünen Grab blieb er stehen und las von dem schlichten Kreuze ab: Helene. Er hatte gefühlt, daß er sie hier finden müsse. Ein Lächeln der Wehmut zuckte um seine Mundwinkel.

Auf einmal dachte er: Nein, wie geizig die Mutter doch war! Auf des Mädchens Hügel lag neben verdorrten Blumen ein plumper Blechkranz mit geschmacklosen Blüten. Der Student holte ein paar Rosen, kniete nieder und deckte das kantige, karge Metall ganz mit den frischen Blüten zu, daß auch nicht ein Eckchen mehr zu sehen war. Dann ging er wieder, und sein Herz war klar, wie der rote Frühherbstabend, der so feierlich über den Dächern lag. –

Karsky saß eine Stunde später in der Stammkneipe. Die alten Genossen umdrängten ihn, und auf ihr stürmisches Begehr erzählte er von seiner Sommerreise. Als er von den Alpentouren sprach, gewann er wieder seine alte Überlegenheit. Man trank ihm zu.

»Du,« begann einer der Freunde, »was war denn das damals mit dir, vor den Ferien, du warst ja ganz ... na, – vorwärts, heraus mit der Farbe!«

Da sagte Vinzenz Viktor Karsky mit verstohlenem Lächeln: »Na, der liebe Herrgott...«

»... hat sonderbare Kostgänger«, ergänzten die andern im Chor. »Das wissen wir schon.«
Nach einer Weile, als niemand mehr eine Antwort erwartete, fügte er sehr ernst hinzu: »Glaubt mir, es kommt darauf an, daß man einmal im Leben einen heiligen Frühling hat, der einem soviel Licht und Glanz in die Brust senkt, daß es ausreicht, alle ferneren Tage damit zu vergolden...«
Alle lauschten, als erwarteten sie noch etwas. Karsky aber schwieg mit leuchtenden Augen. Keiner hatte ihn verstanden, allein über allen lags wie ein geheimnisvoller Bann, bis der Jüngste seines Glases Rest mit raschem Ruck austrank, auf den Tisch schlug und rief: »Kinder, ich glaub ihr wollt sentimental werden. – Auf! Ich lad euch alle zu mir ein. Da ists gemütlicher, als in der Gaststube, und dann: es kommen auch ein paar Mädel. – Du gehst doch mit?« wandte er sich zu Karsky.
»Freilich«, sagte Vinzenz Viktor Karsky heiter und trank langsam sein Glas leer. –

MASKEN

Eine Farbenskizze

DAS war eine seltsame Zeit, als der blasse Kaiser Rudolf, mit jedem Tag Jahre alternd, auf dem Hradschin saß und Reiche verlor und Sterne gewann. Damals geschahs, daß ein schlichter Mann, in enger Gasse irgendwo, seine Arbeit ließ und hinaus in den Alltag horchte, oder daß ein Greis lange in seinem Garten, nahe dem Stadttor, saß und dem Abend entgegenspähte, oder daß ein Hund um Mitternacht wach wurde und ohne Grund und Gefahr heulte bis in den nächsten matten Morgen hinein. Über den dumpfen Massen aber wuchsen da und dort Menschen empor, überlebensgroß, gleichsam gekleidet in den Feuerschein der bangen nahenden Tage. Und ihr Schatten lag schwer über ihrer Zeit.

So war des Kaisers heimlicher Sohn: Julius Caesar. Als müßte er alle Träume, die sein Vater unter dem strengen Gewand des spanischen Hofes nur verborgen hatte träumen dürfen, – leben: so war er.

Das war auf der Feste Krummau, welche die Habsburger von den Rosenbergen übernahmen. Heute noch besteht der Maskensaal, und seine Wände leben von hohen, bunten Freskogestalten. Hinter jedem Paar scheint eines und noch eines sich zu rühren, Pagen und Narren drängen sich schmeichelnd und schäkernd durch die Reihen, und die Grenadiere an den Türpfosten sind ein mächtiger Schrecken, heute noch. So begreift mans: die Leute loben den alten, unbekannten Maler sehr. Ich aber weiß, obwohl ich den Toten nicht kränken will, daß das Bewegliche in den Figuren nicht ihm zu Verdienst gehört, sondern es liegt daran, daß die Gestalten nie recht erstarren. Sie müssen alle immer wieder erwachen, um die *eine* Nacht zu feiern. Diese aber hub an:

Ritter und Damen erfüllen den strahlenden Saal mit ihrem schimmernden Gewimmel. Bis die riesigen

Grenadiere an der Tür die Hellebarden hart auf den Boden stellen. Da ordnen sich die Reihen. Ein Donner rollt über sie hin. Mit seinem wilden, schwarzen Sechsgespann ist Julius Caesar an der ragenden Rampe vorgefahren und kaum einen Atemzug später steht er, schlank und schwarz, mitten unter den Gästen. Wie eine Zypresse im wehenden Ährenfeld. Dann mischt die Musik die Menge; eine fremde Musik, welche beim Aneinanderstreifen der köstlichen Kleider zu entstehen scheint und wachsend, breit und brausend aus den Massen sich erhebt, wie die Melodie eines Meeres. Da und dort teilt der schwarze Prinz mit einem Wink die willigen Wellen, verschwindet in ihnen, taucht an einem anderen Platz, schwarz, aus den glänzenden Gästen empor – läßt sein leuchtendes Lächeln wie einen verlorenen Sonnenstrahl über sie hingleiten – und schleudert, an eine Säule gelehnt, ein helles, königliches Wort, wie ein Juwel, mitten ins Gewoge. Alle haschen danach. Und unter dem wühlenden und immer wilderen Hin und Wieder geht leise die heimliche Lust auf. An des silbernen Ritters Seite erkennt der Prinz ein blasses, blaues Fräulein und fühlt zugleich: Liebe für die Blaue, Haß für den Silbernen. Und beides in ihm ist rasch und rot. Er neigt sich dem Paar. Schau, hat er den Ritter zum König gemacht? Denn dem fließt über den blanken Panzer ein Purpur nieder, immer breiter und blutender, bis er stumm zusammenbricht unter den Falten des fürstlichen Mantels. »Es geht manchem König so«, lacht ihm der Schwarze in die sterbenden Augen. Da erstarren die

festlichen Gäste vor Grauen, und ehe sie noch ihr Lächeln vergessen, blassen sie langsam in die verlöschenden Wände zurück, und kahl wie Felsland steigt der verlassene Saal aus ihren letzten leuchtenden Wellen.
Nur Julius Caesar bleibt und das gierige Glühen seiner trotzigen Augen versengt dem zitternden Fräulein die Sinne. Allein wie er sie greifen will, entwindet sie sich seinen zwingenden Blicken und flieht in den schwarzen, hallenden Saal; ihr dünnes, blaues Seidenkleid bleibt zerfetzt, wie ein Stück Mondlicht, in den gierigen Fingern des Prinzen, und er windet es sich um den Hals und würgt sich damit. Dann tastet er ihr nach in die Nacht hinein und jubelt jetzt auf. Er hört: sie hat die kleine Tapetentür entdeckt, und er weiß: nun ist sie sein. Denn von da gibt es nur einen Weg – die schmale Turmtreppe, die in das kleine duftende Rundgemach mündet, hoch im Moldauturm. In sicherer und übermütiger Hast ist er hinter ihr, immer hinter ihr, und er vernimmt nicht ihren verscheuchten Schritt, aber wie einen Glanz ahnt er sie vor sich bei jeder Biegung der Treppe. Da faßt er sie wieder und jetzt hält er das zarte, angstwarme Hemdchen in der Hand, nur das Hemdchen, und seinen Lippen und Wangen scheint es kühl. Es schwindelt ihn, und wie er seine Beute küßt, lehnt er zögernd an der Wand. Dann, mit drei, vier Tigersprüngen taucht er hinauf in die Tür des Turmgemachs und – erstarrt: hoch vor der Nacht ragt, nackt, der reine weiße Leib, wie am Fensterrande aufgeblüht. Und reglos bleiben beide. Aber dann, ehe er's noch denkt, heben sich zwei helle,

kinderzage Arme aus der Gestalt in die Sterne hinein, als wollten sie Flügel werden, es erlischt etwas vor ihm, und vor dem hohen Fensterbogen ist nichts mehr als hohle, heulende Nacht und ein Schrei...

FERNSICHTEN

Skizze aus dem Florenz des Quattrocento

Sie hatten einander beide vergessen. Der Pfad, der lange zwischen hohen Heckenrosen durch entlegenes Gelände lenkte, hob sie plötzlich unvermittelt empor ins Freie, ins Licht, und hielt die zwei jungen Menschen Florenz hin: nimm sie. Und die Stadt aus Marmor nahm das Geschenk. Sie nahm den Jüngling und nahm das Mädchen und trennte sie so. Denn es war ein anderes Florenz, welches jedes von ihnen entführte. Die Stadt des Beato Angelico war Simonettas Heimat, und sie schritt mittendurch, angstfremd und ganz in Weiß auf Santa Maria del Fiore zu. Der junge Mann im dunkelknappen Purpurkleid ahmte den steilen Bürgerburgen nach und wuchs mit ihren wachsamen Türmen. Seine Züge spannten sich, wurden reif und vollendeten sich wie unter einem unsichtbaren Meißel. Er spähte den Arno entlang und verharrte horchend. Dann sagte er eifern: »Und es raucht noch.«

Simonetta kehrte auf ihrem heimlichen Kirchengang um, rief sich her, verwirrte sich und fand Giuliano nicht gleich, weil er gealtert war.

Er wurde ungeduldig und streckte den Arm aus, heftig,

als wollte er einen Pfeil von unsichtbarem Bogen senden: »Siehst du es nicht?«
Das Mädchen erschrak. Es schickte seine Blicke hinaus, hilflos, hastig irgendwohin.
Suchend kreisten sie um die Kuppeln und Fronten bis nach den spätgoldenen Bergen Fiesoles hin, wurden bang, matt und kehrten heim. Das Zucken ihrer Lider glich einem Flügelschlagen.
Giuliano erwachte, sah, wie grausam er ihre armen Augen gehetzt. Und aus Reue wurde er jung, so jung er nur werden konnte. Und die Geliebte, die das empfand, wuchs, wurde weit und fast mütterlich über ihm.
Sie faßte eine wilde Rose, hob sie zu sich ohne sie zu brechen und las aus der weißen Blätterschale diese leise Bitte:
»Halte mich wert jeder Kunde. Ich höre von nichts hier. Aber sag: was meintest du? Zeig mir den Rauch, welchen du erblicktest. Hilf mir ihn finden und lehre mich, was er bedeutet.«
Der Jüngling erzählte zaghaft: »Es war ein großes Feuer in Florenz. Ein Mönch ging, schwarz, durch alle Gassen und lehrte: In allem, was ihr liebt, glüht die Versuchung. Ich will euch erlösen vom Glanz.«
Da rauschte der Arno herauf. Giuliano blickte in den Abend. Alles war Pracht und Verschwendung darin. Wie beschämt sprach er weiter, langsam und zögernd.
»Sie brachten dem Mönche, was sie liebten: einen Dolch, ein liebes Buch, ein venetianisches Bild, Gold, Steine, Ketten..., viele Frauen Samt und Purpur und ihr eignes Haar, und Alles wurde in seinen harten Händen

Flamme.« Die junge Stimme zürnte und verlosch in den Worten: »und nach der Flamme – Qualm und Asche und Armut.«

Mit gesenkter Stirne ging der Jüngling weiter. Er brachte es nicht über sich zu gestehen, daß er selbst sein Geschmeide zum Holzstoß legte, zehn Tage vorher. Scheu schritt er links am Rand des Pfades hin. Ganz rechts am anderen Saum ging Simonetta. Der Weg war leer. Sonne war darauf. Es wurde wie ein Strom zwischen den beiden. Sie hörten ihn rauschen.

Stille.

Dann riefen sie einander. Jedes aus seiner Bangigkeit heraus.

»Giuliano.«

Stille.

»Simonetta.«

Stille. Der Strom wurde immer breiter.

»Sei nicht bang«, kam es von rechts, weither.

Stille. Dann rief es links:

»Woran denkst du?«

»Dann sind aber die Menschen jetzt arm?«

»Ja.«

Und von rechts: »Und Gott?« ...

Irgend etwas schrie aus dem Jüngling heraus: »Gott auch.« Er stand, taumelte, tastete, und dann fühlten die jungen Körper einander, und sie blieben, eng verwachsen, inmitten des Weges wie *ein* Mensch. Sie behielten geschlossene Augen. Noch waren sie zu schwach, anderswo beisammen zu sein, als in dieser gemeinsamen engen Nacht.

Dann dachte Simonetta: Wie bist du, Lieber?
Und dunkel fragte sich Giuliano: Wie soll ich deine Schönheit nennen?
Sie wurden traurig; denn keines wußte vom andern ein Bild.
Endlich hoben sie zugleich die Blicke – hoch, als gälte es, den Himmel zu finden.
Aber da fanden sie sich, und lächelten im Erkennen. Als sagten sie einander in lauter Staunen: Was bist du tief.
Dann war kein Weg mehr zwischen ihnen und kein Strom.
Die Fernen vergingen immer mehr in Dämmerung, und es blieb nur soviel Welt um sie wach, als sie brauchten, um sich beschirmt und allein zu fühlen.
Später, als das Mädchen langsam müde wurde, sagte es: »Du, heute möcht ich dich zu irgendwem führen. Aber ich habe keine Mutter mehr.«
Da kamen die Sterne schon, und die Luft zitterte mit der kleinen hellen Aveglocke von S. Niccolò.
Da bat er: »Führ mich zu Gott.«
Sie trat vor ihm in die Porta S. Niccolò und war wie ein Licht neben ihm in dem kühlen Schatten der Gassen. Hand in Hand, wie an der Spitze eines langen, festlichen Zuges stiegen sie die Stufen der kleinen Kirche hinan. Drinnen knieten sie lang unter Allen allein.
Und da war Gott sehr reich.

LEISE BEGLEITUNG

Die Mutter sitzt am Fenster und stickt. Gestern und heute und morgen auch – alle Tage. Und der Läufer ist noch kaum zur Hälfte fertig und schon ganz welk. Es drängt eben nichts zur Vollendung; kein Fest steht bevor, nirgends. Oft träumen ihre Hände, und sie sieht ihnen zu und denkt: was werden sie tun? Da ist sie lauter Erwartung, die blonde Frau. Aber die Hände sind einfach müd und bleiben liegen mitten im Weg. So ereignet sich nie etwas. Höchstens, daß sie sich wieder weiterschleppen den gelben Kanevas entlang. Wie Pferde sind sie, welche an einem Quai Schiffe stromaufwärts zerren. Und Schiffe sollten doch in Freiheit fahren über die vielen Flüsse, ins Meer, in alle Meere.

Heimlich aber ist Frau Beate ganz froh, daß ihre Blicke so gebunden sind. Sie schickt sie nicht gern im Zimmer umher, obwohl es reich und behaglich ist und warm von Septembersonne.

Sie sieht auch nicht auf, als ihr Sohn eintritt. Er ist achtzehn, blond und blaß. Sein harter Mund widerspricht seinen Augen, die ewig flehende sind. Und er scheint darin verloren, diesem Streit zuzuhören – ohne Spannung, fast gewohnheitsmäßig. Einmal gibt er dem Zorn recht, einmal der Zagheit. Und dabei wird er immer unsicherer. Wer kann helfen?

Der Vater hat nicht Zeit, und die Mutter ist so, als müßte ihr selbst jemand helfen kommen. Man kann nicht zu ihr flüchten, man läuft an ihr vorbei; sie ist zu wenig breit und wird wie ein Mädchen alt.

Es gibt also keine Aussprache mit ihr.
Und der junge Mensch geht quer durch das Zimmer der Tür zu.
»Adieu«, sagt er und will gleichgültig aussehen.
Da erschrickt die Mutter und breitet schnell ihre Seele aus, die wie ein Brautkleid ist: duftende Vergangenheit. Doch was weiß der Achtzehnjährige davon? Er geht drüber hin mit seinen großen Sonntagnachmittagschritten, und die gutgeglätteten Parketten knarren: Ich bin frei, ich bin frei . . . So geht er. Dann hört man ihn auf der Treppe. Es ist, als ob seine Tritte sich nicht entfernten, sondern zurückkehrten, nur leiser, ohne Trotz und mit lauter Fragen. Und Frau Beate ist gerührt und tut, als ob Miroslav wirklich wieder im Zimmer wäre und ihr gegenüber säße wie vor lange.
»Miro«, träumt sie und streut die anderen Worte langsam über den Kanevas hin, als sollte sie daraus Arabesken bilden.
Ich habe gezählt, Miro. Es ist der fünfte Sonntag heute. Und hast du ihr schon in die Seele geschaut, oder sie in deine? – Es wird sein heute, wie viermal vorher: Erst geht ihr wieder die Gassen entlang und seid Kinder an Frohsinn und Übermut. Bis eure Augen sich fragen: wann? Da wisset ihr beide: nicht hier – unter den vielen Menschen. Es gibt ein stilles Plätzchen in einem Gasthausgarten – vielleicht. Und in Laune und Leichtsinn beginnt ihr zu suchen. Und weil man sich leicht verliert zwischen den vielen vollen Tischen, habt ihr euch aneinandergedrängt beim Suchen. Bis sie irgendwo einen Witz hinter euch herwerfen. Da laßt ihr euch

los und geht lange nebeneinander hin; und wenn ihr euch wiederfindet, steht ihr mitten in einer leeren Kirche, in der der Weihrauchduft welk wird, und fragt euch: wann?

Und ihr fühlt beide: nicht hier, wo es kalt und traurig ist. Jetzt kommen die Landstraßen. Da ist der Wind bald vor euch, bald hinter euch und nimmt euren Worten den Glanz. Ihr müßt euch in einem fort fragen: »Was?« und: »Hast du etwas gesagt?« Und kein Ende hat die Allee. Ihr zögert mittendrin, beide dem Weinen nah: Wann?

Nicht hier.

Wie zwei, die sich hassen, trollt ihr nebeneinander – irgendwohin. Jedes von euch hat ein Zuhause und denkt leise daran, wie an etwas ganz Fernes.

Jetzt hat sie eine kleine Gittertür aufgedrängt und tritt vor dir in einen kleinen Garten. Du zögerst. Du willst ihr nicht sagen: Es ist ein Kirchhof. Endlich sagst du es doch, etwas in dir sagt es rücksichtslos: Es ist ein Kirchhof. Sie nickt nur. Sie weiß es längst.

Und plötzlich findet ihr es beide ganz natürlich, daß es ein Kirchhof ist. Denn ihr wollt nichts mehr, als irgendwo ruhig sitzen dürfen vor lauter Müdigkeit.

Aber es wird schnell Abend.

Etwas beginnt herumzugehen zwischen den Hügeln, immer wieder an euch vorbei. Man muß nicht fragen, was es ist, denn es ist sicher nur der Wind.

Keines von euch sieht auf. Ihr wartet, bis eine Uhr schlagen wird in der Stadt, denn dann dürft ihr heim. Und ihr werdet dann zu nichts mehr Zeit haben. Im dunkeln Haustor vielleicht noch einmal – atemlos: Wann?

Nicht hier. – Und Angst und Abschied.

Es ist doch so, Miro?

Nein, es ist viel schlimmer. Die Furcht kommt dazu, daß jemand euch bemerkt haben kann, und die Hast, sich nicht im Abend zu verspäten. Und dann die Gefahr: daß ihr selbst in Ermüdung und Mühsal nicht mehr unterscheidet, was ihr euch schenken wollt. Daß ihr einmal in Verzweiflung nacheinander greift mit rohen ungeduldigen Händen – nur weil eure Seelen sich nirgends fassen können . . . und das ist das Ende.

Ich weiß das Alles, Miro, wenn ich dich heimkommen seh. Und ich drehe vorsichtig die Lampe zurück.

»Sie hat gerußt«, sage ich dem Vater. Und der Vater schilt, denn er will seine Zeitung lesen. Erst wenn du zu Bette gehst, schraube ich die Lampe wieder hoch. Und da liest der Vater die Zeitung. –

Wenn der Vater nicht wäre, Miro. Einmal am Sonntag würde ich diese Zimmer alle voll weißer Blumen stellen und fortgehen. Einmal statt euch in die Schänkgärten gehen zu lassen und in die Kirchen und auf die Landstraßen durch lauter Wind. Was macht es mir? Ich kann auch ruhig auf dem Kirchhof bleiben, denn ich habe keine Angst – nicht davor. Verstehst du, Miro?

Dann beginnt Frau Beate zu trennen. Ein ganzes Stück Bordüre hat sie verdorben. Nach einer halben Stunde findet sie den Fehler und fängt von neuem an – ohne Ungeduld.

Nur eines träumt sie noch: »Und – daß sie mich lieb haben könnte – glaubst du?«

Dann bleibt sie über den Läufer geneigt – lange.

Bis der Vater eintritt und sagt: »Du wirst dir die Augen verderben.«

Da denkt sie: Es ist also acht Uhr, denn der Vater ist pünktlich.

Und sie hat wirklich ganz wunde Augen und ist blaß und kann nichts essen von dem kalten Sonntagabendbrot.

Immer wieder fängt sie die ungeduldigen Blicke ihres Mannes auf, wenn sie von der Uhr zurückkommen, und besänftigt sie.

Ihre ganze Kraft verbraucht sie so, ihren ganzen Willen.

Endlich um halb zehn ist sie zu Ende. Da nimmt der Vater die Zeitung und schreit hinein: »Wo ist denn der Bub?«

Frau Beate erhebt sich leise.

Sie wartet im Treppenhaus, eine Viertelstunde und noch eine.

Dann eilt sie plötzlich hinab ein paar schweren, schuldigen Schritten entgegen.

Langsam, langsam kommt sie mit Miro herauf.

Er ist viel zu traurig und bang, um darüber zu staunen.

Und so ist es eine Weile, als wären die beiden zusammen fortgewesen.

GENERATIONEN

In unseren Stuben riecht es am Donnerstag nach Tomaten, am Sonntag nach Gänsebraten, und jeden Montag ist Wäsche. So sind die Tage: der rote, der fette, der seifige. Außerdem giebt es noch die Tage hinter der Glastür; oder eigentlich einen einzigen Tag aus Kühle, Seide und Sandelholz. Das Licht darin ist gesiebt, fein, silbern, still; Ruß, Sturm, Lärm und Fliegen kommen nicht mit herein wie in alle anderen Stuben. Und doch ist nur die Glastür dazwischen; aber sie ist wie zwanzig eherne Tore, oder wie eine Brücke, die nicht enden will, oder wie ein Fluß mit einer unsicheren Fähre von Ufer zu Ufer.

Selten kommt jemand hinüber und erkennt nach und nach, tief in der Dämmerung: über dem Sofa, groß, in Goldrahmen, der Großvater, die Großmutter. Es sind enge, ovale Brustbilder, aber beide haben ihre Hände hineingehoben, so mühsam das gewesen sein mag. Es wären keine Porträts geworden ohne diese Hände, hinter denen sie leise und bescheiden hingelebt haben, alle Tage lang. Diese Hände hatten das Leben gehabt und die Arbeit, die Sehnsucht und die Sorge, waren mutig und jung gewesen und sind müde und alt geworden, während sie selbst nur fromme, ehrfürchtige Zuschauer dieser Geschicke waren. Ihre Mienen blieben müßig irgendwo weit vom Leben und hatten nichts zu tun, als einander langsam ähnlich zu werden. Und in den Goldrahmen über dem Sofa sehen sie wie Geschwister aus. Aber dann stehen mit einem Male ihre Hände vor den schwarzen Sonntagskleidern und verraten sie.

Die eine, hart, krampfig, rücksichtslos, sagt: So ist das Leben. Die andere, blaß, bang, voll Zärtlichkeit, sagt: Sieben Kinder -- oh! Und einmal ist der blonde Enkel dabei, hört die Hände und denkt: diese Hand ist wie der Vater, und meint die harte, narbige damit. Und vor der bleichen Hand fühlt er: wie die Mutter ist sie. Die Ähnlichkeit ist groß; und der Knabe weiß, daß die Eltern sich nicht gern so sehen mögen; deshalb kommen sie selten in den Salon. Sie passen in die Stuben, die voll sind von lautem Licht, und in den Wechsel der Tage, die bald rot von Tomaten, bald dumpf von Soda sind. Denn Das ist das Leben. Und es bleibt Alles in ihren Zügen hängen wie einst an den Händen der Großeltern. Ein paar Hände sind sie und nichts dahinter.

Hinter der Glastür sind seltsame Gedanken. Die hohen, halbblinden Spiegel wiederholen immerfort, als müßten sie's auswendig lernen: der Großvater, die Großmutter. Und die Albums auf der gehäkelten Tischdecke sind voll davon: Großvater, Großmutter, Großvater, Großmutter. Natürlich stehen die steilen Stühle ehrfurchtsvoll herum: als ob sie einander eben erst vorgestellt wären und gerade die ersten Phrasen tauschten: »Sehr angenehm«, oder: »Sie gedenken, lange hier zu bleiben?« oder so etwas Höfliches. Und dann verstummen sie ganz, sagen gleichsam: »Bitte«, wenn die Spieluhr beginnt: »Tingilligin...« Und sie singt mit ihrer welken, winzigen Stimme ein Menuett. Das Lied bleibt eine Weile über den Dingen und sickert dann in die vielen dunklen Spiegel hinein und ruht in ihnen wie Silber in Seen.

In einer Ecke steht der Enkel und ist wie von van Dyck. Er möchte so heißen, daß man seinen Namen zur Spieluhr singen könnte, denn er hat plötzlich das Gefühl: Kampf und Krankheit sind es nicht, auch nicht die Sorgen und das tägliche Brot und der Wäschetag und alles andere, was mit uns draußen in den engen Stuben wohnt. Das wirkliche Leben ist wie dieses »Tingilligin« ... Es kann nehmen und schenken, kann dich Bettler rufen oder König und tief oder traurig machen je nachdem, – aber es kann nicht das Gesicht bang oder zornig verzerren und es kann auch – verzeih, Großpapa – es kann auch die Hände nicht hart und häßlich machen wie deine.

Das war nur so ein breites, dunkles Gefühl in dem blonden Knaben. Wie ein Hintergrund, vor dem andere kleine Kindergedanken standen wie Bleisoldaten. Aber er empfand es doch, und vielleicht lebt ers einmal.

⟨EWALD TRAGY⟩

I

Ewald Tragy geht neben seinem Vater am ›Graben‹. Man muß wissen, daß es Sonntagmittag ist und Korso. Die Kleider verraten die Jahreszeit: so Anfang September, abgetragener, mühseliger Sommer. Für manche Toiletten war es nichteinmal der erste. Zum Beispiel für die modegrüne der Frau von Ronay und dann für die von Frau Wanka, blau Foulard; wenn die ein wenig überarbeitet und aufgefrischt wird, denkt der junge Tragy, hält sie gewiß noch ein Jahr aus. Dann kommt ein junges Mädchen und lächelt. Sie trägt blaßrosa Crêpe de Chine, – aber geputzte Handschuhe. Die Herren hinter ihr schwimmen alle durch lauter Benzin. Und Tragy verachtet sie. Er verachtet überhaupt alle diese Leute. Aber er grüßt sehr höflich mit etwas altmodisch betonter Artigkeit.

Nur wenn sein Vater dankt oder grüßt – allerdings. Er hat keine Bekannten für sich. Umso öfter muß er den Hut mitabnehmen; denn sein Vater ist vornehm, geachtet, eine sogenannte Persönlichkeit. Er sieht sehr aristokratisch aus, und junge Offiziere und Beamte sind fast stolz, wenn sie ihn begrüßen dürfen. Der alte Herr sagt dann mitten aus einer langen Schweigsamkeit heraus: »Ja« und dankt großmütig. Dieses laute ›Ja‹ hat den Irrtum verbreiten helfen, daß der Herr Inspektor mit seinem Sohn mitten im Durcheinander des Sonntagskorso tiefe und bedeutsame Gespräche hätte und daß eine seltene Überein-

stimmung zwischen den beiden bestünde. Mit den Gesprächen aber ist es so:
»Ja«, sagt Herr von Tragy und belohnt damit gleichsam die ideale Frage, welche in einem ergebenen Gruß sich ausprägt und etwa lautet: ›Bin ich nicht artig?‹
»Ja«, sagt der Herr Inspektor, und das ist wie eine Absolution.
Manchmal nimmt Tragy, der Sohn, dieses ›Ja‹ wirklich fest und hängt rasch die Frage daran: »Wer war das, Papa?« Und dann steht das arme ›Ja‹ mit der Frage dahinter, wie eine Lokomotive mit vier Waggons auf falschem Geleise, und kann nicht vor und nicht zurück.
Herr von Tragy, der Ältere, sieht sich um nach dem letzten Gruß, hat gar keine Ahnung, wer das gewesen sein könnte, denkt aber doch drei Schritte lang nach und sagt dann zum Erbarmen hilflos: »Jaaa?«.
Gelegentlich fügt er hinzu: »Dein Hut ist wirklich ganz staubig«.
»So«, meint der junge Mensch, gottergeben.
Und sie sind beide einen Augenblick traurig.
Nach zehn Schritten ist die Vorstellung des staubigen Hutes in den Gedanken von Vater und Sohn abnorm gewachsen.
›Alle Leute schauen her, es ist ein Skandal‹, denkt der Ältere, und der junge Mensch strengt sich an, sich zu erinnern, wie denn der unglückselige Hut etwa aussieht und wo der Staub sitzen mag. An der Krempe, fällt ihm ein, und er denkt: ›Man kann ja nie dazu. Es müßte eine Bürste erfunden werden..‹

Da sieht er seinen Hut körperhaft vor sich. Er ist entsetzt: Herr von Tragy hat ihm den Hut einfach vom Kopf gehoben und knipst aufmerksam mit den rotbehandschuhten Fingern drüber hin. Ewald sieht eine Weile barhaupt zu. Dann reißt er mit einem empörten Griff das schmachvolle Ding aus den behutsamen Händen des alten Herrn und stülpt den Filz wild und ungestüm über. Als ob seine Haare in Flammen stünden: »Aber Papa« – und er will noch sagen:
›Ich bin achtzehn Jahre alt geworden, – dazu also. Daß du mir hier den Hut vom Kopf nimmst, – am Sonntag, Mittag unter allen Leuten.‹
Aber er bringt nicht ein Wort heraus und würgt etwas. Gedemütigt ist er, klein, wie in ausgewachsenen Kleidern.
Und der Herr Inspektor geht aufeinmal fern drüben am anderen Rande des Bürgersteigs, steif und feierlich. Er kennt keinen Sohn. Und der ganze Sonntag flutet zwischen ihnen. Allein es ist nicht einer in der Menge, der nicht wüßte, daß die beiden zusammengehören, und jeder bedauert den rücksichtslosen und brutalen Zufall, der sie soweit voneinanderschob. Man weicht einander voll Teilnahme und Verständnis aus und ist erst befriedigt, als man den Vater und den Sohn wieder nebeneinander sieht. Man konstatiert gelegentlich eine gewisse zunehmende Ähnlichkeit im Gang und in den Gesten der beiden und freut sich darüber. Früher war der junge Mensch nämlich außerhalb des Hauses, man sagt, in der Militärerziehung. Von dort kam er eines Tages – wer weiß weshalb – sehr entfremdet zurück.

Jetzt aber: »Bitte, sehen Sie«, sagt ein gutmütiger alter Herr, der von dem Inspektor eben ein ›Ja‹ geschenkt bekommen hat, »er trägt schon den Kopf ein wenig nach links – wie der Vater –«, und der alte Herr strahlt vor Vergnügen über diese Entdeckung.
Auch ältere Damen nehmen Interesse an dem jungen Herrn. Sie legen ihn im Vorübergehn eine Weile auf ihre breiten Blicke, wägen ihn ab; sie urteilen: Sein Vater war ein schöner Mann. Er ist es noch. Das wird Ewald nicht. Nein. Weiß Gott wem er ähnlich sieht. Vielleicht seiner Mutter – (wo die übrigens stecken mag). Aber er hat Gestalt, wenn er ein guter Tänzer wird... und die ältere Dame sagt zu der Tochter in Rosa: »Hast du Herrn Tragy auch freundlich gedankt, Elly?«
Aber eigentlich ist das alles überflüssig, – die Freude des alten Herrn und die kluge Fürsorge von Ellys Mutter. Denn als die Männer von dem Korso in die leere enge Herrengasse einbiegen, atmet der junge auf: »Der letzte Sonntag.«
Er hat ziemlich laut Atem geholt. Trotzdem hat der alte Herr nicht vor, etwas zu antworten. Diese Schweigsamkeit, denkt Ewald. Wie eine Zelle für Tobsüchtige ist sie, taub und so unerbittlich gepolstert auf allen Seiten.
So gehen sie bis zum Deutschen Theater.
Dort fragt Tragy, der Vater, unvermittelt: »Was?«
Und Tragy, der Sohn, wiederholt geduldig: »Der letzte Sonntag.«
»Ja,« entgegnet der Inspektor kurz, »wem nicht zu

raten ist...« Pause. Dann fügt er an: »Geh dir nur die Flügel verbrennen, du wirst schon sehn, was das heißt, sich auf die eigenen Füße stellen. Gut, mach deine Erfahrungen. Ich hab nichts dagegen.«

»Aber Papa,« sagt der junge Mensch etwas heftig, »ich glaube, wir haben doch das alles schon oft genug besprochen.«

»Aber ich weiß immer noch nicht, was du eigentlich willst. Man geht doch nicht so fort, ins Blaue hinein. Sag mir nur mal, was wirst du denn in München tun?«

»Arbeiten –« hat Ewald rasch bereit.

»Sooo – als ob du hier nicht arbeiten könntest!«

»Hier«, und der junge Herr lächelt überlegen.

Herr von Tragy bleibt ganz ruhig: »Was fehlt dir denn hier? Du hast dein Zimmer, dein Essen, alle wollen dir wohl. Und schließlich man ist bekannt hier, und wenn du die Leute richtig behandelst, stehen dir die ersten Häuser offen –«

»Immer die Leute, die Leute,« fährt der Sohn in demselben spöttischen Ton fort, »als ob das Alles wäre. Ich kümmer mich den Teufel um die Leute –« (bei dieser stolzen Phrase fällt ihm die Geschichte mit dem Hut ein, und er fühlt, daß er lügt), deshalb betont er nochmals: »sollen mich gern haben – die Leute. Was sind sie denn, bitte? Menschen – vielleicht?«

Jetzt ist es an dem alten Herrn, zu lächeln, so ganz eigentümlich lächelt es irgendwo in seinem feinen Gesicht, man kann nicht sagen, ob es um seine Lippen unter dem weißen Schnurrbart oder bei den Augen war.

Es ist auch gleich wieder vorbei. Aber der Achtzehnjährige kann es nicht vergessen; er schämt sich und stellt lauter große Worte vor seine Scham. »Überhaupt,« sagt er endlich und macht einen ungeduldigen Schnörkel mit der Hand durch die Luft, »du scheinst nur zwei Dinge zu kennen, die Leute und das Geld. Um die dreht sich Alles bei dir. Man liegt vor den Leuten auf dem Bauch, das ist der Weg. Und man kriecht auf dem Bauch zum Geld, das ist das Ziel. Nicht?«

»Du wirst beides noch brauchen, mein Kind,« sagt der alte Herr geduldig, »und man muß nicht zum Geld kriechen, wenn mans nur immer hat.«

»Und wenn mans auch nicht hat, dann –« der junge Tragy zögert ein wenig.

»Dann?« fragt der Vater und wartet.

»Ooh«, macht der andere sorglos und winkt ab. Es scheint ihm gut, einen neuen Satz zu beginnen. Aber der alte Herr beharrt: »dann« – beendet er rücksichtslos – »wird man ein Lump und macht dem guten, ehrlichen Namen Schande.«

»O ihr habt Begriffe –« der junge Herr tut ganz entrüstet.

»Wir sind eben nicht von heute«, sagt der alte Herr, »basta.«

»Das ist es ja gerade –« triumphiert Tragy, der Sohn, »von irgendwann, von anno olim seid ihr, verstaubt, vertrocknet, überhaupt –«

»Schrei nicht«, kommandiert der Inspektor, und man merkt ihm den alten Offizier an.

»Ich habe doch wohl das Recht«
»Ruhig!«
»Ich darf reden –«
»Red du –«, wirft Herr von Tragy verächtlich hin. Wie ein Schlag ins Gesicht ist dieses kurze: ›Red du!‹ Und dann geht der Vater Tragy steif und feierlich hinüber auf die andere Seite der Straße. Weil die Straße ganz leer ist, kommen die beiden nicht sobald wieder zusammen, und es ist, als würde die heiße sonnige Fahrbahn immer breiter zwischen ihnen. Sie sehen einander gar nicht mehr ähnlich. Der alte Herr wird immer tadelloser in Gang und Haltung, und seine Stiefel schleudern Glanzlichter vor sich her. Der drüben verändert sich auch. Alles an ihm kräuselt und sträubt sich wie verkohlendes Papier. Sein Anzug hat aufeinmal eine Menge Falten, seine Krawatte schwillt an, und seinem Hut scheint die Krempe zu wachsen. Den knappen Modeüberzieher hat er wie einen Wettermantel gepackt und trägt ihn gegen irgend einen Sturm. Seine Schritte kämpfen. Er ist wie ein altes Bild mit der lithographierten Unterschrift: ›1848‹ oder: ›*Der Revolutionär*‹.
Gleichwohl sieht er vorsichtig von Zeit zu Zeit hinüber. Es hat etwas Beunruhigendes für ihn, den alten Mann so ganz verlassen auf dem endlos öden Bürgersteig zu sehen. Wie allein er ist, denkt er –, und: wenn ihm etwas geschieht ...
Seine Augen lassen den Vater nichtmehr los, begleiten ihn und werden fast wund vor Anstrengung.
Endlich stehen die beiden Menschen vor demselben

Haus. Als sie in den Flur treten, bittet Ewald: »Papa!« Er ist eine Weile verwirrt und überstürzt sich dann: »Den Kragen mußt du aufschlagen, Papa – es ist immer so kalt jetzt im Treppenhaus.«
Seine Stimme ist zaghaft und fragt zum Schluß, obwohl das doch gar keine Frage ist.
Und der Vater antwortet auch nicht, er befiehlt: »Richt dir deine Krawatte.«
»Ja«, bestätigt Ewald pedantisch und richtet die Krawatte.
Dann steigen sie hinauf, bedächtig, wie es sich gehört vom hygienischen Standpunkt aus.
Eine Treppe rechts wohnt Frau von Wallbach, genannt Tante Karoline, und bei ihr speist an jedem Sonntag die Familie – Stunde halb zwei.
Die Herren Tragy, Vater und Sohn, sind pünktlich. Trotzdem ist Alles schon da. Denn das Wort ›pünktlich‹ läßt sich steigern, wie man weiß.
Ewald zögert einen Augenblick im Vorzimmer vor dem Spiegel. Er setzt das Gesicht ›der letzte Sonntag‹ auf und tritt so hinter dem Vater in den gelben Salon.
»Ah –«
Die Gesellschaft ist maßlos erstaunt, einer immer über das Erstaunen des anderen. Der Eintritt der beiden Tragys wird so auf billige Weise Ereignis. Man muß eben verstehen, sich das Leben reich zu machen – irgendwie. Große Begrüßung. Die Übung eines Setzers gehört dazu, aus diesen verschiedenen Schooßen die richtigen Hände zu holen und sie ohne Druckfehler loszulassen. Ewald leistet heute mit dem Gesicht ›der

letzte Sonntag‹ Großartiges. Während der alte Herr erst bei seiner Schwester Johanna angekommen ist, hat der Jüngling drei Tanten, vier Kusinen, den kleinen Egon und ›das Fräulein‹ überwältigt, ohne daß man die geringste Müdigkeit an ihm bemerkt.

Endlich ist auch Herr von Tragy, der Ältere, am Ziel, und nun sitzt man einander gegenüber und hungert sich an. Die vier Kusinen finden allerdings, man müsse etwas reden. Sie versuchen auch da und dort an ein Ding – zum Beispiel an das Barometer, an die Azaleen, die im Fenster stehen, an die Kupferdruckprämie über dem Kanapee ein Wort zu heften. Aber alle diese Gegenstände sind von unglaublicher Glätte, und die Worte fallen von ihnen wie satte Blutegel. Ein Schweigen bricht herein. Es legt sich um Alle wie lange, lange Fäden gebleichten Garnes. Und die Älteste der Familie, die verwitwete Majorin Eleonore Richter, regt ihre harten Finger sachte im Schooße, als wickelte sie die endlose Langeweile sorgsam zu einem Knäuel auf. Man sieht: sie stammt noch aus jener trefflichen Zeit, da die Frauen nicht müßig sein konnten.

Doch auch das Geschlecht, welches die verwitwete Majorin ›jung‹ nennt, erweist sich in diesem Augenblick nicht als träge. Die vier Fräulein sagen fast gleichzeitig: »Lora?«

Hinter diesem Wohlklang lächeln Alle wie beschenkt. Und Tante Karoline, die Hausfrau, eröffnet die Diskussion: »Wie macht der Hund?«

»Wau, Wau« – bellen die vier Fräulein.

Und der kleine Egon kommt aus irgend einem Winkel

gekrochen und beteiligt sich lebhaft an dem Gespräche.
Aber die Hausfrau glaubt dieses Thema erschöpft und schlägt vor: »und die Katze?«
Und nun ist man allgemein beschäftigt zu miauen, zu krähen, zu meckern und zu brüllen, je nach Verdienst und Neigung. Es ist schwer zu sagen, wer das tiefste Talent bewies, denn über diesem Gewühle von rollenden und kreischenden und gleitenden Lauten bleibt nur das gackernde Organ der verwitweten Majorin, und sie wird ordentlich jung dabei.
»Die Tante gackert«, sagt jemand ehrfurchtsvoll.
Doch man hält sich nicht lange dabei auf. Man ist hingerissen von der Fülle der Möglichkeiten, macht immer kühnere Versuche, gibt immer mehr Eigenes in den seltsam stilisierten Klangsilben. Und es ist rührend, zu erwähnen, daß bei allem Individualisieren doch eine feine Familienähnlichkeit in den Stimmen blieb, der gemeinsame Grundton der Herzen, auf dem allein echte, sorglose Fröhlichkeit entstehen kann.
Plötzlich beginnt ein graugrüner Sittich hinter seinen gelben Gitterstäben sich zu rühren und, man kann sagen, es ist eine gewisse, vornehme Anerkennung in dem stummen, bedächtigen Neigen seines Kopfes. Alle empfinden es so, werden leiser und lächeln dankbar.
Und der Papagei hat die Miene eines jüdischen Musiklehrers und verneigt sich noch ein paarmal gegen seine Schüler; Tatsache ist: seit Lora Hausgenosse wurde, haben Alle in der Familie eine Anzahl klangvoller Worte, von denen sie sich früher nie träumen ließen,

zugelernt und so ihren Sprachschatz bedeutend vermehrt. Bei dem schweigsamen Lob des Vogels kommt dieser Umstand einem jeden zum Bewußtsein und macht ihn stolz und froh. Man geht also in bester Stimmung zu Tisch.

Jeden Sonntag wartet Ewald, bis die dritte der Tanten, Fräulein Auguste, lächelt: »Das Essen ist doch kein leerer Wahn« – worauf jemand in guter Gewohnheit bestätigen muß: »nein, es ist nicht ohne.«

Das kommt gewöhnlich nach dem zweiten Gang. Und Ewald weiß ganz genau, was nach dem dritten kommt, und so fort. Während aufgetragen wird, spricht man wenig, einmal der ›Dienstleute‹ wegen, dann weil das Zwiegespräch mit dem eigenen Teller einen jeden genügend beansprucht. Man verhindert höchstens den kleinen Egon, der nur reden darf, wenn er gefragt wurde, durch eine zärtliche Teilnahme daran, satt zu werden oder auch nur seine Bissen fertigzukauen. So kommt es, daß der Kleine immer zuerst das unbehagliche Gefühl des Übervollseins bekommt und ›das Fräulein‹, das langsam rot wird, zur Vertrauten seiner intimsten Empfindungen macht. Die andern sind lange nicht so diskret. Niemand füllt seinen Teller, ohne leise zu stöhnen, und als das Mädchen mit einer süßen Crême eintritt, seufzen alle laut und schmerzlich auf. Die eisgekühlte Sünde drängt sich an jeden heran, und wer kann widerstehen? Der Herr Inspektor denkt: ›wenn ich nachher Soda nehme..‹ und Fräulein Auguste wendet sich an die Hausfrau: »Ist Magenbitter zuhaus, Karoline?« Mit schelmischem Lächeln zieht Frau von Wallbach ein kleines Tischchen heran, darauf viele Schachteln und Büchsen neben seltsam geformten Flaschen bereitstehen. Man lächelt, es beginnt nach Apotheke zu riechen, und die Crême kann nocheinmal herumgehen.

Plötzlich geschieht eine unerwartete Störung. Die Älteste steht wie eine Ahnfrau und ruft warnend: »Und du, Ewald?«

Ewalds Teller ist rein.

›Und du?‹ fragen alle Augen, und die Hausfrau denkt: ›wie immer, dieses Absondern von der Familie. Wir sind morgen Alle elend und – er? Schickt sich das?‹

»Danke –« sagt der junge Mensch kurz und stößt den Teller einwenig fort. Das will heißen: damit ist diese Sache abgetan – bitte.

Allein niemand versteht das. Man ist froh ein Thema zu haben und bemüht sich um weitere Aufklärung.

»Du weißt nicht, was gut ist –« sagt jemand.

»Danke.«

Dann strecken die vier Kusinen, alle zugleich, ihre Löffelchen her: »Kost mal.«

»Danke –« wiederholt Ewald und bringt es zustande, vier junge Mädchen zugleich unglücklich zu machen.

Die Stimmung wird bang. Bis Tante Auguste zitiert: »Die Großmutter hat immer gesagt: ›Was man essen ... nein – wie man leiden ...‹«

»Nein«, bessert Tante Karoline aus: »Leiden was man –«.

Aber auch so stimmt es nicht.

Die vier Kusinen sind ratlos.
Herr von Tragy nickt seinem Sohn zu: ›Zeig dich jetzt, imponier ihnen – vorwärts.‹
Tragy, der Jüngere, schweigt. Er weiß: Alle erwarten Hilfe von ihm, und weil der letzte Sonntag ist, entschließt er sich endlich:
»Essen was man mag und leiden was man kann«, wirft er voll Verachtung vor sich hin.
Da sind Alle Bewunderung. Man reicht sich das Wort weiter, betrachtet, erwägt es – nimmt es in den Mund wie zu besserer Verdauung und nützt es so ab, daß es schon wieder ganz dunkel ist, als es zu Ewald, die Tischrunde entlang, zurückkehrt.
Er läßt es im Munde ›des Fräuleins‹, einer bleichsüchtigen Französin, die es als Sprachübung betrachtet und zu dem kleinen Egon geneigt wiederholt: »Was man mack essen...«
Eine Weile bleibt Ewald der geistige Mittelpunkt der Familie. Man staunt sein bereites Gedächtnis an, bis Tante Karoline geringschätzig die Lippen kräuselt: »Hm – wenn man so jung ist..«
Freilich, denken die vier Kusinen: wenn man so jung ist...
Und sogar auf dem blassen Gesichtchen des kleinen Egon ist diese verächtliche Ahnung: wenn man so jung ist, – so daß der Achtzehnjährige fühlt: Was ist denn nun wieder los? Sie erwarten hier demnächst meine Geburt, wahrscheinlich.
Er ist ohnehin gereizt, und es scheint ihm gelegen, daß Tante Auguste zwischen zwei Bissen die Geschichte

ihrer Zähne – Glück und Ende – erzählt; er sagt an der spannendsten Stelle in den weitoffenen Mund der Tante hinein: »Ich denke, bei Tisch...« und hofft, man wird ihm erwidern: ›Du mußts ja nicht lange mehr mitmachen, du kannst ja gehen, wenn es dir nicht recht ist.‹ Aber Alle bleiben gekränkt und stumm. –

Später, als man mit ›Cantenac‹ verschiedene Hoch ausbringt, denkt der junge Mensch: Jetzt wird doch jemand sein Glas heben: ›Also Ewald...‹ Doch man trinkt einander zu, der Reihe nach, ohne daß irgendwem einfällt zu beginnen: ›Also Ewald –‹

Dann entsteht eine lange Pause, und Ewald hat Zeit zu bangen Gedanken; er empfindet plötzlich, wie die Blicke Aller in Gleichgültigkeit oder Bosheit an ihm haften, und müht sich mit scheuen Gesten sie abzustreifen. Aber mit jeder Bewegung verwirrt er nur noch mehr diese unsichtbaren Netze, wird erst heftig, dann hilflos, und denkt beständig im Kreise; denn durch Unmut und Ungeduld kommt er immer wieder bei diesem an: man müßte euch etwas Ungeheures, Unerhörtes sagen, mit einem breiten Wort euch die Augen totschlagen, damit sie loslassen, das müßte man. Aber das bleibt Wunsch; denn er liebt selbst Vieles aus dieser bequemen, armsäligen Alltäglichkeit, in der sie ihn haben aufwachsen lassen, und ist wie das Kind von Dieben, das das Handwerk seiner Eltern verachtet und doch langsam stehlen lernt.

Mitten in seine Sorgen hinein sagt Tante Auguste harmlos: »Wenn dem jungen Herrn da drüben keines von unseren Gesprächen paßt, sollte er doch wenigstens für eine Unterhaltung nach seinem Geschmack aufkommen. Da würde man ja gleich sehen.... nun, Ewald, du kommst ja wohl viel herum?«

Ewald, der kaum hingehört hat, sieht auf und lächelt traurig: Oh ich....

Er vernimmt auch nur wie von fern, daß die vier Kusinen ihn erinnern: »Du hast vor vier oder fünf Wochen einmal eine Geschichte zu erzählen begonnen –« und er will sich schnell besinnen, wasfür eine Geschichte das gewesen sein mag. Aufmerksam erkundigt er sich: »Was war das doch, bitte?«

Die vier Kusinen denken nach.

Indessen wendet sich die Hausfrau an ihn: »Dichtest du noch? –«

Ewald wird blaß und sagt zu den Kusinen: »Also wißt ihr nicht..?« Und er hört, wie die verwitwete Majorin staunt: »Waaas, er dichtet?« und sie schüttelt den Kopf: »Zu meiner Zeit...«

Aber trotzalledem will er sich seiner Geschichte, die er vor fünf oder sechs Wochen begonnen hat, entsinnen. Er hofft: es wird sich irgendwo anbringen lassen, daß heute der letzte Sonntag ist, und dann kann man aufatmen. Allein plötzlich unterbricht ihn Frau von Wallbach:

»Dichter sind immer zerstreut. Ich denke, wir sind Alle fertig in den Salon zu gehen«, und zu Ewald: »Das mit der Geschichte hat ja wohl Zeit am nächsten Sonntag, nichtwahr?«

Sie lächelt geistreich und erhebt sich. Der junge Mann

ist wie ein Verurteilter. Er fühlt: Es wird also immer wieder ein ›nächster‹ Sonntag sein und Alles ist umsonst. »Umsonst« stöhnt etwas aus ihm.
Allein das hört schon niemand mehr. Man rückt die Stühle, streckt sich, sagt sich mit fetter, zufriedener Stimme, die über vieles Schlucken wie über schlechtes Pflaster rollt, »Mahlzeit« – und zieht sich an den schweißigen Händen in den Salon. Dort ist es wie vorher. Nur sitzt man jetzt weiter voneinander, und das Gefühl der Zusammengehörigkeit ist nichtmehr so lebhaft wie vor Tisch.
Die verwitwete Majorin wandert vor dem Klavier auf und ab und knackt sich die Gichtfinger gerade. Die Hausfrau sagt: »Die Tante spielt Alles nach dem Gehör – es ist staunenswert.«
»Wirklich« – staunt Tante Auguste – »auswendig?«
»Auswendig«, beteuern die vier Kusinen und wenden sich an die Majorin: »bitte, spiel.«
Lange läßt sich die verwitwete Richter bitten, ehe sie großmütig fragt: »Was wollt ihr denn?«
»Mascagni«, träumen die vier Kusinen – denn das ist gerade modern.
»Ja«, sagt Frau Eleonore Richter und probt die Tasten.
»Cavalleria?«
»Ja«, sagen einige.
»Ja«, nickt die alte Dame und denkt nach.
»Die Tante spielt Alles nach dem Gehör –« sagt Tante Auguste, die leise eingeschlafen war, und jemand fügt mit tiefem Atemholen an:
»Ja, es ist staunenswert –«

»Ja –«, zögert die Majorin und probt die Tasten: »es muß mirs einer pfeifen.«

Der Herr Inspektor pfeift: »So such ich den Humor –« – Mikado.

»Richtig« – lächelt die Tante: »Cavalleria«, und lächelt, als ob das ihre ›Jugend‹ wäre.

Sie beginnt also mit ›Mikado‹ und spielt dann, wundersam versöhnt: ›Der Bettelstudent‹ und ›Die Glocken von Corneville‹.

Die andern schlafen darüber dankbar ein, und die Majorin selbst kommt ihnen nach.

Da hält es Ewald nicht länger aus, er muß es aussprechen um jeden Preis, und als ob das die selbstverständliche Folge der ›Glocken von Corneville‹ wäre, sagt er: »Der letzte Sonntag.«

Niemand hat das gehört als Fräulein Jeanne. Sie geht lautlos über den tiefen Teppich und setzt sich dem jungen Mann gegenüber ans Fenster.

Eine Weile betrachten sich die beiden.

Dann fragt die Französin leise: »Est-ce que vous partirez, monsieur?«

»Ja,« gibt ihr Ewald deutsch, »ich reise fort, Fräulein. Ich reise – fort«, wiederholt er gedehnt und freut sich an der Breite seiner Worte. Er spricht eigentlich zum erstenmal mit Jeanne und ist erstaunt. Er fühlt unvermittelt, daß sie nicht einfach ›das Fräulein‹ ist, wie die andern meinen, und denkt: Merkwürdig, daß ich das nie erkannt habe. Sie ist eine, vor der man sich neigen muß – eine Fremde. Und obwohl er still und beobachtend bleibt, verneigt sich etwas in ihm vor der

Fremden – tief – so übertrieben tief, daß sie lächeln muß. Das ist ein graziöses Lächeln, welches sich mit Barockschnörkel um die feinen Lippen schreibt und nicht bis an die Traurigkeit ihrer schattigen Augen reicht, die immer wie nach einem Weinen sind. Also irgendwo lächelt man so – erfährt Tragy, der Jüngere.

Und gleich danach hat er das Bedürfnis, ihr etwas Dankbares zu sagen, das ihr Freude machen muß. Ihm ist, als sollte er sie an etwas erinnern, was ihnen gemeinsam war, zum Beispiel sagen: ›Gestern‹ und verständig aussehen dabei. Aber es gibt ja in aller Welt nichts Gemeinschaftliches für sie. Da fragt sie ihn mitten in diese Verwirrung hinein in ihrem filigranen Deutsch:

»Warum? Warum reisen Sie fort?«

Ewald stemmt die Ellbogen auf die Kniee und legt das Kinn in die hohlen Hände.

»Sie sind ja auch fortgegangen von Hause«, antwortet er. Und Jeanne warnt schnell:

»Sie werden Heimweh haben.«

»Ich habe Sehnsucht«, gesteht Ewald, und so reden sie eine Weile aneinander vorbei.

Dann kehren beide um und kommen sich entgegen; denn Jeanne beichtet leise: »Ich habe weg müssen, wir sind acht Geschwister zuhaus, da können Sie sich vorstellen – aber mir ist sehr bang. Freilich, – Alle sind ja gut hier –«, fügt sie ängstlich an – und dann bittet das Mädchen: »Und Sie?«

»Ich?«, der junge Mensch ist zerstreut, »ich? – nein, ich muß nicht fort, weiß Gott, im Gegenteil. Sie sehen ja: ein jeder hier weiß, daß ich den letzten Sonntag hier bin, und tut jemand was dergleichen? Aber trotzdem – Warum lächeln Sie?« unterbricht er sich.

Sie zögert, und dann:

»Sind Sie ein Dichter, bitte?« Ganz rot ist sie und erschrocken wie ein Kind.

»Das ist es eben, Fräulein,« erklärt er – »ich weiß nicht. Und einmal muß man es doch wissen, nicht? So oder so. *Hier* kommt man zu keiner Klarheit darüber. Man kann nicht forttreten von sich, es fehlt die Ruhe, der Raum fehlt, die Perspektive.

Verstehen Sie das, Fräulein?«

»Vielleicht« – nickt die Französin, »aber – – ich meine – Ihr Herr Vater muß doch Freude haben und dann Ihre – – –«

»Meine Mutter, wollen Sie sagen. Hm. Ja, das hat schon so mancher behauptet. Wissen Sie, meine Mutter ist krank. Sie werden ja wohl gehört haben – obwohl man vermeidet, hier ihren Namen zu brauchen. Sie hat meinen Vater verlassen. Sie reist. Sie hat immer nur soviel mit, als sie unterwegs braucht, auch von Liebe – Ich weiß lange nichts von ihr, denn wir schreiben uns seit einem Jahr nichtmehr. Aber gewiß erzählt sie zwischen zwei Stationen im Coupé: ›Mein Sohn ist ein Dichter –‹«

Pause. –

»Ja, und dann mein Vater. Er ist ein trefflicher Mensch. Ich hab ihn lieb. Er ist so vornehm und hat ein goldechtes Herz. Aber die Leute fragen ihn: ›Was ist Ihr Sohn?‹ Und da schämt er sich und wird ver-

legen. Was soll man sagen? *Nur* Dichter? Das ist einfach lächerlich. Selbst wenn es möglich wäre – das ist ja kein Stand. Er trägt nichts, man gehört in keine Rangsklasse, hat keine Pensionsberechtigung, kurz: man steht in keinem Zusammenhang mit dem Leben.
Deshalb darf man das nicht unterstützen und zu nichts ›Gut‹ und ›Amen‹ sagen. Begreifen Sie jetzt, daß ich meinem Vater nie etwas zeige – überhaupt niemandem hier; denn man beurteilt meine Versuche nicht, man haßt sie von vornherein, und man haßt mich in ihnen. Und ich habe selbst soviel Zweifel. Wirklich: ganze Nächte lieg ich mit gefalteten Händen wach und quäle mich: ›Bin ich würdig?‹«
Ewald bleibt traurig und still.
Die anderen sind indessen wach geworden und gehen zwei und zwei in die Nebenzimmer, wo die Whisttische bereit stehen.
Der Inspektor ist guter Laune. Er klopft seinem Sohn leise auf die Schulter: »Na, Alter?«
Und Ewald versucht zu lächeln und küßt ihm die Hand.
Er wird *doch* bleiben, – denkt der Inspektor: das ist vernünftig. Und so geht er den anderen nach.
Der junge Tragy vergißt sofort sein Lächeln und klagt: »Sehen Sie, so hält er mich. So leise, nicht mit Gewalt oder Einfluß, fast nur mit einer Erinnerung, als ob er sagte: ›Du warst einmal klein, und ich habe dir einen Christbaum angezündet jedes Jahr – bedenke –‹ Er macht mich ganz schwach damit. Aus seiner Güte ist kein Ausgang, und hinter seinem Zorn

ist ein Abgrund. Zu diesem Sprung hab ich nicht Mut genug.
Ich bin wahrscheinlich überhaupt feige, Sie können mir glauben, feige und unbedeutend. Es wäre mir ganz gut hier zu bleiben, so wie alle es sich denken, brav und bescheiden zu sein und einen und denselben armseligen Tag so hinzuleben immer und immer wieder...«
»Nein,« sagte Jeanne entschieden – »jetzt lügen Sie...«
»Oh ja, vielleicht. Sie müssen nämlich wissen: ich lüge sehr oft. Je nach Bedürfnis, einmal nach oben, einmal nach unten; in der Mitte sollte *ich* sein, aber manchmal mein ich, es ist gar nichts dazwischen. Ich komme zum Beispiel zu Besuch zu Tante Auguste. Es ist licht, und die urväterliche Wohnstube ist gerade so recht heimlich. Und ich setze mich ohneweiters in den besten Stuhl, lege die Beine übereinander und sage: ›Liebe Tante,‹ sag ich ungefähr –, ›ich bin müde, und deshalb werde ich meine staubigen Füße auf dein Kanapee, gerade auf die netten Schutzdecken legen – erlaube.‹ Und damit die gute Tante durch ihre Freude über diesen Scherz mich nicht unnötig aufhält, tue ich also ohneweiters; denn ich habe noch viel zu erzählen, zum Beispiel dieses: ›Das ist ja alles recht schön und gut; ich weiß, es gibt Gesetze und Sitten, und die Menschen pflegen sich mehr oder minder daran zu halten. Aber mich darfst du nicht zu diesen ehrsamen Staatsbürgern zählen, beste Tante. Ich bin mein eigener Gesetzgeber und König, über mir ist niemand, nicht einmal Gott –‹

Ja, Fräulein, so ungefähr sag ich zu meiner Tante, und sie ist rot vor Entrüstung. Sie zittert: ›Es haben schon andere sich fügen gelernt....‹ ›Mag sein‹, antworte ich gleichgültig. ›Du bist nicht der Erste, und für Leute von diesen Ansichten gibt es Narrenhäuser und Zuchthäuser, Gott sei Dank –‹, meine Tante weint schon – ›von der Art gibt es Hunderte.‹ Aber da bin ich empört: ›Nein,‹ schrei ich sie an, ›es gibt keinen wie ich, hat nie einen Solchen gegeben....‹ Schrei und schrei, denn ich muß mich selbst überschreien mit dieser Phrase. Bis ich plötzlich bemerke, daß ich in einer fremden Stube vor einer hilflosen alten Dame stehe und irgendeine Rolle spiele. Dann schleiche ich scheu davon, laufe die Gasse entlang und tret in meine Stube im letzten Augenblick eh mir die Tränen aus den Augen brechen. Und dann –« Ewald Tragy schüttelt heftig mit dem Kopf, als wollte er die Gedanken, die sich immer weiter bauen, zum Einsturz bringen. Er weiß: ich weine dann, freilich, weil ich mich verraten habe. Aber wie soll ich das erklären und wozu? Das ist ja wieder ein Verrat.

Und er versichert hastig: »Unsinn, Fräulein – Sie dürfen nicht glauben, daß ich wirklich weine – «

Und schon tut ihm die Lüge weh.

Es hat so wohlgetan sich anzuvertrauen und nun ist wieder Alles verdorben. Man muß nicht immer wieder anfangen, denkt Tragy und bleibt verstimmt und stumm.

Das Fräulein schweigt auch.

Sie horchen: die Karten fallen auf die Spieltische, wie

Tropfen von Bäumen, die jemand schüttelt. Und von Zeit zu Zeit mit großer Wichtigkeit:
»Die Tante gibt«
oder: »wer meliert?«
oder: »Treff ist atout«,
und: das Kichern der vier Kusinen.
Jeanne denkt nach. Sie will etwas Liebes sagen, also für ihn: etwas Deutsches. Aber sie weiß nicht, wie sie die fremden Worte erwärmen soll, darum bittet sie endlich: »Sei nicht traurig«. Und schämt sich.
Der junge Mensch blickt auf und sieht ihr ernst und sinnend ins Gesicht, solange bis sie aufgehört hat, zu glauben: ich habe sicher Unsinn gesagt. Dann nickt er ein wenig und nimmt ganz ernst ihre Hand, die er vorsichtig zwischen seine beiden legt. Es ist wie ein Versuch, und er weiß nicht, was tun mit dieser Mädchenhand, denn er gibt sie frei, läßt sie einfach fallen, der junge Mensch.
Indessen hat Jeanne einen zweiten deutschen Satz gefunden, auf den sie sehr stolz ist: »Sie haben doch noch nichts verloren?«
Da faltet Ewald die Hände im Schooß und sieht zum Fenster hinaus.
Pause.
»Sie sind so jung –«, tröstet ihn das Mädchen zaghaft.
»Oh« macht er. Er ist wirklich überzeugt, daß das Leben für ihn eigentlich abgetan ist; nicht, daß er mittendurch gegangen wäre, aber ein für allemal vorbei. Er lügt also jetzt nicht und ist wahrhaft traurig: »Jung? Ist es *das*, bitte? Ich habe Alles verloren..«

Pause.
»auch Gott«, und er bemüht sich, jedes Pathos zu vermeiden. Da lächelt sie; sie ist fromm.
Er versteht dieses Lächeln nicht, gerade jetzt stört es ihn, und er ist einwenig verletzt. Allein sie kommt um Verzeihung bitten, steht auf und sagt:
»Ewald,« sie spricht es aus mit falscher Betonung auf dem *a* und mit einem dunkeln stummen *e* am Ende, das geheimnisvoll und wie eine Verheißung klingt, »ich glaube, Sie werden Alles erst finden –«
Und dabei steht sie so hoch und feierlich vor ihm.
Er senkt die Stirne tiefer und will prahlen: ›Kind‹ – so recht wehmütig überlegen, und ist doch so leise dankbar gleich darauf und möchte jubeln dürfen: ›Ich weiß.‹
Und er tut weder das eine, noch das andere.
Da bemerkt jemand im Spielzimmer, daß es so schweigsam geworden sei nebenan. Frau von Wallbach runzelt die Stirn und befiehlt gleich: »Jeanne!«
Jeanne zögert.
Die Hausfrau ist wirklich besorgt, und die vier Kusinen helfen ihr: »Fräulein!«
Da neigt sich die Französin und man weiß nicht, ist das Frage oder Befehl: »Und – Sie reisen?!«
»Ja«, flüstert Ewald rasch. Er fühlt dabei eine Sekunde lang ihre Hand im Haar und verspricht einem fremden jungen Mädchen, in die Welt zu gehen, und weiß gar nicht, wie seltsam das alles ist.

II

MAN wird es kaum glauben: Ewald Tragy schläft volle vierzehn Stunden. Und das ist ein fremdes elendes Hotelbett, und auf dem Bahnhofplatz gibt es Lärm und Sonne seit fünf Uhr früh. Er hat sogar vergessen zu träumen, trotzdem er weiß, daß ›erste‹ Träume besondere Bedeutung haben. Er tröstet sich damit, daß sich jetzt Alles erfüllen könne, gleichviel, ob man es träume oder nicht, und zieht diesen leeren Schlaf hinter allem Gestrigen aus wie einen langen, langen Gedankenstrich. Fertig. So, und jetzt? Und jetzt kann es beginnen – das Leben, oder das, was eben zu beginnen hat der Reihe nach.

Der junge Mensch streckt sich behaglich in den Kissen aus. Vielleicht will er so, in dieser wohligen Wärme, die Ereignisse empfangen? Er wartet noch eine halbe Stunde, aber das Leben kommt nicht. Da steht er denn auf und beschließt, ihm entgegenzugehen. Und daß man dies müsse, ist die Erkenntnis des ersten Morgens.

Sie befriedigt ihn, gibt ihm Bewegung und Zweck und treibt ihn hinaus in die neue lichte Stadt. Er weiß zunächst nur, daß die Gassen unendlich lang und die Trambahnen lächerlich klein sind, und ist ohneweiters geneigt, jede dieser beiden Erscheinungen durch die andere zu erklären, was ihn ungemein beruhigt. Alle Dinge interessieren ihn, die großen und bedeutenden nicht zuletzt. Aber je tiefer in den Tag hinein, desto mehr verliert alles an Wert den Regenrinnen gegenüber, vor welchen Tragy immer nachdenklicher stehen bleibt. Er lächelt nichtmehr über die darangeklebten kleinen Zettel und ihre Versprechungen und hat keine Zeit mehr, sich über die seltsame Sprache zu wundern, in der sie abgefaßt sind. Er übersetzt sie mit krampfhafter Geschäftigkeit und schreibt viele Namen und Nummern in sein Taschenbuch.

Endlich macht er den ersten Versuch. Im Flur schiebt er seine Krawatte zurecht und nimmt sich vor: Ich werde sehr höflich sagen: ›Verzeihen Sie, hier ist wohl ein Zimmer für einen Herrn, nichtwahr?‹ Er läutet, wartet und sagt es höflich, hochdeutsch und mit bescheidener Betonung. Eine große breite Frau drängt ihn gleich links in eine Tür, ehe er mit seiner Frage zuende ist.

»Wissen S' ich sags gleich wie es is. Sauber is's. Und wenn S' sonst noch was brauchen...« Und damit erwartet sie, die Hände in die Hüften gestemmt, seine Entscheidung.

Das ist eine kleine Stube, zweifensterig mit alten umständlichen Möbeln und schon ganz voll Dämmerung, so daß man das Gefühl hat, eine Menge Dinge mit zu mieten, von denen man sich nicht träumen läßt.

Und wie nun der junge Mann so gar nichts sagt und sich kaum umsieht in dem dunklen Zimmer, fügt die Frau zögernd an: »Und 's macht halt zwanzig Mark im Monat samt Frühstück, soviel haben wir halt immer bekommen –« Tragy nickt ein paar Mal. Dann tritt er näher an den alten Sekretär heran, der in einer Ecke steht, prüft die breite aufgeklappte Schreibplatte und lächelt, zieht zwei oder drei von den kleinen Schubläden im Hintergrund auf und lächelt wieder: »Der bleibt doch hier stehn, der Schreibtisch?« erkundigt er sich und ist ganz entschlossen: ich bleibe auch. Aber dann fällt ihm die lange Reihe von Nummern in seinem Taschenbuch ein, wie eine Pflicht, und er meint schnell: »Das heißt, bis morgen darf ich mirs wohl überlegen?«

»Ja wegen meiner –«

Und Tragy merkt sich gut das Haus und schreibt in sein Taschenbuch: ›Frau Schuster, Finkenstraße 17 Hinterhaus, parterre, Schreibtisch.‹ Hinter ›Schreibtisch‹ drei Rufzeichen. Dann ist er sehr zufrieden mit sich und versucht nichts mehr an diesem Tage.

Aber am nächsten Morgen beginnt er ganz früh seinem Taschenbuch nachzugehen. Und das ist keine Kleinigkeit. Vormittags, solang die Leute noch ausgeschlafen und die Stuben gut gelüftet sind, freut ihn seine Wanderung noch einigermaßen. Er notiert pünktlich alle Vorzüge – dort einen Erker mit Aussicht, gegenüber ein Kanapee, und ein Badezimmer in Nummer 23, zwei Treppen, nirgends mehr ein Schreibtisch, allerdings. Dafür bringt er da und dort kleine Warnungen an, zum Beispiel: ›kleine Kinder‹ oder: ›Klavier‹ oder: ›Wirtshaus‹. Dann werden die Notizen immer karger und hastiger; seine Eindrücke verändern sich ganz seltsam. In gleichem Maße mit der Unfähigkeit seiner Augen wächst die Empfindlichkeit seiner Geruchsnerven, und um Mittag hat er diesen vernachlässigten Sinn soweit ausgebildet, daß ihm die Außenwelt einzig durch ihn mehr zum Bewußtsein kommt. Er denkt: Aha, Linsen, oder: Sauerkohl, und wendet sich schon auf der Schwelle um, wenn ihm irgendwo ein Wäschetag entgegenqualmt. Er vergißt ganz den Zweck seiner Besuche und beschränkt sich, einfach die Eigenart der einzelnen Atmosphären festzustellen, welche ihm aus den lächerlich kleinen Küchen, gleich losgelassenen Hunden, entgegenstürzen. Dabei rennt er heulende kleine Kinder um, lächelt den erzürnten Müttern dankbar ins Gesicht und versichert stumme Greise, die er irgendwo in einem Stubenwinkel aufstört, seiner besonderen Hochachtung.

Schließlich dunkeln alle Flure, und da kommt ihm in jeder Tür, wo immer er läuten mag, immer dieselbe breite Frau entgegen, dieselben Kinder heulen ihn überall an, und im Hintergrund ist immer wieder dieser gestörte alte Herr mit den erschreckten verständnislosen Augen.

Da flieht Ewald Tragy, atemlos. Als er sich erholt, findet er sich vor dem uralten Schreibtisch mit den vielen Schubladen und hat just begonnen zu schreiben:

›Lieber Papa, meine Wohnung ist also: Finkenstraße 17 bei Frau Schuster.‹ Dann denkt er lange nach und beschließt endlich, den Brief erst morgen weiterzuschreiben.

Und später braucht er den Sekretär selten. Er lebt die ersten Wochen so hin, den ganzen Tag außer Haus, ohne rechten Plan, stets in dem Gefühl: Ja, was wollt ich denn eigentlich? Er geht in die Galerien, und die Bilder enttäuschen ihn. Er kauft sich einen ›Führer durch München‹ und wird müde dabei. Endlich sucht er sich so zu benehmen, als ob er jahrelang hier leben würde, und das ist nicht leicht. Er sitzt am Sonntag mitten unter den Philistern in einem Brauhausgarten und wandert hinaus auf die Oktoberwiese, wo die Buden und Ringelspiele aufgeschlagen sind, und fährt nachmittags in einer Droschke in den ›Englischen Garten‹. Da gibt es manchmal eine Stunde, die er nicht vergessen möchte. So zwischen fünf und sechs, wenn die Wolken auf dem hohen Himmel so phantastisch werden in Form und Farbe und sich plötzlich wie Berge hinter den flachen Wiesen des ›Englischen Gartens‹ aufbauen, so daß man denken muß: Morgen will ich auf diese Gipfel steigen. Und morgen ist dann ein Regentag und der Nebel liegt dicht und schwer über den endlosen Gassen. Immer wieder kommt so ein Morgen, das einem die Dinge aus den Händen nimmt, und der junge Mensch wartet, bis es anders wird. Er hat niemanden, den er fragen könnte, was man tut in seinem Fall. Mit der Hausfrau spricht er, wenn sie ihm das Frühstück bringt, zehn Worte, und an jedem Abend begegnet er ihrem Mann, dem gräflichen Herrschaftskutscher, und grüßt ihn sehr höflich. Er weiß, daß die beiden eine Tochter haben, und hört oft, wenn das Haus ganz stille geworden ist, durch die Wand: »Mama –« und eine feine Mädchenstimme. Sie liest etwas vor, und man kann manchmal meinen, daß es Verse sind.

Das macht, daß Ewald jetzt früher nachhause kommt, seinen Tee trinkt und über einer Arbeit oder einem Buch wachbleibt weit in die Nacht hinein. Jedesmal, wenn die Stimme nebenan beginnt, lächelt er, und so wird ihm seine Stube langsam lieb. Er beschäftigt sich mehr mit ihr, bringt Blumen nachhause und spricht tagsüber oft laut, als hätte er kein Geheimnis mehr vor diesen vier Wänden.

Aber so sehr er sich darum bemüht, es bleibt etwas Kaltes, Ablehnendes an den Dingen, und er hat oft am Abend das Gefühl, als wohnte jemand hier neben ihm, der alle Gegenstände, unbeschadet seiner Anwesenheit, gebraucht und dem sie auch willig zu Gebote sind. Das wird noch verstärkt in ihm durch folgenden Vorfall.

»Merkwürdig,« sagt Ewald eines Morgens, gerade als Frau Schuster den Kaffee hinstellt, »sehen Sie mal, bitte, diese beiden Schubladen des Schreibtisches wollen nicht aufgehen. Haben Sie vielleicht einen Schlüssel? Sonst könnte man ja einen machen lassen –?« Und er rüttelt an den beiden heimlichsten Laden des Schrankes.

»Sie müssen schon verzeihen –« zögert Frau Schuster, und sie spricht hochdeutsch in ihrer Verlegenheit, »aber ich darf diese beiden Laden nicht aufmachen, nämlich –«

Tragy blickt erstaunt auf.

»Sie müssen nämlich wissen, Herr, das is so: mal haben wir ein' Herrn ghabt, dems sehr schlecht gangen is. Und weil er uns nicht hat zahlen können, hat er uns die Kommode dagelassen und hat gsagt: da in den zwei Laden laß ich Ihnen wichtige Papiere zum Pfand, – hat er gsagt und hat den Schlüssel mitg'nommen...«

»So, so« macht Tragy und sieht gleichgültig aus. »Das ist schon lang?«

»Mna«, überlegt die Frau, »so sieben Jahr oder Jahr acht könntens schon sein, wohl, wohl — daß wir nichts mehr von ihm ghört haben; aber leicht kommt er doch mal und holts. Nicht? Man kann nicht wissen...«

»Freilich, freilich –«, sagt Tragy obenhin, nimmt den Hut und geht fort. Er hat ganz vergessen zu frühstücken.

Seither arbeitet Tragy an dem ovalen Sofatisch, den er quer vor das andere Fenster geschoben hat; denn der Oktober macht Fortschritte, und der Sekretär steht viel zu nah an den Scheiben. So erklärt sich diese Veränderung auf die allernatürlichste Weise.

Und der junge Mensch findet noch manches zugunsten des neuen Platzes, zum Beispiel: daß man so geradezu ins Fenster sieht. Wie ein Bild ist es. Dieser Hof, in dem so langsam die Kastanien welk werden. (Es sind doch Kastanien?) Ein alter Steinbrunnen, ganz im Hintergrund, rinnt und rinnt wie ein Lied, wie eine Begleitung zu Allem. Und es ist sogar etwas wie ein Relief auf dem Sockel. Ja, wenn man nur sehen könnte, was es darstellt. Ach, wie bald es doch dunkel wird, man wird gleich die Lampe anzünden müssen. Übrigens: wenn draußen gar kein Wind ist, wie jetzt, wie dann die Blätter langsam fallen, lächerlich langsam. Da bleibt eines fast stehen in der dicken feuchten Luft und schaut herein und schaut herein – wie Gesichter, wie Gesichter, wie Gesichter... denkt Tragy und sitzt ruhig und reglos und läßt es geschehen, daß jemand sich ans Fenster lehnt und hereinstiert, so nah, daß die Nase sich an den Scheiben eindrückt und die Züge etwas Breites, Vampyrhaftes, Gieriges bekommen. Ewalds Blicke folgen, ganz verloren, den Linien dieses Gesichtes, bis sie plötzlich in die lauernden fremden Augen stürzen, wie in Abgründe. Das bringt ihn zum Bewußtsein. Er springt auf und ist schon am Fenster. Die Riegel geben seinen zitternden Händen nicht gleich nach, und der draußen ist schon weit, als Tragy sich in den Nebel hinauslehnt.

Offenbar hat die kühle Luft ihn beruhigt; denn er tut gar nichts Außergewöhnliches weiter. Er zündet die Lampe an, bereitet seinen Tee wie an jedem anderen Tage und man kann meinen, daß das Buch vor ihm ihn interessiere.

Nur das Eine ist seltsam: er geht nicht schlafen. Er wartet bis die Lampe verlischt; das ist etwa um halb zwei. Da brennt er die Kerze an und sieht geduldig zu, bis sie, ganz im Leuchter, schmilzt. Und da ist auch schon ein scheues Licht hinter den Scheiben. Eine kurze Nacht, nicht? Ewald denkt nicht etwa darüber nach, ob er ausziehen soll. Das ist natürlich. Er überlegt nur, wie er das sagen wird: ›Es tut mir leid, Frau Schuster‹, oder: ›Ich bin wirklich zufrieden gewesen bei Ihnen, aber ....‹ Und er baut und baut an diesem armsäligen Satz.

Und mit Morgen ist er überzeugt, daß man nicht daran denken kann, zu kündigen, weil sich das überhaupt in keiner Art ausdrücken läßt. Man bleibt also. Man muß sich eben einrichten. Es ist eben so mit diesen Stuben; die, welche vorher hier gewohnt haben, sind noch nicht ganz draußen, und die, welche nach

Ewald Tragy kommen, warten schon. Was bleibt da übrig, als verträglich sein. Und an diesem Sonntag beschließt Ewald, sich so klein wie möglich zu machen, um keinen von seinen unbekannten Zimmergenossen zu stören, und einfach so mitzuleben als der Geringste in diesem Massenquartier in der Finkenstraße.

Und sieh: das geht. Es gibt ein paar ganz erträgliche Wochen und man kommt so sachte in den November hinein und erhält für den kurzen, traurigen Tag eine lange Nacht geschenkt, in der alles mögliche Raum hat.

Gleich mal zunächst: ›Das Luitpold‹. Das ist doch etwas. Man setzt sich zu einem der kleinen Marmortischchen und legt einen Stoß Zeitungen neben sich und sieht gleich furchtbar beschäftigt aus. Dann kommt das Fräulein in Schwarz und gießt so im Vorübergehen die Tasse mit dem dünnen Kaffee voll, o Gott, so voll, daß man sich gar nicht traut, auch noch den Zucker hineinzuwerfen. Dabei sagt man: »Mittel« oder »Schwarz«, und es wird ganz nach Wunsch und Wink: ›mittel‹ oder ›schwarz‹. Zum Überfluß sagt man doch noch etwas Scherzhaftes, wenn man es gerade bei der Hand hat, und dann lächelt die Minna oder Bertha etwas müde ins Unbestimmte hinein und schwenkt die Nickelkannen in der Rechten her und hin.

Tragy sieht das nur an anderen Tischen. Er beschränkt sich auf ein Danke, denn ihm sind diese schwarzen Damen, die am Tage so welk aussehen, sehr unsympathisch; nur die kleine Betty, die ihm das Wasser bringt, bedauert er. Weiß der Himmel warum er ihr etwas Liebes tun möchte, aber, es ist Tatsache, er drückt ihr einmal außer dem Trinkgeld ein klein zusammengefaltetes Papier in die Hand und freut sich, daß ihr die Augen glänzen. Das ist ein Los irgendeiner Wohltätigkeitslotterie und man kann 50000 Mark gewinnen damit. Aber die kleine Betty sieht sehr enttäuscht aus, als sie nach einer Weile hinter der Säule hervorkommt, und sagt gar nicht: Danke.

Das sind so kleine Zufälle, die den jungen Menschen tiefer berühren, als er selber meint. Sie geben ihm das Gefühl, ausgeschlossen zu sein, gleichsam die Sitten eines fernen Landes fortzuleben unter allen diesen Menschen, die sich mit einem Lächeln und im Vorübergehen verstehen. Er möchte so gern einer von ihnen sein, irgendeiner im Strome, und dann und wann glaubt er es fast. Bis eine Kleinigkeit geschieht, welche beweist, daß sich nichts an dem Verhältnis geändert hat: er auf der einen Seite und alle Welt drüben. Und da lebe nun einer.

Gerade zu dieser Zeit, da Tragy das Bedürfnis hat, jemanden kennen zu lernen, empfängt er einen Brief. Der lautet:

»Ich höre durch Zufall, daß Sie in München sind. Ich habe manches von Ihnen gelesen und stelle es mir schön vor, wenn wir uns sehen würden, bei Ihnen, bei mir oder an einem dritten Ort, wie Sie wollen und – *wenn* Sie wollen.«

Und Tragy will nicht. Er kennt den Namen, welcher unter dem Brief steht, längst aus Zeitschriften und

Gedichtanthologieen und hat gar nichts gegen Wilhelm von Kranz, durchaus nicht. Aber im Augenblick, da dieser Herr ihn anrührt, kriecht er wie eine Schnecke in sich zusammen. Was er noch gestern gewünscht hat, wird eine Gefahr im Moment, da es sich erfüllen kann, und es scheint ihm unerhört, daß da jemand ist, der so ohneweiters, mit den staubigen Schuhen sozusagen, in seine Einsamkeit will, darin er selber nur ganz leise aufzutreten wagt. So gibt er nichtnur keine Antwort, sondern meidet sogar vorsichtig jeden ›dritten Ort‹, ist oft zuhause und bekommt so gelegentlich auch die Haustochter zu Gesicht, von der er bislang nur die Stimme kannte.

Er sagt ihr einmal, als sie ihm den Kaffee bringt: »Und was lesen Sie immer abends, Fräulein Sophie?«

»Oh, was wir gerade haben. Viel Bücher haben wir nicht – aber, hört man es denn hier?«

»Wort für Wort«, übertreibt Ewald.

»Stört es Sie sehr?«

Und Tragy sagt nur: »Nein, es stört mich nicht. Aber wenn Sie gern lesen, will ich Ihnen geben, was ich mithabe. Es ist nicht vieles, aber viel.« Und er reicht ihr einen Band Goethe.

Das ist ein ganz kleiner Verkehr zwischen ihnen, aber er füllt bei Tragy etwas aus, wird ein steter Gedanke mitten in dem Vielen, das durch seine Seele strömt, und er ruht gerne aus darin. Jemandem solche Bücher leihen ist schließlich dasselbe wie ihm ein Los schenken. Aber diesmal erhält Tragy einen sympathischen Dank dafür. Das macht ihn froh.

Er war guter Laune auch an dem Nachmittag, da er so unerwartet nachhause kommt und in seiner Stube Stimmen hört. Er zögert und horcht. Rasche, halblaute Worte, die vor seinen Schritten zu flüchten scheinen, und dann steht ein junger Mensch mit einem breiten dicken Gesicht vor der Tür und pfeift, pfeift so in den Tag hinein, mir nichts und dir nichts. Und eben da Ewald ihn zu Rede stellen will, tritt Sophie aus seiner Tür, sehr blaß, und tut als ob das alles selbstverständlich wäre. Dann sagt sie unsicher: »Es ist der Herr hier, – der... er wollte das Zimmer sehen, Herr Tragy.«
Die beiden jungen Leute sehen sich ins Gesicht. Der Fremde hört auf zu pfeifen und grüßt. Und da er höflich lächelt dabei, wird das Gesicht breit und verschwommen, und Tragy muß an etwas Häßliches denken. Trotzdem dankt er flüchtig, so mit der Hand an der Krempe, und tritt in seine Stube.
Er bemerkt erst nach einer Weile, daß Sophie hinten an der Tür steht, hat plötzlich fürchterlich viel zu tun, trägt Dinge ganz überflüssiger Weise von einem Tisch zum andern und bückt sich gelegentlich, um etwas aufzuheben. Aber endlich ist er doch fertig mit diesem unseligen Aufräumen und er muß nun wahrscheinlich das Mädchen fragen: Was wollen Sie? Denn so kann sie doch nicht stehen bleiben wollen ohne Grund.
Plötzlich fällt ihm etwas ein und er spricht nach der andern Seite hin, irgendwohin in eine Ecke: »Sie können beruhigt sein, ich werde nichts sagen. Das wollen Sie ja doch hören, nichtwahr? Also gut. Aber ich ziehe

aus im nächsten Monat; ich habe ohnehin die Absicht gehabt –«
Und da sitzt er schon am Tisch und schreibt, tief, als ob er seit zwei Stunden schriebe. Es wird aber nur ein ganz kurzer Brief an Herrn von Kranz, darin er ihn bittet, morgen um vier im ›Luitpold‹ zu sein, wenn es ihm passe. Erst nachdem er die Adresse beendet hat, sieht er sich vorsichtig um. Es ist niemand mehr da, und Ewald wechselt Schuhe und Anzug, denn er hat vor, auswärts zur Nacht zu essen.

*

Herrn von Kranz paßt die Stunde, wie ihm eine jede Stunde gepaßt haben würde. Er ist nicht übermäßig beschäftigt, nämlich. Er schreibt etwas Großes, ein Epos oder etwas über das Epos hinaus, jedenfalls etwas ganz Neues, etwas ›in Höhepunkten‹, so hat er dem neuen Bekannten versichert in der ersten halben Stunde. Eine solche Arbeit hängt aber, wie man weiß, einzig von der Inspiration ab, von der tiefen Begeisterung, welche (nach Herrn von Kranz) »den Traum des dunklen Mittelalters erfüllt und es versteht, aus allen Dingen Gold zu machen«. So etwas geschieht freilich mitten in der Nacht oder sonst unglaublich wann, nicht um vier Uhr nachmittags, zu einer Zeit, da sich bekanntlich die allergewöhnlichsten Dinge ereignen können. Und deshalb ist Herr von Kranz frei und sitzt im ›Luitpold‹, Tragy gegenüber. Er ist sehr beredt, denn Ewald schweigt viel, und Kranz liebt das Schweigen nicht, scheint es. Er hält das für das Vorrecht der Einsamen, wo aber zwei oder drei beisammen sind, da hat es tatsächlich keinen Sinn, wenigstens keinen, den man auf den ersten Blick begreift. Und nur nichts Dunkles und Unverständliches, im Leben wenigstens. In der Kunst? Ah das ist etwas anderes, da hat man ja das Symbol, nichtwahr? Dunkle Umrisse vor lichtem Hintergrund, nichtwahr? Verschleierte Bilder – nicht? Aber im Leben – Symbole, oh – lächerlich.

Manchmal sagt Ewald: »Ja« und wundert sich, woher in aller Welt er diese Unmenge unverbrauchter ›Ja‹ in sich hat. Und wundert sich über die großen Worte und über das kleine Leben irgendwo tief unten. Denn er lernt in diesem Nachmittag die ganze Weltanschauung des Herrn von Kranz, diese Weltanschauung aus der Vogelperspektive, kennen und – und wundert sich eben. Er ist jung, nimmt die Dinge wie Tatsachen und die Sensationen für Schicksale hin und hat dann und wann das Bedürfnis, etwas von diesen glänzenden Konfessionen aufzuschreiben, weil ihr ganzer Zusammenhang, weithin, ihm unübersehbar scheint. Was ihn aber am meisten überrascht, das ist das Fertige aller dieser Überzeugungen, die sorglose Leichtigkeit, womit Kranz eine Erkenntnis neben die andere setzt, lauter Eier des Kolumbus: wenn eines nicht gleich aufrecht bleiben will, ein Schlag auf die Tischplatte und – es steht.

Ob das Geschicklichkeit ist oder Kraft – wer mag das entscheiden? Herr von Kranz ist aufrichtig bei der Sache. Er spricht sehr laut und hat offenbar den Ort der Handlung ganz vergessen. Wie ein Sturm, der fremden Stuben die Fenster aufreißt, bricht seine Rede in alle Gespräche, so daß man endlich nachgibt und allenthalben die Fenster offen läßt. Und da ist eben der Sturm obenauf. Sogar die schöne Minna vergißt einzuschenken, bleibt an einer Säule lehnen und hört zu. Nur leider mit ganz impertinenten Augen. Und plötzlich fängt sie mit diesen großen, grünen Augen die blitzenden Blicke des Dichters auf und bändigt sie, macht sie klein, unbedeutend, nichtswürdig und läßt sie mit einem infamen Lächeln einfach fallen.

Herr von Kranz verliert einen Moment die Fassung. Er wankt im Sattel, tut aber gleich, als sei das eine beabsichtigte Schwenkung gewesen und wirft der Schönen ein Wort zu, so ein klebriges, mehr Frosch als Blume. Dann ist er gleich wieder bei der Sache und ist sogar an einem Höhepunkt, an der Stelle nämlich: »Wie ich Nietzsche überwand.«

Aber Ewald Tragy hört aufeinmal nichtmehr zu. Er entdeckt das erst viel später, als Kranz an irgendeinem Ende ist und wartet. Dieses Warten bedeutet: Und Sie? Sie haben doch auch so etwas wie eine Meinung von Alledem, hoffentlich. Weltanschauung um Weltanschauung, bitte?

Tragy begreift das nicht gleich, und als er es schließlich versteht, gerät er in unbeschreibliche Verwirrung. Er steht so mitten in allem, wie tief im Wald, und sieht nichts als Stämme, Stämme, Stämme und weiß kaum, ob Tag oder Nacht ist über ihnen. Und doch soll er genau die Stunde nennen, auf die Minute genau, so daß gar kein Zweifel möglich ist. Er fürchtet durch sein Schweigen Herrn von Kranz zu verletzen; aber der

wird immer milder, teilnahmsvoller, väterlich fast. Und er befiehlt rasch: »zahlen!« So feinfühlig ist er.
In den nächsten Tagen aber empfindet Tragy immer deutlicher, daß er dem neuen Bekannten etwas geben müsse von sich, nicht aus Sympathie, sondern weil er doch nach jenem freimütigen Nachmittag sein Schuldner geworden ist im Vertrauen. Und als die beiden einmal im ›Englischen Garten‹ gehen – es ist wieder so eine Dämmerung mit Wolkenbergen am Horizont –, sagt er unvermittelt: »Immer war ich so ganz allein. Mit zehn Jahren kam ich aus dem Haus in die Militärerziehung unter fünfhundert Kameraden und – trotzdem... Ich war sehr unglücklich dort – fünf Jahre. Und dann steckten sie mich wieder in eine Schule, und dann wieder in eine, und so fort. Ich war immer allein, wissen Sie...«
Wenn es weiter nichts ist, denkt Herr von Kranz, dem läßt sich abhelfen. Und seither ist er jeden Augenblick bei Ewald, früh, Vormittag, oft bis weit in die Nacht. Und er tut das so selbstverständlich, daß Tragy nichtmehr wagt, seine Einsamkeit zu verriegeln; er lebt bei offenen Türen, sozusagen. Und Herr von Kranz kommt und geht und kommt und geht. Er hat ein Recht dazu, denn: »Wir haben ganz das gleiche Los, lieber Freund Tragy –« behauptet er. »Auch mich verstehn sie nicht zuhaus, natürlich. Sie nennen mich überspannt, verrückt, als ob –«; er vergißt bei diesem Anlaß nie anzufügen, daß sein Vater Hofmarschall ist an einem kleinen deutschen Hofe und daß man in diesen Kreisen – er schätzt sie offenbar sehr gering – die bekannten kon-

servativ vornehmen Ansichten habe. Eben diesen Ansichten hat er es ja auch zu danken, daß er Lieutenant, man bedenke, Lieutenant bei der Garde werden mußte, und er versichert, daß es arge Mühe kostete nach einem Jahr in die Reserve zurückzutreten, gleichsam über die Sympathieen der Vorgesetzten und der Untergebenen weg. Und vollends, daß man zuhause auf Schloß Seewies-Kranz mit seiner neuen Berufswahl nicht, aber ganz und gar nicht einverstanden sei und ihm die Prügel nur so vor die Füße werfe, das brauche er wohl kaum noch zu versichern. Aber trotzalledem gebe er den Kampf nicht auf. Im Gegenteil. Er habe sich verlobt, ja, ganz regelrecht verlobt, mit gedruckten Anzeigen verlobt. Sie ist aus den besten Familien, natürlich, vornehm, gut erzogen, nicht reich, aber beinahe adelig. (Ihre Mutter ist eine Gräfin Soundso.) Nun und dieser Schritt, den er ohneweiters unternahm, ist doch ein Beweis seiner Freiheit, gewissermaßen. Auch soll es nicht zu lange dauern bis zur Hochzeit, und dahinter kommt erst der Haupterfolg, nämlich: »Mein Austritt aus der Kirche –« Kranz zwirbelt seinen blonden Schnurrbart auf und lächelt.

»Ja –« sagt er, ungemein zufrieden mit sich und mit Tragys Erstaunen, »das ist ein Schlag, was? Ich entsage dabei meiner Offiziers-charge, natürlich – ich opfere sie auf für meine Überzeugung. Einer Gemeinschaft anzugehören, deren Gesetze man nicht erfüllt, ist eine Untreue gegen sich selbst ...«

›Untreue gegen sich selbst‹, fällt Tragy einmal mitten in der Nacht ein, wie fertig das wieder ist, wie klar, wie überwunden. Und er erinnert sich seither fast jede Nacht an irgend eine Stelle aus seinen Gesprächen mit Kranz, und sie scheinen ihm alle gleich trefflich und bezeichnend. Die Folgen bleiben nicht aus.

Eines Morgens, im November noch, erwacht Tragy und hat eine Weltanschauung. Wirklich. Sie läßt sich gar nicht leugnen, sie ist da, alle Anzeichen sprechen dafür. Er weiß nicht recht, wem sie gehört, aber da er sie doch nun mal bei sich gefunden hat, nimmt er an, daß es die seine sei. Selbstverständlich bringt er sie nächstens mit ins ›Luitpold‹. Und kaum hat er sie gezeigt, besitzt er schon eine Menge Bekannte, die fast wie Freunde sind, ihm von seinen Gedichten erzählen, die sie Alle kennen, und ihm alle fünf Minuten Zigaretten anbieten: »Aber nehmen Sie doch.« Fehlt nur noch, daß sie ihn auf die Schulter klopfen und Du sagen. Aber Tragy raucht nicht, obwohl er fühlt, daß dies zu seiner Weltanschauung gehört, so gut wie der Sherry, den er vor sich stehen hat, und die Absicht, den Abend in den Blumensälen zuzubringen, wo die berühmte Branicka singt.

Und da behauptet gerade jemand, Kranz kenne sie wohl sehr genau, die Branicka. »Wie?«

Kranz hebt die Achseln hoch und dreht den Schnurrbart; er ist auf einmal ganz Lieutenant, ist ›von‹ Kranz. Und es witzelt einer: »Ja nach den Stunden, die er bei seiner Braut verbringt, braucht er doch – eine Ableitung.« Und großes Gelächter; denn das finden alle treffend, ›fein‹, wie der technische Ausdruck lautet, und Kranz selber nennt es so.

Er fühlt sich überhaupt herzlich wohl unter diesen jungen Leuten, die zum Überfluß auch Namen haben, obgleich es genügt hätte, sie zur Unterscheidung zu numerieren. Eine hohe Meinung hat Kranz allerdings nicht von seinen täglichen Genossen, sie sind ihm so eine Art Hintergrund für die eigene Persönlichkeit, und wenn Tragy mal nach einem von ihnen fragt, gibt er obenhin: »Der? Na man kann noch nicht wissen, ob er Talent hat, vielleicht –« und wählt das zum Anlaß eines längeren Gespräches über die ›Aufgaben der Kunst‹, über die ›technischen Forderungen des Dramas‹ oder das ›Epos der Zukunft‹.

Auch hier fühlt sich Tragy ganz unerfahren, und es kann zu keiner gerechten Erörterung kommen, weil er nur selten etwas zu entgegnen weiß. Aber wenn ihn seine Unwissenheit in den anderen Fällen beunruhigt, diesen Dingen gegenüber empfindet er sie wie einen Schild, hinter dem er irgendwas Liebes, Tiefes – er vermag nicht zu denken was – bergen kann, vor irgendeiner fremden Gefahr, und er weiß nicht zu sagen – vor welcher. Er scheut sich auch manches, was ihm in einer leisen Stunde gelingt, dem Genossen zu zeigen und liest ihm nur ganz selten mit halber, unbewußt klagender Stimme ein paar blasse Verse vor und bereut es gleich darauf und schämt sich vor dem bereiten Beifall des anderen, der so laut und rücksichtslos ist. Seine Verse sind eben krank, und man soll nicht laut sprechen in ihrer Gegenwart.

Im übrigen bleibt Tragy nicht viel Zeit für solche Heimlichkeiten. Es stehen mit einem Male soviel

Dinge in seinen Tagen, und trotzdem kommt er jetzt leichter durch als früher, da sie leer waren und man sich nirgends halten konnte. Es gibt eine Menge kleiner Pflichten, tägliche Verabredungen mit Kranz und seinem Kreis, ein stetes Beschäftigtsein ohne eigentlichen Sinn und Gespräche, die man überall enden konnte, an jeder beliebigen Stelle. Dafür fehlt jede Erregung und Unruhe; es ist ein immerwährendes Mitgehen, und der eigene Wille hat nichts zu tun. Eine einzige wirkliche Gefahr besteht noch: das Alleinsein – und davor weiß jeder den andern zu behüten.

So ist Alles bis zu jenem Nachmittag, da Herr von Kranz, bedeutender als je, im ›Luitpold‹ sitzt und Tragy erklärt:

»Solange wir das nicht erreichen, – ist nichts. Wir brauchen eine Höhenkunst, lieber Freund, so etwas über Tausende hin. Zeichen, die auf allen Bergen flammen von Land zu Land – eine Kunst wie ein Aufruf, eine Signalkunst –«

»Quatsch«, sagt jemand hinter ihm, und das fällt wie nasser Mörtel auf die glänzende Beredsamkeit des Dichters und deckt sie zu.

Dieses ›Quatsch‹ gehört einem kleinen schwarzen Mann, der einen langen Zug tut aus einem unglaublich verbrauchten Zigarettenrest, und zugleich mit der Asche glimmen seine großen schwarzen Augen auf und verlöschen mit ihr. Dann geht er ruhig weiter, und Herr von Kranz ruft geärgert hinter ihm her: »Natürlich, Thalmann –«

Und fügt für Ewald hinzu: »Er ist ein Flegel. Man müßte ihn einmal zu Rede stellen. Aber er hat ja keine Art. Er zählt überhaupt nicht mit. Ihn nicht beachten, das ist das beste –«, und er hat gute Lust, seine Erörterungen über die Höhenkunst wieder aufzunehmen. Allein Tragy wehrt sich mit ungewohnter Energie dagegen und fragt unbeirrt: »Wer ist das?«

»Ein Jude aus irgendeinem kleinen Nest, schreibt Romane, glaub ich. Eine von den zweifelhaften Existenzen, wie es hier Dutzende gibt, Dutzende. Das kommt heute man weiß nicht woher und geht übermorgen und man weiß nicht wohin, und es bleibt nichts zurück als einwenig Schmutz. Sie dürfen sich nicht täuschen lassen durch diese Gesten, lieber Tragy...«

Seine Stimme wird ungeduldig und das heißt: ein für alle Mal und genug davon. Und Tragy ist auch ganz einverstanden und bereit, sich nicht täuschen zu lassen.

Aber es ist doch ein Abschnitt, dieser Nachmittag. Er kann dieses lächerliche ›Quatsch‹ nicht vergessen, das so schwer und breit auf die Begeisterung des Propheten fiel und, was das Schlimmere ist, er hört es noch immer fallen – hinter jedem großen Geständnis des Herrn von Kranz klatscht es herunter, und er sieht irgendwo in der Erinnerung den kleinen schwarzen Mann mit den breiten Schultern und dem schäbigen Rock stehen und lächeln.

Und ganz so findet er ihn eine Woche später abends in den Blumensälen. Es ist ihm natürlich, auf ihn zuzugehen und ihn zu begrüßen. Gott weiß warum. Der

andere ist auch nicht erstaunt darüber, er fragt nur: »Sind Sie mit Kranz hier?«
»Kranz wollte nachkommen.«
Pause, und dann: »Ist Ihnen Kranz nicht sympathisch?«
Thalmann nickt jemandem im Parterre zu und antwortet nebenbei: »Sympathisch, machen Sie doch nicht solche Worte. Er langweilt mich.«
»Und sonst langweilen Sie sich nie? –« Tragy ist gereizt durch die geringschätzige Art des andern.
»Nein, ich habe nicht Zeit dazu.«
»Merkwürdig, daß man Sie dann hier findet?«
»Wieso?«
»Hier geht man doch nur aus Langweile her?«
»Vielleicht andere, ich nicht.«
Tragy staunt über seine eigene Hartnäckigkeit. Er gibt nicht nach:
»Dann haben Sie also Interesse..?«
»Nein«, macht der Schwarze und geht weiter. Tragy hinter ihm: »Sondern?«
Thalmann wendet sich kurz: »Mitleid.«
»Mit wem?«
»Mit Ihnen zunächst.« So läßt er Tragy zurück und geht, wie damals im ›Luitpold‹, ruhig weiter. Und Ewald ist schon um elf zuhaus und schläft schlecht in dieser Nacht.
Am nächsten Tag ist Schnee gefallen. Alle Welt ist froh über das Ereignis, und die einander in den weißen Straßen begegnen, lächeln sich zu: »Er bleibt liegen«, und freuen sich. Ewald findet Thalmann an der Ecke

der Theresienstraße, und sie gehen ein Stück weit zusammen. Lange still, bis Ewald beginnt: »Sie schreiben, nichtwahr?«

»Ja, auch das, gelegentlich.«

»Auch? So ist das nicht Ihre eigentliche Beschäftigung?«

»Nein –«

Pause.

»Was tun Sie denn also, bitte?«

»Schauen.«

»Wie?«

»Schauen und das andere – Essen, Trinken, Schlafen, dann und wann, nichts Besonderes.«

»Man sollte meinen, daß Sie sich in einem fort lustig machen.«

»So, worüber?«

»Über Alles, über Gott und die Welt.«

Da antwortet Thalmann nicht, sondern lächelt so: »Und Sie, Sie machen wohl viele Gedichte?«

Tragy wird ganz rot und schweigt. Er kann kein Wort hervorbringen.

Und Thalmann lächelt nur.

»Halten Sie das für eine Schande?« zwingt Tragy endlich heraus und friert.

»Nein. Ich halte überhaupt nichts für – etwas. Es ist nur – überflüssig. Doch, ich muß da hinauf.« Und im Tor: »Adieu, und Sie können recht haben mit dem Lustigmachen.«

Und nun ist Tragy wieder allein. Er muß an die Zeit denken, da er zehnjährig und verzärtelt aus dem Haus kam, unter lauter Roheit und Gleichgültigkeit, und er fühlt sich ganz so wie damals, erschrocken, hilflos, unfähig. Es ist immer dasselbe. Als ob ihm etwas fehlte zum Leben, irgend ein wichtiges Organ, ohne welches man eben nicht vorwärts kommt. Wozu immer wieder diese Versuche?

Er kommt müde nachhause wie von einem weiten Weg und weiß nicht, was er mit sich beginnen soll. Er stöbert in alten Briefen und Erinnerungen und liest auch die Gedichte durch, jene letzten, leisesten, welche selbst Herr von Kranz nicht kennt. Und da findet er sich und erkennt sich wieder, langsam Zug für Zug, als ob er lange fern gewesen wäre. Und in der ersten Freude schreibt er einen Brief an Thalmann und strömt über von Dankbarkeit:

»Sie haben ganz recht,« heißt es darin, »ich war ja so falsch und phrasenhaft geworden. Jetzt sehe ich Alles ein und begreife Alles. Sie haben mich geweckt aus einem bösen Traum. Wie soll ich Ihnen danken dafür? Ich kann nicht anders, als indem ich Ihnen diese Lieder, das Teuerste und Heimlichste, was ich besitze, übersende –«

Und dann trägt Tragy Brief und Gedichte selber an die Adresse, weil die Post ihm plötzlich unsicher scheint. Es ist spät, und er muß im Dunkel vier Treppen aufwärts tasten bis zu dem Atelier in der Giselastraße, welches Thalmann bewohnt. Er trifft ihn in dem lächerlich kleinen Loch, das eigentlich nur wie ein Rahmen ist um das schräge ungeheure Nordfenster, schreibend. Eine alte verbogene Lampe brennt hier, hoch in

der Nacht, und hat nicht die Kraft, die vielen Dinge, die ohne Sinn durcheinander liegen, zu unterscheiden.
Thalmann hält sie dem Eintretenden vors Gesicht: »Ach, Sie sinds?« Und er schiebt ihm den eigenen Sessel hin. »Rauchen Sie?«
»Nein, danke.«
»Kaffee kann ich Ihnen keinen mehr machen. Ich hab keinen Spiritus mehr. Aber wenn Sie wollen, können Sie mittrinken.« Und er stellt einen alten henkellosen Topf zwischen sie beide.
Er steht mit verschränkten Armen da, rauchend, ruhig beobachtend, vollkommen gleichgültig.
Tragy kann sich nicht entschließen.
»Sie wollen mir etwas sagen?« Thalmann trinkt einen Schluck Kaffee und wischt sich mit dem Handrücken den Mund.
»Ich habe Ihnen etwas gebracht –« traut sich Ewald.
Der andere rührt sich nicht: »So? Legen Sie's nur daher. Ich werds gelegentlich mal durchsehn. Was ist es denn?«
»Ein Brief –«, zögert Tragy, »und – – aber vielleicht lesen Sie ihn gleich, bitte.«
Thalmann hat das Kuvert schon aufgerissen, so, nachlässig mit einem Griff. Er behält die Zigarette zwischen den Zähnen und liest flüchtig, blinzelnd durch den Rauch durch. Ewald ist aufgestanden vor Erregung und wartet. Aber nichts verändert sich in dem blassen Gesicht des Schwarzen, nur der Rauch scheint ihn heftig zu stören. Am Ende nickt er: »Naja, und so weiter.« Und zu Tragy: »Ich will Ihnen mal gelegent-

lich schreiben, was ich von den Dingen halte, reden mag ich nicht über sowas.« Und er trinkt den Kaffee aus auf einen Zug.
Tragy fällt auf den Sessel zurück und sitzt und will den Tränen nicht nachgeben. Er fühlt auf seiner Stirne den Sturm, der sich breit durch die Riesenscheiben hereinpreßt aus der Nacht.
Schweigen.
Dann fragt Thalmann: »Ist Ihnen kalt, Sie frösteln so?«
Ewald schüttelt den Kopf.
Und wieder Schweigen.
Dann und wann krachen die Scheiben leise, heimlich, wenn der Wind sich anlehnt, wie Schollen vor dem Eisgang. Und endlich sagt Tragy: »Warum behandeln Sie mich so?« Er sieht ungewöhnlich krank und traurig aus.
Thalmann raucht eifrig: »Behandeln? Nennen Sie das behandeln? Sie sind wirklich bescheiden. Ich zeige Ihnen doch deutlich genug, daß ich gar nicht vorhabe, Sie irgendwie zu behandeln. Wenn Sie wollen, daß ich mich zu Ihnen stelle, so oder so, müssen Sie sich erst mal die Worte abgewöhnen, die großen Worte; die will ich nicht.«
»Aber wer sind Sie denn?« schreit Tragy und springt an den Schwarzen heran, nah, als ob er ihm ins Gesicht schlagen wollte. Er zittert vor Wut. »Wer gibt Ihnen denn das Recht mir Alles zu zertreten?«
Aber da rütteln schon die Tränen an seiner Stimme und überwältigen sie und machen ihn blind, schwach, lösen ihm die Fäuste.

Der andere drängt ihn sanft zu dem Stuhl zurück und wartet. In einer Weile sieht er auf die Uhr und sagt: »Lassen Sie das jetzt. Sie müssen nachhause, und ich muß schreiben; es ist Mitternacht. Sie fragen wer ich bin: Ein Arbeiter bin ich, sehen Sie, einer mit wunden Händen, ein Eindringling, einer, der die Schönheit liebt und viel zu arm ist dazu. Einer, der fühlen muß, daß man ihn haßt, um zu wissen, daß man ihn nicht bemitleidet... Unsinn übrigens.«
Und Tragy hebt die Augen, die heiß und trocken sind, und starrt in die Lampe. Sie wird gleich auslöschen, denkt er und steht auf und geht.
Thalmann leuchtet ihm die enge Treppe hinunter. Und es will Tragy scheinen, daß sie kein Ende nimmt.

*

Tragy ist krank. Er kann nicht ausziehen deshalb und behält bis zum ersten Januar seine Stube in der Finkenstraße. Er liegt auf dem unbequemen Sofa und denkt an diesen Garten mit den weiten blassen Wiesen und den Hügeln, zu denen still und schlicht die Birken hinansteigen. Wohin? In den Himmel. Und plötzlich kommt es ihm unerhört komisch vor, sich eine Birke, eine junge, dünne Birke anderswo zu denken, als im Himmel. Gewiß, es gibt nur im Himmel Birken, gewiß. Was sollten die denn unten? Man denke nur neben diesen breiten braunen Stämmen – ebensogut könnte es Sterne geben an der Zimmerdecke. Aber plötzlich fragt er: »Was pflücken Sie, Jeanne?« »Sterne.« Er überlegt einen Augenblick und sagt dann: »Das ist gut, Jeanne, das ist sehr gut.« Und er fühlt ein Wohlbehagen im ganzen Körper, bis ein heftiger Schmerz im Kreuz es zerstört. Ich hab mich zu sehr angestrengt, ich habe ja den ganzen Vormittag Blumen gepflückt. Wie kann man auch? Vormittag? Lächerlich: zwei Tage, vierzehn Tage, ooh überhaupt. Aber da kommt ja Jeanne durch die Allee, durch diese lange Allee von Pappeln. Endlich ist sie nahe. Mohn! sagt Ewald enttäuscht. Mohn! wer wird denn Mohn holen? Ein Sturm, und alles ist fort. Sie werden sehen. Und was dann? ja, was dann?...

Auf einmal setzt sich Tragy auf, hat ein dunkles Gefühl von einem Garten und will sich besinnen: Wann war das doch, gestern? Und er quält sich: vor einem Jahr? Und allmählich fällt ihm ein, daß es ein Traum war, bloß ein Traum, also überhaupt nicht. Das gibt ihm keine Ruhe. »Wann sind Träume?« fragt er sich ganz laut. Und er erzählt Herrn von Kranz, der ihn in der Dämmerung besucht, dieses: »Das Leben ist so weit und es stehen doch nur ganz wenig Dinge drin, alle Ewigkeit eines. Das macht bang und müd, diese Übergänge. Als Kind war ich einmal in Italien. Ich weiß nicht viel davon. Aber wenn man dort auf dem Lande einen Bauer fragt unterwegs: ›Wie weit ist es bis ins Dorf?‹ – ›un' mezz' ora‹ sagt er. Und der Nächste dasselbe und der Dritte auch, wie auf Verabredung. Und man geht den ganzen Tag und ist immer noch nicht im Dorf. So ist es im Leben. Aber im Traum ist Alles ganz nah. Da hat man gar keine Angst. Wir sind eigentlich für den Traum gemacht, wir haben gar nicht die Organe für das Leben, aber wir sind eben Fische, die durchaus fliegen wollen. Was ist da zu machen?«

Herr von Kranz sieht das ganz genau ein und stimmt zu: »Famos« lacht er, »wirklich ganz famos. Das müssen Sie in Versen sagen, es verlohnt sich. Das ist ganz Ihre Eigenart –«. Dann geht er bald; er fühlt sich nicht behaglich bei solchen Gesprächen und kommt immer seltener. Tragy ist ihm dankbar dafür. Er lebt jetzt wirklich im Traum und wird nicht gerne gestört; denn dann muß er den traurigen grauen Tag draußen anschauen und die fremde, feuchte Stube, die nicht warm werden will, und ist doch so verwöhnt jetzt durch Farben und Feste. Nur die Nächte sind schlecht und schrecklich. Da kommen ganz alte Qualen, die aus den vielen Fiebernächten der Kindheit stammen, über ihn und machen ihn matt: Stein ist unter seinen Gliedern, und in seine tastenden Hände drängt sich grauer Granit, kalt, hart, rücksichtslos. Sein armer heißer Körper bohrt sich in diesen Felsen, und seine Füße sind Wurzeln und saugen den Frost auf, der langsam durch die erstarrenden Adern steigt... Oder: das mit dem Fenster. Ein kleines Fenster hoch hinter dem Ofen. Hoch hinter dem Ofen ein kleines Fenster. Oh, wie man es auch sagt, es kann keiner begreifen, wie furchtbar dieses Fenster ist. Hinter dem Ofen ein Fenster, ich bitte. Ist es nicht entsetzlich zu denken, daß dahinter noch etwas ist. Eine Kammer? Ein Saal? Ein Garten? Wer weiß das? – »Wenn *das* nur nicht wiederkommt, Herr Doktor.«

»Wir sind nervös –« lächelt der Arzt und ist im allgemeinen ganz zufrieden. »Wir dürfen uns nicht unnütz aufregen. Es ist ein kleines Fieber, mit dem werden wir schon fertig werden; und dann kräftig essen –«

Ewald lächelt hinter dem alten Herrn her. Er fühlt sich so krank, so von ganzem Herzen krank, und es paßt Alles so gut dazu. Diese trüben Traumtage, die sich so schwer an die Scheiben lehnen, und diese Stube, in der die Dämmerung wie alter Staub auf allen Dingen bleibt, und dieser feine welke Duft, der aus den Möbeln und aus den Dielen strömt, immer und immer.

Und manchmal läuten große Glocken irgendwo, die er früher nie gehört hat, und dann faltet er die Hände über der Brust und schließt die Augen und träumt, daß Kerzen brennen zu seinen Häupten, sieben hohe Kerzen mit ruhigen, roten Flammen, die wie Blüten stehn in dieser festlichen Traurigkeit.

Aber der alte Herr hat recht: Das Fieber vergeht, und Tragy trifft auf einmal das Träumen nicht mehr. Die ausgeruhte neue Kraft rührt sich ungeduldig in seinen Gliedern und treibt ihn aus dem Bett, fast gegen seinen Willen. Er spielt noch eine Weile Kranksein, aber gelegentlich findet er sich lächelnd, und aus keinem andern Grund, als weil ein Zufall den Wintertag einen Augenblick in die Sonne hält, so daß er glitzert und flimmert auf allen Seiten. Und das ist ein Symptom, dieses Lächeln.

Er soll noch nicht an die Luft, und so sitzt er denn in der Stube und wartet. Jetzt ist Alles geeignet, ihm

Freude zu machen; jeder Laut, der von draußen kommt, wird wie ein fahrender Sänger empfangen und muß erzählen. Und einen Brief erhofft Tragy, irgendeinen Brief. Und daß Herr von Kranz einmal anpocht. Aber Tage gehen hin. Es schneit draußen ein, und der Lärm verliert sich im tiefen Schnee. Kein Brief, kein Besuch. Und die Abende sind ohne Ende. Tragy kommt sich vor wie einer, den man vergessen hat, und er beginnt unwillkürlich sich zu rühren, zu rufen, sich bemerkbar zu machen. Er schreibt: nachhause, an Herrn von Kranz, an alle, die ihm zufällig bekannt sind, ja er sendet sogar ein paar aus der Heimat mitgebrachte Anempfehlungsbriefe aus, die er bislang nicht benutzt hat, und erwartet, man werde mit Einladungen erwidern. Umsonst. Er bleibt vergessen. Er mag rufen und Zeichen geben. Seine Stimme reicht nirgends hin.

Und gerade in diesen Tagen ist sein Bedürfnis nach Teilnahme so groß; es wächst in ihm fort und wird ein ungestümer trockener Durst, der ihn nicht demütigt, sondern ihn bitter und trotzig macht. Er überlegt plötzlich, ob er nicht das, was er umsonst erbittet von aller Welt, fordern kann von irgendwem, wie ein Recht, wie eine alte Schuld, die man einzieht mit allen Mitteln, rücksichtslos. Und er verlangt von seiner Mutter: »Komm, gib mir, was mir gehört.«

Das wird ein langer, langer Brief, und Ewald schreibt weit in die Nacht hinein, immer rascher und mit immer heißeren Wangen. Er hat damit begonnen, eine Pflicht zu fordern und, ehe er es weiß, bittet er um eine Gnade, um ein Geschenk, um Wärme und Zärtlichkeit. »Noch ist es Zeit – « schreibt er, »noch bin ich weich und kann wie Wachs sein in Deinen Händen. Nimm mich, gib mir eine Form, mach mich fertig...«

Es ist ein Schrei nach Mütterlichkeit, der weit über ein Weib hinausreicht, bis zu jener ersten Liebe hin, in welcher der Frühling froh und sorglos wird. Diese Worte gehen niemandem mehr entgegen, mit ausgebreiteten Armen stürmen sie in die Sonne hinein. – Und so ist es gar nicht erstaunlich, wenn Tragy zum Schluß erkennt, daß es niemanden gibt, dem er diesen Brief schicken kann, und daß niemand ihn verstünde, am wenigsten diese schlanke nervöse Dame. Sie ist ja stolz, daß man sie ›Fräulein‹ nennt in der Fremde, denkt Ewald und weiß: Man muß den Brief rasch verbrennen.

Er wartet.

Aber der Brief verbrennt ganz langsam in lauter kleinen zitternden Flammen.

IM LEBEN

Der Herr Revisor ist über den Schreibtisch gebogen wie ein Gasarm mit einer matten Glaskugel am Ende. Er ist fleißig, und es ist keine Kleinigkeit, fleißig sein, wenn man so ein Gegenüber hat.

Die Schreibtische haben Aufsätze zum Glück, und man kann dahinter untertauchen wie hinter einer Brustwehr. Der Revisor hat seinen kahlen Kugelkopf ganz tief über seine Zahlen geschraubt, so daß die Worte des Offizials darüberhin in die königlich-ärarische Wandkarte »Das Eisenbahnnetz von Europa« einschlagen.

Man sieht: der junge Mensch, der zum letzten Mal in der Kanzlei ist, hat alle Achtung vor dem geheiligten Eigentum des Staates verloren. Er erlaubt sich Alles. Er sagt zum Beispiel jetzt:

»– wirklich, Herr Kniemann, lieber Straßenkehrer sein – oder – was weiß ich, als hier so langsam flach und staubig werden. Sehen Sie, bitte, diese Wände – rechts, links; wie in ein altes Buch gelegt ist man: das vergessene Lesezeichen des Herrn Vorgängers, der über dieser Stelle eingeschlafen ist.«

»17,850«, sagt der Revisor Kniemann und weicht der Riesenseite des Grundbuches aus, die beim Umblättern wie ein Segel an ihm vorüberfährt.

»Sie wollen sagen, man bleibt nicht immer Offizial –«, erklärt der andere diese Geste, »man wird Revisor, Bureauvorstand, vielleicht sogar Inspektor, das heißt man wird aus einem Schmöker in einen Goldschnittband gelegt, etwa aus ›Der Mörder in der Kohlenkiste‹ in

›Das Buch der Lieder‹. Aber ich sage Ihnen: man bleibt Lesezeichen, höchstens, daß man nach obenhin in Beförderungszeiten die Aufschrift trägt: ›Vergiß mein nicht.‹ Danke. Ich bin mir zu ... zu plastisch für diesen Zweck. Ich muß hinaus –«
»Ja«, ächzt der Revisor teilnahmslos und fängt die Reihe nochmals von unten zu addieren an. Er hat sich verrechnet.
»Dort gibt es Morgen, Mittag und Abend«, schwärmt der Jüngere. »Haben Sie das hier vielleicht? Von acht bis drei haben Sie hier, was ist das, bitte? Und was bleibt übrig vom ganzen Tag? So ein Rest von ein paar Metern, Ausverkauf und herabgesetzte Preise. Es reicht zu nichts, nicht einmal eine Weste könnte man sich machen lassen daraus. – Aber dort: Dort gibt es Licht und Luft, Farbe und Freiheit, ja ...«
»Wo?« macht der Revisor mißtrauisch und zählt weiter.
»Im Leben«, prahlt der andere.
»Junger Mensch«, ärgert sich Herr Kniemann und zählt weiter.
Der Offizial aber kann nicht aufhören zu träumen. Heute ist er Dichter, Eintagsdichter freilich nur: sentimental und ein wenig altmodisch, ohne die Scham und die Einfachheit der echten Poeten; aber er begeistert sich an sich selbst. Wie eine Kerze, an der jemand einen Liebesbrief verbrennt, ist er und träumt:
»Diese Gärten im Frühling – es hat etwas Rührendes. Ich meine die kleinen Hofgärten, in welche die Küchenfenster sehen, immer eines über dem anderen.

Überall singt es, in den Bäumen und in den Fenstern, und singt auf den Märkten und alle Gassen entlang. Haben Sie hier einmal etwas singen hören, Herr Revisor? Nein, sag ich, das haben Sie nicht. – Und die Plätze erst: da stehen steife, feierliche Standbilder und lauter Menschen herum, die sich erheben im Gedenken großer Männer. *Sie* haben nie vor diesen Unsterblichen gestanden, Sie haben keine Zeit, sich erheben zu lassen.«

Dabei blickt der Offizial auf. Über die gesenkte Stirn des Alten schleicht eine dicke Fliege. Der Schädel läßt sich das ruhig gefallen, und der gegenüber denkt: wie tot ist er doch, und wird ganz nervös darüber. Endlich erträgt er es nicht mehr:

»So jagen Sie doch um Gottes willen wenigstens die Fliege von Ihrer Stirn! Tun Sie mir den Gefallen!«

Herr Kniemann macht eine mechanische Bewegung mit der welken gelben Hand und rechnet: »12,473.«

Da erholt sich der andere wieder.

Er verschwendet ein strahlendes Lächeln:

»Und es gibt Gassen dort, Gassen...« Pause. »Man muß nur zu gehen wissen. Jeden Augenblick streift ein Mädchen vorbei, blond und licht, und lächelt, als ob man ›Du‹ sagen sollte zu ihr. Und hinter den Fenstern – da lauern sie ja nur so, stampfen mit den kleinen Füßen vor Ungeduld und warten – auf das Glück. Und man streckt sich und denkt: ›Ich bin das Glück‹ und – da ist mans. Kunststück! Ich sage Ihnen, lieber Herr Kniemann, wollen muß man, das ist Alles. Befehlen Sie sich morgen früh, wenn Sie aufstehen:

ich bin der Kaiser von Europa. Sie werden sehen: Sie sinds.«

»Waaa?« krächzt der Revisor und wagt sich ein wenig über die Brustwehr. Der andere lacht gutmütig in das verängstete, faltige Vogelgesicht hinein und brüstet sich einfach:

»Ja, so ist es dort.«

Der alte Beamte ertrinkt wieder in seinen Folianten, aber beunruhigt erkundigt er sich nach einer Weile doch: »Wo?«

»Wo,« meint der Offizial, »na, im Leben –«

Herr Kniemann denkt: *Du* wirst *mir* sagen; denn er hat Erfahrung. Er hat die Blattern gehabt und den Scharlach, und konfirmiert worden ist er auch: – also. Er lächelt überlegen, und das ist wie ein kleines Flämmchen am Gasarm, irgendwo mitten in seinem Kopf. Und nun da etwas durchschimmern will, merkt man erst, wie verstaubt diese matte Glaskugel ist.

Der junge Herr drüben läßt sich nicht irre machen. Heute gibt er sich heraus: Gesammelte Werke. – Er fährt also fort:

»Denken Sie an einen Sommertag. Scheint der nicht unermeßlich? Und das ist noch gar nichts, denn der Sommer hat viele Tage. Und keiner ist ganz wie der andere, jeder ist ein Wunder für sich. Draußen sind überhaupt lauter Wunder, und alle sind für uns. Wenn wir nicht hinschauen, wer kann dafür? Wir sitzen hier und tun Gescheiteres. Wir schreiben Zahlen. ›Kohlentransport im Monat Dezember‹ schreiben wir, und drau-

ßen ist das Leben. ›Kastenwagen Nr. 7815‹ schreiben wir, und draußen ist das Glück.
Ich werde Landwirt, Bauer meinetwegen. Man muß nämlich etwas tun, wovon der liebe Gott weiß. Glauben Sie, der kann hereinsehen in diesen dumpfen Hinterhof? Damit er sich die Laune verdirbt für zehn Feiertage!
Und dann dürfen Sie nicht vergessen: Alles ist Bewegung draußen, Auf und Ab, Hin und Her – wie ein Tanz. Keinem schlafen die Füße ein, keinem wird die Brust knapp über dem Herzen. Man sollte von uns nicht sagen: sitzende Lebensweise; denn das ist ein Selbstmord und heißt höchstens: sitzende Todesart. Und ich habe noch lange keine Lust zu sterben. Ich habe die Absicht, vorher noch ein paar Zigaretten zu rauchen in guter Gesellschaft. Denn dort ist (nicht wie hier) Alles erlaubt, auch das Rauchen.«
Der Kopf des Revisors ist während dieser Rede langsam aufgetaucht und liegt jetzt mit vorgeschobenem Unterkiefer auf einer Mappe, »Akten Litera B«, wie ein geschmackloser Briefbeschwerer. Er nickt aufmerksam: »Im Leben?«
»Im Leben«, bestätigt der junge Mensch ernst und hat heiße Wangen.
»Es ist ja wahr: man tappt so eine Weile herum an der Tür, man findet nicht gleich ins Leben hinein. Und dann ist es ja auch die Gefahr, dieses Leben. Es ist eben Gipfel und Abgrund, Insel und Welle – Alles. Alles! Fühlen Sie, was das heißt? Das will sagen: Christabend, Bescherung – Oh man hat ja gar nicht genug Hände,

um alle Gaben zu halten, nicht genug Augen, sie zu bewundern – überhaupt man ist arm vor Reichtum.«
»Im Leben.« Diesmal ohne Fragezeichen. Und die arme Stimme des Alten ahmt unbewußt dem Jubel des anderen nach. Der Revisor staunt selbst, wie das klingt, und versucht noch einmal vorsichtig, wie einer, der eine Sprache lernt: »Im Leben.«
Und der drüben sagt fast zugleich: »Im Leben.«
Durch den Zweiklang wird das Wort stark wie ein Eid oder wie ein Gebet.
Der junge Mensch fühlt das Feierliche, ist auf einmal wie mitten im Wald und ganz still. Er denkt an seine Mutter und schaut sie so, wie sie am Sonntag ist: in der lila Haube, ein wenig verweint von der Predigt, aber doch lächelnd...
Jetzt hat er, trotz seines blonden Schnurrbarts, ein Kindergesicht und sieht so treuherzig aus, daß der Revisor weiß: Nein, der lügt nicht.
Er wartet noch auf irgend etwas. Aber als der Offizial schweigt, setzt er sich behutsam, schließt das Buch und schaut lange auf das große schmutzigweiße Löschblatt, welches als Unterlage dient.
Drei große alte Kleckse halten seine Blicke fest.
Endlich reißt er sich los und wendet den Kopf aus irgend einem Grunde dem Fenster zu, vor dem nichts ist, als eine graue Wand und hoch oben ein Streifen Sonne.
Herr Kniemann überlegt: »So, so, das ist also gar nicht das Leben.«
Und da steigen an der grauen Lichthofmauer gegenüber drei orangegelbe Monde auf.

Das sind seltsame Gestirne, die als schwarze Kleckse auf der verstaubten Mappe untergehen und orangerot immer wieder dort heraufsteigen.

Der Revisor ängstigt sich plötzlich: »Drei rote Monde, was ist das für eine Welt?« – Eine traurige Welt, Herr Revisor.

Und er steht nach einer Weile auf und ruft den Kanzleidiener so laut, daß der Offizial erschrickt. Er nimmt seine ganze Stimme zusammen:

»Knizek!«

Das muß etwas sehr Dringendes sein.

»Knizek!«

....

»Sie müssen mir ein neues Löschblatt unterlegen!«

TEUFELSSPUK

Graf Paul galt für jähzornig. Als der Tod ihm zeitig seine junge Gemahlin nahm, warf er ihm alles nach: seine Güter, sein Geld und sogar seine Mätressen. Er stand noch bei den Windischgrätzdragonern. Da fand der Baron Sterowitz gelegentlich: »Dein Mund ist fast wie der der seligen Gräfin.« Der Verwitwete war gerührt. Seither hatte er immer ein Glas Wein irgendwo ganz nahe; denn dieses schien die einzige Möglichkeit, diesen geliebten Mund sich beständig entgegenkommen zu sehen – sagt man. Tatsache ist, daß Graf Paul zwei Jahre später von seinen Besitzungen keinen Nagel besaß.

Trotzdem forderte er uns, als wir einmal zufällig in der Nähe eines der Stammgüter der Felderodes waren, auf, mitzukommen. »Ich muß euch die Stätte meines Glükkes zeigen«, versicherte er uns und wandte sich zu den Damen: »den Ort, wo ich Kind sein durfte.«

An einem guten Augustabend trafen wir in einiger Gesellschaft in Groß-Rohozec ein. Daß es so spät geworden war, lag an der Stimmung des Grafen. Er war lauter Glanz. Man kam vor gegenseitigem Entzücken nicht von der Stelle. Endlich einigten wir uns, Schloß und Park (da doch jetzt keine Besuchsstunde mehr war) am nächsten Morgen zu besichtigen und die Sonne von der hohen Ruine aus sinken zu sehen. »Meine Ruine«, rief der Graf, und es war, als schlüge er die alten Ringmauern wie einen Wettermantel um seine schlanke Gestalt. Ein kleines Gasthaus überraschte uns oben, und die Stimmung steigerte sich zusehends.

»Mit allen Fasern hänge ich an diesen Steinen«, versicherte Graf Paul und lief auf den Zinnen des Burgfried hin und her. Als er wieder unter uns stand, fragte jemand: »Sind wir angemeldet für morgen da unten?« Und eine Frauenstimme: »Wem gehört Groß-Rohozec jetzt?« Der Graf hätte gern überhört: »Oh, – – einem tüchtigen jungen Mann – übrigens Finanzwelt – natürlich. Konsul – so was.«

»Verheiratet?« forschte eine ältere, weibliche Stimme.

»Nein – vorläufig bemuttert«, lachte der Graf. Dann fand er ganz rasch den Wein trefflich, die Gesellschaft superb, den Abend königlich und seine Idee, herzukom-

men – groß. Dazwischen sang er italienische Romanzen nicht ohne Pathos, und Ländler, zu denen er die nötigen Sprünge übte. Als er endlich nicht mehr sang, hielt ich es für geraten, aufzubrechen. Man schützte Müdigkeit vor, nötigte ihn, noch ein Stündchen in »seiner Ruine« zu bleiben, und stieg gemeinsam zu dem kleinen Dorfgasthof herab. »Ich komme gleich nach!« rief der Graf hinter uns. Der Weg führte am Schlosse vorbei. Dieses widersprach der Nacht mit allen Fenstern. Der Konsul gab Gesellschaft.
Erst gegen Mitternacht rollten die letzten Wagen aus dem Park. Die Konsulmutter pustete in dem halboffenen Vorsaal die Kerzen aus. Jedes neue Dunkel schien mit ihr zu verwachsen. Ihre Gestalt wälzte sich immer unförmiger durch den Raum, jemehr Knöpfe der engen Atlastaille sie aufriß. Sie schien endlich das Dunkel selbst zu sein, welches bald das ganze Schloß ausfüllen wird. Auch der Sohn lief, an allen Seiten spitz und kantig wie ein Torpedo, in einem fort hin und her, als mühte er sich, seine Mutter zu fassen, ehe sie einfach die Finsternis wurde. Eigentlich tat er dieses der Kühle wegen. Die beiden Menschen kreuzten in ihrer atemlosen Hast jedesmal vor dem vornehmen Spiegel, der nichts Eiligeres wußte, als diesen Knäuel von Gliedern und Falten rasch wieder auszuspeien. Er war verwöhnt durch die Bilderbissen aus dieser Nacht: zwei Grafen, ein Baron und viele annehmbare Herren und Damen. Nun mußte er sich doch mit dem schwarzen, engbrüstigen Konsul zufriedengeben. Empört warf er dem Schloßherrn sein Gesicht ins Gesicht. Das war traurig

genug. Trotzdem fand sich der so Beleidigte viel zu unverbraucht, zu jungfräulich.
Auch die Mutter war indessen still geworden. Sie war wie ein Knäuel in eine Ecke gerollt, und es brauchte einen Augenblick, ehe der Konsul erklärlich fand, was dort klirrte. Die Erkenntnis erschreckte ihn: »Mais, laissez donc, les domestiques!« rief er sehr laut, solange er noch vor dem Spiegel stand. Dann verlor er sich und übersetzte: »Was sollen die Leute denken, Mama; laß das, geh schlafen... Ich werde Friedrich rufen.« Diese Drohung gab den Ausschlag. Es war ein Glück, daß man den alten gräflichen Diener behalten hatte. Wie wäre sonst zum Beispiel dieses Diner zustande gekommen. Aber es war auch eine Gefahr. Man wußte nicht, was man selbst anziehen durfte und was man sich anziehen lassen sollte, und so vieles dergleichen. Jedenfalls aber galt in diesem einzelnen Augenblick: man überzählt nicht selbst die Silberlöffel – nicht wahr? Also, bitte, Mama.
Die breite Dame in schwarz Atlas ging. Eigentlich verachtete sie ihren Leo ein wenig. Warum hatte er sich keinen Titel angeschafft, in welchem sie mit Raum hatte. Konsul – und sie? Es war eine Schmach. Aber immerhin, sie ging.
Leo ließ seine Hände los und fand sie erst wieder unter lauter Silberlöffeln. »25, 28, 29«, sagte er in bestem Deutsch – als ob es Verse wären. Da hörte er einen Aufschrei. »Was ist denn?« schrie er rücksichtslos wie hinterm Ladentisch. »30, 32.« Als keine Antwort kam, sah er ein, daß er nur noch das dritte Dutzend aufzählen

könne, und lief mit einer unreifen 36 im Munde durch den gelben Salon, durch das Spielzimmer, durch den grünen Salon. Vor der Glastür, welche in das Schlafzimmer seiner Mutter führte, war etwas Schwarzes halb zusammengesunken. Es war die Titellose. Sie stöhnte schmerzlich. Er war zunächst bemüht, sie in das Schloß zurückzurufen; plötzlich aber gab er es auf und starrte mit scheuen Augen in die Glastüre hinein. Dort glitt, wie im Kampf mit der Dämmerung, etwas Langes, Weißes tastend die Wände entlang, neigte sich, tauchte unter im Dunkel und wuchs wieder unbestimmt wie ein farbloses Riesenwindlicht zu den Fenstern hin. Nicht durch Vermittelung seines erstarrten Verstandes, sondern von seiner Angst erfuhr Leo, daß das irgend ein längst- und hochseliger Felderode sei – offenbar, und langsam fügte sein Verstand an, daß diese unerhörte Tatsache gefährlich sei durch den Umstand, daß weder von der Decke noch von den Stühlen das Grafenwappen entfernt war: er konnte gar nicht wissen, daß das Schloß verkauft sei. Daraus ergaben sich Verwickelungen ohne Ende. Trotz aller Seltsamkeit vergaß der Konsul eine Weile seine Lage und berechnete sämtliche Möglichkeiten. Ein Teufelsspuk war sein letzter Eindruck. Eine Sekunde lang dachte er daran, in die Schloßkapelle zu eilen und – aber ach, er war noch zu neu und unerfahren im Christentum, um so schwierigen Situationen gewachsen zu sein.

Da gerade, als er seine arme Mutter wieder empfing, änderte sich drinnen die Szene. Man hörte etwas wie ein wildes Zauberwort, und hart darauf brannte die

Kerze auf dem Nachtkästchen. Die Gestalt ließ sich auf dem Bette nieder und materialisierte sich offenbar heftig; denn die Gesten wurden immer menschlicher und begreiflicher. Leo fühlte sich jäh versucht, aufzulachen, und wurde witzig. Er sagte zu sich: »Auch so eine aristokratische Eigenschaft. Wenn unsereins stirbt, ist er tot, so einer tut, als wäre gar nichts geschehen – noch fünfhundert Jahre später.« Und boshaft wurde er: »Natürlich, früher waren sie nur halb lebendig, diese Herren – jetzt sind sie nur halb tot...«
Er fand dieses Aperçu so trefflich, daß er es seiner Mutter eingeben wollte auf jeden Fall. Diese erwachte indessen rechtzeitig, um zu sehen, wie der Weiße mit großen Gesten ihre eigene Nachtwäsche aus den Kissen hervor ins Ungefähre warf, wie in ein Meer. Sie wollte wieder in die Bewußtlosigkeit zurück, aber ihre Moral begegnete ihr unterwegs und gab dies nicht zu. Da schrie die Titellose: »Ein ganz gemeiner Mensch! Friedrich, Johanna, August!«, und dann faßte sie ihren Sohn am Arm, so daß ihm seine Heiterkeit in die falsche Kehle sprang: »Du gehst hinein, Leo; nimm die Pistole und geh hinein.« Sie drängte ihn.
Leo fühlte die Knie weich werden. »Gleich«, ächzte er trocken und preßte die Türe, welche nach innen aufging, mit beiden Händen nach der anderen Seite. Da hob sich drinnen eine Hand wie warnend aus den Kissen, wuchs, wuchs und fiel der Kerze auf den Kopf, die demütig starb.
Im selben Augenblick erschien der greise Friedrich an der Schwelle des grünen Salons. Er trug einen schwe-

ren silbernen Armleuchter vor sich her und verharrte zunächst vollkommen abwartend, solange die Konsulmutter ihm entgegenfauchte: »Ein ganz gemeiner Mensch! Ein ganz gemeiner Mensch!« Leo dagegen zeigte Umsicht und Mut. Er drückte sich deutlicher aus: »Ein Einschleicher, Friedrich, ein Dieb vermutlich, verbirgt sich im Zimmer der gnädigen Frau. Gehen Sie, Friedrich! Schaffen Sie Ordnung, rufen Sie die Leute. Es geht nicht an, daß ich selbst..«

Der alte Kammerdiener ging rasch in das dunkle Zimmer. Er trat dem Konsul gleichsam auf die letzten Worte. Die andern sahen ihm in ängstlicher Erwartung nach.

Friedrich faßte die Bettdecke und leuchtete dem Menschen jählings ins Gesicht. Seine Bewegungen besaßen solche Energie, daß Leo heldenhaft wurde und zeterte: »Werfen Sie ihn heraus, diesen Lumpen – diesen Unverschämten...« Er wollte sich durch seinen Zorn bei der Mutter entschuldigen.

Aber da stand Friedrich plötzlich vor ihm, steif und streng wie ein Gericht. Sein Finger hielt an seinen verschwiegenen Lippen Wache. Mit dieser Gebärde drängte er seine Gebieter sanft aus dem Schlafzimmer hinaus, verschloß sorgfältig die Glastüre, ließ die Portieren darüberfallen und blies langsam die vier Lichter des Armleuchters aus, eines nach dem anderen. Mutter und Sohn begleiteten jede seiner Gesten mit hilflosen stummen Fragen.

Dann verneigte sich der Alte ehrerbietig vor seinem Herrn und meldete, wie man Besuche anmeldet:

»Seine Durchlaucht Graf Paul Felderode, k.u.k. Rittmeister a. D.«
Der Konsul wollte etwas sagen, aber er bemerkte, daß ihm die Stimme fehlte. Er fuhr einigemal mit seinem Tuche über die Stirne. Er wagte nicht, seine Mutter anzusehen. Allein da fühlte er, wie die alte Frau nach seiner Hand tastete und sie leise, ganz leise behielt. Diese kleine Zärtlichkeit rührte ihn. Sie verband diese beiden Menschen und hob sie aus ihrer Alltäglichkeit in ein Schicksal hinein, in das Schicksal jener, die ohne Heimat sind. Friedrich verneigte sich jetzt tiefer als früher und sagte:
»Darf ich die Gastzimmer richten lassen?«
Dann löschte er den grünen Salon und ging seiner Herrschaft auf den Zehen nach.

DAS LACHEN DES PÁN MRÁZ

ZUR Geschichte des Pán Václav Mráz ist folgendes nachzutragen:
Was Herr Mráz bis zu seinem vierzigsten Jahre trieb, konnte nicht ermittelt werden. Es ist auch gleichgültig. Jedesfalls lebte er nicht vom Verschwenden, denn in dem genannten Alter erwirbt er Schloß und Gutshof Vešin mit vollem Inventar von einem Grafen von Bubna-Bubna, der unglaublich verschuldet war.
Die ältlichen Jungfrauen, die damals noch in weißen Kinderkleidern vor dem Schloßtor auf den neuen Gutsherrn warteten, erzählen nicht, daß das vor zwanzig

Jahren war; als ob es gestern gewesen wäre, wissen sie, daß Pán Mráz gerade ausspuckte, als man ihm den großen Strauß Rosen aus dem Pfarrgarten in den Wagen reichte. Das geschah übrigens aus Zufall und ohne jede arge Absicht.

Am nächsten Tage ging der neue Herr durch sämtliche Räume des uralten Schlosses. Er hielt sich nirgends auf. Nur einmal blieb er eine Weile vor einem steifen, feierlichen Empire-Stuhl stehen und lachte ihm laut ins Gesicht. Diese kleinen krummbeinigen Tischchen, diese prahlerischen Kamine mit den eingeschlafenen Stutzuhren und die vielen dunklen Bilder – das alles schien Herrn Mráz sehr zu amüsieren, während er vor dem atemlosen Verwalter her daran vorüberrannte.

Aber in dem blassen, silbergrauen Salon verging ihm die Laune. Die hungrigen Spiegel, die solange auf einen Gast lauerten, begannen sich den roten Kopf des Herrn Mráz wie einen reifen Riesenapfel zuzuwerfen, und sie setzten dieses Spiel übermütig fort, bis Pán Václav im Zorn die Türe hinter sich zuschlug und befahl, daß dieser Trakt mit seinen lächerlichen Möbeln und überflüssigen Zimmern gesperrt bliebe für alle Zeit.

Und das geschah.

Herr Mráz bezog die frühere Verwalterswohnung, wo die schweren Stühle und die glatten geräumigen Tische standen. Dort stellte man auch das eichene Ehebett auf. Eine Weile breitete sich Pán Mráz allein in den weiten Leinen aus; eines Abends aber rückte er ein wenig nach rechts und machte Platz für die ehrsame Aloisia Mráz, geborene Hanus.

Das kam so: Haushälterinnen betrügen, das weiß alle Welt; darum ist es gut, eine tüchtige, wachsame Hausfrau zu haben. Und Aloisia Hanus besaß das Nötige dazu, wie es schien. Zweitens gehört zu jedem Schloß ein Erbe. Im Inventar war ein solcher nicht vorgesehen. Man mußte ihn also nachschaffen. Und da dachte Pán Václav, er würde am besten bei Aloisia zu holen sein; denn sie war blond, bauernbreit und gesund. Und gerade das wünschte Herr Mráz.

Aber, aber, wie schlecht hat die gute Aloisia ihre Pflicht begriffen. Erst gebar sie etwas so Kleines, daß es dem Pán Mráz fortwährend durch die Augen fiel, wie durch ein Sieb, und da man sich eben wunderte, daß dieses lächerliche Ding wirklich lebte, starb sie selbst, ohne weiteres. Und da war nun die Haushälterin wieder obenauf, wie das so geht.

Pán Mráz hat diese doppelte Enttäuschung nicht vergessen. Er läßt sich langsam breit werden in den geräumigen Stühlen und erhebt sich nur, wenn Besuch kommt. Das ist nicht oft. Er läßt dann Wein kommen und redet in seiner matten melancholischen Weise über Politik, wie über etwas sehr Trauriges. Er vollendet keinen Satz und wird wild, so oft der Nachbar ihn falsch ergänzt. Gelegentlich springt er auf und schreit: »Václav!«

Nach einer Weile tritt ein schlanker, junger Mensch ein.

»Komm her, mach deine Verbeugung vor dem Herrn«, brüllt Herr Mráz. Und dann zu dem Gast: »Verzeihen Sie, das ist nämlich mein Sohn. Ja, ich sollte es eigentlich gar nicht sagen. Würden Sie mir glauben, daß er achtzehn Jahre ist? Ich bitte, achtzehn Jahre. Genieren Sie sich nicht. Sie werden sagen, er ist fünfzehn höchstens. Natürlich. Sehen Sie diese Arme, bitte. Václav, du bist achtzehn Jahre. Schämst du dich nicht?«

Und dann schickt er den Sohn wieder fort. »Er macht mir Sorgen,« brummt er, »er ist zu gar nichts. Und wenn ich heute die Augen zudrücke –«

Darauf sagte neulich ein Gast: »Was wollen Sie denn, lieber Herr Mráz, wenn die Zukunft Sie wirklich beunruhigt, mein Gott – Sie sind noch jung – versuchen Sie's noch einmal, heiraten Sie –«

»Was?« schreit Herr Mráz, und der Fremde verabschiedet sich so schnell als möglich.

Allein nicht ganz vierzehn Tage später zwängt sich Pán Václav in seinen schwarzen Rock und fährt nach Skrben.

Skrbenskys sind vom ältesten Adel und verhungern lautlos auf ihrem letzten Stammsitz. Von dort holt Herr Mráz die Jüngste, Komtesse Sita. Die anderen beneiden sie, denn Mráz ist sehr reich. Die Hochzeit ist bald und ohne alles Gepränge.

Zu Hause erst merkt Herr Mráz, wie zart und blaß Sita ist. Er fürchtet im Anfang »diese Gräfin da« zu zerbrechen. Dann aber denkt er: Wenn es eine Gerechtigkeit giebt, muß sie mir einen wahren Riesen schenken. Und er wartet.

Aber es giebt keine Gerechtigkeit, offenbar.

Frau Sita bleibt wie ein Kind. Nur ihre Augen bekommen das große Staunen. Sonst geschieht nichts. Sie wandert ewig umher im Park, im Hof oder im Haus. Jeden Augenblick muß man sie suchen. Einmal kommt sie gar nicht zum Essen. »Es ist so gut, als hätte ich überhaupt keine Frau –« flucht Herr Mráz. In dieser Zeit wird sein Haar rasch weiß, und er geht nur schwer. Gleichwohl macht er sich eines Nachmittags selbst auf, Frau Sita zu finden. Ein Diener weist ihn in den sonst stets verschlossenen Trakt des Schlosses. Auf seinen leisen Filzschuhen schleicht Herr Václav durch die duftende Dämmerung dieser müßigen Zimmer; immer an den prahlerischen Kaminen und an den feierlichen Stühlen vorbei – mürrisch; denn er ist nicht in der Laune zu lachen.

Endlich steht er an der Schwelle des silbergrauen Salons, in welchem die vielen Spiegel sind, und staunt. Trotz des beginnenden Dunkels erkennt er in ihnen: Frau Sita und seinen Sohn, den blassen Václav. Sie sitzen sehr weit voneinander, reglos in den hellen, seidenen Sesseln und sehen sich an. Sie sprechen nichts. Man möchte meinen, sie haben auch nichts gesagt. Sie warten. Merkwürdig. »Und –?« denkt Herr Mráz, jedesmal mit einem Fragezeichen dahinter: »Und –?« Bis ihm die Geduld ausgeht. »Belieben,« brüllt er und schwillt zur Tür herein – »belieben sich nicht stören zu lassen, die Herrschaften.« Da fährt sein Sohn zitternd auf und sieht nach der Türe. Aber Pán Mráz befiehlt ihm zu bleiben.

Seither hat er etwas für die langen Nachmittage. Immer, wenn er sich recht unzufrieden fühlt, schleicht er auf seinen lautlosen Schuhen durch alle die schlafen-

den Zimmer in den kleinen Glassalon. Es kommt vor, daß die beiden noch nicht dort sind. Dann läßt er sie holen.
»Meine Frau und den jungen Herrn!« schreit er den Diener an.
Und dann müssen sie sich einander gegenüber in dieselben Sessel setzen wie damals. »Laßt euch nicht stören, meinetwegen –« donnert Herr Václav und bettet sich behäbig in einen großen Grafensessel. Manchmal ist es, als ob er schliefe, wenigstens atmet er so. Aber er hat trotzdem die Augen ein wenig offen und betrachtet. Er hat sich allmählich an die Dämmerung gewöhnt. Er sieht jetzt viel besser als das erste Mal.
Er bemerkt: wie die Blicke der beiden voreinander fliehen und sich, müde und hilflos, immer wieder in allen Spiegeln finden. Es entgeht ihm nicht, daß sie Angst haben, eines in die Augen des anderen zu fallen, wie in unermeßliche Abgründe. Und daß sie sich doch immer wieder an den Rand wagen. Daß sie spielen mit der Gefahr. Auf einmal faßt sie der Schwindel; und dann machen sie plötzlich beide zugleich die Augen zu, ganz wie zwei, die zusammen von einem Turm springen –
Dann lacht Herr Mráz und lacht. Nach langer Zeit kann er wieder lachen. Das ist ein gutes Zeichen: er wird gewiß sehr alt werden.

WLADIMIR, DER WOLKENMALER

Sie sind wieder mal ganz herunter, Überflüssige, Abtrünnige, Betrogene in jedem Sinne. Jeder fängt bei sich selber an und verachtet so weiter nach oben und nach unten.

Aus diesem Gefühle heraus sagt der Baron: »Man kann nicht mehr in dieses Caféhaus gehen. Keine Zeitungen, keine Bedienung, nichts.«

Die beiden anderen sind ganz seiner Meinung.

So sitzt man weiter um den kleinen Marmortisch herum, der nicht weiß, was diese drei Menschen von ihm wollen. Ruhe wollen sie, einfach Ruhe. Der Dichter drückt das ebenso deutlich wie onomatopoetisch aus. »Quatsch« sagt er nach einer halben Stunde.

Und wieder sind die anderen derselben Ansicht.

Man wartet weiter, weiß Gott auf was.

Dem Maler beginnt ein Bein zu pendeln. Er betrachtet es eine Weile tiefsinnig. Dann begreift er die Bewegung und beginnt, langsam und mit Gefühl:

»Stumpfsinn, Stumpfsinn,
du mein Vergnügen –«

Da ist es aber höchste Zeit aufzubrechen. Einer hinter dem anderen gehen sie und Kragen hoch. Das Wetter ist nämlich auch so. Heulen möchte man.

Was tun? Bleibt nur Eines: zwischen fünf und sechs zu Wladimir Lubowski gehen, auf eine Dämmerung. Natürlich. Vorwärts also: Parkstraße 17. Ateliergebäude.

*

Zu Wladimir Lubowski kommt man nur durch seine Werke. Er raucht nämlich seine Bilder alle. Das ganze Atelier ist voll des phantastischen Qualmes. Du kannst von Glück reden, wenn du durch diese Urnebel auf dem kürzesten Wege zu dem alten abgenutzten Ruhebett gefunden hast, auf welchem Wladimir wohnt – tagaus, tagein.
Auch heute natürlich. Er steht nicht auf und wartet die drei »Betrogenen« ruhig ab. Die setzen sich rings um ihn, ein jeder nach Art und Anlage. Sie haben irgendwo grüne Chartreuse gefunden und Zigaretten. Selbstverständlich machen sie ohneweiters Gebrauch davon, mit der Miene von Menschen, die sich fortwährend aufopfern. Die Zigaretten sind sogar fein: Gott ja – was tut man nicht alles diesem elenden Leben zu Liebe.
Der Dichter lehnt sich zurück: »Oder ist es etwa nicht ein Machwerk, das Leben, etwas für Dilettanten – wie?«
Wladimir Lubowski antwortet nicht.
Die anderen warten gerne. Es ist so seltsam gut in diesem duftenden Dunkel. Man muß nichts tun als stillhalten, dann nimmt es einen hin und beginnt einen zu wiegen –
»Wie Sie das machen, Lubowski, es riecht gar nicht nach Terpentin bei Ihnen –« meint der Maler obenhin und der Baron ergänzt:
»Im Gegenteil. Haben Sie hier irgendwo Blumen?«
Stille. Wladimir bleibt weit hinter seinen Wolken.
Aber die drei sind geduldig. Sie haben Zeit und Chartreuse.

Sie kennen das: abwarten, es wird schon kommen.
Und dann kommt es:
Rauch, Rauch, Rauch und dann liebe, langsame Worte, welche durch die Welt gehen und die Dinge bewundern von weit. Die Wolken heben sie hoch. Lauter heimliche Himmelfahrten.
Zum Beispiel:
Rauch. »Das macht: Die Menschen schauen immer von Gott fort. Sie suchen ihn im Licht, das immer kälter und schärfer wird, oben.« Rauch. »Und Gott wartet anderswo – wartet – ganz am Grund von Allem. Tief. Wo die Wurzeln sind. Wo es warm ist und dunkel –« Rauch.
Und der Dichter beginnt auf und ab zu gehen, plötzlich.
Die Drei denken an den Gott, der irgendwo hinter den Dingen wohnt – wunderwo. –
Und später:
»Angst – haben –?« Rauch. »Wozu?« Rauch.
»Man ist ja immer über ihm. Wie eine Frucht, unter welche jemand eine schöne Schale hält. Golden – leuchtend im Laube. Und wenn die Frucht reif ist, läßt sie sich los –«
Da hat der Maler den Rauch zerrissen, so mit einer ungestümen Bewegung: »Herrrr Gott –« sagt er und findet auf dem Ruhebett einen kleinen blassen Menschen, der große merkwürdige Augen hat. Augen, mit ewiger Trauer hinter allem Glanz, – so frauenhaft froh. Und ganz kalte Hände.
Und der Maler bleibt unbeholfen davor. Er weiß nicht mehr recht, was er wollte.

Es ist gut, daß der Baron hinzutritt: »Das müssen Sie malen, Lubowski –« *Was* weiß der Baron nicht genau. Immerhin wiederholt er: »Wirklich, Lubowski.« Und das klingt fast ein wenig gönnerhaft, ohne daß er es will.
Wladimir hat indessen einen weiten Weg gemacht: vom Schrecken durch ein dunkles Staunen durch. Endlich kommt er beim Lächeln an und träumt leise: »Oh ja, morgen.« Rauch.

*

Da haben die Drei keinen Raum mehr im Atelier. Einer stößt sich am anderen. Sie gehen alle: »Auf Wiedersehen, Lubowski.«
An der nächsten Ecke schon schütteln sie sich die Hände mit unnötiger Heftigkeit. Sie haben Eile einander loszuwerden.
Sie trennen sich weit.
Ein kleines behagliches Café. Kein Mensch drin und summende Lampen. Da hat der Dichter begonnen Verse zu schreiben auf den Umschlag eines empfangenen Briefes. Und immer schneller wird die Schrift und immer kleiner; denn er fühlt: es kommen viele, viele.
Dann fünf Treppen hoch, im Atelier des Malers ist ein Vorbereiten für morgen. Mit einem Lied hat er den Staub von der Staffelei gepfiffen, den alten Staub. Steht eine neue Leinwand drauf, wie eine Stirne licht. Umkränzen möcht man sie.
Nur der Baron ist noch unterwegs. »Halbelf, Olym-

piatheater, Seitentür!« hat er einem Kutscher anvertraut und ist ruhig weiter gegangen. Es ist ja noch eine Menge Zeit vorher zum Ausruhen und zum Toilettemachen. Keiner denkt an Wladimir Lubowski.

*

Wladimir hat seine Tür verschlossen und gewartet, bis es ganz dunkel geworden ist. Dann sitzt er, klein, am Rand des Ruhebettes und weint in die weißen eisigen Hände hinein. Es kommt ihm leicht und leise, ohne Anstrengung und ohne Pathos. Es ist das Einzige, das er noch nicht verraten hat, das ihm allein gehört. Sein Einsames.

⟨AUFZEICHNUNG: EIN ABEND⟩

(3. November ⟨1899⟩, Mitternacht nah)

Ich fürchte in mir nur diejenigen Widersprüche, die Neigung haben zur Versöhnlichkeit. Das muß eine sehr schmale Stelle meines Lebens sein, wenn sie überhaupt daran denken dürfen, sich die Hände zu reichen, von Rand zu Rand. Meine Widersprüche sollen nur selten und in Gerüchten von einander hören. Wie zwei Fürsten entfernter Lande, die plötzlich erfahren, daß sie einander hassen, da sie beide ausziehen, um dasselbe Mädchen zu werben. Das Mädchen aber .... doch warum Alles verraten?

Manchmal ist man imstande zu sagen: ich bin froh. Und, wer dich versteht, dem ist dies genug, er kann ohneweiters der Vertraute deiner Freude sein. Oder wieder sagst du: ich bin traurig, und dein Zustand ist in der Tat ein einfaches Traurigsein, das sich nicht anders bezeichnen läßt. Zwischen diesen beiden Stimmungen aber gibt es eine ganze Reihe von Nüancen, Übergängen, zögernden Gefühlen mit lange nachhallenden Tönen. Um sie zu bezeichnen sagst du: ich bin....., nein, ich glaube du sagst vielmehr: es ist....

Es ist, zum Beispiel, ein Abend in einer Stube; vor den Fenstern helle Dämmerung, mit den ungewissen Umrissen von Wipfeln belebt. Innen ist alles Licht um einen Ton tiefer, ruhiger, vornehmer. Und es sind ein paar junge Menschen beisammen, und ihre Gespräche sind eben verstummt. Sie stehen in ihren achtlos aufgeknöpften Uniformröcken mit sehr hohen Kragen beisammen, gleichsam einander vergessend. Dann plötzlich macht einer eine Bewegung, als wollte er fliehen, wendet sich aber sogleich an seinen Nachbar, einen blassen blonden Jüngling mit großen und sinnenden Augen. »Spiel etwas, Sascha«, sagt er viel zu laut und wie über ihn fort. Da werden auch die andern wach, und sie drängen den Jüngling mit den traurigen sinnenden Augen zu dem kleinen altmodischen Klavier und legen ihm die heißen Hände auf die Tasten. Und der Jüngling fühlt in dem fremden Zimmer, in dem sie, weiß Gott weshalb, beisammen stehen und sich ereifern, – wer *vor* ihm auf diesen Tasten gespielt hat; – er fühlt zwei Hände neben den seinen, wie lehrend, aber so leise, und er ahnt auch das Gesicht zu diesen zwei Händen. Ein Mädchengesicht, von leisen zärtlichen Linien begrenzt. Es hebt sich von der Dämmerung eines Fensters ab, fast Silhouette und doch etwas mehr, so sieht man zum Beispiel ein gesenktes, fast mit dem Lid verhängtes Auge und die Stirne darüber, still, schattig bis an den Rand des wirren Haars, darin irgend ein Wind stehen geblieben ist. Und Sascha spielt also willig das Lied dieses Mädchens, wie die Tasten es wollen. Immer weiter, immer weiter spielt er das Lied dieser Abwesenden, Fremden, vielleicht schon Gestorbenen. Und so kommt die Dunkelheit über die Stube. Die anderen gehn fast in Dunkel verloren, denn sie haben die Gesichter horchend gesenkt. Nur dann und wann schimmert da und dort eine Stirne. Wenn irgendzwei von ihnen erschauern und zugleich die Augen heben und einander dunkel fragend ansehen. –

Und immer öfter geschieht es mir, daß ich nicht sagen kann: ich bin..., sondern, daß ich sagen muß: es ist.... aber dann schweige ich meistens.

Unsere Gefühle alle muten mich an wie Vorhänge vor Handlungen. Es muß nur ein Licht sich erheben irgendwo im Hintergrund, gleich bewegen sich große und geheimnisvolle Schatten über die Fläche des Vorhangs hin. – Und wir würden gut tun, unsere Gefühle daran zu messen, und sie nur dann über uns breit werden ⟨zu⟩ lassen, wenn sie entweder so einfach sind und schlicht, daß wir sie leben in unseren Bewegungen und Mienen, oder aber so bildhaft und tief, daß wir sie erzählen könnten, wie etwas, was den Vorfahren geschah – einst ... in seltsamen Tagen.

Das ist unser Fortschritt: die Stoffe sind nichtmehr so schwer, so wichtig; wir dürfen sie gebrauchen und ganze Dramen schaffen, nur, um uns eines einzigen Gefühles bewußt, das heißt um ein neues Gefühl reicher zu werden.

⟨DIE TURNSTUNDE⟩

⟨Erste Niederschrift⟩

TURNSAAL. Der Jahrgang steht in den hellen Zwillichblusen in zwei Reihen geordnet unter den großen Gaslüstern. Der Turnlehrer mit dem harten gebräunten Gesicht und kalten, höhnischen Augen hat Freiübungen kommandiert und verteilt nun die Riegen. »Erste Riege – Reck, zweite Riege – Barren, dritte Riege – Bock, vierte Riege – Klettern. Abtreten!« Und rasch auf den leichten, mit Kolophonium isolierten Schuhen zerstreuen sich die Knaben. Einige bleiben mitten im Saale stehen, zögernd, gleichsam unwillig. Es ist die vierte Riege, die schlechten Turner, die keine Freude haben an der Bewegung bei den Geräten, und schon müde sind von den zwanzig Kniebeugen und ein wenig verwirrt und atemlos. Nur einer von ihnen, einer der sonst der Letzte von allen blieb bei solchen Anlässen, Carl Gruber, steht schon an den Stangen, die in einer etwas dämmrigen Ecke des Saales, hart vor den Nischen, in welchen die abgelegten Uniformröcke hängen, angebracht sind. Er hat die nächste erfaßt und zieht sie mit ungewöhnlicher Kraft nach vorn, so daß sie frei und an dem zur Übung geeigneten Platze schwankt. Gruber läßt nicht einmal die Hände von ihr, er springt auf und bleibt ziemlich hoch, die Beine ganz unwillkürlich im Kletterschluß verschränkt (den er sonst niemals hat begreifen wollen), an der Stange haften. So erwartet er die Riege und betrachtet – so scheint es – mit besonderem Vergnügen den erstaunten Ärger des kleinen polnischen Unteroffiziers, der ihm zuruft, abzuspringen. Aber Gruber ist diesmal sogar ungehorsam, und Jasterski, der blonde Unteroffizier, befiehlt endlich: »Also entweder Sie kommen herunter oder Sie klettern hinauf, sonst melde ich dem Herrn Oberlieutenant...« Und jetzt beginnt Gruber zu klettern, erst heftig, mit Überstürzung, die Beine wenig hochziehend und die Blicke nach aufwärts gerichtet mit einer gewissen Angst das unermeßliche Stück Stange, das noch bevorsteht, abschätzend. Dann verlangsamt sich seine Bewegung, und als ob er jeden Griff genösse, wie etwas seltsam Angenehmes, zieht er sich höher, als man gewöhnlich zu klettern pflegt; er beachtet nicht die Aufregung des ohnehin gereizten Unteroffiziers, klettert und klettert, die Blicke immerfort aufwärtsgerichtet, als hätte er einen Ausweg in der Decke des Saales entdeckt und strebte danach, ihn zu erreichen. Die ganze Riege folgt ihm mit den Blicken. Und auch aus anderen Riegen richtet man seine Aufmerksamkeit auf den Kletterer, der sonst kaum das erste Drittel der Stange keuchend, mit rotem Gesicht und bösen Augen erklomm. »Bravo, Gruber!« ruft jemand aus der ersten Riege herüber. Da wenden viele ihre Augen aufwärts, und es wird eine Weile still im Saal, – aber gerade in dem Augenblick, da alle Blicke an der Gestalt Grubers hängen, macht er hoch oben unter der Decke eine Bewegung, als wollte er sie abschütteln, und da es ihm offenbar nicht gelingt, heftet er alle diese Blicke oben an den nackten eisernen Haken und saust die glatte Stange herunter, so daß alle immer noch hinaufsehen, als er schon längst schwindelnd und heiß unten steht und mit seltsam glanzlosen Augen in seine glühenden Handflächen schaut. – Da fragt ihn der eine oder der andere der ihm zunächst stehenden Kameraden, was denn heute in ihn gefahren sei: »Willst wohl in die erste Riege kommen?« Gruber lacht und scheint etwas antworten zu wollen, aber er überlegt es sich und senkt schnell die Augen. Und dann' als das Geräusch und Getöse wieder seinen Fortgang hat, zieht er sich leise in die Nische zurück und setzt sich nieder und schaut ängstlich um sich und holt Atem und lacht wieder und will etwas sagen..., aber schon achtet seiner niemand mehr, und nur Jerôme sieht, daß er wieder seine Hände betrachtet, tief darüber gebückt, wie einer, der einen Brief entziffern will bei kargem Licht. Und er tritt nach einer Weile zu ihm und fragt: »Hast du dir weh getan?« Gruber erschrickt: »Was?« macht er mit seiner gewöhnlichen, in Speichel watenden Stimme. »Zeig mal –«, und Jerôme nimmt die eine Hand Grubers und kehrt sie gegen das Licht. Sie ist am Ballen ein wenig abgeschürft. »Weißt du, ich habe etwas dafür,« sagt Jerôme – »komm dann zu mir« – Aber ihm ist als hätte Gruber nicht gehört; der schaut an ihm vorbei in den Saal hinein, und so, als ob er etwas bemerkte, vielleicht nicht im Saal, draußen an den Fenstern, obwohl es draußen dunkel ist, spät und Herbst. In diesem Augenblick ruft der Unteroffizier mit seiner hochfahrenden Art: »Gruber«. Gruber bleibt unverändert, nur seine Füße, die vor ihm ausgestreckt sind, gleiten ein wenig auf dem Parkett nach vorwärts. – »Gruber!« schreit der Unteroffizier, und die Stimme schlägt ihm über. Dann wartet er eine Weile und sagt rasch, ohne den Gerufenen anzusehen: »Sie melden sich nach der Stunde, – ich werde Ihnen schon...« Und die Stunde geht weiter. »Gruber,« sagt Jerôme und neigt sich zu dem Kameraden, der sich immer tiefer in die Nische zurücklehnt; »es war schon wieder an dir, zu klettern, auf dem Strick, geh mal, versuchs, sonst macht dir der Jasterski irgend eine Geschichte, weißt du...« Gruber nickt. Aber statt aufzustehen schließt er plötzlich die Augen und gleitet unter den Worten Jerômes, als ob eine Welle ihn trüge, fort – gleitet langsam und lautlos tiefer, tiefer vom Sitz, und Jerôme weiß erst, was geschieht, als er hört, wie der Kopf Grubers hart an das Holz des Sitzes anprallt und dann vornüberfällt...

»Gruber« ruft er heiser. Erst merkt es niemand. Und Jerôme steht mit schlaffen Händen und ruft: »Gruber, Gruber«. Es fällt ihm nicht ein, den anderen aufzurichten. Da erhält er einen Stoß, jemand sagt ihm: »Schaf«, ein anderer drängt ihn fort, und er sieht, wie sie den Reglosen aufheben. Sie tragen ihn vorbei, irgendwohin, wahrscheinlich in die Kammer nebenan. Der Oberlieutenant springt herzu. Und gibt mit harter sehr lauter Stimme Befehle. Sein Kommando schneidet das Summen der vielen Schwatzenden mit einem Male ab. Alles wird still. Man sieht nur Bewegungen da und dort, noch ein verspätetes Lachen von einem der nicht weiß, um was es sich handelt. Es springt kopfüber in die Stille hinein und geht sofort darin unter. Dann hastige Fragen: »Was? Was? Wer? Der Gruber?« Und immer mehr Fragen. Dann sagt jemand laut: »Ohnmächtig.« – Und der Unteroffizier Jasterski läuft mit rotem Kopf hinter dem Oberlieutenant her und schreit mit seiner boshaften Stimme, zitternd vor Wut: »Ein Simulant, Herr Oberlieutenant. Ein Simulant.« Der Oberlieutenant beachtet ihn gar nicht. Er sieht geradeaus vor sich, nagt an seinem Schnurrbart, wodurch das harte Kinn noch energischer vortritt, und gibt von Zeit zu Zeit eine knappe Weisung. Vier Zöglinge, welche Gruber tragen, und der Oberlieutenant verschwinden in der Kammer. Gleich darauf kommen die vier Zöglinge zurück. Ein Diener läuft durch den Saal. Die vier werden von den anderen mit Fragen bedrängt: »Wie sieht er aus? Was ist mit ihm? Ist er schon zu sich gekommen?« Keiner von ihnen weiß was Eigentliches. Und da ruft auch schon der Oberlieutenant herein, das Turnen möge weitergehen, und übergibt dem Feldwebel Goldstein das Kommando. –

Also wird wieder geturnt, am Barren, am Reck, und die kleinen dicken Leute der dritten Riege kriechen mit weitgekretschten Beinen über den hohen Bock. Aber doch sind alle Bewegungen anders als vorher, ein Lauschen hat sich über sie gelegt, die Schwingungen am Reck brechen plötzlich ab, und am Barren werden nur lauter kleine Übungen gemacht. Die Stimmen sind weniger verworren, feiner, als ob alle nur immer ein Wort sagten: »*Es*, *Es*, *Es*....« Der kleine schlaue Krix horcht indessen an der Kammertür. Der Unteroffizier der zweiten Riege jagt ihn davon, indem er zu einem Schlage auf seinen Hintern ausholt. Krix springt zurück, katzenhaft, mit hinterlistig blitzenden Augen. Er weiß schon genug ohnehin. Und nach einer Weile, als ihn niemand betrachtet, gibt er dem Pavlovitsch weiter: »Der Regimentsarzt ist gekommen.« Nun, man kennt ja den Pavlovitsch; mit seiner ganzen Frechheit geht er, als hätte ihm irgendwer einen Befehl gegeben, quer durch den Saal von Riege zu Riege und sagt ziemlich laut: »Der Regimentsarzt ist drinnen.« Und es scheint, auch die Unteroffiziere interessieren sich für diese Nachricht. Immer häufiger wenden sich die Blicke nach der Tür, immer langsamer werden die Übungen, und ein Kleiner mit dunklen Augen ist hoch auf dem Bock hocken geblieben und starrt mit offenem Mund nach der Kammer. Und es scheint etwas Lähmendes in der Luft zu liegen. Die Stärksten bei der ersten Riege machen zwar noch einige Anstrengungen, sie bewegen die Beine, und Pombert, der starke Tiroler, biegt seinen Arm und betrachtet seine Muskeln, die sich durch den Zwillich hindurch breit und straff ausprägen. Ja der kleine Baum schlägt sogar noch einigemal Armwelle, und plötzlich ist diese heftige Bewegung die einzige im ganzen Saal, ein großer flimmernder Kreis, der etwas Unheimliches bekommt in der allgemeinen Ruhe. Und mit einem Ruck bringt sich der kleine Mensch zum Stehen, läßt sich einfach unwillig in die Knie fallen und macht ein Gesicht, als ob er alle verachte. Aber auch seine kleinen stumpfen Augen bleiben an der Kammertür hängen. – Jetzt hört man das Singen der Gasflammen und das schlichte Ticken der Wanduhr. Da schnarrt die Glocke, die das Stundenzeichen gibt. Ganz fremd und eigentümlich ist heute ihr Ton, sie hört wie erschrocken auf mitten im Wort. Unteroffizier Goldstein aber kennt seine Pflicht. Er schreit: »Antreten!« Kein Mensch hört ihn. Keiner kann sich erinnern, was für einen Sinn dieses Wort besaß – vorher. Wann vorher? »Antreten!« krächzt der Feldwebel, und jetzt schreien auch schon die anderen Unteroffiziere mit, und auch mancher von den Zöglingen mahnt wie im Schlaf: »Antreten.« Aber im Grunde wissen Alle, daß sie noch etwas erwarten müssen. Und da geht auch schon die Kammertür auf, und eine Weile nichts, und dann tritt Oberlieutenant Wahl heraus, seine Augen sind groß, zornig, seine Schritte überaus fest. Er marschiert wie beim Defilieren: »Antreten!« sagt er heiser. Mit unbeschreiblicher Geschwindigkeit steht alles in Reih und Glied. Keiner rührt sich, wie als wenn ein Feldzeugmeister da wäre. Und dann ein Kommando: »Habt acht!« Und fernher

heiser und hart: »Euer Kamerad Gruber ist soeben gestorben. Herzschlag. Abmarsch.« Pause.
Und nach einer Weile die Stimme des Tageszöglings, klein und leise. »Links um, Marschieren, Compagnie, marsch!« Ohne Schritt und langsam wendet sich der Jahrgang zur Tür. – Jerôme als der letzte. Keiner sieht sich um. Die Luft aus dem Gang kommt kalt und dumpfig den Knaben entgegen. Einer findet, es rieche nach Carbol. Pombert macht einen lauten gemeinen Witz in bezug auf den Gestank. Niemand lacht. Jerôme fühlt sich plötzlich am Arm gefaßt, so angesprungen. Krix hängt daran. Seine Augen glänzen und seine Zähne auch, als ob er beißen wollte. »Ich hab ihn gesehen« – flüstert er und preßt Jerômes Arm und ein Lachen ist innen in ihm und rüttelt ihn hin und her. »Er ist ganz nackt und eingefallen und sehr lang. Und an den Füßen ist er versiegelt!«
Und dann kichert er und beißt sich in den Ärmel Jerômes hinein.

DIE TURNSTUNDE

⟨Endgültige Fassung⟩

In der Militärschule zu Sankt Severin. Turnsaal. Der Jahrgang steht in den hellen Zwillichblusen, in zwei Reihen geordnet, unter den großen Gaskronen. Der Turnlehrer, ein junger Offizier mit hartem braunen Gesicht und höhnischen Augen, hat Freiübungen kommandiert und verteilt nun die Riegen. »Erste Riege

Reck, zweite Riege Barren, dritte Riege Bock, vierte Riege Klettern! Abtreten!« Und rasch, auf den leichten, mit Kolophonium isolierten Schuhen, zerstreuen sich die Knaben. Einige bleiben mitten im Saale stehen, zögernd, gleichsam unwillig. Es ist die vierte Riege, die schlechten Turner, die keine Freude haben an der Bewegung bei den Geräten und schon müde sind von den zwanzig Kniebeugen und ein wenig verwirrt und atemlos.

Nur Einer, der sonst der Allerletzte blieb bei solchen Anlässen, Karl Gruber, steht schon an den Kletterstangen, die in einer etwas dämmerigen Ecke des Saales, hart vor den Nischen, in denen die abgelegten Uniformröcke hängen, angebracht sind. Er hat die nächste Stange erfaßt und zieht sie mit ungewöhnlicher Kraft nach vorn, so daß sie frei an dem zur Übung geeigneten Platze schwankt. Gruber läßt nicht einmal die Hände von ihr, er springt auf und bleibt, ziemlich hoch, die Beine ganz unwillkürlich im Kletterschluß verschränkt, den er sonst niemals begreifen konnte, an der Stange hängen. So erwartet er die Riege und betrachtet – wie es scheint – mit besonderem Vergnügen den erstaunten Ärger des kleinen polnischen Unteroffiziers, der ihm zuruft, abzuspringen. Aber Gruber ist diesmal sogar ungehorsam und Jastersky, der blonde Unteroffizier, schreit endlich: »Also, entweder Sie kommen herunter oder Sie klettern hinauf, Gruber! Sonst melde ich dem Herrn Oberlieutenant...« Und da beginnt Gruber, zu klettern, erst heftig mit Überstürzung, die Beine wenig aufziehend und die Blicke aufwärts gerichtet, mit einer gewissen Angst das unermeßliche Stück Stange abschätzend, das noch bevorsteht. Dann verlangsamt sich seine Bewegung; und als ob er jeden Griff genösse, wie etwas Neues, Angenehmes, zieht er sich höher, als man gewöhnlich zu klettern pflegt. Er beachtet nicht die Aufregung des ohnehin gereizten Unteroffiziers, klettert und klettert, die Blicke immerfort aufwärts gerichtet, als hätte er einen Ausweg in der Decke des Saales entdeckt und strebte danach, ihn zu erreichen. Die ganze Riege folgt ihm mit den Augen. Und auch aus den anderen Riegen richtet man schon da und dort die Aufmerksamkeit auf den Kletterer, der sonst kaum das erste Dritteil der Stange keuchend, mit rotem Gesicht und bösen Augen erklomm. »Bravo, Gruber!« ruft jemand aus der ersten Riege herüber. Da wenden viele ihre Blicke aufwärts, und es wird eine Weile still im Saal, – aber gerade in diesem Augenblick, da alle Blicke an der Gestalt Grubers hängen, macht er hoch oben unter der Decke eine Bewegung, als wollte er sie abschütteln; und da ihm Das offenbar nicht gelingt, bindet er alle diese Blicke oben an den nackten eisernen Haken und saust die glatte Stange herunter, so daß alle immer noch hinaufsehen, als er schon längst, schwindelnd und heiß, unten steht und mit seltsam glanzlosen Augen in seine glühenden Handflächen schaut. Da fragt ihn der eine oder der andere der ihm zunächst stehenden Kameraden, was denn heute in ihn gefahren sei. »Willst wohl in die erste Riege kommen?« Gruber lacht und scheint etwas antworten zu wollen, aber er überlegt es sich und senkt schnell die Augen. Und dann, als das Geräusch und Getöse wieder seinen Fortgang hat, zieht er sich leise in die Nische zurück, setzt sich nieder, schaut ängstlich um sich und holt Atem, zweimal rasch, und lacht wieder und will was sagen... aber schon achtet niemand mehr seiner. Nur Jerome, der auch in der vierten Riege ist, sieht, daß er wieder seine Hände betrachtet, ganz darüber gebückt wie einer, der bei wenig Licht einen Brief entziffern will. Und er tritt nach einer Weile zu ihm hin und fragt: »Hast du dir weh getan?« Gruber erschrickt. »Was?« macht er mit seiner gewöhnlichen, in Speichel watenden Stimme. »Zeig mal!« Jerome nimmt die eine Hand Grubers und neigt sie gegen das Licht. Sie ist am Ballen ein wenig abgeschürft. »Weißt du, ich habe etwas dafür,« sagt Jerome, der immer Englisches Pflaster von zu Hause geschickt bekommt, »komm dann nachher zu mir.« Aber es ist, als hätte Gruber nicht gehört; er schaut geradeaus in den Saal hinein, aber so, als sähe er etwas Unbestimmtes, vielleicht nicht im Saal, draußen vielleicht, vor den Fenstern, obwohl es dunkel ist, spät und Herbst.

In diesem Augenblick schreit der Unteroffizier in seiner hochfahrenden Art: »Gruber!« Gruber bleibt unverändert, nur seine Füße, die vor ihm ausgestreckt sind, gleiten, steif und ungeschickt, ein wenig auf dem glatten Parkett vorwärts. »Gruber!« brüllt der Unteroffizier und die Stimme schlägt ihm über. Dann wartet er eine Weile und sagt rasch und heiser, ohne den Gerufenen anzusehen: »Sie melden sich nach der

Stunde. Ich werde Ihnen schon...« Und die Stunde geht weiter. »Gruber,« sagt Jerome und neigt sich zu dem Kameraden, der sich immer tiefer in die Nische zurücklehnt, »es war schon wieder an dir, zu klettern, auf dem Strick, geh mal, versuchs, sonst macht dir der Jastersky irgend eine Geschichte, weißt du...« Gruber nickt. Aber statt aufzustehen, schließt er plötzlich die Augen und gleitet unter den Worten Jeromes durch, als ob eine Welle ihn trüge, fort, gleitet langsam und lautlos tiefer, tiefer, gleitet vom Sitz, und Jerome weiß erst, was geschieht, als er hört, wie der Kopf Grubers hart an das Holz des Sitzes prallt und dann vornüberfällt... »Gruber!« ruft er heiser. Erst merkt es niemand. Und Jerome steht ratlos mit hängenden Händen und ruft: »Gruber, Gruber!« Es fällt ihm nicht ein, den anderen aufzurichten. Da erhält er einen Stoß, jemand sagt ihm: »Schaf«, ein anderer schiebt ihn fort, und er sieht, wie sie den Reglosen aufheben. Sie tragen ihn vorbei, irgend wohin, wahrscheinlich in die Kammer nebenan. Der Oberlieutenant springt herzu. Er giebt mit harter, lauter Stimme sehr kurze Befehle. Sein Kommando schneidet das Summen der vielen schwatzenden Knaben scharf ab. Stille. Man sieht nur da und dort noch Bewegungen, ein Ausschwingen am Gerät, einen leisen Absprung, ein verspätetes Lachen von einem, der nicht weiß, um was es sich handelt. Dann hastige Fragen: »Was? Was? Wer? Der Gruber? Wo?« Und immer mehr Fragen. Dann sagt jemand laut: »Ohnmächtig.« Und der Zugführer Jastersky läuft mit rotem Kopf hinter dem Oberlieutenant her und schreit mit seiner boshaften Stimme, zitternd vor Wut: »Ein Simulant, Herr Oberlieutenant, ein Simulant!« Der Oberlieutenant beachtet ihn gar nicht. Er sieht geradeaus, nagt an seinem Schnurrbart, wodurch das harte Kinn noch eckiger und energischer vortritt, und giebt von Zeit zu Zeit eine knappe Weisung. Vier Zöglinge, die Gruber tragen, und der Oberlieutenant verschwinden in der Kammer. Gleich darauf kommen die vier Zöglinge zurück. Ein Diener läuft durch den Saal. Die vier werden groß angeschaut und mit Fragen bedrängt: »Wie sieht er aus? Was ist mit ihm? Ist er schon zu sich gekommen?« Keiner von ihnen weiß eigentlich was. Und da ruft auch schon der Oberlieutenant herein, das Turnen möge weitergehen, und übergiebt dem Feldwebel Goldstein das Kommando. Also wird wieder geturnt, beim Barren, beim Reck, und die kleinen dicken Leute der dritten Riege kriechen mit weitgekretschten Beinen über den hohen Bock. Aber doch sind alle Bewegungen anders als vorher; als hätte ein Horchen sich über sie gelegt. Die Schwingungen am Reck brechen so plötzlich ab und am Barren werden nur lauter kleine Übungen gemacht. Die Stimmen sind weniger verworren und ihre Summe summt feiner, als ob alle immer nur ein Wort sagten: »*Ess*, *Ess*, *Ess*...« Der kleine schlaue Krix horcht inzwischen an der Kammertür. Der Unteroffizier der zweiten Riege jagt ihn davon, indem er zu einem Schlage auf seinen Hintern ausholt. Krix springt zurück, katzenhaft, mit hinterlistig blitzenden Augen. Er weiß schon genug.

Und nach einer Weile, als ihn niemand betrachtet, giebt er dem Pawlowitsch weiter: »Der Regimentsarzt ist gekommen.« Nun, man kennt ja den Pawlowitsch; mit seiner ganzen Frechheit geht er, als hätte ihm irgendwer einen Befehl gegeben, quer durch den Saal von Riege zu Riege und sagt ziemlich laut: »Der Regimentsarzt ist drin.« Und es scheint, auch die Unteroffiziere interessieren sich für diese Nachricht. Immer häufiger wenden sich die Blicke nach der Tür, immer langsamer werden die Übungen; und ein Kleiner mit schwarzen Augen ist oben auf dem Bock hocken geblieben und starrt mit offenem Mund nach der Kammer. Etwas Lähmendes scheint in der Luft zu liegen. Die Stärksten bei der ersten Riege machen zwar noch einige Anstrengungen, gehen dagegen an, kreisen mit den Beinen; und Pombert, der kräftige Tiroler, biegt seinen Arm und betrachtet seine Muskeln, die sich durch den Zwillich hindurch breit und straff ausprägen. Ja, der kleine, gelenkige Baum schlägt sogar noch einige Armwellen, – und plötzlich ist diese heftige Bewegung die einzige im ganzen Saal, ein großer flimmernder Kreis, der etwas Unheimliches hat inmitten der allgemeinen Ruhe. Und mit einem Ruck bringt sich der kleine Mensch zum Stehen, läßt sich einfach unwillig in die Knie fallen und macht ein Gesicht, als ob er alle verachte. Aber auch seine kleinen stumpfen Augen bleiben schließlich an der Kammertür hängen.

Jetzt hört man das Singen der Gasflammen und das Gehen der Wanduhr. Und dann schnarrt die Glocke, die das Stundenzeichen giebt. Fremd und eigentümlich ist heute ihr Ton; sie hört auch ganz unvermittelt auf, unterbricht sich mitten im Wort. Feldwebel Goldstein aber kennt seine Pflicht. Er ruft: »Antreten!« Kein Mensch hört ihn. Keiner kann sich erinnern, welchen Sinn dieses Wort besaß, – vorher. Wann vorher? »Antreten!« krächzt der Feldwebel böse und gleich schreien jetzt die anderen Unteroffiziere ihm nach: »Antreten!« Und auch mancher von den Zöglingen sagt wie zu sich selbst, wie im Schlaf: »Antreten! Antreten!« Aber im Grunde wissen alle, daß sie noch etwas abwarten müssen. Und da geht auch schon die Kammertür auf; eine Weile nichts; dann tritt Oberlieutenant Wehl heraus und seine Augen sind groß und zornig und seine Schritte fest. Er marschiert wie beim Defilieren und sagt heiser: »Antreten!« Mit unbeschreiblicher Geschwindigkeit findet sich alles in Reihe und Glied. Keiner rührt sich. Als wenn ein Feldzeugmeister da wäre. Und jetzt das Kommando: »Achtung!« Pause und dann, trocken und hart: »Euer Kamerad Gruber ist soeben gestorben. Herzschlag. Abmarsch!« Pause.

Und erst nach einer Weile die Stimme des diensttuenden Zöglings, klein und leise: »Links um! Marschieren: Compagnie, Marsch!« Ohne Schritt und langsam wendet sich der Jahrgang zur Tür. Jerome als der letzte. Keiner sieht sich um. Die Luft aus dem Gang kommt, kalt und dumpfig, den Knaben entgegen. Einer meint, es rieche nach Karbol. Pombert macht laut einen gemeinen Witz in Bezug auf den Gestank.

Niemand lacht. Jerome fühlt sich plötzlich am Arm gefaßt, so angesprungen. Krix hängt daran. Seine Augen glänzen und seine Zähne schimmern, als ob er beißen wollte. »Ich hab ihn gesehen«, flüstert er atemlos und preßt Jeromes Arm und ein Lachen ist innen in ihm und rüttelt ihn hin und her. Er kann kaum weiter: »Ganz nackt ist er und eingefallen und ganz lang. Und an den Fußsohlen ist er versiegelt...«
Und dann kichert er, spitz und kitzlich, kichert und beißt sich in den Ärmel Jeromes hinein.

EIN MORGEN

Zwischen dem Kastellfelsen von Arco und dem Dosso di Romarzolo, einem Bergrücken, der sich wie ein erwachender, durstiger Drache nach dem Gardasee schiebt, gibt es drei Ortschaften. Sie führen einen gemeinsamen Namen; so arm sind sie, daß keine von ihnen stark genug war, sich von der nachbarlichen dauernd zu unterscheiden. Am Rand der ersten Ortschaft ist eine Kirche, weiß und neu, aber doch schon im ersten Drittel ihrer Mauern schmutzig wie ein nachgeschleiftes Kleid. Sie ist allen drei Ortschaften zulieb gebaut, obwohl die Einwohner des entferntesten Dorfes lieber zu den Bettelbrüdern in das sehr alte Kloster Santa Maria delle Grazie beten und beichten gehen. Am Saume des zweiten Ortes ist ein Gasthaus, von den Gästen Arco's nachmittags gerne besucht, und deshalb auch schon von den Fremden beeinflußt: ein helles

Haus mit Aufschriften, Terrassen und kleinen Kübel-Oleandern, manchmal sogar mit einer Fahne bezeichnet. Und daneben ragt eine übergroße, vielfenstrige Dampfmühle und verdeckt die Häuschen und ihren Himmel. Sie gehört dem Wirte und ist nichts, als das häßliche Geld der Arceser Kurgäste, mit welchem sie ihm den sauern *vino santo* teuer bezahlen. Und jeder, der da kommt, trinkt, einen Witz in das fettige Fremdenbuch schreibt und die Kellnerin um ihren Namen fragt, legt, ohne daß er es weiß, einen Stein zu dieser ungeheueren Mühle hinzu, die überdies noch jedes Jahr ein junges Häuschen kriegt.

Ich weiß zufällig, daß die erste Ortschaft Chiarano heißt, die mit dem gemeinsamen Kirchlein am Rand. Ich glaubte ihre paar armseligen Häuser genau zu kennen; denn es führt eine steile Steinrinne mitten durch in den Olivenwald, der, gebückt und silbern, die Hänge im Hintergrund verhüllt. Diesen Weg meinte ich auch an einem frühen Morgen im März zu gehen. Durch den feinen schwingenden Nebel, der schon die ganze Sonne enthielt, so daß sie viel näher schien, als wenn sie irgendwo am Himmel sichtbar wird, hatte ich eine Sekunde lang schon die ersten Oliven erkannt, hell, und Stamm und Blätter von derselben, fast farblosen Blässe. Aber plötzlich blieb eine Mauer, die von irgendwoher über die ganze Breite der Straße lief, vor mir stehen. Also bog ich links ab: ich war dem Morgen so willig. Aber ich hatte doch das Gefühl, so lange in dieser neuen Gasse zu gehen, daß der Ort schon hätte enden müssen. Statt dessen stellte sich mir wieder diese rohe, alte steinerne Mauer entgegen, schwankend im Nebel, gleichsam atemlos, als hätte sie sich bemüht, mir auf einem anderen Wege zuvorzukommen. Und ich ging wieder nach links. Das führte mich zu einem dunkeln breiten Torbogen, darüber noch der Kranz, das Zeichen einer »*vendita di vino*«, hing. Aber er war welk. Im Hofe lagen Stühle, Tür- und Fensterrahmen, von Stürmen oder Knaben herausgerissen, und durch die hohlen Türen sah man in lauter dunkles Verlassensein. Jenseits des Hofes war ein zweites Tor am Ende eines ziemlich langen, finsteren Flurs. Und vor diesem Tor ging jetzt ein Mädchen vorbei oder eine Frau. Schlank und in dem schwarzen Kleid, das diese Bäuerinnen fast täglich tragen. Als ich selbst rasch aus dem Hause trat, verlor ich sie links im Nebel. Ich folgte in dieser Richtung. Und jetzt öffneten sich beständig, bald rechts, bald links, kleine enge Seitengassen, als ob die Häuser zur Seite rückten, und es kamen viele Mädchen und Frauen, jener ersten ähnlich, und schritten, ohne mit einander zu sprechen, alle der Einen nach. Ich sah nur einen Augenblick ein junges klares Gesicht, oder erwachte, tief innen glänzende Augen, oder eine schmale braune Stirn, über der das schwarze Haar sich leicht und ohne Zwang bewegte, – dann fiel der Nebel schnell, wie ein Vorhang, davor, und nur die vielen hölzernen Schuhe klapperten irgendwo vorn.

Plötzlich blieb ich stehen und löste aus dem feinen Nebel, wie aus weichen, verwirrten Haaren: einen Brunnen mit Steinrand, ja mit einem Relief sogar, eine kleine Mariensäule aus verwittertem Stein, mit einem schweren runden Dach über sich, – aber diese Säule war nur der Anfang. Sie bildete das Eck einer ganz kleinen Kirche. Auf den Wänden außen zeigten sich Reste von alter Freskomalerei, vielleicht ein Abendmahl darstellend, und auf der Seite der Eingangstür waren Kopf und Arme und ein Stück von den tüchtigen watenden Beinen St. Christophor's zu erkennen, in großen Maßen, so, daß die Gestalt des Heiligen ein wenig gebückt schien, nicht nur durch die Last des Jesukindes, sondern auch aus Angst vor dem nahen Dach. Dieses Dach war nur sehr notdürftig zusammengefügt. Es mußte viele Fugen und Risse haben, denn über den Mädchen und Frauen, die jetzt drin in den Bänken saßen, war Glanz ausgestreut von oben, viel kleine Lichter, die vom Haar auf die Schultern fielen und dort hafteten, wie lauter Blätter einer großen Rose, die langsam zerflattert. Der Altar war fast dunkel; die schlechten, überschlanken Kerzen hatten ein krankes Licht und zuckten unruhig vor den schwarzgewordenen Bildern. Ein kleiner Greis in einem Meßgewand aus blaßblauem Taft las das Evangelium. Er stand ganz ruhig, mit seinem runden, lichtblauen Rükken zu den Frauen gekehrt, als ob er schliefe, und nur sein weißhaariger Kopf zitterte von den Worten des Evangeliums. Vielleicht schien es auch nur im Scheine der Kerzen so. –

Als ich mich zurückwandte, war der Platz klar, und der Nebel lag als flüchtiger Glanz naß auf den Steinen. Ich ging durch zwei oder drei Gassen. In den Häusern regten sich jetzt erst die Männer, man vernahm Flüche, und da und dort begann ein heiseres Lied. Aber die Stimmen waren noch schwer vom Schlaf. Ein Bursche mit rotem Gesicht stieß einen Esel aus dem Stall. Ein Alter rief beständig, ärgerlich: »Gita! Gita!« Aber niemand antwortete.

Ich aber wußte, wo Gita war. Ich habe ja gesehen, wo die Frauen sind, ehe die Männer wach werden. –

Gleich darauf war ich unter Oliven. Vom Wald her blickte ich zurück. Wieder die armen Hütten mit schlechten Dächern, verwitterten Mauern, hohlen Fenstern und roten Schürzen, die auf Geländern trocknen und ein wenig winken im Morgenwind. Am Rand die häßliche, neue, weiße Kirche, darin am Sonntag, vormittags um neun Uhr, Hochamt ist. Vielleicht würde das kleine Kirchlein finster und hinfällig werden, wenn es von diesem Rivalen erführe. Aber es gibt eine Stunde vor Tag, da ist es wie die einzige Kirche auf der Welt. Und keine von den Frauen wird darin zu ihrer Nachbarin etwas von der neuen Kirche sagen. Sie sind ja überhaupt ganz still, als ob keine von der anderen wüßte. Und auch der alte Priester weiß nicht, ob Leute da sind, oder nicht. Er liest das Evangelium und denkt nur manchmal dazwischen, wenn er die Steinkälte in den Füßen fühlt: »Gestern war doch ein Teppich da ...« Aber das sind an fünfzig Jahre her, daß ein Teppich über den Stufen lag.

Ich bin nicht mehr nach Chiarano gegangen aus Furcht, diese kleine Kirche nicht wiederzufinden.

DER GRABGÄRTNER

⟨Erste Fassung von: Der Totengräber⟩

In San Rocco war der alte Totengräber gestorben. Es wurde täglich ausgerufen, daß die Stelle neu zu besetzen sei. Aber es vergingen drei Wochen, ohne daß sich jemand meldete. Und da während dieser ganzen Zeit niemand in San Rocco starb, so schien die Sache auch nicht dringlich zu sein, und man wartete ruhig ab. An einem Morgen im Mai begegnete die Tochter des Bürgermeisters im Flur des Hauses, darin sie mit ihrem Vater, dem breiten Gian-Battista Lecconi, wohnte, einem fremden Mann. Es war ihr dennoch, als hätte sie ihn schon oft gesehen. Er war groß, schlank und hatte eine heitere und reine Stirne. Diese war das Auffallendste in seinem stillen Gesicht. Aber auch der Mund war dem Mädchen bekannt, als er fragte: »Kann ich zum Bürgermeister?« Das Mädchen nickte. Da sagte der Fremde: »Du bist seine Tochter?« »Ja.« »Und wie alt bist du wohl?« Das Mädchen lachte. »Bald siebzehn Jahre.« Da lächelte der Fremde und ging weiter. Plötzlich, wie beunruhigt, rief ihm Gita nach: »Mann, wer bist du?« Sie hörte, wie der Fremde stehn blieb, am Ende des dunklen Flurs, und nach einer Weile sagte er mit heller und lieber Stimme: »Ein Gärtner.«

Dieses war der neue Totengräber von San Rocco. Er faßte sein Amt ganz merkwürdig auf. Er schuf den ganzen Kirchhof um, arbeitete Tag und Nacht daran, die alten vorhandenen Gräber zu bereiten wie ein großes Bette, in dem der Mai langsam und mit trägen Bewegungen erwachte. Gegenüber den Gräbern, jenseits des mittleren Weges, war bislang wilder Rasen gewesen, unschön wie das Haar eines Burschen, der eben aufgestanden ist. Dort errichtete der fremde Mann viele kleine Beete, den Gräbern drüben sehr ähnlich, so daß die beiden Seiten des Kirchhofs wie Schwestern aussahen. Auf beiden Teilen war der Mai gleich reich und gleich glänzend, und die Leute, welche aus der Stadt herauskamen, konnten ihre Gräber gar nicht gleich wiederfinden, ja es geschah, daß manch ein altes Mütterchen über den leeren Beeten der rechten Wegesseite kniete und weinte, ohne daß dieses Gebet deshalb ihrem Sohn verloren ging, der fern drüben unter den lichten Anemonen lag. – So geschah es aber auch, daß die von San Rocco nicht mehr den ganzen schweren Tod empfanden. Wenn einmal jemand starb (und es traf meistens alte Leute in diesem Frühjahr), so mochte der Weg hinaus zwar immer noch sehr traurig sein, draußen aber wurde es immer ein kleines und stilles Fest. Die Blumen schienen von allen Seiten herbeizudrängen und sich so schnell vor die dunkle Grube zu stellen, daß es schien, als hätte der schwarze Mund der Erde sich nur aufgetan, um diese vielen Blüten zu sagen.

Am häufigsten war Gita bei dem Fremden zu Gast. Sie stand bei seiner Arbeit und horchte auf das, was er sagte. Es war wie sein Gesicht, fremd und doch zugleich ihr im tiefsten verwandt. Er sprach nie von den Leuten, weder von dem Volk, noch von einzelnen, nichteinmal von dem großen Condottiere Bartolomeo, von dessen Ruhm doch jeder Bettler wußte. Und doch bildeten sich Persönlichkeiten hinter seinen Worten, ganze Zeiten bauten sich auf und zerfielen, und es schienen hinter seinen Gedanken Jahrtausende zu vergehen.

Als der Sommer kam, war Gita fast jeden Tag auf dem Kirchhof. Zuhause warnte man sie, man tadelte sie dafür, man versuchte sie mit Gewalt zurückzuhalten: es half alles nichts. Sie fand doch den Weg und vergaß, sobald sie draußen bei dem Fremden war, alles Ungemach und den Zorn ihres Vaters, vor dem sie sich früher so gefürchtet hatte. – Aber an einem Tag im August, als es in den Gassen so seltsam schwer und schwül war und auch vor der Stadt kein Wind beginnen wollte, erwartete der Fremde sie an der Türe des Kirchhofs und sagte ernst: »Geh nachhaus, Gita, du darfst jetzt nichtmehr herkommen, bis ich dich wieder rufe.« Dann sahen sich beide eine Weile lang in die Augen. Und dann kehrte Gita zurück in die schwere schwarze Stadt und ging still und ohne Lachen im Hause Gian-Battista Lecconi's hin und her. Der Fremde aber sah ihr lange nach, und dann begann für ihn die Arbeit. Täglich kamen drei, vier Leichenzüge heraus. Viele Bürger gingen mit, und es waren lauter schöne und reiche Begräbnisse, bei denen mit Weihrauch und Gesang nicht gespart wurde. Der Fremde aber wußte, was ihm noch niemand verraten hatte: in der Stadt hatte die Pest ihren Anfang genommen. Und die immer schwüleren Tage mit den heißen stehenden Himmeln verstummten immer mehr, in den Nächten aber, den ängstlichen, vor morgen zitternden Nächten, stieg da und dort ein Schrei hoch hoch hinauf und schien mit zerschellter Stirne von irgend einem Stern zurückzufallen. Während das Entsetzen und die Furcht in der Stadt alle Hände lähmte, erstarkten die Arme des Fremden bei den größeren Anforderungen seines Amtes, und es war sogar eine gewisse Froheit über ihm, die Froheit der Arbeit, der Bewegung, und der klare Gesang seines Blutes erfüllte seine Adern in den wenigen Stunden seines Schlafes.

Da, als er eines Morgens erwachte, stand Gita vor ihm. Er erschrak und begriff erst allmählich ihre Worte: die Leute von San Rocco sind unterwegs gegen ihn. Sie wollen ihn töten; denn er, sagen sie, hat die Pest heraufbeschworen, indem er auf der anderen, leeren Seite des Kirchhofs jene kleinen Hügel errichtete, jene Gräber. Mit ihnen hat er die Leichen gerufen, die vielen hundert Leichen, die nun jeden Tag hinausgeschafft werden zu ihm. »Rette dich«, und Gita umfaßt ihn mit wilder Kraft.

Da sieht er schon einen dunklen Haufen schwellen auf dem Wege von der Stadt her. Staub voran. Man unterscheidet schon einzelne drohende Worte, die sich loslösen von dem dumpfen Gemurmel der Menge. Gita will ihn nach hinten ziehn. Er aber befiehlt ihr kurz, hineinzugehen in sein Haus. Und zitternd gehorcht sie. – Da kommt ein Stein und ein zweiter. Sie schlagen irgendwo an die Mauer. Gita hört es; sie springt hervor mit weiten, entsetzten Augen, und der dritte Stein zerschlägt ihr die Schläfe. Der fremde Mann fängt sie auf und trägt sie hinein in sein kleines dunkles Haus. Draußen, schon ganz nah an der niederen Mauer, johlt das Volk. Aber plötzlich hängt sich der kleine Schreiber mit dem Kahlkopf, Theophilo, an seinen Nachbar, den starken Schmied aus der Gasse: vicolo Santa Trinità. Er taumelt, und seine Augen sind seltsam verdreht. Und zugleich beginnt in der dritten Reihe ein Jüngling, Alonso, zu schwanken. Und hinten schreit eine Frau schrill auf und fällt. In wahnsinniger Hast rennt alles auseinander. Der Schmied bebt mit seinen schweren Schultern und macht heftige Bewegungen mit dem Arm, an dem Theophilo gehangen hat.

In einer Stunde, als der Totengräber aus seiner Tür tritt, ist alles leer weithin und Raum im Feld für den roten Abend. Er gräbt ein Grab dort am Ende des Mittelwegs, in dem weißen glänzenden Kies. Und später, als der Mond kommt, ist es, als ob er in Silber grübe. Das füllt er mit lauter Blumen aus, und dann legt er Gita hinein und deckt sie mit lauter Blumen zu. Und eine Weile steht er darüber gebeugt, und seine Hände zittern. Aber gleich darauf, als hätte er Angst vor der Ruhe, beginnt er zu arbeiten. Sieben Särge stehen noch unbeerdigt. Man hat sie im Laufe des letzten Tages herausgebracht. Nicht mit viel Gefolge, obwohl in dem einen, besonders breiten Eichensarg Gian-Battista Lecconi, der Bürgermeister von San Rocco, liegt. Alles hat sich verändert. Die Würden wirken nicht mehr. Statt eines Toten mit vielen Lebenden, kommt jetzt immer *ein* Lebender, der schwarze Sicco, und bringt drei, vier Tote mit. Und der Fremde mißt, wie viel Raum er noch hat auf der rechten Seite des Kirchhofs. Er zählt Raum für etwa fünfzehn Gräber. Und so beginnt er seine Arbeit, und sein leichter Spaten ist die einzige Stimme in der Nacht. Bis wieder das fürchterliche Stöhnen beginnt, lauter und verzweifelter als je, als ob dort hinter dem nächsten Dunkel ein riesiges wundes Ungeheuer sich im Tode wälzte. Aber der Fremde gräbt ruhig fort. Er hat das Gefühl: solang er Herr ist hier, in diesen vier Hecken, solang er hier ordnen kann und bauen und wenigstens außen, wenigstens durch die Blumen und Beete diesem wahnwitzigen Zufall einen Sinn geben und ihn mit allem Land herum versöhnen kann, solange ist der Andere noch nicht allmächtig, und es kann ein Tag kommen, wo er, der Andere, müd wird, nachgibt. Und schon sind zwei der Gräber fertig. Da kommen Stimmen. Und man hört einen Wagen knarren. Der Wagen ist über und über mit Leichen beladen. Nackte und Bekleidete, solche in Samt und solche in Lumpen, Junge und Alte liegen krampfhaft verschlungen, wie in einer schrecklichen Wollust erstarrt, in dieser Nacht. Und der schwarze Sicco hat Genossen gefunden. Rote trunkene Bursche mit nacktem Lachen und bloßen Armen. Und sie greifen blind und gierig in den Haufen Fleisch und reißen Einen heraus, der sich zu wehren scheint, und schleudern ihn über die Mauer des Kirchhofs. Und wieder einen. Der Fremde schafft ruhig fort. Bis ihm der Körper eines Mädchens nackt und blutig vor die Füße fällt. Das arme mißhandelte Haar versucht immer noch die jungen knappen Brüste zu bedecken. Da ruft der Totengräber drohend, mit dunkler Stimme in die Nacht. Und er will wieder an seine Arbeit gehen. Aber die Bursche sind just nicht aufgelegt, sich was befehlen zu lassen. Der schwarze Sicco taucht immer wieder auf, hebt die flache Stirn und wirft einen Körper über die Mauer. So stauen sich die Leichen um den ruhigen Arbeiter auf. Schwerer und schwerer geht der Spaten. Die Hände der Toten selbst scheinen sich wehrend darauf zu legen. Da hält der Fremde an. Auf seiner Stirne steht Schweiß. In seiner Brust ringt etwas. Dann tritt er näher an die Mauer heran, und als wieder Siccos schwarzer runder Kopf sich hebt, schwingt er den Spaten, fühlt in seinem Körper den Ruck, mit dem er anprallt, und sieht noch, daß er schwarz und naß ist, wie er ihn zurückzieht. Er wirft ihn in weitem Bogen fort und senkt die Stirn: ein Besiegter. Dann tritt er langsam aus seinem Garten heraus und geht in die Nacht. (Man weiß nicht, wohin.)

DER KARDINAL

Eine Biographie

Er ist der Sohn der schönen Fürstin von Ascoli. Sein Vater war irgend ein Abenteurer, er nannte sich damals Marquis Pemba. Aber die Fürstin liebt gerade *diesen* Sohn. Er erinnert sie an einen Garten, an Venedig und an einen Tag, da sie schöner war als sonst. Darum soll dieser Sohn das Leben haben und einen Namen:

Marchese von Villavenetia. Der Marchese ist ein schlechter Schüler. Er liebt, den Falken auf der Hand zu fühlen. Sein Lehrer sagt ihm einmal (und der Lehrer weiß nicht viel von der Jagd): »Wie, wenn der Falke einmal nicht wiederkehrt?« »Dann, dann –« sagt der Zögling sehr erregt – »dann werd ich selbst Flügel spüren.« Und er wird ganz rot, als ob er sich verraten hätte. Später, um sein fünfzehntes Jahr, wird er eine Weile still und fleißig. Er liebt die schöne Herzogin Julia von Este. Ein Jahr lang liebt er sie so, – dann geht er und befriedigt sich bei einer blonden Magd – und hat die Liebe vergessen. Jetzt beginnen rasche, rauschende Tage. Sein Degen hat selten Nacht. Er kommt nach Venedig und muß an einen Garten denken. Ein Jahr lang sucht er diesen Garten, dann findet er Valenzia. Sie ist groß, golden und stolz. Er kann sie nicht zugleich mit den anderen denken. Er denkt sie überhaupt nicht, er küßt sie. Aber sie hat einen Geliebten. Man sagt sogar, daß sie einen Gatten hat, aber der Geliebte ist gefährlicher. Der Marchese kennt ihn längst. Es gibt seit einem Jahrhundert überall Bilder von ihm. Sie hängen in den dunkelsten Sälen, gewöhnlich über einer Tür, damit die Kinder sie nicht sehen sollen. Sie haben den bösen Blick. Und der Marchese fühlt sich verfolgt davon. Er sieht in jedem Weinglas gespiegelt: diese dunkle, geheimnisvolle, gedrängte Stirn und die geraden schwarzen Brauen an ihrem Saum. Er wird schreckhaft. Er zuckt bei tausend Gelegenheiten zusammen und lacht dann sehr laut. Eines Nachts, da der Vorhang des breiten Bettes sich gerührt hat, springt er aus dem Fenster des Palazzo der Signora in den Kanal. Er hört Schüsse, kommt aber bis zur Piazzetta, wo Fischer ihm helfen.

Zehn Jahre später fährt er nach Venedig, nur um sich jenes Fenster anzusehen. Es ist von feinstem Stil, ein Spitzbogen mit Zierat, nicht überladen. Das befriedigt ihn. Er ist noch jung, Sekretär des Kardinals Borromeo, und erkennt Venedig wieder. Bei einem Feste sieht er auch Valenzia. Sie ist ganz wie damals, sie kommt auf ihn zu: aber er ist ein anderer, er verneigt sich sehr tief und zieht sich mit dem Senator Gritti zu einem ernsten Gespräch zurück. Gerade vor Ostern wird er Kardinal. Am Auferstehungstag fühlt er die schwere violette Seide von seinen gesunden Schultern rauschen. Er freut sich an den schönen Knaben, die ihm die Schleppe tragen, er freut sich an dem Licht, an dem Glanz, und der Gesang steigt ihm zu Kopf wie Duft von Weinbergen. Über ein Jahr bei den Osterfesten fehlt der Kardinal. Er lebt auf einem seiner Güter und schmückt seine Gärten. Am großen Sonntag sitzt er über den Plänen eines neuen Schlosses. Vielleicht läßt San-Sovin sich noch erbitten, es zu bauen. Am Abend fällt einem Günstling ein, daß Ostern ist. Der Kardinal lacht. Man rüstet rasch ein Fest, und die Mädchen aus Carmagnola kommen, zweimal fünfzig Mädchen.

Der Kardinal hat große Gastlichkeit. Überall erzählt man von ihm. Das Volk hält ihn für einen Zauberer. Zwanzig Maler sind um ihn, zehn Bildhauer arbeiten in seinen Parken, und jeder Dichter vergleicht ihn mit irgend einem Gott. Eines Tages empfängt er Valenzia. Die Signora ist strahlender als je. Er gibt ihr täglich Feste. Mitten im schönsten wird dem Kardinal durch einen reitenden Boten ein Brief gebracht. Er liest, wird blaß und reicht ihn Valenzia. Am Abend reist die Signora ab nach Rom. Sie hat Freunde dort unter den Kardinälen. – In der Nacht erwacht der Kardinal. Er liest noch einmal den Brief, und sein liebster Knabe hält ihm die Fackel dazu. Die letzten Worte sind: Der Papst ist tot.

Drei Tage später erhält der Kardinal einen Brief von der alten Herzogin von Ascoli, seiner Mutter, aus Rom. Es ist der erste Brief von ihr. Sie beglückwünscht ihn zu irgend etwas. Er versteht es nicht ganz. Aber am Abend beruft man ihn dringend nach Rom. Da begreift er und nimmt sich vor, seiner Mutter einen Giorgione zu schenken.

FRAU BLAHA'S MAGD

In jedem Sommer fuhr Frau Blaha, welche an den kleinen Beamten der Turnauer Bahn, Wenzel Blaha, verheiratet war, für einige Wochen in ihren Heimatort. Dieser Ort ist im flachen und sumpfigen Böhmen in der Gegend von Nimburg gelegen und recht arm und unbedeutend. Als Frau Blaha, die sich doch schon gewissermaßen Städterin fühlte, all die kleinen elenden Häuser wiedersah, glaubte sie sich imstande, eine Wohltat zu versuchen. Sie trat bei einer bekannten Bäuerin ein, von der sie wußte, daß sie eine Tochter besäße, und schlug ihr vor, diese Tochter zu sich in die Stadt in Dienst zu nehmen. Sie würde ihr einen kleinen, bescheidenen Lohn zahlen, und überdies hätte das Mädchen den Vorteil, in der Stadt zu sein und da manches zu lernen. (Was sie da lernen sollte, war Frau Blaha selbst nicht klar.) Die Bäuerin besprach die Angelegenheit mit ihrem Mann, der beständig die Augen zusammenkniff und zunächst nur ausspuckte. Nach einer halben Stunde aber kam er wieder in die Stube und fragte: »Na, und weiß die Frau, daß die Anna so so ist?« Dabei schwankte seine braune, faltige Hand wie ein welkes Kastanienblatt vor seiner Stirn hin und her. »Dummkopf« – machte die Bäuerin, – »wir werden doch nicht!..«

So kam die Anna zu Blahas. Sie war da meistens den ganzen Tag allein. Der Herr, Wenzel Blaha, war in der Kanzlei, die Frau ging in die Häuser nähen, und Kinder gab es keine. Anna saß in der kleinen finstern Küche, welche ein Fenster in den Lichthof hatte, und wartete, bis der Leierkastenmann kam. Das war jeden Tag vor der Dämmerung. Dann lehnte sie in dem kleinen Fenster, weit vorgebeugt, so daß ihr blasses Haar im Winde hing, und tanzte innerlich, bis daß sie schwindlich wurde, und die hohen schmutzigen Mauern unsicher und schwankend sich gegeneinander bewegten. Wenn ihr dann ängstlich wurde, begann sie durch das ganze Haus zu gehen über die finsteren und schmutzigen Treppen bis hinunter in die qualmige Gassenschenke, wo dann und wann irgendeiner sang in der ersten Trunkenheit. Unterwegs geriet sie immer unter die Kinder, die sich, ohne daß eines zuhause vermißt wurde, tagelang im Hofe herumtrieben, und die Kinder wollten seltsamerweise immer, sie solle ihnen Geschichten erzählen. Sie kamen ihr manchmal sogar bis in die Küche nach. Aber dann setzte die Anna sich an den Herd, deckte das leere blasse Gesicht mit den Händen zu und sagte: »Nachdenken.« Und die Kinder geduldeten sich eine Weile. Als aber Annuschka immer noch nachdachte, so daß es ganz still und bange wurde in der finsteren Küche, liefen die Kinder davon und sahen nichtmehr, daß das Mädchen sanft und klagend zu weinen begann und vor lauter Heimweh ganz klein und hilflos war. Wonach sie sich sehnte, ist ungewiß. Nach den Schlägen vielleicht auch ein wenig. Meistens aber nach so etwas Unbestimmtem, das irgendwann einmal war, oder vielleicht hat sie es auch nur geträumt. Bei dem vielen Nachdenken, das die Kinder von ihr verlangten, fiel es ihr langsam ein. Erst rot, rot, und dann viele Leute. Und dann eine Glocke, eine laute Glocke, und dann: ein König – und ein Bauer und ein Turm. Und sie sprechen. »Lieber König«, sagt der Bauer.... »Ja«, sagt der König darauf mit sehr stolzer Stimme: »Ich weiß.« Und, in der Tat, wie sollte ein König nicht alles wissen, was ein Bauer ihm zu sagen hat. –

Kurz darauf nahm die Frau das Mädchen einmal zum Einkaufen mit. Da es um Weihnachten war und Abend, waren die Schaufenster sehr hell und mit vielem Überfluß angefüllt. In einem Spielwarenladen sah Anna plötzlich ihre Erinnerung. Den König, den Bauer, den Turm... Oh und das Herz schlug ihr lauter, als ihre Schritte waren. Aber sie sah rasch fort, und ohne stehen zu bleiben ging sie neben Frau Blaha her. Sie hatte das Gefühl, als ob sie nichts verraten dürfte. Und das Puppentheater blieb also, gleichsam unbeachtet, hinter ihnen zurück; Frau Blaha, die keine Kinder hatte, hatte es gar nicht bemerkt. – Kurz darauf hatte Anna ihren Ausgehsonntag. Sie kam nicht am Abend zurück. Ein Mann, den sie schon unten in der Schenke gesehen hatte, schloß sich ihr an, und sie konnte sich nicht genau erinnern, wohin er sie geführt hatte. Ihr war, als wäre sie ein Jahr fortgewesen. Als sie müde, Montag früh, in die Küche kam, war alles noch kälter und grauer als sonst. Sie zerschlug an diesem Tag eine Suppenterrine und wurde deshalb arg gescholten. Daß sie die Nacht ausgeblieben war, hatte die Frau gar nicht bemerkt. Später, bis gegen Neujahr, blieb sie noch drei Nächte aus. Dann hörte sie mit einem Male auf, im Hause herumzugehen, verschloß ängstlich die Wohnung und kam, auch wenn der Leiermann spielte, nicht immer ans Fenster.

So verging der Winter, und ein blasses, zaghaftes Frühjahr begann. Das ist eine eigene Jahreszeit in den Hinterhöfen. Die Häuser sind schwarz und feucht, und die Luft ist licht, wie oft gewaschenes Linnen. Die schlechtgeputzten Fenster zucken von Glanz, und verschiedene leichte Abfälle tanzen im Wind an den Stockwerken vorüber. Die Geräusche des ganzen Hauses sind vernehmlicher, und die Schüsseln klirren anders, heller, höher, und die Messer und Löffel haben ein anderes Rasseln.

Zu dieser Zeit bekam Annuschka ein Kind. Es kam ihr vollkommen unerwartet. Nachdem sie sich wochenlang dick und schwer gefühlt hatte, drängte es sich eines Morgens aus ihr heraus und war in der Welt, weiß Gott woher. Es war Sonntag, und man schlief noch im Hause. Sie betrachtete es eine Weile, ohne daß ihr Gesicht sich irgendwie veränderte. Das Kind bewegte sich kaum, aber plötzlich begann eine ganz spitze Stimme in der kleinen Brust, und zugleich rief Frau Blaha, und ein Bett krachte in der Stube drin. Da packte Annuschka ihre blaue Schürze, welche nah am Bette hing, zog die Gürtelbänder derselben über dem kleinen Halse zusammen und legte das ganze blaue Bündel zu unterst in ihren Koffer. Dann ging sie in die Stuben, zog die Vorhänge auf und begann den Kaffee zu kochen. An einem der nächsten Tage zählte Annuschka ihren bisher erhaltenen Lohn. Es waren fünfzehn Gulden. Dann versperrte sie die Tür, machte den Koffer auf und legte die blaue Schürze, die schwer und reglos war, auf den Küchentisch. Sie band sie langsam auf, besah das Kind und maß mit einem Zentimeterstreifen seine Länge, vom Kopf bis zu den Füßen. Dann brachte sie alles in die frühere Ordnung und ging aus dem Haus. Aber, schade, der König, der Bauer und der Turm waren um vieles kleiner. Sie brachte sie dennoch mit und noch andere Puppen dazu. Nämlich: eine Prinzessin mit roten runden Punkten auf den Wangen, einen alten Mann, einen anderen alten Mann, der ein Kreuz auf der Brust hatte und schon wegen seines großen Bartes wie der heilige Nikolaus aussah, und noch zwei oder drei, die nicht so schön und bedeutend waren. Dazu ein Theater, dessen Vorhang auf und nieder ging, wobei der Garten dahinter abwechselnd auftauchte und wieder verschwand.

Jetzt hatte Annuschka etwas für das Alleinsein. Wo war das Heimweh hin? Sie baute das große schöne Theater auf (es hatte zwölf Gulden gekostet) und stellte sich, wie es sich gehört, dahinter auf. Aber manchmal, wenn der Vorhang gerade aufgerollt war, lief sie rasch nach vorn, und nun schaute sie in Gärten hinein, und die ganze graue Küche war verschwunden hinter den hohen, prächtigen Bäumen. Dann trat sie wieder zurück und holte zwei oder drei Figuren hervor und ließ sie reden nach ihrer Meinung. Es wurde nie ein eigentliches Stück daraus; aber es gab Rede und Gegenrede, auch geschah es, daß sich zwei Puppen plötzlich, wie erschrocken, vor einander verneigten. Oder auch es verneigten sich beide vor dem alten Mann, der das nicht konnte, weil er ganz von Holz war. Deshalb fiel er jedesmal aus Dankbarkeit um.

Unter den Kindern ging das Gerücht von diesen Spielen Annuschkas. Und seither fanden sich, erst mißtrauisch, dann immer argloser, die Kinder der Nachbarschaft in der Küche bei Blahas ein und standen, wenn es dämmerte in den Ecken und ließen die schönen Puppen, die immer dasselbe sprachen, nicht aus den Augen. Einmal hatte Annuschka ganz heiße Wangen und sagte: »Ich habe noch eine ganz große Puppe.«

Die Kinder zitterten vor Ungeduld. Aber Annuschka schien es wieder vergessen zu haben. Sie stellte alle Personen in ihren Garten hinein, und diejenigen, die nicht aufrecht bleiben mochten, lehnte sie an die seitlichen Kulissen. Dabei kam auch eine Art Harlekin mit großem, rundem Gesicht zum Vorschein, dessen sich die Kinder gar nicht erinnern konnten. Aber durch alle Pracht immer noch mehr gereizt, baten die Kinder um die »ganz große«. Nur einmal, die »ganz große«. Nur einen Augenblick: die »ganz große«.

Annuschka ging nach hinten zu ihrem Koffer. Es dunkelte schon. Die Kinder und die Puppen standen einander gegenüber, ganz still und ähnlich. Aber aus den weitaufgerissenen Augen des Harlekin, welche waren, als ob sie etwas Entsetzliches erwarteten, kam ganz unvermutet eine solche Angst über die Kinder, daß sie mit einem Male aufschreiend davonliefen, ohne Ausnahme.

Mit dem großen Blauen in den Händen kam Annuschka zurück. Aufeinmal zitterten ihre Hände. Die Küche war hinter den Kindern so still geworden und so leer. Annuschka hatte keine Angst. Sie lachte leise und stieß das Theater mit den Füßen um und trat die einzelnen dünnen Brettchen, welche doch den Garten bedeuteten, entzwei. Und dann, als die Küche schon ganz dunkel war, ging sie herum und spaltete allen Puppen die Köpfe, auch der großen blauen.

REFLEXE

Bald nach der französischen Revolution erschien plötzlich die Herzogin von Villerose in Böhmen. Man erzählte, der Herzog von Friedland habe ihr eines seiner Schlösser angeboten. Und wirklich fuhren bald darauf drei große Reisewagen in Demin ein. Mehr Gefolge hatte ja niemand in dieser zitternden Zeit. Aber es blieb trotzdem nicht einsam im Schlosse. Es ergab sich ganz unerwarteter Weise, daß eine Menge Adel in dieser Gegend lebte, Emigranten und andere. Besonders viele Polen fanden sich ein.

Die ersten Empfänge der Herzogin brachten allerdings einige Verlegenheit mit sich. Unter dem hohen strahlenden Portal, vor welchem Wagen um Wagen vorfuhr, fanden sich Männer, welche einander erstaunt und fragend anblickten, mit dunklen Erinnerungen in den Augen, und Frauen, die einander mit ironischem Lächeln begrüßten. Sehr laut und sehr schnell wurden dann die Namen genannt: die Gräfin Polonska, die Frau Fürstin von Liegnitz und viele glänzendere. Manche besannen sich erst im Vorsaal, während sie die Handschuhe zuknöpften, ihres Namens und Ranges.

Aber die Herzogin von Villerose, in ihrer natürlichen Art, verstand allen diesen kleinen Verlegenheiten zu begegnen. Wen sie empfing, wer ihre feine, kühle Hand mit den Lippen nur eben beschatten durfte, der *war*, was er schien. Und die Herzogin merkte sich alle die vielen seltsamen Namen und gebrauchte sie mit soviel Laune und Leichtigkeit, wie Perlen, welche man

in die Luft wirft: und alle Anwesenden lernten auffangen.
Außer der Herzogin selbst, einer blonden zarten Frau in jenem unsagbar feinen Alter, welches die Schönheit aller Altersstufen zu beherrschen scheint, fanden die Gäste auf Demin noch vor: die Fürstin von Sylva-Valtara, verwitwet, eine Schwester der Herzogin, obwohl sie dieser in gar nichts glich. Den Grafen Alma, einen Ungläubigen der Frauen, die ihn alle heimlich bewunderten, Kammerherr in Schwarz und, wie es hieß, Schüler Swedenborgs. Außerdem, immer in einer Fensternische, den Abbé Luc, schweigsam, beschattet, ein totes Lächeln über den schmalen Lippen. Auch ein junges Mädchen ging in der glänzenden Gesellschaft umher, lautlos und einsam wie im Wald: Helene, eine Tochter der Herzogin, immer in Weiß. Die Herzogin schien sie sehr zu lieben. Sobald die junge Fürstin im Saal erschien, ging die Hausherrin von allen Gesprächen fort auf das Mädchen zu und küßte es auf die Stirn. Alle waren entzückt von dieser Zärtlichkeit. Der dicke Graf Ballin sagte etwas zu laut: »Welch eine Frau!« Und eine hagere ältliche Dame, welche immer nur verlobt gewesen war, verbesserte ihn: »Eine *Mutter*, ach, was für eine Mutter, lieber Graf!« Aber angesichts dieser Szene kamen auch einem jungen Menschen seine ersten Verse. Er las sie noch an demselben Abend, beständig errötend, in einer Ecke des Saales vor und wurde auf einmal der Liebling vieler Damen. Aber es wurden auch wirkliche Dichter in Demin wach. Man sah manchmal in den tiefsten Alleen des Parkes stille Gestalten

auf und niedergehen und, wenn man näher kam, hob sich eine einsame verklärte Stirne und zwei Augen von fremden Fernsichten erfüllt.

Zu den Festen in Demin fanden sich Leute ein, die in stilleren Nebenzimmern eine Melodie erfanden, welche noch in derselben Nacht getanzt wurde. Unversehens war ein kleines Drama fertig, und man spielte es in seltsamen bunten Kostümen zwei Stunden später. Die Manuskripte loderten längst in den Kaminen: wozu sparen? Es gab ja täglich einen neuen Tanz und ein neues Spiel, sooft man dessen bedurfte. Etwas wie ein Hof entstand. Hier irgendwo schien das Reich der Herzogin zu sein, und Demin war der Mittelpunkt.

In demselben Maße wie die Gäste, vermehrte sich auch die Dienerschaft des Hauses. Von allen Seiten drängten sich Leute herzu, und die meisten wurden aufgenommen. Es gab für alle zu leben. Mit einem Male war ein Haushofmeister da, der über hundert Diener und Dienerinnen befahl. Dieses war ein Mann mit einem kühnen hoffährtigen Gesicht, welches in seltsamem Widerspruch stand mit seinen demütigen kriechenden Händen.

Der Graf Alma sagte einmal zur Herzogin: »Entlassen Sie diesen Haushofmeister.« – »Weshalb?« staunte die Herzogin, »ich bin mit ihm zufrieden.« Der Graf zuckte die Achseln. Der Haushofmeister blieb. Er verstand es auch prächtig, alles zusammenzuhalten; bei jeder Tafel, bei jedem Feste war sein Einfluß bemerkbar. Und sogar die Künstler hörten gelegentlich auf seinen Rat. Eine Dame sagte einmal von ihm: »Er hat Geschmack.«

Der Haushofmeister stand zufällig in der Nähe und verneigte sich stumm, mit so vornehmer Bescheidenheit, daß die Dame unwillkürlich lächeln mußte.
Um diese Zeit wurden die Feste immer reicher und rauschender. Zumal, als unerwartet ein Gast aus königlichem Blut erschien, ein junger glänzender Prinz, ein Bruder jenes Herzogs von Enghien, der später auf so grausame Art sterben sollte. Er war wie ein Goldstück, mitten ins Volk geworfen: Alles langte nach ihm; und er war geistreich genug, die Zuneigung der Gesellschaft als ein großes Recht über sie zu gebrauchen. Wie aus Marmorblöcken löste er die Gestalten in seiner Umgebung los, je nach dem Material: schöne und verschwenderische und solche, die sich nach Schönheit sehnen: rührende. Das war eine reiche Tätigkeit; denn er erfand die meisten kaum noch begonnen. Ein einziges Wesen begegnete ihm in Vollendung: Helene, die mit den großen traurigen Augen. Bei ihr ruhte er aus von seinem beständigen Schöpfersein. Er sprach dann wenig zu ihr und nur von seiner Heimat, von dem weiten Land an einem ernsten Meer. Und er liebte es, so zu reden, als ob er ein Fischersohn oder irgend eines namenlosen Mannes Kind wäre. Nie war ein Schloß oder ein Park Hintergrund diesen Gesprächen. Nichts Lautes kam darin vor und kein Name, der sie an einen Ort oder an eine Zeit hätte binden können. Immer, wenn er die Gesellschaft in Bewegung gebracht hatte, wenn sie alle von seinem Leben lebten, wenn die Wellen seines Blutes in tausend Gebärden sich groß und sichtbar wiederholten, zog sich der Prinz unmerklich zurück und fand

das fremde stille Mädchen bereit zu solchen dämmernden Gesprächen.

Einmal stand sie an der hohen Tür des Saales, welche auf die breite Terrasse führte. Er trat zu ihr und blickte neben ihr hinaus: Über vielen schwingenden Wipfeln war hohe, jagende Nacht. Und sie, die Schweigsame, sagte, da sie ihn neben sich fühlte, wie auf eine Frage hin: »Ich denke: diese Wolken, wie sich das formt und formt, willig jeder Gestalt und in jeder Gestalt flüchtig. Man sollte meinen, jede müßte erst ein Leben dauern in jeder Form. Wozu sonst die Form?« – Und auf einmal schauten sich die beiden jungen Menschen an und dachten dasselbe. Dann blieben sie noch eine Weile neben einander und angesichts der Nacht. Aber unter dem Einfluß irgend eines Zwanges wandte sich der Prinz plötzlich um und fand, daß er unter den Blicken des Abbé war, gleichsam umnachtet von ihnen. Er mischte sich unter die Gruppen und sah sehr sorglos aus, strebte aber doch nach der nahen Fensternische hin, und indem er ein Lächeln versuchte: »Und Sie, Herr Abbé, was soll man tun?« Der Prinz zögerte; er verbarg nur schwer seine Verwirrung und fand erst langsam seinen gewohnten Ton: »Giebt es kein Fest, so groß, daß es auch *Ihre* Sinne erreichte? Die bleiben immer außerhalb von jeder Freude, so scheint es.«

Der Abbé verbeugte sich leicht: »Sie irren, mein Prinz, meine Sinne sind mitten drin, eine Insel, wenn Sie wollen, eine schattige Insel in diesem Meer, über welches Sie Glanz streuen wie der Morgen selbst.«

»An Ihrer Sprache, Herr Abbé, merk ich den Grund Ihrer Einsamkeit. Sie sind ein Dichter, irr ich, – oder ein Denker.«

»Nichts dergleichen, mein Prinz, wenn ich schon Etwas sein soll, hier, wo *jeder Etwas ist*, dann nennen Sie mich einfach – einen Zuschauer. Das ist nicht viel, meinen Sie? Nun, je nachdem. Der Zuschauer wächst, sozusagen, mit der Szene. Leute, die eine Schlacht gesehen haben, unterscheiden sich wesentlich von solchen, die vor eine Rauferei geraten.« –

»Und nach *dieser* Szene zu schließen .....«

»Ganz recht, mein Prinz, Sie sehen, ich habe mir selbst geschmeichelt. Ich wollte sagen: mit diesem Bild von Reichtum, Schönheit und Macht in Augen, bin ich ein ganz vorzüglicher Mensch, – verzeihen Sie, ein ganz vorzüglicher – Zuschauer geworden. – Aber nun bitte ich Sie: denken Sie mal, was geschieht, wenn ein Zuschauer sich plötzlich in die Handlung mengt? Eine Verwirrung, nichtwahr? Das Spiel hört auf – plötzlich. Unter der Schminke andere Gesichter, unter den Kleidern andere Kleider, unter den Stimmen – andere Stimmen ....« und nun sprach der Abbé weiter, mit ganz anderen, kurzen Worten, ohne Betonung, wie mit stählernen Stimmbändern: »Diese Herzogin, sehen Sie, ist noch die Beste unter uns. Sie ist die Tochter eines Barons. Allerdings, leider, keines französischen, eines lothringischen, – aber immerhin: eines Barons. Das hat nicht jeder aufzuweisen! Ihre Mutter war – war, – verzeihen Sie, mein Gedächtnis verläßt mich vor dieser Menge von Möglichkeiten – war – ja – eine Tänzerin.

Sehen Sie, sie lächelt jetzt mit ihrem immer gleichen, entzückenden Lächeln; nur weil sie es nicht auf der Bühne gebraucht und nicht kurze Kleider trägt, sieht es so ganz anders aus, als ob es nicht ihrer Mutter Erbteil wäre! Aber trotz allem: sie hat Talent zur Herzogin. Sehen Sie daneben diese Sylva-Valtara. Eine Spanierin – im Traum. Ich glaube, sie war Kammerjungfer, als sie noch fein und zierlich war; jetzt, da sie dick wird, hat sie es vorgezogen, Witwe eines nieverstorbenen Fürsten zu sein. Das sind unsere Damen. Wünschen Sie auch unsere Herren kennen zu lernen?«

Der Prinz hatte die Hand auf dem Degengriff. Sie zitterte so, daß die Ringe daran klingend an den Knauf schlugen.

Der Abbé veränderte nicht seine nachlässige Stellung. »Sie sehen, mein Prinz, ich habe eine eigentümliche Fröhlichkeit. Wollen Sie mir noch vorwerfen, daß ich an diesen Festen nicht teilnehme? Gerade sie haben mich so gestimmt – zum Scherzen...«

Der Prinz wandte sich kurz von dem Geistlichen ab.

Fast gleichzeitig erhob sich am anderen Ende des Saales ein Tumult. Der Haushofmeister hatte, etwas trunken wahrscheinlich, den Grafen Ballin beim Arm gefaßt und ihm irgend eine Frechheit gesagt. Das hätte sich noch bemänteln lassen. Man war schon im Begriff, den Haushofmeister hinauszudrängen, als der Graf wütend sich über ihn warf, und so war unversehens im Saal, in Anwesenheit der Damen, eine richtige Rauferei entstanden. Der Haushofmeister wurde nüchtern und erwies sich als stark. Er warf den Grafen in eine Ecke, sprang zerfetzt und blutig, wie er war, mitten in den Saal und schrie mit riesiger Stimme:

»Hunde seid ihr, Hunde! Sollens alle hören: Diese Herzogin *ist keine* Herzogin! Ihr alle seid – Alle – Alle...«

Es entstand eine wahnsinnige Verwirrung. Einige Degen blitzten. Die Damen flüchteten mit zerrissenen Schleppen. Plötzlich trat in dem allgemeinen Geschrei eine Stille ein. Die Herzogin stand mit ihrer Tochter hart vor dem Haushofmeister. Über den ganzen Saal hin waren ihre sicheren, nur am Anfang zitternden Worte vernehmbar:

»Simeon, wagst du vor diesem Kind, vor der Fürstin, zu wiederholen, was du eben gesagt hast?«

Helenens Auge lag ruhig und traurig auf der verworrenen Stirn des Mannes. Alles schwieg. Dann hörte man Helenens Stimme, die leise die Herzogin beschwor:

»Heißen Sie ihn fortgehn!« Und stumm und gehorsam verließ der Haushofmeister den Saal.

Am nächsten Tage hatte er Demin verlassen.

Auch die Herzogin sprach den Wunsch aus, nach Polen zu gehen auf ein anderes befreundetes Schloß. Alle stimmten ihr bei. – Die Pässe, die man aus Wien verlangt hatte, blieben lange aus, und Graf Alma wurde unruhig. Solange er an der Tafel anwesend war, wagte sich kein heiteres Gespräch heraus, so schwarz war seine Gestalt, so ernst seine Stirne. Die Herzogin machte ihm deshalb Vorwürfe. Er antwortete:

»Ich bitte Sie, lassen Sie heute aufbrechen, heute noch.«

Die Herzogin lächelte: »Aber, Alma, wie sollen wir ohne Pässe reisen?«
»Nur wenigstens von *hier* fort, an die Grenze.«
»Und ich, – soll ich auf dem Felde schlafen, Alma? Haben Sie wieder böse Ahnungen, Träume?«
Der Graf sagte ausweichend: »Ich schlafe schlecht, deshalb sind meine Träume kurz und heftig.«
Am anderen Tag kamen die Pässe, und nun begann man rasch aufzubrechen. Der Graf drängte, und niemand widersprach ihm. Die Dienerschaft riß alles von den Wänden und aus den Schränken, und Koffer und Truhen füllten sich wie Regentonnen im Gewitter. Alle Zimmer standen offen, und der Wind ging durch die leeren Türen. In den Sälen drängte sich neugierig das viele fremde Gesinde. Es war wie eine Plünderung. Man sah Knechte, die auf den Samtstühlen, welche sie hinuntertragen sollten, schliefen, und Mägde hielten schwere klare Spiegel, beugten ihr rotes sommersprossiges Gesicht darüber und trugen es, dumm lachend, im Spiegel, wie in einer Schüssel, hin und her.
Niemand von diesen Leuten maß seine Stimme, jeder lärmte und lachte wie in Trunkenheit. Am lautesten war ein Frauenzimmer von einer kecken schamlosen Schönheit. Man rief sie Aurora, und sie schien die Geliebte von allen Männern zu sein. Aber nur der Abbé Luc hatte erfahren, daß sie eigentlich das Weib Simeons, des früheren Haushofmeisters, sei, und daß dieser sie zu einer gewissen Mission unter dem Gesinde zurückgelassen habe. Aurora erzählte den Leuten nicht etwa, daß die Herzogin und die anderen im Schlosse

ihre Titel zu Unrecht führten, im Gegenteil, sie suchte in allen das Bewußtsein zu wecken, wie lächerlich der Zufall der Geburt die einen vor den anderen auszeichne. Und die Männer alle – die es ja wissen mußten – glaubten gerne, daß nur die edlen Steine und die seidenen Kleider der Herzogin an Auroras Hals und Hüften fehlten, um diese ebenso fürstlich und stolz erscheinen zu lassen. Indessen erkannte der Abbé, der unablässig betrachtete, an der wachsenden Kühnheit Auroras, daß sich irgend etwas vorbereite. Es ging auch das Gerücht, Simeon sei neulich nachts im Schlosse aufgetaucht und vor Morgen wieder verschwunden.

Am Abend vor der Abreise saß Helene mit dem Prinzen in einem kleinen Salon, den man noch nicht zerstört hatte. Fernher hörte man dann und wann die Geräusche des Aufbruchs. Aber der Herbststurm in den alten Bäumen draußen war stärker, und es ging alles in ihm verloren. Ein kleines Feuer zuckte im offenen Kamin, konnte aber nicht recht froh werden. Die Schatten derDämmerung schienen es von außen her zu ängstigen, und die beiden Menschen waren ein Teil dieser Schatten.

Der Prinz fragte: »Sie lieben Ihre Mutter?«

Pause.

»Ich liebe sie, – weil sie nicht meine Mutter ist...«, sagte die junge Fürstin einfach; und es war etwas sehr Rührendes in diesem Vertrauen.

»Ihre Mutter ist tot?«

Helene senkte den Kopf.

Pause.

Plötzlich sagte der junge Mann: »Können Sie mir verzeihen, Helene?«
Helene nickte langsam, nachdenklich.
»Sie sagen ja? Wissen Sie denn, *was* Sie mir verzeihen sollen?«
»Nein. Aber ich antworte auf Ihre Frage. Ich *kann* Ihnen Alles verzeihen.«
Der junge Mann erhob sich sehr rasch und machte eine ungeduldige, heftige Bewegung mit der Hand nach dem Halse hin und indem er den Kopf zurückwarf: »...kein Prinz...ich...bin kein...kein...kein Edelmann, ... ich bin ... ich ... ich bin arm, ... sehr arm...« schloß er rasch, hart, unfähig seinen Namen zu nennen.
Die Fürstin schien nicht erstaunt oder erschrocken. Sie wandte sich wie zu einem Kinde: »Warum beunruhigen Sie sich? Setzen Sie sich. Sprechen Sie mir von Ihrer Heimat, die *gehört* Ihnen *doch*; Ihnen gehört ja so *viel.*«
Da berührte er ihre Hand, die sie ihm eine Weile ließ, leicht mit den noch vom Geständnis zitternden Lippen und empfand, wie diese Berührung ihm einen neuen Adel verlieh.
Als die Herzogin bei den beiden jungen Menschen eintrat, geschahs mit den Worten: »Nun wird es Ernst. Morgen, mit dem ersten Licht, sind wir unterwegs. Wir müssen Abschied nehmen. Wohin gehen Sie, Prinz?«
Der Prinz erhob sich: »Ich habe die Fürstin Helene eben gebeten, mir zu gewähren, mit Ihnen zu reisen...«

»Und ich sehe, du hast es erlaubt –«, lächelte die Herzogin und küßte ihrer Tochter die Stirne.
Später trat auch die Fürstin Sylva-Valtara ein. Sie fürchtete sich überall und lief aus einem Zimmer ins andere. Auch in dem kleinen Salon fand sie es unheimlich; man rief nach Licht. Aber man mußte warten.
Alle erschraken, als Graf Alma plötzlich unter ihnen stand, ganz in Waffen. Als jemand darüber lachte, sagte er heiser: »Ich bin schon zur Reise bereit.«
Endlich hörte man nebenan Schritte. Der Prinz ging auf die Türe zu, um die Diener mit den Lampen hereinzulassen; es waren viele Schritte zu unterscheiden: man hatte *viel* Licht befohlen. Die Tür sprang auf, wildes Licht aus offenen Fackeln blendete den Prinzen, und er fühlte einen Stoß und Schmerz an der linken Schulter. Er taumelte. Aber im nächsten Augenblick stand er mit dem Degen den Hereinstürmenden entgegen. Graf Alma neben ihm. Eine ungeheure Wachheit war in ihnen. Ihre Namen und ihre Kleider rissen sie mit. Sie fochten furchtbar. Der Adel eines alten Königreichs hätte nicht stolzer fallen können. Die Übermacht bewältigte sie. Der Graf starb zuerst. Aus sieben Wunden strömte das Leben des Prinzen. Sterbend suchte sein Auge Helenen. Sie war nicht mehr im Salon; auch die anderen Frauen waren geflohen, so schien es. Die Horde drang johlend vor. Jetzt erschien Simeon an der Spitze; er meinte keinen Widerstand mehr befürchten zu müssen. In einem engen dunklen Gang stieß er auf ein Bündel Kleider. Das war die Frau Für-

stin von Sylva-Valtara. Er erwürgte sie im Vorübergehen.
Indessen suchte die Herzogin Helenen im großen Saal, als man dort eindrang. Simeon sprang auf sie zu, aber er zögerte.
»Gebt die Fürstin Helene heraus!« schrie sie und streckte ihm eine Klinge, ganz aus Mondlicht, entgegen, die ihn an der Hand verwundete.
Simeon brüllte auf: »Bist du ein Mann?« und erschlug sie mit einem Gewehrkolben. Dann hob er sie auf – sie war leicht wie ein Kind – und warf sie aus dem breiten Bogenfenster ins Schwarze, in den Hof.
Gleich darauf fuhr der große Reisewagen vor. Die Horde im Schloß hatte sich auf die Kisten gestürzt und plünderte. Jemand hatte auch noch Wein im Keller entdeckt: darauf hatte Simeon gerechnet. Er trug einen großen Mantel, darunter das schwarze Kammerherrnkleid des Grafen Alma. Die Pässe staken darin. Vor ihm stieg Aurora ein, stark verhüllt, aber mit Ringen an den unbehandschuhten Händen. Auf den Sitz gegenüber hob ein Diener eine weiße, verschleierte, schlafende oder bewußtlose Person.
Als der Wagen sich schon in Bewegung setzte, sprang noch jemand hinzu und schmiegte sich in den Rücksitz. Simeon erkannte ihn nicht gleich. Aber da schob sich das Gesicht vor und eine Stimme sagte kalt und klar: »Frau Herzogin –«. Es war der Abbé.
Man schwieg. Es war kalt und unheimlich im Wagen. Von irgendwo fielen Lichter herein und glitten wie irre Gedanken über die Gesichter. Aurora zitterte. Plötzlich

fragte sie flüsternd: »Wer ist das?« Sie zeigte mit dem Finger auf die weiße, verhüllte Gestalt. Simeon lachte: »Deine Tochter künftig, Frau Herzogin.«
Da nahm der Abbé den Schleier fort, und wie mit eigenem bleichen Licht hob sich aus dem Hintergrund Helenens schwer schlafendes Gesicht. Und gleich darauf erwachte sie aus der Betäubung, nach kurzem Kampf gingen die Lider auf, und die Augen, die nicht mehr staunen konnten, ergossen fremde Hoheit und Traurigkeit.
Simeon aber und sein Weib krochen zusammen wie abgestrafte Hunde und wußten auf einmal: Diese hier ist *doch* eine Fürstin.

DAS HAUS

Die große Kattunfabrik und Stoffdruckerei Wörmann und Schneider bei Danzig hatte in Erhard Stilfried einen ausgezeichneten Musterzeichner entdeckt. Er war noch ein junger Mensch, am Anfang der Dreißig etwa, und im Laufe der Zeit ergab sich, daß er der Firma unentbehrlich geworden war. Damit sein großes Talent sich aber ganz durchsetzen könne, war es notwendig, daß er seine Kenntnisse sowohl nach der künstlerischen, wie nach der technischen Seite vervollkommne. Er sollte ein Jahr auf der Kunstgewerbeschule in München verbringen und ein zweites Jahr dazu benutzen, die größeren Fabriken seines Fachs in Paris, Wien und Berlin genau kennen zu lernen. Kurz, nachdem er geheiratet hatte, machte ihm die Firma diesen Vorschlag. Es war natürlich nicht daran zu denken, die Frau mitzunehmen, und deshalb wurde Erhard der Entschluß schwer. Aber schließlich, es hing sein Fortkommen davon ab, und seine junge Frau selbst riet ihm dazu. So erwartete er noch sein erstes Kind, und nachdem die Geburt eines Buben glücklich vorüber war, reiste er ab.

Jetzt ist er auf der Rückreise. Er sitzt dritter Klasse in einem bequemen Zuge und fährt – schon hinter Berlin. Eigentümlich ist ihm zu Mut. Eine zitternde Aufregung erfüllt ihn bis in die Fingerspitzen, plötzliche Fröhlichkeiten kommen über ihn und vergehen wieder. Die Mitfahrenden sehen ihn an; er nimmt irgend eine Zeitung, schaut hinein und denkt. Wie das vergangen ist. Zwei Jahre – man möcht' es nicht glauben. Nun ja, das war eben die Arbeit. Die macht die Zeit so unkenntlich. Und gearbeitet hat er: seine Chefs werden staunen. Er hat nur kurz von seinen Erfolgen berichtet, die größten Überraschungen bringt er selbst. Das Modell zu der neuen Farbenpresse zum Beispiel. Wie seltsam! Eigentlich hat er den Erfinder entdeckt. Ein armer Teufel, der dasaß mit seiner Erfindung und nicht aus und ein wußte. Jetzt wird sie ausgeführt, patentiert, – man wird sich darum reißen. Und der sie erfunden hat, ein gewisser Sellier – ja, wo war das doch? In Paris, richtig! In Paris – das klingt jetzt schon wieder ganz fremd für Erhard. Seine Frau hat ihm neulich geschrieben: »Du hast jetzt die Welt gesehen ...« Die Welt? – Eigentlich hatte er in allen Städten nur das *Seine* gesucht; wie einer, der in ein dunkles Zimmer geht, um einen bestimmten Gegenstand zu holen. Von der Welt wußte er nicht eben viel. Aber das war ja auch gleichgültig zunächst. Später konnte man ja einmal eine Reise machen, gemeinsam, eine Vergnügungsreise – bis das Kind größer sein wird. Ja, das Kind! Wie es wohl aussehen mag – was für ein Gesicht? Er hat es ja nur gesehen, als es eben zur Welt kam. Und so kleine Kinder haben doch eigentlich kein Gesicht. Ob es ihm ähnlich sieht – oder ihr? – Und dann denkt er an seine Frau. Eine unendliche Wärme durchströmt ihn, nichts Überschwengliches, einfach Wärme. Sie war etwas blaß damals, aber das war ja nach dem Kind. Und dann würde man jetzt ja auch besser leben. Man konnte zweimal in der Woche Braten haben – vielleicht auch das Klavier anschaffen – nicht gleich – aber mit der Zeit, etwa zu Weihnachten – –.

Da steht der Zug. Leute laufen hin und her. Rufe: Aussteigen! Aussteigen! Die Türen schlagen auf, kalte Luft dringt ins Coupé. Die Gepäckträger erscheinen in ihren lichten Leinwandjacken. Er zögert noch. Da hört er jemanden sagen: »So, nu sitzen wir feste!« Er erschrickt. »Verzeihen Sie?« – bittet er. »Nun,« antwortet jemand ärgerlich, »der Anschluß ist davon, jetzt können wir sehen, wie wir weiterkommen.« Er steht schon draußen. Er sucht den Stationsvorstand; durch eine Menge Leute stößt er sich rücksichtslos durch – zu ihm. »Ich muß weiterfahren, gleich!« – ruft er außer sich. »Aber, meine Herren,« sagt der Vorstand gleichgültig zu ihm und den anderen, »ich kann es nicht ändern. Ihr Zug hat zwanzig Minuten Verspätung gehabt, der nach Danzig mußte abgehen. Ich kann mir nicht die Geleise verstellen.« »Aber es muß doch eine Möglichkeit geben –.« Der Vorstand wendet sich an Erhard: »Beruhigen Sie sich, es ist zwei, um sieben geht der Kurierzug. Also in fünf Stunden. Wohin fahren Sie?« Der Beamte hat sich schon zu jemand anderem gewendet. Erhard steht mit seiner Tasche auf dem Bahnsteig, der sich langsam leert. Plötzlich fällt ihm ein: Aber wo sind wir denn eigentlich? Er liest, groß, gerade über sich: Miltau. Miltau! Das ist ja zwei Stunden mit der Bahn von Danzig, also mit Wagen etwa fünf. Er ist entschlossen, einen Wagen zu nehmen. Er fragt einen Bahndiener. Der, verdrossen: »Ja, da müssen Sie schon in die Stadt gehen, hier giebts nichts.« »Ist die Stadt weit?« »Nein.« Erhard macht ein paar Schritte, aber dann kommt ihm das lächerlich vor. Was dieser Wagen kosten wird und dann – so anzukommen ... und wozu das alles? Sind denn fünf Stunden wirklich ein solcher Gegenstand? Er lächelt. Ich darf mich nicht aufregen – sagt er sich: es ist ja eine Kleinigkeit; ich bin ja sozusagen schon da – im Vorzimmer –.

So tritt er in die Restauration. Er bestellt einen Kognak. Es friert ihn. Dann sitzt er da wie einer, der etwas tun wollte und vergessen hat was. Endlich fällt es ihm ein: Denken, natürlich, wie früher. Und er versucht: Seine Frau, sein Bub – fast zweieinhalb Jahre. Mit zweieinhalb Jahren, ob da die Kinder schon sprechen? Aber nein: es geht mit dem Denken nicht. Es ist anders als im Zug, wo sich alles bewegte. *Hier steht* alles in dieser langweiligen Restauration, steht und verstaubt. Und die Gedanken stehen auch. Aber er hat doch oft auf solchen Bahnhöfen warten müssen! Solchen? Oh, noch auf ganz anderen! Und was pflegte er da zu tun? Nun, er hielt es nie lange aus; meistens ging er sich die Stadt besehen. Das ist ein Einfall. Er trinkt noch einen Kognak und geht.

Erst eine Straße voll Kohlenkies, schwarz, schmutzig. Einen alten Lattenzaun entlang, immerfort geradeaus. Dann eine Brücke über irgend etwas Häßliches, einen Graben mit Abfällen. Er erkennt einen alten rostigen Eimer, der sich halb voll Schlamm getrunken hat, da unten. Und plötzlich eine Fabrik. Schlote, hohe Wände aus Blech. Wie eine Riesensardinenbüchse – etwas Unsinniges! Und endlich etwas wie eine Stadt; ein Haus rechts, eine große Pfütze, – ein Haus links ... und dann eine Gasse. Ein Kramladen mit Pantoffeln, Zahnbürsten und Zwiebeln. Eine Weile steht er davor. Dann geht er weiter bis an den Platz. Er bemerkt ein neues Eckhaus. Zu ebener Erde eine große Spiegelscheibe mit Blumen dahinter. Darauf steht: »Café und Konditorei.« Vielleicht könnte ich einen Kaffee trinken, denkt Erhard und geht gerade auf den Eingang zu. Auch diese Tür hat Spiegelglas und die Aufschrift: *Entrée* – nach großstädtischem Geschmack. – Aber Erhard geht vorbei. Es steht ja nicht dafür – sagt er sich –, jetzt noch irgendwas zu essen; irgend einen elenden Kaffee! Ich bin ja doch gewissermaßen schon zu Hause. Es ist nur eine Zwischenstation, etwas vollkommen Belangloses. – Und immer gradaus. Da kommt ihm eine Stimme entgegen, breit, bauschig, wie jene rollenden, wachsen-

den Lichtsterne, die man manchmal in gewissen Varietétheatern sieht: erst ein Punkt, und dann quillt es herein in den Saal, häßliches, widerwärtiges, dickes Licht... Die Stimme also: »Nein – ich weiß es bestimmt. Und ich werde ihr schon auf die Spur kommen! Aber wenn ich ihn finde, – ich erschlag ihn...« Erhard sah auf. Ein großer schwerer Mann geht mit einem kleinen, spitzigen vorüber, der neugierig zuhört. Der Große hat ein rotes, fürchterliches Gesicht, und sein Mund hat noch die Form des Wortes: *erschlag*. – Was für ein Mann! – denkt Erhard. Wahrhaftig, man könnte sich fürchten! – Dann geht er über den Weg. Das Pflaster ist erbärmlich. Überhaupt dieser Platz, von einer so trostlosen Leere! Die Häuser scheinen ihm zu weit geworden zu sein und hängen so an ihm. Und da drüben... Nein, wie merkwürdig: Unter all diesen Häuserfronten, die dumm und stumpf sind wie Gesichter von schwerhörigen, skrofulösen Kindern, – ein anderes Haus. Mit einer im Empiregeschmack verzierten Fassade und zwei Vasen auf dem Dach, rechts und links zu Seiten des geschweiften Giebels.
Erhard tritt näher. Das Haus wird deshalb nicht größer; es bleibt etwas lächerlich Kleines, trotz seiner aufgemalten Halbsäulen und den verwaschenen sepiabraunen Girlanden. Es hat ein Fenster im Giebel, zwei im ersten Stock und ein kleines ovales neben der Eingangstür, zu welcher drei Stufen hinaufführen. Aber Fenster und Tür scheinen nicht durchzugehen, als ob dahinter gar kein wirkliches Haus wäre, sondern... Und auf einmal denkt Erhard: Wo hab ich schon ein-

mal dieses Haus...? Nun ja, so ist es immer, unversehens denkt man: wo hab ich doch schon?... Erhard kommt noch näher. Plötzlich bemerkt er, daß er geläutet hat. Was für eine Dummheit! Und er will zurück; aber schon knirscht es im Schloß, und er schämt sich, so einfach davonzulaufen.

»Sie wünschen?« Es ist eine Frau, jung offenbar, mit unsicheren Augen.

»Ich,« zögert Erhard, »ach, verzeihen Sie, – ich –«

»Bitte, treten Sie ein, es ist kalt«, sagt die Frau, und sie scheint nicht übermäßig erstaunt.

Es ist nicht kalt draußen, es ist am Anfang des Frühjahrs, aber trotzdem findet Erhard ebenfalls, es sei kalt, und schiebt sich hinein. Der Flur ist lau und dunstig. Erhard streift beim Eintreten das Tuch, in welchem die Frau eingehüllt ist, und es fühlt sich eigentümlich weich an. Sie steht jetzt dicht neben ihm. »Hier hinauf –« sagt sie und geht eine schmale, knarrende Treppe voran. Eine Stube. Dämmerung von zerflossenem Rot; wahrscheinlich sind die Fenstervorhänge von rotem Tüll. Oder brennt irgendwo eine verhüllte Lampe?

»Setzen Sie sich«, sagt die Frau. Sie hat das weiche Tuch abgeworfen und glättet ein Fell, das über einem Sofa liegt. Ihre Arme sind nackt, ihr Kleid ist lose, allen Bewegungen willig. Und die Stimme ist wie das Kleid. Erhard schaut ihr zu. Plötzlich besinnt er sich. »Verzeihen Sie –« sagt er in seiner verlegen höflichen Art – »ich dringe hier ein...« Sie lacht und setzt sich tief in das Fell, das sich bauscht. »Ich –« zögert Erhard, im-

mer unsicherer, »ich sehe das Haus – es ist sehr eigentümlich, dieses Haus!«
Sie sitzt und lacht, Falten laufen ihren Beinen entlang und verschwinden wieder, – macht das das Licht? –
»Das Haus –« versucht Erhard – »es ist wohl ein altes Haus?« Sie lacht, während sie sagt: »Ja, ein altes Haus. – Aber warum sitzen Sie nicht, hier –« und sie zieht einen niedrigen Stuhl, auch mit Fell, zu sich her. Erhard legt, wie in Gedanken, seinen Hut fort und setzt sich.–
»Sie sind fremd?«
»Ja,« erwidert Erhard, »ich bin, – sozusagen, – mich hat nur das Haus...« Und wieder verwirrt er sich. Er fühlt, in diesem Zimmer schmeichelt Alles, die Kissen schmiegen sich ihm an den Rücken, und in den Handflächen fühlt er das Fell, wie Katzenzungen, die ihn leise lecken.
Plötzlich lehnt sich die Frau zurück, legt die Arme hinter den Kopf, breit, wie ein Kissen, und fragt in anderem Ton: »Wie lange ist es her, seit wir uns damals gesehen haben?«
Erhard versteht nicht. »Waa –?« macht er.
»Nun, es war doch in Berlin, bei Kroll –«
Erhard wird ganz ruhig: »Nein,« sagt er, »Sie irren wohl; ich bin Erhard Stilfried, Musterzeichner. –« Und er hat die Absicht zu gehen. Sie scheint ihn gar nicht gehört zu haben; aber da wirft sie sich plötzlich nach vorn und lacht: »In München war es –.«
Erhard versucht wieder aufzustehen. Aber ihr Lachen macht ihn schwindlich.

»In München! Und du tust, als wüßtest du von nichts, auf der Oktoberwiese...«

»Nein«, – wehrt Erhard nochmals unsicher. – »Sie irren wohl, – ich...« Und in demselben Augenblick fällt ihm ein Mädchen ein, vor – anderthalb Jahren – in München, ja – ja, in München, eine Nacht – die einzige Nacht in diesen zwei Jahren. – Er mußte damals etwas zu viel getrunken haben, und das Mädchen: – und mit einemmale weiß er alles. Freilich, das Mädchen war – so scheint es ihm – schmal, schmächtig, etwas blaß... und *diese*? Er macht den Versuch, sie zu betrachten. Sie hat nur auf diesen Blick gelauert. Sie fängt ihn auf, spielt mit ihm, läßt ihn fallen in ihren Schooß, hebt ihn in ihr Haar, das sich unversehens löst... Dabei spricht sie in einem fort, lauter kleine, kurze, gleichsam runde Worte, nennt ihn »du« und noch mit einem anderen, irgendwie klebrigen Namen, den er haßt. Und es wird ihm ganz klar: – nein, jenes Mädchen ist es nicht, gewiß nicht. Und das Mädchen, das er nur einmal, in jener Nacht in München, gesehen hat, steht im Geiste deutlich vor ihm: blaß, schmal. Und entschlossen steht er auf. Aber da fällt ihm ein: Woher weiß aber *diese* davon? Und gleich darauf beruhigt er sich: Sie weiß *nicht*, sie versucht eben. – Und er sagt: »Übrigens ich eile zum Zuge, ich reise nämlich...« Er sagt das fast grob; ihm fällt ein, was ihm bevorsteht, und Sehnsucht überkommt ihn und Glück. Was für ein Erlebnis, wie dumm! – denkt er (und holt seinen Hut), – aber es ist ja nur eine Episode, etwas vollkommen Belangloses.

»Sie sind – Musterzeichner?« fragt sie mit einer anderen, dritten Stimme und steht neben ihm. Er bejaht. »Oh warten Sie nur einen Augenblick«, bittet sie liebenswürdig. »Sie sind also Sachverständiger. Ich möchte Ihnen gern einen Stoff zeigen, – ob man ihn färben könnte, wegen des Dessins ... wollen Sie mir raten?« Erhard stellt seinen Hut wieder nieder.

»Gerne,« sagt er geschäftlich, »ich habe ja wohl noch einen Augenblick Zeit.«

Und sie verschwindet durch eine kleine Tapetentür, die hinter ihr leise wieder aufgeht. Erhard schaut auf die Uhr. Erst fünf, noch zwei Stunden. Wie lange noch und doch eigentlich – jetzt ist es ja schon egal; um zehn Uhr bin ich in Danzig, dann mit der Lokalbahn, – nun vor elf kann ich zu Hause sein – lächelt er.

Da ruft sie, von nebenan. Wieder wie früher, mit der weichen, lockenden Stimme und einem Lachen im Hintergrund. Unwillkürlich tritt Erhard ein. Sie kniet vor einem offenen riesigen Kleiderspind und zieht an etwas: »Ich kann die Lade nicht herausbringen«, sagt sie, trotzig wie ein Kind. Erhard kniet neben ihr. Er fühlt die spielende Kraft, die ihre Arme spannt. Aus den Kleidern, die oben im Spind hängen, qualmt Schwüle wie aus Jasminbüschen. Er bemüht sich um die Lade, aber seine Hände tasten nur und sind merkwürdig schwach. Um seine Stirne schmeichelt der Rand der Kleider, – oder eine Hand? Und plötzlich fällt was über ihn, wie ein Kleid und – Küsse, viele – und Zittern ...

Plötzlich, wie der Pendel einer großen Uhr. Die weichen Arme stoßen ihn fort. Und der Pendel geht – auf

– ab, auf – ab. Erhard lehnt mit dem Rücken an den Kleidern, die oben im Spind hängen; sie sind kalt und steif. Eine wahnsinnige Angst überkommt ihn. Ich muß ja weiter – denkt er und hört den Pendel lauter. Und er glaubt zu gehen, zu laufen, – aber in Wirklichkeit steht er vor dem Schranke und starrt nach der Tür. Dort ist der Mann mit dem roten Kopf, den er schon einmal irgendwo gesehen haben muß. Er strengt sich an: Wo *hab* ich ihn doch?... Oho, der Mann glaubt wohl zu sprechen? Er bewegt so den Mund. Aber er irrt sich. Es ist totenstill (Erhard kann es beschwören), totenstill. Und gleich darauf weiß er: jetzt muß man sterben, natürlich. Es ist ja auch weiter nicht von Bedeutung. Das ist ja nur eine Zwischenstation, – ein...
Ein Schrei, hell, schrecklich, stört ihn. Aha – denkt er – jetzt hat er sie erschlagen. Wen? das zu überlegen fehlt ihm Zeit. Denn der große Mann schwillt, – Tür, Wand, alles – das ganze Zimmer ist der Mann mit dem roten Kopf.
Wieder Angst, eine Sekunde, nur eine Sekunde, – dann ist der Mann wieder kleiner, verhältnismäßig, und das wirkt ungemein beruhigend. Allerdings, er hebt einen Gegenstand – ein Fall, tief, tief und – Sterne, Millionen Sterne –
Aber langsam, fernher wieder ein Gedanke, ja sogar ein Gespräch: Erhard Stilfried sagt in diesem Gespräche zu jemandem: »Es ist etwas völlig Belangloses, ein paar Stunden, – ich könnte ebensogut schlafen –«
Und wieder ein Fall, furchtbar.
Und kein Gedanke mehr.

›VITALI ERWACHTE...‹

VITALI erwachte. Er konnte sich nicht erinnern, ob er geträumt hatte. Aber er wußte, daß ein Flüstern ihn weckte. Unwillkürlich sah er nach der Uhr. Es war wenig nach vier. Durch die Dämmerung des Zimmers ging ein gleichmäßiges Hellwerden. Er erhob sich und trat in seiner weißen wollenen Schlafkutte, die ihm das Aussehen eines jungen Mönches gab, ans Fenster. Da lag der kleine Garten vor ihm – still und leer. Es mußte nachts geregnet haben. Durch schwarze kahle Äste sah man den dunklen Boden, der schwer und satt schien, als ob die Nacht, flüchtend, in ihn zurückgesunken wäre, statt sich zu den Himmeln zu erheben. Die Höhen waren öde, umwölkt und von hohen Winden bewegt. Aber als Vitali den Blick ziellos über die Wolken zog, hörte er wieder das Flüstern, und jetzt erst wußte er, daß das frühe ferne Lerchen sind, die den Morgen feiern. Ihre Stimmen waren überall, fern und nah, wie aufgelöst in der lauen tauenden Luft, so daß man sie mehr mit dem Gefühl empfing, als mit dem Ohr. Und er begriff mit einem Male, daß diese Stunde voll Stimmen mit keinem Namen zu nennen ist und auf keiner Uhr abzulesen. Daß noch nicht Morgen ist und nicht mehr Nacht. Er näherte sich mit seinem Gefühle dem Garten unter den Fenstern, als ob er sein Gesicht nun besser verstünde; und er erkannte, den er früher nicht bemerkt hatte, den starken Strauch, auf dessen Ästen, groß wie kleine Vögel, Knospen saßen und warteten. Und Alles da unten war Erwartung und

Geduld. Die Bäume und die kleinen runden Beete, die man schon vorbereitet hatte auf etwas Neues, erwarteten den Tag von den Himmeln, und zwar keinen sonnigen, strahlenden Tag, einen Tag, aus dem der Regen fiel, ohne sich wehzutun, weil alles in der Natur Hand ward, die ihn empfing. So rührend geduldete sich der kleine Garten. Vitali aber sagte laut über ihn hin: Wie durch ein gotisches Fenster schaue ich. Dann trat er zurück und ging mit ruhigen Schritten zu seinem Lager. Willig nahm er den Schlaf auf sich. Er hörte aber noch, wie draußen ein großer Regen begann und rauschte.

AUS EINEM MÄDCHENBRIEFE

Riva am Gardasee, im April.

....Als alle zu Bette waren, stand ich leise auf und öffnete mein Fenster. Es klirrte nicht, wie alle Fenster zuhaus. Sachte drehte es sich in den Angeln, nicht von meinen Händen nach innen bewegt, eher aufgedrängt von dem Dufte, der sich davor angesammelt hatte. Wie eine Knospe tat sich dieses Fenster auf... seine Flügel lösten sich von einander wie harte unscheinbare Deckblätter, und nun sah ich in die Tiefe der Blüte hinein, in den dunklen, von unzähligen Blättern verheimlichten Blumenkelch der Nacht.

Das also heißt: »reisen«, Helene. Was für ein einfacher Titel steht auf diesem Märchenbuche, dessen erste Seite in meinen Händen rauscht, weil ich zögere sie umzuwenden in meiner alten kindischen Wunderfurcht. Das also heißt nur reisen. Man müßte einen anderen Namen dafür erfinden, nicht? Hilf mir einen ersinnen, Liebe. Oder besser noch: hilf mir ihn verschweigen, wenn ich ihn unvermutet entdecken sollte – jetzt oder im Traume. Was ist Traum? Was waren alle Träume, die wir uns erzählt haben an den langen Nachmittagen, wenn wir durch die Zimmer gingen, untätig, langsam, ganz beschäftigt mit unserer Müdigkeit? Selbst Deine Träume, meine liebe Helene, obwohl sie die meinen immer weit an Pracht und Schönheit übertrafen, selbst Deine Träume würden hier sein, wie ein Christbaum bei Tag, dunkel und arm. Verzeih mir: Aber vielleicht ist es nicht gut, daß Du so viel an die Träume wendest. Du erwachst oft schwer und lebst einen ganzen Vormittag mit zurückgewendetem Gesicht, und Deine Stirn ist ganz blaß, wie beschienen von einem anderen Licht, das für Dich noch nicht untergegangen ist. Dann gehen alle Deine Gedanken dorthin, in Deinen Augen ist kein Raum für den Tag, und Deine Hände (die schlanken!) stehen in der Arbeit umher, wie Waisen, um die sich niemand kümmert. Dein schweigsamer Mund ist blaß, ein wenig geöffnet, wie jene schönen Munde aus weißem Stein, aus welchen Quellen strömen, in glänzendem Sich-Vergeuden, nicht bang, auch wenn kein Becher sie empfängt. Auch von Deinen Lippen strömt es in solchen Stunden. Und was sich da leise und lautlos von ihnen ergießt, ist Dein Leben, das jene durstigen Gärten bewässert, in denen befremdliche Frühlinge Dich verwöhnen.

Sei mir nicht bös, Helene. Erst seit ich selbst weiß, wie sehr auch ich diesen Zustand liebte, fühle ich seine große Gefahr. Wir lebten mit abgewendeten Sinnen, Helene. Wir haben unsere Mütter kaum je gesehen, und unserer Väter seltene Zärtlichkeit drang nicht bis zu uns. Soll ich Dir sagen, welche Farbe die Wände meines Zimmers haben: ich weiß es nicht. Bitte geh zu uns in die leere Wohnung, sieh nach und schreibe es mir. Wir haben alle Mauern für durchsichtig gehalten. In welchem Irrtum sind wir da aufgewachsen. Vorgestern hab ich etwas erlebt. Im hellen heißen Mittag sind hier die kleinen steinigen Wege zwischen den Weingärten ganz hell, blendend; umsomehr als sie ganz leer sind um diese Zeit. Man geht da beständig zwischen Steinmauern, die mir (also auch Dir) bis über den Scheitel reichen. Der Blick ermüdet an dem weißen Staub des Weges und lehnt sich schläfrig an die Wände an. Auch diese blenden. Aber die Sonne fällt von ihrer Steile herunter auf den Pfad und läßt nur ihre helle Spur zurück. Auch sind sie uneben, runzelig, da der Bewurf abgesprungen ist, wärmer getönt, und der Blick kann sich an ihnen halten. Es giebt rötliche Stellen an ihnen, als ob eine Marienblume abgefärbt hätte, kleine schmale Halme, die aus den Fugen treten, legen ihre Schatten vor sich hin, wie Teppiche, über welche Dein Auge zu ihnen kommt; aber am dunkelsten sind die Fugen selbst, wie Becher bis an den Rand gefüllt mit Dunkel. Und Dein Blick beginnt von Fuge zu Fuge zu gehen, um aus jeder zu trinken. Aber plötzlich flüchtet die tiefe Schwärze zurück, wie eine Welle geht durch die kleinen Gefäße – und sie sind leer, so daß Du ihnen auf den seichten grauen Grund schaust. Das Dunkel aber tragen kleine raschelnde Tiere mit sich fort: Du hast es durch eine zu laute Bewegung verscherzt. Denn (erst später bemerkte ich es) weißt Du, worin mein Blick immer wieder gerastet hat: in Augen. In tausend schauenden Augen. In jeder Fuge war eine kleine Eidechse wach, und die Augen, mit denen sie mich ansah, waren das Schwarz darin. Tausend Eidechsen haben mich gesehen.

Und weißt Du, was ich mir denke: Alle Wände sind so. Und nicht nur alle Wände: alle Dinge! Ob wir unsern Blick hinaufwerfen, wenn er uns leicht wird, oder ob wir ihn wie eine heiße Last fallen lassen – immer tut sich ein Auge auf, das ihn auffängt, hält und – uns einen glänzenderen zurückgiebt. Und mit diesem schauen wir weiter und empfangen für ihn einen noch schöneren von dem nächsten Dinge, an das wir uns wenden... ist das nicht ein großes Glück? Und je mehr wir schauen, desto herrlichere Blicke erhalten wir zum Tausch, denn jeder ist immer besser als der andere. Oh Helene, laß uns in recht viele Augen schauen!

Aber fühlst Du es jetzt, daß man nicht dorthin schauen darf, wo *kein* Auge ist? Weißt Du, daß es blinde Feinde giebt, die uns die Augen austrinken? Bis wir keine Blicke mehr haben und mit leeren Lidern herumgehen..... Reiß Deine Augen dem Traum von den Lippen, Helene! Wende sie den Dingen zu und der Sonne und den guten Menschen auch, damit sie sich wieder füllen mit Blicken... Liebe! Hätt ich Dich hier!

Hätten Deine Eltern Dich mit uns gelassen, daß Du sehen könntest, wie ich verwandelt bin. In meinen Augen sind jetzt tausend Augen. Wenn Du hineinschauen könntest, verstündest Du Alles und wärest mit einem Male so weit wie ich. Und würdest mich küssen. Und würdest weinen. Wie ich jetzt weine, weil mir mein Lachen zu alltäglich ist in dieser Stunde und zu kindisch, und zu laut vor allem.

Deine.......

⟨ZWEI FRAGMENTE⟩

⟨I⟩

Fragment: Als der Tod mit dem Morgen kam, war ihr vieles Leben ganz in ihr Gesicht eingetreten. Von dort riß es der Tod, und er hat ihren mädchenkühlen Leib nicht angerührt. Aber rasch sprang sein kurzer Griff aus ihrem gedrängten Gesicht zurück, wie aus weichem Ton, und ließ alle Züge weit ausgezogen, lang und scharf zurück. Georg konnte dieses spitze Kinn und diese dünne Nase, auf deren Kante der Schatten hart abgegrenzt war, nicht sehen. Er ging hinaus, brach mit bösem Blick zwei harte herbstliche Knospen von roten Rosen, die frostig und beschlagen in der Herbstluft standen, ging mit den beiden sehr schweren Blüten im Garten umher und kam von selbst wieder in das Zimmer zu seiner mädchenhaften Toten. Es quälte ihn, daß der letzte Blick noch immer dunkel in ihren offenen Augen stand. Er drückte ihre breiten weißen

Lider zu, indem er sie zitternd unter der Stirn hervorzog, und legte auf jedes Lid eine harte Rose, schwer. Dann erst konnte er das Angesicht der Gestorbenen ruhig betrachten. Und je länger er es ansah, desto mehr empfand er, daß noch eine Welle Leben an den Rand ihrer Züge herangespült war, die sich langsam wieder nach innen zurückzog. Er erinnerte sich sogar, dieses Leben, wie es jetzt auf der Stirne und um ihren überlittenen Mund lag, in sehr schönen Stunden bei ihr begrüßt zu haben, und er wußte, daß dies ihr heiligstes Leben sei, dessen Vertrauter er kaum geworden war, von dem er nur wie aus Gerüchten und Liedern wußte. – Sie war gestorben. Der Tod hatte dieses Leben nicht aus ihr geholt. Er hatte sich täuschen lassen von dem vielen Alltag in ihrem gelösten Gesichte; den hatte er ihr fortgerissen zugleich mit dem sanften Umriß ihres Profils. Aber das andere Leben war noch in ihr, vor einer Weile war es bis an den Rand des entstellten Mundes herangeflutet und jetzt trat es langsam zurück, floß lautlos nach innen und sammelte sich irgendwo über ihrem zersprungenen Herzen. Und Georg hatte eine unendliche Sehnsucht, dieses Leben, welches dem Tod entgangen war, zu besitzen. Er war ja der einzige, der es empfangen durfte, der Erbe ihrer Blumen und Bücher und ihrer sanften Gewänder, die noch nach der Sonne des letzten Sommers dufteten und nach ihrem leichtbewegten Leibe, – er allein konnte auch der Empfänger dieses Lebens sein, das bald nichtmehr erreichbar war für sein trauriges Auge. Er wußte nicht, wie er diese Wärme, die so unerbittlich aus den Wangen sich zurückzog, festhalten, wie er sie fassen, womit er sie nehmen sollte. Er suchte die Hand der Toten, die leer und offen, wie die Schale einer entkernten Frucht, auf der Decke lag. Die Kälte dieser Hand war gleichmäßig und still, und sie gab bereits völlig das Gefühl eines Dinges, welches eine Nacht lang im Tau gelegen hat, um dann rasch im starken Frühwind kalt und trocken zu werden. Da rührte sich plötzlich ein Schatten im Gesichte der Toten. Gespannt sah Georg hin; lange blieb alles still, dann zuckte die linke Rose. Und Georg sah: sie war viel größer geworden. Die Spitze, in der die vielen Blätter sich aneinanderfügten, war breiter geworden, und auch der Kelch unten war wie von einem Atemholen gehoben. Und es wuchs auch die Rose über dem rechten Auge. Und während das spitze Gesicht sich an den Tod gewöhnte, ruhten die Rosen immer voller und wärmer über den vergangenen Augen. – Und als es Abend geworden war nach diesem lautlosen Tage, trug Georg zwei große rote Rosen in der zitternden Hand ans Fenster. Wie in zwei Kelchen, die vor Schwere schwankten, trug er ihr Leben, den Überfluß ihres Lebens, den auch er nie empfangen hatte.

⟨II⟩

UND ein anderes Fragment noch: Sie lebte das Leben der anderen auf dem entlegenen Gute teilnahmslos mit. Ihre Einsamkeiten, in denen sie wuchs und wurde, verbrachte sie in einer von allen vergessenen wilden Rosenlaube, die vielleicht eine große Verwöhnung war für die täglichen Träume ihrer Seele. Dann kamen Gäste. Mit ihnen Georg. Und ihr ganzes Leben wurde abgelenkt von der verlassenen Laube und ging unter ähnlichen Mädchen und auf weiten Wiesen vor sich, die von lichten Kleidern schimmerten. Dann lernte sie neben Georg die langen Alleen gehen, die Alleen des Abends, die so wundersam weit führen, viel weiter als alle Wege am Tag. Und am Ende einer dieser Alleen, wo diese unvermittelt an die Mauer stieß, lernte sie Abschied nehmen. Oder eigentlich, sie lernte es nicht. Er war gegangen und mit ihm der Sommer. Wie soll man da Mut haben zu Herbsttagen? Eine Woche lang ging sie an allen vorbei. Sie hatte noch nicht geweint. Aber eines Morgens kam sie vor die Rosenlaube. In diesem Augenblick fühlte sie die ganze Tiefe und Treue des Lebens, welches sie gehabt hatte *vor* Georg. Und sie sehnte sich nach diesen langen ähnlichen Mädchentagen, und fühlte, daß sie ihnen nicht entfremdet war. Und sie trat ein. Vom engen Eingang riß ein Spinnennetz und blieb zitternd auf ihren blassen Wangen liegen, die es mit einem Schleiergefühle umspannte. Und mit so verhülltem Gesicht, sah die Wiederkehrende in die dunkle Laube hinein, in der sich nichts verändert hatte...

⟨ALBRECHT OSTERMANN⟩

⟨*Fragment*⟩

Am 17. September, abends um neun Uhr, stand Herr Albrecht Ostermann etwas steif vom Tische auf (man hatte eben Abendbrot gegessen), und erklärte seiner Frau: »Ich möchte gern noch etwas spazieren gehn..«

Frau Klementine wartete eben darauf, daß ihr Gemahl beginnen würde, ihr aus der Abendzeitung vorzulesen, was täglich um diese Stunde geschah. Aber Herr Ostermann wiederholte: »Ja, wirklich ein wenig möchte ich noch ausgehn...«

Das war in den sechzehn oder siebzehn Jahren ihrer Ehe noch nie geschehen. Trotzdem sagte Frau Klementine nur: »Aber Albrecht...« denn sie widersprach niemals seinen Absichten.

Und als er den Überzieher wieder anzog, fuhr sie fort: »Du bist ja kaum aus dem Caféhaus nachhause gekommen...«

»Ja, trotzdem, liebe Klementine, im Caféhaus hab ich eben gesessen. Und, siehst du, ich möchte noch ein wenig Bewegung machen, sonst kann ich wieder nicht einschlafen.« Dagegen war nichts einzuwenden, als höchstens: »Das hast du aber noch niemals getan, Albrecht...«

»Ganz recht, liebe Klementine, ich habe es noch niemals getan. Aber ist damit gesagt, daß ich es *nie* tun soll? Es ist mir so die Idee gekommen, die Lust, ganz spontan. Warum soll ich ihr nicht nachgeben? Weshalb nicht einmal eine kleine Ausnahme? Ich gehe ein wenig in die Allee. Dort ist es jetzt leer und wohl auch schon etwas kühler. Adieu, liebe Klementine.« Er hielt ihr seine linke Wange hin, die sie fast gewohnheitsgemäß mit ihren feuchten, vollen Lippen berührte.

In der Tür wandte er sich noch einmal zurück. »Und warte nicht auf mich mit dem Schlafengehen, damit du nicht aus der Ordnung kommst. Ich bin ein Störefried, ein Ausreißer, und du sollst nicht durch meine Unart incommodiert sein –« scherzte er und lächelte, was seinem schmalen, frühgealterten Gesicht schwerfiel. Dann trat er nochmals an den Tisch heran, empfing, ganz wie früher, den befeuchteten Kuß auf die linke Wange und verneigte sich unbeholfen, vor seiner behäbigen Frau. Daß er diese Abschiedszeremonie wiederholte, will nichts besagen. Er hatte sich in seiner Ehe eine Umständlichkeit angewöhnt, die er für ehelichen Anstand hielt und mit peinlicher Pünktlichkeit ausübte. Vor einem Gang von einer halben Stunde verabschiedete er sich oft fünf bis sechs Mal; denn erst jenem Lebewohl, hinter dem er wirklich verschwand, schrieb er volle Gültigkeit zu.

Auf der Treppe fühlte er plötzlich, daß er noch eine größere Summe Geldes – etwa 900 Mark – bei sich trage, die heute fällig geworden waren. Und schon wollte er dieses Geld zurückbringen, als ihm einfiel, daß er, erst wieder im Zimmer und bei seiner Frau, überhaupt nichtmehr ausgehen würde, aus Unentschlossenheit, aus Bequemlichkeit oder aus sonst welchen naheliegenden Gründen. Und ausgegangen sollte doch nun mal werden. Es war schließlich nicht weiter gefährlich eine halbe Stunde mit diesem Gelde in der Allee spazieren zu gehen. So trat Herr Ostermann aus dem Hause.

Vom Fenster aus sah seine Frau ihm nach, wie er leicht, mit dem Stock spielend, die dämmernde Häuserreihe entlang ging und in eine Seitengasse einbog, die zur ›Allee‹ führte. Sie war ein wenig beunruhigt. Albrecht, der doch nie etwas ohne sie unternahm, hatte sich so unerwartet zu diesem Gang entschlossen, der nicht genügend motiviert schien. Trotzdem hatte die Dame kein Mißtrauen. Sie wußte, daß ihr Mann der beste und ehrlichste Mensch ihr gegenüber war und seit Jahren nur eine Leidenschaft hatte: ihre Ehe blank zu erhalten wie einen Metallspiegel, darin zwar keine Konturen der Dinge sich abzeichneten, aber in dessen fleckenloser Fläche immer blendend das Abbild der Sonne blieb. Nur im Anfang dieser Verbindung hatte es Unklarheiten gegeben, als man sich mit der Hoffnung trug, Kinder zu bekommen, und es in der Wohnung beständig das eine überzählige Zimmer gab: still und von einer Leerheit, nichtzusagen. Nach einigen Wartejahren hatte Frau Klementine sich dort ein geräumiges Badezimmer eingerichtet, in welchem das Ehepaar seither abwechselnd die Wohltaten des Bades genoß, ohne sich der früheren Bestimmung des Raumes zu erinnern.

Man hatte sich damals einem erfahrenen Arzte anvertraut, und Frau Klementine hatte ihm gedemütigt von ihrer Kinderlosigkeit erzählt und auf seinen Rat zuerst einige Bäder besucht, die keinen Erfolg herbeiführten. Aber unversehens wandte der Arzt seine Aufmerksamkeit Herrn Ostermann zu, und erklärte der erstaunten Frau endlich, daß *er* es sei, welcher keine Kinder bekommen könne. Er machte Herrn Ostermann die gleiche Mitteilung, und ahnte kaum, wie sehr er diesen damit erschreckte. Aber für Herrn Albrechts schamvolle Betrübnis erwuchs ein Trost. Jetzt erhob sich Frau Klementine zu üppiger Reife und, indem sie nun mit gutem Gewissen alle Säfte ihres ungesegneten Leibes für sich selbst verbrauchte, entwickelte sich bei ihr Fülle und Form und ein Überfluß, welchen ihr Gemahl in fast sentimentaler Rührung, wie etwas völlig Unverdientes, genoß.

Da sie sich in dieser Lage nichts versagen mußte und in der ungewöhnlichen Badestube ihrem, in seinem Stolze ungekränkten Körper alle möglichen Wohltaten zuwandte, ließ sie ihren Mann seinen Mangel niemals fühlen; sie wußte, im Gegenteil, indem sie ihren Reizen zu sprechen erlaubte, seine eingeschüchterten Sinne stets wach zu erhalten, so daß die gefährdete Ehe ihre Farbe nicht nur nicht verlor, sondern sogar von Verliebtheit zu Verliebtheit reicher und ruhiger zu werden schien. Für Herrn Ostermann hatte diese Klugheit seiner Frau eine moralische Bedeutung. Er verurteilte sein Jugendleben mit seinen, wie er meinte, unerhörten Ausschweifungen, und hielt manchmal, wie um sich zu ermutigen, die weiße, fleckenlose Form seiner Ehe vor diesen vorehelichen, trüben Hintergrund, in welchem die vier oder fünf Verirrungen seiner ersten Mannheit sich, verworren wie Traumbilder, verschlangen. Und er fühlte sich bereits so geläutert, daß er, sooft Hans und Arthur, zwei jugendliche Neffen seiner Frau, zu Besuch waren, mit selbstzufriedenem Gesicht wiederholte: »Liebe Kinder, ihr seid in einem sehr gefährlichen Alter. Versuchungen treten allenthalben an eure ahnungslose Reife heran, ich meine die sogenannte Liebe. Denn das, was wirklich so heißt, kann man erst in der Ehe kennen lernen. Die Gefühle aber und die Beziehungen, welche fälschlich diesen hohen Namen tragen, möchte man, mit dem Dichter, treffend jenen Wiesen vergleichen, die voll prächtiger Blumen stehen, aber nicht auf fester und gesunder Erde, sondern auf schwarzem, schwankendem Wasser liegen, auf bodenlosem Sumpf, der jeden lautlos verschluckt, wenn er gierig nach einer Blume greift.« Herr Albrecht Ostermann glaubte diesen schönen Schluß einmal, vor langer Zeit, in einem unbekannten Buche gelesen zu haben; darum sprach er ihn niemals aus, ohne zu bemerken: »... mit dem Dichter...«. Denn er war weit entfernt die Worte irgend eines auserwählten Geistes, als ob es eigene wären, zu gebrauchen.

Sobald Herr Ostermann an der Ecke verschwunden war, stellte Frau Klementine im Vorzimmer ein Licht und Zündhölzel zurecht und bereitete für ihren Gemahl die Hausschuhe und verschiedene Kleinigkeiten vor, die seiner täglichen Gewöhnung entsprachen. Dann zog sie sich, nachdem alle Lampen in den anderen Zimmern sorgfältig gelöscht worden waren, in das gemeinsame Schlafzimmer zurück; denn sie war eine Freundin von frühem Schlafengehen, da sie darin einen Grund ihres körperlichen Behagens sah. Eine Stunde lang wartete sie im Bette und horchte auf entfernte Geräusche. Dann schlief sie ein, von der Wärme der Nacht bewältigt. Sie wußte, Albrecht würde sie auf irgend eine angenehme Weise aufwecken, wenn er, längstens in einer halben Stunde, zurückkommt.

Herr Albrecht Ostermann kehrte aber nicht zurück, weder in einer halben Stunde, noch in dieser Nacht, noch sonst irgendwann.

Die Gerichte forschten umsonst nach dem Verschollenen und sein Verschwinden blieb unaufgeklärt.

Indessen trug sich Alles sehr einfach, nur etwas unerwartet zu:

*

Am 17. September, abends ein Viertel nach neun Uhr, wurde ein Herr mittleren Alters, der allein in der ›Allee‹ sich erging, von einem Frauenzimmer angesprochen. Erst spazierte er unbekümmert weiter, das Frauenzimmer immer neben ihm. Plötzlich blieb er stehn und machte auf irgend eine Nachricht hin: »Wieso?« Seine Begleiterin war schlank, bedeutend kleiner als er, und er mußte den Kopf etwas neigen, um ihr Gesicht, das in krausen blonden Haaren stak, genau zu sehen. Denn darum handelte es sich vor allem. Und gerade unter der Laterne nickte das Frauenzimmer, in seine Augen: »Ja, ja, – – – ich bin die Kathi!«

»Welche Kathi?«

»Die, was bei Ihrer Frau Tante im Dienst war, damals als Sie hin auf Urlaub kamen, – zur Tante...«

»Urlaub? –« Der Herr lebte längst vollkommen unabhängig, und so hatte dieses Wort etwas Befremdliches für ihn. »Wann sollte denn das gewesen sein?«

»Oh – das werden jetzt so an die zweiundzwanzig Jahre sein. Der Herr war ja damals ganz jung, in Liebenau, bei der Frau Tante Albot.«

Der Herr blieb stehen. »In Liebenau....« Und es fällt ihm verschiedenes ein; die Tante Albot, eine taube, mürrische alte Frau mit einer schiefen Spitzenhaube, von der er später eine rosarote Hängeampel, einen Lehnstuhl, auf dem man wegen seiner Gebrechlichkeit nicht sitzen durfte, und den Rafael Morghenschen Stich des ›Abendmahls‹ geerbt hatte. Und bei Abendmahl fällt ihm Nachtmahl ein und bei Nachtmahl eine Küche, die gerade neben seiner Stube lag, sehr fern von den Zimmern der Tante, – und er sagt auf einmal, seufzend:

»Jaja, Kathi!«

»No also endlich!« – lacht es neben ihm. »Jetzt wissen Sie's doch noch?«

Nach einer Pause sagt der Herr: »Ja, sehen Sie, das war so... in der Jugend.... Es geht Ihnen doch gut, Fräulein Kathi?«

»Ach ja, Fräulein!« macht sie spöttisch. »Deshalb komm ich ja grad, weils mir *nicht* gut geht...«

»Nicht gut?«

»Nein. Beinah achtzehn Jahr hab ich mich allein mit

dem Kind durchgeschlagen, aber jetzt wo's groß ist, brauchts halt garsoviel...«

»Ein Kind? Also verheiratet?«

Die Kathi antwortet nur beiläufig: »Ja, ich fahr heute wieder zurück, wir sind in Birkfelde. Zwei Stunden von hier mit der Bahn.«

»Und hier in der Stadt haben Sie – Geschäfte gehabt?«

»Geschäfte!« lacht die Blonde ihn an. »Das ist wirklich gut. Geschäfte! Ein Geschäft mit dem Herrn hätt ich eben nur...«

Der Herr mittleren Alters läßt sich durchaus nicht überrumpeln. Er lächelt: »Liebe Kathi, wenn Sie wirklich zu mir gekommen sind, will ich Ihnen ganz gern mit einer Kleinigkeit nach meinen Kräften aushelfen...«

»Ja es ist eben so ein Elend...«

»Jaja. Und es geht Ihnen schon lange so... so schlecht ... sagten Sie? –«

»Eigentlich seit Ihre Tante, Frau Albot, mich fortgejagt hat...« –

»Fortgejagt, ... wann war denn das, Fräulein Kathi, ...«

»Gleich nachdem Sie damals wieder aus Liebenau abfuhren, sechs Wochen drauf.... wegen dem Kind.... Sie können sich schon denken von wem.«

Der Herr denkt ernsthaft nach. »Nein, sehen Sie, – ich weiß mich nicht zu erinnern, wer damals könnte in diesem Liebenau... Es kam kein Mann ins Haus.... Die gute Tante.. erlaubte doch nicht einmal, daß der Kohlenmann oder der Milchausträger...«

»Wenn der Herr aber nur nachdenken möchte«
Der Herr versucht es wirklich.
»Na, wirds der Herr wohl selber g'wesen sein.«
Eine Weile sieht der so Angesprochene verständnislos vor sich hin. Dann aber lacht er ganz ungezwungen und arglos: »Ja, ja, Kathi, vielleicht.«
»Aber ganz ernsthaft, weiß der Herr vielleicht nicht....«
»Was denn...«
»Daß er bei mir in der Küche war?..«
»Jaja, ... ich sagte schon, in der Jugend, da kommt es ja wohl vor.«
»Daß man einem armen – Mädel ein Kind macht. Hn?«
Der Herr hört auf zu lachen und sagt ruhig: »Nein, nein, Kathi...«
»Also war der Herr vielleicht nicht?..« fährt die Blonde zornig auf.
»Doch, doch, leider Gottes, ja. Aber trotzdem. Es kann gar keine Folgen gehabt haben, nicht im geringsten. Das ist sozusagen ausgeschlossen. Ich will Ihnen sagen, Fräulein, der Doktor hat mir erklärt, daß es ganz unmöglich ist, daß ich jemals ein Kind...«
»Wann hat Ihnen der Doktor..«

. . . .
. . . .
. . . .

⟨DER DRACHENTÖTER⟩

⟨Ursprüngliche Fassung⟩

DIESE Geschichte fängt wie ein Märchen an, aber sie führt mitten in das hinein, was wirklich ist. Und das hat sie schließlich mit allen echten Märchen gemein, von denen sie sich sonst an vielen Stellen unterscheidet. Sie beginnt:

Es war ein schönes und fruchtbares Land mit Wäldern, Feldern, Flüssen, Straßen und Städten. Ein König war darüber gesetzt von Gott, ein Greis älter und stolzer als alle Könige von denen ich je Glaubwürdiges gehört habe. Und dieses Königs einziges Kind war ein Mädchen von großer Jugend, Sehnsucht und Schönheit. Der König war verwandt mit allen Thronen der Nachbarschaft, seine Tochter aber war noch ein Kind. Gewiß war ihre Sanftmut, Milde und die Macht ihres stillen Angesichtes die unschuldige Ursache des Drachens, welcher, jemehr sie emporwuchs und aufblühte, desto näher heranschlich und sich endlich in einem Walde vor der schönsten Stadt des Landes, wie der Schrecken selber, niederließ. Denn es bestehen geheime Beziehungen zwischen dem Schönen und Schrecklichen wie zwischen den Gipfeln und den Abgründen, wie zwischen den stillen Seeen und den reißenden Bächen welche sie nähren, wie zwischen dem holden lachenden Leben und dem nahen tiefen täglichen Tod.

Es ist damit nicht gesagt, daß der Drache der jungen Fürstin feindlich war, wie ja auch niemand auf Ehre und Gewissen sagen kann ob der Tod ein Widersacher des Lebens ist. Vielleicht hätte das große kochende Tier sich wie ein Hund neben dem schönen Mädchen niedergelegt und es wäre vielleicht nur durch die Abscheulichkeit der eigenen Zunge abgehalten worden, die lieblichsten Hände in tierischer Demut zu liebkosen. Aber man ließ natürlich die Jungfrau nicht zu dem Drachen, zumal dieser gegen die Unglücklichen die zufällig, aus Unkenntnis oder Leichtsinn in den Umkreis seiner Kraft traten, wenig rücksichtsvoll war und wie ein sichtbarer Tod alles Lebenswarme – Kinder und Herden nicht ausgeschlossen – ergriff und behielt.

Der König wird es zuerst mit großer Befriedigung vermerkt haben, daß diese Gefahr und Not viele Jünglinge seines Landes zu Männern machte, sodaß sie sich rüsteten und Abschied nahmen von alten Eltern und schlanken Bräuten, denen sie noch nie von der Liebe gesprochen hatten; und diese jungen Leute aus allen Ständen, Adlige, Priesterschüler und Knechte, zogen aus wie in ein fremdes Land, hatten das Heldentum einer einzigen heißen atemlosen Stunde, in der sie wuchsen, lebten und starben wie Träume von Fieberkranken.

Nach einigen Wochen fiel es niemandem mehr ein, diese kühnen Söhne zu zählen und ihre Namen in den Büchern des Reiches aufzuzeichnen. Denn in argen, angstvollen Tagen gewöhnt sich das Volk auch an Helden; sie sind dann nichts Unerhörtes mehr. Das Gefühl und die Furcht von Tausenden schreit nach ihnen und sie sind da, wie eine Notwendigkeit, wie von jenen großen Gesetzen bedingt, welche auch in den Zeiten des Unheils nicht aufhören zu wirken.

Als aber die Zahl derer, welche sich nach wilder Gegenwehr opferten, immer noch wuchs, als fast in jeder Familie des Landes der beste Sohn (manchmal noch in knabenhafter Jugend) gefallen war, da begann der König mit Recht zu fürchten, daß alle Erstlinge seines Landes zugrunde gehn könnten und daß zuviele junge Mädchen die jungfräuliche Witwenschaft in täglicher Trauer um den Geliebten auf sich nehmen müßten für die langen Jahre eines kinderlosen Frauenlebens. Und er verbot seinen Untertanen den Kampf. Fremden Kaufleuten aber, die in namenlosem Entsetzen aus der bedrängten Stadt entflohen, während der Drache weithin hörbar schlief, gab er die Kunde mit, welche schon viele Könige in ähnlichen Fällen verbreiten ließen. Er versprach jedem Fremden, (mag er nun edelbürtig sein oder des Henkers Sohn) die Hand seiner Tochter, wenn es ihm gelingen sollte, das arme Land von diesem großen Tode zu befreien und seine öden, entstellten Straßen dem Verkehr und dem Handel wiederzugeben.

Und es zeigte sich, daß auch die Fremde voller Helden war. Sie kamen an auf ihren schweren müden Pferden, stiegen staubig bei irgend einer Hütte ab, die an der Heerstraße lag und baten um Unterkunft für die Länge einer Nacht. Denn sie wollten noch einmal schlafen und ein Bad nehmen in der Abendkühle und ein Gebet sprechen an die Sterne und an den nächsten Morgen, den sie in ängstlicher Ungeduld erwarteten. Aber es gab auch andere, die nicht ans Beten dachten, sondern auf verborgenen Wegen in die Stadt ritten und die engen Gassen aufsuchten, in denen hinter roten Vorhängen willige Mädchen wohnten, die noch lachen konnten in einer Zeit, da den meisten Menschen das Lachen schlecht und sündig schien. Das waren die Heimatlosen, die Abenteurer, die, welche einmal viel verloren hatten, unruhige Ritter, denen der nächste Morgen nichts Ungewohntes war, Helden aus Hoffnungslosigkeit und Schwermut. Aber weder die einen noch die anderen schienen an den Lohn zu denken, welcher dem Sieger versprochen war. Nur die junge Fürstin dachte daran. Wenn ihr Herz bis zu diesem Augenblick, von der Verwirrung und Trauer des ganzen Landes gequält, den Untergang des Untiers wünschte und erflehte, so verbündete sich, seit sie dem starken Unbekannten, der da kommen sollte, verheißen war, ihr unbewußtes Gefühl dem gewaltigen Drachen, – und es kam so weit, daß sie in der Aufrichtigkeit des Traumes Gebete in sich fand, welche heilige Frauen zum Schutze des Ungeheuers herbeiriefen.

Eines Morgens, als sie aus solchen Träumen voll Scham erwachte, kam bis zu ihr ein Gerücht, das schon seit mehreren Tagen die Stadt geschwätzig machte. Es war von einem sehr jungen Menschen die Rede, der auch zu dem Kampfe herbeigekommen war (man wußte nicht woher) und dem es allerdings nicht gelang, das Tier zu töten, der aber imstande war, den Ausgang seines Kampfes selbst zu erzählen. Sein Pferd ließ er dem Rachen des Feindes und kroch (er wußte selbst nicht zu sagen, wie das möglich war) blaß und blutend in den Wald hinein, kroch einen Tag und eine Nacht, und am nächsten Morgen fand man ihn kalt in seiner kalten eisernen Schale, scheinbar gestorben und erstarrt. Aber in dem Haus, in das man ihn gebracht hatte, kam er bald zu sich und nun lag er dort im Fieber und das Blut seiner Wunden brach sich wie eine Brandung an den heißen, brennenden Verbänden. Als das junge Mädchen diese Nachricht vernahm, wäre sie gerne, wie sie war, mit bloßen Füßen, in dem Hemde von weißer Seide durch die steinigen Straßen gelaufen, um an dem Lager des Todkranken zu sein und ihn zu umgeben mit ihrem hellen einfältigen Herzen wie mit Stille und Licht. Aber als die drei blonden Kammermädchen sie angekleidet hatten und sie ihr wunderschönes Kleid und ihr trauriges Gesicht in den vielen Spiegeln des Schlosses gehn und kommen sah, da verließ sie der Mut so Ungewohntes zu wagen, und sie schickte nur heimlich einen alten Diener, der sie nicht verraten durfte, nach jenem entlegenen Hause und gab ihm Streifen von kühler Leinewand, sanfte Salben, die wie Blumen am Abend dufteten, und einen Krug starken alten Weines mit, der, wie sie meinte, die lügnerische Hitze des Fiebers dämpfen und die gesunde Glut der Jugend wieder in den Adern des Ritters wecken sollte. Dreimal wiederholte der Diener diesen Weg und am dritten Tage brachte er die köstlichen Salben wieder zurück, denn der Fremde bedurfte ihrer nichtmehr. Er war tot. Der alte ergebene Diener erschrak und die Kniee zitterten ihm, als seine junge

Fürstin von ihm verlangte, er müßte sie bei Anbruch der Nacht, sobald man im Schlosse zu Ruhe gegangen war, zu dem unbekannten Toten in jenes entlegene Haus führen. Allein ihre Stimme war so voller Willen und Entschluß, daß er nicht zu widersprechen wagte, aus Angst, sie könnte sonst allein, ohne seinen Schutz, den unerhörten nächtlichen Weg unternehmen.

Es war einer jener Frühlingsabende, an denen die Welt dreimal so groß scheint als sonst. Hat sich der Himmel gehoben? hat sich die Erde niedergelegt? – du weißt es nicht. Langsam fließen die Wege ins Tal und scheinen nicht anzuhalten bei den weißen Häusern und ziehen leise vorbei als wollten sie sich irgendwo einer stillen Straße vereinen, die geradeaus in Weiten führt, die jetzt offen sind, und in die Nacht, deren erste Sterne wie entfernte Städte an ihrem Ende sich erheben.

Die Jungfrau hielt mit ihrem atemlosen Herzen Schritt, kaum daß der Greis ihr zu folgen vermochte. Erstaunlich rasch hatten sie das Haus erreicht, darin alle zu schlafen schienen mit Ausnahme des Toten; denn bei ihm war noch Licht. Merkwürdigerweise brannten keine Kerzen in dem Zimmer. Die Flamme einer Pechfackel tanzte in ihrem schwarzen Becher wie die Seele eines Bösen und ihr unbestimmter huschender Schein, der bei nichts blieb, ließ den Raum bald unabsehbar lang, bald wieder so eng erscheinen, daß man fürchtete überall anzustoßen. Der Tote lag auf einem großen Tisch, ganz flach und sehr lang, nur mit einem Hemde von grobem Zeug bekleidet, das bis über seine Füße reichte und sich dort sackartig schloß. Man hatte versucht, seine Hände zum Falten zu bringen, aber sie waren wohl schon zu sehr erstarrt, und durch das lose Gewebe seiner Finger sprangen die Lichter den Schatten nach, so daß es aussah, als lebte etwas unter ihnen. Der Alte versuchte dem Fräulein mit seinen abwehrenden Gebärden den Toten zu verdecken. Sie aber hatte ihn schon gesehen. Sie ging, als ginge sie mitten durch den Greis hindurch, an ihm vorbei, nicht erstaunt und stark, als hätte die Gestalt und das Angesicht des Todes nichts Unerwartetes für sie. Sie neigte sich wie ein Engel über ihn, schloß die Augen und berührte den fremden erkalteten Mund mit der unendlichen Süßigkeit ihres ersten Kusses. Dann brachen ihr die Kniee und sie lag und drückte das Gesicht in ihre eiskalten Hände und betete Worte von verschiedenen zerrissenen Gebeten und weinte. Als sie sich wieder erhob, wußte sie sich kaum zurechtzufinden und stand allein, atemlos vor Angst, in dem von der Flamme hin und hergerissenen Zimmer. Sie rief den Alten und wagte nicht, sich nach ihm umzusehen. Endlich bemerkte sie, daß er auf dem breiten Fensterbrett saß und schlief. Sie dachte daran ihn zu rütteln, aber ihr fehlte der Mut, diesen versunkenen Menschen, der sie plötzlich an den Toten erinnerte, zu berühren. Sie hatte den Glauben an den Schlaf verloren. In diesem Augenblick gewahrte sie, daß ihre Blicke immerfort auf eine Tür gerichtet waren, welche jener, durch welche sie gekommen war, gegenüber lag und tiefer in das Haus führen mußte. Diese Tür war geschlossen und unterschied sich kaum von der langen leeren Wand neben sich. Aber in Kopfhöhe hatte sie ein kleines rundes verglastes Fensterchen, das manchmal aufblitzte wenn der zuckende Schein der Pechflamme daran vorüberglitt. Und das junge Mädchen wußte, daß dort jemand stand, der sie durch dieses dunkle Loch in das sie nicht hineinsehen konnte, betrachtete, der nicht müde wurde sie zu betrachten. Sie wußte, daß dort irgendjemand wach sei, der nicht weinte, sondern trockene spähende Augen hatte, welche so nah waren, daß seine Nase sich gegen die Tür drücken mußte. Ihr schien als hätte sie noch nie im Leben etwas mit solcher Gewißheit gewußt. Und dieses Gefühl nahm ihr alles Entsetzen ab. Sie war fast nichtmehr bang, nur traurig. Und wie beladen mit Traurigkeit ging sie langsam hinaus ins Freie.

Sie merkte, daß das Haus allein stand, von großen schwarzen Bäumen umgeben, die so unbeweglich waren wie die hohen Himmel der Frühlingsnacht. Diese Ruhe tat ihr wohl und heilte ihre Augen, die ganz krank waren von den Stößen der flackernden Flamme. Sie ließ dem Weg den Willen und ging. Eine Nachtigall sang. Es war nur die erste Hälfte ihres Liedes, jene kurze schluchzende Frage, die sie immer wieder anhob. Sie wußte noch keine Antwort darauf. Und ihre Stimme, die in den Gärten des Schlosses so sanft und selig klang, war viel zu groß und so, als ob sie einem furchtbaren Vogel gehörte, dessen Nest in den Kronen von neun Eichen ruht.

Die junge Fürstin war noch nie so allein. Es schien ihr, als ob sogar die Dinge hinter ihr zurückblieben, denn sie sah nirgends ein Haus, und das Hundegebell, das sie von Zeit zu Zeit hörte, war schon ganz fern. Sie lief nur noch, um nicht zu frieren. Ihr war, als saugten ihre Lippen alle Kühle aus der Nacht, und ihr Mund brannte vor Kälte. Wenn sie nachdachte, so erkannte sie die Vergangenheit nichtmehr, und Zukunft war keine. So trieb sie hin, wie ein helles Blatt, losgelöst vom Leben.

Plötzlich sah sie einen Reiter, der ihr entgegenkam. Sie drückte sich unwillkürlich ins dunkle feuchte Gebüsch. Er ritt langsam, und sein Pferd war ganz schwarz von Schweiß und bebte. Und auch er selbst schien zu zittern; die Ringe seines Panzers klangen leise aneinander. Sein Haupt war ohne Helm, seine Hände bloß und sein Schwert hing müde herab. Sein Haar wehte ein wenig und sein junges Gesicht war heiß und schön. Seine Augen waren ruhig dorthin gerichtet woher der Morgen kommen mußte, und sie glänzten, als schauten sie ihn schon.

So ritt er vorbei. Das Mädchen sah ihm lange nach. Mit einem Mal wußte sie: er hat den Drachen getötet. Und zugleich überkam es sie wie eine große Beruhigung. Sie war nichtmehr ein verlorenes Ding in dieser Nacht, sie gehörte diesem zitternden Helden, der in den Morgen ritt, und er, der sie jetzt noch nicht kennt, morgen wird er sie suchen in allen Häusern, und sich nach ihr sehnen wie nach einer verschollenen Schwester seines Schwertes.

Jetzt fand sie aufeinmal ganz leicht den Weg zum väterlichen Schloß und traf an einer verschwiegenen

Tür den trostlosen Alten, der sie überall gesucht hatte. Von ihrem Zimmer sah sie schon den Morgen.

*

Die junge Fürstin, die noch einige Stunden tief geschlafen hatte, erwachte von der lauten Freude des Landes. Die Menschen jubelten und die Glocken überschlugen sich fast in den Türmen. Alle schienen nach dem Retter zu rufen; der aber zeigte sich nicht. Er ritt schon weit von der Stadt, und es war ein Himmel voller Lerchen über ihm. Hätte jemand ihn an den Preis seiner Tat erinnert, vielleicht wäre er lachend umgekehrt; er hatte ihn ganz vergessen.

Diejenige aber, die eigentlich sein Eigen war, wußte, daß er nicht kommen würde. Sie versuchte sich ihn vorzustellen, umwogt von der lauten Dankbarkeit der Menge: sie vermochte es nicht. Sie sah ihn einsam in den Morgen reiten. Sie sah ihn reiten und sich zurückbleiben. Aber sie blieb nicht als die zurück, die sie gewesen war. Sie war gewachsen. Sie dachte an den Toten, den sie geküßt hatte und an den Lebenden der ihr verloren war, und ihre Gedanken berührten zum ersten Mal das Leben.

Die drei Kammermädchen, welche meinten, daß sie an diesem Tage Braut würde, brachten ihr ein großes festliches Kleid, das viel erwachsener war, als alle die sie bisher getragen hatte. Und sie ließ sich den Schmuck von Smaragden und Perlen gefallen, der von ihren Großmüttern stammte und ihr das Ansehen einer großen Dame gab. Dann ging sie, etwas bleich, an den vielen Spiegeln vorbei im Geräusch ihrer weißen Schleppe, die weit hinter ihr herkam. Und später hörte man sie singen. Sie sang ein Lied, das sie noch nie gesungen hatte, und niemand im Schlosse kannte es.

Der König aber saß im hohen Thronsaal und die alten Paladine des Reiches standen um ihn und glänzten. Er wartete auf den fremden Helden. Er dachte garnicht daran, daß er umsonst warten könnte. Denn dieser König war sehr alt und stolz und stammte aus einer anderen Zeit.

DER DRACHENTÖTER

⟨Endgültige Fassung⟩

Es war ein schönes und fruchtbares Land mit Wäldern, Feldern, Flüssen, Straßen und Städten. Ein König war darüber gesetzt von Gott, ein Greis, älter und stolzer als alle Könige, von denen man je Glaubwürdiges gehört hat. Dieses Königs einziges Kind war ein Mädchen von großer Jugend, Sehnsucht und Schönheit. Der König war verwandt mit allen Thronen der Nachbarschaft, seine Tochter aber war noch ein Kind und allein, wie ohne alle Verwandtschaft. Gewiß war ihre Sanftmut und Milde und die Macht ihres unerwachten stillen Angesichtes die unschuldige Ursache jenes Drachens, welcher, je mehr sie emporwuchs und aufblühte, desto näher heranschlich und sich endlich im Walde vor der schönsten Stadt des Landes, wie der Schrecken selber, niederließ; denn es bestehen geheime Beziehungen zwischen dem Schönen und dem Schrecklichen, an einer bestimmten Stelle ergänzen sich beide wie das lachende Leben und der nahe tägliche Tod.

Damit ist nicht gesagt, daß der Drache der jungen Dame feindlich war, wie ja auch niemand auf Ehre und Gewissen sagen kann, ob der Tod des Lebens Widersacher ist. Vielleicht hätte das große kochende Tier sich wie ein Hund neben dem schönen Mädchen niedergelegt und es wäre vielleicht nur durch die Abscheulichkeit der eigenen Zunge abgehalten worden, die lieblichsten Hände in tierischer Demut zu liebkosen. Aber man ließ es natürlich auf eine Probe nicht ankommen, zumal der Drache gegen alle, die zufällig in den Kreis seiner Kraft traten, erbarmungslos war und, einem sichtbaren Tode vergleichbar, alles, Kinder und Herden nicht ausgenommen, ergriff und behielt.

Der König wird es zuerst mit hoher Befriedigung vermerkt haben, daß diese Not und Gefahr viele Jünglinge seines Landes zu Männern machte. Diese jungen Leute aus allen Ständen, Adelige, Priesterschüler und Knechte, zogen aus wie in ein fremdes, fernes Land, hatten das Heldentum einer einzigen, heißen, atemlosen Stunde, in der sie Leben und Tod hatten und Hoffnung und Angst und alles – wie im Traum. Schon nach einigen Wochen fiel es keinem mehr ein, diese kühnen Söhne zu zählen und ihre Namen irgendwo aufzuzeichnen. Denn in solchen bangen Tagen gewöhnt sich das Volk auch an Helden; sie sind dann nichts Unerhörtes mehr. Das Gefühl, die Furcht, der Hunger von Tausenden schreit nach ihnen, und sie sind da, wie eine Notwendigkeit, wie Brot, von jenen letzten Gesetzen bedingt, die auch in den Zeiten des Unheils nicht aufhören zu wirken.

Als aber die Zahl derer, welche sich nach hoffnungsloser Gegenwehr opferten, immer noch wuchs, als fast in jeder Familie des Landes der beste Sohn (und oft noch in knabenhafter Jugend) gefallen war, da begann der König mit Recht zu fürchten, daß alle Erstlinge seines Landes zugrunde gehen könnten und daß zu viele junge Mädchen eine jungfräuliche Witwenschaft auf sich nehmen müßten für die langen Jahre eines kinderlosen Frauenlebens. Und er versagte seinen Untertanen den Kampf. Fremden Kaufleuten aber, die in namenlosem Entsetzen aus dem heimgesuchten Lande flohen, gab er eine Kunde mit, welche Könige, in ähnlicher Lage, seit alten Zeiten verbreiten ließen: wem es gelänge, das arme Land von diesem großen Tode zu befreien, der sollte die Hand der Königstochter erhalten, mag er von Adel sein oder eines Henkers letzter Sohn.

Und es zeigte sich, daß auch die Fremde voller Helden war, und daß der hohe Preis seine Wirkung nicht verfehlte. Die Fremden waren aber nicht glücklicher als die Einheimischen: sie kamen nur, um zu sterben.

In der Tochter des Königs ging in diesen Tagen eine Veränderung vor; wenn ihr Herz bis jetzt, von der Trauer und dem Verhängnis des Landes bedrückt, den Untergang des Untiers erflehte, so verbündete sich nun, da sie einem starken Unbekannten zugesprochen war, ihr naives Gefühl dem Bedränger, dem Drachen, und es kam so weit, daß sie in der Aufrichtigkeit des Traumes Gebete zu seinen Gunsten erfand und von heiligen Frauen verlangte, daß sie das Ungeheuer in ihren Schutz nehmen sollten.

Eines Morgens, als sie aus solchen Träumen voll Scham erwachte, kam ein Gerücht zu ihr, das sie erschreckte und verwirrte. Man erzählte sich von einem jungen Menschen, der – Gott weiß woher – zum Kampfe gekommen war, und dem es allerdings nicht gelang, den Drachen zu töten, wohl aber wund und blutend aus den Klauen des gräßlichen Feindes sich loszureißen und in den dichtesten Wald sich zu verkriechen. Dort fand man den Bewußtlosen, kalt in seiner kalten eisernen Schale, und brachte ihn in ein Haus, wo er nun in tiefem Fieber lag, mit heißem Blut hinter den brennenden Verbänden.

Als das junge Mädchen diese Nachricht vernahm, wäre sie gerne, wie sie war, in ihrem Hemde von weißer Seide, durch die Straßen gelaufen, um an dem Lager des Todkranken zu sein. Aber als die Kammermädchen sie angekleidet hatten, und sie ihr wunderschönes Kleid und ihr trauriges Gesicht in den vielen Spiegeln des Schlosses gehen und kommen sah, da verließ sie der Mut, so Ungewöhnliches zu wagen. Sie brachte es nicht einmal über sich, irgendeine verschwiegene Dienerin in das Haus zu senden, darin der fremde Kranke lag, um ihm eine Linderung zu schaffen, feine Leinwand oder eine sanfte Salbe.

Aber es war eine Unruhe in ihr, die sie beinahe krank machte. Bei Einbruch der Nacht saß sie lange am Fenster und suchte das Haus zu erraten, in dem der fremde

Mann starb. Denn, daß er starb, schien ihr selbstverständlich. Nur *Eine* hätte ihn vielleicht retten können, aber diese Eine war viel zu feige, ihn zu suchen. Dieser Gedanke, daß das Leben des wunden Helden in ihre Hand gegeben sei, verließ sie nicht mehr. Dieser Gedanke stieß sie endlich nach dem dritten Tage, den sie so in Qualen und Selbstvorwürfen verbracht hatte, in die Nacht hinaus, in eine schwarze, bange, regnende Frühlingsnacht, in der sie herumirrte, wie in einem dunklen Zimmer. Sie wußte nicht, woran sie das Haus erkennen würde, das sie suchte. Aber sie erkannte es ohneweiters an einem Fenster, das weit offen stand, an einem Licht, das drinnen im Zimmer brannte, einem langen seltsamen Licht, bei dem niemand lesen oder schlafen konnte. Und langsam ging sie an dem Hause vorbei, hilflos, arm, versunken in die erste Traurigkeit ihres Lebens. Sie ging weiter und weiter. Der Regen hatte aufgehört; über losen Wolkenstreifen standen einzelne große Sterne, und irgendwo in einem Garten sang eine Nachtigall den Anfang ihrer Strophe, die sie noch nicht vollenden konnte. Sie hob immer wieder fragend an, und ihre Stimme war groß und gewaltig aus der Stille gewachsen, wie die Stimme eines Riesenvogels, dessen Nest auf den Wipfeln von neun Eichen ruht.

Als die Prinzessin endlich die Blicke, in denen Tränen standen, von ihrem langen Wege erhob, sah sie einen Wald und einen Streifen Morgen dahinter. Und vor diesem Streifen hob sich etwas Schwarzes ab, das sich zu nähern schien. Es war ein Reiter. Unwillkürlich

drückte sie sich in das dunkle, nasse Gebüsch. Er ritt langsam an ihr vorbei, und sein Pferd war schwarz von Schweiß und bebte. Und er selbst schien zu zittern: alle Ringe seines Panzers klangen leise aneinander. Sein Haupt war ohne Helm, seine Hände waren bloß, sein Schwert hing schwer und müde herab. Sie sah sein Gesicht im Profil; es war heiß, mit verwehtem Haar.
Sie sah ihm nach, lange. Sie wußte: er hat den Drachen getötet. Und ihre Traurigkeit fiel ihr ab. Sie war kein verirrtes, verlorenes Ding mehr in dieser Nacht. Sie gehörte ihm, diesem fremden, zitternden Helden, sie war sein Besitz, als ob sie eine Schwester seines Schwertes wäre.
Und sie eilte nach Hause, um ihn zu erwarten. Sie kam unbemerkt in ihre Gemächer, und sobald es anging, weckte sie die Kammermädchen und ließ sich das schönste ihrer Kleider bringen. Während man es ihr anzog, erwachte die Stadt zu lauter Freude. Die Menschen jubelten und die Glocken überschlugen sich fast in den Türmen. Und die Prinzessin, die diesen Lärm hörte, wußte plötzlich, daß er nicht kommen würde. Sie versuchte, sich ihn vorzustellen, umwogt von der lauten Dankbarkeit der Menge: sie vermochte es nicht. Fast ängstlich suchte sie sich das Bild des einsamen Helden, des Zitternden, zu erhalten, wie sie ihn gesehen hatte. Als ob es wichtig wäre für ihr Leben, das nicht zu vergessen. Und dabei war ihr so festlich zu Mut, daß sie, obwohl sie wußte, daß niemand kommen würde, die Kammermädchen, die sie schmückten, nicht unterbrach. Sie ließ sich Smaragden und Perlen ins Haar

verflechten, das sich, zum größten Erstaunen der Dienerinnen, feucht anfühlte. Die Prinzessin war fertig. Sie lächelte den Kammermädchen zu und ging, etwas bleich, an den Spiegeln vorbei, im Geräusche ihrer weißen Schleppe, die weit hinter ihr herkam.
Der greise König aber saß, ernst und würdig, im hohen Thronsaal. Die alten Paladine des Reiches standen um ihn und glänzten. Er wartete auf den fremden Helden, den Befreier.
Der aber ritt schon weit von der Stadt, und es war ein Himmel voll Lerchen über ihm. Hätte ihn jemand an den Preis seiner Tat erinnert, vielleicht wäre er lachend umgekehrt; er hatte ihn ganz vergessen.

DER TOTENGRÄBER

⟨Endgültige Fassung von: Der Grabgärtner⟩

In San Rocco war der alte Totengräber gestorben. Es wurde täglich ausgerufen, daß die Stelle neu zu besetzen sei. Aber es vergingen drei Wochen, oder mehr, ohne daß jemand sich gemeldet hätte. Und da während dieser ganzen Zeit niemand starb in San Rocco, so schien die Sache auch nicht dringend zu sein, und man wartete ruhig ab. Wartete, bis an einem Abend im Mai der Fremde erschien, der das Amt übernehmen wollte. Gita, die Tochter des Podestà, war die erste, die ihn sah. Er trat aus dem Zimmer ihres Vaters (sie hatte ihn nicht kommen sehen)und kam gerade auf sie zu, als hätte er erwartet, ihr auf dem Gange, der dunkel war, zu begegnen.

»Bist du seine Tochter?« fragte er mit einer leisen Stimme, und legte ein fremdartiges Betonen auf jedes seiner Worte.

Gita nickte und ging neben dem Fremden her bis zu einem der tiefen Fenster, durch das von draußen der Glanz und die Stille der Gasse fiel, die im Abend lag. Dort besahen sie einander aufmerksam. Gita war so vertieft in den Anblick des fremden Mannes, daß ihr erst nachträglich einfiel, daß auch er, während aller dieser Minuten, als sie stand und ihn betrachtete, sie angesehen haben müsse. Er war hoch und schlank, und hatte ein schwarzes Reisekleid von fremdartigem Zuschnitt. Sein Haar war blond und er trug es, wie Edelleute es tragen. Er hatte überhaupt etwas von einem Edelmann an sich, er konnte Magister sein oder Arzt; wie merkwürdig, daß er Totengräber war. Und sie suchte unwillkürlich seine Hände. Er hielt sie ihr hin, beide, wie ein Kind.

»Es ist keine schwere Arbeit«, sagte er; und obwohl sie auf seine Hände sah, fühlte sie das Lächeln seiner Lippen, in dem sie stand wie in einem Sonnenstrahl.

Dann gingen sie zusammen bis vor das Tor des Hauses. Die Straße dämmerte schon.

»Ist es weit?« sagte der Fremde und sah die Häuser hinunter bis ans Ende der Gasse; sie war ganz leer.

»Nein, nicht sehr weit; aber ich will dich führen, denn du kannst den Weg nicht wissen, Fremder.«

»Weißt du ihn?« fragte der Mann ernst.

»Ich weiß ihn gut, ich habe ihn als kleines Kind schon gehen gelernt, weil er zur Mutter führt, die uns früh fortgenommen worden ist. Sie ruht dort draußen, ich will dir zeigen wo.«

Dann gingen sie wieder schweigend und ihre Schritte klangen wie *ein* Schritt in der Stille. Plötzlich sagte der Mann in Schwarz: »Wie alt bist du, Gita?«

»Sechzehn,« sagte das Kind und streckte sich ein wenig, »sechzehn, und mit jedem Tage ein wenig mehr.«

Der Fremde lächelte.

»Aber,« sagte sie und lächelte auch, »wie alt bist du?«

»Älter, älter als du, Gita, doppelt so alt, und mit jedem Tage viel, viel älter.«

Damit standen sie vor dem Tor des Kirchhofes.

»Dort ist das Haus, in dem du wohnen mußt, neben der Leichenkammer«, sagte das Mädchen und wies mit der Hand durch die Gitterstäbe des Tores an das andere Ende des Kirchhofes hin, wo ein kleines Haus stand, ganz mit Efeu bewachsen.

»So, so, hier ist es also«, nickte der Fremde und übersah langsam sein neues Land von einem Ende zum anderen. »Das war wohl ein alter Mann, der hier Totengräber war?« fragte er.

»Ja, ein sehr alter Mann. Er hat mit seiner Frau hier gewohnt, und die Frau war auch sehr alt. Sie ist gleich nach seinem Tod fortgezogen, ich weiß nicht wohin.«

Der Fremde sagte nur: »so« und schien an etwas ganz anderes zu denken. Und plötzlich wandte er sich an Gita: »Du mußt jetzt gehen, Kind, es ist spät geworden. Fürchtest du dich nicht allein?«

»Nein, ich bin immer allein. Aber du, fürchtest du dich nicht, hier draußen?«
Der Fremde schüttelte den Kopf und faßte die Hand des Mädchens und hielt sie mit leisem, sicherem Druck: »Ich bin auch immer allein –« sagte er leise, und da flüsterte das Kind auf einmal atemlos: »Horch.« Und sie hörten beide eine Nachtigall, die in der Dornenhecke des Kirchhofes zu singen begann, und sie waren ganz umgeben von dem schwellenden Schall und wie überschüttet von dieses Liedes Sehnsucht und Seligkeit.
Am nächsten Morgen begann der neue Totengräber von San Rocco sein Amt. Er faßte es seltsam genug auf. Er schuf den ganzen Kirchhof um und machte einen großen Garten daraus. Die alten Gräber verloren ihre nachdenkliche Traurigkeit und verschwanden unter dem Blühen der Blumen und dem Winken der Ranken. Und drüben, jenseits des mittleren Weges, wo bisher leerer, ungepflegter Rasen gewesen war, bildete der Mann viele kleine Blumenbeete, den Gräbern auf der anderen Seite ähnlich, so, daß die beiden Hälften des Kirchhofes einander das Gleichgewicht hielten. Die Leute, welche aus der Stadt herauskamen, konnten ihre lieben Gräber gar nicht gleich wiederfinden, ja es geschah, daß irgend ein altes Mütterchen bei einem der leeren Beete an der rechten Wegseite kniete und weinte, ohne daß dieses greise Gebet deshalb ihrem Sohne verloren ging, der fern drüben unter hellen Anemonen lag. Aber die Leute von San Rocco, welche diesen Kirchhof sahen, litten nicht mehr so sehr unter dem

schweren Tod. Wenn einmal jemand starb (und es traf meist alte Leute in diesem denkwürdigen Frühjahr), so mochte der Weg hinaus zwar immer noch recht lang und trostlos sein, draußen aber wurde es immer etwas wie ein kleines, stilles Fest. Blumen schienen von allen Seiten herbeizudrängen und sich so schnell über die dunkle Grube zu stellen, daß man meinen konnte, der schwarze Mund der Erde habe sich nur aufgetan, um Blumen zu sagen, tausend Blumen.

Gita sah alle diese Veränderungen; sie war fast immer draußen bei dem Fremden. Sie stand neben seiner Arbeit und stellte Fragen und er antwortete; der Rhythmus des Grabens war in ihren Gesprächen, die der Lärm des Spatens häufig unterbrach. »Weit, aus Norden«, sagte der Fremde auf eine Frage. »Von einer Insel,« und er bückte sich und raffte Unkraut zusammen, »vom Meer. Von einem anderen Meer. Einem Meer, das mit dem eueren (ich höre es manchmal atmen tief in der Nacht, obwohl es mehr als zwei Tagreisen entfernt ist) wenig gemein hat. Unser Meer ist grau und grausam, und es hat die Menschen, die daran wohnen, traurig und still gemacht. Im Frühling trägt es unendliche Stürme herüber, Stürme, in denen nichts wachsen kann, so daß der Mai ungenutzt vorübergeht, und im Winter friert es zu und macht alle zu Gefangenen, die auf den Inseln wohnen.«

»Wohnen viele auf den Inseln?«

»Nicht viele.«

»Auch Frauen?«

»Auch.«

»Und Kinder?«
»Ja, Kinder auch.«
»Und Tote?«
»Und sehr viel Tote; denn viele, viele bringt das Meer und legt sie in der Nacht an den Strand, und wer sie findet, erschrickt nicht, sondern nickt nur, nickt wie einer, der es längst weiß. Es gibt bei uns einen alten Mann, der hat von einer kleinen Insel zu erzählen gewußt, zu der das graue Meer so viel Tote brachte, daß den Lebenden kein Raum mehr blieb. Sie waren wie belagert von Leichen. Das ist vielleicht nur eine Geschichte und vielleicht irrt sich der alte Mann, der sie erzählt. Ich glaube sie nicht. Ich glaube, daß das Leben stärker ist als der Tod.«
Gita schwieg eine Weile. Dann sagte sie: »Und doch ist Mutter gestorben.«
Der fremde Mann hörte auf zu arbeiten und stützte sich auf den Spaten: »Ja, ich weiß auch eine Frau, die gestorben ist. Aber die wollte es.«
»Ja,« sagte Gita ernst, »ich kann mir denken, daß man es will.«
»Die meisten Menschen wollen es, und darum sterben auch die wenigen, welche leben wollen; sie werden mitgerissen, man fragt sie nicht. Ich bin weit in der Welt herumgekommen, Gita, ich habe mit vielen Menschen gesprochen und habe sie gefragt nach ihrem Herzen. Aber es war keiner unter ihnen, der nicht sterben wollte. Gesagt freilich, gesagt hat mancher das Gegenteil, und seine Furcht hat ihn darin bestärkt; aber was sagen die Menschen nicht alles. Dahinter

war ihr Wille, der Wille, der nicht spricht, und der fiel, fiel auf den Tod zu, wie die Frucht vom Baum. Da gibt es kein Aufhalten.«

So kam der Sommer. Und jeder neue Tag, der mit dem Erwachen der kleinen Vögel begann, fand Gita draußen bei dem fremden Mann aus Norden. Zu Hause warnte man sie, man tadelte sie, man versuchte Gewalt und Strafe an ihr, sie zurückzuhalten: es war alles umsonst. Gita fiel dem Fremden zu wie ein Erbteil. Einmal ließ ihn der Podestà rufen und das war ein gewaltiger Mann mit einer breiten drohenden Stimme. »Ihr habt ein Einsamkind, Messer Vignola«, sagte der Fremde auf alle Vorwürfe zu ihm, ruhig und indem er sich ein wenig verneigte. »Ich kann ihr nicht verwehren bei mir und in ihrer Mutter Nähe zu sein. Ich habe ihr nichts geschenkt, noch versprochen und mit keinem Wort hab ich sie jemals gerufen.« Das sagte er ehrerbietig und sicher und ging, da er es gesagt hatte; denn es war nichts hinzuzufügen.

Jetzt blühte der Garten draußen und dehnte sich aus in seinen vier Hecken und lohnte der Arbeit, die um ihn getan worden war. Und manchmal konnte man früher Feierabend machen und auf der kleinen Bank vor dem Hause sitzen und sehen, wie es auf eine leise und erhabene Art Abend wurde. Dann fragte Gita und der Fremde antwortete und zwischendurch hatten sie lange Schweigsamkeiten, in denen die Dinge zu ihnen redeten. »Heute will ich dir von einem Manne erzählen, wie ihm seine liebe Frau starb«, begann der Fremde einmal nach einem solchen Schweigen, und seine Hände zitterten, eine in der anderen. »Es war Herbst und er wußte, daß sie sterben würde. Die Ärzte sagten es; doch die hätten immerhin irren können; aber sie selbst, die Frau, sagte es lange vor ihnen. Und sie irrte nicht.«

»*Wollte* sie sterben?« fragte Gita, weil der Fremde eine Pause machte.

»Sie wollte, Gita. Sie wollte etwas anderes als leben. Es waren ihr immer zu viele um sie her, sie wollte allein sein. Ja, das wollte sie. Als Mädchen, da war sie nicht allein wie du; und als sie heiratete, da wußte sie, daß sie allein war; sie aber wollte allein sein und es nicht wissen.«

»War ihr Mann nicht gut?«

»Er war gut, Gita; denn er liebte sie und sie liebte ihn, und doch, Gita, berührten sie einander nicht. Die Menschen sind so furchtbar weit voneinander; und die, welche einander lieb haben, sind oft am weitesten. Sie werfen sich all das Ihrige zu und fangen es nicht, und es bleibt zwischen ihnen liegen irgendwo und türmt sich auf und hindert sie endlich noch, einander zu sehen und aufeinander zuzugehen. Aber ich wollte dir von der Frau erzählen, welche starb. Sie starb also. Es war am Morgen und der Mann, der nicht geschlafen hatte, saß bei ihr und sah wie sie starb. Sie richtete sich plötzlich auf und hob ihren Kopf und ihr Leben schien ganz in ihr Gesicht eingetreten und hatte sich dort versammelt und stand wie hundert Blumen in ihren Zügen. Und der Tod kam und riß es ab mit einem Griff, riß es heraus wie aus weichem Lehm und ließ ihr Angesicht weit ausgezogen, lang und spitz zurück. Ihre

Augen standen offen und gingen immer wieder auf, wenn man sie schloß, wie Muscheln, in denen das Tier gestorben ist. Und der Mann, der es nicht ertragen konnte, daß Augen, die nicht sahen, offen standen, holte aus dem Garten zwei späte harte Rosenknospen und legte sie auf die Lider, als Last. Nun blieben die Augen zu und er saß und sah lange in das tote Gesicht. Und je länger er es ansah, desto deutlicher empfand er, daß noch leise Wellen von Leben an den Rand ihrer Züge heranspülten und sich langsam wieder zurückzogen. Er erinnerte sich dunkel, in einer sehr schönen Stunde dieses Leben auf ihrem Gesichte gesehen zu haben, und er wußte, daß es ihr heiligstes Leben sei, das, dessen Vertrauter er nicht geworden war. Der Tod hatte dieses Leben nicht aus ihr geholt; er hatte sich täuschen lassen von dem Vielen, das in ihre Züge getreten war; *das* hatte er fortgerissen, zugleich mit dem sanften Umriß ihrer Profile. Aber das andere Leben war noch in ihr; vor einer Weile war es bis an die stillen Lippen herangeflutet und jetzt trat es wieder zurück, floß lautlos nach innen und sammelte sich irgendwo über ihrem zersprungenen Herzen.

Und der Mann, der diese Frau geliebt hatte, hilflos geliebt, wie sie ihn, der Mann empfand eine unsagbare Sehnsucht, dieses Leben, welches dem Tod entgangen war, zu besitzen. War er nicht der Einzige, der es empfangen durfte, der Erbe ihrer Blumen und Bücher und der sanften Gewänder, welche nicht aufhörten nach ihrem Leibe zu duften. Aber er wußte nicht, wie er diese Wärme, die so unerbittlich aus ihren Wangen zurückfloß, festhalten, wie er sie fassen, womit er sie schöpfen sollte? Er suchte die Hand der Toten, die leer und offen, wie die Schale einer entkernten Frucht, auf der Decke lag; die Kälte dieser Hand war gleichmäßig und stumm und sie gab bereits völlig das Gefühl eines Dinges, welches eine Nacht im Tau gelegen hat, um dann in einem morgendlichen Wind rasch kalt und trocken zu werden. Da plötzlich bewegte sich etwas im Gesichte der Toten. Gespannt sah der Mann hin. Alles war still, aber auf einmal zuckte die Rosenknospe, die über dem linken Auge lag. Und der Mann sah, daß auch die Rose auf dem rechten Auge größer geworden war und immer noch größer wurde. Das Gesicht gewöhnte sich an den Tod, aber die Rosen gingen auf wie Augen, welche in ein anderes Leben schauten. Und als es Abend geworden war, Abend dieses lautlosen Tages, da trug der Mann zwei große, rote Rosen in der zitternden Hand ans Fenster. In ihnen, die vor Schwere schwankten, trug er ihr Leben, den Überfluß ihres Lebens, den auch er nie empfangen hatte.«

Der Fremde stützte den Kopf in die Hand und saß und schwieg. Als er sich rührte, fragte Gita:

»Und dann?«

»Dann ging er fort, ging, was hätte er sonst tun sollen? Aber er glaubte nicht an den Tod, glaubte nur, daß die Menschen nicht zu einander können, die Lebenden nicht und nicht die Toten. Und das ist ihr Elend, nicht, daß sie sterben.«

»Ja, das weiß ich auch schon, du, daß man nicht helfen kann«, sagte Gita traurig. »Ich habe ein kleines weißes

Kaninchen gehabt, das ganz zahm war und nie sein konnte ohne mich. Und dann wurde es krank, der Hals schwoll ihm an, und es hatte Schmerzen wie ein Mensch. Und es sah mich an und bat, bat mit seinen kleinen Augen, hoffte, glaubte, daß ich helfen würde. Und endlich ließ es ab, mich anzusehen, und starb in meinem Schooß, wie allein, wie hundert Meilen von mir.«

»Man soll kein Tier an sich gewöhnen, Gita, das ist wahr. Man lädt eine Schuld auf sich damit, man verspricht und man kann nicht halten. Ein fortwährendes Versagen ist unser Teil bei diesem Verkehr. Und es ist bei den Menschen nicht anders, nur daß da immer beide schuldig werden, einer am anderen. Und *das* heißt, sich lieb haben: aneinander schuldig werden, nicht mehr, Gita, nicht *mehr*.«

»Ich weiß,« sagte Gita, »aber das ist viel.«

Und dann gingen sie zusammen, Hand in Hand auf dem Kirchhof umher und dachten nicht, daß es anders sein könnte, als es war.

Und doch wurde es anders. Es kam der August und ein Tag im August, da die Gassen der Stadt wie im Fieber waren, schwer, bang, ohne Wind. Der fremde Mann erwartete Gita an der Kirchhofstür, bleich und ernst.

»Ich habe einen bösen Traum gehabt, Gita«, rief er ihr zu. »Geh nach Hause und komm nicht wieder her, eh ich dich wissen lasse, daß du kommen sollst. Ich werde vielleicht viel Arbeit haben jetzt. Leb wohl.«

Sie aber warf sich ihm an die Brust und weinte. Und er ließ sie weinen, so lange sie wollte, und sah ihr lange nach, als sie ging. Er hatte sich nicht geirrt; es begann ernsthafte Arbeit. Täglich kamen jetzt zwei oder drei Leichenzüge heraus. Viele Bürger folgten ihnen; es waren reiche und festliche Begräbnisse, bei denen Weihrauch und Gesang nicht fehlte. Der Fremde aber wußte, was noch niemand ausgesprochen hatte: Die Pest war in der Stadt. Die Tage wurden immer heißer und stechender unter den tödlichen Himmeln, und die Nächte kamen und kühlten nicht. Und Entsetzen und Angst legte sich auf die Hände derer, die ein Handwerk trieben, und auf die Herzen derjenigen, welche liebten – und lähmte sie. Und es war eine Stille in den Häusern, wie am größten Feiertag, oder wie mitten in der Nacht. Aber die Kirchen waren erfüllt von verstörten Gesichtern. Und plötzlich begannen die Glokken zu läuten, alle, fuhren auf, brachen in Klänge aus: als hätten wilde Tiere die Glockenstricke angesprungen und sich verbissen in ihnen: so läuteten sie, atemlos.

In diesen schrecklichen Tagen war der Totengräber der Einzige, der arbeitete. Seine Arme erstarkten bei den größeren Anforderungen seines Amtes, und es war sogar eine gewisse Frohheit in ihm, die Frohheit seines Blutes, welches sich rascher bewegte.

Aber eines Morgens, als er nach kurzem Schlaf erwachte, stand Gita vor ihm. »Bist du krank?«

»Nein, nein.« Und er begriff erst allmählich, was sie, hastig und verworren, sprach.

Sie sagte, die Leute von San Rocco seien unterwegs, gegen ihn. Sie wollten ihn töten, denn »du, sagen sie, hast die Pest heraufbeschworen. Du hast auf der leeren

Seite des Kirchhofes, wo nichts war, Hügel gemacht, Gräber, sagen sie, und hast die Leichen gerufen mit diesen Gräbern. Flieh, flieh!« bat Gita und warf sich in die Knie, heftig, als stürzte sie von der Höhe eines Turmes. Und auf dem Wege war schon ein dunkler Haufen zu sehen, der schwoll und näher kam. Staub voran. Und aus dem dumpfen Gemurmel der Menge lösen sich schon einzelne Worte und drohen. Und Gita springt auf und fällt wieder in die Knie und will den Fremden mit sich ziehen.

Er aber steht wie aus Stein, steht und befiehlt ihr, hineinzugehen in sein Haus und zu warten. Sie gehorcht. Sie hockt im Haus hinter der Tür, und das Herz klopft ihr im Hals und in den Händen, überall.

Da kommt ein Stein, wieder ein Stein; man hört sie beide in die Hecke schlagen. Gita erträgt es nicht mehr. Sie reißt die Türe auf und läuft, läuft gerade auf den dritten Stein zu, der ihr die Stirne zerschlägt. Der Fremde fängt sie auf, wie sie fällt, und trägt sie hinein in sein kleines, dunkles Haus. Und das Volk johlt und ist schon ganz nahe an der niedrigen Hecke, die es nicht aufhalten wird. Aber da geschieht etwas Unerwartetes, Furchtbares. Der kleine Schreiber mit dem Kahlkopf, Theophilo, hängt sich plötzlich an seinen Nachbar, den Schmied aus der Gasse vicolo S^ma^ Trinità. Er taumelt und seine Augen verdrehen sich auf eine seltsame Art. Und zugleich beginnt in der dritten Reihe ein Knabe zu schwanken und hinter ihm schreit eine Frau, eine Schwangere, auf, schreit, schreit, und alle kennen diesen Schrei und jagen auseinander, wahnsinnig vor

Angst. Der Schmied, ein großer starker Mann, zittert und schüttelt den Arm, an dem der Schreiber gehangen hat, als wollte er ihn von sich schleudern, schüttelt und schüttelt.

Und drinnen im Hause kommt Gita, die auf dem Bette liegt, noch einmal zu sich und horcht.

»Sie sind fort«, sagt der Fremde, der über sie gebeugt ist. Sie kann ihn nicht mehr sehen, aber sie tastet leise über sein gesenktes Gesicht, um doch noch einmal zu wissen, wie es war. Ihr ist, als hätten sie lange zusammen gelebt, der Fremde und sie, Jahre und Jahre.

Und plötzlich sagt sie: »Die Zeit macht es nicht, nicht wahr?«

»Nein,« sagt er, »Gita, die Zeit macht es nicht.« Und er weiß, was sie meint. So stirbt sie.

Und er gräbt ihr ein Grab am Ende des Mittelweges, in dem reinen glänzenden Kies. Und der Mond kommt und es ist, als ob er in Silber grübe. Und er legt sie hinein auf Blumen und deckt sie mit Blumen zu. »Du Liebe«, sagt er und steht eine Weile still. Aber gleich darauf, als hätte er Angst vor dem Stillestehen und vor dem Nachdenken, beginnt er zu arbeiten. Sieben Särge stehen noch unbeerdigt; man hat sie im Laufe des letzten Tages heraus gebracht. Ohne viel Gefolge, obwohl in dem einen, besonders breiten Eichensarg Gian-Battista Vignola liegt, der Podestà.

Alles ist anders geworden. Würden gelten nicht mehr. Statt eines Toten mit vielen Lebenden, kommt jetzt immer *ein* Lebender und bringt auf seinem Karren drei, vier Särge mit. Der rote Pippo, der das zu seinem

Geschäft gemacht hat. Und der Fremde mißt, wie viel Raum er noch hat. Raum für etwa fünfzehn Gräber. Und so beginnt er seine Arbeit, und zuerst ist sein Spaten die einzige Stimme in der Nacht. Bis man wieder das Sterben hört aus der Stadt. Denn jetzt hält sich keiner mehr zurück; es ist kein Geheimnis mehr. Wen die Krankheit packt oder auch nur die Angst davor, der schreit und schreit und schreit, bis es zu Ende ist. Mütter fürchten sich vor ihren Kindern, keiner erkennt mehr den anderen, wie in ungeheurer Dunkelheit. Einzelne Verzweifelte halten Gelage und werfen die trunkenen Dirnen, wenn sie zu taumeln beginnen, aus den Fenstern hinaus, in Angst, die Krankheit könnte sie ergriffen haben.

Aber der Fremde draußen gräbt ruhig fort. Er hat das Gefühl: so lang er Herr ist hier, in diesen vier Hecken, so lang er hier ordnen kann und bauen, und wenigstens außen, wenigstens durch Blumen und Beete, diesem wahnwitzigen Zufall einen Sinn geben und ihn mit dem Land ringsherum versöhnen und in Einklang bringen kann, so lange hat der andere nicht Recht, und es kann ein Tag kommen, wo er – der andere – müd wird, nachgibt. Und zwei Gräber sind schon fertig. Aber da kommt es: Lachen, Stimmen, und ein Wagen knarrt. Der Wagen ist über und über mit Leichen beladen. Und der rote Pippo hat Genossen gefunden, die ihm helfen. Und sie greifen blind und gierig hinein in den Überfluß und zerren einen heraus, der sich zu wehren scheint, und schleudern ihn über die Hecke auf den Kirchhof. Und wieder einen. Der Fremde schafft ruhig weiter. Bis ihm der Körper eines jungen Mädchens, nackt und blutig, mit mißhandeltem Haar, vor die Füße fällt. Da droht der Totengräber hinaus in die Nacht. Und er will wieder an seine Arbeit gehen. Aber die trunkenen Bursche sind nicht aufgelegt, sich befehlen zu lassen. Immer wieder taucht der rote Pippo auf, hebt die flache Stirne und wirft einen Körper über die Hecke. So stauen sich die Leichen um den ruhigen Arbeiter auf. Leichen, Leichen, Leichen. Schwerer und schwerer geht der Spaten. Die Hände der Toten selbst scheinen sich wehrend darauf zu legen. Da hält der Fremde an. Auf seiner Stirne steht Schweiß. In seiner Brust ringt etwas. Dann tritt er näher an die Hecke heran, und als wieder Pippos roter, runder Kopf sich hebt, schwingt er mit weitem Ausholen den Spaten, fühlt wie er trifft und sieht noch, daß er schwarz und naß ist, wie er ihn zurückzieht. Er wirft ihn in weitem Bogen fort, und senkt die Stirn. Und so geht er langsam aus seinem Garten, in die Nacht: ein Besiegter. Einer, der zu früh gekommen ist, viel zu früh.

DRITTE ABTEILUNG

DRAMEN

(1895–1901)

IM FRÜHFROST

›JETZT UND IN DER STUNDE UNSERES ABSTERBENS....‹

MÜTTERCHEN

HÖHENLUFT

OHNE GEGENWART

FRAGMENT

DAS TÄGLICHE LEBEN

WAISENKINDER

IM FRÜHFROST

Ein Stück Dämmerung

Drei Vorgänge

Personen:

KLAUS GIRDING, Beamter einer Staatsbahn
CLEMENTINE, seine Frau
EVA, beider Tochter
DR. FRIEDRICH BAUER
MERZEN, Agent
ANNA, Bedienerin bei Girdings
HANS, Sohn Clementines und Girdings, Gymnasiast

I. Vorgang

Szene: Ein bürgerlich ärmlich eingerichtetes Zimmer. Matte, schmutzige Wandmalerei. Die Hintertür nicht ganz in der Mitte. Links von derselben ein geschmackloses Kanapee mit verschossenem grünem Rips überzogen. Darüber Familienbilder in ovalen Holzrahmen. An der linken Seitenwand ein niederes Spind; allerhand wertlose Kleinigkeiten auf dessen Platte. – Rechts ein Schreibtisch mit krummen Beinen und schäbigem Aussehen. Ein Hut Frau Clementinens und ihr Mieder liegt darauf. Im Vordergrunde der Speisetisch. – An demselben drei Rohrstühle und ein Lehnstuhl, in dem Girding zu sitzen pflegt. – Sie sitzen eben beim Frühstück. Girding und seine Ehefrau. Der Beamte liest in der Zeitung, sie macht sich mit den ungleichen Kaffeetassen zu tun.

GIRDING *in seinem Lehnstuhl. Eine verschrumpfte, verschüchterte Gestalt mit ängstlichen Augen. Er geht etwas schief, trägt einen abwärts laufenden Schnurrbart und jenen Kranz von krausen Haaren, der unter dem Kinn Ohr mit Ohr verbindet. Zusammenschauernd ohne von der Zeitung aufzusehen ...:* Hmm! 's ist kalt.

CLEMENTINE *ziemlich stark mit weichen, verschwommenen Zügen. Ihre Bewegungen unangenehm träge und ohne Anmut. Sie macht sich mit den Tassen zu tun, ohne auf Girdings Bemerkung zu achten.*

GIRDING *lauter, mit Betonung:* Kalt ists, kalt. Werd mich wieder ganz verkühlen.

CLEMENTINE *immer noch mit den Tassen beschäftigt:* Unsinn!

GIRDING *in die Zeitung hinein:* Aber der Doktor riet mir doch....

CLEMENTINE *unwirsch, die Kannen beiseit stellend und sich schwer setzend:* Doktor! Gibt der Doktor dir auch 's Geld für die Kohlen – was?

GIRDING *legt die Zeitung weg, steht auf, kriecht bis zum Sofa; dort nimmt er ein Plaid; legt sich dasselbe um die schmalen Schultern. – Dann setzt er sich wieder in den Lehnstuhl. Seufzt:* So.

CLEMENTINE *ihn wie verachtend anschauend:* Altes Weib! Du, ich will dir übrigens sagen, wo deine ganze Kälte herkommt. Was bist denn gestern wieder bis gegen Mitternacht da g'sessen und hast g'schrieben? – Glaubst sie geben dir dessentwegen was mehr wennst dich so plagst? Einen Quark hast davon. Auslachen werdens dich!

GIRDING *bescheiden:* Aber....

CLEMENTINE *spricht fort:* Auslachen sag ich dir. Siehst es denn nicht, wie sie die, die vor'ges Jahr noch unter dir waren, heut schon in d' Höh' gebracht haben – He!? Da schau dir den Geschke an, den alten Hallodri; der schleppt sich auch nicht den kleinsten Fetzen Papier mit nachhaus, und sogar ins Amt kommt er allweil zu spät, wie 'st ja immer erzählst, – und der, der sitzt jetzt fein oben in der Direktion und spielt den noblichten Herrn, und tut, als ob er, weiß der Himmel, Bälgtreter wär, bei dem Orgelspiel, das der liebe Herrgott manchmal so falsch anstimmt!...

GIRDING: Versündig dich nicht, Clementin'; ich werd schon auch noch hinaufkommen.

CLEMENTINE *lachend, zeigt mit dem Finger auf ihn:* Du!

GIRDING *mit erzwungener Sicherheit:* Ja, ich.

CLEMENTINE: Vielleicht dann, wenns herauskommt, die schmutzige G'schicht mit den dreihundert Gulden?

GIRDING *entsetzt:* Clementine!? –

CLEMENTINE: No ja, ist ja auch wahr. Da hats damals g'heißen: 's merkts niemand. 's muß sein. 'n Kindern zulieb, der Eva zulieb ... dem Hans zulieb.....

GIRDING *zitternd:* Und habt ihr nicht einen Landaufenthalt gehabt?..

CLEMENTINE: Freilich! Hin hast uns g'schickt, wo die Füchse sich gute Nacht sagen – zur Erholung.

GIRDING: Eva hat sich auch erholt.

CLEMENTINE: Ja, abgebrannt ist sie zurückkommen. Dann hast uns hier wieder doppelt darben lassen und hungern und... Natürlich. Von den dreihundert Gulden haben wir halt nicht viel g'sehen. Da hast halt dein Teil hier verpraßt.....

GIRDING *will reden:* ....

CLEMENTINE: Sei nur fein still. Hast leicht nicht erzählt, daß du jeden Abend beim Schenkwirt warst?

GIRDING: Aber den Schluck Bier.....

CLEMENTINE: Den kannst nicht entbehren. Und wenn Weib und Kind auf'n Hund kommen. – Deinen Schluck Bier ..... Wo wär denn sonst das Geld hin? *Mit Betonung und langsam:* Dreihundert Gulden. Die soll ich und die Eva in dem Hundenest da draußen durchbracht haben? Weißt, was wir zu Abend gessen haben. Brot, trockens Brot .... Und schau dir nur die Eva an, wie's schon wieder blaß und elend und mager ist. Und wie's rumgeht! Fünf Jahr hats die Winterjacken. Fünf Jahr! Zum Betteln gehts rum. – Ein Kreuzer könnt ihr a jeder schenken. Schäm dich. – Von mir red ich gar nicht; 's geht ja nicht. Du mußt ja deinen Schluck Bier – haben! –

GIRDING *fest und dann immer zaghafter:* Nein, Clementin', du darfst mir keine Vorwürfe machen. Was ich damals aus der Bahnkasse *stockt* ... aus der Kasse zurück ... zurückbehalten hab, – hast du am Gewissen. Ich hätts nie getan! Weiß Gott! Dazu bin ich viel zu ehrlich.

CLEMENTINE *aufspringend:* Du feiger Schlappschwanz, du! Auf mich schiebst das, auf mich?...

GIRDING *in sich zusammengesunken, raunt:* Nein, ich war ehrlich.

CLEMENTINE: Ich pfeif dir auf deine Ehrlichkeit. Verstehst! auf deine ganze Ehrlichkeit. Bei der kann dein Weib und deine Tochter vor Hunger draufgehn. – Is noch keiner fett g'worden von der Ehrlichkeit! – Aber meine Schuld ist es nicht, was du g'macht hast. Das laß dir nur vergehn. – Ich hab dir damals g'sagt: mach was du willst... *Es läutet draußen. Frau Girding geht der Tür zu, immer noch erregt wiederholend:* Mach was du willst, was du willst... *Sie geht durch die Mitteltür hinaus um zu öffnen.*

GIRDING *bleibt starr da sitzen und schaut ins Weite. Sein Mund klafft ein wenig. Blöde Stumpfheit liegt in seinem Blick. Er murmelt, indem er sich mit der bebenden Hand über die flache Stirn fährt:*

Gott verzeih mir meine Sünden.....

Clementine kommt zurück einen Brief in der Hand.

GIRDING *immer noch die Hand vor den Augen:* Wer hat denn geläutet?

CLEMENTINE: Da. *Hält ihm den Brief hin.* Da! *Wirft ihm denselben in den Schooß.*

GIRDING *öffnet ihn, nachdem er ihn gegen das Licht gehalten, sorgfältig mit dem Kaffeelöffel.*

CLEMENTINE *befühlt inzwischen die Kaffeekanne:* Natürlich ganz kalt ist das Zeug. Wo denn nur Eva wieder bleibt. Auf einmal g'wöhnt sie sich an so lang zu schlafen. *Giftig:* Die Prinzeß. – *Geht zur Tür rechts. Ruft:* Eva! *noch lauter indem sie pocht:* Eva!

EVA *von drinnen:* Ja!?

CLEMENTINE: Na sput dich ein wenig. 's wird dir kalt! Hast g'hört.

EVA: Ja!

GIRDING *liest inzwischen mit wachsendem Schrecken den Brief. Plötzlich läßt er ihn sinken und seufzt:* Jesus Maria!

CLEMENTINE *obenhin:* Hm!?

GIRDING *tonlos:* ....von Merzen.

CLEMENTINE: No, und?...

GIRDING *ganz schwach:* Er will sein Geld.

CLEMENTINE *mit impertinenter Gleichgültigkeit:* Und .... und..?

GIRDING: Was und – ich hab keins...

CLEMENTINE: So gib ihm keins, was kann dir Merzen machen?

GIRDING *bebend:* Was er mir machen kann? Was? Um mein Amt, um meinen Namen, um Alles kann er mich bringen. –

CLEMENTINE: Der?

GIRDING: Er weiß...

CLEMENTINE: Er weiß...

GIRDING: Von meiner, meiner..... Veruntreuung.

CLEMENTINE: Bravo, – das hast du gut g'macht. – So einem Lumpen dich anvertrauen. Du bist ein Trottel. –

GIRDING: Was, was jetzt? *Ratlos, wie zerschmettert.*

CLEMENTINE: Jetzt sitzt du drin. G'schieht dir ganz recht!

GIRDING *ratlos:* Mein Gott! –

CLEMENTINE: Du bist doch wirklich ein erbärmlichs altes Weib. Pfui! Muß ich wieder für dich denken. Ich weiß was. –

GIRDING *sieht sie ungläubig an.*

CLEMENTINE *grob:* Na, gaff nur!

GIRDING: Hast Geld?

CLEMENTINE: Nein.

GIRDING: Also wie willst denn?..

CLEMENTINE *leise:* Die Eva muß herhalten....

GIRDING *im höchsten Erstaunen:* Wie?!

CLEMENTINE: Bist taub? Die Eva muß herhalten, sag ich.....

GIRDING *noch erstaunter:* Eva!?

CLEMENTINE *setzt sich:* Hast denn nie bemerkt, wie sich der Merzen an sie g'macht hat, so oft er da war?

GIRDING: Nein.

CLEMENTINE: Du bist halt täppisch. Ein jeder Blinder hats sehen müssen! 'n ganzen Tag ist er um sie herumg'schwänzt und Fräulein Eva hin und Fräulein Eva her.....

GIRDING: Und was willst du?...

CLEMENTINE: Was ich will? Das weißt du noch nicht?-

GIRDING: So sag.....

CLEMENTINE *mit brutaler Ruh:* Kriegen soll er sie anstatt'n Geld! Das Ding ist schon noch was wert! –

GIRDING: Aber Clementine, kein Scherz! Eva ist doch mit Bauer so gut wie verlobt....

CLEMENTINE *höhnisch:* So gut wie – verlobt! Das ist mir schon das Richtige! So schlecht wie – verliebt, war er wohl mal in das Mädel, dieser Nirgendwo. – So gut wie – verlobt! I, du lieber Himmel. Das hast damals auch g'sagt, vor vier Jahren, wie der Haderlump mit dem siebzehnjährigen Ding durchgangen ist. Und dann hast es ja g'habt. Adjes! – Und nicht ein Groschen haben wir kriegt – und die Schand obendrein! – Und jetzt wirds von vorn losgehen. Mit dem ›Doktor‹ die G'schicht. Das ist gar ein feiner Herr....

GIRDING: Eva hat ihn gern.

CLEMENTINE: Gern, gern! – Red nur bloß nicht so g'schwollen. So 'ne Dirn hat ein' jeden gern, der ein bisserl schön tut und zahm. Mein Gott! Die braucht sich noch immer nicht an einen z'binden! – Und den Bauer, den treib ich ihr schon aus'n Schädel. Laßt sie so sitzen – wirst sehn....

GIRDING: Dr. Bauer ist ein ehrlicher....

CLEMENTINE: Laß mich aus mit dem ehrlich, kennt man schon!

GIRDING: Also Eva, meinst du, soll Merzen heiraten?

CLEMENTINE *schamlos:* Heiraten oder nicht! *Haben* soll er sie!

GIRDING *auffahrend:* Frau!

CLEMENTINE: Na, na, na, na, du moralischer Fetzen, du, nur nicht so gach! – Wenn du lieber in die Festung willst.

GIRDING *zuckt zusammen:* ..... ich ..... ich ....

CLEMENTINE: Laß mich nur machen. Den Merzen kriegen wir! Heirat er sie, ist gut, und laßt er sie nachher sitzen – haben wir ihn erst recht in der Hand. Ja, mir soll einer kommen! Wenn du mein' Schädel hättst, Girding, Direktor wärst längst sag ich dir....

GIRDING: Aber wie soll das arme Kind......

CLEMENTINE: Laß das meine Sorg sein! Und jetzt still. Ich hör sie kommen. – Ist denn nicht Zeit, daß du ins Amt gehst? –

GIRDING *sieht nach der Uhr:* Halb neun. Gleich, gleich....

Sinkt wieder in sich zusammen, tief in den Shawl gehüllt. Frau Girding gießt den kalten Kaffee in eine Tasse und stellt diese auf den leeren Platz links.

EVA *tritt ein. Ein blondes blasses Mädchen mit schönen aber etwas verhärmten Zügen, einen Ausdruck von Trauer in den großen Augen. – Sie benimmt sich etwas steif und ungeschickt. Die Haare trägt sie in breiten Scheiteln, so daß die äußersten Spitzen der Ohrläppchen verdeckt sind. Sie geht auf den Vater zu. Girding erhebt sich. Sie bückt sich, und er küßt sie auf die Stirn.*

EVA: Morgen, Morgen, Papa.

GIRDING: Guten Morgen, mein Kind.

EVA: Wohl geruht heute, Papa....

CLEMENTINE *fällt ein:* Na, *du* scheinst mir aber heute ›wohl geruht‹ zu haben. Schau mal. Halb neun. –

EVA: Ich war so müd, Mutter!

CLEMENTINE: Müd, Mamsell. Was sie nicht sagt. Vom Faulenzen den ganzen Tag. –

EVA: Ich faulenz nicht, Mutter!

CLEMENTINE: Nein, 'n ganzen Tag lesen und.....

EVA: Und in der Küchen mach ich doch Alles?...

CLEMENTINE: Das bißchen Essen macht sich ja von selbst. –

EVA: Du willst ja nicht, Mutter, daß ich in den Kindergartenkurs geh....

CLEMENTINE: Dienen willst du, du Prinzeß?

EVA: Warum nicht, wenn ich mir mein Geld selbst verdienen kann....

CLEMENTINE: Das wärs Richtige für dich! Nein, dienen sollst mir nicht! Man müßt sich ja schämen vor den andern.

GIRDING: Arbeit ist keine Schande.

EVA: Nicht wahr, Papa, das sag ich auch.

CLEMENTINE: Laßt's mich in Ruh mit dem alten, abgedroschnen Gewäsch an das kein Mensch glaubt! Daß ich nicht lach! Ist keine Schand! Aber Freud ists auch keine. Und 's wär ein Kreuz, daß ein solches Mädel, wie du, Eva, nicht besser ihr Geld verdienen könnt.

EVA *erstaunt:* Besser!?

GIRDING: Ich muß ins Amt! Wie ists denn draußen, Kind. –

EVA *geht ans Fenster:* Recht traurig und stürmisch. Wie's halt im Herbst ist, – im Herbst .... *Sie geht vom Fenster weg in schleppenden Schritten und während die Mutter das Geschirr vorn links zusammenräumt, hilft sie dem Vater den Überrock anziehn.*

EVA: So, Vater, nimm nur den Kragen hinauf. Jetzt früh!

GIRDING: Dank, dank dir, Evchen.

EVA *mit dem Schirm:* Und hier den Schirm.

GIRDING: Danke.

EVA *mit dem Hut:* Den Hut.

GIRDING: So! – Also ich geh jetzt. – Also ....

CLEMENTINE *ungeduldig:* Du wirst wieder zu spät kommen! –

GIRDING: Ich geh schon. – Ja. – Und was ich sagen wollte ....

CLEMENTINE: Laß dirs für abend.

GIRDING: Ja, ja .... *geht langsam und zögernd, Eva ihm nach. An der Tür kehrt er sich um und küßt das Mädchen innig auf die Stirn.*

GIRDING: Mit Gott! mit Gott! Armes Kind! *Ab.*

EVA *aufhorchend:* Was meinte Papa?

CLEMENTINE: Nichts. – *Rauh:* Du weißt ja, er ist manchmal nicht so recht .... Doch, wart, jetzt heißt's Ordnung hier machen. Schau nur mal das Spind. Das ist ja acht Tag nicht abg'staubt. Und da am Schreibtisch ist auch nicht alles beisamm. – Komm! Hilf mir.

EVA: Ja, gib mir ein Tuch.

CLEMENTINE *wirft ihr eines zu:* Da.

EVA *läßt es fallen.*

CLEMENTINE: Bist aber ung'schickt.

EVA *bückt sich:* Ach!

CLEMENTINE: Na, tut dir sogar 's Bücken an?

EVA: Bin halt müd.

CLEMENTINE: Geh, geh, will dich schon frisch machen. Kriegen einen Gast.

EVA *groß:* Gast?

CLEMENTINE: Da schaust, das ist 'ne Überraschung! Was? Na und rat mal wen. Einen Herren natürlich, einen feinen Herrn.

EVA: Wüßt nicht. Machst wohl ein' Scherz, Mutter.

CLEMENTINE: Fällt mir nicht ein. – Wirst schon sehen! Da wollen wir immer das Zimmer vorrichten. –

EVA: *Das* Zimmer?

CLEMENTINE: Und mein Bett laß ich reinstellen, und nehme mir für die Zeit das Zeug da *auf das Kanapee deutend.*

EVA *erstaunter:* Dein Bett? –

CLEMENTINE: Tu nur nicht so staunen! Man kann doch einen Gast nicht so mir nichts dir nichts herlegen auf das verdruckte Rundsofa. Da verdreht sich ja einer die Gedärm, wenn er da drauf schlafen soll. – Na und wenn einem an dem Gast was gelegen ist.....

EVA: Wer ist es, Mutter? –

CLEMENTINE: Aha, hat dich die Neugier schon. Ein schöner Herr, Täuberl, ein feiner Herr, den der Papa sehr hoch schätzt, und zu dem du sehr lieb sein mußt, sehr lieb. –

EVA: Lieb sein zu ihm. *Läßt das Staubtuch sinken.*

CLEMENTINE: Freilich! – Sag dirs ja! Heut noch kommt er; in einer Stund kann er da sein, der Herr Merzen.

EVA *enttäuscht, weiterscheuernd:* Ah – der! –

CLEMENTINE: Der, na wer denn sonst. Tu nur um alles in der Welt nicht so geringschätzig du – hochnasigs Ding du! Auf wen wartst dir denn. Wieder auf so einen Grünschnabel, der mit dir auf und davon geht, he –

EVA: Mutter!

CLEMENTINE: No ja, 's ist ja wahr! Glaubst denn, 's ist so ein b'sonders Glück für jeden, eine zu erwischen, die schon mal so ein schmutzigs Verhältnis g'habt hat....

EVA *bricht in lautes Schluchzen aus.*

CLEMENTINE: Nicht weinen! Das ist schon erst nichts nutz. Mach dir kein' Vorwurf! 's Fleisch ist schwach. Aber ich will damit nur g'sagt haben: rar darfst dich nicht machen. Verstanden! Zugreifen mußt mit Händ und Füß, wenn einer kommt. Und der Merzen wär leicht gar nicht der Schlechtste.

EVA *hebt die Hände von den tränenden Augen und sieht die Mutter mit stummem Schrecken an.*

CLEMENTINE *die fürchtet, vorläufig schon zu viel gesagt zu haben, ängstlich:* Mußt nicht so groß schaun. Mein' ja nur so. Mein' halt... Oder hast vielleicht immer den windigen Doktor noch im Schädel?

EVA: Friedrich war immer lieb zu mir, Mutter!

CLEMENTINE: Immer lieb, papperlapapp! –

EVA: Über den laß ich nichts kommen....

CLEMENTINE: Gut, gut! Verteidig dir nur deinen Doktor. Wenn er dich holen kommt – mir solls recht sein – ich hab nichts dagegen! Aber gar nichts. Aber warum zeigt er sich denn gar nicht; über ein halbs Jahr war er nicht bei uns. –

EVA *läßt sich in einen Stuhl fallen – tonlos:* Er hat Arbeit.

CLEMENTINE *die Augen zuzwinkernd:* Hmmm? Arbeit! Hat sich was. – Nein, Kind, auf den hoff nicht, der hat andere Gedanken, der Herr Doktor. Heut oder morgen wird er reich heiraten, und dann wirst zum zweitenmal dahocken und ›Ach‹ und ›Weh‹ schrein. – Aber dann hab ich kein Mitleid mehr mit dir .... So, also das Spind wär. No jetzt siehts ja bisserl besser aus im Zimmer. Staub du noch den Schreibtisch ab – Eva.

EVA: Für den tu ichs nicht. *Bleibt sitzen.*

CLEMENTINE: Für wen?

EVA: Für den Merzen!

CLEMENTINE: Dummes Ding! *Geht und bringt den Schreibtisch selbst in Ordnung.* Was ists denn an der Zeit. *Reibt eifrig die fleckige Platte.*

EVA *sitzt noch immer am selben Platz und starrt auf die Dielen.*

CLEMENTINE *selbst nach der Uhr blickend:* Was der tausend – elf! Und jetzt muß gleich der Hans aus der Schule kommen. Die Anna ist auch noch nicht da. Werd wieder selbst Feuer machen müssen. 's ist ein Elend!

EVA *seufzt.*

CLEMENTINE: Du hasts not! *Die Tür wird aufgerissen. Herein stürzt Hans, sechzehnjähriger Gymnasiast in der Blüte seiner Flegeljahre. Den Winterrock offen. Die Wangen rot. Die Bücher wirft er auf den nächsten Stuhl.* –

HANS: 'n Tag, Mutter! Verfluchter Wind heut. 's nimmt einem ordentlich die Luft. – 'n Tag, Schwester! 'n Tag! – Sitzt ja schon wieder da, wie ein frommes Hascherl am Karfreitag. Ha ha ha ha. – Schon wieder was über die Leber gelaufen. – *Geht zu ihr hin, bückt sich, um ihr ins Gesicht zu sehen – dann mit Pathos:* Daß du das duldest, Mama. Diese ewige zuwidere G'sichterschneiderei von früh bis in die Nacht hinein. – 's ist ja schon ekelhaft! –

CLEMENTINE *geht indessen im Zimmer umher vom Spind zum Schreibtisch, zum Kanapee. Nickt befriedigt:* So. –

HANS: Sag mal, Mama, du erwartest heut wohl den Prinzen Schnudi hier. Schaut ja ganz verdammt sauber hier aus. Hm, unser Spind. Allen alten Mist hab ich seit vier Wochen immer dort hin g'worfen – das ist aber blank heut. *Mit kecker Miene auf Eva weisend:* Kommt leicht ein Freier für die da?...

CLEMENTINE: Herr Merzen kommt.

HANS: Der Merzen! Hurrah, das ist fesch! Der wird doch wieder ein bisserl Leben bringen in die verdammte Langweil. Der kann fein erzählen. Weißt, Mutter, Sachen, die man dann doch nicht wieder erzählen kann. Aber er erlebt sie selbst, der... der... Du, das trifft sich übrigens sehr gut. Professor Schwab ist krank. Weißt du der Schwab, der mit der großen, roten Nase, der immer ohne Krawatte kommt, und der die hübsche Tochter hat. – Der kommt heut nicht. Wir haben also frei. – Und wenn Merzen kommt, so nimmt er mich mit ins Kaffeehaus. Das wird ein Nachmittag! –

CLEMENTINE *ist im Begriff die Stube zu verlassen.*

HANS: Du, Mama, richtig – was Neues! Du da, du Trauerweiden, ha ha ha, dich wirds interessieren. Ein Freund hat mirs erzählt. – Der blonde ›Doktor‹, weißt, diese ›gelehrte‹ Zwiderwurzen, der immer ins Haus kommen ist, und der der Eva immer die Hand geküßt hat.... *er imitiert:* Mein Fräulein *er neigt sich, tut als reichte ihm jemand die Hand und küßt mit widerlicher Affektation in die Luft:* Mein Fräulein, ich küsse die Hand.... ich....

EVA *aufspringend:* Was ists mit ihm? –

HANS: Oho – Schwesterchen so wild – jetzt sag ichs just nicht! *Kreuzt die Hände am Rücken und geht pfeifend nach rückwärts.*

EVA *stürzt ihm nach:* Sag mirs, Hans, sag mirs.

HANS *pfeift weiter.*

CLEMENTINE: Na, so sag ihrs doch.

HANS: Wart, Mutter, dir will ichs ins Ohr sagen. Komm. *Frau Girding neigt sich zu ihm. Er ruft sichtlich belustigt etwas in ihr Ohr. Eva steht bebend seitab.*

CLEMENTINE *macht ein kluges Gesicht:* Soooo!

HANS *laut:* Ja, und in einer Woche soll die Hochzeit sein!

EVA *stößt einen leisen Schrei aus und stürzt hinaus durch die Mitteltür.*

HANS: Ha, ha, jetzt hab ichs doch verraten. Das ist eine Hetz!

CLEMENTINE: Ich geh jetzt Feuer machen. –

HANS: Du, Mama, weißt du was: Ich hab einen Bärenhunger. Bring mir mal 'n Stück Butterbrot.

CLEMENTINE: Butter gibts keine.

HANS: Na, denn Brot! Brot! Ist mir ja ganz egal! –

CLEMENTINE *öffnet die obere Spindlade, nimmt ein Laib heraus und schneidet ein tüchtig Stück ab:* Recht so?

HANS: No, ja wenns größer nicht werden will. *Beißt voll hinein. Frau Girding ab. Geht, die linke Hand in der Hosentasche, in der Rechten das Stück Brot, hastig immer abbeißend im Zimmer auf und nieder. – Dann brummt er eine Gassenhauermelodie.*

EVA *tritt aus der Tür rechts ein. Sie ist sehr blaß und ihr Schritt scheint unsicher.* Hans!

HANS *sich umwendend:* Du!

EVA: Sag, Hans, wer hat dir denn das erzählt?

HANS *grob:* Was?

EVA: Das von vorhin.

HANS *zieht die Brauen hoch:* Das berührt dich, Schwesterchen?

EVA: Sag mirs.

HANS: Nein.

EVA: Du bist ein rechter trotziger Schulbub!

HANS: Waas bin ich?

EVA: Ein ekelhafter, dummer Bub!

HANS *auffahrend:* Du!

EVA: Nein, Hänschen, bitte, sag mirs!

HANS: Mag von dir nichts – brauch nichts von so einer – Unke!

EVA: Möchst du nicht gern ein Herbarium?

HANS: Freilich.

EVA: Ich kauf dirs!

HANS: Bitt dich, fopp mich nicht.

EVA: Mein Wort, ich kauf dirs.

HANS: Im Ernst?

EVA: Ich sag dirs ja.

HANS: Gib mir deine Hand. Die Rechte, so.

EVA: Und du sagst mir dafür......

HANS: Meinetwegen. Der Neffe vom Dr. Bauer, der kleine rothaarige, hats erzählt.

EVA: Der weiß es gewiß?

HANS: Wie wird er denn nicht wissen, wenn sein Oheim heiraten will.

EVA: Und wen will er heiraten?

HANS: Wen? Hm! Reich soll sie sein, sehr reich.

EVA: Aber wer, wer ist sie?

HANS *dreht sich erstaunt um:* Was du nicht alles wissen willst! *kurz und verschmitzt:* – Das weiß ich nicht.

EVA: Hans! *bittend.*

HANS *ärgerlich:* Aber ich weiß nicht, bei meiner Seel nicht! *Geht zum Spind, nimmt dort die Kleinigkeiten nacheinander musternd in die Hand und pfeift dabei.*

EVA *geht verlegen in den Vordergrund. Sie zieht etwas aus der Tasche. Zögernd:* Hänschen.

HANS *sich unterbrechend, langgezogen:* Hn?

EVA: Möchtest mir was zulieb tun?

HANS: Kommt drauf an.

EVA: Weißt ja doch, daß du's Herbarium kriegst.

HANS: Versteht sich.

EVA: Also, willst mir was zu Gefallen tun.

HANS: Bekomm ich das große, dicke mit dem roten Deckel.

EVA: Eben das.

HANS: Na, was solls denn.

EVA: Weißt du wo Dr. Bauer wohnt.

HANS: Wohnt. Hm. Wart mal. Dr. Bauer... *nachsinnend:* weiß schon: Quergasse 110.

EVA: Möchst hingehn und einen Brief zum Hausbesorger tragen?

HANS *legt die Hände auf den Rücken, vorgebeugt:* Brief?!

EVA: Ja, ich denk es ist sicherer und schneller als durch die Post.

HANS *ohne Stellung zu ändern:* Brief von *Dir*!?

EVA *leise:* Ja.

HANS *dreht sich auf dem linken Absatz wie ein Kreisel rund herum und stößt einen langgezogenen Pfiff aus.*

EVA *schaut verlegen hin:* Wirst du?...

HANS *mit dem Finger drohend:* Mir scheint, mir scheint!

EVA: Bitte, Hans!

HANS: Meinetwegen; mir solls gleich sein. Gib her!

EVA: Hand drauf, daß du ihn abgibst.

HANS: Hand drauf. Na, gib! *Sie gibt ihm den Brief.*

EVA: Und gleich.

HANS: Gleich. Und du, das Herbarium.

EVA: Ja, ja, das rote. Kann ich ruhig sein? –

HANS: Na, ich glaube, wenn ich dir mein Wort gegeben habe! *Stolz, indem er die eine Hand zwischen zweiten und dritten Knopf schiebt....*

EVA *geht langsam wieder nach hinten zur Türe rechts. – Dort wendet sie sich nochmal um:* Und daß man ihn gleich hinaufträgt.

HANS *sich schelmisch verneigend:* Auf der Stelle, wie du befiehlst.

EVA *ab.*

HANS *zieht sich mit Riesenbewegungen den Winterrock an, setzt den Hut auf – schmunzelt. Bei der Tür bleibt er nochmal stehen, zieht den Brief aus der Tasche, liest:* An den Herrn Dr. Friedrich Bauer, – – – ha, ha, ha, Schwesterchen – da steckt was – was – dahinter. – Wenn ichs der Mama erzählte, wär 'ne Hetz! – Nein, ich krieg ja's Herbarium. *Hält ihn nochmal gegens Licht wie um durchzulesen. – Steckt ihn dann resolut in die Tasche.* Na, mir ists recht! – *Wie er die Klinke ergreift, hört man schon Clementines Stimme draußen.*

CLEMENTINE: Bitte, bitte, wollen Sie nur weiter! Freilich! Haben Ihren lieben Brief! Ja; haben uns schon so sehr gefreut. Ja, der Girding ganz besonders, ganz besonders. – Bitte – bitte – spazieren Sie nur hinein – nur hinein!

MERZEN *tritt ein; hohe Gestalt. Flache Stirn, unstäte Augen. Glatt gestriegeltes, ins Gesicht gekämmtes Haar. Mit scheckiger Eleganz gekleidet. Eine kleine Reisetasche in der Linken. Er spricht ziemlich rasch mit unangenehmer manirierter Betonung. – Wie Hans die Stimmen draußen vernimmt, tritt er von der Tür seitlich – und zieht den Hut herunter. Merzen geht geradenwegs durchs Zimmer, ohne daß er Hans bemerkt. Hans macht ein paar steife Verbeugungen hintereinander, ohne beachtet zu werden. Clementine kommt hinter Merzen her, immerfort redend. –*

CLEMENTINE: Nein, das ist aber schön von Ihnen, daß Sie wieder mal an uns gedacht haben, wirklich sehr schön! – Mein Girding, immer hat er schon g'sagt, nein war der Merzen aber lang nicht da. – Nein wo steckt denn nur der Merzen. – Müssen schon verzeihen, er nennt Sie immer Merzen, Herr Merzen.

MERZEN *lächelt überlegen.*

CLEMENTINE: Aber legens doch nur das Tascherl da weg, und den Hut, und nehmens Platz und machens sichs bequem! *Einen Sessel zuschiebend:* So nur Platz nehmen, so bitt schön.

MERZEN *setzt sich:* Danke, danke, Frau Girding...... sagen Sie mal....

Clementine setzt sich. Hans steht fort noch hinten.

CLEMENTINE *ohne aufzuhorchen:* Sie sehen aber just nicht gut aus, Herr Merzen.

MERZEN *affektiert:* Dieses ewige Reisen, dieses ewige Reisen, heute da, morgen dort, und wenn man auch mit Komfort fährt...

CLEMENTINE: No ja, natürlich! – Und die schlechten fremden Betten, und die Gasthauskost...

MERZEN: Freilich.

CLEMENTINE: Kommen wohl weit jetzt her.

MERZEN *aufschauend:* Ich komm von Wien.

CLEMENTINE: Wien, ja kenn ich gut.

HANS *macht paar Schritte vor:* Aber du hast mir doch erzählt, Mama...

CLEMENTINE *und* MERZEN *sehen sich erstaunt um.*

CLEMENTINE *hinter dem Rücken Merzens:* Pst! Pst! *laut:* Oh, Sie verzeihen schon, Herr Merzen, mein Sohn, der Hans.

HANS: Ja, ja. *Verneigt sich.*

MERZEN *jovial, herablassend:* Kennen uns ja schon, nicht wahr, junger Herr....

HANS: Oh ja, bitte.

MERZEN *reicht ihm die Hand:* Auch groß geworden! Gehn ins Gymnasium, wie?

HANS: Ja.

MERZEN: Latein, Griechisch, na, wie macht sichs denn?

HANS: No....

MERZEN: No ja, – 's ist so ein Zeug.

CLEMENTINE: Ich sags auch immer, was die armen Kinder alles lernen müssen. 's ist doch wirklich schrecklich. Und jetzt frag ich Sie nur, zu was sie den alten Quark brauchen? Ob ihnen das je im Leben was nutzt. Haben Sie das je 'braucht. Haben doch auch Gymnasium studiert.

MERZEN: Ich? Hm, *räuspert sich* ja – das heißt ...... na, wie befindet sich denn Girding?

CLEMENTINE: Dank der Nachfrag. So, so; der braucht halt fort die ganze Apotheken. Nein, sag ich Ihnen, Herr Merzen, alleweil ziehts ihn da, alleweil ziehts ihn dort – was da für ein Geld dem Doktor in die Taschen lauft – –

MERZEN: So......

CLEMENTINE: Und alleweil will ers warm haben in der Stuben, – ich weiß schon nimmer, wo ich die Kohlen hernehmen soll? Jetzt im Herbst, wo andere Leut überhaupt noch nicht heizen....

MERZEN *der Clementine betrachtet hat und dann Hans, der die Hände in den Taschen dasteht, – unvermittelt:* Sie sehen aber recht gut aus, liebe Frau Girding, und der... der junge Herr da auch – hm – wie abgebrannt wirklich – recht gut.

HANS: Ja, denken sich, das war ein fescher Sommer, am Land waren wir draußen.... in....

CLEMENTINE *wirft ihm einen Blick zu, er beißt sich in die Lippen und bricht erschrocken ab.*

MERZEN *lang:* Soooo?!

CLEMENTINE: Er meint halt, – no ja, das heißt – *fortwährend Hans mit den Augen zuzwinkernd* – das heißt.... eingeladen waren wir halt paar Tag da draußen....

MERZEN: Aha. –

HANS *vortretend:* Ich geh jetzt, Herr Merzen. Adieu. – Ich muß...

MERZEN: Also, auf Wiedersehen! – Sieht wirklich famos aus.

HANS *rasch durch die Mitte ab.*

MERZEN *zu Clementine:* Ja, müssen Freude haben an Ihren Kindern! – Freut mich, daß Sie am Lande waren...

CLEMENTINE *verlegen:* Geladen.

MERZEN: Geladen – ja. Nun, es ist immer schön, wenn man sich das gönnen kann. – Man muß immerhin etwas im Trockenen haben – *mit Betonung, Clementine scharf ansehend:* wissen Sie, selbst wenn man geladen ist; – die Reise und alles das, das macht ja doch etwas aus ..... immer schön, wenn man sich so was gönnen kann.....

CLEMENTINE *will reden, findet aber nicht die passenden Worte und begnügt sich zu lachen. Endlich stottert sie mühsam:* Ich darf Ihnen doch ein Glas Wein anbieten?

MERZEN *kurz:* Danke.

CLEMENTINE: Ja, es ist zu kurz vor dem Essen.

MERZEN *sieht auf die Uhr.*

CLEMENTINE: Nicht wahr, Sie werden uns doch das Vergnügen machen auf einen Löffel Suppe.

MERZEN: Bedauere, habe ein Rendez-vous mit einigen Kollegen.

CLEMENTINE: Oh, wie schade. – Nein, ich darf Sie nicht fortlassen, werter Herr Merzen. Der Girding, der möcht mirs schön geben!

MERZEN: Aber.....

CLEMENTINE: Nein, keine Ausrede, – bitte! Freilich Sie dürfen nichts Großartiges erwarten. Sehr bescheiden, bürgerlich bescheiden .... wie's halt bei armen Leuten...

MERZEN *faßt sie bei den letzten Worten scharf ins Auge.*

CLEMENTINE *ablenkend:* Es ist auch so ein Kreuz mit den Dienstboten, man kann sich auf keine verlassen. Unsere Bedienerin – für eine, die ganz bei uns bleibt, reichts nicht – kommt unpünktlich... und da müssen Sie halt vorlieb nehmen, mit dem was meine Tochter.....

MERZEN *aufschauend:* Ihre Tochter?

CLEMENTINE: Na, die Eva, wissen Sie....

MERZEN *affektiert:* Ach, Fräulein Eva, wie hätt ich denn vergessen können. He, he, he ..... Befindet sich doch wohl?...

CLEMENTINE *schreit:* Eva! – Na so, so – will sich nicht recht herausmachen, das Mädel.

MERZEN *scharf:* Trotz des Landaufenthalts?

CLEMENTINE *räuspert sich:* Ja. – Was ich sagen wollt,

damit ich nicht vergeß – Sie werden doch diesmal bei uns wohnen? Herr Merzen?

MERZEN: Wie?!

CLEMENTINE: No, ich mein', es ist halt doch bequemer, gute Betten, ja die hab ich, die stammen noch von der Großmutter.....

MERZEN: Aber ich kann ja doch nicht...

CLEMENTINE: I, warum denn, da laß ich Ihnen ein Bett herein tun, – Decke oder Tuchent, wie Sie's wünschen, und ein Lavoir dort aufs Spind..... Wenns Ihnen nicht zu schlecht ist?... *schreit wieder hinein:* Eva!

EVA *drinnen:* Gleich!

MERZEN: Ich weiß wirklich nicht, Frau Girding, – nein, das kann ich absolut nicht annehmen, um keinen Preis....

CLEMENTINE: Aber....

EVA *in der Tür:* Was ist denn? *Bemerkt Merzen und will zurück, dann überlegt sie und geht langsam vor...*

MERZEN *erhebt sich:* Mein Fräulein....

CLEMENTINE *verlegen, da sie Evas gleichgültige Miene bemerkt:* Das ist Herr Merzen, Kind, du weißt doch....

MERZEN: .... Das Fräulein wird sich kaum mehr erinnern. *Betrachtet sie mit staunendem Wohlgefallen.*

EVA *kalt:* Oh, doch! Vor zwei Jahren kamen Sie öfters zu Papa.

CLEMENTINE: Denk dir, Herr Merzen zögert noch, bei uns zu wohnen...

MERZEN *höflich:* Ich fürchte Ihnen zur Last zu fallen, Fräulein Eva!

EVA *höhnisch:* Mir? – Ich hab hier gar nichts zu sagen,

Herr Merzen! – *Zu Clementine:* Wolltest du etwas, Mama?..

CLEMENTINE *verlegen:* Ich wollte nur.... ich wollte dich nur bitten, du möchtest mal nach dem Essen sehen, man kann sich auf Anna gar nicht verlassen.....

EVA: Ich geh schon. *Mit leichter Kopfneigung gegen Merzen ab.*

MERZEN *ihr fort nachschauend:* Auf Wiedersehen, Fräulein. – *Nachdem sich die Tür hinter Eva geschlossen hat, bleibt Merzen immer noch hinblickend wie starr stehen. Frau Girding bemerkt es und lächelt heimlich – dann schmeichelnd.*

CLEMENTINE: Also, Herr Merzen, dürfen wir hoffen, Sie unsern Gast zu nennen? – Ganz für Wohnung und zum Essen, natürlich nur, wenns Ihnen nicht zu schlecht ist – denn wir habens halt ganz einfach, nur ganz bürgerlich – aber wir möchten alles aufbieten, was nur in unserer Macht steht. – Der Girding hat ja wohl auch ein paar gute Zigarren zuhaus, Geschenke nämlich, Geschenke....

MERZEN *die Augen noch immer nach der Tür gewendet:* So, so, so.... *zerstreut.*

CLEMENTINE: Also bleiben Sie? bleiben Sie?...

MERZEN *zerstreut:* Aber hören Sie, die ist sehr schön geworden, Ihre Tochter, *sich verbessernd:* Ihr Fräulein Tochter... *nachdenklich:* ganz charmant schön!...

CLEMENTINE *tut verlegen:* Hm, bitte, bitte.....

MERZEN *aufschauend:* Wirklich! – *Sich aufrüttelnd:* Was meinten Sie doch früher, liebe Frau Girding.

CLEMENTINE: Ob Sie uns also die Ehre erweisen?...

MERZEN: Ja, wenn ich nicht störe, sehr gern!

CLEMENTINE: Stören?!

MERZEN: Wird aber Fräulein Eva.....

CLEMENTINE: Aber bitte, sie wird große Freude haben, wenn sie hört .... Aber werden Sie mit dem Zimmer zufrieden sein.

MERZEN *ohne umzublicken:* Gewiß, gewiß – ganz und gar. Wenn ich Sie nur gleich um Wasser und Seife bitten kann. Ich möchte mich vor dem Essen ein wenig abwaschen. Wissen Sie, der Reisestaub....

CLEMENTINE *geschäftig:* Freilich – sofort! *Will hinaus.*

MERZEN: Ah – was ich sagen wollte, Frau Girding – – ich – ich gratuliere Ihnen zu so einer Tochter. *Reicht ihr die Hand.*

CLEMENTINE *mit schmeichelndem Lächeln:* Zu viel Güte, zu viel Güte – ganz zu Ihren Diensten... *unter Bücklingen ab.*

MERZEN *schaut ihr einen Augenblick nach. Lacht dann. – Geht vor zum Speisetisch und setzt sich in den Stuhl Girdings. Macht sichs bequem. Zündet sich eine Zigarette an, lehnt sich zurück – und trällert sich ein Lied....*

Der Vorhang fällt

Ende des ersten Vorganges

II. Vorgang

Die Szene ist dieselbe wie im vorigen Vorgange. Die Familie ist wieder beim Frühstück. Diesmal auch Hans, der dann aufsteht, um sich zur Schule zu begeben. Eva steht bald nach ihm auf. – Dann bleiben Merzen, Girding und Clementine beisammen. An Stelle des grünen Ripskanapees im Hintergrunde befindet sich jetzt ein schlecht zugedecktes Bett.

Die Personen sitzen also: Auf seinem Lehnstuhl Girding, ihm zur Rechten Merzen, links Clementine, mit dem Rücken Eva. – Hans geht die Hände am Rücken im Zimmer auf und nieder.

CLEMENTINE *ärgerlich:* Jetzt setz dich aber mal nieder, Hans; dieses ewige Aufstehen, wenn die andern noch essen – das ist unartig!

HANS: Ich kann nicht fort dorthocken. Ich muß noch eine Aufgabe wiederholen im Kopf, und wenn ich sitz, so kann ich nicht denken. –

GIRDING: Hat recht, der Bursch – war mir auch immer so – hab mir nichts auswendig merken können, wenn ich nicht auf und ab gegangen bin! Weiß nicht, wie's kommt, aber es ist so. –

HANS *einfallend:* Einfach, wenn man stillsitzt, sitzt auch der Verstand still ..... Hahaha .... *Niemand lacht. Hans geht weiter ....*

GIRDING: Also war Ihnen alles recht, bester Merzen?

CLEMENTINE: Du fragst ein wenig spät, Girding. – Hab mich schon längst erkundigt. –

MERZEN *der den Blick ungern von Eva abwendet:* O, vorzüglich, habe sehr gut geschlafen .... Aber Sie, Fräulein

Eva, Sie können sich wohl dessen nicht rühmen – wie? Sie waren lange auf; der Lichtschimmer aus Ihrem Zimmer – blieb bis nach Mitternacht. Dort im Türspalt – Sie *sind* doch meine Nachbarin?

EVA *ausweichend:* Ich wohne in jenem Zimmer. – Ich pflege nie zeitig schlafen zu gehen.

MERZEN *eingeschüchtert:* So? –

GIRDING: Solltest aber früher zu Bett, Evchen! Siehst gar nicht g'sund aus. –

CLEMENTINE: Na – 's ist die Beleuchtung.

HANS *zieht sich jetzt hinten den Winterrock an, – nimmt die Bücher und sagt bei der Tür:* Adiee! –

CLEMENTINE: Kannst dich nicht ordentlich empfehlen kommen?

GIRDING: Laß ihn, sonst kommt er noch spät. Herr Merzen entschuldigt ihn schon. Mit Gott, Hans!

MERZEN *nachlässig:* Servus! –

CLEMENTINE: Er ist Ihnen oft ganz mürrisch vor lauter Plag, der Bub! – 's ist halt zu viel.

GIRDING: Ah was! Darauf halt ich – meine Kinder sollen was lernen! – Will meinem Vater selig keinen Vorwurf machen, aber hätt' der mich mehr zum Studieren g'habt, weiß Gott, 's wär anders geworden! Na, – das ist nimmer gut zu machen. Aber meine Kinder, oh... der Bursch, der solls Gymnasium absolvieren, und du Eva, na, du hast ja auch was g'lernt! Sie kann Klavier spielen, Herr Merzen!

MERZEN: Hmm! *befriedigt.*

CLEMENTINE: Ja, sie kann Ihnen auch mal was vorspielen.

EVA: Aber du weißt doch, Mama, wie lang ich keine Taste angerührt habe.

CLEMENTINE: Und Französisch haben wir sie lernen lassen, und Englisch kann sie auch lesen....

GIRDING: Ja – ich hab immer g'sagt – nur Bildung. – Wer eine allgemeine Bildung hat, dem steht alle Welt offen, ist nicht wahr?

MERZEN: Ja, und 's wird immer notwendiger, etwas zu leisten. Es nimmt ja überhand. Alles strebt nach vielem. Sogar Frauenzimmer machen jetzt ihren Doktor! – Wohin werden wir denn kommen? – Finden Sie das recht, Fräulein, daß das Weib sich bis zu dem Grade emanzipiert, jene doch nur für den Mann passenden Fächer zu usurpieren. –

EVA: Ob es recht ist, weiß ich nicht, Herr Merzen. – Mir gefällt es nicht. Die Frau gehört hinter den Herd und den Nährocken. Und wenn sie noch was anderes treibt, muß sie diese ihre Pflicht vernachlässigen....

MERZEN: Sie schreiben dem Weibe aber einen gar engen Wirkungskreis zu.

EVA: Besser im Kleinen Großes wirken als.....

CLEMENTINE: Mein Gott, wer hat dich denn je so gelehrt reden g'hört?

GIRDING: Hab' immer g'wußt, daß sie ein g'scheidetes Mädel ist...

EVA *erhebt sich.*

CLEMENTINE: Na?

EVA: Hab in der Küchen zu schaffen, Mutter. –

GIRDING: Gönnst dir aber auch gar keine Ruhe, Eva. Keinen Augenblick!

CLEMENTINE: Setz ihr das auch noch in den Kopf, Girding. Faulenzt mir den ganzen Tag herum.....

EVA *geht langsam durch die Mitteltür ab.*

CLEMENTINE *schaut, bis sie fort ist:* – Müssen schon verzeihen, daß sie schon wieder so fortgeht, 's ist manchmal merkwürdig mit dem Ding... mit dem.....

MERZEN *abwesend:* Bitte – bitte..... *zu Girding:* Also um auf unsere Rede zurückzukommen.... von gestern abend....

CLEMENTINE: Darf ich Ihnen nicht noch ein wenig Kaffee einschenken? Schmeckt Ihnen denn unser Kaffee nicht? Frau Rat Geschke trinkt ihn immer sehr gern bei mir. – Ich hätt' so das richtige Maß, sagt sie – also darf ich? –

MERZEN: Danke, ich trinke nicht gern Kaffee.

CLEMENTINE: Nicht gern – no ja, das ist halt vorzüglich für uns Frauen. Die Herren ziehen ein Bier vor. – Wie schmeckt Ihnen denn unser Bier?

MERZEN: Ich finde es gut. – Doch ich wollte auf unsere wichtige Angelegenheit zurückkommen....

CLEMENTINE: Ists nicht schon spät? – Wirst du nicht schon gehen müssen, Girding?

GIRDING *nach der Uhr schauend, verlegen:* Ja, wirklich gleich... gleich, – wie doch die Zeit vergeht!

CLEMENTINE *immer gegen Girding hin mit den Augen zwinkernd:* Sie werden ihn halt entschuldigen – den Girding. – Er muß pünktlich sein.

MERZEN: Ihre Amtsstunde ist doch erst neun. Wir haben kaum ein Viertel über acht – demnach.

CLEMENTINE: Nein, aber so eine Unaufmerksamkeit

von dir, Girding, ich bitt dich, – du hast ja dem Herrn Merzen noch gar keine Zigarre geben – und da schmeckts doch am besten – nach dem Kaffee ... Nichtwahr? – Ja, das weiß ich. Mein Vater, selig, der hat auch immer drauf g'halten! – Herr Gott! hat er immer g'sagt, ich hör' ihn noch, wenn ich den Stengel nicht hätt' .... wenn ich den nicht hätt' ...

MERZEN *obenhin, während Girding ihm die Zigarren hinhält; er nimmt eine:* Danke. *Zündet sie ruhig an, bläst zweimal volle Rauchkegel aus dem gespitzten Munde. Clementine rutscht verlegen am Stuhl herum, Girding sieht fort nach der Uhr. –*

MERZEN: So! – Und jetzt seien Sie so gut, liebe Frau Girding, lassen Sie mich mit Ihrem Manne ein wenig allein; wir haben wichtige Dinge zu besprechen. –

CLEMENTINE *erschrocken:* I, bewahre. Mein lieber Gott. Der Girding hat keine Geheimnisse vor mir. Gelt, Girding – gelt!

GIRDING *nickt, in sich zusammengesunken.*

MERZEN: Ich muß entschieden dabei bleiben. –

CLEMENTINE: Nein, nein, keine Spur, das kann ich gar nicht zugeben, daß die Herrn in aller Früh sich schon mit solchen G'schichten strapazieren.

MERZEN *macht eine unwillige Bewegung und klopft in einem fort nervös mit dem Fuße.*

CLEMENTINE: Ists leicht nur das von gestern abend. – Na, das hat ja Zeit ..... aber freilich.

MERZEN *fast grob:* Nein, das pressiert! – Das pressiert durchaus, beste Frau Girding; *zu Girding:* ich muß mit Ihnen allein sein, sprechen Sie Ihr Machtwort ....

GIRDING: Hörst *zaghaft* geh, Clementine ..... geh –

CLEMENTINE *beleidigt:* Na, mir ist's recht. –

MERZEN: Es eilt eben sehr...

CLEMENTINE: Freilich! *Höhnisch:* Mahlzeit! Die Herren!

Geht ganz langsam und immer zurückhorchend durch die Mitte ab.

GIRDING *schaut immer wieder nach der Uhr:* Jetzt wirds aber wirklich schön spät....

MERZEN: Ich nehme Ihre Zeit nicht lang in Anspruch, mein guter Herr Girding. Wir sind in fünf Minuten mit einander *au fait.* Also es handelt sich ja nur um das Eine: Sie zahlen mir noch in diesem Monat, was Sie mir schulden. – Die Kleinigkeit wird Ihnen ja nicht schwer fallen. – Sie konnten Ihrer Familie einen Sommeraufenthalt gönnen, – oder waren Sie etwan eingeladen?..

GIRDING *verstört:* Eingeladen?? Wo – denn....

MERZEN *befriedigt lächelnd:* Ah so. – Also, wie gesagt, Sie konnten Ihren Leuten einen Sommeraufenthalt gönnen, ein sicheres Zeichen, daß es Ihnen nicht mehr so schlecht geht. –

GIRDING *sinkt immer mehr in sich zusammen und starrt blöde vor sich hin.*

MERZEN: Wenn ich dessen nicht so gewiß wäre, lieber Girding, –

GIRDING *tonlos:* Ich habe – keinen – Groschen – –

MERZEN: Oh – nein, nein, erschweren Sie mir und sich selbst nicht die Affäre. Zahlen Sie heute.....

GIRDING: Herr, – ich – ich kann nicht.....

MERZEN: Also die vier, fünf Tage, die ich noch hier bin, will ich Ihnen ja noch Zeit lassen.....

GIRDING *im Diskant schreiend:* kann, kann nicht – nicht heut, nicht morgen, nicht übermorgen...

MERZEN *leicht, mit zurückgedrängtem Groll:* Ich weiß ja, Sie lieben zu scherzen, bester Girding.

GIRDING: Gott straf mich – wenns mir nicht so ernst ist.... so...

MERZEN *in anderem Ton:* Also denn ernst. *Macht einen langen Zug aus seiner Zigarre.* Gut. – Sie wissen, als Ehrenmann, daß Sie die Schuld am fälligen Termine zahlen müssen. – Sie wissen das? Sie wissen, daß ich dreimal bereits Nachsicht gehabt habe, aus bloßer persönlicher Wertschätzung für Sie.

GIRDING *der wieder Hoffnung faßt:* Lieber Freund....

MERZEN: Das alles wissen Sie. Nun, so vernehmen Sie denn auch, daß ich mich diesmal nicht von der Stelle rühre, ehe Sie mir Ihre Schuld hier aufzählen.

GIRDING *zuckt zusammen.*

MERZEN *mit tödlicher, eisiger Kälte:* Daß ich alle Mittel – verstanden – alle Mittel ergreifen werde, um endlich, endlich zu Geld und Recht zu kommen....

GIRDING: Mittel? –

MERZEN: In der Tat.

GIRDING *verstört:* Sie meinen?......

MERZEN *ruhig:* Gericht, Pfändung.

GIRDING: Jesus, Maria! –

MERZEN *lächelnd:* Ich weiß ja, so weit werden Sie's nicht kommen lassen.....

GIRDING: Herr, ich *kann* nicht!

MERZEN: Kann nicht, kann nicht.... dieses ewige kann nicht!

GIRDING: Diesmal nur noch Barmherzigkeit! *Faltet die Hände und will vor ihm niederknien.*

MERZEN *immer noch ruhig:* Keine Komödie, Girding, mich läßt dergleichen ziemlich kalt.

GIRDING *immer noch mit gefalteten Händen:* Haben Sie Mitleid mit meinem weißen Haar!...

MERZEN *zuckt mit den Schultern.*

GIRDING: Mit meinen Kindern – mit Eva! –

MERZEN: Mit dem Fräulein Nasehoch? Die einen immer so von oben herunter ansieht? *Seine ganze verletzte Leidenschaft für Eva kommt zum Ausbruch.* Mit diesem Fräulein, das da tut, als ob niemand für sie in der Welt wär, die glaubt, weil sie ein hübsches Lärvchen hat.... weil......

GIRDING: Gott, Gott!....

MERZEN: Nein, nein, mein Lieber, – dem Fräulein, *dem* Fräulein hätt' ich alles entgegengebracht.. aber so eine Behandlung, das hab ich nicht not.....

GIRDING: Lieber Merzen!

MERZEN: Dieses Fräulein Nasehoch! 's ist doch wirklich zu lächerlich. Der möcht ich sogar gönnen, daß sie erfährt.....

GIRDING: Mein Gott!

MERZEN *in Erregung steigend und dann eisig fortfahrend:* Daß sie erfährt, daß ihr Vater....

GIRDING .... *ängstlich:* Daß....

MERZEN *steht langsam auf und spricht die folgenden Worte sehr kalt und langsam, indem er Girding scharf ansieht:* Daß ihr Vater, der Vater von dem stolzen Fräulein, ein – – Dieb ist!

GIRDING *auffahrend, ballt in ohnmächtiger Wut die erhobenen Fäuste:* Herr! *Er krächzt das heraus und sinkt wieder in seinen Stuhl zurück.*

MERZEN *beginnt, die Hände am Rücken mit erhobenem Kopf, dünkelhaft stolz auf und ab zu gehen:* Hahaha! Nur nicht so entrüstet, mein Lieber. Sie sehen, wir haben ein gutes Gedächtnis. Vielleicht ein besseres als Sie. –

GIRDING *sitzt mit vors Gesicht geschlagenen Händen da und stöhnt von Zeit zu Zeit.*

MERZEN: Und nun hoff ich, Girding, werden Sie einsehen, daß ich doch zu viel Waffen Ihrem dummen ›kann nicht‹ gegenüberstellen kann, und werden vernünftig werden. – Ich will ja milde sein. Heute ist Dienstag. Also hören Sie: *leiser* Mittwoch, Donnerstag, – Freitag – *laut:* also Freitag abend muß das Geld in meinen Händen sein, sonst....

GIRDING: Sonst? –

MERZEN *mit giftigem Scherz:* Sonst müßte Ihr Heiligenschein unerbittlich verloren gehen – Sie, Ehrenmann...

GIRDING *ringt nach Atem.*

MERZEN: So. Damit sind wir fertig!

GIRDING *aufstehend, mit erhobenen Händen:* Merzen!

MERZEN: Bitte, lieber Girding, geben Sie sich keine Mühe ..... Glaube es ist Ihre Amtszeit, – will Sie durchaus nicht stören. –

GIRDING *bleibt noch eine Weile hilflos vor ihm stehen. Dann geht er zum Kleiderrechen, zieht sich ächzend seinen Rock an und will gehen. Bei der Tür kehrt er sich nochmals um:* Merzen!

MERZEN: Hm! Gehen schon? Adieu Girding, – adieu mein Lieber, viel Amüsement ....

GIRDING *wankt hinaus.*

MERZEN *geht, die Hände in den Taschen, pfeifend und rauchend im Zimmer auf und nieder.*

CLEMENTINE *kommt, gleich nachdem Girding das Zimmer verlassen, herein.*

MERZEN *bemerkt sie nicht.*

CLEMENTINE *räuspert:* Hm.

MERZEN *wendet sich um:* Ah – Sie! –

CLEMENTINE: Ja, ich, Herr Merzen, – *scherzend, indem sie knixt: nur* ich. *Tut erstaunt, indem sie umherblickt:* Was, der Girding schon weg? –

MERZEN: Ja, er ging eben.

CLEMENTINE *forschend und listig:* Na sind die Herrn eins worden?

MERZEN *obenhin:* Oh ja. –

CLEMENTINE: Schön, schön! 's geht nichts über die Eintracht, Herr Merzen. Gelt? Das ist mein G'setz. Nur kein Zwist. Das hab ich immer 'n Kindern predigt. – Hörts, hab ich ihnen immer g'sagt. Nur keinen Krakehl! – Und die Eva, die hat so was dazu in sich – so ein strittiges Element! *lacht* Ja. – *Verlegen:* No, Herr Merzen, – wie – wie g'fällt Ihnen denn meine Tochter?

MERZEN *sieht erstaunt auf:* Sehr gut – sehr gut....

CLEMENTINE: Ist uns eine Ehr! –

MERZEN *in Gedanken:* Sie ist sehr hübsch.

CLEMENTINE: Ja, das haben die Leut alleweil g'meint. Die ganze Mutter, habens g'sagt, wie ich jung war natürlich – bitt Sie, jetzt – jetzt....

MERZEN: Hm. –

CLEMENTINE: – Na – was ich hab sagen wollen! Was ich eigentlich hab sagen wollen.... Sie werden schon verzeihen, ich muß einmal ein vertraulichs Wörtl mit Ihnen reden....

MERZEN: Mit *mir*?

CLEMENTINE: Freilich! Also Sie verzeihn schon.

MERZEN: Ich bin sehr gespannt.

CLEMENTINE: Ich laß gleich los, damit Sie sich nicht ›überspannen‹. Ich fang gleich bei der Mitten an. – Setzens sich leicht bissel?

MERZEN: Danke. – Bin die ganze Zeit gesessen. –

CLEMENTINE: Nachher setz ich mich, so. – *Setzt sich in Girdings Stuhl.* Also: Um die Eva gehts. – Hab Ihnen schon mal 'klagt, wie das Ding fort blaß und grün ist, wie eine unreife Lemonie. – Muß einen stillen Kummer haben – hab ich mir immer g'sagt. Und lang hab ich zug'schaut. Jetztn hab ichs draußen....

MERZEN *vor ihr stehen bleibend:* Ja, aber Sie entschuldigen, warum sagen Sie denn gerade *mir*...

CLEMENTINE *lacht:* Warum gerade Ihnen? *Das* fragens noch? Das? *lacht* Bitt Sie! *lacht* Das ist es ja eben, das ist ja eben was ich 'raus kriegt hab. –

MERZEN: Wie?

CLEMENTINE: Na also, plitz – platz – 'raus damit: Verliebt ist das Ding in – in Sie! – *lacht.*

MERZEN: Waaas?

CLEMENTINE: 's ist wie ich sag, – wie ich sag.

MERZEN: Frau Girding – nein, lassen Sie diese Späße.

CLEMENTINE: Aber G'spaß – G'spaß, mach ich einen G'spaß? Seh ich aus, als ob ich G'spaß mach. Meiner Seel.... meiner Seel! Ich lach ja nur, weils gar so komisch ist, die G'schicht! Aber wahr ist! – Bitt Sie – verschießt sich das Ding grad in Sie....

MERZEN: Aber, Frau Girding, ich weiß nicht.....

CLEMENTINE: Wissen nicht? Na, drum sag ich Ihnens ja grad, daß S'es wissen sollen!

MERZEN: Fräulein Eva behandelt mich nicht gerade als ob.. als... ob..... ich bei ihr etwas gelten sollte....

CLEMENTINE: Lernen Sie mich *das* Mädel kennen. Bitt Sie gar schön, bitt Sie gar schön. Die kenn ich wie meine Nägel an den Füßen. – *Lacht* Na Sie sind mir auch der Richtige! – Das haben Sie noch nicht erkannt, daß das nur Verschämtheit ist, – eben dessentwegen...

MERZEN: Eben.... dessentwegen....

CLEMENTINE: Na, freilich. Ganz närrisch ist's ja in Sie. Von früh bis spat.....

HANS *stürmt herein:* Verdammtes Hundezeug.... *Wirft die Bücher links, den Mantel rechts, und bleibt in der Mitte des Zimmers, die Hände in der Tasche, stehen; mürrisches Gesicht.*

CLEMENTINE *die Hände in die Hüften stützend:* Du verfluchter Lausbub, kannst nicht anständig zur Tür rein kommen?

HANS: A – laß mich! –

CLEMENTINE: Also ich bitt Sie, *zu Merzen* so hat ihn sein Vater erzogen, den Bengel! *zu Hans:* Na, wart nur. Was hast denn?

HANS *grob:* Schmarrn! –

CLEMENTINE *auf ihn zu mit erhobener Hand:* Wannst jetzt nicht gleich – scham dich! – Scham dich vor dem fremden Herrn. Der wird sich was Schönes denken von dir! – Hast sicher wieder eine Strafen?

HANS: Wer hat denn wissen können, daß er mich heut prüft, der Ochs, der.....

CLEMENTINE: Mach nur so fort. Willst schon bis zum Galgen kommen. – Wirst schon sehen. – *Zu Merzen:* Na, verzeihen Sie *leiser* vor dem Buben kann man ja nichts reden. Und ich möcht Ihnen doch noch erzählen.... ja, ja, – das habens also gar nicht g'wußt – du mein... diese Männer, – diese Männer – rein blind! – Ich muß ohnedies ausgehen. Gehn's halt ein Stückerl mit mir – gelt! –

MERZEN *nickt. Nimmt Hut und Mantel.*

CLEMENTINE: Na Sie werden horchen! Aber so was, so was! –

MERZEN *an der Türe:* Also? –

CLEMENTINE *noch da und dorthin eilend:* Jesus, ja, den Hut, den hab ich ja draußen in der Küchen – und die Jacken auch.... Man verliert ganz den Kopf vor lauter, lauter.... *Sie nickt ihm vertraulich zu.* –

So, so also, kommen S' –, lieber Herr – gehen wir.....

Merzen voraus, sie ihm nach – beide ab.

HANS: Na, die hat heut wieder was, die Mutter. Er ist aber auch ein lieber Kerl, der Merzen! Ein so ein fescher Mensch. – Möcht gleich wieder mit ihm gehen – wie gestern! Aber mir liegt das Zeug doch im Kopf. Mit der blöden Prüfung – dieser verrückte, ekelhafte.....

EVA *ist eingetreten, kommt von der Tür rechts langsam und unsicheren Schrittes näher.*

HANS: Du?! Siehst wieder mal fein aus heut. Wie einer der aus'n Grab auskrochen ist. Was hast du denn nur fort, Eva? –

EVA *seufzt.*

HANS: Ach! Oh! Weh! – und immer wieder dieses Ge-

krächz. Weißt, wie du mir vorkommst? Weißt? Wie ein alter Pumpkolben. Das geht auch immer so *imitiert:* ach – ach – ach! –
Wenn ich dein Leben hätt, tagaus, tagein nichts zu tun, – ich möcht anders dreinschauen –

Es läutet. Eva zuckt heftig zusammen.

HANS: Na, hörst du, du bist ja schon die reinste Vogelscheuche, – das bissel dumme Läuten fährt dir wie ein Schuß in die Glieder.

EVA *zitternd:* Ist die Anna draußen?

HANS: Weiß nicht.

EVA: Oder die Mutter?

HANS *ebenso gleichgiltig:* Weiß nicht.

Es läutet wieder.

EVA: So geh doch aufmachen.

HANS: Wer wirds denn sein. Irgend ein Bettler... *Geht langsam in den Hintergrund. Wie er in der Nähe der Tür ist, holt Eva ihn ein und stößt ihn zurück.*

EVA: Wart, ich.... ich geh selbst. *Ab.*

HANS: Weißt – was du eigentlich hast, Schwester? .... 's ist doch zu komisch! *Horchend:* Pst! Wer spricht denn da, das ist eine Männerstimme... Und die Eva spricht mit ihm. – Er kommt, wer kann denn das..?... *Geht rasch zur Tür nach rechts – steckt den Kopf heraus, nachdem er ins Nebenzimmer getreten. –*

Die Mitteltür öffnet sich jetzt und herein tritt Dr. Bauer. Jugendlicher hübscher Mann mit braunem, reichen Haupthaar; den Bart trägt er kurz, mit dem Mund in gleicher Höhe geradlinig abrasiert. Kleidung vornehm. Er spricht etwas verlegen und geziert, doch immer wieder bricht seine starke, treue Natur durch. Hinter ihm Eva.

HANS *leise, immer noch in der Tür:* Wer ist denn – das? – Aha, der Bauer! So, das hat der Brief also g'heißen! *Schlägt die Tür zu.*

EVA *sieht ängstlich herum.*

BAUER *fährt mit der Spitze seines Schirmes über den Schuhen hin und her.*

EVA *zögernd:* .... hast du ... du – meinen Brief?

BAUER: Allerdings. *Er will einen gleichgültigen, höflich-kühlen Ton anschlagen.*

EVA: Warum kamst du so lang nicht?

BAUER: Du .... Sie .... du ... weißt ja, die Arbeit. Die viele Arbeit. Und man muß unentwegt arbeiten, sonst gibt es kein Vorwärts. *Redet sich immer mehr hinein, um vom Thema abzukommen.* Ich gehöre nicht zu jenen glücklichen Naturen, die alle Wege geebnet finden und alle Arme offen. Ich bin eine Kampfnatur. Ich muß arbeiten, damit ich erringe, und wenn ich errungen habe, arbeiten damit ich erhalte. Es gibt viel Neid, viel Mißgunst, viel dünkelgeblähte Hohlheit in unsern Kreisen! Kämpfe einer gegen solche Feinde! – Und da sitzt man von früh bis spät über den Büchern und forscht und sucht und plagt sich, plagt sich *plötzlich abbrechend, kurz:* A!–

EVA: .... und bei all dem haben Sie nicht Einmal in zwei Jahren Zeit gefunden zu uns zu kommen?

BAUER: Nun ja, das ist schwer. Ich wohne weit und das Kolleg –

EVA: Natürlich – das ist ja am anderen Ende der Stadt.

BAUER: Ja – also – siehst du –

EVA *mit plötzlicher leidenschaftlicher Heftigkeit:* Fritz!

BAUER *schrickt zusammen.*

EVA *stürzt auf ihn zu und preßt die Arme um seine Schultern:* Fritz! Sieh nicht weg! Sag! Zieht dich denn gar nichts mehr zu mir!

BAUER *ihr sanft das Haar streichend:* Arme Eva!

EVA *aufschauend:* Arm?! Also ist es wahr?

BAUER: Was?

EVA: Daß du heiratest!

BAUER: Ja. *Ruhig.*

EVA *reißt sich los – stürzt bis in die Ecke des Zimmers, als wollte sie so weit wie möglich von Bauer weg. Dort bleibt sie atemlos auf das Spind gestützt stehen:* Wer ist sie?

BAUER: Mein Gott, beruhige dich ... deine Gesundheit!

EVA: Was kümmert dich meine Gesundheit? Wer?...

BAUER: Meta von Beiern.....

EVA: Ha, ha, ha *lacht schrill* die Bankierstochter?–

BAUER: Dieselbe!

EVA *lacht schrill auf:* Und das bist du! Du der das Evangelium der Selbstlosigkeit und der Geldverachtung mir Tag für Tag gepredigt? Du, du verkaufst dich, dein Können, dein Lieben, dein Leben um eine tüchtige Mitgift, Villa, Equipage ... *lacht schrill* Du!

BAUER: Aber ich bitte, bitte, wer sagt denn ... daß ich nicht aus Liebe?

EVA: Wer das sagt? Das *fühle* ich!

BAUER: Aber ich versichere dir....

EVA *hart:* Du lügst!

BAUER: Eva!

EVA: Ich schwöre, daß du lügst! Denn – denn du liebst mich!

BAUER: Hm!

EVA: Ist es nicht so? Ja, ja, ja! Du kannst es nicht leugnen, du hast es mir ja tausend, tausend Mal gesagt. Und du konntest es so süß, so lieb sagen! Das war die Wahrheit! Und die Wahrheit kann nie falsch werden – weil es nur *eine* Wahrheit gibt .... Du – du liebst mich!

Sie ist herzugestürzt und hält ihn wieder umfaßt.

BAUER *will antworten.*

EVA *alles in fiebernder Hast:* Sprich nicht! Sprich nicht wenn du mir Böses sagen willst. Laß mich jetzt, jetzt diese Sekunde noch denken, daß du mich liebst. Wirf nicht dein grausames Wort in meinen lichten Traum! Fritz! Es ist ja nicht möglich. Sieh! Du warst fort. Ich habe dich nicht gerufen! Ich vertraute dir. Ich sagte mir: er wird kommen. Er wird kommen bis es an der Zeit ist. Denn er ist ein Mann. – Immer, immer hab ich an die Stunde gedacht, – wo du wiederkommen wirst und sagen: Eva, ich komm dich holen – für immer! – – ... Und jetzt bist du da – und, und .... *Sie neigt sich vor und sieht ihm ins Gesicht:* Nein, aber dein Auge ist wirklich anders geworden, ganz, ganz anders – – Dein ganzes Gesicht – so – – – – und dein Anzug! Geh, Fritz, gib das Zeug doch weg. Du spielst Komödie. Weiß noch, in der Lodenjoppe und dem Rembrandt-Hut, – wie du immer .... *kindisch werdend* Ein Scherz ist es, ein ganz durchtriebener Scherz! Oh ich kenne meinen Fritz! Den alten, lieben Fritz. Tu das weg und komm, *schmeichelnd* komm, wir wollen wieder die Alten sein ....

Schmollend: Aber du schaust ja so ernst. Hu, so furchtbar ernst! Aber was hast du denn, Fritzchen, – was.... *Plötzlich wie erwachend schlägt sie die Hände vors Gesicht und bricht in wildes Schluchzen aus.* Aber es ist ja vorüber.... Alles vorüber! – *weint.*

BAUER *verlegen:* Eva, Eva, mein Gott ich kann dich nicht weinen sehen!!

EVA *fällt, immer noch schluchzend, auf die Knie und umfaßt ihn stürmisch:* Geh nicht von mir! Geh nicht!

BAUER: Aber...

EVA: Geh nicht! Ich, ich muß sterben – wenn du gehst! *Sie fällt knieend in sich zusammen und schluchzt fort, daß ihr ganzer Körper gerüttelt wird.*

BAUER *steht ratlos dabei, man bemerkt die tiefe Rührung, die er mühsam zurückdrängt:* Aber, Evchen, bitte dich – Fassung – Fassung.... Hätte ich gewußt....

EVA *beherrscht sich langsam, trocknet sich die Tränen – steht langsam auf:* Verzeih. Ich war wohl etwas erregt. – Ich habe ja nicht das Recht....

Mit schwerem Schritt vortretend, gebrochen aber mit Beherrschung: Nimm meine Wünsche für... *die Stimme versagt.*

BAUER *faßt ihre Hand mit seinen beiden Händen und drückt sie heftig.*

EVA *unter Tränen lächelnd:* Nein, lieber Freund, fort laß ich dich noch nicht! Komm setz dich her. – Hierher. – *Weist ihm einen Stuhl; sie selbst läßt sich in Girdings Lehnstuhl nieder.* So – und jetzt wollen wir über uns sprechen – wie wir über zwei Fremde sprächen....

BAUER *vorwurfsvoll:* Eva!

EVA *lächelnd:* Unbesorgt, mein Freund, das ist nun vorbei ... *In leichtem Ton:* Also du heiratest? Sie ist jung, hübsch – liebenswürdig?...

BAUER *ausweichend:* Sehr jung.

EVA: So?

BAUER: Ungefähr siebzehn.

EVA: Erst! – Hm! – Ihr werdet in der Stadt wohnen?

BAUER: Darüber ist in der Tat noch nicht gesprochen worden.

EVA *unvermittelt aber nur obenhin:* – Sag, – mein Freund, für mich fühlst du *gar nichts* mehr?

BAUER *schweigt.*

EVA: Sei offen.....

BAUER *macht ein Zeichen der Besorgnis.*

EVA: Unbesorgt! Ich bin deine Freundin und bin sehr vernünftig. *Sie lächelt müde.*

BAUER: So sei's. Eva! Ich bin dir gut, sehr gut.... nur....

EVA *wieder im alten, erregten Ton:* Nur?

BAUER: – Du regst dich auf.

EVA: Nein, nein, ich bin ja ganz, ganz ruhig....

BAUER: Nur ist etwas zwischen uns getreten, was mich so eisig berührt....

EVA: Und bei, bei... deiner Braut – da ist dir – – dir – wohl?...

BAUER: Ja.

EVA: Weißt du was das ist? –

BAUER: Nein.

EVA: Ich weiß es.

BAUER: Du? –

EVA: Soll ich dirs sagen?...

BAUER: In der Tat, ich bin überrascht....

EVA: Siehst du, die arme, ungebildete Eva, *sie versucht wieder zu scherzen* – die löst jetzt auf einmal Rätsel, an denen der Herr Doktor sich den Kopf zerbricht. –

Ernst, fast visionär: Weißt du was das ist? Der Frühfrost! –

BAUER: Wie? –

EVA: Das hab ich immer gewußt, daß du eines Tages kommen wirst und sagen: Es weht eisig von dir .... Siehst du, *hastig* du weißt, meine Jugend war hart. Zwischen dem Mißmut des Vaters und der Roheit der Mutter wuchs ich heran. – Ich besuchte die Schule und las allerhand Bücher im geheimen, die meine Phantasie aufregten. Mein Geist war träge, dem Romanhaften zugeneigt, und, du weißt, so konnte es geschehen, daß ich den schwärmerischen Einflüsterungen eines Buben Ohr lieh und, mehr den Verhältnissen zu entkommen, und um etwas zu erleben, was in den Büchern geschrieben stand, als aus Neigung mit ihm entfloh. Die Reue kam eine Stunde nach der Abreise! Ich sah alles im kargen, grauen Tageslicht und erkannte statt Romantik Gemeinheit, statt Liebe Niedertracht und Schurkerei... das war hart! – An der nächsten Haltestelle sprang ich, kaum der Zug stand, heraus und lief, lief einen Tag lang querwaldein. Ich war rein geblieben an Leib und Seele. Ich hatte gefehlt; aber rechtzeitig – waren mir die Augen aufgegangen. Ich kehrte heim. – Alles ist wieder gut, dachte ich. –

Herbe Täuschung. Der Vater empfing mich mit Verachtung, die Mutter mit Schlägen. – Und trotzdem ich bat und mit einer aufrichtigen Reue Vergebung erringen wollte, gelang mirs nicht. Nie – fast – bis heute nicht. – Ich war eine Dirne. Selbst in meiner Mutter Auge ....

BAUER *erschrocken:* Eva!

EVA: *Ja*, auch meine *Mutter* glaubte schlecht von mir. Ich mußte entsetzliche Dinge hören! Man wähnte mich in das Geheimnis der Liebe eingedrungen und sagte mir tausend Worte, die ich anhören konnte, weil ich sie nicht verstand. Aber sie wurden deutlicher. Alle süßen Heimlichkeiten, die in der Sprache der Empfindung zart klingen, schleuderten sie mir mit barbarischer Brutalität ins Gesicht!

Was hab ich gelitten! – Und auf der Straße, da stießen sie sich an und munkelten untereinander .... und ich wußte was sie sich flüsterten: die Dirne!

Und so lebte ich und litt, litt mehr als die Martyrer, deren Bilder sie mit Palmen schmücken und mit Gebeten ehren. – Ich wußte ja, daß ich rein war. Und dieser tiefinnerliche Trost spülte alle die Beleidigungen von meiner Seele ....

BAUER *bewundernd:* Du, Eva, du hast das *ertragen*!

EVA: Was staunst du mich so an? – Mußte ich nicht? – Aber, sieh, jetzt kommt die Antwort auf deine Frage. – Alle die herben, harten Worte, mein Fehltritt und die entsetzliche Erfahrung, das alles senkte sich auf mein Herz: ›*Der Frühfrost*‹. –

Und das ist es, was dich frieren macht. Das ist der Fluch meiner Jugendirrung – der nie mehr von mir weichen wird! – Sieh, als ich dich kennen, dich lieben lernte, – da war ich sehr elend. Ich hatte begon-

nen, den Menschen, die mich schalten, verabscheuten und schmähten, zu glauben. Ich meinte, ich sei wirklich schlecht. Ich hatte mich selbst aufgegeben! – Da kamst du! Wie herrlich du warst. – Frei von Vorurteil kamst du zu mir. – »Ich habe dich gern«, sagtest du – und dann: »Ist es wahr, was die Leute reden?« – Und ich klärte dich auf. – Und du warst gut. Du starker, stolzer Stamm, an dem ich mich aufranken durfte zum Licht, zum Licht! – O ich war so selig! –
Aber der Frühfrost blieb mir. –
Siehst du, und das ist mein Unglück. – Du merktest ihn nicht. Aber dann lerntest du jene kennen. Jene, die im rosigen Duft ihrer kampflosen, ungetrübten Jugend strahlt ... Und da empfandest du die Kälte, die von mir ausströmt .....

BAUER *hält mühsam seine Rührung zurück:* Arme, arme, gute Eva.

EVA: Nein, kein Bedauern! Dazu bin ich zu – zu – vielleicht zu stolz. Und dann – es hat so kommen müssen .....

BAUER: Du bist mir so gut, und ich steh vor dir, wie ein Verbrecher, Eva! – Es lebt etwas in mir, was mir rät zu dir, zu dir zurückzukehren. –

EVA: Das ist Täuschung. –

BAUER: Nein, nein Eva, eine Stimme ....

EVA: Sei nicht sentimental, Fritz. – Du bist doch glücklich? –

BAUER: Glücklich? –

EVA *hastig:* Und jetzt geh, geh ....

BAUER: Ich soll schon?

EVA: Ja, du mußt, mein Lieber. Deine Braut wird dich erwarten. –

BAUER: Mir ist es so schwer. Darf ich wieder kommen.

EVA: Wenn du einen freundschaftlichen Rat brauchst: ja! Oder *ängstlich* besser – komm nicht! Komm nicht! Ich meine es gut für uns – beide! – Glaub mir! – Hm! Was sag ich denn, du wirst *so* – nicht mehr an mich denken bis....

BAUER: Ich werde....

EVA: Aber du sollst nicht. Jetzt, geh.

BAUER: Leb wohl, Eva. –

Sie reichen sich die Hand. So bleiben sie eine Weile stehen. Dann verliert Bauer die Fassung. Er umfängt sie stürmisch. Sie küssen sich. – Dann reißt er sich los und geht der Tür zu.

BAUER: Leb wohl!

EVA: Für immer! –

Bauer geht der Tür zu; eben wie er öffnen will, kommt Clementine mit Merzen. – Verdutzt bleibt sie auf der Schwelle stehen.

CLEMENTINE: Ah.

BAUER *verbeugt sich.*

CLEMENTINE: Welch seltene Ehre! Der Herr Doktor! Nein, wie gehts Ihnen. Hab glaubt, Sie sind weiß Gott am Nordpol – oder sonst wo. –

Sich zu Merzen wendend: Ach, – die Herren kennen sich nicht! Pardon – pardon. – *Stellt vor:* Dr. Friedrich Bauer, unser lieber Freund Herr Merzen. *Beiderseitige Verneigung.* Na, das ist aber schön von Ihnen, daß S' wieder mal herg'funden haben. Man darf ja wohl gratulieren? Gratuliere! Gratuliere! – Werden uns doch mal Ihre Braut aufführen? –

BAUER: Gewiß, – gewiß. Sie vergeben, gnädige Frau, meine Zeit ist heute schon etwas – beschränkt.

CLEMENTINE: Läßt sich denken! Da gibts zu tun! Was? Die Einkäufe und die Besuche! – Na, also ich will Sie nicht aufhalten. Lassens sich bald wiedersehen, Herr Doktor.

BAUER *verneigt sich gegen Clementine, dann leicht gegen Merzen.*

CLEMENTINE: Adiee, Herr Dokter!

BAUER *verneigt sich gegen Eva.*

EVA *die mühsam Fassung bewahrt, nickt ihm zu.*

BAUER *ab.*

CLEMENTINE *zu Merzen, mit Betonung:* Also Sie wollen noch etwas besorgen? lieber Herr Merzen?

MERZEN: In der Tat! Ich habe noch einen nötigen Gang. Auf Wiedersehen! *– Merzen ab.*

CLEMENTINE: Feiner Herr worden, dieser dein Liebster! –

EVA: Mutter! –

CLEMENTINE: Na, und was sagst denn dazu, du gutmütigst Hascherl? He!? Jetzt sucht sich der Herr ein feines reiches Bräutel, – und du, du sitzt zum zweiten Mal da – etsch! – Für so eine Liebelei freilich, da warst ihm gut genug – natürlich! Der hats auch hinter den Ohren! – Der! ... *Geht auf sie zu und nimmt sie bei der Hand:* Du, Eva, hör mal – ich muß ein vernünftigs Wort mit dir sprechen. Du bist ja nicht dumm – nein, nein, Mädel, – also schau ...... Weißt: der Merzen – hat dich gar so viel gern.

EVA *lacht.*

CLEMENTINE: Nein, nein, bei meiner Seel, der Herrgott soll mich strafen auf der Stell! ...

EVA *grob:* Laß mich mit dem Unsinn!

CLEMENTINE: Kein Unsinn nicht, Eva! Gar kein Unsinn....

EVA: Ich will nichts davon hören, Mutter.

CLEMENTINE: Nur langsam, mein Täuberl, mußt es halt mal hören...

EVA *höhnisch: Muß? Lacht.*

CLEMENTINE *setzt sich:* Also.....

EVA: Geh, laß mich, Mutter..... *will abgehen.*

CLEMENTINE: Nichts da! Bleibst! Ich muß mit dir sprechen. Es drängt. Setz dich!

EVA *gähnend, setzt sich in die Nähe der Mutter:* Na, – denn, mach – mach, Mutter!

CLEMENTINE: Also. Eins: du darfst nicht grob sein gegen den Merzen. –

EVA: Schon wieder Merzen, und immer Merzen.

CLEMENTINE: Wie denn nicht, Mädel? An dem Menschen hängt jetzt Alles. – Unser ganzes Schicksal, – das von deinem Vater, meins, deins – Alles....

EVA: Mein Gott! –

CLEMENTINE: Drum heißts vernünftig sein. – In zwei Tagen sitzt der Vater auf der Anklag'bank, wenn nicht...

EVA *bebend:* Wenn nicht?....

CLEMENTINE: Na, von dir hangts ab, Evchen....

EVA: Von mir?

CLEMENTINE *mit süßer Schmeichelei:* Ja, von dir, mein Tauberl....

EVA: Was soll ich?...

CLEMENTINE *ebenso:* Mußt halt fein brav sein, Herzerl!

Fein brav, – mußt dem Herrn Merzen schön tun und ihm in nichts, gar nichts widerstreben....

EVA *mit großen entsetzten Augen:* Mutter...

CLEMENTINE *ärgerlich:* Na, kurz: du mußt dem Merzen zu willen sein!

EVA *stürzt sich mit einem Aufschrei gegen die Mutter, packt sie an den Schultern...:* Das ist ja nicht – Ernst, das ist ja nicht Ernst – um Gottes willen.....

CLEMENTINE *schüttelt Eva ab:* Na, mach kein solches G'seres. Wer hat dir denn was g'macht? – Sei vernünftig. –

EVA *mit den Händen an den Schläfen:* Ja, bin ich wahnsinnig? – es – es kann ja nicht sein.....

CLEMENTINE *herrisch:* Still jetztn! – So ein G'schrei! Was verlangt man denn von dir? – Schau nur wie's die reichen Leut machen. Wegen 'n Geld tut sich das zusammen... ob sichs jetzt gern hat oder nicht! Du lieber Himmel, – 's geht halt im Leben nicht immer so idealisch zu. Das ist nichts! Das streift sich ab ...

EVA *mit ausbrechender Heftigkeit:* Nie – nie! Nie! –

CLEMENTINE: Gut – dann führ den Vater nur gleich aufs Gericht, auf der Stell! –

EVA *jammernd:* Mein Gott!

CLEMENTINE: Na ja, na ja, nur vernünftig. –

EVA *zögernd:* Er will mich – mich – heiraten?..

CLEMENTINE: Vielleicht....

EVA *in bebende Wut ausbrechend:* Vielleicht?! Und du, du unterstützt ihn, du..... *sie stürzt mit erhobenen geballten Fäusten gegen die Mutter.*

CLEMENTINE *packt sie beim Arm:* Was willst denn, du dumms Ding! – Was denn? – *In Wut:* Bist schon einmal mit dem Haderlumpen durchgangen! – Nachher darfst nimmer so die liebe Unschuld spielen –

EVA *in ohnmächtigem Zorn:* Ich schwör dir, Mutter!

CLEMENTINE: Papperlapapp. Schwör oder schwör nicht. Wenn man als siebzehnjährigs Mädel mit Einem davonlauft, meine Liebe, da hat man schon ein bisserl was hinter den Ohren! – Wirst mir sagen! –

EVA *sinkt gebrochen zusammen, schluchzt.*

CLEMENTINE: Nützt alles nichts! – Die Welt ist mal so. – Die einen Menschen werden das, die andern das. 's muß auch Dirnen geben!

EVA *schreit gellend auf:* Mutter!

CLEMENTINE: Die Oben – die Reichen, die haben leicht predigen. Die sitzen beim vollen Tisch und fressen und füllen sich den feisten Wanst und sprechen mit schönen Worten über ›gut‹ und ›edel‹ und über die Massen derer, die verderbt sind! – Und dann laufens selbst in den schmutzigen Gassen und Winkeln den Mädeln nach und verführen sie und jagens in Elend und Tod..... Wer macht uns denn schlecht? – Wer? Wir selbst? daß ich nicht lach! – Die, die fort im Maul führen, daß sie uns bessern und bilden! Ja! Und wenn einen von den Armen der Neid packt und der Hunger und er nimmt einem der z'viel hat ein Stück Brot, – dann sperrens ihn ins Zuchthaus – weil ihn g'hungert hat, – und dort wird er schlecht, – schlecht unter Schlechten – Mörder, – Räuber! Uud am Galgen stirbt er! Hahaha, am Galgen! – Und

die Oben und die weisen Herrn Richter, die glauben, sie schaffen die Gemeinheit aus der Welt? *Die* könnens nur wegschaffen, wenns sich die eigenen Hirnschalen einschlagen täten – denn drinnen hockts! drinnen hockts! – Ich weiß nichts von der Politik und versteh nichts von den Reden, die die Herren halten – aber das weiß ich, weil ich nicht am Kopf g'fallen bin: Gut ists so nicht. Und bleiben kanns so auch nicht! – Jetzt aber *ists noch* so! –
Drum darfst nicht widerstreben, Mädel. Bist halt einmal in der Luft auf die Welt kommen – wo's heißt schlecht werden. Und der liebe Herrgott in seiner unendlichen Weisheit hat halt alles so schön voraus-b'stimmt. Der wird ein Tischler und der ein Graf und der ein König – der andere ein Halunke – na, und dich, dich hat er halt zur Dirn g'macht! der liebe Herrgott! – Steh auf! –

EVA *gehorcht zögernd und gebrochen.*

CLEMENTINE *fährt in höchster Erregung fort:* Vor den Leuten mußt dich nicht schämen – die halten dich schon lang für ein leicht's Tuch! – Na, Gott verzeih ihnen! Und dann, mein!.... der da oben, der himmlische Vater ist ja gar noch besonders gut gegen dich g'wesen. Er hätt dich ja noch zu viel was Schlechterem machen können. – Was kann denn die Tochter werden, wenn der Vater ein –

EVA *horcht atemlos.*

CLEMENTINE: Wenn der Vater ein – Dieb ist!

EVA *starrt die Mutter mit verständnislosen, blöden Augen an.*

CLEMENTINE *auf sie zutretend:* Na, jetzt ists draußen.

Jetzt mach was du willst. Aber ich glaub, du siehst, wie weit man kommt mit der Ehrlichkeit! Wir dürfen nicht ehrlich sein – wenn wir leben wollen! Ich zwing dich nicht – ich kann dir befehlen – ich bin deine Mutter! Aber ich zwing dich nicht. Ich sag dir: Mach was du willst. Aber merk dirs – wennst nicht tust, was ich dir g'sagt hab, sitzt der Vater übermorgen im Zuchthaus. – Überleg dir's. – *Will ab.*

EVA *umfaßt sie:* Mutter!

CLEMENTINE: Na, na, Kinderl, wein nicht!...

EVA: Es ist so entsetzlich!

CLEMENTINE: Na, faß dich nur....

EVA: Ich hab den Vater so lieb....

CLEMENTINE: Überleg dirs.

EVA *sieht die Mutter eine Weile stumm an, dann langsam und fest:* Ich – will!

CLEMENTINE: Willst? Braves, braves Kind. – *Wieder in hartem Ton:* Und die Tür, die zu deinem Zimmer führt, bleibt offen die Nacht! –

EVA *erbebt.*

CLEMENTINE: Verstanden?!

EVA *tonlos unter Schluchzen:* Ja. –

Sie sinkt in die Arme der Mutter und schluchzt, daß ihr ganzer Körper zittert.

Der Vorhang fällt

Ende des zweiten Vorganges

III. Vorgang

Die Szene ist ganz dieselbe, wie in den vorangehenden beiden Vorgängen. Es spielt sich dieser Vorgang am Vormittage des nächsten Tages ab. Das Zimmer ist ziemlich schlecht aufgeräumt. Die Stühle stehen ungeordnet umher. Auf Spind und Schreibtisch alles durcheinander. – Eva sitzt mit zerrauftem Haar sehr bleich in einem schmutzigen, losen Morgenkleid auf dem unordentlichen Bette. Den Kopf hat sie auf beide Hände gelehnt. Nach einer Weile kommt Girding durch die Mitteltür. Er sieht kleiner, verschrumpfter, elender denn je aus. Er geht ängstlich und bemerkt Eva erst gar nicht.

EVA *hebt den Kopf, läßt die Hände in ohnmächtiger Ermattung sinken, ohne vom Bette aufzustehen:* Guten Morgen, Vater!

GIRDING *sich umblickend:* Mein Evchen. – *Geht auf sie zu, küßt sie auf die Stirn:* So blaß – so blaß! Dir ist doch nichts, Kind? –

EVA *ohne ihn anzublicken:* Oh, nein....

GIRDING: Hast gut geschlafen, heut?

EVA *nickt, dann, wie sich besinnend:* Nein – nicht doch – nicht gut!

GIRDING: Man sieht dirs an! Armes Kind.

EVA *sieht ihn fragend an.*

GIRDING *besorgt:* Willst du dich nicht bißchen ausruhen gehen?

EVA *seufzt auf:* Ja, du hast recht.

GIRDING *zärtlich:* Geh!

EVA *erhebt sich, macht ein paar Schritte, bleibt stehen, wendet sich zurück, als wollte sie noch etwas sagen – so stehen sich Vater und Tochter eine Weile gegenüber.... dann umfaßt ihn Eva und küßt ihn heftig und innig:* Mein Vater! – *Reißt sich los und durch die Tür rechts ab.*

GIRDING *starrt ihr einen Augenblick nach. Dann geht er mit schleppendem Schritt im Zimmer auf und nieder. Endlich läßt er sich, immer noch im Überrock, in seinen Lehnstuhl fallen.*

HANS *kommt pfeifend aus der Tür rechts, zum Ausgehen bereit.*

GIRDING *aufschauend:* Aus?

HANS: Ah, Vater; ja! –

GIRDING: Wohin.

HANS: So, – spazieren. Adiee.

GIRDING *nickt.*

HANS *bei der Tür zurückkehrend:* Du, Papa, weißt, das ist eigentlich komisch....

GIRDING: Hm?

HANS: Wirklich komisch.

GIRDING: Was denn?

HANS: Wie der Herr Merzen heut früh wegg'schlichen ist!

GIRDING: *mit unverhehltem Staunen:* Weg?!

HANS: Ja. – Wie ich aufg'wacht bin, hab ich hier n' Lärm g'hört. Ich bin durchs Zimmer von der Eva gegangen. Das war leer. – Und da hab ich durchs Schlüsselloch hereingeschaut ... Und da ist die Eva hier am Bettrand g'sessen und hat g'schlafen....

GIRDING: Wer?

HANS *mit Augenzwinkern:* Na, die Eva.

GIRDING: Hier? – Das ist nicht wahr! – *heftig.*

HANS: Ich habe gute Augen, Vater. Weißt, wenn ich was seh.....

GIRDING: Das kann ja nicht sein...... *sich zurückhaltend.*

HANS: Mein Gott, sie wird ihm halt beim Einpacken geholfen haben, dem Herrn Merzen.... Denn der ist durchs Zimmer geschlichen, sein Kofferl in der Hand.... Auf und davon... Hat geglaubt es sieht ihn niemand..... hihihi..... Ist das nicht komisch? –

GIRDING *sieht teilnahmlos vor sich hin.*

HANS: Doch sehr komisch – was, Papa?

CLEMENTINE *im Eintreten, links:* Was ist komisch?

HANS: *Der* ist fort.

CLEMENTINE: Wer?

HANS *gezogen:* Der Herr Merzen. –

CLEMENTINE *ruhig:* So. – Wird dringende G'schäfte g'habt hab'n.

GIRDING *fixiert Clementine. Zu Hans:* Geh jetzt nur, – wir haben was zu reden.....

HANS: Geh schon! *Pfeifend ab.*

GIRDING *streng:* Was ist mit der Eva?

CLEMENTINE *sich setzend, ohne ihn anzusehen:* Was soll denn sein? Nichts.

GIRDING: Clementine, Hans sagt mir, daß Eva früh hier am Bett...

CLEMENTINE *schrickt zusammen:* Blödsinn. Wenn der Lausbub sich einen faden Spaß macht, – du mußt ihms glaubn aufs Wort...

GIRDING: Spaß?

CLEMENTINE: Na, was denn sonst? – *Ablenkend:* Was bist denn heute schon aus'n Amt da, Girding. –

GIRDING: Ich war nicht im Amt.

CLEMENTINE: Nicht im Amt? Na da steht die Welt nimmer lang. Du nicht im Amt. Leicht aus Freud, daß der Merzen weg ist? Na, siehst, da hast schon verzweifeln wollen! Und jetzt ist er weg, der Kerl, der Blutsauger, der Merzen, und du hast wieder Ruh. –

GIRDING: Ist ganz egal, ob er da ist oder weg.

CLEMENTINE: Sei nicht blöd! Wie denn egal.

GIRDING: Ganz egal!

CLEMENTINE: Na hörst du.

GIRDING: Ich war auf der Polizei.

CLEMENTINE: Geh – was hast denn dort g'macht?

GIRDING *heiser:* Ich hab mich angezeigt.

CLEMENTINE *sieht ihn starr an und bringt kein Wort heraus.*

GIRDING: Ja; zu sagen hab ich nicht den Mut g'habt, und da hab ich alles haarklein aufg'schrieben und hab g'sagt, sie sollen den Brief zum Polizeikommissär tragen, und jetzt wart ich bis....

CLEMENTINE *bekommt die Sprache wieder:* Du, Hundsknochen, du Schlappschwanz! Du Feigling du! Das hast du g'macht! – Herr Gott, daß ich dich nicht auf der Stelle – *Fassungslos die Hände ringend:* das hast du! – Du Elender, – du.... *Sie ringt nach Atem.* Aber ich habs ja g'wußt, du, du wirst wieder einen Strich machen durch Alles – du.....

GIRDING *diesmal nicht eingeschüchtert:* Ich hab recht getan, Clementine.

CLEMENTINE *außer sich:* So, – freilich – bist ja so ein edler, so ein feiner Charakter.

GIRDING: Ich hab mich von der Schuld entlastet – mein Gewissen ist rein – ich werde die Strafe hinnehmen, die ich verdiene! –

CLEMENTINE: Hahaha! So ein Ehrenmann! Die Strafe

hinnehmen. Und was ich – und was die Kinder? Die Kinder von einem Dieben!

GIRDING: Das haftet nur an mir.

CLEMENTINE: Nur an dir? Noch deine Enkel werdens wissen, daß der Großvater ein Dieb war, und spucken werdens auf den Hügel, unter dem du ruhn wirst! – So einen Kerl hab ich mir g'heiratet. – So einen! Hätt ich damals, wie mein Vater g'storben ist und ich ohne Groschen dag'standen bin, doch nur eine Polizeikarten mietet und mich in der Nacht auf der Gassen ang'boten – besser wärs – g'wesen – besser sag ich dir. – Und für dich – für dich tu ich noch Alles, um dir rausz'helfen – und du, du springst selbst ins Loch, du zeigst dich an! – *Lacht gellend.*

GIRDING: Mein Gewissen hat von mir verlangt, daß ichs tu. Die ganze Nacht bin ich schlaflos dagelegen und habe nachgedacht..... die ganze Nacht....

CLEMENTINE: Die Nacht! –

GIRDING: Die Nacht! –

CLEMENTINE *mit schrecklichem Spott:* Von *der* Nacht kann ich dir auch noch was erzählen. Komm nah...

GIRDING *rückt mit dem Stuhl.*

CLEMENTINE *sieht sich rings um, dann mit Betonung:* In dieser Nacht ist dein Kind für dich – für *dich* .... zur Dirne g'worden.

GIRDING: Clementine!

CLEMENTINE *eisig:* Frag sie selbst! –

GIRDING: Jesus Maria! –

CLEMENTINE: Und der geht und zeigt sich an! –

GIRDING *weinend:* Evchen, Evchen.

CLEMENTINE: Jetzt wein' nur! Jetzt ist's zu spät.

GIRDING: Das war dein Werk, Weib! *Er springt auf, zitternd am ganzen Leib.* –

CLEMENTINE *packt ihn beim Arm und schleudert ihn in den Stuhl zurück:* Feigling! Wirst mir leicht noch Vorwürf' machen, – weil ich dich hab retten wollen – und dich aus dem Schmutz herausziehen – in den du hineingekrochen bist. Na, jetzt hockst drin. – *Mit plötzlichem Entschluß:* Aber ich laß dich allein drin sitzen. Ich bin anständiger Eltern Kind, weißt! Mit einem Dieben will ich nichts mehr zu tun haben! Verstehst! – Mich siehst nimmer!

GIRDING *stöhnt:* Die Kinder – die Kinder!

CLEMENTINE: An die hast nicht dacht, wiest auf der Polizei g'standen bist – gelt? Da warens dir ganz gleichgiltig – die Kinder. Jetzt auf einmal! Natürlich! Na, die Tochter hast so schon zur Hure gemacht....

GIRDING: Das ist – ist zu viel....

CLEMENTINE: Du altes Jammerweib! .. Das *hast* du! – Na und der Hans, der wird ja nicht viel besser g'raten. Frech g'nug ist er schon. Mein Lieber, – der Apfel fallt nicht weit vom Stamm. Merk dirs. Und jetzt Adjes. Laß dirs gut gehen im Zuchthaus – mich siehst nimmer in dem Leben – mich nimmer.... *schlägt die Tür hinter sich zu. – Ab.*

GIRDING *streckt ratlos die Hände aus:* Clementine!

Dann sinkt er in sich zusammen – und schluchzt, die Hände vors Gesicht gepreßt.

In einer Weile läutet es draußen. Er zuckt heftig zusammen, raunt zu sich: Die Polizei! –

Stille. Girding sitzt mit stieren Augen im Lehnstuhl. Dann draußen eine Männerstimme. – Girding erhebt sich, sich auf die Armlehne stützend, mit Aufbietung aller Kräfte.

ANNA *steckt den Kopf herein:* Ein Herr .... der Herr, Herr ....

GIRDING *winkt Einlaß. – Sieht mit vorgeneigtem Kopf und dem Blicke eines geängsteten Wildes der Tür zu.*

BAUER *tritt ein:* Lieber Herr Girding.

GIRDING *immer noch starr hinschauend ....*

BAUER *näher:* Ich erlaube mir zu kommen.. –

GIRDING *in plötzlicher freudiger, entlastender Überraschung:* Oh, lieber, lieber Herr Bauer. – *Streckt ihm beide Hände hin.* Hätt Sie gar nicht erkannt! Hab ⟨Sie⟩ schon so lange nicht gesehen...

BAUER: Wie gehts Ihnen denn –

GIRDING: Mir – oh danke... Sie verzeihen, ich muß mich setzen – eine kleine Schwäche, – man wird alt, guter Freund. –

BAUER: Nun, nun – aber ganz gemach, denk ich. –

GIRDING: Nehmen Sie Platz. – Was verschafft uns die Ehre? –

BAUER: Eine intime Angelegenheit. – Sie wissen – wie hoch ich immer Ihr Fräulein Tochter geschätzt habe, und ich habe mich oft unzweideutig Ihnen gegenüber ausgesprochen über die Aufrichtigkeit meiner Neigung. –

Girdings Züge klären sich immer mehr auf.

Sehen Sie, verehrter Herr Girding – dann kam eine Zeit, wo ich mich von Eva fernhielt. Ich weiß nicht warum. – Ich hatte ein junges Mädchen kennengelernt, fand bei den Eltern freundliches Entgegenkommen und ward durch die liebenswürdige kokette Naivität der Tochter – wie soll ich sagen – umgarnt und getäuscht! – Und eines Abendes verlobten wir uns. – Es war eine Stimme in mir, die mir Vorwürfe machte.....

GIRDING *erschrocken:* – Nichtwahr – es gibt solche Stimmen? – *Gelassener:* Sie verzeihen – ich empfinde mit Ihnen.

BAUER *drückt ihm die Hand:* Aber die ewigen Gesellschaften, die Theater, die Diners, die vielen Freunde, die mir halb voll Neid, halb voll Bewunderung das Märchen meines Glückes zuraunten, das alles ließ keine ruhige Überlegung zustande kommen. – Bald sollte die Hochzeit sein. –

Da – gestern stand ich Ihrer Tochter gegenüber. Stand ihr wie ein Schurke gegenüber – wie ein Verbrecher....

GIRDING *zuckt heftig zusammen.*

BAUER: Und ihre ernsten, milden Worte flossen mir in die Seele, und in ihnen löste sich eine trughafte, eitle Empfindung – denn Täuschung war meine Liebe für Fräulein von Beiern – auf. – Schon als ich von hier ging, ward ich wankend. Und als ich dort die gewohnten Salons betrat, und meine Braut von all den faden Gecken umgeben fand, – und sah, wie sie sich freute an den leeren Witzen – – da überkam mich ein solcher Ekel, daß ich nicht fassen konnte, wie ich das so lange ertragen, – ja willens war, mich für das ganze Leben an dieses eitle Mädchen – zu binden. – Ich bin ganz offen: Zu dem kam, daß der Vater Metas eine Bemerkung über das Geld machte, das mir, dem Wenigbemittelten, – durch diese Heirat zukäme. – Kurz und gut – ich bat um mein Wort. Meta gab mirs lächelnd zurück .... und ich ..... ich .... Herr Girding. Ich habe Ihnen das alles erzählt, haarklein erzählt, weil Sie der Vater desjenigen Mädchens sind, dem ich viel abzubitten habe – und dem ich mit all meiner Kraft seine Güte, seine standhafte Liebe lohnen will... Sagen Sie mir offen, werter Herr Girding – wollen Sie mir Eva zum Weib geben?...

Girding schweigt eine Weile.

GIRDING: Mein Gott ....

BAUER: Ich will Sie nicht drängen. Nur Eines noch: – Glauben Sie nicht, daß es Leichtsinn war, was mich um Meta von Beiern werben hieß. Es war ein Irrtum des Herzens. – Eine Krankheit. Jetzt bin ich genesen! Ich will Alles, Alles für Eva tun.....

GIRDING *streckt ihm die Hand hin, ist aber nicht imstande ein Wort aus der Kehle zu bringen.*

BAUER: Lieber Herr Girding!

GIRDING *leise, bewegt:* Sprechen Sie mit ihr selbst – ich will sie rufen. – *Er erhebt sich mühsam, geht schleppenden Schrittes und gebückt zur Türe rechts. Sein Antlitz verdunkelt sich. – Er wendet sich dann um.*

GIRDING *trocken:* Mach Sie nur aufmerksam, Herr Doktor, 's ist nicht alles – alles..... wie's sein soll in meinem Hause...

BAUER *macht eine abwehrende Handbewegung.*

GIRDING: Nein, nein, lieber Freund, es ist so. 's kommt so manches .... *zögernd:* Vielleicht bin ich auch nicht der..... der Mann, für den Sie mich halten......

BAUER *hinzutretend:* Lieber Herr Girding! Ich *liebe* Ihre Tochter!

GIRDING *gerührt:* Gott erhalte Sie! Na denn, ich schick' sie Ihnen! Ich schick' sie ..... *Hart bei der Tür rechts wendet er sich um:* Und – und meinen Segen! –

Mit schlecht verhehlter Rührung ab.

BAUER *geht nervös, aber mit erwartungsvoller lächelnder Miene auf und nieder.* —

EVA *tritt ein, sie schrickt zusammen, wie sie Bauer erblickt, geht mit niedergeschlagenen Blicken und langsamen Schritten vorwärts.*

BAUER *warm ihr beide Hände hinreichend:* Eva! –

EVA *sieht starr zu Boden. Sie bemerkt die dargereichten Hände nicht.*

BAUER: – Du bist mir böse? Ja, du hast das Recht dazu! – Du kannst dir denken: gestern so – heut so. – Zwischen gestern und heute liegt eben viel! –

EVA *schrickt zusammen und nickt bebend. Raunt:* Sehr viel! –

BAUER: Sieh mich an! –

EVA *blickt immer noch starr zu Boden.*

BAUER: Sieh – ich war blind! Ich bin sehend geworden. Kannst du mir vergeben? Ich habe erkannt – wie – wie grenzenlos lieb ich dich habe! Wie alle Fäden meines Lebens an dem deinen haften! – Ja, ja, das fühl ich. – Wonnig ist mir in deiner Nähe...

EVA *blickt langsam auf, um die Augen sofort wieder niederzuschlagen.*

BAUER: Du siehst mich fragend, forschend an? – Ja, mir ist wohl bei dir! Nicht eisig! – Das war ein Wahn, ein schlimmer Wahn, ein Gespenst! –

EVA *schüttelt ernst den Kopf.*

BAUER *innig:* Nicht den Kopf schütteln, Eva – liebe Eva!

– Es ist so. Nein, Geliebte, der Frühfrost trifft mich nicht mehr. Der Frühfrost kann zergehen am heißen, lodernden Feuer einer riesigen Liebe!...

EVA *zögernd, in anderem Ton als früher:* Glaubst du?

BAUER: Ich weiß es, Eva – der Frühfrost entfleucht; – er *ist* schon... *streckt die Arme aus.*

EVA: *Ist* schon .... *eilt ein paar Schritte auf ihn zu, Feuer im Blick – in unbeschreiblicher, jubelnder Erregung. Zwei Schritte vor ihm bleibt sie stehen. Ihr Blick wird matt, ihre ganze Gestalt schrumpft zusammen.*

BAUER *erschrocken:* Was ist dir? –

EVA: Geh – geh! –

BAUER: Aber so sprich! – Was ist? Komm.

Breitet die Arme aus.

EVA *bebend:* Ich darf nicht!

BAUER: Eva!

EVA: Ich darf nicht – – ich *kann* nicht....

BAUER: Warum? So sag doch!

EVA: Weil.... weil ich deiner – – – unwert bin....

BAUER: Du fieberst, was sprichst du denn für törichtes Zeug – Laß das – *will sie zu sich ziehen.*

EVA: Nein, nein, nein! –

BAUER: Du willst mich strafen!

EVA: Fritz!

BAUER: Nun so sei doch vernünftig! Hast du mich denn gar nicht mehr gern!

EVA: Diese Qual! *unter Tränen.*

BAUER: So, was quält dich denn?

EVA *mit übermenschlicher Strenge, fast visionär:* Sieh dort hin!

BAUER *scherzend:* Wohin denn?

EVA: Dort hin! Jenes Bett!

BAUER *durch den Ton ihrer Stimme auch ernst werdend:* Das Bett? Und?....

EVA *geht langsam mit müden Schritten bis in die Ecke, wo das Bett steht, dort richtet sie sich empor.*

In eisiger Strenge: In diesem Bett war ich heut Nacht die Metze eines Mannes. –

Sie bleibt bleich wie eine Statue dort stehen.

BAUER *stürzt vor:* Eva!

EVA *steht reglos mit blödem Blick.*

BAUER *läßt die Hände fallen:* Du träumst, Kind, du lügst! Hahaha – War ja doch ein Scherz.

EVA: Willst du, daß ich schwöre? *wie früher.*

BAUER: Treibs nicht zu weit, Mädchen. Es kann ja nicht sein! Aber ich bin jähzornig – und.....

EVA *mit hocherhobener, mächtiger Stimme:* Ich schwöre! –

BAUER *starrt die Dastehende wie wahnsinnig an, dann geht ein Ruck durch seinen Körper, seine Fäuste ballen sich, er stürzt vor, packt Eva an der Gurgel und würgt sie. Nur ein leises Röcheln. Dann sinkt sie leblos zusammen. Auf dem Boden zuseiten des Bettes liegt sie, den Kopf auf den Rand des Gestelles gelehnt. – Bauer starrt sie an und sinkt kraftlos aufs Bett. Dort sitzt er, lallt leise und streichelt ihr leise das Blondhaar ...... Im Augenblicke, da Eva stirbt, fällt rechts drinnen ein Schuß. Jetzt stürzt Anna rechts heraus und schreit.*

ANNA *von rechts:* Jesus Maria, der gnädige Herr! –

HANS *durch die Mitte atemlos:* *Gensdarmen!* –

Der Vorhang fällt

Ende des dritten Vorganges

»JETZT UND IN DER STUNDE UNSERES ABSTERBENS....«

Szene

Personen:

DIE WITTIB, FRAU GÄRTNER

HELENE
TRUDI } *Töchter der Frau Gärtner*

LIPPOLD, HAUSBESITZER

DER HAUSMEISTER

DER DOKTOR

Zeit: Gegenwart

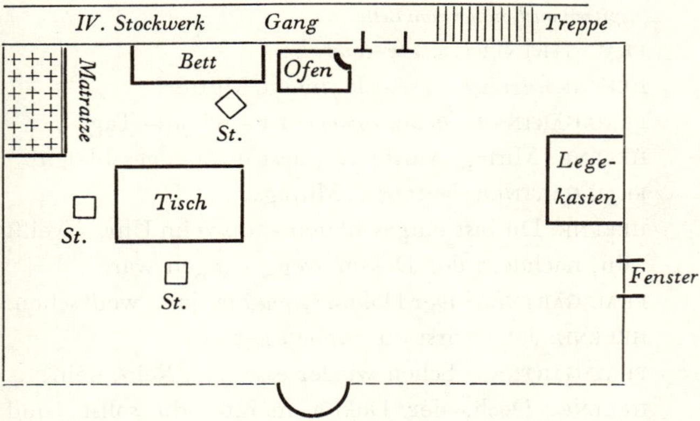

Zimmer bei Frau Gärtner. Frau Gärtner ist sterbenskrank; sie liegt im Bette an der Rückwand. Helene, die älteste Tochter, etwan 24 Jahre, schön, blond, macht sich beim Ofen zu tun. Dann tritt Trudi ein – die Jüngere. Steht im Alter von 13 Jahren. Nicht schön, hat dunkelbraunes Haar und etwas zu derbe Züge.

FRAU GÄRTNER *im Bette, tief in die Decke gehüllt, stöhnt im Fieberschlafe:* Ach! ach!

HELENE *wärmt in einem braunen Tonnapf Brühe auf der oberen Abteilung des Ofens, ängstlich:* Mutter!

FRAU GÄRTNER *stöhnt.*

HELENE: O, Gott! *Sie nimmt den Napf vom Ofenrost, hebt den Sturz.* Ich will sie wecken, die Suppe ist warm; Mutter! *geht leise zum Bette.*

TRUDI *kommt aus der Nähschule, ein Körbchen am Arm. Sie hüpft heiter herein, trällert; dann wird sie ernst, als sie sich der kranken Mutter erinnert.*

HELENE: Pst!

TRUDI *legt das Körbchen ernst weg und kommt auf den Fußspitzen auch näher zum Bette.*

FRAU GÄRTNER: ... *He–lene....*

HELENE *neigt sich über sie:* Ja, meine Mutter?

FRAU GÄRTNER *mit Anstrengung:* Ist – schon – Tag?

HELENE: Mittag, Mutter.... hast du gut geschlafen?

FRAU GÄRTNER: Mittag... Mittag....

HELENE: Du bist eingeschlafen – um zehn Uhr, – weißt du, nachdem der Doktor weggegangen war.

FRAU GÄRTNER: Der Doktor? *schnell* Ja, ja... weiß schon.

HELENE: Jetzt wirst du Suppe essen, ja?

FRAU GÄRTNER: Schon wieder essen?... Nein, nein....

HELENE: Doch, der Doktor meinte, du sollst; und wenn er Nachmittag wiederkommt...

FRAU GÄRTNER: Wiederkommt? Heute?....

HELENE: Er will nur nachsehen....

FRAU GÄRTNER *milde:* Nun, so gib mir Suppe.... *Trudi erblickend* Hat die Trudi schon?

TRUDI *schüttelt den Kopf.*

FRAU GÄRTNER: Nicht? Gib – gib ... *die Stimme versagt ihr; durch Zeichen mit der Hand müht sie sich, Helene zu erklären, sie möge erst der Trudi Suppe geben.*

HELENE *tut wie geheißen:* Ja, ja, – da, Trudi! Halt dich nur ruhig, Mutter, sonst kommt wieder der Krampf.

FRAU GÄRTNER *zurückgelehnt, stöhnt.*

TRUDI *zupft Helene am Kleid, flüsternd:* Du!

HELENE *wendet sich zu ihr.*

TRUDI: Du, – sie will mir kein Geld geben für deine Stickerei, die Lehrerin. Dort im Korb ist sie; hab' sie wieder zurückgebracht; weißt du, ist auch besser, heb' dirs auf.

HELENE *in Gedanken:* ...kein Geld....

TRUDI: Das machen die Fabriken besser und....

HELENE: Kein Geld ... *auffahrend* und was mit dem Andern?

TRUDI: Ah mit dem Posten im G'schäft... wart! Da hat sie mir einen Brief geben....

FRAU GÄRTNER *stöhnt.*

HELENE: Schon bekommst du die Suppe, Mutter – gleich!

FRAU GÄRTNER *verschwommen:* Ja, ja....

Trudi hat aus dem Körbchen einen Brief geholt; sie reicht ihn Helenen. Diese eilt ans Fenster, reißt ihn hastig auf und wirft einen Blick hinein.

HELENE *wie zerschmettert:* Nichts!

TRUDI *löffelt ihre Suppe, aufschauend:* Mein Gott, was hast denn... bist du leicht auch krank, Hella?

HELENE: Was soll aus uns werden?

TRUDI *altklug:* Habens dich *wieder* nicht ins G'schäft aufg'nommen? – Bitt' dich, sei froh. Wirst doch nicht hinter der Pudel stehen....

HELENE *streicht ihr leise den Kopf:* Iß nur, Trudi, die Suppe wird dir kalt!

TRUDI *kehrt sich wie beleidigt ab und löffelt hastig ihre Brühe hinunter.*

HELENE *steht eine Weile reglos; dann gießt sie einen Teil der Suppe in eine Tasse und setzt sich an den Bettrand:* So, meine Mutter,... so....

FRAU GÄRTNER: Suppe? –

HELENE: Ja. – Setz dich ein wenig auf *hilft ihr, richtet ihr die Kissen.* Trudi, komm der Mutter helfen!

TRUDI *helfend, kindisch:* Gehts dir besser, Mutter?

FRAU GÄRTNER *lächelt matt und küßt sie leise auf die Stirn.*

HELENE: So, koste, Mutter! *Führt leise und geduldig Löffel um Löffel an die Lippen der Mutter.*

TRUDI *kniet beim Bette:* Gut, nichtwahr?

HELENE: Ob du denn fleißig warst, Trudi?

TRUDI *etwas schmollend:* No freilich; gelt, Mutter, ich war doch immer fleißig...

HELENE *zur Mutter:* Nicht mehr?

FRAU GÄRTNER *schüttelt den Kopf.*

HELENE: Noch einen Löffel. Auf die Genesung.

TRUDI: Ja, so hast du mirs auch immer g'macht, wenn ich krank war. Und dann noch einen für die Mutter, und einen für's Bravsein.... *lacht.*

FRAU GÄRTNER *lehnt sich ermattet zurück:* Nein – genug – genug!

HELENE: Hast wenig gegessen!

TRUDI *schmiegt sich jetzt wieder zutraulich an Helenen:* Und du selbst, Hella, du hast noch gar nichts 'gessen?...

HELENE: Ach... ich! –

TRUDI *nimmt ihr die Tasse aus der Hand:* Na wart'! Ich werd' dir geben! Da, jetzt aber nimm *Helenens Stimme nachahmend* einen für die Mutter...

HELENE *nimmt lächelnd den Löffel an.*

TRUDI: und einen für – für mich!

HELENE: Schelm, kleiner!

FRAU GÄRTNER: Trudi!

HELENE: Trudi! die Mutter!

TRUDI: Was denn? –

FRAU GÄRTNER: Hast dein Märchenbuch – hier?

TRUDI: Märchenbuch, freilich. Weiß schon, werd' dir wieder lesen, Mutter. *Nimmt sich einen Stuhl zum Bette, holt vom Legkasten ein Buch und beginnt leise zu lesen. Mit kindischer Betonung.*

Liest: Also sie kamen in einen großen und schönen Garten. In diesem Garten gab es gar wunderschöne große Blumen, und zwischen den goldenen Blättern saßen in jeder kleine weiße, lebendige Elfen, die auf winzigen Schalmeien bliesen. Und die hellen Quellen tanzten dazu im Takte und plauderten so fröhlich, daß den beiden ganz licht und lieb zusinne ward. Und der Prinz sagte: »Das ist mein Garten. Und das alles wird dir gehören, wenn du mir nur recht treu bleibst, wenn ich in die Welt ziehe, um den großen, bösen Drachen zu töten, der schon vielen unschuldigen Menschen Tod gebracht hat.« Und das Mädchen ward sehr rot und sagte: »Oh, ich werde dir treu sein. Nicht, weil du ein schöner Prinz bist und weil dir das Schloß aus Gold gehört und dieser schöne Garten mit den lebendigen Blumen, sondern weil ich dich gern habe, so recht von Herzen gern....«

Ganz vertieft, rückt Trudi den Stuhl näher ans Bette und liest jetzt viel leiser, so daß man nur ein Raunen hört. – Helene stand die ganze Zeit, die Stirn an die Scheiben gepreßt, stumm da. Da tut sich die Tür ein wenig auf.

DER HAUSMEISTER: Fräul'n!

HELENE: Ah, Sie! Was...

DER HAUSMEISTER: Verzeih'ns, der Hausherr laßt Ihnen sagen, Sie sollen mir, – wissens, mir ist herzlich leid,... Sie sollen mir das... das Geld geben....

HELENE: Gott, lieber Walker, sagen Sie morgen, morgen früh...

DER HAUSMEISTER: Verzeih'ns, Fräul'n, aber...

HELENE: Es geht nicht, das Unglück, die Krankheit...

DER HAUSMEISTER: Ja, aber... er hat mir g'sagt; verzeih'ns, Sie wissen ja... ich sag's Ihnen nur so heimlich... wenn sie nicht zahlen, die da oben, hat er g'sagt, heut' noch müssens mir aus'n Haus....

HELENE: Heut!

DER HAUSMEISTER: Heut noch, hat er g'sagt. Na, und man schickt doch keinen Hund auf die Gassen... bei dem Wetter! Na, mir tuts herzlich leid.

HEL.: Bitten Sie für uns, guter Walker. Er hält was auf Sie.

DER HAUSMEISTER *ratlos:* Ja....

HELENE *zu Trudi:* Lies nur weiter, Trudi....

DER HAUSMEISTER: Bitt', was soll ich also 'n Herrn Lippold sagen?

HELENE *verzweifelt:* Daß wir morgen, morgen ... früh Alles zahlen werden....

DER HAUSMEISTER: Also morgen!

HELENE: Morgen...

DER HAUSMEISTER: Na, denn, werds ihm sagen, werds ihm sagen.

HELENE: Gehn Sie, Walker, bitten Sie für uns.

DER HAUSMEISTER: Ja, Fräul'n... ja...

FRAU GÄRTNER *stöhnt.*

DER HAUSMEISTER: Frau Mutter, besser?

HELENE *zuckt die Achseln.*

DER HAUSMEISTER: Ein Kreuz! *Will ab; in der Tür:* Richtig – also nichts....

HELENE: Ich sag' Ihnen ja, morgen.

DER HAUSMEISTER: Morgen. Na, – da soll ich sagen, wenn nichts ist, da soll ich sagen, daß er heute noch 'rauf kommt, der Herr...

HELENE *bebend:* Her!?

DER HAUSMEISTER: Ja, soll ich sagen. Jetzt gleich Nachmittag.... Tut mir herzlich leid, Fräul'n... wirklich leid, – na Adieu.

HELENE *sieht ihm wie versteinert nach.*

TRUDI *heranschleichend:* Du, – was ist denn?

HELENE *zerstreut:* Lies nur, Trudi, lies!

TRUDI: Aber....

HELENE *ärgerlich:* Lies!

TRUDI: Mutter schläft ja.

HELENE: Doch, du liest ja gern laut für dich. Lies laut für dich!

TRUDI *schleicht wieder zu ihrem Platze zurück.*

HELENE: Wart, Trudi, eigentlich, eigentlich kannst du mir was holen. Hol mir, hol mir .... ja wart, die Mutter hat fast keine Medizin mehr, *nimmt ein Fläschchen* so, siehst du, das sollen sie dir vollfüllen in der Apotheke. So. Und da ist das Rezept. So, geh, Trudi, – zieh dich an! Schnell!

TRUDI: Gleich! *erstaunt* Muß das jetzt sein?

HELENE: Ja, jetzt .... bist du fertig?

TRUDI *während sie in die Jacke fährt:* Du, aber Geld!

HELENE *zusammenzuckend, entsetzt:* Geld!? *ruhiger* Ja so, für die Arznei ...

TRUDI: Was hast denn *sonst* g'meint? Das ists Rezept, da stehts drauf, was es kostet.

HELENE: Dreißig Kreuzer .... *nimmt ihre Geldtasche, zählt* zehn, fünfzehn, zwanzig, eins, zwei, drei .... *leise* mein Gott, nicht einmal – *das* mehr!

TRUDI: Na, ich bin fertig .... also?

HELENE: Nein, Trudi, es ist doch besser, wenn du jetzt nicht gehst, geh später .... dann abends.

TRUDI: Hast mich zum besten, gelt? –

HELENE: Nein, Trudi, bleib jetzt bei der Mutter, bleib jetzt im Zimmer ... wenn der, wenn der ....

TRUDI: Na, was du heut hast, Hella! ... *geht nach hinten, legt die Jacke wieder ab, und kommt dann wieder zu Helene; schmeichelnd:* Nicht bös sein! Nein?

HELENE *küßt sie leise:* Nein, nein, du bist ja brav, Schwester; setz dich nur dort hin und lies, und wenn der Herr Lippold kommt ...

TRUDI: *Der? der* kommt zu uns? der rote ... der ...

HELENE: Pst! er kommt schon, sei brav, Trudi, und lies .... Geh ....

TRUDI *unwillig:* Ich *geh* schon. *Trudi geht auf ihren früheren Platz am Rande des Bettes zurück und nimmt das Buch wieder auf; von Zeit zu Zeit hört man Frau Gärtner im Schlafe leise stöhnen; Trudi beginnt zu lesen; sobald Lippold eintritt, liest sie immer leiser und schielt verstohlen hinüber. Endlich hört sie ganz zu lesen auf und hört mit großen Augen auf das erregte Gespräch der beiden.*

HELENE *steht am Fenster. Es pocht.* Herein!

LIPPOLD *kurznackiger, kleiner, rothaariger Mann mit gepflegtem Schnurrbart; Kleidung ziemlich gewählt; Züge nicht unschön aber verroht; er geht festen Schrittes vor, lächelt, legt seinen blanken Zylinder auf den Legkasten:* Tag, Tag, Fräulein Helene. Nun, Frau Mutter... besser?... besser? *Ohne Antwort abzuwarten* Tag, Kleine.

TRUDI *nickt nur schmollend.*

HELENE: Sei artig!....

LIPPOLD: Ach, lassen Sie....

HELENE: Bitte, Herr Lippold, wollen Sie sich nicht setzen? *Rückt einen Stuhl näher zum Legkasten hin.*

LIPPOLD *setzt sich:* Danke. Denn zur Sache......

HELENE: Bitte.... lies Trudi!

LIPPOLD: Ich bin mir selbst, liebes Fräulein, das Geld holen gekommen, das Sie ja heute zahlen wollen....

HELENE *erbleicht, will sprechen...*

LIPPOLD: Der Krach in Wien, die schlechten Zeiten, alles teuer..... kurz ich brauche.....

HELENE: Herr Lippold, nur *einen* Tag!

LIPPOLD: Liebes Fräulein, gerne, gerne.... aber Sie haben mich schon einigemal damit vertröstet... und

HELENE *händeringend:* Mein Gott, nur *diesmal* noch!

LIPPOLD: Ich sage Ihnen ja: gerne, wenn ich nicht selbst augenblicklich Geld brauchte; seit den dreißig Jahren, daß ich mein Geschäft führe, nie ists so schlecht gestanden....

HELENE: Sehen Sie, die Mutter ist so krank, so krank.

TRUDI *horcht.*

HELENE: Wer weiß ob.... *zu Trudi:* Lies, Trudi!

LIPPOLD: Na, ich – das ist ja traurig......

HELENE: Und ich tu Alles. Ich arbeite mir die Finger wund, und die Augen rot.....

LIPPOLD: Ich weiß, Sie sind – fleißig....

HELENE *von einer plötzlichen Idee durchzuckt:* Sie sind bei so vielen Wohltätigkeitsveranstaltungen, Herr Lippold. Können Sie nicht diese Stickerei?..... *Sie nimmt das Körbchen mit derselben vom Legkasten.*

LIPPOLD *lächelnd:* Nein, danke, danke, – bin überhäuft mit solchem Zeugs.... *näher rückend:* Seh schon – so kommen wir zu keinem Ziel. – Helene, haben's denn die Blicke nicht verstanden, mit denen ich Sie immer anschau.... wird Ihnen dann nicht so ein bissel warm dabei.... No!...

HELENE *sieht ihn ernst an.*

LIPPOLD: Wirklich, Helene, ich mein's gut mit Ihnen ....Erschrecken's nicht! – Kurz und gut, ich habe Sie sehr gern, Helene *stürmisch*... sehr gern!

HELENE: Gott!

TRUDI: Die Mutter ist auf!

HELENE: Treten Sie zurück, um Gotteswillen, Herr Lippold, die Mutter würde erschrecken, wenn sie jemanden Fremden hier sieht.. da zurück bis zur

Tür, hintern Ofen, Herr Lippold, so.... dank schön! *Beim Bett:* Mutter?....

FRAU GÄRTNER *stöhnt laut.*

TRUDI *dazwischen kindisch:* Du, was will der? –

FRAU GÄRTNER: He–le–ne....

HELENE: Willst du etwas?... bißchen Wasser, ja?

FRAU GÄRTNER *tonlos:* Wasser.

HELENE *schenkt aus dem Kruge ein halbes Glas voll:* Gleich! *Sie richtet die alte Frau auf, diese nippt aus dem Glase und sinkt dann wieder kraftlos zurück....*

FRAU GÄRTNER *tonlos:* War... niemand da?...

TRUDI: Der Lipp...

HELENE *verschließt ihr mit der Hand den Mund, leise:* Niemand, wer soll denn....

FRAU GÄRTNER:.... lies.... Trudi...

HELENE: Lies!....

FRAU GÄRTNER *stöhnt, dann wird es wieder stiller; sie scheint einzuschlafen.*

TRUDI *liest so leise, daß man nur ein Raunen hört.*

HELENE *zu Lippold vortretend:* Das Elend!... das Elend!

LIPPOLD *näher kommend:* Ich will Ihnen helfen. Ihre Mutter soll unten in meiner Wohnung eine gute Stube haben und....

HELENE *freudig bewegt:* Sie, Sie, Herr Lippold!!! ?

LIPPOLD *kalt:* Freilich, wenn....

HELENE *bange:* Wenn?

LIPPOLD *derb:* Wenn Sie mein sein wollen.... na?....

HELENE *taumelt ein paar Schritte zurück und sieht ernst und trostlos im Zimmer umher; da fällt ihr Blick auf die kranke Mutter... Plötzlich und entschlossen:* Gut – ich heirate Sie, Herr....

LIPPOLD: ... Heiraten?

HELENE *sieht ihn starr und verständnislos an.*

LIPPOLD: Heiraten, hm, das hab ich wohl nicht gesagt....

HELENE *begreift voll Entsetzen sein Wort. Ihre Augen sind starr aufgerissen, ihr ganzer Leib zittert, sie hält sich krampfhaft am Legkasten.*

LIPPOLD *steckt die Hände in die Taschen und sieht mit scheinbarer Gleichgültigkeit zu Boden.*

TRUDI *liest jetzt etwas lauter.*

Liest: Und der Prinz legte seinen Arm um sie und sagte: »Ja, du bist gut und rein wie eine Blume, und dein Herz ist hell, wie ein Tautropfe. Du verdienst alle die Herrlichkeiten, die ich dir geben kann. Ja, alle meine Schätze sind nichts gegen das, was dein edles Herz besitzt, und die schönsten Saphire meiner Krone sind ja lange nicht so licht, wie dein Auge .....«

Trudi sieht sich, durch das Schweigen Helenens und Lippolds überrascht, um.

HELENE *tonlos:* Lies nur, Trudi! *Zu Lippold, eisig:* Gehen Sie!

LIPPOLD *noch immer die Hände in den Taschen, erhebt von unten listig die Augen:* Waaas? –

HELENE: Bei Gott! gehn Sie....

LIPPOLD *lacht grell auf:* Ha, ha, ha... Sie weisen mich ab, Sie....

HELENE: Bitte!....

LIPPOLD: Was glauben Sie denn, wer *Sie* sind?.....

HELENE: Ich bin nicht – schlecht.

LIPPOLD: Schlecht! Papperlapapp! Schlecht! – O du heilige Unschuld du.... Einfach lächerlich. Wissen

Sie, wenn Eine wovon zu nagen hat, dann kann sie sich ja auch den Luxus gönnen, sich so eine Tugend zu halten, so wie andere Leut einen Hund oder einen Canari... aber.... Sie....

Na, übrigens *deswegen* sinds noch lange nicht schlecht. Viele geben sich hin einem, der sie gar nicht einmal gern hat... und ich.... ich!.... *glühend* ich!... *plötzlich heiser und drohend* und dann, wenn Sie nicht wollen, Mamsell, – wenn... mna! dann... bitte – packens nur gleich ein – da....

HELENE *wirft sich auf die Knie:* Erbarmen!

LIPPOLD *in steigender Glut:* Wenn Sie glauben, daß Ihre Mutter auf der Gassen besser und früher g'sund wird, wenn....

TRUDI *hat das Buch weggelegt und starrt großäugig herüber. Frau Gärtner stöhnt.*

HELENE *noch immer knieend:* Erbarmen!

LIPPOLD *außer sich, ihre schöne Gestalt betrachtend; sein Auge brennt Gierde:* Helene! *Er ruft das gedämpft, heiser, fiebernd. Jäh reißt er Helene empor und preßt sie an sich.*

TRUDI *aber ist aufgesprungen, herzugeeilt und hämmert mit den Fäusten auf Lippolds Hände:* Sie, Sie, was wollen Sie von Helene... Was...

LIPPOLD *läßt wütend von dem Mädchen ab; er lacht, seine Wut zu verbergen, schrill:* Ha, ha, der Balg! Der..... Schicken's sie weg, Helene!

HELENE *drückt Trudis Köpfchen an sich und schüttelt den Kopf.*

LIPPOLD *nimmt seinen Zylinder vom Legkasten:* Also Abends um sieben Uhr kommen Sie zu mir, kommst Du zu mir... Helene? *drohend.*

HELENE *entsetzt:* Nie!

LIPPOLD *noch immer lachend:* Na, ha, ha, dann haben wir ja alles in Ordnung, Mamsell, dann muß die Wohnung hier heute um sieben leer sein.... Verstanden!? Ha, ha!

HELENE *nochmals niederknieend:* Gnade!

LIPPOLD *kalt lächelnd:* Entweder, oder; ich halt Wort. Überlegen's sichs – Ha, ha, ha, ha. *Er setzt den Zylinder auf, schaut sich noch einmal im Zimmer um und geht dann pfeifend hinaus.*

HELENE *steht, auf Trudchen gestützt, auf und läßt sich auf den Stuhl fallen, wo Lippold gesessen; sie schluchzt stürmisch; – Trudi kniet bei ihr.*

TRUDI *streicht ihr das Haar:* Geh, geh, wirst doch nicht weinen.... wegen *dem*....

HELENE *schluchzt.*

TRUDI: Du, jetzt hör aber auf; schau! 'S ist schon halb sechs. Gleich wird der Doktor da sein.

HELENE: Halb sechs?

TRUDI: Freilich, 's ist schon ganz dämmrig.

HELENE *trocknet sich die Augen:* Gott, was, was soll geschehen!

TRUDI: Hella, du, ich hab heut Mittag nichts als Suppe g'habt; hab solchen Hunger.

HELENE *ermannt sich:* Arme Trudi. Dort ist noch Brot in der Lade, hol' dir!

TRUDI *tut, wie ihr befohlen, sie findet ein Stück Brot im Legkasten und kaut mit vollen Backen daran; es dunkelt immer mehr.*

HELENE *immer noch sitzend:* Schau, ob noch ein Stück Kerze in der Schublade ist.

TRUDI *öffnet die Lade wieder:* Ein ganz kleines.

HELENE: Gib her. – Damit doch Licht ist, wenn der Doktor kommt. *Sie steht auf. Müde und gebrochen geht sie zum Tische, steckt das Stümpfchen an und stellt es auf die Tischplatte fest.*

FRAU GÄRTNER *stöhnt.*

Trudi geht, an der Brotrinde kauend, auf und nieder, Helene wankt zum Bette der Mutter und sitzt dort reglos, die Hände vor's Gesicht geschlagen. Man hört nur die Uhr ticken. Die Kerze flackert unstät. Irre Reflexe jagen durch die Dachstube. Da pocht es.

HELENE *zu sich:* Der Doktor.

TRUDI *mit vollem Munde:* Herein.

DOKTOR *rasch:* Abend; nun? – *zu Helene:* Nun, wie gehts der Mutter? – Hat sie geschlafen, ja?

HELENE *nickt.*

DOKTOR: Gut, sehr gut. Aber Licht, Licht, so seh ich nichts, meine Beste.

HELENE: Verzeihung, wir haben ....

DOKTOR *ärgerlich:* So reichen Sie mir wenigstens die Kerze dort; so; halten Sie mir sie!

HELENE *mit dem Kerzenstückchen beim Bette:* Mutter, der Herr Doktor.

FRAU GÄRTNER *murrt etwas Unverständliches.*

DOKTOR *fühlt ihr den Puls und schüttelt den Kopf:* Fieber, Fieber. *Lauter:* Haben Sie starke Schmerzen, Frau Gärtner?

HELENE: Hast du Schmerzen, Mutter? ...

FRAU GÄRTNER *matt:* Schmerzen? Nein ...

DOKTOR *steht auf:* Nun, alles fort, so wie ichs bestimmt; die Medizin – Sie haben doch frische machen lassen? –

HELENE *verlegen:* Ich wollte.... wenn nur....

DOKTOR *barsch:* Ja, zum Teufel, wozu komm ich denn her, wenn Sie nicht machen, was ich Ihnen verordne! Wie soll denn....

HELENE: Es geht uns halt jetzt *zögernd, schamvoll* – gar – so schlecht....

DOKTOR *ungeduldig:* Ja, das ist sehr traurig – aber mehr als Ihre Mutter umsonst behandeln....

HELENE: Aber Herr Doktor....

DOKTOR *ohne sich unterbrechen zu lassen:* *mehr* kann ich nicht tun. Bitt Sie, da kommen viele.... Schauen Sie, daß Sie die Medizin kriegen. Und kräftige Suppe, verstehen Sie, und einen Tropfen Wein; die alte Frau ist ja ganz von Kräften.

HELENE: Ist es heute besser, Herr Doktor?

DOKTOR *schon im Gehen:* Besser.... besser! Wenn Sie nicht einmal tun, was ich sage....

HELENE: Kommen Sie morgen früh wieder?....

DOKTOR: Morgen?! Ja – es gibt sehr viel zu tun. Übrigens wird morgen mein Besuch – *er unterbricht sich jäh.* Nun, werde sehen. Also Medizin! Guten Abend.

Er schließt die Türe hinter sich, dann kehrt er noch einmal zurück.

DOKTOR *in der Türe:* Fräulein!

HELENE *eilt erschrocken hinzu.*

DOKTOR *reicht ihr die Hand; etwas wärmer:* Seien Sie auf Alles gefaßt! Gott stärke Sie! – *Ab.*

HELENE *schreit:* Mein Gott!

FRAU GÄRTNER *hebt jäh den Kopf:* He–lene!....

HELENE: Ja, Mutter....

FRAU GÄRTNER: Kalt.... kalt....

TRUDI *die die ganze Zeit zu Seiten der Matratze in der Ecke gestanden war:* Freilich 's ist kalt hier im Zimmer.... ich werd heizen. *Sie geht zum Ofen und beginnt Holz einzulegen und Feuer zu machen.*

HELENE *sitzt wieder auf dem Bettrande.*

Bange Stille liegt auf allen.... man hört die Uhr ticken; Frau Gärtner ächzt leise, leise prasselt hie und da ein Span, und manchmal schluchzt Helene unterdrückt auf.

FRAU GÄRTNER *beginnt immer heftiger zu stöhnen:* Helene.... Helene.... Mir schnürt es so die Kehle – mach Luft, Luft!....

HELENE: Mein Gott!

Trudi hockt reglos beim Ofen.

FRAU GÄRTNER: Gott, Helene – jetzt, jetzt....

Frau Gärtner schreit: Luft!

Sie reckt den Kopf in die Höhe; Helene hält ihr die Schläfe und küßt ihr die schweißige Stirne.

FRAU GÄRTNER *mählich stiller werdend:* Luft *leiser* Luft *leiser* Luft.... *leise verröchelnd sinkt sie zurück.... nur von Zeit zu Zeit stöhnt sie leise. Helene hält ihre Hand.*

HELENE *wirr, von Schluchzen unterbrochen:* O mein Gott, mein Gott, was soll ich tun.... gib mir nur, nur jetzt Hilfe.... laß mich jetzt nicht verzweifeln.... Ich opfere mich ja.... mein Leben opfer ich gern. Aber meine Tugend, Gott.... Gott.... das kann.... das kann ja nicht sein.... Sei doch barmherzig, ich war.... ja fromm.... Gott, Gott! *Sie weint.*

Trudi sitzt auf ihrem Stuhl; sie hat die Schwester ratlos angeblickt; jetzt kommt auch ihr das Weinen nahe. Sie schluchzt auf; wieder Stille....

Da pocht es, niemand regt sich. – Vom Gang fällt Lichtschimmer herein, wie die Tür sich öffnet. Der Hausmeister kommt.

DER HAUSMEISTER *leise:* Fräul'n! Fräul'n....

HELENE *steht totenblaß auf, leise:* Jetzt steh mir bei, Gott!

TRUDI *springt vertraulich auf den Alten zu:* Ah, der Herr Walker!

DER HAUSMEISTER: Pst! Fräul'n Helen' – verzeihen's.... aber es soll hier alles wegkommen, alles heraus.... so hat er g'sagt....

HELENE: Guter Herr Walker!

TRUDI *kindisch:* Was soll denn 'raus? –

DER HAUSMEISTER: Na, verzeihn's – ich kann halt nichts dafür – – – aber, es kost' mich meine Stelle.... wenn.... na, und ich hab Kinder und Enkel....

Während diesen Worten beginnt es sieben Uhr zu schlagen. Man hört Stimmen auf der Treppe.

DER HAUSMEISTER: Da kommen's schon.... um die Sachen.... na.... *will vorwärts.*

In Helene spielt sich ein entsetzlicher Kampf ab; ihre Mienen drücken fürchterliche Qualen aus. – Da verhallt der letzte Schlag sieben vom Turme.

HELENE *stürzt in höchster Erregung vor, packt Walkern bei der Schulter und raunt:* Gehen Sie zum Herrn, schnell, gehen Sie und sagen Sie.... ich.... ich komme....

DER HAUSMEISTER: Was soll ich?

HELENE: Herrn Lippold sagen, daß, daß.... ich einwillige und – komme.

DER HAUSMEISTER: Sooo. –

HELENE: Aber gleich!

HAUSMEISTER: Na, – dann – kann das Alles da bleiben....

Also einverstanden und kommen.... kommen. *Ab.*

Helene stürzt an das Bett der Mutter, küßt die herabhängende Hand innig. – Dann springt sie auf, reißt eine Schublade des Legkastens auf, schlingt sich das erstbeste Tuch um den Hals, und stürzt zur Tür. Trudi hat ihr sprachlos zugesehen, jetzt faßt sie sie bei der Hand.

TRUDI: Hella, was hast du?

HELENE *küßt sie hastig:* – Gleich bin ich da....

TRUDI: Geh nicht!

HELENE: Ich muß!

TRUDI: Ich fürcht mich. Die Kerze löscht aus. –

HELENE: Sei klug, Trudi.... ich *muß* jetzt.... *in der Tür:* Trudi.... setz dich zur Mutter; und wenn sie mich ruft, so sag *nicht*, daß ich weg bin. –

TRUDI *ängstlich:* Nein!

HELENE: Sags nicht, damit sie nicht erschrickt; ich geh nur was holen.... Ich bin gleich da! Also sags nicht! – *Küßt sie nochmals:* Mit Gott! – *Stürzt davon, man hört den Schritt hastigen treppabwärts, dann eine Türe gehen, zuschlagen, dann wird es still....*

Indessen ist das Kerzenstümpfchen auf dem Tische verloschen. Die Bühne ist ganz finster. – Trudi schleicht ängstlich zu ihrem Stuhl beim Bette zurück. – Sie setzt sich, es bleibt ganz stille.

FRAU GÄRTNER *beginnt wieder lauter zu stöhnen, sie spricht im Fieber:* Nein, nein.... ich.... kann.... ihr's nicht.... sagen.... nein.... Ja, ich weiß, es war.... eine.... große.... große *Sünde*.... *stöhnt*.... *große* Sünde.... Aber.... ich war ja noch so jung.... Sünde.... Nein, nicht in die Flammen.... das brennt.... Nicht,.... ich bereue ja.... ja.... *stöhnt laut.*

Plötzlich erwacht sie; ängstlich, aber mit wacher, veränderter Stimme: Helene!

Keine Antwort.

Helene.... bist du da? –

Keine Antwort.

Bang: Helene.... mir ist jetzt leichter, – leichter, – ich.... ich kann sprechen.... ich muß, Helene!

TRUDI *leise und zögernd:* Ja!?

FRAU GÄRTNER: So, Helene, gib mir die Hand. –

TRUDI *tut es:* Ja.

FRAU GÄRTNER: Ich hab noch was auf dem Herzen. Ich muß dirs sagen. – Ich weiß, ich werd sterben....

TRUDI *schluchzt auf.*

FRAU GÄRTNER: Wein' nicht! – Wein' nicht!

TRUDI: Mutter....

FRAU GÄRTNER: Gott, Gott, nur soviel Zeit gib mir noch.... Also hör! – Wenn ich tot bin, Hella,

TRUDI *schluchzt.*

FRAU GÄRTNER: Wenn ich tot bin, da gehst und nimmst aus der Schachtel dort in der Lade das Packel Briefe, und damit gehst zum Lippold.... der muß für dich sorgen....

TRUDI *erstaunt:* Lippold?....

FRAU GÄRTNER: Der muß für dich sorgen.... für *dich*, Helene, das ist seine Pflicht! Und für die Trudi wird ers aus Barmherzigkeit *auch* tun. – Hör.... mein Gott, nur so lang noch.... hör *hastig:* Mein seliger Mann...., der Vater von der Trudi, ist nicht *dein* Vater; eh ich ihn hab kennen g'lernt.... da, da.... wirst mir verzeihen.... Hella....

TRUDI *kindisch, verständnislos:* Ja!

FRAU GÄRTNER *in immer steigender Hast:* Da.... hab ich den Lippold, den Lippold gern g'habt, und der, der ist dein – Vater!

TRUDI *schweigt.*

FRAU GÄRTNER: Verzeihst du mirs? *fieberhaft bange:* Gib mir die Hand... Verzeihst du?...

TRUDI *ratlos ängstlich:* Mutter!...

FRAU GÄRTNER: Schau, es ist so kommen...... ich weiß ja, ich bin schlecht....

TRUDI *ratlos und entsetzt:* Mutter!!!

FRAU GÄRTNER: Du verzeihst ja..... ja, also zum Lippold geh.... wenn er die Briefe sieht.... mich hat er nicht mehr erkannt... aber die Briefe.... vergiß..... nicht... dort links.... in der Lade...... Gott... Gott!........ Jetzt.... jetzt *plötzlich schreiend:* Luft, Luft!... Hel.......

Ein Röcheln unterbricht sie. Schneidend und gräßlich steigt es aus ihrer Brust; sie fährt noch einmal empor und sinkt dann mit gellendem Schrei zurück – es bleibt ganz still.

TRUDI *nach einer Weile:* Mutter!

Dann wieder: Mutter!

Endlich schreiend: Mutter! *rüttelt die Tote.*

Dann stürzt das bange Kind zur Türe, reißt sie auf, daß ein breiter Lichtstrom hereindringt; man gewahrt jetzt deutlich das verzerrte Antlitz der Toten in den ärmlichen Kissen.

TRUDI *schreit bang in das Stiegenhaus hinab:* Hella! *gellend widerhallt es. Man hört unten Stimmen und Türenschlagen.*

TRUDI *stürzt bebend in das Zimmer zurück. Ängstlich schaut das Kind umher; dann, wie die Stimmen näher kommen, kauert es sich wieder auf seinen Stuhl und beginnt zitternd, mit gefalteten Händen, leise und kindisch betonend:*

Vater unser, der du bist im Himmel.... geheiliget werde.....

Der Vorhang fällt

Ende

MÜTTERCHEN

Drama

Ort der Handlung:

Deutsche mittelgroße Residenz. Nettes, etwas spießbürgerliches Wohnzimmer des Dr. Eltz.

Zeit:

Gegenwart. Kurz vor Weihnachten. Zwischen sechs und neun Uhr abends.

Personen:

DR. ELTZ, *Privatbeamter, 32 Jahre*
HELENE, *seine Frau, 26 Jahre*
MARTHA, *deren Schwester, 18 Jahre*
LINA, *Dienstmagd*

Anmerkung:

Das Wohnzimmer des Doktor Frank Eltz macht einen etwas spießbürgerlichen Eindruck. Alles zeigt eine gewisse Pedanterie. Kanapee und Bücherschränke von altmodischer Form. Der Spiegeltisch am Fensterpfeiler modern. Lehnstühle durch selbstgearbeitete Deckchen verunziert, ein Ofenschirm vor dem Kachelofen. In Vasen und hinter dem Spiegel staubige Papierblumen. An den eintönigen Wänden alte Stiche von Reiter- und Schlachtenbildern.

Helene hat eben ihre Gäste nach dem Kaffee zur Tür begleitet. Sie grüßt noch hinaus. Martha macht hinter ihr Knixe. Auf dem ovalen Garniturtisch steht angeschnittener Kuchen, Kaffeeschalen, Kannen und Karaffen, alles ziemlich durcheinander. Eine Hängelampe mit Papierschirm über dem Tische.

HELENE *an der Tür in den gaserhellten Vorraum nachrufend:* Ja, Frau Direktor, um fünf! Um fünf! Adieu. – Lina, leuchten Sie den Damen.

MARTHA *knixt noch ein paarmal possierlich hinterdrein. Aufatmend:* Na, Gott sei Dank!

HELENE *schließt die Türe.*

MARTHA: Was hat denn die Frau Direktor noch wollen?

HELENE: Wann die Bescherung der Waisenkinder ist.

MARTHA *etwas erstaunt:* Sooooo. Bist du da auch dabei?

HELENE *beginnt den Tisch zu räumen:* Ja. *Pause.*

MARTHA *herzueilend:* Wart', ich helf dir.

HELENE *hebt eine Schale gegen die Lampe:* Wieder ein neuer Sprung. Schau, siehst du – da *verfolgt die Linie mit dem kleinen Finger.* Und das ist eine von der Ausstattung, – die bekommt man jetzt gar nicht mehr nachzukaufen. Wie diese Leute mit allem umgehen!

MARTHA: Geh, bist du denn so lang verheiratet, daß du das Porzellanmuster von damals nicht mehr bekommst? *Sie steht ratlos mit ein paar Tassen und Tellern in den Händen da.*

HELENE: Stell's nur dorthin *sie deutet nach dem Spiegeltisch.* Die Lina holt's dann schon ab. *Sie kehrt die Krumenreste vom Tischtuch.*

MARTHA *hüpft hin, setzt die Tassen nieder, preßt dann die Handrücken gegen die Wangen und bleibt eine Weile vor dem Spiegel stehen:* Heiß ist mir! *Dreht sich stramm um.* Schau nur, wie ich rot bin.

HELENE *ohne hinzublicken:* Ja – das macht der Kaffee.

MARTHA *dreht sich wieder zum Spiegel und beschaut sich:* Glaubst du? – Na, im Institut war er nicht so stark.

Das war ein Kaffee, gute Nacht! Und überhaupt! *Dreht sich um und breitet die Arme aus mit leuchtenden Augen – träumerisch:* Freiheit! *jubelnd:* Freiheit!

HELENE *ohne es zu bemerken:* Komm, hilf mir das Tischtuch zusammenlegen.

MARTHA *steht noch eine Weile verloren, dann läßt sie die Arme sinken:* Ja! *Sie legen das Tuch zusammen.*

HELENE: Wart, das ist nicht in den alten Falten. *Sie legen nochmals um.*

MARTHA: Na, gut so. – Hmm! *Betrachtet die Randstickerei.* Schöne Arbeit das! Hab auch so eins angefangen...

HELENE *breitet die Tischdecke über, während Martha unter der Lampe noch das Muster betrachtet.*

MARTHA: Bin natürlich nicht fertig geworden. – Kornblumen. – Du: – da gehört eine Geduld dazu. Hast du das selbst gemacht? –

HELENE *sieht im Zimmer umher, ob alles in Ordnung ist – obenhin:* Ja – früher schon. Zuhause. *Setzt sich.* Wie Papa krank war.

MARTHA: So, du, warum hast du mich damals eigentlich nicht kommen lassen?

HELENE: Gott, es war so traurig. Er war nie krank gewesen und hat nicht liegen bleiben wollen. So reizbar war er. *Seufzt.* Ja, – es war so traurig. *Pause.*

MARTHA: Und ich war fort in der Pension.

HELENE *nickt:* Sei froh.

MARTHA: Nein, ich wär immer lieber bei euch gewesen und hätte gern geholfen und....

HELENE *müde:* Du hättest nicht viel helfen können, Kind. – *Pause.* Willst du dich nicht setzen?

MARTHA *setzt sich zu Seiten des Tisches:* Jetzt sinds fast vier Jahre?

HELENE: Ja. – Hast du keine Handarbeit, Martha?

MARTHA: Nein.

HELENE: Aber du solltest doch irgend etwas....

MARTHA *munterer:* Gott, das ist so fad. Und dann: Du mußt mir keine Vorwürfe machen. – Wirklich, Schwester. Schau nur. Du bist eigentlich dran schuld, daß ich nicht mehr sticke.

HELENE: Wer?

MARTHA: Du, ja du, das muß ich dir erzählen. Wie du geheiratet hast, da hab ich mir vorgenommen, dir was zu sticken. Fein. Weißt du was? *Schaut sich im Zimmer um, wie um zu sehen ob niemand lausche, biegt sich dann über den Tisch, flüsternd:* Ein Wiegenband. Du, ich hab dir gearbeitet dran bis in die Nächte. Bis unsere lange Engländerin mich als Muster aufgestellt hat. Denk dir – mich als Muster. Paar Monate war ich furchtbar fleißig. Aber dann ..... *zögernd:* Gott, ich hab mir gedacht, jetzt brauchst du's ja noch nicht.. Da hab ichs dann ganz sein gelassen. Sie haben mich auch immer zu viel ausgelacht – die andern...

HELENE *zerrt nervös an der Tischdecke.*

MARTHA *arglos:* Eigentlich, schad drum. Weißt du, ich hätt heuer schon gern ein bißchen Tante gespielt. – Ich hab Kinder so schrecklich gern. Gar beim Christbaum; und besonders Mädel. Die haben immer gleich viel mehr Haare – gelt? Sind überhaupt viel herziger. Oder du – möchtest du lieber einen Buben?

HELENE *wie erschöpft den Kopf in die Hand stützend, teilnahmslos:* Ja, ja...

MARTHA *erstaunt:* Hast du Kopfweh?

HELENE *nickt langsam.*

MARTHA: Na, hörst du, das ist kein Wunder. Nach diesem Getratsch. Weiß Gott, ich hätts auch bald bekommen. Bitt dich! Hast du das jeden Dienstag hier, diesen ganzen Altenweibersommer?

HELENE: Manchmal auch zweimal die Woche.

MARTHA: Brrr! diese Majorin. Sie tratscht sich immer ordentlich in die Hitze wie ein Puter. Und die Direktorin, so salbungsvoll.... Ja – macht dir das so 'ne besondere Freude?

HELENE: Ich bin ganz krank immer. Aber es ist mal so...

MARTHA: Du – Arme...

HELENE *rasch unterbrechend:* Ja, ich muß doch ein paar Blumen fertig machen. Geh, – reich mir dort die Schachtel her. *Zeigt nach dem Tischchen in der Fensterstufe.*

MARTHA: Blumenmachen? Freilich. Nichts bekommst du. Ja, Strafe!

HELENE *zeigt nochmals lächelnd nach dem Fenstertischchen.*

MARTHA: So gönn dir noch ein bißchen Ruh! – wenn du Kopfschmerzen hast.

HELENE: Ach – das vergeht schon.

MARTHA *holt die Schachtel:* Wem nicht zu raten..... *reicht sie hin:* Was machst du denn jetzt für Blumen?

HELENE: Rosen. Willst du helfen?

MARTHA: Du, ich bin furchtbar ungeschickt. Und dann: Ich mag keine falschen Blumen. – Aber wo steckt denn Frank?

HELENE *Rosenblätter kulmend:* Der – wird – sich – wohl fürchten – schon heimzukommen; er weiß nicht – wie lang – die Damen bleiben.

MARTHA *heiter:* Ah so! Verzeih. Aber am nächsten Dienstag mach ichs auch so. Das ist zu schrecklich. Lieber zehn englische Stunden. *Steht auf und geht leicht auf und nieder – trällert. Pause.* Ihr habts recht gemütlich hier. So hab ich mirs immer gedacht. So heimlich, so lauschig; besonders abends. Das muß doch reizend sein – wenn ihr zwei allein seid. Das stell ich mir zu süß vor.. Was treibt ihr denn da?

HELENE *betrachtet eine werdende Rose:* Du Kind, – Frank liest....

MARTHA: Er liest vor?

HELENE: Nein. Zeitung. *Wieder eifrig mit der Rose beschäftigt:* Das interessiert mich nicht.

MARTHA: Glaub ich. Und was machst du?

HELENE *wie traurig:* Blumen.

MARTHA *enttäuscht:* Blumen. – So? –

HELENE *hält ihr eine fast vollendete Rose vor:* Ist die nicht schön?

MARTHA *flüchtig:* Oh ja. Aber was machst du denn mit den vielen Rosen?

HELENE: Die in der Vase sind immer gleich wieder verstaubt und die beim Spiegel auch. Da mach ich immer wieder frische.

MARTHA *geht auf und nieder, dann nach einer Weile mit komischer Neugier:* Du, Helene, sag mal, was ziehst du denn an, wenn ihr ins Theater geht?

HELENE: Wir gehen nie....

MARTHA: Was?!

HELENE: Frank mag nicht.

MARTHA: Und du?

HELENE: Mir fällts gar nie ein. Ich bekäme Kopfschmerzen.

MARTHA: Geh – wirklich? Gott, wenn ich denk, früher da bist du doch so furchtbar gern ins Theater gegangen. Was hab ich dich immer beneidet. Und die vielen Bälle. Du warst immer ganz frisch am nächsten Tag. Ich weiß noch, einmal, wart, ich glaub, das war nach dem großen Garnisonballe, bist du um vier Uhr nachhaus gekommen. Du warst in Blaßblau damals, erinnerst du dich, gar nicht ein bißchen warst du müd. Schon um acht Uhr warst du mit mir auf dem Eis....

HELENE: Wie du das alles noch weißt!

MARTHA: Aber in dem Fasching werdet ihr doch tanzen?

HELENE: Nein – nein – – – ich als Frau...

MARTHA: Bravo! das sagst du gut. Da könnt einem die Lust zum Heiraten wirklich ernsthaft vergehen. Ist denn das was Schreckliches?

HELENE: Gott, Kind, es giebt jetzt andere Sorgen.

MARTHA: Sorgen – hast du? *Pause.* Das kann ich mir gar nicht vorstellen. Du, Frank war immer so grenzenlos verliebt in dich. Wenn einer in mich so verliebt wär; alles müßt ich haben, eine Equipage und Theater und Schokolade mit Crême. Das mußt du auch verlangen. Nein, der Frank! – Ich muß immer noch lachen, wie verliebt der war. Es war furchtbar komisch. – – Ist der Frank noch immer so?

FRANK *eintretend:* Was ist mit dem Frank?

MARTHA *schreit erschrocken auf und weiß sich vor Lachen kaum zu fassen.*

FRANK *geht auf Helene zu; küßt ihr leicht und gewohnt die Stirne:* Was hat sie denn?

HELENE: Du weißt ja, lauter Tollheiten.

FRANK *auf Martha zu:* Na schön guten Abend, kleiner Wildfang. *Streckt ihr beide Hände hin, in die sie einschlägt:* Also was war mit Frank?

MARTHA *kichert.*

FRANK: Vorwärts, vorwärts – heraus mit der Farbe.

MARTHA *seitwärts zu Helene hinüberfragend:* Soll ich?

HELENE *halb scherzhaft:* Martha!

MARTHA *flüsternd:* Ob du noch immer so furchtbar komisch in sie verliebt bist – hab ich die Helene gefragt.

FRANK *läßt ihre Hände los und droht lächelnd:* Du!

MARTHA: Gott, mach nur kein solches Gesicht, Frank, da muß ich mich ja fürchten. –

FRANK: Was habt ihr denn gemacht?

HELENE: Die Damen waren hier....

MARTHA: Schrecklich....

FRANK: Na, sie gefallen dir wohl sehr? Möchtest auch einmal so eine Frau Direktor oder Amtmann werden, hm?

MARTHA: O du mein Gott. Nein, lieber will ich als dürre alte Jungfer bei euch meinen Kosttag haben und alte Kleider flicken.

FRANK: Das ist ja eine vielversprechende Zukunft. Was, Helene?

MARTHA *sich in Frank einhangend:* Aber weißt du, ich hab schon gesagt: am nächsten Dienstag brenn ich mit dir durch.

FRANK: So – brav.

HELENE: Und wo wollt ihr denn hin?

FRANK: Wohin? Ja....

MARTHA: Schaufenster anschauen, bummeln, flirten.

FRANK: Zum Konditor.

MARTHA: Hm! Wir verstehen uns.

FRANK: Süßmäulchen.

MARTHA *zu Helene wie schmollend:* Gelt, soll sie schauen, wie sie mit den alten Scharteken fertig wird....

HELENE: Pst!

FRANK *lacht belustigt und läßt sich auf dem Kanapee nieder:* Das sag ich auch. *Zu Helene:* Fleißig, fleißig. Aber immer diese gräßlichen Papierblumen.

MARTHA: Aha, siehst du, dem Frank gefallen sie auch nicht.

HELENE *legt eine Rose fort und schiebt die Schachtel von sich. Pause.* Kommst du aus dem Amt?

FRANK *müde:* Ja – ohne Umweg.

MARTHA: Erzähl uns was. *Setzt sich.*

FRANK: Na, ich weiß nicht viel. Alle Welt ist auf den Beinen und spielt Christkind.

MARTHA: Mir hat das Christkind schon was gebracht.

HELENE: Wann denn?

FRANK: So ein zeitiges Christkind?

MARTHA: Ist auch danach. Von der Frau Institutsvorsteherin. Paßt mal auf, na – Helene?

HELENE: Ja, Kind, ich weiß wirklich nicht...

MARTHA: Gedichte.

HELENE *lächelnd:* Palmblätter?

MARTHA: Schlimmer! Frieda Schanz – und zwar Kleeblätter – nicht mal Palmen.

FRANK: O je.

HELENE *zu Frank:* Kennst du die Gedichte?

FRANK: Nein, aber ich kann mir schon denken.

MARTHA: O, bei uns im Institut haben sie alle sehr gern die Frieda Schanz.

FRANK: So, – und du?

MARTHA *drollig:* Ich? Ich bin eben anders wie die andern. Denkt euch, nicht einmal in unsern Literaturprofessor war ich verliebt.

HELENE *aufblickend:* Wirklich?

MARTHA *sich ereifernd:* Ehrenwort! Und der hat so schmale, weiße Hände gehabt und – Gott – was für blaue Augen. Mir war der alte Hausdiener mit der Kupfernase noch lieber. Das war mein Geschmack, ich hab ihm immer ein Trinkgeld gegeben, wenn er mir die Eisschuh angeschnallt hat... *mit jähem Erinnern:* ja, aber, da fällt mir ein, Frank, hast du uns schon Karten genommen fürs Eisfest?..

FRANK: Ich? Nein.

HELENE: Was ist das?

MARTHA: Davon wißt ihr gar nichts. Ich freue mich schon so lang darauf. Geht ihr hin?

HELENE *ausweichend:* Wenn Frank glaubt, kann er ja mit dir hingehn.

FRANK: Wenn meine Amtsstunden....

MARTHA *dem Weinen nah:* So und du kommst mit deinen

Amtsstunden und die da hockt immer hinterm Ofen. Und da habt ihr mich eingeladen! Überhaupt das hab ich mir anders gedacht bei euch. Daß ihr solche Philister geworden seid, ihr zwei. Ihr könnt mir leid tun.

HELENE *erstaunt:* Aber Martha... *Es läutet.*

MARTHA *abgewandt, grollend:* 's ist ja wahr.

LINA *ruft herein:* Der Mann mit dem Christbaum.

MARTHA: Christbaum? Hurra! *stürmt auf Helene zu und umarmt sie.* Der Christbaum, Schwesterchen. Nicht schauen, 's Christkind.... *Sie lacht und schmiegt sich an Helene.*

HELENE *gerührt:* Du lieber Wildfang.

MARTHA *reißt sich los:* Den muß ich gleich sehn. – Und ich laß ihn gleich in dein Zimmer stellen. Gelt? Und dann putzen wir ihn, du alter, brummiger Frank. *Sie giebt ihm einen Schlag auf die Schulter und hüpft kichernd durch die Mitte ab.*

FRANK *steht auf, sieht ihr nach, entzündet langsam eine Zigarette, geht dann auf und nieder, immer hastiger, endlich bleibt er nervös vor Helene stehen:* Sag mir, bist du nicht wohl, Helene?

HELENE *faltet die Hände und streckt die Arme im Schooß:* Doch.

FRANK: Du bist aber blaß, Kind.

HELENE: Ich bin nur müde.

FRANK *wendet sich und geht wieder auf und nieder. Pause.*

HELENE *zögernd:* Du kannst ja mit dem Kind wohin gehn.

FRANK *stehen bleibend:* Ja, liebe Helene, sag mir einmal bloß, warum wir uns die ganze Zeit so abschließen.

HELENE *sehr erstaunt:* Wie meinst du?

FRANK: Es ist ja schrecklich. Dieses ewige monotone Einerlei in den vier Wänden. Es macht ja ganz stumpfsinnig. Es ist krankhaft. Da muß erst jemand Gesunder von draußen kommen, daß mans merkt, wie verstumpft und versauert man ist...

HELENE: Du hast doch nie den Wunsch gehabt... *Steht auf.*

FRANK: Wunsch, Wunsch! Liebe Helene, sei nicht bös, aber dazu hätte es doch eigentlich nicht erst meinen Wunsch gebraucht. – Natürlich werden wir mit Martha auf das Eisfest gehen und...

HELENE: Hast du nicht zu viel im Amt zu tun?

FRANK: Na schließlich. Ich hab jetzt fast zwei Jahre keinen Urlaub gehabt und man will doch auch seine Ruhe, denk ich. *Gereizt:* Man wird mich eben entbehren müssen.....

HELENE *geht langsam nach hinten.*

MARTHA *von rechts:* Prachtvoll, so hoch, so symmetrisch! *Klatscht in die Hände.* Da gehen viele gute Dinge dran... Das werden Weihnachten!

FRANK *betrachtet sie entzückt:* Und dann gehen wir auch aufs Eisfest.

MARTHA: Hurra! wirklich. *Sie umarmt Helene. Helene aber löst sich aus der Umarmung.*

HELENE *trocken:* Ich nicht; Frank geht mit dir.

FRANK *ärgerlich:* Helene. *Zu Martha:* Laß sie – sie wird sichs schon überlegen. Einstweilen, schöne Schwägerin, stehe ich dir ganz zu Diensten. Dein Ehrenkavalier für Eisfeste, Museen, Bälle, Theater. *Verneigt sich.*

MARTHA *streckt ihm mit komischer Grandezza die Hand hin, die er küßt. Herzlich:* Das laß ich mir gefallen. *Zu Helene, die leise unschlüssig nach vorn kommt und sich in den Stuhl zur Rechten des Tisches niederläßt:* Du hast ihn gut erzogen....

HELENE *etwas spöttisch:* Ich?

MARTHA: So galant.

FRANK *erheitert:* War ich denn das nicht immer?

MARTHA: Ja, gegen Helene....

FRANK: Und sonst?

MARTHA: Sonst? Soll ich dir eine Geschichte erzählen?

FRANK: Ich bin neugierig.

MARTHA *weist ihn, er möge sich setzen. Frank setzt sich nur halb auf die Lehne des Kanapees.*

HELENE *hat die Schachtel mit den Blumen auf den Schooß genommen und ordnet sehr eifrig.*

MARTHA *steht vor Frank, schelmisch, die Hände auf dem Rücken; während der Erzählung macht sie ab und zu in neckischer Tanzpose einen Schritt vor und einen zurück:* Also: Da war einmal ein junges, dummes, blondes Mädchen. Das hatte eine Schwester und diese Schwester einen furchtbar verliebten Bräutigam. Dann war Hochzeit, und sie ließen das junge, dumme, blonde Mädchen aus der Pension holen. Das war zum ersten Mal wie eine Dame angezogen, und seine Freundinnen sagten ihm beim Abschied: »Warte, nun bekommst du einen Schwager.« Und einen schönen obendrein, dachte das Mädchen.

FRANK: Danke!

MARTHA: Pst! Was weißt denn du! – Die Freundinnen sagten nämlich noch: Du, paß auf, der Schwager wird dich küssen. – Da schwor das junge Mädchen:

»Nie.« »Du wirst sehen.« Und das dumme, junge, blonde Mädchen dachte in einemfort daran, daß der Schwager es küssen würde. Es hatte große Furcht. Es würde schreien und davonlaufen. Das war eine schrecklich schöne Angst. Dann war die Zeit da. Der Schwager und das junge Mädchen tranken Brüderschaft. Und dem jungen Mädchen zitterte vor lauter Bangsein die Hand so, daß es sich sein bestes Kleid begoß. Und der Schwager? Glaubst du, der hats geküßt? Keine Spur. Die Hand hat er dem dummen Mädchen gedrückt, so recht plump und bärenhaft – und dann ist er zu seiner Braut *verbeugt sich gegen Helene, die immer noch beschäftigt scheint* gegangen.

HELENE *gezwungen lächelnd:* Und das junge Mädchen?

MARTHA: Das dumme Mädchen hat sich furchtbar geschämt für den nicht bekommenen Kuß. Es hat sogar gelogen. Wie die Freundinnen dann im Institut gefragt haben: Nun? – Rot ist es geworden bis über beide Ohren und hat aus lauter Scham und Angst gesagt: »Oh ja.«

FRANK *hastig:* Und weißt du, was ich glaube? Das junge, dumme Mädchen ist inzwischen klüger geworden und der Schwager auch und er will nachholen... *Er springt auf und umfaßt Martha. Martha entreißt sich ihm mit einem Schrei, jagt kichernd durchs Zimmer.*

FRANK *immer hinter ihr:* Na, was ist denn jetzt mit der schrecklich schönen Angst? *Sie tollen durchs Zimmer.*

HELENE *hat die Blumenschachtel zurückgeschoben; sie sieht den beiden eine Weile matt lächelnd nach, wird dann sehr ernst und kreischt endlich häßlich und heiser:* Aber Frank!

MARTHA *Frank abwehrend:* Pst! Wir dürfen nicht so tollen. *Bei Helene hinknieend:* Wir sind schon brav. *Atemlos:* Nicht wahr, Frank? Und weißt du was jetzt? Christbaum putzen.

FRANK *erhitzt, selig lachend:* Famos, komm, komm!

MARTHA *springt auf, klatscht in die Hände:* Christbaum putzen.

HELENE *kopfschüttelnd:* Kinder!

MARTHA *neigt sich nochmals zu Helene:* Böse? Ja, wir sind rechte, echte garstige Kinder. Und du bist das kluge, kluge Mütterchen, gelt? – Nicht bös sein, Mütterchen. Kinder sind wieder sehr brav.

FRANK *lachend:* Und wie!

MARTHA *küßt Helene auf die Stirn:* Und du kommst zuschauen, ja? *Sie legt ihren Arm in den Franks und schmiegt sich an ihn; Frank sieht sie leuchtend an.*

MARTHA: Wir rufen dann. *Beide lachend links ab.*

HELENE *sitzt wie erstarrt und gealtert an ihrem Platz. Sie lauscht hinein.*

Pause.

Dann hört man rufen.

MARTHA *unter Kichern:* Mütterchen!

Pause.

FRANK *im Baß, übermütig:* Mütterchen!

HELENE *lauscht, zuckt wie verwundet zusammen, schlägt die Hände vors Gesicht und bricht in wildes Weinen aus.*

(Vorhang)

HÖHENLUFT

Ein Akt

Widmung:

Viele müssen mühsam empor
Zu den alltagfremden Pfaden,
Göttliche gehen in lächelnden Gnaden
Früh durch der Freiheit·flammendes Tor.

An Mathilde Nora Goudstikker.

Auftretende Menschen:

ANNA, *Näherin*	*29 Jahre*
TONI, *ihr Sohn*	*6 Jahre*
Die Bedienerin	*50 Jahre*
MAX STARK, *gewesener Offizier*	*26 Jahre*

Anmerkung:

Die einzelnen Figuren charakterisieren sich klar. Anna schlicht in Kleidung und Wesen. Alles verrät das Überwundenhaben: Der ruhige klare Blick, die weißen, wünschelosen Hände. Max Stark, n i c h t just geckenhaft, aber vornehm modern. Blond mit gezwirbeltem Schnurrbart, eventuell Kneifer. Das ›Mna‹ spricht er ganz kurz.
Toni kann zwischen sechs und acht Jahren stehen. Nicht sehr eingelernt, recht herzlich und innig: blonder Wildfang. –

Alles andere bleibt der verständigen Regie überlassen. –

R. M. R.

⟨Bühne:⟩

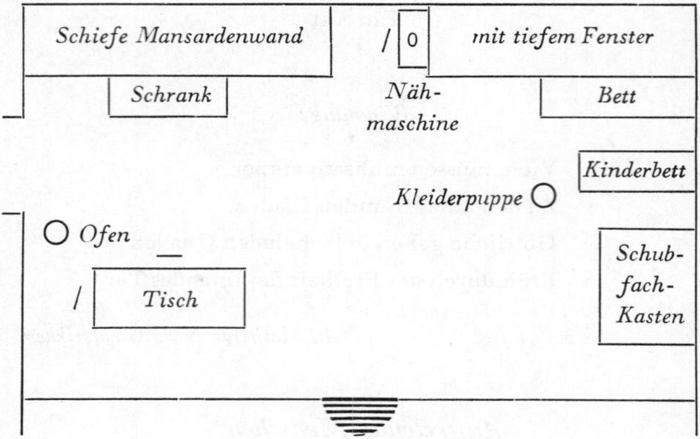

Ort der Handlung:

Kleine deutsche Stadt. Schlichtes Mansardenzimmer.

Zeit:

Gegenwart. Kurz vor Weihnachten. Mittag.

Anmerkung:

Die schlichte Mansarde ist sauber und nett; die kleinen Scheiben im tiefgelegenen Fenster mit weißen Vorhängen verhangen. Die Dielen rein gescheuert. Im tiefen Mansardenerker steht die Nähmaschine. Das Bett ist mit einer geblumten Kattundecke bedeckt, das daneben stehende Kinderbettchen mit aufgezogenen, grünen Garngittern besonders schmuck. Auf dem Schubkasten allerlei Kleinigkeiten, auch einige Bücher. Auf dem Schrank ein paar größere Pappe-Kartons. Auf dem Tisch die Reste einer Mahlzeit, welche die alte Bedienerin abzuräumen eben im Begriffe steht. Um den Tisch herum ein mit schwarzem Glanzleder bezogener Lehnstuhl und zwei gewöhnliche Holzsessel.

BEDIENERIN *räumt den Tisch ab. Anna sitzt im Erker und näht an der Maschine.*

BEDIENERIN: Essen Sie aber wenig, Fräulein Anna. Rein wie ein Spatz.

ANNA: Sie geben aber auch gute Portionen, Frau Baumer.

BEDIENERIN *gutmütig:* No, ich denk' mir halt: 's Kind. Wenns im Wachsen ist.

ANNA: Der ißt aber auch tüchtig. Früh – na Sie wissen ja – das Riesenstück Butterbrot, das der Toni mitbekommt. Und wenn er aus der Schule kommt, kann ers vor Hunger gar nie erwarten.

BEDIENERIN: Recht so! Mein Pepi, wie der klein war, *den* hättens sehen sollen. Mit wasfür Augen der immer schon die ganze Schüssel g'schluckt hat... Gott, jetzt ist der auch schon im Amt. Nämlich: er ist bei der Bank. Wissens, bei der großen Bank in der Residenz. Steht sich recht gut dort – ja. Und ein – Vertrauensposten ists auch. Denkens sich nur *das* Geld, das durch dem seine Hände geht: *die* Tausender und *die* Millionen. – Das giebt halt eine Arbeit. Jeden Tag bis spät in' Abend. Und manchmal bleibt er noch nach Schluß. Ja. – Jetzt wird er aber mal heimkommen und Weihnachten bei uns sein. No der alten Mutter muß er doch auch nochmal bißl gehören – und.....

ANNA *hört auf zu nähen:* Ja, – da werden Sie schöne Weihnachten haben. Werden Sie nicht vergessen auf das Bäumchen, Frau Baumer?

BEDIENERIN: Für'n Toni! Und vergessen! Gehns, gehns,

Fräulein, da kennens mich aber schlecht. Ich sag Ihnen: den Toni, den haben wir Alle soviel lieb. Ist aber auch....! Ja – am dreiundzwanzigsten bring ich Ihnen ein kleines Bäumerl. Ja. Und auch so ein paar Papierketten..

ANNA: Das ist zu lieb von Ihnen.

BEDIENERIN: Bitt' Sie schön. Das hat man so von den Kindern. Wir brauchens ja jetzt nimmer. Ja. – Na, brauchens sonst nichts mehr, Fräuln. Nicht? – Na. *Rafft das Geschirr zusammen. Im Abgehen:* Also wegen dem Bäumerl verlassens sich ganz auf mich. Ein feines – sag ich Ihnen. – Adjee.

ANNA: Viel Dank, Frau Baumer.

BEDIENERIN *in der Tür:* Nichts, nichts. Ich sag Ihnen ja: für'n Toni... *Ab.*

ANNA *näht fleißig; man hört die Maschine. Pause. Dann Stimmen draußen. Pause.*

BEDIENERIN *kommt mit allen Zeichen des Erstaunens herein und schließt behutsam hinter sich die Türe:* Fräuln!

ANNA *hört nicht, näht weiter.*

BEDIENERIN: Fräuln!

ANNA *ohne aufzuhören:* Ja?!

BEDIENERIN *näher:* 's ist wer da.

ANNA *sieht auf:* Bestellung?

BEDIENERIN: Scheint nicht, ein feiner Herr. – Ja. –

ANNA: Das kann nicht her sein.

BEDIENERIN: Ja, ja; *eilig:* er sagt ganz genau den Namen. Fräulein Anna Stark, hat er gesagt. Und einen Pelz hat er! Ich glaub das ist ein Graf oder sowas.

ANNA *aufstehend, ärgerlich:* So gehen Sie doch, Frau Baumer, und sagen Sie, daß ich Niemanden empfange. Wenn vielleicht eine Bestellung zu vermitteln wäre .... Aber nein. Ich empfange Niemanden. Sagen Sie das – bitte!

BEDIENERIN: Gut, gut. *Sie geht zur Tür:* Ich sags schon; ja. *Öffnet.*

MAX STARK *tritt in demselben Augenblick rasch ein.*

ANNA *erst erschrocken, stürzt ihm dann in sichtlicher Freude entgegen:* Max! *Sie umarmt ihn.*

MAX *küßt sie:* Also ....

ANNA *kaum fassend:* Du?!

MAX: Ja, Schwesterchen. Ich selber. Mna und – du?

BEDIENERIN *die an der Tür gestanden war, – ab.*

ANNA *ihn immer noch haltend:* Ists denn möglich?

MAX: Müh hats genug gekostet. Wie eine verlorene Stecknadel hab ich dich gesucht. Etwas hoch hast du dich hinaufgesetzt. – Wie? Etwas hoch; mna. – Laß mal sehen. *Sich umblickend:* Und grade glänzend hast du's nicht. Aber wenns dir nur ....

ANNA *bricht in Tränen aus.*

MAX *ungeduldig:* Mna – nun weinst du gar! Mna, Schwesterchen, Schwesterchen. *Beruhigend.*

ANNA *Tränen trocknend:* Wie gehts der Mutter?

MAX: Mutter? Danke gut. Das heißt. So, so .... ja.

ANNA *lauscht besorgt.*

MAX: Wird halt auch alt, weißt du. Nichts von Bedeutung. Einmal ziehts da, einmal ziehts dort. Wird uns Allen mal so gehen. Mna, aber bis dahin...

ANNA *sieht ihn groß und fragend an.*

MAX: Hm?

ANNA *verharrt.*

MAX *erratend:* Also – der Vater. – Mna ja, auch recht brummig manchmal. Aber soweit... ja – – *Pause.* Mna vorerst mal: Was machst denn du? Wie lange haben wir uns denn nicht gesehn?

ANNA: Über sechs Jahre.

MAX: Über sechs...? Wirklich. Ja, ja: zwei, vier, fünf ... Du kannst recht haben. Freilich, ich war ja noch Lieutenant damals. Blutjunger Hase. – *Pause.* Hat mich damals furchtbar gepackt, die ganze *affaire.* Mna... *in anderem Ton:* etwas blaß bist du, etwas blaß...

ANNA: Ich glaube, das macht das Licht.

MAX: So? Möglich. Also was ich wollte. Dir gehts doch – gut? Hm?

ANNA: O ja. *Ruhig:* Ich bin sehr zufrieden.

MAX: Mna, das ist schön.

Pause.

ANNA *zögernd:* Setz dich doch, Max.

MAX: Ja. *Nimmt im Lehnstuhl Platz.* Ah! Rauchen darf man wohl bei dir? Hm?

ANNA: Natürlich.

MAX *nimmt eine Zigarre aus dem Etui:* Siehst du, das ist schon Etwas. Ja. Bei uns ist immer noch der alte Zopf: Jesus Maria – die Wände! und Jesus Maria – die Gardinen. Das ist ekelhaft. – Mna – alte Leute. *Entzündet die Zigarre.* Henry Clay – du paß auf: der Duft! Wird dir ganz gut tun. Weißt du, die Luft ist hier nicht zweimal. Du speisest wohl in demselben Zimmer? –

ANNA *setzt sich lächelnd:* Das ist mein Speisezimmer, wo du sitz'st, dort *weist aufs Bett* mein Schlafzimmer und dort *zeigt gegen den Erker* meine kleine Arbeitsstube.

MAX *dampfend:* Gut eingeteilt. Ganz famos. Zeigt von Geschmack. – Na wie findest du *die* Sorte? *Raucht einen Kegel gegen sie hin:* Aroma, wie?

ANNA: Lieber Max, ich versteh....

MAX: Mna – ja *raucht* eigentlich haben wir auch Wichtigeres zu erörtern. Hmm. – *Pause.*

Vorerst verzeih mal, daß ich da ohne weitere Respektierung deines dienstbaren Geistes so prompt eingetreten bin; aber das Antichambrieren da draußen war etwas kalter Natur. Mna und – weißt du, in gewissen *exzeptionellen* Fällen ist es gestattet, die Vorschriften zu umgehen, die sonst im allgemeinen gelten. – Mna – ja und... *dreht nervös den Schnurrbart – plötzlich: Rückeroberung der Schwester ist so ein exzeptioneller Fall. Wie?*

ANNA *sieht ihn verständnislos an.*

MAX *verlegen:* Mna...

ANNA *sieht ihn immer noch an.*

MAX: Ja. – Das ist nämlich der Grund meines Kommens. Außer meiner eigenen, persönlichen Bruderliebe – natürlich. – Mich schickt also Mama...

ANNA *in wonnigem Erstaunen:* Die Mutter!!

MAX *trocken:* Ja.

ANNA *zitternd vor Freude:* Erzähl, Max! Die Mutter schickt dich .. und ....

MAX: Ja, sie wär selbst gekommen; aber – das Wetter ... sie ist doch schon etwas empfindlich.

ANNA *lauschend:* Die Mutter?....

MAX *tut einen langen Zug aus seiner Zigarre:* Mna: sie erwartet dich zu Weihnachten zuhause.

ANNA *springt auf und umhalst ihn:* Wirklich, Max!?

MAX *trocken:* Ja. Mna. Willst du?

ANNA *aufhorchend:* Nachhause, Gott!

MAX: Hm.

ANNA *mit gefalteten Händen stehend:* Wie kannst du noch fragen? Gleich – gleich! *Jubelnd:* Die Mutter! Wie hat sie dirs gesagt, die Mutter? Du mußts ja wissen.

MAX *gelangweilt:* Ach Gott, bei Tische sprechen sie schon eine Ewigkeit drüber. Ewig hin und her...

ANNA *zage:* Und der Vater?

MAX: Der Vater? *Raucht.* Mna, der sagt: Ja und Amen, wenn er dich erst mal sieht.

ANNA: Er zürnt noch?

MAX: Ich sag dir ja. Er ist recht brummig. Es ist ein wahres Kreuz um die alten Leute herum zu sein. Kein Tag Ruh und Friede...

ANNA *hört erschrocken und erstaunt zu.*

MAX: Immer gehts von vorn los.

ANNA: Ja – aber?

MAX: Wundert dich das? War doch immer so. Das Gezanke –

ANNA: ?

MAX: Über was? Gott, über dies und nichts. Jede Kleinigkeit. Reizbar sind diese Leute; da hast du keinen Begriff. Und dann kommts immer darauf hinaus, wer *dich* am Gewissen hat.

ANNA *entsetzt: Wer mich?*

MAX: Ja, zu dumm. Wie? Er sagt, sie war zu gut und hat dir zuviel Freiheit gelassen, und sie sagt, er hat dich zuviel geprügelt. Zu dumm. Ah, es ist zumm...... Du hast immer noch das Beste, weißt du. So ganz selbstständig. Wenn ich das könnte! –Mna das ist ja bei dir aber was anderes. Die Frauenzimmer verstehn sich immer besser, und wenn dann zwei im Hause sind, – dann wird Papa schon den Kürzeren ziehn.

ANNA *schweigt, vor sich hinstarrend.*

Pause.

MAX *abbrechend:* Mna freut mich, freut mich, daß du gehst. Was ich sagen wollte: Habe den Entschluß bei Mama recht genährt. Denn – hm! – unter uns gesagt: es ist dringend notwendig, daß jemand bißchen aufmischen kommt. Herrscht so'ne fatale Stimmung. 'n bißchen frische Brise... *Überlegt.* Mna, *dir* kann mans ja sagen, bist ja keine Comtesse. Habe da wieder so kleine Geschichte gehabt. Weißt du: Mädel. Gott, so *en passant*... Ganz nettes Ding. Blutjung. – Mna also bißchen Vergnügen – und Schluß. Und das nimmt das Ding krumm und geht ins Wasser.

ANNA *groß:* Und....

MAX: Was und? *Unverschämt:* Schluß. – Dummheit – was?

ANNA *entsetzt:* Max?!

MAX *den Schnurrbart zerrend:* Immerhin – etwas fatal.

ANNA: Und das hast du?..

MAX: Nur keine Moralpredigten, liebe Anna. Was gehts mich schließlich an? *Ich* hab sie's nicht geheißen.

ANNA *staunt ihn an, dann langsam, betont:* *Die hast du am Gewissen.*

MAX: Ja, ja. Weiß schon. Mna vielleicht werde ich deswegen etwas mehr durchgebraten im Jenseits. Hm? Halbenglisch? Tut nichts. Aber.

ANNA: Max, ich kann gar nicht fassen, – wie du...

MAX *ärgerlich:* Also! Vielleicht ist jetzt genug. Das ist ja langweilig. Daß man vier Treppen hoch solche Philistergedanken behält. – Geschmacksache. – Übrigens, daß man in ähnlichem Fall auch was anderes tun kann, als ins Wasser springen, – das..... *sieht sie bedeutend an.*

ANNA *fährt auf.*

MAX: *Passons là-dessus!*

ANNA *geht zum Schubkasten, nimmt dort mechanisch, versonnen, ein Ding nach dem andern in die Hand.*

MAX *leichthin:* Habe dir ja das ganze dumme Zeug nur erzählt, damit du erklärt findest, weshalb Papa und Mama...

ANNA *wendet sich:* Sie wissen davon?

MAX *mit gewissem Dünkel:* Gott, ja. Öffentliches Geheimnis. – Sowas spricht sich um. In den intimen Kreisen fängt man an zu munkeln. So eine Art – Berühmtheit. Mna. *Eingebildet:* Das tut ganz gut von Zeit zu Zeit so'n bißchen Gesprächsstoff sein. Wie?

ANNA *eisig:* Ich versteh dich nicht.

MAX: Nicht? – Weißt du, du mußt es halt den Alten so ein bißchen ausreden. Ich hänge eigentlich ganz von ihnen ab. Es giebt da jetzt eine Menge Verpflichtungen... und Papa – unter uns – er ist ein großer Philister, der wäre imstande..

ANNA *stolz:* Betteln soll ich für dich?

MAX *erhebt sich:* Aber, liebe Schwester, du verstehst mich nicht, du verkennst die Situation. Ich meine nur....

ANNA *unvermittelt: Ich glaube, ich werde auch die Eltern nicht mehr verstehen –*

MAX: Das macht sich.

ANNA *sehr ernst:* Ich versteh euch Alle nicht...

Pause.

MAX *schleudert den Zigarrenrest gegen den Ofen hin fort und geht mit auf dem Rücken verschränkten Händen auf und nieder:* Jaaaa – das sind die Jahre. *Gähnt.*

ANNA: Max, ich glaube, es liegt noch etwas anderes zwischen uns, als die Jahre.

MAX: ?

ANNA *groß: Ich habe den Frieden.*

MAX: Mhm!

ANNA: Ist das nicht Alles, was man auf Erden haben kann?

MAX: Frieden? – Ja. – Mna das heißt *impertinent* heiz'st du dir auch deinen Ofen damit? – Dann finde ich ihn – als Heizmaterial wenigstens – recht mangelhaft, deinen Frieden.

ANNA *als hätte sie nicht gehört:* Es muß eine ganz andere Luft sein da unten in euren Häusern. Eine drückende Schwere. Ich weiß nicht, ich bin sie entwöhnt. Ich kann mich nur wie im Traum erinnern, daß ich sie einmal geatmet habe. Das ist lang. – Und dann: bei euch sieht man in die Mauern hinein und – in die Nachbarfenster. *Hier* aber – schau – weit, weit über alle Dächer. Und der Himmel ist viel näher hier. Nachts glaub ich oft, ich könnt mir mit der Hand die Sterne holen. – Es ist Alles anders hier. Hier herauf geht man nur durch großes Leid. Man stirbt dann entweder hier oben, oder – man übersteht's. Und wenn mans übersteht, dann ist man müde und mild und friedlich wie nach einer schweren Krankheit. Und dann hat man lauter Verzeihen und Güte in sich, – und man versteht nicht mehr das unten, – man ist so.... so *über alles Leid hinaus*.... *Pause.*

MAX *lauscht wie gebannt. Dann wie unwillig sich losreißend im alten Ton:* Fertig?! Mna, das war ja eine ganz respektable Leistung. Du könntest Romane schreiben. Du, das soll das Schlechteste nicht sein..... Und der langen Rede kurzer Sinn: das gnädige Fräulein geruht auf die freundlichst angebotene Wiederaufnahme in den Familienkreis ganz frei und munter – zu pfeifen. Nicht?

ANNA *verschüchtert:* Du mußt nicht spotten.

MAX: Und du mußt nicht Gnaden machen. Das ›Gnaden machen‹ ist eigentlich nicht so ganz auf deiner Seite. *Sieht auf die Taschenuhr.* Übrigens drängt auch meine Zeit. *Kurz:* Also ich stehe hier, abgesendet von deiner Mutter, um dich aufzufordern in die Arme deiner Eltern zurückzukehren usw., usw. ....
Willst du? Ja oder Nein? –

ANNA *entschlossen: Ja.*

MAX *etwas überrascht:* Soo. Mna also. Erfreulich. Es siegt also doch das Pflichtgefühl in dir, den Eltern beizustehen.

ANNA *leise:* Du sollst dich nicht täuschen. Das ist es nicht.

MAX: Sondern?

ANNA: Ich habe eine höhere Pflicht.

MAX: Hm?

ANNA: Mein Kind.

MAX *in Schrecken und Erstaunen:* Wie? – – –

ANNA: Ich glaube die Zukunft des kleinen Toni besser versorgt, wenn ich...

MAX: Also lebt....? *Gefaßter:* Mna, das ist schön. Du hast recht. Wo ist denn der......

ANNA: Toni ist in der Schule. – Bis du ihn sehen wirst, Max! *Begeistert: Bis du ihn sehen wirst! Innig:* Er ist mein Alles.

MAX *nachdenklich:* Soso.

ANNA *ebenso innig:* Er ist auch brav und fleißig...

MAX: Und schon in die Schule geht er? Mna, das ist ja ganz nett. Also der kleine..... Wie heißt er?

ANNA: Toni.

MAX: Toni? Hm. – – Also der kleine Toni soll auch mit? – Mna ja. Die Mama wird sich ja recht freuen. – Daran dachten wir eigentlich nie. Sechs Jahre... Übrigens famos: die alte Fellner (erinnerst du dich?), meine Quartierfrau als Lieutenant, – die hat sich immer sowas in die Pflege gewünscht. *Der* geben wir den Rangen. Die hat eine tüchtige Hand, die alte Fellner. – Hui! Bei *der Hexe* gedeiht er dir. Blühend. Und du bists los – –

ANNA *die entsetzt lauscht, gepreßt, zurückhaltend:* Glaubst du?

MAX: Natürlich, Schwesterchen. Bin doch ein patenter

Kerl. Wie? Gleich Rat bei der Hand. Die alte Fellner! Sag doch bravo. *Sieht zum Fenster hinaus.* Weißt du, ganz abgesehen von Plage und Störung, – ins Haus bringen kannst du sowas nicht. Das versteht sich von selbst. Papa ist pensionierter Staatsbeamte, ich war Offizier – und dann hat man ja auch seinen Verkehr; man darf die Leute nicht brüskieren.

ANNA *kaum mehr an sich haltend:* Meinst du?

MAX *noch hinausblickend:* Gott, da ist doch kein Wort weiter darüber zu verlieren; das giebt ja der allergemeinste Begriff von gesellschaftlicher – Rücksicht, von *savoir vivre*, mna mit einem Wort von – – Ehrenhaftigkeit.

ANNA *losbrechend, so daß Max erstaunt umsieht: Giebt es das Alles bei euch da unten?* Nein, was ihr doch für schöne Dinge habt! Gesellschaftliche Rücksicht habt ihr und Lebensart und Ehrenhaftigkeit und ..... *ja – was denn noch*? Gesellschaftliche Rücksicht – ja und Erziehung und Bildung und Ehre – und – nur kein Herz! *Lacht höhnisch.*

MAX *in höchstem Erstaunen:* Erlaube....

ANNA *ruhiger und ernst:* Mach dir niemehr die Mühe herauf zu kommen, Max. Es ist sonst sehr still hier. Du trägst Zwietracht herauf und Haß und – – Verachtung.

MAX *heiser:* Anna! *Er lacht verächtlich.*

ANNA: Willst du sonst noch etwas..?

MAX *erst sprachlos:* – Du weis'st mir die Türe? Das ist der Dank. Ich habs ja gleich gesagt. Das ist der Dank. Wenn man euch aus eurem Schmutz.... *Er ist ganz heiser vor Erregung; nimmt seinen Hut vom Tische:* Mna, ich kenn ja Frauenzimmer von deiner Sorte genug, – so zweifelhafte....

ANNA *steht hart am Fenster, vom Winterabendrot verklärt, zürnenden Auges vor ihm. Da tut sich die Tür auf, und ohne Maxen, der noch beim Tisch steht, zu bemerken, stürzt Toni (sechs Jahre, blond, frisch) herein. Er wirft die Bücher auf den Stuhl bei der Türe und stürmt auf Anna zu.*

TONI *jubelnd:* Mutterl!

ANNA *nimmt ihn in die Arme und küßt ihn innig.*

TONI *hastig forterzählend:* Mutterl, der Fritz hat heute schon 's Christkind gesehen. Wirklich! Und der Herr Lehrer hat gesagt, daß es jetzt jede Nacht durch die Stadt fliegt, ist das wahr?

ANNA *hebt den Blick voll Glückseligkeit zu Max, der immer noch an der Türe zögert.*

TONI *folgt, da keine Antwort kommt, dem Blick der Mutter und sieht erstaunt bald auf Max, bald auf Anna.*

ANNA *tritt in den Erker.*

TONI *dies bemerkend:* Nicht, nicht gleich wieder nähen, Mutterl! *Dann schmeichelnd zu Max:* Du, bist du der Dottor? *Faßt Mütterchens Hand.* Schau, was Mutterl für wehe Hände hat vom Nähen! *Zu Anna:* Tuts weh?!

ANNA *lächelt durch Tränen und kniet in gerührter Liebe nieder, den Kleinen zu küssen.*

Schluß

OHNE GEGENWART

Drama in zwei Akten

Personen:

FRAU GERTH
ihre Tochter SOPHIE, *kurz verheiratet*
mit dem Ingenieur ERNST ERBEN

Ort der Handlung:

Ein Landhaus in der Nähe einer mittelgroßen Stadt. Eine lichte freundliche Wohnstube, deren Fenster und Erkertüre (die Fenster sind hoch und hell) in den Garten sehen, in welchem Frühling ist. Die Möbel sind alle ziemlich neu, stehen etwas ungeschickt und schematisch da und verraten stark den Willen und die Meinung des – Tapeziers, wie das ja in den Wohnungen junger Eheleute zu sein pflegt. Alles wartet noch auf Gebrauch. Die Einrichtung ist so: Im Erker, dessen eine Wand durch die Gartentüre gefüllt wird, stehen Blumen. Der Erker ist durch eine Portiere, welche konventionell gerafft ist, abgetrennt. Vorhänge derselben Art sind an den hohen Fenstern und an den beiden Türen (rechts und links) angebracht, und von korrespondierendem Muster sind die Bezüge der Fauteuils am Kamin und derjenigen, welche den runden Salontisch vorn umgeben. Die Couchette, welche auffallend breit ist, ragt weit in das Zimmer und ist mit einem Teppich überdeckt. Bilder, meist Prämien, nicht zu zahlreich verteilt.

Erster Akt

ERSTE SZENE

Frau Gerth, Sophie

MUTTER: Immer wieder möcht ich durch das ganze Haus gehn. Liebes Kind, du hasts wirklich gut. Wenn ich denk, unsere Böden in den alten Häusern, da in der Spornergasse. Du weißt ja: wenn man herunterkommt, wie aus dem Kamin kommt man. Bei dir? Strudelteig könnt man auf den Dielen rollen, nicht ein Stäubchen … *sie unterbricht sich plötzlich.* Aber das hab ich dich fragen wollen, Sophie. Gefällt dir das da? *Sie weist nach der Couchette.* Ich kann nicht daran vorübergehn. Es steht mir überall im Weg. Was ich mich herumgestritten hab mit dem Tapezier. Er hat halt immer behauptet, sowas muß schief stehen. Nicht sehn kann ichs.

SOPHIE: Gott, so schlimm ist das ja nicht. Gar so weit muß es ja auch nicht vorstehn, und wenn dann erst alles in Ordnung ist, kann mans ja noch überlegen, vorläufig laß ichs so..

MUTTER: Denk dir nur, Kind, auch den Schreibtisch hat er so stellen wollen; so quer in die Stube herein. »Mann,« sag ich ihm, »sind Sie denn …« Na, offenbar war er so ein bißchen *macht eine Handbewegung vor der Stirne.* Einen Schreibtisch stellt man doch an die Wand.

SOPHIE: Er dachte wohl wegen des Lichts.

MUTTER: Ja richtig; die dumme Ausrede hat er gehabt.

's ist kein Licht so. Wozu denn auch? Man sitzt ja sowieso 's ganze Jahr keine zweimal beim Schreibtisch.

SOPHIE *mit drolligem Entsetzen:* Aber, Mama...

MUTTER: Ja tun Sie nur nicht so – bald hätt ich Fräulein gesagt – so 'ne Beleidigung. Aber man sieht dirs wirklich schon an, daß man zu dir ›gnädige Frau‹ sagen muß. Du bist ja ganz stolz und ordentlich groß geworden.

SOPHIE *schmiegt sich an die Mutter:* Ich bin so glücklich.

MUTTER: Versteht sich. Und drum sag ich ja auch: du wirst auch nicht oft bei dem Zeug da sitzen, seit du mit dem Herrn Ernst jede Weile – *so – macht die Mundbewegung des Küssens* reden kannst. Was? Früher da sind wohl die heimlichen Brieferl nur so hin und her. Da war der Schreibtisch wichtiger wie's Bett. Hm?

SOPHIE *schweigt verlegen.*

MUTTER: Noh jetzt ist ja der Kampf zu Ende. Jetzt habt ihrs ja durchgesetzt! Jetzt kann mans ja sagen. Ich habs ja lange gewußt und hab ja den Papa nicht mehr losgelassen.

SOPHIE *zögernd:* Ich hab dich schon oft fragen wollen, warum hat eigentlich der Papa den Ernst solange nicht mögen?

MUTTER: Gott, das ist seine Art so. Du kennst ihn ja. Übrigens den Ernst hat er immer mögen.

SOPHIE: Aber?...

MUTTER: Die Verwandtschaft in Wien war ihm halt nicht ganz recht.

SOPHIE *sieht fragend auf.*

MUTTER *beschwichtigend:* Es werden ehrliche und achtbare Leute sein – gewiß – wenn auch vielleicht nicht sehr gebildet. Das stört den Papa. Du weißt ja. *Rasch abbrechend.* Aber es ist doch umso schöner von Ernst, daß er sich so hinaufgearbeitet hat. Nicht? Immer war er Vorzugschüler, und jetzt ist er auch in der Fabrik der Fleißigste. Alle haben ihn gern. Er wird Karriere machen... aber – erzähl *ich dir* von den Tugenden deines einzigen Ernst. Als ob du das nicht am Besten könntest!

SOPHIE *mit kindlichem Stolz:* Er ist aber auch!

MUTTER *lachend:* Ja, ja – ich weiß. – Aber ich will doch lieber erst gehn, Kind. Wenn ich dieses Tugendregister zuende anhöre, so verhungern sie zu Hause: der Papa und die Agla. Das heißt die Agla denkt wohl nicht ans Essen. Aber der Papa muß pünktlich sein Abendbrot auf dem Tisch haben, und ich habe der Köchin noch nichts herausgegeben. – *Belehrend:* Und das mußt du dir auch so einteilen. Pünktlichkeit. Das ist die Hauptsache. Um ein Uhr wird gegessen: Punkt Eins muß die Suppe auf dem Tisch sein. Um acht Uhr wird genachtmahlt – und auch mit dem Frühstück.... Na, das hab ich dir ja Alles schon zehntausendmal gesagt.... Diese alte pedantische Mutter, wirst du dir denken. Aber – es muß so sein. Wo keine Ordnung ist, ist das Geld doppelt so rund als anderswo... *macht Anstalten zu gehn.*

SOPHIE: Nein, wart noch. Ernst muß ja gleich da sein. Er versprach um fünf zu kommen, und Ernst ist *mit besonderer schelmischer Betonung:* eben auch ›*pünktlich*‹.

MUTTER: Das will ich doch gleich mal sehen. Die paar

Minuten wart ich also. *Sie setzt sich auf das Ende der Couchette, Sophie neben sie.* Man weiß gar nicht, wie und wo man sitzen soll auf solch einem Ding. *Umblick haltend:* Aber trotzdem: schön ist es bei dir – so hell und heimlich. Und auch, daß ihr den kleinen Garten habt... Das ist doch tausendmal besser wie eine Hochzeitsreise, nicht?

SOPHIE *nickt.*

MUTTER: Du wärst wohl gerne fort?

SOPHIE: Weißt du – nach Venedig. Ja. Wie ich gehört hab, daß der Ernst jetzt keinen Urlaub bekommt, hat mirs eine Weile wirklich leid getan. Aber nur eine Weile. Da hab ich ja noch gedacht, wir werden in der Stadt wohnen müssen. Du hast uns ja so überrascht damit.

MUTTER: Du sollst nichts entbehren. Später sollt ihr ja hinunter, nach Italien. Ihr Schwärmer. Die Tauben auf dem Markus-Platz werden bis dahin nicht verhungert sein.

SOPHIE: Oh jetzt bin ich ja so zufrieden hier. Es ist ja so schön, und man ist doch gleich im Eigenen. Ernst meint auch: wenn man sich erst so recht eingewohnt hat.

MUTTER: Ja, das würde für mich heißen, bis die Sofas fein säuberlich an den Wänden stehn. *Sie lachen.*

ZWEITE SZENE

Personen: Vorige und Ernst Erben

Ernst und Sophie umarmen sich. Währenddessen beginnt die Uhr laut fünf zu schlagen. Sophie löst sich aus den Armen ihres Gatten.

SOPHIE *drollig:* Pststst!

MUTTER *und* ERNST: Was ist denn?

SOPHIE: Du sollst hören, Mama. Gerade der letzte Schlag fünf. Und hier, ich habe die Ehre, dir meinen pünktlichen Gemahl vorzustellen.

ERNST: Was hast du denn?

MUTTER *Ernst die Hand reichend:* Guten Abend, lieber Ernst. Ein neues Blatt in deinem Lorbeerkranze: deine Pünktlichkeit.

SOPHIE: Jetzt hast du's bei Mama vollends gewonnen.

ERNST: Wieso?

MUTTER: Ja, mein lieber Schwiegersohn, ich habe viele gute Eigenschaften an dir entdeckt, auch, daß du nicht rauchst usw. Aber seit ich weiß, daß du pünktlich bist – ich sag dir: du kannst mich um den Finger wickeln.

ERNST: Ja – das ist kein Verdienst; das ist eine alte Gewohnheit.

MUTTER: Und *scherzhaft* was liegt auch an dem Beifall der Schwiegermutter. Die kommt ja ohnehin nur auf des Teufels Geheiß jeden Augenblick ins Haus...

ERNST: Das glaubst du doch selbst nicht, Mama, du weißt, wieviel wir dir zu danken haben.

MUTTER: Ach was danken. Im Glück ist man undankbar und soll es sein. Ja, ja. Aber ich muß mich eigentlich wirklich entschuldigen, daß ich schon wieder da bin.

SOPHIE *vorwurfsvoll:* Mama.

MUTTER: Nicht bei dir, bei deinem Herrn Gemahl. Und besser als alle Entschuldigung ist wohl, wenn ich mich jetzt zusammenpacke.

ERNST: Du darfst uns nicht die Ruhe wegtragen, und du kränkst mich auch, wenn du gehst, eben, da ich eintrete.

SOPHIE *drückt sie zärtlich in die Couchette zurück:* Sooo.

ERNST *holt einen Fauteuil und setzt sich vor die beiden Frauen:* Wie gehts dem Schwiegerpapa?

MUTTER: Wie immer: gut, bis auf seine Launen und seine Gicht. Die macht ihm jetzt im Frühjahr wieder mehr zu schaffen, und er ist gleich ganz klein, wenn er Schmerzen hat. Zudem weiß er nicht was anfangen, seit er nicht mehr in die Kanzlei geht. Ich kann ihm auch nicht grade was Munteres erzählen, das ihn herausreißt und aufheitert, na und... wir sind halt beide altes Eisen.

ERNST: Darüber bin ich beruhigt. Wer so tätig ist, wie du, Schwiegermama, der kommt nicht zum Rosten. Und schließlich ist das die Hauptsache: daß man nicht rostet.

MUTTER: Ja, das mit dem Rosten wird vielleicht auch nicht mehr lange dauern. Mir mags gar nicht mehr behagen in meinen vier Mauern, seit ich bei euch alles gesehen hab. Und dann ist auch das mit der Agla.

ERNST *steht auf und geht ans Fenster.*

SOPHIE: Was ist denn schon wieder mit ihr?

MUTTER: Immer die alte Geschichte. Ich versteh das nicht: sie liegt über Büchern den ganzen Tag, oder sie läuft auf den Gassen herum. Weiß ich warum? Entweder sie spricht gar nichts, oder so, daß ich nichts begreife. Ich frag mich: ist das so gescheit was sie sagt, oder ist es ganz Unsinn.

SOPHIE: Oh das ist ganz Unsinn.

MUTTER: Aber, das was du kennst, das war ja noch gar nichts. *Jetzt* solltest du sie hören. Seit du verheiratet bist. Ganz furchtbar ist das seither. Bis es dem Papa zuviel geworden ist, und der ist doch immer voller Nachsicht mit ihr. Und denk dir nur, das muß ich euch erzählen: Neulich sag ich ihm, er soll doch mal mit dem Kind reden, energisch, mein' ich. Wie ich nach zwei Stunden hineinkomme, sitzt euch der alte Mann da, mit leuchtenden Augen sitzt er euch da und horcht und die Agla spricht. So übertrieben wie immer. Ich glaube gar, sie hat ihm irgendeine Lehre gegeben. Ich weiß nicht, es ist etwas in dem Mädel – wenn ich mich und dich anschau – Sophie, – ich kanns gar nicht glauben, daß das meine Tochter ist. Du bist doch so vernünftig, so häuslich...

ERNST *nachlässig, vom Fenster her:* Vielleicht solltest du sie nicht so viel allein herumlaufen lassen?

MUTTER: Sag ihr das Einer. Sie will selbstständig sein.

SOPHIE: Ach was, ich war doch auch selbstständig und ihr hättet mich schön angeschaut, wenn ichs so getrieben hätte.

MUTTER: Nehm ich sie mal vor und sag ihr: Agla, das

schickt sich nicht. Gut. Sie sperrt sich in ihr Zimmer ein, und bleibt drin, ganz folgsam, bis ich sie endlich bitten muß, wieder auszugehen. Wie sieht sie denn aus. Sie wird achtzehn jetzt und ist doch noch so zart. Sie muß ja an die Luft. – Wenn sie schon sonst nirgends hin will. Längst hätt ich sie einführen können. Die Verbindungen in der Gesellschaft hat man noch gehabt. Alle deine Tänzer hätten sich für deine Schwester interessiert. Das ist nun alles vorbei. Ja, das sind so Sorgen.

SOPHIE *ernst:* Sag ihr nur, ich laß ihr sagen, daß sie ein Kind ist, daß – – – sie weiß schon, was ich ihr sagen lasse.

MUTTER: Dabei sieht sie wirklich so elend jetzt aus, daß man kaum wagt, ihr was zu sagen. – Da ist halt auch noch die Stadtluft obendrein. Ich hab mir schon gedacht, jetzt, wo die Sonne Wunder tut, für zwei oder drei Tage, natürlich nur für zwei oder drei Tage irgendwo hinaus ....

ERNST *sich umwendend:* Ja, – ja, *eifrig* das wäre vielleicht das Beste.

MUTTER: Länger könnts ja nicht sein – aber vielleicht kann sie, damit sie nicht unter Fremden ist, im Garten bei euch zwei bis drei Tage? ...

SOPHIE *hastig:* Nein.

ERNST *ebenso:* Nein.

Sophie und Ernst tauschen unwillkürlich einen erstaunten Blick. Die Mutter sieht sie, verwundert über das Entschiedene des Tones, an.

ERNST *etwas verlegen hinzutretend:* Ich meine – – bei uns ist – – – doch noch nicht – – –

SOPHIE: Ernst meint – unsere – Wohnung – –

MUTTER *hat sich gefaßt, lachend:* Nein, bin ich aber auch – Mit mir ist doch nichts mehr anzufangen. Einem jungen Ehepaar Gäste anzutragen. Nein, und so verrückte Gäste. Und in den ersten Flitterwochen. – – *Lachend:* Schau mal, Mäuschen, ich glaube gar dein Mann wird für dich rot. Was? oder bist du's am Ende auch – richtig. Du auch! Nein, was ihr herzig seid. Wie zum Spielen. Beide werden sie rot. *Sie liebkost Sophien.* Nun, nun – diese ungeschickte Schwiegermutter. Denkt daß zwei, drei Tage ein kleiner Verlust wären, zwei, drei Tage – eine Ewigkeit. Nein, das kommt davon: ich werde wieder jung bei euch, Kinder. Und gründlich gleich *so* jung, daß ich ganz naiv bin. – Aber so werde doch nicht schon wieder rot. Gott, Gott. Jetzt schau ich aber, daß ich fortkomm. Weiß der Himmel, was ich sonst noch anstell. Bitt dich, *packt den Ernst zärtlich am Arm:* sie ist ganz rot. Schau zu, wie du's abwaschest ... Schau zu ... *Sie küßt Sophien rasch, zwinkert Ernst zu und geht zur Tür. Zu Ernst, der sie begleiten will:* Geh nur, ich find schon. – *Wirst du* zum Frauchen! *lacht. Ab.*

DRITTE SZENE

Sophie. Ernst

SOPHIE *steht in Nachdenken etwas verlegen da.*

ERNST *tritt herzu:* Die Mama hat recht. Nun küß mich erst mal schön.

SOPHIE *aufatmend. Küßt ihn:* Ja.

ERNST: Nicht mehr?

SOPHIE: O ja immer wieder. Hast du mich auch recht lieb?

ERNST: Richtig, davon haben wir noch gar nie gesprochen. *Küßt sie auf die Stirn.* War mein kleines Frauchen auch fleißig?

SOPHIE: Und wie. Es ist auch eine Freude mit allen diesen Dingen zu schaffen. Du, ich muß dir auch mal die Küche zeigen. Alles ist neu und blitzblank. *Zu ihm, der eine Bewegung macht:* Nein, noch nicht; zu dieser festlichen Gelegenheit muß erst Alles ganz fertig sein. Soweit bin ich noch nicht. Die Küche darfst du nicht sehen, solange sie nicht ebenso glänzend ist, wie deine Schreibstube staubig ist. Sag mal, muß denn das so sein?

ERNST: Du vergißt, Kind, daß in unserer Kanzlei nicht so liebe Hände, wie die deinen, sondern irgend ein paar faule Diener aufräumen, welche obendrein nichts anrühren dürfen auf den Tischen.

SOPHIE: So, die dürfen nichts anrühren. Hm. Also so geheime Dinge treibt ihr dort. Weißt du, wenn ich dir nicht zu dumm bin, so nimm mich mal mit in deine graue Kanzlei und sag mir *sie faßt ihn beim Arm* das muß so liegen und das so und das, was du nicht sehen kannst vor lauter Staub, so ....

ERNST: Du Wildfang.

SOPHIE: Nein ganz im Ernst, dann räum ich dir auf. Es ist nicht nur so. Du mußt ja auch krank werden, wenn du sowas einatmest Tag für Tag. Du siehst mir ja auch schon ganz gelb aus!

ERNST: So? Grade hat mir Jemand das Gegenteil gesagt.

SOPHIE: Der versteht gewiß nichts davon.

ERNST: Oh doch, Einer von dem du sagst, daß er Alles versteht.

SOPHIE: Geh..

ERNST: Nun?

SOPHIE: Am Ende gar der Hochwürden?

ERNST: Gleich geraten. Ich werde eifersüchtig werden auf deinen alten Lehrer.

SOPHIE *wichtig:* Hmmm! Auf *den* kannst du wirklich ein bißchen eifersüchtig sein. Das schadet dir auch sicher nicht. Wenn der Hochwürden so ungefähr um vierzig Jahre jünger wär, und wenn er nicht Hochwürden wär und wenn du nicht auf der Welt wärst, – hätt ich ihn gewiß geheiratet. Na – da hat doch nicht viel gefehlt?

ERNST: Nein. – Eine Kleinigkeit, die ja vielleicht auch noch auszubessern geht. Deswegen hab ich ihm gesagt, er möchte nur recht bald kommen. Ich wollt ihn gleich mitbringen.

SOPHIE *aufrichtig:* Schade –

ERNST: Er war grade unterwegs in die Stadt, hat dort irgendwas zu tun –, wollte auch zu deinen Eltern. – –

SOPHIE: Das ist lieb. Mama wird wohl gleichzeitig mit ihm zuhause ankommen. Ja ich vergeß ganz, willst du Tee – Ernst?

ERNST *aus Nachdenken heraus:* Nein, danke.... Aber nicht wahr, sonst kommt kein Besuch zu uns außer dem Pfarrer?

SOPHIE *zögernd:* Nein, warum fragst du?

ERNST *leichthin:* Ists nicht am schönsten allein?

SOPHIE *verschüchtert:* Oh ja – ich kann ja auch Hochwürden bitten *jetzt* nicht....

ERNST: Aber nein, Kind, ich meinte doch nur.... ich meinte nur Fremde... nur...

SOPHIE *beunruhigt:* So.

VIERTE SZENE

Vorige

Ernst setzt sich auf die Couchette, Sophie geht einen Augenblick in schlecht verhehlter Ungeduld auf und nieder.

SOPHIE *bleibt vor Ernst stehen:* Ich muß dich etwas fragen.

ERNST *scheinbar gelassen:* Nun?! –

SOPHIE: Früher, wie Mama vorschlug, daß meine Schwester – herauskommen sollte – *sie zögert.*

ERNST: Ja – *gereizt:* nun was denn? – –

SOPHIE: Bist du böse?

ERNST *gezwungen lachend:* Nun so sag schnell was denn?

SOPHIE: Wie Mama das vorgeschlagen hat, da hast du so seltsam ›Nein‹ gesagt. So...

ERNST *mit dem Versuch zu scherzen:* Du Kindskopf. Was du auch Alles hörst. Wie kann man *seltsam* ›nein‹ sagen. Man sagt eben ›ja‹ oder ›nein‹. – Nun ich hab mir in Anbetracht verschiedener Umstände, die ich dir *er zieht sie auf den Schooß* gern näher erklären will, erlaubt, das letztere zu wählen. Du hast doch genau dasselbe gesagt?

SOPHIE *mechanisch:* Ja freilich – ich hab genau dasselbe gesagt.

ERNST *ablenkend:* Nun also. Nun hab ich doch die Absolution. Hm? *Küßt sie.*

SOPHIE *abwehrend:* Nicht.

ERNST: Nun? –

SOPHIE: Verzeih, ich war so in Gedanken. Da, küß mich viel.

ERNST: Du, Kind; kannst du auch in Gedanken sein. *Küßt sie.*

SOPHIE *unter seinen Küssen, zaghaft:* Ich hab etwas auf dem Herzen, Ernst, – ich habs dir nicht sagen wollen, aber....

ERNST *wieder unruhig:* So arg wirds ja nicht sein.

SOPHIE: Arg ist es vielleicht nicht. Ich kanns nur nicht verstehen. *Sie steht von seinem Schooß auf.* Du wirst ja verstehen, was es ist. *Sie steht sinnend vor ihm.*

ERNST *schweigt. Kämpft mit einem Entschluß und reicht Sophieen dann einen Brief:* Lies das da übrigens. Das wird das beste sein.

Sophie nimmt hastig den Brief an sich, knittert ihn mit zitternden

Fingern auf und liest ihn in atemloser Spannung; plötzlich beginnt sie ihn zu zerreißen, mit heftigem Haß, in kleine Fetzen, dann tritt sie die einzelnen Restchen, die zu Boden fallen, nieder, als ob es Flammen wären, – ihr Gesicht ist ganz verzerrt.

ERNST *erschrocken:* Aber, Kind, Kind.

SOPHIE *stößt seine beruhigenden Arme fort:* Und du?

ERNST: Fasse dich, Liebling. – Du siehst ja – ich war um fünf Uhr da.

SOPHIE *allmählich ruhiger werdend:* Ja, ja, du warst ja da.

ERNST: Solche Briefe, wie den da, hat mir die Agla oft geschrieben.

SOPHIE: Das ist gemein, das ist...

ERNST: Das ist krank.

SOPHIE: Die eigene Schwester. *Plötzlich in jähem Mißtrauen:* Und bist du nie, nie hingegangen, auch nicht einmal?

ERNST: Nie.

SOPHIE *ängstlich:* Geh nie hin – versprich mir.

ERNST: Ich versprech es dir. Und nun hör zu. Wir wollen jetzt ruhig darüber reden. Setz dich. *Sie sitzen nebeneinander auf der Couchette.*

SOPHIE *aufatmend:* Und du hast mich lieb?

ERNST: Sehr lieb, Sophie. Nun gieb mal acht. Alle diese wahnsinnigen Briefe, welche deine Schwester mir geschickt hat, habe ich verbrannt, die meisten ohne sie zu lesen. Das war unrecht. Wir hätten sie zusammen lesen sollen und irgend etwas dagegen tun – zusammen.

SOPHIE *in inniger Zustimmung:* Ja.

ERNST: So wäre vielleicht längst schon Alles in Ordnung. Eine Frau findet da eher das Richtige. Ich versteh solche Sachen nicht. Mir graut vor solchen Überspanntheiten. Solche Dinge sind nicht wert, daß man drüber nachdenkt, und doch stören sie einen immer wieder in der Arbeit und in allem Möglichen. Deine Schwester ist krank. Das sind ja alles Worte, die sie gar nicht versteht. Phantasieen, die gewiß mich selbst gar nichts angehen, sie kennt mich ja kaum, sondern irgend einen Traumhelden. Wenn ich mal mit ihr sprechen könnte, wäre sie wohl am schnellsten enttäuscht. –

SOPHIE *macht eine Bewegung.*

ERNST: Nein, das geht indessen nicht. Sie steckt zu tief drin. Und drum wollen wirs *so* machen. Wir wollen dagegen ankämpfen wie zwei gute Kameraden. Das heißt: Wir wollen ganz aufrichtig sein gegeneinander. Uns Alles ohne Rückhalt erzählen, was diese Sache betrifft. Willst du?

SOPHIE: Ja Alles. –

ERNST: So werden wirs zusammen durchmachen. Du kennst ja auch deine Schwester besser wie ich...

SOPHIE: Ich fürcht mich vor ihr.

ERNST: Dazu ist kein Grund da. Schau, wenn wir uns Alles sagen – was kann sie uns denn dann anhaben.

SOPHIE: Sie ist mir immer so unheimlich gewesen.

ERNST: Ach, wir werden schon mit ihr fertig werden.

SOPHIE *bange:* Und du glaubst nicht....

ERNST: Was denn?

SOPHIE: Daß sie dennoch

ERNST: ?

SOPHIE *verwirrt:* Daß sie *das* tut

ERNST: Was?

SOPHIE: Das, was im Brief steht...

ERNST: Nein, da kannst du ruhig sein, Sophie. So schnell geht man nicht ins Wasser. Das schreibt sich ja sehr schön und paßt ja auch so gut als Schlußkapitel in den Roman. Aber tun – nicht mal sagen....

SOPHIE *erschrocken:* Sagen – oh ja.

ERNST: Wieso?

SOPHIE: Sie hat mirs gesagt.

Ernst springt auf.

SOPHIE: Gott, ich hab dirs ja immer sagen wollen. Aber es war so furchtbar. Verzeih mirs. Ich – – *sie bricht in heftiges Weinen aus.*

Ernst geht erregt auf und nieder.

SOPHIE: Hätt ich dirs nur gleich erzählt. Aber, mir war immer: ich verlier dich, – wenn ichs sag.

ERNST *hart:* Wann wars?

Sophie ringt mit den Tränen. Ernst beschwichtigt sie ungeduldig.

ERNST: Wir wollen ja beide jetzt aufrichtig sein. Nicht? Also:

SOPHIE: Ja. *Faßt sich.* In der Nacht vor der Hochzeit. Ich war schon im Bett. Da ist sie zu mir gekommen *die Stimme stockt ihr vor Erregung.*

ERNST: Du hast ja doch keine Schuld dabei; bleib doch vernünftig.

SOPHIE *mühsam:* Sie ist zu mir gekommen und hat gesagt: ».... Du... du darfst ihn nicht heiraten.... ich hab ihn lieb...... er gehört mir.....«

ERNST *bleibt stehen:* Er – gehört mir?

SOPHIE: Erst hab ich gelacht; ich hab ja doch gewußt ..... Aber die Agla war so zum Fürchten. Ganz groß waren ihre Augen im Finstern, ganz wild. Mir ist schrecklich bang geworden. »Er muß mir gehören« hat sie gesagt.

ERNST *schüttelt den Kopf:* Und du?

SOPHIE: Ich? Ich weiß nicht mehr. Daß ichs der Mutter verraten würde, – daß wir uns versprochen haben, daß du mich gern hast .... daß du mich sehr gern hast – lieb hast ... und da – *Ernst streicht ihr, vor ihr stehend, leise das Haar.* Da ist sie fortgegangen. Und bei der Tür hat sie mit ganz anderer Stimme – ganz fremd hat sie gesagt: »Dann geh ich – dann geh ich ....« *sie klammert sich bang an Ernst.* Ich hörs noch. – Sie hat nicht mehr gesagt. Aber ich hab gefühlt, sie tuts – sie tuts. Sie geht sterben. Du, das war eine Nacht. Ich hab den Gedanken nicht los werden können: Dir ist was geschehn. Ich wär am liebsten zu dir. Ich hab gebetet bis früh. Ich hab so viel gebetet. Und mir ist doch nicht leichter worden. Erst wie ich dich dann früh gesehn hab – froh und gesund .... *sie umarmt ihn leidenschaftlich.*

ERNST *in Gedanken:* Ist das Alles?

SOPHIE *aufatmend:* Alles ... Und jetzt ist es von mir. Es war immer noch auf mir gelegen. Jetzt will ich wieder froh sein, wie damals früh. *Sie umarmt ihn wieder.*

ERNST: Du Arme.

SOPHIE: Ach denk du auch nicht mehr daran. Mir ist so froh jetzt seit du's weißt. So frei.

ERNST: Ja – wir wollen nicht davon sprechen. Und nur das Eine: zusammenhalten und aufrichtig sein.

SOPHIE *steht auf:* Ja.

ERNST: Ganz aufrichtig.

SOPHIE *voll fröhlicher Zuversicht:* Bis ganz tief hinein ins Herz wollen wir uns schauen – ja?

ERNST *gerührt, auch wieder froh:* Du Liebe!

SOPHIE: Du! *Sie halten sich bei den Händen und sehen sich treu in die Augen.*

FÜNFTE SZENE

Vorige

ERNST: Wollen wir nicht Licht machen?

SOPHIE: Aber es ist ja schön so.

ERNST: Ich werde doch noch ein wenig arbeiten.

SOPHIE: Gönn dir doch noch eine Weile. Schau wie schön das draußen ist. Und wenn man jetzt so hinaussieht, meint man da nicht, unser Garten reicht weit, weit bis an die Türme.

ERNST *lächelnd:* Was du schwärmen kannst.

SOPHIE: Ich lerns jetzt. Zu Hause war nicht recht die Ruhe dazu – aber jetzt. Und dann: ich war auch noch nicht reif genug.

ERNST: Zum Schwärmen?

SOPHIE: Ja, man muß dazu reif sein, wenns nämlich wirklich eine Kunst sein soll. Man muß erst Jemanden sehr gern haben, so wie ich dich.

ERNST *warm:* Mein goldenes Glück bist du!

SOPHIE: Das will ich auch sein. Aber nicht »golden« – bitte. Lieber: – lebendig.

ERNST: Also mein lebendiges Glück.

SOPHIE *streicht ihm kosend durchs Haar. Übermütig:* Aber du stichst ja. Was du für kurze Haare hast. Geh!

ERNST *geht lachend ein paar Schritte zurück:* Auf einmal.

SOPHIE: Ja siehst du, das kommt schon davon, daß ich das Schwärmen lerne. Jetzt möcht ich dich so mit langen, goldenen Locken. *Lacht ausgelassen.* Aber, Ernst, einmal hast du doch auch Gedichte gemacht. Nicht wahr? Nun – du darfst mich nicht so grimmig ansehen. Ich meine vor langer, langer Zeit. So mit siebzehn? –

ERNST: Mit siebzehn? Ich will dir ganz genau sagen, Kind, was ich mit siebzehn getan hab. Wart mal: Da war ich auf dem Gymnasium und außerdem habe ich faulen Kindern Privatstunden gegeben und nachts – da werd ich wohl um paar Groschen irgendwas abgeschrieben haben, so lange Licht und Augen aushielten. Und wenn dann noch ein Stück Nacht übrig war, hab ich wahrscheinlich doch am liebsten geschlafen – statt Gedichte zu machen. *Sophie schweigt verlegen.* Ja zum Romantischsein hat mir immer die Zeit gefehlt. Es ist ganz wie mit den langen Haaren. Wer zeitig bei schlechtem Licht aufstehen muß, bleibt auch nicht lang vor dem Spiegel stehn. – Erst du hast mich ja ein wenig eitel gemacht, Kind .... *Sophie steht immer noch in Gedanken.* Was denkst du denn?

SOPHIE: Ich muß daran denken, daß du in den Nächten abgeschrieben hast. – Aber nicht wahr – du hast doch nie –– Hunger hast du doch nie gelitten?

ERNST: Auch.

Sophie sieht ihn scheu und bewundernd an.

ERNST *traulich:* Nun, ich habs ja ohne Schaden überstanden. – Aber du siehst jetzt ein, meine Zeit war knapp. Wenn ichs so gemacht hätte, wie die meisten, wo wär ich jetzt. Für mich hats geheißen, gradaus nicht rechts und nicht links schaun – immerzu. Drum hab ich mich auch so vor allen Frauenzimmern gefürchtet und auch vor dir.

SOPHIE: Wirklich?

ERNST: Du warst die Erste, an die ich hab denken müssen. Ja, du Kindskopf, du hast mich furchtbar gestört. Für dich hab ich eben Zeit finden müssen. Aber zum Schwärmen bleibt mir auch *jetzt* keine übrig. Ich seh ganz deutlich, wo unser Garten zu Ende ist.

SOPHIE *drollig:* Du Armer, sei nicht traurig deshalb. Dann kommt es noch über dich.

ERNST *belustigt:* Was du nicht sagst!

SOPHIE: Einmal kommts über Jeden.

ERNST *kurz:* Nun – ich bin zu alt dazu. – Und jetzt wollen wir Licht machen.

SOPHIE *tritt an den Spiegeltisch, auf welchem die Lampe steht:* Ja, du Ungeduldiger, ich laß dich ja schon zu deinen Plänen.

Ernst läßt sich am Schreibtisch nieder, Sophie stellt die brennende Lampe vor ihn hin, küßt ihn auf die Stirne und geht rechts ab.

SECHSTE SZENE

Vorige

Ernst liest in Plänen. Nach einer Weile lehnt er sich zurück, steht dann auf, öffnet den Briefkasten an der Erkertüre und entnimmt ihm Zeitungen und Briefe. Er legt alles auf den Tisch. Nur einen Brief beschaut er bei der Lampe, wirft ihn dann mit einem leisen Fluch vor sich hin und setzt sich wieder. – Pause.

SOPHIE *in der Tür rechts:* War Jemand hier?

ERNST: Nein.

SOPHIE *eintretend:* Stör ich dich, wenn ich hier im Zimmer bleibe?

ERNST: Oh nein.

Sophie kommt nach vorn.

ERNST: Du – da ist übrigens schon wieder so ein Brief.

SOPHIE *erschreckt, eilt zu ihm:* Wieder?

ERNST *ohne sie anzusehn:* Da – siehs mal durch. *Hält ihr den Brief hin.*

SOPHIE *zögert eine Weile. Dann reißt sie den Umschlag heftig auf und überfliegt den Brief, im Kreise der Lampe neben Ernst stehend, der sehr vertieft scheint. Sie liest ihn dann noch einmal und langsam ein drittes Mal, schiebt ihn zögernd in den Umschlag und legt die Hand auf Ernstens Schulter:* Ich glaube, wir müssen nicht mehr kämpfen.

ERNST *ohne aufzusehen, obenhin:* Wieso?

SOPHIE *legt den Brief auf den Schreibtisch:* Lies!

ERNST *unwillig:* Kind, ich hab wirklich keine Zeit.

SOPHIE *sicher:* Es ist der letzte.

ERNST *sieht auf:* ?

SOPHIE: Sie hat es heute getan.

Ernst lacht gezwungen auf und liest.

SOPHIE: Ganz anders. Nicht? Ganz ruhig?

ERNST *legt den Brief unwillig fort:* Ach so laß doch.

Pause.

SOPHIE *nach vorn kommend:* Ich weiß nicht, ich möchte am liebsten einen Augenblick nach Hause, zu den Eltern.

ERNST: Unsinn.

Sophie setzt sich vorn an den Rand der Couchette.

Pause.

ERNST: Ich hab schon tüchtig Hunger, Kind, werden wir nicht bald nachtmahlen?

SOPHIE *ohne zu verstehen, lauschend:* Pst.

ERNST *sieht sich um:* Was ist denn?

SOPHIE: Jemand geht im Garten. Mama schickt sicher noch her.

ERNST *ungeduldig:* Ich höre nichts. – Du bist aber auch kindisch.

SOPHIE *heftig:* Pst!

ERNST *steht auf:* Keine Spur.

SOPHIE *entschieden:* Aber so hör doch: Jemand sucht die Tür. Bitte, sieh nach. *Sie steht, lauschend, auf.*

ERNST *zuckt die Achseln, holt die brennende Lampe und geht langsam zur Erkertür. Er reißt sie auf, tritt einen Schritt hinaus, in die Dämmerung leuchtend:* Ist da Jemand?

Vorhang

Zweiter Akt

Das Wohnzimmer hat immer noch den schablonenhaften, unintimen Charakter. Nur etwas unordentlich. Viele Dinge auf den Tischen und auf dem Spiegelschrank. Vor den Fenstern deutlich: Herbst. Ein Nebeltag. – Früh.

ERSTE SZENE

Bühne wie im Ersten Akt. Frau Gerth sitzt vorn, Ernst steht am Fenster neben dem Schreibtisch.

MUTTER: Es war recht von dir, Ernst, daß du hast den Doktor kommen lassen. So weiß man wenigstens, woran man ist. Merkwürdig. Die Sophie war immer so gesund, ich hätt nicht gedacht, daß diese Zeit sie so arg hernehmen wird. Aber gewiß: wenn sie das überstanden hat, wird sie erst recht aufblühn. *Ernst trommelt an die Scheiben.* Du mußt wohl bald in die Kanzlei?

ERNST *sieht auf die Uhr:* Ja, gleich.

MUTTER: Es ist ein rechtes Malheur, daß du gerade jetzt so außergewöhnlich viel zu tun hast. Und nun schon durch Wochen. Wird das noch lange dauern?

ERNST *wendet sich – kurz:* Warum?

MUTTER: Du siehst nicht gut aus. Das ist kein Wunder. Es ist wirklich zu viel, was man euch aufbürdet.

ERNST: Nach dem Sommer, da giebts eine Menge Rückstände.

MUTTER: So. Ich fürchte nur jeden Tag, wenn du jetzt auch noch krank wirst...

Ernst macht eine unwillig abwehrende Bewegung.

MUTTER *steht auf, geht zu ihm und legt ihm die Hand auf die Schulter:* Schau, Ernst, ist es nicht möglich, daß du dir ein bißchen mehr Freiheit schaffst – jetzt – du hast ja ohnehin keinen Urlaub genommen?

ERNST *zögernd:* Ich fühle mich ja wirklich ganz gesund *laut und gequält* und ich muß arbeiten, arbeiten. – *Aufblickend:* Wirklich, Mama, ich bin ja *ganz wohl.*

MUTTER: Es ist nicht allein deshalb. *Ernst sieht sie fragend an.* Das macht nämlich auch, verzeih mir, ich bin immer ganz offen, – daß die Sophie gar so elend ist. Sie ist soviel allein. *Ernst zuckt die Achseln.* Sie braucht dich doppelt in dieser Zeit. Da will dein Frauchen gehegt und gehätschelt sein. Hat ja Schmerzen um dich. Und ist den ganzen Tag allein und kommt auf allerlei Gedanken.

ERNST *ängstlich:* Glaubst du?

MUTTER: Ja, sie beobachtet sich und grübelt zu viel. Sie sinnt auf das und dies und warum und wozu. Und zu dem kommt immer die Sorge um dich, ob alles im Hause ist, wie du es brauchst, und ob dir nichts abgeht. Sie möchte gern nach allem sehen und kann es doch nicht und weiß, daß kein Verlaß ist auf die Dienstleute. Das quält sie. Und wenn du dich so wenig um sie bekümmerst, muß sie wirklich glauben, du nimmst ihr übel, daß sie nicht hinter allem her ist. Sie *kann doch nicht.*

ERNST: Aber darum handelt es sich ja gar nicht.

MUTTER: Sie faßt es so auf und grämt sich. – Schau, der Winter ist vor der Tür. – Wenn sie so elend in die kalten Tage hineinkommt – – *Pause.*

ERNST *schauernd:* Es ist Winter, ja *fährt sich über die Stirne, müde, wie unwillkürlich:* und sie ist im Frühling gestorben, – mitten im Frühling ... *rasch:* oh ich muß arbeiten – viel arbeiten.

MUTTER *milde:* Laß das, Ernst. Denk nicht daran.

ERNST: Spricht er noch oft von ihr?

MUTTER: Der Vater? Er ist noch ganz gebrochen. – Das hab ich dich auch bitten wollen, – wenn du mal zu uns kommst, sprich nicht von Agla mit ihm; es greift ihn zu sehr an. Und denk selbst nicht daran. Ich hab gehofft, du hast es längst vergessen. *Pause.*

ERNST *geht zur Couchette hin, setzt sich schwer und stützt den Kopf in beide Hände:* Vergessen. Was hab ich denn zu vergessen? Ich hab ja kaum eine Erinnerung an sie. Ich hab sie ja kaum gekannt. Ich weiß ja kaum, wie sie ausgesehn hat. Ich rate ja nur: war sie blond? ja. Ungefähr. War sie klein, war sie ....? Ich rate ja nur. Ich weiß ja nichts. Ich weiß nur, daß sie für mich gestorben ist. *Er bricht in Tränen aus.*

MUTTER *tritt erschreckt hinzu:* Gotteswillen. Was ist dir denn? Du weißt doch: die Unglückliche war krank, war ...

ERNST *sieht auf und schüttelt den Kopf:* Ich weiß *gar nichts.*

MUTTER *ängstlich:* Sophie ist nebenan. Sie darf nicht ahnen, daß du noch manchmal an Agla denkst.

ERNST *aufstehend:* Ah – drum muß ich arbeiten. *Er macht sich bereit, zu gehen.*

MUTTER *ruhig:* Noch eine Weile hör mich, Ernst. Du bist doch ein so nüchterner und vernünftiger Mensch, du darfst dich doch nicht hinreißen lassen von solchen Dingen.

ERNST: Ja. Ich hab mich immer so sicher gefühlt davor,

so drüber hinaus .... Aber gerade deshalb. Siehst du, Mama. Ich habe immer Alles verstanden im Leben. Es hat für mich keine Wunder gegeben, nicht einmal Überraschungen. Alles war so klar. Alles war: Arbeit. Sogar meine Liebe, Sophie. Ich hab mir sie still und sicher erworben Schritt für Schritt. Und da auf einmal kommt das Eine, das ich *nicht* verstehe *laut:* es giebt etwas, das ich nicht verstehe. Darüber komm ich nicht hinaus. Ich glaube mir nichts mehr. Ich kann mir ja nichts mehr glauben. Ich bin ja widerlegt. Ich kann von vorn anfangen.

MUTTER: Du bist nervös.

ERNST *leise:* Also dir ist es nichts Besonderes. Du meinst, das kommt so alle Tage vor. Man spricht nicht weiter darüber. Du hörst zufällig: der und der ist für dich gestorben. Du hast ihn kaum gekannt. Aber du fragst nicht danach. Was war er denn eigentlich? Wie sah dieses Leben aus, das er um deinetwillen zerstört hat; was war drinnen? Du fragst nicht. Es paßt dir so ganz in deine Erfahrungen. Es hält dir einer sein Leben hin, wie ein weißes Blatt, und bittet: schreib deinen Namen drauf. Wenn du's nicht magst – zerreißt er das weiße Blatt natürlich – vor deinen Augen – mitten durch. Das ist ja so einfach. Oh. *Schlägt mit einem Seufzer die Hände vors Gesicht.*

MUTTER: Sst! – Ernst, ich bitte dich. Du erschreckst mich. *Näher herzutretend:* Haben wir nicht früher oft in aller Ruhe darüber gesprochen? Es war doch alles gut. Du bist wirklich überreizt jetzt. Nimm dich doch zusammen. Du kommst darüber weg.

ERNST: Ja, wenn ich überm Pult bin. Oder wenn ich in der Fabrik irgendwo mit angreife, wenn ich an der Maschine stehe, und sehe, wie glatt und hart und sicher sich alles dreht. Da ist es fort. Da denk ich, so ist das Leben. Da gehör ich wieder mir – aber....

MUTTER: Und wenn du etwas auf eine alte Frau giebst, so will ich dir das beste Heilmittel sagen. Bleib mehr zu Hause. Setz dich zu Sophie. Lies ihr etwas vor, erzähl ihr etwas.

ERNST *macht eine Bewegung der Ungeduld.*

MUTTER: Glaub mir. Sie hat dich so lieb. Sie wird dirs danken. Sie ahnt ja nichts von dem, was dich quält und darfs nicht ahnen. Aber gerade deshalb kann sie dirs so leicht fortnehmen von der Seele. Denkst du denn nie daran, daß sie dir ein Leben unterm Herzen trägt, daß das eine heilige Zeit ist....

Ernst nickt.

MUTTER: Willst du denn, daß sie sich grämt, und krank wird, sehr krank....

ERNST *erschrocken:* Hat der Arzt?....

MUTTER: Sie ist so zart.

ERNST *sich aufraffend:* Ich muß jetzt fort. *Zögernd:* Aber – vielleicht mach ich mich ein wenig frei und bin in einer Stunde wieder da....

MUTTER *aufatmend:* Ich habs ja gewußt.

ERNST: Sags ihr.

MUTTER: Gleich. Wird die sich freuen. *Glücklich:* Mein lieber starker Junge. Unsereins ist doch auch über manches hinausgekommen und ist doch lang nicht aus so gesundem Holz.

ERNST *umarmt sie gerührt:* Mama!

MUTTER *Tränen zurückdrängend:* Nun, nun.... geh nur jetzt rasch, damit Sophie nicht lange warten muß. Und du kommst?

ERNST *fest:* Ich versprech dirs.

Durch die Erkertüre ab.

ZWEITE SZENE

Mutter, Sophie

Mutter geht hin und wieder, rückt die Stühle zurecht, bürstet das Deckchen auf dem runden Tisch ab. Währenddessen tritt von rechts Sophie ein. Sie hat ein weißes lose von den Schultern fließendes Morgenkleid, ist sehr blaß und ängstlich.

SOPHIE *erschrocken:* Gott, Mama, nun räumst du gar auf. Laß mich doch.

MUTTER *sich wendend:* Das fehlte noch. Nun, wie hat mein Frauchen geschlafen?

SOPHIE *müde:* Oh wie immer. *Sie will das Deckchen weiter abbürsten.*

MUTTER: Warum nicht gar. Wirst du das lassen, du unvernünftiges.... Wirst du schauen, daß du auf dein schiefes Sofa kommst! Eigentlich hättest du gar nicht aufstehen sollen....

SOPHIE *zage:* Bin ich denn so krank?

MUTTER: Ganz wie sichs gehört gehts dem kleinen Mütterchen – nur unvorsichtig ist sie, und steigt zuviel im Haus herum und faßt zuviel an, und drum sollte sie am sichersten im Bett bleiben.

SOPHIE: Nein, nein, nur das nicht. Nur nicht im Bett bleiben.

MUTTER: Das ist ja auch nicht notwendig. Ich weiß ja, du magst viel lieber dein verrücktes Canapee. Wart, ich hol gleich ein Kissen und eine warme Decke herunter.

SOPHIE *wehrt ab.*

MUTTER: Nichts. Da ziert man sich nicht. Mein Frauchen setzt sich jetzt hier her und schaut sich die Zeitung an – *drückt sie in einen der Fauteuils vorn und legt eine Zeitung auf den runden Tisch* und wartet bis ich wiederkomme und ihr das Lager bereite; und dann stellen wir einen bequemen Stuhl hart an das schiefe Canapee – aber das sag ich erst bis ich komme, – für wen.

SOPHIE *nickt lächelnd.*

MUTTER: Und nur wenn sie recht brav war. *Küßt die Tochter, – rechts ab.*

Sophie sitzt eine Weile da, reglos, so wie man sie hingesetzt hat. Dann erhebt sie sich, indem sie sich mühsam an den Lehnen des Fauteuils emporstemmt, geht mit tappenden Schritten vor den Spiegeltisch, steckt sich das Haar zurecht, läßt dann die Arme in ohnmächtiger Schlaffheit herabfallen und tritt in das nahe Fenster. Draußen ist der herbstliche Park sichtbar. Der Sturm heult im Kamin. Sie schaut eine Weile hinaus, preßt dann das Tuch vor die Augen und weint leise.

Pause.

MUTTER *kommt mit Kissen und Decke unter dem Arme durch die Türe rechts zurück, und sieht zuerst nach dem Fauteuil im Vordergrund, in welchem sie die Tochter zurückgelassen hat. Erstaunt:* Was – spielt das Frauchen Verstecken? *Sie wirft*

Kissen und Decke auf den Stuhl. Ich will sie schon finden, ich ... *bemerkt die Tochter im Fenster; diese kommt mit mattem Lächeln nach vorn.*

MUTTER: Was das aber schon wieder ist; so nah beim Fenster! Wo die kalte Luft hereinkommt. So ein Leichtsinn.

SOPHIE: Das schadet mir nicht. Ich hab nur sehen wollen.

MUTTER: Was denn? Es ist ja häßlich draußen.

SOPHIE: Gestern war noch eine Aster in unserm Garten *mit einer Gebärde der Hilflosigkeit:* ist schon – fort.

MUTTER: Ende Oktober. – Komm, *während sie die Kissen schlichtet* leg dich her, damit ich dich zudecken kann.

SOPHIE: Schon wieder liegen.

MUTTER: Du bist ja jetzt wieder eine ganze Weile auf den Beinen gewesen, hast einen großen Spaziergang gemacht bis ans Fenster, und warst leichtsinnig wie immer. Es ist Zeit, daß du dich wieder ausruhst.

SOPHIE *folgt:* Ausruhen.

MUTTER *legt die warme, grüne Decke vorsichtig über sie:* Gut so?

SOPHIE *nickt.*

MUTTER: Soll ich dir vorlesen aus der Zeitung?

SOPHIE: Nein, danke. Das interessiert mich nicht. Es ist ja so weit von mir, alles das. Erzähl mir lieber....

MUTTER: Also – zuerst das von früher. *Rückt einen Fauteuil herbei:* Siehst du, da stell ich jetzt einen Stuhl ganz nah zu dir her. Und vorläufig setz ich mich drauf. Aber er ist nicht für mich. Vielleicht schon in einer halben Stunde sitzt wer anderer drin – rat mal wer?

SOPHIE: Bleib du nur, Mama...

MUTTER: Nein, Kind, ich muß ja nach Hause. Heute bin ich ohnehin ungewöhnlich lang ausgeblieben und der, welcher kommt, ist dir auch viel lieber.

SOPHIE *nachsinnend:* Lieber – nein....

MUTTER: Doch, doch, glaub ich. Rat nur erst mal.

Pause.

SOPHIE *sich plötzlich aufrichtend:* Nein – nein. Er soll nicht kommen. Er soll nicht kommen. Sag es ihm.

MUTTER *erschrocken:* ?

SOPHIE: Ich mag ihn nicht sehn. Es war doch ein großes Unrecht. Es war sicher eine Sünde.

MUTTER: Wen meinst du denn, Kind?

SOPHIE *ihren Gedanken folgend:* Er hat sie begraben in geweihter Erde und hat ihr den Segen gegeben. Und er hat doch gewußt, daß sie in Sünden gestorben ist und mit Willen.....

MUTTER: Du darfst deinen alten Lehrer nicht verdammen.

SOPHIE: Sie ist mit Willen gestorben.

MUTTER: Er hat Mitleid gehabt mit ihr, und sie war verwirrt.

SOPHIE *erregt:* Warum lügt ihr denn alle? Ihr wißt es doch. Die Agla war so klar wie ich und wie du, als sie ins Wasser ist... und der Hochwürden hats auch ganz gut gewußt. Nein – ich kann, ich will ihn nicht sehen. Bitte!

MUTTER: Beruhige dich, Sophie. Er kommt auch nicht. – Ganz jemand anderer....

SOPHIE *aufatmend:* Jemand – anderer....

MUTTER *horcht:* Und ich glaube – da ist er schon.

SOPHIE *lauscht, setzt sich auf, sieht gespannt nach der Tür, – sie geht auf und Ernst stürmt hastig herein:* Ernst?

ERNST *bleibt ein paar Schritte vorher stehen:* Ah – bin ich gelaufen.

MUTTER *zu Sophie:* Nun ist das nicht eine Überraschung.

SOPHIE *verständnislos:* Ja, – warum? .....

ERNST *begrüßend:* Ja – – – guten Morgen, Mama, – guten Morgen, Sophie. *Küßt ihr Hand und Stirne.* Es giebt heute einmal weniger zu tun ... und da darf ich doch wohl ... ? *Stockt' verlegen.*

MUTTER: Nun, ich kann jetzt beruhigt gehn. Ich weiß dich jetzt in guten Händen.

SOPHIE *umarmt die Mutter sehr innig.*

MUTTER: So mein Kind. Nun schön stille daliegen! Brav sein! Und du *zu Ernst* sei streng mit ihr. *Sie reicht Ernst die Hand und sieht ihn fest an; sie tauschen einen Blick des Verstehens – Ernst will sie zur Türe geleiten.*

MUTTER: Bleib nur! Adieu, Kinder.

SOPHIE *nickt:* Mit Gott, Mama. *Mutter ab.*

DRITTE SZENE

Sophie, Ernst

ERNST *im Begriffe sich zu setzen:* Darf ich?

SOPHIE: Wo du willst.

Pause. – Man hört den Sturm.

ERNST: Dieser Sturm hat mich heute die ganze Nacht gestört.

SOPHIE: Ja, sei doch so gut und laß mal oben nachsehen.

Es muß irgendwo ein Fensterladen los sein. Es schlägt immer so gegen das Haus. Das ängstigt mich.

ERNST *will sich bereitwillig erheben:* So – ich will gleich.

SOPHIE: Dann – bis du gehst. Es ist ja nur in der Nacht. *Schauert.*

ERNST *setzt sich wieder:* Wie du meinst.

SOPHIE *zuckt zusammen.*

ERNST: Dir ist kalt, soll ich dir ein Cape...?

SOPHIE: Oh nein – das ist nur so.

ERNST: Übrigens wir werden tüchtig frieren hier – im Winter. Wir sind doch halb und halb auf dem Lande, – ganz frei von allen Seiten.... Wenn man das nicht gewohnt ist...

Pause.

ERNST: Wenn nur erst der Winter überstanden ist.

SOPHIE *seufzt:* Ja.

ERNST: Im Frühjahr wird es hier draußen herrlich sein. Wenn man einen kleinen Garten hat, kommt man dem Frühling näher, man ist – – gleichsam verwandt mit ihm...

SOPHIE *sieht ihn groß an.*

ERNST: Freust du dich auch darauf?

SOPHIE *müde:* Es ist ja schon hinter uns...

ERNST *zögernd:* Aber doch immer wieder vor uns?...

Pause.

SOPHIE *streicht ihm durchs Haar:* Du, Armer.

ERNST: Arm?

SOPHIE *ungeduldig:* Du bist doch so angestrengt die ganzen letzten Wochen. Du mußt ja müde sein.

ERNST: Das vergeht rasch.

SOPHIE *schnell:* Ja und diese kurze freie Zeit sollst du nicht hier versitzen. Nicht – hier bei *mir.* In der dumpfigen Krankenluft.

ERNST *wehrt ab.*

SOPHIE: Wirklich. Wozu? – Wenn du nun auch noch krank wirst. Denk nur. Geh spazieren, oder ins Kaffeehaus. Du wirst Bekannte treffen, wirst dich amüsieren. Ein gesunder Mensch gehört zu Gesunden. Das ist keine Erholung – das.

ERNST: Warum kränkst du mich, Sophie?

SOPHIE: Ich sage nur die Wahrheit; es hat ja keinen Sinn. Ich fürchte mich nicht, ich bin kein Kind. Ich kann allein bleiben.

ERNST: Das sollst du nun wirklich nicht mehr.

SOPHIE: Hat Mama das gesagt? Die Gute! Laß sie nur reden. Davon versteht sie nichts. Geh nur!

ERNST *warm:* Bitte, Sophie. *Er erfaßt ihre Hände.*

SOPHIE: Was?

ERNST: Bleiben.

Sie sehen sich einen Augenblick in die Augen. Dann stößt Sophie mit plötzlicher Heftigkeit seine Hände von sich und wendet sich ab. In tiefem Schmerze.

SOPHIE: Du denkst ja an *sie.* Jetzt denkst du wieder an sie. Warum bittest du mich?

ERNST *verwirrt:* An wen denke ich, an wen?....

SOPHIE *mit gesteigertem Zorn und Abscheu:* Geh. In deiner Kanzlei kannst du ja denken an sie, den ganzen Tag. Aber mich verschon doch. Mich verschone. *In Verzweiflung:* Siehst du denn nicht, daß du mich schändest, wenn du mit diesen Gedanken hereinkommst in mein Zimmer, daß du mich erniedrigst, daß du mich elend machst? *Sie bricht in Tränen aus.*

ERNST *ist aufgestanden:* Ich verstehe dich nicht.

Pause.

SOPHIE *hebt den Kopf; in plötzlicher Wut packt sie den Fassungslosen beim Arm und zerrt ihn zu sich, so daß er neben ihr auf der Couchette sitzt. Dann streckt sie die Hand aus:* Schau. Siehst du sie? Da. Sie sieht gar nicht so klein aus in dem grünen Kleide, was, gar nicht so wie ein Kind. Und ihre schwarzen Augen, wie die glänzen. Siehst du? Warum lächelt sie so? Du mußt es ja wissen, warum sie so lächelt? Lächelt sie immer so? Und das Haar hat sie gelöst. Sie hat so schönes, schweres, schwarzes Haar. Und so blaß ist sie und doch sind ihre Lippen ganz rot. Ganz blutrot. Sie kommt zu dir. Ganz leise. Sie ist doch gar nicht mehr wie ein Kind, – – – *ihre Stimme ist ruhiger, sie schöpft Atem und fragt müde:* Siehst du sie?

ERNST *er hat erst erschrocken auf Sophie gesehen, dann folgt er ihrer Hand und ihrem Blick und während sie die Agla beschreibt, wird sein Auge immer schauender, immer verständnisvoller, er trinkt gierig ihre Worte, fast in Verzückung, lauscht noch nach, als sie geendet hat und sagt auf ihre letzte Frage – gläubig:* Ja. *Sophie sieht erstaunt und entsetzt sein verzücktes Gesicht und macht ein paar abwehrende Bewegungen mit den Händen, ehe sie in tiefem Schmerz zusammensinkt. Ernst starrt noch immer nach dem Phantom. Seine Züge werden dunkler und dunkler.*

Pause.

ERNST *in jäher Erkenntnis:* Oh. – *Er fährt sich mit der Hand über die Stirn. – Ganz erwachend:* Verzeih mir, verzeih!

Er umfaßt Sophieen.

SOPHIE *aus Tränen:* Nicht, nicht. Ich laß dich. Du liebst sie.

ERNST *sich über sie neigend:* Nein.

SOPHIE *immer ersterbender:* Du liebst sie.

ERNST: Ich fürchte mich ja nur so. Hilf mir, Sophie. *Schreiend:* Ich fürchte mich.

SOPHIE *richtet sich auf und schmiegt sich an ihn:* Fürchtest du dich? Ich auch. *Sie halten sich entsetzt fest.*

ERNST *vertrauend:* Hilf mir.

SOPHIE: Hilf du mir.

ERNST *beide rasch in stetem Gestehn:* Sie ist immer da, nicht wahr?

SOPHIE *nickt:* Ja immer.

ERNST *bange:* Und in der Nacht?

SOPHIE *hauchend:* Ja.

ERNST: Auch bei dir?

SOPHIE *ebenso:* Ja.

ERNST: Und sie war doch so klein?

SOPHIE: Ja.

ERNST: Und schwach?

SOPHIE: Ja.

ERNST: Und jetzt?

SOPHIE: Sie ist furchtbar.

ERNST *mit Entsetzen:* Furchtbar.

Pause.

SOPHIE: Sie hat dich gekauft. Du.

ERNST: Oh.

SOPHIE: Sie hat dich gekauft...

ERNST: Ich will nicht. Hilf mir.

SOPHIE *voll Bedauern:* Du...

ERNST: Halt mich recht fest. So. Und nun sag, was wollen wir tun?

SOPHIE *matt:* Ich kann nicht mehr.

ERNST: Kämpfen, zusammen?

SOPHIE *mutlos:* Nein.

ERNST: Also – dann – – – –

SOPHIE *sie tauschen einen Blick, – befreit:* Ja.

ERNST: Zusammen?

Sophie nickt. Sie umschlingen sich fest. Pause.

SOPHIE *richtet sich auf in namenlosem Entsetzen – tonlos:* Du! –

ERNST *steht auf.*

SOPHIE: Wir können nicht sterben.

ERNST: ?

SOPHIE *gläubig: Sie* ist ja *dort.*

Ernst läßt sich schwer in den Stuhl, zu Seiten der Couchette, fallen, die Hände vor dem Gesicht. – Pause, Sturm.

VIERTE SZENE

Vorige

SOPHIE *streicht ihm leise übers Haar:* Lieber.

ERNST *betrachtet sie – sein Aug wird immer heller.*

SOPHIE: Lieber.

ERNST: Hast du Schmerzen?

SOPHIE *mit kaum merkbarem Lächeln, schüttelt den Kopf.*

ERNST: *Es* wird uns retten.....

SOPHIE *leise, innig:* Vielleicht.

Vorhang

FRAGMENT

⟨›Brautpaar‹-Stoff⟩

ERSTER AKT

Die Szene stellt dar: eine altmodische Wohnstube. Hinterwand mit Eingangstür in der Mitte, rechts und links von derselben je ein Schrank mit Glastüren, der Silber, Porzellan, Nippes und ähnliches enthält. Über jedem Schrank eine Landschaft in Goldrahmen. Linke Wand: im Eck ein weißer Ofen, daneben Glastüre in den Salon, dann Sofa mit ovalem Tisch und drei Polsterstühlen. Über dem Sofa ovale Familienporträts. Zwischen den größeren Familienporträts eine Spieluhr. – Wand rechts: zwei nicht große Fenster, fast ohne Zwischenwand, davor eine Stufe, auf welcher ein kleiner Nähtisch mit hohen dünnen Beinen und ein Lehnstuhl bezogen mit verschossenem grünem Samt steht. Die Stufe allein ist mit einem Teppich bedeckt, sonst überall glatter, peinlich glänzender Parkettfußboden. Hinter der Stufe an der Fensterwand ein Schreibtisch, auf welchem zwischen zwei Silberleuchtern guter alter Arbeit einige gebundene Bücher neben einer billigen Gipsbüste Schillers aufgestellt sind.

Inmitten des geräumigen Zimmers ein großer runder Tisch (durch Einlegbretter zu erweitern), sechs gepolsterte Stühle herum und (links) der Sessel des Großvaters, breit, mit hoher Lehne, Schlummerkissen und gesticktem Bezug.

Türen und Fensterrahmen weiß gestrichen. Weiße Vorhänge an den Fenstern, zu beiden Seiten von Schnüren schlicht zurückgehalten. Vor der Türe, die vom Vorzimmer hereinführt, steht eine spanische Wand, die den Platz des Großvaters schützen soll.

Der erste Akt spielt zu Beginn des Frühjahrs. Es wird noch geheizt. Nachmittag, Dämmerung. Luise sitzt am Nähtisch an den Fenstern, vornübergebeugt, Finger in den Ohren. – Es klopft. – Sie hört nicht. Zenaïde Stolbow tritt ein, geht geradenwegs auf Luise zu.

ZENA *laut:* Guten Abend.

LUISE *erschrickt heftig, schiebt das, worin sie eben gelesen, unter die mit Spitzen umränderte Schutzdecke des kleinen Tisches und sieht sich dann erst um. Plötzlich lacht sie erleichtert auf:* *Du* bist es!

ZENA *als ob sie nichts bemerkt hätte:* Ja. Es ist doch schon zu dunkel zum Lesen...

LUISE *kommt von der Stufe herab und hilft der Freundin die Jacke ablegen. Nicht ohne Verlegenheit:* Ach, es war eben noch ganz hell – wirklich, vor einem Augenblick.. *zerstreut* Es ist wohl kalt draußen?

ZENA *zieht die Handschuhe aus:* Kalt? Ich weiß nicht. Darauf hab ich gar nicht geachtet. Aber ich kann ja nochmal hinunterschaun vor die Haustür. *Macht die Bewegung umzukehren.*

LUISE *hält sie lachend zurück.*

ZENA: Übrigens wenn deine Damen es erlauben, wirst du dich gleich selbst überzeugen können. Ich wollte dich ausbitten ins Theater.

LUISE *mit kindischer Freude:* Das ist ja herrlich! Ins Theater!

ZENA: Sie werden dich doch erlauben?

LUISE: Ach was, sie *müssen.* – Freilich, sie werden fragen was man giebt. Ob das Stück auch passend sei.

ZENA: Schwer zu sagen. Es ist eine Premiere. Man

kann das eigentlich erst hernach wissen. Aber ich werde sie schon beruhigen. Verlaß dich darauf. Wer hat denn da eigentlich das Machtwort zu sprechen?

LUISE: Mama und – Tante Sophie, und – vor allem natürlich der Großvater. Der ist so streng.

ZENA *plötzlich:* Aber da vergeß ich ja die Hauptsache: Wie ist es denn eigentlich ausgefallen?

LUISE: Mit Robert meinst du? Ja, denk dir: ausgezeichnet. Er war fast eine Stunde beim Großvater drinnen. Ich war ganz außer mir vor Staunen. Es scheint, er hat dem Großvater gefallen.

ZENA: Siehst du. Hab ichs nicht immer gesagt? Der Großvater ist gar nicht so böse, wie ihr ihn immer machen wollt. Er ist ein prachtvoller alter Herr. Ich laß nichts über ihn kommen. Na und die andern? Deine Mama – ?

LUISE: Mama hat ihn nicht gesehen; sie ist etwas unwohl. Nur Tante Sophie und Tante Hermine haben ihn empfangen.

ZENA: Na – und?

LUISE: Tante Hermine fand ihn sehr jung. Kaum noch Mann. *Lacht.*

ZENA: Deine Tante hat die Eigentümlichkeit, den Maßstab, den sie an ihr eigenes Alter legt, auch bei anderen anzuwenden. Da giebt es dann freilich lauter Kinder auf der Welt.

LUISE *drollig:* Pst!

ZENA: Was denn?

LUISE: Das Wort: *Kinder* darf Tante Hermine auch nicht hören. Es ist kein anständiger Ausdruck, behauptet sie. Sie spricht nie von Kindern. Wenn es aber einmal unvermeidlich ist, wird sie ganz rot dabei.

ZENA: Jaja, hier muß man sich immer besonders in acht nehmen. Ich vergesse das manchmal.

LUISE: Du Glückliche!

ZENA: Wieso?

LUISE: Nun so: du kannst Alles tun, was du willst.

ZENA: Unsinn. Das kann *jeder*. Es kommt einzig aufs *Wollen* an.

LUISE *streckt:* Oh, ich will! Ach, was will ich nicht alles!

ZENA: Langsam. Eins nach dem andern, mein Kind. Du fängst erst an. Nimm dir nicht zuviel auf einmal vor.

LUISE: Aber ich bin doch schon gar nichtmehr, wie früher. Besonders seit wir diese Nachmittage haben. Diese Nachmittage zu dreien in deinem Zimmer. Du weißt gar nicht, was die für mich sind!

ZENA: Aber jetzt braucht ihr ja wohl gar nicht mehr dieses Asyl für eure Zusammenkünfte?

LUISE: ?

ZENA: Ja, nun ist Robert doch hier eingeführt...

LUISE: Oh, was fällt dir ein. Erstens darf er doch nur selten, auf einen kurzen Besuch, kommen. Man kann auch gar nichts sprechen. Alles hat hier Ohren. Und wenn er kommt, natürlich schicken sie Tante Hermine sofort herein. Von Alleinsein gar keine Spur. Und gerade das ist jetzt *dringend notwendig* für uns.

ZENA *aufmerksam:* So?

LUISE: Ja, weißt du...

ZENA *nahe:* Du gehst doch nicht zu ihm, Luise?

LUISE *sieht sie verständnislos an.*

ZENA *eindringlich:* In seine Wohnung?

LUISE *hält ihr rasch den Mund zu, leise:* Ich war einmal da.

ZENA: Wann?

LUISE: Einmal. Ein einziges Mal. Sei nicht bös. Er wollte mir nur einige Bücher zeigen.

ZENA: Du kannst ja tun was du willst; aber ich rate dir: laß das sein. Du bist sehr jung und hast vor drei Wochen noch geglaubt, daß die Kinder vom Storch kommen oder sonst woher. Für solche Leute ist das nichts. Schau, es wär doch ein Unsinn wenn du....

LUISE: Nun beleidigst du mich.

ZENA: Was beleidigen? Robert ist auch noch ein Kind. Ihr seid beide jung, unbedacht und – verliebt. Es ist aber durchaus nicht notwendig, daß ihr Dummheiten macht. Ich gebe euch meine Arbeitsstube jeden Nachmittag zwischen drei und sechs frei. Ist das nicht genug?..

LUISE: Ja, selbstverständlich. – Aber, weißt du was wir uns jetzt versprochen haben, Robert und ich?

ZENA: Nun?

LUISE *geheimnisvoll:* Wir haben uns versprochen, daß wir... *sie nimmt die Freundin bei der Hand, führt sie bis zur Stufe, hebt einwenig die Tischdecke des Nähtisches, unter welche sie früher das Buch geschoben hat, darin sie las:* Schau.

ZENA: Was ist denn das?

LUISE *stolz:* Sein Tagebuch.

ZENA: Roberts Tagebuch? Und das liest *du*?

LUISE: Eben deshalb. Wir haben uns nämlich versprochen uns alles zu sagen, was wir bisher erlebt haben. Alle Gefühle. Rechenschaft abzulegen. So und so. Es soll alles ganz klar sein, denn das gehört sich so für moderne Menschen. Einer muß den andern genau kennen, eh sie sich heiraten. Fein, nicht?

ZENA: Hat Robert sich das ausgedacht?

LUISE *zögernd:* Wir – zusammen. Wir haben beide den Wunsch gehabt. Sonst kann man sich doch eigentlich gar nicht recht lieb haben.

ZENA: ... hat Robert gesagt?

LUISE: Aber was fragst du so. Ich sage dir ja: wir beide...

ZENA: Hm! *Sie beginnt auf und ab zu gehen.*

LUISE *zieht das Buch unter dem Deckchen hervor und blättert darin.* Es ist manchmal sehr spannend. Gedichte sind auch drin: »an Eva«. Ist das nicht komisch? Ob wirklich jemand so heißt? Oder hier, hör nur, diese Stelle: »24. Oktober. Gestern früh bin ich erwacht mit dem heftigsten Wunsche...«

ZENA *dreht sich rasch um, gereizt:* Zum *Vorlesen* hat er dirs also gegeben?

LUISE *erstaunt und beschämt:* Aber, Zena, – dir!

ZENA: Mir, mir und wem sonst noch? Siehst du, das sind solche Weibergewohnheiten! Das mußt du auch noch ablegen. Wenn er dirs gegeben hat, lies und – schweig!

LUISE *verbirgt das Buch, kommt, legt den Arm um Zena:* Verzeih, das war sehr häßlich von mir.

ZENA *milder:* Es ist ja nichts Schlechtes, und unter »Freundinnen« ginge es ja ohneweiters. Aber *wir* sind doch mehr: Freunde gewissermaßen. Mensch zu Mensch. Nicht?

LUISE: Ja und darauf bin ich stolz. Daß ich dir nicht zu gering bin dafür. Ich fühl mich ja doch noch sehr unfertig und oft so unbedeutend. Sie halten einen hier dabei. Sie lassen nichts aufkommen. Bescheidenheit nennen sie das. Und ich käme auch nicht durch, wenn ich dich nicht hätte. Du hast ja keinen Begriff! Ich bin überzeugt: sie hätten mir nichts gesagt. Sie hätten mich heiraten lassen, ohne...

ZENA: Nun, am Tage vor der Hochzeit hätte sich deine Mama wahrscheinlich doch bemüßigt gefühlt, dich aufzuklären...

LUISE *fast mit Entsetzen:* Oh Gott! Meine Mama!

ZENA: Aber was hast du denn?

LUISE: Ich weiß nicht, wenn ich mir nur vorstelle, daß Mama... Sie hätte es wie etwas Häßliches gesagt. – Glaubst du, daß mein Papa sie lieb gehabt hat? Es ist soviel Feindschaft in ihr...

ZENA: Ist dein Vater lange tot?

LUISE: Ja. Ich war sieben Jahre. Da starb er nach ganz kurzer Krankheit eines Abends im Herbst, als wir Kinder uns gerade zu Tische setzen mußten zum Kaffeetrinken. – Großpapas einziger Sohn, weißt du. Er hat ihn sehr gern gehabt.

ZENA: Wie alt ist dein Großvater?

LUISE: Bald siebzig.

ZENA: So. Für so alt hätt ich ihn kaum gehalten. Er hält sich so gut.

LUISE: Ja, strenge Leute halten sich immer so.

ZENA: Gott, was ihr alle immer mit seiner Strenge habt! Ich denke, ich würde mich wohl mit ihm vertragen.

LUISE: Du ja. Dich mag er. Gegen mich hat er was, weißt du. Ich trau mich gar nicht...

ZENA: Das ist es eben was er nicht mag. Trau dich mal. Er reißt dir nicht den Kopf ab. Jetzt geh gleich zu ihm und bitt dich zum Theater aus, du wirst sehen: er erlaubts.

LUISE: Ja du denkst dir das so leicht. No ich wills versuchen. – Du wartest wohl hier einwenig? Ist übrigens ein Wunder, daß Tante Hermine noch nicht heruntergekommen ist, wenn *die* Stimmen hört! Adieu!

ZENA: Adieu, geh nur. Ich will indessen die Lampe anzünden.

LUISE: Aber das geht nicht so leicht. Es ist eine mit Rundbrenner. Da muß man erst...

ZENA: Laß nur, auf Lampen versteh ich mich.

LUISE *lustig:* Du Lichtbringerin!

ZENA *zieht die Hängelampe herunter:* Jaja, paß nur auf, daß du nicht *zu licht* wirst!

LUISE *lachend ab durch die Entreetür.*

ZENA *mit der Lampe beschäftigt, beginnt leise zu pfeifen. Inzwischen tritt Tante Hermine ein, glaubt das Dienstmädchen vor sich zu haben und schreit mit schriller Stimme:*

TANTE HERMINE: Aber Fanni, wie unterstehn Sie sich?

ZENA *schiebt die brennende Lampe wieder hinauf, schaut darunter weg, lachend:* Jaja, Sie haben ganz recht, Fräulein, ich benehme mich hier wie ein – Gassenjunge. Aber wenn ich eine Lampe anzünde, muß ich pfeifen. Sonst pfeife ich mein ganzes Leben lang nicht. Sie können versichert sein!

TANTE HERMINE *mit süßem Lächeln, verlegen:* Ach, ach, –

Fräulein Stolbow, nein! Meine Kurzsichtigkeit – wenn man eintritt, – wirklich – Sie müssen entschuldigen – – – ich dachte .... aber wie konnte man Ihnen auch eine solche Arbeit überlassen? Weshalb hat Luise denn nicht geläutet?

ZENA: Luise weiß, Fräulein Woermann, was ich immer sage: selbstmachen ist besser. Das Beste freilich ist, irgend eine liebe Hand haben...

TANTE HERMINE: Ach, ja, da haben Sie recht, eine liebe Hand; ... aber auch wieder, wenn man eine liebe Hand weiß, möchte man sie am liebsten gar nichts machen lassen. Wollen Sie sich nicht setzen? *Setzt sich selbst auf das Sofa.*

ZENA: Danke. Und was die Hände betrifft: Arbeit ist ja der Ausdruck, das Leben einer Hand. Deshalb mag ich eine geliebte Hand gern in Bewegung sehen; auch sind mir redende Hände viel lieber als redende Menschen.

TANTE HERMINE *lacht:* Das muß ich mir merken. Ja sehen Sie, Fräulein Stolbow, mit Ihnen kann man sich doch unterhalten. Ich atme immer auf wenn Sie da sind. Da hört man doch etwas.

ZENA *kommt näher, lehnt sich über einen Stuhl:* Sie bekommen aber doch oft Gäste?

TANTE HERMINE: Oh es geht, ja.

⟨*Bricht ab*⟩

DAS TÄGLICHE LEBEN

Drama in zwei Akten

Personen:

Der Maler GEORG MILLNER
SOPHIE, *seine Schwester*
DOKTOR LEUTHOLD
MASCHA, *das Modell*
HELENE
FRAU WEBER

ERSTER AKT

Geräumiges Atelier. Unterhalb des sehr großen Fensters ein Radiertisch mit begonnenen Kupferplatten und allerlei Werkzeug. Links eine Staffelei. Darauf ein Blendrahmen (verkehrt). In der Mitte noch eine große Staffelei, daneben ein Schemel mit verschiedenen Bechern und bauchigen Bronzegefäßen, welche Pinsel halten. Ein schmaler Schrank mit Farbenladen. Darauf allerlei Kleinigkeiten, unter anderem ein kleiner Spiegel, eine Flasche Cognac, kleine Gläschen, eine Schachtel mit Zigaretten und eine rote japanische Schale mit Teegebäck. Dabei ein ganz tiefer Lehnstuhl mit sehr solider Lehne und breiten Armstützen, und zu ihm gewendet, wie im Gespräch, ein rotlackierter Strohstuhl. Die Hinterwand ist ganz vom Fenster eingenommen. An der Wand links: ein schwarzer Schrank, darauf ein Totenkopf mit Mütze, eine kleine Terrakotta-Statuette, Gefäße und eine Krone. An der Wand selbst eine Menge Skizzen in Kohle, Rötel und Öl. Teils gerahmt, teils unge-

rahmt. Vorn der Ofen, klein, rund, eisern. Darauf einiges Kochgeschirr. Neben dem Schrank die Eingangstür vom Flur. Wand rechts: Nahe am Fenster eine Couchette, mit einem Teppich bedeckt, auf dem noch andere Stoffe ausgebreitet sind, goldgestickte, glänzende. Die Wand darüber ist bis zu einem Bord, welches in halber Höhe hinläuft, mit grünem Stoff bekleidet. Darauf einzelne Bilder. Über einer kleinen Photographie frische Frühlingsblumen. Auf dem Bord eine Reihe langgestielter kleiner niederländischer Pfeifen, schräg angereiht. Dann kleine Plastiken, Puppen, Reliefs und so fort. Am Ende der Couchette eine einflügelige Tür, welche ins Schlafzimmer führt. Vorn daneben ein Podium, halb von einer spanischen Wand verdeckt, über welche auch köstliche Decken aus altrotem Sammet, mit goldenem Zierat bestickt, geworfen sind. Ganz vorn ein sehr geräumiger Tisch, als Schreibtisch benutzt, mit Papieren, Briefen, Büchern und einer Menge Kleinigkeiten überdeckt, daneben ein Büchergestell mit hellen, meist ungebundenen Büchern. Das Atelier ist am Rande der Stadt gelegen. Es ist früh am Nachmittag. Vor dem Fenster graue, glatte Dächer, hoher Frühlingshimmel und der leichtbewegte Wipfel einer Kiefer.

GEORG MILLNER, *Maler; nicht sehr groß, etwa 24 Jahre, blond, mit weichem Haar und kleinem Schnurrbart.*

GEORG *tritt ein aus dem Schlafzimmer in schwarzem Gesellschaftsrock, schwarzer Binde, – den Rock, den er offenbar erst angelegt hat, mit den Händen glättend und abstäubend. Er geht ganz damit beschäftigt ans Fenster. Dann sieht er eine Weile hinaus. Kehrt sich dann rasch um, geht im Raume umher, als ob er etwas suchte, findet endlich auf dem schmalen Farbenschrank den Handspiegel, versucht seine Krawatte drin zu sehen, und macht eine unwillige Bewegung, da das Glas ganz verstaubt ist. Nimmt sein Taschentuch heraus, wischt den Spiegel ab und wirft das Tuch auf den einen Stuhl. Ordnet dann, indem er den Spiegel hochhebt, seine Binde:*

So. *Geht sichtlich erleichtert ein paar Schritte auf das Fenster zu. Er sieht auf die Taschenuhr:* Ho... drei... Zeit, – viel Zeit. *Tritt zurück zu dem Farbenschrank, der nur etwa die Höhe eines hohen Tisches hat, und nimmt die Zigarettenschachtel. Brummt:* Staub! Wo man hingreift! *Holt eine Zigarette hervor. Es pocht. Er sagt achtlos:* Ja *und beginnt Zündhölzer zu suchen. Er findet eine Schachtel, holt eines heraus, streicht eines an. Es klopft wieder. Georg ruft ärgerlich:* Ja—herrein! *inzwischen verlöscht das Zündholz. Er schleudert es auf den Boden, nimmt ein neues und blickt, während er die Zigarette anzündet, nicht sehr gespannt nach der Tür. Ein Mädchen mit Strohhut, in einem sehr einfachen schwarzen Kleid, tritt langsam und zögernd herein. Georg, das Zündholz in der Luft schwenkend:* Danke, danke! Brauche kein Modell. *Wendet sich ab, raucht.*

MODELL: Ich, Herr Millner.... ich...

GEORG *sich rasch umwendend:* Mascha? Ach so! Hab dich gar nicht erkannt. So in schwarz? Na, was giebts denn?

MODELL: Ich wollt nur mal anfragen...

GEORG: So. Wir haben uns lange nicht gesehen. Gehts dir gut.

MODELL: Oh mir.... es muß wohl. Aber brauchen Sie mich gar nicht mehr?

GEORG: Ich arbeite jetzt nicht. Willst du dich nicht ein bißchen setzen?

MODELL: Ja, aber gehen Sie nicht fort?

GEORG: Warum?

MODELL *auf den Anzug weisend:* No, weil Sie so...

GEORG: Ach so. Ja, später; später muß ich... na setz dich. Viel zu tun jetzt?

MODELL *kommt und setzt sich in den Strohstuhl. Georg kniet mit einem Bein auf der Lehne des anderen bequemen Stuhles:* Ach nein, es macht keiner was...

GEORG *lächelnd:* Na siehst du, ich auch nicht.

MODELL *ebenfalls lächelnd:* Aber was tun Sie denn den ganzen Tag?

GEORG: Ich diene meinem Rock, das heißt ich mache Besuche, lasse mich einladen.....

MODELL: Freut Sie das auf einmal?

GEORG: Nein.

MODELL: Also...

GEORG: Ja siehst du, was mich freut, das *kann* ich nicht.

MODELL: Aber malen...?

GEORG: Eben – malen.

MODELL: Können Sie nicht...?

GEORG: Nein.

MODELL: Wers glaubt! Im Winter...

GEORG: Im Winter ja. In den dunklen Novembertagen... Du weißt ja... Wie hab ich da oft gewartet auf das Hellwerden, wenn so um elf Uhr noch immer Dämmerung war. In welcher Angst hab ich da oft gesessen. Es hätte ja auch ein Tag vorübergehen können ganz ohne – Tag. Und gerade in diesen Stunden hätt ichs gekonnt und versäumt. Und jetzt schlaf ich bis Mittag, nur um das viele unbenutzte Licht nicht zu sehen, mit dem sich das Fenster füllt schon in aller Frühe.

MODELL: Wohl auch, weil Sie spät nachhause kommen?

Pause.

GEORG *ernst:* Wohl auch – weil ich spät nachhause komme. Ja. Man muß sich eben – zerstreuen...

MODELL: Ja, zerstreuen und dann – sammeln.

GEORG: Was? Was meinst du?

MODELL *verlegen:* Mir fiel das nur so ein, um der Worte willen...

GEORG: Nur um der Worte willen... Bist du nicht am Ende klug?

MODELL *lacht:* Nein, nur die Worte... *stockt verlegen.*

GEORG: Sag mal, du hast wohl manches gelernt?

MODELL: Wenig. Als ich gerade gut lesen konnte, wurden wir ganz arm.

GEORG: Plötzlich?

MODELL: Ja, über Nacht. Vater hatte spekuliert. Und dann...

GEORG: So, so. Na und lesen konntest du also?

MODELL: Ja, das konnte ich nun. Früher hatte ich immer vor Vaters Büchern gestanden und mir gedacht: wenn ich nur lesen könnte. Und als ich es konnte...

GEORG: Nun, als du es konntest?

MODELL: Da hatten wir keine Bücher mehr.

GEORG: Ach so, man hat euch alles genommen.

MODELL: Ja, man hat uns alles genommen.

GEORG: Und dann?

MODELL: Ja dann.... *traurig.*

GEORG: Wenn du mal etwas von den Büchern da willst... *weist nach dem Bücherregal.*

MODELL: Oh gern! Ich hab Sie schon oft bitten wollen.

Pause.

GEORG: Viel ist ja nicht da. Aber vielleicht findest du doch etwas. *Pause.* Warum siehst du mich denn so an?

MODELL: Sie sehen ganz so aus wie damals.

GEORG: Wie wann?

MODELL: Wie im November, als Sie malten.

GEORG: Als ich malte...

MODELL: Ja so... so... demütig...

GEORG: Wie?

MODELL: Es ist nicht der richtige Ausdruck. Nein. Das meine ich gar nicht.

GEORG: Sondern?

MODELL: Sie haben ein Arbeitsgesicht und – und – ein anderes.

GEORG *drückt die Zigarette in den Aschbecher:* Hm! Und das Arbeitsgesicht, wie ist das?

MODELL *ruhig:* Fromm.

GEORG *sieht sie ernst an.*

MODELL *steht auf.*

GEORG: Und heute habe ich dieses – – – dieses Gesicht?

MODELL: Ja.

Pause.

GEORG *nach einer Pause, lächelnd:* Da soll ich dich wohl bald wieder brauchen?

MODELL *freudig:* Oh ja!

GEORG *zögernd:* Vielleicht. *Er beginnt nervös auf und ab zu gehen.* Vielleicht. Pläne habe ich ja, die ganze Zeit hindurch ... aber es stört einer den andern... Aber so manchmal... Vorige Woche einmal, an einem Regentag: gegen Abend wurde es plötzlich golden, märchenhaft golden – nach einem Regentag. Der Boden warm schwer... Hintergrund. Und davor die Dinge glänzend, mit klaren Konturen, so einfach, so rührend einfach... Das war vorige Woche am Donnerstag, und dann: ja wer so den Mut hätte, gleich zu beginnen, jedesmal gleich zu beginnen. Aber da überlegt man...

MODELL: Und zerstreut sich...

GEORG *bleibt stehen, sieht sie an:* Du hast recht, ich werde dich bald rufen, Mascha.

MODELL: Morgen!

GEORG: Morgen? – Schon morgen? Kaum. Ich werde spät nachhause kommen... und dann muß hier einmal abgestaubt werden... und... Sieh nur, wie alles aussieht.

MODELL *nimmt rasch Hut und Jacke ab.*

GEORG: Was denn?

MODELL: Abstauben. Haben Sie Tücher?

GEORG: Was, du willst jetzt?

MODELL: Ja gleich. Wo sind die Tücher?

GEORG: Aber....

MODELL *hat indessen den Schrank links geöffnet und sucht.*

GEORG *die unterste Lade des Farbenkastens aufziehend:* Hier, hier.

Er wirft ihr zwei Staubtücher zu, und sie beginnt gleich beim Schrank abzuwischen und zu ordnen, wobei sie die Dinge ohne Pedanterie, aber geschmackvoll aufstellt. Georg zündet sich eine neue Zigarette an und stellt sich dann mit dem Rücken gegen das Fenster, an den Radiertisch gelehnt. Er beobachtet sie.

MODELL *bei der einen Staffelei knieend, immer beschäftigt, leise:* Aber vielleicht brauchen Sie diesmal eine *mit Gesicht*?

GEORG: Wieso? *raucht.*

MODELL *staubt stehend die Bilder an der Wand links ab:* No bei mir sind doch nur Beine und Arme was wert.....

GEORG *betrachtet sie.*

MODELL *wendet sich, da er schweigt, forschend zu ihm zurück.*

GEORG *mit plötzlicher Hast, die Zigarette fortwerfend und zur Staffelei springend:*

Halt, um Gottes willen, bleib, bleib so....

Das Modell behält ruhig die Haltung, indessen rast Georg im Atelier umher, wirft Blendrahmen und Reißbretter durcheinander, stellt eines auf die Staffelei, reißt den Schrank auf, nimmt eine Schachtel mit Zeichenkohle heraus und beginnt in fliegenden Strichen vor der Staffelei zu arbeiten. Im Eifer der Arbeit:

So, so... die Arme kannst du ruhig herunter lassen...

Er knöpft den Rock auf und wirft ihn auf den Boden.

MODELL *verharrt.*

GEORG *immer arbeitend:* Laß nur die Arme los. Ich brauch nur das Gesicht....

MODELL *zieht langsam wie von Staunen gelähmt die Arme zurück.*

GEORG *arbeitet.*

MODELL *schlägt plötzlich mit heftiger Bewegung die Hände vors Gesicht.*

GEORG: Aber, Mascha! Mascha! Herr Gott, nun verdirbst du mir!...

MODELL *weint.*

GEORG *wirft die Kohle weg:* No jetzt ists aus...

MODELL *erschrocken:* Nein, nein – entschuldigen Sie – – ich – *sie nimmt die Hände fort und versucht wieder die alte Haltung des Kopfes.*

GEORG *wütend:* Ja freilich so... Warum, zum Teufel, kannst du nicht stille halten?

MODELL *ganz verlegen:* Entschuldigen Sie.... ich....

GEORG: Entschuldigen! Jetzt ists aus.. du bist ganz verweint... Schluß.

MODELL *bleibt traurig stehen.*

GEORG: Schluß sag ich! *Er wirft den Rahmen gegen die Wand. Dann bemerkt er, daß er in der Weste ist, hebt seinen Rock auf und zieht ihn wieder an.*

MODELL *kommt hinzu.*

GEORG: Was denn?

MODELL *verlegen:* Ihr Rock, Herr.... er ist ganz staubig jetzt....

GEORG: Na, so putz mich ab.

MODELL *sucht die Bürste.*

GEORG *weist nach dem Tisch:* Dort.

MODELL *nimmt die Bürste und bürstet. Pause. In diesem Augenblick pocht es.*

GEORG *laut:* Herrein!

STIMME *durch die Türspalte:* Darf ich?

GEORG: Du, Sophie?

STIMME: Ja. Ich.

GEORG: Nur herein, Schwesterchen.

MODELL *hört auf zu bürsten, sieht ängstlich nach der Tür.*

SOPHIE *älteres Mädchen, einfach gekleidet, mit gescheiteltem Haar, unschön, aber sanft und mit Augen, die klug und gütig sind und bereit zu verstehen. Sie schließt die Tür hinter sich und zögert, da sie Mascha sieht.*

GEORG: Abend! Komm nur. Das ist Mascha. Du weißt. Sie bürstet mich nur ab. Ich muß zu Mallings zum Diner.

SOPHIE *kommt nach vorn:* Guten Abend, Georg. *Zu Mascha:*

Guten Abend. *Sie streckt ihr die Hand hin. Da Mascha es bemerkt, legt sie rasch und leise die Hand hinein, nur für eine Sekunde. Man merkt, daß sie über diese Freundlichkeit erstaunt ist. Dann macht sie sich gleich zu tun, legt die Staubtücher in die Lade des Farbenschrankes, welche noch offen steht, – und eilt sich anzukleiden.*

SOPHIE: Wohin sagtest du, daß du gehst?

GEORG *bietet ihr Platz an auf der Couchette, rückt selbst den Strohstuhl heran für sich:* Zu Mallings.

SOPHIE *setzt sich auf die Couchette:* Ja heiratet denn nicht heute der junge Malling?

GEORG *setzt sich, halb mit dem Rücken zum Publikum:* Eben. Das ist es. Zur Trauung geh ich nicht, weil ich diese Zeremonien nicht liebe. Aber vom Diner hernach konnte ich mich nicht recht losmachen. Der junge Malling hat sich in der letzten Zeit sehr an mich angeschlossen und würde das übelnehmen. Zumal zum Diner nur ein ganz enger Kreis zugezogen ist. Man muß nicht einmal Frack nehmen, wie du siehst. Aber du, was machst du? Seid ihr gesund und Mama?

SOPHIE *lächelnd:* Ach, Mama schickt mich her. Sie hat dich seit drei Tagen nicht gesehen und da macht sie sich Sorgen. Du weißt wie sie ist. Außerdem hat sie vergangene Nacht von dir geträumt und da bildet sie sich nun ein, es müßte dir durchaus was zugestoßen sein. Alte kranke Leute sind abergläubisch, – weißt du. – Du bist wohlauf?

GEORG: Ja, – außer wenn du chronische Faulheit zu den Krankheiten zählen willst.

SOPHIE *lächelnd:* Nun, keinesfalls zu den tödlichen...

GEORG *ernst:* Oh doch! In gewissem Sinne.... *Pause.* Aber du kannst Mama sagen, daß ich eben zu Mallings fahre, das heißt eigentlich ins Hôtel l'Europe; denn dort findet die Tafel statt. Und was macht Mama sonst?

SOPHIE: Oh – wie immer. Aber ich glaube das Fräulein – – – Mascha will etwas von dir... *sie deutet mit dem Kopf nach Mascha, welche schon ganz angekleidet zögernd und unentschlossen in der Nähe der Tür steht.*

MODELL: Ich wollte nur sagen... ich gehe jetzt.

GEORG *erhebt sich ein wenig, halb zurückgewendet:* Gut, gut. Adieu, Mascha.

SOPHIE: Adieu.

MODELL: Guten Abend, gnädiges Fräulein. *Ab.*

SOPHIE: Das ist also Mascha? Die berühmte Mascha.

GEORG *zerstreut:* Ja, Mascha.

SOPHIE: Von der du mir erzähltest im November, als du dein großes Bild maltest....

GEORG *erhebt sich plötzlich, eilig:* Verzeih, einen Augenblick.

SOPHIE: Ja....

GEORG *geht rasch zur Tür, öffnet sie und ruft hinaus:* Mascha! *Pause. Schritte werden still auf der Treppe.*

GEORG: Mascha!

STIMME *von unten:* Ja, gleich. *Man hört hastiges Aufwärtslaufen dann ist Mascha offenbar zurückgekommen, bleibt aber unsichtbar vor der Tür, Georg spricht hinaus.*

GEORG: Ich wollt Ihnen nur sagen, Mascha: Es *macht nichts. Das*, wissen Sie.

MODELL *atemlos vom Laufen:* Oh – ich hab mich so geschämt....

GEORG: Geschämt?.... Na also, wie gesagt: Es schadet nichts. Vielleicht ist es doch nicht vorbei, die Skizze ist ja da, und im Kopf hab ichs auch noch. Kommen Sie doch morgen.

MODELL *in ungläubiger Freude:* Ja?

GEORG *ruhig:* Ja, früh um acht Uhr oder halb neun. Gehts?

MODELL: Ja, oh ja.

GEORG: Also gut. – Adieu. *Schließt die Türe und kommt rasch zurück.* Verzeih.... es war eine Kleinigkeit zwischen uns auszugleichen.

SOPHIE: Du bist ja also fleißig.... Morgen willst du schon um acht?

GEORG: Nein, nein, das ist nur ein Versuch.... Mascha meinte nämlich.... Übrigens lieb, daß du ihr die Hand gereicht hast....

SOPHIE: Ach! – Sie war mir ja fast eine Bekannte, so aus deinen Erzählungen. Du sprachst im Winter viel von ihr. Sie ist ja auch kein Modell, so wie die anderen, meine ich.

GEORG: Nein, nein....

SOPHIE: Aber sie ist nicht *schön?*

GEORG: Sagte ich das jemals?

SOPHIE *lächelnd:* Nein. Aber ich hab mir sie immer so vorgestellt. Mit einem ernsten, stillen Gesicht, etwas bleich, einem schönen schweigsamen Mund, einer stolzen Stirn und Augen.... Die Augen sind allerdings fast wie die, die ich ihr gegeben habe in meiner Einbildung.

GEORG *rasch:* Ja, nichtwahr, die Augen! Die sind mir

heute auch aufgefallen! *Pause.* Vielleicht hast du aber auch sonst nicht unrecht...

SOPHIE *sieht ihn fragend an.*

GEORG: Ich meine: vielleicht ist das Gesicht ihrer Seele so. *Pause. Plötzlich:* Sag mal, Leuthold kann jeden Augenblick hier sein. Es ist dir doch nicht unangenehm, ihn zu treffen?

SOPHIE: Unangenehm? Nein.

GEORG: Nun, ich meinte nur, wenn man jemandem mal einen Korb gegeben hat...

SOPHIE: Oh so in aller Freundschaft; besuchen kann er uns nun freilich nichtmehr. Mama würde das merkwürdig finden. Es ist ja auch tatsächlich keine Verkehrsform festgesetzt für solche, die sich einmal *nicht* geheiratet haben. Aber gerade deshalb wäre es also möglich, da eine Beziehung zu begründen, für welche keine Maßregeln vorgesehen sind, ein Verhältnis außer aller Konvention. Nicht?

GEORG: Bravo! Das ist eine Idee! Ja, das ist sogar *meine* Idee. Meine Lebensaufgabe sozusagen.

SOPHIE: Ist das auch nicht ein zu kleines Ziel für ein ganzes Leben?

GEORG: Wie meinst du das?

SOPHIE: Ja, sind nicht alle wirklichen Beziehungen so, außerhalb der Konvention.

GEORG: Kind, Kind, glückseliges Kind, das du bist.

SOPHIE: Nein, ohne Scherz, unsere zum Beispiel.

GEORG: Unsere. Hm? Würdest du hierher ins Atelier kommen, wenn du nicht meine Schwester wärst?

SOPHIE: Ja als was sollte ich dann kommen?

GEORG: Nun als Dame, als Bekannte, als Freundin....

SOPHIE: Freundin?

GEORG: Aha, siehst du....

SOPHIE *lachend:* Nun ja, ich würde kommen, zu *dir* würde ich kommen.

GEORG *lachend:* Gut, gut.... ich glaub schon. *Pause.* *Ernst:* Wenn du doch kämst!

SOPHIE *versteht nicht:* Georg?

GEORG: Ja, ich bin sehr allein, sehr, sehr allein. Ich hab mir schon gedacht, ob ich nicht zu euch ziehen soll. Ihr habt ja noch ein Fremdenzimmer. Vielleicht bin ich auch nur hier so allein im Verhältnis zu dem großen Raum. Nun und dann, man könnte ja tatsächlich beisammen sein. Mama und du und ich. Abends zum Beispiel, nichtwahr? Wir könnten lesen; das heißt, das strengt die Augen an bei Licht, also sprechen, – erzählen, – vielleicht auch schweigen... Das ist ganz was anderes als allein schweigen... Oft denke ich mir: wir sitzen so beisammen.... *Er stockt, den zweifelnden Blick Sophiens bemerkend.* Hm?

SOPHIE: Georg, ich fürchte, du meinst nicht *uns*....

GEORG *erstaunt:* Nicht euch? *Wen denn?*

SOPHIE: Nun.... eben.... das Resultat deiner Lebensaufgabe....

GEORG *macht eine abwehrende Handbewegung, dann nach einer Pause warm:* Ich möchte dir gerne helfen, Sophie.

SOPHIE *scheint sehr erstaunt:* Helfen?!

GEORG: Oh ich weiß, du hast es nicht leicht, so den ganzen Tag bei der Mutter, und das Jahre hindurch.... Ihr Alter macht sie undankbar und ihr Leiden launenhaft. Ich kann mir denken, was das heißt....

SOPHIE: Soll ich dir etwas sagen, Georg... Ich sehe eben: ich habe ganz unabsichtlich dieselbe Lebensaufgabe gehabt, welche du dir stellst.

GEORG: ...?

SOPHIE: Ein Verhältnis zu begründen außer aller Konvention. – *Leiser:* Von meiner Mutter bin ich längst fortgegangen, Georg, – aber ich habe einen Menschen gefunden, einen armen klagenden Menschen, dem ich diene und für den ich alles bin. Denn ich ziehe abends die Vorhänge zu in ihrem Zimmer und mache Nacht und mache wieder Morgen, wenn ich spät am Vormittag die Läden öffne. Und meine Hände bringen ihr die Speise und die Arznei, und über meine leise lesende Stimme kommt der Schlaf zu ihr... Du erinnerst mich, daß dieser Mensch meine Mutter ist....

GEORG *warm, streckt ihr die Hand hin:* *Unsere* Mutter!

SOPHIE *reicht ihm die Hand. Sie sehen sich in die Augen. Pause.* Aber Mama wird mich erwarten.

GEORG: Ja, nun wirst du aber Leuthold doch nicht sehen.

SOPHIE: Schade, – aber es wird spät. Kommt er öfters zu dir?

GEORG: Nein, er ist kein geselliger Mensch, weißt du; aber heute versprach er mich abzuholen zum Diner...

SOPHIE: Er ist auch mit Mallings befreundet?

GEORG: Ja, ich glaube allerdings mehr mit dem alten Baron Malling als mit Rolf. Er ist ja sozusagen eine andere Generation.

SOPHIE: Ja, ja, das geht jetzt so schnell....

GEORG: Ja.... obzwar die jungen.... *Es pocht.* Ah, das könnte er sein. Herrein. – Richtig!

DR. LEUTHOLD *tritt ein, schlank, mager:* Guten Abend! *Er stutzt, da er Sophie bemerkt, erkennt sie nicht gleich in seiner Kurzsichtigkeit und sagt plötzlich:* Oh, gnädiges Fräulein.

SOPHIE *tritt auf ihn zu, streckt ihm die Hand hin:* Guten Tag, Doktor Leuthold. Wir sprechen eben darüber, ob Sie zur alten oder zur neuen Generation gehören?

DR. LEUTHOLD *reicht Georg die Hand, dann, indem er seinen Kneifer abnimmt:* Bitte zu keiner. Wenn ich aber durchaus eingereiht werden soll, stellen Sie mich zur alten. Ich möchte doch dort erst abwarten, ob es eine neue giebt.

SOPHIE: Was, Sie glauben?....

DR. LEUTHOLD: Ich glaube nicht, daß das zerstörte Alte schon etwas Neues ist.

GEORG: Aber Sie geben immerhin zu, daß man mit dem Alten aufräumt?

SOPHIE: Und daß dem Alten dabei nicht Unrecht geschieht?

DR. LEUTHOLD: Da fragen Sie mich zu viel. Es kann sein, daß es ganz überflüssig ist umzureißen, weil das Neue vielleicht auf diesem ausgenützten, von Trümmern belasteten Boden überhaupt nicht aufgeht, – sondern irgendwo auf neuer jugendlicher Erde....

SOPHIE: Sie meinen also, daß so viel Raum ist auf der Welt?

DR. LEUTHOLD: Oh – und wenn einmal kein Land mehr da ist – kein unberührtes, so wird es aus dem Meere steigen, das Neue....

GEORG: Sie sind ein Dichter, Doktor.

DR. LEUTHOLD: Aber ein altmodischer, den Sie gewiß nicht lesen würden.

GEORG: Oh ich – ich lese überhaupt keinen. So im ganzen – von einigen liebe ich ein paar Verse, und trotzdem das ganz verschiedene Dichter sind, Romantiker und Dekadenten, Franzosen, Italiener, Deutsche, Russen, oft scheinen mir meine Lieblingsgedichte alle von *einem* Dichter zu sein – so ähnlich sind sie einander.

DR. LEUTHOLD: Schließlich ist ja auch *ein* Dichter hinter allen.

GEORG: So .... meinen Sie – Gott?

DR. LEUTHOLD: Meinen *Sie* ihn?

GEORG *verwirrt:* Ich weiß nicht. *Pause.*

DR. LEUTHOLD *sieht nach der Uhr:* Aber ich glaube ....

GEORG *wie aufwachend:* Ja, freilich – es ist Zeit. Sie haben den Wagen unten?

DR. LEUTHOLD: Ja.

GEORG: Wenn Sie sich nur einen Augenblick setzen wollen! Sophie, biete dem Herrn Doktor Zigaretten an. Du weißt wo sie stehen. Ich bin gleich soweit.

Geht rasch ins Schlafzimmer.

SOPHIE *weist auf den Lehnstuhl:* Bitte. Rauchen Sie?

DR. LEUTHOLD: Nein, danke. Jetzt nicht. Vor Tisch ...

SOPHIE *holt sich den Strohsessel.*

DR. LEUTHOLD *herbeieilend:* Oh Verzeihung, gnädiges Fräulein. *Will ihr helfen.*

SOPHIE: Danke, Doktor Leuthold. Ich bin gewohnt, mir selbst zu helfen. *Sie setzt sich.*

DR. LEUTHOLD *setzt sich, aufrecht, ohne sich anzulehnen, in den Lehnstuhl. Pause.*

SOPHIE: Sind Sie mit Mallings befreundet?

DR. LEUTHOLD: Gut bekannt. Ich hatte mit dem alten Baron wiederholt zu tun als Arzt.... Und außerdem kenne ich auch die Familie der Braut des jungen Herrn von Malling.

SOPHIE: Da stehen Sie ja in doppelten Beziehungen zu dieser Vermählung. Und waren nicht in der Kirche?

DR. LEUTHOLD: Nein. Ich kann niemanden heiraten sehen.

SOPHIE: Sie fürchten diesen unheimlichen Anblick?

DR. LEUTHOLD: Das Laute, das Betonte daran ist mir unangenehm.

SOPHIE: Nach Ihrer Meinung soll man leise heiraten?

DR. LEUTHOLD: Ja, möglichst unauffällig. Meinetwegen kann man sich ja lärmend begraben lassen; denn einen Toten beneidet niemand.

SOPHIE: Nein wirklich, einen Toten beneidet niemand. Wie gut, daß Sie das sagen!

DR. LEUTHOLD: Warum?

SOPHIE: Also leben Sie *gerne*.

DR. LEUTHOLD *lächelt:* Ich lebe.

SOPHIE: Nun das genügt. Sie sind nicht von der alten Generation, Doktor Leuthold.

DR. LEUTHOLD: *Lebt* die etwa nicht? *Lächelnd.*

SOPHIE *zögernd:* Nicht *so*....

GEORG *tritt ein, im Überrock, mit Hut und Handschuhen in der Hand:* So, – da bin ich. Gehn wir?

DR. LEUTHOLD *erhebt sich.*

SOPHIE: Du hast ja auch wohl schon höchste Zeit, Georg?

GEORG: Nun, wir sind ja in einigen Minuten dort.

SOPHIE *zu Dr. Leuthold:* Also leben Sie wohl, Doktor Leuthold. Schade, daß Sie schon fort müssen. Vielleicht fügt es der Zufall, daß wir uns wieder mal hier treffen.

DR. LEUTHOLD: Und Sie würden gegen diesen »Zufall« kein Mißtrauen haben?

SOPHIE: Nein, denn schließlich ist jeder Zufall Gesetz.

DR. LEUTHOLD: Und vor Gesetzen haben Sie Hochachtung?

SOPHIE: Ja, vor gewissen Gesetzen, zum Beispiel...

GEORG: Zum Beispiel?

SOPHIE: Zum Beispiel vor denen der Freundschaft.

Sie reicht ihm die Hand.

DR. LEUTHOLD *küßt respektvoll die ihm dargereichte Hand:* Vielen, vielen Dank.

SOPHIE: Und auf Wiedersehen.

DR. LEUTHOLD: Auf Wiedersehen. Ja.

GEORG: Aber wir gehen ja Alle wenigstens die Treppe hinunter zusammen. Bitte. *Er öffnet die Türe und läßt Sophie und Doktor Leuthold vorausgehen, geht dann selbst ab. Einige Minuten bleibt die Bühne leer. Dann wird von außen aufgesperrt und herein tritt Mascha, das Modell, und eine Frau mit Besen, Eimer und Scheuerlappen.*

MODELL *heiter:* So, Frau Weber. Ich wußte ja, daß der Hausmeister den Türschlüssel hat. Kommen Sie nur herein. *Sie hat schon Hut und Jacke abgenommen und bindet sich eine große Schürze um.* Wir müssen uns sputen. Noch zwei Stunden bleibt es hell, in der Zeit muß die Hauptsache getan sein. Sie können gleich hier beginnen… beim Ofen.

FRAU WEBER *breitspurig:* Ja, ja ’s is schon spät heut! Und das Zimmer hat an Umfang…. Da wars freilich g’scheiter morgen….

MODELL *ungeduldig:* Nein, nein, das hilft nicht, – für morgen muß ja gerade alles blank sein.

FRAU WEBER *sich aufschürzend:* Ah so! *Sie trägt die Scheuerdinge ins Zimmer herein.* Ist leicht hier morgen ein Festtag?…

MODELL *schon ganz an der Arbeit, den Tisch aufzuräumen, mit strahlendem Lächeln:* Ja, Frau Weber, ein Festtag.

Vorhang fällt

ZWEITER AKT

Am Morgen des nächsten Tages. Georg sitzt im bequemen Lehnstuhl, raucht, trinkt Kaffee, blättert in einer Skizzenmappe. Es klopft.

GEORG: Ja?

MODELL: Guten Morgen.

GEORG: Ah, Mascha. Nur herein.

MODELL *kommt schnell nach vorn.*

GEORG *ruhig weiterblätternd:* Gearbeitet wird zwar nicht…

MODELL *erschrocken:* Nicht?

GEORG: Nein. *Lächelnd:* Oder hab ich doch das Arbeitsgesicht?

MODELL: Das nicht, – aber...

GEORG: Aber?

MODELL: Sie sehen so froh aus.

GEORG: Bin ich auch. Mir ist etwas widerfahren, was...

MODELL: Gestern?

GEORG: Ja spät noch. Eine Überraschung.

MODELL: Und das macht Sie froh. Wirklich?

GEORG: Ja –

MODELL: Aber es war doch nur eine Kleinigkeit....

GEORG *sieht fragend auf.*

MODELL *verlegen:* Nicht der Rede wert. Ich dachte, wenn heute schon gearbeitet wird....

GEORG: Du meinst?...

MODELL: Nun dafür hab ich alles hier so schön gemacht... aber das ist ja wirklich nicht der Rede wert, Herr Millner.

GEORG *sieht sich erstaunt um, bemerkt erst jetzt die glänzende Ordnung im Atelier:* Ah ja, ja.

MODELL: Aber Sie haben noch gar nicht bemerkt....

GEORG *rasch, da er ihr verstörtes Gesicht sieht:* Doch, doch, natürlich. Ich meinte das, *auch das*. Wirklich, eine Überraschung. Sehr schön. – Danke, Mascha.

MASCHA *abgewendet, fremd:* Oh bitte.

GEORG: Das paßt ganz ausgezeichnet, gerade heute. Es soll heute festlich sein hier.

MASCHA: Also wollen Sie doch arbeiten? *Wendet sich ihm zu.*

GEORG: Nicht für die Arbeit, nein. Aber es kommt Besuch.

MASCHA: So?

GEORG: Ja, eine Dame.

MASCHA: So?

GEORG: Ja, eine junge Dame.

MASCHA: Sie wollen sie malen?

GEORG: Auch, auch malen... Möglicherweise auch malen. *In Gedanken:* Nein, es war zu merkwürdig gestern. Ich will dir erzählen.... Du hast doch Zeit?

MASCHA: Zeit hab ich schon.

GEORG: Na so setz dich.

MASCHA *bleibt stehen.*

GEORG: Also, du kannst dir ja denken, wie es bei so einem Diner zugeht. Steif und langweilig. Und nun gar so ein Hochzeitsdiner. Mit geschmacklosen Toasten, ewigen Verlegenheiten und albernem Gelächter. Natürlich erwartete ich gestern nichts anderes. Aber da, ich war etwas bei Stimmung, weißt du, ich sprach eine ganze Menge, da ereignete sich das Merkwürdige.

MASCHA: Die Überraschung.

GEORG: Ja, die Überraschung. Sie verstand mich. Ich meine: sie verstand mich wirklich, so über die Worte weg.... verstehst du? Wir sahen einander zum ersten Male und gleich ohne alle Einleitung, ohne alle Konvention. Mensch zu Mensch. Du kannst dir nicht vorstellen, was das bedeutet. Nach dem Diner zogen wir uns in eine Ecke zurück und erzählten uns, jeder von sich. Wir holten gleichsam einzelne Details nach, denn im Grunde wußten wir Alles von einander. Alles Wesentliche. Ist das nicht seltsam?

MASCHA *versucht zu lächeln:* Oh ja, das muß wohl....

GEORG: Was?

MASCHA: Ich meine, es passiert wohl selten.

GEORG: Was muß sonst alles geschehen, damit man zu einem Menschen kommt. Erschütterungen, Mißverständnisse, Todesfälle womöglich sind nötig. Einbrechen muß man bei jemandem, überfallen muß man ihn in einer Stunde, wo er sich nicht verteidigt. Eintreten muß man rasch und gewaltsam, mit einem Ereignisse zugleich, für welches er gerade seine Türen offen hält. Aber hier: Alles war offen und siehe – ich kam. Und ... *er blickt auf.* Wolltest du etwas sagen?

MASCHA: Ach nein, ich dachte mir nur ... daß so etwas sehr schön sein muß.

GEORG: Sehr schön, Mascha, sehr schön! Denk dir in einen Menschen zu kommen, während alles ruhig in ihm ist. Nicht in Sturm und Ungewißheit einzutreten, wie es sonst geschieht. In seinen Frieden kommen, in seinen Mittag, wie einer für den alles vorbereitet ist.

MASCHA: Ja, ja.

GEORG: Du verstehst mich?

MASCHA *versucht zu lächeln:* Ein wenig.

GEORG *lächelt, zerstreut:* Gut, gut! Ich rede ja auch so vieles, was ... Aber ich habe das Bedürfnis, für alles das einmal Worte zu suchen und diese Worte zu hören. Ich würde das Alles wohl auch erzählen, wenn ich ganz allein wäre ...

MASCHA: Oh, – *traurig* dann schadet es also nicht, daß ich da bin.

GEORG: Nein, nein *beschäftigt* Und weißt du, welchen Vorzug das hat, so zu jemandem zu gelangen, in dem es ruhig ist? – Man sieht ihn, wie er wirklich ist ....

MASCHA: Wie er wirklich ist?

GEORG: Ja, man kann sich also nicht getäuscht haben.

MASCHA *zerstreut:* Oh freilich.... *rasch:* Sie glauben also, ein Irrtum ist ganz ausgeschlossen – unter solchen Umständen?

GEORG: Ja, ausgeschlossen. Wir würden es ebenso selbstverständlich finden, zusammen zu leben, wie wir es gestern selbstverständlich fanden, uns voneinander zu erzählen.

MASCHA *unterdrückt ihr Erschrecken, dann rasch:* Und sie, ich meine die Dame, hat Ihnen also auch von sich erzählt?

GEORG: Ja. Später, zum Schluß. Erst ich und dann hernach, als ich schon alles gesagt hatte, auch sie, – ganz intim, wie vor einem alten Bekannten. Von ihrer Kindheit, von ihren Eltern. Die sind übrigens beide tot. Sie steht ganz allein. Und vielleicht war es auch nur deshalb möglich....

MASCHA: Was?

GEORG: Dieses seltsame Sichanvertrauen.

MASCHA: Weil sie so allein ist, die Dame?

GEORG: Ja, allein – wie ich....

MASCHA: .... wie....?

GEORG: Wie ich – oder *lächelnd:* wie du. Du bist doch eigentlich auch ganz allein.

MASCHA *lacht gezwungen:* Oh ich, was ich.... ich habe viele Freunde!...

GEORG *bemerkt ihr Lachen kaum:* Wer mir das gestern gesagt hätte. *Er steht auf.*

MASCHA *wieder traurig:* Ja gestern konnte man noch nichts ahnen.

GEORG: So ist das Leben. Darin besteht seine Schönheit. Im Unerwarteten. *Pause.*

MASCHA: Ja, Vater sagte oft, ein unerwarteter Tod ist etwas Schönes.

GEORG *sieht sie an:* Wie kommst du *darauf*?

MASCHA: Oh, eine Erinnerung.

GEORG: Hast du keine *frohen* Erinnerungen?

MASCHA *will etwas sagen, dann schnell:* Aber.... ich muß jetzt...

GEORG: So, schon? – Also auf Wiedersehen.

MASCHA *geht ein paar Schritte zurück:* Jetzt wohl nicht so bald, Herr Millner.

GEORG: Warum?

MASCHA: Nun jetzt wird doch nichts aus unserer.... aus der Arbeit, wollt ich sagen....

GEORG *ist ans Fenster getreten, ohne sich dabei umzuwenden:* Ja, – da kannst du recht haben.... *Plötzlich lebhaft, indem er einige Schritte nach vorn kommt:* Obzwar, gestern Nacht, während des Gesprächs mit Helene, schien mir alles ganz nah. Ich hab ihr, weißt du, – alle Bilder erzählt.

MASCHA: Auch.... auch das vom November?

GEORG: Auch, aber besonders die zukünftigen. Denn die alten sind ihr ja so gut wie bekannt, dem Gefühl nach....

MASCHA *sieht ihn fragend an.*

GEORG: Ja, – ich meine, wie meine ganze übrige Vergangenheit, die ihr durch meine hastigen Erzählungen so seltsam vertraut wurde. Aber um die Bilder, die ich noch malen werde, handelte es sich, um die Zukunft: *Die* mußten wir uns noch erzählen.

MASCHA *leise:* So – alles auf einmal?...

GEORG: Ja... Siehst du... da war ein Bild. Auswanderer: Ein flaches Feld, hinter den Ernten, arm, ausgenützt. Und Menschen gehen fort. Ein Haufen dicht gedrängt, dunkel, in die untergehende Sonne. Viele Rücken gebückt wie unter der Last der eigenen Konturen... Und sie sagte dabei: »Als ob sie Berge würden am Rand der Erde...« Und das war ganz recht. *Das* eben bedeutete mein Bild, daß sie Berge würden am Rand der Erde. *Pause.* Und dann gab es noch eines: ich nannte es ›Christus‹. Und sie verstand gleich, daß ich keine Gestalt meine, keinen Menschen, sondern eine Landschaft. Das Kommende verkündet von der Erwartung.... Oh Mascha, wer doch beginnen dürfte! *Mit einer weiten Bewegung.*

MASCHA: Ja, das muß das Schwerste sein.

GEORG: Eine Gewaltsamkeit ist es! Nichts ist geschehen, ein Morgen, wie jeder andere. Und da tritt einer an den Schreibtisch, oder an die Staffelei und – tut es, das Unerhörte. Spricht etwas aus, was eigentlich nur als Schweigen denkbar ist. Spricht es trotzdem aus, ruft es heiß, laut, atemlos, als ob Tausende vor ihm stünden, die verhungern müßten ohne dieses Wort...

MASCHA *leise, fast unhörbar:* Es sind *mehr* als Tausende...

GEORG: Du kannst das alles nicht verstehen, Kind. *Müde, die Hand vor den Augen.*

MASCHA *ruhig:* Nein.

GEORG: Gehst du schon? *Er tritt an den Farbenschrank, zündet sich eine Zigarette an.* Also Adieu indessen, Helene wird auch gleich da sein. Ich schreib dir, wenn ich dich brauchen sollte.

MASCHA: Wenn Sie mich brauchen sollten, ja?

GEORG: Ja, eine Karte. *Reicht ihr die Hand.*

MASCHA *nimmt sie.*

GEORG: Ist dir kalt? *Als ob er sie eben erst bemerkte.* Du siehst heute schlecht aus. Hast du nicht geschlafen?

MASCHA: Wenig.

GEORG *läßt ihre Hand los, oberflächlich:* Immer noch Fasching?

MASCHA *traurig:* Immer, das ganze Jahr....

GEORG *lacht:* So so... na nur nicht des Guten zu viel! Adieu.

MASCHA: Adieu, Herr Millner. *Geht schnell ab.*

GEORG *bleibt rauchend am Schreibtisch stehen, blickt im Zimmer umher. Als Mascha schon die Tür geöffnet hat, rasch:* Und noch schön Dank, für die Ordnung hier... Aber weißt du, du könntest.... wann kommst du hier wieder vorbei?

MASCHA: Hier? ... Ich muß um Mittag zur Mutter .... aber so in zwei Stunden ....

GEORG: In zwei Stunden, prächtig. Weißt du, du könntest dann ein paar Blumen mitbringen für Helene. Willst du? ....

MASCHA *zögernd:* Für? ....

GEORG: Ja, für die Dame. Ich habe gar keine zuhause, die fehlen noch. Ich selbst kann nicht fortgehen, Helene kann gleich kommen. Und die Hausbesorgerin will ich nicht schicken, die bringt immer Goldlack. Jedesmal, wenn man sie schickt, bringt sie

Goldlack, das ist so eine fixe Idee von ihr .... Such etwas Schönes aus. Ja?

MASCHA *leise:* Rosen?

GEORG: Was du willst. Du hast ja Geschmack. Die Dame ist blond, etwa so wie du, danach kannst du wählen.

MASCHA: Fürs Haar?...

GEORG *ungeduldig:* Gott, – vielleicht fürs Haar. Ich weiß nicht. *Pause. Mascha will schon gehen.* Und bring auch einige Früchte mit, hörst du. Der Frühling ist nicht *ganz* ohne den Sommer. Bring Orangen, recht reife, dunkle. In denen ein süßer südlicher Sommer, ganz klein zusammengefaltet, verborgen ist.... Willst du? .... So in zwei Stunden also? ....

MASCHA: Ja, Blumen und Orangen. *Öffnet die Tür.*

GEORG: Und komm nur ruhig herein. Damit du sie siehst.

MASCHA: Ich soll sie sehen? *Wie feindlich.*

GEORG: Warum nicht?

MASCHA: Nur so .... ich.... also Blumen und Orangen.

GEORG: Ja ja. Adieu.

MASCHA *ab.*

GEORG *geht langsam im Zimmer auf und ab. Bleibt vor einzelnen Bildern stehen, sieht sie gedankenlos an, geht wieder weiter, tritt plötzlich rasch an den Schreibtisch heran, wirft alles durcheinander, findet endlich in einer Tasche an der Wand die Bürste, putzt sich den Rock. Es pocht. Putzt rasch weiter und wirft die Bürste fort, macht zwei, drei große Schritte zur Tür zu und ruft:* Herrein.

HELENE *in sehr eleganter Straßentoilette, blond, sehr vornehm, nicht mehr ganz jung.*

GEORG *starrt sie eine Weile an.*

HELENE: Nun, erkennen Sie mich nicht?

GEORG *außer sich:* Helene. Ich habe Sie erwartet, aber...

HELENE *streift den rechten Handschuh ab, ehe sie ihm die feine, unberingte Hand reicht:* Ich habe Sie gleich erkannt.

GEORG *legt seine Hand in die ihre. Immer noch verlegen:* Erkannt?

HELENE: Nun ja, gewissermaßen. Wir haben uns ja noch nie bei Tage gesehen.

GEORG *erleichtert:* Ja, das ist wahr. Und dann, denken Sie, ich habe fest erwartet, Sie würden verschleiert sein.

HELENE: Ach, Sie meinen, zu solchen Besuchen?...

GEORG: Oh aber .... wie können Sie glauben! Nein, aus irgend einem Grunde hab ich mir eingebildet....

HELENE: Mich dürfte kaum jemand hier eintreten gesehen haben, seien Sie ganz ruhig.

GEORG *verlegen:* Nein, ich.... Bitte wollen Sie – *Er weist ins Zimmer.*

HELENE *lachend:* Jetzt hätten Sie fast Fräulein gesagt. Was? *Kommt nach vorn.*

GEORG: Ich, nein, wirklich....

HELENE: Oder gnädiges Fräulein sogar? *Sie setzt sich in den bequemen Stuhl.*

GEORG *ernst:* Ja, aufrichtig, jetzt hätte ich fast gnädiges Fräulein gesagt.

HELENE *drollig:* So weit ist es mit uns gekommen!

Sie lachen.

GEORG: Sie rauchen doch?

Er reicht ihr die Zigarettenschachtel.

HELENE *während sie eine Zigarette herausgreift:* Sagen Sie mir heute noch Helene....

GEORG *sieht sie erstaunt an:* *Heute noch*?.... Und dann?

HELENE: Wann dann? – Geben Sie mir Feuer. Bitte!

GEORG: Ja, – aber sagen Sie doch – – *unbeweglich.*

HELENE: Nun, da muß ich mir selbst die Zigarette anzünden.

GEORG *zündet rasch ein Streichholz an:* Verzeihung, aber.... *plötzlich, wie in momentaner Erleuchtung:* Ach, vielleicht heißen Sie gar nicht wirklich Helene?

HELENE *versucht ihre Zigarette:* Doch, doch, so heiße ich....

GEORG: Ich bin gespannt....

HELENE: Lassen Sie mich nicht allein rauchen. Und dann setzen Sie sich erst –

GEORG *tut es rasch:* So, nun sitze ich....

HELENE *lächelnd:* Bequem?

GEORG *lachend:* Ja doch....

HELENE *sieht sich langsam um:* Schön.

GEORG: Sie meinen?

HELENE: Sie haben es schön. Man kann sich gut denken, daß Sie hier arbeiten. *Sie legt die Zigarette fort und hält ihm beide Hände hin, mit Wärme:* Ich habe mich so darauf gefreut, diesen Raum hier kennen zu lernen. Alles das.

GEORG *aufspringend:* Wirklich?

HELENE *ruhig:* Ja, dieses war noch notwendig, den Schauplatz zu sehen.

GEORG: Welchen Schauplatz?

HELENE: Wo unser Leben vergangen ist....

GEORG: unser..?

HELENE: unser gestriges Leben...

GEORG: Verzeihen Sie, aber Sie sagen das alles so merkwürdig.

HELENE *läßt seine Hände los und lehnt sich zurück:* Ich bin vielleicht etwas ungeschickt im Ausdruck. Aber, das ist verzeihlich. Die Worte sind für solche Dinge nicht eingerichtet.

GEORG: Wie sagen Sie?

HELENE: Was haben Sie gedacht, was wir heute tun würden, Georg?

GEORG: Tun? Wissen Sie das nicht?

HELENE: Doch, *ich* weiß es... es handelt sich nur darum, wie Sie darüber denken.

GEORG: Nun... ich... ich habe gedacht, wir würden heute beginnen....

HELENE: Was?

GEORG: Nun *Es* – das worauf es ankommt, das Gemeinsame....

HELENE: Beginnen – noch einmal?

GEORG: Ja, Sie haben recht. Das haben wir schon gestern – also fortsetzen, ausbreiten, mit einem Worte: leben!

HELENE: Leben – noch einmal?

GEORG *tritt einen Schritt zurück:* Wie –?

HELENE: Ja, haben Sie nicht bemerkt, daß wir gestern Alles gehabt haben?

GEORG *sieht sie starr an.*

HELENE *streckt abwehrend die Hände aus, als wollte sie sich wehren gegen das Entsetzen in seinen Augen:* Ja, jetzt kommt das Grauen über Sie, das mich gestern gepackt hat. Diese namenlose Angst....

GEORG *tonlos und mühsam:* Angst?

HELENE: Als Sie nicht Halt machten. Als Sie mich mitnahmen in dieses fliegende Leben, in dem Vergangenheit, Gegenwart und Zukunft nichtmehr zu unterscheiden war, wie die einzelnen Scheite in einer großen Flamme. Als Sie unsere ganze Gemeinsamkeit verbrauchten, auch die, die uns noch bevorstand.... Ich hätte Ihnen in den Arm fallen mögen. Genug! Nicht jetzt, nicht hier! Nicht auf einmal. Wir wollen das lieber leben... später... Oh – aber Sie hörten mich nicht. Sie rissen mich mit. Sie, Sie wollten Alles – Alles haben .... *Langsam, traurig:* Und da hab ich dir Alles gegeben.

GEORG *starrt sie einen Augenblick an, stürzt dann zu ihr in die Kniee und faßt sie an den Schultern:* Helene! *schreiend.*

HELENE *nimmt seinen Kopf zwischen die Hände, sucht seine Augen... und schaut einen Augenblick ernst hinein, dann leise, sehr traurig:* Auch *das*! *Pause.*

GEORG *in plötzlicher Seligkeit, sie wild umfassend:* Aber Kind, Kind! Was hast du? Wir waren doch in Gesellschaft unter Menschen, nicht einen Augenblick allein. Denk doch.

HELENE *sanft:* Trotzdem, trotzdem, Georg. Trotzdem ist es, als ob es gewesen wäre .... Du hast mich ja gezwungen, mich ganz vor dir aufzutun....

GEORG *läßt sie langsam los.*

HELENE: Alle deine Gebärden kenn ich. Deine Sanftheit und deine Gewalt. Nichts überrascht mich. Und du wußtest ja auch einen Augenblick, als unsere Hände sich streiften, daß ich nackt bin und in deinen Armen.

GEORG *hilflos:* Verzeih....

HELENE *neigt sich zu ihm vor:* So mein ichs nicht, Georg. Es war ja ein Glück. Es war ja wirklich. Und es war schön.

GEORG *hebt zitternd die Augen, flehend:* Helene! *Plötzlich legt er den Kopf in ihren Schooß.*

HELENE *streicht ihm durchs Haar:* Nur, siehst du, – ich kann kein Kind von dir haben, Georg. Aber alles andere *war.* Wirklich. Es giebt nur *eine* Wirklichkeit.

GEORG *schluchzt auf.*

HELENE: Nicht, Georg, nicht. Du hast es ja gewollt.

GEORG *leise:* Nein, nicht so....

HELENE: Wie denn?

GEORG: Im Leben.... hier....

HELENE: Da wär es vielleicht Stückwerk geworden.

GEORG: Und so?...

HELENE: Ist dir nicht auch, Georg: Wir haben zusammen auf einer Insel gelebt lange, lange?

GEORG *hebt den Kopf:* Ja.

HELENE: Und haben uns lieb gehabt und uns geküßt.

GEORG: Und sollen es nicht mehr tun?

HELENE *lächelnd:* Nein....

GEORG: Und warum?

HELENE: Weil wir nichtmehr auf der Insel sind.... Wir sind wieder, wo alle Dinge Schwere und Schatten haben. Und wo zwischen den einzelnen Ereignissen Jahre liegen, wie weite Wege. Und darum müssen wir Abschied nehmen.

GEORG *verzweifelt:* Abschied?

HELENE: Ja, *dort* gab es keinen Abschied. Der gehört her in die Zeit. Das ist das Einzige, das uns noch geblieben ist. *Pause.*

GEORG *steht auf:* Helene, du kannst dir nicht denken, daß das nur eine Ouverture war, in der alle Leitmotive in fliegender Hast anklangen? Und daß wir jetzt...?

HELENE: Die Oper beginnen, meinst du?....

GEORG *nickt:* Ja, die Handlung....

HELENE *lächelnd:* Warum änderst du die Worte? Es würde doch nur eine Oper werden. Davor war mir bang.

GEORG: Davor?

HELENE: Die ganze Nacht. *Pause.*

GEORG *beginnt auf und ab zu gehen:* Das alles ist Unsinn. *Pause, im Weitergehen:* Seltsam!

HELENE: Ja, Georg, das ist es: Seltsam. Aber wir wollen uns nicht verwirren lassen.

GEORG *bleibt stehen.*

HELENE: Ja, – denn die meisten lassen sich verwirren. Wenn sie schwindlich sind von irgend einer raschen Melodie, dann versuchen sie dieselbe nochmal auf dem Alltag zu spielen. Aber was gedacht ist einen Tanz zu begleiten, läßt sich schwer auf Schritte spannen. Es wird leicht lächerlich und bizarr. Und das wollen wir doch nicht? Wir mit unseren Flügelgefühlen, Georg?

GEORG: Du hast über alles das nachgedacht?

HELENE: Ich wußte, daß du es nicht tun würdest. Ich glaube, ich bin älter als du.

GEORG *macht eine Bewegung.*

HELENE *leise:* *Dort* nicht... dort war ich... du weißt ja. *In anderem Ton:* Aber.... wir wissen nun wenigstens, daß wir wirklich *andere* Menschen sind.

GEORG: Andere?

HELENE: Neue. Da wir das Alles haben konnten inmitten einer Gesellschaft, ganz unbekümmert, wie zwei, die sich unsichtbar machen können....

GEORG: Das sagtest du gestern auch: wie zwei, die...

HELENE: Ja, war es nicht so? Denk nur, so sehr haben wir schon das Konventionelle überwunden.... Es stört uns nicht mehr. Heute werden sie erzählen, daß der Maler Millner mir den Hof gemacht hat. Morgen wird meine Tante mir sagen, sie würde sich freuen, dich kennen zu lernen, und wird dann vierzehn Tage warten, ob du uns nicht besuchst. *Sie lacht.* Und inzwischen haben wir schon so gut wie zwanzig Jahre zusammen gelebt. Gestern, während für die anderen Menschen zwei Stunden vergingen.

GEORG: Warum gerade zwanzig Jahre?

HELENE *heiter:* Nun so. Wir sind doch schließlich noch jung gestorben.

GEORG *schüttelt den Kopf.*

HELENE: Gestorben mitten im Glück! Wasfür Schönheit das hat! Glaubst du, daß andere *das* schon erlebt haben?

GEORG *spöttisch:* Auf diese Weise könnte man *viele* Leben haben?

HELENE *ernst:* Ja, begreifst du? – Das wäre die Kunst des modernen Menschen.

GEORG: Die Kunst?....

HELENE: Oder die Aufgabe: Für jedes Erlebnis die entsprechenden Takte zu finden. Dann würde jedes ein Ganzes, ein Leben. Und er lebte tausend Leben....

GEORG: Und stürbe tausend Tode....

HELENE: Die er alle überwände... fühlst du?

GEORG: Wie kamst du darauf?

HELENE: Auf diese Gedanken? Du fragst? *Steht auf.* Du bist Maler, Georg. Wenn du einen Abend malst, sag, ist es *ein* Abend?

GEORG: Nein, natürlich. Ich dränge viele ähnliche Abende in meinem Bilde zusammen, womöglich Alle, die ich gerade weiß.

HELENE: Siehst du, nun sprichst du das Geheimnis selbst aus.

GEORG: Wieso?

HELENE: Kamst du gestern zu diesem Diner von der Arbeit?

GEORG: Nicht gerade ... aber ...

HELENE: Aber du wärst eben imstande gewesen, zu arbeiten? ...

GEORG: Ja, ich hätte wohl schaffen können.

HELENE *froh:* Und du hast geschaffen. Mit dem Maße des Kunstwerks tratest du an mich heran und vollendetest mich, uns ... Machtest aus dem »*Wir*« ein »Werk«, ein Ewiges ...

GEORG *traurig:* Das nicht einmal heute mehr besteht.

HELENE: Oh ... sind denn deine Bilder *hier* ... Ich meine, steht für *jeden* von den Menschen da, was du gemacht hast? Nein! Es ist nur für die vorhanden, die dort hinfinden, wo deine Bilder *sind*, wo sie *leben*. Dort sind auch *wir*, Georg – Ewige! –

GEORG *sieht sie ernst an. Pause.* So also kamst du auf diesen Gedanken?

HELENE *nickt:* Daß wir etwas gefunden haben, was wichtig ist zum Leben.

GEORG: Aber giebt es nicht schon viele Menschen, die – wie soll man sagen – ohne Vorbild leben, ohne die Überlieferung auf sich anzuwenden, wie Erste; die müssen denn doch ganz unwillkürlich den einzelnen Erlebnissen die richtigen Maße unterlegen?

HELENE: Ja, das tun sie unbewußt bei einem, bei zwei oder drei Ereignissen. Aber sie sind alle noch Anfänger, im Notfall lernen sie fünf bis sechs Taktmaße kennen, die sie dann anwenden auf alles.... Aber das Leben hat Tausende. Und ist einmal ein Fehler gemacht, geraten sie in Verwirrung und greifen schnell nach derjenigen Konvention, die ihrer momentanen Lage am ähnlichsten sieht.... *Pause.* Du zum Beispiel hättest mich geheiratet....

GEORG *aufrichtig, erstaunt:* Nein.

HELENE: Also nicht? Was hätten wir denn gemacht?

GEORG: Wir – – aber das ist ja Unsinn.

HELENE: Nein, nein, bitte sag, wie dachtest du dir das?

GEORG: Nun, wir würden einfach beisammen bleiben.

HELENE: Hier?

GEORG: Hier oder besser anderswo – wegen deiner.... deiner Tante....

HELENE: So. Und ohneweiters?

GEORG: Ohneweiters. Wie Malersleute....

HELENE *lacht.*

GEORG *stockt, sieht sie fragend an.*

HELENE *lacht.*

GEORG: Nun, was lachst du denn?

HELENE: Aber, Georg, dafür giebt es ja längst eine Konvention!

GEORG: Dafür.... aber....

HELENE: Ja, eine Konvention, nicht innerhalb der Gesellschaft, aber innerhalb bestimmter Kreise.... Ist das etwas Besseres? Ich hätte angefangen mich nachlässig zu kleiden...

GEORG *sieht sie sprachlos an, dann lacht auch er.*

HELENE *lachend:* Siehst du! – Und nun laß mich gehen, solange wir lachen.

GEORG *erschrocken:* Gehn?!

HELENE: Ja. Aber noch eines. Du darfst nicht traurig sein. Und wenn du dich an uns erinnerst, denk unser Schicksal nie anders, als in dem Tempo, in dem es schön ist, in dem es Melodie ist.... Versprich mir das.... Versuche nicht es mit den Maßen des Lebens zu messen, du tust ihm unrecht.

GEORG *legt seine Hand in die ihre. Sie sehen sich an. Schweigen, dann:* Ich möchte wohl ein Glück, das.... *er läßt ihre Hand los.*

HELENE: Das mit dem Leben besser Schritt hält, meinst du...?

GEORG *rasch:* Ja.

HELENE: Soll ich dir sagen, was ich denke, seit ich hier bin?

GEORG: Seit du hier bist?

HELENE: Ein solches Glück....

GEORG: Es wird kommen? –

HELENE: Oder es ist schon um dich.... Hier ist es ganz so.... als ob....

GEORG: Als ob?....

HELENE: Als ob es schon um dich wäre....

GEORG: Seit wann?....

HELENE *ruhig:* Schon lange. Du merkst es nur nicht. So sehr legt es sich an dein Leben an, – *sein* Atemholen und das des Lebens ist wie ein einziger Atem. Ich kann mich irren. Ich weiß ja nicht.... Ich rede nur wie eine Frau.... Aber denk nach....

GEORG *senkt den Kopf.*

HELENE *entfernt sich leise von ihm:* Denk nach, ob es jemanden giebt, den du fast noch nie bemerkt hast, und der doch eigentlich immer um dich ist. Jemanden, den du vom Leben gar nicht unterscheiden kannst, Georg, – vielleicht.... Denk nach, Georg.... *geht leise zur Tür, öffnet sie leise.* Denk nach! *Ab.*

GEORG *steht noch eine Weile reglos in Nachdenken versunken... plötzlich fährt er auf wie einer den ein Traum verläßt und schaut um sich. Allmählich begreift er.*

Helene! *Er rennt zur Tür, reißt sie auf und schreit:* Helene! *Er horcht, alles bleibt still, dann schließt er wieder die Tür, kommt zurück, geht in Gedanken hin und her, nimmt ein Ding in die Hand, dann ein anderes. Zündet sich eine Zigarette an. Plötzlich schleudert er sie fort, stürzt an den Schreibtisch rechts und beginnt hastig zu schreiben. Nach einer Weile sagt er irgend etwas undeutlich, unwillig und zerreißt das Briefblatt. Nimmt ein anderes, beginnt, schreibt, – läßt wieder ab. – Zerreißt auch dieses. Dann starrt er vor sich hin und dann mit einer heftigen Bewegung birgt er das Gesicht in die Hände, und bleibt so, die Ellbogen auf den Tisch aufgestemmt, reglos sitzen. Nach einer Weile tritt Mascha ein, ganz langsam, ganz zögernd; sie schaut sich fortwährend scheu um. Sie trägt einen großen Strauß rote italienische Anemonen und in einem Körbchen Orangen. – Als sie Georg, der ihr, wie sie so eintritt, unbeweglich den Rücken kehrt, bemerkt, erschrickt sie und sagt leise:* »Guten Tag!« *Alles bleibt still. Sie geht leise an den Ofen, nimmt von da einen Tonkrug und ordnet, indem sie ihn auf den Farbenschrank trägt, dort die vielen lichten Anemonen hinein. Währenddessen wendet sich Georg ein wenig im Stuhl und bemerkt sie. Er will aufstehen, dann aber verharrt er und folgt ihren Bewegungen. Plötzlich fühlt Mascha seinen Blick und sagt schnell:*

MASCHA: Sie haben geschlafen. Ich bring nur die Blumen. Und da sind Orangen....

GEORG *schnell:* Gut, gut. *Steht auf und tritt näher.* Anemonen hast du gebracht? Hast du die gern? –

MASCHA *erschrocken:* Sind sie nicht recht?

GEORG: Doch. *Nimmt einige Blüten und hält sie ihr ins Haar.* Sie stehen gut zu deinem Blond.

MASCHA *schlicht:* Ja, wenn nur die Dame wirklich ganz das gleiche Blond hat.

GEORG *sieht sie erstaunt an. Dann:* Ach so. – Daran hab ich jetzt nicht gedacht. Ich habe gedacht, wenn man aus diesen Anemonen da ein Kränzel machte und es dir ins Haar legte....

MASCHA *greift in die Anemonen:* Wollten Sie das malen?....

GEORG: Nehmen wir an. Ich wollt es malen. Dich mit dem Kränzel. Und es läge so besonders gut, ganz wie ich es brauchte, aber....

MASCHA: Aber?

GEORG: Aber ich hätte nur im Augenblick keine Lust zu malen, – oder Kopfschmerzen.

MASCHA: Dann würd ich warten.

GEORG: Aber einstweilen wird es dunkel und mit dem Malen ists aus für den Tag.

MASCHA: Na, so gehts vielleicht am anderen Tag.

GEORG: Ja, wer kriegt das zustand, das Kränzel wieder ganz so hinzulegen, wie es gelegen hat, –

MASCHA: Nun, so bleib ich halt *mit* dem Kränzel sitzen.

GEORG: Die ganze Nacht?

MASCHA: Ja.

GEORG: Da darfst du aber nicht einschlafen. Sonst verschiebt sichs.

MASCHA: Nein, einschlafen darf ich da nicht.

GEORG: Und überdies sind ja die Blumen bis früh welk in deinem Haar....

MASCHA *traurig:* Ja, – das ist wahr. Und mit dem welken Kränzel....

GEORG *sich abwendend:* Da ist es natürlich nichts damit.

MASCHA: Natürlich! *Pause. Sie ordnet weiter die Blumen ein.* Und die Dame? Ist noch nicht da?

GEORG: Die Dame? *Er bleibt plötzlich stehen, sieht Mascha fest an und geht dann rasch auf sie zu. Legt ihr die Hände auf die Schultern und wendet sie so sich zu. Sucht ihre Augen:* Mascha.... bist du's?

MASCHA *sieht ihn erstaunt an.*

GEORG: Du bist immer hier, nicht, Mascha?

MASCHA *weicht zurück.*

GEORG: Aber, – das kannst du ja gar nicht verstehen, Mascha. *Hilflos:* Schau, Mascha, diese Blumen gehören dir....

MASCHA *sieht ihn noch immer groß, ohne zu verstehen, an.*

GEORG *ratlos:* Und – und.... die Orangen auch.... die Orangen, die wollen wir zusammen essen, wir wollen – künftig immer – alle Orangen zusammen essen....

MASCHA *plötzlich, selig:* Georg?

GEORG *empfängt sie in seinen Armen:* Verzeih mir....

MASCHA *vergräbt ihr Gesicht an seiner Brust, während er ihr leise das Haar streicht. Plötzlich schluchzt sie auf.*

GEORG *leise:* Was denn, was weinst du denn so?

MASCHA *unter Lachen und Weinen:* Weil es jetzt nicht ruhig ist in mir, – wie du es willst....

GEORG *zärtlich:* Du....

MASCHA: Ja, es ist gar nichts jetzt vorbereitet in mir – –

GEORG *kniet leise vor ihr hin.*

MASCHA *legt ihm beide Hände auf die Augen. Mit leisem Vorwurf, während ihr Lächeln sich immer mehr klärt:* Oft war schon alles, alles bereit für dich. Und nun kommst du grade zur Unzeit....

Vorhang fällt

WAISENKINDER

Eine Szene

Die darin Vorkommenden sind:

SIEBEN WAISENKNABEN,

SECHS WAISENMÄDCHEN,

EIN KNABE *(welcher ein wenig älter ist und manches weiß)*,

JERÔME *(der kleinste von den sieben Waisenknaben)*,

EINE BLONDE NONNE *und*

DER ALTE GÄRTNER.

Im Garten eines Waisenhauses. Herbst. Die breite Lindenallee tastet mit hundert welken Händen, wie weit es zur Erde ist. Inmitten der Allee steht eine kleine gotische Kapelle mit spitzem Glockenstuhl. Unbekümmert um den grauen Bau geht die Allee dahinter weiter in den Park, in das Dunkel, aus dem das bronzene Blattwerk kleiner Eichen und die Stämme junger Birken aufleuchten. Man könnte manchmal meinen, daß dort Sonne ist. Aber es ist einer von den grauen, traurigen Tagen, und früh am Nachmittag.

Da kommen in der Allee: Die sechs Mädchen. Zwei und zwei. Sie führen einander bei der Hand. Sie haben alle die gleichen grauen Kleider und Hüte aus blauem Stroh, welche sie den ganzen Sommer getragen haben. Sie sind alle von gleichem Alter (etwa zehn oder zwölf Jahre).

Hinter ihnen kommen die sieben Knaben. Zwei und zwei. Sie haben alle die gleichen grauen Anzüge und flache Hüte aus blauem Stroh. Sie sind alle von gleichem Alter (etwa zwölf Jahre).

Mit dem siebenten Knaben, dem kleinen Jerôme, geht die junge Nonne. Sie kommen langsam und still auf das Tor der Kapelle zu. Der ältere Knabe läuft allen voraus, ist als erster am Tor, stößt daran, während er die breite Klinke mit beiden Händen hält.

DER ÄLTERE KNABE *zu den anderen:* Zu!

Der Zug bleibt stehen.

DER ÄLTERE KNABE *immer am Tor:* Was jetzt?

Alle sehen sich nach der Nonne um.

DIE NONNE: Man muß den Gärtner suchen.

DER ÄLTERE KNABE *schnell mit der Hand aufzeigend:* Ich!

DIE NONNE *zögernd:* Ja – aber... Nein, ich will ihn selbst suchen. Er wird auf dem Kirchhof sein vielleicht... *Sie geht nach rechts; zurückgewendet, zu dem älteren Knaben:* Gieb acht solang, Paul! *Sie geht ab.*

DER ÄLTERE KNABE *sieht ihr nach.*

DIE SIEBEN KNABEN UND DIE SECHS MÄDCHEN *sehen ihr nach. Pause.*

DER ÄLTERE KNABE *neigt sich an das Schlüsselloch des Kapellentors, – nach einer Weile:* Oh!

DIE SIEBEN KNABEN UND DIE SECHS MÄDCHEN *sehen zu ihm hin.*

VON DEN KNABEN EINER: Ist sie drin?

DER ÄLTERE KNABE *immer ins Schlüsselloch spähend:* Ganz weiß!

AUS DEN KNABEN EIN ANDERER: Ganz weiß?

DER ÄLTERE KNABE: Lichter brennen bei ihr. *Die sechs Knaben kommen langsam näher, nur der kleine Jerôme bleibt, wo die Mädchen stehn.*

DER ÄLTERE KNABE *immer noch in das Schlüsselloch spähend:*

Ganz deutlich kann ich sie jetzt sehen. Sie hat die Augen zu und etwas in der Hand.

VON DEN KNABEN EINER: In der Hand?

DER ÄLTERE KNABE *wie vorher:* Ein Kreuz aus etwas Weißem und drei Rosen.

EINES VON DEN MÄDCHEN *leise:* Rosen?

EIN ANDERES VON DEN MÄDCHEN: Ich will auch Rosen.

DER KLEINE JERÔME: Es giebt jetzt keine mehr, glaub ich.

EINES VON DEN MÄDCHEN: Weiße Rosen?

DER ÄLTERE KNABE *wie vorher:* Alles ist weiß bei ihr.

EINES VON DEN MÄDCHEN: Oh!

EIN ANDERES VON DEN MÄDCHEN: Ist sie sehr schön?

DER ÄLTERE KNABE *wie vorher:* Häßlich ist sie, – ganz gelb.

Pause.

Dann beginnt ein Mädchen zu weinen. Die anderen Mädchen stellen sich um sie und betrachten sie. Der kleine Jerôme bleibt allein. Die Knaben sind alle am Tor der Kapelle, hinter Paul.

Pause.

DER ÄLTERE KNABE *tritt plötzlich rasch zurück, kehrt sich um, packt den nächststehenden Knaben an der Achsel und zieht ihn ans Tor:* Da, schau! *Der erschrockene Knabe schreit auf und läuft davon.*

DER ÄLTERE KNABE *lacht:* Hasenfuß! *Von den Knaben lacht keiner mit, alle ziehen sich ein wenig vom Tor zurück.*

DER ÄLTERE KNABE *beim Tor:* Hat *der* Angst! Auf einmal hat er Angst vor der kleinen Betty. *Er will einen anderen Knaben heranziehen.*

DER ANDERE KNABE *heftig:* Nicht!

DER ÄLTERE KNABE: Du hast auch Angst? Du hast dich doch nie vor der kleinen Betty gefürchtet?

DER ANDERE KNABE: Aber jetzt ist sie tot.

DIE ANDEREN KNABEN *nicken:* Ja.

DER ÄLTERE KNABE: Na und ein toter Mensch ist weniger als ein Lebender. Ein toter Mensch kann gar nichts mehr. Er ißt nicht mehr und spricht nicht mehr. Er ist wie ein Stein. Er ist ja auch ganz kalt.

VON DEN KNABEN EINER: Wirklich?

DER ÄLTERE KNABE: Ja, bestimmt, er ist ganz kalt.

EIN ANDERER KNABE: Wer sagt das?

DER ÄLTERE KNABE: Das steht so in den Büchern: »... Er griff nach ihrer Hand, und sie war ganz kalt –« steht, – und dann: man weiß das auch so...

VON DEN KNABEN EINER: Also man ist von Stein, wenn man gestorben ist?

DER ÄLTERE KNABE: Du bist dumm. Man ist wie man ist – aus Fleisch. Aber aus totem Fleisch.

EIN ANDERER VON DEN KNABEN: Hat man noch Haare und Augen und Zähne?

DER ÄLTERE KNABE: Augen? – Ich glaube ja.

EIN ANDERER VON DEN KNABEN: Aber warum lebt man denn dann nicht, wenn einem nichts fehlt?

DER ÄLTERE KNABE: Weil man keine Seele mehr hat.

VON DEN MÄDCHEN EINES: Die kleine Betty hat auch eine Seele gehabt?

DER ÄLTERE KNABE: Jeder Mensch hat eine Seele.

EIN ANDERER KNABE: Aber sie war so dumm!

VON DEN MÄDCHEN EIN KLEINES *fröhlich:* Die Seele ist ein Vögelchen.

EINER VON DEN KNABEN: Oh nein! Das ist nicht wahr.

DASSELBE KLEINE MÄDCHEN *langsam:* Die Seele ist ein Vögelchen.

DER ÄLTERE KNABE *überlegen:* Die Seele ist ein Geist.

DER KNABE VON FRÜHER *zu dem kleinen Mädchen:* Siehst du, – ein Geist!

DASSELBE KLEINE MÄDCHEN *nah am Weinen:* Die Seele ist ein Vögelchen...

JERÔME *nimmt das kleine Mädchen in Schutz:* Laß sie!

DER KNABE VON FRÜHER: Was geht denn dich das an, hm? Bist du vielleicht der Präfekt? Glaubst du, weil du dir schmeichelst, weil du mit der Nonne gehst? hm? Ich kann machen was ich will, weißt du. *Er stößt das kleine Mädchen.* Da – gerade!

JERÔME *weicht zurück.*

DER KNABE VON FRÜHER: Du Feigling!

EIN ANDERER VON DEN KNABEN: Warum heißt er überhaupt Jerôme? Ist er denn ein Franzose?!

EIN PAAR KNABEN *mit lautem Gelächter:* Ein Franzose!

DER KNABE VON FRÜHER: Bist du ein Franzose? Alle Franzosen sind Schurken.

JERÔME: Ich bin kein Franzose.

EIN ANDERER KNABE: Er hat ja überhaupt gar keinen anderen Namen! *Die Knaben lachen.*

EIN KNABE: Man muß einen Namen haben. Jeder hat zwei Namen.

EIN ANDERER KNABE: Wenigstens! Ich habe einen Onkel, der hat sogar fünf.

VON DEN MÄDCHEN EINES: Ist der der Kaiser?

DER ÄLTERE KNABE: Der Kaiser hat nur einen Vornamen. Alle Kaiser haben immer nur Vornamen. In der Geschichte stehts.

EINER VON DEN KNABEN: Warum?

DER ÄLTERE KNABE: Ganz einfach. Wenn wir nicht Namen haben, so kann man uns nicht unterscheiden. Es giebt viele Paul und viele Alfred und einen großen Haufen Marie. Darum muß man noch einen Namen haben außerdem. Der Kaiser ist nur Einer. Nichtwahr? Der braucht keinen zweiten Namen. Den Kaiser kann man nicht verwechseln.

VON DEN KNABEN EINER: Weil er eine Krone hat!

Pause.

EINES VON DEN MÄDCHEN: Heißt die kleine Betty jetzt auch noch: Betty?

DIE KNABEN *rufen durcheinander:* Ja – ohja – nein – aber...

EINER VON DEN KNABEN *fragend, zu Paul:* Du?

DER ÄLTERE KNABE: Ihre Seele heißt so, glaub ich. Wie sie selber heißt, hab ich gestern gehört.

EINIGE VON DEN KNABEN UND MÄDCHEN: Wie?

DER ÄLTERE KNABE: Der Gärtner hats zum Knecht gesagt....

EINIGE VON DEN KNABEN UND MÄDCHEN: Wie?

DER ÄLTERE KNABE *tritt näher herzu:* Es war merkwürdig! Ein komisches Wort mit vielen A...

EIN ANDERER KNABE: Mit vielen A?

Pause.

Inzwischen ist der kleine Jerôme bis an das Tor der Kapelle geschlichen und müht sich, auf den Fußspitzen stehend, das Schlüsselloch mit dem Blick zu erreichen. – Man hört Schritte.

DER ÄLTERE KNABE: Pst! die Schwester kommt! *Kommandiert:* In Reihen! Und daß keiner sagt, daß ich da hineingeschaut hab!

VON DEN KNABEN EINER: Der Jerôme klatscht gewiß!

EIN ANDERER KNABE: Der? *Nach dem Tor weisend:* Der schaut ja selbst....

DER ÄLTERE KNABE *der Jerôme eben erst bemerkt:* Was willst du da? Marsch! Hast du nicht gehört: in Reihen? *Er schiebt den Kleinen unsanft nach vorn.* Glaubst du, ich werde mich strafen lassen wegen dir?

Langsam kommt von rechts der alte Gärtner. Ein kleiner verwitterter Greis, – Gesicht und Hände sind wie aus Erde und Wurzeln. Die Schlüssel klirren ihm ans Knie.

DER ÄLTERE KNABE *leise:* Ich weiß jetzt das Wort mit den vielen A *noch leiser zu den anderen Knaben:* Kadaver.

EIN PAAR STIMMEN *sprechen es langsam nach:* Ka–da–ver..

VON DEN MÄDCHEN EINES: O–oh!

Der alte Gärtner sperrt die Kapelle auf. Es ist ganz still, und man hört jede Bewegung des Schlüssels. Dann stößt der Greis den grauen Türflügel nach innen auf. Weit. Der Garten scheint rascher zu dunkeln vor dem Glanz der hohen gelben Kerzen, welche um den kleinen weißen Katafalk wachen. Der alte Gärtner tritt ein, macht sich, gebückt, an der Bahre zu schaffen und bleibt dann irgendwo in der Kapelle, unsichtbar, im Dunkel. – Die blonde Nonne ist bald hinter ihm gekommen. Sie ordnet die Reihen. Dann bleibt sie mitten unter den Kleinen stehen, neben Jerôme, der mit großen Augen unverwandt nach der Kapelle schaut.

DIE BLONDE NONNE *ihre Stimme ist golden, klar:* Kinder! Ihr gehet zum letzten Mal euer Schwesterchen Betty besuchen. Euer Schwesterchen ist bei Gott, und ich glaube, es wird jetzt gerade ein Engel geworden sein. Ihr dürft ihm noch einmal euer Gebet hersagen. Damit es gleich am Beginn der Seligkeit an euch denkt und dem lieben Gott erzählt, wie schön ihr das Vaterunser wißt.

Die Nonne stellt sich mit Jerôme an die Spitze des Zuges, der sich langsam und zögernd durch die Lindenallee nach der Kapelle hinbewegt. Die Nonne beginnt: Vater unser .... *und unterbricht sich, zu Jerôme geneigt:* Was? – Hast du Angst? *Dann von neuem:* Vater unser, der du bist in dem Himmel, geheiliget werde dein Name, zu uns – komme – dein – Reich – *bei »Geheiliget« fallen ein paar Stimmen mit »Vater unser –« ein und so fort. Bis alle in der Kapelle sind, hört man wirr durch einander einzelne Worte des Gebetes. Man unterscheidet undeutlich: Die Kinder gehen, eines hinter dem anderen, um die Bahre herum und kommen von der anderen Seite her, still und erstaunt, wieder in die Allee heraus. Dort stellen sie sich lautlos auf. Das Gebet ist aus. Man hört die Schwester, in der Kapelle noch, sagen:* ... und in der Stunde unseres Absterbens ...

EINIGE STIMMEN: Amen!

DIE NONNE: Amen! *Sie tritt mit Jerôme an der Hand aus der Kapelle, in welcher der alte Gärtner die Kerzen löscht:* Eigentlich ist noch Spielstunde. Eine Viertelstunde noch. Wollt ihr noch im Garten bleiben, Kinder?

DER ÄLTERE KNABE ZUGLEICH MIT EINIGEN ANDEREN *bittend:* Ja! Ja!

DIE NONNE: Dann will ich die Mädchen nachhause führen. Ich komm euch dann holen. Bleibst du auch, Jerôme? Du solltest nicht die Abendluft haben, du weißt.

JERÔME: Ich muß noch Blumen finden heute.

DIE NONNE: *Die* sind wohl alle tot.

JERÔME *leise*: Aber die Betty hat doch noch welche...

DIE NONNE: Ja, – *die*. . . . *zu den anderen Knaben:* Aber bleibt mir nicht hier, wenn es dunkler wird. Führ sie dann auf die Wiese, Paul! Und gieb acht, hörst du! Wollt ihr noch die Bälle oder die Reifen? – Was werdet ihr spielen?

DER ÄLTERE KNABE *Hände in den Taschen, unbestimmt:* Oh so –

Die sechs Mädchen, zwei zu zwei, sich an den Händen haltend, gehen nach rechts in den immer dunkleren Park. Die Nonne zuletzt. Durch die Bäume glüht der Abend, in schmale scharfe Streifen das Grau zerschneidend. – Die sieben Knaben bleiben wie ratlos zurück. Jerôme flüstert mit einem von ihnen.

Pause.

DER ÄLTERE KNABE *laut:* Pfui, ich mag den Weihrauch nicht!

EIN ANDERER KNABE: Jetzt weiß ich, warum man das »Kadaver« nennt.

EIN ZWEITER KNABE: Wieso?

DER KNABE VON FRÜHER: Weil es so blaß ist wie altes Wachs.

EIN DRITTER KNABE: Oder wie Kalk...

DER ÄLTERE KNABE: Wie – Käse...

DER DRITTE KNABE: Möchtest du's angreifen?

DER ÄLTERE KNABE: Hab ich! angegriffen!

EIN PAAR STIMMEN: Wann?

DER ÄLTERE KNABE: Jetzt, im Vorbeigehen. »Sie« *die Nonne meint er* hats nicht bemerkt.

DER KNABE VON FRÜHER: Im Gesicht?

DER ÄLTERE KNABE: Auf der Hand. So. *Er macht eine tippende Bewegung mit dem Zeigefinger.*

DER DRITTE KNABE *bewundernd:* Wirklich?

EIN VIERTER KNABE: Das soll man nicht.

DER KNABE VON FRÜHER: Wie wars?

DER ÄLTERE KNABE: Na so. Gar nicht irgendwie.

DER KNABE VON FRÜHER: Kalt?

DER KNABE, DER MIT JERÔME SPRACH *laut, zu Jerôme:* Aber! . . .

JERÔME *nickt.*

DER KNABE, DER MIT JERÔME SPRACH *zu Jerôme:* Soll ichs sagen? *Zu den anderen:* Er sagt, sie ist gar nicht tot. *Pause.*

DER ÄLTERE KNABE UND ZWEI ANDERE *lachen laut auf.*

DER KNABE, DER MIT JERÔME SPRACH *verlegen:* Er sagt . . .

JERÔME *sehr ernst*: Nein, sie ist nicht tot. *Erneutes stärkeres Lachen.*

DER ÄLTERE KNABE *sich sichtlich amüsierend, lachend zu den anderen:* Pst! *Zu Jerôme, ironisch:* Sondern? *Was* ist sie *denn*?

JERÔME *langsam, sehr ernst:* Sie ist – anders. Man kann nicht . . . *Lachen.*

DER ÄLTERE KNABE *zu den Lachern:* Still! Laßt ihn doch mal erzählen. *Er stemmt die Hände breit in die Hüften, in spottendem Nachäffen:* Also, Jerôme, sie ist anders? Hm?

JERÔME *langsam, verloren:* Es geht ja *hier* gar nicht.

DER ÄLTERE KNABE: *Was* geht hier nicht? *Zu den anderen:* Pst!

JERÔME *in das allgemeine Schweigen hinein:* Sterben. – *Pause.*

Es ist ja gar kein hohes Haus da, auch kein Turm, *Pause* wie in der Stadt ... *Pause. Hastig erklärend:* Sterben ist ein furchtbar hohes, gelbes, häßliches Haus. Und die Mama hat müssen hinunter ... von ganz, ganz oben – in den Hof, ... auf die Steine ... *Pause. Aufatmend:* Dann ist man – tot. *Pause.*

EINER VON DEN KNABEN: Deine Mama? ...

JERÔME *fröstelnd:* Ja, von ganz oben. *Pause.*

DER ÄLTERE KNABE *plötzlich, bös:* Und *das* erzählst du auch noch?

JERÔME *sieht ihn groß, ohne Ausdruck, an.*

DER ÄLTERE KNABE *mit den Armen agierend:* Pfui! Das ist eine Schande. Ich weiß es gewiß. So sterben nur die ganz schlechten Menschen, die gemeinen Menschen! Schäm dich! Schäm dich! *Dem Jerôme noch ins Gesicht schreiend:* Deine Mutter war eine Selbstmörderin! *Die anderen Knaben stehen erstaunt herum.* – Der Schwester hast du das nicht erzählt. Du Lügner, du! Aber wir müssen ihr das sagen. Ihr habts alle gehört: Seine Mutter hat sich selbst umgebracht. *Die Knaben machen kein Zeichen der Zustimmung.* Haha! Mein Lieber! jetzt wirds aus sein mit den guten Zeiten! Wenn das erst der Präfekt erfährt .... paß mal auf!

EINER VON DEN KNABEN *gespannt:* Was dann?

DER ÄLTERE KNABE: Der Präfekt? Der wirft ihn einfach hinaus aus der Anstalt. Auf die Gasse. Du Feiner, dort wird keine Schwester sein, bei der man sich schmeichelt. Wohin gehst du denn da? Was?

Pause.

JERÔME *voll Vertrauen, leise:* Zur Mama, in den Himmel!

DER ÄLTERE KNABE *höhnisch:* Himmel! freilich! Himmel! Deine Mutter im Himmel! Die wird fein in der Hölle sein, weißt du!

Die anderen Knaben treten erschrocken zurück.

JERÔME *bebt, wird ganz blaß und schlägt dem älteren Knaben mit der Faust ins Gesicht.*

DER ÄLTERE KNABE *erst überrascht, dann rot vor Wut, packt Jerôme bei den Händen und zwingt ihn in die Knie. Atemlos:* Schlagen? Du Hund, schlagen? Was? Ich will dir.... du Feigling, erbärmlicher. Rühr mich noch mal an. Schmutzig bist du, weißt du, dein ganzes Leben lang, schmutzig! Rühr du mich an! *Er stößt den kleinen Jerôme mit einer heftigen Bewegung und voll Verachtung fort. Der Kleine fällt zurück und bleibt dann klein knieen.*

DER ÄLTERE KNABE *heiser zu den anderen:* Kommt auf die Wiese! kommt! *Die anderen folgen ihm sehr willig, fast ehrfürchtig.*

DER ÄLTERE KNABE *wendet sich nochmals um:* Und wenn du zu deiner Mutter willst einmal, *er lacht auf* dann mußt du's schon machen wie sie, oder mußt dich hier an einen Baum hängen, oder in den Teich springen – sonst kommst du nie zu deiner Mutter in – den – *ironisch* – Himmel! Merk dirs! *Ab nach rechts. Die anderen Knaben halten sich dicht hinter ihm. Sie schweigen, machen aber übermäßig große Bewegungen und sehr weite Schritte. Fern hört man noch Pauls spottende, scharf gewordene Stimme, Worte, wie:* So ein...

Stille. Der kleine Jerôme steht auf und horcht. Er versucht ein paar Schritte nach rechts, nach links, und bleibt endlich vorn stehn, ratlos.

Der Park ist schwarz, und die Stämme stehen wie viele Männer. Immerfort fallen Blätter. Man hört jetzt ein Geräusch in der Kapelle. Kurze, eilige Hammerschläge. Der kleine Jerôme schaut scheu nach dem Tor. Erst schiebt sich ein wenig Licht heraus, dann geht der Flügel auf, das Licht verschwindet, man hört den Schlüssel sich wenden im Schloß. Aus dem Schatten schleppt sich der alte Gärtner, gebückt, wurzelhaft, den kleinen Sarg auf der Schulter. Er geht quer über die Allee, dann weiter hinein in den schwarzen Park.

JERÔME *sieht ihm nach; Pause, dann leise:* Du! *Der schwere Schritt des Alten ferner und ein Rauschen wie von einem Wind, hoch in den Kronen.*

JERÔME *läuft ein paar Schritte nach hinten, lauter, flehend:* Du! *Rauschen.*

JERÔME *hilflos, leise:* Du! *Pause. Er läuft dem Alten nach in den schwarzen Park.*

Ende

ANHANG

ZWEI BRIEFE

GEDICHTE IN RUSSISCHER SPRACHE

*

ANMERKUNGEN DES HERAUSGEBERS

NACHWORT DES HERAUSGEBERS

ALPHABETISCHES VERZEICHNIS
DER TITEL UND ÜBERSCHRIFTEN

INHALTSVERZEICHNIS
(MIT ENTSTEHUNGSDATEN)

INHALTSÜBERSICHT

ZWEI BRIEFE

⟨*Vergleiche die Anmerkung unten Seite 944*⟩

⟨I⟩
⟨AN ROLF REVENTLOW⟩

Schmargendorf bei Berlin,
Villa Waldfrieden, am 23. Juli 1899

Mein Liebling Rolf,
nun ich Dich wieder gesehen habe (und ich habe Dich prächtig und schön gefunden, weshalb sollte ich Dir das verschweigen?) bitte ich Dich, bereite Dich vor, Deiner lieben Mutter (ich habe auch sie durch das nicht ganz gute Bild durch wiedererkannt, wiederbegrüßt, – denn ich bin ihr in hundert Sinnen nah und gut) bereite Dich also, Liebling, vor, Deiner Mutter zu sagen (denn einzig Deiner Stimme wird sie es glauben und es wird ihr froh und nicht befremdlich scheinen wenn Du ihr, ganz in Deiner Sprache, dieses sagst):

Was willst Du, liebe Mutter? Weshalb denkst Du sooft daran, mich an jenes Meer zurückzuführen und in jenen alten rauschenden Schloßpark Deiner Kindheit, in jene ganze breite flutende Freiheit, über welche die Tage hinjagen wie die großen wandernden Wolken über der Nordsee? Warum grämt es Dich, Du meine Sonne und meine Nacht, Du meine Landschaft, in der ich spiele, Du Quelle, die mich kühlt, Du Stimme, die mich ruft, Du Glanz in meinen Haaren, Du Hand (Du weiße sanfte Hand) über meinem Herzen, Du: Alles was ich weiß und je wissen werde, Du alle meine künftige Schönheit und Du unermeßliche Vergangenheit meiner wachsenden Seele, – warum will es Dich grämen, sag, daß ich in den Gassen bin und daß unser Garten nur bei den Menschen so heißt, während ihn Gott niemals ähnlich genannt hat? Muß ich es Dir denn sagen, daß gerade *das* meine Sendung war, die zu erfüllen, ich mich in Dir erhoben habe, wie der reife Mond aus der weichen Dämmerung der Wiesen? Fühlst Du denn nicht, daß ich kommen bin, um Dir Alles zurückzugeben, was Du einmal verlassen hast um Deiner rufenden Stunde willen? Siehst Du denn nicht, daß gerade dieses Meer, das Du so geliebt hast, in meinen Augen lebt, und von meiner Liebe wie von einem Wind bewegt, bis an die Ufer Deiner schattigen Gedanken reicht? Erkennst Du denn nicht in meinem Schlafe, wenn Du Dich über mich beugst, das Dunkel der alten Alleen Deiner Husumer Heimat, – und mahnt mein Atem Dich nicht an das Wogen der hohen Wipfel unter hellen Himmeln? Bin ich als nur *Eines* zu Dir gekommen und als ein Neues? Ist es nicht vielmehr so, daß ich zu Deiner sinnenden Sehnsucht kam wie eine wunderbare Wiederkehr aller Deiner Träume und Tage? Und wie könntest Du mich so umarmen, wie Du es tausendmal täglich tust, wenn ich nur ein kleines Kind wäre! Ich habe es längst bemerkt, daß Du mich wie Deine Heimat hältst und wie ein breites Bild und wie einen Kelch, der bis an den Rand voll ist mit Glanz und Klarheit. Und nur weil Du mich so empfängst, nicht als ein Fremdes und Enges, nur weil

Du mich so liebst, nicht als ein Neues und Armes und Schwaches, nur deshalb bin ich nicht fremd und eng und darf mich mit jedem Tag schöner und freigebiger entfalten, wie eine Nacht, die erst zehn Sterne hat und plötzlich zehntausend. Erkenne mich also, meine liebe Mutter, in Wesen und Wahrheit und hab mich lieb um Deiner Kindheit willen, die ich bin und aus der hinaus ich mich langsam in Dein Leben hebe und darüber hinaus in mich selbst. Überschatte mich jetzt, Du Mütterliche, auf daß ich einmal Dich überschatte mit der reifen Schwere meines rauschenden Herzens.

Sag das Alles, mein Liebling Rolf, einmal Deiner Mutter; nicht mit meinen Worten, den hülflosen, weißt Du; in Deiner alltäglichen Sprache, die doch so ohne gleichen ist, daß Dichter und Priester schweigsam werden vor ihrem Angesichte! –

. . . .

⟨R.M.R.⟩

⟨II⟩

⟨EIN BRIEF DES LAHMEN EWALD

als Nachtrag zu den ›Geschichten vom lieben Gott‹⟩

Schmargendorf, am 2. *Februar 1907*

Lieber ferner Freund, lieber Herr Rilke,
was soll ich sagen zu dieser seltenen Freude? Ich weiß gar nicht was ich sagen soll. Wenn ich danke sage, so oft: *danke* als ich es wohl möchte, so ist alles fast wie vorher; dann hab ich danke, danke, danke gesagt, und Sie denken: gut, ich habe gegeben und er hat schlecht, aber so gut er konnte, dafür bezahlt mit seinem Dank. Diese Angelegenheit ist damit abgeschlossen. Das aber, sehen Sie, das soll sie nicht sein. So wenig als sie es war, damals, als Sie plötzlich abgereist waren; nein, das erfuhr ich erst später; die Leute sagten es mir: Herr Rilke ist abgereist; sie knüpften daran allerhand Vermutungen, ja, um es aufrichtig zu sagen, es wurde sehr viel über Ihre Abreise gesprochen. Ich kann ja nicht fortgehen; ich höre, was zu mir kommt, und ich habe da manches gehört, was ich nicht verstand. Was die Leute alles wissen! Sie wissen die Einzelheiten, und die begriff ich nicht. Aber ich wußte das Ganze und hatte großes Vertrauen dazu. Ihre Abreise, wie gesagt, wurde mir erzählt; was ich aber selbst sah, das war, daß Sie, Herr Rilke, nicht mehr an meinem Fenster vorüberkamen; ich saß und saß, und Sie kamen nicht. Und schon bevor ich die Leute von Ihrer unvermuteten Abreise sprechen hörte, erzählte ich den Kindern, daß Sie wieder weit wären, und die Kinder fragten

wo und rieten auf Amerika. Da sagte ich, daß ich das nicht glaubte. Nein, das glaubte ich nicht. Wir wollen das unentschieden lassen, bat ich die Kinder. Wenn er wiederkommt, dann erfahr ichs ja doch, und dann sagt er mir nicht den Namen allein, sondern auch den Vornamen jenes Landes und alles. Wollen wir warten?– Wir entschlossen uns dazu. Wer aber nicht wiederkam, das waren Sie. Die Kinder hatten herausgebracht, daß Ihre Zimmer vermietet worden waren, und an dem Tage, da ich diese Nachricht empfing, erschrak ich darüber, daß Sie mir nicht Lebewohl gesagt hatten; daß Sie *das* tun konnten: ganz fortgehen, ohne es zu sagen. Später sah ich freilich ein, wie schlecht das zu unserer Beziehung gepaßt hätte; es gab ja gar keine solche Stelle in ihr, wo etwas so gesagt worden wäre. Wissen wir denn, ob ein Fortgehn eines ist? Durch gewisse Worte, durch gewisse Bewegungen macht man es dazu. Ob ich aber (ich frage es mich) innerlich so oft hätte mit Ihnen verkehren können während dieser Jahre, wie ich es in Wirklichkeit getan habe, wenn wir vorher Abschied genommen hätten? – Ich glaube, daß mich das später sehr beirrt hätte.

Nun haben Sie mir geschrieben, lieber Herr Rilke, lieber ferner Freund (wie ich mir erlauben muß manchmal zu sagen, nein, zu denken), und der Ton Ihres Briefes ist mir so bekannt (obwohl es ein neuer Ton ist in mancher Beziehung), daß ich merke, daß unsere Verbindung eigentlich nicht unterbrochen war. – Sie haben viel gesehen; viel Merkwürdiges. Die Beschreibung Brügge's beschäftigt mich sehr, mehr vielleicht, als ich selber begreife. Bin ich jemals dort gewesen? Woher weiß ich das alles? Und das Wunder bei der Prozession in Gent: wie die Knaben plötzlich fühlen, daß sie die Weihrauchfässer nicht mehr schwingen, sondern sie nur noch zurückreißen wie junge Falken an der Leine, die aufsteigen wollen; und wie die Kinder, die die spanische Madonna tragen, auf einmal Schritte leise, ganz leise auf ihren Schultern fühlen, gehend über sie hin, wie über Wasser –: ach, wie wahr ist das alles, wie wahr! Und Sie haben gesehen, wie sie ging!

Ich weiß ja nicht, wie Gehen ist, lieber Herr Rilke, und ich stelle es mir unbeschreiblich schön vor; aber ich weiß dafür, wie das ist: so auf die Schultern genommen sein. Es giebt Stunden, die das tun, die mich vorsichtig aufnehmen und herumtragen, und während es geschieht, entbehre ich nichts und ich kann mir nichts Wunderbareres vorstellen. Und nun erzählen Sie mir, daß die Madonna so herumgetragen wird und plötzlich geht. Und ich glaube, daß ich auch gehe in solchen Augenblicken: darum sind sie so merkwürdig schön.

Daß ich aber nie so weit gehen werde, um die liebe Freundin zu sehen, der ich recht eigentlich verdanke, daß Sie mir geschrieben haben, das hat mich in diesen Tagen oft traurig gemacht. Wenn Sie ihr schreiben, so, bitte, grüßen Sie sie. Ich sage ganz einfach grüßen, obwohl ich weiß, daß es andere Ausdrücke giebt, ergebenere und verbindlichere; aber ich kann mir nichts dabei vorstellen.

Die Kinder würde ich gerne fragen, wie das kleine Mädchen beten soll, das »anders beten will«. Aber ich muß mir erst eine Geschichte ausdenken, die so ganz selbstverständlich zu einer ähnlichen Frage führt; denn eine Frage, ganz allein und wirklich gefragt, erschreckt die Kinder und verwirrt sie. Nun lächeln Sie, weil ich sage: ausdenken. Es ist ein komischer Ausweg, aber was für einen andern hätte ich finden sollen, weil Sie nicht mehr vorüberkommen? Da hieß es eben erfinden! Diesmal hab ich den Stoff ja bekommen, und das ist mir lieb; obwohl es mich auch recht befangen macht.

Ach was dieses kleine Mädchen da sagt, lieber, lieber Herr Rilke, haben wirs nicht alle gesagt eines Abends?: Ich will anders beten? Und ist einer unter uns, der gewußt hat wie? Waren wir nicht alle ratlos und versuchtens auf die und jene Art und konntens auf keine? Und schließlich gaben wirs auf: als unnütz, wie wir sagten; als zu schwer, wie wir hätten eingestehen müssen, wenn wir damals schon gelernt gehabt hätten, ein klein wenig aufrichtiger zu sein. Aber später, als wirs lange nicht mehr taten, da kam die Stunde, da wir uns irgendwie beschäftigt fanden, vertieft, verloren in etwas, um etwas versammelt: wissen Sie's noch? Und plötzlich war Gott da, eine Sekunde lang. Wir zitterten. Warum war er gekommen? Wer hatte ihn gerufen? Was war geschehen? – Wir hatten gebetet, ohne es zu wissen. Wir hatten *anders* gebetet. Und so schön wird es nie wieder, wie dieses eine Mal. Später weiß man es; vergessen läßt sichs nicht wieder. Aber kann es denn sein,

daß etwas so Großes und Wahres zu Ende ist, auf seinem Höhepunkt, daß es nicht noch immer zunehmen kann an Schönheit? Darüber denke ich manchmal nach.
Ich habe ja überhaupt nicht aufgehört nachzudenken. An Zeit dazu fehlt es nicht; die Kinder kommen seltener und seltener. Ob ich alt werde? Manchmal denke ich auch, wie Sie mich finden würden, wenn Sie einmal wiederkommen. Gealtert sicher. Meine Hände wenigstens sehen alt aus, und an den vielen Tagen, da keine Sonne scheint, habe ich etwas Mühe, sie warm zu halten. Gewiß haben Sie mich anders in der Erinnerung, und besonders meine Stube stellen Sie sich größer vor. Ach wie klein sie doch ist. Und sie ist sogar noch etwas kleiner geworden, seit Herr Baum mir einen sehr großen Lehnstuhl geschenkt hat (Weihnachten vor zwei Jahren), der viel mehr Platz braucht als der alte, dessen Stelle am Fenster er mit Umständlichkeit eingenommen hat. Und *vor* dem Fenster. Ja, ein bißchen seh ich ja noch vorbei in das, was der Waldanfang ist, aber zuerst muß ich mich doch jedesmal mit dem neuen Haus auseinandersetzen, das um ein Haar ganz vor das Freie zu stehen gekommen wäre. Es ist jetzt fertig, und oben (es hat drei Stockwerke) sind abends schon zwei Fenster hell. Und diese zwei hellen Fenster, in dem ganzen hohen neuen leeren Haus, haben es mir aufeinmal lieb gemacht, nachdem ich es immerzu gehaßt hatte, während sie bauten. Da schien mir, als ob es mir alles verdecken würde. Aber nun, kaum ist es da, so merk ich, daß Das, was ich meinte, sich nicht verdecken läßt.

Da ist es wieder, denk ich am Abend, und es rührt mich, diese ersten zwei hellen Fenster zu sehen in dem großen leeren Haus. Ich versuche mir vorzustellen, wer dort wohnt, und ich begreife wohl, daß es keine reichen Leute sind. Aber trotzdem, diese Helligkeit da oben, diese kleine arglose Helligkeit, scheint mir viel und wie etwas Gutes und Mutiges. Ich entdecke mit Erstaunen, daß sie in mir nicht geringere Gedanken hervorruft als das, was ich früher sah, da dorten nur Himmel war über hohen nächtlichen Kiefern. Wie das doch alles zusammen gehört!

Dieses hier schreibe ich Ihnen in mehreren Absätzen; es ist soviel Gehen im Schreiben und das strengt mich an und verwirrt mich. Ich mußte aufhören und wieder anfangen. Wahrscheinlich werden Briefe ganz anders gemacht. Ich habe keine Ahnung wie. Ich weiß nur, daß man zum Schluß etwas von Freundschaft und Ergebenheit sagen darf, ohne deshalb besonders auffallend oder zudringlich zu scheinen. Das will ich ausnützen und Sie bitten, lieber Herr Rilke, es recht wörtlich zu nehmen, wenn ich sage, daß ich in Herzlichkeit der Ihre bin,

Ihr dankbarer
Ewald.

⟨*Vergleiche die Anmerkung unten Seite 944*⟩

ANMERKUNGEN
ZU: ZWEI BRIEFE

Die beiden voranstehenden Prosastücke: eine dem Kinde Rolf Reventlow in den Mund gelegte Trost- und Mahnrede an seine Mutter und ein fingierter Brief des ›lahmen Ewald‹, eine Art Nachtrag zu den ›Geschichten vom lieben Gott‹, gehören dem Grenzbereich zwischen persönlicher Zuwendung und dichterischer Arbeit an. Sie wurden hier anhangsweise aufgenommen, da das erste, in Bibliographien oft verzeichnete Stück, dessen brieflicher Ursprung bisher unerkannt war, im Zusammenhang dieses Bandes nicht vermißt werden sollte, und da das zweite im Umkreis der ›Geschichten vom lieben Gott‹ seinen natürlichen Platz findet.

Seite 935–937 ⟨*Zwei Briefe / I: An Rolf Reventlow*⟩
Erstdruck: Franziska Gräfin zu Reventlow, Gesammelte Werke / in einem Bande. Herausgegeben und eingeleitet von Else Reventlow. Albert Langen, München (1925): Hünich, S. 99. In der Einleitung S. 16–17 heißt es dort: »Einer von den jungen Dichtern, die ihr damals nahe standen, Rainer Maria Rilke, legt dem kleinen Rolf diese Worte in den Mund: ›Du: Alles, was ich weiß und je wissen werde ...‹« (siehe oben S. 935, letzte Zeile, bis S. 937, Zeile 9: »... und darüber hinaus in mich selbst.«). Die Stelle erweist sich als ein (ungenau wiedergegebener) Auszug aus einem Brief Rilkes an Franziska Reventlow vom 23. Juli 1899 aus Berlin-Schmargendorf, dessen erster Teil oben vollständig abgedruckt ist. Die zweite Hälfte des Briefs, etwa von gleichem Umfang, beginnt: »Und nun hören Sie auch mich, meine liebe Freundin! Daß ich Ihnen dankbar bin für Ihr Bild – vielleicht fühlen Sie das schon bei Rolfs Rede. Nun noch einige Notizen zu Ihren Mitteilungen und zehn Worte über mich ...«. Das Original des Briefes ist im Besitz von Frau Else Reventlow, der das R.-A. eine Photokopie verdankt. – Vergleiche auch die Verse für Rolf Reventlow in SW III,

S. 833 (die Altersangabe dort ist zu berichtigen: Geburtsdatum des Kindes war der 1. September 1897, siehe: Franziska Reventlow, Gesammelte Werke, S. 63) und Rilkes Besprechung des Buches ›Ellen Olestjerne‹ von Franziska Reventlow (Hünich, S. 49) in SW V; ferner die in G. Br. I und in Br. 99/02 abgedruckten Briefe Rilkes an Franziska Reventlow, sowie die Erwähnungen seines Namens in ihrem Tagebuch (Gesammelte Werke 1925, S. 40 und 42, Frühjahr 1897).

Seite 938–943 ⟨Zwei Briefe / II: Ein Brief des lahmen Ewald⟩
Erstdruck: Briefe aus den Jahren 1906 bis 1907, Im Insel-Verlag zu Leipzig 1930, S. 174–180; wiederabgedruckt in G. Br. II (1939), S. 249–255. Wie aus dem Begleitbrief an Gudrun Baronin Uexküll vom 2. Februar 1907 aus Capri (ebenda S. 173f., bzw. S. 247ff.; gekürzt) hervorgeht, war der fingierte Brief hervorgerufen durch eine briefliche Frage, die die Empfängerin im Namen ihrer Tochter Damajanti gestellt hatte. Rilkes Begleitbrief schließt: »Im Anschlusse finden Sie, liebe Freundin, die Abschrift eines Briefes meines lahmen Freundes, den ich ohne Abzug wiedergebe. Sie sehen, ich habe ihm nach Ihrem Wunsche von Damayanti geschrieben und dadurch in unsere ganz alte Beziehung Bewegung gebracht. Da Sie ihn lieben, so werden Sie's nicht unbescheiden empfinden, daß ich Ihnen seine Antwort unverkürzt weitergebe? Nicht wahr?« Da das Original des Briefes unerreichbar war, folgt der Abdruck einer früheren Abschrift im R.-A. (derselben, die auch den bisherigen Drucken zugrunde lag). – Zu S. 940f. »das Wunder bei der Prozession in Gent« : die Stelle beruht auf Eindrükken der Reise nach Belgien vom August 1906, die einige Zeit später in dem Gedicht ›Die Marienprozession‹ (Paris, 20. Juli 1907) gestaltet wurden (SW I, S. 536–538). – Vergleiche im übrigen die Anmerkungen zu den ›Geschichten vom lieben Gott‹, unten S. 989–995, insbesondere S. 993.

GEDICHTE IN RUSSISCHER SPRACHE

ERSTE FOLGE:

SECHS GEDICHTE FÜR LOU ANDREAS-SALOMÉ
(29. November – 7. Dezember 1900)

⟨*A: Endgültige Fassung der Reihe*⟩

⟨I⟩

ПЕРВАЯ ПѢСНЯ·

. . . . Вечеръ. У моря сидѣла
дѣвочка, какъ мать сидитъ
у ребенка. Она пѣла,
и теперь она слышитъ
его сонное дыханіе;
видѣвъ миръ и упованіе
улыбается она:
не улыбка — это сіяніе,
праздникъ своего лица.

Дитя будетъ точно море
трогать даль и небеса, —
гордость твое или горе
шопотъ или тишина.
Берегъ его только знаешь,
и сидить тебѣ и ждать . . . .

То и пѣсну запѣваешь,
и ничемъ не помогаешь
ему жить и быть и спать.

29. ноября 1900·
Шмаргендорфъ·

⟨II⟩

2. ПѢСНЯ.

Я иду, иду и все еще кругомъ
родина твоя, вѣтренная даль,
я иду, иду и я забылъ о томъ,
что прежде другихъ краевъ зналъ.

И какъ теперь далеко отъ меня
большые дни у южнаго моря,
сладкіе ночи майскаго заката;
тамъ пусто все и весело и вотъ:
темнеетъ Богъ, . . . страдающій народъ
пришелъ къ нему и бралъ его какъ брата.

1. Декабря 1900·

⟨III⟩

ПОЖАРЪ.

Бѣлая усадба спала,
да телѣга уѣхала
въ ночь, куда-та, знаетъ Богъ.
Домикъ одинокъ закрылся,
садъ шумѣлъ и шевелился:
послѣ дождя спать не могъ.

Парень смотрѣлъ ночь и нивы,
то летѣлъ, не торопясь,
между нами молчаливый
неоконченный разсказъ.

Вдругъ онъ замолкъ: даль сгорѣла
Вѣдь и небосклонъ горитъ . . .
Парень думалъ: трудно жить.
Почему спасенія нѣтъ? —
Земля къ небесамъ гладѣла,
какъ бы жаждала отвѣтъ.

5. Декабря 1900·

⟨IV⟩

УТРО.

И помнишь-ты, какъ розы молодыя
Когда ихъ видишь утромъ раньше всѣхъ,
все наше близко, дали голубыя,
и никому не нужно грѣхъ.

Вотъ первый день, и мы вставали
изъ руки Божья, гдѣ мы спали —
какъ долго — не могу сказать;
Все былое былина стало,
и то что было очень мало, —
и мы теперь должны начать.

Что будетъ? Ты не безпокойся,
да отъ погибели не бойся,
вѣдь даже смерть только предлогъ;
что еще хочешь за отвѣта?
да будутъ ночи, полны лѣта
и дни сіяющаго свѣта
и будемъ мы и будетъ Богъ.

* * *

6. Декабря 1900·

⟨V⟩

ЛИЦО.

Родился-бы я простымъ мужикомъ,
то жилъ-бы съ большымъ просторнымъ
лицомъ:
въ моихъ чертахъ не доносилъ-бы я
что думать трудно и чего нельзя
сказать . . .
И только руки наполнились-бы
моею любовью и моимъ терпѣніемъ, —
но днемъ работой-то закрылись-бы,
ночь запирала-бъ ихъ моленіемъ.
Никто кругомъ не бы узналъ — кто я.
Я постарѣлъ, и моя голова
плавала на груди внизъ, да съ теченіемъ.
Какъ будто мягче кажется она.
Я понималъ, что близко день разлуки,
и я открылъ, какъ книгу, мои руки
и оба клалъ на щеки, ротъ и лобъ . . . .

Пустыя сниму ихъ, кладу ихъ въ гробъ, —
но на моемъ лицѣ узнаютъ внуки
все, что я былъ . . . . но всетаки не я;
въ этихъ чертахъ и радости и муки
огромныя и сильнѣе меня:
вотъ, это вѣчное лицо труда.

* * *

Nachts. 6. Dez.

⟨VI⟩

СТАРИКЪ.

Все па поляхъ; избушка, ужъ привыкъ
къ этому одиночеству, дыхаетъ
и лаская, какъ няня потушаетъ
плачущаго ребёнка тихій крикъ.

На печкѣ, какъ бы спалъ, лежалъ старикъ,
думалъ о томъ, чего теперь ужъ нѣтъ, —
и говорилъ-бы, былъ-бы какъ поэтъ.
Но онъ молчитъ; дасть мирь ему Господь.

И между сердца своего и ротъ
пространство, море . . . ужъ темнеетъ кровь
и милая, красавица любовь
идетъ въ груди болш' тысячи годовъ
и не нашла себѣ губы, — и вновъ
она узнала, что спасенія нѣтъ,
что бѣдная толпа усталыхъ словъ,
чужая, мимо проходила въ свѣтъ.

* * *

полдень, 7. Декабря 1900·

⟨B: Tagebuch-Fassung der Reihe⟩

⟨I: ›ERSTES LIED‹⟩

1. ПѢСНЯ.

Dir zu eigen:

Вечеръ. У моря сидѣла
дѣвочка, какъ мать сидитъ
у ребенка. Она пѣла,
и теперь она слышитъ
свое сонное дыханіе;
видѣвъ миръ и упованіе
улыбается она . . .
не улыбка — это сіяніе,
праздникъ своего лица.

Дитя будетъ, точно море,
трогать даль и небеса,
гордость твое или горе —
шопотъ или тишина.
Берегъ его только знаешь,
и сидить тебѣ и ждать . . .
то и пѣсну запѣваешь,
и ничемъ не помогаешь
ему жить и быть и спать.

Das erste russische Gedicht kommt mir ganz unversehens heute im Walde. Ich verzeichne es hier in der ersten Niederschrift. 29. Nov. ⟨1900, Berlin-Schmargendorf⟩

⟨II: ›ZWEITES LIED‹⟩

2. ПѢСНЯ.

Я иду, иду и все еще кругомъ
родина твоя, вѣтренная даль,
я иду, иду и я забылъ о томъ,
что прежде другихъ краевъ зналъ.
И какъ теперь далеко отъ меня
большые дни у южнаго моря, —
сладкіе ночи майскаго заката;
тамъ пусто все и весело — и вотъ:
темнеетъ Богъ . . . страющій народъ
пришёлъ къ нему и бралъ его какъ брата.

1. Dez. 1900

⟨III: ›FEUERSBRUNST‹⟩

5. Dez. 1900· ⟨Berlin⟩. In der Stadt schrieb ich mitten im Gewühle von Josty ein kleines russ. Gedicht auf, aus jener einsamen Nachtstimmung, welche damit noch nicht verbraucht, aber zum ersten Mal geweckt ist. Ich meine die Fahrt auf der Bauerntelega von Novinki nach dem Dorf und zurück. Es soll heißen:

ПОЖАРЪ.

Бѣлая усадба спала,
да телѣга уѣхала
въ ночь, куда-то, знаетъ Богъ.
Домикъ, одинокъ, закрылся,
садъ шумѣлъ и шевелился,
послѣ дождя спать не могъ.

Парень смотрѣлъ ночь и нивы,
то летѣлъ, не торопясь,
между нами молчаливый
неоконченный разсказъ.

Вдругъ онъ замолкъ: даль сгорѣла
Вѣдь и небосклонъ горитъ
Парень думалъ: трудно жить!
Почему спасенія нѣтъ?
Земля къ небесамъ гладѣла
Какъ бы жаждала отвѣтъ.

* * *

⟨IV: ›DER MORGEN‹⟩

6. December 1900: Ein Gedicht:

УТРО.

И помнишь ты, какъ розы молодыя,
когда ихъ видишь утромъ раньше всѣхъ, —
все наше близко, дали голубыя,
и никому не нужно грѣхъ.

Вотъ первый день, и мы вставали
изъ руки Божья, гдѣ мы спали —
какъ долго не могу сказать;
Все былое былина стало,
и то что было — очень мало,
и мы теперь должны начать.

Что будетъ? Ты не безпокойся,
да отъ погибели не бойся,
вѣдь даже смерть только предлогъ;
что еще хочешь за отвѣта?
да будутъ ночи полны лѣта
и дни сіяющаго свѣта,
и будемъ мы и будетъ Богъ.

* * *

⟨V: ›DAS ANTLITZ‹⟩

Nacht. 6. Dez. Am Nikolaus Tage.

Родился-бы я простымъ мужикомъ,
то жилъ-бы съ большимъ, просторнымъ
лицомъ:
въ моихъ чертахъ не доносилъ-бы я
что думать трудно и чего нельзя
сказать . . . . .
И только руки наполнились-бы
любовью мое́ю и моимъ терпѣніемъ, —
но днемъ работой-то закрылись-бы
ночь запирала-бъ ихъ моленіемъ;
никто кругомъ не бы узналъ кто я.
Я постарѣлъ и моя голова
плавала на груди́ внизъ дась теченіемъ.
Какъ будто мягче, кажется она.
Я понималъ, что близко день разлуки
и я открылъ какъ книгу мои руки
и оба клалъ на щеки, ротъ и лобъ. —
Пустыя сниму ихъ, кладу ихъ въ гробъ,
но на моемъ лицѣ узнаютъ внуки
все, что я былъ . . . . но всетаки не я . . .
въ этихъ чертахъ и радости и муки
огромныя и сильнѣе меня: . . .
да это вѣчное лицо труда.

* * *

⟨VI: ›DER GREIS‹⟩

СТАРИКЪ.

Все па поляхъ; избушка, ужъ привыкъ
къ этому одиночеству, дыхаетъ,
и ласкаая, какъ няня потушаетъ
плачущаго ребенка тихiй крикъ.
На печкѣ, какъ бы спалъ, лежалъ старикъ,
думалъ о томъ, чего теперь ужъ нѣтъ,
и говорилъ-бы, былъ-бы какъ поэтъ;
но онъ молчитъ. Дастъ миръ ему господь.
И между сердца своего — и ротъ
пространство, море . . . ужъ темнеетъ кровь
и милая, красавица любовь
идетъ въ груди больш' тысячи годовъ
и не нашла себѣ губы, и вновъ
она узнала, что спасенiя нѣтъ,
что бѣдная толпа усталыхъ словъ
чужая мимо проходила въ свѣтъ.

Mittag am 7. Dez. ⟨*1900*⟩

* * *

ZWEITE FOLGE:

ZWEI ENTWÜRFE VOM 11. APRIL 1901

⟨A: ›ICH WURDE SO MÜD...‹⟩

Я такъ усталъ отъ тяжбы больныхъ дней
пустая ночь безвѣтренныхъ полей
лежитъ надъ тишиной моихъ очей.
Мой сердце начиналъ какъ соловей,
но досказать не могъ свой слова;
теперь молчаніе свое слышу я —
оно растетъ какъ въ ночи страхъ
темнѣетъ какъ послѣдній ахъ
забытаго умершаго ребенка.

⟨B: ›ICH BIN SO ALLEIN...‹⟩

Я такъ одинъ. Никто не понимаетъ
молчаніе: голосъ моихъ длинныхъ дней
и вѣтра нѣтъ, который открываетъ
большіе небеса моихъ очей.
Передъ окномъ огромный день чужой
край города; какой нибудь большой
лежитъ и ждетъ. Думаю: это я?
Чего я жду? И гдѣ моя душа?

* * *

Übersetzung der Ersten Folge: Sechs Gedichte für Lou Andreas-Salomé

⟨I⟩

ERSTES LIED

... ABEND. Am Meer saß ein Mädchen, wie eine Mutter beim Kind sitzt. Es sang, und jetzt hört es sein schläfriges Atmen; es sieht den Frieden und die Zuversicht und lächelt: es ist kein Lächeln, – das ist ein Strahlen, ein Fest seines Angesichts.
Das Kind wird genau wie das Meer die Ferne und den Himmel berühren, – der Stolz ist das Deine oder der Kummer (oder: (dein?) Stolz oder (dein?) Kummer), Flüstern oder Stille. Du kennst nur seinen Strand und mußt sitzen und warten .... So stimmst du auch ein Lied an und hilfst ihm durch nichts, zu leben und zu sein und zu schlafen.

Sommer 1900, Schmargendorf

⟨II⟩

ZWEITES LIED

ICH gehe, gehe, und immer noch ist ringsum deine Heimat, die windige Ferne, ich gehe, gehe und ich habe vergessen, daß ich früher andere Länder kannte.
Und wie fern sind jetzt von mir die großen Tage am südlichen Meer, die süßen Nächte des Mai-Sonnenuntergangs; dort ist alles leer und heiter, und siehe da:

es dunkelt Gott, ... das leidende Volk kam zu ihm und nahm ihn wie einen Bruder auf.

1. Dezember 1900

⟨III⟩
DIE FEUERSBRUNST

Das weiße Gutshaus schlief, und der Bauernwagen war fortgefahren in die Nacht, irgendwohin, Gott weiß es. Das einsame Haus hat (hatte?) sich geschlossen (verhüllt? versteckt?), der Garten rauschte und regte sich: nach dem Regen konnte er nicht schlafen.
Der Bursche blickte in die Nacht und auf die Felder, da flog ohne Hast zwischen uns eine schweigsame, unvollendete Erzählung.
Plötzlich verstummte er: Die Ferne verbrannte, auch der Horizont brennt ja ... Der Bursche dachte: es ist schwer zu leben. Warum gibt es keine Rettung (Heil? Erlösung?) ? – Die Erde schaute zum Himmel hinauf, als dürstete sie nach einer Antwort.

5. Dezember 1900

⟨IV⟩
DER MORGEN

Und du erinnerst dich, wie die jungen Rosen sind, wenn du sie morgens früher als alle siehst, alles, was unser ist, ist nah, die blauen Fernen, und niemand bedarf der Sünde.

Das ist der erste Tag, und wir erhoben uns aus der Hand Gottes, wo wir schliefen, – wie lange, – vermag ich nicht zu sagen; Alles Vergangene ward zur Sage, und, was gewesen, ist sehr wenig, (oder: auch das, was sehr wenig gewesen ist,) – und wir müssen jetzt beginnen.
Was wird geschehen? Mache dir keine Sorge, und fürchte den Untergang nicht, auch der Tod ist ja nur ein Vorwand (?); was willst du noch für eine Antwort? es mögen Nächte sein, voll des Sommers, und Tage voll strahlenden Lichtes und wir werden sein und Gott wird sein.

6. Dezember 1900

⟨V⟩
DAS ANTLITZ

Wäre ich als einfacher Bauer geboren, dann lebte ich mit einem großen, geräumigen Gesicht: in meinen Zügen verriete ich nicht, was schwer zu denken und unmöglich ist zu sagen (oder: daß es schwer ist zu denken und was unmöglich ist zu sagen) ...
Und nur die Hände würden sich füllen mit meiner Liebe und meiner Geduld, – tags aber würden sie sich mit Arbeit bedecken, die Nacht würde sie im Beten verschließen. Niemand ringsum würde erfahren, – wer ich bin. Ich bin alt geworden, und mein Kopf schwamm auf der Brust hinab, mit der Strömung. Er scheint weicher zu sein. Ich verstand, daß der Tag der Trennung nahe ist, und ich öffnete meine Hände wie ein Buch und legte beide auf Wangen, Mund und Stirn ...

Leer werde ich sie abnehmen, ich lege sie in den Sarg, – doch an meinem Gesicht werden die Enkel alles erkennen, was ich war ... aber dennoch bin *ich* es nicht; in diesen Zügen sind sowohl Freuden als auch Qualen, gewaltig und stärker als ich: ja, das ist das ewige Antlitz der Arbeit.

Nachts, 6. Dezember 1900

⟨VI⟩
DER GREIS

ALLE sind auf den Feldern; die Hütte, schon gewohnt an dieses einsame Dasein, atmet und dämpft zärtlich wie eine Amme den leisen Schrei des weinenden Kindes.
Auf dem Ofen lag wie schlafend der Greis, dachte an das, was jetzt schon nicht mehr ist, – und würde er sprechen, wäre er wie ein Dichter. Aber er schweigt: der Herr gebe ihm Frieden.
Und zwischen seinem Herzen und seinem Mund ist ein Raum, (das?, ein?) Meer ... schon wird das Blut dunkel und die holde Schöne, die Liebe, geht in der Brust mehr als tausend Jahre und hat keine Lippe für sich gefunden, – und hat wieder erfahren, daß es keine (Rettung?, Erlösung?) gibt, daß die arme Schar müder Worte, die fremde, in die Welt (in das Licht?) vorüberging.

Mittags, 7. Dezember 1900

* * *

Übersetzung der Zweiten Folge
Zwei Entwürfe vom 11. April 1901

⟨A⟩
›ICH WURDE SO MÜD...‹

Ich wurde so müde von der Last der kranken Tage,
Die leere Nacht windloser Felder
Liegt auf der Stille meiner Augen.
Mein Herz begann wie eine Nachtigall,
Aber es konnte seine Worte nicht aussprechen.
Jetzt lausche ich seinem Schweigen –
Es wächst wie das Grauen des Nachts,
Dunkelt wie das letzte Ach
Eines vergessenen gestorbenen Kindes.

⟨B⟩
›ICH BIN SO ALLEIN...‹

Ich bin so allein, niemand versteht
Das Schweigen: Stimme meiner langen Tage,
Und es gibt keinen Wind, der aufschließt
Die großen Himmel meiner Augen.
Vor den Fenstern ein ungeheurer fremder Tag,
Der Rand der Stadt; irgendein Großer
Liegt und wartet. Ich denke: bin ich es?
Worauf warte ich? Und wo ist meine Seele?

* * *

ANMERKUNGEN

Die acht russischen Gedichte Rilkes wurden zuerst durch Sophie Brutzer (1905–1945) in ihrer verdienstvollen Dissertation ›Rilkes russische Reisen‹, Königsberg 1934, S. 16–17 und 89–101, veröffentlicht, übersetzt und kurz besprochen. Sie stützte sich dabei auf das im R.-A. befindliche sog. ›Worpsweder Tagebuch‹ (Ms. XI), worin gegen Schluß auf den Seiten 93–99 die sechs Stücke der Ersten Folge in der Zeit vom 29. November bis zum 7. Dezember 1900 (Berlin-Schmargendorf) eingetragen sind (vgl. SW III, S. 849). Die im Besitz von Lou Andreas-Salomé befindlichen Reinschriften (in deren erstem Buch über Rilke, Leipzig 1928, S. 90, nur andeutungsweise erwähnt) blieben ihr unbekannt. Dagegen glückte es ihr (im August 1932), die beiden Entwürfe der Zweiten Folge wiederzufinden: ein mit Bleistift beschriebenes Blatt, datiert ›11. April‹, das bis dahin unbeachtet in Rilkes Handexemplar der M. Botkin'schen Ausgabe des Briefwechsels des Malers A. A. Iwanow gelegen hatte (S. Brutzer, a. a. O., Seite 17, 32, 89, 95, 100: dort auch die überzeugende Datierung auf das Jahr 1901, Bremen). Im Anschluß an den Abdruck bei S. Brutzer wurden die acht Stücke in modernisierter Schreibung wiederholt und im Hinblick auf Grammatik, Orthographie und Interpunktion erörtert von Samson Soloveitchik und Everett Bushnell Gladding, *Rilke's original Russian poems*, in: Modern Language Notes, Vol. LXII, 1947, p. 514–522 (Ritzer K 1503). Den beiden Autoren war damals noch nicht bekannt, daß inzwischen 1942 die vollständige Ausgabe der ›Tagebücher aus der Frühzeit‹ erschienen war, worin auf S. 408–415 die sechs Stücke der Ersten Folge im russischen Wortlaut (eben der ›Tagebuch-Fassung‹) abgedruckt waren, begleitet (in den Anmerkungen, S. 437–439) von einer Übersetzung ins Deutsche durch Dr. Arthur Luther. In der früheren gekürzten Ausgabe des sog. ›Worpsweder Tagebuches‹ war nur von *einem* und zwar dem dritten, Stück dieser Folge eine (überdies lückenhafte) Umschrift in lateinischen Lettern wiedergegeben worden (Briefe und Tagebücher aus der Frühzeit 1899 bis 1902, Leipzig 1931, S. 403 f.). Die überaus sorgfältigen und genau datierten Reinschriften aller sechs Stücke der Ersten Folge, die Rilke der Freundin widmete, haben sich im Besitz und Nachlaß von Lou Andreas-Salomé erhalten; dank der Liebenswürdigkeit Ernst Pfeiffers, der Photokopien zur Verfügung stellte, können Sie in diesem Bande zum ersten Mal vorgelegt werden.

Als »obwohl grammatikalisch arg, doch irgendwie unbegreiflich dichterisch« hat Lou Andreas-Salomé (a. a. O., 1928, S. 90) den jugendlichen Versuch Rilkes bezeichnet, »mancherlei Verse in diese Sprache, gleichsam aus sich selber, zu übersetzen«. Mit der Erlernung des Russischen hat Rilke, erst *nach* seiner ersten Rußland-Reise, im Hochsommer 1899 ernstlich begonnen. – Durch angespanntes Studium erwarb er bald die Fähigkeit zu lesen, zu übersetzen, auch sich schriftlich und mündlich zu verständigen; doch hat er die Stufe einer förmlichen ›Beherrschung‹ der Sprache, im Sinne grammatischer Korrektheit, nicht erreicht. An einigen russisch geschriebenen Briefen jener Zeit und vor allem an den acht Vers-Entwürfen läßt der Grad seines Eindringens sich ablesen. Da diese Gedicht-Versuche trotz ihrer sprachlichen Unzulänglichkeit zu bedeutsam erscheinen als daß man sie aus einer Gesamtausgabe ausschließen dürfte, werden sie hier anhangsweise abgedruckt; und zwar in buchstabengenauer Wiedergabe der Handschriften. Wie schon in Tgb. (1942) S. 437 bemerkt, sind die russischen Texte Rilkes (ganz abgesehen von Eigenwilligkeiten und Versehen in Schreibung und Zeichensetzung) »nicht frei von Fehlern im Gebrauch der Tempora, der Kasus, der Rektion von Präpositionen, der Wortwahl und Wortstellung«. Wird dadurch in manchen Fällen nur oberflächlich gegen die Sprachrichtigkeit verstoßen, so wird in anderen, sehr viel gewichtigeren Fällen die Intention des Ausdrucks dadurch verdunkelt – gelegentlich so stark, daß das Gemeinte nicht mehr sicher zu erraten ist: auch das ein entscheidender Grund, *jeden* editorischen Eingriff in diese Texte zu meiden.

Für Leser, die des Russischen ebensowenig mächtig sind wie die Herausgeber, ist wiederum – wie bei Sophie Brutzer 1934 und in Tgb. 1942 – eine deutsche Übersetzung beigegeben. Herr Prof. Dr. Eberhard Tangl in Hamburg, dem für seine eingehende Beratung und seinen Beistand bei der Bearbeitung der ›Russica‹ auch an dieser Stelle aufs angelegentlichste gedankt sei, hat in Anlehnung an die oben genannte Übersetzung von Arthur Luther (die auf der ›Tagebuchfassung‹ beruhte), den Text der maßgebenden ›Widmungs-Fassung‹ ins Deutsche übertragen; unklare oder zweifelhafte Stellen des Originals sind in dieser Wiedergabe kenntlich gemacht. Dagegen ist der Text der (im Manuskript nicht zugänglichen) ›Zwei Entwürfe‹ vom 11. April 1901 und deren deutsche Übersetzung hier unmittelbar und unverändert aus der Dissertation von Sophie Brutzer (S. 95) übernommen worden. – Die deutsche Übersetzung sucht so genau wie möglich wiederzugeben was dasteht und verzichtet auf den Versuch, in Zweifelsfällen erratend zu verdeutlichen was gemeint sein mag, geschweige den deutschen Wortlaut in ›Rilkeschem‹ Tone zu stilisieren (sonst müßte es, beispielsweise, schon in der Überschrift des dritten Stücks der Ersten Folge ›Brand‹ statt ›Feuersbrunst‹ heißen). Die Aufgabe, interpretierend und divinierend eine deutsche Fassung auszuarbeiten, die möglichst genau dem entspräche, was der Dichter in den russischen Versen hat ausdrücken *wollen*, bleibt darüber hinaus bestehen. Wer sie zu lösen unternimmt, müßte sowohl mit der russischen Sprache wie mit Rilkes Dichtertum gleichmäßig eng vertraut sein; er hätte auch die Beziehungen aufzuhellen, durch die diese Versuche in einer ›*langue prêtée*‹ mit Rilkes sonstigem Schaffen der Zeit um die Jahrhundertwende verknüpft sind.

Bereits in einem Briefe vom 16. Februar 1900 aus Berlin-Schmargendorf schrieb Rilke an Sofia Nikolajewna Schill: »Und verleumden Sie nicht Ihr gutes Deutsch, das mir sehr sympathisch klingt. Wenn ich so gut Russisch schriebe, würde ich wohl schon russische Gedichte versuchen. Das erscheint mir überhaupt als das Höchste: russische Verse machen zu können. Wer das dürfte!« Sobald er dann, im August 1900, an Sofia Schill zum ersten Mal auf russisch zu schreiben wagte, kündigte er halb ernsthaft, halb scherzhaft an, es werde wohl bald die erste russische Dichtung folgen – freilich: *was* das dann für Verse sein würden, möge sie aus seiner ⟨ja noch nicht zu verantwortenden⟩ Briefprosa schließen! (St. Petersburg, 17. August, und Worpswede, 29. August 1900, Original im R.-A.; S. Brutzer zitiert aus einem Konzept, a.a.O., S. 15 und 16.) Der Grenzen seiner Sprachkenntnisse blieb er sich natürlich genau bewußt; das Wagnis der Gedicht-Versuche lag ihm jedoch ebenso nah wie Übungen im Sprechen und Korrespondieren. Aus späterem Rückblick aber hat er bezeugt, er sei »dabei auch zu der Einsicht gekommen, daß man diesem Drängen nicht zu sehr nachgeben, vielmehr immer wieder seine Kraft daran setzen muß, in der eigenen Sprache alles zu finden, mit ihr alles zu sagen...« (aus Capri, Frühjahr 1907, an den schwedischen Freund Ernst Norlind, der deutsch zu dichten begonnen hatte und den er, unter Berufung auf eigene Erfahrungen, an seine Muttersprache wies, G. Br. II, S. 306–309). Solche »Einsicht« verleugnete freilich nicht die Echtheit und Stärke des ursprünglichen Impulses, von der noch in einem Briefe vom 15. Januar 1918 an Marie von Mutius, aus dem letzten Münchener Kriegswinter, die Rede ist: »Vor siebzehn Jahren, in Rußland, war ich nahe daran, mir diese Sprache, als die meinem Gemüt nächste, sogar für meinen künstlerischen Ausdruck aneignen zu wollen – (es wäre, selbstverständlich, ohne enorme Verluste nicht möglich gewesen) –, im Grunde müßte man *alle* Sprachen schreiben...« (vgl. den Auszug bei: Maurice Betz, Rilke in Frankreich, Deutsche Ausgabe von Willi Reich, 1938, S. 52–54, und Ritzer B 181; Photokopie des Briefes im R.-A.). Solche Selbstzeugnisse erinnern an die Sätze im letzten Abschnitt der ›Aufzeichnungen des Malte Laurids Brigge‹: »Er war wie einer, der eine herrliche Sprache hört und fiebernd sich vornimmt, in ihr zu dichten. Noch stand ihm die

Bestürzung bevor, zu erfahren, wie schwer diese Sprache sei; er wollte es nicht glauben zuerst, daß ein langes Leben darüber hingehen könne, die ersten, kurzen Scheinsätze zu bilden, die ohne Sinn sind.«

*

Im Einzelnen bleibt zu den ›Russica‹ noch folgendes anzumerken.

Sechs Gedichte für Lou Andreas-Salomé

Seite 947 bis 958 Zur Ersten Folge:

Die ersten Niederschriften oder Entwürfe, die den Eintragungen in das Tagebuch voraufiagen (dort ausdrücklich erwähnt bei ⟨I⟩ und ⟨II⟩), haben sich nicht erhalten. Was im Tagebuch steht, sind also erste Reinschriften; sie weisen noch einzelne Korrekturen auf. Die Widmungs-Fassung steht der Entstehung nach an dritter und letzter Stelle und ist als die endgültige anzusehen; außer seltenen Berichtigungen einzelner Buchstaben enthält sie keine Korrekturen mehr. Im Wortlaut unterscheiden beide Fassungen sich kaum voneinander (zwei kleine Abweichungen in ⟨IV⟩: ›Das Antlitz‹). Dagegen ist die Widmungs-Fassung, was Schreibung und Zeichensetzung betrifft, mit solcher Sorgfalt durchgestaltet, daß dadurch auch der Text selbst an nicht wenigen Stellen verdeutlicht wird, manchmal unter leichter Verschiebung des Sinnes. So hätte es, streng genommen, genügt, nur diese maßgebende Endredaktion hier abzudrucken. Für die Beigabe auch der Tagebuch-Fassung entschieden drei Gründe: sie hat allen früheren Arbeiten über Rilkes russische Studien zugrunde gelegen und muß also bei deren Benutzung weiterhin herangezogen werden; ihre Wiedergabe war in keiner der drei oben genannten Veröffentlichungen ›diplomatisch‹ genau; die Berücksichtigung ihrer Eigenheiten und leichten Unterschiede von der Endfassung wird, angesichts der besonders heiklen Schwierigkeiten dieser Texte, dem Verständnis förderlich sein. – Die Daten des Tagebuchs (deren richtige Zuordnung in Tgb. 1942 nicht immer eindeutig erkennbar ist, siehe SW III, S. 841 und oben S. 1032) werden durch die Widmungs-Fassung bestätigt. Diese besteht aus sechs einzelnen Blättern, die sämtlich mit Tagesdaten bezeichnet sind; vermutlich wurden diese Reinschriften für Lou Andreas-Salomé alsbald nach der Entstehung des Gedichtkreises angefertigt, vielleicht zu Weihnachten 1900 (ihre Angaben über die Entstehungsfolge, a.a.O. 1928, S. 90, beruhten auf einer Gedächtnistäuschung).

Seite 947 und 953 ⟨I⟩ / Erstes Lied

Im Tagebuch gilt die Widmung ›Dir zu eigen‹ Lou Andreas-Salomé, für die das ganze Tagebuch geschrieben ist (vgl. SW III, S. 841). Die russische Überschrift ›Erstes Lied‹ ist wohl erst hinzugefügt worden, als zwei Tage später das ›Zweite Lied‹ hinzukam.

Seite 948 und 954 ⟨II⟩/ Zweites Lied

›Deine Heimat‹: Zweifellos ist Lou Andreas-Salomé angeredet und *ihre* russische Heimat gemeint, im Gegensatz zu dem Aufenthalt in Florenz und Viareggio im Frühling 1898. In der achten Zeile muß gemeint sein: *dort* ⟨in Toskana⟩ – und *hier* ⟨in Rußland⟩; die Wendung ›Es dunkelt Gott‹ begegnet im Stunden-Buch (SW I, S. 286, auch 254 und 270; vgl. auch S. 169, 358–360 und 589 dieses Bandes).

Seite 949 und 955 ⟨III⟩ / Die Feuersbrunst

Die Vorbemerkung im Tagebuch bezieht sich auf den Aufenthalt auf dem Gute Novinki des Grafen Nikolai Alexejewitsch Tolstoi vom 21. bis 23. Juli 1900. Offenbar ist unter dem ›Burschen‹ der Kutscher, unter ›zwischen uns‹ Lou Andreas-Salomé und der Dichter selbst zu verstehen. Vergleiche die Erinnerungen von Sp. Dm. Drožžin im ›Inselschiff‹ 10, 1928/29, Heft 3, S. 225–233 (insbesondere S. 229, Daten nach russischem Kalender!) und Sophie Brutzer, a. a. O., S. 7–10. Die Daten der Rußlandreise des Sommers 1900 verzeichnet am genauesten Ernst Pfeiffer im Briefwechsel zwischen Rilke und Lou Andreas-Salomé (Zürich und Wiesbaden 1952), S. 519 (siehe auch seine Anmerkungen zu ihrem ›Lebensrückblick‹, 1951 S. 297, 349 und 366).

Seite 950 und 956 ⟨IV⟩ / Der Morgen

Wohl mit Recht vermutet Sophie Brutzer (a.a.O., S. 98) in diesen Versen eine Reminiszenz an den von Drožžin (Seite 229, s. vorige Anmerkung) geschilderten Morgen des 19. Juli 1900 in dem Dorfe Nisowka. – In der vierten Zeile klingt eine Wendung vor aus dem ›Brief des jungen Arbeiters‹ vom Februar 1922: »Ich will nicht von vornherein als ein Sündiger angeredet sein, vielleicht bin ich es nicht. Ich habe so reine Morgen!« (Ausgewählte Werke, 1938, Band II, S. 307).

Seite 951 und 957 ⟨V⟩: Das Antlitz

Die Überschrift wurde vom Dichter erst in der Reinschrift für Lou Andreas-Salomé hinzugefügt (aus deren Erwähnung, a. a. O. 1928, S. 90, sie schon früher bekannt war). In der zwölften Zeile ist der herabwallende Vollbart des Bauern gemeint.

Seite 959 Zweite Folge: Zwei Entwürfe vom 11. April 1901

Über die Handschrift stehen nur die oben angeführten Angaben von Sophie Brutzer (a.a. O., S. 95f.) zur Verfügung; ob die Anordnung beider Stücke dem handschriftlichen Befund entsprach ist ebensowenig sicher wie ob das Datum des 11. April sich wirklich auf alle beide Entwürfe bezieht – stand jedes Stück auf je einer Seite des Blattes, so mögen diese Fragen unentscheidbar gewesen sein. Sophie Brutzer hat außer ihrer Interlinearversion noch eine gereimte Nachdichtung der beiden Entwürfe (und des ›Zweiten Liedes‹ der Ersten Folge) und eine einleuchtende Begründung für die Datierung in das Jahr 1901 gegeben (S. 96 und 100 ihrer Dissertation). Ihre Übersetzungen aller acht Gedichte zeichnen sich durch feinfühligen Spürsinn für die Intention des Dichters aus und behalten dadurch ihren Wert, unbeschadet dessen, daß die Zwecke der vorliegenden Ausgabe eine Version anderer Art erforderten.

[illegible] und *W. [illegible]*

Wahrscheinlich [illegible] Brief an Lange [illegible] S. 28, in [illegible] von einer Entwicklung, die [illegible] vor [illegible] gesucht [illegible] zeigen [illegible] bei [illegible] der [illegible] Meinung [illegible] jungen [illegible] vom [illegible] Nachricht von [illegible] die Nachricht [illegible] habe [illegible] Band 41, S. [illegible]

[illegible]

Die Übersetzung wurde vom Dichter erst in der Reinschrift [illegible] Ausgabe [illegible] Übersetzung [illegible] In der zweiten Zeile [illegible] des [illegible]

[illegible]

[illegible] Rücksicht auf die [illegible] von Sophie Reitzel [illegible] Verfügung [illegible] Anordnung [illegible] handschriftlichen [illegible] ist [illegible] des [illegible] Entwürfe [illegible] Blattes, es mögen [illegible] gewesen sein. Sophie [illegible] noch eine [illegible] der beiden Entwürfe [illegible] Zweiten [illegible] der Ersten [illegible] Die Datierung [illegible] Dissertation [illegible] Übersetzung [illegible] durch [illegible] des Dichters [illegible] daß die [illegible] Ausgabe [illegible] Version [illegible]

ANMERKUNGEN DES HERAUSGEBERS

Die folgenden Anmerkungen enthalten vor allem nähere Angaben zur *Entstehung* der vier frühen Novellensammlungen, der verstreuten und nachgelassenen Skizzen und Erzählungen und der Dramen. Die Entstehungsdaten sind außerdem im Inhaltsverzeichnis vermerkt. So genau der verfügbare Raum es gestattete, sind die Handschriften und Drucke bezeichnet, auf denen der Text der vorliegenden Ausgabe beruht. Nachweise von Zitaten und Anspielungen, Hinweise auf Lesarten, sachliche und sprachliche Erläuterungen sind gelegentlich hinzugefügt, jedoch ohne jedes Streben nach Vollständigkeit; einen Kommentar zu bieten, liegt nicht im Plan dieser Gesamtausgabe. – Da der Inhalt dieses vierten Bandes derselben Zeitspanne entstammt wie die im dritten Bande vereinigten Jugendgedichte, sei an die dort Seite 785f. zusammengestellten Bibliographien, Textsammlungen, Monographien und Aufsätze zu Rilkes Jugend erinnert; hinzuzunehmen ist als gründliche Darstellung des damaligen Prag die unten S. 986 angeführte Dissertation von Renate Scharffenberg und Klaus Wagenbachs Buch ›Franz Kafka‹, Bern 1958.

Die Erzählungen und Dramen der Frühzeit waren auf des Dichters eigenen Wunsch aus der sechsbändigen Ausgabe der ›Gesammelten Werke‹ von 1927 noch ausgeschlossen, mit alleiniger Ausnahme der ›Geschichten vom lieben Gott‹ und der Erzählung ›Die Turnstunde‹ (Gesammelte Werke IV, S. 35–220). Ein Ergänzungsband (›Erzählungen und Skizzen aus der Frühzeit‹, Insel-Verlag, Leipzig 1928) vereinigte nach Rilkes Tod die Bücher ›Am Leben hin‹, ›Zwei Prager Geschichten‹ und ›Die Letzten‹ mit einer knappen Auswahl verstreut gedruckter ›Kleiner Novellen‹ (13 Stücke). Dieser Bestand ist im vorliegenden Bande ebenso aufgegangen wie derjenige der Sammelpublikationen von F. A. Hünich (Aus der Frühzeit Rainer Maria Rilkes / Vers · Prosa · Drama, Leipzig 1921) und R. von Mises (R. M. Rilke im Jahre 1896. Erstes bis drittes Bändchen, New York 1944–1946).

Folgende *Abkürzungen* sind in den Anmerkungen verwendet:

SW I–V:	die einzelnen Bände der *Sämtlichen Werke.*
G. Br. I–VI:	die einzelnen Bände der *Gesammelten Briefe*, Leipzig 1939. Briefstellen sind stets mit Empfänger, Ort und Datum zitiert und danach auch in anderen Ausgaben als den *Gesammelten Briefen* auffindbar. Ist kein Druckort hinzugefügt, so handelt es sich um unveröffentlichte Briefe.
Erz. u. Sk.:	*R. M. Rilke, Erzählungen und Skizzen aus der Frühzeit.* Insel-Verlag, Leipzig 1928.
VPD:	*Aus der Frühzeit R. M. Rilkes / Vers · Prosa · Drama (1894–1899).* Leipziger Bibliophilen-Abend 1921. (Hrsg. von Fritz Adolf Hünich)
BTK:	*Rainer Maria Rilke, Bücher · Theater · Kunst* (Gedruckt im Auftrage des Herausgebers Richard von Mises durch die Wiener Offizin von Jahoda und Siegel, 1934)
Rilke 1896, I–III:	*Rainer Maria Rilke im Jahre 1896.* Hrsg. von Richard von Mises. I: Ewald Tragy. II: Briefe an Baronesse von Oe. III: Briefe, Verse und Prosa aus dem Jahre 1896. New York 1944, 1945, 1946.
Br. 99/02:	*R.M.Rilke, Briefe und Tagebücher aus der Frühzeit / 1899 bis 1902.* Leipzig 1931 (6.–8. Tsd. 1933).
Tgb.:	*R. M. Rilke, Tagebücher aus der Frühzeit.* Herausgegeben von Ruth Sieber-Rilke und Carl Sieber. Im Insel-Verlag zu Leipzig, 1942.
Hünich:	*Rilke-Bibliographie. Bearbeitet von Fritz Adolf Hünich.* Erster Teil: Das Werk des Lebenden. Im Insel-Verlag, Leipzig 1935. (Nur dieser Erste Teil ist erschienen)
Ritzer:	*Walter Ritzer, Rainer Maria Rilke / Bibliographie.* Wien 1951.
R.-A.:	Rilke-Archiv.

ERSTE ABTEILUNG

Am Leben hin / Zwei Prager Geschichten / Die Letzten / Geschichten vom lieben Gott

Seite 7–96 AM LEBEN HIN / *Novellen und Skizzen*

Erschienen im März 1898 im Verlag von Adolf Bonz & Comp., Stuttgart (Hünich, S. 27). Im Inhaltsverzeichnis der Erstausgabe ist ›Das Christkind‹ mit der Jahreszahl ›(1893)‹, die letzte Novelle ›Einig‹ mit der Jahreszahl ›(1897)‹ datiert – offenbar, um die Zeitspanne zu bezeichnen, innerhalb deren die elf Novellen entstanden sind. Die übrigen Daten sind nicht überliefert und nur teilweise bestimmbar an Hand von Briefstellen, die sich auf die Vorbereitung des Buches beziehen. Die meisten der elf Stücke sind offensichtlich erst im Frühjahr und Sommer 1897 entstanden, wohl keines (außer ›Das Christkind‹) früher als 1896. Die Handschriften sind sämtlich verloren, bis auf eine von unbekannter Hand herrührende (vielleicht von Vally von David-Rhonfeld angefertigte) Reinschrift der Erzählung ›Das Christkind‹ (R.-A., Ms. 248).

Das dritte, am 29. Oktober 1896 ausgegebene Heft der ›Wegwarten‹ (vgl. SW III, S. 789) enthält auf S. 19 die Anzeige: »Mitte 1897 erscheint: ›Ein Band Prosa-Skizzen.‹ (Verlag von Schuster und Löffler, Berlin.)« Wie dieses erste Manuskript vom Herbst 1896 sich zusammensetzte, ist unbekannt; es sind wohl nur einzelne Stücke daraus noch in das spätere Buch gelangt. In dem Briefe vom 16. April 1897 an Ludwig Ganghofer (G. Br. I, S. 41) sind in einer Aufzählung fertiger Arbeiten auch angeführt: »Die ›Novellen‹, die Schuster und Löffler im September 97 bringen will«. Auf Ganghofers Rat zog Rilke aber Ende April 1897 dies Manuskript zurück und legte ihm dann »12 Skizzen« zur Begutachtung vor, darunter einige neu entstandene (dieselbe Folge auch erwähnt am 3. Juni 1897 an Lou Andreas-Salomé, Briefwechsel 1952, S. 15 und 512). Dank Ganghofers Fürsprache nahm dessen Verleger Adolf Bonz in Stuttgart das

Manuskript an, das Rilke ihm am 12. Juni 1897 einsandte; das dem Begleitbrief beigefügte Verzeichnis nennt die folgenden Titel:

1. Heiliger Frühling ⟨in dem damals schon vorliegenden Einzeldruck: Hünich, S. 25⟩
2. Weißes Glück
3. Das Mädchen mit der süßen Stimme ⟨hernach umbenannt in: Die Stimme⟩
4. Die Flucht
5. Ihr Opfer ⟨bereits für sich gedruckt: Hünich, S. 20⟩
6. Ein Schurke
7. Augen
8. Das rote Schwein
9. Friede
10. Das Christkind
11. Requiem
12. Der Sterbetag

Aus dieser Liste sind nur die fünf Nummern 2, 3, 4, 10 und 12 in das Buch eingegangen. Für sich gedruckt wurden Nr. 1 (›Heiliger Frühling‹, siehe S. 485 und 1013 dieses Bandes) und Nr. 5 (›Ihr Opfer‹, siehe S. 474 und 1012 dieses Bandes). Handschriftlich erhalten ist Nr. 11 ›Requiem‹ (Ms. 268 des R.-A., datiert: 23. April 1897; auch erwähnt in einem Brief an Mathilde Nora Goudstikker vom gleichen Tage). Die übrigen vier Stücke (Nr. 6 ›Ein Schurke‹; Nr. 7 ›Augen‹; Nr. 8 ›Das rote Schwein‹; Nr. 9 ›Friede‹) sind verschollen (nach brieflichen Erwähnungen vom 23. und 25. April 1897 an M. N. Goudstikker scheint ›Der Friede‹ erst im Frühjahr 1897 entstanden zu sein; die drei andern Nummern waren wohl älteren Datums, und zwei davon identisch mit den unten erwähnten »beiden Nachtkaffee-Geschichten«). Am 9. Juli 1897 erbat Rilke sich von Adolf Bonz »das Gesamtmanuskript noch einmal zu einer letzten stylistischen Durchsicht« zurück; »auch werde ich vielleicht irgend welche ältere, den Allgemeineindruck beeinträchtigende Novelle durch eine neue bessere Arbeit ersetzen. In Kurzem empfangen Sie die Skizzen, für den Druck vollkommen bereit. Der Band dürfte durch diese Veränderung sehr gewinnen, zumal ein gewisser leiser Humor der Grundton derselben werden dürfte«. Am 30. Juli 1897 konnte er an Bonz melden: »Heute sende ich Ihnen das endgültig fertig gestellte Manuskript; die schwächeren Skizzen und auch die beiden Nachtkaffee-Geschichten habe ich gegen neuere umgetauscht und dem Büchlein einen Titel gegeben, welcher das Humoristische des Inhaltes neben dem Ernsten charakterisiert.« Von den ursprünglichen zwölf Novellen wurden also sieben weggelassen und dafür sechs »neuere« eingefügt: Das Familienfest, Das Geheimnis, Greise, Kismét, Alle in Einer, Einig; diese scheinen sämtlich aus dem Juni und Juli 1897 zu stammen (»...ein fleißiger Sommer in Wolfratshausen, welcher meinem Novellenbuch eine ganz neue Form verliehen und mir eine gewisse Sicherheit gegeben hat...«, heißt es in einem Brief an L. Ganghofer vom 7. Oktober 1897 aus Berlin). Am 19. Oktober 1897 bat Rilke den Verleger Bonz: »Was den Titel meines Novellenbuches anlangt: wir wollen es statt ›Lachen und Weinen‹, welches etwas trocken theoretisch klingt, ›Zwischen Lachen und Weinen‹ heißen...«; doch mußte er diesen Wunsch alsbald am 25. Oktober 1897 widerrufen: »Der Umstand, daß Alb. Roderich mir den Buchtitel vorweg nimmt, macht daß ich nun einen, wenn nicht für die Struktur des Buches, so doch für dessen Entstehen und somit meine persönliche Meinung bezeichnenderen Namen vorschlage, nämlich: ›Am Leben hin‹; denn so sind die Motive gewählt, wie sie an den Weg eines Ganzeinsamen heranreichen bald in leichten Wogen, bald in ernster sturmstiller Starrheit ...« (Datum und Wortlaut berichtigt gegen G. Br. I, S. 48; angespielt ist auf: Alb. Roderich, Zwischen Lachen und Weinen, Braun u. Schneider, München 1897, 247 S. 8°). Das Buch erschien erst Ende März 1898; Rilke bestätigte dem Verleger am 25. März 1898 aus Arco (Südtirol) den Empfang der Freiexemplare (vergleiche den Stanzen-Brief an

Liliencron vom 26. März 1898, SW III, S. 603–606). Einziger Wiederabdruck bisher in den ›Erzählungen und Skizzen aus der Frühzeit‹, Insel-Verlag, Leipzig 1928, S. 5 bis 116. – Die Entstehungsgeschichte des Bändchens reicht also weit zurück, zumal wenn man bedenkt, daß sie noch mit den voraufliegenden Plänen des Jahres 1896 zur Herausgabe der Novellensammlungen ›Totentänze‹ und ›Was toben die Heiden‹ verknüpft ist: die in der ersten Zusammenstellung für Adolf Bonz vom 12. Juni 1897 als Nr. 5 angeführte Erzählung ›Ihr Opfer‹ war im Sommer 1896 gedruckt worden als »Dem in Bälde erscheinenden Novellenbuche ›Was toben die Heiden‹ entnommen« (siehe unten zu S. 474–479). Nachdem jene beiden früheren Sammlungen, schon vor ihrer Drucklegung, durch die eigne rasche Entwickelung des jungen Autors überholt und erledigt waren, trat schließlich ›Am Leben hin‹, dessen Manuskript zwischen Herbst 1896 und Hochsommer 1897 auch noch starke Wandlungen durchmachte, als erstes Novellenbuch Rilkes ans Licht. Näheres über die beiden früheren Buchpläne siehe unten S. 996–1001.

Einzeln veröffentlicht wurden in Vorabdrucken ›Der Sterbetag‹ (Hünich, S. 25) und ›Die Stimme‹ (Hünich, S. 29). ›Das Christkind‹ war im Herbst 1897 der ›Gartenlaube‹ eingereicht, die es aber nicht brachte. ›Alle in Einer‹ erschien zuerst, im Oktober 1897, in russischer Übersetzung. Siehe im folgenden zu den einzelnen Novellen.

Seite 19 Das Geheimnis

›dieses *Sesostris*-tum Klothildchens und Rosinchens‹: In der Gestalt des ›Sesostris‹ sind bei dem griechischen Historiker Herodotos (II 102 ff.) zwei ägyptische Könige, Vater und Sohn, zu einem einzigen zusammengezogen.

Seite 29, letzte Zeile, lies:

Meine Stunde. Außerdem muß nach dieser letzten Zeile ein *Absatz* folgen.

Seite 37–42 Der Sterbetag

Zuerst gedruckt in: Monatsschrift für Neue Litteratur und

Kunst (Redakteur und Herausgeber Paul Bornstein), II. Jahrgang, Heft 3, Dezember 1897, S. 200–202: ›Der Sterbetag. Skizze von Rainer Maria Rilke.‹

Seite 63–72 Das Christkind

Über die im Nachlaß erhaltene, nicht eigenhändige Reinschrift (Ms. 248 des R.-A.) siehe S. 975 und 999. In einem Brief Rilkes an Ludwig Ganghofer vom 7. Oktober 1897 heißt es: »Die ›Gartenlaube‹ hat augenblicklich die Skizze ›Das Christkind‹, ohne bisher sich entschieden zu haben.« An Jakob Wassermann schreibt Rilke am 20. September 1898 aus Schmargendorf: »Sie haben mein Buch so gelesen, wie es geschrieben ist. Ich liebe es immer noch, trotz seiner Schwächen; nur Unfähigkeiten aus früherer Zeit wie ›Das Christkind‹ möchte ich nicht mehr darin finden müssen. Übrigens bin ich viel weiter von diesen Skizzen entfernt, als man glauben mag...« Der (ungedruckte) Brief antwortet offenbar auf eine Besprechung J. Wassermanns von ›Am Leben hin‹ (Hünich, S. 123 unten).

Seite 72–77 Die Stimme

Einzeln gedruckt im ›Prager Tagblatt‹, Nr. 100, Sonntag, 10. April 1898, S. 17. Der Abdruck erschien erst kurz nach der Buchausgabe, aber von ihr unabhängig, wie einige kleine Abweichungen im Text zeigen. – Ursprünglich war die Erzählung betitelt: ›Das Mädchen mit der süßen Stimme‹, siehe oben S. 976.

Seite 77–89 Alle in Einer

Die Novelle erschien zuerst, von S. Spielberg aus dem Manuskript ins Russische übersetzt, im Oktoberheft Nr. 10, St.-Petersburg 1897, der russischen Monatsschrift ›Severnyj Vestnik‹ 〈›Nordischer Bote‹〉 (freundlicher Hinweis von Prof. Dimitrij Tschižewskij in Heidelberg). Diese wohl früheste Veröffentlichung einer in eine andere Sprache übersetzten Arbeit Rilkes wird durch Lou Andreas-Salomé vermittelt worden sein, von der im selben Jahrgang des ›Severnyj Vestnik‹ Beiträge stehen. Ein Exemplar der Zeitschrift (bis 1897 einschließlich) befindet sich in der Bibliothek des Slavistischen Seminars der Universität Heidelberg. (Seite 81, Zeile 17 lies: vorstellst.)

Seite 97–220 ZWEI PRAGER GESCHICHTEN / *König Bohusch · Die Geschwister*

Erschienen im März 1899 im Verlag von Adolf Bonz & Comp. in Stuttgart. Das Manuskript war schon ein Jahr zuvor abgeschlossen; da das Erscheinen sich hinauszögerte, fügte Rilke zuletzt noch das ›Vorwort‹ hinzu. – Eine Kalendernotiz von Lou Andreas-Salomé vom 31. Oktober 1897, Berlin, lautet: »Dann bei Rainer, der mir ›König Bochuš‹ vorgelesen« (nach freundlicher Mitteilung von Ernst Pfeiffer, Göttingen).

Das weitere Entstehen des Buches läßt sich in den Briefen an Adolf Bonz verfolgen. Mit Bezug auf den vom Verleger geäußerten Wunsch, ihm statt Novellen einen Roman anzuvertrauen, schreibt Rilke am 15. Dezember 1897 aus Berlin-Wilmersdorf: »Übrigens bessere ich mich zusehends. Bei Erscheinen des Novellenbändchens ⟨ ›Am Leben hin‹ ⟩, werde ich Ihnen ein ebenso starkes Buch anbieten, das nichtmehr zehn, sondern *nur* zwei Novellen enthält, dies wird jedenfalls mehr nach Ihrem Sinne sein.« Sodann am 15. Februar 1898: »Wie ich Ihnen angekündigt habe, sende ich Ihnen anbei die erste Hälfte meines neuen Buches, welches in meiner Heimat spielt und durch seine Aktualität auch dort auf Interesse rechnen dürfte. Die zweite Novelle hängt mit der ersten ganz lose durch das Milieu und einen Teil der Personen zusammen, so daß dieses Buch schon als einheitliches zu betrachten ist und Sie weit mehr befriedigen dürfte, als das bunte Programm des Vorigen. Ich sende sie bald, doch bitte ich Sie, wie bei dem ersten Buche einen Endtermin feststellen zu wollen.« Ferner am 23. Februar 1898: »Auf Ihre heutige Anfrage hin teile ich Ihnen mit, daß ich mir das neue Büchlein ›*Zwei Prager Geschichten*‹ betitelt denke, welches mir schlicht und bezeichnend erscheint. Die zweite Novelle, welche im großen Ganzen eben fertig wurde, wird

wohl ›Die Geschwister‹ heißen. Doch ist *das* mir noch fraglich, während obiger Gesamttitel, Ihre Zustimmung vorausgesetzt, *feststeht.*« Und am 10. März 1898 aus Prag, vor der Weiterreise nach Arco: »Heute sende ich Ihnen schon die zweite Geschichte des Buches ›Zwei Prager Geschichten‹: *Die Geschwister*; denn sie ist fertig und ich bin beunruhigt, beendigte Manuskripte im Koffer mitzuschleppen...« Die am 3. September 1898 aus Schmargendorf geäußerte, dringende Bitte, das Buch noch »auf den Weihnachtsmarkt zu bringen«, blieb unerfüllt; daraufhin bedang sich Rilke am 4. Februar 1899 aus: »Bitte fügen Sie das Beistehende wo es Ihnen paßt als ›Nachwort‹ oder ›Vorwort‹ (in welch letzterem Falle die Aufschrift zu ändern wäre) ein. Die Novellen sind nun als Arbeit weit über ein Jahr alt, als Entwurf noch älter, und ich möchte nicht, daß sie als das Letzte meiner Entwicklung gelten sollen, zumal ich viel anderes begonnen und geschaffen habe. Sie begreifen, daß keine Heruntersetzung, vielmehr nur eine *Charakterisierung* der Novellen, ein Fingerzeig, wohin etwan sie einzuordnen wären, in diesen Zeilen liegt, und werden jedenfalls meinem Wunsch nicht fremd sein, lieber Herr Bonz.« Die ersten Exemplare erhielt Rilke um den 20. März 1899 in Prag. (Eine Anzahl weiterer Briefe und Briefstellen an Ad. Bonz 1898/1899 beziehen sich auf Vertragspunkte, Honorar, Ausstattung, Versendung von Rezensions- und Dedikations-Exemplaren, und ähnliches.)
In Maximilian Hardens Wochenschrift ›Die Zukunft‹, VII. Jahrgang, Nr. 37, Berlin, den 10. Juni 1899, S. 486 (Hünich, S. 34) erschien unter der Rubrik ›Selbstanzeigen‹ folgende (nach der Unterschrift im Mai 1899 verfaßte) Notiz:

Zwei prager Geschichten. Verlag von A. Bonz & Comp. Stuttgart. Absicht dieses Buches war, der eigenen Kindheit irgendwie näher zu kommen. Denn alle Kunst sehnt sich, um diesen vergangenen Garten, um seine Düfte und Dunkelheiten reicher, um sein Rauschen beredter zu werden. Vorwand waren nur zwei kleine Geschichten. Prag, diese Stadt voll finsterer Gassen und geheimnisvoller Höfe, ist der Schauplatz. Träumerisch und traurig sind die selten handelnden Menschen. Slavische Sehnsucht ist in ihren Stimmen und sie leben von der frühen Frömmigkeit ihrer unverbrauchten Gefühle. Und so kam durch den Vorwand ein Neues dazu: die Geschichte einer Völkerkindheit. Ein paar Worte erzählen im Vorübergehen von dem Schicksal eines Volkes, das seine Kindheit nicht ausbreiten kann neben dem älteren, ernsten, erwachsenen Brudervolk. Und in diesen fast zufällig laut gewordenen Worten scheint mir jetzt meines Buches bester Wert zu liegen. Denn alle seine Wärme kommt von dort her; und gerade, wo es tendenziös zu werden scheint, wird es weit und wissend und menschlich.

St. Petersburg. *Rainer Maria Rilke.*

Für die brieflichen Selbstzeugnisse Rilkes über die ›Zwei Prager Geschichten‹ seit dem Erscheinen des Buches ist von Anfang an die entschiedene Selbstdistanzierung bezeichnend, mit der er von dieser Arbeit spricht; so etwa an Frieda von Bülow am 18. April 1899 aus Berlin-Schmargendorf: »... Ebenso will auch mein neues (längst altes) Buch ›Zwei Prager Geschichten‹, welches ich Dir überreiche, mehrfach entschuldigt sein; es ist mir sehr fern, ich verstehe stellenweise meine eigene Absicht darin nicht mehr; so wird es wohl auch nie aus meiner Absicht ganz gekommen sein. Eine Reihe fremder Gefühle hat an diesem Buch mitgeschrieben, und so muß man es nehmen wie ein ungleichwertiges Sammelwerk... .« (siehe Hünich, S. 32; ähnlich an Wilhelm von Scholz am 10. April 1899 und an Clara Westhoff zu Weihnachten 1900, Briefe und Tagebücher aus der Frühzeit 1899–1902, S. 8f. und 92). – Die ›Zwei Prager Geschichten‹ wurden später aufgenommen in die ›Erzählungen und Skizzen aus der Frühzeit‹, Leipzig 1928, S. 117 bis 270. Der Text des vorliegenden Bandes beruht auf der Erstausgabe. Handschriften sind nicht erhalten.

Den historisch-politischen Hintergrund beider Erzählungen bildet die tschechische ›Omladina‹-Bewegung der Jahre 1893/1894, insbesondere das Schicksal des Rudolf Mrva, dessen Gestalt zu der des ›König Bohusch‹ umgebildet ist. Siehe darüber die Angaben und Literaturnachweise bei Peter Demetz, René Rilkes Prager Jahre, Düsseldorf 1953, S. 159ff. und 206; Klaus Wagenbach, Franz Kafka, Bern 1958, S. 72 und 205 Anm. 245 (der hier genannte Aufsatz von Paul Eisner aus der Prager Presse vom 19. August 1931 auszugsweise auch in der Zeitschrift ›Witiko‹, 3. Band, 5. Stück, S. 279).

Seite 99–157 König Bohusch

Rilke las die Erzählung am 31. Oktober 1897 in Berlin Lou Andreas-Salomé vor und übersandte das Manuskript am 15. Februar 1898 seinem Verleger Adolf Bonz (siehe oben).

Seite 102 »Im wunderschönen Monat Mai«:

Anfang des bekannten Gedichts von Heinrich Heine aus dem ›Lyrischen Intermezzo‹ im ›Buch der Lieder‹.

Seite 115, Zeile 4 *›Oder so ein Steinbruch‹*

Im Erstdruck S. 24, Z. 13 steht: »Oder so im Steinbruch ...«, wohl Druckfehler.

Seite 115 ›Kde domov muj‹ (»Wo ist meine Heimat? ...«)

Das auch in den ›Larenopfern‹, SW I, S. 38 und 68, zitierte Lied, Text von Kajetán Tyl (1808–1856) aus seinem Singspiel ›Fidlovačka‹, Melodie von Fr. Skroup, seit 1918 tschechische Nationalhymne (Hinweis von Frau Clara Mágr †, Prag).

Seite 116 »... da hat einer ›Sklavenlieder‹ geschrieben«

Gemeint ist Svatopluk Čech, dem Rilke am 15. März 1896 einen Brief über die ›Sklavenlieder‹ schrieb (Clara Mágr, Von Prag nach Muzot, Prager Rundschau Jahrgang 5, 1935, Nr. 6, S. 435). Deutsche Ausgabe: Sv. Čech, Lieder eines Sklaven. Frei übertragen von J. Koutek. 79 Seiten mit Abb., Stuttgart, J. H. W. Dietz Nf., 1897.

Seite 118 »Auf der Malvasinka«

Hochgelegener Friedhof in der Prager Vorstadt Smichov, benannt »Na Malvasinkách« nach einem früheren Besitzer des Geländes, Tomáš Malvazy; erwähnt auch in den Larenopfern, SW I, S. 23 ›Der Engel‹. (Clara Mágr)

Seite 158–220 ›Die Geschwister‹

Entworfen im Herbst 1897; abgeschlossen (»im großen Ganzen«) am 23. Februar 1898. Das Manuskript wurde am 10. März 1898 dem Verleger Adolf Bonz übersandt (s. oben).

Seite 164–166 »in dem großen Maskensaal des Krummauer Schlosses«

Ursprünglich eine selbständige Prosa-Skizze, unter dem Titel ›Masken‹ im April 1898 in der Zeitschrift ›Ver Sacrum‹ veröffentlicht, siehe S. 496 dieses Bandes und unten S. 1013 über das Verhältnis beider Fassungen zueinander.

Seite 189 »die Daliborka«

Gefängnis-Turm im Ostteil der Prager Burg, benannt nach dem (auch in den ›Larenopfern‹ SW I, S. 55 erwähnten) Ritter Dalibor von Kozojed, der wegen der Anführung eines Bauernaufstandes zum Tode verurteilt wurde. Im Kerker soll er auf einer eingeschmuggelten oder gar selbstverfertigten Geige zu spielen gelernt haben. Der Stoff ist durch B. Smetanas Oper ›Dalibor‹ bekannt. (Clara Mágr)

Seite 193 »auf den VII. Friedhof des Wolschan«

Der Olschaner Friedhof im Stadtteil Prag-Žižkov ist auch Gegenstand zweier Gedichte in den ›Larenopfern‹, SW I, S. 26–27; in einem seiner ältesten Teile liegt das Rilkesche Familiengrab. Der tschechische Name ›Olšany‹, vulgär ›Wolschany‹ ausgesprochen, wurde zu der deutschen Bezeichnung ›Wolschan‹. (Clara Mágr)

Seite 196 »zu dem leisen Wehmutliede Hermann von Gilm's«

Das bekannte Gedicht ›Allerseelen‹ des Tiroler Dichters H. von Gilm (1812–1864).

Seite 221–282 DIE LETZTEN / *Im Gespräch · Der Liebende · Die Letzten*

Erschienen Ende November 1901 (vergleiche die beiden Widmungsgedichte SW III, S. 755 und 853), im Verlage von Axel Juncker in Berlin (mit der Jahreszahl 1902: Hünich, S. 42). Zuvor waren die drei Erzählungen im Laufe des Jahres 1901 an verschiedenen Stellen einzeln veröffentlicht worden. Der Titel des Buches sollte ursprünglich lauten: ›Hinter den Worten‹; wie das gemeint war, geht aus der unten zitierten Briefstelle an Wilhelm von Scholz hervor. Eine »1900« datierte Reinschrift von ›Der Liebende‹ (die Satzvorlage für den Einzeldruck im ›Lotsen‹, Ms. 271 des R.-A., s. u.) ist bezeichnet: »II. Novelle des Buches ›Hinter den Worten‹«, wodurch Plan und Aufbau der dreiteiligen Zusammenstellung schon für die damalige Zeit bezeugt sind; die kleine Prosa-Trilogie war also wohl immer gesondert von dem (unten S. 1001–1004 besprochenen) seit Sommer 1899 gehegten Plane einer neuen größeren Novellensammlung. Die einzelnen Novellen sind undatiert, auch ihre Entstehungsfolge ist unbekannt; doch verbürgen spätere briefliche Selbstzeugnisse die Niederschrift im Winter 1898/1899 in Berlin-Schmargendorf. So heißt es in einem Briefe an Wilhelm von Scholz vom 7. Dezember 1901 aus Westerwede: »An Stelle mehrerer Briefe muß ein kleines Buch treten, das drei Novellen umfaßt, die irgendwie, hinter den Worten zusammenhängen und zeitlich an der Wende von 1898 und 1899 stehen, also älter sind als das ›Buch vom lieben Gott‹. Trotzdem stimme ich mit ihnen auch heute noch so ziemlich überein, und sie dürfen demnach als ein nicht arg verspätetes oder verjährtes Bulletin meines jetzigen Lebens gelten, wenn ich sie Dir und Deiner verehrten Frau reiche...« Ähnlich an Carl Mönckeberg am 10. Dezember 1901 aus Westerwede: »Die ›Letzten‹ (um das kleine Buch, an das Sie so freundlich denken, mit einem Worte zu berühren) sind noch vor dem ›Buche vom lieben Gott‹ (also an der Wende 1898 und 99) entstanden, aber ich habe trotzdem noch nichts Wesentliches gegen diese drei Skizzen und konnte sie deshalb ruhig veröffentlichen als das letzte gültige Bulletin...« (gedruckt: Hamburger Nachrichten, 21. Mai 1927, Abendblatt; vgl. Hünich, S. 42).

Endlich an Pol de Mont am 14. Januar 1902 aus Westerwede: »Zu notieren wäre, daß das kleine Buch ›Die Letzten‹, obgleich später gedruckt, *vor* dem Buche vom lieben Gott geschrieben ist, so daß dieses als das letzte Wort zu gelten hat.« Entsprechend diesen betonten Hinweisen auf die frühere Entstehung sind im vorliegenden Bande ›Die Letzten‹ den ›Geschichten vom lieben Gott‹ vorangestellt, die erst aus dem November 1899 stammen, aber schon binnen Jahresfrist zu Weihnachten 1900 erschienen sind. Das Buchmanuskript, bestehend wohl aus den drei Einzeldrucken, sandte Rilke am 20. September 1901 aus Westerwede an den Verleger Axel Juncker, der es sofort annahm. Die folgenden Briefe an A. Juncker beschäftigen sich eingehend mit der Typographie und Ausstattung des werdenden Buches, die der Dichter mit größter Sorgfalt bis ins Einzelne mitbestimmte; vergleiche dazu: Renate Scharffenberg, Der Beitrag des Dichters zum Formwandel in der äußeren Gestalt des Buches um die Wende vom 19. zum 20. Jh., Diss. Marburg 1953 (Maschinenschrift). Das Buch trägt am Schluß den Druckvermerk: »Gedruckt bei J. S. Preuss, Berlin S.W., Kommandantenstraße 14, im November 1901« und weist keinerlei Paginierung auf, darin ähnlich der Erstausgabe des *Buches der Bilder*, die seit November 1901 im selben Verlag und in derselben Druckerei vorbereitet wurde (vergleiche den Brief an Axel Juncker vom 7. November 1901, G. Br. I, S. 169–172, und SW III, S. 808–811). Die Widmung (vgl. SW III, S. 853) gilt dem Dichter Prinz Emil von Schönaich-Carolath und seiner Gattin, auf Schloß Haseldorf bei Hamburg, wo Rilke in den letzten Septembertagen 1901 und im Sommer 1902 zu Gast war; erinnert sei an die frühe Widmung des Gedichtes ›Ich liebe vergessene Flurmadonnen...‹ in der ersten Ausgabe der Sammlung ›Advent‹ (1897; siehe SW I, S. 104 und 786) für den Prinzen Emil und an den Beileidsbrief nach dessen Tode an die Prinzessin Cathia von Schönaich-Carolath vom 7. Mai 1908 aus Paris, G. Br. III, S. 31.

Die drei Novellen wurden 1928 in den ›Erzählungen und

Skizzen aus der Frühzeit‹, S. 271–343, wieder abgedruckt. Von Handschriften sind nur die beiden unten erwähnten Manuskripte des mittleren Stückes ›Der Liebende‹ erhalten. Der Text des vorliegenden Bandes beruht auf der Buchausgabe von 1901. Die drei Vorabdrucke stimmen bis auf Kleinigkeiten mit der Buchfassung überein: der Dichter hat bei der Redigierung des Buches im Herbst 1901 nur noch an wenigen Stellen sprachlich und stilistisch gefeilt oder Gemeintes verdeutlicht. Es ist anzunehmen, daß auch die Einzeldrucke von 1901 ihrerseits den ursprünglichen Niederschriften von 1898/99 genau entsprachen; im Falle von ›Der Liebende‹ ist das noch klar ersichtlich. Das Buch hat also bei seinem Erscheinen durchaus die Gestalt seiner um drei Jahre zurückliegenden Entstehung bewahrt. (Vergleiche im folgenden die Einzelnachweise.)

Seite 223–233 Im Gespräch

Zuerst gedruckt in: Frühling. Moderne Flugblätter. Herausgegeben von Paul Leppin, Prag. 4. Heft. April 1901. Sondernummer: Rainer Maria Rilke. S. 7–11: *Im Gespräch.* (Hünich, S. 38–39.) – Am 9. August 1912 schrieb Rilke aus Venedig an Anton Kippenberg: »...Das kleine Buch ist recht belanglos, eine seiner Geschichten spielt (›spiel-uhr‹ hätt ich beinah gesagt) in Venedig, deshalb hätt ichs gern wiedergesehn, da ich jetzt genau den Kaminplatz habe, der darin angeträumt war« (G. Br. VI, S. 142).

Seite 234–246 Der Liebende

Zuerst gedruckt in: Der Lotse. Hamburgische Wochenschrift für Deutsche Kultur. Redaktion: C. Mönckeberg und Dr. Heckscher. I. Jahrgang. Heft 45. 10. August 1901. S. 618–623: *Der Liebende* (Hünich, S. 39). Als Druckvorlage hat eine Reinschrift gedient, deren Umschlagsblatt die Jahreszahl »1900« und den Vermerk trägt: »II. Novelle des Buches ›Hinter den Worten.‹« (R.-A., Ms. 271). Im Nachlaß (R.-A., Ms. 272) befindet sich noch eine zweite, frühere Reinschrift (unterzeichnet: »Schmargendorf. Rainer Maria Rilke.«), die nach Papier und Schrift offenbar aus dem Winter 1898/99 stammt. Sie sollte offensichtlich einmal als Satzvorlage für einen Zeitschriftenabdruck dienen und wurde von einem Herausgeber mit roter Tinte durchredigiert (Eingriffe in Schreibung und Zeichensetzung, aber auch eine Reihe kleiner Streichungen und Umstellungen, einzelne Wortänderungen). Rilke scheint aus Protest gegen solche Bevormundung das Manuskript zurückgezogen zu haben und war dann genötigt, für den Abdruck im ›Lotsen‹ eine neue Reinschrift herzustellen, worin er jene eigenmächtigen und teilweise banausischen Änderungen rückgängig machte. Textlich stimmen alle vier Fassungen (die beider Handschriften und beider Drucke) in allem Wesentlichen überein: in diesem Falle gewährt also das erhaltene Material sicheren Einblick in das Verhältnis der Buchausgabe von 1901 zur ursprünglichen Niederschrift von 1898/1899.

Seite 245: Das Wort ›Pause‹, Zeile 12, ist noch auf Zeile 11 hinaufzurücken.)

Seite 247–282 Die Letzten

Zuerst gedruckt in: Die Rheinlande. Monatsschrift für Deutsche Kunst. Im Auftrage der G.m.b.H. »Rheinische Kunstzeitschrift« herausgegeben durch Wilhelm Schäfer. Düsseldorf. Band II, April und Mai 1901, S. 10–19 (S. 247 bis 267 dieses Bandes) und S. 6–16 (S. 267–282 dieses Bandes): »Die Letzten. (Ein Schlußakt.) Von Rainer Maria Rilke« (Hünich, S. 38). Der Untertitel ist in der Buchausgabe weggelassen, deren Text sich sonst nur in wenigen Kleinigkeiten von dem Vorabdruck unterscheidet. – Am 26. September 1901 schrieb Rilke an Axel Juncker: »Ich... freue mich, daß Sie die Titelnovelle (die mir zum Liebsten gehört was ich geschrieben habe) so tief empfinden.«

Seite 251 Zeile 13 »Unter den allzugroßen Worten...«

Sowohl im Vorabdruck (›Die Rheinlande‹, April 1901, S. 12) wie in der Buchausgabe steht: »Unter den allzugroßen Wonnen...«; doch ist ›Wonnen‹ wohl Druckfehler für ›Worten‹. Vergleiche S. 266 Zeile 7 von unten, wo die

Stelle offenbar wieder aufgenommen wird mit der Wendung »Du machst so große Worte, Marie.«

Seite 283–399 GESCHICHTEN VOM LIEBEN GOTT
Erschienen kurz vor Weihnachten 1900 unter dem Titel: »Vom lieben Gott und Anderes / An Große für Kinder erzählt von Rainer Maria Rilke / Geschmückt von E. R. Weiß / Im Insel-Verlage bei Schuster & Loeffler Berlin und Leipzig / Weihnachten 1900.« Druckvermerk am Schluß: »Gedruckt im Auftrage von A. W. Heymel für den Insel-Verlag in der Officin von W. Drugulin, Leipzig 1900.« Nach der Trennung des Insel-Verlags von Schuster & Loeffler erhielt das Buch etwas später ein neues Titelblatt mit der Angabe: »Im Insel-Verlag G.m.b.H. Leipzig, Lindenstraße 20 / Weihnachten 1901« (Hünich, S. 36). Den (seit der zweiten Ausgabe weggefallenen) Untertitel »An Große für Kinder erzählt« erläutert und begründet Rilke in einem Brief an Friedrich Huch vom 6. Juli 1902 aus Haseldorf (G. Br. I, S. 230f.). – Unter dem 21. November 1899 vermerkt das Tagebuch, nach einer elftägigen Eintragungs-Pause (letztes vorangehendes Datum: 10. November 1899): »In der Zwischenzeit ist entstanden: das Buch *vom lieben Gott und Anderes* und eine Novelle: *Das Haus*...« (Tagebücher aus der Frühzeit, Leipzig 1942, S. 193). Diese Angabe wird noch präzisiert durch eine briefliche Äußerung an Ellen Key vom 13. Februar 1903 aus Paris: »Daß mein Buch vom lieben Gott (das vor drei Jahren in glücklicher Zeit in sieben aufeinander folgenden Nächten geschrieben ward) mir noch einmal liebe und köstliche Menschen finden und werben wird, – das wußte ich innerlich; denn mir ist dieses Buch sehr herzlich lieb.« Rückblickend heißt es am 15. April 1904 aus Rom an Lou Andreas-Salomé von der begonnenen Arbeit an den ›Aufzeichnungen des Malte Laurids Brigge‹ (die der Brief an dieselbe vom 17. März 1904 als »eine Art 2. Teil vom *Lieben-Gott-Buch*« bezeichnet hatte): »da zeigte es sich, daß meine Arbeitsweise (ebenso wie

mein viel aufnehmenderes Schauen) sich geändert hat, so daß ich wohl nie mehr dazu kommen werde, ein Buch in zehn Tagen (oder Abenden) zu schreiben, vielmehr für ein jedes lange und ungezählte Zeit brauchen werde...« (Briefwechsel, S. 136 und 142; G. Br. I, S. 429 und 440). – Da von den ›Geschichten vom lieben Gott‹ keinerlei Handschriften erhalten geblieben sind, läßt sich im einzelnen über die Entstehung weiter nichts ermitteln; zu vermuten ist, daß die Anordnung der dreizehn Geschichten im Buch auch ihrer Entstehungsfolge entspricht. Auch für die Drucklegung der Erstausgabe fehlen nähere Daten: die Korrespondenz mit dem Verlage Schuster & Loeffler ist verloren, die erhaltenen Briefe an den Insel-Verlag setzen erst später ein. Daß der Satz des Buches im Sommer 1900 begann, bezeugt eine Erwähnung an Lou Andreas-Salomé vom 4. August 1900 (Briefwechsel, S. 40). Mit dem Verlage Schuster & Loeffler hatte Rilke schon 1896/1897 Verbindung gesucht (siehe oben S. 975 über die Vorgeschichte des Buches ›Am Leben hin‹). Inzwischen war durch Vermittlung von Heinrich Vogeler die Beziehung zu Alfred Walter Heymel und Rudolf Alexander Schröder angebahnt und im Ersten Jahrgang der ›Insel‹ das Gedicht ›Die Heiligen Drei Könige‹ (SW I, S. 411) veröffentlicht worden (Hünich, S. 36). So waren nun die Voraussetzungen gegeben für die Übernahme des neuen Buches in den »Verlag der Insel«, und damit für alles künftige Zusammenwirken des Insel-Verlags mit dem Dichter. – Eine zweite, im Text leicht überarbeitete und in ihrer Erscheinung völlig umgestaltete Ausgabe erschien »Im Insel-Verlag, Leipzig 1904« (nur auf dem Umschlag der broschierten Exemplare ausdrücklich als »Zweite Auflage« bezeichnet). Hier ist die Widmung an Ellen Key hinzugefügt (sie steht ganz vorne im Buch, noch *vor* der Signet-Seite und dem Titelblatt; Hünich, S. 49). Am 17. März 1904 berichtet Rilke an Lou Andreas-Salomé aus Rom: »Vom *Lieben-Gott-Buch* erscheint noch in diesem Frühjahr eine kleinere, einfache, buchschmucklose Ausgabe

unter dem eigentlichen alten Titel: *Geschichten vom lieben Gott*. Im Mai werde ich sie Dir senden können... « (Briefwechsel, S. 136; G. Br. I, S. 429). Die Neuauflage, die im Juni 1904 herauskam, ging, wie Rilke am 6. Februar 1904 aus Rom an Ellen Key schreibt, auf die Initiative des Verlags zurück: »Der Insel-Verlag will die alte unhandliche und unschöne Ausgabe des ›Lieben-Gott-Buches‹ (die mir immer unlieb war) einstampfen und eine neue schöne Ausgabe davon drucken; ganz plötzlich kam dieser Entschluß und mir zu großer Freude! Er soll gleich ausgeführt werden, – ich weiß nicht, welchem Umstande ich diese Energie des Verlages zu danken habe... « (G. Br. I, S. 427). Rilke fügt die Bitte hinzu, Ellen Key möge für diese neue Ausgabe »eine kleine Vorrede, einen Eingang schreiben«. Daraufhin war geplant, daß ein Auszug aus dem damals vorbereiteten, aus einem Vortrag hervorgegangenen Essay von Ellen Key über Rilke (Hünich, S. 50, 55 und 120) das Buch einleiten solle (G. Br. I, S. 439); doch bat der Dichter, als jenes Stück bereits gesetzt war, die Verfasserin schließlich doch um ihr Einverständnis damit, den Gedanken fallen zu lassen (Brief vom 29. April 1904 aus Rom, G. Br. I, S. 451 bis 453), und so erschien das Buch ohne ein Vorwort – an dessen Stelle gewissermaßen die ausführliche Widmung trat (oben S. 285); ihr Manuskript ist im Archiv des Insel-Verlags erhalten.
Der Text dieser Neuausgabe von 1904 weicht von dem der ersten Ausgabe von 1900 an zahlreichen Stellen leicht ab, doch halten sich die Änderungen des Wortlauts sämtlich im Rahmen des Sprachlich-Stilistischen und betreffen immer nur einzelne Worte oder kurze Wortgruppen. Darüber hinaus sind Schreibung, Zeichensetzung und Anordnung vielfach verändert. Die Bearbeitung (die Rilke im Februar und März 1904 in Rom vornahm) geht aber nicht entfernt so weit wie etwa die Umformung des Gedichtbuches ›Mir zur Feier‹ für die Neuausgabe der ›Frühen Gedichte‹ 1909 (vergleiche SW III, S. 793–795). Die Abweichungen beider

Ausgaben von einander können hier nicht verzeichnet werden; jedem Vergleich der Texte wären die Originaldrucke von 1900 und 1904 zugrunde zu legen, da *alle* späteren Auflagen einzelne Fehler enthalten. Bei Hans-Wilhelm Hagen, Rilkes Umarbeitungen, Leipzig 1931, sind die ›Geschichten vom lieben Gott‹ nicht untersucht; die Durchführung der Synkrisis beider Ausgaben in der Frankfurter Dissertation von Mathilde Heß, Der Prosastil Rainer Maria Rilkes (Maschinenschrift, Frankfurt am Main 1926), S. 21–26, ist unzureichend und durch Versehen entstellt.

Einzelveröffentlichungen sind der Buchausgabe von 1900 nicht vorausgegangen. Spätere Drucke einzelner Geschichten sind bloße Wiederabdrucke aus dem Buch und brauchen hier nicht verzeichnet zu werden (beispielsweise: ›Ein Märchen vom Tod und eine fremde Nachschrift dazu‹ in: Die Rheinlande, Düsseldorfer Monatshefte für deutsche Art und Kunst, hrsg. durch Wilhelm Schäfer, IV. Jahrgang 1903/1904, Heft 13, Oktober 1904, S. 514–517, mit einem Begleitwort von Wilhelm Schäfer, – ein bisher unbekannter, nicht autorisierter Abdruck).

Im Gegensatz zu den drei früheren Novellenbüchern, die erst nach des Dichters Tode in den ›Erzählungen und Skizzen aus der Frühzeit‹ erneuert wurden, blieben die ›Geschichten vom lieben Gott‹ ununterbrochen im Buchhandel: es erschienen zu Rilkes Lebzeiten im Ganzen zwölf Auflagen, die 1924 das 36. Tausend erreichten (s. Hünichs Bibliographie). Dieser Verbreitung entspricht die recht große Zahl späterer brieflicher Selbstzeugnisse, die vielfach durch Fragen und Äußerungen befreundeter wie unbekannter Leser hervorgerufen wurden. – Im Jahre 1927 wurden die ›Geschichten vom lieben Gott‹ in den Vierten Band der ›Gesammelten Werke‹, S. 35–208, aufgenommen (auch dieser Text weist eine Anzahl von Fehlern auf). Noch auf Rilkes eigenen ausdrücklichen Wunsch vermied die erste Gesamtausgabe »das unmittelbare Nebeneinander« der »jugendlichen Vor-Prosa (die noch keine war) in den ›Geschichten vom lieben Gott‹ und des ›M. L. Brigge‹« (: Rilkes Brief vom 26. Mai 1925 aus Paris an Anton, Kippenberg G. Br. VI, S. 419/420). Dem entspricht es, wenn in der vorliegenden Ausgabe das Buch *Vom lieben Gott* mit allen übrigen erzählenden Werken der Frühzeit verbunden und dadurch von den Prosaschriften der reifen und späteren Jahre, die den Hauptinhalt unseres Fünften Bandes bilden, geschieden wird. Der hier dargebotene Text folgt der zweiten Auflage von 1904, doch wurde die erste Auflage von 1900 ständig herangezogen und erwies sich gelegentlich als maßgebend für die Textgestaltung. Eine vor Jahren von Herrn Dr. Wolfgang Herwig durchgeführte Kollationierung der beiden ersten Ausgaben, auf Grund deren schon die neueren Auflagen der Sonderausgabe der ›Geschichten‹ berichtigt wurden, leistete für die Revision wertvolle Dienste, was auch an dieser Stelle mit Dank vermerkt sei.

Eine Art »Nachtrag« zu den ›Geschichten vom lieben Gott‹ bildet der ersonnene ›Brief des lahmen Ewald‹, den Rilke am 2. Februar 1907 auf Capri für Gudrun Baronin Uexküll und ihre Tochter Damajanti verfaßte. Das Stück reicht an Gehalt wie in seiner Durchformung über die Stufe eines freundschaftlichen Selbstzeugnisses hinaus, ohne doch als ein eigentliches Dichtwerk gemeint zu sein: dementsprechend ist es auf S. 938 bis 943 dieses Bandes anhangsweise mitgeteilt (vergleiche auch unten S. 945).

Für die Erläuterung, insbesondere der vielen Anspielungen auf Russisches und Italienisches, ist hinzuweisen auf die nützlichen Lesehilfen, die Eva C. Wunderlich in einer amerikanischen Studienausgabe geboten hat: Geschichten vom lieben Gott. Von Rainer Maria Rilke. Edited by Eva C. Wunderlich, Upsala College, Twayne Publishers, New York 1957 (deutscher Text, mit sprachlichen und sachlichen Anmerkungen, Vokabular und einigen Abbildungen). Im folgenden können nur ein paar Einzelheiten aufgeklärt werden.

Seite 309–316 Wie der Verrat nach Rußland kam

Die Quelle dieser Erzählung ist nachgewiesen von Eva C.

Wunderlich in ihrem Aufsatz »Slavonic Traces in Rilke's *Geschichten vom lieben Gott*«, The Germanic Review, Columbia University Press, Vol. XXII, December, 1947, Number 4, p. 287–297 (insbesondere p. 289f.).

Seite 325–337 Das Lied von der Gerechtigkeit

Das ukrainische Original des Liedes S. 335 und eine von Rilke berücksichtigte französische Übersetzung sind von Eva C. Wunderlich auf S. 290–296 ihres in der vorigen Anmerkung genannten Aufsatzes nachgewiesen. Rilke benutzte das Buch von Alfred Rambaud, La Russie Epique, Paris 1876, p. 436ff., sowie das Buch von Sofie Roussof und Nikolas Lissenko über den Kobzar Ostap Veresai, Kiew 1874, und noch eine weitere Wiedergabe des Grundtextes durch M. Dragomanoff. Er hat jedoch mit seinem Quellenmaterial frei geschaltet und den historischen Kobzar Ostap Mikitin Veresai, der dem 19. Jahrhundert angehört, in eine legendäre Gestalt aus einem früheren Jahrhundert umgeformt.

Seite 326 »die iberische Madonna in Moskau«

Die »Iwerskaja« im iberischen Tor zum Roten Platz in Moskau, alte Kopie des wundertätigen Marienbildes im Iberischen (Georgischen) Kloster auf dem Athos. »Das Bild wird fast täglich mit sechs Pferden und barhäuptigen Livréebedienten in den Straßen Moskaus herumgefahren und besucht, ehrerbietig vom Volke begrüßt, Kranke, Familienfeste usw. Es wird dann durch sämtliche Zimmer des Hauses getragen und fährt, nach Empfang einer Geldvergütung..., darauf zu einer anderen Familie, die seinen Besuch erbeten hat.« K. Baedeker, Rußland, 4. Auflage, Leipzig 1897, S. 286 (5. Auflage, Leipzig 1901, S. 258).

Seite 334 »und es war die Znamenskaja«

Die »Madonna der Erscheinung«; vergleiche das Gedicht ›Die Znamenskaja / Der Madonnenmaler‹, SW III, S. 657, und die Briefe an Helene Woronin vom 9. Juni und 27. Juli 1899 über die Beschäftigung mit russischen Madonnenbildern, Oxford Slavonic Papers, Vol. IX, 1959, p. 155–160.

Seite 381 »Wie schön ist die Jugend, die uns erfreut«

Die Beschäftigung Rilkes mit dem Mediceerfürsten Lorenzo il Magnifico spiegelt sich in dem Toskanischen Tagebuch aus dem Frühling 1898, siehe ›Tagebücher aus der Frühzeit‹, Leipzig 1942, S. 46–47, 64, 67. Die hier übersetzte Strophe aus den ›Canti‹ wird im Tagebuch S. 110 f. im italienischen Wortlaut zitiert:

›*Quant' è bella giovinezza*
che si fugge tuttavia.
Chi vuol' esser lieto, sia!
Di doman non c'è certezza.‹

ZWEITE ABTEILUNG

Verstreute und nachgelassene Erzählungen und Skizzen aus den Jahren 1893 bis 1902

– In zeitlicher Folge –

Pläne; Unvollendetes; Verschollenes

Schon *vor* der Herausgabe des Buches ›Am Leben hin‹, das im Sommer 1897 seine endgültige Gestalt erhielt und im März 1898 erschien (siehe oben S. 975–978), bestand, mindestens seit Anfang 1896, der Plan, eine Sammlung von Novellen herauszugeben, von denen nur wenige damals einzeln veröffentlicht waren, die Mehrzahl längst im Manuskript bereit lag. So wird im März 1896 unter den Anzeigen auf dem Umschlag des zweiten ›Wegwarten‹-Heftes ein Band »›Totentänze‹. Zwielicht-Skizzen« als »In Vorbereitung« befindlich« angekündigt; Ende Juni 1896 ist in einer Zeitungsnotiz von »dem in Bälde erscheinenden Novellenbuche ›Was toben die Heiden‹« die Rede. Wiederum ohne Titelangabe wird ein Band »moderner Prosaskizzen« im August oder September 1896 in Aussicht gestellt; daran schließt sich sodann die (oben S. 975 erwähnte) Voranzeige: »›Ein Band Prosa-Skizzen‹ (Verlag von Schuster und Löffler, Berlin)« im dritten Heft der ›Wegwarten‹ vom Oktober 1896, von welcher aus das Zustandekommen des Buches ›Am Leben hin‹ sich weiterhin lückenlos, wenn auch über erhebliche Umgestaltungen hin, verfolgen läßt.

Soweit die wenigen, mehr zufällig erhaltenen Nachrichten und Materialien zu erkennen geben, handelt es sich offenbar bei alledem nicht um mehrere verschiedene Projekte, sondern um die einander rasch ablösenden Stufen eines einzigen Plans, in dessen Werdegang allmählich das ursprünglich Gewollte fallen gelassen und auch die weiteren Absichten in der Folge wieder durch neue Vorsätze überholt wurden, – bis schließlich die ganze Bemühung in die Zusammenstellung des Buches ›Am Leben hin‹ ausmündete, das wohl nur in der Einbeziehung der frühen Novelle ›Das Christkind‹ (1893) noch eine Spur des Zusammenhangs mit dem ursprünglichen Vorhaben aufweist. Immerhin bildet auch die Novelle ›Ihr Opfer‹ (S. 474–479 dieses Bandes, siehe unten S. 1012 f.), die sowohl der Reihe ›Was toben die Heiden‹ wie einem vorläufigen Manuskript zu ›Am Leben hin‹ angehört hat, ein sicheres Bindeglied zwischen diesen Stufen.

Als zugehörig zu den ›Totentänzen‹ sind nur die beiden Skizzen ›Und doch in den Tod‹ und ›Das Ereignis‹ (S. 459–473 dieses Bandes) noch nachzuweisen; doch läßt die briefliche Äußerung (an Láska van Oestéren am 23. März 1896 aus Prag, v. Mises, Rilke 1896, II, S. 25), die Skizzen ›Totentänze‹ würden »später gesammelt in Buchform erscheinen«, mit Sicherheit darauf schließen, daß eine größere Anzahl von Stücken zusammengefaßt werden sollte, – also doch wohl im Wesentlichen derselbe Bestand, der bald darauf für die Sammlung ›Was toben die Heiden‹ bestimmt wurde. (Näheres über die ›Totentänze‹ siehe unten zu S. 459–473.)

Die Ankündigung des »in Bälde erscheinenden Novellenbuches ›Was toben die Heiden‹« steht in einer redaktionellen Vorbemerkung zu der Novelle ›Ihr Opfer‹ in der Sommerbeilage der (Prager) ›Politik‹ vom 28. Juni 1896 (Nr. 177, S. 3: Hünich, S. 20). Im Nachlaß ist das Manuskript zu diesem Buche teilweise erhalten; es besteht aus einem Umschlagsbogen mit der Aufschrift: »René Maria Rilke / Was toben die Heiden / und andere Novellen« und der Widmung: »Meinem Δαιμόνιον«, sowie aus einer Reihe von einzelnen Novellen, die durch Blaustift-Numerierung (und zum Teil auch durch fortlaufende Paginierung) als zugehörig bezeichnet sind. Bei den Handschriften handelt es sich teils um eigenhändige Erste Niederschriften oder Reinschriften, teils um Abschriften von unbekannter Hand; geschrieben sämtlich auf großen Konzeptbogen im alten Folio-Format. Die Blaustift-Nummern reichen bis 22; mindestens so viele Stücke sollte also die Sammlung umfassen.

Die Hälfte davon, elf, ist in numerierten Handschriften erhalten; die Titel lauten:

3. Das Eine (R.-A., Ms. 252)
6. Der Rath Horn (R.-A., Ms. 258, eigenhändig, und Ms. 259, nicht eigenhändig)
8. Der Dreiklang (R.-A., Ms. 249)
9. ›Was toben die Heiden?...‹ (Psalm II) (R.-A., Ms. 267; zugehörig der oben erwähnte, bis auf die Widmung nicht eigenhändige, Umschlagsbogen)
10. Die Näherin (R.-A., Ms. 261, erste Niederschrift; die Reinschrift – auch aus dem Nachlaß stammend – im Archiv des Insel-Verlags. Gedruckt: S. 414–426 dieses Bandes, siehe unten S. 1006/07)
11. Schwester Helene (R.-A., Ms. 256, erste Niederschrift, und Ms. 257, Reinschrift)
12. Silberne Schlangen. Ein Nachtstück (R.-A., Ms. 262)
14. »To« (R.-A., Ms. 265, nicht eigenhändig)
15. Der Tod (R.-A., Ms. 266)
18. Die goldene Kiste (R.-A., Z 174: der Sonderdruck, Hünich, S. 14, in eigenhändig beschriftetem Umschlagsblatt; gedruckt: S. 426–432 dieses Bandes, siehe unten S. 1007f.)
22. Pierre Dumont (R.-A., Ms. 250, eigenhändig, und Ms. 251, nicht eigenhändig. Gedruckt: S. 407–414 dieses Bandes, siehe unten S. 1005/06)

Die fehlende Hälfte, das heißt die in die Lücken der obigen Reihe hineingehörenden Nummern, läßt sich mit einiger Sicherheit erschließen. Als zugehörig bezeugt ist ›Ihr Opfer‹ (siehe oben). Vorgesehen war vermutlich auch die Einbeziehung der beiden ›Totentänze‹ (›Und doch in den Tod‹ und ›Das Ereignis‹); dazu stellt sich die verwandte, im Januar 1896 gedruckte Novelle ›Eine Tote‹ (S. 433–445 dieses Bandes, siehe unten S. 1007/08). Im Nachlaß befinden sich weitere sieben frühe Novellen, die sich von den Manuskripten der oben aufgeführten numerierten Reihe lediglich durch das Fehlen der Blaustift-Bezifferung unterscheiden (sie kann

aber statt dessen auf einst vorhandenen Abschriften gestanden haben), und zwar:
Der Ball (R.-A., Ms. 246)
Der Betteltoni (R.-A., Ms. 247)
Das Christkind (R.-A., Ms. 248, nicht eigenhändig. Gedruckt in ›Am Leben hin‹, siehe oben zu S. 63–72)
Eine Heilige (R.-A., Ms. 255)
Die rothe Liese / Die Geschichte einer Unglücklichen (R.-A., Ms. 260)
Zwei Schwärmer / Ein Kapitel aus dem Buche der Thorheit. (R.-A., Ms. 263)
Bettys Sonntagstraum (R.-A., Ms. 264).
Es wird Zufall sein, daß mit Heranziehung dieser sieben ungedruckten und vier gedruckten Erzählungen die Rechnung genau aufgeht und im Ganzen also 22 noch vorhandene Stücke sich als zu diesem Komplex gehörig erweisen. Zu rechnen ist damit, daß auch Verschollenes in die Lücken der Nummernliste hineingehört hat und daß andererseits vielleicht nicht jedes einzelne der unbezifferten Nachlaßstücke für die Sammlung vorgesehen war. Auch bleiben bei dieser Rechnung die beiden Anfang 1896 gedruckten Skizzen ›Ein Charakter‹ und ›Der Apostel‹ unberücksichtigt – man müßte denn annehmen, die Nummer 22 (bei der Novelle ›Pierre Dumont‹) bilde nur durch den Zufall der Erhaltung die höchste Ziffer der Reihe, und die Gesamtzahl sei noch darüber hinaus gegangen. Eine völlige Rekonstruktion des Planes ist demnach nicht mehr möglich. Doch auch so ergibt sich ein einigermaßen deutliches Bild des damals, im Frühsommer 1896, geplanten Buches. In Stoff und Behandlung hätte es den beiden Dramen ›Im Frühfrost‹ und ›Jetzt und in der Stunde unseres Absterbens‹ nahegestanden: die Neigung zu krassen, ja widrigen oder schauerlichen Milieuschilderungen, zur Darstellung des Zusammenwirkens von Elend und Laster, tritt zumal in den ungedruckt gebliebenen Skizzen stark hervor; daneben – oft recht unvermittelt – bekundet sich Kindhaftigkeit und Sentimenta-

lität. Die hier abgedruckten Stücke ›Die Näherin‹ und ›Die goldene Kiste‹ sind für beide Seiten charakteristisch; das dritte hier wiedergegebene Stück, ›Pierre Dumont‹, nimmt dagegen, sowohl durch seinen autobiographischen Gehalt wie durch seine erzählerische Qualität, durchaus einen besonderen Platz ein. Wäre ein Buch ›Was toben die Heiden‹ 1896 zustandegekommen, so hätte es sich in seinem Charakter gänzlich unterschieden von dem ein Jahr später zusammengestellten Bande ›Am Leben hin‹, der also in diesem Sinne keine Anfängerleistung mehr darstellt, sondern bereits für die Überwindung einer andersartigen früheren Stufe zeugt (vergleiche dazu die unten S. 1050 angeführte briefliche Äußerung Rilkes an seine Mutter vom 8. Dezember 1896 aus München, er ›glaube zu empfinden, daß er über das Ungesunde, Zersetzende seines ‚Sturm und Drang' hinaus sei‹, und den späteren Brief an Arthur Holitscher vom 26. August 1901 aus Westerwede, Br. 99/02, S. 109).
Die im Nachlaß erhaltenen vierzehn ungedruckten Novellenmanuskripte des R.-A. mußten – schon aus Raumgründen, aber vor allem um ihrer Unreife willen – aus dem vorliegenden Bande ausgeschlossen bleiben. Sie sind sämtlich undatiert, gehören aber nach Schrift, Papier usw. in die Jahre 1893 bis 1895, ja einzelnes mag bis 1892 zurückreichen. Daß bereits zur Zeit des Buch-Plans im Frühjahr und Sommer 1896 diese Versuche durch die weitere Entwicklung des nun zwanzigjährigen Autors überholt waren, ist wohl der Hauptgrund dafür, daß das meiste davon schließlich ganz unterdrückt und auch das schon einzeln Veröffentlichte späterhin übergangen wurde.
Das Fehlen eines Buchtitels in der nächstfolgenden Vor-Ankündigung deutet wohl schon auf eine Umgestaltung des Planes: »Rilke vereinigt demnächst eine Anzahl moderner Prosaskizzen, die in Zeitschriften zerstreut erschienen sind, in einem Bande«, heißt es in der biographischen Notiz im ›Großen Illustrierten Dichter- und Künstlerbuch‹, herausgegeben von Jeannot Martinelli, die im August oder Sep-

tember 1896 abgefaßt sein muß (das Buch, das offenbar gegen Ende 1896 erschien, ist bei Hünich, S. 39 irrig eingeordnet). »Zerstreut erschienen« waren bis zum Herbst 1896 im Ganzen zehn Prosastücke; die angekündigte Sammlung hätte sich wohl nicht auf diese beschränkt. – Die ebenfalls titel-lose Anzeige »Ein Band Prosa-Skizzen« im dritten ›Wegwarten‹-Heft vom Oktober 1896 fügt bereits die Verlagsangabe (Schuster und Löffler, Berlin) hinzu: hier handelt es sich um jenes, zunächst vergeblich bei Schuster und Löffler eingereichte Manuskript, aus dem dann im nächsten Jahre das Buch ›Am Leben hin‹ hervorging. Über seine Zusammensetzung ist nichts Sicheres bekannt; zum Teil deckte sie sich wohl noch mit der oben S. 976 wiedergegebenen Liste vom 12. Juni 1897. So ist es auch möglich, daß einzelne Titel dieser Liste ursprünglich schon zu dem Buch-Plan ›Was toben die Heiden‹ oder gar zu den ›Totentänzen‹ gehört haben. – Zu bedenken bleibt schließlich, daß manche Arbeiten verloren gegangen sind, die an Redaktionen eingesandt waren und nicht abgedruckt wurden; so nachweislich eine Skizze ›Der kleine Fridolin‹, die Rilke am 22. Februar 1895, zusammen mit der Erzählung ›Pierre Dumont‹ an die Schriftleitung von Velhagen und Klasings Monatsheften schickte (vergleiche G. Br. I, S. 5 und 487). Im Gesamtbild der Prosaschriftstellerei des jungen Rilke bleiben also selbst bei Berücksichtigung des unveröffentlichten Nachlasses gewisse Lücken bestehen.

Unmittelbar nach dem Erscheinen der ›Zwei Prager Geschichten‹ stellte Rilke seinem Verleger Adolf Bonz in einem Briefe aus Schmargendorf vom 2. April 1899 ein nächstes Buch in Aussicht: »Das ist eine gute Novellenreihe (einzelne Stücke sind in der *Zukunft*, *Jugend*, *Simplicissimus* etc. erschienen), deren größten Teil ich Ihnen noch *vor* der russischen Reise einhändigen würde.« Er kam indessen erst nach der Rückkehr aus Rußland auf dieses Vorhaben zurück und schrieb an Bonz am 14. Juli 1899 aus Schmargendorf: »Was unsere Novellen betrifft: Noch immer liegen einige an verschiedenen Orten verstreut: doch müssen sie in den nächsten Wochen erscheinen. Ich sende Ihnen in diesen Tagen fünf Novellen (etwa ein Drittel des Buches) zu und werde Ihnen bis 1. Oktober den Rest zukommen lassen.« Die versprochene Sendung folgte am 27. Juli 1899 aus Schmargendorf: »Umstehend finden Sie das Verzeichnis der Novellen und Skizzen, welche ich Ihnen heute übersende, sowie jener, die ich Ihnen noch schulde. Es kann sein, daß zur Ergänzung des Bandes später noch eine oder die andere Novelle hinzukommt, wenn mir eine gelingt. Indessen dürfte der Vorrat schon jetzt den Charakter des neuen Buches als einen solchen andeuten, der über ›Am Leben hin‹ in Form und Inhalt hinausragt. Mit den ›Prager Geschichten‹ läßt sich diese Reihe nicht vergleichen – sie ist abwechslungsvoller und vielleicht amüsanter. Warum sollte sie nicht ebenso wie ein Roman gelesen werden? Trotzdem hoffe ich ja Ihnen (heut oder morgen) besagten Roman noch einmal geben zu können, da Sie sich von einem solchen mehr Erfolg und Freude erwarten. Inzwischen nehmen Sie diese Skizzen gütig auf...« Die beigefügte Liste umfaßt die folgenden zehn Stücke: erstens eine Gruppe von fünf bereits gedruckt vorliegenden Arbeiten

1. Im Leben (Hünich, S. 32; S. 568–574 dieses Bandes)
2. Teufelsspuk (Hünich, S. 32; S. 574–581 dieses Bandes)
3. Generationen (Hünich, S. 31; S. 509–511 dieses Bandes)
4. Leise Begleitung (Hünich, S. 30; S. 504–508 dieses Bandes)
5. Fernsichten (Hünich, S. 33; S. 500–503 dieses Bandes);

von diesen fünf Stücken wurden die Einzeldrucke beigelegt. Ferner wurden zwei Novellen »im Manuskript« übersandt:

6. Wladimir, der Wolkenmaler (Ende 1899 einzeln gedruckt: Hünich, S. 35; S. 587–591 dieses Bandes)
7. Gegen Wiedererstattung (verschollen).

Die letzte Gruppe ist bezeichnet: »bleibt noch zu senden bis Herbst«:

8. Der fremde Hirt (verschollen)
9. Das Lachen des Pán Mráz (erschien im September 1899 im Simplicissimus: Hünich, S. 35; S. 581–586 dieses Bandes)
10. Ouverture (verschollen).

Zu diesen drei Stücken ist angemerkt: »die augenblicklich noch im ›Magazin f⟨ür⟩ L⟨itteratur⟩‹, im ›Simplizissimus‹ und in der ›Wiener Rundschau‹ liegen.« Davon ist jedoch nur das mittlere zum Abdruck gelangt, die beiden anderen sind, ebenso wie das Stück »Gegen Wiedererstattung«, verloren gegangen und nur aus der Erwähnung in diesem Verzeichnis überhaupt bekannt.

Da die erhaltenen Briefe an Adolf Bonz hier abbrechen, ist nicht zu erkennen, wie lange der Plan weiter verfolgt und aus welchen Gründen er schließlich aufgegeben wurde. Auf Seiten des Verlegers scheint der Hauptgrund gewesen zu sein, daß Bonz keine Zusammenstellung kurzer Geschichten mehr bringen wollte, sondern statt dessen einen Roman oder mindestens Erzählungen längeren Umfangs. Jedenfalls verpflichtete er Rilke noch im April 1900 (wie aus einem Nachzügler der Briefreihe, Rilkes Schreiben vom 22. April 1900 aus Schmargendorf, hervorgeht, siehe unten S. 1022), ihm »jeden Roman, jede Erzählung oder jede Novelle, welche mehr als fünf Druckbogen enthält, zuerst anzubieten«, – eine Vereinbarung, die dem Dichter noch Jahre später während der Arbeit an den ›Aufzeichnungen des Malte Laurids Brigge‹ bedrückend zu schaffen machte und die er erst 1909 mit Anton Kippenbergs Hilfe aufzuheben vermochte (der Insel-Verlag übernahm schließlich die Restauflagen der beiden bei Adolf Bonz & Comp. erschienenen Novellenbücher; siehe G. Br. VI, S. 33ff., 38, 54, 58, 458 und 459). Rilke selbst scheint aber bald auch seinerseits von dem Gedanken abgekommen zu sein, seine zerstreuten Novellen und Skizzen noch einmal in Buchform zusammenzufassen, – obwohl ihm gerade der Spätherbst des Jahres 1899 noch eine Reihe neuer, mehr und mehr belangvoller

Erzählungen eingebracht hatte. Der produktive Antrieb, dergleichen zu schaffen, reichte nicht mehr weit über die Jahrhundertwende hinaus, und so mochte ihm das Vorhandene bald endgültig überholt und abgetan erscheinen. Neben der Herausgabe der Trilogie ›Die Letzten‹ und der ›Geschichten vom lieben Gott‹ ist in jenen Jahren von keiner weiteren Sammlung mehr die Rede.

Die Titel der verlorengegangenen, nur aus Erwähnungen bekannten Erzählungen und Skizzen seien hier noch einmal zusammenfassend aufgeführt:

Der kleine Fridolin (an Velhagen und Klasing, 22. Februar 1895; siehe S. 1001 und 1006)

Ein Schurke (an Adolf Bonz, 12. Juni 1897; siehe oben S. 976)

Augen (an Adolf Bonz, 12. Juni 1897; siehe oben S. 976)

Das rote Schwein (an Adolf Bonz, 12. Juni 1897; s. o. S. 976)

Friede (oder: Der Friede) (an Adolf Bonz, 12. Juni 1897, siehe oben S. 976)

Gegen Wiedererstattung (an Adolf Bonz, 27. Juli 1899; siehe oben S. 1003)

Der fremde Hirt (an Adolf Bonz, 27. Juli 1899; s. o. S. 1003)

Ouverture (an Adolf Bonz, 27. Juli 1899; siehe oben S. 1003)

Skizze von den Mönchen des Klosters Redemptore in Val d'Ema (Tagebuch, 24. November 1899: Tgb. S. 196f; siehe unten S. 1026)

›Zusammenhänge‹ (erwähnt im Tagebuch, 24. November 1899: Tgb. S. 197; fraglich, ob erzählenden Charakters, vielleicht eher aphoristisch, siehe unten S. 1054)

Die verschiedenen Erwähnungen eines Roman-Plans, die sich, soweit erkennbar, alle auf den sog. »Militärroman« beziehen, sind unten S. 1019–1022 zu der Skizze ›Die Turnstunde‹ zusammengestellt.

Im folgenden werden zu jeder der einzelnen Novellen und Skizzen der Zweiten Abteilung die Handschriften und Erstdrucke nachgewiesen, auf denen der Text dieser Ausgabe beruht. Etwa von der Hälfte aller Stücke sind keine Handschriften erhalten: ihr Fehlen ist in solchem Falle nicht ausdrücklich hervorgehoben. Diejenigen Stücke aus den Novellenbüchern, die auch einzeln in Zeitschriften abgedruckt wurden, bleiben in dieser Reihe unberücksichtigt und sind in der Ersten Abteilung an ihrer endgültigen Stelle aufzusuchen.

Seite 403–406 Feder und Schwert / Ein Dialog

Erstdruck: Deutsches Abendblatt Nr. 98, Prag, 29. April 1893, S. 5. Handschrift: Ms. 253 des R.-A., Reinschrift; einzelne Korrekturen mit roter Tinte von andrer Hand deuten wohl darauf, daß der ›Dialog‹ zunächst als Schularbeit angefertigt wurde, vermutlich nicht lange vor dem Abdruck. Dem Erstdruck lag wohl eine andere Reinschrift zugrunde, wie einige geringfügige Abweichungen von dem Ms. des R.-A. erkennen lassen; doch läßt sich aus diesem der Text an einzelnen Stellen berichtigen. – An seine Mutter schrieb der siebzehnjährige René Rilke am 1. Mai 1893 aus Prag: »Was sagst Du zu ›Feder und Schwert‹? Hat es Dich gefreut? – Sogar Papa fand sehr viel Gefallen daran.« Doch lehnte er im nächsten Brief vom 6. Mai 1893 ihre Bitte um ein Exemplar der Zeitung ab, da es »in ganz Prag nirgends mehr zu bekommen« sei; außerdem wünsche er keine Verbreitung: »denn erstens ist das Blatt kein so vorzügliches, und zweitens ist die Arbeit mittelmäßig, nicht mehr als tausend andere ähnlichen *genre's* – darum also nur hübsch still gehalten!«; auch angesichts der bevorstehenden Prüfung sei es »nicht Zeit, die natürlichen Kinder meines Geistes aller Welt zu unterbreiten«. – Der ›Dialog‹ wird hier zum ersten Mal wieder abgedruckt.

Seite 407–414 Pierre Dumont

Zuerst gedruckt bei Carl Sieber, René Rilke / Die Jugend R. M. Rilkes, Leipzig (1932), S. 141–150. Im R.-A. befinden sich zwei Handschriften: Ms. 250, wohl die erste

Niederschrift, und Ms. 251, eine Abschrift von unbekannter Hand aus Ms. 250, mit Lesefehlern. Das eigenhändige Ms. 250 ist am oberen Rand beschädigt; einige Zeilen Textverlust lassen sich aus der Abschrift Ms. 251 ersetzen. Der Abdruck bei C. Sieber folgte dem Ms. 251 und wiederholte dessen Fehler; dem Text der vorliegenden Ausgabe ist das allein maßgebende Ms. 250 zugrunde gelegt. – Die Skizze war für den Novellenband ›Was toben die Heiden‹ vorgesehen, wie die Blaustiftziffer ›22‹ auf Ms. 251 zeigt (siehe oben S. 998). Mit einem Brief vom 22. Februar 1895 sandte Rilke die Arbeit an die Schriftleitung von ›Velhagen und Klasings Monatsheften‹: »Mit allem Dank für Ihre freundl. antwortliche Zuschrift von gestern, stelle ich Ihnen heute zwei kleine Skizzen ›Pierre Dumont‹ und ›Der kleine Fridolin‹ zur Verfügung, von welchen ich vorzüglich die Letztere für Ihr w. Blatt geeignet glaube...« (siehe oben S. 1001 und vergleiche G. Br. I, S. 5f. und 487). – Auf den freigebliebenen Raum der vierten Seite von Ms. 250 ist nachträglich mit Bleistift ein achtzeiliges Gedicht (›Wenn die Rose mal verblühte...‹, ungedruckt) eingetragen und mit dem Datum: 6. Juli 1894 versehen. Vor diesem Zeitpunkt muß die Erzählung also geschrieben sein.

Seite 414–426 Die Näherin

Bisher ungedruckt. Erste Niederschrift im R.-A., Ms. 261; eine eigenhändige Reinschrift, aus Rilkes Nachlaß stammend, im Archiv des Insel-Verlags (unter den Rilke-Handschriften aus dem Besitz von Anton und Katharina Kippenberg). Ms. 261 scheint nach Schrift und Papier noch in das Jahr 1894 zu gehören; die Reinschrift wurde wohl erst etwa ein halbes Jahr später im Frühjahr 1895 angefertigt, sie weist eine Reihe sprachlich-stilistischer Änderungen auf und liegt dem vorliegenden Abdruck zugrunde. Im Ms. 261 folgt am Schluß noch ein Absatz, der in der Reinschrift weggelassen ist:

»Ich floh in mein Zimmer. Verriegelte hinter mir die Türe. Nahm das nächst beste Zeitungsblatt zur Hand. Ich las nicht.

Ich konnte nicht lesen. Meine Blicke glitten teilnahmslos über das Papier. Da an ein paar verschwommen⟨en⟩ Zeilen blieben sie unwillkürlich haften. Da stand:
Heute um 5 Uhr morgens wurde unterhalb der Petersbrücke die Leiche einer etwa dreißigjährigen Frauensperson..........«

Wie die Blaustiftziffer ›10‹ auf dem Umschlagsblatt der Reinschrift zeigt, war die Erzählung zur Aufnahme in den Novellenband ›Was toben die Heiden‹ bestimmt (siehe oben S. 998).

Seite 426–432 Die goldene Kiste

Erstdruck: Unterhaltungs-Blatt der Nürnberger Stadtzeitung (verantwortlicher Herausgeber: Fr. Monninger in Nürnberg), Nr. 5, Nürnberg, den 2. Februar 1895, S. 19-20 (vorhanden in der Stadtbibliothek Nürnberg). Das R.-A. besitzt einen Sonderabdruck (derselbe Satz, umbrochen in drei Spalten auf einer Seite, Rückseite frei), mit dem Vermerk: »Als Manuskript gedruckt.« Nur dieser Sonderdruck (wohl ein Unikum) ist bei Hünich, S. 14, verzeichnet; dem Datum entsprechend wären die bibliographischen Angaben beide auf S. 12 an dritter Stelle bei Hünich einzuordnen. Textlich besteht zwischen beiden Drucken keinerlei Unterschied. Zu dem Sonderdruck im R.-A. gehört ein Umschlagsbogen (Z. 174), mit der eigenhändigen Aufschrift: »Die goldene Kiste. (im Druck) von René Maria Rilke.« und der Blaustiftziffer ›18‹, die beweist, daß die Erzählung für den Novellenband ›Was toben die Heiden‹ vorgesehen war (siehe oben S. 998). Verfaßt ist ›Die goldene Kiste‹ vermutlich nicht allzu lange vor der Veröffentlichung, wohl noch im Jahr 1894; ob vor oder nach der Erzählung ›Die Näherin‹, ist nicht zu entscheiden. – Vergleiche die Albumverse für Ella Glässner vom 25. August 1895, die sich auf diese Novelle beziehen, in SW III, S. 509, mit Anmerkung S. 818. Die Skizze wird hier zum ersten Mal wieder abgedruckt.

Seite 433–445 Eine Tote / Psychologische Skizze

Erstdruck: Deutsches Abendblatt, Prag, XI. Jahrgang,

Nr. 17, 18 und 20, vom 22., 23. und 25. Jänner 1896 (Hünich, S. 17). Wieder abgedruckt in: Rilke 1896, III, S. 80–92. Verfaßt ist die ›Psychologische Skizze‹ vermutlich kurz vor ihrer Veröffentlichung, möglicherweise noch im Jahr 1895.

Seite 445–451 Ein Charakter / Skizze

Erstdruck: Jung-Deutschland und Jung-Elsaß. 4. Jahrgang, Nr. 2 und 3, 1. Februar 1896, S. 28/29 (Hünich, S. 17). An den Herausgeber und Verleger dieser Zeitschrift, G. L. Kattentidt in Straßburg, sandte Rilke die Skizze mit seinem Briefe vom 14. Januar 1896 aus Prag (G. Br. I, S. 11f.); wie lange vorher sie entstanden ist, läßt sich nicht mehr feststellen. Der nächste Brief, vom 19. Januar 1896 aus Prag, legt flammenden Protest ein gegen Änderungswünsche, die Kattentidt geäußert hatte: »Meine Skizze ›Ein Charakter‹ möge entweder *unverändert* oder *gar nicht* zum Abdruck kommen... Es käme mir wie eine Sünde vor, Werke meines Schaffens um irgendeiner altjüngferlichen schändlichen Empfindelei willen leichtsinnig zu verstümmeln! ...Was künstlerisch *gut* ist, ist auch *sittlich gut*!... « (Vergleiche das Faksimile des Briefschlusses in: Rilkes Leben und Werk im Bild, bearbeitet von Ingeborg Schnack, Insel-Verlag 1956, Abb. 26.) Doch gab Rilke im folgenden Briefe vom 27. Januar 1896 nach: »Wenn auch ungern, so gehe ich diesmal doch auf die Änderung in der Novelle ›Ein Charakter‹ ein und habe Herrn Rohr ⟨den Drucker⟩ umgehend hievon verständigt.« Wie die beanstandete Stelle lautete, ist nicht ersichtlich, da weder Kattentidts Briefe noch Handschriften der Skizze erhalten sind. ›Ein Charakter‹ ist wieder abgedruckt in: Rilke 1896, III, S. 75–80.

Seite 452–459 Der Apostel

Erstdruck: Die Musen. Monatshefte für Production und Kritik. Von Wilhelm Arent. Viertes Heft. Berlin 1896. S. 24–28 (Hünich, S. 18). Das Heft ist wohl im März 1896 erschienen; Redaktionsschluß war am 14. Februar 1896 (vgl. S. 90). Wie lange vorher die Erzählung entstand, ist ungewiß. In einem undatierten Brief vom März oder Anfang April 1896 aus Prag an Bodo Wildberg schreibt Rilke: »Wenn Sie Heft No. IV der ›Musen‹ (W. Arent Herausgeber) in die Hand bekommen, lesen Sie mein halb tief ernstes, halb satirisches Glaubensbekenntnis: ›Der Apostel‹. (Ich habe leider das Heft der ›Musen‹ nicht hier.)« (G. Br. I, S. 22). Das sechste Heft 1896 der ›Musen‹ (siehe unten zu S. 473 ›Phantasie‹) enthält auf der Innenseite des vorderen Umschlagsblattes den Auszug einer Besprechung des vierten Heftes aus den ›Breslauer Monatsblättern‹ Heft 3, worin es heißt: »... Dann ›Der Apostel‹ von René Maria Rilke, der uns Nietzsches Lehren in krasser Deutlichkeit an üppiger Tafel demonstriert. Man muß das lesen, um an Nietzsches Übermenschen wieder einmal gründlich irre zu werden.« Siehe auch: Werner Neuse, Hauptmanns und Rilkes ›Der Apostel‹, The Germanic Review, Vol. XVIII, October 1943, No. 3, p. 196–201. – ›Der Apostel‹ ist wiederabgedruckt in Erz. u. Sk., S. 347–356. Auf S. 455, Zeile 5 erscheint die Lesart »in dessen wollüstiger Weise« fraglich; vielleicht ist »Weiche« zu lesen.

Seite 459–464 Totentänze. ⟨I:⟩ Und doch in den Tod

Über die geplante Novellensammlung »Totentänze. Zwielicht-Skizzen« siehe oben S. 996–1001. Erstdruck: Todtentänze. Zwielicht-Skizzen aus unseren Tagen von René Maria Rilke. Unterhaltungs-Beilage zu Nummer 6 der ›Deutschen Rundschau‹. Druck von Löwit & Lamberg, Prag. S. ⟨3⟩ bis 8: ›Und doch in den Tod‹. S. ⟨9⟩ bis 16: ›Das Ereignis. Eine ereignislose Geschichte.‹ (Bei Hünich nicht verzeichnet.) Es handelt sich um zwei doppelseitig bedruckte Zeitungsblätter, auf denen der Text so angeordnet und umbrochen ist, daß sie gefaltet zwei halbe Bogen eines Heftchens im Kleinoktavformat ergeben. Die Universitäts-Bibliothek (Universitní Knihovna, Klementinum) in Prag, die den seltenen Druck besitzt, stellte dem R.-A. freundlicherweise eine Photokopie zur Verfügung und teilte mit, daß die Unterhaltungs-Beilage (die keine Jahreszahl aufweist) zum

Jahrgang II, 1896, der Prager ›Deutschen Rundschau‹ gehört; und zwar ist ›Und doch in den Tod‹ in Nr. 6 vom 18. März 1896 und ›Das Ereignis‹ in Nr. 7 vom 1. April 1896 erschienen. Die Jahresangabe ›1897‹ der von R. von Mises in: R. M. R., Briefe an Baronesse von Oe., New York 1945, S. 66, zitierten Bibliographie (auch bei Ritzer K 735a und T 154a) ist also unzutreffend; auch andre der dort gemachten Angaben sind überholt, da Mises den in Prag befindlichen Druck der ›Totentänze‹ noch nicht kannte. An Láska van Oestéren schreibt Rilke am 23. März 1896 aus Prag (Rilke 1896, II, S. 25): »Demnächst erscheint mein zweites Wegwartenheft, welches ein Drama bringt; ich sende es Ihnen sofort nach dem Erscheinen. Auch meine Skizzen *Totentänze*, die jetzt folgeweise in der hiesigen ›Deutschen Rundschau‹, später gesammelt in Buchform erscheinen, werde ich Ihnen senden.« Das hier erwähnte zweite Heft der ›Wegwarten‹, das am 1. April 1896 herauskam (Hünich, S. 16), zeigt auf seinem rückwärtigen Umschlag die »›Totentänze.‹ Zwielicht-Skizzen« als »In Vorbereitung« befindlich an; das Manuskript zu den Anzeigen wurde am 18. März 1896 aus Prag an die Druckerei Gebrüder Stiepel in Reichenberg gesandt und ist, wie der Begleitbrief, erhalten (R.-A., Ms. 75c und d). Das angekündigte Buch ist, wie oben S. 996–1001 dargelegt, nicht zustandegekommen. ›Und doch in den Tod‹ ist wieder abgedruckt in: Rilke 1896, III, S. 92–97. Wie lange vor der ersten Veröffentlichung die Skizze entstand, ist unbekannt.

Zum Text: S. 460, Zeile 1 »silberweißen Kies«: *so* ist zu lesen, nicht: »auf den silbern weißen Kies«, wie in dem ebengenannten Abdruck in ›Rilke 1896, III‹. Im Erstdruck sind die letzten Buchstaben am Ende zweier aufeinander folgender Zeilen vertauscht, ein Versehen, das man nur rückgängig zu machen braucht, um die richtige Lesart zu erhalten.

Seite 465–473 Totentänze. ⟨II:⟩ Das Ereignis

Vergleiche die vorige Anmerkung. Hier zum ersten Mal wieder abgedruckt, nach der von der Universitätsbibliothek

Prag freundlichst zur Verfügung gestellten Photokopie. Wie lange vor der ersten Veröffentlichung am 1. April 1896, bzw. vor der brieflichen Erwähnung am 23. März 1896 (siehe oben) die Skizze geschrieben wurde, ist nicht mehr festzustellen.

Seite 473–474 Phantasie / Gedicht in Prosa

Erstdruck: Die Musen. Monatshefte für Produktion und Kritik. Von Wilhelm Arent. Sechstes Heft. Berlin 1896, S. 39 (erschien im Mai oder Juni 1896; Hünich S. 18). Wieder abgedruckt in: Rilke 1896, III, S. 63f. Ein Entwurf in (unregelmäßigen) Blankversen, datiert: Lautschin, den 19. Juli 1894 (R.-A., Ms. 27), ist abgedruckt in SW III, S. 497f. (mit Anmerkung S. 817). Umsetzung von Versen (sogar von gereimten) in Prosa findet sich auch in dem Zyklus ›Eine Nacht‹ vom 3. November 1895, SW III, S. 438 bis 440 mit Anmerkung S. 803, der zuerst Ende 1896 in dem gleichfalls von Wilhelm Arent herausgegebenen ›Deutschen Musen-Almanach für das Jahr 1897‹ (Hünich, S.21 f.) erschien. Es wäre denkbar, daß die Einrichtung in »Prosa« in beiden Fällen auf den Herausgeber Wilhelm Arent zurückgeht, der das »Gedicht in Prosa« selbst pflegte, während Rilke sich wenigstens Anfang 1898 mit Entschiedenheit *gegen* diese Form aussprach (gegen Schluß des Vortrags ›Moderne Lyrik‹ vom 3. März 1898, siehe SW V, und in einem Briefe an Wilhelm von Scholz vom 31. Januar 1898 aus Berlin-Wilmersdorf, auszugsweise mitgeteilt bei Wilhelm von Scholz, Eine Jahrhundertwende, Leipzig 1936, S. 215). Erst später hat er mit der Form des »Gedichtes in Prosa« wieder experimentiert, vergleiche die in SW V mitzuteilenden Texte und Hinweise. Im November 1905 wurden in der ›Neuen Rundschau‹ (Hünich, S. 52) die in Blankversen abgefaßten Gedichte ›Hetären-Gräber‹, ›Orpheus. Eurydike. Hermes‹ und ›Geburt der Venus‹ (SW I, S. 540, 542, 549) als ›Drei Gedichte in Prosa‹ veröffentlicht; im Manuskript waren aber die Versgrenzen zum Teil noch durch Schrägstriche bezeichnet, vergleiche das Faksimile in: Rilkes Leben und Werk im Bild, bearbeitet von Ingeborg Schnack, Insel-Verlag 1956, Abb. 99. An H. von Hofmannsthal schrieb Rilke dazu am 14. November 1905 aus Meudon: »Die Schreibweise war mir irgendwie natürlich; nur, daß in meiner Niederschrift Striche / sind, die die Verse bezeichnen; im Druck sind sie fortgefallen, und Ihre Frage hat Recht.« Bei der Aufnahme in die ›Neuen Gedichte‹ 1907 wurden diese drei Stücke wieder in Versen abgesetzt. – Auch an die rhythmische, streckenweise gereimte, Prosa der ›Weise von Liebe und Tod des Cornets Christoph Rilke‹ vom Herbst 1899 wäre in diesem Zusammenhang zu erinnern (SW I, S. 233–248, 782, 847; SW III, S. 289 bis 304, 797, 932/933); Verwandtes auch SW III, S. 664 und 668.

Seite 474–479 Ihr Opfer

Erstdruck: Sommer-Beilage der ›Politik‹, Prag, 28. Juni 1896, Nr. 177, S. 3 und 4 (Hünich, S. 20). Wie lange vor dieser Veröffentlichung die Novelle entstand, ist nicht festzustellen. Vor dem Text steht im Erstdruck eine redaktionelle Einführung von 33 Zeilen; darin heißt es gegen Ende: »Die folgende stimmungsvolle Skizze ist dem in Bälde erscheinenden Novellenbuche ›Was toben die Heiden‹ entnommen.« Über den Plan dieser Novellensammlung siehe oben S. 996–1001. Nach dem Brief an den Verleger Adolf Bonz vom 12. Juni 1897 aus München war »Ihr Opfer« damals noch vorgesehen für den Novellenband ›Am Leben hin‹, wurde dann aber bald ausgeschaltet, siehe oben S. 976 und 997. Die (im Stoff an das Schicksal der Charlotte Stieglitz erinnernde) Skizze wird hier zum ersten Mal wieder abgedruckt.

Seite 479–482 Im Vorgärtchen / Skizze

Erstdruck: Deutsches Abendblatt, Prag, XI. Jahrgang, Nr. 205 vom 9. September 1896, S. 7 (bei Hünich nicht verzeichnet). Das Entstehungsdatum ist unbekannt. Wieder abgedruckt in: Rilke 1896, III, S. 97–100.

Seite 482–484 Sonntag

Erstdruck: ›Jugend‹, I. Jahrgang, Nr. 37, München,

12. September 1896, S. 595 (umrahmt von einer Landschaftszeichnung von Fritz Rehm; Hünich, S. 21). Wieder abgedruckt in VPD, S. 37/38. Das Entstehungsdatum ist ungewiß; die Skizze beruht auf der Erinnerung an den Aufenthalt in Misdroy im August 1895 (vergleiche SW III, S. 802, Anm. zu S. 432). Das Bild vom »Blankscheuern« des Himmels, S. 483 oben, begegnet schon in der Skizze ›Und doch in den Tod‹, oben S. 460. – »Habitbraun«, Seite 483, Zeile 2, »war in Österreich, die amtliche Bezeichnung der Farbe der Postkarten« (R. von Mises in: Rilke 1896, III, S. 104, zu S. 26).

Seite 485–496 Heiliger Frühling / Skizze

Erstdruck: ›Jugend‹, II. Jahrgang, Nr. 19, München, 8. Mai 1897, S. 303–306 (Hünich, S. 25). Das Entstehungsdatum ist nicht bekannt; doch ist zu vermuten, daß die Novelle nicht allzu lange vor der Veröffentlichung geschrieben wurde. Sie war ursprünglich für den Band ›Am Leben hin‹ bestimmt und steht an erster Stelle des vorläufigen Inhaltsverzeichnisses, das Rilke am 12. Juni 1897 aus München an den Verleger Adolf Bonz schickte, wurde dann aber doch beiseite gelassen (siehe oben S. 976). Wieder abgedruckt in VPD, S. 38–50 und in Erz. u. Sk., S. 357–370.

Seite 496–500 Masken / Eine Farbenskizze

Erstdruck: Ver Sacrum, I. Jahrgang, Heft 4, Wien, April 1898, S. 12/13 (Hünich, S. 29). Die erste Niederschrift des einleitenden Abschnitts (oben S. 496 bis S. 497, drittletzte Zeile) steht als flüchtiger Bleistiftentwurf in einem Skizzenbuch mit vorwiegend kunstgeschichtlichen Notizen aus der Zeit der Vorbereitung auf die Reise nach Florenz, Frühling 1898, und aus dem Florentiner Aufenthalt (R.-A., Ms. XXII, S. 54–56). Eine auf den 19. Januar 1898 datierte Eintragung, die um einige Zeit vorangeht, liefert die obere zeitliche Grenze; die Skizze wird etwa Anfang Februar 1898 in Berlin entstanden sein. Sie wurde alsbald eingearbeitet in die Novelle ›Die Geschwister‹, die zweite der ›Zwei Prager Geschichten‹: siehe oben S. 164–166 (dazu S. 162f., 185f.,

188, 192f.). Nach dem Brief an Adolf Bonz vom 23. Februar 1898 wurde die Novelle ›Die Geschwister‹ »im Ganzen eben fertig«; ihr Manuskript wurde am 10. März 1898 an Bonz eingesandt (siehe oben S. 981 und 984). Die äußeren Daten würden kaum ausreichen, das zeitliche Verhältnis zwischen der selbständigen Fassung und der Einlage sicher zu bestimmen; bei einem Vergleich der Texte führen stilistische Kriterien aber wohl eindeutig auf die Priorität der selbständigen Fassung. Auch der im Manuskript erhaltene Entwurf des Eingangs, offensichtlich eine allererste Fixierung des Stoffs, geht unmittelbar der selbständigen Fassung voraus und kann nicht etwa nachträglich aus der Novellen-Einlage hervorgegangen sein. (Umgekehrt wollte Mathilde Heß, Der Prosastil Rainer Maria Rilkes, Diss. Frankfurt am Main 1926, Maschinenschrift, S. 5, 13, 15 und 175–189, in der Einlagen-Fassung die ursprüngliche Gestaltung, in der »Farbenskizze« des ›Ver Sacrum‹ dagegen die reifere Verselbständigung sehen. Allerdings kannte sie weder den handschriftlichen Entwurf noch die chronologischen Anhaltspunkte.) ›Masken‹ ist wieder abgedruckt in VPD, S. 50–53. Derselbe Krummauer Stoff liegt schon dem ungedruckten Drama ›Das Thurmzimmer‹ zugrunde (siehe unten S. 1035/36) und ist auch erwähnt in dem Aufsatz ›Böhmische Schlendertage‹ vom Herbst 1895 (Hünich, S. 13), der in SW V abgedruckt wird; vergleiche auch die Erwähnung von Krummau im Briefwechsel zwischen Rilke und Marie von Thurn und Taxis, Band I, 1951, S. 455.

Seite 500–503 Fernsichten / Skizze aus dem Florenz des Quattrocento

Erstdruck: Revue franco-allemande, I. Jahrgang, München, 5. April 1899, S. 95 (Hünich, S. 33). Das Manuskript sandte Rilke am 9. Februar aus Berlin-Schmargendorf an Wilhelm von Scholz ein, der die ›Revue franco-allemande‹ mit herausgab. Schon vorher war die Skizze zum Abdruck in ›Ver Sacrum‹ bestimmt gewesen: Rilke schickte sie am 21. Juli 1898 aus Zoppot an Alfred Roller nach Wien (Hans Ankwicz-Kleehoven, R. M. Rilke und die Wiener Sezession, Wiener Zeitung No. 1, Mittwoch, 1. Jänner 1947 – Ritzer K 1712 –). Wenn ›Fernsichten‹ auch nicht dort erschien, so ergibt sich daraus doch die ungefähre Entstehungszeit der Skizze, die den Florentiner Aufenthalt vom April/Mai 1898 schon voraussetzt und wohl im Juni oder Juli 1898 in Zoppot geschrieben ist. Sie war dann für den geplanten neuen Novellenband vorgesehen und ist in der vorläufigen Liste dazu, die dem Brief an Adolf Bonz vom 27. Juli 1899 aus Berlin-Schmargendorf beiliegt, an fünfter Stelle verzeichnet (siehe oben S. 1002). Wieder abgedruckt in VPD, S. 67–71 und in Erz. u. Sk., S. 398–402.

Zum Text: S. 500, Zeile 5 v. u.: die wohl fehlerhafte Lesart des Erstdrucks »Dann sagte er eifern« ist von F. A. Hünich in VPD, S. 68 und Erz. u. Sk., S. 98 geändert in: »eisern«. Doch ist eher »eifernd« zu lesen.

Seite 504–508 Leise Begleitung

Erstdruck: Das neue Jahrhundert. Berliner Wochenschrift. Herausgeber: Hans Land. I. Jahrgang, Nr. 4. Berlin, 22. Oktober 1898, S. 119–123 (Hünich, S. 30). Die Entstehungszeit ist unbekannt; doch wird die Skizze wohl nicht lange vor der Veröffentlichung geschrieben sein. Sie war später für die neue Novellensammlung vorgesehen und steht an vierter Stelle in der Liste, die dem Brief an Adolf Bonz vom 27. Juli aus Schmargendorf beiliegt; siehe oben S. 1002 Wieder abgedruckt in VPD, S. 53–58 und Erz. u. Sk., S. 371–376.

Zum Text: S. 504, Zeile 11; im Erstdruck steht: »welche an einem Quai-Schiffe stromaufwärts zerren«. In Erz. u. Sk., S. 371 ist der Bindestrich weggelassen, wohl mit Recht (in VPD, S. 54 steht: »an einem Kaischiffe«).

Seite 509–511 Generationen

Erstdruck: Die Zukunft. Herausgeber: Maximilian Harden. VII. Jahrgang, Nr. 9, Berlin, den 26. November 1898, S. 393/394 (Hünich, S. 31). Die Skizze ist wohl im Herbst 1898 entstanden. Am 10. Dezember 1898 schreibt Rilke aus Berlin-Schmargendorf an Franziska Reventlow: »Aus der kleinen Skizze ›Generationen‹ werden Sie vielleicht erkannt haben, liebe Freundin, daß ich von dem alten Novellenbuch weg ⟨gemeint ist: ›Am Leben hin‹⟩ und irgendwohin anders will.« ›Generationen‹ war dann für den neuen Novellenband mit vorgemerkt und ist an dritter Stelle der Liste verzeichnet, die dem Brief an Adolf Bonz vom 27. Juli 1899 aus Berlin-Schmargendorf beiliegt (siehe oben S. 1002). Wieder abgedruckt in VPD, S. 58–61 und in Erz. u. Sk., S. 377–380.

Seite 512–567 ⟨Ewald Tragy⟩

Das Manuskript der Novelle, eine sorgfältige Reinschrift auf 62 Großoktavblättern, befindet sich im Nachlaß (R.-A., Ms. 276). Es ist unbetitelt und undatiert. Da bisher auch keinerlei Selbstzeugnisse des Dichters über diese Arbeit bekannt geworden sind, kann ein Datierungsversuch sich nur auf die Beschaffenheit der Handschrift stützen. Wahrscheinlich ist sie im zweiten Halbjahr 1898 in Berlin-Schmargendorf entstanden (jedenfalls nicht früher als Ende 1897, nicht später als Anfang 1899). Sie blieb wohl deshalb unveröffentlicht, weil Rilke die autobiographischen Züge in einigen der Personenschilderungen als zu unverhüllt empfand. Gedruckt wurde sie als Jahresgabe 1927/1928 für die Mitglieder der Gesellschaft der Münchner Bücherfreunde bei B. Heller in München in 95 Exemplaren, unter dem Titel: ›Rainer Maria Rilke, Ewald Tragy / Erzählung. München 1929‹ (auf dem äußeren Umschlag: ›München 1929/1930‹). Eine zweite Ausgabe veranstaltete, auf Grund dieses Erstdruckes, Richard von Mises im Verlag der Johannespresse, New York 1944 (als erstes Bändchen der Reihe: ›Rainer Maria Rilke im Jahre 1896‹), mit einem Nachwort, das insbesondere die autobiographischen Beziehungen aufhellt (so die Reminiszenzen an Wilhelm von Scholz und Jakob Wassermann im Zweiten Teil, oben S. 536 ff.). Der Text der vorliegenden Ausgabe folgt so eng wie möglich der Handschrift und beseitigt (wie großenteils schon die Einzelausgabe in der Insel-Bücherei Nr. 680, 1959) eine Reihe von kleinen Fehlern und Ungenauigkeiten der beiden ersten Drucke.

Seite 568–574 Im Leben

Erstdruck: ›Jugend‹, IV. Jahrgang, Nr. 9, München, 25. Februar 1899, S. 140, 141 und 144 (Hünich, S. 32). Die Skizze, die vermutlich nicht lange vor der Veröffentlichung, im Winter 1898/1899, entstand, war dann vorgesehen für den geplanten neuen Novellenband und ist an erster Stelle der Liste verzeichnet, die dem Brief an den Verleger Adolf Bonz vom 27. Juli 1899 aus Berlin-Schmargendorf beiliegt (siehe oben S. 1002). Wiederabgedruckt in VPD, S. 61–67 und in Erz. u. Sk., S. 381-388.

Seite 574–581 Teufelsspuk

Erstdruck: Simplicissimus, 3. Jahrgang, Nr. 50, München, März 1899, S. 395 (Hünich, S. 32). Geschrieben vermutlich im Winter 1898/1899, Berlin. Die Erzählung war mit vorgemerkt für den geplanten neuen Novellenband und steht an zweiter Stelle der Liste, die dem Brief an Adolf Bonz vom 27. Juli 1899 aus Berlin-Schmargendorf beiliegt (siehe oben S. 1002). Wieder abgedruckt in VPD, S. 71–78 und in Erz. u. Sk., S. 389–397.

Seite 581–586 Das Lachen des Pán Mráz

Erstdruck: Simplicissimus, 4. Jahrgang, Nr. 22, München, September 1899, S. 170 (Hünich, S. 35). Bereits in der Liste der Stücke, die für den neuen Novellenband vorgesehen waren, ist die Skizze – an neunter Stelle – verzeichnet, als augenblicklich noch bei der Redaktion des ›Simplicissimus‹ liegend. Die Liste lag dem Brief an Adolf Bonz vom 27. Juli 1899 aus Berlin-Schmargendorf bei (siehe oben S. 1003); demnach muß das Entstehungsdatum der Skizze geraume Zeit vor die erste Veröffentlichung fallen, wohl in das erste Halbjahr 1899. Wieder abgedruckt in VPD, S. 78–83 und in Erz. u. Sk., S. 403–409.

Seite 587–591 Wladimir, der Wolkenmaler

Erstdruck: Revue franco-allemande, I. Jahrgang, 2. Band,

Nr. 24, München usw., 25. Dezember 1899, S. 378–380 (Hünich, S. 35). Schon in dem Verzeichnis für den geplanten Novellenband, das dem Brief an Adolf Bonz vom 27. Juli 1899 aus Berlin-Schmargendorf beiliegt (oben S. 1002), ist die Skizze aufgeführt, und zwar an sechster Stelle, als »im Manuskript« mitgeschickt. Demnach muß sie spätestens im Juli 1899 entstanden sein. Wieder abgedruckt (mit einzelnen Fehlern und Ungenauigkeiten) in VPD, S. 83–87 und in Erz. u. Sk., S. 410–415.

Seite 591–594 ⟨Aufzeichnung: Ein Abend⟩

Die ersten Niederschriften dieses Stückes und der folgenden (Die Turnstunde, Ein Morgen, Der Grabgärtner, Der Kardinal, Frau Blaha's Magd; dazu später noch: ›Vitali erwachte...‹ und ›Aus einem Mädchenbriefe‹) stehen in dem sog. ›Schmargendorfer Tagebuch‹ (begonnen: 11. Juli 1898, Zoppot, abgeschlossen: 26. September 1900, Worpswede), dessen Originalmanuskript sich vormals in der Handschriftenabteilung der Preußischen Staatsbibliothek Berlin befand und von dem das R.-A. eine Photokopie besitzt. Das Tagebuch wurde zuerst mit Kürzungen abgedruckt in: Briefe und Tagebücher aus der Frühzeit 1899 bis 1902, Leipzig 1931, S. 203–335; dann vollständig in: Tagebücher aus der Frühzeit, Leipzig 1942, S. 141–306 (im folgenden abgekürzt: ›Tgb.‹); vergleiche auch SW III, S. 811 und 840–841. Die vom 3. bis 8. November 1899 niedergeschriebenen sechs Stücke bis zu ›Frau Blaha's Magd‹ (denen sich noch ›Reflexe‹ vom 9. November 1899 unmittelbar anschloß) bilden im Tagebuch eine geschlossene Folge, die aus einem starken neuen erzählerischen Impuls hervorging. Unmittelbar darauf entstanden Mitte November 1899 die ›Geschichten vom lieben Gott‹ und außerdem noch die Novelle ›Das Haus‹ (oben S. 643–653). Aus sämtlichen Eintragungen vom 3. November 1899 (Tgb., S. 153, Z. 7 v. u., bis S. 160 u.; Teildruck zuerst in Br. 99/02, 1931, S. 203 bis 206), die nach mehr als halbjähriger Pause neu einsetzen und allmählich in die Folge der Erzählungen übergehen,

wurde hier die Aufzeichnung ›Ein Abend‹ herausgelöst, da sie nicht nur eine novellistische Skizze enthält, sondern auch einige Leitgedanken des neuen Erzählungsstils ausspricht. Das Tagebuch ist, wie das vorangegangene Toskanische, für Lou Andreas-Salomé geschrieben (vergleiche etwa Tgb., S. 157 und S. 160f.). Im selben Tagebuch heißt es unterm 4. September 1900, Worpswede (Tgb., S. 235): »Später, da man mich bittet, lese ich einiges. Zuerst, im Anschluß an die Musik: den Abend mit den jungen Menschen in der dunklen Stube. Dann Verse, den ›Spielmann‹ auch...« Hier scheint die Aufzeichnung vom 3. November 1899 gemeint zu sein (nicht die Novelle ›Im Gespräch‹, wie Tgb., S. 434 angegeben). Es wäre denkbar, daß Rilke selbst die Aufzeichnung, wie einige der folgenden Stücke, verselbständigt und in solcher ausgearbeiteten Form in Worpswede vorgelesen hätte; wahrscheinlicher bleibt, daß er unmittelbar aus dem Tagebuch vorlas (unter dem ›Spielmann‹ ist das Gedicht SW III, S. 231f. zu verstehen). Der Abdruck aller Stücke aus dem Tagebuch in der vorliegenden Ausgabe beruht auf der im R.-A. befindlichen Photokopie.
Die Grenze zwischen Tagebucheintragungen im eigentlichen Sinne des *Journal intime* und solchen Niederschriften, die zum »Werk« gehören oder doch dichterische Arbeiten unmittelbar vorbereiten, ist bei den Prosa-Niederschriften der Tagebücher Rilkes fließend. Die Aufzeichnung ›Ein Abend‹ ist wohl stärker dem »Werk« als der persönlichen Sphäre zuzuordnen. Aufgenommen sind hier sonst aus den Tagebüchern nur solche Stücke erzählenden Charakters, die sich unbestreitbar im Bereich der dichterischen »Arbeit« halten.

Seite 594–601 ⟨Die Turnstunde⟩ / ⟨Erste Niederschrift⟩

Die Aufzeichnung steht auf den Seiten ⟨21⟩ bis ⟨30⟩ des sog. Schmargendorfer Tagebuchs (siehe vorige Anmerkung), unter dem Datum: ›(Mittag 5. Nov.)‹ ⟨1899⟩. Bei der ersten Veröffentlichung des Tagebuchs in Br. 99/02, S. 207, wurde sie weggelassen, dann jedoch abgedruckt bei Carl

Sieber, René Rilke, Leipzig (1932), S. 150–158, und in Tgb. (1942), S. 162–169. – Im Tagebuch geht der Erzählung folgende Eintragung unmittelbar voran:

»Seltsam, nachts wurde plötzlich der Militärroman so dringend, daß ich glaubte ich würde, wenn nicht sofort, so doch wenigstens heute beginnen müssen ihn zu schreiben. Das stellt sich natürlich im neuen Tag wesentlich anders dar; was so notwendig schien mitten in der Nacht, tritt jetzt als gleichberechtigt mit zwei, drei anderen Stoffen auf und nichteinmal als inniges Bedürfnis, sondern als literarische Absicht – und so bin ich gar nicht willens etwas zur Erfüllung zu tun. Auch erscheint mir der Stoff, jemehr ich mich an ihn verliere, immer noch unmöglich und grob; noch fühle ich nicht die Geschicklichkeit, diese Gesellschaft von Knaben in ihrer ganzen Roheit und Entartung, in dieser hoffnungslosen und traurigen Heiterkeit zu zeigen .... diese ganze Masse beständig als solche wirken zu lassen, erscheint mir ebenso wichtig wie schwer. Denn der Einzelne ist ja eben, – auch der verdorbenste – Kind, was aber aus der Gemeinsamkeit dieser Kinder sich ergibt – das wäre der herrschende Eindruck –, eine schreckliche Gesamtheit, die wie ein fürchterliches Wesen wirkt, welches bald diesen und bald jenen Arm verlangend ausstreckt. Zuerst beschäftigte mich die Szene mit Karl Gruber, dem blassen Mondsüchtigen mit der flachen Brust und der im Speichel watenden Stimme.«

Am Schluß der Erzählung fährt das Tagebuch fort: »Ich bin heute zu müde, um an der nächsten Szene (das Begräbnis Grubers und die demselben vorhergehende Nacht) zu schreiben. Aber mir fällt nach unseren Gesprächen ⟨scil.: Gesprächen mit Lou Andreas-Salomé⟩ eine andere Szene ein. Nämlich:« Hieran schließt sich unmittelbar die erste Niederschrift der Erzählung ›Ein Morgen‹, siehe unten die Anmerkung zu Seite 609–613. – Von der endgültigen und von Rilke selbst 1902 veröffentlichten Fassung der ›Turn-

stunde‹ (siehe die nächste Anmerkung) weicht die erste Niederschrift nur wenig ab; sie wurde hier trotzdem vollständig wiedergegeben, um der besonderen, sowohl künstlerischen wie autobiographischen Bedeutung dieser Arbeit Rechnung zu tragen.
Der Plan zu einem »Militärroman« wird noch einmal erwähnt in einem Brief an Lou Andreas-Salomé aus Rom vom 12. Mai 1904 (Briefwechsel, S. 159f.), wo in einer Aufzählung von Arbeitsplänen die begonnenen ›Aufzeichnungen des Malte Laurids Brigge‹ bezeichnet werden als: »Mein neues Buch (dessen feste lückenlose Prosa eine Schule für mich ist und ein Fortschritt, der kommen mußte, damit ich später einmal alles Andere, – auch den Militär-roman, – schreiben könne.)«. Es ist wohl anzunehmen, daß dieser Plan noch identisch war mit demjenigen zu einem »größeren Buch«, der zwischen Herbst 1897 und Frühjahr 1900 mehrfach in den Briefen an Adolf Bonz erwähnt wird. Bonz, der ›Am Leben hin‹ und die ›Zwei Prager Geschichten‹ verlegte, drängte Rilke beharrlich, ihm statt einer neuen Novellensammlung doch einen Roman in Obhut zu geben. Rilke schreibt ihm am 19. Oktober 1897 aus Berlin-Wilmersdorf: »Ich hoffe längstens bis Mitte 98 ein größeres Buch fertig zu haben, das ich Ihnen dann übergebe ...«; am 15. Februar 1898 aus Berlin-Wilmersdorf: »Ich verlasse am 1. März Berlin, um mich zunächst für acht Tage in meine Heimat, Prag, zu begeben. Dann soll ich, dem Rat des Arztes folgend, ein besseres Klima aufsuchen, da der Frühling eine gefährliche Zeit für mich ist und ich gerade im März mit einem neuen buchfüllenden Roman beginnen möchte, also meinen Körper in möglich arbeitsfähiger Verfassung erhalten will.« Gleich darauf, am 20. Februar 1898, noch aus Berlin-Wilmersdorf, heißt es: »Ich gehe ja nun an das Buch größeren Umfanges, mit welchem Sie zufrieden sein sollen! Nur Gesundheit und Kraft.« Dieser Vorsatz wurde jedoch durch anderes verdrängt, und so betraf das nächste Anerbieten, das Rilke dem Verleger machte, wieder

eine Novellensammlung (siehe oben S. 1001–1002). »Warum sollte sie nicht ebenso wie ein Roman gelesen werden?« schreibt er dazu am 27. Juli 1899 aus Berlin-Schmargendorf an Adolf Bonz: »Trotzdem hoffe ich ja Ihnen (heut oder morgen) besagten Roman noch einmal geben zu können, da Sie sich von einem solchen mehr Erfolg und Freude erwarten.« Schließlich begnügte sich Bonz damit, Rilke zu verpflichten, ihm künftig »jeden Roman, jede Erzählung oder jede Novelle, welche mehr als fünf Druckbogen enthält, zuerst anzubieten« oder sich durch Leistung eines geforderten Ersatzes von solcher Verpflichtung zu befreien, – ein Abkommen, das Rilke in seinem Brief an Bonz vom 22. April 1900 aus Schmargendorf bestätigte und das erst nach Jahren, als die ›Aufzeichnungen des Malte Laurids Brigge‹ sich ihrem Abschluß näherten, zugunsten des Insel-Verlags und mit dessen Hilfe wieder gelöst wurde (siehe oben S. 1003). Von Stoff und Inhalt des Romanplanes, der in den Briefen an Bonz gemeint ist, verlautet nichts; wahrscheinlich handelt es sich immer schon um den »Militärroman«. Wie lange über 1904 hinaus dieser Plan Rilke weiterbeschäftigt haben mag, ist ungewiß; über Spuren späterer autobiographischer Befassung mit der Militärschulzeit siehe das in SW V zu dem Bruchstück ›Erinnerung‹ vom September 1914 Angemerkte. – Andersartige Romanpläne (»Aber so wenig ernst gemeinte!«) verzeichnet Rilkes Tagebuch unter dem 20. November 1900 (Tgb., S. 386).

Seite 601–609 Die Turnstunde / ⟨Endgültige Fassung⟩

Erstdruck: Die Zukunft. Herausgeber: Maximilian Harden. X. Jahrgang, Nr. 18, Berlin, den 1. Februar 1902, S. 211 bis 214 (Hünich, S. 43). Wann diese Fassung ausgearbeitet wurde, ist nicht bekannt; die Handschrift ist nicht erhalten. Da die Abweichungen von der ersten Niederschrift (siehe vorige Anmerkung) nur in stilistischer Ausfeilung bestehen, wurden beide Fassungen hier unmittelbar nebeneinander gestellt, ungeachtet des zeitlichen Abstandes, der etwa zwei Jahre betragen mag. Als einziges Stück aus den verstreuten frühen Erzählungen wurde ›Die Turnstunde‹ 1927 in die Gesammelten Werke aufgenommen (GW IV, S. 211 bis 220; Vorabdruck: Das Inselschiff, 8. Jahrgang, 4. Heft, Herbst 1927, S. 294–299), in Übereinstimmung mit dem Wunsch des Dichters, der sich schon bei der Vorbereitung von VPD in einem Brief an F. A. Hünich vom 24. Dezember 1921 aus Muzot danach erkundigt hatte: »Dabei fällt mir ein: ist ›Die Turnstunde‹ (eine kleine Skizze aus dem Militärschul-Milieu) in den ›Privat-Druck‹ aufgenommen? Sie erschien in der ›Zukunft‹ –, ich lasse sie *viel* eher gelten, als die übrige Klein-Prosa jener Jahre.« (In VPD fehlt die Erzählung, da schon damals ein Wiederabdruck in anderem Zusammenhang ins Auge gefaßt war.) Über den 1914 und 1916 erwogenen, aber mit Rücksicht auf die Kriegsumstände beidemal wieder aufgegebenen Gedanken, ›Die Turnstunde‹ im Insel-Almanach abzudrucken, vergleiche den Briefwechsel zwischen Rilke und Katharina Kippenberg (Insel-Verlag 1954), S. 167, 171 und 172, und unten S. 1026.

Seite 609–613 Ein Morgen

Erstdruck: Weihnachtsbeilage des Prager Tagblatt, Nr. 356 vom 24. Dezember 1899, S. 36 (Hünich, S. 35). Die erste Niederschrift steht, unbetitelt, auf S. ⟨30–34⟩ des Schmargendorfer Tagebuchs, eingeleitet durch die oben in der Anmerkung zu Seite 594–601 mitgeteilte Bemerkung; sie stammt offenbar noch vom 5. November 1899 (spätestens 6. November). Diese Tagebuch-Fassung ist gedruckt in Br. 99/02 (1931), S. 207–212, und in Tgb. (1942), S. 169–174. Ihre Abweichungen von der endgültigen Fassung sind nur stilistischer Art, und so wenig erheblich, daß hier auf ihre Wiedergabe verzichtet werden kann. Da ›Ein Morgen‹ sowohl in VPD wie in Erz. u. Sk. fehlt, wird die *endgültige* Fassung hier zum ersten Male wieder abgedruckt.

Seite 614–620 Der Grabgärtner / ⟨Erste Fassung von: Der Totengräber⟩

Diese erste Niederschrift zu der späteren Novelle ›Der Totengräber‹ (siehe unten die Anmerkung zu S. 688–703) schließt sich im Schmargendorfer Tagebuch, auf den Seiten ⟨34–38⟩, unmittelbar an die vorangehende Aufzeichnung ›Ein Morgen‹ an, eingeleitet nur durch das Datum ›7. November ⟨1899⟩ abends‹ und die Bemerkung: »Ich will versuchen, noch eine kleine Begebenheit hier kurz zu notieren:«. Am Schluß folgt noch die Notiz: »Soll heißen, so man es als Geschichte betrachten will: *Der Grabgärtner.*« Gedruckt wurde diese Urfassung in Br. 99/02 (1931), S. 212 bis 219, und in Tgb. (1942), S. 174–181.

Seite 620–623 Der Kardinal / Eine Biographie

Unter dem Datum des 8. November 1899 schließt sich die Skizze im Schmargendorfer Tagebuch auf den Seiten ⟨38 bis 40⟩ unmittelbar und ohne überleitende Bemerkung an die vorige Erzählung ›Der Grabgärtner‹ an. Gedruckt wurde sie zuerst in Br. 99/02 (1931), S. 219–222; dann in Tgb. (1942), S. 181–184.

Seite 623–629 Frau Blaha's Magd

Die Erzählung steht auf den Seiten ⟨40–44⟩ des Schmargendorfer Tagebuchs, im Anschluß an die vorige Skizze ›Der Kardinal‹. Voran geht das Datum: ›am 8. Nov. 1899‹ und die Bemerkung: »Noch einige Notizen zu folgender Begebenheit«; am Schluß steht der Titel: ›(Frau Blaha's Magd.)‹ und das Datum des 9. November 1899, das darauf deutet, daß die Erzählung an diesen zwei aufeinanderfolgenden Tagen niedergeschrieben wurde. – Statt der beiden letzten Abschnitte, S. 629 ab Zeile 11, stehen im Tagebuch zunächst die folgenden, wieder gestrichenen, Zeilen:

Annuschka ging nach hinten zu ihrem Koffer. Ein kleiner, besonders ungeduldiger Knabe kam ihr nach. Aber plötzlich kam er nach vorn, schreiend, stieß das Theater im Vorüberlaufen um, und sprang aus der Tür. Alle Kinder ihm nach. Eine unsägliche Angst

Übrigens ist hervorzuheben, daß diese Seiten ebenso wie alle vorangehenden Tagebucheintragungen nur sehr wenige

Korrekturen aufweisen und im Ganzen schon wie Reinschriften wirken. Entwürfe und Brouillons haben wohl teilweise vorausgelegen, aber vielleicht nicht in jedem Falle. ›Frau Blaha's Magd‹ weist verhältnismäßig noch die meisten Arbeitsspuren auf. – Die Erzählung (aus der einzelne Motive bis in die Vierte Duineser Elegie fortwirken) wurde zuerst gedruckt in Br. 99/02 (1931), S. 222–229, und in Tgb. (1942), S. 184–191.

Seite 630–643 Reflexe

Erstdruck: Deutsche Arbeit, 1. Jahrgang, Heft 5, Februar 1902, S. 401–409 (Hünich, S. 43). Das Schmargendorfer Tagebuch vermerkt auf S. ⟨44⟩ im unmittelbaren Anschluß an ›Frau Blaha's Magd‹ (siehe vorige Anmerkung): »Hier folgt die Geschichte der Herzogin von Villerose, welche ich nicht hier einschreiben konnte, weil ich sie teilweise auf dem Wege zur Stadt, anderenteils im Colleg aufzeichnete. Gestern nachts schrieb ich sie zum Schlusse und heute vormittag gab ich ihr die Vollendung in allen Teilen. 10. November 1899.« (Vergleiche: Tgb., S. 191, wo jedoch die Daten des 9. und 10. November 1899 irrigerweise zu den ihnen folgenden, statt zu den ihnen vorangehenden Eintragungen gezogen sind.) Die hier erwähnte erste Niederschrift (R.-A., Ms. 274) hat sich im Nachlaß ebenso erhalten wie die handschriftliche Vorlage des Erstdrucks (R.-A., Ms. 275). Die erste Niederschrift weist eine Anzahl kleinerer Korrekturen auf; von ihr unterscheidet sich die Reinschrift, die offensichtlich erst etwa im Herbst 1901 für die Veröffentlichung hergestellt wurde, nur durch kleine stilistische Änderungen: der Abstand zwischen beiden Texten ist ganz gering. Wenige kleine Versehen des Erstdrucks konnten aus den Handschriften berichtigt werden; sie waren auch dem Dichter entgangen, der selbst Korrektur gelesen hat. – ›Reflexe‹ wurde wieder abgedruckt in Erz. u. Sk., S. 437–453. Eine frühere Anregung, die Erzählung durch Aufnahme in den Insel-Almanach wieder aufleben zu lassen, lehnte Rilke in dem Brief an Anton Kippenberg vom 28. März 1914 ab (G. Br. VI, S. 226); statt dessen wurde damals zunächst ›Die Turnstunde‹ für den Insel-Almanach 1915 vorgesehen, entfiel dann aber wegen dessen Umgestaltung in den ›Kriegs-Almanach 1915‹ (vergleiche den Briefwechsel Rilkes mit Katharina Kippenberg, Insel-Verlag 1954, S. 167, 171, 172, und oben S. 1022/23).

Seite 643–653 Das Haus

Erstdruck: Simplicissimus, 5. Jahrgang, Nummer 5 ⟨Anfang Mai 1900⟩, S. 38/39 (Hünich, S. 36). Im Schmargendorfer Tagebuch heißt es auf Seite ⟨45⟩, unter dem Datum ›Dienstag, am 21. November 1899‹, im Anschluß an die in der vorigen Anmerkung wiedergegebene Notiz über die Entstehung der »Reflexe« vom 10. November 1899, also nach einer Eintragungspause von elf Tagen: »... In der Zwischenzeit ist entstanden: das Buch *vom lieben Gott und Anderes* und eine Novelle: *Das Haus*. Einige andere stehen mir wohl noch bevor. Vielleicht auch etwas Dramatisches.« (Siehe: Tgb., S. 193; die beiden vorangehenden Gedichte ›Chanson orpheline‹ gehören auch zu dieser Eintragung vom 21. November 1899.) Die erste Niederschrift, eilig geschrieben und mit gelegentlichen Korrekturen durchsetzt, hat sich im Nachlaß erhalten (R.-A., Ms. 270); ihr Text unterscheidet sich nicht nennenswert von dem des Erstdrucks; dieser setzt als Vorlage noch eine Reinschrift voraus, die wohl bald nach dem Konzept angefertigt und eingesandt wurde, aber verschollen ist. ›Das Haus‹ wurde wieder abgedruckt in VPD, S. 87–98 und in Erz. u. Sk., S. 416–428.

Wenige Tage später erwähnt das Schmargendorfer Tagebuch noch, ehe dann die Folge der erzählerischen Arbeiten dieses Herbstes abbricht, einen Entwurf, der verschollen und seinem Inhalt nach nicht genauer kenntlich ist:

»Freitag, den 24. November 1899. Gestern habe ich, aller Ermattung zum Trotz, versucht, die Skizze von den Mönchen des Klosters Redemptore in Val d'Ema aufzuzeichnen. Nun es gelang herzlich schlecht, und was daraus wurde kann nur als mangelhafte Festhaltung des Stoffes überhaupt gelten. Er wäre einer Ausführung wohl wert.« (Tgb., S. 196f.)

Seite 654–655 ⟨›Vitali erwachte...‹⟩

Die Aufzeichnung steht auf den Seiten ⟨71–72⟩ des Schmargendorfer Tagebuches und ist am Schluß datiert: ›(Nach einem Morgen des 7. April 1900.)‹. Sie ist gedruckt in: Br. 99/02 (1931), S. 251/252, und in: Tgb. (1942), S. 217 bis 218. Das Bruchstück scheint in Beziehung zu stehen zu der Gestalt des ›Witalii‹ in der Erzählung ›Rodinka‹ von Lou Andreas-Salomé, die zwar erst 1923 als Buch veröffentlicht wurde, aber bald nach 1900 geschrieben ist und zum Teil auf Eindrücken der gemeinsamen russischen Reisen von 1899 und 1900 beruhte; vergleiche dazu Ernst Pfeiffers Bemerkungen bei Lou Andreas-Salomé, Lebensrückblick, Zürich und Wiesbaden 1951, S. 365 und 366.

Seite 655–659 Aus einem Mädchenbriefe

Der imaginäre Brief steht im Schmargendorfer Tagebuch auf den Seiten ⟨79–84⟩, zwischen Eintragungen vom 12. und vom 16. April 1900; die fingierte Bezeichnung ›(Riva am Gardasee, im April)‹ ist am Schlusse hinzugefügt. Das Stück ist gedruckt in Br. 99/02 (1931), S. 258–262, und Tgb. (1942), S. 224–228. – Von E. L. Stahl (Oxford Slavonic Papers, Vol. IX, 1959, p. 133) wird diese Aufzeichnung in Verbindung gebracht mit Rilkes Briefen aus den Jahren 1898 und 1899 an die Russin Helene Woronin. Doch handelt es sich, wie Überschrift und Schlußformel zeigen, um den *fingierten* Brief eines jungen Mädchens an seine Freundin, also um eine *Dichtung* Rilkes, nicht um ein »echtes« Stück seiner Korrespondenz. Daß in der Gestalt der Adressatin ›Helene‹ dem Dichter die russische Freundin vorschwebte, wäre denkbar; doch ist daran zu erinnern, wievielen anderen Mädchen und Frauen der frühen Erzählungen und Dramen Rilke gerade diesen Vornamen ›Helene‹ gegeben hat, – mit einer auffallenden Vorliebe, die sich bis in die Mitte der neunziger Jahre hinauf verfolgen läßt.

Seite 659–662 ⟨Zwei Fragmente⟩

Die beiden Stücke stehen, unmittelbar hintereinander, auf den ersten vier Seiten des sog. Worpsweder Tagebuches (R.-

A., Ms. XI), eingefügt in die Eintragung vom 27. September 1900. An diesem Datum ist das Tagebuch, das das sog. ›Schmargendorfer Tagebuch‹ fortsetzt, begonnen; beendet wurde es am 22. Dezember 1900 in Berlin-Schmargendorf. Es ist mit Kürzungen abgedruckt in Br. 99/02 (1931), S. 335–418, vollständig in Tgb. (1942), S. 307–430; die beiden »Fragmente« stehen auf Seite 336–339 bzw. 309–313 dieser Ausgaben. Das erste Fragment ist vorbereitet durch die vorangehende Tagebuchaufzeichnung (Tgb., S. 309), die mit dem Satze schließt: »Ich erfand mir eine neue Zärtlichkeit: Eine Rose leise auf das geschlossene Auge zu legen, bis sie mit ihrer Kühle kaum mehr fühlbar ist und nur die Sanftmut ihres Blattes noch über dem Lid ruht, wie [ein Stück] Schlaf vor Sonnenaufgang.« Das erste der »Fragmente« hat Rilke später eingearbeitet in die Erzählung ›Der Totengräber‹, siehe oben S. 695–697 und unten die Anmerkung zu S. 688–703. Es kündigen sich schon hier die Vorstellungen an, die, im späteren Werk Rilkes vielfach anklingend, zuletzt in seiner Grabschrift verdichtet sind.

Seite 663–671 ⟨Albrecht Ostermann⟩ / ⟨Fragment⟩

Das unbetitelte und undatierte Bruchstück steht auf sechs Großquartblättern, die nach Schrift und Papier vermutlich aus dem Berliner Winter 1900/1901 stammen (R.-A., Ms. 273). Es wird hier zum ersten Mal gedruckt. Anhaltspunkte für die Entstehung wie für die geplante Fortsetzung fehlen.

Seite 672–682 ⟨Der Drachentöter⟩ / ⟨Ursprüngliche Fassung⟩

Diese erste Niederschrift der Erzählung, bisher ungedruckt, steht auf den Seiten ⟨7–21⟩ jenes Westerweder Tagebuchs vom September 1901 (R.-A., Ms. XII), dessen Hauptinhalt der zweite Teil des Stunden-Buches bildet; vergleiche darüber SW III, S. 851–853. Am Schluß der Erzählung das Datum: ›Sonntag. (15. Sept. 1901.)‹; die letzte vorangehende Eintragung stammt vom 12. September 1901 (siehe auch: Ruth Mövius, R. M. Rilkes Stunden-Buch / Entstehung und Gehalt, Leipzig 1937, S. 229/230). Es handelt sich um eine sehr sorgfältige Niederschrift mit nur wenigen Einzelkorrekturen; doch gehen dem letzten Abschnitt zwei andere, wieder gestrichene, Fassungen des Schlusses voraus. (Auf S. 672, Z. 13, hieß es zuerst: »...seine Tochter aber war wie eine Schwester [von] der Beatrice Portinari oder der heiligen Barbara oder der heiligen Brüder Boris und Gljeb, der Martyrer.«) Nach S. 681, Z. 2, folgt im Ms. (S. 18) zunächst ein mit Blaustift durchkreuzter Absatz (darin noch sieben Zeilen mit Tinte getilgt; hier in [] eingeklammert):

Als die Leute in der Stadt erwachten, erschraken sie sehr. Fast in allen Gassen floß Blut. Es kam in vielen Bächen aus dem Walde, der vor dem Stadttor lag, und wollte gar nicht aufhören zu fließen. Einige Mutige gingen dem Strom entgegen und sahen schon von Weitem, daß das Untier verblutete. Seine große Wunde lag wie ein roter Steinbruch offen da. Die gute Nachricht verbreitete sich in wenigen Stunden im ganzen Lande. Die Menschen jubelten und die Glocken überschlugen sich fast in den Türmen. Alle schienen nach dem Retter zu rufen; der aber zeigte sich nicht. [Der greise König sandte Läufer aus, die ihn suchen sollten. Einer von ihnen brachte einen Helm mit, den er in der Nähe des toten Tieres gefunden hatte. Dieser Helm war aus schwarzem Eisen von guter edler Arbeit, aber ganz ohne Schmuck und Verzierung. Sie kamen müde zurück. Reitende Boten ritten ins Land, aber niemand wollte ihn gesehen haben. Der König war finster und schweigsam.] Er ritt schon weit von der Stadt und es war ein Himmel voll Lerchen über ihm. Hätte ihn jemand an den Preis seiner Tat erinnert, er wäre lachend umgekehrt. Er hatte ihn ganz vergessen.

Darauf folgt im Ms. (S. 19), ebenfalls mit Blaustift durchkreuzt, ein Abschnitt, dessen beide letzte Zeilen (hier in [] eingeklammert) mit Tinte getilgt sind:

Die junge Fürstin hatte noch einige Stunden tief geschlafen. Endlich weckte sie das Geschrei des Volkes. Sie dachte zu-

erst, daß diese Zurufe dem Retter gelten, aber sie konnte sich ihn gar nicht vorstellen inmitten dieses lauten Dankes. Die [drei] Kammermädchen erzählten ihr, alle drei zugleich [redend], daß der Drache tot sei, daß man umsonst nach dem Helden suche und daß sie das schönste Kleid anziehen müsse, um als Braut den unbekannten Sieger zu empfangen, der sich doch gewiß im Laufe des Tages nennen werde.
Da wußte das Fräulein, daß er nicht kommen würde, aber sie ließ sich das prächtige Kleid gefallen, und die Zofen sahen sie unter ihren Händen wunderschön werden und wachsen. Nur ihr Gesicht blieb ein wenig bleich und nachdenklich und ihre Augen waren dunkel von einer Sehnsucht, die ihnen war gegeben worden.
[So trat sie bei ihrem greisen Vater ein, der sie kaum erkannte. Sie sprach sanft zu ihm.]

Auf diese beiden verworfenen Vorstufen des Schlusses folgt dann, nach einer freien Zeile, die dritte, oben im Text S. 681 (ab Zeile 3) bis S. 682 wiedergegebene Fassung. – Vergleiche im übrigen die nächste Anmerkung.

Seite 682–688 Der Drachentöter / ⟨Endgültige Fassung⟩
Erstdruck: Die Zeit ⟨Wochenschrift⟩, XXX. Band, Nr. 382, Wien, den 25. Jänner 1902, S. 63/64 (Hünich, S. 43). Im Hinblick auf das Erscheinungsdatum ist anzunehmen, daß diese endgültige Fassung, die von der ersten Niederschrift (siehe vorige Anmerkung) erheblich abweicht, im Spätherbst 1901 in Westerwede ausgearbeitet wurde. In dem Hefte der ›Zeit‹ mit dem Erstdruck, das das R.-A. besitzt (Z 161) und das wohl Rilkes Handexemplar war, ist der letzte Absatz der Novelle (oben S. 688, Zeile 10–13) mit Rotstift getilgt, offensichtlich von Rilkes eigner Hand (: ein frühes Beispiel der bei ihm öfter begegnenden nachträglichen ›Torsierung‹ von Schlüssen, vergleiche etwa SW III, S. 812 über ›Abend in Schonen‹ und SW III, S. 854f., zu S. 770 und 771, über das Stunden-Buch). ›Der Drachentöter‹ ist wieder abgedruckt in Erz. u. Sk., S. 429–436. –

Zu S. 686, Zeile 8 v. u. (und S. 679, Zeile 4 v. u.): das (russische) Motiv von der ›Nachtigall‹ auf den ›Wipfeln von neun Eichen‹ begegnet auch im ›Buch der Bilder‹ (›Die Zaren‹, II, SW I, S. 429) und in Versen vom 12. September 1901 (SW III, S. 750 und 853: der Dichter selbst hat es in einem Brief an Clara Rilke vom 5. Februar 1906 aus Meudon erläutert (Briefe 1902/1906, Leipzig 1929, S. 298). Über die Quellen der russischen Sage vergleiche E. M. Butler, R. M. Rilke, Cambridge 1941 (2. Aufl. 1946), 82/84.

Seite 688–703 Der Totengräber / ⟨Endgültige Fassung⟩

Erstdruck: Österreichisches Novellenbuch. Die zweite Sammlung / enthält Beiträge von / Emil Ertl, Rainer Maria Rilke... / Mit Buchschmuck / von Alex. Hartmann. / Wien und Leipzig 1903. Verlag der k. u. k. Hof-Buchdruckerei und Hof-Verlags-Buchhandlung Carl Fromme. S. 59–81 (Hünich, S. 47f.; vorhanden im R.-A.: D 19 A). Das genaue Erscheinungsdatum des Buches (das ja möglicherweise vordatiert sein könnte) ist ebensowenig bekannt wie die Abfassungszeit dieser endgültigen Fassung von ›Der Grabgärtner‹ (vergleiche oben die Anmerkung zu S. 614–620). Bei der Ausarbeitung verwendete Rilke, außer der ersten Niederschrift vom 7. November 1899, das erste der beiden ›Fragmente‹ vom 27. September 1900 (oben S. 659–661: 695–697; vergleiche die Anmerkung S. 1027/28), sowie (oben S. 697, letzte Zeile, bis S. 698, Zeile 15) eine Tagebuchaufzeichnung vom 2. Dezember 1900, aus einem Zusammensein mit Gerhart Hauptmann und Heinrich Vogeler bei Lou Andreas-Salomé in Berlin:

Man sprach vom Tode der Tiere, vom Kranksein irgend eines kleinen hilflosen Kaninchens oder Vögelchens, dem man nicht zu helfen weiß. Ich sagte, ich fände es immer ungerecht ein Tier an sich zu gewöhnen, es gleichsam zu Verkehr und Freundschaft zu überreden. Es faßt allmählich Vertrauen, und sobald ihm nur irgendetwas Kleines fehlt, müssen wir diesem Vertrauen schon wehe tun, da wir nicht imstande sind, den Grund seines Leidens oder seiner Wünsche Sinn zu verstehen. Was können wir ihm geben? Wir können es an uns heranziehen, es mit unseren Gewohnheiten verwöhnen, das heißt, spielen mit ihm. Was an ihm Ernstes geschieht, ist unserer Hülfe und Teilnahme entzogen – wer hat noch je das Schicksal seines Lieblingstieres wirklich wie ein Freund und Bruder zu teilen gewußt? Wir laden eine Schuld auf uns, eine Menge uneingelöster Versprechen und ein fortwährendes Versagen: das ist unser Anteil bei diesem Verkehr. Und beim Menschen. Da tragen beide gleichmäßig an dieser Schuld, und das macht ihre Beziehungen vielleicht ernster und tiefer als ein vollkommenes einander Erfassen es zu tun vermöchte.

Diese Aufzeichnung steht im sog. Worpsweder Tagebuch (R.-A., Ms. XI, S. 95) und ist gedruckt in: Br. 99/02 (1931), S. 402, und in: Tgb. (1942), S. 411 (das Datum des 1. Dezember 1900, Tgb., S. 409, ist das des vorangehenden russischen Gedichtes!, siehe oben S. 970 die Anmerkung zu ›Zweites Lied‹). Hierdurch wird die Entstehungszeit der Ausarbeitung nach oben begrenzt; andererseits ist es schwer denkbar, daß Rilke die ältere Erzählung noch *nach* dem Weggang von Westerwede nach Paris (Ende August 1902) ausgestaltet haben sollte. Vermutlich fällt diese endgültige Fassung also in die Westerweder Zeit (1901 oder erstes Halbjahr 1902; spätestens Sommer 1902, Haseldorf). – ›Der Totengräber‹ wurde wieder abgedruckt im ›Inselschiff‹, Zweiter Jahrgang, Fünftes Heft, Juni 1921, S. 220–232 (Hünich, S. 88), mit der Angabe: »Geschrieben 1903«, die irrigerweise das Jahr des Erstdruckes als Entstehungsjahr bezeichnet; diesem Abdruck ist das »Schlußstück« aus dem ›Buch der Bilder‹ (SW I, S. 477) angehängt. Der Text dort ist dem Erstdruck entnommen und dann später, offenbar direkt aus dem ›Inselschiff‹ (wie gewisse kleine Abweichungen zeigen), in Erz. u. Sk., S. 454–472 übergegangen.

DRITTE ABTEILUNG

Dramen aus den Jahren 1895 bis 1901
– In zeitlicher Folge –

Allgemeine Übersicht. / Ungedrucktes; Verschollenes; Entwürfe und Pläne

Die szenischen Versuche Rilkes erstrecken sich über die Jahre von 1894 bis 1901; sie stammen also von einem Achtzehn- bis Fünfundzwanzigjährigen. Eine sorgsame Zusammenstellung alles Nachweisbaren, nach damaligem Stande der Kenntnis, gab Howard Roman, Rilke's Dramas – An annotated List, The Germanic Review (Columbia University Press), Vol. XVIII, October 1943, No. 3, p. 202–208 (im folgenden zitiert als: H. Roman); seine Liste läßt sich durch Heranziehung des Nachlasses und aller bisher verfügbaren Quellen noch vielfach ergänzen und berichtigen. In der vorliegenden Gesamtausgabe sind alle dramatischen *Versdichtungen* zu den Gedichten im Ersten und Dritten Band gestellt, gewiß im Sinne des Dichters, der 1909 die lyrische Szene ›Die Weiße Fürstin‹ mit den ›Frühen Gedichten‹ verbunden hat, »zumal diese Arbeit keine dramatischen Ansprüche machen kann und so unter anderen Gedichten verwandter Art am natürlichsten untergebracht wäre« (an Anton Kippenberg, 15. Januar 1909 aus Paris, G. Br. VI, S. 57; siehe SW I, S. 201–231). So sind, was die Frühzeit betrifft, die beiden monologischen »Psychodramen« (›Murillo‹ und ›Die Hochzeitsmenuett‹), die ›Spiele‹ und szenischen Gedichte im Dritten Bande aufzusuchen (SW III, S. 95–109; 265–287; 375–409; 632–635; vergleiche SW III, S. 798 und 864). Nach dem Grundsatz, aus den Jahren *vor* 1899 bisher Unveröffentlichtes nur in wohlbegründeter Auswahl aufzunehmen, wurde zwar der Einakter ›Höhenluft‹ (1897) einbezogen (das ›Fragment‹ von 1899 fiel sowieso in den zeitlichen Rahmen der Ausgabe), dagegen zwei andere Einakter (›Das Turmzimmer‹ 1895 und ›Vigilien‹

1896) weggelassen; ebenso konnten die im Nachlaß sonst noch vorhandenen, wenigen Fragmente, Ansätze und Szenare nur im folgenden kurz erwähnt werden; auch diese gehören sämtlich den neunziger Jahren an. – Vor den Anmerkungen zu den acht aufgenommenen Stücken sei hier zunächst zusammengestellt, was an ungedruckten, verschollenen und geplanten Dramen nachweisbar ist.

Die früheste zum Abschluß gekommene Arbeit war ein scherzhaftes Libretto aus dem Sommer 1894, ›*Der Weltuntergang*‹, das in der von Arno Zschuppe herausgegebenen Halbmonatsschrift ›Die Penaten‹, Jahrgang 1894, Heft 18 vom 15. September 1894, S. 456, mit folgender Notiz angekündigt wurde: »Unser Mitarbeiter René Maria Rilke hat unter dem Titel ›Der Weltuntergang‹ ein dreiaktiges Operetten-Libretto mit eingeschobenen Liedern vollendet, auf das wir um einen Text verlegene Komponisten aufmerksam machen möchten. Die Adresse des Autors ist bei uns zu erfahren.« (nach Hünich, S. 10/11). Vally von David-Rhonfeld hat später berichtet, daß (von ihr selbst?) »viele Manuskripte und Briefe ... im Laufe der Jahre vernichtet wurden, so das Originalmanuskript eines reizenden Operettentextes ›Der Weltuntergang‹« ... (Die Rilke-Erinnerungen Valery von David-Rhonfelds, mitgeteilt von C. Hirschfeld, Die Horen, Monatshefte für Kunst und Dichtung, Fünfter Jahrgang, 1928/1929, Heft 8, S. 719; aus demselben Erinnerungs-Bericht zitiert Paul Zech, R. M. Rilke / Der Mensch und das Werk, Dresden 1930, S. 33, eine von C. Hirschfeld a. a. O., S. 717, offenbar ausgelassene Stelle: »Leider ist ein zweites Buch, das er mir ⟨scil.: *nach* ›Leben und Lieder‹⟩ gewidmet hat, und zu dem ich den Stoff beigetragen habe, nämlich eine reizvolle Operettenidee, bei einem Brande verloren gegangen.«) Erhalten hat sich im Nachlaß ein skizzenhaftes Szenar (R.-A., Ms. 308), aus dem die Pointe der Handlung hervorgeht: das Ausbleiben des prophetisch angekündigten »Weltuntergangs«.

Wohl in das erste Halbjahr 1895 gehört: ›*Das Thurmzimmer*.

Drama in 1 Akt von René Maria Rilke‹. Die im Nachlaß erhaltene, sorgfältige Reinschrift steht auf 21 Blättern eines Schreibheftes (R.-A., Ms. 302) gleicher Art (nur dünner) wie das Manuskript von ›Im Frühfrost‹ (siehe unten S. 1040). Der Lebemann Raoul von Seeving erhält den Besuch von Marie Kallmann, die er früher einmal vergeblich umworben hat und die jetzt, gezwungen durch die Verarmung ihrer Familie, als Bittstellerin bei ihm erscheint. Er macht ihr halbe Versprechungen und bedrängt sie dann aufs neue mit seinen Anträgen; sie flieht vor ihm die Wendeltreppe zum »Turmzimmer« hinauf. Er frohlockt darüber, daß »das Täubchen von selbst ins Bauer fliegt«, und will ihr nach, wird aber von der eintretenden Meta, seiner »koketten« Geliebten, daran verhindert. Das Paar soupiert – sie ahnungslos, er in wachsender Unruhe –; nach längerem Dialog, worin Raoul unter düsteren Ahnungen seinem »Weltekel«, Meta ihrer oberflächlichen Munterkeit den Lauf gelassen, steigern sie sich beim Weine in schwärmerische Lustigkeit hinein und treten schließlich auf den Balkon hinaus: »Über der Brüstung des Balkons liegt die Leiche Mariens, halb zerschellt vom Sturze aus dem Fenster des Turmzimmers.« Die Erfindung ist beeinflußt durch die Sage aus dem Krummauer Schloß, die Rilke später in der ›Farbenskizze: Masken‹, in der Erzählung ›Die Geschwister‹ und in dem Aufsatz ›Böhmische Schlendertage‹ verwendet hat (vergleiche oben die Anmerkung zu S. 496–500). Rilke erwähnt ›Das Thurmzimmer‹ brieflich am 6. und am 21. Mai 1896 gegenüber Láska van Oestéren; demnach sollte der Einakter im Sommer 1896, zusammen mit ›Jetzt und in der Stunde unseres Absterbens‹, im Prager Deutschen Volkstheater aufgeführt werden, doch kam es dazu nicht (Rilke 1896, II, S. 30 und 38, mit der Anmerkung S. 67; bei Howard Roman ist das ›Thurmzimmer‹ nicht erwähnt). Für die Datierung gibt nur die Beschaffenheit der Handschrift einen Anhalt, die jedenfalls früher als ›Im Frühfrost‹ (September 1895) entstanden ist, aber wohl schon im selben Jahre 1895.

Damit stünde der Einakter zeitlich an zweiter Stelle in der Reihe der dramatischen Arbeiten Rilkes, als das früheste noch erhaltene Stück.

Ganz zu streichen ist aus dieser Reihe wohl ein angebliches »dreiaktiges Drama aus Proletarier-Kreisen: ›*Gleich und Frei*‹« (H. Roman Nr. 4), über dessen Entstehen, Inhalt und Uraufführung Valery von David-Rhonfeld (a. a. O., S. 718) einen reich pointierten Bericht gegeben hat. Ihre ganze umständliche Erzählung, aus dreißigjährigem Abstande vorgetragen und von heftigem Ressentiment bewegt, wirkt apokryph und beruht offensichtlich auf Verwechslung mit ›Frühfrost‹ (: »drei Akte«; durchgreifende, im Ganzen mildernde Bühnenbearbeitung; »niedrigste Gotteslästerung und aufreizende Reden gegen den Kapitalismus«: vergleiche die Reden der kupplerischen Mutter Clementine am Ende des II. Vorganges, oben S. 759ff.) und mit ›Jetzt und in der Stunde unseres Absterbens‹ (: Aufführung im Prager Sommertheater am 6. August 1896). Mit Recht hat J.-F. Angelloz (›Rilke‹, Paris 1952, p. 42) dieses Zeugnis ausgeschaltet, das in früheren Darstellungen der Jugend Rilkes als Beweisstück für eine vermeintliche »sozialistische Phase« eine ungebührliche Rolle gespielt hat.

Chronologisch rückt also an die dritte Stelle: ›*Im Frühfrost*‹ (Prag, 17. bis 22. September 1895) und an die vierte: ›*Jetzt und in der Stunde unseres Absterbens*‹ (vor März 1896, Prag). Dann folgt: ›*Vigilien*. Ein Nachtstück. (9 Szenen.) Nach dem Plane Fr⟨iedrich⟩ W⟨erner⟩ von Oestéren's bearbeitet von René Maria Rilke.‹ Die Handschrift, die Anton Kippenberg in den dreißiger Jahren, wohl aus Oestéren's Besitz, erwarb, befindet sich im Archiv des Insel-Verlags. Inhaltsangabe bei J.-F. Angelloz, R. M. Rilke / L'Evolution Spirituelle du Poète, Paris 1936, p. 93/94; vergleiche H. Roman Nr. 8. (Drei Studenten, Fritz, Julius und Max, mit ihren »Schätzen«, Marie, Kathi und Bertha, kommen um Mitternacht in die Wohnung von Fritz und verbringen dort im Dunkeln, aus Mangel an Zündhölzern und Feuerzeugen, eine halbe Stunde in kindischer Lustigkeit, bis endlich die schlaftrunkene Dienstmagd Anna eine Lampe bringt und es sich herausstellt, daß die ganze Zeit Fritzens Mutter mitten in der Stube tot im Lehnstuhl gesessen hat.) Über Friedrich Werner van Oestéren siehe: Richard von Mises in: Rilke 1896, II (S. 10) und III (S. 36 und 103); vgl. dazu SW III, S. 532 und 820. Demnach lernte ihn Rilke vermutlich Ende Mai 1896 in Wien kennen, traf ihn in Prag wieder und war auch Ende 1896 in München mit ihm zusammen. Auch der Schrift nach ist das undatierte Manuskript der ›Vigilien‹, eine höchst sorgfältige Reinschrift von 11 Seiten Umfang, in den Sommer oder Herbst 1896 zu setzen, also ungefähr in die Zeit des dritten ›Wegwarten‹-Heftes, das am 29. Oktober 1896 erschien (Hünich, S. 16) und zu dem Oestéren zwei Gedichte (›Die Wahrheit‹, S. 10, und ›Mein Sieg‹, S. 11) beisteuerte.

In den Münchener Winter 1896/1897 fällt die Szene *›Mütterchen‹* (gedruckt erst im Januar 1898). Verschollen ist ein *»Dramencyklus: ›Mutter‹«*, aus dem 1897 ein ›Wiegenlied‹ abgedruckt wurde (Hünich, S. 26): siehe SW III, S. 447 mit Anmerkung S. 804f.; in dem Brief an Ludwig Ganghofer vom 16. April 1897 aus München ist unter abgeschlossenen aber ›verlegerlosen‹ Arbeiten offenbar dieser selbe Zyklus angeführt als: ›*Mutter*, drei Einakter‹ (G. Br. I, S. 41; H. Roman, Nr. 9). Die Annahme liegt nahe, daß der eine oder andre der zeitlich benachbarten ›Einakter‹ (›Vigilien‹, ›Mütterchen‹, ›Höhenluft‹), die sich thematisch alle diesem Titel ›Mutter‹ zuordnen lassen, zu dem Zyklus gehört hätte; doch war ›Höhenluft‹ am 16. April 1897 wohl noch nicht abgeschlossen, und das ›Wiegenlied‹ findet sich in keinem der erhaltenen Stücke. So muß mit dem Verlust des *ganzen* Zyklus immerhin gerechnet werden.

›Höhenluft‹ wurde am 25. April 1897 an Mathilde Nora Goudstikker, der es gewidmet ist, ausgehändigt und war vermutlich eben fertig geworden. Noch aus demselben Jahr stammen die zwei Akte *›Ohne Gegenwart‹*, die Ende 1897 in einem kleinen Einzeldruck erschienen. Ein im sog.

Schmargendorfer Tagebuch unterm 21., 22. und 24. November erwähntes begonnenes Drama mit einem »›*Brautpaar*‹-*Stoff*« ist wohl zu identifizieren mit dem im Nachlaß erhaltenen unbetitelten ›*Fragment*‹, das oben S. 867 bis 875 mitgeteilt ist und zu dem unten S. 1053/54 das Nötige angemerkt wird. ›*Das Tägliche Leben*‹, um die Jahreswende 1901/1902 als Buch erschienen, entstand Ostern 1900 in Schmargendorf und war ursprünglich betitelt: ›*Anfänger*. Zwei Akte, dramatische Skizze‹. – Erwägungen über ein Drama ›*Die Blinde*‹, die im sog. Worpsweder Tagebuch unterm 20. November 1900 (Berlin-Schmargendorf) angestellt werden, führen zu der dialogischen Versdichtung ›Die Blinde‹ vom 25. November 1900, siehe Tgb., S. 386/387, 398–403 und SW III, S. 799; die ebendort verzeichnete Idee zu einem Drama ›*Brand*‹ (: ›Ein Drama, in den Schrecken komponiert‹, Tgb., S. 387 f.) klingt bald darauf an in dem dritten Stück des Gedicht-Kreises ›Aus einer Sturmnacht‹ von Ende Januar 1901, SW I, S. 462 (H. Roman Nr. 15). Den Beschluß macht die Szene ›*Waisenkinder*‹, die im Mai 1901 veröffentlicht wurde und offenbar nicht allzulange vorher entstanden ist (bei H. Roman nicht erwähnt). Unbestimmbar bleiben: »ein angefangenes Gedicht von verwandter Art«, – nämlich wie ›Die Weiße Fürstin‹, also wohl eine szenische Versdichtung, – das im Brief vom 11. März 1908 aus Capri an Anton Kippenberg erwähnt wird (G. Br. VI, S. 35), und die »Bruchstücke eines vor vielen Jahren geschriebenen Bühnenwerks«, die Rilke im Frühjahr 1914 in Venedig der Fürstin Marie von Thurn und Taxis vorlas (siehe unten die Anmerkung zu S. 867 bis 875 ›Fragment‹).

Unter den Nachlaßmanuskripten der neunziger Jahre im Rilke-Archiv befinden sich im übrigen nur noch einige ganz fragmentarische Ansätze und Szenar-Skizzen zu dramatischen Arbeiten, denen sich kaum etwas abgewinnen läßt und die sowohl aus chronologischen Gründen wie wegen ihres Entwurfcharakters außerhalb des Rahmens dieser Gesamtausgabe liegen (siehe SW I, S. 780). Das früheste

Stück ist das Bruchstück eines dramatischen ›Prologs‹ in Versen (R.-A., Ms. 310, etwa 1892/1893), alles andre bezieht sich wohl auf geplante Prosadramen (R.-A., Ms. 56, 78, 309, 311: alle wohl von 1894; Ms. XIX 76 vom April 1897). Von größerem Belang ist einzig ein undatiertes, etwas späteres, ganz knappes Szenar zu einem Demetrius-Drama (R.-A., Ms. 312).

Aus späteren Jahren (seit 1901) lassen sich nur sehr wenige Selbstzeugnisse Rilkes finden, die darauf hindeuten, daß er sich mit dem Gedanken an dramatische Gestaltung noch beschäftigt hat. Aber so selten diese Äußerungen auch sind, sie beweisen immerhin das Fortwirken solcher Schaffensimpulse. So wird unter den Arbeitsvorsätzen, die der Brief vom 12. Mai 1904 aus Rom an Lou Andreas-Salomé aufzählt, an dritter Stelle ›Ein Dramen-Versuch‹ genannt (Briefwechsel, S. 160). Der Brief an Clara Rilke vom 24. Juni 1907 aus Paris, mit der Äußerung über die eigene Unsicherheit gegenüber »menschlichen Modellen« und über »die Anfangsszene der ›Alkestis‹« als den »ersten Griff in die Welt der ›Gestalten‹« (G. Br. II, S. 338f.) bezeichnet eher die damalige Ferne vom Drama. Aber im Zusammenhang weiterschauender Arbeitspläne heißt es im Brief vom 11. März 1908 aus Capri an Anton Kippenberg: »... wenn ich mir jetzt mit aller Sorgfalt eine intensive Arbeitszeit zu sichern wünsche, so denke ich nicht nur an den Abschluß des nächsten Gedichtbuches, sondern, mit ebenso großer Hingabe, an den Ausbau meiner Prosa und darüber hinaus an eine gewisse dramatische Notwendigkeit, die vielleicht eines Tages aus der bis zum äußersten angewachsenen künstlerischen Spannkraft entspringt.« (G. Br. VI, S. 33). Und noch zwölf Jahre später wird die Abwehr fremder Versuche, das dramatische Frühwerk wieder aufleben zu lassen (der etwa Briefe an Dr. Henry Sagan, vom 4. August 1916 und 31. Januar 1920, und an Wolf Przygode vom 12. Januar 1918 geradezu heftigen Ausdruck geben), in einem Schreiben an Fritz Adolf Hünich vom 21. August 1920 aus Bern, das sich

auf den vorbereiteten Sammelband VPD bezieht, überraschenderweise folgendermaßen begründet: »Nicht allein, daß ich diesen Versuchen, in deren Entstehung ich ja nun einmal wirklich besser eingeweiht bin, als jeder andere, allen Wert abspreche (auch den sentimentalischen, Angehörige meiner litterarischen Kindheit zu sein –), ihr Wiederheraufziehen hat für mich etwas eindringlich Störendes, weil sie ja dann, trotz alles ihnen hundertmal anhaftenden Datums, doch den dramatischen Absichten im Wege stehen, die ich einmal, aus reiferer Einsicht, rein zu entwickeln hoffe.« (Der Brief befindet sich im Archiv des Insel-Verlags.)
Erinnert sei schließlich an die dramaturgischen Aufsätze und Theaterkritiken aus den Jahren um 1900, die Richard von Mises 1934 in dem Bande ›BTK‹ gesammelt hat und die in SW V wiederabgedruckt werden; diese Aufsätze und manche gleichzeitigen Briefe und Tagebuchaufzeichnungen laufen der Entfaltung des dramatischen Frühwerks parallel und erhellen die leitenden Gedanken seiner Formung. Das Wenige, das aus späteren Jahren noch Ansätze zu dramatischer Gestaltung aufweist, wird gleichfalls im fünften Bande dieser Ausgabe mitgeteilt.

Seite 707–773 ›IM FRÜHFROST‹ / *Ein Stück Dämmerung / Drei Vorgänge*
Die erste Niederschrift (Mundum) steht auf 58 Recto-Seiten eines einfachen Schulschreibheftes im Kleinquartformat (R.-A., Ms. 301); auf dem Titelblatt die Daten: »Begonnen am 17. September 1895. Beendet am 22. September 1895.« Diese Urfassung wird hier zum ersten Mal veröffentlicht. Sie wurde im Hochsommer 1896 umgearbeitet; die Zweite Fassung übernahm im September 1896 der Theaterverlag des Dr. O. F. Eirich in Wien und hielt sie in einigen mangelhaften Schreibmaschinenabschriften zum Bühnengebrauch vorrätig (Hünich, S. 23). Ein Exemplar dieses, von zahllosen Schreibversehen durchsetzten Bühnenmanuskripts

(wie es scheint, das einzige bekannte) befindet sich im Archiv des Insel-Verlags, bestehend aus dem Titelblatt und 59 Blatt Durchschlagpapier im Großquartformat, in einfachem, blauem Umschlag mit Etikett, ohne Jahreszahl (der Firmen- und Datum-Stempel: »Dr. O. F. Eirich, Hof- und Gerichts-Advocat, 20. Mrz. 1912, Wien, II/2. Praterstraße 38« trägt offenbar das Datum der Abgabe des Exemplars). Nach diesem Exemplar ist die Zweite Fassung 1921 von Fritz Adolf Hünich in VPD, S. 124–189 mitgeteilt worden. Über die Umarbeitung berichtet Rilke an Rudolf Christof Jenny am 6. August 1896 aus Prag: »Dr. O. F. Eirich nimmt sich meiner *sehr eifrig* an. ›Absterbens Amen‹ ist in seinen Verlag übergegangen. ›Frühfrost‹ folgt. – ›Frühfrost‹ soll, wenn ich dem Urteile einiger Maßgebender, die Einblick genommen haben, glaube, jetzt *sehr gut* sein...«; und am 12. September 1896 aus Prag: »Dr. O. F. Eirich hat ⟨mit⟩ mir schon den Vertrag über ›Im Frühfrost‹ (das unserm letzten Kaffeehausgespräch gemäß umgearbeitet, ein ganz anderes, wie man sagt sehr gutes Stück geworden ist) geschlossen. Das Stück ist am Raimundtheater eingereicht ⟨scil. in Wien⟩..... Ich hab's vollendet, während Sie reisten, und Dr. Eirich drängte, es ihm zu senden; er nimmt sich meiner *sehr tätig* an, und ich wollte das Eisen schmieden, solang's warm ist; sonst hätte ich's Ihnen gesandt...« (R. M. Rilke, Briefe, Verse und Prosa aus dem Jahre 1896, hrsg. von R. von Mises, New York 1946, S. 30 und 33/34; vergleiche noch S. 37/38: die Bitte an R. C. Jenny um Fürsprache beim Raimundtheater, im Briefe vom 9. November 1896 aus München). In der Handschrift der Urfassung stehen mit Bleistift eine Reihe von kritischen Bemerkungen und Änderungsvorschlägen von anderer Hand (möglicherweise von Dr. Alfred Klaar). – Welche der beiden Fassungen in die vorliegende Ausgabe aufgenommen werden sollte, war für die Herausgeber schwer zu entscheiden; die Abweichungen sind erheblich, und beide Fassungen hier nebeneinanderzustellen, wäre zu raumspielig gewesen. Die Urfassung wurde gewählt, da sie in eigenhändigem, völlig authentischem Text vorliegt, in der Erfindung noch von fremdem Rat und Einspruch unbeeinflußt und auch sprachlich von ungeglätteter Unmittelbarkeit ist, – alles in allem ein wertvolles Zeugnis für die Schaffensweise des frühen Entstehungsjahres 1895. Die Zweite Fassung dagegen dämpft vielfach das eigentlich Charakteristische, sowohl des sprachlichen Ausdrucks wie der Erfindung, mildert Kraßheiten mit Rücksicht auf Zensur und Publikum und liegt zudem nur in einer äußerst verwahrlosten Schreibmaschinenabschrift, dem obengenannten Bühnenmanuskript, vor. So wurde in diesem Ausnahmefall (ähnlich wie bei manchen Tagebuchfassungen von Novellen und Gedichten, vergleiche oben zu S. 609–613 und SW III, S. 811) von dem Grundsatz abgewichen, *alles* bisher Gedruckte in dieser Gesamtausgabe zu wiederholen; die Zweite Fassung von ›Im Frühfrost‹ ist also nach wie vor in VPD aufzusuchen. Freilich bedürfte auch der von Hünich dort dargebotene Text noch einer Revision; denn zieht man die erste Niederschrift (die 1920/21 noch nicht zur Verfügung stand) mit heran, so lassen die zahllosen Schreibversehen der Vorlage sich vielfach auch dort, wo der Text beider Fassungen nicht genau übereinstimmt, mit größerer Sicherheit berichtigen als es seinerzeit durch bloße Vermutung möglich war (die beiden, von Hünich im Nachwort zu VPD, S. 255, mitgeteilten, späteren eigenen Berichtigungen Rilkes entsprechen übrigens, wie sich zeigt, dem ursprünglichen Text). – Obwohl das Entstehungsdatum der Urfassung (17./22. September 1895) schon 1936 von J.-F. Angelloz (a. a. O., p. 92) mitgeteilt wurde (wiederholt in: ›Rilke‹, Paris 1952, p. 43), wird in der Literatur über Rilkes Jugend das Drama ›Im Frühfrost‹ fast überall chronologisch unrichtig eingeordnet. Zu den genannten Selbstzeugnissen über die Bühnenfassung kommt noch die Anzeige im dritten, am 29. Oktober 1896 erschienenen Heft der ›Wegwarten‹, S. 19: »Im Erscheinen begriffen: ›Im Frühfrost‹, ein Stück Dämmerung in 3 Vorgängen (Theater-Verlag von Dr. O. F. Eirich, Wien).«; ähnlich schon im Juli 1896 an Hans Benzmann, G. Br. I, S. 23. Rilke hoffte zunächst außerdem wohl noch auf das Zustandekommen einer Buchausgabe, wie die Erwähnungen des Dramas in Briefen an Ludwig Ganghofer (München, 16. April 1897: G. Br. I, S. 41) und an Adolf Bonz (siehe unten) zeigen. Dagegen schrieb er am 21. Januar 1903 aus Paris an Axel Juncker, der sich nach dem Stück erkundigt hatte: »...Dieses Drama, das die Berliner (unter Albert Heine) 1897 in Prag gespielt haben, ist überhaupt nicht gedruckt. Es existieren nur ein bis zwei Abschriften im Besitze des Wiener Theateragenten Dr. O. F. Eirich, dessen Adresse ich Ihnen nicht einmal zu sagen vermag. Ich selbst habe leider keine Abschrift behalten und kann Ihnen also nicht besser dienen, so sehr gerne ich es auch möchte.« Die hier erwähnte Uraufführung durch das »Berliner Ensemble Heine« fand am 20. Juli 1897 im Deutschen Volkstheater in Prag statt. Rilke, der nicht dabei war, berichtet am 23. Juli 1897 aus Wolfratshausen an Adolf Bonz: »...Es freut mich, Ihnen gleichzeitig die Mitteilung machen zu können, daß mein dreiaktiges Stück ›Frühfrost‹ von einem Berliner Ensemble, kombiniert vom Deutschen und Lessing-Theater und unter Leitung des Hofschauspielers Heine, Dienstag in Prag erfolgreich aufgeführt wurde. Vielleicht macht es jetzt den Bühnenweg; Frl. Gabri hatte die Hauptrolle. Soll ich Ihnen das Stück senden?« (Am 30. Juli 1897 heißt es dann: »Sie haben den ›Frühfrost‹ wohl erhalten.«) Auch ein Brief an Wilhelm von Scholz vom 28. August 1897 aus Wolfratshausen erwähnt, das Stück sei »mit gutem Erfolg« aufgeführt worden. Wie die von Hünich (Bibliographie, S. 23) zitierte Besprechung in der ›Bohemia‹ und eine weitere im ›Prager Tagblatt‹ (vom 22. Juli 1897, Nr. 202, S. 9/10, unterzeichnet: Dr. A. G.: vorhanden im R.-A.) zeigen, setzte die Kritik sich eingehend und wohlwollend mit dem Drama auseinander, das (wie es im ›Prager Tagblatt‹ heißt) »eine sehr gute Darstellung erfahren« hatte. Die Rollen waren folgendermaßen besetzt: Girding: Max Reinhardt; Frau Girding: Fräulein Bünger; Eva: Ella Gabri; Hans: Herr Biensfeldt; Merzen: Albert Heine; Bauer: Herr Runge. Nach dem oben Angedeuteten hat das Stück in der »Zweiten Fassung«, die man wohl am richtigsten als eine durchgreifende *Bühnenbearbeitung* bezeichnet, mehr verloren als gewonnen, – wenn man von Einzelzügen absieht, wie etwa dem, daß die Verstrickung Girdings nachträglich schlüssiger motiviert wurde (: aus Angst vor einer drohenden Kassenrevision hat er sich dem Merzen anvertraut, der ihm die dreihundert Gulden zum Ausgleich des Defizit vorstreckte; als die Revision dann jedoch ausblieb und andererseits Frau Clementine aus der Sommerfrische um Geld schrieb, hat Girding das Darlehen für die eigene Familie verwendet und sieht sich nun der Erpressung durch Merzen rettungslos ausgeliefert; vergleiche VPD S. 129f. gegenüber S. 712 dieses Bandes). Um das Verhältnis beider Fassungen zueinander wenigstens an Proben zu veranschaulichen, werden im folgenden die beiden Aktschlüsse des zweiten und dritten Vorgangs in der Bühnenbearbeitung vom Sommer 1896 nach dem Theatermanuskript mitgeteilt; sie gehören zu denjenigen Partien des Stückes, die am stärksten umgestaltet wurden.

A. Im Anschluß an S. 756, Zeile 10 dieses Bandes heißt es in der *Zweiten* Fassung (siehe VPD, S. 175–177):

BAUER *durch die Mitte ab.*

CLEMENTINE *zu Merzen mit Betonung:* Also Sie wollen jetzt noch etwas besorgen, lieber Herr Merzen?

MERZEN: Ja... ja... ich muß doch.

CLEMENTINE: Na also, auf Wiedersehen!

MERZEN: Auf Wiedersehen! *Mit bedeutsamem Kopfnicken gegen Clementine durch die Mitte ab.*

CLEMENTINE *Hut und Jacke ausziehend:* Na also – hast ihn g'hört, den feinen Herrn. Na also, jetzt hast es, du armes leichtgläubiges Hascherl. Jetzt laßt er dich sitzen – dein Doktor.

EVA: Mutter!

CLEMENTINE: Ja, ja, für so ein Bissel Liebelei, da warst ihm gut genug. No wein nicht, weißt, ich möcht mal vernünftig mit dir reden. Du bist ja nicht dumm. Schau, an deiner Stell möcht ich jetzt dem Bauer zeigen, daß just nicht auf ihn gewartet hast.

EVA *sieht sie fragend an.*

CLEMENTINE: Schau nur nicht so. Ich weiß einen, der nimmt dich auf der Stell.

EVA: Laß mich, Mutter!

CLEMENTINE: Bei meiner Seel!

EVA: Ich mag solchen Unsinn nicht hören.

CLEMENTINE: Nein, paß auf eine Weile.

EVA: Aber so laß mich – *will ab.*

CLEMENTINE: Nichts da, ich muß *so* sprechen mit dir. Setz dich.

EVA *gähnt:* Mach, Mutter – mach!

CLEMENTINE *setzt sich:* Also eins: Du darfst nicht grob sein gegen den Merzen.

EVA *unwillig:* Schon wieder Merzen, und immer Merzen.

CLEMENTINE: Kein Wunder. An dem Menschen hängt jetzt alles, unser ganzes Schicksal, das von deinem Vater, meines, deines... Alles.

EVA *sprachlos vor Entsetzen.*

CLEMENTINE: Drum heißts vernünftig sein.

EVA: Mein Gott!

CLEMENTINE: Verstehst mich, mein Täuberl?

EVA *sieht sie groß und verständnislos an.*

CLEMENTINE: 's ist ein Unglück. In zwei Tagen sitzt dein Vater auf der Anklagebank – wenn nicht –

EVA *leise bebend:* Wenn nicht..?

CLEMENTINE: Na, der Merzen ist ganz vernarrt in dich.... und kurz und gut: von dir hängt es ab.

EVA *versteht plötzlich; mit großen entsetzten Augen:* Mutter!

CLEMENTINE: Nur keine Aufregung. – Du hast ein gutes Herz. Nicht wahr, und hast deinen Vater gern.

EVA *bricht in heißes Weinen aus.*

CLEMENTINE *streichelt sie leise:* No, no, 's wird ja alles gut werden. Er hat dich sehr gern, der Merzen. – Bitt dich – wie machen's denn die Reichen? Tun *die* sich immer aus Liebe zusammen?... um Geld und Vorteil... und hier gilts deinen Vater.

EVA *unter Tränen:* Wie kann denn Papa...

CLEMENTINE *sehr leise:* Steh auf... Dein Vater ist ein Dieb!

EVA *starrt die Mutter mit verständnislosen Augen an.*

CLEMENTINE: So, jetzt ists draußen, und jetzt mach, was du willst. Überleg dirs – *sie geht nach rückwärts:* überleg dirs! *Rechts ab.*

EVA *sieht ihr stumm nach; dann bricht sie in ein schluchzendes Weinen aus. Verzweifelt:* Vater! Vater!

Der Vorhang.

Ende des zweiten Vorganges.

B. Im Anschluß an S. 771, Zeile 8 dieses Bandes heißt es in der *Zweiten* Fassung (siehe VPD, S. 187–189):

EVA *tritt durch die Türe rechts ein. Sie erschrickt, wie sie Bauer sieht und geht mit niedergeschlagenem Blick zögernd nach vorne.*

BAUER *streckt ihr herzlich beide Hände entgegen:* Eva!

EVA *blickt starr zu Boden und bemerkt die dargereichten Hände nicht.*

BAUER: Du bist mir böse? Ja, du hast ein Recht dazu. Du kannst dir denken: gestern so, heut so... Schau! Zwischen gestern und heut liegt eben viel.

EVA *schrickt zusammen, bang:* Zwischen gestern und heut....

BAUER: Sieh mich an!

EVA *blickt immer noch zu Boden.*

BAUER: Ich war ja blind. – Gott, wie konnt ich nur so sein! Vergieb mir! Jetzt hab ich erst recht erkannt, wie lieb ich dich habe....

EVA *leise:* Fritz!

BAUER: Wie lieb! Wie schön es bei dir ist!

EVA *hebt fragend die Augen und schlägt sie gleich wieder zu Boden.*

BAUER: Du siehst mich an. Ja – es ist schön bei dir. Nicht eisig! Das war nur ein Gespenst ... ein Wahn .....

EVA *schüttelt ernst das Haupt.*

BAUER *warm:* Nicht den Kopf schütteln. Schau, Eva! ... Ich bin ein Anderer, oder – der Alte. Ich fürchte den Frühfrost nicht mehr. Der muß vergehen in meiner heißen Liebe.

EVA *zitternd:* Glaubst du? *in hoffendem Ton.*

BAUER: Ich weiß es gewiß – Geliebte. Der Frühfrost ist fort. *Er streckt die Arme aus.*

EVA *stürzt auf ihn zu, fieberndes Feuer im Blick, in unbeschreiblicher, jubelnder Erregung:* Du!

BAUER *preßt sie an sich. Sie legt das Köpfchen, wie müde, in sehnsüchtiger Wonne an seine Brust. Er küßt ihr die Stirne:* So friert uns nicht, was .... *lacht. Innig:* Lieb!
Plötzlich wird Evas Blick matt, ihre Arme sinken schlaff herab, sie löst sich jäh aus der Umarmung. Sie taumelt fast zurück bis zum Bett, dort bleibt sie auf das Bettgestell gestützt stehen.

BAUER *erschrocken.*

EVA *atemlos, mit entsetztem Blick:* Geh!

BAUER *sich ihr nähernd:* Eva!

EVA *ihn mit den Händen abwehrend:* Geh!

BAUER: Mein Gott, was ist dir?

EVA: Ich kann nicht.

BAUER *will sie an sich ziehen:* Aber du fieberst –

EVA *abwehrend:* Nein, nein, – nein!

BAUER *macht eine bittende Bewegung.*

EVA *mühsam:* Fritz ... es ist schrecklich ... es ist zu spät ... ich bin deiner nicht mehr wert ... du mußt mich verachten ....

BAUER *weicht einen Schritt zurück.*

EVA: Die Nacht ...

BAUER *mit geballten Fäusten, in höchster Erregung, schreiend:* Eva!

EVA *mit gebrochenen leeren Augen, wie schwörend:* Diese Nacht! *Dann bleibt sie am Bettrand sitzen, gebrochen, stumm, mit gesenktem Haupte.*

BAUER *starrt sie eine Weile an. Er fährt sich mit zitternder Hand paar Mal über die Stirn, will reden, bringt aber kein Wort über die Lippen. Er atmet einmal tief, schmerzlich auf und nimmt dann seinen Hut vom Tisch .... Im Augenblick stürzt Hans herein.*

HANS *in der Türe, atemlos, schreiend:* Gensdarmen!

Der Vorhang.

Ende des dritten Vorganges.

Seite 775–796 ›JETZT UND IN DER STUNDE UNSERES ABSTERBENS...‹ / *Szene*

Erstdruck: ›»Jetzt und in der Stunde unseres Absterbens....« / Scene. / Wegwarten / II. / Von / René Maria Rilke. / Frei. / Selbstverlag Prag II. Wassergasse 15B I.‹ 15 Seiten, in Umschlag mit gleichem Titel (Hünich, S. 16). Das Heft erschien am 1. April 1896; im R.-A. befinden sich zwei Briefe Rilkes vom 18. und 20. März 1896 an die Druckerei von Gebrüder Stiepel in Reichenberg, mit den Satzvorlagen für die Notiz auf S. 2 (siehe unten) und für die Anzeigen auf der Rückseite des Umschlags (R.-A., Ms. 75, 75c, 75d); Handschriften des Dramas sind nicht erhalten. Auf Seite 2 des ›Wegwarten‹-Heftes (der Rückseite des Titelblatts) befindet sich folgende Notiz:

Das »Wegwarten«-Heft Nr. 1 hat reichlich Anerkennung gefunden und seinen Zweck, Freude zu bringen, erfüllt. Dafür zeugen viele Briefe. Zum Teil stammen sie von bekannten Schriftstellern und Litteraten her und enthalten ein feinsinniges Urteil, das Lob und Tadel wohlabgewogen umfaßt, zum Teil brachten sie mir in ungelenker Schrift das herzliche, innige Dankeswort eines Namenlosen. Die letztere Art von Briefen hat mich ganz besonders bewogen, das dem Volke gewidmete Unternehmen fortzuführen. –
Des Weiteren verweise ich auf mein Nachwort.
Heft III. erscheint noch in diesem Jahre. An diesem Hefte werden sich außer dem Herausgeber auch andere Schriftsteller mit Beiträgen beteiligen.

Prag, im März 1896.

Auf Seite 15 des Heftes steht, in unmittelbarem Anschluß an das Ende des Dramas, noch das folgende

Nachwort:

......und du siehst auf und sagst mir, Freund aus dem Volke: »Du hast nicht Wort gehalten. Im 1. ›Wegwarten‹-Heft hast du uns Licht, Trost versprochen und hier malst du uns Nacht und Weh?.....«
Ich entgegne: »Freund aus dem Volke, hör' eine ganz kleine Geschichte: Zwei einsame Seelen begegnen sich in der Welt. Die eine Seele tönt Klagen; sie fleht die fremde um Trost. Und leise neigt sich ihr die fremde und raunt: ›Auch mir ist es Nacht‹......«

....Ist das nicht Trost?.......

René Maria Rilke.

Auf Seite 3 des ›Wegwarten‹-Heftes lautet der Titel:

»Jetzt und in der Stunde unseres Absterbens....«
Drama*
von
René Maria Rilke.

*) Aufführungsrecht durch den Verfasser zu erlangen.

Über Heft I und III der ›Wegwarten‹ siehe SW III, S. 789 und Hünich, S. 15–17. – Wie lange vor dem Druck (März 1896) das Drama geschrieben wurde, ist nicht bekannt – vermutlich Anfang 1896 in Prag. Die brieflichen Selbstzeugnisse setzen erst nach dem Erscheinen des ›Wegwarten‹-Heftes ein und beziehen sich fast sämtlich auf die Uraufführung, die am 6. August 1896 im Sommertheater des Deutschen Volkstheaters in Prag, mit offenbar gutem Erfolge, stattfand (vergleiche Hünich, S. 16, und Carl Sieber, René Rilke, Leipzig 1932, S. 134, mit Zitaten aus einer Kritik der ›Bohemia‹ vom 7. August 1896). Hervorzuheben sind die brieflichen Äußerungen an Rudolf Christoph Jenny

(Rilke 1896, III, S. 24, 30f., 37, 43; vgl. S. 104) und an Láska van Oestéren (Rilke 1896, II, S. 30, 35, 37f.; vgl. S. 67 und 68). Nach dem Brief an R. Chr. Jenny vom 6. August 1896 (Rilke 1896, III, S. 30) war das Drama (ebenso wie ›Im Frühfrost‹, siehe oben!) in den Theaterverlag des Dr. O. F. Eirich in Wien übergegangen (vergleiche dazu R. v. Mises, Rilke 1896, III, S. 104, dessen Angabe nicht erkennen läßt, ob das bei der Auflösung der Agentur im Jahre 1918 vorgefundene Exemplar verschieden war von dem ›Wegwarten‹-Heft II und wo es geblieben ist). Wie rasch Rilke selbst von dieser Arbeit Abstand gewann, zeigt folgende Stelle aus einem Brief vom 8. Dezember 1896 an seine Mutter:

»... Wenn ich mein Drama ›Jetzt und in der Stunde unseres Absterbens‹ (welches sommers am ›Deutschen Volkstheater‹ großen Erfolg gewann) neben eine der späteren Arbeiten lege, glaube ich zu empfinden, daß ich über das Ungesunde, Zersetzende meines ›Sturm und Drang‹ hinaus bin, ohne dabei der Jugend jubelhelles Junifeuer eingebüßt zu haben, das helle Opfer flammt zu den Johannisnachtsternen.«

Das Drama wurde wieder abgedruckt in VPD, S. 101–123. Der Titel zitiert die Gebetsformel, die in römisch-katholischem Ritus seit dem Mittelalter den Schluß des *Ave Maria* (und somit, wo das *Ave Maria* mit dem *Vaterunser* zum Doppelgebet verbunden wird, auch des *Pater noster*) bildet: ›*Sancta Maria*, *ora pro nobis peccatoribus*, *nunc et in hora mortis nostrae*‹. Die Formel kommt in ähnlichem Zusammenhang wie hier auch in der Szene ›Waisenkinder‹ (oben S. 926) vor.

Seite 797–811 MÜTTERCHEN / *Drama*

Erstdruck: Monatsschrift für Neue Litteratur und Kunst. Redakteur und Herausgeber Paul Bornstein. Verlag Siegfried Cronbach Berlin. II. Jahrgang, Heft 4, Januar 1898, S. 267–276 (Hünich, S. 28). Einige Bleistiftnotizen mit Stichworten für die Dialoge S. 808f. und 810/811 stehen in einem Skizzenbuch aus dem Münchener Winter 1896/1897 (R.-A., Ms. XVII, S. 52) und sind dort zwischen Mitte Dezember 1896 und Ende Februar 1897 eingetragen; demnach ist die Szene ein Jahr vor der Veröffentlichung entstanden. Sie wurde wieder abgedruckt in VPD, S. 190–205. – Über die mögliche Zugehörigkeit der Szene zu dem verschollenen Dramenzyklus ›Mutter‹ siehe oben S. 1037. – Die Anspielungen S. 806 oben beziehen sich auf die (1896 in 4. Auflage erschienenen) ›Vierblätter (200 Spruchstrophen)‹ von Frida Schanz (1859–1944) und auf die ›Palmblätter‹ (zuerst 1857) von Karl Gerok (1815–1890).

Seite 813–827 HÖHENLUFT / *Ein Akt*

Das hier zum ersten Mal veröffentlichte Drama war Mathilde Nora Goudstikker gewidmet und wurde ihr am 25. April 1897 in München zugesandt; in dem Begleitbrief heißt es nur: »Da haben Sie ›Höhenluft‹.« Die Handschrift (auf 15 Quartblättern, ›Wegwarten‹-Papier, ein sorgfältiges Mundum) erwarb Anton Kippenberg im Februar 1927, aus dem Besitz der Empfängerin, für das Rilke-Archiv (R.-A., Ms. 312a); sie trägt kein Datum. Vermutlich ist das Drama erst unmittelbar vor dem 25. April 1897 entstanden; Entwürfe oder Selbstzeugnisse fehlen. Inhaltsangabe schon bei J.-F. Angelloz, a. a. O., 1936, p. 94/95 (›Rilke‹, Paris 1952, p. 54). Daß der Einakter zu dem verschollenen Dramenzyklus ›Mutter‹ gehört habe (H. Roman Nr. 7 und 9), ist nicht sehr wahrscheinlich; siehe dazu oben S. 1037. Die Widmung ist ein Zeugnis für die bedeutsame Freundschaft mit Mathilde Nora Goudstikker, einer Schwester von Sophia Goudstikker, der Inhaberin des photographischen Ateliers ›Elvira‹ in München (siehe den Briefwechsel zwischen Rilke und Lou Andreas-Salomé, 1952, S. 512); die an sie gerichteten Briefe und Gedichte aus dem Frühjahr 1897 sind die wichtigste Quelle für Rilkes seelische und geistige Verfassung unmittelbar vor der Begegnung mit Lou Andreas-Salomé (vergleiche SW III, S. 827 und 862). – Der Titel

›Höhenluft‹ begegnet schon bei Bodo Wildberg, über dessen Buch ›Höhenluft. / Alpennovellen und Anderes‹ (Dresden, E. Pierson's Verlag 1896) eine ›Selbstanzeige‹ im dritten Heft der ›Wegwarten‹ (Oktober 1896), S. 18, steht.

Seite 829–866 OHNE GEGENWART / *Drama in zwei Akten*
Der Erstdruck (Hünich, S. 27), ein unansehnliches Heftchen von 36 Seiten in Umschlag, trägt die Jahreszahl 1898, erschien aber bereits im Dezember 1897: ›Ohne Gegenwart. / Drama in 2 Akten / von / Rainer Maria Rilke. / (Den Bühnen gegenüber Manuscript.) / Verlag von A. Entsch, Berlin W. 8. / 1898. / Dr. Adolf Klein's Verlagsbuchdruckerei, Berlin–Groß-Lichterfelde.‹ – Eine Kalendernotiz von Lou Andreas-Salomé vom 6. November 1897 lautet (nach freundlicher Mitteilung von Ernst Pfeiffer): »... dann R⟨ainer⟩ bis fünf; mit ihm spazieren gegangen und sein Drama ›Ohne Gegenwart‹ gelesen.« An Ludwig Ganghofer wurde das Drama am 19. Dezember 1897 als soeben erschienen und jüngst entstanden übersandt; das Widmungsexemplar für die Mutter ist »Noël 1897« datiert, auch an Emanuel von Bodman ging am 28. Dezember 1897 ein Exemplar ab. Für den Buchhandel war der Druck wohl kaum bestimmt. An Axel Juncker schreibt Rilke später, am 21. Januar 1903, aus Paris, auf seine Erkundigung nach den frühen Dramen: »Von ›Ohne Gegenwart‹ habe ich zufällig ein Exemplar bei mir; ich sende es Ihnen; es ist nirgends im Handel, aber es könnte sein, daß bei Entsch noch einige Exemplare liegen.« Dagegen lautet am 4. August 1916 aus München die Antwort auf eine ähnliche Anfrage von Dr. Henry Sagan: »... Höchstens die zwei Akte ›Ohne Gegenwart‹ würde ich Ihnen vielleicht vorgelegt haben, doch steht mir, da so ziemlich mein ganzes Eigentum mit meiner pariser Wohnung untergegangen ist, kein Exemplar, absehbar, zur Verfügung. Zusammen mit dem noch im Buchhandel befindlichen (vom Insel-Verlag übernommenen) Stück ›Das tägliche Leben‹ wäre eine Auf-

führung dieser Kleinigkeit in einem engeren Kreise vielleicht insofern zu entschuldigen gewesen, als möglicherweise eine Schauspielerin dabei, auf Grund der gegebenen Unzulänglichkeiten, eine rührende Gestalt hätte ausbilden können. Aber, Sie sehen, das Schicksal hilft mir, jene vorlängst meinigen Dinge zerstören.« Eine Aufführung war, wie Rilke am 24. Oktober 1900 an Frieda von Bülow schrieb (G. Br. I, S. 118), für November 1900 auf der Berliner Sezessionsbühne geplant, ist aber nicht zustandegekommen (Hünich, S. 27). ›Ohne Gegenwart‹ wurde wieder abgedruckt in VPD, S. 206–244.

Seite 867–875 FRAGMENT / *⟨›Brautpaar‹-Stoff⟩*
Die Handschrift des hier zum ersten Mal veröffentlichten Bruchstücks (R.-A., Ms. 303), auf 21 linierten Seiten Großoktav mit aller Sorgfalt ins reine geschrieben, scheint nach Papier und Schrift etwa aus dem Herbst 1901 (Westerwede) zu stammen. Ein Umschlagsblatt (Büttenpapier, Wasserzeichen: Carl Lebeau / Heidelberg) trägt die wohl erst von 1909 stammende Beschriftung: ›Fragment. / Zweiter Entwurf / (1899?)‹. Die Jahreszahl ›1899?‹ und der Inhalt ebenso wie der Stil des Bruchstücks legen es nahe, diesen Dramen-Anfang zu identifizieren mit einer im sog. Schmargendorfer Tagebuch bezeugten Arbeit von Ende November 1899. Wenn diese Vermutung stimmt, so würde der im Manuskript erhaltene »Zweite Entwurf« wohl nur die im Jahr 1901 angefertigte Reinschrift eines älteren Bruchstücks sein und den Versuch zur Wiederaufnahme des liegengebliebenen einstigen Anfangs darstellen. Der nach der Aufschrift vorauszusetzende »Erste Entwurf« war dann wohl die ursprüngliche Handschrift vom November 1899; sie war 1909 sicher noch vorhanden, erhielt gewiß einen entsprechenden Büttenpapier-Umschlag und mag später mit demjenigen Teil des Nachlasses, der der Pariser Sequestrierung 1914/15 zum Opfer fiel, verloren gegangen sein. – Die Tagebuchstellen sind gedruckt in: Br. 99/02, S. 230,

233, 234 und in: Tgb. (1942), S. 193, 195, 197; nach der im R.-A. befindlichen Photokopie des Tagebuchs (vergleiche oben S. 1018/19) lauten sie: »...Einige andere ⟨Novellen⟩ stehen mir wohl noch bevor. Vielleicht auch etwas Dramatisches...« (Dienstag, 21. November 1899); »...Ich habe am Drama nichts geschrieben und den ganzen Tag müßig verbracht...« (Mittwoch, 22. November 1899, abends); »...Der ›Brautpaar‹-Stoff will mir nicht näher kommen, – gleichwohl will ich morgen zwei oder drei Szenen des ersten Aktes versuchen und ev. noch etwas für Die ›Zusammenhänge‹...« (Freitag, 24. November 1899; über die ›Zusammenhänge‹ ist nichts bekannt, siehe oben S. 1004.) Denkbar wäre es, daß die Mitteilung der Fürstin Marie Taxis aus dem Frühjahr 1914 (»Dort ⟨in Venedig⟩ in meinem Mezzanino hörte ich Bruchstücke eines vor vielen Jahren geschriebenen Bühnenwerks, das mir sehr kraftvoll schien...«) sich auf dieses Dramen-Fragment bezieht (Fürstin Marie von Thurn und Taxis-Hohenlohe, Erinnerungen an R. M. Rilke, Schriften der Corona I, 1932, S. 77; etwas abweichend in der französischen Ausgabe der ›Souvenirs sur R. M. Rilke‹, Paris 1936, p. 165), siehe oben S. 1038

Seite 877–918 DAS TÄGLICHE LEBEN / *Drama in zwei Akten*
Buchausgabe: Das tägliche Leben / Drama in zwei Akten / von / Rainer Maria Rilke. / Albert Langen / Verlag für Litteratur und Kunst / München 1902 (Hünich, S. 42). Der Druck war Ende 1901 fertiggestellt, doch wurde das Buch erst nach der Berliner Uraufführung, die am 20. Dezember 1901 im Residenz-Theater stattfand, ausgegeben. Der ursprüngliche Titel des Dramas lautete ›Anfänger‹ und bezog sich wohl vor allem auf die Worte Helenes oben S. 913 (»Aber sie sind alle noch Anfänger...«).
Im Nachlaß ist die Handschrift erhalten (R.-A., Ms. 304); sie besteht aus 17 Großquartbogen (34 beschriebene Seiten) in einem gleichartigen Umschlagsbogen mit der Aufschrift: ›*Anfänger.* / 2 Akte. Dram. Skizze. / Schmargendorf. Ostern

1900.‹; nachträglich (spätestens Anfang 1901, s. u.) ist der Titel geändert in: ›Das tägliche Leben‹. Das Manuskript, eine Arbeitshandschrift mit Korrekturen, hat offensichtlich auch als Satzvorlage für den Druck gedient. Im sog. Schmargendorfer Tagebuch heißt es unter dem 26. September 1900 (Worpswede): »Ich hatte das (Anfänger-)Drama gelesen mit sehr tiefer Wirkung« (Tgb., S. 297). Die Selbstanzeige »Bibliographisches« der Sondernummer des ›Frühling‹ vom April 1901 (Hünich, S. 38/39; siehe oben S. 987 zu ›Im Gespräch‹), unterzeichnet: »Schmargendorf bei Berlin, im Januar 1901«, schließt: »Meine nächste Veröffentlichung ist ein Drama: ›Das tägliche Leben‹. (In Vorbereitung beim ›Wiener Verlag‹).« Die brieflichen Selbstzeugnisse über das Drama, die ziemlich zahlreich sind, setzen erst im November 1901 ein und beziehen sich zunächst auf das Erscheinen des Buches und die Berliner Uraufführung (siehe: Briefe 1899/1902, S. 119, 126f., 135, 138, 152, 161, 164; an Arthur Schnitzler, in: ›Wort und Wahrheit‹ 13, 1958, S. 289 und 292, 297/298; Briefe 1902/1906, S. 59f.; ähnlich in einer Reihe ungedruckter Briefe aus denselben Jahren). Die Berliner Première erlitt einen Mißerfolg; daraufhin unterblieb die schon fest geplante Aufführung am Hamburger Schauspielhaus unter Baron Berger; vergleiche Hünich, S. 40, 42 und 124; H. Roman Nr. 14 (dort auch einiges über spätere Aufführungen; siehe ferner G. Br. IV, S. 167 und Briefwechsel R. M. Rilke / Fürstin Marie Taxis, Band I, S. 314).

Die Buchausgabe von 1902 wurde später, etwa um 1912, vom Insel-Verlag übernommen (G. Br. VI, S. 465). In der vorliegenden Ausgabe wird das Drama zum ersten Mal wieder abgedruckt. Da hierbei die handschriftliche Vorlage des Erstdrucks mit zu Gebote stand, konnte eine Reihe kleiner Irrtümer und Verlesungen der Buchausgabe, die der Dichter selbst einst beim Korrekturlesen offensichtlich übersehen hat, hier berichtigt werden; im Ganzen ist natürlich der Text des Erstdruckes befolgt worden. Wie immer in solchen Fällen, ist die Entscheidung über den herzustellenden Text im einzelnen schwierig, da, außer mit den üblichen Normalisierungen und Glättungen durch den Setzer und den Verlagskorrektor, auch mit den verbindlichen Korrekturen des Dichters zu rechnen ist; doch ergab ein genauer Vergleich der Handschrift eine Nachlese von (geringfügigen) Berichtigungen, die keinem Zweifel unterliegen. Ähnliches gilt natürlich auch für die meisten übrigen Texte mit entsprechender handschriftlicher und gedruckter Bezeugung – in diesem beispielhaften Falle sei es hier einmal ausdrücklich hervorgehoben.

Seite 919–931 WAISENKINDER / *Eine Szene*

Erstdruck: Revue Franco-Allemande, 3. Jahrgang, 5. Band, No. 53, Mai 1901, S. 290–299 (Hünich, S. 39). Über die Entstehung ist nichts bekannt; Handschriften und Selbstzeugnisse fehlen. Da die Schilderung der Kinderwelt in dieser Szene dem Offenen Brief an Maximilian Harden vom 9. Februar 1901 über den Prozeß gegen den Kindesmörder Joseph Ott (Hünich, S. 38; siehe SW V) nahesteht, wird ›Waisenkinder‹ wohl Anfang 1901, nicht allzulange vor der Veröffentlichung, geschrieben sein. Die (bisher so gut wie unbeachtete, auch von Howard Roman in seiner Dramen-Liste übergangene) Szene wird hier zum ersten Mal wieder abgedruckt. Da sie zweifellos *später* als ›Das tägliche Leben‹ *entstanden* ist, war die Einordnung *nach* diesem Drama geboten, ungeachtet der umgekehrten Folge der ersten Publikationsdaten.

NACHWORT DES HERAUSGEBERS

Die ›Frühen Erzählungen und Dramen‹, die den Inhalt dieses Bandes ausmachen, setzen sich zusammen aus den vier Büchern ›Am Leben hin‹, ›Zwei Prager Geschichten‹, ›Die Letzten‹, ›Geschichten vom lieben Gott‹, aus einer Reihe von etwa vierzig verstreutgedruckten oder nachgelassenen Novellen und Skizzen, und aus acht szenischen Stücken größeren oder kleineren Umfangs. Sowohl der Entstehungszeit, wie auch der Form und der ganzen Gebarung nach, bilden diese novellistischen und dramatischen Arbeiten Rilkes eine geschlossene Werkgruppe, die, nach dem noch Erhaltenen zu urteilen – dem frühere kindliche Versuche vorausgegangen sind –, in den Jahren 1892/1893 etwa gleichzeitig mit der ersten Lyrik einsetzt, jedoch zeitlich dann nicht weiter reicht als bis zu jener Epochengrenze, die durch die Übersiedlung von Westerwede nach Paris im Hochsommer 1902 bezeichnet wird, – ja, bereits der Zeitpunkt der Niederlassung in Westerwede im Frühjahr 1901 wird nur mit den letzten Ausläufern dieser Arbeiten noch überschritten. Begleitet ist dieses Schaffen außerdem noch von einer Folge kritischer und betrachtender Aufsätze über ›Bücher, Theater und Kunst‹ und einigen mehr reflektierenden und aphoristischen Niederschriften, die dem Jahrzehnt 1895 bis 1905 angehören: diese mußten hier abgetrennt und in den Fünften Band der Ausgabe gestellt werden, und zwar zunächst aus äußeren Gründen des Umfangs; es wird sich jedoch erweisen, daß die Nachbarschaft dieser frühen, erörternden und abhandelnden Schriften unmittelbar neben den beiden Kunstbüchern ›Worpswede‹ (1902) und ›Rodin‹ (1902/1907), den ›Aufzeichnungen des Malte Laurids Brigge‹ (1904/

1910) und den kleineren, vermischten Prosa-Arbeiten der mittleren und späteren Jahre (1906 bis 1926) auch deswegen sinnvoll und mehr erhellend als störend oder gar trübend ist, weil die Gedankenwelt der Reifezeit und damit die des eigentlichen Prosawerkes in jenen kritischen oder betrachtenden Äußerungen zusehends und in oft erstaunlichem Maße ausgebildet und vorgeprägt wird, – offenkundiger vielfach, als in den *dichterischen* Erfindungen der Anfangsjahre. Mit dieser einen Ausnahme der Besprechungen und Betrachtungen bildet das Jahr 1902 die Grenze zwischen den beiden Prosabänden IV und V der neuen Gesamtausgabe: eine zeitliche Grenze zunächst, aber darüber hinaus zugleich eine Schranke, die ganze Werkbereiche voneinander scheidet. Denn weder hat Rilke späterhin noch eigentlich *novellistische* Arbeiten von der Art der frühen Erzählungen und ›Skizzen‹, noch *szenische* von der Art der Prosadramen dieses Bandes verfaßt – selbst zu ernstlicheren Plänen scheint gelegentliches Erwägen derartiger Möglichkeiten später nie mehr gediehen zu sein.
So stellt dieser Vierte Band denn mit dem ›Erzähler‹ und mit dem ›Dramatiker‹ Rilke wiederum, wie es der Dritte Band tat, den *jungen* Rilke vor – in einer Fülle von Dichtungen, von denen ihr Urheber selbst als Reifgewordener nur weniges noch hat gelten lassen wollen: lediglich den ›Geschichten vom lieben Gott‹ und der kurzen Skizze ›Die Turnstunde‹ gewährte er Einlaß in die noch von ihm mitbestimmte sechsbändige Ausgabe seiner Gesammelten Werke (1927), und auch von diesen Dingen hat er in reiferen Jahren bestenfalls mit Nachsicht, niemals ohne betonte Einschränkungen gesprochen, – so daß man berechtigt ist, jetzt auch diese Arbeiten mit dem übrigen Frühwerk zu vereinen (vergleiche oben S. 973). Alles

übrige ist erst nachträglich, – zwar kaum aus dem eigentlichen ›Nachlaß‹ (der, im Vergleich zu den Mengen handschriftlicher Gedichte aus fast allen Lebenszeiten, an unveröffentlichter Prosa und an Dramatischem nur verhältnismäßig Weniges enthielt), aber aus den drei ersten Novellenbüchern und aus verstreuten Abdrucken der neunziger Jahre und der Jahrhundertwende allmählich gesammelt worden und wird hier nun zum ersten Mal in solcher Vollzähligkeit vereinigt vorgelegt. Dieselben Vorbehalte, die im Nachwort zum Dritten Bande hinsichtlich der Würdigung und Beurteilung der Jugendgedichte zu machen waren, sind naturgemäß hier von neuem auszusprechen: es handelt sich auch diesmal überwiegend um Vorläufer und Vorstufen des eigentlichen Werkes, eben um ›Juvenilia‹, deren Art und Gestaltungsweise der Dichter entschlossen hinter sich ließ, seit er sich, im Herbst 1902, unter dem Eindruck der Größe Rodins und der Härte von Paris, zu einer ganz neuen Art des ›Arbeitens‹ entschied.

An die Lebhaftigkeit, mit der Rilke, schon seit den ersten Pariser Jahren und dann im Laufe der Zeit immer unnachgiebiger, fast die gesamte dichterische Hervorbringung seiner Jugend verwarf, möge hier noch einmal etwas ausdrücklicher erinnert werden; im Nachwort zum Dritten Bande wurde diese eigne Ächtung des Frühwerks nur gestreift. Die Selbstzeugnisse dafür durchziehen seine ganze Korrespondenz; zumal seine Briefe an Menschen, die ihn auf Jugendwerke hin anredeten oder ihm gar die Erneuerung solcher älteren Erzeugnisse nahelegten, sind voll von oft beschwörender Abwehr (besonders eindrucksvoll die beiden Briefe an Robert Heinz Heygrodt vom 24. Dezember 1921 und 12. Januar 1922 aus Muzot, G. Br. V, S. 67–72 und 95–100): »Jene leider vorhandenen Proben sind in der Tat für *nichts* heranziehbar, sie sind nicht, in keiner, keiner Weise, der Anfang meiner Arbeit, vielmehr das höchst private Ende meiner kindlichen und jugendlichen Ratlosigkeit« (G. Br. V, S. 70). In einzelnen Fällen gab Rilke dem Drängen der Freunde und Verehrer schließlich wider Willen nach – hauptsächlich aus Rücksicht auf seinen Verleger, dem er im übrigen ja weitgehend den Verzicht auf die Erfüllung vielfältiger Nachfrage nach vergriffenen, aus dem Handel gezogenen oder verstreut gedruckten Frühwerken zumutete; aus solcher Rücksicht vor allem war die Neuausgabe der ›Ersten Gedichte‹ 1913, ja halb und halb schon die der ›Frühen Gedichte‹ 1909, vom Dichter zugegeben worden. Als Wolf Przygode Anfang 1918 dem Abdruck einiger Gedichte Rilkes in der von ihm herausgegebenen ›Dichtung‹ (Hünich, S. 76), nach der sonstigen Gepflogenheit dieser anspruchsvollen Zeitschrift, eine vollständige Bibliographie beigeben wollte, bestand Rilke (in einem Brief an ihn vom 26. Januar 1918 aus München) darauf, ›die ganze Liste zu streichen‹: »Erst bei völlig abgeschlossenem Werk, beim Tode des Autors, mag man sich die Vollzähligkeit seiner Bücher gelegentlich zur Vorstellung bringen; sie wird dann mehr den Historiker angehen, während sie vorher von dem Verdacht nicht frei ist, auf den Neugierigen, auf den Käufer wirken zu wollen.« Unausweichlich wurde für den Dichter der innere Konflikt, als unmittelbar nach dem Ende des Ersten Weltkriegs Dr. Fritz Adolf Hünich als Mitarbeiter des Insel-Verlags die verstreuten Jugenddichtungen wenigstens in einem Privatdruck für den »Leipziger Bibliophilen-Abend« zu sammeln begehrte (siehe oben S. 973, ›VPD‹ 1921). Rilke schrieb ihm am 19. Februar 1919 aus München (G. Br. IV,

S. 235): »Nun mag ich mich freilich nicht in der ganzen Länge gegen eine Absicht spreizen, die Sie Ihrer Sorgfalt für wert halten. Ich müßte mich ja auch sehr wiederholen, wollte ich Ihnen ein Mal ums andere vorstellen, wie weit ich gehe in der inneren Ablehnung und Ableugnung dessen, was leider innerhalb meiner Produktion die zeitigste Jugend darzustellen hätte. Äußere Umstände tragen die Schuld, daß ich damals weder redlich bemüht, noch eigentlich *wahr* zu sein vermochte: damit ist wohl das Urteil ausgesprochen, durch das ich gegen jede ›historische‹ Auffassung und Einordnung jener Belanglosigkeiten recht behalten müßte.« Und an denselben, am 1. Dezember 1920 aus Schloß Berg am Irchel: »... Denn leider ist ja das Material, das beim Abbruch meiner Jugend etwa zur Versteigerung freiliegt, gypsiges Überbleibsel eines mit geringen Mitteln höchst nachlässig aufgeführten Notbau's. – Halten Sie solche Verurteilung (ein Mal ums andere möcht ichs betonen) *nicht* für eine Phrase privater Bescheidenheit; ich wüßte nicht, was meine Arbeit angeht, irgendwie bescheiden zu sein –, ich bins ganz gewiß auch zur Zeit jener Elaborate nicht gewesen, nur daß meine halbwüchsige Unbescheidenheit, infolge einer Unterernährtheit meines eigentlichen Wesens, kraftlos und daher meistens auch unwahr war.« Und endlich, als die durch Nachkriegs-Schwierigkeiten lang verzögerte Publikation ›Aus R. M. Rilkes Frühzeit: Vers · Prosa · Drama‹ um Weihnachten 1921 vor dem Erscheinen stand, heißt es im Brief an ihren Herausgeber F. A. Hünich vom 24. Dezember 1921 aus Muzot: »Es wird mir doch recht zum Schmerz..., den ›jungen Rilke‹ so ›aufgedeckt‹ zu sehen. Keimblättchen haben bekanntlich nicht die Form des künftigen Blattwerks und sehen bei allem Kraut ungefähr gleich aus. Wär doch das Alles ein für alle Mal verloren geblieben; es kann nur dazu beitragen, das Eigentliche zu trüben, und bezeichnet einen falschen Ausgangspunkt der in den reinen Werkraum aufsteigenden Kurve. – Von dieser Auffassung werd ich *nie* zu heilen sein. Sie macht sich, im Gegenteil, immer entschiedener.« (Vergleiche auch die auf diese Publikation bezüglichen Widmungsverse SW II, S. 249 und 250.) – Genug der Anführungen. Auch eine vollständige Sammlung aller solcher Selbstzeugnisse würde wohl immer wieder das Eine lehren: Rilke war der Auffassung, seine Natur sei in seiner frühen Jugend wie verbogen und entstellt gewesen, sein Talent habe sich darum gar nicht zulänglich äußern *können*, und erst langsam habe er zu sich selber gefunden; die unbedingte Wahrheitsliebe, die – durchaus im Sinne des berühmten Goetheschen Wortes – auch *sein* ganzes Dichtertum späterhin bestimmt (vergleiche Kassners Zeugnis in der Einleitung zum Briefwechsel mit Marie von Thurn und Taxis, Band I, S. XXXVII!), habe sich erst durchringen müssen, und in Zeiten, da er noch zum Echten und zum Genauen nicht eigentlich fähig gewesen, könne darum auch von Arbeit, Dichtung, Kunst bei ihm noch nicht die Rede sein. Er selbst sah also seinen Weg zum Eignen und Eigentlichen an als ein Gelangen aus dem Trüben ins Klare, aus dem Vagen ins Bestimmte, aus dem Unechten und Halbechten ins Wahre und Wirkliche. Rilkes Selbstauffassung müßte demnach einfach ins Gegenteil verkehrt werden, wenn man etwa umgekehrt verfechten wollte, er sei gerade in seiner frühen Jugend »er selbst« gewesen und habe sich dann durch absichtliche Selbst-Umformung, künstlich und sich »stilisierend«, zu dem gemacht, als der er seit seiner Reifung erscheint.

Die Frage, wie weit das Urteil des Dichters über die anfänglichen eigenen Versuche auf die Dauer verbindlich bleibt, und die weitere Frage, ob sein Entwicklungsgang eher als eine Entfaltung in Stetigkeit oder als diskontinuierliche Stufen-Folge mit Einschnitten, Gegensätzen, Brüchen, Umwandlungen sich darstellt, – sie werden den heutigen und künftigen Leser, Kritiker und Historiker beschäftigen müssen. Rilke selbst hat an alles, was von ihm stammte, Qualitäts-Maßstäbe von unbedingter Strenge angelegt, und wer diese teilt, wird auch nachträglich, zumal aus immer vergrößertem Abstande, dem Verdikt vielfach schwer widersprechen können, soweit es sich eben auf den absoluten oder ›objektiven‹ Wert und Rang dieser Sachen erstreckt. Schon darum wäre es verfehlt, dem Dichter die ›Verleugnung‹ oder Unterdrückung der Juvenilia womöglich zu verübeln und etwa seine männliche Abkehr davon, sein nachdrückliches Bestehen auf der alleinigen ›Gültigkeit‹ der reifen Werke, als ›Selbststilisierung‹ zu ironisieren. Freilich, das *Urteil* über Wert und Belang des Vorläufigen ist nur Eines, – das Hinnehmen des Gewesenen wie es war und wurde, ein anderes: Vorstufen als ›höchst private‹ Zonen ›kindlicher und jugendlicher Ratlosigkeit‹ fremder Neugier zu entziehen, stand einst dem Menschen und Künstler zu, – sie zu verhehlen, heute nicht mehr dem Historiker, dem Editor; sie zu verkennen, keiner Nachwelt. ›Lebenden ist man Rücksicht, Toten nur noch die Wahrheit schuldig‹, hat Voltaire einmal geäußert. Und nun gar eine Wahrheit, deren volles Zutagekommen die Ehrerbietung vor dem Hingeschwundenen doch letztlich nur steigern sollte. Versucht man sich für einen Augenblick vorzustellen, Rilke hätte wie mancher andre Autor erst mit dreißig Jahren – also etwa 1905 mit dem Stunden-Buch – an die Öffentlichkeit treten und gar dann noch alles

Handschriftliche aus früheren Jahren vernichten sollen (– gesetzt, diese Dichterbiographie ließe sich auch nur in der Vorstellung so weit umdenken): Welt und Nachwelt stünden vor einem andern, vielleicht willkommneren, aber durchaus täuschenden Bilde. Es waren eben nicht nur die äußeren Umstände, die zu dem frühen Hervortreten aufreizten, – oder doch diese Umstände nur in der schicksalhaften Wechselwirkung mit dem Drange gerade dieses Naturells. Es war auch nicht allein das ›Schreiben-*Müssen*‹, von dem, als der ersten Legitimation des Dichtertums, in den Briefen an Franz Xaver Kappus, den ›Jungen Dichter‹, die Rede ist – und das sich ja auch in Stille und Verborgenheit hätte befreien können. Es war zugleich und vor allem der unwiderstehliche Trieb zur offenen und weithin sichtbaren künstlerischen *Manifestation*, – eben zur ›Öffentlich‹-Machung des Persönlichen, Eignen, Privaten durch das verwandelnde Mittel der Kunst, – ein Trieb, elementar gleich andren Trieben, wie sie einen Einzelnen zur produktiven Wirkung ins Weite und Öffentliche bestimmen, und der mit Geltungsdrang, Erfolgsstreben und knabenhafter Ruhmsucht wohl anfänglich eine Weile einhergehen mag, der aber in seinem Ursprung und Wesen an allem bloßen Ehrgeiz unschuldig ist. Gewiß hat diese Manifestation fürs erste zu weiter nichts als zu den Vorläufigkeiten eines ›*Rilke avant Rilke*‹ (J.-F. Angelloz) geführt. Aber auch das ist, schon um der Energie des Abtuns und des Fortschritts willen, nicht wegzudenken und im Gesamtablauf dieses Werdens ganz unmißbar. Wie die Dinge nun einmal liegen, wird man die Selbstverwerfung der Jugendwerke nicht einmal aufzuheben brauchen, um die außerordentliche, auch in der Prosa und im Drama denkwürdige Frühentfaltung dieses

Dichtertums zu ehren und aus der Fülle an Stoffen und Formungen, die sich hier auftut, vielfältigen Gewinn zu ziehen. Ja, vielleicht ist das angesichts dieser Werkgruppen sogar einfacher als bei der gleichzeitigen *Vers*dichtung: im mehr rationalen Wesen der Prosa mag es begründet sein, daß die Arbeiten dieses Bandes sich in ihrer Mehrzahl doch wohl geschlossener und fertiger darstellen als die Jugendgedichte des Dritten Bandes, – dies am Ende gerade dadurch bedingt, daß sie, mindestens teilweise, eben nicht im eigentlichen Mittelpunkt der künstlerischen Bemühung standen. Im übrigen hat unvoreingenommene, sorgsame Interpretation hier wahrhaftig noch Aufgaben genug zu erfüllen und so etwa – um ein einziges Beispiel herauszugreifen – erst zu entdecken, was an Gehalt, an gedanklichem Beziehungsreichtum, an autobiographischer Zeugniskraft (hinsichtlich der eignen Entscheidung zur ›Kunst‹ und – scheinbar – *gegen* das ›Leben‹) und endlich an ebenso besonnener wie verschwiegener Durchformung, in einer Novelle wie ›Die Letzten‹ (1897/1898) steckt, mit der die Kritik hart ins Gericht gegangen ist, von der aber der Dichter noch 1901 sehr begreiflicherweise äußerte, sie gehöre ihm zum Liebsten, was er geschrieben habe. Überhaupt ist das in diesem Band Versammelte, an dem ihm zukommenden Maße gemessen, doch wohl gehaltvoll genug, um die vollständige Herausgabe *unmittelbar*, und nicht nur auf dem Umwege über den Bezug auf Person, Biographie und Geschichte, zu rechtfertigen. Endlich bedenke man auch, daß in den Jugendwerken der Meister auf die Länge ja immer der jeweilige Zeitstil am zugänglichsten weiterlebt und dann in *ihnen* sein Denkmal bewahrt, wenn seine einstigen ephemeren und modischen Hauptvertreter schon versunken und

vergessen sind: auch dies eine Nebenfrucht der ›Gesamtausgaben‹ für das Geschichtsbild und Geschichtsbewußtsein der allgemeinsten Leserschaft.
Doch Qualität und Ergiebigkeit einzelner Stücke dieses Bandes, geschweige seines ganzen Inhaltes aufzuweisen, kann nicht Sache dieses Berichtes sein. »Er, der unvergleichlichste Erzähler unter allen, die ich gekannt« – mit solchem Wort rief Rudolf Kassner in seinem Nachruf Anfang Januar 1927 (Buch der Erinnerung, 1938, S. 298) dem Kreise der Freunde die ihnen allen an Rilke vertraute Gabe *mündlichen* Erzählens ins Gedächtnis: ihre Eigenart und Stärke kündigt sich unverkennbar seit 1897 in den Skizzen und Geschichten an. Vorübungen waren, wie bei den Versen, von Kindheit an vorausgegangen; in einer (russisch geschriebenen) autobiographischen Stammbucheintragung für Spiridon Dm. Drožžin vom 23. Juli 1900 heißt es gar: »Meine schriftstellerische Tätigkeit begann in meinem neunten Lebensjahr; zuerst schrieb ich Prosa, später Dramen und lyrische Gedichte« (Inselschiff 10, 1928/1929, S. 229). Ein Kinderbrief des Neunjährigen an seinen Vater aus einem Ferienaufenthalt in Canale vom August 1885 bestätigt dieses verblüffende Datum: »Übe mich fleißig im Dichten; ich muß, wenn es so fortgeht, gekrönt mit dem Lorbeerkranze nach Prag kommen« (Carl Sieber, René Rilke, Leipzig 1932, S. 82). Daß *Prosa* am Anfang der eignen Dichtübungen gestanden, geht nur aus dieser Widmung an den russischen Volksdichter hervor; die vierzehn frühsten erhaltenen, hier nicht mitteilbaren, Erzählungen im Nachlaß gehören den Gymnasialjahren 1892 bis 1895 an. Sollte die ›Prosa‹ wirklich bei dem Knaben einen solchen ›Vorsprung‹ gehabt haben, so gewann doch das Versemachen gewiß

schon bald die Oberhand; und wie ausschlaggebend in der Folge die *lyrische* Produktion für sein jugendliches Bewußtsein von Jahr zu Jahr mehr und mehr wurde, bezeugt der für seine Verse werbende Rechenschaftsbericht an den Verleger Adolf Bonz vom 25. Oktober 1897 (G. Br. I, S. 48–51). Doch ist, unbeschadet dessen, der junge Rilke zunächst, und auf Jahre hinaus, noch ganz im Sinne der Literatur- und Bildungstradition seines Jahrhunderts als ein ›aufs Ganze‹ gehender Autor angetreten, der das herkömmliche Grundschema der klassischen Dicht-Gattungen sowohl als Lyriker wie als Erzähler und Dramatiker sorgfältig zu erfüllen bestrebt war, der außerdem als Literatur- und Kunstkritiker auftrat und daneben noch das Tagebuch und die Korrespondenz eifrig pflegte. Diesen Proportionen ist er seit 1902 ein für allemal entwachsen. Es war als hätte er sich zu dem bildungsbedingten traditionellen Schriftsteller-Typus so eilfertig und geflissentlich doch nur ausgebildet, um ihn um so zeitiger zu erschöpfen, ihn hinter sich zu lassen und das zu werden, was er selbst war. Während er im ersten Schaffensjahrzehnt (1892–1901) seine Kraft, trotz des Vorwiegens der Lyrik, doch recht gleichmäßig auf die Abfassung herkömmlicher Verse, Erzählungen, Dramen, Kritiken und Betrachtungen verwandte (und sich obendrein mit einem Roman trug, der nie zur Niederschrift gelangte), so hat er seit seiner Reife neben dem Gedicht nur noch *seine* besondere Spielart dichterischer Prosa in sehr persönlicher, unverwechselbarer Anwendung zu größeren oder kleineren Gebilden ausgestaltet, sich dagegen von den überkommenen Erzählformen ebenso bestimmt ferngehalten wie von üblicher Kritik und Abhandlung und erst recht von allem Dramatischen. Ob er bei längerer Lebensdauer noch je zu einer dieser Formen und Äußerungsweisen zurückgekehrt wäre – insbesondere, ob er etwa seine im Korrespondieren so vielfältig ausgebildete, ja bis zur Virtuosität entwickelte *Prosa* noch je in einem dichterischen Werk freigegeben haben würde (wovon, nach Proben wie dem ›Brief des jungen Arbeiters‹ von 1922, zu träumen sich aufdrängt), darüber läßt sich nichts Sicheres sagen. Einleuchtend haben seine Freunde vermutet, daß seine Arbeit auf die Länge wohl am ehesten die Richtung ins Autobiographische eingeschlagen hätte. Doch auch hierin hätte er natürlich eine eigene, nicht voraussehbare Weise künstlerischer ›Verwandlung‹ erstrebt und nicht einfach vorgebahnte Wege der Selbstdarstellung betreten. So jedenfalls, wie die mit einundfünfzig Jahren abbrechende, vielleicht vollendete, künstlerische Entwicklung vor unseren Augen sich erstreckt, bleibt deutlich, wie bei ihm mit dem Gewinnen strenger Maßstäbe für die eigne künstlerische Arbeit auch die schnell zunehmende Erschwerung des Hervorbringens einherging. Waren noch die ›Geschichten vom lieben Gott‹ wie mit fliegender Feder improvisiert (zwischen dem 10. und 21. November 1899: also noch gerade mit ›dreiundzwanzig Jahren‹ hatte er immerhin dies schon ›für die Unsterblichkeit getan‹!), so stockte wenige Jahre später die erste Arbeit an den ›Aufzeichnungen des Malte Laurids Brigge‹ im Frühling 1904 bereits in den Anfängen, und der Dichter mußte sich eingestehen, »daß er wohl nie mehr dazu kommen werde, ein Buch in zehn Tagen oder Abenden niederzuschreiben, vielmehr für ein jedes lange und ungezählte Zeit brauchen werde« (an Lou Andreas-Salomé am 15. April 1904 aus Rom, Briefwechsel, S. 142). Zwar kehren gelegentliche hochkonzentrierte, ja eruptive Schaffensperioden von kürzerer oder längerer Dauer bei ihm durchaus auch späterhin immer wieder, – und sie bleiben, aufs Ganze gesehen, das eigentlich Charakteristische im weitbogigen Rhythmus seiner Produktivität. Doch rächte sich die gesteigerte Anforderung an die eigne dichterische Leistung folgerichtig mit der zunehmenden Seltenheit des Gelingens, und es mußte nun das Vollenden von Mal zu Mal mit einer ganz ungemeinen – in den Jugendjahren wohl noch nicht einmal geahnten – Anspannung erkauft werden: »Denn wir ahnen die furchtbaren Bedingungen, unter welchen allein sich selbst das entschiedenste Naturell zum Letztmöglichen des Gelingens erheben kann«, – um hier an Goethes Wort, auf Raffaels Reife bezüglich, aus dem Zweiten Römischen Aufenthalt der ›Italienischen Reise‹ zu erinnern (›Nachtrag: Päpstliche Teppiche‹), von dem Rilke Anfang 1912 in Duino so stark getroffen wurde.

Im Zeichen solcher neuen Verantwortung, gewissermaßen des horazischen *Poscimur* oder vergilischen *Ego poscor Olympo*, steht seit etwa 1902 – das heißt: seit dem ersten Teil des Buchs über Rodin und deutlich vorbereitet durch die Niederschrift der Monographie ›Worpswede‹ – auch Rilkes *Prosa*, und sie trägt von da ab solchen Maßstäben in jedem einzelnen zur ›Arbeit‹ gehörigen Stücke Rechnung. Von derartiger Strenge des Siebens und Ausformens und Feilens ist der Inhalt des vorliegenden Bandes, im Ganzen genommen, noch weit entfernt, – so wenig sich auch von früh an das Element persönlichen Eifers, ununterbrochner Beflissenheit und künstlerischer Ordnungsliebe verleugnet. Um so mehr freilich besitzt er von jener *Spontaneität*, die in Rilkes Briefen lebenslang andauerte und sie zu ›*Divagations*‹ seines künstlerischen Werkes hat werden lassen.

Ein Merkmal dieser jugendlichen Unbefangenheit ist, vor allem in den frühesten Arbeiten bis etwa Anfang 1897, die Handhabung der *Sprache*, die nicht nur in Dialogpartien von Erzählungen und Dramen oft sehr nahe der gesprochenen Rede folgt, sondern auch da, wo der Autor im eignen Namen das Wort führt, noch unbedenklich Elemente heimischer Umgangssprache einmischt. So häufen sich, je weiter man zurückgeht, desto unbekümmerter, ›Austriazismen‹ und ›Pragismen‹, sowie ›umgangssprachliche‹ Ausdrucksweisen allgemeinerer Art. Diese Lizenzen werden aber beizeiten vom Autor selbst als solche empfunden und allmählich zurückgedämmt, ja schließlich, wie sich an Handschriften und Drucken der späteren neunziger Jahre gelegentlich bis ins einzelne nachweisen läßt, bei der Retraktation mancher Arbeiten in Reinschrift und Druck sorgfältig ausgemerzt, indem etwa ein österreichisches ›bis‹ – im Sinne von ›wenn erst, wenn künftig, sobald‹ – beseitigt, ein ›vergessen *auf* etwas‹ korrigiert, ein ›an‹ – ›am Land‹, ›Hände am Rücken‹ – durch ›auf‹ ersetzt wird. Schließlich verschwinden sie so gut wie ganz, und wo, nach der Jahrhundertwende, dann noch Elemente aus Dialekten, aus regionalen Mundarten oder Redeweisen, aus der allgemeinen ›Umgangs‹- oder gar ›Vulgär‹-Sprache noch auftauchen (und das ist ja in ganz charakteristischer Weise immer wieder der Fall, in der Versdichtung Rilkes nicht minder als in seiner Prosa), handelt es sich, wie bei der nie aussetzenden Selbstüberwachung dieses empfindlichen und streng erzogenen Sprachgewissens nicht anders zu erwarten, dann wohl immer, und vielfach ganz nachweislich, um Ausdrucksmittel, die an ihrer Stelle mit Bewußtsein um ihrer Sonderart willen eingesetzt sind, – und we-

der um überkommene Unwillkürlichkeiten noch um läßliche Rückfälle in den sprachlichen Alltag. Es mag sein, daß schon von Anfang an, in der Erscheinungsform jugendlicher Unbekümmertheit, derselbe Instinkt sich geäußert hat, der später zur Maxime bewußter Einbeziehung der Alltagsrede ins Gedicht und in die der Kunstprosa geworden ist; die erwachende Reflexion auf die eigene Sprache setzt jedoch ›Arbeit‹ an die Stelle der Unwillkürlichkeit. Rilke bildet allmählich seine Dichtersprache immer planmäßiger aus, und zwar einerseits in entschlossenem Frontmachen gegen alles bloß *sogenannte* »Poetische«, nämlich gegen die pseudopoetische Trivial-Verssprache des späteren neunzehnten Jahrhunderts (die, obwohl von allen großen Autoren jener Generationen abgetan, am Grunde unseres Literatur-, Übersetzungs- und Bildungswesens immer noch ihr zähes Leben fortfristet), und andererseits (in jener neuartigen Orientierung des dichterischen Vers- und Prosa-Idioms) an der *Umgangssprache*, die sich ja als der eigentlich revolutionierende und zukunftsträchtige Schritt seines Künstlertums zu erweisen beginnt.
Es ist, wie die bisherigen Ansätze zu wissenschaftlicher Sichtung und Beurteilung von Rilkes Sprache zeigen, offenbar besonders schwierig, gerade die Beziehungen seiner Dichtersprache (und auch seiner Briefsprache) zur gesprochenen Sprache, zumal zu der heimischen österreichischen und speziell der Pragischen Sprechweise aufzuhellen, richtig darzustellen und angemessen zu beurteilen. Da sich eine solche Behandlung des Sprachlichen weder improvisieren noch etwa in diesem Bericht mit wenigen Beispielen und Andeutungen nachtragen läßt, hat der Herausgeber zuletzt auch darauf verzichtet, in den Anmerkungen Sprachliches noch öfter herauszuhe-

ben und zu erläutern oder auch besonders Charakteristisches im Anhang zusammenzustellen. Vor einer Überschätzung, oder besser: Überbetonung sowohl des ›Einflusses‹ der sprachlichen Heimat, wie auch des Sichauflehnens dagegen, sollte man sich hüten. Die allzurasch aufgekommene Formel vom ›Pragerdeutsch‹ ist alles andre als ein Zauberschlüssel zu dem Schatzhause gerade *dieser* Dichtersprache; der allgemeine ›Austriazismus‹ ist eine, aber auch nur *eine* der Traditionsvoraussetzungen aus denen sie erwachsen ist; und zu warnen wäre wohl überhaupt vor prinzipiellen Vorstellungen, denen zufolge die Ausbildung einer individuellen Dichtersprache in der modernen Kultur-Welt *vorwiegend* von dem angestammten, heimatlichen Mündlichkeits-Milieu, von jenem Idiom, das die Kindheit und Jugend des Autors umgab, abhinge. Daß es sich da um bedeutend ein- und mitwirkende Faktoren handelt, sei keineswegs bestritten – ihr Überwiegen oder gar entscheidendes Maßgeben einseitig zu verfechten, führt in einen Sprachmilieu-Determinismus, dessen Unzulänglichkeit sich bald genug daran zeigt, daß er an wesentlichen Zügen der Genese einer *Dichtersprache* vorbeisieht, – wird eine solche doch, wie schon jede individueller gehandhabte *Schriftsprache*, stets durch die Rezeption der *schriftlichen*, der literarischen Überlieferung ausschlaggebend mit bedingt. Zudem kann man von Rilke, dem St. Pöltener und Mährisch-Weißkirchner Militärschul-Zögling (1885–1891) und Linzer Handelsschüler (1891/92) doch nur mit Einschränkung sagen, er sei »in Prag« aufgewachsen. Nähere und weitere Reisen innerhalb Österreichs, bis ins ›Küstenland‹, gab es für ihn schon seit seiner Kindheit; mit zwanzig Jahren verließ er Prag und damit auch Österreich ganz. Vor allem aber war er von Kind auf ein unersättlicher und zunächst, wie die meisten Kinder seinesgleichen, zwar wahlloser aber um so vielseitigerer *Leser* und hat (er, der sich seit seinem neunten Lebensjahr »fleißig im Dichten übte« und in jeder freien Stunde schrieb und schrieb) seine Sprache durch das Verschlingen von Lesestoff jeder Art und Qualität in einem nachträglich kaum mehr kontrollierbaren Maße angereichert. Über das Ausmaß des schon in den Schuljahren, geschweige zwischen 1895 und 1900 von ihm aufgenommenen *Bildungsgutes* bestehen bisher viel zu ungenaue und bei weitem zu niedrig greifende Vorstellungen; selbst Richard von Mises in den (ebenso genauen wie gerechten) Einleitungen und Noten zu seiner Schriftenreihe ›R.M. Rilke im Jahre 1896‹ zeichnet davon noch ein zu eingeschränktes Bild und unterschätzt die Belesenheit des Gymnasiasten und angehenden Prager Studenten beträchtlich. In der Krise des Sommers 1892 – um nur ein Beispiel anzuführen – hat der Sechzehnjährige die ›Wahlverwandtschaften‹, den ›Wilhelm Meister‹, ›Dichtung und Wahrheit‹ gelesen (vom ›Werther‹, auf den immer wieder angespielt wird, gar nicht zu reden); Spuren der Vertrautheit mit Goethes Lyrik und seinen Versdichtungen finden sich von früh an auf Schritt und Tritt (Goethes Name wäre in der Reihe der Vorbilder gleich hinter Schiller zu setzen gewesen: SW III, S. 886). Bekanntschaft und Vertrautheit mit Großem aus Vergangenheit und Mitzeit läßt sich dem Heranwachsenden nicht absprechen – sie ist nur, bis zur Erziehung durch Lou Andreas-Salomé, verdeckt und getrübt durch die Unsicherheit seines *Geschmacks*, die vielleicht das auffälligste Unterscheidungszeichen dieser Dichterjugend ist gegenüber anderen berühmten Dichterjugenden im

Umkreis seiner Generation. Das Unterscheidungsvermögen hat er erst vom Jahr der Mündigkeit an erworben – in dieser Verspätung teilt er das Los des Autodidaktentums, dem das Familienschicksal ihn auslieferte. Umfang und Intensität der jugendlichen Lektüre besagen auf alle Fälle das eine: der Zuwachs an *sprachlichen* Errungenschaften, der sich auf diesem Wege ergab, stammt aus Bezirken, die über den Umkreis der heimischen Prager *Mündlichkeit* (: nämlich der ›*parole*‹, nicht der ›*langue*‹!) soweit hinauslagen, daß deren Mitgift zuletzt nur noch *ein* Bedingnis neben vielen anderen gewesen ist, – gewiß ein nicht zu übersehendes, und freilich eines, über dessen Unzulänglichkeit und Unbekömmlichkeit für den heranwachsenden Dichter und Schriftsteller, Rilke selbst späterhin Klage geführt hat (man vergleiche den neuerdings viel erörterten Brief an August Sauer vom 11. Januar 1914 aus Paris, ›Briefe‹, Band I, 1950, Nr. 201, S. 470–474). Noch ein von ihm gegen Ende seines Lebens einmal in Ragaz notiertes Gespräch-Bruchstück bezeugt seine Gereiztheit beim Vernehmen altvertrauter ›Pragismen‹ aus dem Munde zufälliger Kurbekanntschaften. Gleichwohl sollte man weder auf den unmittelbaren ›Einfluß‹ des Heimat-Idioms noch auch auf die ›Opposition‹ dagegen allzuvieles an seiner Sprachgebarung zurückzuführen versuchen. Sich ausgesprochen mundartliche oder regionale Ausdrucksweisen, wie ›Austriazismen‹ und dergleichen, abgewöhnen, um sich der deutschen Schriftsprache zu bemeistern, heißt ja zunächst lediglich, sich diejenige Korrektheit des ›hochsprachlichen‹ Ausdrucks zu eigen machen, die jeder Schriftsteller eines von Hause aus konservativen Sprach- und Stilwillens anstrebt, – aus welchem Dialektbereich oder Sprachmilieu er auch komme. Warum es gar als nicht geheuer verdächtigt und hämisch bespöttelt wird, wenn ein deutscher Dichter seine Sprache, außer aus dem Sprechen-Hören und Bücher-Lesen, auch aus den Vorräten und Arsenalen des Deutschen Wörterbuchs nährt und bildet, das nach dem einsichtsvollen Plan seiner großen Begründer mit dazu da ist *ihm* zu dienen, – bleibt vollends unbegreiflich und zeugt davon, daß Lessing, Herder, Goethe als Sprachbildner und Sprachschöpfer im eignen Lande ungekannt, unverstanden bleiben, und daß auch das Beispiel Georges, Hofmannsthals, Schröders und Borchardts nicht verfängt, um bei uns zulande die Augen dafür zu öffnen, wie der Dichter an und mit der Sprache zu arbeiten hat, wenn das Dichten geraten soll.

Für eine uneinseitige und tiefdringende Erarbeitung der Genese und der Eigenart von Rilkes Sprache (wie sie vielleicht nur der geschulte *Linguist*, nicht einmal der ›Philologe‹, geschweige der bloße ›Literarhistoriker‹, leisten kann, – oder doch nur derjenige Kenner, der alles das zusammen in einer Person wäre, aber womöglich mit der, freilich so seltenen primären Kompetenz für ›Sprachliches‹) wird es im übrigen einmal nötig werden, auch die weiterhin ungedruckt bleibenden Arbeiten der Jugendjahre in Prosa und Versen mit zu berücksichtigen, insbesondere die frühesten Novellen mit ihrer noch naiven und stark alltagssprachlichen Färbung, – und ferner zu beherzigen, daß die Handschriften auch der gedruckten Frühwerke, schon deswegen, weil sprachliche Läßlichkeiten in ihnen vielfach sofort wegkorrigiert sind, eine unentbehrliche Quelle für derartige Untersuchungen bilden; am veröffentlichten Material allein ist dergleichen nicht erschöpfend aufzuzeigen. –

All diese Bemerkungen können nur Winke und, gewissermaßen, erste, vorläufige Anweisungen auf die hier und im Dritten Bande dargebotene reiche, vielleicht überreiche Sammlung der Juvenilia sein. Vervollständigen wird diesen Bestand, wie eingangs erwähnt, erst der Fünfte Band durch die umfängliche Reihe der frühen Aufsätze; heranzuziehen bleiben für den Betrachter dann noch die Briefe und Tagebücher dieses Zeitraums (an Übertragungen fällt erst weniges in diese Anfangsjahre). Das offene Bloßliegen der Unreife und der Schwächen in diesem erzählerischen und dramatischen Frühwerk ist wiederum, wie im Dritten Band angesichts weiter Strecken der Jugendgedichte, einfach zuzugeben – doch es wird gewiß eben damit der Einsicht des Lesers genugsam anbefohlen. Auch die ›Freunde und Verehrer‹ des Dichters (um das mit den Worten der Vorrede zu sagen, die Stefan George einst der Veröffentlichung seiner ›Fibel‹, einer ›Auswahl erster Verse‹ voranschickte) »werden vielleicht mit einer Enttäuschung belohnt: sie werden das für die Zukunft Bedeutsame ... gar oft verhüllt und verflüchtigt vorfinden, und sie bedenken zu wenig, daß die Jugend gerade die seltensten Dinge, die sie fühlt und denkt, noch verschweigt«. In der gerechtesten Schilderung und Beurteilung des *Menschen* Rilke, die wir besitzen, den ›Anmerkungen zu Rilkes Lebensgeschichte‹ von Jean Rudolf von Salis in dem Bande: ›Rilkes Leben und Werk im Bild‹, Wiesbaden 1956, ist auch die Jugend und das ihr-Entwachsen, die Abkehr von ihren ›Vorläufigkeiten‹ und die spätere Rückschau auf sie, so gezeichnet, daß sich in den Umriß dieses biographischen und charakterlichen Bildes wohl alles das einfügt, was sich nun in diesen beiden Bänden zum ersten Mal so umfänglich und geschlossen dem Blicke darbietet. Ein ähnlich adäquates und ein das Ganze wirklich umfassendes Bild der Rilkeschen *Dichtung* und ihres *Werdens* (wie es in jenem Lebensabriß und Persönlichkeitsbild von vornherein ausgespart wurde) bleibt freilich noch immer zu erarbeiten, und erst allmählich wohl können seine Züge sich klären.

*

Hinsichtlich der Redigierung des Bandes sei hier nur das Unerläßlichste noch bemerkt; in allem einzelnen geben die Anmerkungen darüber genauere Rechenschaft.
Den vier an den Anfang gestellten Novellensammlungen folgen in einer Zweiten Abteilung die rund vierzig einzelnen Erzählungen, Skizzen und zugehörigen Fragmente; ihre Vereinzelung beruht, genau genommen, großenteils nur darauf, daß Vorsätze Rilkes zur Zusammenfassung der Stücke in Buchform sowohl zu Anfang wie gegen Ende des zweiten Jahrfünfts der neunziger Jahre aus äußeren wie auch inneren Gründen unausführbar blieben: wäre es 1896 und 1899 nach dem jungen Autor gegangen, so wäre schon eine erste Novellensammlung *vor* ›Am Leben hin‹ und eine weitere *nach* den ›Zwei Prager Geschichten‹ erschienen und wir besäßen im Ganzen sechs solcher Bücher. Mit dem Verebben dieser Produktion dagegen erlosch auch der Gedanke an buchmäßige Bewahrung der verstreuten Stücke. Die acht Prosadramen schließen sich in einer Dritten Abteilung an und gehen der Novellistik den Jahren nach parallel. Dem in diese Ausgabe aufzunehmenden Bestande setzte schon der äußere Umfang Grenzen. Das allermeiste war schon einmal gedruckt und demnach in jedem Fall einzubeziehen; fest lag auch, aus Grundsatz, die Aufnahme der wenigen nachgelassenen Stücke aus den Jahren seit 1899. Darüber hinaus blieb

für Ungedrucktes aus den vorangehenden Jahren nur noch ganz wenig Raum. Doch verhält es sich auch was die Qualität angeht mit den weiterhin zurückbehaltenen frühesten Erzählungen (vierzehn an der Zahl aus den Jahren 1891/1892, siehe oben S. 1000, und eine Skizze ›Requiem‹ vom April 1897, siehe oben S. 976) und mit den ungedruckten ›Einaktern‹, ›Das Turmzimmer‹ und ›Vigilien‹ (siehe oben S. 1035/1036) nicht anders als mit den aus dem Dritten Band ausgeschlossenen frühen Versen (vergleiche SW III, S. 866 f.). Eingeschränkt ist im übrigen der ganze Novellen- und Dramen-Bestand ja noch dadurch, daß *nachweislich* eine Anzahl Erzählungen und dramatischer Versuche verschollen sind und daß, angesichts der Lückenhaftigkeit der Nachlaßpapiere dieses Zeitraums, sicherlich mit noch weiteren, nicht mehr feststellbaren Verlusten an derartigem gerechnet werden muß. Das alphabetische Verzeichnis führt, außer den Titeln des Band-Inhalts, auch die bisher ermittelten Überschriften verschollener oder geplanter Arbeiten dieses Zeitraums auf, – schon um beim zu erhoffenden Wiederauftauchen einzelner Stücke einen Anhalt für ihre Bestimmung und Einordnung zu bieten.

Innerhalb der drei Abteilungen sind die vier Novellenbücher (deren Aufbau natürlich unangetastet blieb), die einzelnen Novellen und Skizzen und die Dramen in zeitlicher Folge geordnet, und zwar nach der *Entstehungszeit*, soweit diese zu ermitteln war. Da aber die eigentlichen Entstehungsdaten nur bei einem Teil der Prosastücke genauer auszumachen sind, mußte die Anordnung sich außerdem, bei den meisten der verstreutgedruckten Skizzen und Erzählungen, nach den Erscheinungsdaten der Erstdrucke richten. In der Zweiten Abteilung wird wohl die so ermittelte Reihenfolge nicht durchweg das ursprüngliche Nacheinander der Abfassung spiegeln, da der zeitliche Abstand zwischen Niederschrift und Druck naturgemäß sehr verschieden lang gewesen sein kann. Es erschien aber doch zweckmäßig, den Entstehungsdaten, wo sie sich genau oder annähernd bestimmen ließen, in der Anordnung auch von Fall zu Fall Rechnung zu tragen, statt sich etwa durchweg allein nach den Daten der Erstdrucke zu richten. Bei den Dramen der Dritten Abteilung ist kein solcher Vorbehalt hinsichtlich der Gewähr der chronologischen Reihung zu machen.

Die Aufgabe der Textherstellung war diesmal weitgehend dadurch erschwert (oder auch, wenn man so will: vereinfacht), daß für den überwiegenden Teil dieser Texte keine Handschriften des Dichters erhalten sind; das gilt – mit Ausnahme des Mittelstücks in dem Buche ›Die Letzten‹ – für alle vier Novellenbücher und für jeweils die Hälfte der Zweiten und der Dritten Abteilung. In vielen Fällen lag als Quelle für den Text also lediglich der Erstdruck vor. Wo die Erstdrucke an den erhaltenen Handschriften nachkontrolliert werden können, lassen sich in ihnen meist auch Druckfehler oder sonstige Entstellungen nachweisen (das heißt: solche Abweichungen, die offensichtlich *nicht* auf absichtlichen Korrekturen oder Änderungen des Autors beruhen, wie sie sich natürlich außerdem finden). Dementsprechend ist auch in jedem der nicht mehr nachprüfbaren Drucke mit Fehlern zu rechnen, – ja, um darauf gefaßt zu sein, brauchte man den Analogie-Schluß aus den Fällen handschriftlicher Mitbezeugung kaum erst zu bemühen. Auf solche fehlerhaften oder verdächtigen Lesarten und ihre nächstliegende Berichtigung ist in den Anmerkungen hingewiesen. Im Ganzen sind diese Fälle nicht zahlreich,

– die meisten Drucke wirken zuverlässig und mit Entstellungen nicht stärker, als eben unausbleiblich, behaftet. – Schreibung und Zeichensetzung sind wie bisher schonend normalisiert, die Lautgestalt der Wörter wurde nicht angetastet. Ergänzungen und Zutaten des Herausgebers sind durch Winkelklammern: ⟨⟩ gekennzeichnet; vom Dichter Gestrichenes ist in eckige Klammern: [] eingeschlossen. Einige ergänzende Textstücke, Gestrichenes, Proben aus andrer Textfassung und ähnliches, sind in den Anmerkungen beigebracht. Bei den Dramen mußte die typographische Einrichtung (besonders bei den Personenbezeichnungen, Regiebemerkungen und dergleichen) vereinheitlicht werden; denn es wäre sinnlos, die ganz zufälligen Gepflogenheiten der jeweils verschiedenartigen Erstdrucke in diesen Minima der Gestaltung als urkundlich zu behandeln oder auch der inkonsequenten Schreibpraxis der erhaltengebliebenen frühen Handschriften eine zwingende Autorität in diesen Einzelheiten der Druckanordnung einzuräumen.

Etwas anders als in den beiden vorigen Bänden wurde diesmal in den Anmerkungen verfahren. Da einerseits an die Stelle der raumspieligen Gedicht-Verzeichnisse nun viel kürzere Register traten, und da andererseits die hier vereinigten, bisher noch kaum bearbeiteten Texte nach gründlicherer Dokumentierung drängten, erschien es ratsam, zu *jedem* Stück einzeln seine Bezeugung durch Handschriften und Drucke und dann auch andre verfügbare Daten zu verzeichnen, ferner die Entstehungsgeschichte der Novellenbücher und der Dramen zu belegen und endlich auch über Pläne, Verschollenes und Ungedrucktes kurz zu berichten. Daß der in Band I bis III durch Verzeichnisse beanspruchte Platz nunmehr für eine andre Art der Erschließung verwendet wurde, wolle man nicht als herausgeberische Inkonsequenz beanstanden. Was bei zwei- bis dreitausend Gedichten und Versbruchstücken im Rahmen der ersten drei Bände undenkbar war, da schon die bibliographischen Daten, die Angaben über Handschriften, und vollends die Belege für die Chronologie, dort einen übermäßigen Umfang hätten annehmen und einen Sonderband füllen müssen, das ließ sich für siebzig Prosastücke und acht Dramen noch durchführen; galt es doch auch, gerade bei *dieser* Gelegenheit, durch rechte Erschließung des Band-Inhalts, den Unterbau für Werkgeschichte und Biographie Rilkes überhaupt zu festigen – denn ohne Kenntnis der Jugend und des Frühwerks wird auf die Dauer auch Leben, Person und Werk des gereiften Dichters weder gekannt noch ganz verstanden werden können. Auch das alles bleibt freilich nur ein *Ausschnitt* aus der begründenden kritischen Arbeit, die hinter dieser Ausgabe steht und die sich in ihrer Breite nicht innerhalb des Rahmens dieser Bände mit Belegmaterial, philologischem Apparat und ähnlichem vorweisen läßt.

Dank der Übersehbarkeit des hier vereinigten Bestandes war die vorbereitende Sammelarbeit für diesen Vierten Band nicht mehr so weitschichtig wie bei den beiden vorangehenden Gedichtbänden, wenigstens soweit es um die Beschaffung der Textvorlagen ging; das in den Anmerkungen verwertete Material mußte allerdings wieder in ähnlich umständlicher und zeitraubender Weise, wie es in den früheren Nachworten angedeutet war, zusammengebracht werden. Die meisten der Handschriften befinden sich im Rilke-Archiv, einige im Archiv des Insel-Verlags (aus dem Nachlaß von Anton und Katharina Kippenberg), nur wenige an anderen

Stellen. Von Einzeldrucken, die dem Rilke-Archiv fehlen, wurden Photokopien beschafft; die Mehrzahl davon stammt auch diesmal wieder aus der Sammlung Richard von Mises. Die Aufbewahrungsorte von Manuskripten und von besonders seltenen, schwer auffindbaren Drucken sind in den Anmerkungen genannt, ebenso die Herkunft der von auswärts erhaltenen Unterlagen und Hinweise.

Die Dankesschuld der Herausgeber gegen Vorgänger, Helfer und Freunde, Sammler und Bibliotheken ist nicht geringer als zu früheren Malen. Wiederum muß betont werden, daß die vor fünfzig Jahren, im Insel-Verlag und mit seiner Hilfe, begonnene Bemühung F. A. Hünichs um vollständiges Erfassen von Rilkes frühen Veröffentlichungen, daß ferner die Sammeltätigkeit Richard von Mises' und sein besonderes Interesse für die Anfänge des Dichters, und schließlich, daß seit 1927 die stetige Arbeit des Rilke-Archivs, durch die beizeiten bewerkstelligte, schon damals schwierige Bestandsaufnahme des so weit zersplitterten Jugendwerks, den Grund zu dem gelegt haben, was nun hier zum Abschluß kommt. Wertvolle Auskünfte und Materialien aus der Sammlung R. v. Mises (darunter so Wichtiges wie die Briefe an den Stuttgarter Verleger Adolf Bonz) vermittelte aufs liebenswürdigste Herr Dr. Walter Grossmann (Harvard College Library, Cambridge, Mass.). Daß die ›Gedichte in russischer Sprache‹, gemäß der Ankündigung in SW III, S. 849, in den Anhang dieses Bandes aufgenommen werden konnten, ist dem fachmännischen Beistand von Professor Eberhard Tangl in Hamburg zu verdanken. Die im Nachlaß von Lou Andreas-Salomé befindlichen Widmungs-Reinschriften der ersten sechs russischen Gedichte stellte Herr Ernst Pfeiffer in Göttingen für den

Abdruck zur Verfügung. Einen bisher verschollenen Einzeldruck der ›Totentänze‹ von 1896 ermittelte und übermittelte die Universitäts-Bibliothek in Prag. Schon in weiter zurückliegenden Stadien der Vorbereitung halfen Herr Dr. Wolfgang Herwig, Herr Dr. Werner Schmidt und Herr Walter Simon beim Kollationieren. In mannigfachster Weise aber ist auch diesem Vierten Bande die Kennerschaft und unermüdliche Hilfsbereitschaft des Freundes Paul Obermüller in Heidelberg zugutegekommen. Allen, die uns geholfen haben, sei für ihre Unterstützung auch hier, sowohl im Namen von Frau Ruth Fritzsche geb. Rilke, wie im eigenen Namen, angelegentlich Dank gesagt.

Im April 1961 Ernst Zinn

ALPHABETISCHES VERZEICHNIS DER TITEL UND ÜBERSCHRIFTEN

In dieses Verzeichnis sind die Titel der im vorliegenden Bande abgedruckten Novellenbücher und Dramen sowie die Überschriften aller einzelnen Stücke, auch der russischen Gedichte, aufgenommen. Berücksichtigt sind darüber hinaus die in den ›Anmerkungen des Herausgebers‹ erwähnten ungedruckten, verschollenen und geplanten Erzählungen, Skizzen und Dramen aus der Frühzeit bis 1902, endlich auch solche Titel und Überschriften, die ursprünglich vorgesehen waren und nachträglich durch andere ersetzt worden sind.

INHALTSVERZEICHNIS

mit Entstehungsdaten

Einige in diesem Bande zum ersten Mal veröffentlichte Stücke und Textfassungen sind mit einem Stern (*) vor der Überschrift bezeichnet.

ERSTE ABTEILUNG

Erzählungen aus der Frühzeit:
Am Leben hin / Zwei Prager Geschichten / Die Letzten / Geschichten vom lieben Gott

ZWEITE ABTEILUNG
Verstreute und nachgelassene Erzählungen und Skizzen aus den Jahren 1893 bis 1902

– In zeitlicher Folge –

DRITTE ABTEILUNG

Dramen aus den Jahren 1895 bis 1901

– In zeitlicher Folge –

ANHANG

Zwei Briefe / Gedichte in russischer Sprache

ERRATA ET ADDENDA

Einige Druckversehen, die seit dem Erscheinen dieses Bandes (1961) bemerkt wurden, seien im Folgenden berichtigt.
Außerdem wird hier nachträglich der Einakter ›Vigilien‹ aus dem Jahre 1896 mitgeteilt, dessen Handschrift sich jetzt im Schiller-Nationalmuseum in Marbach a. N. befindet (vergl. darüber S. 1036f. dieses Bandes).
Für redaktionelle Hilfe bei der Zusammenstellung dieses Nachtrags zur Neuauflage sind die Herausgeber Herrn Walter Simon, Tübingen, zu herzlichem Dank verpflichtet.
Im Frühjahr 1965 Ernst Zinn

ERRATA

29 unterste Zeile lies: Meine Stunde statt: Mein Stunde 81,17 lies: vorstellst. 966,2 nach der Klammer füge ein: Diese Transskription ist im 6.–8. Tausend der Br. 99/02, 1933, S. 403f., durch eine deutsche Prosa-Übertragung ›Die Feuersbrunst‹ ersetzt. 966,7 lies: sie statt: Sie 973,17–20 lies: hinzuzunehmen ist die unten S. 986 angeführte Dissertation von Renate Scharffenberg und, als gründliche Darstellung des damaligen Prag, Klaus Wagenbachs Buch ›Franz Kafka‹, Bern 1958. 979,17 streiche: offenbar 993,2 lies: an Anton Kippenberg, statt: an Anton, Kippenberg 993,7 lies: unseres Fünften und Sechsten Bandes 994,17 lies: Jahrhundert 996,15 tilge die Anführungszeichen nach: befindlich 1013,9 tilge das Komma nach: in Österreich 1015,25 setze Punkt am Zeilenende nach: S. 1002. 1038,2 nach: November füge ein: 1899 1054,21 setze Punkt am Zeilenende nach: S. 1038. 1071,6 lies: in die Kunstprosa statt: in die der Kunstprosa 1071,17–19 tilge die Klammern vor: in jener und vor: an der 1074,9–10 tilge die eingeklammerten Worte 1094 Zeile 4 ist hinter Zeile 1 zu stellen (bis auf die Seitenzahl 89, die zu Zeile 3 gehört):

ADDENDA

Zwischen Seite 796 und 797 ist der Text des einaktigen Dramas ›Vigilien‹ einzuschalten:

VIGILIEN

Ein Nachtstück

Neun Szenen

Nach dem Plane Fr. W. von Oestérens
bearbeitet von René Maria Rilke

Personen:

FRITZ, JULIUS, MAX – *Studenten (19–22 Jahre)*

MARIE, KATHI, BERTHA – *ihre ›Schätze‹*

ANNA, *die Dienstmagd*

Die Mutter Fritzens

Anmerkung:

Fritz ist der Jüngste unter den Genossen. Blond, hochaufgeschossen. Die Marie ist blaß und trägt das dunkelbraune Haar breit gescheitelt. Sie hat große, tiefe Kinderaugen. Die Anderen ihrem Charakter entsprechend. Julius trägt das Haar kurz. In seinen Zügen hat sich eine gewisse Rücksichtslosigkeit und Härte ausgeprägt. Kathi: Typus des frischen, heitern ›kleinen Mädchens‹ u.s.f.

Die Mutter ist eine alte, verschrumpfte Frau. Man muß ihre Gestalt im Lehnstuhl mehr a h n e n als s e h e n.

Trotzdem die Bühne nur einen Augenblick und da nur spärlich und teilweise erleuchtet ist, müssen all diese Winke mit ängstlicher Genauigkeit beobachtet werden. Natürlich ist, daß nach dem Hereinbringen der Lampe die Bühne nur *durch diese (weder durch Ober- noch Rampenlicht) erhellt wird.*

Da das ganze Stück eine einzige große Ensembleszene ist, sind alle Rollen bis auf Anna, das Dienstmädchen, gleichmäßig verantwortlich und umfassend.

D. V.

Szene

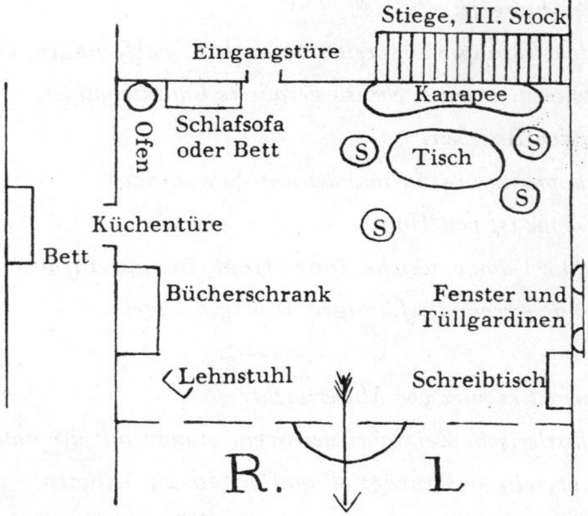

Die Bühne stellt ein einfaches Zimmer, die Wohnung des Studenten Fritz dar. Die Möbel dementsprechend ziemlich gebrauchte Nutzmöbel. Und zwar: Ovaler Tisch umgeben von einer Garnitur. Das Kanapee eventuell aus geblumtem Stoff, die Sessel gewöhnlichster Art, gebogenes Holz mit Rohrgeflecht. Auf dem Schreibtische

(links) Cigarrenkisten, Photographieen, Bücher und Schriften. Weiters: ein altmodisches Empirebüchergestell, halb mit grünem Zeug verhangen. Im Hintergrunde (je nach Empfindsamkeit!) Schlafsofa oder Bett. Ein kleiner Eisenofen mit eckiggestreckter Röhre.

Von Wichtigkeit ist der mit grünem, verschossenem Rips bezogene Lehnstuhl mit breiten, vorspringenden Ohren (Kopfseitenlehnen), der halb mit dem Rückblatt zum Publikum gekehrt ist.

Am Fenster nüchterne Tüllgardinen.

Die Türen beide – einflügelig.

Gewaschene Dielen.

Die Wände grau-grün gemustert, am besten gestreift. An den Wänden hangen:

Über dem Kanapee ein breiter Spiegel in ovalformigem Goldrahmen. Diesem zuseiten ebenso gerahmte Familienbilder.

Sonst nach Belieben.

Die Haupteingangstür mündet vom Stiegenhaus.

Die Treppe ist von Holz.

Lampe. Die Lampe, welche Anna bringt, ist eine einfache Studierlampe mit pyramidenförmiger Milchglaskugel.

Beginns ist es kurz vor Mitternacht.

Die künstlerische Zeitdauer der Szene stimmt mit der natürlichen genau überein und beträgt ohngefähr 20-25 Minuten.

Der Vorhang geht langsam auf. Die Bühne ist dunkel. Keine Rampenlichter!

Es herrscht das Licht einer mondlosen, klaren Frühherbstnacht. So daß man die Gegenstände in Umrissen erkennt. Zumal den Lehnstuhl.

Nach dem Aufgehen des Vorhanges bleibt die Szene eine Minute leer; soviel Zeit braucht es, bis Aller Augen sich im dunklen Raume zurecht finden.

Dann hört man, wie unten im Flur ein schweres Tor ins Schloß fällt. Nach etwan 6 Sekunden hört man ferne Schritte, schwere und leichte; Lachen dann, unverständliches Durcheinanderreden. Immer näher, immer lauter. Rufe wie:

Oha! Langsam! *Dazwischen:* Pst! Pst!

vernehmbar. Und immer wieder kitzliges Lachen und Kichern.

ERSTE SZENE

Vor der Türe: Fritz, Julius, Max, Marie (Mizzi), Kathi, Bertha

MAX: Ho, schon oben?

KATHI } *fast zugleich:* Herrgott, ich hab gar kein' Atem mehr!
BERTHA } Möchst leicht noch höher?

JULIUS: Na also, hurtig, aufgemacht, – Fritz!

FRITZ: Ja, ja – wo hab ich denn........ So....

BERTHA *aufkreischend:* Nicht! Max! Ich fall ja da hinunter!

JULIUS: Machts kein solches Geschrei!

MIZZI: Fritz, kannst nicht aufmachen?

FRITZ *immerfort den Schlüssel probend:* Ja, weiß Gott, was das ist...

MAX: Bertha, komm her, Bertha!

BERTHA *neckisch drohend:* Du!

JULIUS *ungeduldig zu Fritz:* Geh, bitt dich, gib her.

KATHI: Was hat denn der Fritz heut?

JULIUS *lachend, ärgerlich:* Da habt's es. 's war ja gar

nicht zugesperrt. Na da hättst lang drehn können, mein Lieber!

Allgemeines Gelächter. Das ganze Durcheinander wirbelt jetzt durch die rasch auffliegende Türe lachend und unverständlich plappernd herein.

ZWEITE SZENE

Vorige

FRITZ *zuletzt:* Offen wars?!

KATHI: Offen! Schrecklich – was? Wenn da so Einer sich hereinschleicht und dem Herrn Fritz seine Schätze holt .... *lacht.*

JULIUS: Ah was! Der bringt ihm gewiß wieder Alles zurück und noch was dazu – aus Mitleid.

Gelächter. Max und Bertha spielen indessen hinter der Garnitur Fangen. Max stößt dabei heftig an Julius an.

JULIUS *dreht sich um:* No!

BERTHA *lacht jenes helle, atemlose Kinderlachen.*

MAX *ereilt sie in der Nähe des Fensters und küßt sie:*

Na, wer ist denn jetzt der Stärkere? *Gekicher.*

JULIUS *setzt sich; überlegen:* Kinder!

KATHI: Nein, fesch wars vom Fritz, daß er uns Alle noch mit heraufgenommen hat. Wer wird denn jetzt schon schlafen gehen. Wart, Juli, ich setz mich zu dir.

FRITZ: Ja, kommts! Herrgott was könnt ich euch denn nur geben? Du Mizzi, du weißt ja dort im Schreibtisch, ich glaub, wir haben noch ein bissel Kümmel?

MAX: Bravo!

FRITZ: Und auch was zum Zubeißen.

MIZZI: Ja, aber – Licht......

JULIUS *die Arme streckend:* Na – ich glaubs auch!

MAX
BERTHA *fast zugleich:* N–nein.... So ist viel schöner!

JULIUS: Freilich! So zwei Katzen.

FRITZ: Hast du, – Julius?...

JULIUS: Warte *sucht.*

DRITTE SZENE

Vorige

KATHI *leise:* Du, was riecht denn da?

JULIUS *ohne die Frage zu hören:* Richtig hab ich mein Feuerzeug im Gasthaus liegen lassen. Das ist doch zum Teufelholen. Was hast mich denn nicht erinnert, Kathi? –

Wer hat Zündbalken?

FRITZ: Sind keine am Schreibtisch?

MIZZI: Ich such schon .... Nein.

KATHI *zu Julius, auf Max und Bertha deutend:* Aber *die* hören ja nicht!

JULIUS *schreiend:* Wer hat Zündbalken? – Max! – Bist du derrisch.

MAX: Zündhölzel wollts? Ja, was sagt's denn das nicht gleich? – Da!

Man hört das scheppernde Auffallen der Schachtel auf der Tischplatte. Alle andern greifen darnach.

FRITZ *erhascht sie:* Laßt's mich ..... Wo ist die Kerze?

MIZZI *herantretend:* Da, ich halt sie dir.

Sie stehen beide zwischen dem Garniturtisch und dem Schreibtisch etwas mehr gegen die Mitte zu.

FRITZ: Na, viel Zündhölzel sind da grad auch nicht drin.

Fritz streicht ein Zündhölzel paarmal hastig und heftig an, – man hört es endlich zerbrechen.

MAX: Bravo, so ists recht .... nur so fort.

BERTHA *lacht.*

KATHI: Riechst du nichts, Juli.

JULIUS: Nein .... Schwefel!

FRITZ *streicht schon das dritte an:* Na, wenns jetzt nicht bald wird!

JULIUS *ironisch:* Sklavennaturen! Da sagt man einfach: Es werde Licht. Ich kann das gar nicht anschaun. So 'ne Ungeschicklichkeit. Gib her!

KATHI: Ah, – bleib sitzen, Juli. Weißt ich möcht dich mal fragen, ob das wahr ist, was die Betty neulich .....

verflüsternd.

BERTHA: Aber hier riecht wirklich was. Nicht?

MAX *einatmend:* Käs. – Ah, wahrscheinlich kriegen wir Käs zum Zubeißen!

Gelächter.

FRITZ *nervös:* Wenn *das* jetzt nicht ......

Er streicht ein Hölzchen rasch an; es zuckt jäh auf, pafft schwelend durch 5 Sekunden nach allen Seiten, so daß die Stube ein wenig erhellt ist. Mizzi hält die Kerze anzu. Bei der jähen Berührung mit dem Dochte erlischt die Flamme. Er stampft mit dem Fuße:

Das war das letzte!

VIERTE SZENE

Vorige

JULIUS: Das hast du gut gemacht.

MIZZI: Du hast zu schnell, ... Fritz ....

FRITZ *unwirsch:* Ah – laß mich.

MAX *stimmt an: Im tiefen Keller sitz' ich hier ...*

Lachen.

MIZZI *leise:* Geh, sag mir, Fritz, was du wieder hast?

FRITZ: Aber ....

MIZZI: Schau ....

FRITZ: Nichts.

MIZZI: Seit vorgestern ....

JULIUS: Was habt's denn?

KATHI: Zankt's euch schon wieder?

MIZZI *treuherzig:* Ich bitt ihn nur, er soll mir sagen, was er hat. Er ist schon wieder so .....

KATHI: Erst kann er nicht aufsperren, dann kann er nichtmal ein Licht anzünden.

MAX: Das ist schon wie die G'schicht von der Bauernfamilie, die keins hat ausblasen können. Weil's Alle schiefe Mäuler g'habt haben! –
Soll ichs euch erzählen, die G'schicht?

JULIUS *mitleidig:* Geh, – ich bitt dich!

BERTHA: *Mir* erzähl's. Ja?

MAX: Was, das kennst du nicht? *Lacht:* Das ist gut. Also der Bauer, weißt der kommt zuerst und macht .... puh!

Lachen, Verflüstern.

JULIUS *zu Fritz:* Quäl das Mädel nicht, sei aufrichtig. Fritz! Das ist so ausgemacht.

MIZZI: *Mir* sags!

FRITZ: Aber ihr wißt's ja.

JULIUS: Was denn?

KATHI *vom Kanapee her:* Laß ihn doch!

MIZZI: Wegen der Mutter – das?

FRITZ: Schon vorgestern hat sie kommen sollen. Es muß was g'schehn sein!

MIZZI: Ach – geh ....

JULIUS: Herrgott, so ein Waschlappen! Da muß immer gleich was g'schehn sein!

FRITZ: Sie ist halt eine alte Frau – und die Reise ....

MIZZI: *Die* vier Stunden!

JULIUS *seufzt ungeduldig auf; zurück zum Tisch:* Bitt dich, erzähl was, Kathi! – *Sie flüstern.*

FRITZ: Und sie war auch nicht recht g'sund mehr – die letzte Zeit ...

MIZZI: Mach dir keine Sorgen. 's geht ihr g'wiß gut, Fritz!

Sie umarmt ihn! Sie küssen sich.

FÜNFTE SZENE

Vorige, Stimme der Anna

FRITZ: Hast recht, Miz! *Aufgemuntert.*

Bertha ist bislang auf Maxens Schooß gesessen. Nun springt sie auf und weiß sich kaum zu fassen vor Lachen.

FRITZ *hinzutretend:* Pst! Kinder! Ich geh jetzt in die Küche, hol Zündhölzel, zünd die Lampe an – und dann holt die Mizzi den Schnaps – gelt? – und wir wollen lustig sein.

JULIUS: Na – endlich! Fredericus.

KATHI, MAX, BERTHA *fast zugleich:*
KATHI: Sehr gut!
MAX: Bravo!
BERTHA: Bravo!

JULIUS *wendet sich zur Küchentür.*

MIZZI: Du, – du wirst nichts finden da draußen. Weißt ja nicht, wo was liegt. Laß *mich*!

FRITZ: Ja, sei so gut, Miz . . . . Oder . . . . was fällt dir ein. Ist ja 's Mädel draußen. Wir könnens nobel geben.

MIZZI: *Die* erst wecken? –

FRITZ: Ja, mein Kind. Das wird ihr nicht schaden. Sie hat ohnehin da die Tür heut offengelassen: Strafe muß sein!

Ruft: Anna!

KATHI: Na, der alarmiert noch 's ganze Haus.

JULIUS: Rührt sich nicht.

MAX: Sollen wir mithelfen?

KATHI: Vorwärts!

FRITZ: Na, schnell: Eins . . . .

Gekicher Zwei . . . .

BERTHA *klatscht in die Hände.*

FRITZ, MAX, JULIUS, KATHI, BERTHA *zugleich:* . . . . Drei! . . .

ALLE: Aaaa – nnaa!

Gekicher, drei Sekunden.

MAX: Pst!

Alle horchen.

ANNA *in der Küche. Dehnt sich; man hört das Bett krachen, eine rasche Bewegung, ein unartikuliertes, langes Gähnen, ein paar kurz herausgestoßene, unverständliche Worte ... dann:* Jaaa!?

MAX: Ujegerl, die hat's aber!

JULIUS: Na, ich möcht sehen, was du machst, wenn man dich so auftrompetet!

KATHI *ausgelassen:* Es brennt!

BERTHA: Feuer!

MAX *pathetisch, man ahnt, daß er aufs Herz weist:* Da!

Fritz und Mizzi stehen an der Küchentür.

FRITZ *öffnet einen Spalt:* Licht, Anna; die Lampe, aber schnell! – Ja?!

ANNA *unverständliches Brummen.*

MIZZI: Habens gehört, Anna?

ANNA *verschlafen:* Bring schon ...

Man vernimmt Gähnen, Krachen des Betts.

FRITZ *schließt die Türe.*

SECHSTE SZENE

Vorige

BERTHA *ängstlich:* Kommt Licht?

MAX: Warumdenn auf einmal.

BERTHA: Ich weiß nicht, mir ist so .....

MAX *lacht.*

FRITZ *zu den Andern:* Gleich kommts. *Zu Mizzi:* So, Mädi, und jetzt, schau, stell den Schnaps heraus. – Hast ihn ja auch gern – was? No, ich kenn ja meine Katz.

JULIUS: Du bist ja verrückt, Kathi.

KATHI: Aber gib nur acht!

JULIUS: Unsinn. – Wer hat eine gute Nase?

FRITZ *lacht:* Warum denn? *Er kommt mit Mizzi ganz zum Tisch heran.*

KATHI: Es ist – wie .....

JULIUS *auf Kathi weisend:* Die riecht heut alleweil Gott weiß was.

KATHI: .... Wie was Verbranntes.

BERTHA *plötzlich sich einmischend:* Ja, – oder – was Faules.

FRITZ *zu Mizzi:* Riechst du was, Schatz?

Mizzi geht ein paar Schritte gegen die Mitte vor – die Andern flüstern.

FRITZ: Nun?

MIZZI: Lavendel.

FRITZ *riecht nun auch.*

MIZZI: Oder nein, – doch nicht ....

FRITZ: Ja, es ist so was wie Lavendel. – Da muß ich wieder an die Mutter denken. Das hat sie so gern ....

MIZZI *ablenkend:* Aber nein, Fritz. 's war Einbildung. Lavendel riecht anders. Warte, Fritz, morgen kommt sie g'wiß, die Mutter, dann wirst sehen, wie Lavendel ist .....

Heftiges Gelächter bei Tische.

JULIUS *ruft:* Fritz!

KATHI: Fritz!

Fritz und Mizzi treten hinzu.

KATHI *kichernd:* Na da habt's jetzt was versäumt! Die Zwei da drüben.... *Deutet auf Max und Bertha und kichert.*

JULIUS: O süße Jugendeselei....
Bei mir bist du schon lang vorbei....

KATHI *gekränkt:* No – no!

MAX: Was wir da machen, geht euch gar nichts an. Ihr könnts euch auch – am Kopf stellen – meinetwegen.

BERTHA *schmollend:* Freilich!

KATHI: Ah – da schauts die Bertha an, das fromme Hascherl!

JULIUS: Das sind die Ärgsten!

Inzwischen hat Mizzi eine braun-grüne Flasche und drei verschiedenartige Gläser aus dem unteren Fach des Schreibtisches gezogen; sie trägt dieselbe ohne Tasse zum Tische.

SIEBENTE SZENE

Vorige

MIZZI: Aber wir haben halt nur drei Gläser.

JULIUS: Tant mieux!

KATHI: Machts keine G'schichten. Bitt' euch. Wir können Alle aus einem trinken.

FRITZ *schenkt ein:* Dazu sieht man grade genug noch.

MAX: Na das war aber doch daneben.

FRITZ: Leck's auf!
BERTHA *kichernd:* Mir nicht, Fritz! } *zugleich.*

MAX *pathetisch:* Vorsicht mit dem edlen Naß!

JULIUS: Komödiant!

KATHI: Er hat ja zum Theater gehen wollen! Nichtwahr, Herr Max, Sie haben zum Theater gehn wollen?

MAX: Freilich, freilich.

JULIUS: Na, du hättst's aber auch weit gebracht. Weißt du was du hättst geben können? Den Turm in den Räubern. Gartenszene.

Gekicher.

MAX: Lachts nur, lachts nur. Wenn's meine Eltern damals erlaubt hätten ....

FRITZ: Aber dabei hab ichs bemerkt: Ihr seids ja wohl immer noch per Sie, du, Max, und die Kathi ?!

KATHI: Ja – der Herr Max .....

FRITZ: Ihr müßt euch duzen. Trinkt gleich Bruderschaft.

MAX: Hmm! Mit Kümmel? Wird wohl so 'ne Kümmeltürkenbruderschaft werden.

KATHI: Der Türk' sind dann Sie, Herr Max!

Gelächter.

BERTHA: Nein, – Max, nein, um keinen Preis – ich betrink mich!

MAX: Ein Tropfen.

BERTHA: Ich bin gleich betrunken.

MAX: Ich trag dich dann nachhaus.

BERTHA: Ja – und weiß Gott ....

JULIUS: Wer wird denn immer gleich das Schlimmste denken!

FRITZ *auf Kathi und Max weisend:* Erst die Zwei.

Kathi und Max trinken Bruderschaft.

MAX: Ex!

KATHI: Ex!

MAX: Mna?!

KATHI: Was denn?

MAX: Kuß?!

BERTHA *platzt heraus, vorwurfsvoll:* Max!

JULIUS: Aha! Pantoffelheld.

KATHI: Du hätt'st ihn nicht kriegt, Max, aber weil die kleine Katz' sich ärgert, – da! –

Kathi und Max küssen sich laut.

ACHTE SZENE

Vorige und Anna

Lautes Gelächter und Durcheinander während 15 bis 20 Sekunden. Auch Bertha stimmt endlich, als Max schmeichelt, mit ein.

MAX *plötzlich:* Nein aber wirklich ..... *Ernst.*

Gelächter.

MAX *wie früher:* Still jetzt – und riecht's!

Diese Worten klingen ernst und energisch. Stille tritt ein. Man hört das Ticken einer Uhr im Zimmer und irgendwoher die dumpfen Schläge einer Turmuhr. Fünf Sekunden bleibt es still. Dann fängt erst die Kathi leise zu kichern an. Alle platzen heraus: Johlendes Gelächter.

JULIUS: Das war wieder mal fein gesagt!

KATHI *halb erstickt vor Lachen:* Still und – riechts.

Erneutes Gelächter.

JULIUS: Zu dumm!

FRITZ: Na, er soll leben dafür!

MIZZI: Hoch!

FRITZ *stimmt an:* Hoch soll er leben...

ALLE: Hoch soll er leben, hoch soll er leben,
Dreimal – hoch!

Lautes Gelächter, Gläserklirren und Durcheinander.

Währenddem öffnet sich knarrend die Küchentüre. Anna, ein flachsblondes, kräftiges Dienstmädchen kommt in Nachtjacke und Unterrock bloßfüßig, tappenden Schrittes, vorwärts, die Lampe etwas nach links seitwärts haltend, mit blöden, lichtscheuen Augen blinzelnd. Sie geht geradenwegs gegen das andauernde Gelächter ganz apathisch auf den Tisch zu. Julius rückt zu Kathi und sie stellt die Lampe nieder.

MAX *schreit mitten ins Lachen:* Ausgeschlafen?!

Alle sind geblendet – und lachen unerschöpflich. Anna wendet sich trägen Schritts und geht in der Richtung zur Türe. Plötzlich bleibt sie stehen. Sie zittert am ganzen Körper und deutet mit dem ausgestreckten rechten Arm nach dem Lehnstuhl.

ANNA: Jessus Maria Josef! Da is – wer!

Sie tut einen Schritt näher, schlägt die Hände vors Gesicht und brüllt: Tot!

Bei dem ersten Aufschrei fahren Fritz, Mizzi und Julius vom Tische auf. Jetzt verstummen Alle. Kathis Lachen versickert zuletzt. Alle folgen mit geblendeten Augen der ausgestreckten Hand. In aller Antlitz der Ausdruck verständnislosen krassen Entsetzens, dumpfer Furcht.

NEUNTE SZENE

Vorige, Anna

Bertha verbirgt ihr Gesicht an der Brust des zitternden Max, Kathi flüchtet hinter Julius. Mizzi schaut bang fragend zu Fritz auf. Alle Farbe ist aus Fritzens verzerrtem Gesichte gewichen. Weitvorgestreckten Halses mit fieberndem, gläsernem Aug stiert er nach dem Lehnstuhl (4 Sekunden). Dann will er vorwärts. Er taumelt. Greift mit der linken Hand nach dem Halse, mit der Rechten schlägt er um sich und röchelt tonlos...

FRITZ: Mutter!

Der Ohnmacht nahe, will er mit der Rechten den Tisch fassen, stößt die Lampe herab, die sofort verlischt.

Tiefes Dunkel. Ein schwerer Fall.

Langsam senkt sich der Vorhang

INHALTSÜBERSICHT

ERSTER BAND

ZWEITER BAND

DRITTER BAND

VIERTER BAND

FÜNFTER BAND

SECHSTER BAND

Rainer Maria Rilke im Insel Verlag

Sämtliche Werke

Herausgegeben vom Rilke-Archiv. In Verbindung mit Ruth Sieber-Rilke besorgt durch Ernst Zinn. Ausgabe in 6 Bänden. Band I: Erste Gedichte. Die frühen Gedichte. Die weiße Fürstin. Die Weise von Liebe und Tod des Cornets Christoph Rilke. Das Stunden-Buch. Das Buch der Bilder. Neue Gedichte. Der Neuen Gedichte anderer Teil. Requiem. Das Marien-Leben. Duineser Elegien. Die Sonette an Orpheus. Band II: Verstreute und nachgelassene Gedichte aus den Jahren 1906-1926. Gedichte in französischer Sprache. Band III: Leben und Lieder (1894). Christus-Visionen (1896). Dir zur Feier (1898). Frühwerke in ursprünglicher Gestalt. Jugendgedichte aus dem Nachlaß (bis 1905). Band IV: Frühe Erzählungen und Dramen (1893-1902). Band V: Worpswede. Rodin. Besprechungen, Aufsätze und Betrachtungen (1893-1905). Band VI: Malte Laurids Brigge, Kleine Schriften (1906-1926), ›Gedichte in Prosa‹ und Verwandtes. Leinen und Leder

– Geschenkausgabe in 6 Bänden. Einleitung Beda Allemann. Dekorüberzug im Schmuckschuber.

Einzelausgaben

– Am Leben hin. Frühe Erzählungen. it 863
– Die Aufzeichnungen des Malte Laurids Brigge. it 630
– Auguste Rodin. Mit 96 Abbildungen. it 766
– Aus dem Nachlaß des Grafen C. W. Ein Gedichtkreis. Gebunden
– Ausgesetzt auf den Bergen des Herzens. Gedichte aus den Jahren 1906-1926. it 98
– Der ausgewählten Gedichte erster Teil. IB 400
– Der ausgewählten Gedichte anderer Teil. IB 480
– Briefe an eine junge Frau. IB 409
– Briefe an einen jungen Dichter. IB 406
– Briefe an Axel Juncker. Herausgegeben von Renate Scharffenberg. Leinen
– Briefe an Gräfin Sizzo 1921-1926. Herausgegeben von Ingeborg Schnack. Leinen und it 868
– Die Briefe an Karl und Elisabeth von der Heydt 1905-1922. Herausgegeben von Ingeborg Schnack und Renate Scharffenberg. Leinen
– Briefe an Sidonie Nádherný von Borutin. Herausgegeben von Bernhard Blume. Leinen
– Briefe an Nanny Wunderly-Volkart 1919-1926. Im Auftrag der Schweizerischen Landesbibliothek unter Mitarbeit von Nikolaus Bigler, besorgt durch Rätus Luck. 2 Bde. Leinen

100/1/11.86

- Briefe in einem Band. Herausgegeben vom Rilke-Archiv. In Verbindung mit Ruth Sieber-Rilke besorgt durch Karl Altheim. 2. Auflage mit revidiertem Register. Vollständige Neuausgabe der früher zweibändigen Ausgabe. Leinen
- Briefe über Cézanne. Herausgegeben von Clara Rilke und mit einem Nachwort von H. W. Petzet. Bibliophile Ausgabe mit 16 farbigen Bildtafeln in limitierter Auflage. Im Schmuckschuber. Leinen und it 672
- Briefwechsel in Gedichten mit Erika Mitterer. Gebunden
- Briefwechsel mit Lou Andreas-Salomé. Herausgegeben von Ernst Pfeiffer. Leinen
- Briefwechsel mit Anita Forrer 1920-1926. Herausgegeben und erläutert von Magda Kerényi. Leinen
- Briefwechsel mit Hugo von Hofmannsthal. Herausgegeben und erläutert von Rudolf Hirsch und Ingeborg Schnack. Mit Faksimiles der Handschriften und einem Namensregister. Leinen
- Briefwechsel mit Inga Junghanns. Herausgegeben von Wolfgang Herwig. Mit einem Nachwort des Herausgebers, ausführlichen Anmerkungen, Personenregister. Leinen
- Briefwechsel mit Katharina Kippenberg. Leinen
- Briefwechsel mit Helene von Nostitz. Herausgegeben von Oswalt von Nostitz. Leinen
- Briefwechsel mit Marie von Thurn und Taxis. 2 Bde. Leinen
- Briefwechsel mit Marina Zwetajewa und Boris Pasternak. Herausgegeben von Jewgenij Pasternak, Jelena Pasternak und Konstantin M. Asadowskij. Aus dem Russischen von Heddy Pross-Weerth. Leinen
- Das Buch der Bilder. it 26
- Die Dame mit dem Einhorn. Herausgegeben und mit einem Nachwort von Egon Olessak. Mit zwölf farbigen Abbildungen. IB 1001
- Die drei Liebenden. Die Liebe der Magdalena. Portugiesische Briefe – Die Briefe der Marianna Alcoforado – Die vierundzwanzig Sonette der Louïze Labé. it 355
- Duineser Elegien. Gebunden
- Duineser Elegien. Sonette an Orpheus. it 80
- Frühe Gedichte. it 878
- Gedichte. Aus den Jahren 1902 bis 1917. Mit Illustrationen von Max Slevogt. it 701
- Die Gedichte in einem Band. Leinen
- Geschichten vom lieben Gott. Gebunden und it 43
- Die Letzten. Im Gespräch. Der Liebende. it 935
- Neue Gedichte und Der neuen Gedichte anderer Teil. it 49
- Das Marien-Leben. IB 43
- Rilke und Rußland. Briefe, Erinnerungen, Gedichte. Herausgege-

100/2/11.86

ben von Konstantin Asadowski. Aus dem Russischen von Ulrike Hirschberg. Leinen
– Sämtliche Gedichte in französischer Sprache. Herausgegeben im Auftrag des Rilke-Archivs von Ernst Zinn und Karin Wais. Leinen
– Schweizer Vortragsreise 1919. Herausgegeben von Rätus Luck. Leinen
– Die Sonette der Louïze Labé. Lyoneserin 1555. Aus dem Französischen übertragen von Rainer Maria Rilke. IB 222
– Das Stunden-Buch. Gedichte. Halbleinen und it 2
– Das Tagebuch Goethes und Rilkes Sieben Gedichte. Erläutert von Siegfried Unseld. IB 1000
– Tagebücher aus der Frühzeit. Leinen
– Das Testament. Faksimile der Handschrift. Leinen
– Über den jungen Dichter und andere kleine Schriften aus den Jahren 1906 bis 1926 in zeitlicher Folge. it 340
– Übertragungen. Herausgegeben von Ernst Zinn und Karin Wais. Leinen
– Die Weise von Liebe und Tod des Cornets Christoph Rilke. IB 1
– Wladimir, der Wolkenmaler und andere Erzählungen, Skizzen und Betrachtungen aus den Jahren 1893–1904. Ausgewählt und zusammengestellt von Volker Michels. it 68
– Zwei Prager Geschichten. Herausgegeben von Josef Mühlberger. Mit Illustrationen von Emil Orlik. it 235

Zu Rilke

Chronik von Rilkes Leben und Werk. Von Ingeborg Schnack. 2 Bde. Leinen

Norbert Fuerst: Rilke in seiner Zeit. Kartoniert

Katalog der Rilke-Sammlung Richard von Mises. Bearbeitet und herausgegeben von Paul Obermüller und Herbert Steiner unter Mitarbeit von Ernst Zinn.

Regina Richter: Rilkes Landschaft. In Bildern von Regina Richter zu Gedichten von Rainer Maria Rilke. it 588

Rilkes Leben und Werk im Bild. Von Ingeborg Schnack. Mit einem biographischen Essay von J. R. von Salis. Leinen und it 35.

Anthony Stephens: Nacht, Mensch und Engel. Rainer Maria Rilkes Gedichte an die Nacht. Leinen

Marie von Thurn und Taxis: Erinnerungen an Rainer Maria Rilke. IB 888

100/3/11.86

Rilke und die Moderne
insel taschenbuch

Lou Andreas-Salomé: Lebensrückblick. Grundriß einiger Lebenserinnerungen. Aus dem Nachlaß herausgegeben von Ernst Pfeiffer. it 54

Franz Blei: Das große Bestiarium der Literatur. Mit farbigen Karikaturen von R. Großmann, O. Gulbransson und Th. Th. Heine. it 660

Bertold Brecht: Hauspostille. Mit Radierungen von Christoph Meckel. it 617

Hans Carossa: Eine Kindheit. it 295

– Die Schicksale Doktor Bürgers. it 830

– Verwandlungen einer Jugend. it 296

Manfred Hausmann: Der Hüttenfuchs. Erzählung. Illustriert von Rolf Köhler. it 730

Hermann Hesse: Dank an Goethe. Betrachtungen, Rezensionen. Briefe. Mit einem Essay von Reso Karalaschwili und zahlreichen Abbildungen. it 129

– Hermann Lauscher. Illustriert von Gunter Böhmer. it 206

– Kindheit des Zauberers. Ein autobiographisches Märchen. Handgeschrieben und illustriert, mit ausgewählten Gedichten und einem Nachwort versehen von Peter Weiss. it 67

– Knulp. Drei Geschichten aus dem Leben Knulps. Mit Steinzeichnungen von Karl Walser. it 394

– Piktors Verwandlungen. Ein Liebesmärchen, vom Autor handgeschrieben und illustriert. it 122

– Die Stadt. Ein Märchen, ins Bild gebracht von Walter Schmögner. it 236

– Der verbannte Ehemann. Handgeschrieben und illustriert von Peter Weiss. it 260

– Der Zwerg. Ein Märchen. Mit Illustrationen von Rolf Köhler. it 636

Marie Hesse: Ein Lebensbild in Briefen und Tagebüchern. it 261

Ricarda Huch: Der dreißigjährige Krieg. Mit Illustrationen von Jacques Callot. 2 Bde. it 22/23

Monica Huchel: Fürst Myschkin und die anderen. Ein Katzen-Brevier. Mit zahlreichen Fotografien. it 808

Henrik Ibsen: Ein Puppenheim. Deutsch von Angelika Gundlach. Mit zeitgenössischen Abbildungen. it 323

Jens Peter Jacobsen: Frau Marie Grubbe. Interieurs aus dem 17. Jahrhundert. Aus dem Dänischen von Mathilde Mann. it 841

– Niels Lyhne. Mit Illustrationen von Heinrich Vogeler. it 44

– Die Pest von Bergamo und andere Novellen. Aus dem Dänischen von Mathilde Mann. it 265

155/1/5.87

Rilke und die Moderne
insel taschenbuch

Marie Luise Kaschnitz: Eisbären. Ausgewählte Erzählungen. it 4
– Die Wahrheit, nicht der Traum. Das Leben des Malers Courbet. it 327
Harry Graf Kessler: Tagebücher 1918-1937. Politik, Kunst und Gesellschaft der zwanziger Jahre. it 659
Sören Kierkegaard: Briefe. Übersetzung und Nachwort von Walter Boehlich. it 727
– Tagebuch des Verführers. Deutsch von Helene Ritzerfeld. it 405
Dieter Kühn: Bettinas letzte Liebschaften. it 894
– Flaschenpost für Goethe. it 854
Ferdinand Kürnberger: Der Amerikamüde. Roman. it 942
Lesebuch der Jahrhundertwende. Prosa aus den Jahren 1889 bis 1908. Ausgewählt von Klaus Schöffling. it 997
Christian Morgenstern: Alle Galgenlieder. Mit Vignetten Morgensterns. it 6
– Palmström. it 314
Rainer Maria Rilke: Am Leben hin. Frühe Erzählungen. it 863
– Die Aufzeichnungen des Malte Laurids Brigge. it 630
– Ausgesetzt auf den Bergen den Herzens. Gedichte aus den Jahren 1906-1926. it 98
– Die Briefe an Gräfin Sizzo 1921-1926. Herausgegeben von Ingeborg Schnack. it 868
– Briefe über Cezanne. Herausgegeben von Clara Rilke. Mit siebzehn farbigen Abbildungen. it 672
– Das Buch der Bilder. it 26
– Die drei Liebenden. it 355
– Duineser Elegien. Die Sonette an Orpheus. it 80
– Frühe Gedichte. it 878
– Geschichten vom lieben Gott. it 43
– Die Letzten. Im Gespräch. Der Liebende. it 935
– Neue Gedichte. Der Neuen Gedichte anderer Teil. it 49
– Das Stundenbuch. it 2
– Über den jungen Dichter und andere kleine Schriften aus den Jahren 1906 bis 1926. it 340
– Wladimir, der Wolkenmaler und andere Erzählungen, Skizzen und Betrachtungen aus den Jahren 1893-1904. it 68
– Worpswede. Fritz Mackensen, Otto Modersohn, Fritz Overbeck, Hans am Ende, Heinrich Vogeler. Mit farbigen Abbildungen. it 1011
– Zwei Prager Geschichten. Mit Illustrationen von Emil Orlik. it 235

155/2/5.87

Rilke und die Moderne
insel taschenbuch

Leopold von Sacher-Masoch: Venus im Pelz. Mit einem Nachwort von Gilles Deleuze. it 469

August Strindberg: Ein Puppenheim und andere Erzählungen. Mit Illustrationen von Barbara Gutjahr. it 282

Der andere Strindberg. Materialien zu Malerei, Photographie und Theaterpraxis. it 229

Felix Timmermans: Franziskus. Roman. Mit Zeichnungen des Autors. it 753

– Das Jesuskind in Flandern. it 937

Robert Walser: Fritz Kochers Aufsätze. Mit Illustrationen von Karl Walser. Nachwort von Jochen Greven. it 63

– Gedichte. Mit Radierungen von Karl Walser und einem Nachwort von Carl Seelig. it 761

– Liebesgeschichten. Herausgegeben von Volker Michels. it 263

Frank Wedekind: Ich hab meine Tante geschlachtet. Lautenlieder und Gedichte. it 655

155/3/5.87

Insel-Bibliothek

Die Insel-Bibliothek bietet erstrangige Editionen der Weltliteratur in deutscher Sprache. Romane, Erzählungen und Gedichtsammlungen, die dem klassischen Literaturkanon zugehörig sind, werden im Rahmen der Insel-Bibliothek zweifach geschmückt präsentiert: Zum einen zeichnet sich jede Ausgabe durch besondere editorische Sorgfalt aus, die Literarhistoriker von hohem wissenschaftlichem Rang gewährleisten. Zum anderen setzt der Insel Verlag mit der bibliophilen Gestaltung eines jeden Bandes der Insel-Bibliothek die in fünfundachtzigjähriger Verlagstradition gereiften Qualitätsansprüche hervorragend ausgestatteter Bücher fort. Die Ausgaben sind typographisch vorzüglich eingerichtet und mit sorgfältig ausgewählten Materialien ausgestattet. Es finden wertvolle Papiere der Firma Schoeller & Hoesch Verwendung. Die Bücher werden fadengeheftet, flexibel in Feincanvas und in rotem Ziegenleder gebunden. Ein Leseband, dekoratives Vorsatzpapier und ein schützender Schmuckschuber vervollständigen die Ausstattung. Dem Leser und Liebhaber schöner Literatur soll mit der Zeit die Möglichkeit gegeben werden, eine »Bibliothek der Weltliteratur« in wertbeständigen Einzelausgaben sein eigen zu nennen.

Boccaccio, Giovanni di: Das Dekameron. Mit 110 Holzschnitten der italienischen Ausgabe von 1492. Deutsch von Albert Wesselski. Übertragung der Gedichte von Theodor Däubler. Einleitung von André Jolles. 2 Bände

Brontë, Emily: Die Sturmhöhe. Aus dem Englischen von Grete Rambach

Dickens, Charles: Weihnachtserzählungen. Mit Illustrationen von Leech, Stanfiels, Stone u. a.

Dostojewski, Fedor M.: Der Spieler. Aus den Aufzeichnungen eines jungen Mannes. Aus dem Russischen von Hermann Röhl

Eichendorff, Joseph Freiherr von: Aus dem Leben eines Taugenichts. Mit Illustrationen von Adolf Schrödter und einem Nachwort von Ansgar Hillach

Flaubert, Gustave: Drei Erzählungen/Trois Contes. Zweisprachige Ausgabe. Neu übersetzt und herausgegeben von Cora van Kleffens und André Stoll

– Die Versuchung des Heiligen Antonius. Mit zwanzig Bilddokumenten. Aus dem Französischen von Barbara und Robert Picht. Mit einem Nachwort von Michel Foucault

Fontane, Theodor: Effi Briest. Mit 21 Lithographien von Max Liebermann

Goethe, Johann Wolfgang: Dichtung und Wahrheit. Mit zeitgenössischen Illustrationen, ausgewählt von Jörn Göres. Drei Bände

94/1/8.84

Insel-Bibliothek

Goethe, Johann Wolfgang: Die Leiden des jungen Werther. Mit einem Essay von Georg Lukács ›Die Leiden des jungen Werther‹. Nachwort von Jörn Göres ›Zweihundert Jahre Werther‹. Mit zeitgenössischen Illustrationen von Daniel Nikolaus Chodowiecki

– Maximen und Reflexionen. Text der Ausgabe von 1907 mit den Erläuterungen und der Einleitung Max Haeckers. Nachwort von Isabella Kuhn. Mit vier Faksimiles

– Die Wahlverwandtschaften. Mit Erläuterungen von Hans-J. Weitz und einem Essay von Walter Benjamin: ›Goethes Wahlverwandtschaften‹

– Wilhelm Meisters Lehrjahre. Herausgegeben von Erich Schmidt. Mit sechs Kupferstichen von Catel, Musikbeispielen und Anmerkungen

– Wilhelm Meisters Wanderjahre oder Die Entsagenden. Mit einem Nachwort von Adolf Muschg

Heine, Heinrich: Buch der Lieder. Mit zeitgenössischen Illustrationen und einem Nachwort von E. Galley

– Reisebilder. Mit einem Nachwort von Joseph A. Kruse und zeitgenössischen Illustrationen

Hölderlin, Friedrich: Hyperion oder Der Eremit in Griechenland. Herausgegeben und mit einem Nachwort versehen von Jochen Schmidt

Hoffmann, E. T. A.: Die Serapionsbrüder. Herausgegeben und mit einem Nachwort versehen von Hartmut Steinecke. Mit farbigen Illustrationen von Monika Wurmdobler. Vier Bände

Jacobsen, Jens Peter: Niels Lyhne. Mit Illustrationen von Heinrich Vogeler und einem Nachwort von Fritz Paul

Jung-Stilling, Johann Heinrich: Lebensgeschichte

Keller, Gottfried: Der grüne Heinrich. Erste Fassung des Romans mit Zeichnungen Gottfried Kellers und seiner Freunde. 2 Bände

Des Knaben Wunderhorn, Gesammelt von Achim von Arnim und Clemens Brentano. Mit einem Vorwort von Konrad Feilchenfeldt. Ausgewählt von Friedrich Ranke

Potocki, Jan: Die Handschrift von Saragossa. Herausgegeben und mit einem Nachwort versehen von Roger Caillos. Aus dem Französischen von Louise Eisler-Fischer, aus dem Polnischen von Maryla Reifenberg. Mit Bildern von Goya. 2 Bände

Nietzsche, Friedrich: Also sprach Zarathustra. Ein Buch für Alle und Keinen. Mit einem Essay von Thomas Mann »Die Philosophie Nietzsches im Lichte unserer Erfahrung«

94/2/8.84

Insel-Bibliothek

Stendhal: Rot und Schwarz. Vollständige Ausgabe, aus dem Französischen übersetzt von Walter Widmer. Mit einem Nachwort von Uwe Japp

Swift, Jonathan: Gullivers Reisen. Vorwort von Hermann Hesse. Mit Illustrationen von Grandville. Aus dem Englischen von Franz Kottenkamp, bearbeitet von Roland Arnold

Turgenjew, Iwan: Erste Liebe und andere Novellen. Aus dem Russischen von Ena von Baer und Ekkehard Jäkel. Mit einem Nachwort von Friedrich Schwarz

Wilde, Oscar: Die Erzählungen und Märchen. Mit Illustrationen von Heinrich Vogeler. Aus dem Englischen von Felix Paul Greve und Franz Blei

94/3/8.84

